# 心 路

李叔亮 著

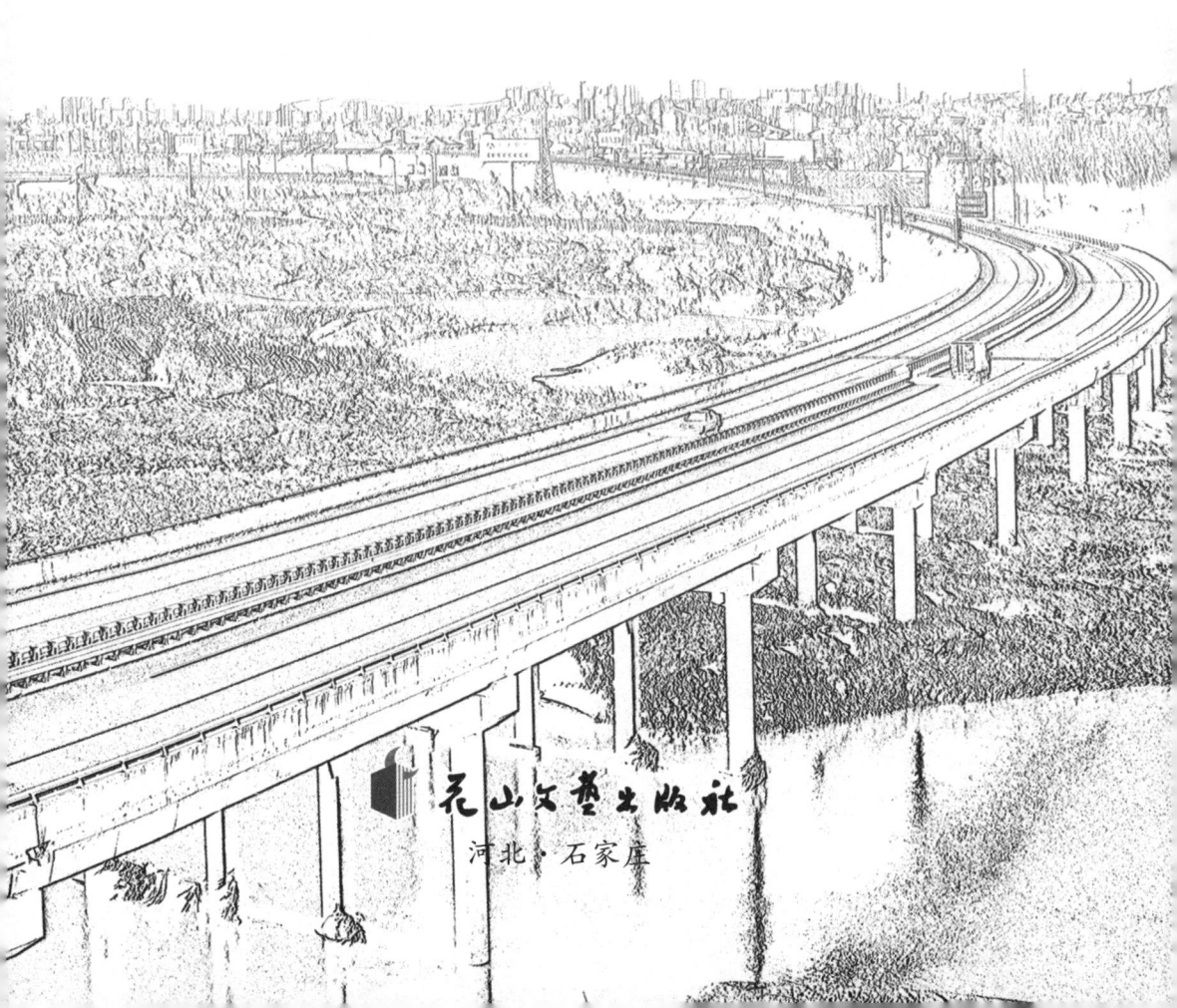

花山文艺出版社
河北·石家庄

图书在版编目（CIP）数据

心路 / 李叔亮著. -- 石家庄：花山文艺出版社，2024.1
ISBN 978-7-5511-6995-0

Ⅰ．①心… Ⅱ．①李… Ⅲ．①长篇小说－中国－当代 Ⅳ．①I247.5

中国国家版本馆CIP数据核字(2024)第007151号

| 书　　名： | 心　路 |
|---|---|
| | XINLU |
| 著　　者： | 李叔亮 |
| 责任编辑： | 郝卫国　李天璐 |
| 责任校对： | 李　伟 |
| 美术编辑： | 王爱芹 |
| 出版发行： | 花山文艺出版社（邮政编码：050061） |
| | （河北省石家庄市友谊北大街330号） |
| 销售热线： | 0311-88643299/96/17 |
| 印　　刷： | 河北浩润印刷有限公司 |
| 经　　销： | 新华书店 |
| 开　　本： | 700毫米×1000毫米　1/16 |
| 印　　张： | 37.75 |
| 字　　数： | 700千字 |
| 版　　次： | 2024年1月第1版 |
| | 2024年1月第1次印刷 |
| 书　　号： | ISBN 978-7-5511-6995-0 |
| 定　　价： | 128.00元 |

（版权所有　翻印必究·印装有误　负责调换）

中国书法家协会会员、联合国教科文组织专家组成员、中国名家书画院名誉院长张秉谦为本书题写书名

同鸡西矿务局党委副书记王明治（左三）及时任滴道煤矿矿长、后任矿务局党委书记徐振林（左二）赴山西统配煤矿考察时在太原晋祠留影（右二为作者）

同鸡西市作协部分领导留影（左一为高翠萍，左二为李秀赞，左三为作者，左四为邹本忠，左五为滕宗仁，左六为蒋兴莲）

同史志办同事留影
（左一为刘维久，左二为张全福，右一为齐建山，右二为作者）

黑龙江煤矿黑土风情征文活动评审会留影
作者时任黑龙江煤矿作协轮值主席

首届全国企业报百优新闻工作者评选中
作者获百优新闻工作者称号

# 序　文学版鸡西矿区史

《心路》是一部以煤矿为题材的长篇小说。作为文学作品，小说中的人物、地名、矿名虽然均为虚构，但故事发生的背景、情节却都有鸡西矿区的影子，是对鸡西矿区波澜壮阔的战斗历程和发展变化历史的文学艺术概括。

《心路》描写的故事时间跨度近百年，内容丰富。它讲述了20世纪初，以朱奇山为代表的山东贫苦农民为生活所迫，闯关东当垦民和矿工的坎坷经历；讴歌了冠山煤矿工人在爱国知识分子孙亦奇带领下，不怕风雪严寒，不惧野兽侵袭，不惮土匪骚扰，探清了边城地区煤炭储量状况；进入建矿阶段，在同俄方凿井队开展凿井竞赛中，克服困难，日夜奋战，取得了竞赛的胜利，展示了中国煤矿工人不畏强手，敢打敢拼，齐心夺冠的勇气和豪情。

东北沦陷时期，冠山煤矿被日寇占领，鬼子和汉奸把头残酷压迫剥削矿工，冠山煤矿成了人间地狱。煤矿工人不甘心做地狱中的奴隶，在中共地下党组织的领导下，以朱奇山为代表的冠山煤矿工人，巧用磨洋工、拉空车、放空炮、在采掘设备上动手脚等方式破坏生产，让鬼子"大出炭，支援圣战"的企图受到严重挫折；通过多种办法惩治鬼子监工、警告汉奸把头，秘密策划武装暴动，成功炸毁鬼子运煤火车，搞得鬼子汉奸胆战心惊，彰显了边城煤矿工人反掠夺斗争的勇敢和智慧。

日寇投降以后，汉奸把头改头换面，勾结国民党反动派和土匪恶霸成立伪政府，妄图继续骑在工人头上作威作福。冠山煤矿工人在中国共产党领导下，斗倒了汉奸把头，剿灭了武装土匪，翻身当了矿山主人，挺直了腰杆。进行民主改革，努力修复生产，开展立功竞赛，多出煤炭，支援前线，为东北和全国解放做出了卓越贡献。

新中国成立后，在热火朝天的社会主义建设中，冠山煤矿的发展进入了快车道。特别是改革开放以来，冠山矿工解放思想，锐意进取，改革管理体制机制，改进落后的生产工艺，向机械化、自动化、信息化进军；积极探索社会主义市场经济规律，对原字号煤炭进行深加工，为市场提供适销对路产品，发挥了煤炭能源在国家经济建设中的重要作用。

《心路》塑造了一系列性格各异的人物形象。在矿工人物系列中，朱奇山是侠肝义胆、无私无畏、勇谋兼备的矿工领头人；张大闯是忍辱负重、与狼共舞、聪明机敏的卧底；张大山是外号"煤痴"的精通煤炭生产的专家；赵煤山、朱继忠是热爱煤矿，坚定不移献身煤矿的管理干部；武超、张扬是为上综采、实现煤炭生产机械化废寝忘食劳作的大学生；孙亦奇是为实现"实业救国"理想，自愿放弃家庭和优越的工作条件，选择在苦累险的煤矿行业献身的爱国知识分子；武有田是人称"矿山铁人"的掘进队队长；刘老满是舍己救人的普通老矿工；金不换是后进变先进的典范。其它如党的地下工作者、游击队领导人、矿山英烈、妇女干部……还有鬼子、汉奸把头、叛徒等反面人物形象。

文学即人学，小说中的人物群像，正面的，是学习和效仿的榜样；反面的，是批判和唾弃的丑类。无论好人和坏人，都能在鸡西矿区找到其原型，他们不过是现实中各型人物的化身，对后人都有一定的警示和教育意义。

《心路》的结构很有特色。开篇，以大学生聚集闲聊的形式说出了老辈人闯关东的经历；然后以开家庭宴会为由头，让长辈回顾了参加冠山煤矿开拓建矿的往事；宴会后，又以收集整理矿史馆资料的名义叙述了抗日战争、解放战争时期的历史；此后，回到20世纪60年代和改革开放初期，再现了向机械化现代化进军的过程；最后以庆祝中国共产党接管冠山矿60周年为契机，用露天展览形式揭示了冠山煤矿的发展变化，让老矿工发表感言说出了心与路的关系，点了题。故事的时间跨度虽然很长，但却没有平铺直叙，其结构的新颖值得借鉴。

作者李叔亮是1965年分配到鸡西矿务局工作的优秀大学生，鸡西矿区半个多世纪的工作和生活的锤炼，滋养了他真诚、浓郁、宽广的矿山情怀。他热爱矿工，敬佩矿工的高贵品质和奉献精神，甘愿把自己的青春年华全部献给鸡西煤炭行业。在岗的时候，他廉洁自律，兢兢业业，勤奋工作。退休以后，耄耋之年仍笔耕不辍，编史志、写论文、创作了长篇小说《心路》，令人敬佩。小说以"心路"命名，通过鲜活的人物和事件阐释心和路的密切关系，对抚今追昔、继往开来、传承中国老矿区革命精神有较深刻的历史和现实意义。

煤炭是国家的主要能源，在相当长的一段时间内，虽然其主要能源的地位不会发生变化，但向自动化、信息化、智能化进军，向绿色能源、新型能源、多元能源和高质量发展方向努力，建设生产安全、生活富裕、环境良好、文明和谐的新型矿区，任务非常艰巨。要跟上新时代的步伐，完成新时代的任务，必须坚决贯彻落实习近平新时代中国特色社会主义思想，坚定走高质量发展、可持续振兴、现代化煤矿建设之路，为实现中华复兴之伟业尽绵薄之力。这也许就是作者虔诚之初衷吧。

《心路》是一部文学版的鸡西矿区史，叙事清晰流畅，语言通俗朴实，结构严谨新颖，人物个性鲜活，主题明确，意涵深刻，值得一读。是为序。

鸡西矿务局原党委书记
鸡西市革命老区建设促进会会长　　徐振林

2022年11月

# 自序　心愿

　　1965年8月，我从山西大学中文系毕业，被分配至鸡西矿务局工作。开始是矿务局滴道矿的中学教师，后逐步发展，成为矿务局中层领导干部。退休后，大部分时间仍在鸡西矿务局和龙煤鸡西矿业公司工作，至今，已在鸡西矿区工作和生活了五十七年。

　　五十七年来，鸡西矿区职工和家属在生活、工作、品格、作风、贡献各方面都给我留下了极其难忘的印象，我受到了深刻的教育。

　　在日伪统治时期，鸡西矿区是一座人间地狱，煤矿工人受到的残酷剥削和压迫常人难以想象。1965年我刚到鸡西的时候，曾到滴道煤矿三井后山的万人坑参观，令人毛骨悚然的景象和老矿工的血泪控诉至今难以忘怀，煤矿工人同日本鬼子、汉奸把头斗智斗勇的传奇故事也深深留在我的记忆中。

　　中国共产党接管鸡西矿区后，矿工在党的领导下，斗汉奸把头、搞民主改革，矿工翻身解放，当家做主，恢复生产，立功竞赛，多出煤炭，支援前线，为解放战争和新中国的成立做出了卓越贡献。

　　在抗美援朝运动中，鸡西青年矿工踊跃参军，翻身矿工响应"捐献飞机大炮"的号召，慷慨捐赠，集体捐献一架"鸡西矿工号"飞机，煤炭源源不断，保证了后勤运输；在国民经济恢复发展、社会主义革命和建设中，鸡西矿工在采掘生产中创造了许多全国纪录，在半机械化和机械化生产方面创造了多个全国第一。

　　1956年末，为适应大规模社会主义经济建设的需要，经国务院批准，鸡西县升格为鸡西市，经过几十年的发展，产值也由建市初期的十五多亿元增长到近六百亿元，成为黑龙江东部地区一颗璀璨明珠。鸡西因煤设市，其繁荣发展，鸡西矿工功不可没。

煤炭被称作"乌金"，鸡西矿工为人处世的作风和品格也像"乌金"一样可贵。

鸡西矿工是不忘党恩、听党话跟党走的榜样。无论在什么时候，鸡西矿工都把"没有共产党就没有新中国，就没有煤矿工人的翻身解放"牢记在心，始终把党的召唤当作自己的行动指南，自觉为党分忧，为国尽忠。围绕党中央提出的"两个一百年"奋斗目标，龙煤鸡西矿业公司制定了远近规划和宏伟战略，以高质量党建和思想政治工作为引领，不忘初心、牢记使命，艰苦奋斗，以实际行动为实现中华民族伟大复兴贡献力量。

鸡西矿工是勤奋朴实、敢打敢拼、特别能战斗的典范。鸡西矿区地质构造复杂，煤层赋存条件不理想，全是瓦斯高突矿井。地处高寒地带，冬季冰雪覆盖，20世纪五六十年代，最低气温可达零下四十摄氏度，工作和生活条件艰苦。矿工在这样的环境下劳作，练就了勤奋朴实的品格和敢打敢拼、不怕苦累险，特别能战斗的作风。这方面的事例太多，难于一一列举。

鸡西矿工是爱岗敬业、诚信友善的践行者。中国共产党接管矿区，矿工翻身解放，他们说："咱们是矿山的主人了，必须想主人的事，干主人的活儿！"以矿为家的事例比比皆是。煤矿工人脸黑心红，外憨内秀，为人处世总是以他人为先。我在穆棱矿任党委书记的时候，同工人座谈，说到为农民矿工落城市户口的时候，一位矿工指着旁边的伙伴说："如果名额有限，先给他落，他带着家属，比我困难！"那时候，能否落上城市户口关系着自己的切身利益，是件大事，他却礼让他人。改革阵痛时期，矿务局连续几个月不开支，条件好的煤矿开出优厚条件到鸡西招聘综采司机，矿务局综采司机不为所动，始终坚守岗位。

鸡西矿区是英模辈出的群体。新中国成立以来，鸡西矿务局（龙煤鸡西矿业公司）涌现出二百多名全国劳模、全国五一劳动奖章获得者和数百名省部级劳模、市级特模。他们之中，有的为抢救国家财产和保护工友牺牲在井下；有的多处受伤病魔缠身仍不离岗，被誉为"矿山铁人"；

有的因事故失去右小臂，十几年坚持在井下一线劳作，被称作"矿山青年独臂英雄"；有的因意外事故双目失明仍"现身说法"，常年为工人讲安全课，被誉为"矿山保尔"，荣获"感动中国的矿工"十大杰出人物称号。这些英雄模范人物中，有普通工人、班组长、采掘队长、井区长、矿长、厂处长、工程技术人员，还有一位矿务局局长牺牲在井下，是煤炭行业级别最高的干部。感人的事迹，丰硕的业绩，可歌可泣，催人奋进。

我出生在20世纪40年代，对旧社会矿工的苦难经历没有老矿工体会得那么深刻，但对新中国成立以来的发展变化却看得比较清楚。特别是党的十一届三中全会以后，党和国家坚持以经济建设为中心，实行改革开放，走有中国特色社会主义之路，国家方向明确、政局稳定、经济发展、科技腾飞、国防巩固、综合实力增强，国际地位提高，人民生活富裕幸福，我感受深刻，心情愉悦，体会到了作为一个中国公民的幸福感、自豪感！

没有对比就看不到优劣，忘记旧社会的苦，就感受不到今日的甜，也不会知道幸福是怎么来的。这种思想意识，让我产生了一个念头，就是把鸡西建矿以来的丰富史料以小说的形式描绘出来，再现从民国初年至新中国成立以来，鸡西矿工的苦难史、抗争史、翻身解放史和无私奉献史；同时简要地勾画改革开放之初，鸡西矿工解放思想，改革创新，向现代机械化、自动化、智能化进军的决心和成效。小说中讲述的故事，人名、地名、细节为虚构，但人物、事件多数可在鸡西矿区找到，是作者对历史和现实的文学概括。

人的心和其走的路是有联系的，心有善与恶、正与邪之分，路有曲与直、对与错之别。故事中不同的人物有不同的理想信仰和行动路线，有心地善良，理想信仰正确，坚决跟共产党走正路的；也有心地邪恶，无正确信仰，跟反动势力走邪路的。不同的心，不同的路，其前途命运也完全不同。我写的小说《心路》如果在心与路的问题上能对读者有所启迪，就是我写作之初心、虔诚之心愿。

李叔亮<br>2022年11月

# 目录

| | |
|---|---|
| 第 一 章 | 1 |
| 第 二 章 | 44 |
| 第 三 章 | 51 |
| 第 四 章 | 77 |
| 第 五 章 | 112 |
| 第 六 章 | 160 |
| 第 七 章 | 189 |
| 第 八 章 | 218 |
| 第 九 章 | 280 |
| 第 十 章 | 309 |
| 第十一章 | 353 |
| 第十二章 | 391 |
| 第十三章 | 424 |
| 第十四章 | 447 |
| 第十五章 | 478 |
| 第十六章 | 504 |
| 第十七章 | 548 |
| 第十八章 | 569 |
| 后 记 | 591 |

# 第 一 章

一

　　1965年7月，沈州市上空万里无云，太阳像一个特大的火球悬在城市上空。来往行人，穿着汗衫、短裤，戴着遮阳帽，有的还打着太阳伞，摇着折扇，尽力驱赶着身边的热浪。

　　北方矿业学院是位于沈州市的唯一一所培养矿业专门人才的高等学府。1961年进入该院的学子，结束了四年的苦读，熬到了毕业，正等待着分配工作，走向社会，开始新的生活。想到毕业后，有了工作和工资，可以自食其力，不用再和家里要钱了，盼到了追梦的机会，可以施展自己的才华，靠自己的本事为社会做贡献，实现自己的理想和抱负了，学子们个个兴奋不已！不过，分配在即，自己会被分配到哪里，是本省还是外地，是机关还是基层，做什么工作，环境如何，现在都还是未知数，难免有些焦虑。

　　家在本市的学生，多数在家里等待。家在外市区距离学校较远的学生，基本在学校听信儿。为消磨时间，有的到新建的市万人游泳池里玩水，有的结伴到附近风景区旅游，还有的到图书馆看书或者轻声耳语。

　　在沈州工学院读书的朱百威正好放暑假，知道在北方矿业学院学习的好友张扬、武超今年毕业，等待分配工作，即到矿院相聚。

　　看到张扬和自己的女友林欢及同学武超在一起闲聊，便乐呵呵地迎上去道："两位哥哥，还有嫂子，你们好悠闲啊！"

　　林欢装作生气的样子纠正道："什么嫂子、嫂子的，叫林欢姐！"

　　朱百威调皮道："噢，其实，俺不过是着急，提前叫了嘛，不过这是早晚的事，是吧，林欢姐！"

　　武超笑道："这叫皇帝不急太监急，扬哥还不着急呢，你急什么？"

　　朱百威看看张扬，装作一本正经的样子道："扬哥，俺看超哥说得不对，你心里恐怕比谁都着急吧！"

　　张扬笑道："去你的，你今天不会是来拿你扬哥开玩笑吧！"

　　朱百威道："扬哥，俺哪敢呀！俺今天来，是想看看分配方案公布了没有，你和欢姐是不是分到一起了！"

武超道:"你别说,他们俩正为这事闹心呢!"

朱百威道:"俺看用不着闹心,咱们边城矿务局是龙江东部最大的矿区,急需你们这样的煤矿专业人才,只要扬哥和欢姐提前跟组织上申请,直接要求到边城矿务局工作,肯定能得到组织的批准,还愁分不到一起!"

武超兴奋道:"百威这个建议好,不过,边城矿务局是高寒地区,条件比较艰苦,"他瞅一眼林欢道,"欢妹,你愿意去吗?"

林欢道:"只要能和张扬在一起,再艰苦俺也不怕!"

武超和朱百威一起拍手道:"好啊,难得,难得!扬哥好福气,叫人羡慕哇!"

张扬深情地瞅一眼林欢,以玩笑的口吻对武超和百威道:"羡慕吗,那你俩也赶快找啊!"然后对林欢道:"欢,俺看这是个办法,要不咱这就去写申请!"

林欢道:"好!不过,百威大老远来看咱们,好不容易聚到一起,咱们再聊一会儿吧!"

武超道:"欢妹这个提议好,过后俺也写申请,咱们一起要求到边城!"

朱百威道:"还是超哥和欢姐理解俺,咱们再聊一会儿!"

于是,几个年轻人在一起,情投意合,无拘无束,天南海北侃起了大山。

林欢突然问道:"超哥,山东的环境和气候条件比边城好多了,你们朱、张、武三家怎么就到那个苦地方了?"

听到林欢的问话,武超即说起了老辈人闯关东到边城的往事。

## 二

武超家原籍在山东省平度县朱家村,那是一个风景秀丽的地方。村南有一条小河,村民都叫它南河。平时,河水清澈,哗啦啦地从西向东流淌,夏天,村里大人小孩在河水中洗澡戏水,笑语喧哗,其乐融融。小河南岸,是一片高于河谷丈余的广阔平坦的农田,夏秋之际,绿油油的麦苗、金黄色的谷穗、红艳艳的高粱、圆滚滚的玉米棒,配上豆角、茄子、南瓜秧等五颜六色的花朵,非常美丽。农田之南,有一座小山,因形似簸箕,村民即称其为簸箕凹。凹之上郁郁葱葱,全是杂草和油松,是村民放牧牲畜的场所。当地风俗,大年初一,家家门前都要把松树枝堆积起来,烧香放炮敬神期间,即将松树枝点燃,名曰"年火",说是用来驱逐叫"年"的妖怪。年火点起来之后,孩子们有的围着火堆蹦蹦跳跳,有的叫着喊着抢放鞭时落在地上未响的小炮,嬉笑跑闹,是孩子们一年中最高兴的时刻。村子的北面也有一条小河,但河里却常年无水,只有在夏季暴雨之后,才有洪流浊浪顺着河床滚滚而下,雨过天晴,洪流消失，仅有涓涓细流，数日后，河床即干涸，所以，村民叫它漏沙河。

那时候，武家很穷，只有两间破瓦房和租种的两亩地。由于贫穷，有病也没钱治，太爷爷在爷爷十三岁那年，就因病离开了人世，只留下爷爷和太奶奶母子两个人相依为命，艰难度日。有一天，爷爷到后山煤窑去挑煤，回家的路上下起了瓢泼大雨，按理说，后河涨水，应当等洪水落下之后再过河，可爷爷惦记着在破屋里的母亲，就不管不顾地挑着两筐煤往洪水中闯，一个洪峰打来，爷爷站立不稳，被河水冲倒。有人看到爷爷跌倒在洪水中，就跑着进村告诉了太奶奶。太奶奶知道后，哭喊着到后河找寻儿子，踉跄着赶到河边时，看到爷爷已被人救上岸来。细问才知，爷爷被洪水冲倒后，碰巧同村的朱奇山大哥从河边路过，看见爷爷被洪水冲倒，即奋不顾身跳入水中把他救上了岸。太奶奶对恩人千恩万谢后，即被儿子搀扶着冒雨往家里走，刚到家门口，只听哗啦一声闷响，破房子轰然倒塌。爷爷和太奶奶大惊失色。爷爷心想，如果不是自己在洪水中遇险，如果自己的母亲还在破屋里，那还有命吗？苍天有眼啊，安排爷爷河中遇险，让太奶奶躲过了一场灾难。母子俩悲喜交集，傻子似的站在倒塌的破屋前，不知如何是好。

不过，也许是老天的眷顾吧，爷爷虽然从小吃糠咽菜，却长成一个大个子，天生一个大力士。不仅力气大，还有一副侠义心肠。他从小崇拜英雄，特别敬重岳飞，就把自己的学名叫敬岳。还拜村中一个武术教师为师，学了一些拳脚功夫。破屋子倒塌后，母子俩连个住处都没有，舅太爷就腾出一间房子，让爷爷母子俩暂住。爷爷就靠挑煤卖煤度日。卖煤的生意黄了以后，爷爷又开始给离朱家村百里远的端镇送菜。那时候，爷爷力气大，同时也是个大肚汉，一个人的饭量能赶上两三个人的饭量。

有一天，爷爷把菜担送到店铺后，就到一家小饭馆吃饭，进了饭馆，他就高声喊道："掌柜的，来三份儿饭！"掌柜的说："你不就一个人吗，怎么要三份儿饭？"爷爷道："不瞒你说，俺是三个人，那两个伙计在后面呢！你先上饭好了！"掌柜让伙计端上来三份儿饭，爷爷低着头只管吃，不一会儿，第一份儿饭就吃光了。爷爷就开始吃第二份儿饭，一边吃一边自言自语："怎么还不来，再不来，俺就替你俩吃了！"时间不长，三份儿饭全吃完了。他对掌柜说："掌柜的，看来，俺那两个伙计来不了啦，饭俺替他俩吃了，饭钱俺也替他俩交了吧！"实际上，从头至尾就他一个人，他怕人家说他饭量大，才谎称有三个人。以后，掌柜知道了实际情况，仍佯装不知，每次照常给上三份儿饭。爷爷也是大力士，他那一担菜比三个人挑的菜还多。早晨太阳刚露头，爷爷就从家里出发，吃中午饭的时候就到了端镇，交了菜，吃过午饭，再往回返，太阳还没落山就到了家。村里人说，武敬岳挑一百斤菜，行二百里路，两头见太阳。可是，送菜也只是个临时活儿，挣不了几个钱，生活非常困难。

那时候，张大闯家有五口人，父母、弟妹，家中靠租种王姓地主的几亩地维持生活。小时候，大闯爷爷念过两三年私塾，为人朴实勤奋，可全家累死累活一年，交了地租，所剩无几。光绪末年，老家遭旱灾、蝗灾，庄稼颗粒无收，不要说交地租，连来年种地的种子都没有。

可恶的地主仍然天天派管家来催租，他恶狠狠地对大闯爷的父亲道："老张头，你家再不交地租，东家可要把地收回去了！"张父求告道："管家，这年头儿，地里颗粒无收，俺用啥交地租呀，你跟东家求个情，等明年收成好了，俺保证把今年的地租补上！"管家三角眼色眯眯瞅一眼大闯爷的妹妹道："东家说了，交不上地租，让你家女儿给东家干活儿顶地租也行！"未等张父答话，大闯爷高声回应道："你告诉东家，别打俺妹妹的主意，地租的事，俺明年补上！"管家冷笑道："你说得轻巧，东家要是不答应呢？"大闯也不客气地回应道："不答应能怎样，要钱没有，要命有一条！"管家见大闯来横的，正想发作，碰巧敬岳来找大闯，见管家逼交地租，还想要张家女儿去顶账，指着管家发狠道："你也别逼人太甚，不然的话，穷哥们儿可也不好惹！"管家见武敬岳发狠话，以退为进道："那好吧，俺也知道张家的难处，俺再去和东家求求情！"边说边悻悻地离开。

朱奇山爷爷自幼父母双亡，孤苦一人，靠祖上留下的二亩河滩地维持生活，有一年发大水，河滩地被冲走一大半，靠种地养活自己已不可能了。怎么办啊？一个"穷"字把他们哥儿仨连到了一起。哥儿仨不是那种好吃懒做不务正业的人，东奔西跑，天天为生计忙碌，可仍然没找到出路。正当他们苦苦挣扎、走投无路的时候，一个意外的消息让他们哥儿仨产生了闯关东撞大运的想法。

## 三

东北地域广袤，土地肥沃，是满族的发祥之地。入关之后，认为白山黑水是本族的龙兴之地，实行封禁政策，导致土地荒芜，人口锐减，沙俄乘虚而入，频繁袭扰，发生了多起流血事件，边民深受其害。为防范沙俄的侵扰，充实北疆实力，清政府决定放弃封禁政策，并设立招垦局，开始招募流民放荒开垦。1902年，在穆棱县设立了招垦总局，第二年又在密山设立招垦分局。1908年又颁布了《黑龙江沿边招民垦荒章程》，提出一些优惠政策，吸引关内农民应招。朱奇山听到这个消息之后，便把张大闯和武敬岳招呼到一起，兴奋地说："两位兄弟，告诉你们一个好消息！"

张大闯和武敬岳着急地问："什么好消息，朱哥这么高兴！"

朱奇山道："有人看到了政府的布告，说政府要把边疆的荒地分给应招的垦民，平时可以开荒种地，养活家人，一旦沙俄入侵，发生战争，垦民就当壮丁。俺看这是个机会，像咱们这样的穷人，与其在家苦熬等死，不如闯关东，应招垦荒，找条活路！"

"咱们走了，家中老少如何生活？地主可是天天催租，还说要俺妹子去顶账！"张大闯有点儿犹豫。

"你在家又能如何，俺看不如让老人暂时照顾弟妹，过一年半载，咱们在东北混好了，再接家人过来，总比在家等死好！"朱奇山出主意道。停了一会儿，又补充道，"咱们真要是去闯关东，地主不摸虚实，也不敢轻易打你妹妹的主意，俺看比你在家好！"

"朱哥说得有道理，俺先把俺娘暂时托付给舅舅照顾，等在东北立住脚，再接娘和舅舅。只是，从咱这里到东北，好几千里，咱们又没有路费，怎么走？"武敬岳有点儿活心。

"敬岳说得也有道理，山高路远，这路费也真是个问题！"张大闯附和道。

朱奇山半正经半开玩笑道："俺说大闯呀，你的性格可和你的名字不一样啊！其实，像咱们这样的穷人，也就是个闯大运的命，不闯就没有活路，只要下了闯的决心，什么家呀、路费呀，都会有办法的，活人还能让尿憋死！"

武敬岳接口道："话是这么说，理也是这么个理，可到底怎么做，也得有个准主意啊！"

朱奇山追问道："两位老弟，别的先不说，咱先说闯关东的事，你俩到底是闯，还是不闯？"

武敬岳爽快地说："俺没说的，闯！"

张大闯也痛快地说："思前想后，俺也觉得没有别的办法，就是一个字，'闯'！爹娘给俺取名叫大闯，俺注定就是个闯大运的命，不闯，对不起俺这个名字！"

朱奇山见两位都表了态，又想到了一个更现实的问题，他说："虽然两位兄弟都表了态，咱们有了共识，不过，还有个问题俺想说说。"

张大闯和武敬岳齐声道："什么问题，朱哥直说！"

朱奇山沉思道："这闯关东，说起来容易，真要是干起来那可不容易，抛家舍业不说，前面会遇到什么困难也不好说，所以，有一条特别重要，那就是要真正同心同德，俗话说'兄弟同心，其利断金'，不管遇到什么困难，咱们都要拧成一股绳，绝不能分心眼儿！"

张大闯打断朱奇山的话道："朱哥，你说的话俺听懂了，你想得很长远，这个问题很重要，俺建议咱们也学学三国的刘、关、张，结成异姓兄弟，义同生死，一起闯关东！"

武敬岳激动地附和道:"对,俺赞同!"

"好,俺也是这个意思,俺看咱们也举行个结拜仪式,对天盟誓,表明心迹!"朱奇山补充道,"走,咱们现在就到关帝庙去!"

朱奇山领着张大闯、武敬岳走到关帝庙,在关帝像前插了三炷香,自报生辰,朱奇山十七岁,尊为兄长,张大闯、武敬岳同是十六岁,按生日,大闯老二,敬岳老三。三人长跪在地,对着关帝像盟誓道:"关老爷在上,今日弟子三人结为异姓兄弟,共闯关东,有福同享,有难同当,誓同生死,如有异心,天打雷劈,不得善终!"誓毕,三人携手走出庙门。

朱奇山道:"两位兄弟,结义乃人生大事,理当置酒庆贺,但你我身无分文,不能如愿,等到日后发达,一定补上!"

"大哥,置酒庆贺的事咱就别提了,眼下最重要的就是路费的问题了,不知大哥有何主意!"张大闯和武敬岳念念不忘的还是路费。

"两位弟弟说的是,"朱奇山胸有成竹地说,"你们俩先回去同家里人商量,俺有个远房亲戚在龙口码头,听说还管点儿事,俺想找他帮咱想想办法!"

"啊,这可是个门路,那就有劳大哥了!"张大闯和武敬岳两位十分高兴。

"自家兄弟不必客气,你俩在家等着,俺这就往龙口去了!"朱奇山挥手告别,大步流星地走了。

四天后,朱奇山回到了朱家村。他把张大闯和武敬岳两位兄弟招呼到一起,得知他们已把家中老少安顿妥当,便高兴地说:"路费的问题有着落了,俺那亲戚和船老板说好,咱们仨先搭乘到大连去的船,在船上无偿给人家打杂当作船钱,等到大连后,咱们再想办法。"

"好,好!"张大闯和武敬岳两人听了频频点头。路费的初步解决,哥儿仨十分高兴,三人各自在家里住了一宿,第二天即告别家人亲友,直奔龙口码头。在龙口码头登上了到大连的轮船,在船上任凭船主差遣,挨了不少累,总算到了大连。

下船之后,举目无亲,吃住都无着落。好在已是初春,气候尚不十分寒冷,哥儿仨又是年富力强的后生,吃得苦,受得累,先在码头候船室将就了一宿。夜间哥儿仨商量如何到边城的事,朱奇山道:"如果步行到边城,少说也得十天半月,吃住也是问题,你俩觉得怎么办好啊?"

武敬岳道:"要不咱们装作乞丐,一边要饭,一边赶路行不行?"

张大闯道:"三个后生去乞讨,不但会遭人唾骂耻笑,恐怕也难讨到什么!"

武敬岳道:"不去乞讨,哪来吃喝,饿着肚皮怎么行走?"

思来想去,不得要领。最后,还是朱奇山出主意道:"大闯、敬岳,俺看还是想打工赚路费的办法吧！"

张大闯和武敬岳略显为难道："人生地不熟，谁能用咱？"

朱奇山摇摇头道："俺看不见得，咱们年轻，有力气，到工地、码头、车站走走看看，不信找不到活儿！"

张大闯道："俺看也只能这样试试了！"

苍天不负有心人，哥儿仨有时一起，有时分散，四处问询，终于被一家建筑工地雇用为临时力工，算是有了吃住的地方，干了一个月，有了路费，仨人便买了北上的火车票，坐上了硬板车，在哐当哐当的车轮滚动的声响中，奔向希望的终点。

## 四

在下城子火车站，哥儿仨下了车，住进了一家简陋的小客店。在小客店里，听店主说下城子距穆棱招垦总局仅有几十里的路程，眼看目的地就要到了，哥儿仨的愿望就要实现了，顿觉神清气爽，一路的辛苦、旅途的劳累都放到了脑后。朱奇山提议道："大闯、敬岳，听说下城子虽然不太大，但因是中东铁路的一个车站，交通方便，南来北往的客商不少，街面上店铺很多，咱们出去逛逛如何？"

武敬岳立刻响应："好啊，俺也正想到街上看看呢！"

"走啊，还等什么！"张大闯更急。

哥儿仨走出小客店，说说笑笑，不知不觉已到街上，见到处都是小商贩，粮油肉蛋，蔬菜水果，野味皮货，品种齐全。人来人往，熙熙攘攘，还很繁华。突然，他们看见街面的拐角处，有四五个人正围着一个年轻汉子拳打脚踢。朱奇山见状，几步赶过去劝道："各位，有话好说，别动手动脚的，伤了和气！"

那四五个人中，一个穿戴讲究的汉子瞪一眼朱奇山道："哪来的叫花子，滚开，少管闲事！"边骂边将朱奇山推开。

武敬岳跨前一步高声回应道："你骂谁是叫花子，让谁滚开，几个人打人家一个人还有理了？"

一个瘦高个子接口道："啊哈，人群里蹦出个驴来，有你什么事，瞎叫唤什么，滚开！"

张大闯见瘦高个子口出不逊，便愤愤不平道："怎么这么不懂事理，俺们好意相劝，你们怎么还张口骂人呢！"

穿戴讲究的那位冷笑道："不知死活的东西，骂你怎么啦，我还要打你呢！"边说边示意跟随的几个人，"给我上，叫他吃饱撑的，多管闲事！"

旁边的几个人便一拥而上，拳脚相加，对哥儿仨动了手。哥儿仨过去在庄子里曾习武健身，有点儿功夫。因人地生疏，不想惹是生非，所以，虽然对方拳脚相加，哥儿仨也只是躲闪退让。哪知对方却得寸进尺，越来越凶，惹恼了大力士武敬岳，他开口骂道："他奶奶的，还真下死手啊，那俺就不客气了！"边说边施展功夫，三拳两脚，对手即招架不住，连滚带爬，败下阵来。穿戴讲究的汉子见势不好，边往后退，边虚张声势道："小子，你们等着！"然后逃之夭夭。

朱奇山扶起被打的年轻人，关心地问："兄台，伤得怎么样，要不要去包扎一下？"

年轻人摇摇头："不要紧，用不着，谢谢三位出手相助，不然俺可就惨了！"

朱奇山道："你是当地人吗？他们是什么人，为什么打你？"

年轻人叹口气道："俺家在黄泥河子，到下城子办点儿事，顺便卖点儿山货，不想碰到这几个地痞，跟俺要什么保护费，出口就要上百，把俺这点儿山货都搭上还不够呢，不答应，他们就大打出手！"

张大闯给朱奇山递个眼神道："大哥，这帮地痞是地头蛇，不好惹，只怕他们还会招呼同伙来纠缠，咱们还是赶快离开这儿吧！"

年轻人点点头："这位兄弟说得有理，你们赶快走吧！"

朱奇山摇摇头："要走咱们一起走，不能把你一个人留下！"边说边示意张大闯和武敬岳两人帮着收拾东西，武敬岳背着山货，朱奇山和张大闯搀着年轻人一起走进了偏僻的小客店。

年轻人坐下之后，开口问道："刚才没有来得及问询，三位是何方人氏，听口音好像是山东人。"

朱奇山微笑道："你猜对了，俺们哥儿仨是山东平度人！"

年轻人高兴地说："俺也是山东平度人，虽然不是同村，可也是乡亲呢！"

那个年代，边城地区人烟稀少，见到个同乡很不容易。俗话说，老乡见老乡，两眼泪汪汪，何况又有相帮相救之事，所以，虽然素不相识，见是山东同乡，很自然地特别亲近起来。

朱奇山问年轻人："敢问兄台贵姓？"

年轻人答道："免贵，姓赵，学名连荣。敢问老弟贵姓，为什么到这荒野的边地？"

朱奇山连忙回答："不敢，兄弟我姓朱，名奇山。"又分别指着张大闯和武敬岳道，"他叫张大闯，俺的二弟，他叫武敬岳，俺的三弟！"然后继续道，"老兄问俺为什么到这荒野的边地来，那真是一言难尽啊！"随后，眼泪汪汪地叙述了因天灾人祸活不下去、被逼无奈闯关东、希望应招当垦民的经过。

赵连荣深表同情地说："唉，都是被世道所逼啊，其实，俺和你们兄弟一样，也是在老家活不下去了，才闯关东到了边城。俺有个本家叔叔早年闯关东，虽然挣了点儿家业，但身边只有个养女，婶婶过世后，叔叔一个人度日。俺父母亡故后，叔叔即让俺和堂妹连喜到边城来，并把他的养女山红许配给俺。叔叔过世后，俺夫妻俩即继承他的家业，靠种地、挖参、打猎维持生计，和堂妹连喜一起过日子。"

朱奇山道："赵兄，你在边城定居多年，熟悉当地的情况。请问到招垦局应招都需要什么手续，像俺们这样的人，招垦局能放荒给俺们吗？"

赵连荣热情地说："招垦局招垦民放荒需要什么手续俺还不太清楚，不过，俺有位朋友了解招垦局的情况，咱们找他帮忙如何？"

张大闯有些为难道："赵哥，像俺们这样穷得连个见面礼都没有，又和人家素不相识，能行吗？"

赵连荣微微摇摇头道："老弟不必为难，天下穷人是一家，俺这个朋友也是咱们山东的老乡，姓杜，名勇，现住双峰村。他父亲叫杜文秀，曾在朝为官，是个翰林，因受康梁维新变法的牵连，全家被流放到宁古塔，辗转到了边城，父子俩为人忠厚慷慨，乐于助人。"

武敬岳有点儿怀疑道："他一个流人，和招垦局能有什么深交，能帮上忙吗？"

赵连荣微笑地说："看来，武老弟还不太了解流人的情况。其实，这流人的能量还不能小瞧呢！东北的流人，什么样的人都有，当官的、带兵的、教书的、经商的、做工的、种地的、江洋大盗、地痞流氓……成分复杂着呢。因为政局复杂多变，流人的变化谁也猜不透，有的今天是流人，明天又可能被招回去当了官，所以，当地官府对流人的管束不少是睁一眼闭一眼，特别是对官僚和文化人。因此，有些流人和官府也有结交，有一些活动能力。就说杜勇他父亲杜文秀吧，他被流放到这里以后，因为曾在朝为官，地方官府对他管得也不很严，过了几个月，他就办起了私塾，儿子杜勇做起了贩酒的生意，交往也比较广。就他的为人和俺与杜勇的关系，也许能帮上忙。"

听赵连荣如此说，哥儿仨十分高兴。赵连荣又热情邀请道："三位兄弟，在这里住店花费也不小，不如到我家暂住，再找杜勇帮忙如何？"

哥儿仨见赵连荣如此热情，不禁喜出望外，朱奇山道："赵兄盛情，俺哥儿仨也就不客气了，只是要给赵兄添麻烦了。"

赵连荣说："能结识三位兄弟，俺求之不得，老弟就别客气了！"当晚，哥儿仨和赵连荣同住小客店，第二天早晨，哥儿仨和赵连荣一起直奔黄泥岗村赵家。

## 五

赵连荣一家住在边城地区的黄泥岗村，这是个只有七户人家的小山村，村南有一条从西向东流的小河，名叫黄泥河，村北和东西三面环山，林木茂密，山林和村中房屋之间，地势比较平坦，可供村民开垦。赵家是黄泥岗村的老户，房屋和院落略好于其他住户。用柞木、桦木树枝和板条夹成篱笆的院子里，有三间坐北朝南的土坯正房，还有东西各两间的土坯厢房，正房正面是木制大门。正房北面的篱笆墙留有一个小门，直通庄稼地和北山。赵连荣两口子和儿子赵铁柱住正房，堂妹赵连喜和女儿赵晨住东厢房。西厢房是仓房，外墙上挂着兽皮、山货、大串辣椒和苞米，仓房里摆放着锹、镐、锄头等农用工具。院子里堆放着整齐的木柴杆子，供做饭取暖之用。

听到汪汪的狗叫声，赵连荣妻子山红快步从正房里走出来，见赵连荣已推开院门，后面还跟着三位年轻人，先是一怔，继而柔声道："你回来了！"未等丈夫搭腔，朝朱奇山等人扫了一眼问道："这是……"

赵连荣笑笑说："别这是那是了，三位是咱山东来的老乡！"

山红连忙热情地邀请道："啊，这可是稀客，快请进屋！"

朱奇山客气道："给嫂子添麻烦了！"

山红连忙回应："客气啥，乡里乡亲的，盼都盼不来呢！"

哥儿仨随赵家夫妇进入正房，各自落座后，山红朝外喊道："连喜，来客人了，给冲一壶茶来！"

"嗯哪！"东厢房里传出清脆的少女的声音。不一会儿，一位身材苗条，浓眉大眼，身穿蓝布衣裤，十六七岁的姑娘，提着茶壶，拿着茶碗进入正房，麻利地给屋里人倒茶后，不经意地扫了一眼朱奇山，然后柔声对赵连荣道："哥，你陪客人坐着，有什么事让嫂子喊俺！"边说边从正房退出。

朱奇山用询问的口气问赵连荣："刚才这位是……"

赵连荣微笑着说："是俺堂妹连喜。"

说话间，院外传来稚嫩的童音："妈，俺爸回来了？"

"回来了！"山红笑着回应，"还有山东来的叔叔，都在屋里呢！"

话音刚落，一个五六岁的孩子跑进屋里，刚喊了一声"爸"见有客人，便腼腆地扑到赵连荣的怀里。

朱奇山从怀里掏出一把糖块走到孩子面前，和颜悦色地说："孩子，叫什么名字，叔叔给你糖吃！"

"俺叫铁柱！"孩子高声回答，回头看看赵连荣的脸，却没有伸手接糖。

朱奇山略带歉意地说："赵哥、嫂子，也没给孩子买什么礼物，就几块糖，让孩子拿着吧！"

山红对铁柱道："柱子，叔叔给你糖，还不谢谢叔叔！"

铁柱伸手接过糖块，小嘴嚅动着："谢谢叔叔！"

山红嘱咐道："铁柱，叔叔给的糖块别一个人吃，送给姑姑和姐姐点儿！"

"嗯哪！"铁柱答应着，蹦蹦跳跳地跑出了正房。

张大闯赞美道："这孩子岁数不大，可真有礼貌！"

武敬岳补充道："还不是赵哥和嫂子调教得好！"

山红谦逊地说："庄户人家，哪会调教！"同时转换话题，"你们哥儿几个先唠着，俺和连喜去准备饭！"边说边离开正房。

哥儿仨在赵家吃过饭，晚间，山红、连喜和赵晨睡东厢房，赵连荣和儿子同哥儿仨在正房过夜。

第二天，赵连荣即动身到杜家打探招垦之事。

朱奇山兄弟三人焦急地等待着赵连荣的消息，三天后，赵连荣返回黄泥岗村。进入正房，未等坐稳，朱奇山便急着问："赵哥，招垦的事怎么样？"

赵连荣苦笑着摇摇头："兄弟，招垦的事还真有点儿棘手呢！"

"啊！"哥儿仨有点儿失望地低下了头。

赵连荣看到朱奇山兄弟三人焦急失望的样子，赶忙安慰说："兄弟，好事多磨，这次没办成，咱们再想别的办法！"

张大闯问道："赵哥，事情卡在哪里了，能说说具体情况吗？"

赵连荣道："杜勇跟俺说，皇家的本意是通过放荒招垦，强化边防的力量，防备沙俄的侵扰。为把这件事办好，曾委派一个叫吴大澂的大官督办此事，在边城地区招募垦民，实行屯垦制。规定每户放给荒地三十垧，每十户为一棚，每三棚为一屯，每两户给一头牛，每棚给车三辆。新荒一律免交押荒钱，平时开荒种地，战时即充壮丁！"

武敬岳插话道："不但给荒地，还给牛和车，哪有这样的好事，莫非是个骗局？"

赵连荣摇摇头："那倒不是。听说吴大澂是个清官，很正直，很负责任。只是他年事已高，回去以后不久就病故了。现在上面谁管这事不知道，只听说负责边城一带招垦的是京城来的一个富商，叫王乃平。俗话说，山高皇帝远，何况眼下内地也是多事之秋，上面也没有心思管下面这些事。姓王的这家伙，花花肠子不少，杜勇说，对这种人，不给点儿好处恐怕办不成。"

朱奇山愁眉苦脸道："赵哥，你知道的，俺们哥儿仨靠打工、出苦力，好不容易才来到边城，穷得叮当响，哪有好处送人！"

赵连荣沉思良久，然后以商量的口吻对朱奇山哥儿仨说："三位兄弟，俺有个想法，跟你们哥儿仨商量一下，看是否可行！"

朱奇山诚恳道："赵哥，咱们虽然是初次相识，但这些天来，你的所作所为，俺们哥儿仨心知肚明，深知你是热心人、真朋友。你有什么想法，尽管说出来，不用商量，你觉得可行就行，俺们哥儿仨就按你说的办！"

"兄弟，既然你们哥儿仨这么信得过俺，那俺就直说了。"赵连荣诚恳地回应道，"目前已是暮春初夏，到了耕田播种的季节，不要说招垦局放荒的事还八字不见一撇，就是有了眉目，等办完手续，把荒地放下来，恐怕已过了播种的季节，今年也不可能有收成了！"

张大闯插话说："赵哥分析得对，看来，放荒的事今年是指望不上了！"

武敬岳无可奈何地说："那可怎么办，拿不到荒地，今年可没法儿活了！"

"兄弟，你们也别发愁。"赵连荣接着说，"车到山前自有路，你们也看到了，俺这里虽然不富裕，但也算是坐地户了，总比你们两手空空强。俺这房前屋后，沟沟坎坎，还有不少荒地，你们哥儿仨今年春夏就在这里开荒种地，农具和种子先用俺的，秋后收成好，有能力就还给俺，收成不好，也不用还，就算俺交你们哥儿仨这朋友了！"

见赵连荣如此重情义，朱奇山哥儿仨扑通跪倒在地，热泪滚滚道："赵哥如此重义，慷慨帮助，亲同再生父母，俺们求之不得，只是给你添的麻烦太多了！"

赵连荣急忙扶起三位，十分真诚地说："老弟们请起，俺还有话要说！"

张大闯感激地说："还有什么话，赵哥尽管说！"

赵连荣道："俺有个建议，依俺看你们哥儿仨应当分分工，两人开荒种地，一人跟俺学学挖参的技术，跟着俺钻钻老林子，认认山道，然后跟俺一起进山挖参、捡山货，冬天再打些猎物，生活也就有了着落。万一运气好，挖得千年人参，便有了送礼的本钱。春节前后，俺再托杜哥走走关系，送些礼物，如果能分到荒地，以后的路就好走了！"

赵连荣一席话，说得哥儿仨心花怒放。武敬岳高兴地抱起赵连荣转了两圈，笑呵呵地说："俺的亲哥哥呀，俺不敬岳了，就改成敬赵吧！"说得大家笑成了一团。

赵连荣进一步说："俺这西厢房里堆得都是一些破烂儿，咱们把它倒腾出来，让你们哥儿仨住宿。俺家再添三双碗筷，你们就跟俺家在一起吃饭好了！"

朱奇山坚决不肯："赵哥，你让俺们哥儿仨留下来开荒种地、挖参打猎就够意思了，这吃住的问题，你就别管，让俺们自己解决好了！"

赵连荣有点儿不高兴地说："你们怎么解决，住荒郊野外，喝西北风？"

朱奇山赔笑道："那倒不是，俺们哥儿仨在院外找个地方，搭个窝棚，垒个炉灶不就行了吗？"

赵连荣坚持道："你们怎么这么见外呢，既然把俺当亲哥哥，那咱们就是一家人，俺是老大，就得听俺的。把西厢房腾出来，盘个大炕，垒个炉灶，你们实在不愿意跟俺家一起吃饭，就让连喜给你们做饭，收拾收拾卫生，你们哥儿仨一心一意干男人该干的事就行了。"

朱奇山张了张嘴，还想说什么，未等开口，赵连荣即抢先道："就这么定了，你什么也别说了。如果实在过意不去，咱们亲兄弟明算账，粮食、用品算我先借给你们的，记个账，等你们有了地，混好了，再还给俺！"

赵连荣话说得如此坚决，不容反驳，朱奇山哥儿仨只好答应了。

按照赵连荣的吩咐，哥儿仨先在附近的树林里砍了些树枝条，在院子的西南角搭了个简易棚子，然后把西厢房里的农具和杂物搬出来，放在简易棚子里。又乘着初夏的明媚天气，挑水、和泥、脱坯、盘火炕、垒炉灶，等这一切收拾妥当之后，即由张大闯和武敬岳在附近开荒种地，朱奇山跟着赵连荣学习挖参技术，进山踩道实习。

朱奇山不仅能吃苦，也是个聪明人。开始他只能帮着赵连荣背上山的吃喝和用具，跟着钻林子、捡山货，听赵连荣讲山参的形态、性状、生长地点，在深山老林中如何熟悉道路、辨别方向，如何了解野兽的习性，提防黑熊和野兽袭击等知识。赵连荣讲得仔细，朱奇山学得认真，不到两个月，就基本上掌握了钻山挖参的基本常识，有时赵连荣脱不开身，他也可以自己进山寻宝了。

开荒种地是力气活儿，武敬岳不惜气力，张大闯又是庄稼院里的行家，两人起早贪黑，先开荒，后播种，不长时间，赵家附近的荒地差不多都被开垦出来，长出了绿油油的玉米、黄豆等秧苗，还有豆角、茄子、西红柿、辣椒等蔬菜。看见自己的劳动成果，哥儿俩脸上浮现出了近期少有的笑容。

由于赵连荣和杜勇的亲密关系，他的儿子常年住在杜家，并同杜勇的儿子杜龙彪一起在杜文秀的私塾学校读书。女儿赵晨也常到杜勇家和他的小女儿杜菊一起玩耍，还由杜梅指导她们读书和做女工。赵妻和连喜姑嫂二人除操持家务外，还分头给自家和哥儿仨做饭，打扫卫生，种自家的庄稼地。

张大闯和武敬岳见姑、嫂二人要下地干活儿，执意不让。

山红对哥儿俩说："俺家地不多，又是熟地，往年连荣上山之后，地里的活儿都是俺姑嫂二人料理，不用你们俩费心！"

张大闯大声说："嫂子、连喜，你说的那是往年，今年俺们哥儿仨来了，你们俩忙里忙外照顾，俺们再让你们女人下地干庄稼活儿，那不让人笑话吗？"

连喜半正经半玩笑地说："女人咋了，女人和男人一样，你们男人能干的我们女人一样能干！"

张大闯急忙分辩道："妹子，你误会了，俺不是那意思，不是说你们比男人差，俺是说……"

未等张大闯说完，武敬岳便瓮声瓮气地插话道："不管怎么说，反正有俺们哥儿仨在，就不能让你们女人下地干活儿！"边说边夺下了两人手中的农具。

山红笑着说："这么说，俺和连喜可享福了！"边说，边招呼连喜，"妹子，他俩不让咱下地，咱们也该回家做饭了！"

连喜对三位年富力强、勤劳朴实的乡亲照顾得很周到，做饭之外，还帮三位洗衣服，缝缝补补。为洗衣服的事，有时还闹个半红脸。看到哥儿仨衣服脏了之后，便催促他们脱下来让自己洗，哥儿仨不好意思，不脱不算，脱了也不让连喜洗。连喜便不依不饶道："家里有两个女人，还让大老爷们儿自己洗衣服，你们不嫌丢人，俺和嫂子还嫌丢人呢！"

连喜对朱奇山似乎照顾得更仔细些，朱奇山跟赵连荣钻山挖参，有时回家晚，错过了吃饭的时间，连喜便把饭菜单独留出来，扣在炉灶边，等朱奇山到家，她便把饭菜端过去，默默地在一旁瞅着他吃饭，饭后再帮着洗刷碗筷。洗过的衣服，也都精心熨烫，叠得整整齐齐放在床头。

一天中午，朱奇山穿着白短褂，在院子里洗脸擦身，连喜站在东厢房窗户边静悄悄地盯着看，朱奇山无意间一回头，正好与连喜四目相对，连喜连忙闪在了窗后。站在窗户前乘凉的赵氏夫妇和大闯哥儿俩都在无意中看到了这一幕。

赵连荣心有所动，和妻子小声商量道："孩儿他妈，你看见没有，咱家连喜对奇山兄弟是不是有那个意思？"

山红微笑着说："看见了，不仅是今天，俺都看见好几次了，平时，连喜对奇山的照顾可是格外细心呢！"

"你觉得奇山这个人怎么样？"赵连荣试探地问。

"俺看奇山这个小伙子很好，是个本分人，品行不错，长得也帅，俺觉得连喜是相中他了！"山红直爽地回答。

赵连荣接着说："连喜也到了谈婚论嫁的年纪了，叔婶把连喜托付给咱夫妻俩，咱可不能辜负了老人家的委托！俺看奇山和连喜是蛮好的一对儿，你看是不？"

"俺看也是，"山红略显犹豫地补充道，"就是不知道人家奇山是怎么想的！"

"俺看奇山不见得没那种想法，等有机会俺探探他的底！"赵连荣道。

正房里赵氏夫妇在小声议论时，朱奇山进入西厢房后，张大闯也半开玩笑地对朱奇山说："大哥，俺看连喜妹子对你好像有那么点儿意思，你觉得呢？"

"什么意思？"朱奇山心知肚明，但还是装作不明白似的反问。

武敬岳将双手大拇指做了一个夫妻对拜的手势，笑呵呵地说："大哥装什么，这你还不明白？"

朱奇山板下脸严肃地说："两位兄弟的好意俺明白，但眼下咱们还不能想这个事。你们想想，招垦的事还没有眉目，将来怎么样还很难预料，咱不能坑人家不是？"

朱奇山这么一说，张大闯和武敬岳互相瞅瞅，也没有再吱声。

光阴似箭，不知不觉已到深秋，庄稼已经成熟。虽然是生荒地，怎奈黑土地肥沃，又赶上风调雨顺的年头，所以庄稼长势很好。赵家熟地里的庄稼，玉米、黄豆、小麦，颗粒饱满，长势喜人。眼看丰收在望，哥儿仨脸上挂笑，活儿干得更起劲。不到一个月的工夫，就基本完成了秋收任务，做到了颗粒归仓。

看到满院子的黄豆、玉米，张大闯感慨地说："兄弟，从俺记事以来，从没有看到自家有这么多的粮食。东北真是个好地方啊，山清水秀，土地肥美，只要肯出力，舍得下辛苦，就不会饿肚子！"

武敬岳刚要答话，隐约听到有女人的哭喊声："狼来了，救人啊……"他急忙转换话题，"二哥，你听，好像是连喜的哭喊声！"

张大闯仔细一听："不好，是连喜的声音！走，出去看看！"边说边拽起一根扁担跑出院外，武敬岳也手提钢叉跟在张大闯的后面，两人一起向有喊声的地方奔跑。远远看见一只灰狼正与连喜对峙，连喜边喊边向后退……灰狼正要扑过去，忽见朱奇山一个箭步蹿过去，手提木棒向狼头打去，灰狼闪身躲过，张牙舞爪地向朱奇山扑过去。连喜不知所措，瘫倒在地。朱奇山一边护着连喜，一边挥舞木棒抵挡恶狼。正在危急关头，张大闯和武敬岳赶到，武敬岳手提钢叉向恶狼猛刺，恶狼一声嚎叫，树林中又蹿出三只恶狼，向三人扑来。武敬岳挥舞钢叉，张大闯轮开扁担，朱奇山一边用身体护着连喜，一边用木棒提防恶狼的袭击，哥儿仨力战群狼，毫无惧色。武敬岳手中钢叉刺中头狼腰部，只见头狼一声凄厉的嚎叫，带着狼群逃遁。朱奇山背起连喜，张大闯和武敬岳二人左右相护，急步奔向赵家大院。

此时，连喜已经苏醒，她微睁双眼，见自己伏在朱奇山的背上，便又闭上眼睛。进到院里，从正房出来的山红急忙问道："这是怎么了？"

朱奇山连忙回应道："嫂子，连喜碰见恶狼了！"

"啊，快，快进屋！"山红边说边将朱奇山让进正房，顺手从炕上抽出一个枕头，帮朱奇山把连喜放在炕上。

朱奇山简单地叙述了事情的经过："俺正在地边的树林里捡山货，看见一只灰狼向在地里摘菜的连喜跑去，俺一看不好，提着一根木棒就往连喜那里跑……"

山红埋怨道："这个妮子，就是不听话，不让她一个人下地，可她还是去了，多危险啊！"

张大闯插话道："俺和敬岳正在院子里唠嗑，隐约听到好像是连喜的喊叫声，就跟敬岳急忙跑过去了！"

朱奇山感叹道："幸亏你们俩赶过去了，不然的话，俺又要护连喜，还要防恶狼，还真麻烦呢！好在有惊无险，没有让狼伤着！"

山红松了口气道："是啊，真要是出了事，俺怎么向连荣交代！你们先看着，俺给她倒碗水！"

"不用了，嫂子！"连喜微睁双眼，有点儿不好意思地说，"没事，就是吓得够呛！"又瞟了朱奇山一眼道，"谢谢朱哥、张哥和武哥！要不是你们，俺可真就没命了！"

哥儿仨齐声答道："自己人，谢什么，你没事就好！"

在外面办事回来的赵连荣听到连喜遇险的事，感激之余，又想起了连喜的婚事，急切希望将妹妹托付给一个可靠的人。一天，在同朱奇山一起钻山林子时，他有意试探着说："奇山兄弟，这一段，俺只顾着穷忙，也没问你们哥儿仨过得怎么样，连喜这丫头会照顾人吗？"

朱奇山真诚地说："赵哥，这一段你和嫂子为俺们哥儿仨没少操心，特别是连喜，不仅帮着做饭，还抢着给俺们洗衣服、打扫卫生，照顾得可细心了，俺哥儿仨还真有点儿过意不去呢！"

"有什么过意不去的，都是自己人！"赵连荣顺着朱奇山的话题，突然问道，"奇山，你看连喜这丫头怎么样？"

"那还用问？"朱奇山无意间流露了真情，"连喜可真是个好姑娘，厚道、和善、勤快、稳重、细心，是个过日子的好手，谁要是娶了她，那可是烧高香了！"

"你说的是真心话？"赵连荣惊喜地反问道。

"当然是，不仅俺这样看，大闯和敬岳也这么看！"朱奇山说。

沉默了一会儿，赵连荣突然问道："奇山兄弟，俺把连喜许配给你怎么样？"

沉思良久，朱奇山缓缓地回应道："赵哥，那恐怕不合适！"

"怎么不合适，你刚才不是还夸她吗，难道那不是心里话？"赵连荣的脸撂了下来，"怎么，你觉得她配不上你？"

"不，不，不！"朱奇山急忙否认，"赵哥，你、你误会了，连喜确实是个好姑娘，不是她配不上俺，是俺配不上她！"

"你怎么配不上她，你说实话，你心里到底是怎么想的？"赵连荣追问道。

"赵哥，说实话，俺如果能娶到连喜这样的好姑娘，那，俺们老朱家真是烧高香了！"朱奇山解释道，"可是，眼下俺房无一间，地无一垄，招垦的事还不知道能不能办成，如果办不成，今后的日子怎么过，俺自己心里都没谱，俺不能坑连喜！"

"噢，你这么说俺也理解，"赵连荣松了口气道，"不过，俺是真心想把连喜托付给你，既然你这么说，那咱就先缓缓，俺再看看连喜怎么想。"

"那样最好！"朱奇山平静地说。

赵连喜对朱奇山的态度，赵氏夫妇看在眼里，早已猜透了妹妹的心思。因为不知道朱奇山怎么想，所以也没有跟连喜挑明。赵连荣把试探朱奇山的情况跟妻子山红商量，山红也认为朱奇山说的是真心话。两口子决定由山红把试探朱奇山的情况告诉连喜，看她是什么态度。

连喜态度很明确，她说："俺看中的是朱奇山的人品，俺要嫁的是朱奇山这个人，凭他的为人，不会一直这样穷，即使他一直这样穷，也没关系，将来跟他讨吃要饭，俺愿意，俺认命！"

赵氏夫妇心里有了底，决定找适当的时机再找朱奇山沟通。

深秋，一件出乎意料的事，让赵连荣和朱奇山哥儿俩实现了自己的梦想。

## 六

那天，秋高气爽、蓝天白云的晴朗天气突然变了脸。秋风呼呼地吹，树叶哗哗地落，天上乌云滚滚，山峰云雾迷蒙，雨丝慢慢飘落着。这样的天气，在密林中的赵连荣和朱奇山却没打算往回走，仍然在林木丛生的山坡上寻觅着。几个月来，两人不辞辛苦，翻山越岭，踏破铁鞋，仍未见到山参的踪影。因此，虽然老天变脸，哥儿俩仍毫无顾忌地留在了丛林中。

正行走间，朱奇山看到一处杂木丛生的斜坡上，有一束珍珠般大小的鲜红果粒在草丛中摇曳，便悄悄地走过去，看到五片绿叶像手掌般托着一串红珍珠，一阵喜悦袭来，心脏也不由自主地狂跳起来。他双膝跪地，从怀里掏出一块红布条，虔诚地轻轻地挽在叶茎上，又开始慢慢地清理完绿叶下面的野草。然后压低嗓音拖着长声喊道："赵——哥，赵——哥！"

赵连荣闻声急步蹿上坡来，见状，惊喜地嘟哝道："老天爷，谢谢！"随即双膝跪地，同朱奇山一起小心翼翼地清土。好在土质松软，土层深厚，不长时间，即清理出一大片。两人顺着芦头，慢慢地往下和四周清理，逐步清出了山参的根须，最后又一点儿一点儿地清理掉沾在根须上的土，将整棵人参挖出来后，用红布包裹，放在背篓之中，又用捡到的蘑菇、银耳等山货轻轻地盖在上面。两人满怀喜悦，顶着秋风秋雨，迈着轻快的脚步，回到了赵家小院。

看到赵连荣和朱奇山两人脸上挂着不寻常的笑容，神秘兮兮的样子，张大闯和武敬岳围过去问道："看两位哥哥喜庆的样子，好像得到什么宝贝似的！"

朱奇山轻轻地笑道："兄弟俩猜对了，和得到宝贝差不多！"

张大闯兴奋地问道："怎么，挖到千年人参了？"

赵连荣急忙递个眼神："兄弟，轻声点儿，屋里说话！"

兄弟四人进入正房，朱奇山放下背篓，捡走盖着人参的山货，轻轻地拿出了山参。武敬岳扫了一眼朱奇山手中的人参，有点儿失望地说："才这么大一点儿啊！"

赵连荣白了一眼武敬岳道："兄弟，你不懂，别看就这么大一点儿，那可比咱们这一大片家当都值钱呢！"

武敬岳瞪大眼睛道："哥说的是真话吗，俺有点儿不敢相信呢！"

赵连荣微笑着解释道："兄弟，你没有挖过参，不知道这人参的价值。人说东北三宝，人参、貂皮、乌拉草，这三宝之中，人参，又称地精、神草，是百草之王，宝中之宝。当然，也不是所有的人参都这么金贵，这还得看是什么样的人参！"他歇了口气接着说，"鉴别人参的优劣，学问可大了，简单地说，主要看'五形'和'六体'。所谓'五形'，是指人参的须、芦、皮、纹、体；所谓'六体'，是看人参的灵、笨、老、嫩、横、须。"

张大闯插嘴道："赵哥，你说得太专业了，能不能用通俗点儿的俺们能听懂的话说说！"

赵连荣笑道："好，好，其实，俺说得也不是很专业，解释开你们就懂了。一棵人参的品质如何，主要看它的生长年限、浆水、芦茎、体态、横纹等状况。如果生长年限长，浆水足，体态丰满玲珑，纹细密而深，须老而韧，清疏而长，缀上有小颗粒状的疙瘩，俗称'珍珠点'，这样的人参就是佳品，价值昂贵。"

武敬岳急切地问道："赵哥，依你看，咱们这棵参是不是佳品？"

赵连荣十分肯定地说："当然是佳品。"他指着眼前的人参解释道，"你们看，咱们这棵参，芦头，也就是它的茎，短而粗，状如圆柱，是三节芦中的圆芦；主根细长纹细密而深，状如螺丝；两根主要支根的须上有明显的小米粒状的小疙瘩，就是俗话说的'珍珠点'；再看它黄褐色的皮，形状像人的玲珑美观的体态，与优质野山参非常相似。"

武敬岳又插嘴道："好是好，可惜小了点儿！"

赵连荣摇摇头："兄弟，你知足吧！你知道吗，一般一两左右的山参，就得生长百年以上，咱们这棵参有二两左右，少说也在二百年以上，称得上是野山参中的佳品，价值不菲啊！"

听了赵连荣的解释，哥儿仨心花怒放，高兴得手舞足蹈。朱奇山乐呵呵地对赵连荣道："赵哥，天道酬勤啊，这棵野山参是老天爷对咱哥儿俩翻山越岭，风里来，雨里去，辛辛苦苦大半年的酬劳啊。你是挖参的行家，懂得这棵参的价值，要想出手，卖个好价钱，还得你找个识货的主顾！"

赵连荣摇摇头道："兄弟，依俺看，这棵参咱们不能卖，先好好包装包装，让杜勇直接送给招垦局管事的那个王乃平，看到这个宝贝，不怕姓王的不放荒。"

朱奇山不同意，他说："赵哥，这可不行，参是咱哥儿俩挖的，直接拿去送礼，这大半年你不是白辛苦了吗？这棵参是老天爷对你这个大善人大恩人的酬劳啊，俺哥儿仨怎么能独占呢！"

张大闯和武敬岳也齐声附和："赵哥，奇山哥说得有理，应该把这棵参卖掉，你和朱哥对半分。"

赵连荣仍然摇头反对："你们哥儿仨的心意俺清楚，这情义俺领了，但不能这么做。王乃平是京城来的富商，胃口一定不小，钱少了他看不上，钱多了咱拿不起。这棵百年野山参是他拿钱也买不到的真货，是王乃平这种想长命百岁之人梦寐以求的东西，把这棵参送给他比钱管用！"

朱奇山仍然坚持道："不行，那样就太对不起大哥了！"

赵连荣真挚地说："自家兄弟，说什么对得起对不起的。能不能拿到荒地，是关系你们哥儿仨前途命运的大事，也是赵哥俺的一块心病，如今上天有眼，让俺们挖到了宝贝，有了了结心愿的机会，咱绝对不能因小失大，错过良机！"

朱奇山固执地说："赵哥，你帮俺们哥儿仨已经是仁至义尽。俗话说'善有善报'，今天得到这棵宝贝，也是老天对你这个大善人的回报，俺们哥儿仨不能违背老天的意志！"

赵连荣发急道："奇山，你说错了。人常说'天道酬勤'，你们哥儿仨为到东北谋生，千难万险，千辛万苦，不改勤劳本色，这棵山参是上天对你们这种勤劳人的酬谢。况且，山参是你发现的，本就与俺无关，俺若与你分享，那才是真正违背了天意。俺的主意已定，若不按俺说的办，就陷赵哥俺于不义了！"

听到哥儿几个的争论，山红走过来笑着打圆场说："你们也别再争论了，以后从长计议。不管怎么说，挖到了宝贝，是件特大的喜事，俺现在去给你们预备点儿酒菜，你们哥儿四个好好乐和乐和！"

张大闯一拍大腿说："嫂子说得对，今天是俺们到边城以来遇到的最大的喜事，值得庆贺！不光俺们哥儿四个，嫂子、喜妹咱们一起庆贺！"

赵连荣道："好，庆贺！今天咱们大碗喝酒，好好乐和乐和！"

由于赵连荣的坚持，野山参没有拿到参行出售。他从事挖参的行当多年，参行中有不少朋友，通过朋友中的行家里手，为野山参量身定做了十分精致的礼盒。春节前夕，他和朱奇山带着野山参到了杜勇家，说明了来意。

杜勇见有这么贵重的礼物，叹口气道："按照《黑龙江沿边招民垦荒章程》的规定，对从关里应招来的垦民不但无偿放荒，还有一些优惠政策，不仅免车船费、不收荒地钱，甚至还贷给资金，像奇山兄弟仨这种情况，按章程是应该无条件放荒的。可是王乃平根本无视这些规定，不给他好处，他就找种种借口拖着不办。咱们给他这么贵重的礼物，便宜这小子了！"

赵连荣道："俗话说，'人在屋檐下，不得不低头'，碰上这么个贪腐之人，不送礼，他就不放荒，奇山哥儿仨等不起啊！"

杜勇无可奈何地说："那好，俺这就托人去办！"

杜勇利用自己的关系，直接面见王乃平，并递上了野山参。作为京城富商，王乃平也是识货之人，知道送来的礼品是草中之王、参中佳品，立刻眉开眼笑，十分满意。他亲自召见了朱奇山哥儿仨，问清了姓名、籍贯，并责成手下管事之人登记造册，履行相关手续，答应开春之前丈地放荒。

哥儿仨见放荒的事有了着落，自然非常高兴。但随着春节的来临，张大闯和武敬岳惦念着老家亲人，难免暗自叹息。对此，赵连荣夫妇看在眼里，除夕那天，山红姑嫂俩包了酸菜肉馅饺子，备了酒菜，赵连荣买了一挂一千响的鞭炮，尽心尽意陪哥儿仨过了个欢快的春节。

春节过后，杜勇捎信要求连荣和奇山哥儿仨过去，说放荒的事有了准确消息，连荣和哥儿仨急忙到杜家了解具体情况。

杜勇高兴地说："赵哥，有钱能使鬼推磨啊，放荒的事成了，招垦局让咱们现在就去领地。"

朱奇山急忙问道："杜哥，可知荒地在什么地方，每人放给多少亩？"

杜勇乐呵呵地说："兄弟，招垦局放荒不论亩，论垧。你们哥儿仨，每人给荒地三十垧，地点在冠地沟。除荒地外，还给你们哥儿仨一头牛、一辆车。"

赵连荣有点儿不太满意地说："牛、车倒是基本按规定给了，荒地可没有按规定给，位置有点儿偏。冠地沟一带，山坡多，平地少，交通也不太方便。咱们送那么厚的礼，他们不应该按一般垦民对待，应该挑点儿好地片！"

杜勇刚要说话，其父杜文秀插话道："连荣啊，你只顾挖参打猎了，对当前招垦的情况还不太了解。名义上说，是要对关内招来的移民无偿放荒，实际上，那些满汉官员、巨绅、富商、放荒员却以垦民的名誉把那些地肥水美、交通方便的荒原占为己有，然后，有的把荒地租给应招的垦民耕种，有的干脆将应招垦民当长工使用，借招垦之名，行肥己之实，根本不会无偿放荒。因为咱们送了厚礼，垦局才答应放荒，如果不送礼，别说平川肥美荒地了，就是偏僻荒地，恐怕也不一定放给你。"

杜勇愤愤地说："那些有钱有势的官僚、富商，有的揽占肥美之地数十方、数百坰。黑龙江在丈地放荒时，省城正黄旗五佐监生每人就领了四千八百坰，密山的李忠福、赵振东两家富商各领了三四百方。"

朱奇山问道："听说一坰是十五亩，不知这一方是多少？"

杜勇解释说："一方是五十坰，你算算，这三四百方是多少，上万亩啊！俺这仅仅是举了一两个例子，这种情况多的是。你想想看，有那些大官、富商在，普通垦民能无偿领到荒地吗？"

赵连荣赔笑道："听大叔和杜老兄这么一说，俺算明白了。看来，从关里千里迢迢到边城来的农民，真正能够无偿领到荒地的不多。奇山兄弟仨好歹还领到了荒地，算是比较幸运的了。"

杜文秀点点头道："连荣是明白人，一点就通了。依我看，从关里到边城来应招的农民，真正成为垦民的很少，奇山他们哥儿仨算是边城地区第一代垦民了。"

朱奇山诚恳地说："这么说，实际情况和招垦布告上写得差远去了。要不是杜哥找关系，赵哥把山参舍出来送礼，恐怕俺们哥儿仨也和从关里来应招的人一样，只有当长工和佃农的份儿了。俺代表大闯和敬岳诚心诚意地感谢杜叔、杜哥和赵兄。等俺们开荒种地有了收成之后，一定要摆酒设宴答谢各位的恩德。"

早春二月，招垦局放荒员苟步力在冠地沟丈量出了九十坰荒地，发给了一头牛和一辆车，办了领荒手续。杜家父子又摆酒设宴招待放荒员，算是了结了朱奇山哥儿仨的心愿。

## 七

招垦局发放的九十坰荒地，从数量上看不算少，但却大部分是山林和陡坡地，能够开垦为耕地的也就四五坰。虽然如此，但朱奇山哥儿仨仍然很满足，他们站在山坡上，望着大片的荒野，想到此处大片的荒野将归自己所有，顿时百感交集，兴奋不已。

武敬岳面对家乡的方向，跳起来扯着嗓子大喊："娘啊，娘！儿子有几百亩荒地了，您老人家知道吗？"

张大闯也扯开喉咙高声喊道："爹啊，娘啊！咱家有地种了，等这里安顿好了以后，儿子就回家接二老和弟妹到东北来过日子！"

看到两位兄弟高兴的样子，朱奇山也止不住热泪盈眶，他快步走过去，左手拉着张大闯，右手拽着武敬岳激动地说："兄弟，咱们有了土地，就是有了命根子啊！"边说，边使劲地与两位兄弟拥抱在一起，流下了幸福的泪水。

好一阵子，三人才平静下来。朱奇山抹一把脸上的泪水说："兄弟，咱们虽然有了荒地，但怎么开垦，吃住在哪里，还有不少难题，不知两位兄弟有什么打算？"

张大闯道："大哥，你是俺们的主心骨儿，你说咋办，俺就咋办！"

武敬岳随即附和道："二哥说得对，俺俩都听大哥的！"

朱奇山笑笑说："你俩也是荒地的主人了，也得有自己的主见，不能都是俺说了算。常言说，三个臭皮匠，顶个诸葛亮，咱们三个人出主意，比俺一个人强，你俩也不能躲清静！"

张大闯说："大哥，你也不要推辞，你先说说你的想法，俺和敬岳弟参谋参谋不就行了吗？"

武敬岳说："对，对，大哥就先说说你的想法吧！"

朱奇山道："那好，既然你哥儿俩都这么说，那俺就先说说俺的想法。俗话说，兵马未动粮草先行，过去咱们住在连荣大哥家，现在荒地距赵家很远，再住在大哥家不行了，在开荒之前，得先有个住处！"

"这个不难，你们先住俺家就行了！"杜勇插话道。

哥儿仨惊喜地说："杜哥，你什么时候过来的，俺们怎么没看见！"

杜勇笑着说："荒地虽然有了，但怎么开垦，农具、种子、住处等，有不少事呢，所以俺过来看看。见你们哥儿仨高兴的样子，不想打扰你们，就躲在一边没吱声。等你们平静下来商量事，俺才过来的！"

朱奇山感激地说："杜哥，为放荒的事，你忙前忙后，好不容易给办成了，现在又想着帮俺们筹划开荒种地的事，真不知道怎么感谢才好！这住处的事再麻烦你，实在是过意不去呀！"

杜勇回应道："奇山兄弟，你外道了。咱们都是从山东来的穷哥们儿，互相帮助是情义、是缘分，你千万别那么客套了，再说什么麻烦了、感谢了，俺可就不高兴了！咱们还是商量正事吧！"

朱奇山道："杜哥，俺说的是心里话。你和赵哥的情义，俺们哥儿仨不说出来，心里憋得慌呀！俺们听杜哥的，商量正事！"

杜勇道："这就对了，刚才你们谈到吃住的问题，也是件大事，必须安排好。俺的意思是，你们哥儿仨先住俺家，等你们把吃住的地方都安排好了，然后再从俺家搬出去就行了！"

朱奇山看看张大闯和武敬岳道："杜哥想得周到，那俺哥儿仨也就恭敬不如从命了。还有，哥是过来人，也是庄稼院里的行家，这开荒种地的事，还得帮俺们筹划筹划！"

杜勇说："行家不敢说，不过这开荒种地的事俺经历过，跟你们一起合计合计倒是可以，也说不上什么筹划。依俺看，你们要在这荒原上立住脚，眼下得做好三件事。"

武敬岳问道:"杜哥,你说,哪三件事?"

杜勇不紧不慢地说:"第一件事,就是你们说的吃住的问题。在化冻前,先要搭个像样的窝棚,这个窝棚,不仅天暖和的时候能居住,就是寒冬腊月也要能住,方便看守储藏的粮食和耕牛。还要有一个牛棚,用来喂牛和存放农具,这样,吃住就有了地方。第二件事,放火烧荒。办好这件事可不那么简单,既要能把自家荒地上的杂草都烧掉,又不能引发山火。这就必须会看天气,识别风向,掌握好火候。这第三件事嘛,就是集中力量开荒种地。头一年要尽可能多开些荒地,第一年,生荒地,最好种玉米、黄豆,广种薄收。夏天,除了为玉米、黄豆中耕除草外,还得抽时间再开些荒地,种些蔬菜,供春夏秋冬吃菜。此外,要抽时间搭苞米楼子,挖菜窖,备些柴草,供储藏粮食、蔬菜和冬天取暖之用。把这些事做好了,就稳住了架,立住了脚跟。"

朱奇山称赞道:"杜哥到底是行家,说得太好了!今年俺哥儿仨一定按杜哥说的,先把这三件事做好!"

杜勇接着说:"俗话说,万事开头难,今年是你们哥儿仨的关键年,今年的事做好了,秋后再有个好收成,就算踢开了头三脚,今后的事就好办了。"

张大闯道:"杜哥,你倒说说看,头三脚踢开了,以后该怎么办?"

杜勇笑笑说:"头三脚踢开了,以后当然就是努力多开荒,再把荒地变成良田,多打粮食,把粮食换成钱,然后就是盖房子,把老家的亲人接过来,再娶媳妇,生儿育女,这些还用俺说吗?"

杜勇的一席话说到了哥儿仨的心坎里,想到未来的好日子,心里美滋滋的,齐声向杜勇道谢:"谢谢杜哥的指点,杜哥说出了俺们的心里话,俺们早就盼望着这一天呢!"

杜勇有点儿生气道:"又来了,都是穷哥们儿,老说什么指点了、谢谢了,俺听着别扭。俺看还是趁着今天的好天气,咱们沿着荒地走走,确定一下窝棚和牛棚的位置,该动手干活儿了!"

朱奇山招呼两位兄弟道:"咱们听杜哥的,现在就跟杜哥一起走走、看看!"

朱奇山拿着镰刀,张大闯和武敬岳分别扛着铁锹和镐头,四人一起沿着荒地四处查看。边城的初春,积雪尚未融化,荒地上杂草丛生,上面又盖着一层积雪,路泥泞难行,大家深一脚浅一脚一哧溜一滑地走着,在一处斜坡下,杜勇停下了脚步,跟朱奇山商量道:"奇山兄弟,这处斜坡,应该是荒地比较高的地方,视野好,背风,在这里搭窝棚和牛棚如何?"

朱奇山举目四望,见斜坡北面和东西两面都是山林,南面是开阔的荒原,人站在这里,南面的荒原便一览无余。更欣喜的是,东山脚下还有一条小河沟,取水也方便,觉得这里确实是搭窝棚的好地方,便开口称赞道:"杜哥好眼力,这里确实是搭窝棚和牛棚的好地方！"又对大闯和敬岳道，"来，咱们先把眼前的积雪和野草清理清理！"

于是，大家一齐动手，不长时间，即清理出一大片空地。杜勇先用步量，后用棍子画出了约三米见方的窝棚平面图。又在距离窝棚五米左右的地方选定了牛棚的位置。抬头张望，见日已西斜，便招呼众人道："弟兄们，天色已晚，咱们该回家喂肚子了！"

四人说说笑笑，欢天喜地地往双峰村杜家赶路，快到杜家门前时，惊喜地看到两个身材苗条的姑娘正向荒地的方向张望。

## 八

站在门口张望的是杜勇的妹妹杜梅和赵连荣的妹妹赵连喜。

杜梅看见哥哥杜勇等一行四人走过来，既高兴又有点儿埋怨地喊道："哥，天都黑了，怎么才回来？"

杜勇回应道："这还算晚呀，再过几天恐怕比这还晚呢！"见连喜也站在门口，便惊喜地问道："喜妹子，你啥时来的？"

未等连喜答话，杜梅抢先道："今天午饭后就到了，要不是俺挡着，早到荒地去找你们了！"

朱奇山看到连喜，也欢快地问道："喜妹，你怎么来了，哥和嫂子都好吗？"

杜梅又抢先道："明知故问，不就是找你来了吗？"

连喜红着脸假装责备杜梅道："梅丫头，俺是来帮着开荒的，你瞎说啥！"

杜梅也假装生气道："谁瞎说了，人家三个大小伙子，用你帮着开荒？"

连喜刚想开口，杜勇打圆场道："得，得，都别站在门口嚷嚷了，有话回屋里说。"

于是，众人都离开门口往院里走，进入院子，杜勇即大声喊道："孩儿她妈，饭做好了吗？"

杜妻在厨房回应道："好了，就等你们回来吃呢！"

杜勇招呼众人道："饭好了，快把农具放下，洗洗手，吃饭！"

众人边洗手边说笑，正忙活着，院子里传来孩童的说笑声。"爸！"杜勇的儿子杜龙彪和女儿杜菊甜甜地喊道。

"哎！"杜勇边答应边笑着问道，"放学了，今天学得怎么样啊？"

未等杜龙彪答话，妹妹杜菊答道："嗯哪，今天俺哥听爷爷讲戚继光抗倭寇的故事，可认真了，爷爷还表扬俺哥呢！"

赵晨和铁柱看见连喜，也高兴地一起扑过去喊道："姑姑，你怎么也来了？"

　　连喜也笑着回应道："姑姑这不是来看你们姐弟俩了嘛！"

　　杜梅故意挑逗道："姑姑可是撒谎了，她哪是看你们姐弟俩呀！"

　　赵铁柱天真地说："那姑姑是看谁呀？"

　　杜梅正要回话，连喜伸手捂住她的嘴笑道："不许你胡说，再胡说俺可要撕你的嘴了！"

　　正闹着，杜妻朝院子里喊道："别闹了，吃饭！"众人答应着一起进了屋。

　　饭后，朱奇山约连喜到杜家院外散步，边走边问："喜妹，你怎么到杜家来了，你哥和嫂子知道吗？"

　　连喜支支吾吾地说："俺怕哥和嫂子不让俺来，没敢告诉他们！"

　　朱奇山埋怨道："这，这怎么行，哥和嫂子找不着你，还不急坏了！"

　　连喜不以为意，笑道："没事，俺估计哥和嫂子能猜到，不会着急的！"

　　朱奇山有点儿发急道："能猜到也不行，从你家到这里几十里路呢，你一个姑娘家，一个人走这么远，哥和嫂子能不着急？不行，俺得送你回去！"

　　连喜有点儿委屈地说："奇山哥，你怎么这样不体谅人家的心情呢？你想想，三个大男人在荒郊野外出大力，累死累活，连个做饭的人都没有，那怎么行？俺好心好意过来帮你们，怎么非要送俺回去呢？"

　　朱奇山放缓语气道："喜妹，你的心思俺明白。不是俺非要送你回去，俺是觉得，你家那么多地，还有两个孩子，哥和嫂子顾不过来。你再到俺这里，赵哥连个帮手都没有，俺于心不忍！"

　　连喜也深情地说："奇山哥，你明白俺的心思就好。你对俺哥的感恩之心俺也知道，你怕春暖花开以后，哥和嫂子忙不过来，想让俺留在家里，可是，你还不知道俺哥的为人，他是不会让俺留在家里帮他的。"

　　朱奇山感叹道："俺和你哥交往这一年来，虽然不像你一样对你哥了解得那么深，但是，你哥的为人俺也看得很清楚，他是一个宁可自己千辛万苦，也不让朋友一时为难的人。不过，你也得明白俺的心情。你哥帮了俺哥儿仨这么大的忙，如今，农忙季节到了，他最需要有人帮忙，可俺不仅自己帮不上，还把他的帮手也带过来，那俺成了什么人了！"

　　话说到这里，两人都没有再吱声，彼此默默地并肩走着，时而互相瞟一眼对方，又无声地继续往前走。过了一会儿，朱奇山打破沉默，以商量的口吻对连喜道："喜妹，无论如何，你不和你哥打招呼就过来是不妥当的，明天俺送你回去！"

　　连喜执拗地说："不，俺不回去！"

　　朱奇山刚要答话，远处传来杜梅的声音："奇山哥，连喜姐，连荣哥来了，你俩赶快回来吧！"

听到喊声，两人加快了脚步，急匆匆向杜家小院走去。半道上，碰到杜梅。

杜梅笑道："你俩别乱走了，赵哥正生气呢！"

两人也未答话，即随杜梅往前走，快到小院门口时，见赵连荣站在门前张望。连喜急忙走过去道："哥，你怎么来了？"

赵连荣生气地对连喜道："连喜，你眼里还有你哥吗，怎么连个招呼也不打？"

赵连喜低头不语。赵连荣仍然气呼呼地说："你嫂子估计你到杜哥家来了，可也不敢肯定，出来进去好几趟，不见你的影子，担心你出什么事，硬逼着哥来找你……"

"哥，你别生气，妹子错了，不该连招呼也没打！"等赵连荣平静下来之后，赵连喜低头对赵连荣道歉说。

杜勇出来打圆场说："赵老弟，喜妹已经认错了，你也消消气，走几十里路，饿了吧，吃饭，先填饱肚子！"

赵连荣指着赵连喜道："你呀，真拿你没办法！"

第二天清晨，朱奇山跟赵连荣商量，要他带着赵连喜一起回赵家。

赵连荣不同意："奇山老弟，你别误会，俺来找连喜是怕她出什么事，不是要她回家。知道她没事，俺和你嫂子也就放心了！俺的意思是，连喜愿意留下来帮你们做做饭、洗洗涮涮没问题，你们三个光棍儿在一起开荒种地，得有个人帮着搞搞后勤！"

朱奇山仍不同意让连喜留下，他劝说道："赵哥，眼看到了春暖花开的季节，那么多地你一个人忙活不过来，俺哥儿仨又帮不上忙，俺看还是让喜妹跟你回去吧，俺哥儿仨没问题。再说，荒郊野外，她一个姑娘家吃住也不方便！"

赵连荣仍然坚持："有啥不方便的，你们单独给她搭个窝棚不就行了嘛！俺那里你们放心，有俺和你嫂子，没问题！"

朱奇山诚恳地说："赵哥，你这忙帮得够意思了，大忙季节，再让喜妹过来，于情于理，都不合适，那样，俺哥儿仨实在过意不去！"

赵连荣不紧不慢道："奇山兄弟，你怎么也婆婆妈妈起来了，自家兄弟，有什么过意不过意的？俺看咱俩也别争了，咱们听连喜的，她说怎么办就怎么办，这可以吧？"不等朱奇山说话，他即招呼连喜，故意板着脸说："连喜，你过来，收拾收拾东西，跟哥回家！"

连喜坚决地说："哥，你走吧，俺不回去！"

赵连荣笑着对朱奇山道："奇山兄弟，不是俺要她留下的，她自己不同意回去，俺总不能把她绑回去吧！"

杜家兄妹见状，笑呵呵地说："行了，行了，什么大不了的事，推来让去的,别伤了喜妹的心!"

就这样,赵连荣一个人离开了杜家。

## 九

第二天,朱奇山哥儿仨和连喜扛着农具,踏着厚厚的积雪向新分配给自家的荒地走去,走到昨天确定的搭窝棚的地方后,朱奇山和连喜负责清积雪,张大闯和武敬岳即到附近的小树林中砍树枝。清理完积雪后,又将砍伐的树枝堆在清理过的荒地上,点起了两堆熊熊的烈火。四个人边围着火堆说笑,边伸着双臂烘烤冻僵的双手。冻土在烈火的烧烤下逐渐融化,冰水顺着斜坡慢慢往下流淌。等将冻土烤化之后,哥儿仨先清理了烈火燃烧后留下的灰烬,然后开始挖土。

连喜有点儿不解地问道:"奇山哥,又不在这里盖房子,你们挖地基干啥?"

朱奇山笑着答道:"咱们虽然不在这里盖房子,可得在这里搭个窝棚呀!"

连喜道:"搭窝棚还用挖地基吗?"

张大闯抢着答道:"东北天气寒冷,不能在平地搭窝棚。必须向下挖几尺深,然后再在坑上搭窝棚,棚内再笼堆火,冬天才不会挨冻!"

连喜又道:"边城这疙瘩,冬天冰雪在地,还经常刮大烟炮,哪能住窝棚呢?冬天又不能下地干活儿,在杜哥家或者俺家住不就行了吗?"

武敬岳笑道:"俺倒是想在屯子里住啊,可是,这粮食和老牛留在野外,得有人住在窝棚里照看!"

听了哥儿仨的解释,连喜不再说话。她把剩余的树枝柴草拢在一起,又用树干搭个三脚架,烧火,吊锅,准备午饭。正午时分,哥儿仨已挖出了长宽约三米见方深一米多的大坑。

连喜高声喊道:"哥哥们,开饭了,你们都别干了,休息一会儿,喘口气,该喂喂肚子了!"

听到喊声,哥儿仨擦一把脸上的汗,放下手中的工具,一起向连喜的方向走去。连喜见哥儿仨个个满头冰花,浑身白霜,有点儿怜惜地招呼道:"看,一个个雪人似的,还不过来烤烤?"

张大闯笑道:"喜妹,别看俺们外面像雪人似的,身子里可热得淌汗呢!"

武敬岳插话道:"一会儿不干活儿了,身子里的汗水可就变成冰水了,那滋味才难受呢!"

朱奇山拍拍身上的霜花道:"别贫嘴了,先烤烤火,然后赶快吃饭,一会儿还干活儿呢!"

由于累和饿，哥儿仨围着火堆，喝着连喜递过来的菜汤，啃着烤得金黄的玉米面大饼子，就着萝卜条咸菜，觉得特别香，有股说不出来的滋味。

张大闯半正经半开玩笑地说："奇山哥，多亏喜妹嫂子留下来，不然，俺们怎能吃上这么香甜的午饭！"

连喜红着脸假装生气道："闯哥，妹子就是妹子，什么嫂子嫂子的，瞎说个啥！"

武敬岳一语双关道："喜妹别生气，闯哥没瞎说，妹子早晚会变成嫂子的！"

朱奇山打断武敬岳的话道："大饼子也堵不住你俩的嘴了，惹得连喜生了气，拍屁股走了，看你俩怎么办？"

张大闯和武敬岳连忙对赵连喜说："妹子，俺哥儿俩不说了，万一惹你生气走了，奇山哥还不跟俺俩算账？"

连喜也笑着说："行了，行了，快吃饭吧，早点儿吃完好干活儿！"

饭后，哥儿仨走到土坑旁，将坑的东、西、北三个面和坑底凹凸不平的地方铲平，又以坑的南面为出入口，铲成台阶，方便进出。住人的窝棚底座挖好之后，哥儿仨又在昨天选择的地方开始挖牛棚底座。

赵连喜洗刷完铁锅和碗筷之后，又到树林边捡了一些柴草，准备第二天中午烧火做饭之用。抬头见太阳快要落山，便走到哥儿仨挖土的地方招呼收工。

此时，牛棚底座已基本挖好，朱奇山见连喜招呼收工，便对大闯和敬岳说："两位兄弟，这牛棚底座的长、宽和深度基本可以了，今天咱就不干了，明天过来再修修边就行了！"

赵连喜突然问道："奇山哥，你们哥儿仨有窝棚，牛也有牛棚，那俺住哪里？"

这一问，哥儿仨全愣住了。停了一会儿，朱奇山回应道："怎么，你还真要和俺们住窝棚遭罪啊？"

赵连喜生气地说："看来，奇山哥是瞧不起俺了，俺好意过来帮忙，你们却总是推三阻四的。怎么，你们男人能住窝棚，俺就不能了！既然你们瞧不起俺，俺也不勉强，明天俺就回俺哥家好了！"

朱奇山连忙赔笑道："喜妹，你想哪去了，俺怎么敢瞧不起你，住窝棚，夏天闷热，蚊叮虫咬不说，还有蛇；冬天，冰天雪地，刮大烟炮，还有野兽出没，太遭罪了！再说，你一个姑娘家，也不太方便。俺对天发誓，绝对不是瞧不起你，就是不想让你跟俺们一起遭罪！"

赵连喜明知道朱奇山说的是心里话，却还是觉得他没有理解自己的心情，便故意在"姑娘家不太方便"这句话上找碴儿，装作很委屈的样子哽咽道："姑娘家怎么了，姑娘家就不能住窝棚了？说来说去，你还是瞧不起俺，不想跟俺在一起！"

朱奇山怔怔地站在原地，想再解释，又不知怎么解释好，想走过去安慰，又碍于旁边还有两位兄弟，不好意思跟连喜太近乎。

正进退两难之际，张大闯白一眼朱奇山，对连喜赔笑道："喜妹，别生气了。奇山哥也是一番好意，他真正的想法，是不想让你跟俺们一起遭罪，绝对不是小瞧你。你是一个巾帼不让须眉的好姑娘，有主意，有胆识，不怕苦。既然你心意已决，俺做主了，在俺们住的窝棚旁边再给你单独搭一个窝棚让你住，这样总可以了吧？"

连喜偷眼看看朱奇山尴尬的样子，觉得自己这样对他，确实有点儿不识好人心。又听张大闯答应给自己单独搭建窝棚，目的已经达到，即破涕为笑道："还是二哥爽快，那可就一言为定，不许变了！"

未等张大闯答话，武敬岳抢先答道："对，一言为定。这事就这么办了！"又对朱奇山道："大哥，两票对一票，你得少数服从多数！"

朱奇山看看连喜，也勉强答道："那好吧！"

连续几天，哥儿仨和连喜都是早出晚归，挖土方，砍树桩，搭窝棚，盖牛棚，垒炉灶，备好了住宿、做饭、喂牛的地方。又在梨平镇街上购置了床板、被褥、犁杖，补充了一些农具，还从赵连荣家拉来种子、米、面、油、盐和灶房用具，做好了开荒前的一切准备工作。

20世纪初，边城一带还是未开垦的处女地。夏季，林木繁茂，绿草如茵，是绿的海洋，花的世界；冬季，林木落叶，花草凋谢，寒流滚滚，白雪皑皑，是冰雪的世界。整个边城，土地宽广，资源丰富，人烟稀少，潜藏着巨大的开发空间。不过，由于纬度偏高，气候异常寒冷，耕种季节与关里差别也比较大。按农历节气，立春之后，关里的大部分地区已是春暖花开，到了耕田播种的季节。但在边城一带，大地却依然是冰雪覆盖，天寒地冻，俨如关里的寒冬。直到清明、谷雨，冰雪融化，流水潺潺，土地解冻，报春花开，杨柳吐芽，燕子回归，鸟儿欢唱，大地呈现星星点点的绿色，才是边城耕田播种的忙碌季节。农谚曰："清明忙种麦，谷雨种大田。"是对边城地区季节和农事的真实写照。

哥儿仨焦急地等待着边城春天的来临，之后，先是放火烧荒，清除了荒原上的灌木杂草和比人都高的野蒿。然后披星戴月，甩开膀子开荒。张大闯扶犁，大力士武敬岳和老牛并肩拉套，朱奇山和连喜一边平整新开的耕地，一边播种。根据玉米、黄豆、小麦生长期的差异，先种玉米，后种黄豆，又试种了少量小麦。

两个月过后，原本杂草丛生的荒地上，长起了绿油油的庄稼。看到自己用汗水浇灌出的绿色禾苗，哥儿仨和连喜脸上露出了甜蜜的笑容。然而，他们并没有停下劳作的脚步，仍然拼死拼活地继续开荒。根据作物的生长期，后来开出的耕地没有再播种大秋作物，而是陆续种植了豆角、角瓜，栽种了茄子、西红柿、黄瓜等蔬菜秧苗。还种了一些萝卜、白菜、土豆等秋菜，以备冬季食用。

龙江的黑土地肥沃无比，撒下的种子，不必像关里那样精耕细作，长势也非常好。只是新开的荒地，难免杂草丛生，与禾苗争夺土壤的养分。哥儿仨觉得如果像在老家那样中耕除草，势必影响开垦荒地的速度，不利于来年扩大种植面积。所以，本着广种薄收的原则，将主要精力用到了开垦荒地上。夏季，冠地沟的山坡上，绿树成荫，野草繁茂，绿茵之中，盛开着红黄蓝白各色野花，大地像铺上了一望无际的绿色带花的地毯。蓝天白云，青山绿水，在金色阳光的照射下，好似一幅宏大无比的山水画，显得格外壮丽。

但是哥儿仨和连喜却无暇欣赏这难得的美景，一心想着赶在冬季来到之前，尽可能多开出数十亩荒地。繁重的劳作，加上火辣辣的阳光，身上的汗水经常像雨浇似的流淌，衣服像从水里捞出一样。夏至以后，他们干脆只穿背心裤头，或者光着膀子干活儿，皮肤被晒得黝黑。整个夏天，除暴雨阻隔外，哥儿仨一天都没有休息。午饭后，在旁边的河沟里洗个澡，那就算最好的享受了。连喜也和哥儿仨一样起早贪黑地劳作，风吹日晒，原来白里透红的肤色，也变得粗糙而黝黑。他们就这样夜以继日地努力，已开出两三垧耕地。除一大半种植大秋作物、栽种蔬菜之外，没有种植为来年备用的耕地还不少。

天道酬勤，秋天，他们收获了数千斤玉米和黄豆，还有近千斤小麦和几百斤秋菜。第一次看到自己有这么多粮食和蔬菜，哥儿仨心花怒放，脸挂笑容。

朱奇山和张大闯、武敬岳商量道："兄弟，活了二十岁，咱们头一次有了这么多粮食，你俩有什么打算？"

张大闯和武敬岳掩饰不住内心的喜悦，齐声笑着回答道："还是大哥说了算，俺俩听大哥的！"

朱奇山也不客气，开门见山道："那好，俺的打算是，扣除一年的吃喝、种子和从赵家借用的粮食外，剩余的粮食和秋菜都拿到市场上去卖，换来的钱，一部分做路费，你俩春节前回老家把老人和弟妹接过来；另一部分先用来盖三间草房，家人来了得有个地方住，不能跟咱们住窝棚。"

赵连喜插话道："俺做主，借俺哥家的粮食今年先不还，等明后年再说！"

哥儿仨一起道："那可不行，说好是秋后还的！"

赵连喜坚决地说："俺说不还就是不还，这个主俺替俺哥做了，你们都别说了，还是按奇山哥说的，准备好回家接亲人吧！"

武敬岳摇摇头道："俺觉得大哥这样安排有些不妥，现在还用不着先回关里接亲人！"

朱奇山感到意外，急忙问道："怎么不妥，你说说看！"

武敬岳瓮声瓮气地说："俺觉得大哥光考虑俺和闯哥了，就没有想想自己！"

朱奇山释然笑道："咱们出来两年多了，不知家里老人和大闯的弟妹怎么样了。第一年，咱们连自己都顾不了，没有能力顾家。如今咱站住了脚，该把家里亲人接来了。俺和你俩不一样，光棍儿一个，没有牵挂！"

武敬岳道："可是，哥也不能老是光棍儿一个啊，俺看喜妹这一年累死累活地跟着咱哥儿仨遭罪，为的是啥，哥还不清楚？俺觉得，哥和喜妹的事不能再拖了，得明媒正娶把喜妹接过来，三间草房应作为哥和喜妹的新房。俺娘有俺舅照顾，再晚一年接老人家也行！"

张大闯附和道："三弟说得对，俺同意！"

听了大闯和敬岳的话，连喜心里高兴，脸色微红，没有吱声。朱奇山仍坚持自己的意见："两位兄弟的好意俺领了，俺和喜妹的事，由俺和喜妹商量，你俩得按哥的意见办，把家里的亲人接过来！"

"俺同意奇山哥的意见，你们弟兄俩必须把关里亲人接过来，咱们不能让他们在关里受罪！"听到奇山的话，连喜也说出了自己的意见。

武敬岳和张大闯齐声道："俺不同意，你和俺大哥的事不能再拖了！"

连喜瞅一眼朱奇山，故意打岔道："俺和你哥有什么事，俺的事不用你哥儿俩掺和！"

听了连喜的话，武敬岳和张大闯无可奈何地摇了摇头，没有再吱声。

秋收之后，哥儿仨用牛车把准备出售的粮食和秋菜拉到梨平镇，按市场价卖给了粮商和菜贩子。又在杜家居住的屯子附近选了个地段，盖起了三间草房，按边城农家的居住方式搭了火炕，购置了简易家具、床上用品和厨具。一切置办妥当之后，朱奇山即催促张大闯和武敬岳回山东接家属。可是，催促了好几遍，两位口里笑着答应，就是不动身。

朱奇山生气道："你们俩这是怎么了，为什么不动身？"

武敬岳嘟哝道："俺俩等哥和喜妹结婚办了喜事再走吧！"

朱奇山发急道："这是哪儿跟哪儿啊，你俩接家属跟俺和喜妹结婚是两码事，别胡闹行不行！"

张大闯回应道："哥说是两码事，俺觉得是一码事，反正，看不到哥办完喜事，俺俩就不走！"

朱奇山一屁股坐在板凳上，气呼呼地说："你俩怎么这么不懂事？俺和喜妹的事，一没有媒人提亲，二没有彩礼，八字还不见一撇呢，怎么能提到办喜事，这不是胡扯吗？"

杜勇笑呵呵地走过来插话道："奇山老弟，你和喜妹的事，俺看不是八字不见一撇，而是已经水到渠成了。人家赵氏兄妹说，凭这么长时间对你的了解，看你的人品、长相，不用媒人提亲，更不要彩礼，只要你答应，立马就办喜事。俺就是媒人，俺爸就是证婚人，连荣夫妇就是主婚人，你看行不？"

张大闯和武敬岳拍手道："大哥，你还有什么话说，难道哥不喜欢喜妹吗？"

朱奇山即刻回应道："谁说俺不喜欢喜妹了，只是……俺说过，盖草房是给你们两家老人住的，俺不能失言！"

武敬岳高声道："俺说过，俺娘有俺舅照顾，晚接一年没事。这样，东头一间给闯哥一家老少住，西头一间做新房不就行了吗？"

朱奇山坚定地说："那不行，你不回山东接老娘，俺就不办喜事！"

杜勇仍然笑呵呵地说："别，别再争论了，这事好办。就按敬岳老弟说的，先用西头一间草房做新房，敬岳还和大闯一起回山东接老娘，等老娘来到之后，奇山夫妇再搬出来，先在俺家暂住，明年解冻前再盖几间草房，问题不就解决了吗？"停顿了一会儿，杜勇收敛笑容说，"新房的事就这么定了，不要再争论了。但有一件事，奇山可一定得办好！"

朱奇山问道："什么事，杜哥请讲！"

杜勇说："连喜是个好姑娘，这一年泥里水里一直跟你们哥儿仨忙活，力没少出，罪没少遭。结婚的事不能马虎，不能亏待人家，得好好合计合计！"

朱奇山爽快答应道："杜哥放心，俺一定把这件事办好，绝不亏待连喜！"

张大闯和武敬岳也频频点头，表示一定帮奇山大哥把婚事办好！

朱奇山答应和连喜的婚事之后，赵连荣夫妇十分高兴。夫妻俩亲自找到朱奇山说："奇山兄弟，连喜虽然是俺的堂妹，可比俺的胞妹都亲。你的情况俺也知道，连喜的穿戴和陪送，俺早就准备好了，不用你费心，你只要真心待连喜，俺就放心了！"

朱奇山诚恳地说："哥、嫂子，俺跟连喜相处这么长时间，她的品行、为人俺都清楚，是跟俺真心过日子的好姑娘，俺也真心喜欢她，爱她。去年没有答应，是因为俺太穷，怕委屈了她。现在俺既然答应了，就一定爱她，对她好。连喜的穿戴，你是你的，俺是俺的，俺一定精心办，让连喜满意！"

同连荣夫妇沟通好之后，朱奇山约连喜一起到梨平镇，根据连喜的意见，买了结婚礼服，买了戒指、耳环。为不短缺大闯和敬岳回山东的路费，又向杜勇借了点儿钱，用以置办结婚宴席。连喜见奇山如此用心，甜在心头，笑在脸上。奇山虽然大方，她却十分体谅奇山的境遇，妆奁穿戴一切从简，毫无过分要求。

婚礼定在中秋节。那一天，秋高气爽，是边城难得的好天气。清晨，朱奇山身穿中山装礼服，胸前戴朵大红花，骑着杜家的大红马，后面跟着花轿，敬岳赶着牛车，又雇了几个吹鼓手，吹吹打打到了赵家。赵连荣夫妇已经为连喜化妆穿戴妥当，接亲的队伍到了之后，按当地习俗举行了简单的接亲仪式，赵连荣夫妇将连喜扶上花轿，又和几个拿陪送衣物的人一起坐上牛车，跟接亲队伍欢欢喜喜离开了黄泥河村。

接亲队伍回到双峰村之后，杜家兄妹、大闯、敬岳张罗着举行了婚礼仪式，摆开宴席，招待宾客。奇山陪着连喜入了洞房，扶着戴着红盖头的连喜坐到炕沿上后，即贴着连喜的耳朵小声嘱咐道："喜妹，你耐心等等，俺到宴席上看看，陪陪客，等送走宾客后，再来接盖头。"

连喜点点头道："嗯哪！"

大闯和敬岳陪着奇山给客人敬酒，答谢。酒宴结束，送走客人，安排赵连荣夫妇到杜家过夜后，即催促奇山进入洞房。看到大哥和心爱之人喜结连理，哥儿俩喜不自禁，难免多喝了几杯酒，借着酒兴，摇摇晃晃，走到新房，见奇山已接去新娘的盖头，正在说着悄悄话，即以酒遮面，嘻嘻哈哈，耍闹一番，闹了洞房。

送走兄弟俩之后，朱奇山抱起连喜，深情地亲吻，亲吻过后，推开窗门，举目远望。但见晴空万里，冰轮高悬，月光如水，亮如白昼；大地白雪皑皑，一望无际；天高地阔，万籁俱寂，光洁而宁静。朱奇山轻轻地对连喜道："你看，多么明净，多么安详，多么美丽的夜晚啊！"

连喜也轻声回应道："奇山哥，今夜天好月圆，咱俩的感情能像月光那样纯洁，生活能像中秋夜晚这样安详宁静该多好啊！"

朱奇山叹口气道："人这一生，谁不想有这样的好日子啊，你我和兄弟们起早贪黑，千辛万苦不就是为了过上好日子吗？可是，月有阴晴圆缺，人有悲欢离合，你我生逢乱世，想过安详宁静的生活不容易啊！不过，俺对你的爱，一定比月光更纯洁、更永恒，不管在什么情况下，刀山火海，俺都不会变心的！"

连喜也深情地说："奇山哥，俺跟你一样，上有明月做证，下有白雪在听，从今以后，俺连喜就是你的人了，海枯石烂，俺也不会变心的！"

朱奇山伸手将窗户关牢，猛然将连喜抱起，轻轻地放在炕上，宽衣解带，度过了如胶似漆的新婚之夜。

不久，张大闯和武敬岳也不再推辞，动身回山东接亲属。一个多月后，两人同家人乘火车到了下城子车站。朱奇山赶着杜家的马车将两位兄弟和家属接到了双峰村。

张大闯的父母和弟妹住进了草房的东屋。奇山夫妇要从西屋搬出，让给敬岳母子居住。武敬岳坚决不同意，两家一个要搬出，一个不进入，你推我让，不可开交。

杜勇劝道："敬岳，老人家千里迢迢到边城不容易，咱这疙瘩气候寒冷，老人家难适应，吃住必须安顿好。奇山夫妻俩年富力强，好将就，还是按原来商定的办。新房让你母子居住，奇山夫妇先搬至俺家的仓房，等开春盖好房子后，再搬至新房居住就可以了！"

见杜勇相劝，武敬岳母子这才勉勉强强搬进了草房的西屋。

由于新房住了人，粮食、秋菜和老牛仍留在了山坡的苞米楼子、菜窖和牛棚里。大闯和敬岳回关里那一段时间，朱奇山夫妇也隔三岔五地住在窝棚里，喂牛和看护仓房。大闯和敬岳从关里回来后，即轮流担负了喂牛和护粮的任务。

转眼春节将至，这是哥儿仨到边城后第一个团圆年，三个人非常重视。

朱奇山提议："今年春节，咱们三家合在一起，在新盖的草房过年如何？"

大闯和敬岳齐声应道："好，好，咱们就这么办！"

为欢度春节，三人尽其所能，给老人和大闯的弟妹购置了新衣服，买了猪肉、鞭炮和各种年货。三十下午，连喜和两家老人在一起准备年夜饭，大闯和敬岳在房前屋后打扫卫生，奇山负责贴对联。对联贴好以后，张大闯凑过来端详了一会儿，先念上联"风吹日晒千辛万苦开荒种地盼丰收"，又念下联"兄谦弟让同心协力勇谋兼备展宏图"，横联是"天道酬勤"。

武敬岳拍手道："奇山哥，这副对联不错，把咱哥儿仨的心思说出来了！"

朱奇山笑呵呵道："这是杜老伯的手笔，能不好吗？"

冬天的边城，白天格外短，不知不觉日已西斜，天渐渐黑下来。哥儿仨便进屋，帮着连喜和两位老人包饺子。

奇山边包饺子边说："大闯，这一段只顾忙活过年的事了，也没有问问老家的情况，现在咱们一边包饺子，一边听你说说老家的情况好吗？"

大闯道："大哥，俺和敬岳在家也没有住几天，老家的情况还没有俺爸知道的多呢，就让俺爸给咱们说说吧！"

众人道："好，好！"

大闯爸叹口气道："说啥，就两个字，穷、乱。你们哥儿仨到东北不久，光绪皇上和慈禧太后就都死了，立了个四岁顽童当皇帝，哪还有好！不说别处，就说咱平度吧，天旱无雨，蝗虫遮天盖地，庄稼颗粒无收。可官家还借口推行什么新政，捐税不减反增，逼得老百姓没出路了，有个叫曲诗文的好汉就带着成千上万的民众造反，跟官府对抗，官军用大炮轰击起义军，义军死伤惨重，不知道后来怎么样了……"

朱奇山恨恨地说："这他妈的叫什么官府，对外卑躬屈膝，对老百姓却下死手！"

张大闯插话道："那些地主老财，也怕官逼民反，多少也有些收敛。趁这机会，俺爸把家里那点儿房产折卖给地主家，顶了所欠租税，不然俺们还真走不出来呢！"

武敬岳接着说："听说江浙和安徽一带，连降暴雨，洪水泛滥，灾情特别严重，老百姓可惨了。还听说，南方的革命党闹得挺凶，俺看这小皇帝也坐不稳了！"

朱奇山道："不光关里，东北也不太平。听说同盟会在东北的军界、学校也有活动。有个叫熊成基的革命党人，才二十三岁，被官府抓住以后，判了死刑，押解途中，他含笑告诉路人说：'吾愿以一腔热血，浇灌自由之花。'非常让人敬佩！"

连喜打断朱奇山的话道："俺哥说，当官的为防范革命党，不仅强化对军队的控制，还要求地方组织什么巡防队、捕盗队，听说要从垦民中抽壮丁呢，咱们也得防着点儿！"

敬岳的母亲有点儿不太高兴地说："大过年的，尽说些乱七八糟的丧气话，就不能说些高兴点儿的？"

朱奇山赔笑道："大娘，是俺不好，俺不该引这个头。好了，咱不说那些闹心事了。连喜，你准备酒菜，煮饺子，俺哥儿仨烧香、摆贡、敬神。"

不一会儿，包完饺子，连喜炒菜、煮饺子，哥儿仨烧香、摆贡、敬神后，大闯领着弟妹噼噼啪啪放了鞭炮，连喜把热菜、凉菜摆上饭桌，又端上了热气腾腾的饺子。老少九口，围坐桌旁，开始吃年夜饭。

大闯父亲举起酒杯感叹道："孩子们，好多年没有吃上这么丰盛的年夜饭了，为老天的恩赐，全家福寿安康干杯！"说罢一饮而尽，哥儿仨也随着一饮而尽。

年后，哥儿仨按当地习俗，选定了举行填仓的日子。天刚蒙蒙亮即起床，分别用簸箕装满炉灰，在院子里撒了一个大大的灰圈，在灰圈里撒上五谷杂粮，默默祈祷，盼今年风调雨顺，粮菜丰收，完成了填仓仪式。

十

解冻之前，哥儿仨又踏着积雪，到附近的山林中砍树干，割茅草，脱土坯，为盖草房备料。备好料之后，又老少上阵，盖了两座和去年同样大小的草房。原来的三间草房全部给大闯一家居住，武敬岳母子和奇山夫妇分别搬进了新盖的草房。哥儿仨都是勤快人，有了自己的住房之后，又用杨、柳和桦树枝条夹杖子，围了院墙。还在自家院中盖了简易仓房、苞米楼子。在距离三家草房不远的地方盖了牛棚。从秋收之后到年后解冻之前，哥儿仨手脚不停地忙活，初步改善了居住条件。

开春化冻后，哥儿仨又起早贪黑继续开荒，到播种季节，又开出了一垧多地，加上去年开的荒地，可耕种的土地大约已有五垧。清明节前后，三家男女老少齐上阵，平整土地，清除杂草，抢种了一垧小麦。谷雨期间，又播种了四垧玉米、黄豆等大田作物，栽种了夏菜和秋菜。

光阴似箭，转眼已到秋收季节。三家又忙着割小麦、掰苞米、打黄豆，往仓房和苞米楼子里搬运，忙忙碌碌，做到了颗粒归仓。

在共同劳作和生活的日子里，老少男女之间更加深了对彼此的了解，增进了彼此的情感。特别是在大闯和敬岳两家住对面屋那一段时间，张家父母见敬岳勤奋朴实，对母亲无微不至地侍奉，其尊老爱幼的品格在两位老人中留下了极深的印象。大闯的妹妹张静，在和敬岳的交往中彼此都很有好感。

弟弟大山因在私塾读书，家中挑水劈柴、油盐酱醋等杂务便落到了张静头上。看到张静拿起扁担去挑水，武敬岳便夺过张静手中的扁担道："你别去了，让俺来！"不由分说，挑起水桶就走。看见张静劈柴，武敬岳便夺过劈柴斧替张静劈柴。

张静对武母也像对自己的母亲一样无微不至地照顾，看到武母为敬岳缝补衣服，她即从武母手中抢过针线道："大娘，俺眼睛好，让俺来补吧！"张静手巧，针线活儿做得又快又好，乐得武母赞不绝口。

两家老人处得也很融洽，平时自家做了什么好吃喝，都要让孩子送给对方的老人品尝。

张静看武敬岳憨厚，难免心有所动，便找借口对敬岳道："武哥，敬岳这名字好，是大娘给起的吗？"

敬岳笑道："不，是俺自己起的。小时候俺听说书人讲《岳飞传》，知道岳飞是文武双全、精忠报国的忠臣，俺崇拜他，所以就给自己起了这么个名字，这叫不自量力，让静妹见笑了！"

张静道："武哥过谦了，这个名字说出了你的志向，不是不自量力，是、是见什么思什么来着，俺不会说……"

武敬岳道："你是想说见贤思齐吧！"

张静脸色微红道："是、是见贤思齐，俺听俺哥这么说过，但俺不会说，让武哥见笑了！"

武敬岳道："静妹为人谦和，敬老爱幼，心灵手巧，勤劳朴实，俺十分敬佩，哪敢笑话你！"

张静笑道："武哥抬举了，俺哪有那么好！不过，俺也想见贤思齐，向武哥学点儿武术防身，不知武哥肯不肯收俺这个徒弟！"

武敬岳高兴地说："俺只是崇拜岳飞，但武艺同岳飞相比可是差十万八千里呢，俺没有资格当老师，你要想学，俺保证尽心尽力地教你！"

张静道："那好，只要武哥愿意教俺，俺保证认真学习！"

武敬岳道："好，要不，咱今天就出去比画比画！"

"行！咱这就走！"张静说完，两人一起走出大门。

从此，两人经常在一起学武谈心，彼此越来越亲密，爱慕之意日深。双方老人和两位兄长也看在眼里。春节前夕，朱奇山对大闯说："闯弟，俺看敬岳和你妹子很近乎，好像有那个意思，不知你看出来没有？"

大闯回应道："俺咋能看不出来，敬岳的人品咱都知道，他俩如果能成为夫妻，俺这当哥的也就放心了！"

朱奇山道："不知你爸和你妈有没有这个意思，你先问问你家两位老人和小静的意思，俺再问问武伯母和敬岳的意思，如果他们和咱俩的想法相同，就给他俩把这桩婚事定下来！"

大闯高兴地说："俺看没问题，你这个媒人是当定了！"

大闯读过两年私塾，对当前时局也比较关心，所以只要有时间就到杜勇家看书看报，并同杜家父子和杜梅谈论对时局的看法。

朱奇山悄悄地问大闯："兄弟，俺看你经常往杜家那儿去，是不是对杜梅有点儿意思！"

张大闯红着脸吞吞吐吐地说："大哥，你想哪儿去了，俺……"

朱奇山故意板着脸说："大闯，你对哥说实话，别支支吾吾的，俺告诉你，杜梅性格开朗，知书识礼，是咱庄稼院里少见的好姑娘，你可别错过这个机会！"

张大闯见奇山如此说，也便敞开胸怀，实话实说："大哥，你说得没错，从看见杜梅那天起，俺对她就有好感，不能说一见钟情吧，可她的身影老在俺脑子里转悠，看不见她就想她。就是不知道人家是怎么想的，能不能瞧上俺！"

朱奇山笑笑说："俺猜得没错吧！不过，你说得也有道理，杜老伯是个文化人，杜梅受杜老伯的教诲，知识、眼界与一般乡村姑娘有所不同。可是，你也有你的长处，你念过私塾，有文化，爱读书看报，对社会时局都有自己的见解，和杜老父女有共同语言；你是穷苦农家出身，勤劳朴实，有穷苦百姓的品格，也算得上是文武双全的后生，杜梅也不见得瞧不上你。这事你得有信心，得主动点儿！"

大闯有点儿不好意思地说："大哥过誉了，俺哪像你说得那么好。不过俺一定努力，按大哥说的办，做一个文武双全的好后生。对杜梅的追求，俺也不会放弃！"

朱奇山高兴地说："那好，俺先让你嫂子探探杜梅的想法，俺有机会再看看杜老伯和杜兄的意见！"

同张家老人和武母的沟通很顺利，大闯父亲说："俺看敬岳是个老实孝顺的好孩子，俺家小静能嫁给敬岳是她的福分！"

敬岳母亲说："俺同张大哥一家住对面屋，对静姑娘看得清楚，她心灵手巧，勤快孝顺，俺敬岳能娶到静姑娘当媳妇，那是武家烧高香了！"武敬岳和张静两人更是求之不得，都表示同意。

朱奇山便以媒人的身份代表武家正式向张家提亲，并举行了简单的订婚仪式，商定了婚期。

从住到双峰村见到杜梅的时候起，只要有空闲时间，张大闯就到杜家找些书报阅读，有时也同杜文秀和杜梅交换一些读书心得，谈论一些对时局的看法，相处很融洽。清朝末年，革命党人在东北也开展了革命活动。辛亥革命前，同盟会首先在东北的文化教育界开展活动，不少革命党人，有的在学校任教，有的在新闻界、戏剧界进行革命宣传。当时的《大中公报》《东三省民报》《盛京时报》等报纸，主编和重要撰稿人就是革命党人。

一天，杜家父女看到《盛京时报》上刊发的民主革命家熊成基因谋刺清海军大臣载洵被捕，最后壮烈牺牲的消息以后，心情沉重，很为二十三岁就被害的熊成基惋惜。此时，张大闯正好走进来，杜梅将《盛京时报》递给他看。

张大闯看到熊成基壮烈牺牲的消息之后，即十分感慨地说："熊成基的事，报纸还未登出来，在老百姓中就已有传闻，年三十包饺子的时候，俺还把老百姓的传闻说给家人听呢！俺看关里关外，推翻腐败无能的清政府、建立中华民国的呼声很高，不少地方干脆组织武装起义，要武力推翻清政府。依俺看，小皇帝恐怕快要完蛋了！"

杜老伯尚未吱声，杜梅却一反常态，板着脸对张大闯道："大闯哥，别瞎说，你说的可都是掉脑袋的话呀！"

张大闯瞅一眼杜文秀，有点儿不高兴地对杜梅说："怕什么，俺说的是大实话，也是老百姓的心里话！"

杜梅讥讽道："现在衙门里当官的，发疯一样地抓革命党，你这话让官府知道，搭上你的小命不要紧，连累俺们一大家子可不得了！"

张大闯有点儿生气地说："妹子，俺觉得今天你说的话有点儿言不由衷，跟平时有点儿不一样。你放心，真要有那么一天，俺自己一力承担，绝不连累杜家！"

杜梅撇撇嘴道："话说得容易，就怕有一天，刀架在脖子上，就不像说的那个样子了！"

见杜梅这么小瞧自己，大闯不由得怒从心起，脸红脖子粗地分辩道："梅姑娘，你别小瞧人，俺张大闯不是那种胆小怕事不讲义气的人，俺对天发誓，真要有一天，俺张大闯下了软蛋，连累了杜家，天打雷劈，不得好死！"

见张大闯动了真气，杜文秀微笑着开口道："我说大闯啊，你可真是个老实后生啊，你仔细想想，杜梅说的是真心话吗？"

杜梅也呵呵笑道："闯哥可真逗，俺不过开个玩笑，你还当真了！"

张大闯猛然醒悟，知道自己上了杜梅的当，把报纸扔给杜梅道："咱们来往这么长时间，俺什么时候都把你的话当作真心实话了，哪知道你今天故意逗人！"

杜梅赔笑道："对不起，闯哥，俺不该逗你。不过，这样也好，你让俺认识了你的人品，也看到了你对时局的态度！"

张大闯也借机转换话题，同杜家父女谈到了清政府的腐败、帝国主义的欺凌、天灾人祸、老百姓的苦日子、革命党人的奋斗……谈得十分投缘。

武敬岳和张静的婚事订下来之后，朱奇山让连喜试探杜梅对大闯的态度也有了回音，连喜说："杜梅对大闯有好感，提到要不要嫁给大闯时，女孩子家不好直接开口，只是说听老人的，俺看没问题。"

知道了杜梅的态度，朱奇山又跟杜家父子沟通，杜老伯表示说："只要杜梅同意，俺当老人的得随女儿的心愿！"这样，大闯和杜梅的婚事也进展顺利。

看到两位兄弟的婚事有了着落，朱奇山夫妇十分喜悦，两口子又同张家、杜家、武家老人进一步沟通，商定在春节前选个吉日，为大闯和敬岳举行了婚礼。来到边城的第三个年头，不仅解决了土地、居住等大难题，还娶了媳妇成了家，哥儿仨都喜出望外，觉得日子有了奔头。除夕之夜，三家仍欢聚一堂，备了丰盛的年夜饭，买了千头长鞭，模仿老家习俗架了年火，热热闹闹、欢天喜地度过了来到边城的第三个春节。正当三家为千辛万苦奋斗来的幸福日子喜庆欢乐的时候，一件意想不到的事情让哥儿仨陷入了苦恼之中。

## 十一

辛亥革命前夕，关里烽烟四起，东三省也不平静。同盟会不仅以各种方式宣传民族主义思想，同时十分重视武装斗争，力图以武力推翻腐败的清政权，武装起义此起彼伏。但是，东三省是清所谓的"龙兴之地"，清政府对巩固东北的统治极为重视。东三省总督赵尔巽，以巡防营统领张作霖的地方武装为力量，成立了名为保安，实为反对共和、"剿杀"革命的"奉天国民保安会"，各地绅商、官僚也积极活动，成立保安分会，组织名目繁多的地方武装，以保安为名镇压革命。穆棱招垦局的王乃平也积极响应，并从垦民中抽丁充当所谓巡防队的士兵。元宵节过后，穆棱招垦局放荒员苟步力领着几个巡防队士兵到了双峰村，找到朱奇山哥儿仨。

他装作关心的样子，假惺惺地对朱奇山说："奇山老弟，听说你们哥儿仨这两年盖了房子，接了亲属，还娶了媳妇，小日子过得不错嘛！"

朱奇山也客气地回应道："托皇帝的福，招垦局王大人和你的关照，日子还算过得去！"

苟步力酸溜溜道："有地种，有房子住，还老婆孩子热炕头，这样的日子，你还说是过得去，那什么样的日子才算是过得好呢！别人心不足啊！"

朱奇山赔笑道："俺也是顺口说说，大人别见怪！"

苟步力板着脸道："人得知恩图报，既知皇恩浩荡，才有了好日子，就得知道尽一个子民的义务，报效皇恩！"

朱奇山连连点头道："那是，那是，但不知怎样尽义务，请大人明示！"

苟步力以教训的口吻道："你哥儿仨也知道，当今人心不古，不守本分，喊什么民主呀、革命呀，妄想推翻大清王朝，建立什么中华民国，可恶呀！所以，总督府成立了奉天国民保安会，要求地方成立保安分会，组织巡防队、捕盗队，上下联手，抓革命党，报效皇上龙恩！"

朱奇山装作听不懂的样子道："大人说的都是国家大事，俺个小老百姓也不懂，不知俺能做些什么。"

苟步力摇摇头，以鄙夷的口吻道："可也是，国家大事，跟你们说你们也不懂，那我就开门见山直接跟你说吧！咱这地方要成立捕盗队，从垦民中抽壮丁，你们哥儿仨年富力强，最少也得出两个人到捕盗队，帮着抓革命党，维护地方治安！"

朱奇山有些为难地说："大人说的是，俺们哥儿仨年轻，也有把子力气，可是你看，俺们家老弱妇孺，离不开呀！"

苟步力道："人离不开，那就出粮出钱吧！"

朱奇山问道："大人，像俺们这样的情况，得出多少钱粮？"

苟步力道："这个，上面有规定，按放荒的多少折算！垦局放给你们的荒地是九十垧，那就按九十垧缴钱粮好了！"

张大闯插嘴道："那怎么行？垦局放给俺们的荒地，几乎全是山林和陡坡，能开的耕地不足百亩，如果也同平川好地一样折算，俺们可就亏大了！"

苟步力不耐烦地说："真是人心不足啊，你们哥儿仨能够领到九十垧荒地就够意思了，还说什么平川呀山地啊，挑三拣四的，要这样不知足，当心招垦局收了你们的地！"

武敬岳接过放荒员的话头道："大人，你这样说那可就是不讲道理了！"

听了武敬岳的话，苟步力恼羞成怒，高声喊道："不是俺不讲道理，这是上面的规定，不满意，你找上面说去。俺再说一遍，要么出人到捕盗队当兵，要么按领荒数目缴钱粮。给你们三天期限，二选一，不出人又不交钱粮，这荒地就收回去了！"

朱奇山打圆场道："大人息怒，麻烦你向王大人说说俺哥儿仨的情况，是出钱还是出人，俺哥儿仨再商量商量！"

苟步力没好气地说："那好，你们哥儿仨商量，三天以后回话！"说完，气哼哼地对跟来的士兵挥挥手，"走，回招垦局！"

放荒员走后，朱奇山对张大闯和武敬岳道："兄弟，看来，这事麻烦大了，你俩觉得怎么办好？"

武敬岳抢先答道："咱好不容易有了这安身立命的土地，绝不能让官府收回去，要按九十垧荒地交钱粮，咱也交不起。要俺说，让俺到捕盗队当兵好了！"

张大闯反驳道："那可不行，你走了，留下你妈和小静怎么过？俺看还是俺到捕盗队好，好歹俺家还有俺爸和大山小弟照顾！"

朱奇山摇摇头道："你俩也别争着去捕盗队，要说去，俺去最合适，俺上无父母，下无兄弟，就俺跟你嫂子两个人，俺走了，你嫂子还有赵哥、赵晨和铁柱照顾，日子也过得去！"他喘了口气道，"不过，俗话说，好人不当兵，何况到捕盗队当兵是去抓革命党，咱们不能干那缺德事！"

张大闯赞同地说："大哥说得对，如今清政府腐败，民不聊生，革命党人舍生忘死要推翻腐朽王朝，建立中华民国，这是伟大的壮举，这些人都是像熊成基那样的英雄，咱们宁可讨吃要饭，也不能助纣为虐！"

武敬岳愁眉苦脸道："两位哥哥说得有理，可是如果咱们不出人，又交不出钱粮，官府收荒地怎么办？"

沉默一会儿，朱奇山道："咱们也别着急，天无绝人之路，俺看杜老伯见多识广，杜勇老兄又有人脉，同王乃平还能说上话，咱们找杜家父子，看他们有什么好主意。"

哥儿仨找到了杜家父子，说明了放荒员的来意和哥儿仨的处境。杜文秀叹口气道："乱世之秋，老百姓想过个太平日子真比登天还难啊！这不，千辛万苦，好不容易日子能过下去了，又碰上这档子事，苦日子又要来了！"

杜勇插话道："你哥儿仨不去捕盗队当兵的想法很好，咱们不能当官府的爪牙，不能跟革命党人作对！"

朱奇山道："人心都是肉长的，革命党人豁出性命跟腐败的朝廷斗，咱们要是再跟着官府那些败类抓革命党，那不是丧良心吗，所以俺哥儿仨觉得到捕盗队当兵这条路不能走！"

张大闯道："可是，按放荒员苟步力的说法，如果不去捕盗队，就得按他说的交钱粮，可交完钱粮，即所剩无几，三家老少的吃喝可就成了问题，如果让官府收回荒地，那可更没办法活下去了！"

杜文秀摇摇头道:"无论如何不能让官府把荒地收回去,那是你们三家的命根子啊!"沉思良久,又对杜勇说,"勇儿,俺记得你们是给王乃平送去了百年人参他才答应放荒的,按说,这是违背官府无偿放荒规定的,咱们能不能在这事上做做文章!"

杜勇点点头道:"老爸这个主意出得好,能不能说说你的具体想法?"

杜文秀道:"当前革命党闹得很凶,揭露官僚绅商的贪腐行为也是他们打击清政府的重要手段,对此,地方官吏也多有顾虑,你可否通过你的朋友给王乃平透个信,就说逼急了朱家哥儿仨,他们可能把送礼的事往上捅,这样对他也没什么好处。按他的地位,没有必要跟几个小老百姓过意不去,抬抬手事情就过去了,对双方都有好处。"

杜勇赞同道:"老爸说的是,明天俺就托人把这个信息透给王乃平,看他什么态度!"

朱奇山哥儿仨听了杜家父子的话,也都频频点头表示赞同。

杜勇的活动起了作用,第三天,苟步力传过话来:如果他们哥儿仨不去捕盗队当兵,按规定荒地必须全部收回,经过他从中说好话,招垦局王大人答应收回一半荒地另一半留给他们哥儿仨耕种。虽然躲过了到捕盗队当兵的差事,但因收回了一半荒地,朱奇山他们又过上了缺吃少穿的苦日子!

为了解决三家老少的生计问题,夏季,哥儿仨仍起早贪黑地干庄稼活儿,冬季,就开始打猎。一天,在冠地沟一带挖陷兽坑,意外地挖出了煤炭。

朱奇山说:"刚到边城的时候,就听说冠地沟这疙瘩有人挖菜窖挖出了煤炭,还有人在滴道沟挖掘了一处煤洞,挖到两丈多深的时候,因靠穆棱河近,水太大,所以就没有敢往下挖。这么看来,咱们居住的这疙瘩,地下的煤炭可能不少啊!"

张大闯也插话道:"大哥说得没错,俺听说,不仅中国人在这一带找煤炭,许多外国佬也在找。有个叫什么贝尔赦克的德国人以旅游为名在滴道沟找煤,还在一处煤洞旁边搭了一个简易窝棚,住下来搞调查,后来被警察给赶走了!"

朱奇山兴奋地说:"边城这疙瘩冬天太冷,煤炭可是金贵东西,咱们能不能再往下挖一挖,看下面怎么样,如果下面煤炭果真不少,咱们开个小煤窑,挖煤炭卖煤怎么样?"

武敬岳赞同道:"那当然好,在山东老家俺就卖过煤,确实能挣钱。只是咱们没有开采证照,让官府知道可就麻烦了!"

张大闯道:"这一片山林荒地不是放给咱们了吗,咱们在自家的地盘上挖煤,要什么证照!"

朱奇山摇摇头道:"真要是开煤窑,没有证照恐怕不行!不过咱们偷着小打小闹，在这深山老林里，官府也不一定能知道。就是知道了，咱们就说挖菜窖发现了煤炭，挖点儿煤供自家和亲戚朋友做饭取暖用，他们也不能把咱们怎么样！大不了不让挖好了！"

张大闯道："大哥说得有道理，咱们就这么干！"

于是，哥儿仨便不声不响地开起了小煤窑。他们先在陷兽坑原地往深处挖，越往下发现下面的煤炭越多，而且闪闪发亮，质量还不错，哥儿仨喜出望外，来了劲头。但因为没有证照，不敢招来外人，只好老少男女齐上阵。张大山也不再到私塾读书，帮助哥儿仨在下面挖煤，大闯、敬岳和家属就用柳条筐往上拽。干个十天半月，积累个千把斤，就赶着牛车或挑着煤到梨平镇的铁匠铺、油坊和农家出卖。

因为是高寒地区，又没有正规煤窑，货源很少，所以销路一直很好。但因为不懂开采技术，煤窑又越挖越深，开采越来越困难。再加上春夏秋要种庄稼，只能在冬季农闲季节挖煤，长时间停产，煤窑积水、坍塌，安全系数越来越低。后来，女眷们先后怀孕、生孩子，忙于照料子女，劳动力减少，煤炭产量比前两年减少许多。虽然如此，靠着挖煤卖煤，还能赚点儿钱，补贴家用，日子紧巴，但还算过得去！

一天，赵连荣到双峰村看望妹妹、妹夫和外甥朱继忠、外甥女朱继红，顺便带来一个信息。他对朱奇山说，冠地沟发现了储量丰富的优质煤田，中俄官商签订了合作开发合同，决定在冠地沟开煤矿，矿名叫"冠山煤矿"，开始招募工人。

听到这个消息，哥儿仨即商量决定由武敬岳留在双峰村，照顾三家老少，朱奇山和张大闯哥儿俩应招到煤矿当工人。此时赵铁柱和杜龙彪已长大，也要求到冠山煤矿当工人。四人一起去应招。朱奇山和张大闯由于曾在煤矿干过活儿，被优先录用，杜龙彪和赵铁柱年富力强，也被留下，老少两辈人都参加了冠山煤矿的勘探和建矿工作。

小时候，赵铁柱和赵晨兄妹俩因为经常在杜家，同杜龙彪、杜菊可说是青梅竹马，两小无猜。杜勇和赵连荣又有深交，看到两家孩子情投意合，赵连荣即同山红商量，将女儿赵晨许配杜龙彪为妻，儿子赵铁柱又娶了杜勇的女儿杜菊，两人由朋友变成了儿女亲家。

为上班方便，奇山、大闯和杜龙彪离开双峰村搬到了矿里，赵铁柱一家三口也在矿里租了两间草房，开始靠工资收入生活。双峰村的土地和草房都留给了武敬岳。

# 第 二 章

## 一

听完武超介绍爷爷辈异姓三兄弟闯关东的事，林欢很感动，她很有感慨地说："爷爷那辈人生活得不容易啊，他们日子过得非常清苦，但穷苦人的品性却始终没有丢，勤劳、纯朴、善良、讲义气，是咱们的榜样！"

张扬道："超哥，听说暑假期间，你跟煤山哥在一起实习，有不少收获，俺和林欢缺乏这方面的体会，你先把跟煤山哥实习的情况跟俺说说，对俺参加工作后踢开头三脚也许有好处！"

朱百威道："嗯哪，俺更缺乏煤矿的实践知识，哥就说说吧！"

武超道："嗯哪！"于是他便把寒、暑假回家，主动到冠山煤矿帮忙、当义务矿工、跟赵煤山实习的情况作了简要介绍。

1964年暑假期间，担任冠山矿二井主责技术员的赵煤山带他同矿机关干部一起下井"打战役"（井下劳动力紧张时，矿组织机关干部下井顶班出煤，叫"打战役"），班前会上，段长布置了本班的任务后，两人即换好工作服，到灯房子领了矿灯，先是乘罐笼，下了罐笼后，步行走过百米横川，又坐上绞车牵引的铁皮矿车，向下行约千米绞车道，到了井底，安全下车后，即在大巷里步行。挂在大巷右侧的风筒发着呼呼的响声，轨道上奔驰着轰隆轰隆的电机车，工人头顶上的矿灯不时在巷道里闪烁，让第一次下井的武超心里有点儿发慌。跌跌撞撞走了半个多小时，到了采煤掌子头的下巷，机关干部争先恐后爬上掌子面，各自占据了攉煤的位置，留给赵煤山和武超的是掌子面最下面的两个位置。

赵煤山半正经半玩笑地对武超道："小超，今天你可要尝尝工人出煤的滋味了！"

值班段长锁柱看看两人的站位，苦笑一声道："煤山，小超第一次下井干活儿，今天可要挨累了！"

武超还没有完全理会赵煤山和金不换话里的意思，毫不在意地回应道："嗯哪，没关系！"

金不换上下看了一遍，见没有什么问题，即高声喊道："大家开始干活儿吧！"

随着喊声，二十几把大铁锹即开始舞动，煤炭随着铁链在溜槽里小河般向下流淌，发出哗啦啦流水一样的响声，铁锹同煤炭在溜子边碰撞，不时发出叮当的铁器声，如同单调而沉闷的交响乐。

武超一会儿弯腰，一会儿蹲身，有时干脆躺着，变换着各种姿势挥舞着铁锹，使出吃奶的气力将落煤往溜子里装，汗水和着煤灰从脸上顺着脖子进入腹背流淌到全身，湿透了作业服，灌满了胶鞋筒，他像个从水里捞出来的黑泥人似的。但他不顾疲劳，仍然不停地舞动着铁锹攉煤，由于掌子面有坡度，上游的煤炭不断顺着斜坡往下滚落，在下游干活儿的赵煤山和武超虽然不停地往溜子里装煤，眼前的煤堆却并不见少。

金不换见状，即帮着一起攉煤，在上游攉煤的机关干部陆续齐活儿，见赵煤山、金不换和武超三人仍在苦战，大家即一起动手，轮流帮着攉煤，很快将掌子面的落煤全部攉到溜子里，顺着溜子进入了停在下大巷的矿车中，完成了当班的任务。

武超第一次干这么繁重的体力活儿，累得腰酸背疼，几乎走不了道。赵煤山一边扶着他，一边玩笑道："小超，怎么样，尝到煤矿工人辛苦的滋味了吧！"

武超有气无力地回应道："嗯哪！"

金不换善意地调侃道："年轻人，现在干活儿虽然也很累，但和解放前俺们在煤矿干活儿那阵相比，那可是天上地下呀！俺知足呢！"

升井后，赵煤山陪武超洗完澡，一起到食堂吃完饭，回到家里即上炕睡觉，一夜未醒，直到天亮。第二天，武超到赵煤山的办公室，约他继续下井干活儿。

赵煤山笑道："大学生，昨天累得够呛吧，今天不下井，帮俺整理整理图纸好吗？"

武超道："嗯哪，俺听赵哥安排！"

"那你先坐着，俺和井长商量点儿事，一会儿就回来！"赵煤山边说边走出办公室。

武超仔细打量一番赵煤山的办公室，见两小间房子里，摆放着一张简易办公桌、一把靠背椅和一张木床。办公桌旁有一个简易书架，架上满是图书，床边有一衣架，架上除塑料脸盆外还挂着一个帆布工具背兜。正面墙上是冠山矿的地质构造图，左右两边分别是二井井下和地面的位置图。桌面上除一部电话和一个竹皮暖水瓶外，还堆放着不少图纸。武超从书架上抽出一本《煤矿机电读本》正要翻阅，赵煤山走进来指着武超手中的读本道："你看的是机电工人的培训读本，你这个大学生用不着看！"

武超道："不然，这个《读本》讲的是机电方面的操作知识，很实用。"

边说边把《煤矿机电读本》放进书架，一边帮煤山整理图纸，一边闲聊。

武超道："煤山哥，西方一些发达国家，采掘机械化程度很高，英、美都已用上了综合采煤机组，连波兰那样的国家都用上了单滚筒采煤机，咱们还是攉大锹，差距这么大，听金不换叔的口气，好像还很知足呢！"

赵煤山道："小超，日本鬼子霸占冠山煤矿时期，你年纪小，没有在井下干过活儿，所以也不会有不换叔那种体会。他说的是实话，和那个时候相比，冠山矿确实有了翻天覆地的变化。冠山矿的老矿工感恩共产党，知道没有共产党就没有现在的冠山矿，对现在冠山矿的采掘工艺和井下环境，他们很知足！"

武超道："俺也理解老矿工的心情，可是，咱们还得向前看，不然要落后的！"

赵煤山道："俺也同意你的想法。其实，那年部队首长原本是想让俺上政法大学的，但俺选择了煤专，煤炭是工业的粮食，国家实现工业化离不开它。在共产党领导下，煤矿回到了人民的怀抱，矿工成了煤矿的主人，俺作为矿工的后代，就要继承老一辈的精神，实现煤矿的机械化和现代化，让煤矿旧貌换新颜。"他喝了口水继续道，"现在的冠山矿，在采掘工艺、技术和管理水平方面虽然比解放前有了很大的进步，但咱们不能满足现有的状况，要让广大矿工知道，就目前咱们煤矿的情况，同发达国家相比，同国家的理想目标相比还有很大的差距，任重道远，还得努力奋斗！"

武超道："煤山哥，你说得好，俺毕业以后，也要回到咱们的冠山矿，跟你一起为实现冠山矿的机械化、现代化尽绵薄之力！"

赵煤山笑道："好小子，有志气，俺等着你！"

## 二

武超突然转换话题道："煤山哥，听说你从煤专毕业后是同嫂子一起到矿务局的，可俺一次也没有看见过，你可不能金屋藏娇啊！"

赵煤山脸色突变道："哪有什么金屋藏娇，别提她！"

武超见原本和颜悦色的赵煤山脸色突然阴沉下来，便小心翼翼问道："怎么，嫂子变心了？"

赵煤山觉得刚才自己有点儿失态，便叹口气，用较为舒缓的语气道："她的事已过去好几年了，俺本不想再提她了，既然你问，俺就跟你说说俺和她的情况吧！"接着，赵煤山便叙述了夫妻俩从认识到结婚再到分开的前因后果。

1948年秋，辽沈战役的前夕，边城县委和边城矿务局动员青年参军打老蒋，翻身解放的冠山矿的青年矿工响应党的号召，纷纷报名参军，赵煤山因不够年龄没有被批准。他不甘心，偷着上了运兵的火车，硬跟着部队不走，后来部队安排他当了通信员。东北和全国解放后，他也从通信员成长为连长，抗美援朝战争爆发后，他随志愿军参加了抗美援朝战争，战争结束后，他已是部队中一位年轻的营长。部队首长看他年轻有为，推荐他到大学深造，他留恋矿山，选择了煤专。

这期间，首长的妻子把自己的堂妹范婷婷介绍给他。范婷婷见他身材魁梧，英武帅气，经历不凡，又在学校深造，有大好前程，即表示同意。煤山见自己已过了谈婚论嫁之年，介绍人又是首长的妻子，女方还是高中毕业的知识青年，年轻漂亮，也没有意见，认识不久即结了婚。

煤山毕业后，一心要回冠山矿工作，范婷婷却坚持让煤山靠首长的关系留在上海或其他大城市工作。煤山觉得自己学的是煤矿专业，留在大城市无用武之地，坚决要求到煤矿工作。范婷婷无奈，勉强同意离开上海到边城矿务局参加工作。矿务局领导看过赵煤山的履历后，认为是干煤矿的好苗子，即安排到局机电处当技术员，范婷婷安排在教育处当科员。

那时，矿务局的住房十分紧张，不少新参加工作的职工都住单身宿舍。考虑到赵煤山夫妇的情况，即破例安排到了家属宿舍。宿舍是一座平房，三大间，中间一间是厨房，两头各一间是宿舍。西面一间住着一对年轻夫妻，男的是矿务局生产处的技术员，女的是矿务局总医院的护士。东面一间即由赵煤山夫妇居住，两家合用中间的厨房。条件虽然不太好，但按当年矿务局的情况看，对一个新安排到矿务局参加工作的职工来说，已经算是照顾和优待了。

不过，对范婷婷来说，心里还有点儿委屈，住下后，她对丈夫埋怨道："凭你的条件，到这个兔子不拉屎的地方来，怎么也得安排个像样的住处呀！可你看，屁大点儿屋，连张大床都放不下，厨房还得两家合用，多别扭！"

赵煤山劝解道："现在正处于全国经济困难时期，能有这么个住的地方就不错了，等国家形势好转了，矿务局条件好了，居住情况会好起来的！"

让范婷婷更难适应的是边城的气候，边城是高寒地区，一年有六七个月气温都偏低，特别是冬季，大地白雪皑皑，寒风刺骨，刮起大烟炮来更是漫天飞雪，几十米看不到行人。有人说，寒冬腊月，如果人在野外撒尿，不等尿水落地即冻成了冰棍儿。这当然有点儿夸张，不过，那时边城的冬季确实寒冷，入冬后，一般居民的住房，双层窗户之间，下半部都要放一尺多高的锯末子，房门都要贴上防寒条。如果不注意保温，水缸内结冰、水碗冻裂是常事。说老实话，边城冬季的气候，对一个上海姑娘来说确实很难适应，应当理解。所以冬季防寒保暖，拉煤生火炉，煤山都包了下来。后来，领导觉得像煤山这样从煤专毕业的技术人员，应当下放到基层锻炼锻炼，以便重用，所以就安排煤山到冠山矿二井当主责技术员。这样一来，他就不能像在局机关那样照管家务了，对此，婷婷一见面就唠叨，动员煤山回上海，他坚决不同意。对门发生的一件事，把范婷婷吓坏了，下决心要回上海。

武超问："对门发生了什么事？"

赵煤山道："滴水矿发生了瓦斯爆炸事故，对门那位技术员正好赶上那起事故，牺牲在井下了！"

武超惊讶地啊了一声。

赵煤山平静地说："这虽然是一件很不幸的事，但对干煤矿的人来说，有时也难以避免！"停了一会儿，赵煤山接着叙述了以后发生的事。

## 三

范婷婷三番五次地要求赵煤山离开冠山矿回上海工作，并下保证说，如果煤山不好开口，她可以直接找首长，求他把煤山和自己调回上海。她觉得凭她是首长的小姨子，首长一定能够答应，但赵煤山始终不答应跟她回上海。

一天，范婷婷把赵煤山从矿上叫回来，开门见山道："煤山，你爱我范婷婷，还是爱煤矿？"

赵煤山回应道："婷婷，俺爱你，也爱煤矿！"

范婷婷道："你别拿这话来糊弄我，我实话告诉你，你要是真爱我，就跟我一起回上海，你要是不离开煤矿，咱俩就分手！我怕有一天你也像对门那样让我当了寡妇！"

赵煤山耐心解劝道："婷婷，你怎么这样说话，干革命哪有不流血牺牲的？在煤矿你怕俺牺牲在井下，干别的工作就能保证没有牺牲？你可不能让这起事故吓破胆，当逃兵啊！"

范婷婷坚决地说："我知道，要说讲道理，你可是一套一套的，我说不过你，我也不跟你理论，我就问你一句话，你到底跟不跟我回上海？"

赵煤山也坚决地说："煤炭是工业的粮食，国家工业化离不开它，为祖国工业化备粮备战，再苦再累，流血牺牲，俺心甘情愿，不能跟你回上海！要回你一个人回！"

范婷婷见硬的不行，态度便软下来，她流着眼泪，动情地对赵煤山道："煤山，我爱你，离不开你，分手的话，是我一时赌气说的，你别当真。边城的环境，寒冷的天气，我实在难适应，为了我的一片苦心，为了我们的爱，你就听我的话，离开这里吧！"

见范婷婷动情，赵煤山一时不知如何回应，便没有吱声。范婷婷接着说："煤山，你生在煤矿，小时候吃了不少苦。在部队上，行军打仗，受过伤，流过血，也是死里逃生。如今和平了，像你这样吃过苦、立过功的人，换换环境，找个好工作，过几天舒心日子，大家是能够理解的！人这一生，大好年华就那么二三十年，像你我这样的年纪，正是该享受的时候，不要辜负老天爷的恩赐。你听我的话，离开这个鬼地方吧！"

范婷婷唠唠叨叨的一席话，赵煤山觉得有点儿不是味儿，什么爱呀、乐呀，说白了，内心深处就是怕艰苦，讲享受。特别是最后那句话，他听了有些刺耳，让他十分生气，他怒冲冲责问道："你说什么！你把党和人民的煤矿说成是鬼地方，你，你什么意思？"

范婷婷自知语失，不敢正面回答，含糊其词道："我没有你说的那个意思，我最后再问你一句：你听不听我说的话，能不能离开这里？"

赵煤山斩钉截铁道："你说的话不对头，俺不听，不离开！"

范婷婷见赵煤山软硬不吃，铁了心要留在煤矿，便不再规劝，直接从教培处辞职，给赵煤山留了一封分手信，没有和任何人打招呼，一个人偷偷回了上海。

武超有点儿惋惜道："煤山哥，后来怎么样了，就这么黄了？"

赵煤山苦笑道："是的，就这么黄了！"沉默了一会儿，他接着道，"后来，她又给我来了一封信，说自己不知道，回到上海以后有了妊娠反应，才知道怀上了俺的孩子，再一次要求俺回上海！"

武超道："那怎么办，你还不答应？"

赵煤山道："还能怎么办，难道俺就这样离开煤矿？"他叹口气接着道，"其实，她把事情看得太简单了，在她心目中，有个高干姐夫，好像什么事都能办妥似的。实际不然，她刚回到上海以后，没有敢说自己是偷着回上海的，只说边城气候寒冷，她不适应，要求调回上海。老首长严厉批评了她害怕艰苦的错误思想，让她返回边城。她也没有听首长的话，一直在上海待着，后来生了孩子，俺到上海伺候她坐月子！满月后，她瞒着俺找老首长，老首长仍未答应，劝她立刻回边城工作。并通知人事部门，不准给范婷婷在上海安排工作。"

武超道："那你就劝嫂子回来吧！"

赵煤山道："俺也曾写信动员她回来，可是，你嫂子那脾气也很倔，又怕丢面子，又怕边城的气候和煤矿的艰苦，所以始终没有答应回来。"

武超道："那她就一直留在上海了？"

赵煤山道："没有，她去了新疆生产建设兵团。俺猜想老首长的意思还是要让她在兵团受点儿艰苦的锻炼，看看她能不能回心转意。"

武超追问道："再后来呢？"

赵煤山道："再以后就断了联系，说实话，俺还牵挂着她和俺很少见面的孩子呢！"

　　武超有点儿惋惜地叹了口气："唉！"

　　张扬和林欢同时对赵煤山赞美道："煤山哥有志气，是咱们的榜样！"

　　武超道："俺跟你们俩说外公的鼓励和煤山哥的事，也是在坚定俺回边城的决心，不过，边城矿务局是重要的煤炭生产基地，人才济济，技术力量雄厚，有没有分配指标还得了解了解！"

　　张扬道："这好办，俺打电话问问继忠大爷，他是冠山矿的党委书记，边城需不需要咱这样的人，有没有分配指标他清楚！"

　　武超补充道："煤矿是高危行业，条件艰苦，特别是边城矿务局，是高寒地区，条件更艰苦一些。"他瞅一眼林欢，用开玩笑的口吻道，"真要分配到边城，你可真的要有吃苦的思想准备，可别当第二个范婷婷呀！"

　　林欢满怀信心地说："超哥，你放心，我林欢不会做第二个范婷婷！"

# 第 三 章

## 一

　　武超、张扬和林欢如愿以偿被分配到边城矿务局工作。为欢迎武超和张扬两位大学生学业期满回到煤矿，朱、张、武、老少三辈人，还有在边城矿务局宣传部当部长的杜天赐、冠山矿总工程师赵煤山、张大山的孙子黑龙采煤队队长张子威，搞了一次家庭型聚会。

　　1965年，国家虽然度过了三年困难时期，但生活物资仍然比较匮乏，粮、油、肉是定量供应，蛋类鱼类等副食品在市面上也很少，布类用品要付布票。住房要按级别、工龄等条件分配，老职工一般都住四十至六十平方米的砖混结构的房子，干部按级别分配住房，比一般职工稍大一点儿，结构大同小异。关键是住房太少，供不应求，职工大部分都住单身宿舍，大部分新婚夫妇都住在筒子楼或所谓的鸳鸯楼。

　　在那种条件下，搞一个大型聚会不容易。为了把这次聚会搞得隆重点儿、饭菜丰盛点儿，各家都尽了力。武敬岳夫妇把自己家养的一头年猪提前宰杀，又尽其所能拿出了自留地里的蔬菜，解决了肉和菜的问题；朱继忠和张铁林也拿出了自己平时舍不得喝的好酒。在那个年代，这样的酒席在当地也算是比较高档的了。

　　虽然是家宴，但因为有三位处级干部（朱继忠是矿党委书记、张铁林是矿长、杜天赐是矿务局宣传部部长），还需要考虑主持人的人选，推来让去，最后落到了朱继忠头上。朱奇山是老一辈哥儿仨的主心骨，朱继忠作为朱奇山的长子，为人处世亦有长者之风，深得张铁林和武有田哥儿俩的尊重，聚会的主持人也就非他莫属了。

　　开宴之前，朱继忠清了清嗓子道："各位长辈、各位亲朋，今天聚会的主题虽然是欢迎武超、张扬和林欢三个孩子大学毕业回到家乡参加矿山建设工作，但吃水不忘打井人，没有党和毛主席的英明领导和老一辈人的艰苦奋斗、流血牺牲，也就没有我们的今天，咱们的孩子也念不起大学，所以，这第一杯酒首先要敬给为革命牺牲的赵连荣爷爷、山红奶奶、杜勇爷爷、龙彪大哥和赵晨大嫂。"说完，将杯中酒倒于地上。然后又倒满酒，继续道，"这第二杯酒，要敬给我们的长辈，祝老人家健康长寿，永葆革命青春，请大家举杯。"在座各位一起举杯对朱奇山哥儿仨夫妇高喊："祝爷爷、奶奶健康长寿，永葆革命青春！"朱奇山哥儿几个也站起来回应道："谢谢，谢谢孩子们！"说完，全体一饮而尽。

朱继忠招呼众人都倒满酒道："现在该说今天的主题了。武超、张扬还有林欢，你们是党培养的新一代大学生，也将是我们冠山矿为数不多的大学生矿工。今天，俺们老少三辈欢聚一堂，备家宴表示欢迎，寄托着老一辈的殷切期望，希望你们能够深刻领会这次家宴的良苦用心，用做好工作的实际行动交出合格的答卷……"

心直口快的杜梅以玩笑的口吻插话道："俺说朱大书记，今天可是家庭宴会，不是你们冠山矿的党委会，你再作报告，这两桌饭菜可就凉了，俺可好长时间没吃到这么丰盛的饭菜了，馋得口水都流出来了！"

朱继忠不好意思地笑道："好，好，俺的话讲完了，大家吃菜、喝酒！"于是，众人边说笑，边狼吞虎咽地吃喝起来。

不一会儿，张铁林以玩笑的口吻对张扬和武超道："两位大学生，俗话说，千里扛猪槽，可是喂（为）了你呀！你俩可不能光顾吃喝，连个态也不表啊！"

张扬捅捅武超道："超哥，俺爸发话了，你还不表表态度！"

武超推辞道："你还不知道我？好多年都不在人多的场合说话了，还是你代表咱仨表表态吧！"

见两人互相推让，住在张铁林家、由妻子武有婧抚养长大的烈士的女儿郑甜甜插话道："不对吧，俺听说超哥六七岁的时候，就敢在乡里的劳模表彰大会上讲话，伶牙俐齿是出了名的，怎么对着自家人倒不说话了，是不是嫌人少、场面小，不稀得说呀！"

武超连忙回应道："甜妹误会了，俺可不是像你说的那样嫌人少、场面小啊，俺是觉得继忠大爷说得很清楚了，俺就没什么话好说了，就看俺的实际行动吧！"

张扬也借此下台阶道："超哥说得对，都是家里人，俺们再说什么听党的话呀、努力工作呀、虚心向老工人学习呀什么的，也没啥意思。超哥那句话少而精，就代表了！"

一直没有作声的杜天赐道："刚才小超和小扬说得也有道理，说到虚心向老工人学习的问题，我认为很重要。咱们边城矿务局是有几十年开采历史的老局，咱们冠山煤矿是边城地区开发最早的煤矿，在开发之初，特别是在解放战争期间，功勋卓著，为东北和全国解放做出了重要贡献。有丰富的经验和优良的革命传统。最近，在冠山矿三井的后山沟里发现了万人坑，那是日寇残害矿工的罪证。局里正在筹备建矿史馆，要求讲矿史，讲传统，还要请奇山和大闯爷爷当顾问。我看今天咱们子侄辈都在，是不是让两位老人给咱们讲讲过去的事，让咱们先受受教育，这也是近水楼台嘛！"

张大山的儿子、全国劳模冠山黑龙采煤队队长张子威拍手道："天赐说得好，过去，俺们虽然也听长辈们说过一些矿务局和冠山矿的事，但不太详细。今天机会难得，两位长辈千万给俺们好好讲讲，让俺们受受教育，把你们老一辈的优良传统继承和发扬下去！"

张大闯接着张子威的话头道："子威这孩子说要把老一辈的优良传统继承和发扬下去，这也是俺们老辈人的愿望。说实话，过去，俺们老辈人所处的环境、碰到的困难，你们现在的年轻人连想都想不到。但是，咱们老一辈的煤矿工人，不仅有中国人的骨气，也有中国人的灵气，在困难面前，在日伪汉奸把头面前，从不低头，在外国人面前，从不示弱。各方面都值得现在的年轻人学习！"

赵煤山插话道："俺听说有个叫孙亦奇的人，是北大的高才生，虽然是官宦和富家子弟，但很有爱国思想，他自愿到这荒凉和匪患猖獗的冠地沟来勘探建矿，担任中方队长期间，曾带领中方工程技术人员和工人设计施工二号竖井，同俄方队长负责的一号井开展竞赛，战胜了对方，为中国矿工争了气。两位爷爷是见证人，也给俺们讲讲，作为年轻工程技术人员学习的榜样！"

张大闯接着道："煤山说得好，大哥，俺看趁咱们还活着，还没有老糊涂，就给孩子们好好讲讲吧！"

朱奇山也站起来大声说："那好，大家既然有这个愿望，俺也不推辞了！"他瞅一眼张大闯道，"老弟，咱从哪里讲起呢？俺看就先说说咱俩随中俄探矿队在冰天雪地、深山老林勘探和凿井建矿的经历吧！"

张大闯回应道："嗯哪！"

于是，朱奇山讲起了往事。

## 二

1923年末，吉林省政府与流亡到东北的白俄资本家谢金斯签署了中俄官商合办冠山煤矿的合同以后，组织探矿队到以冠地沟为中心、方圆百十里的地区进行详细的测量勘探工作。

探矿队由中俄双方人员组成，中方队长名叫孙亦奇，是北京大学矿冶系的高才生。他是一个具有强烈爱国主义思想的年轻人，原本在北洋大学读书，还是学生会的会长。五四运动期间，他带领北洋大学学生参加游行示威，并作为学生代表向省府提出正义要求，事后被北洋大学开除，经蔡元培介绍才进入北京大学矿冶系读书。其父曾当过县长，卸任后正集资开办兴安、逢原金矿，非常希望学矿冶专业的儿子随他到金矿工作。但具有实业救国思想的孙亦奇认为，"若强工业，煤应先于金"，所以放弃了到金矿工作的好机会，选择了到条件异常艰苦的边城进行煤矿的开发建设工作，可见其志不俗。

那时，边城还没有被开发，用文化人的说法叫什么"处女地"。冬天，太阳没有出来之前，天总是灰蒙蒙的，举目四望，但见漫山遍野白雪皑皑，树枝上都是千姿百态非常壮观的白色树挂。有位诗人形容白雪说"忽如一夜春风来，千树万树梨花开"，边城冬天的树挂，正像满树梨花似的，很美，很壮观，不同的是，这千树万树梨花，不是春风送来的，而是寒冷的北风把雪花挂在树枝上的。一眼望去，天连地，地连天，无边无际，全是银白色的世界。同孙亦奇生活的南方水乡有天壤之别。一个生长在温暖的南方的官宦富家子弟，能选择到北疆深山老林工作，确实不容易。

朱奇山和张大闯是第一批到探矿队的工人，因为是本地人，曾经在煤矿干活儿，年富力强，朴实厚道，有办事能力，所以一开始，就成了孙亦奇依仗的帮手。探矿队刚到冠地沟时，全队不足三十人，俄方职工占一大半，其余是随孙亦奇来的几位中方职员。

万事开头难，那时，探矿队除了拉设备和吃喝的四辆马车外，住房、办公室等什么都没有。朱奇山哥儿俩人熟地熟，跑前跑后，帮着租了五间草房，因为长久没有人住，部分火炕已坍塌，地上还有不少垃圾粪便。俺哥儿俩领着二十刚出头的龙彪和铁柱，还有几个新工人打扫卫生，修理火炕、炉灶，好让探矿队队员能够休息和办公。孙亦奇和俄方队长卜鲁西洛夫商定，西头两间暂为队员的卧室，东头两间为两位队长的办公室兼卧室。中间一间为厨房。初步安顿好之后，又让当地招工头招来十几名打钻眼、凿岩、挖探井的工人，新工人暂时住在附近农民看地的窝棚里。

为让新工人尽快熟悉业务，孙亦奇即开始组织培训。白天挤在西头的两间草房里上课，晚上在梁柁上挂一盏汽灯，满屋通亮，听孙亦奇讲解勘探和凿井技术、钻探作业规程，及对手钻操作、钻孔直径、深度和工作任务等的要求。工人们有的一边听讲一边往新买的乌拉（靰鞡）里絮乌拉草；有的边听边悄悄地修鞋子、缝衣服、帽子、皮手闷子。

讲完课后，有的工人回地边窝棚里睡觉，有的挤在西间对面炕上休息。夜间，温度在零下四十摄氏度左右，在西间炕上特别是地边窝棚里的工人，要不是人挨人挤在一起取暖，单个人有可能被冻僵。早晨起来，炊事员经常嚷嚷着说水桶在屋里都冻鼓了，饭碗也冻裂了。

开始打钻、凿岩以后，工人在冰天雪地、寒风呼啸的野外劳作，没有任何取暖设备，耳朵冻坏，手脚冻裂是常事。夜间在外值班的人，全身冻僵，甚至失去知觉。因经受不住严寒的折磨，中途退出的工人也不少。

对于冠地沟的寒冷，朱奇山讲了一个小故事："一天早晨，他陪孙亦奇到现场检查工作，看到有一辆歪倒的矿车，孙亦奇伸手想把它扶正，因为没有带手闷子，手指被粘在矿车沿上，他猛往起一抬，食指被粘下一块皮，疼得他哎哟一声，两眼淌出了泪花。"

那时候，边城一带数千年养成的拔地参天、茫无涯际、荫蔽日月的大森林，漫山遍野的灌木丛、野蒿、茅草，人迹罕至，各种野兽藏匿其间，出没无常，对探矿队的威胁也不小。晚间睡觉，经常能够听到凄厉的狼嚎声，令人毛骨悚然。

朱奇山讲了一个孙亦奇深山遇虎的故事："有一天，孙亦奇骑着马去检查野外钻点工作的情况，在猴石沟老黑山城墙砬子的山道上，他的坐骑突然惊恐地站立，全身颤抖，气喘吁吁，并紧张地回头看着主人。不一会儿，马又惊恐地嘶叫，马蹄乱蹬乱踢。从马惊慌的程度，孙亦奇觉得有情况，于是拽紧缰绳，拉回马头，向马惊视的方向张望。刹那间，只见树枝摇动，树叶飞舞，一声狂吼，树丛中一只斑斓猛虎，一蹦一跳，蹿入桦木林中。原来马比人的耳目敏锐，人没有任何感觉，马已看到虎影。所幸，虎并没有想伤害人，只是在饱食之后静养之际，被马惊动，才蹿出逃遁。孙亦奇生平第一次在山林中遇虎，相距又那么近，惊恐得出了一身冷汗，虎钻入树林后，马也平静下来。孙亦奇惊魂甫定，猛抽马屁股一鞭，身子前倾，两腿猛夹马肚，快速向探矿队营地奔去。"

朱奇山刚讲完，张大闯笑着讲了一个车老板遇黑熊的笑话："一天早晨，车老板们起床后，从马棚里牵出马套在俄罗斯四轮马车上，一行四辆车结队去马桥沟拉木料。寒风刺骨，车老板们身穿俄罗斯大氅，脚蹬毡疙瘩，缩着脖子坐在车辕上。马鼻子喷着白气，不时晃荡几下尾巴梢子扫掉落在身上的雪花。走了一个多时辰，马车拉开了距离，一辆弱马拉的四轮车落在了后面。突然，密林中跳出一只大黑熊，受惊的拉套的马一边嘶叫，一边狂奔，把大车拉翻在地。大黑熊摇摇摆摆走到马车跟前，使劲一跳，一屁股坐在车辕上，高兴得屁颠屁颠地晃悠，压得马车吱嘎、吱嘎响，拉套的两匹马在原地嘶鸣蹦跳。车老板吓得慌了神，大声喊叫。前面的车老板听到喊声，一齐向喊叫声方向奔跑，到翻倒的马车跟前，见是黑熊捣乱，一齐噼里啪啦将马鞭甩得山响，黑熊见人多鞭响，吓得从车辕上跳下来，落荒而逃。因为探矿队在野外作业，经常与野兽为伍，不过因为是集体干活儿，野兽也不敢轻易靠近伤人，所以多是有惊无险，没有被野兽伤着。但虎、豹、熊和野狼的经常光顾，也让探矿队防不胜防。"

民国年间，社会动乱，民不聊生，上山为匪的不少。探矿队不仅要在恶劣的气候环境中劳作，经常提防野兽伤人，最麻烦的是还要应对土匪的骚扰。那时候，冠地沟一带有三股土匪：势力较小的一股名曰"北极星小庙"，是土匪中的所谓小线，也就几十个人；势力最大的一股人称"白龙帮"，是土匪中的老大，大约有200人；仅次于"白龙帮"的一股叫"黑虎帮"，也有百十人。

　　边城一带的土匪有个特点，就是活动有季节性。每至秋末冬初，土匪即把枪刀等武器藏在深山，然后装扮成老百姓下山做工猫冬，待春暖花开，林木茂盛，灌木野草丛生，遍地庄禾，青纱帐起，即放弃做工，再上山为匪，土匪黑话叫"搭苍子"。每股土匪，在镇上村屯都有眼线，土匪黑话叫"眼珠子"，待到土匪开始活动，眼线即禀报信息，专做绑票生意，土匪黑话叫"扎古顶"。根据眼线提供的线索，土匪头子即安排部下或明或暗抓人。人抓到后，即用黑布带蒙眼，带到土匪聚集地作人质，视人质情况提出不同的条件和期限。如超过期限未按土匪提出的条件办理，第一次割人质的半个耳朵送下山，以示警告；人质家如仍未按期限兑现土匪提出的条件，第二次即剁人质的一节手指或拔人质的手指甲送下山，催促人质家按要求兑现；如仍未照办，土匪即将人质处死，俗称"撕票子"，手段狠毒。不过，一般情况下土匪也不这样做，因为他们的目的是钱财，处死人质，对他们也没有什么好处。

　　冬去春来，转眼已到土匪"扎古顶"的季节，大闯对中俄两位队长道："两位队长，春暖花开，林木茂盛，该提防土匪来捣乱了！"

　　果然不出所料，没过几天，探矿队即收到土匪"名片"，连带一张小纸条，上写："冠地沟老毛子探矿队：矿业兴起，大家共享，敬借俄罗斯大皮袄八件，为兄弟御春潮、抵寒冷！"落款是"北极星小庙"。

　　收到土匪的要账单，孙亦奇问卜鲁西洛夫："卜队长，你看此事该怎么办？"

　　卜鲁西洛夫双手一摊，苦笑着说："怎么办，我也没办法，咱们还是请示总公司领导吧！"

　　孙亦奇道："那好，你赶快到哈尔滨找公司领导报信，请示解决办法，我这里即安排转移，先躲几天！"

　　于是，卜鲁西洛夫即动身前往哈尔滨，到南岗白俄资本家谢金斯的办事处报告土匪干扰的信息并请示解决办法。

　　探矿队的上上下下都在冠地沟吃苦受累、担惊受怕。白俄资本家谢金斯夫妇却在哈尔滨过着纸醉金迷、奢侈豪华的生活。谢金斯本是俄罗斯大资本家，在西伯利亚有三处煤矿、两处森林，财富雄厚。俄国十月革命后，谢氏兄弟的森林、煤矿被没收，他们即携巨款窜至东北，听说边城一带发现了煤，便安排卜鲁西洛夫率工程技术人员到边城秘密勘查，探得冠地沟一带有优质煤炭后，即通过其漂亮风骚的妻子同东北军阀上层人物交往，打通了高层实权人物和吉林省上上下下各个关节，签订了在冠地沟合作开矿的合同，在哈尔滨成立了煤矿总公司，并组织中俄探矿队到冠地沟作进一步勘探。老谢把妻子当作"摇钱树",谢太太自然也就成了煤矿总公司举足轻重的人物,生活非常奢侈。

早晨,谢太太走出卧室,穿着金丝绒睡衣,在洗漱室洗漱完之后,坐在客厅的沙发上,由女仆帮着解开发带,抽出金发卡,用白象牙梳子梳理金发。然后让女仆揉肩背捶腿,谢太太闭着眼睛,微微摇晃着脑袋,两耳上的金耳坠也随着微微晃动。梳理、揉捶完毕,女仆又帮着给她穿上绣着菊花镶边的俄罗斯长裙,她接过女仆递过来的白玉碗盛着的奶茶,坐在沙发上悠闲地品味着。

外面响起轻轻的敲门声,谢太太示意女仆打开房门,见风尘仆仆的卜鲁西洛夫站在门口。卜鲁西洛夫跟随谢家兄弟多年,是工程技术人员中的骨干、亲信。谢太太知道卜鲁西洛夫的分量,即起身相迎,拥抱问好让座之后,顺手挑开卧室小窗的窗纱,推开小窗插门,用俄语娇声招呼谢金斯道:"亲爱的,卜鲁西洛夫队长到了!"

听到太太的招呼,谢金斯懒洋洋地起床,披着豪华睡衣走出卧室,洗漱完毕之后,才和卜鲁西洛夫拥抱寒暄,转身坐在沙发上,接过女仆递过来的镶嵌着花纹的白玉石碗,一边喝牛奶,一边示意卜鲁西洛夫坐下汇报探矿队的工作。

卜鲁西洛夫详细汇报了探矿队在深山老林开展探矿工作的经过和初探的收获。然后皱着眉头说:"冠地沟一带向来匪盗横行,社会治安不好。县里虽然设有警察所,但人数太少,武器装备也差,难于维持治安。探矿队开始工作后,当地土匪视探矿队为肥肉,不断到探矿队骚扰,为躲避匪患,探矿队三个月中六告匪警,五次搬迁,队长和员工十之八九的精力都耗在应付匪患的问题上,很难集中精力考虑探矿工作。我来会办汇报之前,即有一股叫'北极星小庙'的土匪传来'名片',要求探矿队给八身俄罗斯大皮袄。听说这还是当地最小的一股土匪,还有一股叫'白龙帮'、一股叫'黑虎帮'的土匪,势力较大,胃口很大,这个问题不解决,探矿队恐怕很难正常工作。诚请会办明示!"

谢金斯是个中国通,对东北的政治经济形势和民风民俗也比较了解。听了卜鲁西洛夫的汇报,特别是关于匪患的问题之后,并不十分在意。他首先肯定了探矿队的工作成绩,然后假惺惺表示对探矿队的艰难工作环境十分理解,要求卜队长代表他本人和总公司向探矿队全体员工表示感谢和慰问。客套之后,对卜鲁西洛夫面授机宜道:"老卜,依我对中国高层情况和地方人情的了解,要在东北发财,必须走好黑白两条道!"

卜鲁西洛夫问道:"会办,你说的黑白两条道指的是什么?"

谢金斯微笑道:"所谓'白道',指的是中国的官府,走'白道',就是结交官府，在官府里找靠山，有了靠山，就可以直出直入，大事能办成，小事能化解；有官府做靠山，咱就有了根基，能够站得直，坐得稳，任凭风浪起稳坐钓鱼台。咱们为什么能够跟吉林省府签约开矿，捷足先登，不就说明我说得有道理吗？"

卜鲁西洛夫瞅一眼谢太太恭维道："是，是，还是会办和太太高明，在官府高层有人！"

谢金斯接着说："这'黑道'嘛，指的是地方的黑社会，包括富商豪绅、土匪恶霸、地头蛇等，在地方上办事，就要结交这些人，和他们交朋友，能在当地豪强土匪响马堆里串门过户，来来往往，畅通无阻，合作共事！"

卜鲁西洛夫连连点头，然后有些为难地说："会办高见，可是，咱们探矿队人数不多，也没有武器，没有和人家交往的本钱，如果不给点儿甜头，想跟人家串门过户，合作共事，恐怕人家不会搭理咱。这条'黑道'到底怎么走，还请会办明示！"

谢金斯笑道："你这话算说对了，俗话说，有钱能使鬼推磨，要收复这些土匪，当然要舍得投资，给他们点儿甜头。他们不是要吃喝穿戴吗，先给他，稳住他们，然后再想办法！"

一直没有吱声的谢太太扬起浓眉道："由哈尔滨发往探矿队的白面、苞米面、油、肉等副食品，本月再增加一个火车皮，顺便在工作服里再加一些衣服和皮大氅，按土匪的清单送去！"

卜鲁西洛夫高兴地说："那好，那好，夫人爽快！"停了一会儿他又补充道，"不过，就怕他们贪心不足，胃口太大，这次送了，下次还要，几百号人，咱们也送不起呀！"

谢太太道："给他们送东西，'民匪一家'，这也是权宜之计，我已和吉林总督说好，过几天派省21旅属下步兵、骑兵前去剿匪，然后进驻矿区，不怕土匪再来捣乱！"

卜鲁西洛夫松口气道："土匪的问题解决了，探矿队就可以集中精力工作，进度肯定比现在快，请会办和夫人放心！"

谢金斯摇摇头道："你们把问题看得太简单了，其实，派官兵剿匪也不是长久之计。官兵浩浩荡荡前去剿匪，还未和土匪照面，土匪便有计划地一哄而散，藏于民间，让官兵扑个空。那是高射炮打蚊子，架势不小，作用不大，只能起个震慑作用。等官兵撤走，他们又上山聚拢为匪，继续骚扰。如果官兵长期进驻矿区，那也是要花钱的，官兵的饷银也不见得比送给土匪的少。弄不好，咱们还得看官兵的脸色，受他们的勒索！"

卜鲁西洛夫挠挠头道："可也是，靠官兵保护也不见得合算，那可怎么办？"

谢金斯胸有成竹地说:"不要着急,山人自有妙计!"

## 三

谢太太不耐烦道:"有什么妙计快说,卖什么关子?"

谢金斯笑道:"眼下探矿队人少点多,比较分散,又是野外作业,土匪袭击容易,我们提防困难,暂时只能靠送钱物。等探矿工作告一段落,员工都集中在矿区劳作,土匪再来袭扰就比较困难,说不准他们得另找出路。这时候咱们以组建护矿队的名义,让大股土匪的匪首来当队长,挑一些精干的土匪来当队员,费用不见得高,他们还得听咱们召唤,那样,咱们也不必靠官兵保护了!"

谢太太点点头表示赞同。卜鲁西洛夫谦卑地恭维道:"会办深谋远虑,佩服,佩服!"

谢太太冷着脸道:"老卜,你也别在这里恭维了,土匪要的物资和探矿队吃喝用品我尽快安排,很快就能运到。你赶快回探矿队,安排有点儿胆量、能说会道、有外交能力的人和土匪接头。先把东西送过去,免得再生事端!"夫人下了逐客令,卜鲁西洛夫一边点头,一边退出。

孙亦奇和一些老员工焦急地等待着卜鲁西洛夫的消息。见卜鲁西洛夫回到办公室,孙亦奇连忙走过去,也没有说什么客套话,开门见山地问道:"卜队长,上面怎么说,有什么好办法?"

卜鲁西洛夫装成一副轻松的样子道:"谢会办说了,有钱能使鬼推磨,总公司给咱们增发了不少物资,货已发出,很快就能到。会办要我们按土匪的要求把东西送过去,让咱们暂时'民匪一家',和平相处。过几天,省府可能派官兵来剿匪!"

孙亦奇道:"剿匪的事恐怕也不那么容易,咱们按上面的指示,把东西送过去,先稳住他们再说!可是,和杀人不眨眼的土匪打交道不简单,派谁去好呢?"

卜鲁西洛夫瞅瞅朱奇山和张大闯道:"办这种事,我们俄方的人不行,对土匪的情况不了解,也不会中国话,难沟通!"

孙亦奇道:"奇山兄和大闯哥两人走南闯北,到边城也十多年了,对这里的风土人情也比较了解,我看还是你们两位走一趟如何?"

朱奇山先开口道:"安抚土匪是关系探矿队能不能安心工作的大事,两位队长信得过俺俩,"他瞅一眼大闯道,"你觉得咱俩去行不?"

大闯风趣地说道:"行倒是行,不过,两位队长,俺哥儿俩没有同土匪打过交道,也不懂他们的规矩,这闯'瓦岗寨'的差使可危险啊!"

卜鲁西洛夫竖起大拇指夸赞道："朱工、张工，你们两位聪明机智，勇敢精细，上'瓦岗寨'非两位莫属，还请两位准备准备，把那八身俄罗斯大皮袄送给'北极星小庙'，跟他们套套近乎，交个朋友！"

　　朱奇山和张大闯虽然从未和土匪打过交道，但毕竟在边城生活多年，土匪绑票抢东西的事也听说过不少，土匪的黑话也知道一点儿，为了探矿队的事，明知有危险，也就承担下来了。

　　一个天气晴朗的日子，朱奇山和张大闯骑着马，带着俄罗斯大皮袄和烟酒等礼物，一路打听，找到了"北极星小庙"的匪巢。他们是冠地沟一带势力较小的一股土匪，匪巢比较隐蔽。一座叫北极星的山峰的半山腰，有几块悬着的花岗岩巨石，巨石后面的开阔处，有一座坐北朝南的小庙，小庙正殿的房顶上竖着一根高高的旗杆，旗杆上挂着一块红布，红布上写着"北极星小庙"几个歪歪扭扭的黑字。庙旁有座小屋，屋内有锅碗瓢盆等简单的炊具，还有油瓶子和小油灯，平时也只有一两个人值班，是土匪与外面的联络点和瞭望哨，小庙正殿和庙后的岩洞是土匪首领和喽啰的住地。

　　朱奇山和张大闯策马走到悬着的岩石前，看见了旗杆上的红布和歪歪扭扭的黑字，随即高声喊道："有人吗？"

　　随着喊声，小屋门开处，走出一个土匪喝道："你们是什么人？"

　　朱奇山在马上双手抱拳，用土匪黑话道："娘家来人了，请驸马爷！"说完，跳下马，把帽子一摘，施了一个匪礼。

　　土匪也还礼道："贵客稍等，我去通报！"

　　不一会儿，小匪领着一个首领模样的土匪从小庙正殿走出来，看着朱奇山和张大闯两人，并不搭话。朱奇山和张大闯连忙行一匪礼，仍用土匪黑话道："驸马爷驾到，俺就代探矿队送礼了！"朱奇山边说边向大闯递个眼神，大闯会意，将在马上驮着的八身俄罗斯大皮袄和烟酒礼品递了过去。

　　首领示意小匪接过，并回个匪礼道："够朋友，够朋友！"也不邀请两人进庙，转身同小匪进入屋内。朱奇山和张大闯长出一口气，翻身上马返回探矿队。

　　了结了"北极星小庙"事情以后，探矿队稍稍安静了几天。借此机会，两位队长便抓紧时间紧锣密鼓地安排工作，希望把因躲避土匪而频繁搬迁耽误的工作赶回来。

　　一天早晨，两位队长坐在炕沿上，对着满桌子的资料、图纸在研究工作，根据钻探和凿井取出的岩芯、煤样，判断煤质的优劣，决定钻探的重点和探点的取舍。外面阴云密布，寒风呼啸，人坐在炕沿上，屁股下虽然还有点儿热气，上身却仍是冷冰冰的，手也有点儿发木，不得不时而口吹热气，时而双手对搓，暖和一下冻木的手。突然间，一群乌鸦呱呱叫着从冠地沟树林上空飞过，随后是几声清脆的枪声。两人知道有情况，便急忙下炕，趴在地上，细听外面的动静，判断着事态的发展。

不一会儿，大闯随两个土匪走至探矿队院门口，为首的土匪人高马大，四方面孔，粗糙的脸上有一处刀疤，看着有点儿瘆人。他命令跟随的小土匪持枪在门口站岗警戒，又命令大闯领着他往办公室走，刚到办公室门口，张大闯即高声喊道："两位队长，别忙活了，有贵客到了！"

卜、孙二人听到喊声，急忙从地上爬起来，刚定了定神，张大闯就推开房门，引匪首进入办公室。卜、孙二人急忙让座，匪首也不客气，摘下包头巾，一屁股坐在炕沿上。大闯指着卜鲁西洛夫对匪首介绍道："二当家的，这位是探矿队俄方队长！"又指着孙亦奇介绍道，"这位是探矿队中方队长！"然后又向两位队长介绍道，"这位是黑虎帮二当家的！"

孙亦奇连忙答话道："二当家的光临探矿队不知有何见教？"

匪首板着脸道："听说你们是省府派下来的探矿队，财大气粗，我们的弟兄整天在深山老林过日子，苦得很，请你们施舍给我们些东西，不知两位队长意下如何？"

卜鲁西洛夫因为有谢会办关于"黑白道"的高论，虽然没有完全听懂匪首说话的意思，但也觉得来意一定和"北极星"土匪差不多，于是便依照"民匪一家"的原则，十分爽快地用俄语说："二当家的，咱们都在深山老林中混日子，应该是一家人了，请二当家的放心，有我们探矿队在，就不会亏待山上的弟兄！"

匪首虽然用心听着，但因不懂俄语，不知说话的内容，便不耐烦地对孙亦奇说："他说的什么鸟语，我听不懂，你告诉我，他说的什么意思？"

孙亦奇便把卜鲁西洛夫的话重复了一遍。匪首听了十分高兴，频频点头道："好，好，那我也就直说了，我们需要大米、白面各五百斤，豆油一百斤，盐二十斤，香烟三十条，请在一周内安排人送到'黑虎帮'山寨。如果过期不送到，别说兄弟我不客气！"又指着孙亦奇道，"孙队长，你是中国人，不像老毛子说话叽里咕噜的，咱也听不懂，今后有什么事，咱就直接找你了！"说完，转身拱拱手道，"告辞！"随即大步流星走出办公室。

匪首走后，在场的人都松了口气。孙亦奇无可奈何地对卜鲁西洛夫道："卜队长，你看这事怎么办？"

卜鲁西洛夫爽快地说："还能怎么办，照单送吧！"

孙亦奇对大闯道："闯哥，你怎么和这个二当家的一起来了，你认识他？"

大闯摇摇头道："不认识，半道上相遇，他便逼着俺来找探矿队当家的，俺没办法，只好引着他来找你们！"接着不高兴地说，"怎么，你怀疑俺和土匪有关系？"

孙亦奇急忙解释道:"闯哥别误会,我只是问问,怎么敢怀疑你!"然后认真地说,"闯哥,给'黑虎帮'送东西的事就交给你和奇山兄落实了!"

大闯道:"好,回头俺找奇山哥商量,你放心好了!"然后,两人便和土匪联系,弄清了准确的地址、路线,装了两大车物资,送到了"黑虎帮"山寨。

送走"黑虎帮"二当家的第三天,孙亦奇骑着马到北山坡钻探点检查勘探工作。看见百十个荷枪实弹的土匪正向北山坡走来,便急忙放下手中的岩芯资料,向拴马的方向奔跑。他知道,作为探矿队的中方队长,是土匪捕捉的重点,此时此刻,只能躲,不能让土匪抓走。于是解开拴马绳,翻身上马,一提马嚼口,双腿猛夹马肚,身向前倾,直奔探矿队驻地。

张大闯见孙亦奇气喘吁吁地下了马,急忙搀着他走进办公室,坐在炕沿上后问道:"看孙队长有些惊慌,莫非碰到土匪了?"

孙亦奇道:"可不是吗,大队土匪从北山过来了!"

大闯安慰道:"孙队长,土匪不过是要钱要粮,今天拉大队到北山是向咱们示威,让咱们给他们送东西,他们也未必敢伤害你!"

朱奇山也安慰说:"刚才有个土匪已传话过来,说他是'白龙帮'的弟兄,要求探矿队给他们送大米白面各五百斤,还要烟酒等用品,他们并不想把你怎么样,请你放心!"

孙亦奇无可奈何地点点头说:"这都是惹不起的主儿,你们俩再请示一下卜队长,尽快把东西送去好了!"

朱奇山和大闯让孙亦奇好好休息,然后找到卜鲁西洛夫,说明了土匪要钱要粮的数量,并按卜鲁西洛夫的指示,把白面、大米、豆油、烟酒等物资装了两马车,送到了"白龙帮"山寨。

探矿队不仅要和野兽为伍,还不得不"民匪一家",定期给三股土匪送物资。一般情况下,"白龙帮"和"黑虎帮"是两个月送一次,"北极星小庙"是不定期来要。不按清单和时间送到,土匪就发通牒警告。冠地沟一带,大帮小帮土匪合起来有二三百人,供给土匪的生活用品比探矿队都多。总公司觉得不合算,就要求省府派兵围剿,省21旅派一个营的兵力浩浩荡荡开进了梨平镇,开始入山剿匪。但因土匪眼线众多,官兵队伍里也有收编的土匪给报信,所以,官兵所到之处,土匪闻风而逃,官兵撤走,土匪又重新聚集,劳兵伤财,无济于事。最后,只好留一个连的官兵驻扎在探矿队,匪患才稍有平息,但一个连官兵的军饷等费用,也不比送给土匪的钱粮少。

四

同孙亦奇在一起生活和工作时间长了以后,朱奇山和张大闯对孙亦奇的为人有了进一步的了解，相处也逐渐亲密起来，交谈也比较随便。他和大闯问孙亦奇道："孙队长，听说你在大学读书的时候，学习刻苦，成绩优异，是北大矿冶专业的高才生。你父亲的地位和家庭条件都很优越，在城里找个好工作，舒舒服服过日子没问题，你为什么到这山沟里担惊受怕遭这个罪！"

孙亦奇叹口气道："两位兄长，你俩这么想不奇怪，可是，人，尤其是年轻人，不能只讲享受，不为国家和百姓的前途命运着想。天下兴亡匹夫有责，作为一个知识青年，应当为国家的富强百姓的幸福尽一份绵薄之力！"

听孙亦奇这么说，朱奇山和张大闯肃然起敬，真诚赞扬道："孙队长境界高啊！"

孙亦奇谦虚道："也不是我境界高，是国家和百姓的处境不得不让你这样想啊！"停了一会儿，他接着道，"你看我们的国家，过去清政府腐败，被列强欺凌，割地赔款，民不聊生；现在是所谓民国，军阀割据，受外国列强挑唆，内战不停，外国人发中国的国难财，百姓生活在水深火热之中。我在唐山煤矿和本溪煤矿实习期间，看到外国人利用中国的资源赚钱，还趾高气扬瞧不起中国人，这是为什么？"

朱奇山和张大闯道："还不是因为中国政府无能，国人心不齐，没有实力！"

孙亦奇道："是啊，政府无能，像咱们这样的平民百姓也无能为力。所以，我就想办实业救国。我认为，中国受外国人欺负，除了政府腐败外，工业不发达、科技落后、实业不强也是重要因素，所以要国强民富，必须办实业！"

朱奇山对孙亦奇说："金矿不也是实业吗，你跟着父亲开金矿，不比钻山沟开煤矿好吗？"

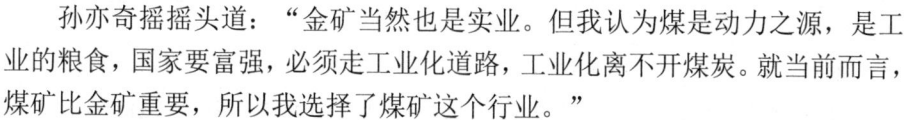

孙亦奇摇摇头道："金矿当然也是实业。但我认为煤是动力之源，是工业的粮食，国家要富强，必须走工业化道路，工业化离不开煤炭。就当前而言，煤矿比金矿重要，所以我选择了煤矿这个行业。"

张大闯道："煤矿这个行业可是苦累险行业呀，俗话说'走投无路下煤窑'，开煤矿可不容易啊！"

孙亦奇笑笑道："我不下地狱谁下地狱，苦点儿、累点儿没关系！"

这次交谈让朱奇山哥儿俩对孙亦奇有了更好的印象，知道他是想大事、干大事的人，情愿跟着他吃苦受累在煤矿干。

由于抱着实业救国的理想，孙亦奇工作扎实，能吃苦，责任心很强。深夜，外面寒风刺骨，室内温度也很低。他独自点着一盏小油灯，认真查看着卜鲁西洛夫两次私探冠地沟获得的资料，确定了四台钻机的作业点，思考着凿井的位置。直到十二点多，他才搓搓有点儿冻僵的手，跺跺有点儿麻木的脚，然后用被子裹着身子，挤个地方躺在炕上睡下。

第二天，太阳还没有露脸，外面仍然是灰蒙蒙一片。他便起床，简单洗漱之后，在院子里伸伸腰，做做操，跑跑步，锻炼一下身体。太阳刚刚升起，他喊职工起床，洗漱，用餐，餐后给队员安排工作。他强调说："请大家注意，我们的工作原则是，今日事今日毕。当天的任务一定要当天完成，绝不能找借口、讲客观，拖到明天！"

探矿期间，孙亦奇不辞辛苦，天天如此，工作效率很高。

一天，他找到朱奇山和张大闯问道："奇山兄，听说你和大闯哥曾在北山树林中开过小煤窑，挖了多深，后来为什么停了？"

朱奇山回应道："那已是十多年前的事了。俺们哥儿仨挖陷兽坑挖到了煤，往深处挖，看煤质还不错，就继续往下挖，用土篮子往上拽，挖到五六丈深的时候，看到下边的煤渐渐少了，又因为挖挖停停，坍塌严重，所以就停了。"

孙亦奇道："那个废煤窑在什么地方你还记得吗，咱们再去看看如何？"

朱奇山点头道："记得，记得，俺这就领你去看看！"

朱奇山和张大闯领着孙亦奇、卜鲁西洛夫一行四人找到了十多年前挖的小煤窑。废弃的煤硐口灌木丛生，几乎将硐口封死。孙亦奇摘下皮手闷子，招呼众人道："走，下去看看！"

张大闯道："先别下去，等俺把灌木荆棘清理清理！"说完，和朱奇山一起挥动镰刀，砍伐硐口旁边的灌木荆棘后，领着孙亦奇向煤硐深处查看。煤硐还没有塌陷，底部还残留着已腐烂的土篮子。煤硐从煤层露头处掘进，不是沿着煤层走向往下挖，所以煤越来越少，再往下打到了石层，也就没有煤了。

孙亦奇对朱奇山道："奇山兄，看来，你们对这里的地质构造和煤层走向还不太懂，挖偏了，所以煤越来越少了。"

朱奇山高兴道："孙队长说的是，今后，俺还得好好向孙队长学习！"

孙亦奇谦虚道："卜队长是煤矿通，实践经验丰富，咱们都得向卜队长学！"

卜鲁西洛夫见孙亦奇夸自己，心里美滋滋的，咧着大嘴用生硬的中国话道："不敢当，不敢当，依我看，这处煤窑只是挖错了方向，估计下面可能有煤，咱们可以在这里建个钻探点，补探补探，也许会有重大发现！"

孙亦奇道："卜队长说得有道理，我同意，也许这里还可以建竖井呢！"

阴历年之前，是冠地沟最寒冷的季节，温度一般都在零下四十摄氏度左右。呼啸的北风，卷起地面厚厚的积雪，漫天白茫茫一片，看不见人影。这时候，正是居民猫冬的日子，如无急事，很少出门，路上和街面几乎没有行人，偶有不得不在野外劳作的人，如没有毛皮衣帽，露在外面的手脸和鼻子往往冻得像猫咬狗啃似的。探矿队为了赶进度，把过去躲匪患耽误的时间补回来，不得不在数九寒天安排队员在野外作业。孙亦奇探过俺挖过的废煤硐以后，认为废煤硐一带可能埋藏着丰富的煤炭，所以决定在位于冠地沟北山坡废煤硐周围布点。

天蒙蒙亮，室外寒气逼人，孙亦奇招呼钻机长杜龙彪起床，组织队员将钻机抬在马车上，钻工们跟着马车到达指定地点，杜龙彪选择一块比较平坦的地方，让钻工们推雪，打扫场地，搭帐篷，架设钻机，开始在野外作业。

孙亦奇白天到各钻点检查工作，观察岩石和煤层走向，收集岩芯、煤样等地质资料。夜间，在小油灯下，将各钻点的位置、进度、送来的测量草图、数据、实物、资料等标在图纸上。直到深夜十二点多才上炕休息。每天只吃两顿饭，睡五六个小时，十分辛苦。

孙亦奇整天里外忙碌，从不喊累，浑身好像有使不完的劲。朱奇山和张大闯看在眼里，记在心上。认为这个年轻后生虽然出身富家，生活在城市，但工作劲头、钻研精神、为人处世、领导能力诸方面都让人敬佩，是一个将来能干大事的好材料。所以商量着想让张大闯的弟弟张大山拜孙亦奇为师，向孙亦奇学点儿真本事。但苦于和孙亦奇地位不同，需要进一步观察，加深交往，相机行事。眼下只能以本地人的身份主动配合。

朱奇山陪孙亦奇到冠地沟北山坡检查钻机作业的情况，因为有让张大山拜师学艺的想法，行前安排张大山给孙亦奇牵马，并向孙亦奇介绍道："这个后生是大闯的胞弟，为人聪明好学，对煤炭有兴趣，从小喜欢钻研煤炭方面的知识，熟识他的人都戏称他为'煤痴'。今天让他给你牵马，一是路上能对你有个照应，二是也好向你学点儿开矿的本领。"

孙亦奇见张大山细高个儿，椭圆脸，五官端正，目光有神，浑身透着机灵，加之几个月的交往，对朱奇山和张大闯的为人也比较了解，便欣然答应道："既是奇山兄推荐，又是大闯哥的胞弟，我信得过，我跟前也需要有个帮手，就让大山跟着我好了！"

张大山见孙亦奇答应，喜出望外，扑通跪倒在地，对孙亦奇道："谢谢孙老师成全，俺今后一定好好向孙老师学习开矿本领，还望孙老师不吝赐教。"说完，连叩了三个响头。

孙亦奇见状，急忙将大山扶起道："大山请起，你行此大礼亦奇受之有愧。我也是出校门不久的学生，煤矿知识浅薄，实践经验不多，恐怕要让你这个'煤痴'失望了！"

张大山兴高采烈道："孙老师谦虚了，俺能当孙老师的徒弟，天天跟孙老师学习，心满意足了！"说完，便牵过马，扶孙亦奇上马，一起到北山坡钻探点查看。

数九寒天，队员们在冰天雪地、北风呼啸的野外作业，全身上下，衣裤和帽子上沾着厚厚的白霜，从口罩缝隙中呼出的热气，遇到凛冽的寒风，在队员的眉毛和帽檐边结成了霜花，个个像雪人似的。

孙亦奇叹口气道："如此奇寒的天气，本该在家里猫冬啊，可为了赶进度，完成勘探任务，还得在野外作业，实在是太辛苦了！"边感叹边对朱奇山说，"奇山兄，眼看要到农历春节了，年夜饭搞得丰盛点儿，春节前再发一次工资，春节放三天假，让大家过个欢欢乐乐的春节，请你和大闯哥帮咱们好好准备准备！"

朱奇山愉快地回答道："孙队长体恤部下，俺一定好好准备，不辜负你这份心意！"

冠地沟一带野兽很多，狼、野猪、狍子经常出没，有时还能碰到虎豹。行人外出，经常能看到野兽留下的冒着热气的粪便和尿液。朱奇山喜欢打猎，每次外出，身上总背着一支双管猎枪，一是防身，二是打猎。探矿队餐桌上的野味，多半都是死在他枪下的猎物。为了给探矿队员们准备年夜饭，他和张大闯在梨平镇采购了不少猪、羊肉和各种副食品，还有木耳、蘑菇等山货，又从武敬岳家的菜窖里拿来了白菜、萝卜、土豆等蔬菜。此外，还特意钻山林，寻找野兽和飞禽的踪迹。皇天不负有心人，农历春节前两天，他带着猎枪边走边四处瞭望，张大山牵着马爬犁远远地跟在后面。行走之间，他发现不远的地方，有一只野猪在雪地上行走。由于积雪较厚，野猪走不快。他不慌不忙，躲在树后，举枪瞄准，随着一声清脆的枪声，野猪扑通倒地。他和张大山小跑过去，见野猪头部血流如注，倒在雪地上。

张大山竖起大拇指道："大哥好枪法！"

朱奇山指点道："野猪是十分凶猛的野兽，它长年累月在山林中活动，皮糙肉厚，如果打不中要害，它会凶猛地反扑，那样一来，猎手就危险了！所以，必须瞄准要害，一枪毙命！"

张大山点点头道："嗯哪，不过，说起来容易，真要能瞄准要害，一枪毙命，那可得有点儿真功夫不可！"

朱奇山笑道："那是当然，你大哥俺这功夫也不是一天练出来的。你也用不着学，你还是好好向孙老师学习煤矿知识吧，等国家太平了，老百姓有了自己的矿山，你就有用武之地了！"

张大山道："嗯哪，俺听大哥的，一定好好向孙老师学习！"边说，边将马爬犁牵过来，两人吃力地将足有三百多斤重的死猪抬在爬犁上，兴高采烈地向探矿队营地奔跑。

朱奇山和张大闯领着队里的勤杂工在探矿队营地大院搭了个大敞棚，敞棚的西头盘起了炉灶，东头摆放了四张圆桌和四十个凳子，准备办四桌酒席。炉灶烧的是探矿队凿探井挖出的煤块，灶口冒着蓝色的火苗，给敞棚带来了暖意。早饭前，没有回家的工人聚集在大棚里，说说笑笑，等着开饭。

炊事员老杨挑着一担水，张大闯拖着一只死狍子跟在后面。钻机长杜龙彪惊喜地问道："姑父，这一早你从哪里抓来的死狍子？"

张大闯乐呵呵地说："老杨师傅在河沟边凿冰舀水，这只狍子站在冰面上，傻呵呵地看老杨连水带鱼往桶里舀，俺就拿根棍子悄悄地绕到狍子后面，一棍子把它打倒在地，再一棍子削在头上，它四条腿蹬了几下就断了气！"

说笑间，一只野鸡见炉灶上的锅里冒着热气，扑棱棱从树上飞下来，一头撞进炉灶上的开水锅里。老杨手疾眼快，一把将野鸡从锅里捞出来扔在地上，鸡毛脱了满地，扑腾几下断了气。大家正围着狍子、野鸡说笑，孙亦奇也过来看热闹，见水桶的鱼儿还活蹦乱跳，便微笑着说："我在哈尔滨听说边城这地方富饶神奇，说什么'棒打狍子瓢舀鱼，野鸡飞在饭锅里'，当时以为不过是一种传说，今日所见，此言不谬也！"

饭后，工人们都到各自的钻探点劳作。朱奇山和张大闯领着几个勤杂工从山上砍伐了一些松树枝，装饰在院门上，又在院门的两边挂起几盏红灯笼。傍晚，孙亦奇从工地上回来，朱奇山将准备写对联的红纸铺在办公桌上，一边用大砚台磨墨，一边对孙亦奇道："孙队长，纸和笔墨都准备好了，就等你提笔写对联了！"

孙亦奇也不推辞，脱掉工作服，露出了红色毛衣，那是结婚时夫人亲手为他编织的。他将毛衣袖口往上挽了一挽，略一沉思，即奋笔书写，他写一个字，朱奇山小声念一个字，两联写成，孙亦奇放下毛笔，一边仔细端详，一边小声念上联道"深山寻宝，顶风雪严寒与野兽为伍不惧艰难险阻"，又念下联"沟里建矿，需同心同德齐艰苦奋斗践行实业强国"，朱奇山拿过横批，他又道"人勤年丰"。念完，以征询的口吻对俺说："奇山兄，你看这样写行吗？"

朱奇山称赞道："俺看行，通俗、朴实，说出了咱探矿队的实际情况。"

晚饭后，孙亦奇把队员们集合起来道："各位弟兄，明天就是除夕了，探矿队决定放三天假。家在附近的可以回家过年，家在外地的，道远，回不了家，我和大家一起在探矿队营地过年。年夜饭和春节期间的吃喝也都准备好了，保证大家能过个快乐的春节。"

朱奇山和张大闯虽然家在附近，但因是筹备主管，也想为孙亦奇这样年轻有为的中方队长分担点儿事务，便决定留下来在探矿队营地过年。他和张大闯把张大山招呼过来嘱咐道："兄弟，今年春节，俺哥儿俩要在营地陪大伙儿过年，家里过年就由你操持了！"

大山点点头道："两位哥哥放心，家里过年的事估计武哥父子已准备好了，没问题！"

朱奇山还特意对大山道："俺看今年过年还和往年一样，把三家老少都聚到一起，让你武哥张罗，你帮着点儿就行！"

留在探矿队营地过年的中俄队员约有四十人，为了照顾好俄方队员，朱奇山和张大闯根据孙亦奇的嘱咐，特意征求了卜鲁西洛夫的意见，卜鲁西洛夫爽快地说："三十、初一，按中国的风俗过，这叫入乡随俗。后两天，让我们自由活动好了，有酒有肉就行！"

朱奇山和张大闯笑道："那没问题！"

三十早晨，太阳还未露脸，天也出奇地冷，中俄双方队员都在睡梦之中。是啊，探矿队没有节假休息日，天天在冰雪寒风中劳作，体力消耗很大，好不容易有个年假，能有几天的休息，睡懒觉是很自然的事。但孙亦奇却没有这个福气，他已养成了早起的习惯，年三十也不例外，天刚蒙蒙亮，他依然像往常一样起床，洗漱毕，早餐后，骑马到各钻点检查值班员的情况。

朱奇山和张大闯早晨起来，即拿起大扫帚把院里院外打扫得干干净净，然后又帮着厨师烧了一大锅开水，将野猪抬到开水锅里，刮毛，洗剥，商量菜谱。看看到了吃饭的时间，即喊叫睡懒觉的队员起床吃饭。饭后，俄方员工大部分都到梨平镇逛街赌博，小部分在宿舍打牌说笑。留下来在探矿队过年的中方员工，有的到镇上给家里寄钱，也有少数到镇里的赌馆耍钱。等众人离开后，厨师按菜谱准备年夜饭，朱奇山哥儿俩贴对联、挂灯笼，架"年火"。

下午组织中俄队员包饺子，俄罗斯人喜欢吃饺子，但会包的人不多。人高马大的卜鲁西洛夫也凑过来包饺子，在张大闯的指点下，他试着包了一个饺子，让大闯看行不行，大闯竖起大拇指，用新学会的日常俄语夸赞道："哈拉少！哈拉少！"

卜鲁西洛夫像个孩子似的捧着自己包的饺子向俄方队员显摆道："看，咱包得怎么样！"自顾扬扬得意，不料脚下地面湿滑，一个趔趄，手里的饺子掉在地上，逗得大家哈哈大笑。

孙亦奇见状，也善意地笑道："大家看，噢，咱们卜队长演砸了！"

包完饺子，孙亦奇问朱奇山："奇山兄，酒菜准备得怎么样了？"

朱奇山说："每桌六荤四素十大碗，这叫十全十美，都摆上桌了！"

孙亦奇兴奋地高声喊道："下饺子，放炮，点火，开席！"

随着喊声，噼里啪啦的鞭炮声响起，院子里的篝火也熊熊地燃烧起来。

孙亦奇招呼卜鲁西洛夫和中俄双方队员入席，然后对卜鲁西洛夫道："卜队长，过年了，你给大家致新年贺词吧！"

卜鲁西洛夫推辞道："孙队长，我汉语说不好，还是你代表探矿队给大家致辞吧！"推来让去，孙亦奇见对方执意让自己讲话，便不再推辞，清了清嗓子，开始讲话。

他说:"各位弟兄,按中国的习俗,过春节是合家团聚的日子,可是,为了搞清楚冠地沟地下煤炭的情况,确定竖井的位置,完成总公司交给的任务,为下一步凿井建矿做好准备,大家背井离乡,抛家舍业,到这深山老林,顶风雪,冒严寒,与野兽为伍,同土匪周旋,不仅辛苦,而且危险。本人确实过意不去,今天,借欢度春节之际,我本人同时也代表卜队长和总公司向大家深表敬意!祝各位新春快乐!请大家举杯,为我们的身体健康、家庭幸福,为我们中俄兄弟和睦相处、同心协力完成建矿伟业干杯!"

接着,中俄队员之间互致问候,互相敬酒,气氛热烈。

不一会儿,朱奇山和张大闯帮厨师端上了热气腾腾的饺子,笑着高喊:"饺子酒,越喝越有。这饺子里包有铜钱,谁能吃到,明年能挣大钱。"

听到朱奇山的喊声,大家一窝蜂地抢着吃饺子,吃到铜钱的像孩子似的蹦着跳着喊道:"我吃到钱了,我吃到钱了!明年要挣大钱了!"嘻嘻哈哈,将年夜饭的喜庆气氛推向了高潮。

年夜饭过后,开始了篝火晚会。三四十人围着熊熊燃烧的火堆,有说有笑。主持晚会的张大闯道:"各位兄弟,咱们探矿队的队长生长在江南水乡,那是越剧的故乡,欢迎队长来一段越剧好不好!"

众人边拍手边喊:"好,好,请队长来一段!"

孙亦奇站起来笑着说:"工友们,越剧是女子的舞台,各种角色都由女子扮演,我还真学不来。我在北京读书,看过京剧,我给大家唱一段京剧吧!"

众人拍手道:"好,好!"

孙亦奇清了清嗓子,唱了一段《金沙滩》中杨继业的唱词,铿锵有力,赢来一阵掌声。

掌声过后,孙亦奇道:"欢迎卜队长表演俄罗斯舞蹈好不好!"众人鼓掌高喊:"好,好!"

卜鲁西洛夫站起来,皱着眉头道:"一个人独舞没意思,我和霍尔金一起跳双人舞吧!"边说边走过去把俄方钻机长霍尔金拽出来,嘀咕了几句俄语。身材瘦长的霍尔金笑笑道:"哈拉少!"边说边将一块花头巾蒙在头上,又从厨师身上扯下围巾系在腰上,扮作俄罗斯姑娘的模样,卜鲁西洛夫扮作俄罗斯老大爷的模样,两人跳起了俄罗斯父女双人舞,一个五大三粗,一个杨柳细腰,二人扭动身躯,洋相百出,逗得大家哈哈大笑。两位队长表演后,接下来队员们便无拘无束各展特长,有唱的,有跳的,还有说笑话的,欢声笑语,直至深夜。

初一早晨,杜勇和儿子杜龙彪同张大山带着自产的黏玉米、黏豆包,还有木耳、蘑菇等山货到探矿队给孙亦奇拜年。见面之后,双方都拱拱手,互致问候:"过年好!过年好!"然后进入办公室。

杜勇要给孙亦奇行礼，孙亦奇连忙扶住道："杜叔，你是长辈，我是晚辈，我当向你行拜年礼，怎么敢让大叔给我行礼！"

杜勇见孙亦奇谦和有礼，完全没有官架子，便真诚赞叹道："俺父亲说，冠地沟一带，早晨瑞气罩岭，晚间红霞映天，到出能人的时候了！孙队长所作所为，有目共睹，你就是家父说的能人啊，梨平镇该发达了！"

孙亦奇谦让道："杜叔过奖了，亦奇不敢当，不敢当！"边说边给客人让座、倒茶。谦让过后，又谈论了一下时局和百姓生活之类的家常话，杜勇父子和张大山即告退。孙亦奇边送杜勇，边对杜龙彪和张大山道："今日无事，两位留下来聊聊天如何？"

张大山和杜龙彪齐声应道："嗯哪！俺也正想向孙老师请教，长长见识呢！"

孙亦奇让张大山和杜龙彪坐在炕沿上，又给茶碗续上水，便天南海北地开始聊天。

孙亦奇先开口道："两位兄弟，今天咱们三位在这间办公室里闲聊，不怕官府密探，也不必有所顾虑，咱们海阔天空，想到哪儿就说到哪儿，不设题目，没有限制，两位以为如何？"

张大山和杜龙彪齐声应道："这样最好，这样能把心里话说出来！"

孙亦奇道："那好，两位有什么心里话就直说吧！"

杜龙彪抢先道："孙老师，你说，人活在世上，到底图个啥？"

孙亦奇道："我觉得，人生在世，不能老想着金钱物质、吃喝玩乐。老天爷把我们降生在这个世界上，又让我们学知识，长见识，所以我就觉得人不能白来世上一趟，必须想着为国家民族做点儿事！不然，就是个废物了！"

张大山插话道："孙老师，人世间能做的、可做的事情很多，你为什么要选择挖煤这个行业，这可是又苦又累又危险的行业啊！"

孙亦奇微笑道："大山，在回答这个问题之前，我想扯远一点儿，先问你一句话。你觉得我们国家地大物博，人民勤劳勇敢，又有智慧，为什么让外国人看不起，受外国人欺负？"

张大山摇摇头道："这可是个大问题，应当去请教那些有大学问大智慧的人，俺这个小老百姓可说不好。"

孙亦奇启发道："顾炎武说，'天下兴亡匹夫有责'，小老百姓怎么了，小老百姓生活在社会的底层，对世态炎凉比那些身居高位，有钱有势，自认为有大学问、大智慧的人体会更深，看得更准，更有发言权，怎么会说不好呢？"

张大山道："既然孙老师这么鼓励俺，那俺就瞎说了。依俺看，咱们中国人之所以让外国人看不起、受欺负，是因为没有一个好政府，也没有一个好当家的。从历史上看，汉唐盛世时，大清康熙爷、乾隆爷在位时，外国人就不敢看不起咱中国人，还得向中国进贡呢！可后来，这么大个中国，让个女人当家，小孩子当皇上，他们懂个屁，中国能不受欺负！"

杜龙彪插话道："大清朝不是被推翻了吗，现在不是叫什么民国了吗，怎么还是老样子？"

张大山道："你说对了，大清朝虽然被推翻了，可那些新当政的总统、督军什么的，互相争权夺势，今天你打我，明天我打你，哪管老百姓的死活，名字叫得好听，实际哪有一点儿民国的样子？"

杜龙彪小声说："听赵连荣大爷说，原来的孙中山大总统，提出了联俄、联共、扶助农工的三大政策，还让国民党和共产党合作，在广东成立了国民政府，正准备北伐，推翻北洋政府，建立真正的民国呢！"

张大山道："这可是个好消息，孙老师，像你这样的能人，如果投奔南方的国民政府，或许比跟俺们在一起挖煤强！"

孙亦奇微笑着摇摇头道："两位说得不无道理，到南方投奔国民政府也是可供选择的一条道路。不过，在我看来，咱们中国没有一个好政府、好当家人，这固然是让外国人看不起、受欺负的关键因素。但还有一个非常重要的因素，就是现在的中国工业不发达，科学技术落后，综合国力不强，没有跟外国人争高下的实力！"

张大山点头道："孙老师看得准，这确实是叫外国人看不起、受人家欺负的重要原因！"

孙亦奇接着说："咱们中国的老百姓大都是能吃苦、不怕死、有骨气、响当当的汉子，有不少英雄豪杰。远的不说，仅就鸦片战争时期来看，镇守虎门的关天培将军、中法战争中的冯子材老将军、三元里的老百姓、抵抗八国联军的骑兵，哪个不是铁骨铮铮、视死如归的英雄，可为什么打不过人家？"

杜龙彪道："那还用说，还不是武器不如人，人家用的是洋枪洋炮，一炮轰过来，咱们就得死一大片。咱们的炮弹里装的是铁珠子，打到人家的军舰上，被反弹过来都能伤着自己人。抵抗八国联军，咱们的骑兵用血肉之躯抵挡人家的重机枪，能不吃亏？"

孙亦奇接着杜龙彪的话分析道："所以我说，中国要富强，除了走革命之路，推翻反动腐败的政府外，还要走实业救国、工业强国之路，我选择的是后一条路！我认为，煤炭是工业的粮食，人没有粮食，吃不上饭会饿死，工业没有煤炭，电厂就发不了电，火车就跑不起来，机器就转动不起来，工业就发展不起来。煤炭是最重要的实业，是基础，中国要建起工业的高楼大厦，首先要打好煤炭这个基础，所以我选择了煤炭行业。"

杜龙彪小声嘟哝道："这可也是最吃苦、最受累、最危险的行业啊！"

孙亦奇笑着说："我知道你俩的心意。可是，一个人要干成一件事，哪有不吃苦受累的道理？干革命，推翻反动政府，不仅要吃苦受累，担惊受怕，还要流血牺牲，以生命为代价。煤炭行业虽然苦累险，但一想到它是工业的粮食，我是在为工业种粮食，打基础，是对实业救国、工业强国有利的事，再苦再累，也就心甘情愿了！"

听了孙亦奇的一番话，张大山和杜龙彪齐声赞美道："孙老师胸怀大志，难怪浑身有使不完的劲，像不知疲倦的铁人似的！"

## 五

春节过后，孙亦奇到哈尔滨向总公司汇报了探矿队工作的进展情况：截至汇报之日，探矿队共开凿了十几个平硐和斜硐，当年共产煤炭十六万吨。同时，根据各钻探点勘探测量的数据，绘制了《矿区地质地形图》。综合分析探测情况，认为冠地沟一带地下确实储藏着丰富的优质煤炭，但要确定竖井的准确位置，尚需进行补探、详探，进一步搞清楚冠地沟的地质结构、煤层分布、地下水等情况。汇报完勘探工作的情况之后，又讲了探矿队职工的居住和办公条件，并希望公司拨款建筑职工宿舍和探矿队办公室，改善住宿和工作环境，提高职工的工作积极性。特别提到当地幅员广阔，人烟稀少，需要到关内招工，解决劳动力不足问题，为今后凿井建矿预做准备。

听了孙亦奇的汇报，总公司领导很满意。督办指示道："冠山铁路专用线今年2月竣工，总公司决定3月3日在冠山站举行通车典礼，总公司各位首脑和中东铁路局局长还有哈阜工商界名流都要参加，探矿队要做好通车典礼的准备工作，不能出任何差错！"

董事长补充道："铁路通车以后，运输能力空前增加，探矿队必须加快勘探进度，尽快确定竖井的位置，凿井建矿，不然满足不了铁路运力的需要。"

督办点头道："董事长讲的这个问题很重要，你回去以后，要组织探矿队在冠地沟十四公里范围内进行补探、详探，弄清冠地沟地下的煤炭储量、选准竖井的位置，力争上半年完成勘探任务，开始凿井建矿。关于招工和建办公室、工人宿舍的事，我看有必要。后半年转入凿井建矿阶段之后，劳动力肯定要增加，办公室和工人宿舍的条件也必须改善，将来矿上不能没有像样的办公地点，工人也不能老住窝棚，必须未雨绸缪。这事亦奇先拟个方案，报总公司批准后尽快实施。"

从总公司回到探矿队以后，孙亦奇即根据督办的指示，安排朱奇山和张大闯做铁路通车典礼的筹备工作。他对朱奇山和张大闯道："朱哥、张哥，通车典礼那天，总公司各位要员和中东铁路局局长、哈阜工商界名流都要光临，马虎不得。咱们商量个方案，两位大哥可按商定的方案落实，中间有什么难题，直接找我好了！"

朱奇山回应道："孙队长放心，俺哥儿俩一定尽力，保证不出差错！"

按照跟孙亦奇商定的方案，朱奇山负责组织人搭建主席台、训练迎庆队伍、安排剪彩等事宜，张大闯负责客人的住宿、酒宴、歌舞晚会等。有件事让朱奇山发了愁，他对张大闯说："兄弟，典礼那天，除了彩旗、鞭炮外，还需有个乐队，梨平镇只有办红白事的吹鼓手，难登大雅之堂，如果有支西洋乐队，那可就添彩了！"

张大闯笑道："大哥，你忘了，俺那口子在梨平小学当老师，他们学校有鼓号队，典礼那天，让学校的鼓号队参加不就行了吗？"

朱奇山恍然大悟道："你看我，忙昏了头，怎么就没想到？俺看行，这事就交给你了！"

大闯满口答应道："嗯哪！"

下班后，大闯回到家，见大舅哥杜勇和妻子杜梅好像在议论着什么，见他进来，便不再说话了。

张大闯见状，笑着道："刚才兄妹俩唠得不是挺热乎吗，怎么俺进来就不说了，怎么，对俺还保密呀？"

杜梅笑道："不是对你保密，是道不同不相为谋！"

张大闯半正经半开玩笑道："梅子，你这话就不对了，咱们是夫妻，应当志同道合，夫唱妇随嘛，怎么说道不同呢！"

杜梅道："俺和哥哥议论的是如何走俄国十月革命道路，让穷人翻身过上好日子。你整天忙着给压在穷人头上的资本家办事，帮富人赚钱，剥削穷人，难道不是道不同吗？"

张大闯分辩道："俺不是帮富人赚钱，俺是跟着孙队长这样的有志青年办实业，走实业救国的道路。中国的实业多了，国家富了，综合国力强了，老百姓的日子不就好过了吗？俺这不也是为穷苦老百姓出力吗，怎么说是道不同呢？"

杜勇道："大闯，依我看，你这是牵强附会，你说的'道'和俺同杜梅说的'道'确实不一样。俺因做贩酒生意，同苏联人有来往，俺发现现在的苏联同沙俄时代不同了。沙俄时代，官僚资本家有钱有势，骑在老百姓身上作威作福，现在是布尔什维克推翻了为富人撑腰的沙皇政府，老百姓过上了自由平等富裕的好日子。俺和杜梅议论的是咱们中国如何向苏联学习，走十月革命之路，把为骑在老百姓身上的官僚地主资本家撑腰的反动政府打倒，让老百姓当家做主过上好日子！所谓实业救国，我看现在行不通，你办的实业再多，钱不是都进了官僚地主资本家的腰包，老百姓还不是照样受苦受穷！"

张大闯道："你说得也有道理，能那样当然好。可眼下在咱们中国不一定行得通。辛亥革命，不是把清朝皇帝推翻建立了所谓民国吗？结果如何，还不是换汤不换药，当官的有钱有势的照样作威作福，老百姓不是照样过穷日子！"

杜梅道："十月革命和辛亥革命可不一样！"

张大闯道："你说说，怎么个不一样？"

杜梅道："俺说不一样就是不一样，这一时半会儿也跟你说不清！"她晃了晃手中的《晨光报》接着说，"1921年7月，中国成立了共产党，这是共产党员马骏和韩铁声组建的哈尔滨救国唤醒团办的报纸，你看看就明白了。"

张大闯道："马骏这个人俺倒是听孙队长说起过，他是咱们边城的宁安人，五四运动那阵，他在北京上学，也和孙队长一样，带同学到街上游行示威，他和孙队长都是五人小组的成员，代表学生跟督军理论，听说事后被北洋军阀政府逮捕了。怎么，他现在加入了共产党？"

杜勇道："不光马骏加入了共产党，像李大钊、陈独秀那样知名的教授还是共产党的领导人呢！共产党在咱们东北成立了满洲省委，满洲省委所属的北方区委在哈尔滨成立了中东路第一个工人党支部，办了名曰《东北早晨》报纸！"他拿着一份《东北早晨》报纸对张大闯说，"你看看这张报纸，就知道十月革命和辛亥革命为什么不一样了！"

张大闯接过报纸，惊奇地说："你们怎么知道这些事，不怕掉脑袋啊！"

杜梅严肃地说："大闯，俺老实跟你说，原来，俺也不知道这些事，只听俺哥说过俄国十月革命的事，也没怎么在意。去年，俺学校来了一对夫妻，男的叫于明智，女的叫姜玉芝。这些报纸和刚才俺哥和俺说的那些事，都是他俩讲的。正如你所说，这些都是掉脑袋的事，不能随便跟外人说，你是俺的夫君，俺信得过，才把这些事告诉你的！"

张大闯频频点头，杜勇兄妹俩又把《共产党宣言》上讲的道理、中国为什么要走十月革命的道路、中国共产党的主张、国共合作、北伐战争等做了简要的介绍。张大闯觉得杜勇兄妹俩说的和孙队长主张的实业救国的道路确实有些不一样。他认同兄妹俩的观点，但又觉得在中国走十月革命道路，推翻反动腐败的政府也非常不容易，弄不好会掉脑袋，十分危险，才过上几年安稳的日子，他还不想冒这个险。于是便十分直爽地对兄妹俩道："勇哥，你和梅子说的道理俺赞同，但俺觉得那都是胸怀大志、有勇有谋之人干的事。像咱们这样的平头百姓恐怕干不了，不如跟孙队长这样的人搞点儿实业、养家糊口过点儿安稳日子好。依俺看，你们俩也别冒这个险！"

杜梅瞪一眼张大闯道："大闯啊大闯！你可真白叫这个名字了。好日子都是闯出来的，你如果不是背井离乡闯关东，冒那么多风险，能有现在这样的日子吗？可是，如果走十月革命的路，推翻军阀政府，实现共产主义，那不仅咱自家的日子要好上加好，全中国的老百姓也都能过上好日子，你怎么就不敢再闯一闯呢？"

张大闯反驳道："闯关东跟你说的干革命不同，像闯关东那样，只不过是吃点儿苦遭点儿罪而已，跟共产党干革命那可不单是吃苦受累遭罪的事，弄不好，不仅自己掉脑袋，还要连累家人和亲属呢。俺还是那句话，俺不干，你们兄妹俩也不能干！"

杜梅还想反驳，杜勇使个眼色阻止道："大闯说的也有道理。俺和梅子只是觉得于老师夫妇讲的这些道理很好，开眼界。到底是不是要跟着干、怎么干，还没有想好。俺俩也不是共产党员，干与不干，谁也不能强迫。你现在跟孙队长搞实业，养家糊口，也有道理，你好好干就行了！"

张大闯笑道："还是勇哥通情达理，不像梅子那样咄咄逼人！哎，只顾扯大道理了，差点儿把正事给忘了，梅子，俺求你个事，冠山铁路三月三日举行通车典礼，你跟你们牛校长说说，让你们学校的鼓号队在典礼那天给助助兴！"

杜梅随口答道："俺才不管你们那些破事呢，还不是给那些达官贵人脸上贴金！"

张大闯笑道："你说错了，这怎么是给达官贵人脸上贴金，这是给数千名筑路工人助威扬名啊！你想啊，一百二十多里的铁路，筑路工人，顶风冒雪，逢山开路，遇水搭桥，仅一年的时间，就让铁路竣工通车了，这是数千名筑路工人的功劳。搞通车典礼，实际上是为数千名筑路工人树碑立传，怎么能说是给达官贵人脸上贴金！"

杜梅也笑道："难怪人家捧你是探矿队的外交家，你这张嘴可真会说！"

杜勇道："梅子，你可不能冤枉大闯，他说得有道理，你还是帮他这个忙吧！"

杜梅爽快答应道："既然俺哥都这么说了，这个面子哪敢拂啊，俺明天就去办，不会耽误你的事！"

张大闯乐呵呵道："这才是俺的好媳妇呢！"

3月2日下午，八辆豪华客车拉着总公司的首脑和哈阜的名流显贵到了梨平镇。在该镇最豪华的恒源旅馆兼酒店和百乐门下榻。3月3日早晨，阳光映照着广袤的白雪，蓝天上飘着几朵云彩，是一个风和日丽的好天气。这天，梨平广场上有一座四周用松树枝装饰的彩棚，彩棚中间摆着一趟长条桌，桌上蒙着天鹅绒红毯和白底蓝花的瓷水杯，桌子后面是菊黄色的高背椅子。彩棚顶部前脸悬挂着红底黄字的横幅，上写"冠山铁路通车典礼"八个大字，这便是通车典礼的主席台。主席台四周插着五颜六色数十面彩旗，环彩旗站着荷枪实弹的士兵。广场中间是梨平镇士农工商各色人等组成的庆祝队伍，主席台前是梨平小学数十名身穿白上衣蓝裤子校服的鼓号队，台下是杜龙彪等几名探矿队员用桦木杆挑着的千响长鞭。

八点五十分左右，胸戴红底白字标签的达官显贵登上了主席台，按级别落了座。探矿队两位队长同朱奇山和张大闯作为陪侍人员站在了主席台的后面，随时准备传唤。等各位贵宾坐好之后，孙亦奇即走到坐在主席台正中的蔡、刘两位首脑面前小声报告道："督办、董事长，一切都准备妥当了，可以开始了！"

刘董事长微笑着点点头，清了清嗓子，站起来用手势要求台下观众安静后，即高声宣布："我宣布，冠山铁路通车典礼现在开始！"

话音刚落，台下即鞭炮齐鸣，鼓号嘹亮。鞭炮和鼓号停止后，刘董事长又高声宣布道："请总公司督办蔡先生致辞，大家欢迎！"

伴随着阵阵掌声，蔡督办微笑着站起来讲话，他扼要地叙述了冠山铁路修建的经过，客货车装备状况，铁路竣工通车的意义。最后，对筑路的工程技术人员和民工表达了真诚的敬意！督办致辞后，中东铁路局局长、哈阜工商界代表也发了言，赠送了锦旗、牌匾。

最后开始举行通车剪彩仪式。两位身穿粉红色旗袍的美女扯着彩带，四位和前两位穿同样服饰的美女每人捧着一个托盘，盘内放一把剪刀，站在彩带前。孙亦奇引导督办、董事长、会办、中东铁路局局长走下主席台，站到彩带后面。朱奇山挥手示意火车司机准备开车，张大闯指挥杜龙彪的鞭炮队和小学的鼓号队做好准备。

孙亦奇见一切准备就绪，即高声宣布："请各位大人和贵宾剪彩！"鞭炮齐鸣、鼓号喧天声中，四位显贵将彩带剪断，只听一声长鸣，披着彩绸的火车头徐徐开动，后面挂着十多节装着八百余吨乌金的货车，轰鸣着开出了站台，这是从梨平镇开出的第一列装满煤炭驶向哈尔滨的火车，是数千名筑路工人用血汗换来的丰硕果实，是值得载入边城史册的伟大壮举，激动的人群报以热烈的雷鸣般的掌声。

通车典礼之后，蔡督办和董事长召见孙亦奇和卜鲁西洛夫，再次强调必须抓紧勘探，确定竖井的位置，力争后半年开始凿井建矿。同时未雨绸缪，抓紧地面的土建工作，安排得力人员立即到关里招工，做好劳动力准备。

总公司首脑走后，孙亦奇把朱奇山和张大闯招呼道一起吩咐道："朱哥、张哥，这一段，我要集中精力抓勘探工作，到齐鲁招工和办公楼、工人宿舍的建设工作就麻烦你们两位负责了。我的意见，招工的事，得麻烦奇山兄到关里走一趟了，土建的事，我负责选址、设计，施工的事就靠大闯哥了。"

朱奇山和张大闯道："孙队长，俺俩一定按你的吩咐把招工和土建的工作搞好，请你放心。"

# 第 四 章

## 一

　　回到家里，朱奇山跟连喜说了到山东老家招工的事。连喜一边帮着收拾行装，一边关心地问道："这么大的事，山高路远的，就你一个人去？"
　　朱奇山说："俺想让铁柱跟俺两个人去，不知赵大哥同意不同意！"
　　连喜道："俺看没问题，铁柱这孩子，也二十岁了，虽然老家在山东，可他一直没有回去过，让他跟你回去认认老家的门，也是件好事！"
　　听连喜这么一说，朱奇山即找赵连荣商量，赵越连荣十分高兴地答应了。
　　离开家门时，连喜千叮咛万嘱咐道："走这么远的路，就你们老少两个人，还带着不少盘缠，兵荒马乱的，千万要小心啊！"
　　赵铁柱摆摆手："姑放心，没问题！"
　　打过招呼，朱奇山和赵铁柱即迈开大步向梨平车站走去，走到梨平车站，坐上了冠山铁路的客车，到下城子，又换乘到大连的火车，下车后，改坐到龙口码头的轮船，下船后，步行到了老家平度县朱家村。
　　张大闯的房产已给地主抵了债，武敬岳的破房子早已坍塌，朱奇山的房子给了表弟潘德盛，所以，回到朱家村以后，奇山和铁柱俩就住到了表弟潘德盛家。潘德盛见到闯关东的表哥，非常高兴，村里人也围着问长问短，十分亲切。朱奇山也把哥儿仨在边城的经历扼要做了介绍。听到哥儿仨为安身立命所受的艰辛时，难免感叹唏嘘。看到现在已成家立业，娶妻生子，还在探矿队管点儿事，都为哥儿仨苦尽甘来而大加赞赏。
　　邻居老高头问道："奇山，你们俩千里迢迢回到村里，有什么事尽管跟大伙儿说，能帮的大家一定帮忙！"
　　朱奇山说："既然高叔这么说了，俺也就开门见山把俺回来的目的跟大伙儿说说！"接着，他就把中俄官商签了在冠地沟开办煤矿的合同，派探矿队到冠地沟勘探，要凿井建矿的事讲了讲。然后话锋转到了自己回老家的目的，他直言不讳道："凿井建矿，需要人手，俺这次回来，就是要给矿上招工，跟俺一起到冠山煤矿当工人。"
　　老高头的儿子，二十出头的高兴旺急忙问道："下煤硐子能挣多少钱？

危险不危险？"

朱奇山告诉他道："眼下还在勘探测量阶段，现在去是当打钻工和搞土建，煤硐也不深，危险性不大。一天大概能挣七角到一块五大洋，一个月能挣三四十块大洋。等建成竖井，正式采煤，可能挣得比现在多点儿。"

听说一个月能挣三四十块大洋，年轻人都有点儿兴奋。在农村的小伙子看来，一个月能挣这么多大洋，那可是个不小的数目。于是纷纷议论道："这么说，当工人可比咱种地强多了，咱们庄稼汉，脸朝黄土背朝天，汗珠子流在地上摔八瓣，打下的粮食，交了地租，纳了官粮，所剩无几，不得不糠菜半年粮。与其在庄稼院受罪，还不如跟奇山哥到煤矿当工人！"

朱奇山见大家的劲头很足，便实事求是地讲了探矿队的情况："不过，现在的冠山煤矿还在开发建设阶段，条件很艰苦。冬天一般都在零下四十摄氏度左右，比咱山东冷多了。一年中，有一半时间是冰天雪地，还有野兽出没、土匪骚扰。眼下还没有宿舍，得先住在农民看庄稼的窝棚里。冬天，在深山野外作业，大雪弥漫，春夏遇到暴雨，道路泥泞，运不进粮食，工人不得不靠矿上发给备用的炒黄豆充饥，这种情况，俺都亲身经历过。敢不敢去，大家还要三思！"

听朱奇山把探矿队说得那么艰苦，不少人又想打退堂鼓。有人小声议论道："条件这么苦，又是下煤硐子，别把小命搭进去！不如认命，在家过穷日子吧！"

听到打退堂鼓的声音，朱奇山想起了孙亦奇给大家讲的"实业救国、工业强国、煤应先于金"的道理，于是对大家鼓励道："冠山矿探矿队的队长，名叫孙亦奇，是个不足三十岁的年轻人。他是北京大学矿冶系的高才生，他父亲也是个当官的，曾劝他去开金矿，不要干煤矿这一行。但他还是舍弃了优越的城市生活和开金矿的好机会，选择了到深山老林冰天雪地探矿挖煤的行当。"

高兴旺不解地问："那是为什么，是不是受了什么刺激？"

朱奇山摇摇头回应道："人家很正常，如果硬要说受了什么刺激的话，那就是受了政府腐败、国家贫弱，受外国人欺负、让外国人瞧不起的刺激！"

老高头惊讶地说："啊！这后生不简单呀，是个想大事干大事的材料啊！"

朱奇山点点头道："高大叔说得对，俺也这么认为。他曾说过，天下兴亡匹夫有责，咱们中国所以贫弱，民不聊生，受外国人欺负，除了政府腐败外，还有一个很重要的原因，就是综合国力不行，没有像样的实业，科学技术落后，和人家发达国家相比，差距太大。他觉得，作为一个中华儿女，有责任走实业救国、工业强国的路子。煤炭是工业的粮食，办实业，强工业，煤炭应当先行，如果能在煤炭行业出把力，做点儿贡献，苦点儿累点儿，担点儿惊，受点儿怕，甚至流血牺牲也心甘情愿，所以他选择了到深山老林挖煤的行业。"

老高头频频点头道："这个后生说得好，有志向，有远见，中国的年轻人如果都能像这个后生那样，国家就有救了！"他看了看高兴旺道："孩子，俺看你奇山哥也是一个有志向的人，你们这些年轻人跟他到东北干煤矿，一来可以挣钱养家糊口，二来也是为国家出煤炭、强工业出把力，这是一个强国富民的好事，不能打退堂鼓！"

高兴旺爽快地回应道："爸，您老同意就好，您在家注意保重身体，儿子跟奇山哥到东北当矿工，挣了钱给您老人家捎回来，也让你和俺妈过几天好日子！"他忽然挠挠头问道："奇山哥，东北离咱这儿好几千里，挣了钱怎么往家里捎？"

朱奇山笑道："这个事好办，咱们要去的冠山矿在梨平镇管辖的范围内，有直通大连的铁路线，通过梨平镇邮局汇款，十天半月就寄到家了。"

听了朱奇山的话，高兴旺坚定地说："奇山哥，东北俺是去定了，俺这就向你报名！"高兴旺这么一说，村里的十几个年轻人都争先恐后地报了名。

此时，姑姑招呼朱奇山吃饭，潘德盛让老高头父子俩留下来一起用餐，老高头推辞道："按理说，奇山远道回来，又带来招工的好消息，俺理应陪他喝两盅，也算是为他接风，可这年头，家家糠菜半年粮，日子过得艰难，俺就失陪了！"

潘德盛诚恳地挽留道："高叔，你说得对，可是，俺表兄大老远回家了，咱们怎么也得陪他喝两杯呀，只是没有什么像样的下酒菜，你不嫌弃就行！"

老高头也爽快地答应："德盛既然这么说，俺要再推辞，就是不识抬举了，好，好，俺留下。兴旺，你回家去，把咱老母鸡下的那几个蛋拿来，给你潘大婶，给咱们炒炒当下酒菜！"

潘德盛阻止道："不要，不要，俺妈都准备了！"

老高头不高兴地说："德盛，你这是干啥，街坊邻居住着，肉俺买不起，拿几个蛋表表心意，你就别见外了！"话说到这里，潘德盛没有再阻止。

不一会儿，就在院中放了张矮餐桌和几个小方凳，姑母端上来一盘炒鸡蛋，一小碟花生米，一小碗炸酱和几根黄瓜、大葱，潘德盛拿来一壶酒和五个小酒杯。他给老高头、奇山、兴旺、铁柱和自己倒上酒，然后端起酒杯道："表哥，你俩远道归来，俺也没有什么好招待的，薄酒淡菜，又有高大叔和兴旺兄弟弟作陪，一起为你接风，来，干杯！"

众人一起端起酒杯道："好，干杯！"

潘德盛又给大家倒上酒说："大家吃菜。表哥，咱是平头百姓，比不得人家高门大户，你不要嫌俺寒酸！"

朱奇山回应道："德盛兄弟，你这话就见外了，咱们谁跟谁，怎么敢说'寒酸'二字，你再这么客气，哥就不自在了！"

老高头插话道："奇山说得对，这年头，军阀混战，今天抓丁，明天征粮，老百姓没一天安生日子。最近关内的吴佩孚和东北的张作霖两家又打上了，真是雪上加霜啊！老百姓没活路啊！"

高兴旺接着其父的话头道："别看老百姓没活路，有钱有势的官僚地主资本家却是吃香的、喝辣的、玩女的，真是'朱门酒肉臭，路有冻死骨'啊，这他妈的是什么世道啊！"

大家边饮酒边闲谈，说到时局，潘德盛神秘地说："俺听说，有个曾当过民国大总统，名叫孙中山的大人物，在广东成立了国民政府，后来，还组织军队北伐，要推翻祸国殃民的北洋军阀政府。要是他们能成功，国家兴许能太平，老百姓也许能过几天好日子！"

朱奇山叹口气道："这事俺也听说了，不过，世事难料啊。辛亥革命推翻了清朝皇帝，建立了所谓民国，按理说，老百姓该有好日子过吧！可是，结果如何，过去大清朝那些当大官的，改头换面，还不是照样骑在老百姓头上作威作福！北伐能不能成功，成功了又能怎么样，说不准啊！"

几个人打开话匣子，推心置腹，天南海北地闲聊，不知不觉已过了半个时辰，姑母端来一盘菜团子窝头，不好意思地说："奇山，按理说，你大老远回家，姑姑怎么也得给你蒸几个白面馒头吃呀，没有白面馒头，蒸几个黄面馒头也行啊！拿菜团子让你吃，实在……可姑姑……你、你可不要嫌弃啊！"边说，边眼泪汪汪地转过身去。

朱奇山连忙离开座位，帮姑姑擦擦眼泪道："姑姑，你说啥呢，侄儿也是苦水里泡大的。这年头，有菜团子、窝头吃就不错了，您老可千万别这么说啊！"边说边将姑妈扶回屋里，然后回来入座道，"德盛，你可要好好劝劝姑姑呀，俺回来住你家，又吃又喝，够麻烦了，你和姑姑可不要把俺俩当客人待啊，不然，俺可不敢在你家住了。"

老高头笑着道："好，好，都是自家人，别谦让了！俺看咱还是说说招工的事吧，你大老远回来招工，单招咱村这十几个后生恐怕不行吧？"

朱奇山点点头道："高叔说对了，孙先生说了，现在是勘探阶段，用工还不算多，等到建井出煤的时候，用人就多了，得几百号甚至上千号人呢！"然后对高兴旺说，"兴旺兄弟，还得麻烦你和咱村的十几个后生商量商量，到莱阳、即墨邻县邻村走走，利用亲属和朋友关系广泛串联，把情况讲清楚，能招多少是多少，最少也得有百八十人！"

高兴旺爽快地答应道："好，吃完饭俺就去办！"

中俄官商合作开煤矿的消息不胫而走，传遍了整个边城。招垦局的主管王乃平有些坐不住了，他跟放荒员苟步力商量说："老苟，听说省府和俄罗斯商人签了合同，要合伙开办煤矿，探矿队到冠地沟已经一年多了，煤矿铁路专用线也竣工通车了，你对这个事情有何看法？"

苟步力回应道："这个情况我早就知道了，不过，这跟咱们有什么关系？"

王乃平摇摇头道："你错了，这事不见得跟咱们没关系！你想啊，边城是高寒地区，用煤量非常大，单是中东铁路和沿线工农商用煤，数量就相当可观。过去因为没有铁路，有煤也运不出去，所以只能小打小闹，赚点儿小钱。现在有了铁路，能够把煤运出去，那可是个大买卖，钱有得赚了！如果咱们能插上手，可比干放荒这一行强！"

苟步力随即附和道："还是大人有远见，只是咱们怎么才能插上手呢？"

王乃平沉思良久道："你想啊，中俄官商合伙开办冠山煤矿，财大气粗，跟民间开小煤窑小打小闹不同，规模肯定不小，工程量也很大，用人也不会少。如果咱们能利用这几年到关里招荒民，跟关里官府村镇有联系的有利条件，帮他们招工、承包工程，一定能赚大钱！"

苟步力奉承道："大人高明，这确实是步好棋。只是，招垦局的事咱们不管了？"

王乃平坚决地说："不管了。你想想看，名义上，招垦局咱们是主管，可等到放荒的时候，土地肥美、交通方便的地片还不都是清朝和民国的那些权贵说了算。最近，少帅又指示搞军垦，占了大量荒地，肉都让人家吃了，咱们也不过是喝点儿汤罢了。"

苟步力附和道："可也是，招垦局的差事油水越来越少了！"

王乃平接着说："现在，水美土肥的大片荒地都有主了，也没有多少荒地可放了，今后，汤恐怕也难喝上了，该另行谋划出路了！"

苟步力点点头道："这么说大人已有门路了？"

王乃平笑笑说："现在还不敢说有，可也不能说没有。中国的事情，说难办也真难办，说好办，却也真好办。俗话说'有钱能使鬼推磨'，不管什么事，只要肯花钱，不愁找不到门路，也没有办不成的！"

王乃平曾是京城的富商，同清朝和民国的达官贵人也有些交往，对官场那些潜规则也很清楚。前几年，在招垦局也捞了不少油水，他用一部分钱财在哈尔滨开了一座蓝天茶庄，和江南产茶地区有商业来往，他以江南名贵茶叶做引子，今天请张三品茶，明天请李四闲聊，和哈尔滨的官僚和富商多有交往。

有了插足中俄合办冠山煤矿的想法之后，他便利用茶庄找各种机会接触冠山煤矿总公司董事会的要员，对实际操作的理事长、会办，更是经常去献殷勤。不过，他办事十分有心计，在交往过程中，只讲交情、友情，从不让对方看出自己交朋友的真实目的。所以，若不到火候，他便只频频交往，闭口不谈具体事。等功夫下到，时机成熟，再提出具体事项，保证水到渠成，十拿九稳。

朱奇山赴齐鲁招工之后，孙亦奇即昼夜忙碌，抓测量勘探工作。根据前段取得的大量地质资料，他断定冠地沟地下可能蕴藏着丰富的优质煤炭，从环境和交通条件看，在冠地沟建矿比较理想。为确定凿竖井的准确位置，白天，他带着张大山跋山涉水同探矿队员一起忙碌，并随时对张大山讲解煤矿相关知识。几个月来，张大山如饥似渴地阅读孙亦奇在北大读书时使用的课本，不懂之处即虚心请教。一个用功学，一个认真教，他进步很快，已初步掌握了煤矿技术人员应有的知识。

孙亦奇每天早出晚归，开夜车，不知疲倦地工作，让张大山十分敬佩，他十分真诚地对孙亦奇说："孙老师，你不仅知识渊博，更可贵的是那种吃苦耐劳的劲头，确实让俺佩服。"

孙亦奇也真诚地回应道："大山，不瞒你说，我这股子劲头也是让人逼出来的！"

张大山笑道："孙老师，你是一队之长，谁能逼你？"

孙亦奇笑道："大山，你误解了，逼我的人，不是你们这样的同事，也不是咱们的顶头上司，而是那些趾高气扬、瞧不起咱中国人的外国佬！"

张大山惊奇道："孙老师，我看你和卜队长相处得还可以嘛，怎么，你不可能是让他逼的吧！"

孙亦奇摇摇头道："不，不是卜队长。如你看到的，我和卜队长相处得还可以。虽然，在一些关键技术上，人家也想独霸，不愿开诚布公与咱交流。但我们共事一年多，他也看到了我们中方人员的素质，也再不敢轻视我们！"

张大山点点头道："孙老师说得对，俺也有这种感觉。那，你说你的那股劲是让人逼的，到底什么意思？"

孙亦奇道："你听我解释。我在唐山煤矿和本溪煤矿实习期间，亲眼看到那些外国矿主和技术人员，利用我们的资源大把大把地赚钱，反过来还嘲笑我们，在中国人面前趾高气扬，傲慢无礼，谩骂、羞辱，说中国人无知、愚蠢，不把中国人当人看。想到这些，我就非常生气。就想用自己的实际行动，让那些外国人看看我们中国人的志气、中国人的才智。我起早贪黑地干，就是因为憋着这么一股劲！"

张大山十分赞同地说："孙老师，你说得对，俺应该向你学习，跟你一起干！"

孙亦奇兴奋地说："大山，你说跟我一起干，我求之不得。过不了多久，竖井的位置确定后，我决心向总公司申请，和卜鲁西洛夫各负责一个井位，从设计到施工都由咱中方员工独立承担，不仅让谢金斯和卜鲁西洛夫，更要让那些瞧不起中国人的外国佬看看，我们中国人一点儿都不比他们差！"

张大山也激动地说："好，孙老师，俺响应，咱们一起干！"

孙亦奇激动地伸出手道："好兄弟，咱们一起干！"两双手紧紧地握到了一起。

时间过得很快，不知不觉，朱奇山和赵铁柱在山东已有一个多月，通过宣传和串联，莱阳、即墨、平度等地区已有二百多青年农民报名要求到边城当煤矿工人。朱奇山让高兴旺和赵铁柱先乘船到大连，安排食宿和购火车票。他和应招的本村农民孟吉庆、李建强率二百多民工先到龙口码头乘船。登上渡船，即将离别的时候，前来送行的父母妻子和兄弟姐妹含泪呼喊着"一路平安""经常来信啊""保重身体"等安慰和祝福的话，深情的话语此起彼伏，场面十分感人。

船到大连，由高兴旺和赵铁柱引导，坐上了到边城的火车，到下城子又换乘铁路专用线到了梨平镇。下车后，步行到探矿队。

两个多月来，大闯根据总公司批准的，由孙亦奇设计的办公室、俄方职员住宅、工人村建筑图纸，乘夏季适合施工的契机，紧锣密鼓抓建设，在大批民工到来之前，办公室、俄方职工住宅和部分工人村已经竣工。

探矿队的工人、朱奇山招来的二百多个民工都被安排在冠地沟东山坡新盖的工人村宿舍里。不过，工人宿舍非常简陋，都是马架子工棚，工棚的骨架是木板条，里外墙用泥巴糊成，保温性能很差。工棚内是对开的用木板钉成的大铺，上面铺着一层茅草，被褥是民工自带的行李。宿舍靠门口一头，盘着炉灶，用于给工棚的工人做主食，还备有炒勺、铁铲。三餐主食由探矿队伙房制作，工人用饭票购买。如要吃菜，由工人自己或几个人合伙买菜，用伙房的炉灶炒勺制作。

西山坡陆续竣工的是按级别分配的俄式住宅，砖墙铁盖，外形美观，内有客厅、卧室、厨房、储藏室，宽敞明亮，同东山坡的工人村是鲜明的两个世界。

二百多个民工的到来，催促孙亦奇加速了探矿的进度。8月份，勘探任务基本完成，并确定了竖井的位置。两位队长计划在冠地沟北山坡的小丘阜上开凿一号竖井，距第一号竖井一千五百米左右开凿第二号竖井。两竖井地下，可采煤层三至五层，由第一、二号竖井分段开采。计划方案商定之后，两位队长准备到哈尔滨向总公司汇报。

孙亦奇对工人的文化和技术培训非常重视，他认为，开矿山、办实业，没有一支有一定文化和技术素质的职工队伍是不行的。从探矿队进山那天起，他就利用一切可以利用的时间，对工人进行文化和技术培训，经常亲自给职工讲课。从哈尔滨、吉林开会或办事回来，他总是顺便自费买一些识字课本和技术书。把简易识字课本分发给识字不多的工人，把技术书籍分发给工程技术人员。在给职工讲文化和技术课的时候，他也顺便讲讲时局，讲中华儿女应尽的责任，讲中国古今英雄豪杰的故事和实业救国的道理。加上自己吃苦耐劳、以身作则、关爱职工、平易近人的品格和作风，潜移默化之中，对提高职工思想和文化技术素质，对践行他的实业救国理想，都产生了积极的影响。不少职工不招呼他的队长职衔，而是亲切地叫他孙老师。

鉴于新招来的二百多民工将要成为凿井的主力，孙亦奇对这些人的培训格外重视。他嘱咐煤师杜金峰和张大山道："目前，新招的二百多民工，先由奇山和大闯两位领着搞土建，以后他们就是咱们承包开凿竖井的主要力量，现在要未雨绸缪，搞好培训。此事由金峰牵头，先摸摸民工的底，一是了解一下他们的文化情况，看有多少人是文盲，有多少人还有些文化；二是摸一下他们的技术情况，看有多少人会木工、铁工、瓦工等手艺。摸清以后，先分成识字和专业技术两个班，有针对性地搞好培训。"

1925年8月中旬，孙亦奇和卜鲁西洛夫到哈尔滨总公司汇报工作。坐落在哈尔滨南岗区、花丛围绕的一座俄式白楼会议室里，正在召开由中俄双方高职级人员参加的冠山煤矿总公司董事会。会上，孙亦奇和卜鲁西洛夫汇报了一年来勘探工作的经过和取得的成绩及开凿一、二号竖井的计划。

董事会决定对冠地沟一带的勘探工作暂时告一段落，开始转入凿井建矿阶段。同时决定成立冠山煤矿矿路事务所，下设矿务、工程、机械、总务、会计等股，所长和各股股长分别由中俄双方对等担任。

孙亦奇在探矿队勘探期间的表现和业绩，博得了同事的尊重和称赞，得到了董事会领导的赏识。他和卜鲁西洛夫分别被委任为矿路事务所矿务股股长兼机械股和工程股股长。并决定所长不在事务所期间，由孙亦奇担任代所长，行使所长职权。更为重要的是，董事会还决定由卜鲁西洛夫负责一号竖井的设计、施工，煤师、技工、监工均由俄人担任；由孙亦奇负责二号竖井的设计、施工，煤师、技工、监工都由华人担任。这是没有宣布的中俄凿井竞赛，这一点，孙亦奇十分清楚。

## 二

接受了新的委任之后，孙亦奇既兴奋，又深感肩上的担子很沉重。矿务股和工程、机械两股，都是矿路事务所的核心部门，担负着所内百分之九十的业务，即将开始的二号竖井的设计和施工更是他从北大毕业后第一次全权负责的任务。而俄方开凿一号竖井的主帅，是在煤矿摸爬滚打多年、经验丰富又能吃苦的卜鲁西洛夫。要确保在这次没有宣布的竞赛中取得胜利，长中国人的志气，确实不容易。

为了将主要精力投入新的任务中，他将妻子从繁华的哈尔滨接到了深山老林满目荒凉的冠山煤矿。在中东铁路的列车上，妻子从车窗中望见铁路两旁茂密的森林，山坡上五颜六色的野花，呼吸着从车窗中透进来的新鲜空气，这在车水马龙、人流如潮的大城市是见不到的，她感到新奇也略显兴奋。孙亦奇却没有妻子那样的心情，他脑子在紧张地思索着比探矿更艰巨繁重的凿井任务。

下车之后，早已在车站等候的朱奇山、张大闯一边握手问好，一边帮着将简单的行李放在马车上。等夫妻俩坐稳之后，一甩响鞭，马车启动，不长时间，即到了新落成的俄式住宅门前。这是一栋分配给股长级别的房舍，一栋两户，隔壁是卜鲁西洛夫，两位股长是近邻。安顿好之后，朱、张两位即退出。

孙夫人即开始观看室内的陈设。室内有一张桌子，桌子上有一盏带玻璃罩的煤油灯和一堆图纸资料，桌子旁边有一把椅子，靠墙边有一对简易沙发和一张茶桌。还有一个书架，书架上摆放着不少书籍。再看地面，靠炕沿边有两个木柜，一个柜子里装着各种岩芯和煤样，另一个柜子里装着一堆包裹，打开包裹，里面是丈夫穿过的破旧衣服和裹脚布子，衣服上沾着油迹和泥土，有的被划破成大口子，有的衣服上还残留着点点血迹。打开窗户眺望，群山环绕，林木茂盛，既无村落，也很少见行人，显得荒凉而孤独。她关上窗户，轻轻地叹了口气。

孙亦奇见状，同夫人并肩坐在炕沿上，深情地望着出身富贵家庭，比自己小十岁的妻子，略带歉意地说："婉如，对不起，为了我能实现实业救国的理想，为国家民族做点儿贡献，让你从繁华的城市到这荒凉的矿区安家落户，那可是要吃苦受累了！"

妻子回应道："常言道，夫唱妇随，你心系国家，胸怀壮志，为实现实业救国抱负，舍弃优越的工作和生活，选择到条件艰苦的冠山煤矿工作。我是你的妻子，理应形影相随，尽帮扶之责，你说对不起，那可就外道了！"

听了妻子的肺腑之言，孙亦奇心里热乎乎的。他知道，妻子出身名门，曾就读于天津女子师范学校，知书识礼，深明大义。有这样的贤内助，确实是自己的福分。一股幸福的热流涌遍全身，情不自禁地抱着婉如自言自语道："有妻如此，夫复何求！"

孙亦奇在哈尔滨汇报工作、接受新任务期间，杜金峰和张大山按孙亦奇的指示已摸清了新工人的底数，并开始组织培训。白天，新工人参加地面土建工作，晚间，分别集中在两栋工人宿舍里听课。宿舍正中横梁上挂着一盏汽灯，另一头有简易讲台和黑板供讲课人使用。杜金峰为新工人讲煤矿知识和作业规程，张大山教编入扫盲班的新工人识字。

妻子王婉如到冠山矿以后，操持家务之余，也翻阅一些孙亦奇过去如饥似渴地阅读过的报刊，欣赏一些孙亦奇查看钻探点和煤硐时拍摄的照片。渐渐地，她不仅适应了矿山的生活，对丈夫实业救国的主张也更加理解，渴望能帮丈夫做点儿什么。于是主动提出要办工人夜校，教工人学文化。孙亦奇求之不得，爽快地答应了。

一天晚饭后，孙亦奇亲自陪夫人到工人宿舍讲课。明亮的灯光下，民工看到一名年轻漂亮的女士走进来，不约而同地投以好奇的眼光。孙亦奇走到简易讲台前，指着王婉如道："工友们，这位是我的夫人，今后，由她给大家讲文化课，教大家识文断字。"话音刚落，工人们即报以热烈的掌声。

王婉如大方地走到讲台前，用粉笔在黑板上写出了王婉如三个秀丽的字，然后用教鞭指着黑板，以女士特有的清脆甜润的声音道："我叫王婉如，水平不高，但愿尽力而为。今天，我先教大家认字！"边说，边转身用板擦擦掉王婉如三个字，写下了"一个人、两只手、手能做工"几个字，然后让工人随着她读。夜深人静，宿舍里传出了女性优美男性粗犷的和声。

孙亦奇和卜鲁西洛夫回到探矿队以后，总公司理事长即到探矿队公布了董事会的决定。此时，矿路事务所的俄式双层带地下室的办公楼已经竣工。砖混结构，铁皮楼盖，外墙雪白，门脸上镶嵌着"冠山煤矿矿路事务所"几个黑色大字，楼顶旗杆上挂着国旗。一楼门口有门卫室。四周是用长条木板镶固的围墙，围墙正对办公楼门卫处，开一大门，门旁有一木屋警卫室。楼内中间是走廊，两侧是所长、各股股长、各级管理人员和工程技术人员的办公室。各室新定制的办公桌椅、沙发等陈设，质地考究，外形美观，同探矿队时期的办公和住宿条件相比，可说是更上了一层楼。崭新的办公场所和新的任命决定，让冠山煤矿中俄双方的高管和普通员工精神振奋，大家投入了激烈而友好的竞赛中。

9月，卜鲁西洛夫即组织俄方职工开始进行第一号竖井的施工。孙亦奇也挑起了第二号竖井设计和施工总负责人的重担，开始了各项准备工作。首先，他委任杜金峰为煤师、张大山为监工，组成了开凿第二号竖井的领导核心。然后，他同杜、张两位在股长办公室夜以继日地研究制定了第二号竖井的设计方案。主井井筒为长方形，长四点八米、宽二点二米。井身用红松木方密叠镶固，因井口地势低洼，煤车进出之栈桥需高于地面五点三米，卷扬机架高十五米，罐笼容半吨煤车一辆，日提升能力为七百吨。同时研究了队伍的组成，主力自然是凿岩队伍，需要挑选身强力壮之民工，还需要一个有经验有威望的队长，考虑到朱奇山在新招民工中的影响力，又曾经开过小煤井，所以决定由他担任凿井队队长。因主井井身和罐道都用红松木方密叠镶固，所以木工队伍也很关键，本想让张大闯挑这个头，考虑到他担负着建设工人村、发电厂、机械厂、汽锅房等重任，难于脱身，又因在摸底调查中发现新工人高兴旺出身木匠世家，所以决定由他担任木工队队长。如铁工、泥瓦工等也都确定了人选。一支施工队伍的框架基本形成。

设计方案和施工队伍组建完成之后，孙亦奇对杜金峰和张大山说："总公司决定让我和卜鲁西洛夫分别率中俄员工独立包建二号和一号竖井，是中俄煤矿职工一场无声的竞赛，胜负的关键在于士气，所以，我们要利用搞培训的机会把士气鼓动起来。从上到下，树立起为国争光、为煤矿工人争气的决心和信心。有了敢于迎战、战则必胜的决心和信心，才能克服一切困难，取得这场竞赛的胜利！"

杜金峰频频点头道："孙股长，你这话抓住了关键，开工前，你一定要给大家好好讲讲，动员动员，把大家的认识统一起来，士气鼓动起来，决心和信心树立起来，那样事情就好办了！"

张大山道："培训期间，不仅孙老师要讲，也要引导职工讲，说心里话，这样，我们的动员才有针对性，效果才可能会更好！"

孙亦奇点头道："好，我们就这么办！"

9月18日，秋高气爽，俄方负责的一号竖井举行开工典礼。孙亦奇应邀带着杜金峰和张大山、朱奇山、高兴旺等设计施工骨干前去祝贺，并借机了解一下一号竖井的设计施工方案。

孙亦奇真诚地向卜鲁西洛夫道喜并请教关于建井方面的知识，两人谈话间，矿路事务所俄方所长阔列也夫走过来，假惺惺地装作关心的样子道："孙股长，一号竖井已经开工了，二号竖井准备何时开工啊？"

孙亦奇回应道："我们现在正做着各项准备工作，估计十一月初就可以开始施工了！"

阔列也夫以教训的口吻道："凿竖井可是一项技术十分复杂的工作，总公司让你们中国人独立承担这项任务，这样的安排让我担心！"

孙亦奇道："不知所长担心什么？"

阔列也夫傲慢地说："我担心你这个从未干过建井工作的年轻人难以胜任，担心你们中国的施工队伍没有这个能力，担心你们出大事故给总公司造成经济和名誉损失！"

"三个担心"流露了阔列也夫这个白俄贵族从骨子里对中国人的偏见和蔑视，让参加祝贺的几位中方员工心里很不舒服。杜金峰刚要答话，孙亦奇递个眼神制止，然后不卑不亢回应道："谢谢所长的关心。不过，所长不必担心，中国有句俗话叫'没有金刚钻也不敢揽这瓷器活儿'，我们既然敢独立承包建设二号竖井的任务，就一定不会辜负总公司的厚望！"

阔列也夫耸耸肩，尴尬地回应道："噢，噢！那好，那好！"

回到办公室，杜金峰愤愤不平道："这个老毛子，瞧不起咱中国人，咱们得把凿二号井的活儿干得漂漂亮亮的，让他无话好说！"

孙亦奇安慰道："金峰，你也不要生气，今天人家说的话还是比较客气的。我在唐山煤矿和本溪煤矿实习的时候，日本和欧美那些外国人，谩骂和侮辱咱们中国人是家常便饭，话可比这难听多了。怎么办，就像你说的，咱们只能好好干，用事实证明，外国人能干的，咱们一样能干，中国人一点儿都不比他们差！"

朱奇山道："俺看咱们今天去参加一号竖井的开工典礼是对了，不然也看不清阔列也夫那副嘴脸。俺看，咱们应当把阔列也夫的话原原本本地告诉咱们的员工，激励大家的斗志，把咱们中方职工的爱国热情激发起来，决心和信心鼓动起来，要求大家上下同心，拧成一股绳，同他们比起来，赛起来，超过他们，赌赢他们，用事实证明咱们中国矿工的本事！"

张大山道："奇山哥招来的这二百多名工人都是山东人，从古至今，山东大汉就有股子争强斗胜的脾性，一旦把山东人骨子里那种不服输的劲头调动起来，咱们肯定输不了！"

孙亦奇欣慰地说："现在看，我们几个人的劲头没问题。依我看，技术方面的事，有金峰给我当参谋，大山给我当助手，应该没什么问题。鼓舞士气的事，希望奇山和兴旺多做些工作，你们俩和民工生活在一起，对他们比较了解，有感情，有影响力，力度比我们这些搞技术的大。这样，咱们士气加技术，取胜就有希望了！"

二号竖井开工前，工人们每天晚上都在工棚中进行培训。孙亦奇因为开工前的准备工作本就特别繁忙，加之中方所长是省议员，挂着所长的头衔，却常在哈尔滨忙碌，冠山煤矿难得看到他的身影，孙亦奇不得不负起代所长的职责，大小事务他都得过问。他夜以继日地忙碌，经常吃住在办公室、锅炉房和现场，十天半月不回家是常事，很难有时间像勘探阶段那样给工人讲课，文化技术培训交给了大山和王婉如，思想发动鼓舞士气的工作基本落到了朱奇山和高兴旺的头上。

在培训中，朱奇山的办法是启发引导工人的内在动力。他没有泛泛地讲什么实业救国、工业强国以及如何不受外国人欺负等方面的大道理，而是列举外国人瞧不起中国人、谩骂、羞辱、欺负中国人的事例，让大家思考，为什么外国人敢小视中国人，怎样才能不被人瞧不起。

他模仿参加一号竖井开工典礼时俄方所长阔列也夫的口吻说："我担心你这个从未干过建井工作的年轻人难以胜任，担心你们中国的施工队伍没有这个能力，担心你们出大事故给总公司造成经济和名誉损失！"然后说，"外国人为什么敢欺负咱们中国人？俄方所长对我们为什么那么傲慢？作为中华儿女，我们应当怎么办？"

众人议论纷纷，孟吉庆说："我们中国人被人家瞧不起，就是因为我们的国力太差，政府腐败无能，不能为老百姓撑腰！"

李建强说："那又能怎么样，难道俺们还能造反，把这个政府推翻！"

高兴旺说："当然，国家的事、政府的事，我们普通老百姓管不了。但我们作为中华儿女，也不能无所作为，让人瞧不起。孙老师带领我们承包二号竖井的建设，我们就要把咱们山东人的骨气拿出来，本事亮出来，跟他们比试比试，让那个白俄佬不敢小瞧我们！"

孟吉庆呼应道："高哥说得对，咱们向他们下战书，跟他们比试比试！"

杨小虎道："还用下战书，眼前这架势，明摆着，不就是要咱们两家比试吗？"

外号叫刘老慢、真名叫刘老满的工人不紧不慢地说："高哥孟弟有这股子勇气当然好，可咱也要实事求是。俺听说俄方施工队的领头人是个老煤矿，有丰富的经验，还挺能干，俄方的工人也都在煤矿干过多年。我们呢，听说孙股长是第一次当凿井的主帅，咱们又都是农民，出把力可以，干煤矿可是外行，真要跟人家比试，未必能赢！"

朱奇山接着刘老满的话头说："老满说得也不无道理，《孙子兵法》讲，知己知彼百战不殆，就目前的情况看，咱们跟人家俄方比确实像老满说的那样，有差距。那怎么办，认屁，让人家瞧不起？"

高兴旺猛地站起来，脸憋得通红道："朱哥，咱们山东人不能做让中国人和咱们老祖宗丢脸的事，无论是过去，还是现在，咱们山东人什么时候认过输！是的，眼下看，咱们的主帅是比人家年轻，经验可能也比人家少点儿。可是，孙老师是北大的高才生，胸怀大志，有勇有谋，又谦虚好学，在勘探工作中的实际能力和业绩，大家看得很清楚。杜工是留过学、出过洋的青年才俊，大山人称'煤痴'，有他们领头，俺信得过。至于咱们这些干活儿的，虽然都是种地出身，没干过煤矿，但咱们是山东人，身上流着山东人的血，有山东人不畏强暴、不怕困难、争强好胜、敢为人先的骨气和志气，就煤矿这些活儿，只要咱们认真学，不愁成为干煤矿的内行。哈下腰，拼命干，一定不比对方差。"

孟吉庆拍手叫好道："高哥这一番话解渴，有理有据，俺赞成！"

刘老满也站起来说："高老弟这么一说，俺心里的疙瘩也解开了。是啊，咱们山东人不能示弱，俺也同意跟阔列也夫那个老毛子叫号，跟他比试比试！"

朱奇山进一步鼓动道:"大家说得很对,咱们山东是出英雄豪杰的地方:春秋战国时期,田横率五百壮士视死如归,证明了山东人的忠义;梁山一百零八条好汉中,不少都是咱山东人,武松打虎的豪气威名远扬。事实证明,咱们山东人不是孬种!至于技术和经验,那也难不倒咱们,俗话说'世上无难事只怕有心人',俺相信在座的各位弟兄都是有心人,只要像高老弟说的那样,认真学,拼命干,就一定能够弥补咱们的不足,战胜一切困难,取得竞赛的胜利!"

朱奇山的一席话,更激起了民工们的勇气,群情激奋,齐声表示一定要跟俄方施工队比试比试,为中国煤矿工人争光争气。

11月,初冬的冠地沟,漫山遍野,霜叶火红,与第一场白雪交相辉映,别有一番风景。二号竖井施工队盼来了开工的日子,士气高昂,劲头十足。工地上竖着一面鲜艳的红旗,"二号竖井施工队"七个白色行书大字遒劲有力。孟吉庆领着地面工人紧张地平整着土地,朱奇山领着凿井队的工人个个满头大汗在挖土方,还安排几个人在安装马拉绞盘,为提升竖井挖出的泥土、砂石做准备。

高兴旺和木工厂的工人十分忙碌,他们喊着号子,把大直径红松原木架在木马上,然后一人在斜着的原木头上站稳,一人在原木另一头的地面上站好,一人一头拽着特大号钢锯一上一下咯吱咯吱地破原木。这既是力气活儿,也要讲技术,拉锯的人,既要有力气,还得会使巧劲。没有力气,恐怕连大锯都拽不动,没有技巧,别说拉锯,恐怕连站都站不稳,这是个看着简单实际很不简单的活计。用大锯将原木破开后,还要由干细木匠活儿的工人按尺寸将破开的原木加工成各种规格的木方,供密叠镶固井筒和罐道使用。铁工房炉火熊熊,铁锤叮当,在加工钢钎,打造锹镐。

张大闯的土建队也在两大竖井之间建成了汽锅房,里面安装了从海参崴转运来的捷克造锅炉和为职工上下班报时的汽笛。锅炉房的一侧,树起了用铁皮制成的九节三十六米高的烟筒。第二竖井的旁边,还盖了临时办公室,一切都在按计划有条不紊地进行着,孙亦奇和煤师、监工忙碌又仔细地检查着施工的各个环节。

由于士气高,干劲足,开工仅一个多月,井筒即向下延伸十多米,速度之快,质量之好,让孙亦奇心情振奋。

凿井工程中,罐道是控制罐笼升降的轨道,精度和牢固程度要求高。孙亦奇不仅重视木镶井身的进度和质量,更关注罐道的状况。虽然杜金峰已按设计图纸做了周密的安排,张大山天天盯在现场监督,朱奇山对施工更是一丝不苟,但他还是要盯着现场,亲力亲为。

边城的腊月天,气温特别低,当地民俗说"腊七腊八,冻掉下巴",可见气候寒冷的程度。白天寒风刺骨，夜间更是滴水成冰。对这样的天气，孙亦奇毫不在意，白天忙碌，晚间还要到现场检查。每天晚餐后，他总是嘱咐妻子说："婉如，晚上我要到施工现场看看，现在我开始睡觉，三个钟头后，你一定叫醒我！"王婉如笑道："你安心睡吧，到时候一定叫醒你，保证误不了！"

孙亦奇裹着皮大衣放心地睡下，一觉醒来，看见妻子仍在灯下为即将出生的婴儿缝制新衣。她看到孙亦奇醒来，便笑着说："你脑子里的钟准着呢，用不着我喊你。锅里有热饭菜，吃点儿饭再上班吧！"

孙亦奇答应着，狼吞虎咽地扒拉了几口饭，即身披大衣，拿起手电筒，推开房门，扑面而来的是一股凛冽的寒风。孙亦奇顶着寒风向工地走去。半路上，汽笛声划破长空，在夜间显得凄厉而瘆人。汽笛声过后，上夜班的工人成群结队直奔凿井工地，有的边走边热情地与孙亦奇打招呼。

路过木工厂时，孙亦奇看见大院里木工们正冒着寒风在夜间劳作，为建井工程准备木料。他便同工人招招手喊道："工友们辛苦了！"工人们边劳作边回应道："孙老师辛苦！夜里冷啊，你也不休息！"孙亦奇道："大家都一样啊！夜里外面太冷，干一阵子，就到屋里暖和暖和吧！"工友道："谢谢孙老师关心！"

打过招呼后，孙亦奇即离开木工厂直奔凿井工地。到达凿井工地，他先去看马拉绞盘。马身上披着白霜，鼻孔喘着粗气，夜间汽灯光下聚集着的小咬不时往马身上飞扑，马儿边走边晃动着尾巴梢子驱赶身上的小咬。马夫头戴皮帽，身穿大皮袄，脚蹬"乌拉"，戴着皮手闷子，有节奏地在马儿身前身后晃动着鞭子，口中不时发出"驾、驾"的吆喝声。马夫见到孙亦奇，礼貌地点点头。孙亦奇见嘎吱嘎吱作响的绞盘行停准确，与井口把勾工配合默契。即嘱咐马夫小心在意，然后离开绞盘向井口走去。

到达井口，见罐笼正从黑乎乎的井筒徐徐上升。罐笼停在井口后，下班的工人从罐笼中走出来，急匆匆向宿舍奔跑。冬天，井下和地面温差很大，工人在井下挥锤凿岩，汗湿衣裳，升井后遇到刺骨寒风，衣裳被寒风冻透，浑身冰冷，脸如针刺，只得争先恐后向宿舍奔跑。进入宿舍，有的用凉水洗把脸，有的脸也不洗便直接上床和衣而眠。讲究点儿的，十天半月到镇上的商业浴池花钱洗一次澡，有的成年累月不洗澡，任凭虱子、跳蚤叮咬。

下班的工人走出罐笼后，孙亦奇即同夜班下井的工人一起进入罐笼，信号响过后，罐笼即徐徐下降。孙亦奇低头向下张望，见岩层深处，灯光闪闪，宛若天上的繁星。罐笼停稳后，孙亦奇抬头仰望，见淋水哗哗飞溅，在灯光的映照下，像一串串白色的珍珠。

他挂好安全带，拔出随身带着的小铁锤，不断查看着井壁岩层的情况，联勤的朱奇山同夜班工人在紧张地凿岩。他对孙亦奇道："孙老师，这一段是砂岩，井壁经常塌陷，你可要小心啊！"话音刚落，只听一声闷响，孙亦奇身后一大片砂岩冒落，将他扑倒在地，双腿被冒落的砂石埋住。朱奇山即刻组织工人冒着砂石再次冒落的危险，拼命地把埋在孙亦奇腿上的砂石清理完，然后架着双臂将其扶起。此时，流沙仍在哗啦啦不断往下冒落。

朱奇山急忙给信号、下罐笼，将孙亦奇扶进罐笼和夜班工人一起升井。到井口临时办公室，朱奇山扶孙亦奇躺在炕上，察看其双腿的伤情。孙亦奇推开朱奇山，用沙哑的嗓音焦急地对朱奇山道："朱哥，先不要管我，我的腿伤没事。你赶快让杜金峰和大山到办公室来，研究治流沙的办法！"

朱奇山见孙亦奇的裤子上有个大口子，血迹斑斑。便劝解道："孙老师，俺看你腿伤得不轻，还是先到镇医院看看吧！"

孙亦奇发急道："朱哥，一点儿皮肉伤，没事。你快去找他俩，咱们一起研究治流沙的办法，如果不能尽快阻止流沙冒落，井筒就有报废的危险，那损失可就大了，咱们负不起这个责任啊！"

朱奇山不敢怠慢，一边安排人去找杜、张两位，一边用剪刀剪开孙亦奇的裤子，见小腿上有三处创伤，创口还流着血。那时，矿上还没有医院，朱奇山要送他到镇上医院检查，孙亦奇坚决不肯。

朱奇山生气道："孙老师，算你幸运，如果沙石砸在你头上，恐怕会要命呢！虽然是砸到了腿上，但也不能大意，得让大夫检查检查，看伤着骨头没有！"

孙亦奇忍痛摇动一下双腿安慰朱奇山道："朱哥，你看看，这哪像骨折，就点儿皮外伤，没事！办公室有红药水、药棉，你帮我抹上点儿就行了！"

朱奇山无奈，只好按他的吩咐，找到红药水和药棉给他上药。此时，杜金峰和张大山走进办公室，见状，惊讶地问道："股长，你受伤了？"

孙亦奇用东北的方言答道："嗯哪！"一边简单地叙述了井下流沙冒落的情况。

杜金峰皱着眉头道："这可是个大事啊！"

孙亦奇也焦急地说："这不仅是大事，也是个难题呀！凿井遇到流沙冒落，我还是第一次看到。怎么治理，也缺少这方面的资料，咱们还真得动动脑筋呢！"

三人一边查阅资料，一边苦苦思索，整整一个通宵，也没有研究出合适的方案来。三人眼睛通红，眉头紧锁，继续研究着治流沙的办法。

## 三

早餐后，张大闯听到了凿井遇流沙和孙亦奇受伤的消息，便过来看望孙亦奇。见三个人正在发愁，也未敢打招呼，只把朱奇山扯到一边，问询流沙冒落的情况及三个人发愁的原因。听了朱奇山的介绍，张大闯若有所思地说："俺们施工备用的沙子冻得可结实了，镐头都刨不动，要是能让井壁的流沙冻实就好了！"

一句话提醒了孙亦奇，他恍然大悟道："是啊，咱们采用冷冻法让流沙凝固，不就可以防止流沙冒落了吗？"

张大山道："可是，井下的温度高，流沙冻不住啊！"

杜金峰道："咱们可以想办法降温呀！"

孙亦奇激动地拍一下桌子道："对，想办法让井下降温！首先，把锅炉房往井下送的热气停下来，然后往下送冷风，井下温度降到零下之后，再往流沙层慢慢注水，这样，流沙层就会上冻，冒落的危险就小多了！"

张大山道："这确实是个好办法，只是在井下干活儿的人要遭点儿罪了！"

朱奇山道："只要能治住流沙，保住矿井，遭点儿罪也值！"

孙亦奇道："这个办法到底行不行，还没有把握，所以，咱们得跟班和工人一起操作。我的意见，我跟奇山上夜班，金峰和大山上白班，大家看这样好不好？"

众人回应道："嗯哪！"

孙亦奇道："那好，咱们现在就组织工人撤暖气，往下送冷风。夜班我和奇山哥下去试试温度，如果到了零下，就开始注水！"

找到了防止流沙冒落的办法，孙亦奇忘记了腿伤，一瘸一拐地在现场指挥撤暖气、送冷风。晚饭也没有回家，在办公室和朱奇山一起就着开水啃了几口馒头，然后两人在炕上和衣睡了三个多小时，听到夜里上下班的汽笛声，即随夜班工人入井。

井下寒气逼人，孙亦奇却很高兴，他知道，白天停了暖气，送了冷风，井下温度已降至零下。于是指挥工人往井壁注水，两人和工人一起顶着淋水作业，不长时间，工作服上就结了一层薄冰，全身冷飕飕的。升井后，寒风扑面，手脚麻木，脸如刀刮，疼痛难忍。白班本应有杜金峰和张大山跟班就可以了，但孙亦奇还是有些不放心，他和朱奇山在井口办公室睡了一会儿，又下井查看。连着好几天，四个人吃住在井口办公室，轮流跟班指挥，毫不松懈。功夫不负有心人，连续多天的辛苦，顺利通过了流沙层，保住了井筒，恢复了正常作业，四个人才松了一口气。

面对中方年轻的竞赛对手，矿路事务所俄方所长阔列也夫并不十分了解，对这场竞赛，他也没有放在心上，认为俄方肯定能够获胜，所以，一号井开工不久，他就回到哈尔滨舒适的别墅，过起了悠闲自在的生活。

但卜鲁西洛夫和他不一样，一年多来，他把中方这个年轻队长实业救国的壮志、虚心好学的态度、吃苦耐劳的精神、组织领导和凝聚部属的能力看在眼里，始终不敢小觑。总公司安排他和孙亦奇分别独立负责一、二号竖井的设计施工任务，凭自己多年从事煤矿工作的丰富经验，他觉得自己胜券在握。但是，凭自己对这个年轻对手的了解，他丝毫未敢松懈。在精心组织一号竖井施工的同时，也十分关注二号竖井的进展情况。听说开工仅月余，二号竖井就创出了月进十多米的纪录，他十分惊奇。即以此为由头，督促一号竖井的施工人员加把劲，拼命干，不落人后。后来，得知二号竖井遇到流沙，孙亦奇还被冒落的流沙扑倒受了伤，心里暗自庆幸。他觉得，凿井遇到流沙是个大麻烦，治不住流沙，就控制不了井壁塌陷，那样一来，矿井就有报废的危险，这个责任，孙亦奇担负不起。可是，不几天时间，又传来了孙亦奇和二号井的职工上下齐心、用冷冻法治住了流沙，度过了险情的信息。他暗自称奇，觉得这是个奇迹，很想知道冷冻法治流沙的过程。于是，借过圣诞节的机会，便主动邀请孙亦奇夫妇和杜金峰到自己家过节，顺便了解冷冻法治流沙的操作情况。

冠山矿西山有几栋俄式白房，一栋两户是股长级职员的住宅。卜鲁西洛夫和孙亦奇一东一西住在一栋住宅里，两家是近邻。圣诞节前一天晚饭后，卜鲁西洛夫和夫人一起到孙家拜访。听到敲门声，王婉如即打开房门，见是邻家夫妇，便热情地邀请道："卜股长、夫人，请进！"

让座、倒茶后，在东北多年、会说中国话的卜鲁西洛夫问王婉如道："怎么就你一个人，股长呢？"

王婉如略显无奈地说："在工地上，还没回来呢！"

卜夫人道："这都吃过晚饭了，怎么还不下班？"

王婉如道："他这个班没有准点，不管白天和黑夜，天天在工地上忙活，十天半月不回家是常事！"

卜夫人惊讶地说："那他住哪呀？"

王婉如道："办公室、锅炉房，有时也在工人宿舍！"

卜鲁西洛夫插话道："孙亦奇是个工作狂，白天干一整天，晚上人家都睡了他才下班，回来找个空位便睡，天还不亮，他早起床到工地上了。同室的人在宿舍都见不到他的身影，所以，人家戏称他叫'土行孙'，哈哈！"

正说笑间，孙亦奇回了家，看见卜氏夫妇急忙打招呼："卜股长、夫人，对不起，回来晚了！"

王婉如道："不瞒两位说，他今天比往常回家早多了！"然后开玩笑道，

"怎么，你有顺风耳，听到家有贵客？"

孙亦奇笑道："顺风耳倒没有，不过明天就是圣诞节了，咱们中国人不过，人家俄罗斯人可像咱们过大年那样重视，所以，今天早回来，想去看看卜股长，提前给'拜年'！"

卜鲁西洛夫也半正经半开玩笑道："你啊，是真心，还是看见我们两口子了才这么说呢？"

孙亦奇道："当然是真心了，亦奇哪敢对卜兄作假！"

卜鲁西洛夫道："我也是说个笑话罢了！说正经的，今天我们夫妇俩来，是诚心邀请你和夫人，还有煤师杜金峰明天到我家，咱们一起过圣诞节！"

孙亦奇道："谢谢老兄和嫂夫人盛情，明天一定去打扰！"边说边落座倒茶，陪着卜氏夫妇喝茶、闲聊。

良久，卜鲁西洛夫看看手表，对夫人递个眼神道："天不早了，孙股长还没有吃晚饭吧，那我俩就告辞了，明天见！"边说边挽着夫人的手站起来，孙亦奇夫妇也没有客气，随即回应道："天色已晚，我也就不挽留了，欢迎常来，明天见！"

卜鲁西洛夫住宅的前后院，有用木板条夹成的院墙，前院正中，是夫妇俩用白雪堆成的圣诞老人，旁边立着一棵用松树枝装饰成的圣诞树，树上挂着红色彩带和五颜六色的纸屑，门前挂着两盏红灯笼，院子里花红柳绿，颇有过节的气氛。

傍晚，孙亦奇夫妇和杜金峰分别提着中式糕点和果品盒等礼品到卜家门前时，卜氏夫妇已在门前恭候。拥抱、问好之后，一起进屋。王婉如看到卜家陈设，虽然说不上十分豪华，但同自家相比还是气派不少。房间内卧室、客厅、厨房、卫生间、储藏室布局合理，窗明几净。客厅中间，摆着一张镶着花纹的俄式长条桌，桌布雪白。桌旁有几张白色靠背椅，铺着橙色绣花椅垫。桌面两端放着银白色多头蜡台，红烛白光相互映衬，别有情趣。

卜氏夫妇热情地请客人落座、倒茶后，女仆即端上了装着巧克力、奶糖等各色糖果的果盘，还有两个大果盘，里面是色泽鲜亮的苹果。

孙亦奇称赞道："卜股长，边城是高寒地带，夏季都没什么水果，这寒冬腊月你还有这么好的苹果，这可不容易啊！"

卜鲁西洛夫笑道："其实，也没什么不容易。苹果是水果中能够长期存放的一种，在五摄氏度左右，存放几个月甚至半年都没问题。我这储藏室在地下，温度适宜，所以冬天可以吃上鲜苹果！"

他拿起一个大苹果，边用水果刀削皮，边说："我先给你削一个尝尝！"

孙亦奇笑道："谢谢，谢谢！"

说笑间，女仆陆续端上来各色菜肴，有沙拉、烤肉、红肠等俄式风味，也有木耳、蘑菇、猪肉、鹿肉、狍子肉等中式炖菜。还有伏特加、黑啤和各种果品饮料。卜鲁西洛夫拿起一瓶伏特加和考究的高脚杯先给自己倒满，然后用征询的口吻对孙亦奇道："孙股长，我知你平日滴酒不沾，今日圣诞节，可否破例跟我喝点儿？"

孙亦奇知卜鲁西洛夫平日好酒，人在异国他乡，又逢佳节，难免想国思亲，如自己仍滴酒不沾，恐扫主人雅兴，于是爽快地答道："好，今日过节，亦奇也破例陪卜公喝酒助兴！不过，我酒量有限，请多多关照！"

卜鲁西洛夫见孙亦奇如此说，心中十分高兴，边回应道："好，好，我知道！"边说，边给孙亦奇倒了半杯白酒。又对杜金峰道："金峰老弟，你和亦奇不同，今日同饮，一醉方休如何？"

杜金峰也回应道："好，好，今日同卜股长同饮，一醉方休！"

卜鲁西洛夫给杜金峰倒满酒，又对夫人道："夫人，今日过节，也算给孙夫人接风，你可要陪好哟！"

卜夫人白丈夫一眼道："知道，知道，不用你交代！"然后拿过一瓶红葡萄饮料，边给王婉如往高脚杯里倒，边说："弟妹，今天过节，本当喝酒，但你有身孕，咱们就喝饮料了！"

王婉如客气道："好，好，咱们喝饮料，谢谢嫂子！"

卜鲁西洛夫端起酒杯道："今天过圣诞节，能有三位贵客光临，用中国话说，那是'蓬荜生辉'，荣幸之至。来，为我们能成为异国朋友，合作共事，为圣诞节快乐干杯！"

众人齐声回应："干杯！"

卜氏夫妇热情地让大家吃菜。吃喝说笑间，孙亦奇也站起来，举杯致谢，他说："一年来，我和卜股长及中俄双方职工钻深山老林，冒风雪严寒，同土匪周旋，与野兽为伍，互相关心，同甘共苦，努力工作，增进了感情，建立了友谊。今天我借花献佛，真诚地祝股长和夫人圣诞节快乐，也代我向俄方职工恭贺佳节，为圣诞节、为友谊干杯！"

杜金峰和两位夫人也分别举杯礼貌地表达了自己的祝愿。众人边饮边聊，酒酣耳热，话自然也多起来。奇闻异事、两国风情无所不谈。其间，也谈到了科技发展的问题。

卜鲁西洛夫道："在矿井提升方面，西方发达国家都用的是气动卷扬机，我们还是马拉绞盘，太落后了！"

杜金峰也感叹道："是啊，马拉绞盘，安全系数也很低，升、降、走、停，人、马和罐笼必须配合默契，稍不注意，就容易出事故。"

孙亦奇道："听说总公司正联系进口气动卷扬机的事，不知什么时候才能谈妥呀！"

不知不觉，话题转到了一、二号竖井的设计施工问题上，卜鲁西洛夫道："孙股长，前几天，听说你们二号竖井遇到了流沙，你还受了伤，这是真的吗？"

孙亦奇道："不错，确实有这么回事。"

卜鲁西洛夫道："俗话说，掘大巷易，凿竖井难，凿竖井本来就不容易，又遇到流沙，那可是难上加难啊，弄不好会出大事呢，这个难关你们是怎么闯过去的？"

孙亦奇轻描淡写道："当时确实很焦急，后来我们试着用冷冻法治住了流沙，闯过了难关。"

卜鲁西洛夫问道："井下温度和地面温度相差很大，流沙能冻住吗？"

杜金峰便简单介绍了冷冻治流沙的过程，同时感叹道："治流沙可真不容易呀，流沙是冻住了，可我们孙股长和现场操作的员工都差点儿冻成冰棍儿了，那种辛苦和危险，一般人真受不了啊！"

卜鲁西洛夫点头道："有孙股长这样的领头人，再有不怕苦累险的员工，上下齐心，再难的关，你们也能闯过去啊！"

孙亦奇谦虚道："卜股长过奖了，我们也不过是初生牛犊不怕虎，有那么一股敢干的劲头罢了！你们一号竖井施工队，有你这样经验丰富的老煤矿挂帅，又有文化技术素质比我们高的员工，整体看，比我们强多了！"

卜鲁西洛夫叹口气道："表面看，好像如你所说，可实际上，我们缺少的正是你们那种士气和虎实劲。我们的员工身在异国他乡，有家难归，干活儿也不过是为了糊口而已，哪来中方那种士气。我们如果遇到你们那种情况，那可就有大麻烦了！"

孙亦奇觉得卜鲁西洛夫说的也许是真心话，但还是摇摇头道："卜股长，你高抬我们了！"

卜鲁西洛夫认真地说："孙股长，我说的是真心话，我和所里那个头儿不一样，人家拿着高薪，在哈尔滨养尊处优，根本不了解我们的苦衷，更不了解你们的情况。他高高在上，轻视你们，瞧不起你们，那是必然的。可是，我跟你共事一年多，了解你，也知道你和部属的关系，这次中俄双方各承包一个竖井，看现在这个阵势，谁胜谁负，还真不好说呢！"

孙亦奇心里高兴，对这位老煤矿人说的话也觉得有道理，但他绝不轻信，也不敢有丝毫的自满情绪，所以真诚地回应道："卜股长，你和你那位上司不一样，咱俩是朋友，我对你的为人和能力很钦佩，希望你对我这个出校门不久的年轻人多多指教。胜负问题，现在谈论为时过早！"

圣诞节聚会后，双方都无声地摽着劲儿干活儿。4月份，大地尚未解冻，冰雪也未开化，第一竖井传来了见煤的好消息。举行见煤仪式那天，卜鲁西洛夫特意邀请孙亦奇为首的中方工程技术人员前去观摩。卜氏脚步轻松，面带笑容，得意之色溢于言表。

观摩回来之后，孙亦奇外表冷静，内心炙热，生怕中方落后。他专门召集中方工程技术人员和队组长开会，介绍了第一竖井见煤的情况，分析了双方施工现状。他说："第一竖井的井型和我们第二竖井相似，掘进工艺、井壁围岩、提升方式和我们一样。他们从去年9月开工，今年4月见煤，井深约三十八米，月进尺四点七五米。我们去年11月开工，到今年4月，历时六个月，进尺二十八米，月进尺月四点六七米。现在看，由于治流沙耽误了时日，所以进尺略显落后。但4月份以后，天气转暖，是我们施工的好季节，大家要认真总结前段施工的经验教训，提振士气，鼓足干劲，把治沙耽误的时间抢回来，在保证工程质量的前提下，把进尺速度提上来，就一定能赶上和超过第一竖井。"

会议之后，他更加拼命地抓工作，几乎每天都吃住在井口临时办公室，经常连轴转，抓现场管理，协调各工种的配合。在他的带动下，工程技术人员和工人个个劲头十足，井上井下干得热火朝天。

由于提升方式的落后，7月份的一个夜班，还是出了一个十分危险的事故。那天夜班，孙亦奇和张大山同工人一起在井下劳作，将一块巨石装入提斗内，发信号让往上提升，行至半空，因马拉绞盘的马撒欢，导致提斗倾斜，巨石从提斗中脱落，直奔孙亦奇头顶砸下来。幸亏张大山手疾眼快，一把将孙亦奇推开，巨石从孙亦奇的左侧落下，砰的一声闷响，井底冒起了一股灰尘和火花，孙亦奇的左臂被擦伤，左肩衣服被撕开一道口子，鲜血淋漓。张大山扶着他察看伤情，并发信号让罐笼下落，救护他升井。

孙亦奇咬着牙一声不吭，经医生检查，左臂已脱臼。医生建议到镇医院治疗，孙亦奇说："如果是脱臼，不碍事，你给端上去就行了！"

医生无奈，只好对他说："你忍着点儿，我试试看！"

张大山扶他坐好，医生便将他脱臼的左臂往上端，只听咯嘣一声，孙亦奇大叫一声，差点儿昏过去，豆粒大的汗珠从脸上滚下来，创伤处也红肿起来。医生再三建议他住院治疗，他摇摇头，坚决不肯。为了不惊动快要临产的妻子，他让张大山将他扶到井口临时办公室，折腾半宿，本来就缺觉的他即睡实在炕上。

第二天早晨，朱奇山闻讯来看望，见他左臂肿得很厉害，担心发炎，伤口恶化。便趁他熟睡之际，轻轻地把他抬到担架上，想送他到梨平镇医院休息治疗。刚抬到担架上，他苏醒过来，大声问道："你们干什么？"

朱奇山急忙回应道："孙老师，你伤得不轻，送你到医院看看！"

孙亦奇猛翻身从担架上跳下来说："不要、不要，一点儿擦伤，没关系！"随即向朱奇山和众人解释道，"现在是建井的关键时刻，再有一个多月就可见煤，这个时候，我不能住院！"

朱奇山和众人见状，对这个一心扑在工作上的年轻人，既无可奈何，又十分敬佩。

孙亦奇受伤不住院，仍然带伤跑现场，对建井工人是一种无声的鼓舞，建井速度突飞猛进。9月份，边城广袤的土地上，是一派丰收的景象，在金秋送爽、稻谷飘香的季节，第二竖井也传来了喜讯，在井深五十一米处见到了优质煤层。

9月18日，天高云淡，阳光灿烂。第二竖井的广场上披上了节日的盛装。高高的井架上悬垂着一条红底白字的标语，上书"庆祝第二竖井竣工出煤"十个大字，红白相映，非常醒目。栈桥周边插着五色彩旗。拉绞盘的马头上也戴着红色花朵。汽锅房的烟筒和井口临时办公室的墙壁上都贴着吉庆标语。杜龙彪等几个小伙子用竹竿挑着五百响长鞭。参加竣工和出煤仪式的矿路事务所所长、股长和两大竖井的工程技术人员胸前戴着红色绢花站在地面上，静静地等待着。

上午八点钟，孙亦奇高喊："第二竖井竣工出煤仪式开始！"话音刚落，鞭炮齐鸣，马夫一甩响鞭，马儿四蹄奋扬，绞盘发出了吱嘎吱嘎的响声，天轮转动，绞绳徐徐上升。几分钟后，挽着一朵绸布红花的煤车装载着闪闪发光的煤炭露出井口，此时，地面又一次鞭炮齐鸣、掌声阵阵。把勾工将煤车反转，煤炭哗啦啦倒入停在栈桥上的矿车中。仪式过后，人们脸上挂着欣慰的微笑，离开了竖井广场。

从此，天轮昼夜飞转，煤车撞击矿车的叮当声、汽笛的长鸣声、火车的轰鸣声，奏响着雄壮的工业进行曲，将煤矿工人采掘的乌金运给了城市乡村和工商用户。

两大竖井竣工出煤以后，冠山煤矿的管理方式发生了很大的变化，天灾人祸，把矿工推入了苦难的深渊。

## 四

随着矿井规模的不断扩大，需要的劳动力急剧增加，矿路事务所要求增加职工人数的报告一份接一份传到了总公司。一直窥视着冠山煤矿生产经营形势的王乃平得到这个信息之后，立即前去拜会董事会各级首脑，呈上了承包冠山煤矿采掘工程的申请和方案，吹嘘自己不仅资本雄厚，而且同关内各地官府和民间来往密切，有招工渠道，劳动力要多少有多少，不用总公司担心，等等，说得天花乱坠。又因为同总公司各位要员及各相关部门的关节早已打通，承包申请和方案很快得到总公司批准，成了冠山煤矿采掘和各项工程的总承包人，并签署了承包合同。

9月25日，冠山煤矿总公司中俄两位理事长同总承包人到矿路事务所，召开了所长、股长和高级职员会议。新落成的矿路事务所办公室，桌椅都是进口货，款式新颖，油漆闪亮，地板上铺着红色地毯，桌面上摆放着考究的白底蓝花茶杯。

刘理事长坐在靠背椅上，扫视一下参加会议的部属，开门见山地说："各位，今天的会议有两项议程，一是对两大竖井设计施工情况进行总结，二是宣布冠山煤矿采掘工程总承包人及其与总公司签订的承包合同各项条款。现在进行第一项，请公司技术处江处长代表总公司宣布对两竖井设计施工评审结果。"

江处长打开自己的文件夹，拿出讲话稿开始讲话："尊敬的理事长、各位所长、股长！两大竖井的设计施工，从去年9月开工至今年9月竣工，历时一年，完成了全部设计施工任务，并已正常进行采掘生产。其中，一号竖井从去年9月开工至今年4月，在井深三十八米处见煤，历时八个月；二号竖井去年11月开工至今年9月在井深五十一米处见煤，历时十一个月。两大竖井井筒都是长方形，长宽尺寸一样，井壁围岩也都以红松木方密叠镶固，提升都是马拉绞盘，可比性很强。按照总公司两位理事长的指示，经公司技术处检查评审，认为两竖井的建设，在速度、质量、成本、效率等方面都取得了较好的成绩。"说到这里，他从文件夹中拿出一沓材料，示意秘书将材料分发给与会各位以后接着说："详细情况，各项数据，大家拿到的材料里记得很清楚，看后就知道了。我这里只宣布检查评审的结果：从地质结构、工程的难易程度、设计的合理性和施工的速度、效率、成本、质量等方面综合考虑，二号竖井略优于一号竖井！"

江处长宣布后，刘理事长道："诸位，大家先仔细看看材料，有何异议，看完后发表。"

会场十分安静，只有翻阅纸张的沙沙声，与会人员都在认真阅读总结材料。刘理事长和中方所长对孙亦奇不时投以赞赏的眼光，阔列也夫则以怀疑和不满的眼光看了看卜鲁西洛夫。

卜鲁西洛夫还算诚实，阅读完总结材料以后，他直爽地说："理事长、江处长，老实说，总公司让我和孙股长分别独立负责一、二号竖井的设计施工，也有让我们开展竞赛的意思，我也领会了总公司的意图。我原以为我们俄方肯定是胜券在握的。但没有想到中方比我们更想夺第一，干得比我们更起劲。二号竖井比一号竖井深十三米，岩层结构也不太理想，施工中还遇到了流沙，弄不好那是要出大事的。可是，孙股长和他领导的施工队，不仅治住了流沙，还赶上和超过了一号竖井的速度，确实不容易。我认为技术处的评审客观、公正，我没有意见。我向孙股长和他领导的施工队表示祝贺！"

刘理事长问孙亦奇："孙股长，你有什么意见？"

卜鲁西洛夫的坦诚，也让孙亦奇感动，他谦虚地说："理事长、江处长，刚才卜股长对我们二号竖井的工作给了较高的评价。实际上，在二号竖井设计施工方面，我们也向经验丰富的卜股长和俄方同事学到了不少好做法，借此机会，我对卜股长和俄方同事表示真诚的感谢！今后，我们中俄双方，要携手共进，为两大竖井早日达到设计能力，为冠山矿的繁荣发展努力工作！"

刘理事长以征询的口吻请俄方理事长讲话，谢金斯摇摇头，表示不讲。又请中俄双方所长发表意见，中方所长表示没意见，阔列也夫没有吱声。

刘理事长说："听了两位股长的发言，我很高兴。我认为，两位股长说得好，坦诚、谦虚，值得表扬。看到中俄双方竞赛不伤和气，能够互相理解，互相学习，让我很放心。无论是探矿期间，还是凿井竞赛，两位股长都互相尊重，配合默契。希望把这种好传统发扬下去，为冠山矿的繁荣发展做贡献！下面，进行第二项议程，请公司总务处肖处长宣读董事会关于采掘工程承包的决定！"

肖处长站起来开始宣读合同书，合同书总计二十七条，叙述了承包中的各项事宜。

肖处长宣读完以后，刘理事长解释道："各位，冠地沟地下储藏的煤炭，不仅丰富，煤质也非常好。经权威部门化验，热（值）等各项指标都优于阜新煤矿、苏城煤矿和扎赉诺尔煤矿，中东铁路总公司和哈阜各大用户都抢着买冠山矿的煤炭。"他举了举手中的一沓材料道，"这是他们同总公司签订的合同。现在我们着急的是出不来煤，所以，冠山矿的采掘规模必须迅速扩大。可是，目前我们劳动力紧缺，急需补充。为了解决这个问题，董事会决定除铁路、机械技术工人外，矿采掘工程和所需劳动力全部由王乃平老板承包。今后，所有掘进工程和采煤装运都由王老板的'天满账房'负责，其用工价格、重量计算、煤质等级等都由'天满账房'同矿路事务所结算。现在，请承包人哈尔滨蓝天茶庄王乃平老板讲话，大家欢迎！"

稀稀拉拉的掌声过后，一个满头黑发、五官端正、皮肤白皙，身穿考究的白色绸布衣裤，足蹬黑色皮鞋的中年人满脸堆笑地站起来道："理事长、各位先生，承蒙董事会各位大人厚爱，我荣幸地成了冠山煤矿采掘工程的承包人。为了工作的方便，鄙人决定成立两处账房：一处设在哈尔滨，直接同冠山煤矿总公司进行业务接洽；一处设在矿路事务所，与矿路事务所进行各项业务往来。名称嘛，统称'天满账房'。设在矿上的'天满账房'每月按工程和煤炭数量、质量同矿路事务所进行结算，工程进尺按俄制'沙绳'计算，煤炭重量按俄制'布得'计算。今后，鄙人将认真履行合同各项条款，按总公司和矿路事务所的指示办事。本人在哈坐镇，'天满账房'委托苟步力先生为经理。"他指着坐在椅子上的一个瘦高个儿大脑袋、长发遮耳、留着两撇小胡子、身穿绸布白上衣黑裤子的中年人道,"就是这位先生!"苟步力连忙站起来,向众人点点头,然后坐下。王乃平接着道:"今后就由苟先生全权负责承包的日常事务,还望理事长、所长及各位同仁多多指教。鄙人一定恪尽职守,努力工作,为冠山煤矿繁荣发展、各位发财致富、步步高升尽绵薄之力!"

会后,孙亦奇怀着自豪与兴奋的心情到工人村讲课。因孙夫人在产期,二号竖井的工作也已按部就班展开,他工作的繁忙程度较凿井期间有所缓解,便经常到工人村夜校给工人讲课。公司宣布凿井评审结果之后,他恨不得立刻把这个喜讯告诉跟自己齐心奋战的工友。进入工棚之后,他满脸笑容,用粉笔在黑板上写下了"我们凿井竞赛取得胜利"十个大字。未等孙亦奇开口,参加学习的工人发出了暴风雨般的掌声。掌声过后,孙亦奇用自豪的语气宣布了总公司技术处审阅评比的结果,工人们再次报以热烈的掌声。

孟吉庆大声喊道:"孙老师,你看到阔列也夫的表情了吗?"

李建强插话道:"孙老师,卜股长怎么说?"

孙亦奇道:"卜股长是个厚道人,对我们的胜利,他感到意外,但却能坦诚地表示同意技术处的结论,还当面向我表示祝贺呢!"

高兴旺道:"卜股长是个君子,不像阔列也夫,那小子骨子里就瞧不起咱煤矿工人,我们的胜利对他也是个教训!"

孟吉庆道:"狗改不了吃屎,那小子不会接受教训,说不准还会出什么幺蛾子呢!"

等众人议论过后,孙亦奇道:"工友们,我再告诉大家一个消息,总公司同哈尔滨蓝天茶庄的老板王乃平签订了承包合同,今后,冠山煤矿的采掘工程和劳动力管理都由他属下的'天满账房'负责了!"

朱奇山有点儿焦急地问道:"孙老师,那今后你管什么?"

孙亦奇道:"我作为矿路事务所的矿务股长,恐怕要以主要精力负责工程技术方面的事,不再像凿井期间那样直接负责劳动力的管理了!"

第二天,孙亦奇问朱奇山:"奇山兄,昨天你突然问我今后管什么,是不是对总公司的决定有所顾虑?"

朱奇山也不客气道:"孙老师,按理说,俺是个工人,不该管闲事。不过,王乃平这个人,他过去在招垦局主管放荒时,俺跟他打过交道,觉得他是个贪财之人。冠山煤矿的采掘工程包给他,工人可要受气了!"

孙亦奇叹口气没有吱声。所以如此,是因为孙亦奇也有自己难言的苦衷。没有跟王乃平签订承包合同之前,工人由矿路事务所各股管理,井下工人管理归矿务股。每井划分为若干管理区域,每个区域昼夜由两技师轮流指挥,各负本区域内的工人管理，事务所以煤师为总监督。建筑工人由工程股管理，孙亦奇是矿务股股长兼工程股、机械股股长，采掘和机械、建筑工人管理都在他的职权范围之内。王乃平成为总承包人之后，采掘和建筑工人均由他设在矿路事务所的"天满账房"管理，工人的工资待遇、衣食住行、使用和辞退都由"天满账房"说了算，自己难以像建矿初期那样过问。这是总公司的决定，他作为股长无权左右，所以只能叹口气表达自己的难言之隐。

不过，他是个工作狂，虽然对总公司的决定有所保留，但工作方面的事他丝毫没有松懈。采掘工作基本正常之后，他又开始考虑职工的看病、子女上学、矿区发电、竖井提升等问题，为此，他昼夜忙碌，连妻子坐月子也顾不上照顾。

1926年11月，他组建了边城矿区第一所煤矿医院，工人受伤、职工有病，可以直接到煤矿医院看病，比到镇医院既方便又节省费用。在他的倡导和努力下，1927年初，冠山矿建起了边城矿区第一所煤矿子弟小学，中俄职工子女可就近上学，受到了普遍好评。目前，他又为早日建成发电厂，解决矿区生产和生活用电忙碌。

一天，他拿一沓图纸对张大山道："大山，这几天不见你哥的影子，我让他筹备发电厂建设的事也不知干得如何了？"

张大山无可奈何地说："孙老师，俺哥现在得听'天满账房'苟步力经理的指挥，盖发电厂的事恐怕要往后推了！"

孙亦奇道："噢，我知道了。听说你哥认识苟步力，他这个人怎么样？"

张大山道："这个人原来是王乃平手下的放荒员，在放荒过程中和我哥认识，到矿上以后，知道我哥负责搞建筑，就找到俺哥客气了一番，让俺哥负责盖'天满账房'的办公楼，大把头、监工、职员宿舍和护矿队队部、仓库、马厩。听说占地近两万平方米，还要筑围墙、修炮楼、雇炮手，场面大了！"

孙亦奇不满地说："真他妈的乱弹琴，一个'天满账房'哪用占那么多地，矿上有驻军和护矿队，还用盖炮楼？走，咱俩去看看！"

孙亦奇很少说脏话，这次在乱弹琴前面加个"他妈的"，可见他的不满和恼怒。

承包了冠山矿的采掘工程之后，王乃平和苟步力整天算计着如何赚钱的事，半年即捞了不少钱。这引起了"黑虎帮"土匪眼线的注意。接到眼线的报告以后，"刀疤脸"即用里应外合的手段，抢了"天满账房"数万大洋，还打死了一名副经理。

王乃平非常愤怒，把苟步力好一顿训斥："我说老苟，你这是怎么搞的，咱们半年多赚的钱，一夜之间打水漂不说，还搭上了一条人命。这样下去可不行啊，你还想不想干了？"

苟步力战战兢兢道:"王掌柜,是我考虑不周,怎么也没有想到'天满账房'混进了土匪的眼线。今后我一定瞪大眼睛,保证不会出这样的事!"

王乃平冷笑道:"眼线在暗处,你眼睛瞪得再大,也无济于事!"

苟步力无可奈何道:"那、那可怎么办?"

王乃平指点道:"还能怎么办,招募土匪,让他们给咱们看家护院!"

苟步力惊讶道:"大掌柜说笑了,土匪怎么能给咱们看家护院!"

王乃平道:"怎么,你不相信,看来,你这脑袋瓜子还是缺根弦呀,看问题太古板,不会变通,因势利导!"

苟步力还是有点儿不解地问道:"大掌柜说的是,步力愚钝,到底怎么办,还望大掌柜明示!"

王乃平开导说:"现在的形势同建矿以前不一样了,建矿前,土匪的吃喝靠探矿队奉送,现在矿上有驻军,作业点也不像过去那么分散,所以,矿路事务所也不再给他们送吃喝了。土匪的财路断了,怎么办?不少土匪正等着官府招安呢!"

苟步力恭维道:"大掌柜消息灵通,我也听说土匪放出风来说,他们想金盆洗手,等官府收编呢!可是,这与咱有啥关系?"

王乃平有点儿生气道:"我说老苟啊,你可真是个死脑瓜儿。你想啊,既然土匪有让官府招安的意向,那么,咱们可不可以把他们拉过来为我所用呢!"

苟步力点点头道:"嗯哪,这倒是条路子,只是,土匪能愿意投奔咱们,跟咱们一起干吗?"

王乃平胸有成竹道:"我看没问题。总公司刘理事长跟我说,冠山煤矿的生产规模要进一步扩大,单有一号井和二号井不行,还要开三号井四号井。不仅需要增加劳动力,也缺少管事的人。我们正好借此机会跟土匪联络,答应把他们的队伍编成护矿队,大当家的可任大队长,二当家的和小头目可以当小队长,能说会道的有办事能力的可安排到关里招工,当把头。这样,他们既脱掉了土匪的坏名声,又有了稳定的职位,还能捞钱,你说他们干不干!"

苟步力恍然大悟,竖起大拇指恭维道:"大掌柜高明,这可是一举多得的好事啊!"

王乃平板着脸道:"老苟,别在这里恭维了,你赶快去找张大闯,让他把发电厂的工程停下来,集中力量按我选的地址和设计方案盖'天满账房'!排场要大,要有气势,让那些整天钻山林的土匪看着眼馋!"

孙亦奇和张大山急急忙忙走到工人村时,见张大闯正指挥工人筑围墙、建房舍。张大闯看见孙亦奇,急忙过来打招呼:"孙股长、大山,你们怎么过来了?"

孙亦奇道:"找你啊,现在井下和矿区生产生活都是用油灯照明,非常不方便，我和机械厂的技术人员研究制造了蒸汽发电机，过个半月二十天就要安装试用了，得趁5月份天气好，赶快把厂房盖起来呀，我不是已经把图纸给你了吗，怎么还不动工？"

张大闯无奈地摇摇头道："孙老师，俺本来已经按照你的吩咐开工了，刚挖好地基，准备盖厂房呢，苟步力硬要俺把人拉到东山盖'天满账房'！俺跟他说，这事得由你批准，让他去找你。他说，按照同总公司签订的合同，建筑工人归他管，不需要你批……"

孙亦奇生气道："大闯，我知道你为难，你让人把苟步力找来，我跟他说！"

张大闯急忙安排人去找苟步力，不一会儿，苟步力身穿白绸衫，足蹬黑亮皮鞋，头戴白色遮阳帽，晃着大脑袋，摇摇摆摆走到孙亦奇面前，皮笑肉不笑地对孙亦奇道："欢迎孙股长来工地视察，鄙人不知，未曾远迎，还望见谅！"

孙亦奇见来人打扮和做作的样子便有几分厌恶，于是也不紧不慢地说："苟经理客气了，我到这里不是视察工程，而是来商量盖发电厂的事！眼下发电机即将安装调试，厂房还没有盖好，这可要耽误事啊！我看应当把原来盖发电厂的工人调过去，赶快把发电厂盖好，以免耽误发电机安装调试！"

苟步力晃晃大脑袋道："孙股长，这恐怕不行，你知道，5月份'天满账房'遭土匪袭击，打死了我的副经理，还抢去数万元大洋，工人工资都发不出去了。为此，王掌柜差点儿撤了我的职，埋怨我没有把'天满账房'盖好，说如果账房竣工，人员搬入新居，就不会发生那种事了。所以，责成我必须赶快把'天满账房'盖好，你说把人调去盖发电厂，那恐怕不行！"

孙亦奇发急道："'天满账房'遭土匪袭击，是值班员跟土匪里应外合干的事，与'天满账房'是否竣工无关，不能以此为借口耽误发电厂工程！"

苟步力装作无能为力的样子道："孙股长，不是我拂你的面子，这事你得跟我们王掌柜商量，我做不了主！"

孙亦奇从探矿队到冠地沟近四年时间，还是第一次碰到指挥失灵的事。他觉得"天满账房"的权力太大了，但又无可奈何。只得耐着性子同王乃平通话，反复交涉，才同意让张大闯分出一部分人抢建发电厂。6月下旬，两台蒸汽直流发电机安装调试运转成功，矿路事务所各办公室、高级职员住宅和井下大巷发出明亮的电灯光之后，职工家属响起了一片欢呼声，这是边城矿区第一座自建的发电厂，他开创了边城矿区用电的新纪元！

发电厂建成发电后，孙亦奇又通过总公司采购部门购进了德国沃里法制造的复式气动卷扬机，并在一、二号两大竖井安装运转成功，结束了边城矿区马拉绞盘的历史，两竖井的提升能力也从半吨增加为两吨，矿井生产能力达到了三十万吨。第二号竖井成为北满第一座由中国人自己设计施工的近代具有现代化水平的矿井。

## 五

与此同时,"天满账房"也已竣工。主体工程是东西走向的一座两层楼房。第一层是"天满账房"柜台、账房先生、财会人员和小把头办公室、地下仓库、卫生间、门卫;第二层是经理室,该室为套间,外间是办公室,里间是卧室;还有会议室、娱乐室、高级客房、浴池、卫生间。楼外东侧,是南北走向的平房,马厩,职员食堂。楼房和平房四周是土坯围墙、围墙四角有炮楼。围墙正对楼房门卫处设一院门,两扇大门为铁皮制造,黑色油漆闪闪发光,显得有点儿瘆人。大门外有一间木屋,是岗哨的避风雨室。大门口挂着一块上书"冠山煤矿天满账房"白底黑字的标志牌。楼顶旗杆上悬着一面中华民国的国旗。东山的"天满账房"和西山的"俄罗斯账房"遥相呼应,统治着冠山煤矿两千多名矿工。

朱奇山和工友们越来越明显地感觉到,从冠山煤矿采掘工程和劳动力承包给王乃平之后,工资和生活待遇大不如前,劳动强度也增加了不少。

朱奇山找到孙亦奇,讲了自己和工友们的感受:"孙老师,现在矿井提升用上了卷扬机,巷道照明用上了电灯,生产条件比过去好了,但工人的劳动强度也更大了!"

孙亦奇惊讶道:"奇山兄,你仔细说说,怎么会这样!"

朱奇山道:"过去,竖井的提升能力是半吨,现在是两吨,要满足现在的提升能力,应当增加工人,多开场子。现在呢,场子面和采掘工没有增加,主要靠提高定额标准,增加工人的劳动强度来适应现在的提升能力!"

孙亦奇道:"那可不行!现在咱们用的是花朵式采煤法,一般是五个人一组,三个镐手管出煤,一个拉爬犁,一个推车。定额是每组一个班出煤10吨。这是事务所的规定,随便提高定额可不行!"

朱奇山说:"可是,现在是'天满账房'承包,人家说了算!"

孙亦奇:"采煤工五个人一组,三个人一个班用锹镐挖十吨煤很不容易,一爬犁煤净重二百五十斤,爬犁工要在高一米多、十多度坡的场子面弯着腰拉八十趟,推车工要用半吨矿车推四十趟才能完成定额。这个劳动强度就很高了,再增加定额,不是要人的命吗?不行,我得跟他们说道说道!"

朱奇山说:"劳动强度增加了,工资却仍维持原状。现在,矿工的日工资,最低的一点二一元,最高的一点六元,平均一点二九元。俺算了一下,采煤工按最高工资算,一组采煤工满班(三十天)月得工资为二百四十元,扣除把头百分之十二，实得工资为二百一十一元。现在的煤炭出矿价是每吨十三元，一组矿工满班月总计出煤三百吨，卖煤所得为三千九百元。工人所得不足其创造价值的百分之五，确实低得可怜，如果提高定额，必须提高采煤工人的工资！"

孙亦奇道："事务所跟'天满账房'结算的价格并不怎么低，看来，'天满账房'对采煤工人克扣得太过分了！那掘进工人呢？"

朱奇山对他说："掘进工人更惨。俺听说事务所跟'天满账房'结算的标准是每沙绳二十二点五元，可是'天满账房'每沙绳只给工人六元，账房扣下十六点五元！"

孙亦奇道："我看了一下事务所的账目，从1925年至今，冠山矿出煤六十一万吨，公司获利二百万元，已将投资收回来了，这是煤矿职工特别是采掘工的贡献。他们干的是牛马活儿，得到的是草料般的报酬，这可是把人当作牲畜使用啊！"他愤愤不平道，"真是岂有此理！"

孙亦奇到"天满账房"跟苟步力商量道："苟经理，咱们冠山矿从出煤到现在不过三年多的时间，已盈利二百多万元，靠的是井下采掘工人的辛勤劳动，可是，'天满账房'给他们的工资也太低了，我看应适当给他们增加工资！"

没想到苟步力反而向孙亦奇诉苦道："孙股长，采掘工辛苦我也知道，你好心要求给他们涨工资我也理解。可是，'天满账房'除了采掘工还要给管理人员和护矿队开工资，还有一些不好说的想不到的费用，开销太大了，入不敷出啊！孙股长，如果事务所能在吨煤工资和进尺方面再增加点儿钱，那样，也许可能考虑把采掘工的工资再提高点儿。"

事务所按现有标准跟"天满账房"结算是总公司的决定，孙亦奇无权更改，苟步力非常清楚，他提出这样的要求实质是给孙亦奇出难题。

孙亦奇也知道苟步力的用意，但他还是回应道："苟经理，事务所按现在的标准跟'天满账房'结算是总公司的决定，这个标准是经过专家测算得出来的数据，比较合理。你提出的要求，我无权满足！"

苟步力冷笑道："根据王掌柜跟总公司签订的合同条款，采掘工的工资待遇由'天满账房'决定，他人无权干涉。孙股长，啊，不，是代所长，你无权更改总公司的决定，我也是按合同条款办事，你所提给采掘工增加工资之事，我爱莫能助！"

孙亦奇碰了个软钉子，刚走出"天满账房"，朱奇山即问道："孙老师，怎么样？"

孙亦奇摇摇头，叹口气，没有吱声。此时，张大闯上气不接下气地跑过来对孙亦奇和朱奇山道："孙老师，大哥，不好了，出事了！"

孙亦奇道:"出什么事了?你慢点儿说!"

张大闯道:"孟庭宪和刘福贵两个人下班后,路过东正教教堂,见教堂神父正在念经,出于好奇,便走过去偷听。神父发现后,就用汉语破口大骂他俩是'白痴,臭老博代',这是你们该来的地方吗,还不快滚!"

孟庭宪回骂道:"臭喇嘛,你叫谁滚,这是我们的地方,不是你们俄国,你才应当滚呢!"

这样,三个人就吵骂起来。矿长阔列也夫看到后,即吩咐几名俄方护矿队员把孟庭宪和刘福贵抓到了俄方的护矿队。

孙亦奇道:"几个人吵架,解劝解劝,拉开就可以了,怎么能随便抓人呢!"

张大闯道:"他们不仅抓人,还在夜里私设公堂,严刑拷打,硬要孟庭宪他们两位承认自己是共产党,是受人指使到东正教搞破坏!这没影的事他俩当然不承认!阔列也夫就让打手下死手狠命打,结果把孟庭宪给活活打死了,刘福贵打成了重伤!"

朱奇山十分气愤道:"他妈的,这阔列也夫也太猖狂了!得找他算账!"

孙亦奇道:"你准备怎么办?"

朱奇山说:"孙老师,这事你先别出面,俺和大闯去办!"

由于愤怒,他未等孙亦奇答话,即拽着张大闯向东山工棚奔跑。到达工棚,见孟庭宪的尸体停放在木板床上,刘福贵遍体鳞伤躺在床上,愤怒的工友们围着一死一伤的两个人七嘴八舌,有的说:"打死人偿命,不能让老孟这么白死!"有的说:"不仅要抓凶手,还得要抚恤金!"还有的说:"这事得找政府,让政府给咱们做主!"也有人唉声叹气摇着头道:"有钱的王八大八辈,政府不会为咱们煤黑子得罪有钱的俄国佬!"

众人看见朱奇山和张大闯后,便围过来请两人拿主意。朱奇山对大家说:"咱们在这里发议论也没有用,大家先分头串联,让工友们到这里集中,然后去找阔列也夫讨说法!"

众人答应着到井口和地面各厂串联。不长时间,东山工棚附近就集中了上千名工友。朱奇山高声对众人说:"工友们,阔列也夫私设公堂打死孟庭宪、打伤刘福贵,大家说怎么办?"

众人呼应道:"打死人偿命,咱们得找老毛子矿长讨个公道!"

朱奇山高声道:"对,咱们都去找俄方矿长,看他怎么答复!"

张大闯指挥几个工友抬着孟庭宪的尸体,扶着受重伤的刘福贵排着队,浩浩荡荡奔向矿路事务所,在俄方矿长办公室前高喊:"请阔列也夫出来答话!""打死人偿命!""惩办凶手!""给死者抚恤金,给伤者医疗费!"

阔列也夫看到眼前的阵势,吓得慌了神,急忙给驻扎在矿区的军队打电话：“郎连长吗，煤黑子造反了，请你速派士兵镇压！"

接到电话的郎连长不问青红皂白，立即集合队伍包围了请愿工人。然后高声号叫：“统统回去干活儿，不然我就不客气了！"

朱奇山高声回答道：“郎连长，阔列也夫私设公堂打死人，你不管吗？"

郎连长冷笑道：“那是煤矿内部的事，我管不着，你们这么多人包围事务所是扰乱社会治安，我当然得管，我劝你还是让大家赶快解散吧，不然，我可真就不客气了！"

朱奇山同他理论道：“我们没有扰乱社会治安，大家只是要跟俄方矿长讨个公道！"

郎连长道：“这么多人不上班，在事务所跟前又喊又叫的，还不算扰乱社会治安！我看你就是扰乱社会治安的头！"随即吩咐士兵：“给我把他抓起来！"

"刀疤脸"立即带两个士兵过来抓朱奇山，张大闯等人见状，一拥而上围住了朱奇山。发现"刀疤脸"已成为驻军的排长，即指着"刀疤脸"大声喊道："你不是'黑虎帮'二当家的吗？怎么当上了排长？"

"刀疤脸"冷笑道："怎么，不可以吗？我们'黑虎帮'已接受政府招安，弟兄们可都吃皇粮了！"边说边推开张大闯，指挥士兵去抓朱奇山，众人与士兵推挡撕扯在一起。

郎连长恶狠狠地号叫道："他妈的，反天了，都给我打！"众士兵即挥动枪托、皮鞭殴打工人，众人拥着朱奇山退进工人村并开始罢工。

孙亦奇出面协调，俄方赔了点儿抚恤金和医疗费，稀里糊涂平息了事态。

# 六

孙亦奇走进办公室，闷闷不乐地从窗口望着竖井的天轮井架，回想前一段发生的一些不愉快的琐事，情绪低落，思绪万千：为了实现实业救国的理想，自己放弃了城市的优越生活和到金矿工作的有利条件，选择到深山老林开矿，费了不少精力，吃了不少辛苦，几年内建成了年产三十万吨的北满第一大矿，成就了一番事业。可是，矿业虽兴旺，但钱却都揣进了官僚资本家和把头的腰包，眼见同自己一起吃苦受累的煤矿工人当牛做马，自己却无能为力，心里有一种说不出来的苦涩滋味。更让他苦恼的是，俄方矿长私设公堂打死打伤中国工人，政府派驻的军队不为中国人做主，却按照俄方矿长的指令无情地镇压自己的同胞。这是什么样的"民国"，什么样的政府！左思右想，隐隐约约觉得自己在冠山煤矿已不再会发挥什么作用，距离自己实业救国的理想好像还很远很远。也许，自己还应当有新的思考，新的作为。正在冥思苦想之际，"丁零零！"传来清脆的电话铃声，他拿起电话听筒道："喂，你好，哪位？"

"我是蔡云生，你是孙亦奇吗？"电话里传来蔡督办兴奋的声音。

孙亦奇连忙答道："我是孙亦奇，督办有何指示？"

蔡督办道："亦奇，我告诉你个好消息，地质调查所所长何皓先生从北京到哈尔滨，准备到金矿考察，听说冠山煤矿从勘探到建矿，仅三年多的时间就建成了年产三十万吨的北满唯一新式大矿，而且设计施工的是一位出校不久的年轻人，深有所感，所以决定到你那里参观考察。明天即动身，你这个代所长可要做好准备啊！"

孙亦奇高兴地说："蔡老伯，听说何先生是有名的地质专家，他到冠山矿视察，我可以亲听教诲，增长见识，我求之不得，十分欢迎，一定做好准备，恭迎何先生光临！"

因中俄两所长不在矿区，孙亦奇即以代所长的身份乘坐所长的黑色轿车将何先生接至招待所。连续几天，孙亦奇陪着何皓下井参观，到发电厂、机械厂、材料厂、绞车房等地面厂点考察，还到矿区周围登山调研，走遍了冠地沟的山山水水。白天实地考察，晚间交流观感，敞开心扉，无所不谈。孙亦奇亦把何皓当作了导师和知己。临别的前一天，孙亦奇谈到了冠山煤矿的现状和自己想出国深造的想法。

何皓十分赞同孙亦奇的选择，他说："现在有一些年轻人，胸无大志，目光短浅。讲享受，重名利，担子要拣轻的挑，工薪要拣高的拿，有点儿成就即夸夸其谈，骄傲自满，受点儿挫折即怨天尤人，灰心丧气，非常不可取。你不满足于现有业绩，放眼世界，出国深造，对践行实业救国理想大有裨益，我支持你！不过，你在冠地沟创业的经验非常宝贵，我建议你在出国深造前将其整理成书，供继任者和同行后辈借鉴，亦可少走弯路！"

孙亦奇欣然接受，送走何皓以后，他一边料理事务所各项事务，一边夜以继日地撰写冠地沟勘探建矿的经过，书名为《冠山煤矿勘探建设纪实》。书成之后，何皓、蔡云生为之作序，给予高度评价。

行前，孙亦奇怀着对冠山矿的留恋之情，由朱奇山和张大山陪同到冠地沟各地察看，行至东山沟口，传来了凄惨的哭声。循声走去，见一位老妇人跪在一座坟墓前边烧纸边哭诉，痛不欲生。孙亦奇扶起老妇人，得知其独生子在矿难中死亡，"天满账房"一分钱抚恤金不给，因此伤心痛哭。

孙亦奇惊奇地说："总公司同'天满账房'签订的合同中明文规定，矿工在矿难中伤亡，'天满账房'应给伤残补助和抚恤金，他们为什么不给抚恤金？"

朱奇山恨恨地说："合同虽然有规定，但'天满账房'大都以矿工违章作业为借口扣除，根本不按合同规定执行，老苟这个人是说人话不办人事！"

孙亦奇感慨道:"总公司和'天满账房'赚着矿工的血汗钱,却对他们的伤亡如此无情,太无人道了。此事我一定要向上头反映,监督承包人保证伤亡职工的补助费和抚恤金。"边说边安慰老妇人节哀顺变,然后又到死亡矿工的坟墓上进行凭吊。

晚间,他奋笔疾书,向总公司提出了给工亡员工丧葬费、抚恤金,给工伤员工治疗费和伤残补助费的建议,要求总公司严格监督承包人认真落实。

孙亦奇虽然义正词严,但对总公司当权者和承包人来说,也不过是一纸空文。临行,中方职工和俄方卜鲁西洛夫等职员自动前来送行,众人簇拥着他一直到梨平车站,然后扶他上车。握手、拥抱,依依不舍地目送他与火车一起消失在远方……

朱奇山看看老少家人道:"俺和大闯、敬岳哥儿仨经历的事多着呢,今天就先讲这些吧,你们愿意听,以后俺再讲给你们听!"

杜天赐道:"奇山爷和大闯爷主要讲了冠山矿勘探和建设的情况,从这些经历中,咱们可以看到冠山煤矿工人和爱国知识分子敢与强手争高下的骨气和吃苦耐劳特别能战斗的精神,奇山爷和大闯爷可以说是中国老一代煤矿工人的优秀代表,孙亦奇是旧中国爱国知识分子的典范。他赴美国深造,同那些到国外混文凭往脸上贴金的文化人也不一样。听说他在美国留学期间,经常利用节假日到各煤矿、油矿考察,还自费到英国、法国等发达国家了解学习矿山开采技术。回国前,特意到社会主义的苏联参观考察,确实有真才实学。"

朱继忠对武超和张扬道:"孙先生的爱国之情、救国之志,求真务实、知难而进、刻苦钻研精神,都是你们学习的榜样。新中国成立之后,中国人民站起来了,但还没有富强起来,你们这些在红旗下成长起来的知识分子,应该发扬老一辈知识分子的优良传统,立志为中国人民富强起来努力奋斗,建功立业。"

朱奇山也语重心长地说:"要说俺和大闯是老一代矿工的优秀代表,那是抬举了,俺俩不敢当!但是,从山东招来的那一批矿工确实是开发冠山煤矿的先锋,为建设发展边城矿区做出了贡献,他们脸黑心红,外憨内秀,能吃苦,不怕险,敢冲敢闯,能干会干,你们这些大学生可千万不要看不起煤黑子,一定要放下知识分子的架子,虚心向他们学习,才能增长见识,把工作干好!"

性格泼辣的杜梅笑道:"这哪里是家庭宴会呀,分明是一堂传统教育的政治课嘛!依我看,这饭也吃了,酒也喝了,可说是酒足饭饱肚儿圆了,散席吧,怎么样?"

众人拍手道:"好,好!"

# 第 五 章

## 一

等众人离开之后，杜天赐邀请朱奇山、张大闯和武超等一行人一起到冠山矿东山沟的万人坑参观。

展现在众人面前的万人坑令人毛骨悚然。这片万人坑占地四千多平方米，分上下两片，上片埋葬的尸体都装在极薄的棺材里，已经挖掘出来的东西方向排列的尸坑有十二排，每排长四十至七十米，宽约三米，有的是一口棺材装一具尸体，有的是一口棺材装两具尸体。下片全是裸露的尸体，完整的很少，大部分都残缺不全，总计有一万多具。

朱奇山指着漫山遍野的尸骨对几位年轻人说："孩子们，你们说，为什么有的尸体有棺材，有的没有，有的是一棺一尸，有的是一棺两尸？"

年轻人摇摇头，表示不解。

朱奇山解释道："开始，小日本伪装仁慈，为遮人耳目，人死后，还依照中国习俗把人装在棺材中埋葬。随着战争规模的扩大，鬼子搞什么大出炭，以人换煤，矿工死亡的越来越多了，就用一棺两尸，后来每天有几十甚至上百人死亡，小鬼子就用无底棺材糊弄人！"

武超插话道："爷爷，棺材无底怎么装死人？"

朱奇山道："无底棺材的底板是块活动板，外表看，和棺材一样，也能装死人，等推到万人坑以后，把那块活动板一抽，尸体就掉到坑里了。然后把活动板插上，再装死人！"

张扬骂道："小日本真不愧鬼子这个称号，什么花招都使出来了！"

朱奇山继续道："再后来，死的人太多了，小鬼子连无底棺材都不用了，就盖起了炼人炉，天天炼尸体，最后，炼人炉也忙不过来了，就修建了死人仓库，把死人码成垛，用马车拉到山沟里，浇上汽油烧，或者干脆往山沟里一扔，任凭狼吃狗咬，惨得很啊！"

一行人按照两位老人的指点走到尸体前查看，发现挖掘出的尸体中，有的颅骨上钉着铁钉，有的太阳穴被锐器击碎，有的双手还绑着铁丝，不少尸骨还戴着镣铐或脖套。

张大闯愤怒地说:"日本鬼子、汉奸把头不把矿工当人看,他们的口头禅是'中国人大大的有,死了的没关系',所以打死一个矿工就像踩死一只蚂蚁。他们对付矿工的刑罚极其残忍,镐把打、皮鞭或电缆线抽、榔头敲、吊起来揍是家常便饭。更残忍的酷刑,如坐老虎凳、跪麻花钎子、用烧红的烙铁贴肉烙、灌辣椒水、装麻袋里摔、三九严冬把人绑在电线杆子上活活受冻,骄阳似火的夏夜把人的衣服扒光绑在电灯下任凭蚊叮虫咬,把活人扔进狗圈里喂狼狗。还有就是咱们刚才看到的往头骨里钉钉子,用榔头尖刨脑袋和太阳穴。死在这帮狗×的酷刑下的矿工成千上万数都数不清呀!"

看过万人坑之后,杜天赐又领着众人到位于冠山矿北面的特殊工人训练所遗址参观。从残留的木桩、铁丝和房舍状况看,特殊工人训练所为长方形,东西长约一百五十米,宽约一百米,面积大约一万五千平方米。

朱奇山指着北面东西走向的几栋土坯房道:"这几栋土坯房,每栋面积约二百五十平方米,是关押在训练所里的工人的宿舍,里面是对面两排大通铺,一栋约住一百人。"他又指着西侧南北走向的一栋倒塌的工棚道,"据说,这是一所死人仓库,东侧那所倒塌的房屋是伙房,大家看,里面还有残留的灶台。南面靠东面的两排四栋,两栋是办公室和警备人员的住所,两栋是教室,开始招用的年轻新工人还在教室里上课,后来不搞培训,一栋改为关押工人的牢房,一栋为鬼子的刑讯室。训练所周围有两层带刺的铁丝网,外面带刺的一层是电网。"

武超问道:"特殊工人都是些什么样的人,训练什么,为什么还用电网圈着?"

张大闯道:"这里原来叫工人训练所,训练的对象是新招用的一些有点儿文化的年轻工人,训练的内容有修身,就是上政治课,讲什么'东亚共荣''武士道精神'之类,实际就是进行奴化教育,再就是矿井操作、机械、电器等知识。生活起居完全按日本的习俗,目的是培养忠于日本帝国的奴才,训练井下熟练工人,为鬼子卖命。太平洋战争爆发后,战线拉长,战局被动,鬼子按照'以战养战'宗旨,加大了对占领地区资源的掠夺。冠山煤矿是北满第一大矿,是日伪掠夺煤炭资源的重点。鬼子提出了什么'大出炭,支援圣战'的口号,但是,大出炭需要大量劳动力,矿区劳动力奇缺,单靠汉奸把头骗招已供不应求。于是,鬼子便采取抓所谓'浮浪'的方式,补充劳动力,怕'浮浪'逃跑,就把他们用电网围起来,强制劳动!"

张扬问道:"爷爷,什么是'浮浪'?"

朱奇山道:"所谓'浮浪',是日伪把城市的手工业者、失业工人、市民、流动人员,乡村农民抓起来,扣上什么'政治犯''经济犯''抗日分子''思想犯''反满通苏犯'等帽子的平民百姓,他们把这些平民百姓和抗日战俘一起都关在特殊工人训练所里,当作不花钱的井下采掘工!"

张大闯愤愤地说:"特殊工人训练所里的人完全被当作囚犯,毫无人身自由。人被关进来以后,全都穿印有号码的囚服,囚服上的号码就是自己的名字,催班(负责管理出勤的狗腿子)组织出勤,不叫人名,直呼号码。为便于票头(井下监工)辨认,送来的'浮浪'不仅要剃去眉毛,还按地区剃不同的'鬼头',比如,沈阳输送来的剃一圈头发,牡丹江的剃一半头发,密山、鸡宁的中间剃一道沟。上下班要排队叫号点名,然后由矿警押着,稍有异动,轻则被拳打脚踢,重则挨警棍榔头。每天的伙食,是谷糠粥、窝窝头,下井前,每人发给两个鸡蛋大的橡子面窝头。晚间一百人睡在工棚的通铺上,每人只有不足一米宽的地方,而且没有被褥,铺的是稻草或水泥袋子,枕的是木头、砖头或自己的柳条帽。"

朱奇山插话道:"更缺德的是,为防止'浮浪'逃跑,每两人只发给一套服装和鞋,谁上班下井谁穿,下班升井后,即脱给另一个人穿,自己则光着身子在工棚中休息!天暖和时还能勉强凑合,寒冬腊月,冰天雪地,光着身子在四面透风的房子里,人还不得冻死!好在百人一铺炕,人挤人取暖,才不被冻死!孩子们,你们看,这是人过的日子吗?"

杜天赐道:"由于生活条件太差,冻、饿、累、病,关在特殊工人训练所里的劳工,活着等到日寇投降的很少很少。据当年在冠山矿特殊工人训练所看守死人仓库的老工人回忆,日寇关押在这个训练所的'浮浪'先后有十几批共五千多人,到日寇投降,活着走出来的只有几百人,都被折磨得骨瘦如柴,奄奄一息!"

郑甜甜问道:"爷爷,听说冠山矿还有矫正院、康生院,那都在什么地方?"

朱奇山回应道:"'矫正院'的全称叫'司法矫正辅导院',是关押所谓盗窃犯、伤害犯、思想犯的地方,还有大烟犯。东北沦陷时期,鬼子不仅开大烟馆,还公开奖励鸦片烟,反过来又抓抽大烟的戒烟,这不是不给人活路吗?"

张大闯道:"'矫正院'周围也有两层铁丝网,关押的人食宿和特殊工人训练所一样,每天都由辅导士押着到井下干采掘活儿或搞杂务,是不花钱的劳动力。"

杜天赐道:"日伪统治时期,除了采取抓苦力集中关押,强迫劳动外,还巧立名目,在城乡进行摊派,解决劳动力的不足。日寇指使其傀儡政府伪满洲国制定公布了《国民勤劳奉公法》和《国民勤劳奉公队编成令》,还设立'国民勤劳奉公局',负责落实摊派任务。他们根据东北各煤矿所需劳动力数量,分别划拨给各市、县、旗、街、村,由这些市、县、旗、街(相当于现在的区或乡镇）村按摊派的人数编成大队、中队、小队、分队。各队队长分别由县级副职和街长、村长、地主担任，美其名曰'报国队'。有关资料记载，东北沦陷时期，满炭和密炭株式会社所辖各煤矿有三十个所谓'报国队'，在边城矿区有十多支'报国队'，有一万多人，是边城各煤矿的主要劳动力。"

武超问道："天赐哥，参加'报国队'的都是一些什么人，他们是自愿的吗？'报国队'待遇怎么样？"

杜天赐笑道："这个问题，还是让奇山和大闯两位老人来回答吧，因为他们俩亲身经历过，知道得比俺清楚！"

朱奇山道："'报国队'的队员大都是城乡居民，他们都是被里长、保长强迫参加的。按照所谓的《国民勤劳奉公法》规定，除了服兵役、公务员、教师、伪军家属、残疾人、出国人员以外，普通百姓凡二十至二十三岁的年轻人，每年至少要勤劳奉公四个月，三年内要勤劳奉公一年，从事国防、铁路、工矿建设等无报酬劳动。"

张大闯插话道："说到待遇，除了可以自己带行李，开始时宿舍周围没有设电网外，和抓来的劳工差不多。每天饭前要排队点名，上下班的路上也要由队长押送，还要唱日伪编写的反动的'采炭歌'。后来，由于吃住条件太差，劳动强度又大，安全也无保障，有的队员就开始逃跑。为防止'报国队'队员逃跑，食宿的地方也设上了电网，门口有矿卫队的警察站岗。上下班由矿卫队的警察押送，下井以后，井口门有矿警把守，不到升井时间不得走出井口门。平时，严格禁止外出，也不能随意同外人接触，一旦违犯规定，就会受到严厉的惩罚。按规定'报国队'员劳动半年最多一年就应当放回家。实际上因煤矿缺人，到期也不准回家。多数队员来时都是二十多岁身强力壮的小伙子，不到半年，就都被精神和肉体折磨得脸色蜡黄、骨瘦如柴，不少人因病、饿、累和各种折磨死在了矿山。这些人，名义上是'报国队'员，实际上是戴着光环的囚犯。"

朱奇山道："日本鬼子为了掠夺边城矿区的煤炭，无所不用其极，更可恶的是，他们对城乡少年儿童也不放过，还招骗矿工子弟组成所谓'少年队'，到井口翻车、捡矸石等劳动，把十二三岁的儿童派到井下推车、装煤，当作廉价劳动力。"

张扬问道："爷爷，听说东北沦陷时期，老百姓不能说自己是中国人，只能说自己是满洲人，鬼子如果看到谁说自己是中国人，就要打这个人的耳光，这是真事吗？"

张大闯回应道："你说得没错，确实是真事。小日本不仅使用武力和各种酷刑折磨矿工的肉体，还千方百计对东北人进行文化奴役和精神麻醉，妄图使中国亡国灭种，把土地逐步变成日本国的一部分，东北人变成日本人。鬼子强迫矿工特别是青年矿工忘记中国，只准说自己是满洲人，不准说自己是中国人。若说自己是中国人，不是巴掌抽，就是拳打脚踢。"

朱奇山道："鬼子还在矿区完全按日本那一套办矿，煤矿的管理机构和人员职称都改用日本名称。如：机构设置中，公司称'株式会社'，煤矿称'矿业所'、'采炭所'，供应仓库称'用度'等；工作和生活中，钻探称'试锥'、工作面称'切羽'，技术工人称'常方役'，瓦匠称'佐官'，宿舍称'寮'等；行政职称为社长、矿业所长、事务长、技术长、系长等。妄图从工作和生活习俗等各方面忘掉中国。"

张大闯道："小日本野心特别大，他们不仅在成年人中搞去中国化和奴化教育，还特别注重在青少年中实行日本文化和皇民思想教育。当时的各级各类学校，都强制学习日语，日常饮食起居，也要搞日本习俗和军国主义那一套。每天上课或上班时，都要由班长或课长领头在原地起立，带领众人面向新京（长春）、东京，鞠躬遥拜，读'皇民训'。每逢日本的一些节日，要宣读'诏书'，训示学生和青年要服从'皇帝'效忠'天皇'。学生见到日本教师，必须立正敬礼。还选择身强力壮的学生进行军事训练，炫耀'武士道精神'和'东北亚共荣'等反动思想。"

杜天赐道："东北沦陷时期，边城矿区由伪东安省管辖，有严密的统治机构。除了省、市、县、街各级行政官吏外，还有军、警、宪、特、所、院、监狱等一系列镇压机器。边城矿区是一所人间地狱、阎王殿，鬼子是阎王、判官，汉奸、把头是无常和小鬼，矿工是地狱里受苦受难的灵魂。"

张大闯道："不过，边城的矿工铁骨铮铮，是不甘心当亡国奴的。共产党组织领导的和自发的反抗斗争层出不穷，有许多和鬼子汉奸斗智斗勇的传奇故事。"他向杜天赐建议道："天赐，矿务局建矿史馆，不仅要展出鬼子、汉奸、把头的罪恶，更要展出煤矿工人的斗争事迹。让现在的年轻人知道今天的幸福生活来之不易，不忘过去，珍惜现在，建设未来！"

杜天赐回应道："大闯爷的建议提得好，矿务局建矿史馆的目的，就是要大家牢记昔日苦，不忘今日甜，立志在共产党领导下，爱岗敬业，努力工作，建设更加美好的明天！"

他对武超、张扬、郑甜甜三位年轻人道："武超、张扬，现在矿务局还没有给你俩安排具体工作，俺跟领导说说，让你们俩和甜甜一起帮着整理冠山矿东北沦陷时期的历史资料，供建矿史馆使用，奇山和大闯两位爷给你们当顾问，深入调查，既弄清鬼子、汉奸、把头的罪恶，矿工遭受的苦难，又要了解矿工反抗斗争的事迹，形成文字材料，作为建馆的素材！"

朱奇山和张大闯道："俺俩退休多年，顾问不顾问的，无所谓，给年轻人讲讲旧社会那些糟心事，让他们知道过去，受受教育，也是俺的责任，这个任务俺俩接受了！"

武超和张扬兴奋地表态道："这是俺俩了解边城矿区、熟悉冠山矿、接受再教育的好机会，有两位爷爷当顾问，俺们就有了主心骨，一定努力完成任务，请杜部长放心！"

郑甜甜看看武超和张扬，装作生气的样子道："你俩也别大男子主义，还有俺呢！"

武超和张扬也赔笑道："跟你这位团书记在一起，哪敢大男子主义，俺俩还得接受书记的领导呢！"

郑甜甜也笑着说："领导不敢当，俺还要向两位大学生学习呢！"

众人不再说笑，默默地离开了特殊工人训练所。

## 二

武超、张扬和郑甜甜三位年轻人主动请朱奇山和张大闯两位老人讲述了东北沦陷时期自己的亲身遭遇、矿工所受的苦难、有骨气的煤矿工人同鬼子汉奸斗智斗勇的故事，还讲述了共产党接管冠山矿以后，在共产党领导下矿工翻身做主人的情况。然后又到边城矿务局和市档案馆查阅资料，找老矿工和有关知情人提供信息，记录了厚厚的好几本材料，并分门别类加以整理，最后以第三人称的口吻叙述了冠山矿工人的苦难史、斗争史、翻身解放史、发展变化史和卓越贡献史。

中国共产党从成立时候起，就非常重视东北地区的党建工作，曾派遣党员干部在东北各大中城市和工矿企业进行革命活动。1927年2月，中共北满地委派共产党员沿中东路和中苏边境经济较发达的地区传播马列主义、俄国十月革命的经验，宣传中国共产党的主张，发展党员，建立党的组织。

冠山煤矿的开发和建立，铁路的修建和通车，梨平镇成为东部边陲重要的货物集散地，商业店铺林立，人口增加，是边城地区经济比较发达的地区。共产党即在梨平镇开展活动，发展党员，于1927年7月建立了边城矿区第一个共产党的组织——中共冠山路矿事务所党支部，组织领导冠山煤矿的矿工开展了反对帝国主义和封建主义的斗争。

冠山路矿事务所党支部书记牛合久的公开身份是梨平镇小学校长，他利用自己的校长身份，不仅在学校教职工和学生中深入浅出地讲马列主义、俄国十月革命道路、中国共产党的主张，还经常以访问学生家长的方式到矿工家庭，同家长谈心，宣传灌输革命思想。朱奇山的儿子朱继忠在梨平镇小学读书，牛校长经常到朱家家访，开始是唠孩子、唠家常，熟悉之后，无话不谈。

牛校长问朱奇山："奇山兄，山东的自然条件，人文环境比高寒地区的边城好多了，你怎么还千里迢迢到边城谋生呢？"

朱奇山道："山东虽好，但没有穷人的活路，不然俺也不会到边城来啊！"接着，便讲述了自己同张大闯、武敬岳三人在走投无路的情况下应招到边城垦荒的经过，还讲述了自己开小煤窑后来又到冠山煤矿的情况。

牛校长又问道："招工广告上讲，冠山煤矿怎么怎么好，实际情况如何？"

朱奇山苦笑道："招工广告上讲的全是骗人的鬼话，实际情况跟广告上讲得差远了！"接着，便讲述了煤矿工人受"天满账房"盘剥的事例。

牛校长叹口气道："俗话说'走投无路下煤窑'，煤矿工人在四块石头夹块肉的环境下劳作，危险重重，还要受资本家和把头的剥削压迫，这世道不公啊！"

朱奇山附和道："是啊，老天不公，小老百姓也没办法呀！"

牛校长摇摇头道："不然，你知道唐朝皇帝李世民的故事吧！"

朱奇山插话道："知道，说书人讲'薛仁贵征东'的故事，说李世民是个好皇帝呢！"

牛校长笑道："不错，李世民确实是个好皇帝，他有句名言，说'水可载舟亦可覆舟'，这水就是千千万万的民众，舟就是皇帝和官吏。意思是说，民众的力量不可小视，他们可以拥戴你当皇帝，坐稳天下，也可以推翻你，让你当不成皇帝，坐不稳天下！"

朱奇山笑道："先生说的，俺听明白了，先生的意思是说，别小瞧小老百姓，千千万万小老百姓团结起来，可以推翻军阀政府和资本家把头。不过，那也只是说说而已，真要是干起来，谈何容易啊！"

牛校长道："你说得不错，但也不是不可能！苏联的小老百姓，不是已经推翻了反动的沙皇统治者，建立了民众当家做主的政权吗？"

朱奇山道："这个俺也听说过，不过，那是在苏联，听说还有什么布尔什维克党，领导人叫列宁。也不知咱们中国行不行？"

牛校长会心地笑笑道："奇山兄，你说到正题上了，我今天就是想跟你说说咱们中国的情况！"

朱奇山兴奋地说："牛先生，你是文化人，见多识广，知道的比俺多，俺也正想听你说说咱们中国的情况呢！"

牛合久清了清嗓子，慢条斯理道："咱们中国本是个有五千年悠久历史的文明古国，在世界各国中有崇高的地位。可是，从鸦片战争开始，我们老是挨打，受外国列强欺负，为了让我们的国家富强起来，许多爱国志士，舍生忘死，努力奋斗，可惜都失败了。"

朱奇山叹口气道："是啊，俺也听说过不少仁人志士的故事，很让人敬佩，可是，这些人虽然有一副爱国心肠，可也是有心无力，很难成功呀！"

牛合久道："帝国主义、封建主义、官僚资本主义像压在中国老百姓头上的'三座大山'，推倒这'三座大山'当然不容易，也会付出很大的代价，但也不是没有可能！"

朱奇山道："中国能像苏联那样就好了！"

牛合久道："中国也在向苏联学习，走十月革命的道路，总有一天会把三座大山推倒，让老百姓过上好日子的！"

朱奇山道："先生那样有信心，能给俺讲得更具体点儿吗？"

牛合久道："那好，既然奇山兄愿意听，我就不客气了。"

他深入浅出地讲了马克思主义的主要观点，讲了俄国十月革命的成功经验，也叙述了五四运动后，李大钊、陈独秀、毛泽东等进步知识分子在中国的革命活动和成立中国共产党的经过，朱奇山聚精会神地听着，最后，牛合久满怀信心地说："中国共产党是中国工人阶级的先锋队，是为咱穷苦老百姓翻身求解放的政党，有中国共产党领导，工农大众参加，就能形成排山倒海的力量，'三座大山'在这股排山倒海力量的冲击下，就会倒塌，老百姓就能翻身过上好日子！"

朱奇山如梦初醒地说："听君一席话胜读十年书，这么看，咱中国有救星了，老百姓有盼头了！"

牛合久笑着点了点头。朱奇山压低声音问道："牛先生，咱梨平镇有共产党吗？你是不是共产党？"

牛校长真诚地说："我看奇山兄也是性情中人，那我也就真人面前不说假话了，咱梨平镇确实有共产党，我就是中国共产党党员！不过，鉴于当前的形势，党的组织现在还不能公开，我的党员身份还望老兄给我保密。"

朱奇山道："这个俺知道，镇里那些警察、特务整天嚷嚷着抓共产党，冠山矿的把头和矿卫队也喊着反苏防共，俺怎么敢暴露先生的真实身份！"

牛合久点头道："这个我相信，你不是出卖朋友的人！"

朱奇山道："牛先生，俺也想参加共产党，和你们一起推翻'三座大山'，不知行不行？"

牛校长高兴地说："行，当然行！共产党就是由工人阶级中的先进分子组成的，你有这个觉悟，这个要求，共产党当然欢迎！"

朱奇山也兴奋地说："这么说，俺也算共产党员了！"

牛合久摇摇头道："你现在只能算共产党的拥护者，或者叫党的积极分子，但还不是共产党员！"

朱奇山不解地问道："那是为什么？难道也得像入会道门那样，交钱，拜祖吗？"

牛合久笑着摆摆手道："奇山兄，你领会错了。共产党不是会道门，它同那些反动的会道门有本质的区别。共产党是一个有严密组织的政党，有纲领、有章程，有十分严格的纪律。加入党组织，成为一名共产党员，要自己提出申请，接受党组织的考验，得到党组织的批准，举行入党宣誓，才能成为共产党员！"接着，牛合久就简要地介绍了共产党的党纲、党章、党规、入党程序等，并主动提出自己愿意当朱奇山的入党介绍人，鼓励朱奇山加入共产党！

朱奇山恍然大悟，立即表示自己愿意按党章要求履行入党手续，接受党的考验，争取早日入党，成为真正的共产党员。

临别，牛合久要求朱奇山在煤矿工人特别是自己的好朋友中秘密宣传马列主义和共产党的主张，扩大共产党的影响力，朱奇山欣然接受。.

孙亦奇离开冠山煤矿之后，面对"天满账房"对矿工的压迫剥削，自己又无能为力，朱奇山和张大闯等山东来的煤矿工人心里很憋气，经常聚在一起喝闷酒，吐苦水，整天板着个脸，干什么都没有劲头。同牛校长交谈接受了共产党的思想之后，朱奇山好像变了个人似的，脸上常带笑，还愿意同大伙儿一起说古道今，谈论时局。有一天，他约张大闯、高兴旺、孟吉庆、杜龙彪、赵铁柱、李建强等几个要好的工友到梨平镇聚友酒馆喝酒，这个酒馆的老板是张大闯的大舅哥杜勇，酒馆在梨平镇南面一个四合院内，前院是四百平方米的两层楼，一楼是散客，二楼是雅间。后院的平房是制酒作坊，还有仓库及酒馆服务人员和酒坊工人宿舍。

因为是亲属和熟人，所以杜勇看见朱奇山等人，即热情地招呼道："各位老弟，少见，少见，楼上2号雅间请！"

朱奇山也笑呵呵地开玩笑道："杜老板盛情，俺们就不客气了！"边说边招呼众人："弟兄们，上楼！"

等众人上楼后，杜勇即安排服务员小童道："小童，这些人都是俺的矿工弟兄，可不要慢待啊！"

听到老板的吩咐，小童连忙提着茶壶到2号雅间倒茶、点菜。不一会儿，酒菜端上来。朱奇山端起酒杯道："各位兄弟，今天老朱我请客，给大家改善改善伙食，和大家唠唠知心嗑，请弟兄们敞开肚皮，不醉不归，来，干！"

众人："嗯哪，干！"

随后，张大闯也端起酒杯道："众家兄弟，从'天满账房'承包冠山矿以后，大家没少受把头、监工的气，今天奇山大哥把咱们聚在一起，让大家宽松宽松，说说心里话，来，咱们谢谢大哥，俺先干为敬！"说完，举杯一饮而尽。

众人也喊道："谢谢大哥，干！"

朱奇山道："都是兄弟，说谢谢就外道了！大家不必客气，吃菜，吃菜！"

众人你敬我我敬你，边吃喝边唠嗑，酒酣耳热，话自然也就多起来。

高兴旺愤愤不平道："奇山哥，听说从一号竖井出煤到现在，矿上已经盈利六七百万了，总公司那些大老板富得流油，咱们工人的工资福利却一点儿也没有增加。特别是采掘和地面工程包给'天满账房'以后，苟大把头千方百计算计咱工人，煤炭出多了，工人更劳累了，可工资待遇还不如以前了，真他妈的憋气！"

孟吉庆叹口气道："当官的向着有钱人啊，老孟被俄方矿警打死那次，明摆着是咱们在理，可当官的不仅不为咱工人做主，反过来还派军队帮着俄方镇压工人，大家说，这是什么政府，什么世道！"

张大闯接着说："老孟兄弟说到点子上了，咱们矿工为什么受资本家和把头剥削压迫，为什么有理也没地方申诉，就是因为政府是保护有钱人的政府，当官的贪污腐败！"

李建强摇摇头道："唉！理倒是这个理，可咱一个穷工人能有啥办法？"

朱奇山道："那也不见得，苏联的穷工人在布尔什维克的领导下，不就把保护有钱人的沙皇推翻了嘛！"

赵铁柱道："不过，那是在俄国，咱们中国能行吗？"

张大闯道："那也不见得。俺听说，咱们中国也有像苏联那样的布尔什维克党，叫中国共产党，她是专门为咱们穷苦人撑腰，领导咱们劳苦大众跟军阀官僚反动派斗，为咱们穷苦百姓夺天下的！"

高兴旺兴奋地说："俺在关里老家也听说有这么回事，但不知咱们边城和梨平镇有没有共产党！"

大家正说得热络，杜勇提着酒壶走进来，众人立刻停止了议论。杜勇笑道："刚才听大伙儿说得挺热闹的，怎么都不吱声了？"

张大闯故意开玩笑道："勇哥，你是大老板，俺们是煤黑子，大家怕说话不周，惹你笑话！"

杜勇哈哈大笑道："俺算什么大老板，俺父亲是流人，俺一家老少是跟着父亲一起流放到这里的。罪也没有少遭。别看现在开着酒坊酒馆，那也只能是养家糊口，勉强维持罢了。大闯啊，别人不清楚，你和奇山还不知道？"

朱奇山道："你的情况和为人，大闯是你的妹夫，什么都清楚！他不过是跟你开个玩笑逗个乐子罢了！"

张大闯立刻打圆场道："还是奇山哥理解俺，闲话少说，既然俺大舅哥提着酒壶来了，弟兄们也不必客气了，来来，喝酒！"

众人的气氛又活跃起来。杜勇边给大家倒酒边说："各位老弟，今天大家到俺这个小酒馆喝酒，是看得起俺，俺给大家敬杯酒，俺先喝为敬！"说罢，一饮而尽。

众人也站起来齐声道："谢谢勇哥，干！"

等众人落座后，朱奇山有意接着刚才的话题道："刚才兴旺兄弟问咱们边城和梨平镇有没有共产党，勇哥是生意人，走南闯北，见多识广，俺看让勇哥说说吧！"

杜勇环顾左右，放低声音道："俺听说咱们梨平镇也有共产党，只是他们的身份都不公开，各种活动也都是秘密进行！即使站到你面前，你也认不出来！"

杜龙彪道："那，俺们怎么找到他们，怎么跟他们一起同军阀官僚反动派斗争！"

杜勇道："共产党既然是为穷苦老百姓谋幸福的党，那就一定要发动群众跟他们一起干，只要你真心跟共产党走，俺看就不愁找不到他们！"

张大闯道："不过，那可不是闹着玩的，说不准还会掉脑袋呢！俺听说蒋介石搞反革命政变就杀了不少共产党人，还命令部下宁可错杀千人，不可漏网一个，那可是血流成河呀！"

朱奇山道："国民党反动派太残忍了，听说他们把活人装在麻袋里往黄浦江里扔，甚至把共产党员活活地钉在墙上弄死！"

杜勇道："两位老弟说得没错，不过，共产党并没有屈服，听说他们在江西的南昌组织了武装起义，毛泽东带着秋收起义的部队上了井冈山，刀对刀枪对枪地跟国民党反动派干上了！"

孟吉庆道："不过，国民党反动派的势力可不小啊，共产党能干过他们吗？"

杜勇道："这个问题不仅一般老百姓有疑问，共产党内部也有人有这个想法。毛泽东同志说，'星星之火，可以燎原'，我觉得这话说得好，别看共产党现在势力小，以后一定能发展壮大，因为共产党代表着全中国劳苦大众的利益，真理和道义在共产党一边！站在真理和道义一边的人是不可战胜的！"

高兴旺羡慕道："勇叔知道得可真多，希望今后多给俺们讲讲，让俺们也开开眼界！"

杜勇谦让道："俺也是道听途说，一知半解，小学校的牛校长是个有学问的人，有机会俺请牛校长给大伙儿讲讲如何？"

朱奇山道："好，好！不过，咱们得有个由头。孙先生在冠山矿的时候曾办过夜校，孙先生离开后，夜校就黄了，俺看咱们再把它恢复起来，地点就借勇哥的聚友酒馆这块宝地，不知勇哥答不答应？"

杜勇笑道："行，行，你们这么一来，还能给俺这个小酒馆带来人气，招徕顾客，这是一举两得的好事，俺求之不得呢！"

朱奇山道："勇哥同意，这事就这么定了。不过，开始，人不宜太多，俺看还是以咱们这几个人为主，再拉几个志同道合的兄弟就可以了，大家觉得怎么样？"

张大闯道："俺看行！各位，天也不早，今天就散了吧！"

从此以后，以朱奇山、张大闯为首的冠山矿的二十多位煤矿工人就经常到聚友酒馆上夜校，并请牛校长和杜梅、于明之两位教师到夜校讲课，先是讲些文化知识，随后讲马克思主义基本观点、俄国十月革命道路、中国共产党的主张及其革命活动等，并秘密在矿工积极分子中发展党员，有条不紊地在冠山煤矿播撒着马列主义和中国共产党的革命火种！

## 三

5月16日，冠山矿发生了建矿以来第一次瓦斯爆炸，事故的经过是：那天，矿三井二斜的工人在昏暗的掌子面劳作，下班时，工人王满贵说："他妈的，咱们上下班天天拿着镐头铁锹，多麻烦呀，俺看不如把这些东西集中放到井下，下个班入井后直接到存放的地方拿不就行了吗，大家看这样好不好？"

同班的工友齐声附和道："嗯哪，这样省事！"

王满贵见巷道旁有个凹进去的坑，就招呼大家把手中的工具集中放到了坑里。刚升井，碰到了监工周贵福。他见众人空着手，就拦着道："怎么都空着手，工具呢？"

王满贵道："俺们嫌麻烦，藏在井下了！"

周贵福骂道："×你妈的，谁让你们这么干的，丢了，弄混了怎么办，回去，回去，各人拿各人的！"

王满贵还想解释，刚要张口，周贵福一巴掌打在他脸上骂道："你他妈的啥也别说，这幺蛾子主意准是你出的，滚回去！"骂完，周贵福看见工人开始往井下走时，就扬长而去。

工人们骂骂咧咧地走着，因井下昏暗，大家即提着嘎斯灯照亮。放工具的地方是个坑，瓦斯浓度高，达到了爆点。等众人到了存放工具的地方，刚弯下腰准备拿自己的工具，瓦斯见火，引起爆炸，一声巨响，当场炸死十一个人，走在后面的人被气流冲倒，有三个人受了伤。

事后矿上说这是天灾，只给了很少的抚恤金和伤残补助了事。几天后，苟步力叫人散布说，发生这样的灾害，是因为对火神爷不敬，火神爷给了个小小的警告，如果不引起重视，今后还会发生更大的灾难。所以"天满账房"准备集资修建老君庙，供奉火神爷。

他对矿上的大小把头吩咐道："你们告诉煤黑子，下煤洞要想保平安，就得敬奉火神爷，矿上要建老君庙，敬奉神佛，工人每人得拿出本月工资的百分之二十用来建庙，表示对神佛的敬意，有现金的掏现金，暂时拿不出来的从工资里扣！"大家明知道这是勒大脖子，可也没办法！

9月下旬的一个夜晚，牛校长把秘密发展的朱奇山、张大闯、杜龙彪、高兴旺、孟吉庆、赵铁柱六个入党积极分子招呼到梨平镇小学校长室进行集体入党宣誓。

校长室的东墙上挂着一面鲜红的有镰刀和锤头标志的党旗，朱奇山第一个走进校长室，牛合久热情地招呼道："奇山同志，请坐！"

朱奇山落座后，看见悬挂的党旗，惊喜地问道："牛先生，这面旗是什么意思？你怎么挂着这样的旗？"

牛合久解释道："这是中国共产党的党旗，镰刀和锤头这两件劳动工具，是工人阶级和农民阶级的标志，她表示共产党是代表工农劳苦大众根本利益的政党。红色代表革命，她有深刻的含义，说明革命既是红红火火的壮举，也会有牺牲，甚至可能付出鲜血和生命的代价。"

朱奇山点点头问道："你的校长室平时都挂这面旗吗？"

牛合久摇摇头道："不行，党旗不能随便悬挂，只有举行重要纪念活动、重要会议、重要仪式才能悬挂！"

朱奇山又问道："牛先生，今天在你的校长室挂党旗是什么意思，有什么重要活动吗？"

牛合久有点儿神秘地笑着道："你先不要着急，一会儿我再告诉你！"

两人说话间，张大闯、杜龙彪、高兴旺、孟吉庆、赵铁柱五人先后敲门走进校长室，牛合久依次接待五人落座后，张大闯有点儿惊喜地问道："牛校长，今天是什么日子，招呼俺们几个人干什么？"

牛合久微笑着回应道："这个，我先不说，你们几个猜猜看！"

朱奇山想起牛校长对党旗的解释，猛然醒悟道："牛先生，俺猜到了，是不是组织上批准了俺们的入党申请！"

张大闯几个人先后猜测道："俺也提了入党申请，是不是组织上也批准了？"

牛合久笑道："同志们，你们猜对了，前一段时间，你们分别向党组织提出了入党申请，经过中共冠山路矿事务所党支部考核研究，决定批准你们加入中国共产党，今天把你们几个招呼来，一是正式通知，二是举行入党宣誓！"

然后，他让六个人面向党旗按顺序站好，举起右手，进行入党宣誓。他说："大家跟着我宣誓，我说一句，大家重复一句。"众人答应道："嗯哪！"

牛合久道："我志愿加入中国共产党，坚持执行党的纪律，不怕困难，不怕牺牲，为共产主义事业奋斗到底！"

宣誓完毕，他对众人道："请大家把手放下！"

仪式结束后，他同大家一一握手表示祝贺，并严肃地说："同志们，从现在起，你们六位就是中国共产党的党员了，希望你们牢记共产党的宗旨，履行党员义务，不忘入党誓词，为劳苦大众的翻身解放和共产主义奋斗终生！"

宣誓仪式的庄严，牛校长的祝愿，燃起了六位矿工内心的激情，他们眼含热泪，握手、拥抱，久久未能平静。

牛校长摘下墙上的党旗，小心翼翼地卷起，走进卧室，放进了柜后墙壁上的密室里。

等几位新党员平静之后，他对众人道："同志们，今后，各位就是中共冠山路矿事务所党支部的成员了，我们的任务，就是利用各种形式在煤矿工人中宣传马列主义和共产党的纲领，团结矿工和各行各业的劳动者，推翻'三座大山'，建立没有剥削压迫，人人过上好日子的新中国。根据咱们这里的具体情况，大家说说，当前我们应当怎么样开展工作？"

沉默了一会儿，杜龙彪道："今年5月，三井发生了瓦斯爆炸，死了十一名阶级弟兄。'天满账房'和白俄矿长不追究事故原因，还克扣死者的抚恤金，工人们意见很大！宣传打倒帝国主义和军阀官僚有群众基础，我们应当首先加大在冠山煤矿的宣传力度！"

高兴旺道："冠山煤矿提升用上卷扬机以后，提升能力比原来增加了一点五吨，场子面工人的定额和劳动强度提高了，工资却维持原状，井下工人十分不满，这也有利于我们的革命活动！"

赵铁柱道："冠山矿发生瓦斯爆炸事故后，矿工人心惶惶，不少人认为是得罪了火神爷，是神的惩罚。大把头到处散布说，'要下煤洞子，就得供奉火神爷'，以此为借口集资修建老君庙，对矿工进行摊派，赚工人的血汗钱！"

张大闯道："现在的问题是，党组织处于地下，采用的是秘密活动的方式，影响力有限，不管是煤矿工人还是镇上的老百姓，大多数人还不知道有中国共产党，我们得想办法让老百姓知道共产党和共产党的主张！"

朱奇山道："俺觉得大闯同志和大家说得有道理。煤矿工人受压迫剥削最重，革命性最强，我们在煤矿开展革命活动，有群众基础，需要加大在煤矿的活动力度，提高共产党的影响力。但军阀政府和他们的爪牙也盯着共产党，他们的势力很大，并且心狠手辣。现在我们绝对不能暴露党的组织和我们的党员身份。应当在保护好组织和自己的前提下，积极开展活动，提高共产党的影响力！"

　　听了众人的发言，牛合久总结道："同志们，我认为大家对冠山煤矿现状的分析很准确，在煤矿工人和劳动群众中宣传马列主义和共产党的主张有较深厚的群众基础。为了既让矿工和群众知道梨平镇和冠山矿有共产党，又不暴露党组织和共产党员的身份，我觉得咱们可以首先通过张贴标语传单和办小报的方式进行正面宣传，揭露军阀政府和资本家把头的反动嘴脸。"

　　朱奇山赞同道："这个办法好，俺同意！"

　　孟吉庆道："咱们几个人除大闯念过几年书，有点儿墨水外，其余都只在夜校中认识几个字，要俺们制作传单标语办小报，那是赶鸭子上架，确实有困难，要俺们串联几个人，贴贴标语传单散发小报没问题。"

　　牛合久笑道："传单标语的制作不用你们管，我这里已准备好了！"边说边走进套间，从里面抱出一大卷标语和传单放在桌子上，然后对朱奇山道，"奇山同志，煤矿和镇里的地形、居住情况你比我熟悉，我的意见，由你牵头，分成两三个小组，明晚后半夜秘密在煤矿和镇里张贴和散发，你看行不？"

　　朱奇山回应道："行，俺现在就安排。大闯，你和龙彪一组，负责在矿里各井口和地面厂点张贴散发；兴旺和吉庆一组，负责梨平火车站和铁路员工住宅区那一片；俺和铁柱负责镇里各街道、店铺和家属区，大家看行不行？"

　　众人齐声："嗯哪，保证完成任务！"

　　牛合久把传单和标语分发给众人后补充道："同志们，如果人手不够，各组可找几个可靠的人帮忙，但要注意张贴时不要让人发现，传单和标语的来源也要保密。张贴和散发后，也要注意群众看到后的反响！"

　　第二天，梨平镇、冠山煤矿、铁路车站上下班的工人和居民发现墙壁上不少地方贴着传单和标语。工人和居民惊喜地看着传单和标语的内容，有的则故意高声念道："'打倒帝国主义和封建军阀政府！''反对资本家和把头盘剥工人！''缩短劳动时间，增加工人工资！'……"

　　清晨，冠山矿矿卫队门前一个矮胖的中年人正在悠闲地打着太极拳，他身穿白色宽松绸布衣裤，足蹬黑色平底布鞋，大脑袋，粗脖子，浓眉毛，三角眼，红鼻头，大嘴巴，一副凶神恶煞的相貌。此人名叫毕士仁，原是"白龙帮"土匪中的一个头目，被边城县收编后，暗中同苟步力来往，靠送礼巴结，当上了冠山矿矿卫队的队长。他正比比画画，装模作样做着各种动作，一个巡逻的矿卫队员手里晃着几张白纸慌慌张张跑过来，上气不接下气地喊道："队、队长，不好了，出事了！"

　　毕士仁停下来骂道："他妈的，瞎嚷嚷啥，出什么事了？"

　　矿卫队员把手里的白纸递给毕士仁结结巴巴道："您老看，看看，传、传单！"

毕士仁看看手里的传单问道:"这东西你是在哪里捡到的?"

矿卫队员回应道:"井口、家属区,到处都是,这几张是我随便扯下来的!"

毕士仁挥挥手道:"去,去,招呼人把这些东西都扯下来,放到队长室!"

矿卫队员答应一声走后,毕士仁顾不上换衣服,大步向苟步力住宅走去,到达门口,即用力敲苟宅大门。

正在睡梦中的苟步力被敲门声惊醒,他边穿衣服边骂骂咧咧地拽开房门,不耐烦地对毕士仁道:"什么事,这么早就敲门,连个觉都不让人好好睡!"

毕士仁扯着公鸭嗓道:"对不起苟经理,我也不想这么早打搅你,可是,出大事了!"

苟步力漫不经心地道:"有什么大事,怎么,还有人敢造反?"

毕士仁着急道:"和造反差不多,工人村和各井口,还有地面厂点发现了许多写着打倒政府和资本家的传单标语。"边说边把几张传单和标语递给苟步力道,"这是矿卫队值班队员扯下来的几张,您老看看!"

苟步力接过传单标语,看到上面的内容,内心十分惊恐,但表面上却装得很镇静的样子吩咐道:"他妈的,这一定是共产党干的,喊喊口号而已,没什么了不起!你告诉矿卫队员,把矿里张贴的传单标语统统揭下来烧毁!"

毕士仁回应道:"是,我已经安排了!我这就再去看看。"

转身刚要走,苟步力又指示道:"你等等,我还有话说,你以矿卫队的名誉写几份布告,贴在井口、厂点、工人村醒目的地方,警告煤黑子,不要受共产党的蛊惑,老老实实干活儿挣钱,养家糊口,过安生日子!有捡到传单标语的,只要自动交出来,都既往不咎,不交的,藏匿的,一经查出,按通共论处!有举报共产党的,重重有赏!有跟共产党图谋不轨的,一经发现,严惩不贷!"

毕士仁回应道:"是,卑职一定照办!"说完,点头哈腰离开苟步力的家。毕士仁站在"天满账房"院中,边吹口哨,边大声喊道:"集合!"等矿卫队员站好队,毕士仁高声训斥道,"现在,矿里发现了共产党的传单标语,我命令你们到工人村、各井口和地面厂点仔细搜查,看到传单标语一律揭下来烧毁,并警告煤黑子……"他扯着嗓子把苟步力的话重复了一遍,然后高声喊道,"解散!"

矿卫队员一窝蜂似的到矿里搜查。与此同时,白俄护矿队、铁路车站路警也一齐出动,揭、烧传单标语,搜查工人村、居民区,吆吆喝喝,弄得鸡飞狗跳,不得安宁!

梨平镇的保董苏怀志是一个有正义感的人,他对军阀政府的腐败和帝国主义在中国横行霸道很不满意,对煤矿工人和普通老百姓的遭遇深表同情。

他也收到了部属的报告，知道镇里也发现了共产党的传单标语。不过，他没有搞什么大举动，只轻描淡写地说："秀才造反，成不了大事。几张传单标语，也就是一些不满现实的文化人，喊喊口号，泄泄不平之气罢了，没什么了不起！"然后，命令部下把传单标语揭下来烧毁了事。

四

苟步力与苏怀志不同，他觉得这件事不可小视，说明冠山矿和梨平镇有共产党组织，如果不及时采取措施，发现和抓捕共产党员，捣毁共产党的组织，任其发展下去，后果不堪设想。他把几个小把头和毕士仁召集到一起，研究对付这起事件的办法。

他问毕士仁："毕队长，矿上出现传单标语的事，你们矿卫队怎么看？"

毕士仁回应道："依我看，也只有共产党敢这么捣乱，没有别的办法，只能抓、杀！"

苟步力冷冷地说："你看冠山矿两千多名工人中，谁是共产党，抓谁？杀谁？"

毕士仁道："宁可错杀千人，不可漏网一个。对平时不老实的人，一个一个过筛子，不信找不到共产党！"

苟步力摇摇头道："那不仅是大海捞针，还会搞得人心惶惶，引起更大的麻烦！耽误了出煤赚钱，王老板可饶不了咱！"

毕士仁双手一摊道："那、那、那可怎么办？"

毕士仁原是"白龙帮"的土匪头目，绑票杀人，心狠手辣。按照他名字的谐音，人送外号"逼死人"，除了打打杀杀，欺男霸女，没有别的本事，不过他身为矿卫队队长，出了这样的事，自然得先问问他，苟步力原本也没有指望他能说出像样的点子来。于是转身问朱奇山道："奇山老弟，你是咱冠山矿的元老了，你对这件事怎么看？"

冠山矿初建时，朱奇山从山东招来的二百多名矿工一直由他管理，后来从山东探亲访友到冠山矿当工人的已逐步发展到三百多人。王乃平承包冠山矿采掘工程后，规定谁招来的工人谁当把头，挣提成，朱奇山分出一百多名工人由张大闯管理，两人也就成了矿上的把头，自然也参加了苟步力的把头会。

见苟步力让自己发表看法，便装作什么也不知道的样子道："俺觉得苟经理说得对，不能对工人动武。俺知道，从山东来的工人，不少人嫌工资低，干活儿累，生活苦，本就有回山东老家的想法，如果对他们过筛子，这些人可能真的会撂挑子不干了！"

张大闯接着朱奇山的话茬儿道:"奇山兄说得没错,第一批从山东来的工人是冠山矿开工建设的主力,后来的也干了四五年了,他们可都是技术熟练的老工人了。目前冠山矿越干越大,人手本来就缺,如果把这批老工人惹急了,摔耙子走了,矿上损失可就大了!"

毕士仁双手一摊,扯着公鸭嗓道:"我看共产党就藏在煤黑子中间,只有过筛子才能把他们筛出来。咱们不能前怕狼后怕虎的,耽误了抓共产党的大事!"

朱奇山反驳道:"俺和大闯从山东招来的工人,都是老实巴交的庄稼人,识字的也不多,不要说编传单标语了,恐怕认都认不出来。俺敢保证,那些传单标语肯定不是俺山东工人干的,俺山东工人中也不会有共产党!"

正在僵持不下的时候,外号叫"鬼精灵"的把头郝会善道:"苟经理,依我看,咱们也不能把眼睛只盯在煤黑子身上,奇山兄说得没错,煤黑子中识字的不多,最多也只能是动动手,帮着张贴张贴,要说帮着干了这件事,那也是受了共产党的蛊惑,起不了大作用。我觉得咱们应当把眼睛盯在那些文化人身上,他们有可能才是传单标语的制作者和策划者,是共产党在镇里和矿上的领导人。"

另一个叫随风扬的把头附和道:"我看会善兄说得有道理。刚建矿那阵,孙亦奇曾办过夜校,他走了之后,夜校就黄了。最近,我听说镇里聚友酒馆又办起了夜校,咱们矿上也有一些工人常到那里听课,也不知道老师都是些什么人,都讲些什么内容,会不会混进共产党也难说!"

苟步力听了频频点头。朱奇山则暗暗吃惊,但还是不动声色地说:"这事俺知道,开酒馆的是大闯的大舅哥,办夜校主要是教中青年人识字,说是为了回报社会,俺和大闯几个朋友也去过两次,除了老师讲文化课外,更多时间是老板讲一些造酒的知识和关于品酒喝酒的奇闻异事。依俺看,不过是打着夜校的幌子为酒馆招徕顾客罢了!"

毕士仁提高嗓门道:"我看这个酒馆和夜校有问题!"他瞅瞅苟步力道:"苟经理,咱们从这个酒馆和夜校过筛子怎么样?"

未等苟步力回话,张大闯不满地插话道:"毕队长,俺看你也不要草木皆兵,听风就是雨。俺大舅哥的为人俺清楚,他开酒坊酒馆也不是一天了,不怕你过筛子,只是,酒馆在镇里,归镇保董管辖,你无凭无据到酒馆抓人,恐怕人家不一定答应。"

毕士仁瞪一眼张大闯,正想开口反驳,苟步力制止道:"今天就谈到这里吧,大家回去注意管好自己的工人,不要受共产党的蛊惑。传单标语的事,既不要惊慌,也不可小视,相信我们会把它弄个水落石出的!"

散会之后,苟步力单独把毕士仁留下,平静地又严肃地教训道:"士仁,这件事不能性急,不要动不动就抓人过筛子,要多动动脑筋,多想想办法!"然后附耳低言道,"我看咱们得从明暗两条线入手,这明线呢,就是加大震慑力度,不仅要贴告示,对平时不老实的人,也可抓一两个杀鸡儆猴,警告煤黑子不要受共产党的煽动,否则严惩不贷!这暗线呢,你可安排机灵点儿的人到夜校听课,到工人中当眼线,观察动静,搜集情报……"

毕士仁频频点头,并竖起大拇指道:"经理高明,我这就去安排!"

朱奇山和张大闯看到苟步力对郝会善谈夜校的事十分在意,又见他会后把毕士仁留下单独交谈,认为夜校的事可能会引起苟步力和毕士仁的警惕,需要进行防范。于是,两人找到牛书记,汇报了苟步力召集开会的情况,并建议进行防范。牛书记对两位的建议很重视,立即表示要到酒馆找杜勇商量对策,还告诉朱奇山和张大闯道:"你们两位暂时先不要到聚友酒馆去了,免得引起他们的怀疑。"

朱奇山和张大闯离开后,牛书记立刻找到杜梅,告诉她说:"杜老师,夜校的事已经引起了苟步力和毕士仁的注意,你立刻通知你哥,让他警惕。我的意见是暂时改变讲课的内容,适当讲点儿文化课,突出造酒、品酒内容,加重广告和招徕顾客的味道。对到夜校听课的人要注意观察,看有没有新面孔,发现新面孔,先不要惊动,要安排可靠的同志弄清他的身份,当心有特务分子混进去!"

杜梅以找哥哥的名义找到杜勇,传达了牛书记的意见,杜勇立刻按牛书记的指示做了妥善安排。

果然不出所料,第二天,当杜勇亲自给前来上课的工人讲课时,发现坐在后排的两个矿工打扮的人是新面孔。

于是一开口就讲起了酒的生意经,他说:"矿工兄弟们,各位也看到了,俺这小酒馆的名字叫聚友酒馆,虽然比不上官家的宴会厅排场,富家的会客宴豪华,但简洁、便当、便宜,是矿工兄弟和平头百姓亲朋好友聚会的好场所。"

说到这里,他故意引经据典,卖弄学问道:"唐朝有位叫刘禹锡的大诗人,他有一篇短文名曰《陋室铭》,我给你们念几句,'山不在高,有仙则名。水不在深,有龙则灵。斯是陋室,惟吾德馨'。俺这里虽然无仙无龙,但有德馨有好酒。俗话说,'无酒不成礼仪',亲朋好友聚到一起,没有酒不仅礼节上说过不去,兴致也提不起来,场面就显得很冷清,感情也表达不出来。可是这酒一上,情况就不一样了。酒过三巡,脸红耳热,情绪就来了,话匣子也就打开了。或借酒表达敬意和感谢;或酒后吐真言,抒发情感;或以酒遮面,唱歌、跳舞、尽情欢畅,真实地表达自己的喜怒哀乐。所以说,这酒可是好东西。俺这个小酒馆,别的不敢说,就是有德馨,酒里保证不兑水,不掺假、货真价实、童叟无欺。俺这酒,虽然比不上茅台、古井贡那些名牌,但在梨平镇以至东北没有哪家自造的烧酒敢和咱聚友酒店的烧酒比。"

讲了酒的妙用，夸了一番自家的德馨和好酒。又漫无边际地讲起了关于酒的典故，什么'杜康造酒的故事'了、'石崇酒宴斗富'了、'李白醉酒羞辱高力士'了、'曹操刘备煮酒论英雄'了，讲得津津有味。

下课后，他又安排两个可靠的同志跟踪两位新面孔并调查其真实身份，果然发现两位新面孔是假扮矿工的矿卫队员。原来，苟步力听了郝会善关于夜校的情况后，认为夜校很可能是共产党的讲堂，于是即让毕士仁秘密安排矿卫队员假扮矿工到夜校听课。杜勇按牛书记的指示改变了讲课内容，没有露出破绽，等弄清两位新面孔的真实身份后，仍然不动声色地连续几天都讲造酒工艺、如何识别真假烧酒、品酒知识、典故等内容。后来发现坐在后排的两位矿工打扮的人不见了。因为，两个假扮矿工来听课的矿卫队员将每天讲课的内容向苟步力和毕士仁汇报后，两人觉得没有什么把柄可抓，只好将两个人撤回了矿卫队。

几天来，中方和俄方矿卫队张贴告示、四处搜查、派密探在矿工中观察动静，折腾了好一阵子，既无人举报，也没有发现任何线索，便逐渐松懈下来。不过，传单标语的出现，如惊雷闪电，让矿工惊愕，如星星火种，播撒在矿区，让矿工看到了希望之光。掌子头、巷道中、工人村、家属区，男女老少经常背地里窃窃私语，倾诉着惊奇、赞美、担心、期望的情感。

## 五

光阴荏苒，不知不觉，已快到农历春节。朱奇山和张大闯发现矿工中有不少人愁眉苦脸、唉声叹气，比往日情绪更加低落。下班后，朱奇山私下问高兴旺："兴旺兄弟，俺觉得最近这一段大家的情绪好像有些低落，你知道是什么原因吗？"

高兴旺叹口气道："奇山兄，你知道，自从姓王的承包了冠山矿的采掘工程以后，'天满账房'就千方百计地克扣工人的工资，还巧立名目，乱收费，工人的血汗钱都让他们给搜刮走了。一井瓦斯爆炸以后，集资修什么老君庙，费用全摊派到工人头上了。工人辛辛苦苦干一年，落不下几个钱，有的还欠下一屁股债。"

孟吉庆插话道："像徐小虎家，父亲常年有病，媳妇到矸石山捡煤块让矸石砸断了腿，老人吃药、媳妇治腿，还要顾两个孩子的吃穿，徐小虎的工资被七折八扣，所剩无几，大半年都靠举债过日子，过年更是难上加难，能不发愁？"

李建强接着孟吉庆的话题道："像刘贵福家，老毛子给的那点儿伤残费，早就花光了，现在靠媳妇给人洗衣缝补过日子，难啊！"

高兴旺道："快过年了，家在矿上的，别说给大人孩子置办件新衣服了，有的想买点儿年货都没有钱。家在关里的想回家探亲或给家里寄点儿钱，可是没钱寄呀，想回家，有的甚至连路费都没有。情绪能高吗？"

听了高兴旺几个人的话，朱奇山点点头道："这确实是个问题，等俺和大闯商量商量，怎么也得想个办法，让辛苦一年的弟兄们过个像样的年啊！兴旺，你和吉庆、建强先摸摸咱们二井工人的情况，对确实有困难的弟兄，咱得帮扶帮扶！"

高兴旺欢喜道："哥想得周到，俺几个这就去摸摸底！"

高兴旺等人离开后，朱奇山又找到张大闯一起商量如何帮助特困工人度过年关的事。他先说了说高兴旺等人反映的情况，然后问张大闯："兄弟，你说这事咱们该不该管？"

张大闯道："俺看该管，都是跟咱们一样闯关东的穷哥们儿，如今这么困难，咱们怎么也得帮扶啊！可是，怎么帮扶呢，大哥心里是不是已经有谱了！"

朱奇山道："俺倒是有个想法，但不知你同不同意，俺来找你，就是想征求一下你的意见！"

张大闯道："哥，你打的什么谱，俺也能猜个八九不离十，你跟俺说说，看跟俺猜的是不是差不多！"

朱奇山道："好，那俺就说了。按矿上的规定，咱俩也算把头，咱兄弟俩管理的工人也要从工资中给咱百分之十的提成。俺名下的工人有一百六十人，每月提成款有四百元左右，你名下工人有一百一十人，每月提成款也有三百多元。这些提成款，除了用在工人身上的各种费用和自家家庭生活费以外，有时遇到闯关东的老乡、病伤家属和困难户，也用这些钱帮扶帮扶，但总还有不少节余。俺想把剩余的钱都拿出来，一部分作为党支部的活动经费，其余全做对特困工人的帮扶费，不知你同不同意？"

张大闯笑道："大哥的想法和俺猜的完全一样，俺同意！"

朱奇山道："俺猜你也会同意的，所以才跟你沟通。俗话说心有灵犀一点通。看来，咱哥儿俩真不愧为心有灵犀志同道合的兄弟了！"

张大闯道："大哥，想当年，咱哥儿仨刚到边城的时候，与连荣哥素不相识，他和勇哥千方百计帮咱，咱们才有了今天。现在咱们也得学学连荣哥和勇哥，帮扶跟咱们一样来闯关东的穷哥们儿！何况，咱们的钱实际也是工人兄弟的钱，这叫取之于民用之于民，没说的！"停了一会儿，他犹犹豫豫道，"不过，俺还有些顾虑。"

朱奇山道："你有什么顾虑，说出来听听！"

张大闯道："冠山矿眼下有上千名工人，大小把头也有十几个，咱们这么做，势必遭到他们的嫉恨，那咱可就成了众矢之的，弄不好，他们跟官府勾结，说咱们是共产党，不但给咱们自己带来杀身之祸，而且还可能祸及党的组织，这不是好心办险事吗，不知兄弟俺顾虑得对不对？"

朱奇山频频点头道："兄弟顾虑得有道理。俺只想着对穷哥们儿扶危济困了，没有考虑到还有这层危险。俺看这事得向牛书记汇报，看组织上有没有什么好办法，组织怎么决定咱就怎么办！"

张大闯道："大哥说得对，咱俩明天就去找牛书记，听听牛书记的意见！"

第二天晚饭后，两人到梨平镇小学校长室见到了牛合久，汇报了自己的想法，并提出每月拿出一百元钱作为党组织的活动经费，其余部分作为对特困矿工的帮扶费。但这些钱怎么拿，希望得到牛书记的指点。

牛合久十分高兴，激动地握着两位的手道："谢谢，谢谢！咱们冠山路矿事务所党支部成立时间较短，党员人数不多，也没有活动经费。你们弟兄俩慷慨捐助，那可是真正的及时雨了！"

朱奇山道："牛书记客气了，俺俩都是党员，这点儿捐助钱既是对党组织的一片心意，也是作为共产党员应尽的义务！"

牛合久道："不是我客气，是你俩的举动太让我感动了。前一段时间带头把传单标语张贴出去以后，在梨平镇的老百姓和冠山矿的矿工中引起了不小的震动。我想建个小型印刷厂，除了制作传单标语外，还准备办张小报，及时宣传党的指示和时局动态，扩大党组织的影响力。正发愁没钱置办设备呢，你俩就帮我解决了，说你俩是'及时雨'是我的真心话，可真不是客套啊！"

张大闯接着牛合久的话茬儿道："牛书记，把钱交给党组织，除了你，没有别人知道，这事好办。可是，把俺俩的提成钱作为帮扶款给特困矿工，虽然是好事，但'天满账房'和那些把头知道以后，肯定不满意，说不准会勾结官府，捏造罪名，惹是生非，这样一来，不仅让俺做不成好事，还可能把好事变成祸事。俺想听听组织上的意见，希望能有个两全的办法。"

牛合久点点头道："你说的这个问题很重要，无论如何不能让'天满账房'和把头们抓住把柄，到底怎么办好，咱们一起合计合计！"他眉头紧锁，沉思良久，然后用商量的口吻道，"我们可不可以以矿工的名誉建立一个群众性的帮扶组织，比如'帮扶会''互济会''同乡会'等，委托一个有威望大家信得过的人挑头操作，你俩在背后帮着出出主意，这样既把事办了，矿上也怀疑不到你俩头上，你们看行不行？"

朱奇山道："这倒是个好办法，俺看那个群众组织可以叫互济会，只是这钱怎么办，如果大家知道是俺俩出的钱，传扬出去，同样会引起矿上的注意，那样可能更危险！"

牛合久笑道："这个，我也想到了，你们不能把钱直接交给互济会。互济会可以要求大家以捐助的方式适当收一些钱，你俩可以借贷的方式遮人耳目，把钱分散借贷给几个可靠的矿工，以他们的名誉把钱捐助给互济会，只要让借贷的这几个人保密，让大家谁都不知道互济会的钱主要是你俩捐助的，互济会的所作所为与你俩无关，就不会引起'天满账房'和把头的警觉。只是，你俩成了无名英雄，不知你俩同不同意！"

朱奇山和张大闯同时笑道："这个办法好，俺同意，只要不显山不露水地能把事情办好，当个无名英雄俺也心甘情愿！"

朱奇山和张大闯首先找到高兴旺、孟吉庆、杜龙彪三个党员，了解矿工困难的情况。

朱奇山问道："兴旺，俺让你摸摸困难矿工的情况，你摸得怎么样了？"

高兴旺回应道："俺基本上都摸清楚了，除了徐小虎、刘贵福，还有刘老满家，他妈常年有病，他的工资有一大半都用到给老妈治病上了。他还要养活媳妇和一个孩子，靠借贷维持生活，日子过得很艰难！"

张大闯插话道："二井像刘老满这样的困难户有多少？"

高兴旺道："有二十多户！"

朱奇山问道："其他情况呢？"

高兴旺道："还有五六个人，自己身体不好，不能满勤，打针吃药不说，还要给关里家老人和媳妇寄生活费，也是入不敷出！"

杜龙彪气哼哼道："'天满账房'对咱工人克扣得太狠了，不仅有灾有病有拖累的人家困难，身强力壮，拼命干活儿的人也好不到哪里，快过年了，不少人连置办年货的钱都没有，有的人家在关里，不要说给家中老少寄钱了，想回家探亲，连路费都有困难！"

孟吉庆道："这年头，咱们煤矿工人有几个不困难的，可困难又有什么办法，谁可怜咱这样出苦力的人！"

朱奇山道："是啊，这年头，确实没有多少人可怜咱出苦力的黑哥们儿。不过，天下穷人是一家，官府和资本家把头不可怜咱们，咱们自家人还得可怜咱们自家人，帮扶咱们自家人。咱们几个都是在党的人了，得按共产党的宗旨帮扶穷哥们儿，让有困难的哥们儿度过年关！今天俺和大闯把你们三位找来，就是要商量个帮扶的办法！"

高兴旺道："两位老兄的好心俺知道，可是，没有钱怎么帮扶？"

朱奇山道："兴旺说得没错，要帮扶穷哥们儿没有钱不行！钱的问题，俺和大闯有个想法。矿上规定矿工每个月要给把头交百分之十到百分十二的提成，按规定俺和大闯也算是把头，每个月也有提成，俺俩想把这笔钱拿出来作为帮扶费，能解决不少问题。"

张大闯插话道:"俺哥儿俩觉得,反正这些钱也是从矿工兄弟们工资中扣出来的,实际也是穷哥们儿的钱,把它拿出来救济穷哥们儿,既是钱尽其用,也算是取之于民用之于民,或者叫物归原主吧!"

三人听了,有些惊异,谁也没有吱声,停了好一会儿,孟吉庆有些激动地说:"难得两位老兄这么仗义,只是,这么一来,你俩可就要引起其他把头的嫉恨了!"

张大闯道:"嫉恨俺倒不怕,就是怕那帮人,暗中使坏,不仅陷害俺俩,也可能借口搜捕共产党,搞白色恐怖,影响党组织开展活动!所以找你们来,咱们一起商量个两全的办法!"

朱奇山道:"此事俺俩已向牛书记汇报了,俺俩的意思是把这笔提成钱,一部分作为党组织的活动经费,一部分用作帮扶基金。牛书记非常赞同,还提出了一个操作办法,让俺俩再跟你们商量商量,看是否可行?"

高兴旺道:"那你就快给俺们说说吧!"

朱奇山道:"牛书记建议在咱们二井成立一个互济会,一切都以互济会的名义组织活动!"接着,便陈述了牛书记提出的一些具体操作办法,然后问道,"你们三位觉得怎么样,可行不可行?"

高兴旺说:"俺觉得行倒是行,只是两位大哥做了天大的好事却没人知道,大亏欠了!"

张大闯道:"什么亏欠不亏欠的,只要对党组织和矿工穷哥们儿有利,俺和奇山哥就知足了!"

孟吉庆道:"俺也觉得这是个好办法,这样一来,咱们可以通过互济会把二井的矿工兄弟联系在一起,团结在一起,形成一股势力,这对在党组织领导下开展工作,跟反动派作斗争非常有好处!"

杜龙彪道:"孟哥说得对,这确实是一个两全的好办法,既可以避免'天满账房'和其他把头找两位叔叔的麻烦,又能够以互济会的名义凝聚人心,好!俺赞成!"

朱奇山笑道:"既然大家都同意,那咱们就这么办!俺看咱们五个人还得分分工,把任务落到实处!"

众人齐声道:"嗯哪!那你就安排吧,俺们都听你的!"

朱奇山道:"好,那俺就不客气了。吉庆,你的任务是找你的铁哥们儿李建强,让他挑头张罗成立互济会的事;兴旺和龙彪负责找几个借贷人,俺俩把钱借贷给他们,以他们的名义作为捐助费交给互济会做帮扶基金;大闯先考虑个帮扶救助办法;俺去找牛书记汇报咱们商量的情况,并请他写一张成立互济会的通告,通过吉庆转交给李建强张贴。大家看行不行?"

众人道:"嗯哪!"

张大闯补充道:"这些事分头办妥后,就可以走报名登记程序,然后就搞个互济会成立仪式,选举领导机构,正式打出互济会的旗号,开展帮扶和各种活动!"

众人又是一阵兴奋,齐声道:"嗯哪!"

孟吉庆找到了自己的同乡好友李建强,说明了成立互济会的想法,并希望他挑头张罗。

李建强道:"成立互济会,以互济会的名义把咱们冠山矿的穷哥们儿联结起来,这是好事,俺赞同。要说挑头人,俺看朱奇山或张大闯最合适,咱们山东来冠山矿挖煤的人,大都是奔他和大闯来的,他俩不管谁挑头,都比俺强!"

孟吉庆道:"他俩当然是最合适的人选,可是,他俩现在是把头身份,他俩挑头容易引起'天满账房'和其他把头的嫉恨,麻烦事多,不合适。让你挑这个头,也是他俩的意思。俺跟你实话实说吧,其实成立互济会就是他俩的主意,人家还自愿把自己所得的把头提成钱拿出来当互济会的帮扶基金,有他俩做后盾,你怕什么?"

李建强道:"嗯哪,原来是这样呀,人家这么仗义,让俺出面张罗张罗,是看得起俺,俺没什么可怕的!你跟两位大哥说,俺干!不过,就是俺能力有限,怕干不好!"

孟吉庆道:"建强哥,你的为人和能力大家都知道,没问题,遇到什么困难咱们一起商量!"

李建强道:"既然这样,那俺就不推辞了!"

李建强的明确表态,孟吉庆很高兴。最后,他认真地对李建强强调道:"建强哥,有件事俺还得跟你说清楚,关于两位大哥把提成钱当帮扶基金的事,你可一定要保密,传扬出去,给两位大哥带来麻烦,那你我可是罪人了!"

李建强坚决地说:"老弟放心,这件事俺不会说漏一个字的!"

同孟吉庆谈话后,李建强即开始张罗成立互济会的事,他先私下征求朱奇山、张大闯的意见,然后由他和孟吉庆、高兴旺、杜龙彪、赵铁柱几位组成筹备组,并以筹备组的名义把牛书记起草书写的"关于成立互济会的通告"贴到了工人村宿舍的墙壁上。

住在工人村的矿工有不少人围过来观看,有识字的高声念道:"矿工兄弟们,俗话说'在家靠父母,在外靠朋友',咱们冠山矿的穷哥们儿不远千里到这里当煤矿工人,远离父母亲人,就得靠朋友互相帮衬。既然咱们都是挖煤的黑哥们儿,那咱们就是乡亲、朋友,就应当互相关心,互相照顾。我们成立互济会的宗旨,就是希望冠山煤矿的黑哥们儿团结互助,帮扶有困难的矿工乡亲,援助受人欺负的挖煤兄弟……"

没有等念完，围观的矿工即纷纷议论道："这话说得好，俺赞成成立互济会！""咱们煤矿工人团结起来，同心同德，就没有人敢欺负咱们！""互济会有钱吗，要是没有钱，那可怎么帮扶？"

在人群中围观的孟吉庆道："大家往下看啊，通告上不是说了吗，参加互济会的矿工，根据个人的情况可以自愿捐钱，十元八元不嫌多，毛二八分不嫌少，没钱的有困难的可以不捐助，不勉强！"

高兴旺道："通告上还说，帮扶的方式方法有好多种，不单是钱物，还可以出手出力，道义帮扶！"

李建强高声喊道："弟兄们，人常说，'单手拍不响，孤树不成林'，互济会就是要把咱们单个的矿工，变成连在一起的群体，群策群力，有福同享，有难同当。愿不愿意参加，全凭自愿，来去自由，不勉强！"

围观的矿工齐声嚷嚷道："互济会给咱们黑哥们儿谋福利，是好事，谁不参加谁是傻瓜！不是说参加互济会只要登记个名字和籍贯住址就行了嘛！谁是负责登记的，俺现在就报名登记！"

李建强高声回应道："俺是负责登记的，谁先来！"

众人纷纷抢先道："俺先来，俺先来！"

高兴旺怕乱了秩序，即招呼大家排队，按顺序由李建强一一登记，不一会儿，报名自愿参加互济会的矿工就有二百三十人。

一个晴朗的夜晚，二百多名矿工挤在工人村的一栋工棚里，召开成立大会。以举手表决的方式选举产生了互济会会长、副会长和委员。李建强当选为会长，孟吉庆、高兴旺当选为副会长，杜龙彪、许春明、姜再生、赵铁柱等七人当选为委员，总计十一人为互济会的领导班子成员。李建强代表领导班子成员表态，孟吉庆讲了对特困会员的帮扶办法和有关事项。

春节前夕，互济会为十五户特困会员送去了帮扶款，为缺乏探亲路费的六位会员筹集了路费。帮扶事项完成后，还紧锣密鼓地筹备着召开春节联谊会有关事情，准备在开工前以互济会名义召开第一次矿工春节联谊会。

互济会的成立和所做的工作，消息不翼而飞，一井、三井的工人知道以后，十分羡慕，有不少矿工要求参加互济会，不长时间互济会会员即从二百三十人发展到五百多人。互济会的活动，使矿工更加团结和相互关爱，也为以后组织罢工，同日本鬼子汉奸把头斗智斗勇奠定了思想和组织基础。这件事，也引起了"天满账房"和其他把头们的注意。

## 六

互济会的活动安排就绪以后，朱奇山同张大闯兄弟俩商量道："兄弟，就要过春节了,同往年一样,咱们还是到敬岳老弟家过年吧,那是咱的老窝,吃住都方便,你俩觉得如何?"

张大闯道:"哥,俺兄弟俩同你想的一样,俺娘早就跟俺唠叨,说想女儿,要去看小静。俺也想武家大娘和敬岳老弟呢!"

朱奇山道:"那好,咱们都回家收拾收拾,腊月二十八咱们三家一起动身。只是,钱都交给党组织和互济会了,咱俩空着两只手去还真有点儿不好意思呢!"

张大闯道:"敬岳夫妻俩能吃苦,会过日子。这几年混得不错,买了马,置办了胶轮车,还盖了新房子,空不空手他倒不会在乎!"

朱奇山点头道:"你说的是,不过大过年的,空着两只手,总觉得不好意思。何况,还有武家大娘呢!"

张大闯道:"没事,大娘也是开通人!俺觉得,难办的倒是俺家杜梅,她的脾气你知道,钱的去向说不清楚,她还不炸庙!可这又得保密,怎么跟她解释呢!"

朱奇山道:"俺家连喜也问过,俺跟她说全都借给山东的几个穷哥们儿了。她虽然不太高兴,可也没说什么!"

张大闯道:"杜梅跟连喜嫂子不一样,俺要说钱都借出去了,她非要打破砂锅问到底不可!"

朱奇山道:"你也别这么说,俺看杜梅也是个开通人,又知书识礼,别看是个女儿身,可有股男子汉的性格,对当前时局比咱俩看得都清楚。俺看除了你的党员身份不要跟她说之外,帮扶互济会穷哥们儿的事不妨跟她说说,也许她还会夸你呢!"

张大闯道:"哥说得有道理,过去,她和俺大舅哥曾让俺看《晨光报》《东北早晨》,非常赞同共产党的主张,还试探着问俺敢不敢跟着共产党干。俺当时思想觉悟还不行,就敷衍她俩说,俺不想掉脑袋,还是老实当矿工挣钱养家糊口过日子好。她兄妹俩听了俺的话,急忙辩解说她们也不是共产党,只不过是亲属之间发发议论罢了。现在看来,勇哥帮咱们办夜校,朱书记还让杜梅给工人讲课,说不准她兄妹俩也和咱俩一样呢,只是对咱保密罢了!"

朱奇山道:"这样看来,帮扶互济会的事跟她实话实说,也许没问题!"

张大闯点点头道:"嗯哪!俺看行,俺就跟她实话实说!"

梨平小学放寒假后,杜梅在家忙活,屋里屋外打扫得干干净净。又同儿子张铁林一起到梨平镇逛市场,购置年货。到福兴布店,杜梅扯了丈余宝蓝色洋布,准备给婆婆做一身过年穿的新装。

又问张铁林:"铁林,过年了,娘给你扯点儿布,做一身新衣服,你跟娘说,你喜欢什么颜色?"

张铁林道:"俺喜欢学生蓝,就给俺扯学生蓝吧!"

杜梅道:"行,老板,再给俺扯丈二学生蓝!"老板笑呵呵地拿过一匹学生蓝布让杜梅挑选后,照数剪下来叠好交给了杜梅。出了布店,又进了同庆鞋帽店,给婆婆买了棉帽、棉鞋。

出了鞋帽店,杜梅跟张铁林商量道:"俺想给你武奶奶买点儿礼物,你看买点儿什么好?"

张铁林道:"身上穿的武叔叔肯定都置办好了,不如买些老人喜欢吃的糕点吧!"

杜梅笑道:"小小年纪,想得还很周到呢,好,咱就买糕点。"

娘儿俩说说笑笑走进喜顺糕点铺,给老人买了蛋糕。

出了糕点铺,杜梅准备回家,张铁林问道:"妈,过年了,不给你和俺爸买件新衣服!"

杜梅道:"年节过的是孩子和老人,孩子和老人穿得喜庆点儿,高高兴兴就好了。娘和你爸不老不少的,干净整洁点儿就行了,用不着买新衣服!"

张铁林道:"妈,你和俺爸辛辛苦苦一年,穿戴也要讲究点儿才好!"

杜梅道:"娘和你爸的事,你就别管了,想想还有什么事?"

张铁林沉默了一会儿道:"妈,过年了,你不给有婧妹妹买点儿礼物?"

杜梅看看张铁林,故意逗引道:"有婧妹妹有你武婶管,你操什么心?"

张铁林脸色微红,有点儿不好意思地说:"妈,俺不是为人家操心,过年嘛,你不也是有婧的长辈吗?"

杜梅故意挑刺道:"你只说给有婧买礼物,那继忠呢,还有有田、继红呢,俺也是他们几个的长辈呀!"

张铁林结结巴巴说:"那,那就都买吧!"

杜梅故意绷着脸道:"那钱呢,妈可没有那么多钱!"

张铁林毫不犹豫道:"找俺爸要啊,俺爸有钱!"

杜梅知道儿子的本意是要给武有婧买过年礼物,但她提出其他几位,张铁林又不好意思不同意。不过,她现在还不想完全按儿子的意思只给武有婧买,所以就给朱继红、武有婧、张彤三个姑娘各买了一条粉红色头巾和一个蝴蝶结发卡;给朱继忠和武有田两个男孩儿各买了一条驼色围巾,母子俩拿着买来的东西回了家。

张铁林照例写完每天的寒假作业,即拿起板斧劈烧火柴,然后就同朱继忠到矸石山捡煤块。杜梅即起早贪黑地给婆婆和孩子缝制新衣。好不容易缝制完毕,便帮着婆婆穿在身上,端详着看有没有不合适的地方。张母穿上儿媳妇缝制的新衣服,高兴得满脸堆笑。杜梅拿着镜子让婆婆左照右照,问有没有不合适的地方,也好再给修改修改。

张母乐得合不上嘴，乐呵呵地说："梅子，俺看很合身，妈穿上这件新衣服，都显得年轻了，过年到武敬岳他妈家，俺得好好夸夸俺这孝顺的儿媳妇呢！"

正说笑间，张大闯走进屋笑着接口道："妈呀，你只夸儿媳妇孝顺，就不夸夸儿子！"

张母笑着道："哪阵风把你吹回来了！夸，媳妇、儿子都孝顺，都夸！不过呢，也不知你整天都忙些什么，难得看见你，和梅子比起来，你还是差了点儿！"

张大闯道："妈说得不错，俺和梅子比是差了点儿！"

杜梅笑着接口道："哟，太阳从西边出来了，还谦虚上了！"

张大闯道："不是谦虚，俺说的是真心话！"然后转换话题道，"铁林呢，他干什么去了？"

张母道："铁林也是个好孩子，写完作业就劈柴，你看院子里那一堆柴，够烧一个月呢！劈完柴，又和继忠到矸石山捡煤块了！"

张大闯不再吱声，递个眼神同杜梅进了自己的卧室，杜梅帮他脱掉棉大衣。张大闯摘下棉帽挂在衣服挂上，抱过杜梅就要亲吻，杜梅瞪起眼小声道："大白天的，干啥？"

张大闯嬉皮笑脸小声道："人家想你嘛！"边说边不顾杜梅的挣扎，使劲亲吻杜梅。

亲热之后，张大闯有些歉意地说："梅子，这一段只顾忙矿上的事了，家里的事全留给你了，老人、孩子，里里外外，真辛苦你了！"

杜梅爽快地说："都老夫老妻了，谁跟谁呀，客气啥嘛！"

张大闯道："好，那俺也不客气了。奇山哥说，今年咱们三家还到敬岳家一起过年，年货和礼品都准备好了吗？"

杜梅一五一十把置办的年货和礼品告诉了大闯。

张大闯道："好，好！不过，可花了不少钱呢，你有那么多钱吗？"

杜梅道："俺哪有那么多钱呀，这些钱是俺从俺哥那儿借的，等你回来好把钱还给俺哥。"

张大闯低着头没有吱声。杜梅有点儿不高兴地说："怎么不吱声，钱呢，拿出来俺好还给俺哥！"张大闯还是没有吱声。

杜梅发急道："跟你说话呢，没听见啊！"

张大闯叹口气道："听见了，不过，钱，俺也没钱了！"

杜梅质问道："你当小把头，手下一百多人，每月收入不少，怎么说没钱，钱都弄哪儿去了！"

张大闯站起来，鼓足勇气道："梅子，你听说二井成立互济会的事了吗？"

杜梅故意激他道："听说了，不过，那是人家煤矿工人的事，你是把头，身份和人家不一样，互济会的事，人家也不一定让你掺和，你问这干啥？"

张大闯急赤白脸地分辩道："谁说俺当了把头就和矿工兄弟们不一样了！俺知道俺是什么出身，什么时候都和互济会的穷哥们儿一样，都是受苦受难的挖煤工！"

杜梅听了张大闯的辩解，已经大体上猜到了事情的真相，心里甜丝丝的，但还是故意绷着脸道："这么说，互济会的事，还真与你有关系！"

张大闯有点儿豁出去的样子道："实话跟你说吧，互济会的事，不仅和俺有关系，实际就是俺和奇山哥鼓动的，不过俺俩不便公开罢了！"接着，他就把跟朱奇山策划成立互济会的经过和拿出把头提成款作为互济会帮扶基金的事都告诉了杜梅。说完，他特意嘱咐杜梅道："梅子，按理说，这件事俺不应当告诉你，可是，咱俩是夫妻，钱的事俺不能不跟你实话实说，希望你知道以后，千万不能同任何人说。"

杜梅也严肃地表态说："俺知道，这是掉脑袋的事，只能你知俺知，一定不和任何人说！"

听完杜梅的话，张大闯悬着的心平静下来，然后有点儿难为情地说："可是，勇哥的钱怎么办，年前怕是还不上了！"

杜梅没有直接回答大闯的话，反而有点儿动情地说："原先俺猜想，成立互济会的事可能与你和奇山哥有关，但还只是猜想，刚才听你这么说，证实了俺的猜想，俺也就放心了。你当了把头，心还没变，还保持着穷哥们儿的本分，俺高兴。你和奇山哥做的是大事、好事，俺赞成。钱用在穷哥们儿身上，俺没意见。"

张大闯也真诚地说："梅子，你这样支持俺，俺很感动，有你这样的贤内助，俺知足。可是，勇哥的钱怎么办？"

杜梅笑道："钱的事，你也别太往心里去，咱家平时省吃俭用，还有点儿积蓄，买年货的钱，俺也没有借多少，以后咱们省着点儿慢慢还俺哥就行了！"停了一会儿，杜梅又开口道，"闯哥，俺想问问，过去，俺和俺哥让你看《晨光报》《东北早晨》，还问你愿不愿意跟着共产党干，你推辞说，怕掉脑袋，不干！现在你却悄悄地真的干起了掉脑袋的事，思想转变得这么快，到底是怎么回事，你到底是怎么想的？"

张大闯道："你问的这个问题，俺三言两语还真说不清楚。反正大长的天，也没什么事，俺就给你细细说说！"

杜梅道："好，你尽管说，俺一定仔细听！"

张大闯没有直接说自己思想转变的过程，却先问杜梅道："梅子，你说，人这一生活着到底是为了什么？"

杜梅道："你说的这可是个大题目，俺还真说不好，那你说，人活着到底是为了什么？"

张大闯道："俗话说，人分九等，不同的人活着的目的也不一样。所谓人生百态，各人有各人的活法。依俺看来，也不过三种类型！"

杜梅道："那你说说看，都是哪三种类型？"

张大闯道："这第一种类型是胸怀大志的人，这种人心里装着国家、民众的大事，立志为国家、民众、真理奋斗终生，建功立业，名留青史。为了国强民富，吃苦受累，甚至流血牺牲都在所不惜。这种类型的人可以称作君子、伟人、忠勇之士。古今中外，这种类型的人不少，有身居高位的，也有普通百姓。这样的事例不用俺说，你读的书比俺多，知道的也不比俺少。"

杜梅笑道："还谦虚上了。那第二种类型的人呢？"

张大闯道："这第二种类型是胸怀歪志之人。这种人，心里装的只有自己，为了自己的权势地位、金钱美女、生活享受，不择手段，可以叛国、卖友、做任何卑鄙龌龊之事。这种人，表里不一，口是心非，装模作样、道貌岸然。说一套，做一套；阴一套，阳一套；当面是人，背后做鬼。这种类型的人可以称作小人、奸佞之人。古往今来，这种类型的人也很多，从身份地位看，有官也有民，这样的人，比比皆是。"

杜梅点点头道："嗯哪，不错，这种奸佞小人确实也不算少！那第三种类型的人呢？"

张大闯道："这第三种人是庸碌之人。这种人国家、民众、集体、大局观念淡薄，不太关心国家大事；目光比较短浅，看重的是自己的小家小业，老婆孩子，宁做太平犬，不做乱离人。这种人，思想守旧，不越规矩，但心地善良，不会做缺德事，不想留骂名；一生日出而作，日落而息，勤劳朴实，自食其力，平淡度日，不思作为。这种类型的人可称作庸人或庶民。人世之间，这种类型的人多的是，随处可见，不必列举。"

听了大闯对三种类型之人的分析，杜梅惊奇道："闯哥，你是不是读过《孔子家语》中的'五仪解'？"

张大闯道："什么是'五仪解'？俺没有读过，也没有听说过！"

杜梅道："俺爷爷活着的时候，曾指点俺读过《孔子家语》中的'五仪解'，孔子说人有'五仪'，即庸人、士人、君子、贤人、圣人。你也说人分九等，还把人世间的人归纳成君子、奸人、庸人三种类型，你没读过'五仪解'，不是受'五仪解'的启发，怎么会有这些见解？"

张大闯道："你爷爷是饱读诗书之人，所以你能接触到古典精华。俺只读过两年小学，听都没听说过'五仪解'什么的，俺说的是真心话！俺说的这三种类型的人，是俺对社会各色人等观察品评所得，也不见得准确！"

杜梅道："俺觉得你分析得有道理。你没有受任何书籍的启示，也没有什么人指点，仅凭自己对社会的观察，就能有这样的见解已经很不容易了，俺相信你说的是真心话，还很佩服你呢！好，好，你接着说！"

张大闯道："这三种类型的人，不管他生前职位高低，穷富如何，寿命长短，对后世都会留下印痕。第一种类型的人是流芳千古，万人仰慕；第二种类型的人则是遗臭万年，千夫所指；第三中类型的人不过是无声无息，黄土一堆罢了！"

杜梅道："不过，人生如流水，随着地形季节气候的变化，流经的方向速度也会有变化，有直道，也有弯路，有舒缓，也有湍急。所以，随着内外环境条件的变化，人的思想和行为也会像流水一样发生变化的！"

张大闯道："你说得没错，俺现在的思想就和过去不太一样，就发生了不小的变化！"

杜梅道："那你说说，你现在的思想和过去有什么不同，你的思想是怎样发生变化的？"

张大闯道："刚到边城那阵，俺认为有了几垧荒地，吃喝不愁，能和父母亲人一起过日子，不再过山东那种吃了上顿愁下顿的穷日子就行了。后来在冠山矿当了工人，还是个小把头，收入也不少，觉得比过去强多了！所以很珍惜眼前的日子，不想干有风险掉脑袋的事！"

杜梅道："那你现在就不怕掉脑袋了！"

张大闯道："怕，也不怕！"

杜梅道："你这是什么意思？"

张大闯道："说怕，是因为人的生命可贵，只有活着，才能为国家和穷哥们儿做事，脑袋掉了，没命了，就什么也干不成了，所以珍惜生命，怕死；说不怕，是觉得人活百岁终要死，谁也不能长生不老。死是早晚的事，只要死得有意义，有价值，有必要，就得豁出去。有价值的死，比庸庸碌碌活百岁强，更比出卖同志和友人奴颜婢膝地活着强，所以说不怕死！"

杜梅道："说得好！俺把你的思路打断了，你接着说，你的思想是怎么发生变化的，怎么转弯的？"

张大闯顺着自己的思路道："在冠山矿这七八年，俺常常想一个问题，就是人活着到底为什么？人分九等，到底哪种人活得有价值？俺应当向哪种类型的人学习！俺看到，孙先生是富家子弟，找个好工作，舒舒服服地生活完全有条件，他为什么要到深山老林来吃苦受累？煤矿建好了，成功了，他为什么又要远渡重洋、背井离乡到国外深造？答案很明确，就是因为他心里装着国家、装着民族，要实现实业救国的远大志向！"

杜梅点头道："嗯哪！"

张大闯接着道："北大教授李大钊，年纪轻轻，才华横溢，前途无量，为什么偏要宣传马列，创建共产党，宁愿被军阀政府绞死也不屈服！就是因为他心里装着国家和民族的前途命运，抱着只有马列主义和共产党才能救中国的宏伟大志。像牛校长，俺觉得他可能也同李大钊一样，是胸怀大志的人。"

杜梅一边听一边不住地点头。

张大闯顺着自己的思路继续道："俺想，人活一世，不在于寿命长短，而在于能为生育自己的这片土地、这个国家和民众做点儿什么，给子孙后代留下点儿什么！不能庸庸碌碌，无所作为！看到冠山矿挖煤的工人，辛辛苦苦，累死累活干一年，却落不下几个钱，有的还欠一屁股债，和俺在山东过的日子差不多。想到这些，俺就觉得俺不能忘掉在山东的苦日子，不能不为穷哥们儿做点儿什么。这一段，俺跟牛校长接触得多，也听他讲了不少革命道理，思想也慢慢开了窍，觉得俺应当向孙先生、李教授、牛校长那样的人学习，为穷哥们儿尽点儿绵薄之力。"

听完丈夫的肺腑之言，杜梅心里更敞亮了。她猜测，丈夫很可能也是在党的人了，但由于对他到底是不是在党的人还不托底，所以有些事对他还有所保留，也没有把自己的身份完全告诉他。不过，她觉得丈夫能敞开心扉对自己说真话，就已经心满意足了！

## 七

腊月二十九，朱奇山、张大闯、张大山三家老少十一口人，带着礼品到武敬岳家过年。武敬岳全家老少满脸堆笑，十分高兴。为过好这个年，武敬岳和有田提前两天就杀了年猪，拿出了储藏的狍子、山鸡等野味和平时舍不得吃的猴头菇、银耳等山珍，还在梨平镇聚友酒馆买了最好的烧酒；张静还蒸了白面馒头、黏豆包，炒了自家产的南瓜子、葵花子。吃的、喝的一应齐全。一家人还不时到门口张望，恨不得立刻看到亲友的到来！傍晚，看到朱奇山和张氏兄弟一行人快到武家门前，敬岳一家急步上前，握手、拥抱，像久别重逢的亲人一样，问候着，说笑着进入武家正房。

落座之后，四个兄弟互相端详着，奇山说："敬岳老弟，你有点儿胖了，发福了！"

敬岳望着兄弟仨道："你们三个好像比以前瘦了，干煤矿辛苦，过年了，在俺家好好休息几天！"

张母和武母两个老人也说个不停，几个孩子更是叽叽喳喳，亲热地笑闹。连喜、杜梅和天竹一边帮张静张罗晚饭，一边说笑问候。不一会儿，饭菜做好，炕上放着一张方形饭桌，兄弟四人陪两位老人围着饭桌坐下，地下放着饭店用的圆形饭桌，六个孩子围着圆桌坐下。张静妯娌四人端上了饭菜，虽是便餐，倒也丰盛。酒足饭饱之后，各自休息，哥几个免不得谈古论今，彻夜长谈。

第二天起床后，武敬岳陪着朱奇山和张大闯兄弟俩到村前村后转悠。朱奇山见原来只有七八户人家的小屯，如今已成为近百十户人家的大村，路边还竖着一块石碑，上书"双峰村"三个大字。

朱奇山感叹道："咱哥儿仨在这里定居那年，这里还是只有几户人家的小屯，不到二十年，这里已发展成大村落了。边城是个好地方啊，地肥水美，有广阔的森林和山产资源，还有煤炭、金矿、石墨和数不清的地下宝藏，因此，关里的穷人都离乡背井到这里谋生，人烟越来越多了。"

武敬岳道："不过，这也是没办法的事啊！其实，山东、河北、辽宁也都是好地方，像咱们朱家村，山清水秀，气候温暖，一年双收，多好！可是，官府腐败，地主盘剥，军阀混战，民不聊生，不闯关东没活路啊！"

张大闯道："就说辽宁吧，多好个地方啊，一半陆地，一半海洋，要什么有什么。可是，日本鬼子对辽宁垂涎三尺，老想占为己有。张大帅被炸死以后，小鬼子闹得更凶，所以不少人也到边城来谋生了！"

张大山道："其实，日本是个小岛国，人口、面积、物产都不如咱中国，可咱中国人却老受小日本欺负，真是奇了怪了！"

朱奇山道："没什么可奇怪的，要怪就得怪咱中国的官府腐败，国力不强。依俺看，外国列强，特别是小日本，不仅对辽宁，恐怕对全东北，包括咱们边城，也不会放过的！"

哥儿几个说说道道，不知不觉走到了哥儿仨第一次盖的草房前，抬头仰望，院门口竖着的一块木牌上赫然写着"方便店"三个大字。

朱奇山瞅瞅武敬岳道："敬岳，咱们盖的草房卖了？这个方便店是谁开的，怎么个方便法？"

武敬岳不慌不忙道："哥，你进去看看就知道了！"边说边领着众人进入院内。突然，一位老人从屋里走出来，对着武敬岳，口呼"恩人在上，老汉给你拜早年了"，说着就要行跪拜之礼。

武敬岳连忙扯住老人道："老人家，使不得，你是长辈，俺得给你拜年才对呢！"

老人道："要不是恩人相救，老汉一家三口早死在荒郊野外了！给你拜个年，理所应当！"说着又要下跪。

武敬岳急忙阻止道："老人家，不许这样，你若这样，就折煞俺了！"

老人见武敬岳执意不肯，又见随行的几个人都在一旁站着，便邀请道："恩人，各位，请屋里坐！"

武敬岳哥儿四人即随老人进入东屋坐下。老人对着西屋喊道："老伴儿，恩人来了，快倒杯水来！"

"来了，来了！"随着应答声，西屋走出一位老妇人和一个十多岁的孩子，老妇人右手提着一把铁壶，左手拿着茶碗进入东屋，低着头边倒水边歉意地说："各位恩人，家里没有茶叶，请喝口白开水吧！"

朱奇山等人道："不客气！"

老妇人倒完水即退回西屋。孩子有些好奇地看着几位客人。朱奇山和蔼地问道："小朋友，你叫什么名字？"

孩子用征询的目光瞅瞅老人，老人对孩子道："叔叔问你，还不快告诉叔叔！"

孩子连忙答道："我叫小东子！"

老人又提示道："还不给各位叔叔拜年！"

孩子跪在地上，用一口东北话道："给各位叔叔拜年，祝各位叔叔过年好！"边说边对着四位每人叩了一个头，叩完即跑进西屋。

朱奇山问老人："大爷，你是哪里人，怎么管武老弟叫恩人？"

老人叹口气道："我是辽宁人，家住台安县王家窝铺。民国十五年，为了谋生，儿子丢下媳妇和五岁的孩子到密山一个伐木场当工人，没想到祸从天降，在家的儿媳妇到山上捡烧火柴，被两个日本兵给强奸了，她一时想不开，上吊寻死了。我这才领着老伴儿和孙子到密山找儿子，走到这里，遇到刮大烟炮，冰天雪地看不到人影，我一家三口慌不择路，又冻又饿，昏倒在雪地里。多亏被恩人发现，招呼人把我一家人背到了这个方便店，好吃好喝地招待。"

武敬岳谦虚道："老伯抬举了，粗茶淡饭，哪能算好吃好喝！"

老人接着道："这年头，有这样的饭菜就是烧高香了！我说要去找儿子，恩人说，快过年了，数九寒天，滴水成冰，行走不方便，等过完年，打听到儿子的下落，再把我一家送过去！真正是好人啊，恩人啊！"

武敬岳道："老人家，就这么点儿事，千万别恩人恩人地称呼，也就是让俺碰上了，俺相信，边城一带的人，谁碰上也会这么做的！"

老人摇摇头道："那可说不准，我老少三口，一路讨吃要饭，见的人多了，像你这样的善人不多！村里人告诉我说，你开这个方便店，名义上是客店，实际上是落难人的救护站。不少闯关东的路过这里，只要进店，白吃白喝，分文不取。也不知道救助了多少像我这样的落难人，这可是帮人店，积德店啊！"

张大闯竖起大拇指道："嗯哪，俺家小静没有看走眼，俺这妹夫仗义！"

武敬岳不好意思道："哥哥过奖了，这么多年，哥还不知道，俺武敬岳就是粗人一个，自从两位哥哥把这几垧土地落在俺名下以后，俺就把所有的力气都用在这几垧土地上了。好在这几年风调雨顺，庄稼长势好，年年丰收，再加上冠山煤矿建成，铁路通车，梨平镇商贾繁华，粮食不愁卖不了，家里也有了点儿余钱。原来那头老牛死了以后，俺又买了两匹马，置办了一辆胶轮车，农闲时节，搞运输也赚了点儿钱，俺就把过去的老房子拆除，盖了几间新房子。"

朱奇山插话道："咱哥儿仨盖的这三间草房你还没有舍得拆？"

武敬岳道："是的，这三间草房俺始终没舍得拆，本意是想留个念想。没想到，有一天，突然闯进来七八个难民，俺就让他们住下，并供他们吃喝，离开时，他们千恩万谢。这让俺想起了当年连荣哥帮扶咱哥儿仨的情景，所以就把这三间草房改作方便店，名为客店，实际成了专门接待南来北往的难民和闯关东的穷哥们儿了。"

听了武敬岳的一番话，朱奇山很受感动，觉得他过上好日子以后，仍然保持着穷哥们儿善良的本性，可敬可佩，随即赞扬道："好，好，做得好！"

张大山见已经快到用早餐的时候了，饭后还有好多事要做，便催促道："三位哥哥，到吃早饭的时候了，该走了！"

武敬岳问老人是否还需要什么，老人眼含热泪道："过年的吃喝，恩人已让孩子送过来了，什么都不缺了，谢谢！"

弟兄四人听老人这么说，告别老人，离开了方便店。

早饭后，妯娌几个即打扫卫生，准备午饭和年夜饭，给孩子们穿新衣服。男人们忙着收拾大院，还在院门口挂起了一对大红灯笼。往年春节的对联都是杜文秀老先生来写，杜老先生病故后，这个差事就落到了张大闯的身上。朱奇山帮他把对联纸铺在桌子上，一边研墨一边看他沉思。

张大闯手握毛笔，构思着对联的内容，不一会儿，微笑着对朱奇山道："哥，对联的内容俺想好了，先念给你听听，看行不行？"随即念道，"上联是'庄户人家早出晚归脸朝黄土弯腰曲背勤苦换来粮菜丰收'，下联是'普通百姓日盼夜盼面对苍天敬神敬佛诚心期盼国泰民安'，横联是'人寿年丰'，怎么样？"

朱奇山道："这副对联倒是说出了庄户人家和百姓的心声。不过，可不可把'普通百姓'改成'工商厂店'，和'庄户人家'对称，把'人寿年丰'改成'欢度春节'，这样可以有点儿年味，你觉得这样好不好？"

张大闯道："嗯哪！就依大哥的意见，俺下笔了。"边说边挥毫泼墨，不一会儿，门前对联写完，又张罗着写"福"字、炕贴等。写完对联，两人招呼继忠、有田、铁林把对联、门神爷、灶王爷画像都张贴起来。屋里屋外，红红绿绿，满园春色，一片喜庆！

傍晚，妯娌四人忙着剁馅、包饺子。哥儿四个一边打纸牌一边闲聊，继忠、有田、铁林三个男孩儿和继红、张彤、有婧三个女孩儿一起商议在院子里堆雪人。

朱继忠道:"咱们六个人,一男一女两个人一组,每组堆一个雪人,哪个组堆得又快又好,晚间放炮就归哪个组,怎么样?"

张铁林道:"行,不过,这一男一女怎么组合,是女挑男呢,还是男挑女呢?"

朱继红道:"当然是女生挑男生了!"

武有田撇撇嘴道:"那不行,应该是男生挑女生。好比找对象,大都是男方托媒人找女方,很少有女方找男方的!"

张彤笑着道:"有田,你想好事呢,这是玩,不是找对象,你这比喻不合适!"

武有田红着脸辩驳道:"彤妹,你曲解俺的意思了,俺就是打个比方嘛!"

武有婧道:"哥,就算是按你打的比方说,也不都是男找女。你看说书唱戏,不都是女子抛绣球挑女婿吗?不是说女士优先嘛,俺看女挑男也没什么不可以!"

六个孩子叽叽喳喳,姑娘们嚷嚷着要女挑男,男孩儿们嚷嚷着要男挑女。

朱继忠有点儿不耐烦道:"都别吵吵了,俺有个办法,大家看行不行?"

众人道:"什么办法,你先说说看!"

朱继忠道:"咱们来个瞎子摸象好不好?"

众人道:"你说说,怎么个摸法?"

朱继忠道:"男生当象,先站在一边,女生用毛巾把眼蒙上,扮作瞎子。男生站着不许动,不许吱声,也不能暗示,由女生摸,摸着哪个中意,就和哪个组成一组,大家看这个办法怎么样?"

众人笑道:"这个办法好,新鲜!"

朱继忠道:"那好,既然大家同意,咱就这么办!"

于是,他从屋里拿来三条毛巾,把三个姑娘的眼睛蒙上,然后自己和有田、铁林站在一起拍拍手道:"开始!"

三个蒙着眼睛的姑娘跌跌撞撞奔向三个男孩儿。张彤走得快,第一个摸到的是有田,她摸摸有田的衣服,又转着圈摸前胸和后背,摸过来,摸过去,便离开有田,摸到了朱继忠身上,摸摸手,又摸摸脸,朱继忠闭着嘴,也不敢吱声。张彤果断地说:"就是你了!"边说边摘下了蒙着的毛巾,见是继忠,即红着脸道:"那咱可是一组了!"朱继忠点点头,示意她先别吱声,站着看下一位。

第二个走过来的是朱继红和武有婧,两人替换着,一会儿摸铁林,一会儿摸有田,朱继忠和张彤看着两人心不定的样子,互相递着眼神,捂着嘴偷偷地笑。好一会儿,武有婧扯着铁林,下决心似的喊道:"就是他了!"随即扯下毛巾,见是铁林,略显惊喜地道:"啊!是你呀,那咱俩是一组了!"

张铁林也点点头,示意先别说话。

朱继红装作生气的样子道:"你俩都摸完了,就剩这一根葱了,俺也不摸了,剩下谁就是谁了!"边说,边扯下毛巾,见是有田,便高兴地说:"有田哥,那咱俩就是一组了!"

武有田高兴地说:"好,咱俩一组!"

武有婧调侃道:"继红姐,别得便宜卖乖了,俺哥可是大力士,比那两个书生强多了。依俺看,你和俺哥一定能赢!"

朱继红道:"那你为什么不选你哥,兄妹同心不是更好吗?"

武有婧装作遗憾的样子道:"俺不是没有那个福分嘛!"

有婧的话,不管是有心还是无意,朱继红心动得脸色微微泛红道:"那俺可占便宜了!"

朱继忠道:"组分好了,那咱们就开始干吧!"

武有田道:"慢着,先不忙干,还没有评委呢,咱们不能既当运动员又当裁判员吧!"

朱继忠挠挠头道:"可也是,谁来当评委呢?"

张铁林道:"请屋里的叔叔大爷当评委不行吗?"

武有田摇摇头道:"不行,人家大人才不会管咱这些屁事呢!"

"谁说不管,你们几个玩,俺们也来凑个热闹嘛!俺们四个当评委,你们看行不行!"

六个孩子抬头一看,见是四位长者,便一起拍手道:"嗯哪,好……"

原来,在屋里玩纸牌的四位听到院子里的欢笑声,便走出来看热闹,听到孩子们正为评委的事发愁,便毛遂自荐要当孩子们的评委。

张大山见孩子们兴奋得只顾喊好,便高声制止道:"别喊了,该开始比赛了!现在各组选好位置,准备好工具,俺喊开始,你们就开始堆雪人,谁完成了就喊报告,'俺完成了',听清楚了没有?"

孩子们回应道:"听清楚了!"

张大山又喊道:"准备好了没有?"

孩子们回应道:"准备好了!"

张大山高喊:"开始!"

三组六个孩子开始撮雪、造型。武有田常年帮父亲种田,体力、干活儿的巧劲明显比在校读书的孩子高出一筹,朱继红又是一个有艺术细胞的姑娘,两人一个撮雪,一个堆砌造型,配合默契。不一会儿,即完成任务,武有田粗喉咙大嗓门喊道:"报告,武有田朱继红小组堆好了!"其他两个小组见落后了,即手忙脚乱地赶进度,不一会儿也先后报告完成。

四位评委装模作样地先检查,看到武有田和朱继红堆的雪人,高大结实,形体周正，五官雕刻得有棱有角，惟妙惟肖。再看朱继忠和张铁林两个小组堆的雪人，虽然形体、五官也还可以，但不及一组精细。四个人合计后，张大山宣布道："第一名，武有田和朱继红组，其余两组并列第二！"

武有田扯着朱继红的手蹦起来喊道："俺俩赢了，今晚的鞭炮归俺和继红妹子放了！"

朱继忠和张铁林两组也拍着巴掌表示祝贺，正笑闹间，杜梅在屋里高声喊道："饺子下锅了，该放鞭炮了！"

武有田一边高声答应着："知道了！"一边冲进屋里，用一根长木棍挑着一挂鞭跑出来，嘴里还叼着一根点着的烟卷。到院门口，他用左手把烟卷拿下来，递给朱继红道："红妹，给你火，你来点，咱俩放鞭。"同时招呼朱继忠道："忠哥，屋里的竹篮子里有二踢脚、窜天猴，还有花炮，你们几个快拿出来放啊！"

"好啊！"朱继忠一边答应，一边喊，"铁林，有婧，彤妹，拿炮啊！"几个人一窝蜂冲进屋，有的拿炮，有的拿火，嘻嘻哈哈从屋里出来，不一会儿，鞭炮齐鸣，院子里一片欢笑。放完鞭炮，进入屋内，依旧炕上炕下各一桌，妯娌几个端上菜肴、饺子，众人说说笑笑吃完年夜饭，孩子们即给长辈叩头拜年，长辈们又给孩子们压岁钱，笑语喧哗，其乐融融。不知不觉，已到后半夜，老老少少，即各自休息。

# 八

朱奇山和张大闯两人睡不着，即站在院子里朝冠山矿的方向张望。朱奇山叹口气道："孙先生在矿上的时候，还和回不了家留在矿上的弟兄们一起过年，大家都非常高兴。自从王老板承包冠山矿以后，从不过问工人的死活，过年回不了家，在矿上过年他们也不过问，不知现在这些弟兄们怎么过年？"

张大闯道："还能怎么过，恐怕连顿饺子都吃不上呢！"

朱奇山道："过两天咱们就回矿上，看李建强筹备的联谊会怎么样了，今年是咱们矿成立互济会的第一年，一定要把联谊会办好，让弟兄们乐和乐和！"他突然转换话题道，"闯弟，咱们好长时间没有连荣哥的信息了，听山红嫂子说，他这几年行踪不定，也不知都干些啥，抽时间咱们一起去看看山红嫂子如何？"

张大闯道："好！"

正月初二，张大闯和杜梅、张大山和天竹各自领着孩子回娘家拜年。连喜和朱奇山商量要带着两个孩子一起回娘家给哥嫂拜年。

朱奇山道："大闯和敬岳说好长时间没看见连荣哥了，都想借拜年的机会一起去看看连荣哥和山红嫂子,咱们往后推一天,初三咱们跟他们一起去好不好!"

连喜略显犹豫地回应道:"也行!"停了一会儿,又对朱奇山说,"要不俺和孩子们先去,也好帮嫂子张罗张罗,你留下来,初三和大家一起去行不行?"

朱奇山道:"行,就这么定了,你们娘儿仨先去!"

武有田和武有婧听说爸妈和奇山大爷一家要一起到赵家拜年,便说想看看赵大爷、大娘和铁柱哥晨姐姐,嚷嚷着也要去。

朱奇山道:"既然孩子们都想去,那咱们就都带着!"

武敬岳道:"俺算了算,要是全都带着,老老少少合在一起是二十口子,够山红嫂子招架呢!"

张静道:"人多热闹,嫂子忙不过来,还有俺们妯娌几个呢!"

武敬岳道:"不过,俺怕初三那天去的人多,马车坐不下!"他转身跟朱奇山商量道:"大哥,孩子们如果都去,俺怕明天人多马车拉不了,不如今天就让有田兄妹俩跟嫂子一起去吧!"

朱奇山道:"这样好,分两批走,就不怕车拉不下了!"

正月初二,连喜带着朱家和武家四个孩子坐着马车先到了赵家,然后,有田又赶着马车回到双峰村。准备第二天,拉着剩下的几个人一起到赵家拜年。

张大闯和杜梅带着张铁林回娘家拜年,见只有嫂子在家,便按东北风俗,对嫂子说声"过年好!"算是拜了年。张铁林则对着舅母恭恭敬敬叩头问好,舅母连忙将张铁林拽起,笑着夸奖道:"铁林长高了,都快赶上你表哥了!"边说,边从怀里掏出个红包要给张铁林,张铁林看看母亲。

杜梅道:"嫂子,孩子都长大了,这压岁钱就免了吧!"

舅母道:"没有结婚,就还是孩子,等成家立业了,那才算长大了呢,铁林,拿着!"边说边把红包塞到铁林的衣兜里,然后笑着道:"去找你龙哥和菊姐玩耍去吧!"张铁林答应着离开了房间。

张大闯问道:"嫂子,大过年的,怎么不见勇哥?"

勇妻无可奈何地说:"你哥是个忙人,整天在酒坊里忙活,年三十都没有回家,说是要同伙计们在一起过年!"大闯夫妇俩便没有再说什么。

杜龙彪和杜菊兄妹俩从外面回来后,先给姑父姑母拜了年,然后便同张铁林一起说笑。听张铁林说初三要和朱大爷还有武叔全家都到赵家拜年,便跟姑父姑母商量也想和大家一起去赵家。

赵连荣和杜勇是好朋友,两家的孩子自然也有来往,特别是铁柱和龙彪都到冠山矿当了工人以后,赵连荣便经常到矿上看哥哥,杜龙彪见赵晨高挑个,瓜子脸，眉清目秀，性格开朗，便有意同赵晨接触，两人都已成年，时间一长，感情就一天比一天亲密，彼此都有爱慕之情，也就差隔着一层窗户纸还没有捅破。

龙彪的妹妹杜菊，身材苗条，面容姣好，柳叶眉，丹凤眼，高鼻梁，齿白唇红，上穿粉红色花布棉袄，下穿天蓝色棉裤，足蹬绣花布鞋，举止文雅，说话面带微笑，和蔼亲切。常年跟着父亲在酒坊忙活，休班的时候，铁柱和龙彪也经常到酒坊帮忙，自然也和杜菊打交道，龙彪更是有意让妹妹和铁柱交往，父辈的关系，再加上铁柱和哥哥的深厚友谊，杜菊对铁柱很有好感。杜菊虽未上过学，但受杜家书香门第的影响，又受姑姑杜梅的调教，知书识礼，是女孩子中的佼佼者。铁柱对杜菊爱慕之情不断加深，两人大有一日不见如隔三秋之感。两家孩子的交往，杜梅心知肚明。今天侄儿侄女要求一起去赵家拜年，她便爽快地答应了。

初三那天，有田赶着马车，拉着剩下的大人和孩子，加上杜龙彪和杜菊，一行十多人到赵家串亲。马车刚停到赵家门口，赵连荣全家，提前到的几个孩子都笑着走上前相迎。

朱奇山哥儿仨见赵连荣也在家，喜出望外，几个人边喊："过年好！过年好！"边快步上前，握手、拥抱，显得无比亲热。赵铁柱和杜龙彪虽然都在矿上，经常见面，但在自己家门口彼此相见，显得格外兴奋，他握着杜龙彪的手不停地摇着道："龙哥来了，欢迎，欢迎！"又故意逗赵晨道，"妹子，怎么还站着，不欢迎龙哥呀！"赵晨脸色微红，也急忙走过来一边跟杜龙彪握手，一边腼腆地说："欢迎龙哥到俺家做客！"

杜龙彪笑呵呵地小声说："俺不是来做客，俺是专程来看晨妹的！"

赵晨也小声道："谢谢龙哥！"同时指着杜菊给铁柱递个眼神道："哥，你看谁来了，还愣着干啥？"

赵铁柱借机快步走到杜菊面前边握手边热情地说："菊妹来了，舅舅呢！"

杜菊道："俺爸在酒坊忙活呢，来不了！"

赵铁柱道："俺知道，你来了就好，请，咱们屋里坐！"与此同时，几位年龄小的孩子也都站在门前说笑。山红见状，高声喊道："别站在院里挨冻了，都回屋，吃饭！"

众人一起进入正房。老辈夫妇十位，正好一桌，少辈五男五女，也正好一桌。不一会儿，妯娌几个将饭菜端上桌，老哥儿几个少不得开怀畅饮，互道衷肠。小辈少男少女除龙彪和铁柱喝白酒外，其余各位有的饮果酒有的以茶代酒，也都推杯换盏，天南海北，说说笑笑，尽兴而散。

饭后，妯娌几个你推我让地争着洗刷碗筷，打扫卫生，边干活儿边唠家常。小辈男女先是在一起说笑，不一会儿，杜龙彪和赵晨、赵铁柱和杜菊各自找借口到外面谈心。老哥儿四个即沏了一壶茶，边品茶边闲聊。

朱奇山问赵连荣："荣哥，听嫂子说，你这几年走南闯北很少在家，见多识广。不像俺哥几个，常年在煤矿干活儿，外面的情况知道得很少。还望哥哥把外面的见闻给俺们说说，也让俺们长长见识！"

赵连荣道："老弟谦虚了，别看你们常年在煤矿，可知道的情况也不比我少，还为冠山矿的穷哥们儿做了不少好事呢！"

听连荣说哥儿几个做了不少好事的话，张大闯略显意外地说："俺哥儿几个整天同煤炭打交道，孤陋寡闻的，还能做什么好事？"

赵连荣笑道："怎么能说没有做什么好事，贴传单标语、成立互济会、帮扶穷哥们儿还不算好事！武老弟那个方便店，专门接待穷哥们儿和闯关东的难民，不也是做好事善事吗？"

武敬岳有点惊讶地说："荣哥，嫂子说你很少在家，怎么矿里矿外的事你都知道，你不会有千里眼、顺风耳吧！"

赵连荣轻描淡写道："我又不是孙猴子，哪有那本事，我也不过是道听途说罢了！"

张大山着急道："别说那些没用的，还是让荣哥说说外面的见闻吧！"

赵连荣知道冠山矿矿里矿外那么多事，甚至连传单标语那样保密的事也知道，朱奇山觉得奇怪，对赵连荣的身份也产生了疑问，但当着众人的面又不好追问，只好顺着张大山的话道："大山说得对，荣哥快说说外面的情况吧！"

赵连荣道："外面发生的事很多，不知大家想知道哪方面的事？"

张大闯道："现在是在咱们家里，也不必有什么顾虑，你就说说共产党方面的事吧！"

赵连荣道："那好吧，我就把我听到的给大家说说。孙中山先生在世的时候，提出了联俄、联共、扶助农工三大政策，国共合作，大革命轰轰烈烈。孙先生逝世后，蒋介石、汪精卫先后搞了四一二和七一五反革命政变，成千上万共产党员和革命群众被杀害！"

朱奇山恨恨道："这个蒋介石该死，太坏了！"

赵连荣接着道："但共产党人并没有被反动派吓倒，纷纷起来进行反抗斗争。周恩来组织了南昌起义，毛泽东领导了秋收起义，几年内，共产党人领导的武装起义有一百多起，公开跟蒋介石干上了！"

张大闯道："听说毛泽东和朱德领导的部队上了江西的井冈山，建立了井冈山革命根据地！还有湖南、湖北、河南、安徽、陕西等地，都有革命根据地，军队统称'红军'，有几十万呢，这是真的吗？"

赵连荣道："当然是真的了！蒋介石派兵去'围剿'，被红军打得稀里哗啦，还活捉了国民党一个姓张的师长。"

武敬岳道："俺听说不仅南方有共产党，中原和东北也有，好像说咱梨平镇和冠山矿都有共产党，荣哥听说过吗？"

赵连荣道："听说过，确实是真的！蒋介石背叛革命后，共产党高层开了会，总结了经验教训，认为那个叫陈独秀的领导人犯了右倾错误，撤了他的职。决定要进行土地革命，让无地的农民有地种，毛泽东说'枪杆子里出政权'，共产党要建立革命武装，同国民党的反动武装进行斗争！现在，全国各地的共产党都已经按照新的党中央的决定开展活动了！"

张大山道："不过，眼下共产党的势力还是太小了，只能进行地下活动，到底能不能成功还很难说呢！"

赵连荣道："你说的这个问题，共产党内也有人提出过，听说毛泽东写文章认为'星星之火，可以燎原'，说共产党是为老百姓谋幸福的党，深得民心，古话说，得民心者得天下，别看现在势力不大，从长远看，共产党的星星之火一定能发展成燎原之势，天下将来一定是共产党的！"

张大闯道："还有就是共产党人有信仰，立场坚定，骨头硬，不谋私，能吃苦，有牺牲精神，这也是共产党能战胜国民党反动派的重要原因！"

赵连荣道："大闯说得对，俺听说，许多被国民党抓住的共产党员，大都像古人说的那样，威武不屈，富贵不淫，软硬不吃，宁死不屈。这方面的事例太多了，太感人了！"

朱奇山问赵连荣："荣哥，共产党的事你知道得这么多，那你是不是共产党？"

赵连荣微笑道："你问这个嘛，哥现在还不好说，以后有机会再告诉你！"

## 九

在院子里说笑的少男少女，见几个长辈聚在一起谈论共产党的事，便都围过来静静地听赵连荣的介绍。妯娌几个干完家务活儿也凑过来听赵连荣说话。

杜梅发现赵铁柱、杜龙彪、杜菊和赵晨不在，便小声问朱继忠："继忠，你知道铁柱、龙彪他们几个都干什么去了？"

朱继忠道："俺看见他俩和晨姐、菊姐一起走了，可能是逛街去了！"

等连荣、奇山等人唠完嗑，仍不见杜龙彪等四个人回来，杜梅即悄悄把山红拉到一边小声说："嫂子，你家铁柱和赵晨有对象了吗？"

山红道："还没有，铁柱和晨儿都二十出头了，俺正为他兄妹俩对象的事发愁呢！"

杜梅道："嫂子，俺看你也不用发愁，说不准这两个孩子都有心上人了呢！"

山红略显惊讶地说："不会吧，没听他们说过呀！"

杜梅小声笑道："嫂子，你瞅瞅，这屋里缺哪几个孩子！"

山红下意识地看看，小声回应道："可不是嘛，不单是少俺家铁柱和晨儿，你家龙彪和小菊也不在！"

杜梅道："这下你明白了吧，这四个孩子都到了谈婚论嫁的年纪，依俺看恐怕他们都有了自己的心上人，现在也可能是偷偷约会去了！"

山红道："你说得没错，咱们都是开通人家，没有那么多讲究，这几个孩子从小就都在一起玩耍，脾气性情都彼此了解，说不准真有可能自己对上象了呢！要么，趁大人孩子都在，咱们再帮他们撮合撮合！"

杜梅道："俺看行……"

正要继续说下去，张大闯突然走过来插话道："你们妯娌俩背着大伙儿叨叨什么呢？"

山红道："俺和弟妹正商量着给龙彪和铁柱找对象呢！"

张大闯道："这是好事嘛，两个小伙子都老大不小了，该帮着张罗张罗了！"

朱奇山也凑过来道："不用张罗，现成的两对！"

张大闯反问道："哥说说，哪两对？"

朱奇山道："还用说嘛，你睁大眼睛仔细瞅瞅！"

张大闯两眼一扫视，见龙彪等四个孩子都不在，恍然大悟道："啊，俺明白了，怪不得你这么说呢，俺看孩子们自己早有谱了，就是不知道荣哥和勇哥同意不！"

"有什么不同意的，"赵连荣插话道，"两家大人都知根知底，只要孩子们没意见，俺们巴不得呢！"

正议论间，杜龙彪和赵晨、铁柱和杜菊先后走进来，见众人看着他们笑，显得有点儿不好意思，赵晨和杜菊更是红着脸快步进入小屋。

朱奇山见状，微笑着对赵连荣道："荣哥，看见了吧！俺看咱们不如趁热打铁，赶早给他们办了，也了结了一份牵挂！"

赵连荣道："好，好！俺没意见！"

山红道："不过，咱们还得按老规矩，明媒正娶才好！"

赵连荣笑道："其实，只要孩子们同意，多余走那些过场！"

山红道："那可不行，这关系孩子们的名声，该走的过场必须走，也免得让人说三道四的！"

赵连荣道："那好，就依你，让媒人上门提亲，按老规矩办！"

山红道:"让谁当媒人呢?"

赵连荣道:"让奇山两口子当怎么样?"

朱奇山招呼连喜道:"连喜,你过来,你哥和嫂子让咱两口子当赵家和杜家的媒人,你乐意不?"

连喜笑道:"乐意,当这个媒人,让俺哥和勇哥由朋友变亲家,亲上加亲,俺求之不得,能不乐意?"

朱奇山道:"那好,你先进小屋,征求一下两个女孩子的意见,俺征求一下两个小伙子的意见,如果都同意,咱们就上门提亲!"

在旁边一直没有发言的男女齐声打趣道:"还用征求意见,说不准人家都海誓山盟了呢,多余走这个过场!"

朱奇山道:"这个过场得走,走了放心!"边说边推连喜去小屋征求意见。

连喜离开后,朱奇山当面问杜龙彪:"龙彪,当着大伙儿的面你老实说,你喜欢赵晨吗?愿不愿意娶赵晨当媳妇?"

杜龙彪大大方方说了四个字:"喜欢,愿意!"

朱奇山道:"你既然这么说,叔可就正式向赵家提亲了!"

杜龙彪毫不犹豫地说:"行!谢谢叔!"

朱奇山又当着众人的面,用同样的口吻问赵铁柱对杜菊的态度,回答同样大方,和杜龙彪一样。喜得众人乐呵呵地拍起了巴掌。

不一会儿,连喜从小屋出来,一本正经地说:"你们都高兴啥?"

众人道:"高兴啥你还不知道!不是就要双喜临门了嘛!"

连喜仍一本正经说:"什么双喜临门,人家两位姑娘还没有表态呢!"

众人惊疑地喊道:"啊!不能吧?"

杜龙彪和赵铁柱急赤白脸道:"不可能,婶子逗俺们吧?"

连喜故意绷着脸道:"婶子没有逗你俩,人家姑娘非亲自听到你俩的态度才肯点头呢!你俩还不快去当面表明态度!"

杜龙彪实在,听了连喜的话,便急忙拉着铁柱的手道:"铁柱,俺不信,走!咱俩当面问问!"

铁柱笑笑道:"龙哥,你先去,等你问了晨妹俺再去!"

于是,杜龙彪走到小屋门口高声喊道:"赵晨,俺喜欢你,俺要娶你当媳妇,你同意吗?"

赵晨在屋里笑道:"龙哥,你上连喜婶子的当了,俺早跟婶子表明态度了,她这是逗你呢!"

听了赵晨的话,逗得众人笑弯了腰。连喜也笑呵呵地说:"龙彪啊,你可真是实在人啊!晨儿这辈子该享福了!"

杜龙彪假装不高兴地说:"婶子,你平日从不说谎,俺哪知道你今天会说谎呢！"

连喜笑道："大过年的，又有喜事，俺也是逗你和大家乐和乐和！你和铁柱真有福呀，两位姑娘可是百里挑一啊！"

杜梅见侄儿的婚事有了着落，心里也十分高兴。她主动跟连荣夫妇道："荣哥、嫂子，孩子的态度你俩也看到了，俺也很高兴，明天回去，俺把今天的事告诉俺哥，然后请奇山哥和连喜嫂子当媒人，走走过场，把这两桩婚事订下来，再选个好日子给他们完婚，哥和嫂子看行不？"

连荣两口子爽快地答应道："嗯哪，行！"

朱奇山夫妇以媒人的身份分头到杜家和赵家提亲，杜勇夫妇和连荣夫妇满口答应，然后即按当地风俗举行了简单的订婚仪式。鉴于时局动荡，定亲之后，即就近择日办喜事。也都按老规矩迎亲、请客、举行婚礼。院子里摆供桌，门前放马鞍，新郎手拉新娘跨过马鞍，进入洞房。同时摆放酒席，亲朋好友喝酒祝贺，热闹一番，成就了两对年轻人的婚事。

正月初五过后，回乡探亲和在家过年的矿工都陆续回到了煤矿。开工之前，互济会会长李建强和孟吉庆、高兴旺两位副会长商量开联欢会的事。孟吉庆道："节目没有问题，工人中人才有的是，俺都安排好了，愁的是没有开会的地方啊！"

高兴旺附和道："是啊，几百人聚在一起，真得有个宽敞的地方，大冷的天，又不能在外面开！"

李建强道："这开会的地方还真不好找呢，要不咱们到镇上租戏园子？"

孟吉庆道："不行，不行！那可得花不少钱呢！咱没钱啊！"

李建强道："是啊，那可怎么办呀？"

高兴旺道："依俺看，咱们分散开怎么样？"

"俺看这是个好办法！"三人回头一看，见是朱奇山答话，便齐声道一声："大哥过年好！"

朱奇山也回应一声："三位过年好！"同时对联欢会开会地点的问题说出了自己的意见，"刚才俺看你们为开联欢会的地点问题发愁，又听兴旺说可以分散开，俺觉得可行，就接了话茬儿表了态。不过，行不行，还得由会长来定！"

李建强道："俺倒是觉得这是个办法，但不知怎么个分散开，还请大哥和兴旺老弟再说具体点儿！"

高兴旺道："俺的意思是以工棚为单位，节目串着来，工人村各个工棚之间距离不远，串节目也不会耽误！"

朱奇山道："现在工人村的工棚有十一栋，可把每三四个工棚合成一个会场，最多三个会场，你们三个会长，每人主持一个，主持人的开场白统一口径，中间可由自己灵活掌握，只要把节目安排好，就不会出问题！"

孟吉庆拍手道："俺看行。平时一个工棚住四五十人，百十个工人在一个工棚里开会没问题，这样，开联欢会地点的难题就解决了！"

李建强道："既然大家都同意，咱就这么办。十一栋工棚中，2、5、7号工棚最大，咱们把其他工棚的人分别安排在这三栋工棚中就行了。关于主持人的安排，俺到2号工棚，吉庆，你到5号工棚，兴旺到7号工棚，怎么样？"

孟吉庆、高兴旺同时答道："嗯哪，行！"

朱奇山补充道："俺看时间不宜过长，一个小时左右即可，主要是把气氛挑起了，让大家高兴起来，热闹起来。俺建议买挂鞭，联欢会开始前，三个会场同时放鞭炮，替工人崩崩晦气！也可以借点儿乐器，整出点儿动静来！"

李建强道："嗯哪，好！就按大哥说的办！节目的事，兴旺老弟负责，主要是把节目的顺序安排好，再交给杜龙彪、赵铁柱、许春明，由他们三个人分头负责引导表演节目的人按顺序上三个会场表演。鞭炮的事俺负责，锣鼓乐器的事吉庆负责！"

孟吉庆道："好，李大哥，咱们的联欢会定在哪天好？"

李建强用征询的目光看着朱奇山道："奇山兄，初八怎么样？"

朱奇山道："你们自己定，俺看行！"

李建强猛然想起一件事，急忙对朱奇山道："奇山兄，有件大事俺给忘了，主持人该讲些什么话，俺心里没谱儿，请你帮忙让大闯兄给俺们写几句如何！俺三个肚子里墨水少，得请他帮忙！"

朱奇山爽快地答应道："嗯哪，行！"

一切按互济会三位会长的安排准备就绪。初八傍晚，工棚外挤满了参加联欢会的矿工。

李建强站在2号工棚外的一张桌子上，扯着嗓门高声喊道："冠山煤矿矿工春节联欢晚会现在开始！"话音刚落，锣鼓响起，鞭炮齐鸣。

矿保安队听到响动，不知发生了什么事，急忙报告了毕士仁。毕士仁随即安排几个保安队员到工人村探听情况，得到报告，知道是工人开联欢晚会才放了心，但还是安排几个队员换上便装，悄悄混入工棚，了解内情。

锣鼓和鞭炮声停止以后，矿工们按规定拥入三个工棚，三位主持人同时开始按张大闯写的讲话稿开始讲话："矿工兄弟们，今天是正月初八，明天矿上就要开工了，一年的辛苦劳累也要开始了。回顾上一年的情况，我们既感到自豪，也感到悲哀。自豪的是，上一年，我们白天黑夜劳作，遭了不少罪，采出了三十万吨煤炭。按每吨出矿价十三元计算，我们为矿上创造了近四百万元的财富，为居民和工业用煤做出了贡献，所以我们有理由感到自豪！"工人们小声议论道："这可是咱们用血汗换来的呀！"

主持人接着道："但是，我们流血流汗受苦遭罪创造的财富，自己却享受不到。大家知道，咱们工人的日平均工资是一元到一点二元，每个月按二十六个班计算，上满班才能拿到三十多元，扣除把头提成，还有伙食费、工具费、作业服费，还有什么炕长费、捐献、彩票等数不清的苛捐杂费，所剩无几，连家都养活不了，如果自己或家属有个病灾等意外情况，还得借债度日，过不去年，有的连回家探亲的路费都没有。我们得到的报酬和创造的价值相比，差距太大，日子过得太艰难。"工人又小声议论道："老天不公啊！""没有人可怜咱挖煤人呀！"

主持人继续道："再看那些当官的、管事的，还有矿主，整天优哉游哉，手不提篮，肩不挑担，得到的报酬却是我们的十倍、百倍，日子过得像天堂。黑哥们儿苦啊，所以我们感到悲哀！怎么办？咱们也不能自暴自弃，得团结起来，互相帮助，发挥友爱精神；得自己看得起自己，把腰杆挺直，显示咱们穷哥们儿的斗争勇气；得乐观豁达，自娱自乐，活得潇洒。"有人在台下喊道："说得对，咱们煤黑子自己得看得起自己，自己找欢乐！""是啊，咱们就得自娱自乐，活得自在点儿！"

主持人摆摆手道："各位听俺说，今天召集穷哥们儿在一起开联欢晚会，就是要咱们自己找乐，快活快活！虽然没有酒肉，但有精神食粮。咱们穷哥们儿中，人才有的是，今天的节目，有山东快书、京剧清唱、吕剧、相声、魔术、笑话、武术表演……都是咱们穷哥们儿自编自演的。现在开始演出，请大家欣赏！"

主持人的讲话，赢得了热烈的掌声。节目一个接着一个上演，乐器是锅碗瓢盆，道具是就地取材，虽不及专业水平，但因有矿工的风格特色，深受大家欢迎，整个演出期间，掌声笑声不断，打破了沉闷的气氛。

# 第 六 章

## 一

联欢晚会后，采煤和掘进工人即下井劳作。由于春节期间井下停工时间较长，为保证安全生产，煤师张大山便到井下检查。在一号竖井，他发现井下有多处险情。大巷积水严重，有好几处轻便铁轨被淹，支护顶板的木支柱，有好几处已经腐烂，需要更换，护帮的板材和树条稀稀拉拉，随时有片帮的危险。他爬上掌子面，看到运煤巷道有几处空顶，如运煤爬犁不小心碰倒木柱，会造成大面积冒顶。他又钻进出货的掌子里，发现顶板破碎，还有淋水，煤柱距离过大，掏槽打眼时铁锤碰击钢钎的震动力，容易发生冒顶，工人在里面作业很危险。他把在井下看到的情况向苟步力做了详细汇报，并建议召集把头、监工开会，迅速检查整改。

苟步力冷笑道："煤矿这一行就是听天由命的活儿，凭冠山矿现在的条件，顶板、淋水、巷道积水还真不好治。没有周期压力，顶板不来劲，支护好坏都没关系，冒不了，要是来了周期压力，别说木头支柱，就是钢铁支柱也没用。"他拍拍张大山的肩膀说，"我说秀才，你也是老煤矿了，就别操那么多心了！"

张大山见苟步力如此态度，根本不把矿工的死活放在心上，心里非常生气，但碍于人家是冠山矿承包的负责人，只得强压火气道："苟经理，不是俺瞎操心，如果不采取措施，那可是要出人命呀！"

苟步力板着脸道："你是煤师，你怕出人命。那你就找一井的把头和监工，让他们想办法！"

张大山碰了个软钉子，只好找一井的把头黄二显，说明了井下的情况，要求他更换支柱，排走大巷的积水，让监工督促工人把空顶的地方补上支柱……

黄二显装作很认真的样子回应道："张工，我知道了，谢谢你！"

等张大山离开后，便小声嘟囔道："关你什么事，小鸡下鹅蛋——显什么大屁眼啊！"然后扬长而去，也没有把张大山交代的问题当回事。

2月20日，一井采煤班姜其良等五个人到一斜三号层采煤掌子面作业。由于那个掌子面已干了二十多天，采出了不少煤，掌子面空顶面积较大，顶板又有淋水，有明显的安全隐患。姜其良、王大愣和张子奇三个负责出货的工人，为按时完成本班十五吨煤炭的任务，进入掌子面以后，甩开膀子就干活儿。不长时间就刨下了不少煤炭。张子奇弯着腰只顾装煤，没想到顶板突然冒落，张子奇被冒落的矸石砸在头上，昏倒后被乱石埋在下面。

姜其良和王大愣一边喊拉爬犁的杨风春："风春，冒顶了，快来救人！"一边冒着危险扒开压在张子奇身上的石头。杨风春听到喊声即刻冲进掌子面和两人一起救人。等把张子奇救出来以后，他已昏迷不醒。三人急忙把他放在爬犁上顺着爬犁道到掌子面出口，又从大巷推到井底车场，等乘罐笼到地面，再到医院，张子奇经抢救无效死亡。

张子奇的妻子听到消息后，带着七岁的幼子，扶着六十多岁的老娘赶到医院，看到出门时还有说有笑，如今已成为一具僵尸的丈夫，悲痛得捶胸顿足，婆媳俩伏在张子奇的尸体上号啕大哭。同伴们见张母和张妻哭得伤心，悲愤交加，眼泪汪汪。

姜其良、王大愣、杨风春和推车工刘老满一边把哭得昏过去的张妻和张母扶在凳子上安慰道："大娘、嫂子，子奇走了，你俩得节哀顺变，料理子奇的后事，别哭坏了身子！"

张母哭诉道："指望子奇给当娘的养老送终，没想到子奇先走了，让俺这白发人送黑发人，老天爷不讲理啊！"

张妻也哽咽道："子奇呀，你这一走，留下这孤儿和老母，可让俺怎么过啊！"

一井的把头黄二显听到消息后，也赶到医院，见死者婆媳哭得伤心，也装作关心的样子劝解道："老太太，子奇家的，人死不能复生，还是节哀顺变，先把子奇的后事办完再说吧！"

张子奇媳妇强忍住悲痛道："黄把头，你说说，子奇的后事该怎么办？"

黄二显道："看在你们孤儿寡母的面子上，我跟'天满账房'说说，给买口好棺材埋葬了吧！"

张子奇媳妇道："那丧葬的花费，还有俺婆婆和俺娘儿俩今后可怎么过啊？"

黄二显板着脸道："怎么，照你这么说，还想让我管你一辈子呀！"

一旁的王大愣听着不顺气，大声对黄二显道："黄把头，你这是什么话！公司不是有规定吗，孙先生离任时，也给上面打过报告，要求按规定给矿难家属丧葬费和抚恤金，你怎么不认账呢？"

黄二显道："上面没跟我说，我也不知道什么报告，既然你说孙先生有安排，那你们找孙先生好了！"

众人见黄二显不说人话，气得一边将黄二显围住，一边七嘴八舌同他讲理："黄二显，你这是人话吗，孙先生现在在国外，你让俺怎么找？再说，公司的合同上不是也有给矿难家属丧葬费和抚恤金的规定吗，你为什么不按规定办？"

黄二显见众怒难犯，便有点儿软下来道："合同虽然有规定，但具体怎么执行，还有好多程序呢！我看咱们还是火烧眉毛顾眼前吧，先办子奇的丧事，让死者入土为安以后再说吧！"

众人见黄二显想耍滑头，便齐声道："黄二显，你别耍滑头，会说的不如会听的，人埋了，你可就什么也不管了！""不行，丧葬费和抚恤金的事不落实，丧不能出！"

黄二显两手一摊，装作无可奈何的样子道："你们不同意先办丧事，我也没办法！"

张子奇妈和媳妇见黄把头要耍赖，伤心得又号啕大哭起来，边哭边喊："子奇啊，你走了，留下俺老的老，小的小，可叫俺怎么活呀！"

听到哭喊声，人越聚越多，众人看矿难家属哭得伤心，黄把头不办人事，气得七嘴八舌吼道："黄二显，丧葬费和抚恤金不落实，丧就是不能出，你看着办吧！""黄把头，你要是不答应，我们就和家属去找'天满账房'评理！"

黄二显也发火道："好呀！既然你们要去找'天满账房'，那你们就去找吧，这事我还不管了呢！"说完，一甩袖子走了！

众人见黄二显不讲理，便齐声喊道："走，咱们找'天满账房'评理去！"

姜其良招呼王大愣在医院找来一副担架，抬起张子奇的尸体对众人发一声喊："走，找'天满账房'评理去！"

众人有的扶着张子奇的家属，有的护着担架直奔"天满账房"。

朱奇山听到消息，立即找李建强商量道："建强老弟，听说一井有不少工友抬着张子奇的尸体到'天满账房'讨要丧葬费和抚恤金，俺觉得人少了力度不够，弄不好要吃大亏。俺建议以互济会名义，发动矿上全体工友举行罢工，支援一井工友的行动，讨要丧葬费和抚恤金，还得要求'天满账房'改善劳动条件，缩短劳动时间，提高工资待遇！"

李建强道："现在井下的作业环境太差了，安全根本无保障。听说张大山曾向苟步力反映了井下的情况，还提出了具体措施，苟步力根本没当回事。咱们真得发动工友跟老苟说道说道了！"

朱奇山道："好，你既然同意，就赶快让互济会的工友通知井下的工友升井，地面厂点的工友到'天满账房'楼前集合，咱们井上井下一起罢工。推出几个工友组成罢工委员会，代表全矿工人提出条件，还要安排身强力壮的工友组成纠察队，矿卫队敢抓人，纠察队就出面阻止。"

李建强道："奇山哥，你想得很周到，俺这就去安排！"

李建强一边安排夜班休息的工友到井下井上串联，一边通知锅炉房的工友拉响了汽笛。凄厉的汽笛声划破长空，井下井上的工友纷纷向"天满账房"楼前奔跑。李建强还安排几个工友打着几条横幅，上面分别写着"给矿难工友发放丧葬费、抚恤金！""改善劳动条件，缩短工时，提高工资待遇！""不答应条件坚决不上班！"等内容站在人群中。二十几个身体比较壮实的工友整齐地排列在人群的后面。虽然是临时发动，但因符合矿工的切身利益，所以工友们几乎全都响应，不到半天的时间，"天满账房"铁门前就挤满了罢工的矿工和家属。

黄二显已经提前把工人要到"天满账房"讨要丧葬费和抚恤金的信息向苟步力作了报告。开始，苟步力也没有当回事。听到汽笛声，看到潮水般人群涌向"天满账房"的阵势以后，才觉得眼前的情况不可小视。于是命令毕士仁组织矿卫队员站在大铁门前，防止工人往大楼里闯。同时由毕士仁带几个矿卫队员簇拥着自己站在大楼的台阶上，假装和善地对罢工的工人道："矿工弟兄们，大家有话好说，这样乱糟糟地拥到大楼门前，事情就不好办了！"

李建强跨前几步高声喊道："苟经理，本来弟兄们也不想这样，可是，不这样你也听不到大家的呼声，不知道俺们当工人的苦处，矿难工友的丧葬费和抚恤金也没人管，工人的劳动环境和福利待遇也没法改善啊！"

毕士仁恶狠狠地说："你是什么人，怎么跟经理说话呢？"

李建强冷笑道："你不知道俺是什么人吗，俺告诉你，俺是给'天满账房'当牛做马帮着赚钱的挖煤人，俺跟经理讲话，你插什么嘴？"

毕士仁刚要发作，苟步力急忙制止道："毕队长，你别作声，听我跟这位工友说话！"然后继续装作和善的样子对李建强道："兄弟，你叫什么名字，在哪个井口干活儿？"

王大愣高声喊道："苟经理，有事说事，问名字干啥，想今后报复呀？"

苟步力装作大度地笑道："这位兄弟，你误解了，我问名字，不就是为了有个称呼，说话方便嘛！怎么可能报复呢，你想哪去了？"

李建强接口道："俺叫李建强，在一井当采煤工！"

苟步力道："这就对了嘛！建强兄弟，你提的问题，我跟你解释。矿难工友的丧葬费和抚恤金不是不给，那要看什么情况，是不是违章作业，'天满账房'得安排专人调查认定以后，才能决定给不给，给多少！"

李建强道："苟经理，你这是强词夺理，就咱们矿上井下的条件，根本没有安全保障。要说违章，首先就是矿上违章，工人在违章的环境下干活儿出了事故，还要借口工友违章，不执行总公司的合同规定。工友命都没了，还要背上违章的名声，你们于心何忍？"

苟步力无言以对。楼前的工友七嘴八舌喊道："什么话也别说，给子奇家属丧葬费和抚恤金！""苟经理，你到井下看看，那种环境能不出事吗？""矿上不改善作业环境，不提高工资待遇，咱们就罢工！""罢工！罢工！"

苟步力见群情激愤，众怒难犯，不得不缓和气氛。于是大声对工友搪塞道："工友兄弟们，大家听我说，你们的要求，我知道了，但冠山矿的事，也不是我一个人说了算，我得向王老板汇报，跟事务所所长商量。大家先回去上班，等有了结果，一定答复大家！"

工友们知道苟步力在搪塞，便大声喊道："苟经理，你别搪塞，我们等你商量，不答应条件，决不上班！"

苟步力擦擦头上的汗，转身进入大楼。跟在后面的毕士仁道："苟经理，你对这帮煤黑子太客气了，跟这些人讲什么理，先把那个领头的抓起来，看谁还敢夯毛！"

苟步力摇摇头道："你把事情看简单了，能够在这么短的时间发动全矿工人罢工，单是姓李的那个小子还没有这么大的本事，背后肯定有高人指点，也可能是共产党所为，单抓出头露面的人，不仅没用，弄不好会激化矛盾！"

毕士仁道："我看没那么严重，把那个姓李的抓起来，大刑伺候，让他交代幕后人不就行了吗？"

苟步力冷笑道："你想得太简单了，目前时局动荡，遇事还是小心点儿好！"

在一旁的黄二显恭维道："苟经理想得周到，依我看，这丧葬费和抚恤金能有几个钱，煤黑子罢一天工，咱少出多少煤！我看不如把丧葬费和抚恤金先答应下来，至于什么改善劳动条件、工资待遇什么的，含含糊糊答应点儿，糊弄煤黑子上班是正事！"

苟步力道："你们的想法我知道了，等我好好想想再说吧！众人见苟经理这么说，便知趣地各自离开。"

苟步力把人支开，自己冷静下来反复思考，权衡利弊，觉得黄二显的建议不无道理。近千名矿工罢一天工，矿上得少出一千多吨煤炭，那就等于是一万四五千块白花花的大洋。事情如果让王老板知道，自己也不好交代。于是，他招呼毕士仁、黄二显到经理室，对黄二显道："二显啊，我觉得你那个建议很好，我决定先答应他们提出的部分条件，然后再从长计议。不过，一会儿当着众人的面，我还要说你几句，你得担待点，事情平息之后，我也不会亏待你！"

黄二显道："经理的决定英明，二显听经理的！"

苟步力拍拍黄二显的肩膀："好，好兄弟！"边说，边由毕士仁、黄二显和矿卫队员簇拥着返回大楼门口，工人们开始小声议论，毕士仁对着矿工扯着嗓子喊道："大家安静，现在，听苟经理讲话，大家欢迎！"

在毕士仁、黄二显和矿卫队员稀稀拉拉的掌声中，苟步力清了清嗓子说："工友弟兄们，刚才，我电话请示王总经理，又同俄方矿长商定，认为一井发生的事故，黄把头有不可推卸的责任，要进行深刻的反省。矿上决定接受大家提出的条件，让黄把头具体安排，整治井下劳动环境，保证安全生产。对张子奇的丧葬费和家属的抚恤金按合同规定落实。大家提出的缩短劳动时间，提高工资待遇的问题，目前时局动荡，煤炭经营困难，暂时还不能满足，但这个问题矿上一定认真考虑，今后慢慢解决。希望大家赶快回去上班，不然的话，惊动了警察局和驻军，那时，苟某我也就无能为力了！对我的话，希望弟兄们认真考虑，不要受人蛊惑！"

工友们听了苟步力的话，开始小声议论，有的表示同意，有的认为劳动时间和工资待遇问题是糊弄人，等于没答应，不能上班……

李建强同互济会的两位会长商量道："依俺看，苟步力答应给丧葬费和抚恤金两个条件，就是罢工的胜利，后面的答复虽然是空头支票，但也算答应了，不如见好就收，以后再从长计议。"

孟吉庆道："俺同意建强哥的意见，其实，苟步力的话也是软中带硬的，既有威胁的味道，也有可能请警察和驻军帮忙，不可不防！"

高兴旺道："俺同意两位的分析，咱们这次罢工是借张子奇的事一哄而起的，没有认真组织准备，一旦警署和驻军出动，咱们没有准备，会吃亏的！不过也不能只凭苟步力的口头答应就让工友复工，得让他白纸黑字出个手续才好！"

李建强道："既然两位同意，咱就这么办！"然后高声对苟步力道："苟经理，经过同工友们商量，同意按你说的办，不过，'天满账房'要出个书面手续，俺也好向工友们交代！"

苟步力勉强答应道："其实，苟某我是说话算话的，既然你们信不着，那好吧，你就跟我到'天满账房'拿手续吧！"

于是，李建强由两位担任纠察的工友保护，一起到"天满账房"办出了书面手续，然后对罢工的工友们大声喊道："工友们，矿上答应给张子奇工友的家属按合同规定发丧葬费和抚恤金，并有书面手续，其他条件也答应逐步落实，我们胜利了，可以复工了！"

听了李建强的话，罢工的工友们说说笑笑地离开了广场。李建强以互济会的名誉跟张子奇生前几位要好的工友帮助张子奇家属办完了丧事，拿回了丧葬费和抚恤金，安慰了婆媳二人。这场风波进一步提高了互济会的威信。

一场风波过去，矿上暂时恢复了平静。但苟步力没有就此罢手。事后，他召集大小把头开会，商讨对策。等众把头到齐后，他开门见山地说："各位，前几天煤黑子罢工的事你们怎么看？"

黄二显道："依我看，对这件事咱们不能就此罢休，得追查幕后之人，对带头闹事的不能手软！"

一井小把头白正风道："这件事应当引起咱们的警惕，大半天的时间，就能把那么多人集中起来，背后肯定有高人指点，说不准工人中还有共产党的活动！"

毕士仁道："我看互济会的嫌疑最大，干脆把那个会长和那个叫王大愣的小子先抓起来，大刑伺候，不愁找不到幕后人！"

朱奇山道："互济会不过是工人互相帮扶的群众组织，如果抓了他们的头头，恐怕会引起众怒，不好收拾！"

众人七嘴八舌，有主张抓的，有反对的，还有一言不发的。苟步力摆摆手，阻止众人发言，然后总结似的说："工人罢工这件事不能小视，要提高警惕。各位今后要多多留心，发现煤黑子中有不安定分子，要及时向我报告，采取措施。对这次罢工的领头人，一定要抓，但怎么抓，我和毕队长商量，大家不必过问！散会！"

## 二

罢工胜利后不长时间，朱奇山等几个党员接到通知，要求晚间到梨平镇小学开党员大会，听新任区委书记进行形势任务教育，传达上级党组织的重要指示。晚间，朱奇山、张大闯、孟吉庆、高兴旺、杜龙彪、赵铁柱六个人进入牛校长办公室，看见杜梅也在校长室坐着，张大闯惊讶地问道："梅子，你不是说晚上有事吗，怎么到学校来了？"

杜梅笑道："怎么，许你来，就不许俺来！"

张大闯道："你，你也是……"

杜梅道："别说了，跟你一样！"

牛合久插话道："杜梅同志是老党员了，资格比你老。看来，你们俩是遵守党纪的楷模啊！虽然是夫妻，也没有轻易泄露自己的身份！"

众人赞美道："难得，难得啊！"

说话间，又有几个人走进校长室，牛合久一一介绍后说："同志们，经过这三年多的工作，梨平镇、冠山矿已有十多位同志入了党，咱们中共冠山路矿事务所党支部的力量比以前大多了！"

"这是好事嘛，以后，党员的数量还会增加呢！"随着说话声，一个中年人走进了校长室，朱奇山几位惊讶地对来人道："连荣哥，你，你是共产党员！"

未等赵连荣答话，牛合久即对众人介绍道："连荣同志不仅是共产党员，还是上级派到梨平镇区委的书记呢！"

赵连荣笑道："奇山老弟，你不是问俺是不是党员吗，今天不用俺说，牛书记已告诉你了。不过，在党内，大家可称呼俺赵连荣，换个地方，可就不能这样称呼了。俺现在的公开身份是梨平镇福顺钟表店的老板，名字叫陈文福。"

牛合久强调说："同志们，连荣同志身份的事大家一定要注意保密，公开场合一定要记住叫陈老板，不要暴露连荣同志的真实身份！现在，让我们欢迎陈书记作形势任务报告！"

在热烈的掌声中，赵连荣道："同志们，最近，东北发生了一件大事，不知同志们听说了没有？"

张大闯道："俺听说日本驻军炮轰了东北军驻沈阳的北大营，因为国民政府不让抵抗，东北军就丢下营地撤退了，不知道是真是假？"

赵连荣道："不错，是有这么回事，国人把它称作九一八事变。"

张大闯道："连荣哥，九一八事变的情况俺只是道听途说，具体情况到底是怎么样，你还是给大家详细介绍介绍吧！"

赵连荣道："那好吧！"于是他简要地介绍了九一八事变的过程。

孟吉庆道："日本帝国主义如此嚣张，人家已经骑在中国人头上拉屎了，蒋介石作为国民政府的当家人为什么不领导中国人民跟日本侵略者真刀真枪地干！"

赵连荣道："其实，这个问题也不难回答。以蒋介石为首的国民政府是保护中国官僚资本家、封建地主和少数有钱人利益的政府。中国共产党明确提出要走十月革命道路，这同以蒋介石为首的反动政府的宗旨完全相反，所以，他们视共产党为洪水猛兽，提出什么'攘外必先安内'的反动政策，把'围剿'红军、消灭共产党当作首要任务。他们调集几十万大军对共产党的根据地进行'围剿'，对共产党人心狠手辣，甚至提出'宁可错杀千人，不可漏网一个'的口号。大家想想，这样的国民政府能把抗击日本侵略者放在心上吗？"

赵铁柱恨恨地说："蒋介石和国民政府太可恶了，对共产党屠杀镇压，对日本侵略者却步步退让，有良心的中国人是不会甘心的！"

赵连荣道："你说得对，事实上，蒋介石丧权辱国的不抵抗政策，激起了全国人民的无比愤怒，各地纷纷集会、游行示威、请愿，要求国民政府不得采取不抵抗政策，并对陆海空三军下总动员令，驱逐日军出境，收复失地。东北民众组成救国请愿团到国民党中央党部请愿，要求国民政府抗日。"

高兴旺插话道："这就对了，必须得给小日本点儿颜色看看！"

赵连荣继续道："是啊，蒋介石不抵抗，爱国的官兵和群众早就忍不住了。东北军部分官兵和民间地方武装组成抗日义勇军，同日本关东军开展了武装斗争。黑龙江省代省长马占山将军率部进行嫩江桥决战，给日军重创。为保存实力，马将军才率部退出嫩江桥，在嫩江等地节节抵抗日军。上海各界民众汇巨款支援马将军抗日。"

牛合久道:"同志们,连荣同志已经介绍了全国的抗日形势,中国共产党也发表了抗日宣言,现在请他传达中共满洲省委的重要指示!"

众人热烈鼓掌,赵连荣谦虚道:"同志们,咱党内开会,大家就不要鼓掌了。现在我来传达中共满洲省委的指示。九一八事变之后,中共中央发出号召,要求各级党组织发动群众开展反帝斗争。最近,中共满洲省委做出了《关于日本帝国主义武装占领满洲与目前党的紧急任务的决议》,根据目前的形势,认为党的主要任务是发扬爱国主义精神,号召爱国群众团结起来,反对蒋介石的不抵抗主义,反对日本帝国主义侵占东北。边城地区资源丰富,日本侵略者对我们这里早已垂涎三尺,必然要派兵到边城来,抢夺我们的各种资源。边城与苏联接壤,是中国共产党同苏联来往的重要通道。我们梨平镇是这条通道上的中转站,地理位置极其重要。满洲省委要求咱们梨平镇的党组织不仅要发动群众开展抗日活动,还要保护好这条通道和中转站,担子很重。"

牛合久接着道:"连荣同志传达了中共满洲省委的指示,分析了边城地区的重要位置和摆在我们面前的任务,大家议论议论,看目前我们冠山路矿事务所党支部应当怎么办?"

杜梅道:"俺认为咱们梨平镇地处边陲,消息相对比较闭塞,不少人对目前的形势还不太清楚,我们应当加强抗日救国宣传教育活动,让梨平镇和冠山煤矿的广大群众认清日本帝国主义的狼子野心和罪恶,认清蒋介石卖国不抵抗政策的严重后果,积极行动起来,进行抗日反蒋斗争。"

朱奇山道:"冠山煤矿的俄方矿主是俄国十月革命后逃亡出来的白俄资本家,极端仇视共产党,特别是那个东正教教主,多次公开辱骂矿工,过去曾发生过私设公堂打死打伤工人的事件,俺觉得他们肯定和日本人在暗中勾结,咱们不可不防!"

赵连荣问道:"目前'天满账房'是什么态度?"

张大闯道:"俺看苟步力那帮人是见钱眼开的主儿,国家兴亡、民族气节对他们来说恐怕不会太在意。俺判断,他们现在的态度是坐山观虎斗,将来哪方势力大就跟哪方干。日本人如果占了梨平镇和冠山矿,他们很可能会投靠日本人,做汉奸走狗。"

三人发言后,众人七嘴八舌表达了各自的见解。

赵连荣听完大家的发言,跟牛合久简单商量后说:"同志们的发言符合中共满洲省委的指示精神,有些分析和见解很值得重视。我和合久同志商量后,决定做这么几件事:第一件事,由合久和杜梅同志为主,负责筹备五卅惨案7周年纪念演讲大会。借纪念五卅惨案七周年,揭露日本帝国主义的罪行,号召群众团结起来，抗日救国，把日本侵略者赶出去！"

众人点头道："嗯哪，好！"

赵连荣接着道："第二件事，由奇山和大闯同志负责监视东正教的活动，如有明显的反苏和破坏抗日的行为，可采取强硬措施！"

朱奇山和张大闯同时回应道："嗯哪，保证完成任务！"

"第三件事，"赵连荣继续道，"纪念大会后，要借势建立各种抗日组织。如抗日会、妇女会、儿童团等，男女老少齐动员，进行抗日活动，也可以采取募捐等各种形式支援抗日队伍。在这个基础上，我们可以考虑组建我们自己的抗日武装！"

散会后，赵连荣和牛合久把朱奇山和张大闯单独留下问道："你们俩的党员身份都有哪些人知道？"

朱奇山道："除了今天参加会议的党员，外人还不知道俺俩的党员身份。"

牛合久道："你俩的公开身份是把头，成立互济会，组织工人罢工，你俩都没有公开参加，这次召开纪念五卅惨案演讲大会，你俩也不要公开露面，免得引起苟步力和白俄矿主的怀疑！"

张大闯道："进行抗日救国宣传是带有全民性质的活动，和组织罢工不同，俺俩公开参加，苟步力也未必会怀疑到俺俩的党员身份，俺看不必过分小心！"

赵连荣道："不让你俩公开参加，组织上有深层次的考虑。刚才，你对苟步力和白俄矿主的分析很正确，依俺看，他们同日本侵略者同流合污是早晚的事。让你俩以把头身份同他们接近，不仅可以掌握他们的动向，还可以为我方收集情报，这对我们的对敌斗争有利！所以需要你俩隐瞒身份！"

牛合久道："这和你俩用把头提成费支持互济会的工作却又隐瞒真相一样，是'外白内红'，组织上清楚。等到胜利那一天，再公开你们的党员身份，让真相大白，矿工和群众是会感动的！"

朱奇山道："既然组织上有长远安排，俺服从组织决定！"

张大闯道："俺也服从组织决定！"

赵连荣道："你俩的任务很艰巨，不仅要时刻小心提防敌人，还要忍受矿工群众甚至亲人的误解、辱骂等过激行动，你们要做好心理准备！"

牛合久道："但是你们也要相信，组织上不会放任不管，你们的身前身后，始终会有组织保护的身影，你们的战斗不是孤立的！"

朱奇山和张大闯一起表态道："请组织放心，俺俩一定保证完成任务，不辜负组织的托付！"

## 三

5月30日，梨平镇东面的广场上，搭起了一座简易木棚。木棚的门脸上有一横幅，上写"纪念五卅惨案七周年演讲大会"十几个黑色遒劲大字，木棚中央放着几张长条桌，桌后摆着几把椅子，算是主席台。木棚前是梨平镇小学和冠山矿职工子弟小学的鼓号队，还有镇里民间办婚庆的鼓乐队。后面是冠山矿工人、镇工商各界职工的队伍、学生队伍，还有数量不多的妇女队伍。赵连荣以钟表店老板的身份动员梨平镇苏怀志镇保牵头组织活动，并请他发表演讲，苏镇保说自己是粗人，舞枪弄棒可以，舞文弄墨不行，故仅答应参加会议，还让出动保丁维持秩序。在主席台就座的除镇保苏怀志，还有冠山路矿事务所中方所长、梨平镇小学校长牛合久、钟表店老板陈文福（赵连荣）。赵连荣受苏镇保委托主持大会，并请牛合久作主旨演讲。

队伍集中就绪之后，赵连荣站在主席台前高声喊道："我宣布，纪念五卅惨案七周年演讲大会现在开始！"

霎时，台下锣鼓喧天，鞭炮齐鸣。鼓乐鞭炮停止后，赵连荣又高声宣布道："请全体起立，为五卅惨案中遇难的同胞致哀！"台上台下一起低头默哀。

哀毕，赵连荣道："让我们以热烈的掌声欢迎梨平镇小学校长牛合久先生作主旨演讲！"

台下热烈鼓掌，牛合久站起来向众人招招手，等掌声停止后，他说："先生们，兄弟姐妹们！1925年5月的今天，帝国主义在上海制造了震惊中外的五卅惨案。首先，我先简要地向大家介绍一下五卅惨案的来龙去脉。"他把五卅惨案的经过向大家做了简要介绍后特别强调指出，"惨案发生后，中共中央发表了《告全国民众书》，组织了行动委员会，建立了各阶层的统一战线。上海总工会发表宣言和告全体工友书，宣布为反对帝国主义屠杀中国人民举行总罢工。接着，工人罢工、学生罢课、商人罢市，革命风暴由上海席卷全国，打击了帝国主义的嚣张气焰。"

此时，台下群众也纷纷振臂高呼"打倒日本帝国主义！""为死难学生和工友报仇！"等口号。

口号声停止后，牛合久继续演讲说："日本帝国主义不仅在上海，在济南、青岛、天津都干了不少坏事，罄竹难书。9月18日，日本军队公然炮轰东北军沈阳驻军北大营，武装占领沈阳、辽宁、长春，现在又向我们黑龙江进军，妄图占领全东北，大家说，我们该怎么办？"

台下群众高呼"打倒日本帝国主义！""反对蒋介石出卖东北！""团结起来，把日本侵略者赶出东北！""只有共产党才能救中国！"等口号。

口号声以后，牛合久接着说："我们今天召开纪念五卅惨案七周年演讲大会，就是要大家认清日本帝国主义的狼子野心，就是要我们梨平镇各行各业、冠山煤矿职工群众，同心同德，团结起来，组成统一战线，做好同日本侵略者拼死斗争的准备，为保卫我们的家园，为不做亡国奴，不怕困难，不怕牺牲，坚决跟日本鬼子血战到底！"

台下又发出了"打倒日本帝国主义！""坚决不做亡国奴！"等口号声。接着，工人代表、商界代表、知识界代表和学生代表表态演讲，一致谴责日本帝国主义制造九一八事变和侵占东北的罪行，反对蒋介石国民党反动派不抵抗主义行径，拥护中共停止内战坚决抗日的主张。

演讲以后，开始游行。梨平镇和冠山矿子弟学校学生的鼓号队在前，民乐随后，依次是冠山煤矿的矿工、各行各业职工、教师学生排着整齐的队伍，先是沿着梨平镇大街，然后又转向冠山矿职工和家属区，浩浩荡荡，边前进边喊口号。受游行声势的感染，不少围观群众也参加了游行队伍。

演讲大会和游行惊动了白俄矿长和"东正教"教主。他们早就希望日本帝国主义占领东北，并以东北为跳板进攻苏联，推翻布尔什维克政权，夺回失去的天堂。在冠山矿的"东正教"教主是披着宗教外衣的白俄间谍，他以白俄矿主的财力为支撑，秘密成立了"反苏复国组织"，早已同日本关东军在东北的特务组织暗中来往，甘心情愿为日本特务机关收集情报，做着反苏复国的美梦。

看到梨平镇和冠山矿爱国群众的游行后，他同白俄矿长商量道："从我掌握的情报看，日本占领东北三省是早晚的事，我们也要做好准备，为日本帝国军队献上一份礼物。矿长先生，不知你有何见教？"

白俄矿长道："依我看，他们演讲、游行不过是虚张声势而已。没枪没炮，喊喊口号是不能把日本赶出东北的。这不过是些乌合之众，教主不必在意！"

东正教主摇摇头道："不！不！我看不全是虚张声势，演讲、游行，制造抗日救国舆论过后，必然还会有实质性的准备。能够动员这么多人参加，声势这么大，背后一定有高人，也可能有共产党的组织领导。目前东北的抗日武装，除马占山外，还有李杜、王德林、李延录、杨靖宇、周保中等十多股，几十万人。边城地区，包括梨平镇也可能正在组建抗日武装队伍，不可小视！"

白俄矿长道："主教说的是，依你看，梨平镇和冠山矿这样的边远地区，日本人有没有可能到这里来？"

东正教主道："边城地区是同苏联接壤的战略要地，冠山铁路与中东铁路接轨，梨平镇是重要的交通枢纽和货物集散地，冠山煤矿是北满第一大矿，早已进入了日本人的视野。日本是一个资源贫乏的国家，他们的目的是以边城为进攻苏联东部的桥头堡，以边城和冠山矿的物资和煤炭资源为基础，以战养战，所以，日本关东军肯定会来！"

白俄矿长道:"以边城和梨平镇当局的现状,能够阻止日本关东军的进攻吗?"

东正教主道:"蒋介石把共产党当作主要敌人,把主要精力放到了'剿'共方面,对日本实行不抵抗主义,所以日本人才可以为所欲为。上面如此,凭边城和梨平镇地方当局这点儿力量,别说能否齐心抗日,就是齐心,恐怕也是鸡蛋碰石头,想阻止日本人的进攻是根本不可能的事!"

白俄矿长道:"我看也是这样,那我们就先让他们瞎折腾吧,咱们静观其变好了!"

东正教主摇摇头道:"不!不!"

白俄矿长道:"依教主之见,我们应当怎么办?"

东正教主道:"我找你来,就是为了商量这个事!"

白俄矿长道:"看来教主已成竹在胸了,愿听教主赐教!"

东正教主道:"我看咱们现在至少要做好三件事:第一件事,要在冠山煤矿工人中安排我们的眼线,了解抗日救国活动的组织领导人和抗日分子,日本人占领梨平镇和冠山矿以后,咱们就把这个名单交给日本人,作为同日本人合作的见面礼!"

白俄矿长道:"嗯,这件事很有必要,把抗日分子的名单交给日本人,不仅是见面礼,也可避免他们煽动工人捣乱,一举两得,好!那第二件呢?"

东正教主道:"第二件事就是组织咱们自己的武装。我建议以时局动荡,保护矿井安全为名,扩建矿卫队,建立一支二百人左右的武装!"

白俄矿长道:"有了咱们自己的武装,既可以自保,还可以协助日本人进行军事行动,也免得他们小看咱们!"

东正教主频频点头道:"第三件事是秘密筹建兵工厂,既保障矿卫队的武器弹药,也可为将来扩大武装队伍,进行反苏复国大业创造条件!"

白俄矿长竖起大拇指道:"教主深谋远虑,有战略眼光,我赞同!请教主安排有关人员具体负责,我这里积极配合!"

东正教主高兴地喊道:"哈拉少!"

"纪念五卅惨案七周年演讲大会"对发动梨平镇爱国群众的抗日热情发挥了不小的作用。牛合久利用自己的校长身份联合工商界业主和煤矿工人组织了梨平镇"抗日救国会",以"抗日救国会"名义办小报、发传单、搞募捐,梨平镇和冠山矿的抗日氛围一天比一天浓烈。杜梅以小学教师的身份组织了妇女会在妇女中揭露日本人在东北烧杀奸淫的罪恶,宣传共产党的抗日救国主张,对发动妇女支持抗日活动也发挥了一定作用。赵连荣以钟表店老板和亲家的双重身份同杜勇经常会面,秘密商讨着抗日大计。

杜勇道:"连荣老弟,最近组织的抗日救国活动,效果很不错,我由于特殊身份和任务的关系不便公开参加，还真有点儿闷得慌呢！"

赵连荣道："勇哥，俺理解你的心情，聚友酒店担负着中苏通道秘密中转站的重任，身份特殊，得处处小心！"

杜勇道："这俺明白，俺会注意的！"然后转换话题道，"连荣老弟，你今天来，还有什么事，请直说！"

赵连荣道："嗯哪，俺想问问，酒坊工人中，有多少可靠的同志？"

杜勇道："不多，也就五六个人吧，身手都不错，就是没有武器。"

赵连荣道："最近，冠山煤矿那个东正教活动频繁，听奇山说，他们以保卫煤矿安全为借口，组建了有二百多人的护矿队，大闯说，前一段，白俄矿长要他组织施工队在西山后一个偏僻的地方盖房子，还秘密往房子里运机器，好像要建工厂。俺想，如果能把这支反动武装收拾掉，咱们就可以组织自己的抗日武装了！"

杜勇道："收拾二百多人的武装护矿队，单靠酒坊这五六个人恐怕不行，得另想办法。"

赵连荣道："你觉得镇保苏怀志这个人怎么样？"

杜勇道："这个人有时也到酒店来，我和他也有一些接触，从侧面了解和当面接触看，这个人比较正直，有一股豪侠之气，在镇里好像还有些威信。"

赵连荣道："他对蒋介石国民党的不抵抗主义很不满，对东北军不战而退的举动也很失望。他手下有一百多人的保丁，现在也在加强训练，如果能说服他举起抗日救国的义旗，就可以为收拾白俄的护矿队增加不小的力量。"

杜勇道："能够动员老苏举旗抗日当然是好事，但仅靠这些保丁还不行，毕竟缺乏作战经验。听说李延禄将军的抗日救国军军部在兴源镇，我去跟李军长联系，你去做苏怀志的工作，咱们双管齐下，一定把这件事办成！"

赵连荣道："这样当然好。不过，俺眼下还有一件比说服苏怀志更紧急的事要办，等办完以后，俺再去做苏怀志的工作。"

杜勇道："什么事这么急？"

赵连荣道："荒岗缉私队的钱队长你知道吗？"

杜勇道："知道，听说这个人很坏，常以缉私为名敲诈勒索，干了不少坏事。"

赵连荣道："这个缉私队有五支步枪，姓钱的手中还有一支手枪，与其让这些枪在他们这些人手中干坏事，还不如把它缴回来为我们抗日所用。俺想和你酒坊中的几个可靠的同志在夜间袭击这个缉私队，把他们手中这几支枪弄过来，组成一支地下抗日小队，一是为社会除害，二是以这支地下小分队为基础开展抗日活动，扩充抗日力量，为动员苏怀志举义旗，夺白俄护矿队武器创造条件。"

杜勇道："我看行，那酒坊这几位同志就归你指挥了！"

赵连荣道："好！"

赵连荣把酒坊几位同志组织起来，先安排两名同志去秘密侦察，摸清了缉私队的活动规律。得知这帮人大都是酒色之徒，几乎每晚都要饮酒作乐，到后半夜才睡觉，戒备松懈。赵连荣即率领六位同志化装蒙面，夜袭缉私队，神不知鬼不觉缴了荒岗缉私队的枪，组建了自己的武装，并打出了东北抗日救国军特别分队的旗号，不长时间即扩展到十几个人。听说猴石沟山林队的郝正平队长为人正直，有爱国思想，对日本侵占东北和蒋介石不抵抗政策十分痛恨。赵连荣即以特别分队队长的身份只身到猴石沟山林队做说服动员工作，山林队郝正平队长举起了抗日义旗。特别分队由十几人发展成了近百人的抗日队伍。然后，他又同杜勇联手开始了动员苏怀志举义旗参加抗日队伍的工作。

## 四

1932年6月，双峰村武家方便店来了母子两人，母亲三十五六岁，儿子约十岁，衣衫褴褛，面黄肌瘦，愁眉苦脸。

武敬岳见母子二人可怜，便关心地问道："大嫂，俺看你不是本地人，又带个孩子，多不容易啊！请问你家住哪里，准备到哪里去？"

女子哽咽道："我家在辽宁本溪苏家村，孩子他爹叫苏怀忠。原在本溪煤矿当工人，日本兵炮轰北大营，攻占沈阳以后，老百姓对东北军不战而退非常不满，对日本兵杀人放火满腔怒火，难免议论纷纷，说几句不好听的话。孩子他爹骂了几句日本兵，被狗特务报告了日本矿主。硬说孩子他爹是抗日分子，逼问孩子他爹交代同伙是谁，孩子他爹也就是发几句牢骚，骂了几句，哪有什么同伙，确实无法交代，就被日本人活活打死了！剩下我和孩子没有活路，又怕日本人找碴儿，就一路讨吃要饭想到梨平镇找孩子的叔叔苏怀志。听路人说这里有个方便店，专门收留各方难民，所以我们母子就投奔贵店暂住！"

武敬岳叹口气道："日本鬼子太可恶了，既然你们母子住到了小店，就多住几日，养养身体，这里距梨平镇很近，听说镇保叫苏怀志，要真是你家亲戚，改天俺送你们母子去找他！"

女子十分激动地说："听说店主行侠仗义，是个好人，今日看见，果然不差！"边说边招呼孩子，"小柱子，快，快过来给恩人叩头！"叫小柱子的孩子也不答话，走过来跪在地上连着叩了三个响头。

武敬岳连忙将孩子扶起，爱怜地说："这个年纪的孩子本该上学读书，家遭如此横祸，不但不能读书，还得四处流浪，都是小日本害的呀，孩子，要记住这个仇啊！"

小柱子天真地说："叔叔说得对，我跟娘投奔我怀志叔，就是要跟他一起打日本鬼子，给爸爸报仇！"

武敬岳道："好，好，小小年纪有志气，叔叔喜欢你！"转身对女子道："大嫂，你别着急，过一两天，俺到梨平镇办事，你们母子俩跟俺一起坐车去就行了！"

母子俩再三表示感谢："好，好，谢谢！"

过了两天，武敬岳赶着胶轮马车，拉着小柱子母子俩一起到梨平镇寻亲。聚友酒店是武敬岳当然的落脚点，车到酒店门口，武敬岳扶母子俩下了马车，进到酒店即大声喊道："勇哥在吗？"

在酒店帮忙的杜菊见武敬岳，便热情地招呼道："武叔，你可好长时间没有来了！"见旁边还有母子两人，未等武敬岳答话，便惊疑地问道，"武叔，这两位是……"

武敬岳急忙回应道："她们是苏镇保的亲戚，等一会儿俺就把她们母子俩送去见苏镇保！"

说话间，杜勇已闻讯走过来，听说母子俩是苏镇保的亲戚，想到和赵连荣商量的事，觉得这是同苏镇保见面的好机会，便将武敬岳和母子俩一起让进雅间，并对杜菊道："小菊，你去找连荣叔，就说我有事找他，请他到酒店来！"

杜菊答应着去找赵连荣，杜勇即同小柱子母子俩唠嗑，知道了母子俩的遭遇。不一会儿，赵连荣随着杜菊到了雅间，跟武敬岳打招呼后，即问杜勇："勇哥，找俺来有什么事？"

杜勇道："也没什么大事，敬岳兄弟来了！"又指着小柱子母子俩道，"还有苏镇保的亲戚，俺找你来，一是咱哥儿仨一起喝杯酒，唠唠家常，二是我们一起陪陪苏镇保的亲戚！"

赵连荣心领神会，便客气地对母子俩道："大嫂，俺哥儿仨和苏镇保都是朋友，你和孩子到勇哥的酒店就像到自己家一样，不必客气！"又对杜勇建议道："大嫂母子是苏镇保的至亲，何不把苏镇保一起请来同她们母子见面，咱们也好一起叙谈！"

杜勇道："连荣老弟想得周到，你们先坐着唠唠嗑，我这就去请苏镇保！"又吩咐杜菊："小菊，你给大家续茶，吩咐伙房准备酒菜！"说完便骑着自行车走出酒店。

杜勇骑着自行车，不一会儿到了镇公署，听说苏怀志在训练场看保丁练武，便直奔训练场。苏怀志身材魁梧，浓眉大眼，鼻直口阔，有一种不怒而威的气势。今日天气晴朗，练武场上，近百名保丁正在观看苏怀志做示范动作。只见他上身穿白绸大褂，下身穿黑色马裤，正跟几个保丁做对打练习。先是单个对打，都被苏怀志打翻在地，后来苏怀志招呼几个保丁一起上，只见他拳脚相加、躲闪推挪，时快时慢、灵活自如，众保丁不是对手，被苏怀志打翻在地。在一旁观看的杜勇佩服地喊道："镇保好身手！"

苏怀志见是杜勇夸赞，一边更衣，一边谦虚道："杜老板抬举了，谢谢！苏某不知杜老板光临，有失礼数，还望见谅！"

杜勇道："镇保客气了，今日无事，请镇保到小店喝几杯如何？"

苏怀志道："杜老板是个忙人，今日怎么有时间请我，莫非有什么要事？"

杜勇道："要事倒没有，不过，有件悲喜之事，镇保到小店就知道了！"

苏怀志道："现在就告诉苏某不行吗？"

杜勇笑道："当然行了，不过三言两语也说不清，还是等到小店见到两个人以后就什么都清楚了。"

苏怀志道："说来说去，老兄还是要卖关子了！那好吧，我这就跟你走好了！"边说，边招呼保丁队长继续组织训练，自己即同杜勇一起骑自行车到了聚友酒店。

杜勇领着苏怀志进入雅间，小柱子眼尖，一眼认出了苏怀志，便连着喊道："叔叔！叔叔！"

听到喊声，看见小柱子母子俩，苏怀志边答应边惊喜地说："嫂子，你和柱子怎么到这里来了，我大哥呢？"

柱子娘看到苏怀志，悲从中来，泣不成声地说："兄弟，你大哥被日本人打死了！"

苏怀志惊愕地说："嫂子，你先别哭，快告诉我大哥是怎么被日本人打死的。"

柱子妈止住悲痛，擦了擦眼泪即诉说了苏怀忠被日本矿主打死的经过。

听了嫂子的诉说，苏怀志暴怒，瞪着血红的眼睛骂道："小鬼子，我×你八辈祖宗，你他妈的到我们东北来杀人放火，打死我大哥，此仇此恨，我其能容忍！"骂完，对母子俩道："大嫂、柱子，跟我回本溪找日本鬼子算账，大哥的仇不报，我誓不为人！"说着就要拉苏小柱往外走。

杜勇急忙拦住，并将苏怀志按在座位上劝道："镇保，俺知道你兄弟情深，报仇心切。可是，就你和这孤儿寡母单枪匹马怎么给大哥报仇！此事不可性急，需从长计议。"

赵连荣也解劝道："镇保，日本侵略者进军东北，占咱们的土地，抢咱们的资源，杀咱们的亲人，奸咱们的妻女，坏事干尽，血债累累。像你大哥那样被日本鬼子活活打死的，可以说是成千上万，咱们不仅要给你大哥报仇，还要给成千上万被鬼子杀害的东北人报仇！勇哥说此事应从长计议，俺觉得有道理。镇保是有头脑的人，不可那么冲动！"

柱子妈也哽咽着说："兄弟，两位大哥说得对。嫂子知道，你和柱子他爸虽然是堂兄弟，和亲兄弟一样。你报仇心切，嫂子明白，可是，如果你由着自己的性子去报仇，万一有个闪失，你叫嫂子和你大哥的在天之灵如何安生？"

武敬岳也插话道："镇保，他母子俩一路讨饭，千里迢迢投奔你可不容易。现在，你是苏家的主心骨、掌舵人，万不可意气用事啊！"

苏怀志刚才的举动，确实是因为听到大哥惨死的情况后，气昏了头。现在听了众人的解劝，渐渐冷静下来，但怒气并没有全消，只是耷拉着脑袋，气哼哼地一言不发。众人也不再说话，安静了一会儿，杜勇试探着小声对苏怀志道："镇保，敬岳老弟护送嫂子母子俩到小店来，到现在还没有吃饭，俺这里略备薄酒淡菜，大家先填饱肚子再说如何？"

苏怀志此时也恢复了冷静，略显歉疚地说："杜兄说的是，怀志刚才在气头上有点儿失礼了，还望谅解！"

众人见苏怀志恢复了理智，也都松了口气道："镇保不必客气，都是自己人！"

不一会儿，杜菊端来酒菜，众人围着餐桌坐下，杜勇给苏怀志和各位倒上酒，给小柱子母子倒上饮料，然后端起酒杯道："各位，首先让我们以十分沉痛的心情为怀忠大哥敬杯酒，愿他仇恨得以早报，灵魂得到安息！"说完，和众人一起将杯中酒倒在地上。然后，他给众人倒上第二杯酒道："这第二杯酒，俺们哥儿仨对苏镇保和嫂子侄儿的团聚表示衷心祝贺，俺哥儿仨先喝为敬，干！"

众人干杯后，杜勇热情地让大家吃菜，并关照小柱子母子俩道："嫂子，小柱子，到叔叔这里就是到家了，不要客气！你们不会饮酒，多吃菜！"

柱子娘道："三位兄弟都是好心人，要不是你们关照，我们母子俩怎么能这么顺利地找到他叔叔呢，真的谢谢了！"

苏怀志拿起酒壶，给众人倒上酒，端起酒杯道："这杯酒，怀志先敬敬岳大哥，感谢大哥对我大嫂和侄儿的热情照顾，来，怀志先喝为敬！"边说，边一饮而尽。

武敬岳也谦虚道："镇保客气了，些许小事，何足挂齿！"说罢也一饮而尽。

苏怀志又倒上第二杯酒对杜勇和赵连荣道："这杯酒，怀志诚心敬两位兄长，感谢两位良言相劝！"

赵连荣插话道："镇保从善如流，是干大事的人，以后连荣还要到府上拜访，共商大计！来，大家同干！"三人一饮而尽。

杜勇兄弟三人虽然热情，但因怀忠遇难，苏怀志心情郁闷，所以，众人也仅是礼让一番，酒宴即草草结束。临别，赵连荣与苏怀志相约，决定明日到苏府议事。

## 五

第二天，赵连荣如约到了苏家。苏怀志脸色阴沉，仍因兄长惨死而心情不愉快。见到赵连荣，也只是礼节性地邀至客厅，让座倒茶后，便直截了当地说："赵兄，今日只有你我两人，对如何给我大哥报仇之事你有何见教？"

赵连荣道："俺今天跟你商量的，不单是给你大哥一个人报仇雪恨的事，俺要和你商量的是如何为所有被日本侵略者杀害的中国人报仇的事！"

苏怀志有些惊异地说："陈老板，你虽然只是个生意人，但能有如此胸怀，苏某佩服。不过，我现在只有百十个人，又缺武器弹药，你所说的为所有受害的中国人报仇的事还做不到。我只想带几个得力的弟兄到本溪煤矿跟打死我大哥的日本矿主算账，报仇雪恨，出我胸中恶气！"

赵连荣摇摇头道："镇保想错了，常言说，水有源，树有根，本溪矿主敢在光天化日之下打死你大哥，靠的是谁？"

苏怀志道："那还用说，不就是有日本军人撑腰嘛！"

赵连荣道："是啊，所以，你的仇不单是私仇，还有国恨。日本鬼子是我们的共同敌人，只有全东北全中国的人团结起来，把日本鬼子赶出东北，赶出中国，才能从根本上解决问题！才算真正给你大哥和所有受害的中国人报了仇！"

苏怀志道："你说的这个道理我不是不懂，可是，我刚才说了，咱们现在和日本人的军事力量差距太大，要把日本人赶出东北，赶出中国，谈何容易！"

赵连荣道："你说得不错，凭咱们现在的实力，要把日本侵略者赶出中国是不容易。共产党人提出'星星之火，可以燎原'，别看我们现在只有百十个人，百余条枪，只是个小火星，但是，因为我们是站在正义方面，我们这个百十个人的队伍是正义之师，得民心顺民意，受到全中国全东北爱国群众的支持，他们好像春天的风，我们这星星之火借助春天的风势，必然越烧越旺，最后就能够发展成燎原之势，把日本鬼子包围在燎原烈火之中，被熊熊大火烧死！"

苏怀志道："听你这一说，我也想起了中国的一句老话，叫'得民心者得天下'，日本人在咱们东北烧杀抢掠，横行霸道，无恶不作，老百姓恨得咬牙切齿，确实不得人心。这样看来，日本鬼子的失败是早晚的事了！"

赵连荣道："镇保说的是，日本人妄想霸占咱东北，让东北的老百姓当亡国奴，肯定是要失败的。不过，反动势力是不会自动退出历史舞台的，任何反动势力，你不打他，他是不会自动倒塌的。我们的责任，就是要拿出中国人的骨气来，举起抗日救国大旗，跟日本侵略者作斗争，促进日本鬼子失败的进程！早日把日本鬼子赶出东北，赶出中国！"

苏怀志看看赵连荣，有点儿异样地说："陈老板，你到底是什么人？我看你讲的这些话不太像一个生意人。"

赵连荣笑道："那你看俺像什么人？"

苏怀志道："我不猜。你要让苏某以大局为重，举抗日救国大旗，就得以实对实，把你的真实身份亮出来，不然苏某心里没底！"

赵连荣诚恳道："要说呢，咱们认识也不是一天了，彼此的为人也都清楚。你既然这么说，那俺也不隐瞒你了，俺是中国共产党党员，名叫赵连荣，受组织派遣以钟表店陈老板的身份在梨平镇、冠山矿做抗日救国工作，俺同东北抗日救国军李军长有联系。如果镇保有抗日救国之志，俺愿引荐你同李军长见面，商量抗日大计。你若愿意，可将你的部属编入东北抗日救国军序列，同抗日救国军一起打鬼子，为老百姓谋幸福求解放，不知镇保意下如何？"

苏怀志激动地说："赵兄，你既然跟我说了实话，我也就跟你推心置腹了。怀志是中国人，是中华儿女、龙的传人，不仅有私仇，也有国恨。我愿参加东北抗日救国军，为把日本侵略者赶出东北、赶出中国尽绵薄之力，头可断，血可流，抗日之志决不丢！"

赵连荣也兴奋地说："好！镇保如此深明大义，连荣佩服！明天咱俩就到兴源镇去拜会李将军，听李将军的指示，择日举起抗日救国大旗！"说罢，两只大手紧紧地握在了一起。

李军长对苏怀志的义举非常赞赏，经领导层商量决定，将苏怀志的保丁同赵连荣的特别分队一起编入了东北抗日救国军序列，番号是新编二团。本意是要委任赵连荣为团长，但从以团结为重的大局出发，赵连荣主动请辞，建议委任苏怀志为团长，军部采纳了他的意见，委任苏怀志为新编二团团长，军部李参谋为团政委，赵连荣屈居副政委兼一营营长。回到梨平镇以后，苏怀志立即召集部属一百多人，表明了自己的志向。

他激昂慷慨地说："弟兄们，日本人已经侵占了东北大部分国土，现在正在向边城地区推进，就要打到咱家门口了。我们的出路有两条，一条是举抗日义旗，跟日本鬼子决一死战，保卫我们的家园，做一个铁骨铮铮的中国人；另一条是当日本鬼子的顺民或汉奸走狗，做亡国奴，落千古骂名，给祖宗和子孙后代蒙羞。"停了一会儿，他接着道，"怀志选择了第一条路，我现在已经参加了东北抗日救国军，今天把话跟弟兄们说明白，东北抗日救国军是共产党领导的部队，是为老百姓谋幸福求解放的队伍，愿意跟怀志一起参加抗日救国军打鬼子的，就是我的好兄弟，我们携手同行，做抗日志士，为国人和家族争光。不愿意参加的，苏某也不勉强，回家务农做工养家糊口，干什么都可以，就是不能当汉奸土匪，祸害百姓。谁如果不走正道，坏了中国人和中华儿女的名声，那就是死路一条，别怪苏某不客气！现在，请大家选择，愿意参加抗日的站左边！"

苏怀志的话刚说完，一百多名保丁齐刷刷地站到了左边。苏怀志见状，心情激动地对众保丁道："谢谢弟兄们，谢谢弟兄们！现在，请东北抗日救国军代表赵连荣同志宣读东北抗日救国军军部命令，大家欢迎！"

在热烈的掌声中，赵连荣高声宣布道："东北抗日救国军军部命令：兹正式将梨平镇保丁编入东北抗日救国军序列，同东北抗日救国军特别分队一起扩充为一个团，番号为东北抗日救国军新编二团。兹任命苏怀志同志为新编二团团长，田之贵同志为副团长，李延平同志为政治委员，赵连荣同志为副政治委员兼一营营长。此令。1932年6月5日。"命令宣读后，特别分队和保丁及从东北抗日救国军补充来的战士合在一起，举行了隆重的宣誓仪式。

朱奇山和张大闯一直注视着东正教的举动。经过侦察，摸清了他们以护卫队名誉组织的反动武装的架构和活动规律，并将白俄护卫队队长、副队长和队员住宿位置及兵工厂的内外结构绘成图纸交给了赵连荣。赵连荣即同苏怀志商定了作战方案并报军部批准，开始了夺取白俄护卫队枪支和兵工厂设备的行动。

袭击白俄护卫队的时间定在8月1日后半夜，由苏怀志带领新编二团主力对付白俄护卫队，夺取其枪支弹药，由赵连荣率一营战士捣毁兵工厂，拆运设备，同时，又由武敬岳跟双峰村村民借用两辆马车和自己的胶轮马车一起秘密停靠在兵工厂附近，做好装运兵工厂设备的准备，还特意带着对机械有研究的杜龙彪随部队一起行动，负责拆卸兵工厂设备。

按照预定时间，苏怀志带队包围了白俄护卫队驻地，首先安排两名战士收拾了护卫队的岗哨，然后又安排二营和三营两位营长分别带人冲进正、副两位护卫队队长的卧室，正在睡梦中的白俄护矿队长即被破门而入的战士缴了械。随后，苏怀志即指挥战士悄悄进入护卫队队员的宿舍，收了宿舍内枪架上的枪支，如梦初醒的白俄护卫队员惊慌失措地当了俘虏。仅一个多小时的时间，战斗即告结束，新编二团不费一枪一弹、无一人伤亡，共收缴一百八十支步枪，五支手枪，一万多发子弹。苏怀志知道东正教教主是披着宗教外衣的间谍，白俄反苏复国组织的头目，是极端仇视中国人和日本特务机关暗中勾结的坏蛋，留下来是祸害，当即将其枪决。

赵连荣捣毁兵工厂的战斗也很顺利，由于兵工厂是在偏僻的山沟里，又是夜晚，厂长和警卫做梦也没有想到半夜会遭到袭击，警惕性比较差。赵连荣带领的战士顺利地缴了岗哨和警卫的枪，并将所有人员都集中在工厂院子里听赵连荣训话。赵连荣高声宣布道："我们是东北抗日救国军新编二团的战士，这座兵工厂是白俄反苏复国组织建立的秘密工厂，生产的是军用产品。这个组织的头目，是东正教的教主，他是个仇视苏联布尔什维克政权，仇视中国人民，与日本侵略者暗中勾结的坏蛋，他们建立这个秘密工厂的目的是为白俄护卫队和日本侵略军供应军火，镇压中国人。有良心的中国人应当同他们划清界限，跟我们一起抗日救国，把日本侵略者赶出中国。"

兵工厂的中国员工齐声喊道："我们愿意参加抗日救国军，跟你们一起打日本鬼子！"

赵连荣高兴地说："欢迎，欢迎！时间急迫，咱们大家一起来拆卸和装运设备！"

杜龙彪领头，指挥战士和兵工厂工人将厂内的车床、铣床、电动机等设备拆卸分解以后，把有用的、能够拿走的都搬到了在厂外等候的马车上，武敬岳和村民赶着马车将兵工厂的设备运到了兴源镇抗日救国军军部。赵连荣指挥战士一把火将兵工厂房舍烧为灰烬。然后同苏怀志的主力部队会合，撤到了小石河子驻扎。

## 六

此事对白俄矿主震动很大，但出于对爱国民众和抗日武装的畏惧，并没有敢声张。不过，新编二团的举动，却引起了护路军司令丁士超的警觉。此人虽然吃着东北老百姓的军粮，穿着国民政府的军衣，担任着维护中东铁路安全的任务，却不思报效东北老百姓，尽一个中国军人应尽的义务，在东北即将落入日本人手中的关键时刻，绞尽脑汁思考着自己的出路。九一八事变以来，他经常找王五新和车之鉴两位亲信议论国事，商讨对策。

他问王五新道："五新兄弟，日本在东北的势力越来越大，老蒋一门心思要消灭共产党，说什么'攘外必先安内'，调动几十万大军天天打共产党，美其名曰'安内'。对日本在东北的军事行动却采取不抵抗主义，等候所谓'国联'的调解，让什么国际公法来解决，这他妈的不等于把东北让给日本了吗？"

王五新附和道："司令大哥说得对，以后东北恐怕要成为日本人的天下了！"

丁士超又问车之鉴："之鉴，依你看咱们将来该怎么办？"

车之鉴道："之鉴听司令大哥的，司令大哥怎么决定之鉴就怎么干！"

丁士超道："你看你们两位，我招呼你们俩来，是想听听你们对当前时局的看法，让你们帮我拿拿主意，你们这样唯唯诺诺的可不好。"

王五新和车之鉴齐声道："司令大哥，你还不知道吗，我俩都是粗人，你要我们打打杀杀还可以，你要我们论时局拿主意可真不行！"

丁士超装作无可奈何的样子道："那好吧，我就说说我的想法。常言道，识时务者为俊杰，依我看，东北要成为日本人的天下了，我们要保住现在的位置，吃香的喝辣的，非投靠日本人不可，你们觉得是不是？"

王五新和车之鉴点点头道："是啊，是啊！"

丁士超接着说："要投靠日本人，就得送一份厚礼，免得人家小瞧咱们！"

王五新和车之鉴以为丁士超要他俩拿钱，就装作很为难的样子道："大哥，给日本人送大礼可不是小数目呀，我们拿不起啊！"

丁士超笑笑道："我说的这份厚礼可不是钱，也不是金银珠宝！"

王五新和车之鉴不解地问："那是什么？"

丁士超道："据我所知，日本人对抗日救国军恨之入骨，必欲消灭而后快，苏怀志投靠抗日救国军，成了日本人的死对头，如果我们把收拾苏怀志的新编二团作为送给日本人的见面礼，你们说这份礼厚不厚！"

王五新和车之鉴点点头道："厚，厚，对日本人来说，这份礼比钱和金银珠宝更重要！只是，苏怀志的新编二团最近夺了老毛子护卫队的枪，捣毁了他们的兵工厂，士气正盛，怕不好收拾啊！"

丁士超摇摇头道："这个，两位不必担心。新编二团在咱们管辖的地盘上，最近又袭击了白俄的护矿队，拿他们开刀有借口。苏怀志的新编二团新建，人员混杂，士气虽盛，但战斗力并不强。苏怀志这个人，性情耿直，有勇无谋，没有弯弯肠肚，比较好算计。"然后招呼王五新和车之鉴两位到自己跟前，附耳低言后，微笑着说，"你们觉得这么办如何？"

王五新和车之鉴伸出大拇指道："司令大哥高明，咱们就这么办！"

王五新和车之鉴按照丁士超的指教，集中本部人马，快速行军，连夜赶到小石河子，借助漆黑的夜幕包围了新编二团的驻地，并在各交通路口安排士兵设伏，防止新编二团突围。准备就绪之后，命令士兵偷偷地向新编二团团部靠近，距离新编二团团部二百米左右时被哨兵发现，哨兵即鸣枪报警。苏怀志听到枪声，知道有敌人偷袭，即指挥士兵还击，密集的枪弹划破夜空，激战至后半夜，护路军也没有占到便宜，丁士超第一步计划是夜间偷袭消灭新编二团，没想到新编二团干部战士拼命抵抗，战局进入胶着状态，护路军偷袭计划宣告失败。

王五新和车之鉴即按丁士超商定的第二步计划，开始诱骗新编二团。王五新命令通信员："你去叫二营路营长，就说我和车团长找他有要事商量！"他知道，二营路营长打仗没多大本事，却有一张好嘴，能说会道，人送外号叫"路忽悠"，是个哄骗人的高手。

不一会儿，路忽悠随通信员来见王五新和车之鉴，敬过军礼后问道："团座，找我有事？"

王五新道："找你来，是有件大事要你去完成！"

路忽悠道："但凭团长吩咐，卑职万死不辞！"

王五新道："好，具体任务你听车团长吩咐！"

车之鉴把路忽悠扯到一边耳语一番后，拍拍路忽悠的肩膀道："兄弟，此事能不能办成，就靠你这张嘴了！"

路忽悠两脚后跟一碰，向车之鉴敬礼道："请团座放心，属下保证完成任务！"

此时，天已蒙蒙亮，路忽悠和卫兵一起站在高坡的隐蔽处，让卫兵举起一面红旗高喊："我们是护路军，你们是哪部分的弟兄，请停止射击，我们长官请求和你们长官说话！"

新编二团二营长冷士山听到对方的喊声，立刻命令部下停止射击，并高声回应道："我们是东北抗日救国军，有什么话，请派代表跟我们苏团长说！"

路忽悠听到回应，立刻装出惊讶的样子高声喊道："啊！误会了！误会了！三更半夜的，我们以为是土匪，哪知道你们是打小鬼子的英雄好汉，实在对不起，还请多多谅解！"

冷士山道："请问长官贵姓，在护路军哪个部门高就？"

路忽悠道："免贵，鄙人姓路，现任护路军二团二营营长。"

冷士山道："请问路营长找我们首长有什么事？"

路忽悠道："不瞒你说，我们护路军两位团座本来是奉丁士超司令的命令来剿土匪的，没想到夜里黑灯瞎火的不辨真伪，以为贵部是土匪，误打误撞就交上了火，后来发现对方火力很猛，指挥有方，不像土匪，怕发生误会，团长这才让鄙人摇旗喊话，才知道是误会了！"

冷士山听对方这么说，便回应道："我们也不知道你们是护路军，既然是误会，那就请路营长过来同我们首长见面好吗？"

路忽悠装作高兴的样子道："好，好，谢谢！"

冷士山一边等路忽悠，一边命令通信员到团部转告各位首长，同时吩咐部队做好警戒，严防敌人偷袭。不长时间，路忽悠跟卫兵走过来，三人互敬军礼握手客气之后，冷士山即带路忽悠去拜见团部首长。到团部门前，依照规矩下了路忽悠两位的手枪，然后同苏团长、李延平政委、赵连荣副政委和田之贵副团长见面。

路忽悠装作十分歉疚的样子对苏怀志道:"苏团长,各位长官,误会,误会,夜里天黑,我们以为是土匪,要知道是抗日的英雄好汉,说什么也不敢开枪呀!实在是对不起,对不起,还请苏团长和各位长官谅解!"

苏怀志道:"我们也不知道你们是护路军,不然我们也不会开枪。现在误会解除了,就不要再说它了。路营长也不要客气了,有什么事直说无妨!"

路忽悠道:"苏团长举抗日义旗,是大丈夫所为,我们丁司令十分敬佩。现在日本人在东北的所作所为,令国人愤慨。丁司令有意效仿苏团长举抗日义旗,参加抗日队伍,把小日本赶出中国。但苦于和抗日救国军高层没有联系,今天有幸巧遇苏团长和各位长官,如能到阳平镇与丁司令会面,引荐丁司令同救国军高层见个面,商讨抗日义举。那可是求之不得呀!"

赵连荣插话道:"丁司令既有参加抗日救国的志向,为什么还派兵夜袭我部?"

路忽悠再次装作歉意的样子道:"赵副政委,我刚才已经说了,这是天大的误会。小石河子是我们护路军的辖区,有人举报说小石河子有一股土匪,要求护路军去剿灭。丁司令接到举报之后,即命令二团、三团连夜赶来围剿,没想到把贵军当成了土匪,这是误会,不是有意夜袭贵部!"

赵连荣又追问道:"既是来剿匪,为什么又说是邀请我部到阳平镇与丁司令见面!这到底是怎么回事?"

路忽悠有点儿紧张,转了转眼珠子,冷静回应道:"这,赵政委误会了,我来给你解释……"

未等他解释,赵连荣即一针见血道:"俺也不想听你解释,依俺看,这是一个连环套!那就是先重兵'围剿','剿灭'不成再进行谈判,是不是真心邀请,真心联合抗日,俺看值得怀疑!"

路忽悠急忙分辩道:"天地良心,我敢担保,丁司令确实是真心联合贵部共同抗日的。我们丁司令是个爱国爱民的正直军人,对日本人在东北的所作所为十分愤慨,早有举旗抗日的思想,平时对要好的弟兄也有所流露,还多次赞扬苏团长的为人和义举,说如果能同苏团长这样的人联合抗日,一定能够创出一片新天地来!这话平时对弟兄们也没有少说。今天我们两位团座本是奉命来剿匪的,没想到误打误撞,遇见了贵部,觉得这是个好机会,说如果能邀请苏团长和各位长官到阳平镇跟丁司令会面,共商联合抗日大计,也算我等帮司令完成了一件大事!"

路忽悠一席话,苏怀志多少有些动了心,于是接口道:"如果路营长所言属实,苏某也愿意跟丁司令这样的抗日志士合作抗日。不过,丁司令有什么具体想法，怎么联合，还需从长计议。"

路忽悠见苏怀志心有松动，便进一步忽悠道："苏团长说的是，丁司令早就想跟苏团长当面谈谈。今天就是个机会，如果苏团长和各位能光临阳平镇，司令一定喜出望外，诚心欢迎！"

赵连荣冷笑道："路营长，你一会儿说是奉命剿匪，一会儿又说是邀我部到阳平镇，忽忽悠悠，我真不敢相信啊！"

路忽悠道："这个，三言两语也很难跟你解释清楚。反正我们丁司令可是诚心邀苏团长大驾光临呢！"

苏怀志道："此事关系重大，你先到客厅稍候，容我跟各位弟兄商量后再定！"

随即让卫兵领路忽悠到客厅休息，并同几位团级干部研究同护路军联合抗日之事。他开门见山道："各位弟兄，丁士超属下有上万人，如果真像路营长所说，有意同我们联合抗日，编入东北抗日救国军序列，那可是如虎添翼，是一件大快人心的好事啊，不知各位弟兄意下如何？"

赵连荣明确表示道："护路军若真心同我们联合抗日，当然是一件好事。但是，我觉得姓路的话不可信。既然想同我们联合抗日，就不应该派重兵偷袭，先是偷袭，后又派人来谈判，邀我们到阳平镇兵营，这显然是连环套，引我们上钩，我们不能上当！"

苏怀志道："连荣的怀疑也有些道理，不过，这可是联合护路军的最好时机啊，常言说，机不可失，时不再来，现在是人家有实力，主动跟咱们联系，我们如果不搭茬，这联合的机会恐怕就要失去了。那可就太可惜了！"

李延平模棱两可道："苏团长怕错失良机，这个心情我理解，但连荣同志的判断也有道理，我看还是谨慎点儿好！"

苏怀志道："不入虎穴焉得虎子，咱们不能既想吃肉又怕烫手。为了抗日大计，也为了壮大抗日力量，这个险值得冒。我建议团里营连排三级正职都跟我一起去，以表达我们的诚意！"

赵连荣坚决反对道："苏团长，为了新编二团的安全，我坚决反对你去冒这个险。干部是部队的主心骨，你把这么多干部带走，万一有个闪失，那问题可就严重了！要去，也应当先派一两个人和他们见见面，探探底，然后再请示军部做决定！"

苏怀志道："我知道这样做有危险，不过，大丈夫处事，不能前怕狼后怕虎的，想当年，关老爷敢单刀赴会，我苏怀志还不敢带三十多个弟兄去会护路军，我心意已决，就这么定了，老赵兄弟，你也跟我一起去如何？"

赵连荣想了想道："苏大哥，不是连荣不服从调遣。大哥把这么多干部都带走，部队都由副职代管，俺不放心，俺想在军中留守，以防不测，望大哥三思！要不大哥留在军中，我去会姓丁的如何？"

苏怀志道："兄弟，我知道你是为我的安全着想。可是，你去不一样危险吗？我意已决，你不要劝阻了！"

副团长田之贵道："苏大哥，连荣同志分析得有道理，我看让连荣留守，我跟你去阳平镇！"

苏怀志虽然不太高兴，但细想之下觉得连荣和之贵的安排也比较妥当，于是回应道："那好吧，延平，你和连荣留守，我和之贵带人去阳平镇。万一我们出事，你们立刻带部队转移！"

赵连荣觉得苏怀志带那么多干部去赴约太危险，再一次劝阻："苏团长，你带这么多主要干部去太危险，请你三思！"

苏怀志道："不入虎穴焉得虎子，我这样做是要表达我们的诚意，让丁司令心动，你别婆婆妈妈了！"

赵连荣见苏怀志态度坚决，不听自己的劝阻，只好勉强答应道："那好吧。"

苏怀志四人一起到客厅会见路忽悠，宣布了团部的决定，路忽悠极力掩饰着内心的喜悦，高兴地说："苏团长办事爽快，有大将风度，路某佩服！"他抬头看看天气道，"天亮了，我们现在就上路如何？"

苏怀志即刻通知排以上军官到会议室开会，交代了团部的决定后，便同众人随路忽悠出发。

临行，赵连荣再三嘱咐苏怀志要提高警惕，并警告路忽悠道："路营长，俺且相信你说的话，苏团长一行若有何不测，可别怪我们不客气了！"

路忽悠心里冷笑，但嘴上却信誓旦旦地说："赵副政委放心，苏团长一行的安全包在我身上，你放心好了！"

他同苏怀志一行首先拜会了王五新和车之鉴两位团长，彼此寒暄客气一番之后，便一起向阳平镇出发。其间，路忽悠为告知苏怀志一行的级别、人数等情况，让阳平镇护路军做好抓捕准备，以安排人通知丁司令做好接待为由，派人先到阳平镇报信。苏怀志一行却仍不知大祸临头，还同王五新和车之鉴两位称兄道弟议论抗日大计。王、车两位则不动声色，虚与应付。到阳平镇二团团部，突然冲出近百名荷枪实弹的士兵，不由分说，缴了苏怀志一行的枪械，绳索捆绑，看押起来。

苏怀志知道中了奸计，但仍然十分镇定自若质问王五新和车之鉴道："姓王的、姓车的，苏某抗日有罪吗？你们不抗日，难道还要杀害抗日救国的志士吗？"

王、车二人假惺惺道："苏团长，我们两位也不想这样做，但军令如山，丁司令要兄弟这么做，我们当下属的也不敢不执行啊！"

苏怀志道："日本侵略者抢占我土地，掠夺我资源，奸淫烧杀，坏事做尽，老百姓恨之入骨。你们作为中国人，难道要违背民意，做汉奸走狗，留万世骂名吗？"

车之鉴冷笑道："苏团长，你也不要说得那么冠冕堂皇，人家俄方矿主养护卫队，建兵工厂，也是为煤矿安全，你们缴人家的枪，砸人家的兵工厂，在我们护路军管辖的地盘上横行不法，丁司令能不管吗，你也不要给我们讲那么多大道理，我们也不听，我们这是在执法，让你们在我们管辖的地盘上胡作非为付出代价！"

苏怀志愤怒地回应道："姓车的，别他妈的拿这件事做挡箭牌，白俄矿主建护卫队、兵工厂根本不是为护矿，这你们清楚。你们借抗日的名义设圈套诱骗苏某上当，又拿这件事为自己是汉奸所为辩护，既想当婊子还要立牌坊，为大丈夫所不齿。这样吧，这件事是苏某一人所为，与弟兄们无关，他们不过是执行我的命令，千刀万剐，苏某一人承担。请你们高抬贵手，放过我这帮兄弟！"

王五新哈哈大笑道："苏怀志，别做你的春秋大梦了，带着你的弟兄一起去见阎王吧！"说完，立即命令士兵道，"别听他的抗日宣传了，给我把他们全部押赴刑场，严密看守！"

刑场设在阳平镇路北的广场上。护路军如临大敌，荷枪实弹，戒备森严。刑场中间放着五台明晃晃的铡刀，苏怀志一行三十六人昂首挺胸，毫无惧色。看到围观的群众，苏怀志高声喊道："乡亲们，我叫苏怀志，是东北抗日救国军新编二团的团长，我们是打日本鬼子的，不是罪人，杀我们的护路军司令才是真正的罪人，是不折不扣的汉奸走狗！"

行刑的刽子手扯过苏怀志，要用草帘子裹着他行刑，苏怀志一脚踢开草帘子，大义凛然地对刽子手道："老子是抗日志士，光明磊落。老子要在光天化日之下看着你们这些汉奸走狗是怎样杀害抗日军人的！"边喊边昂首挺胸走至铡刀前英勇就义！

被捆绑的营、连排长们个个横眉怒目，瞪着刽子手，走至铡刀前即高声喊道："打倒日本帝国主义！""打倒汉奸走狗！"在"打倒日本帝国主义！""打倒汉奸走狗！""抗日救国军万岁！""中国共产党万岁！"一片喊声中，苏怀志和三十六位抗日英雄英勇就义，烈士的鲜血染红了刑场。围观的群众，有的怒骂，有的叹息。这就是边城地区著名的阳平镇惨案。

赵连荣得到苏怀志一行遇难的消息之后，恨得咬牙切齿，一拳砸在桌子上，骂道："丁士超，无耻之徒，中国人的败类！王五新、车之鉴，汉奸走狗，刽子手！"又悲愤地对干部和战士安慰道，"同志们，苏团长和各位战友的血不能白流，血债血还，这个仇咱们一定要报！"

外面传来密集的枪声，监视敌人动向的侦察员报告说，部队已被护路军包围，情况非常紧急，李延平和赵连荣立即组织留守的新编二团的战士突围。战士们情绪激愤，边打边喊："为苏团长和战友报仇！""让汉奸走狗血债血还！"个个怒发冲冠，英勇杀敌，以一当十，冲开血路，突破护路军的包围，撤离至安全地带。战斗中，李延平政委壮烈牺牲，赵连荣同战士们含着热泪，用红松木精心刻制了苏怀志和牺牲烈士的灵牌，设置了衣冠冢，摆放了祭品，举行了隆重的安葬仪式。并尽其所能，转移和安排了烈士家属，怀着满腔热血和仇恨，投入了新的战斗！

# 第 七 章

## 一

九一八事变之后,日本侵略者陆续以武力攻占了东北大部分城镇。为寻求侵占中国东北的合法性,便网罗各地清朝遗老到东北,组织傀儡政府。在日本人的策动下于1932年3月9日在长春成立了伪满洲国,1934年3月1日,伪满洲国又仿效日本国号更名为"满洲帝国",成为日本帝国主义卵翼下的傀儡政权。

东北各地人民和部分东北军爱国官兵纷纷组成义勇军、救国军、自卫军等武装,统称东北义勇军,人数达三十万,在辽南、吉东、黑龙江等地开展了抗日斗争。以后,东北义勇军部分武装接受共产党的领导,组成东北抗日联军,同日本侵略者进行英勇顽强的斗争。

冠山煤矿东正教护矿队的枪支虽然被抗联新编二团缴获,但他们的反苏复国组织并没有停止暗中勾结日本侵略者的活动。1932年末,他们得到了日军即将向边城推进的情报,白俄矿长阔列也夫即与苟步力秘密商讨对策。

阔列也夫试探道:"苟经理,我们得到准确情报,日本关东军即将向边城推进,梨平镇、冠山矿很快就会被日本人接管,请问你打算怎么办?"

苟步力道:"他妈的,这年头,有奶就是娘,咱们继续联手,帮日本人干,你看行不行?"

阔列也夫竖起大拇指,用俄语道:"咱们一起帮日本人干!"

苟步力道:"那,咱们现在该做些什么准备?"

阔列也夫道:"我看咱们先做好两件事:一是秘密做好欢迎准备,二是给日本人准备一份礼物!"

苟步力道:"这欢迎准备好办,也就是组织一些人,手持日本旗,喊喊口号,拍拍巴掌罢了。这礼物可不好办,不知道日本人喜欢什么,咱们送什么好?"

阔列也夫笑道:"苟经理,日本人初来乍到,想要的不仅是钱,恐怕最想要的是抗日分子的脑袋。如果咱们能给他们提供抗日分子的情报,这个礼物可比送钱送物贵重多了!"

苟步力暗暗吃惊,心想,这老毛子心够狠的,但嘴上却还是恭维道:"矿长先生想得周到，苟某佩服！"

两人秘密合计后，即分头做着欢迎日本人的准备。除了暗中安排欢迎队伍外，还做了上百面供欢迎队伍手持的日本膏药旗。此外，还做了供"天满账房"楼顶和路矿事务所门口悬挂的日本帝国和伪满洲帝国的国旗。白俄反苏复国组织则秘密搜集着抗日活动的情报，为日本侵略者准备"礼物"。

1933年1月，一个阴霾的日子，日本关东军大尉上官铁木率一队日军，乘坐用沙袋堆积成临时掩体的平板火车向冠山矿进发，一路上胡乱开枪射击，耀武扬威地停在冠山煤矿铁路专用线站台上。随上官铁木来的还有名叫龟田和木村的两位日本矿业专家。火车停稳后，早已等候在车站的阔列也夫和苟步力摇动手中的日本膏药旗，指挥众人高喊"欢迎，欢迎"，同时高呼"中日亲善万岁""日本帝国万岁""满洲帝国万岁""皇军万岁"等口号。

上官铁木见有欢迎队伍，立刻指挥士兵们从平板车上跳下来，迅速在站台上列队，并与两位专家和翻译米落采夫整整衣帽跳下车来，微笑着大步走向欢迎人群，阔列也夫和苟步力快步迎上去，通过俄人翻译米落采夫向上官铁木等三人介绍了自己的姓名、身份，还说了一些谦卑和恭维的话。翻译也介绍了上官铁木和两位专家的姓名职务，上官也比较客气地表示感谢。

彼此客套过后，苟步力通过翻译请上官训话，上官见有几十人站在寒风中对自己和部属表示欢迎，为首者恭维谦卑，便表示满意地开口道："谢谢各位对我本人和皇军的欢迎！本人奉大日本帝国关东军司令部和满洲帝国政府的命令来接管冠山煤矿，对在座的各位是一件值得庆祝的事情。从此以后，你们不仅可以受到皇军的有力保护，还可以得到我们日本专家的科学指导。这样，冠山煤矿就可以多出煤炭，用煤炭支援帝国的圣战，为建立东北亚共荣圈做出更大贡献。冠山矿的职工也因此可以过上安居乐业的日子。希望大家不要受共产党和抗日分子的蛊惑，不要同皇军作对。共产党和抗日分子是东北亚共荣的敌人，皇军一定坚决镇压，毫不留情！"最后，他挥起手臂狂喊道，"中日亲善万岁！大日本帝国万岁！皇军万岁！"

上官铁木的话虽然不长，但意图十分明确。阔列也夫和苟步力心领神会，再一次说了一些恭维和肉麻的话，并热情而谦卑地邀请上官和专家及翻译乘坐自己的黑色轿车，向路矿事务所缓缓行驶。日军小队长带着日本士兵在后面跑步相随，毕士仁领着冻得发抖的欢迎人群也跟在后面。轿车停在了路矿事务所的门前，上官等人下车后，见门前悬挂着国民党政府的青天白日旗，上官皱着眉头指着国民政府的国旗道："这个，统统地摘下来！悬挂大日本帝国和满洲帝国的国旗！"

阔列也夫问翻译道："太君说什么了？"米落采夫酸溜溜道："太君让把国民政府的国旗摘下来，挂上日本帝国和满洲帝国的国旗！"

苟步力装作大惊的样子道："疏忽了，真是天大的疏忽。"边说边责成黄二显安排人立刻更换国旗，并安排人跑步到"天满账房"把青天白日旗更换成日本和满洲帝国的国旗。当晚，阔列也夫和苟步力将日本士兵安排在职工食堂款待，还单独邀请上官铁木、两位专家和翻译在小餐厅就餐，又在梨平镇名妓院找来四位有姿色的妓女作陪，奴颜婢膝，令人作呕。

这一切，朱奇山和张大闯看得很清楚，证实了以前对苟步力的判断。第二天，冠山矿发生夜间多起入室强奸和抢劫的案件，苟步力和毕士仁明知是日本士兵所为，但也只能装聋作哑，不敢理睬。

日军接受冠山煤矿的当天，梨平镇公署主要官员和警察头目即带着家属逃之夭夭。上官铁木带着日本士兵不费一枪一弹即占领了梨平镇。不久，边城地区的城镇也陆续被日军占领。日本占领军暂时保持了冠山煤矿原来的管理体制，两位所谓的日本矿业专家以顾问身份进行监督。

不久，日本占领军即在边城地区的鸡宁街和梨平镇等城镇村屯拼凑了傀儡政权。"反苏复国"组织提供的所谓抗日嫌疑分子近百人被枪杀在北山坡和穆棱河畔，苟步力也把互济会会长李建强、工人汪大愣列在黑名单之内，借日本鬼子黑手除掉了自己的眼中钉。日伪警察和汉奸狗腿子到处抓抗日和反满通苏分子，街道和路口设了不少卡，行人路过时都要搜身。

白色恐怖让矿工和家属提心吊胆，人心惶惶，不少工人带着家属以各种借口远走高飞，煤矿劳动力减员严重。朱奇山、张大闯和工人党员秘密组织矿工对鬼子汉奸做表面文章，消极怠工，煤炭产量急剧下降。

龟田和木村非常着急，他俩找到苟步力恼怒地质问道："苟的，煤炭产量下降得这么快，你说说，什么原因的干活？"

苟步力愁眉苦脸地答道："太君，工人跑走了不少，矿上缺劳动力呀！"

龟田摇摇头道："苟的，中国人大大的有，怎么会缺劳动力，你的赶快想办法，把产量搞上来，不然的话，你这个经理就不要干了！"

苟步力诚惶诚恐道："是，是，太君，我这就去想办法！"

挨了日本主子的训斥，苟步力立刻召集矿上的大小把头开会。二十多个把头到会以后，苟步力哭丧着脸道："各位，龟田和木村两位太君严厉地质问鄙人煤炭产量下降的原因，要求尽快把产量搞上去，不然就要让我走人！各位，咱们是一根藤上的蚂蚱，我干不成，你们也没有好日子过！今天把各位聚在一起，就是要大家拿拿主意，看怎么办！"

把头们低着头没有人说话，闷了好一会儿，黄二显懊恼地说："苟经理，要把产量搞上去，得有劳动力啊。自打日本人来了以后，矿工人心惶惶，有的说探亲，有的说有病，有的干脆连个招呼都不打就走人了，光俺一井就走了差不多一半，产量能不下降吗？"

朱奇山接着黄二显的话茬儿道："二显老兄说得不错，俺二井的工人走得倒是不多，可不知怎么着，就是不想干活儿，有的上花班，有的请病假，就是下井，也不出力，完不成定额，俺也没办法！"

众把头你一言我一语，说得都差不多，就是认为日本人来了之后，人心散了，不想干了。

苟步力发火道："停，停，大家都别说了，我招呼各位来，不是听你们诉苦来着，我也知道工人讨厌日本人，更不想当满洲人，可有什么办法，难不成还能把日本人赶走！常言道，人在屋檐下不得不低头，现在咱东北是日本人的天下，咱们得听日本人的，大家还是说说该怎么办吧！"

一直没有说话的毕士仁道："古话说，棍棒之下出孝子，要想让煤黑子老老实实干活儿，就得使用拳头加棍棒，严管严教。咱们冠山矿的煤黑子，受共产党的蛊惑最厉害，说不准那些逃跑的、消极怠工的煤黑子有的就是反满通苏分子，今后还真得使用点儿硬手腕呢！"

毕士仁的话，有小声表示反对的，也有点头表示同意的，但都是小声嘀咕，没有人正式表态。苟步力打圆场道："依我看，毕队长说得也有些道理。不过呢，管理劳工是你们各位把头的事，严也好，宽也罢，各有各的招数，不是今天讨论的范围。我看咱们还是说说如何把劳工稳住，不再减员，用什么办法增加劳动力，尽快把产量搞上去吧，不然，日本人那里不好交代！"

黄二显附和道："苟经理说的是，咱们还是顺着苟经理的意思动脑筋吧！"

毕士仁道："依我看，这件事不难，必须双管齐下！"

苟步力道："毕队长，看来你已胸有成竹了，说出来，让大伙听听！"

毕士仁信心十足道："那好，既然苟经理让我说，我就不客气了。我说双管齐下，一是下狠茬子管住人，二是大张旗鼓扩招。"

把头姜史贵道："你说说看，怎么下狠茬子管住人。"

毕士仁道："我看咱们应当以'天满账房'的名义出个告示，告诉冠山矿的工人，不管是老工人，还是新工人，从布告公布之日起，一律不准请假，有急事非走不可的话，家属在矿里的，只准自己走，不准带家属；独身或家属在外地的，须有所在地村屯长或保甲长的证明信，否则不能准假；如果偷着走人，被矿卫队或警察抓住，可按反满通苏或抗日分子论处，看谁还敢冒这个险！"

朱奇山心里狠狠骂道："狗汉奸，这招太损了。"

姜史贵点点头道："嗯哪，这个办法行！"

毕士仁接着说："扩招工人更好办，目前时局不稳，东北战火连天，难民流民到处都是，关内蒋介石几十万大军'剿共'，警察特务天天抓共产党，弄得鸡犬不宁。咱们还是用老办法，到处张贴招工广告，说到煤矿干活儿，挣白花花的大洋，住楼房，吃大米白面……那些生活无着落的人，还不挤破脑袋到矿上来！"

毕士仁的一席话，说得把头们活了心。姜史贵兴奋地说："毕队长这个双管齐下是个好办法，我举双手赞成！"一井小把头高大全点头附和道："毕队长这个双管齐下是个高招，我看行！"

张大闯撇撇嘴讽刺道："俺看也不是什么新鲜玩意儿，这些招数以前也不是没用过，人倒是招来了，可人家一看受了骗，还不是都跑了！"

毕士仁火气十足道："过去是过去，过去招来的人能跑走，那是因为矿上管得不严。现在有日本人撑腰，只要咱们下狠茬子，保证叫他跑不了！"

朱奇山道："俗话说，'强扭的瓜不甜'，毕队长的办法可以把人招来，也能把人管住。可是，人心不顺，给你出工不出力，人再多，产量也不见得能搞上去！依俺看，单靠强暴不行，还得来点儿实惠，工资待遇和安全有了保障，劳工们心气顺了，产量也就上去了，这叫以德服人！"

苟步力奸笑道："朱老弟说的是一厢情愿的话，如今是日本人的天下，咱们得看日本人的脸色，工资福利什么的，咱们说了不算，得日本人点头。人家只管要煤炭，要产量，不然的话，就要炒咱的鱿鱼，砸咱们的饭碗呢！"

张大闯嘟囔道："真他妈的憋气，煤矿是咱们中国人的，还得日本人当家，这是什么世道！"

苟步力瞪一眼张大闯道："我再重复一遍，现在是日本人的天下，咱们得看日本人的脸色，得识时务，不要受共产党的蛊惑，谁要是七个不服八个不忿，犯了日本人的规矩，别怪我不留情面！"然后转身对"天满账房"管账先生道："我看毕队长的双管齐下的主意不错，明天，你让秘书部门以'天满账房'的名义写个告示，把毕队长说的意思写进去。写好后交给我审阅，然后张贴到工人村和矿里的大街小巷，让大家知道矿上的规矩。关于扩招的事，还是老办法，广贴招工告示，把对劳工的待遇写得高高的，让看到告示的人动心。对劳工的管理还实行把头制，谁招的人归谁管。散会！"

第二天，工人村和矿里大街小巷到处是"天满账房"的告示，工人和家属看到告示的内容，有的摇头叹气，有的愤愤不平，一些有血气的年轻人则破口大骂："他妈的，这不是把咱们当犯人管了吗？什么世道！"有的骂声被矿卫队的人听到，不问青红皂白，劈头盖脸，一顿暴打。面对突如其来的白色恐怖，工人和家属都敢怒不敢言！从关内外骗招到冠山矿的劳工，看到柳条马架子宿舍，凶神恶煞的矿警，知道是受骗上当进了狼窝，真是叫天天不应叫地地不灵，只得忍气吞声做把头的奴隶。

不过，朱奇山和张大闯没有到外地招工，只是默默地守护着从家乡来的二百多名工友，暗中嘱咐大家团结互助，忍辱负重，耐心等待，伺机而动。

## 二

"丁零零，丁零零！"办公室传来清脆的电话铃声，阔列也夫接过电话听筒，"喂，喂！哪位？"

"谢金斯！"电话里传来总公司理事长的声音。

"啊！啊！理事长好！"阔列也夫谦卑地答道，"理事长有何指教？"

"怎么搞的，冠山矿的煤炭产量为什么不断下降，你这矿长是干什么吃的？"谢金斯劈头质问道。

"是，是这样！"阔列也夫结结巴巴地说，"日本人进驻冠山矿以来，劳工大量逃跑，矿上劳动力奇缺，所以，所以……"

"你不要给我解释，我要的是煤炭产量，不要听你的废话！"谢金斯打断了阔列也夫的话。

"最近，矿上采取了严厉的措施，劳工逃跑的现象大大好转了，苟经理又安排多人到外地招工，劳动力的问题很快就会解决的，我估计煤炭产量很快就能搞上去！"阔列也夫解释道。

"我要的是事实，不是什么估计！"谢金斯仍然没有客气，不过语气已有所缓和，"你要明白，日本帝国是我们反苏复国的主要依靠力量，他们已经以帮助溥仪建立满洲国的名义占领了整个东北，这对我们非常有利，你要主动靠近日本人，同日本人合作。日本和苏联是两种社会制度完全不同的国家，日苏反目是早晚的事，日苏开战之日，就是我们复国之机，你明白我的意思吗？"

"明白，明白，理事长雄才大略，阔列也夫愿意追随理事长干一番事业，完成我们复国的伟大理想！"阔列也夫向谢金斯表忠心道。

"好，好！你明白我的意思就好。"谢金斯继续说，"听说满洲内阁已按日本人的意图出台了《满洲帝国矿业法》，成立了实际由日本人控制的满洲炭矿株式会社，派出了多支勘探队在东北各地寻找煤炭、铁矿、石墨、金矿等资源，明确提出要'实现东亚共荣圈资源自给自足的重大使命。'边城地区煤炭资源丰富，日本人早已垂涎三尺。现在的冠山煤矿表面虽然还维持着原来的体制，依我看，日本人很快就会废止原来的合同，霸占冠山矿。"

"那，那可怎么办？"阔列也夫问道。

"还能怎么办！"谢金斯道，"咱们既然要把日本人当靠山，就不能不付出点儿代价，我认为，既然日本人对冠山矿志在必得，莫不如咱们主动要求废止原来的合同，提出跟日本人合作，改中俄合办为日俄合办，你觉得如何？"

"理事长怎么决定，我等就怎么执行，我们完全听理事长的！"阔列也夫说得也很明白。

此后不几天，矿上传来了中俄合作办矿合同被废止的消息。一个阴云密布的日子，阔列也夫通知俄方职员和苟步力开会，众人在会议室坐下之后，阔列也夫道："各位，让我们以热烈的掌声欢迎犬养太君宣布满洲炭矿株式会社的重要决定！"

掌声过后，一个身材矮胖、大饼子脸、上唇留一撮小胡子的日本人站起来，用阴沉的目光扫视一下会议室的人员，然后高声宣布道："各位，满洲炭矿株式会社高层同俄方谢金斯先生协商，决定废除中俄官商合办冠山煤矿的合同，并同日本帝国合作经营冠山煤矿。现在的名称是'日俄冠山煤矿株式会社'，谢金斯先生为俄方董事长。冠山矿仿效日本帝国先进的办矿体制，实行矿长领导制度，矿长由木村太郎和阔列也夫担任，负责炭矿的生产组织、煤炭运输等业务，煤炭销售由日满商事株式会社统一经管。"

会议室里多少有些骚动，有人窃窃私语："销售权归日满商社统管，油水全让日本人捞走了！""唉，名为日俄合办，实际上大权都落到日本人手里了！"

阔列也夫见状，站起来制止道："各位安静，继续听犬养太君讲话。"犬养清了清嗓子继续道："为了落实大日本帝国先进的办矿方式，董事会决定冠山矿管理层和技术方面的职员都由日本人和俄国人担任，中国人全部裁撤！"

苟步力急不可耐地问道："犬养太君，我们'天满账房'怎么办？"

犬养轻蔑地瞅一眼苟步力问道："你是'天满账房'的苟步力经理吧？"

"是，是，鄙人就是苟步力！"苟步力结结巴巴回应道。

犬养奸笑地说："噢，你的先不要慌，这个问题董事会已经同王乃平先生达成共识。煤矿的行政事务和技术管理由日俄双方负责，采掘工程和劳务仍由'天满账房'负责。哈尔滨的'天满账房'已改称日满大柜，由王乃平先生统管。我看冠山矿的'天满账房'也改称日满大柜不是更好吗？大柜的事仍由你负责，王乃平先生会告诉你的！"

"谢，谢谢太君的信任和王先生的赏识！鄙人一定不负重托，为帝国效力！"苟步力连忙表态道。

"好的，好的！"犬养略示夸赞后，急转话题道，"不过，采掘工程和劳务管理是关系冠山矿发展的大事，大柜下面要设置劳务系，龟田先生为日满大柜顾问兼劳务系系长，负责劳务系的具体事务！"

苟步力明知此后日本人就是自己的太上皇，却还是装作很高兴的样子表态道："这样好，谢谢，谢谢！"

散会后，阔列也夫为犬养、木村、龟田举办了隆重的晚宴，向日方表示了忠心。从此，中方管理和技术人员被扫地出门，冠山煤矿的实际权力都掌握到了日本人手中。

木村阴险狠毒，是个很有心计的人。一天，他对苟步力说："苟经理，现在劳工人数增加了不少，但产量上得并不理想，你觉得问题在哪里？"

苟步力回应道："太君，鄙人觉得，劳工人数虽然有所增加，但大部分都是新人，感觉自己到冠山矿是受骗上当，没有心思干活儿，出工不出力。再加上大部分人都没有下过井，不懂井下干活儿的技巧，所以效率不高，产量上不去！"

木村点点头道："你说得也不错，但这个问题必须解决，帝国需要煤炭！"

苟步力为难地说："这的确是个难题，太君可有什么好主意？"

木村胸有成竹地说："我想在矿上办个技术工人训练所，挑选一些身体强壮的年轻劳工到训练所进行短期培训。不仅要让他们学技术，还要给他们洗脑子！告诉这些人，皇军不远万里到东北来，是帮助满洲国富国强兵，建立大东亚共荣圈，实现东亚共荣，以此转变这些人的思想，让这些人成为既效忠日本帝国，又有一定技术水平的劳工，再由这些人发挥骨干作用，带动其他劳工，这不就可以提高劳动效率了吗？"

苟步力频频点头道："太君高明，这确实是一个好办法，我这就按照太君的意思去安排！"

木村道："此事我已经同劳务系的龟田系长商量过，你支持他们认真落实就行了！"

苟步力暗自寻思道，你们日本人事先都他妈的安排好了，也不过是给老子递个话罢了。看来，我这个经理也就是日本人的傀儡了。心里虽然不高兴，但脸上还是挂着笑容道："是，是！鄙人一定照办，一定照办！"

事后，苟步力递给张大闯一张图纸，并跟他交代说："大闯，日本人要建技术工人训练所，劳务系的龟田系长已经选好了地址，这是盖训练所的图纸，你是咱冠山矿搞建筑的老人了，盖训练所的差事就得由你来干了。从现在开始，你要抽调你和奇山管辖的人开始施工，尽快把训练所盖起来，日本人催促得很紧呢！"

张大闯接过图纸答应道："好，好，俺这就按经理说的办！"

事后，张大闯一边组织工人施工，一边找朱奇山指着图纸满脸疑惑地说："朱大哥，不就是一个训练技术工人的场所吗，听说学员大部分是从本矿年轻工人中抽调，少部分是招收高小毕业生，教师、学员都吃住在本矿，盖几间教室和办公室不就可以了吗，怎么还盖伙房、宿舍、士兵营房、禁闭室、地下室。更奇怪的是，还有围墙、电网，这不同监狱差不多了吗？这到底是干什么用的？"

朱奇山也有些不解地说："鬼子，鬼子，谁知道他们葫芦里卖的什么药！依俺看，恐怕不单是培训技术工人那么简单，也许还有别的什么坏主意！"

张大闯点头道："俺看，可能不会是搞培训那么简单，也许还有别的用意！俺好好琢磨琢磨！"

按照规定的时间，训练所竣工。木村和龟田验收后，紧锣密鼓地开了班。虽然，大门口的标志牌挂的是"冠山炭矿技术工人训练所"，但管理方面却和普通技工学校不同，倒像是军事训练所。第一次参加培训的学员有一百多人，分成了两个班，班长由两个日本监工担任。一班班长叫竹下，二班班长叫山上。第一次上课，山上严厉地对学员训斥道："双手后背，直溜溜坐在凳子旁等候教师来上课，不许左顾右盼！"一个学员刚一回头，山上即过去左右开弓打了两记耳光。教师走上讲台后，山上高喊："起立！"然后让学员向天皇和溥仪的画像鞠躬，同时喊道："天皇万岁！""东亚共荣！"竹下班的学员也是如此。吃饭前，学员要列队唱采炭歌。宿舍的床铺是用木板搭建的对面通铺，门口有士兵站岗，拉、尿要喊报告，然后由士兵押着上厕所。训练期间一律不得外出。每天的课程，除了讲一般的矿井知识、进行现场实习外，还要听日本顾问上政治课，内容都是"日满亲善""东亚共荣""武士道精神""皇军战绩""反苏反共"之类的陈词滥调，天天给学员洗脑。这种封闭式的训练，加上利益引诱，软硬兼施，参加训练的部分年轻学员，禁不住鬼子的哄骗，误入歧途，有的成了鬼子的帮凶。七七事变之后，日本鬼子把技术工人训练所改称"特殊工人训练所"，专门关押被抓来的所谓"反满通苏抗日分子"、抗联、八路军和国民党军战俘，还有称作所谓浮浪的无辜百姓，成为血腥的地狱和魔窟。

为了在青少年中培养效忠日本的奴才，冠山煤矿还办了一所名曰"教习所"的技工学校，学制三年，培养对象是小学毕业生和有一定文化知识的青少年。朱继忠、张铁林、武有田和苏小柱都被录取为教习所学员。教习所的学习科目有日语、修身（政治）、采矿、机电、土木建筑等。教师全是日本人，半军事化管理，饮食起居生活习惯完全是日本人那一套。开学典礼那一天，二百多名学员列队集中在操场上，教习所所长小野用日语高声宣布道："现在请本所名誉所长冠山煤矿株式会社矿长木村先生训话，大家鼓掌！"

掌声过后，木村从主席台的座位上站起来，苏小柱发现木村竟是打死自己父亲的本溪煤矿的矿长，看到杀父仇人，苏小柱瞪着双眼，紧握双拳，要向主席台前冲。

武有田连忙拉住他的左臂，小声警告道："柱子，别冲动！老实站着！"

木村用日语讲话，翻译米落采夫用中文重复，仍然是"日满亲善""东亚共荣"等老一套。最后，木村太郎让学员跟着自己高喊"天皇万岁""日本帝国万岁"。

苏小柱双唇紧闭，一声未吭。负责巡视的日本教师山猫见状，走过去一把将苏小柱拉出，左右开弓一顿狠打，边打，边用日语怒骂："八嘎，我叫你不喊！我叫你不喊！"打得苏小柱鼻孔和嘴角流出了鲜血。典礼后，还被在操场上罚站一个时辰。

因苏小柱母子在武家方便店住过，武有田知道苏小柱父亲被木村打死的事，但此时不便明说。罚站结束后，才扶着他进入宿舍，并小声劝导了一番。

按照校规，学员进餐时，必须端坐餐桌两旁，等候饭菜上齐，寮长用日语高喊："开始吃饭！"学员们才能拿起筷子，一声不响地进食。一次训练后，学员一个个又累又饿，进餐仍要按规矩进行。朱继忠没有等寮长发话，就偷着抓起窝头咬了一口，寮长看见后，过去就是一巴掌，然后把他从餐桌旁拉开，罚站看着大家进食。

有一天，张铁林因为尿急，下课后急着往厕所跑，因为没有看见山猫在操场散步，所以也没有给山猫敬礼，山猫一把扯住，大巴掌左右开弓地扇，一边打一边骂道："八嘎，看到老师为什么不敬礼？"一顿教训，害得张铁林尿了裤子。

在校期间，每天都要像念经似的读《皇民训》，并面向长春和东京遥拜，喊"天皇万岁！""皇帝万岁！"，还发木枪进行军训，听日本教官讲"武士道精神""武运长久""皇军战无不胜"等陈词滥调，要求学员要刻苦学习，效忠日本帝国。学员不仅要学日语，讲日本话，还必须说自己是满洲人，如果不小心说自己是中国人，就要挨一顿胖揍。

一天课余时间，朱继忠把张铁林、武有田和苏小柱招呼到一起，小声问道："各位弟兄，大家在教习所这一段有什么感觉？"

张铁林嘟囔道："俺看教习所是要把俺们都变成日本人，将来好让俺们替日本人卖命！"

武有田道："俺看也是，这样下去，咱们可要被日本人奴化啊！"

苏小柱恨恨地说："木村这老鬼子，没有安好心，我可不想在这里听鬼子们教唆了！"

朱继忠问道："那你想怎么办？"

苏小柱道："我家的事，有田哥知道，木村这老鬼子原来在本溪煤矿干事，是杀害我父亲的仇人。我不想在这里待下去了。我想回双峰村找武敬岳大叔，让他教我学岳家拳，将来像岳飞那样精忠报国，杀木村这老鬼子，替父亲报仇，为中国的老百姓报仇！"

张铁林道："俺看小柱兄弟说得对，俺也想离开教习所，跟敬岳叔叔练武，将来参加抗联打日本鬼子，把日本鬼子赶出东北，赶出中国！"

朱继忠回应道："俺看咱们都离开教习所，让敬岳叔教咱们武术，参加抗联，打日本鬼子！"

武有田兴奋地说："俺同意继忠的意见，俺早就有这个想法了！"

朱继忠道："那好，咱们现在先不吱声，有田回去把咱们在教习所的情况和想法告诉敬岳叔，征求一下他的意见，如果武叔同意，咱们再行动！"

武有田道："嗯哪！"

周日，武有田回家后，武敬岳问道："有田，这一段在教习所过得好吗？你给老爸说说你都学了些什么！"

武有田气哼哼地说："过得不好！日本教师强制俺们完全学习日本鬼子那一套，惹了一肚子气！"接着就把教习所的情况和自己的感受告诉了父亲。武敬岳听了儿子的诉说，好一会儿没有吱声。

武有田以为父亲不相信自己说的话，便十分认真地说："爸，你别不高兴，儿子说的都是真话，不信，你可以问问继忠哥和张铁林弟弟！"

武敬岳叹口气道："孩子，爸不是不相信你说的话，爸是想，再这样下去，你们不都成了日本人了吗？这教习所还能让你们去吗？"

武有田道："爸，继忠哥和俺们几个兄弟商量，决定不想在教习所待下去了，大家想让你教俺们学武术，练一身硬功夫，像岳飞那样精忠报国，参加抗联，打日本鬼子！大家委托俺跟你商量，看你同意不同意！"

武敬岳道："爸原来想，你爸是个大老粗，除了会几下拳脚外，识文断字一窍不通。所以就想让你到教习所学点儿文化和有用的本事，哪知道人家是要培养日本人的奴才啊，看来，这教习所还真不能去了！"

武有田道："爸要是同意，俺们几个小兄弟就从教习所退学了。"

武敬岳道："不急，这是关乎你们前途的大事，不能草率。爸的意思，还得跟你奇山大爷、大闯大爷一起合计合计，看看他俩的意思。"

张静插话道："你们兄弟三也好长时间没有在一起聚聚了，俺也想两位嫂子和孩子呢，哪天你招呼大家到咱家聚聚，顺便也好商量商量要不要上教习所的事。"

武敬岳笑道："好，好，就这么办！"

一天，朱奇山、张大闯、张大山、杜勇夫妇和孩子，还有杜龙彪小两口儿，连荣夫妇和赵铁柱小两口儿也和大家一起到了武家。女眷们一边准备饭菜一边唠些家常。赵连荣看见杜菊和赵晨鼓起的肚子，朱继忠小兄弟姐妹几个在一起无拘无束谈笑风生的样子，禁不住感叹道："日子过得好快啊，想当年你们老哥儿仨到边城那阵，都还是毛头小伙儿，和这些孩子们差不多，转眼间，都成家立业，快要儿女成群了。要不是日本鬼子搅和的，咱们几家太太平平地过日子，那该多好啊！"

张静接口道:"是啊,要不是赵哥和大嫂仗义帮扶,他们兄弟几个能有今天的日子啊!"

赵连荣不好意思道:"也别这么说,主要还是他们哥几个人品好,又能吃苦,一门心思要奔好日子,所以才有今天啊!"

杜梅很有感触地说:"赵大哥和大嫂都是侠义之人呀,连荣大哥不光帮了他们哥儿几个的大忙,心里还装着国家、百姓,现在还抛家舍业舍生忘死领着抗联跟日本鬼子拼杀,赵大哥可真是好样的啊!"

杜勇插话道:"梅子说得对,赵大哥侠肝义胆,是咱们的好榜样,咱们都得向赵大哥学习,跟日本鬼子斗争,不能让小鬼子在咱们的土地上横行霸道!"

朱奇山道:"当年若不是杜大哥忙前忙后,俺哥儿仨也不能那么顺当地领到荒地。杜大哥不仅是俺们的大恩人,还是个智勇双全的抗日英雄。他明着是酒坊的老板,暗地里策划着抗日大计,是俺们的好领头人!"

杜勇谦虚道:"你也别夸我,要说智勇双全,你和大闯才是呢!明着是把头,暗里却不声不响护着矿工兄弟,跟鬼子周旋,还受不明真相人的白眼和唾骂,那可真不容易啊!"

奇山和大闯刚要答话,武敬岳笑道:"俺看你们哥儿几个也别互相谦让了,咱们都是心心相印的好兄弟,没的说,今天俺招呼大伙儿来,一是多日不见,确实想念;二是有件大事,关乎几个孩子的前途,俺想让几位大哥帮着拿个主意!"

张大闯道:"什么大事,说来听听。"

武敬岳道:"不用俺说,你们先听听孩子们怎么说。"边说边喊:"继忠,你们几个过来,跟叔叔大爷说说教习所的情况。"

朱继忠、张铁林、武有田和苏小柱几个人围过来,朱继忠主述,有田等几个人补充,讲述了他们在"教习所"的情况和自己的感受,最后,朱继忠代表几位小兄弟道:"俺们几个人商量,想离开教习所,跟敬岳叔叔学武术,像岳飞那样精忠报国,参加抗联,打日本鬼子!"

武敬岳多少有点儿犹豫道:"俺的本意,是想让孩子们到教习所学点儿文化和技术,不要像俺一样大老粗一个。可是日本人这样教唆,俺怕年轻人听了日本人的蛊惑,误入歧途,上了日本人的贼船。今天招呼几位哥哥来,就是想听听几位兄长的意见。"

朱奇山道:"这确实是个问题,得好好合计合计,不能为学点儿文化技术,让日本人把孩子们教坏了!"

杜勇毫不犹豫地说:"俺认为,日本人办教习所的目的,就是为了给年轻人洗脑,进行奴化教育,为日本人培养奴才走狗。这几个孩子的思想很敏感,他们打的主意不错！"他看看武敬岳道："敬岳兄弟，你也不要为自己不会识文断字自卑，那不是你的错，是因为家穷念不起书，这笔账应该算在政府和社会上。只有把日本鬼子赶出中国，建立了新政权，穷人翻了身，咱们的孩子才有条件上学读书，学文化知识。"

赵连荣插话道："咱们现在的主要任务是打日本鬼子，把他们赶出中国。所以我觉得你应当把你的一身武功传授给孩子们，让孩子们成为钢铁战士。也让日本人知道，中国人不是'东亚病夫'，是身强力壮的铮铮铁汉！"

几个孩子兴奋地说："两位大爷说得好，俺们几个坚决退出教习所，跟武叔学武功，强身健体，打日本鬼子！"

朱奇山道："俺也同意，不过，几个孩子不声不响地退学，跟敬岳练武功，会引起木村和汉奸走狗的警觉，得想个稳妥的办法。"

张大闯附和道："大哥说得有道理，目前还真得隐蔽点儿。"

武敬岳道："俺看这样，家长可以先跟教习所打个招呼，根据各自的情况找个退学的理由。然后让孩子们陆续到俺家做帮工，以帮工为掩护，跟俺练功习武！"

赵连荣道："这个办法好，武家现在有好几垧地，敬岳一个人忙不过来，顾几个小帮工也顺理成章，不会引起鬼子的注意！"

老少两辈达成了共识，妯娌几个端上了饭菜，饭间，又商定了一些细节，并特别跟几个孩子说明习武的艰辛，要求孩子们要做好思想准备，几个孩子也表示了习武的决心。

过了几天，家长为几个孩子到教习所帮着退了学。武敬岳把方便店改成帮工宿舍，朱继忠、张铁林、苏小柱陆续以帮工的身份住进了武家帮工宿舍，以帮工为掩护，跟着武敬岳练功习武，同龄的几个女孩子也跟着练习。

后来，又有几个同朱继忠要好的小朋友也参加了习武的行列，根据党组织的安排，组成了一支秘密的青少年抗日队伍。

## 三

冠山炭矿株式会社把中国籍的管理和技术人员赶出冠山矿的决定，张大山自然也在裁撤之列，不过，木村知道张大山曾经是孙亦奇的高徒，不仅从孙亦奇身上学到了扎实的开矿技术，还留存着孙亦奇离矿时送给他的许多重要的勘探资料，这些资料不仅对进一步弄清冠山矿的资源储量有帮助，对摸清边城地区的煤炭资源储量分布也十分有用，是日本人十分需要的有用人才。他刚到冠山矿时，曾经常接近张大山，

还甜言蜜语给张大山许愿道："张大山，你是有用之才，只要你真心同

我们合作，帝国一定重用你！"宣布裁减中国人时，木村还特别关照道："大山先生，如果能把孙亦奇留下的勘探资料交给我们，不仅可以留在管理层，还可以委以重任！"

但张大山矢口否定，他对木村道："太君，你的关照俺十分感谢，可是，俺当时只不过是他的一个小跟班，牵马坠镫得伺候人，人家一个科班出身的矿业专家根本瞧不起俺，离开冠山矿时，把所有的地质资料都带走了。后来给俺寄来一本《冠山煤矿纪实》，太君如果需要，俺一定把它交给太君！"

事实上，孙亦奇离开冠山煤矿时，确实把勘探队找矿时积累的所有地质资料都留给了他，他知道这些资料的价值，无论如何，他不能把这些资料送给日本人，让日本人利用这些资料把边城地区的煤炭资源挖走。所以，不管木村下什么套，许什么愿，他始终不为所动，一口咬定说资料让孙先生带走了。木村见张大山说得信誓旦旦，不像是撒谎，见没什么油水，便把他裁下来，安排到三井当技术员。

张大山外号叫"煤痴"，他对煤炭有一种特殊的感情。他曾跟孟吉庆有过一段很有意思的对话。

他说："你看冠山矿的煤炭，闪亮闪亮的，像一面镜子，把挖煤人的身影都照进去了。表面看，他是一块黑亮的石头，其实他心里装着咱挖煤的人，是很有灵性的宝物！"

孟吉庆感叹道："其实，这煤炭的命运和咱们挖煤人的命运是很相似的。你看，它在没出世前，被压在地壳深处，饱受地压和高温的煎熬。从地下被挖出来之后，刚见了天日，却又被投入炉火中焚烧，最后粉身碎骨，变成了灰烬。咱们挖煤的人，整天在四块石头夹块肉的环境中劳作，还要挨饿受冻被汉奸把头欺压，死后不是被扔在荒山野岭任狼吃狗咬，就是被扔进炼人炉，冒一股青烟，变成了一把骨灰，这种命运，和煤炭多么相似啊！"

张大山不以为然道："我们挖煤的人和煤炭虽然有相似的命运，可叹、可怜、可悲！但也很伟大，值得赞美、歌颂！你看啊，煤炭可以燃烧，发光发热，给千家万户带来温暖和光明，还可以让火车奔跑、机器运转，是工业的粮食，强国的资本。我们挖煤的人，把煤炭从地壳深处解放出来，让他为人类造福。没有我们挖煤的人，煤炭将永远在地下不见天日，我们是它们的救星，开采光明的使者，是值得骄傲的人！"

孟吉庆道："日本鬼子是压在我们挖煤人头上的大山，他们抢夺我们的乌金，欺压我们挖煤人，是强盗，是魔鬼！"

张大山道："所以，我们要推翻压在我们头上的这座大山，让我们挖煤人翻身解放，让煤炭为国人造福，充分体现我们挖煤人和煤炭的价值！"

孟吉庆郑重地说："张工，你说得对，日本鬼子和汉奸把头瞧不起我们，压榨我们，我们挖煤人自己不能自轻自贱，我们要认识煤炭的价值，自身的价值，齐心协力跟日本鬼子汉奸把头斗智斗勇，为推翻压在我们头上的大山，为解放和光明奋斗！"

日本人实行以人换煤政策，三井井长川奇的口头禅是"中国人大大的有，死了死了的没关系"。他经常训斥把头监工说："煤黑子是贱骨头，不值得可怜，对煤黑子不能手软，有口气就得让他干活儿，脑袋硬就得让他上班！"

三井井下的作业条件非常恶劣，巷道基本不维护，塌方冒顶经常发生，零星事故不断，矿工伤亡率很高。更为严重的是，井下通风很差，煤尘浓度很高，基本没有瓦斯监测，发生瓦斯煤尘恶性事故的可能性很大。对此，张大山作为井区技术员，曾多次向川奇建议道："太君，得维修巷道，加强支护，加大风量，洒水消尘，预防恶性事故！"

川奇不仅不采纳，还非常不耐烦地训斥张大山道："多出煤是三井的第一要务，你作为三井的技术负责人，要在多出煤上想办法，不要提那些鸡毛蒜皮的小事烦我！"

因此，三井的作业环境一天比一天恶化。6月14日，睡梦中的张大山听到一声闷响，惊出一身冷汗。他有一种不祥的预感，穿上衣服就往三井跑，想看看是不是真的发生了大事故。快到三井时，他听到人声嘈杂，不少人哭喊着："井下爆炸了，着火了！""正是交接班的时候，人都在井下啊！""完了，完了，快救人啊！""怎么救啊，巷道全是烟火，火苗都快蹿到井口门了！"

张大山快步向前，看见矿卫队已围着井口用绳索拉起了一道警戒线，围观的工人和家属被拦在警戒线外哭喊。张大山正要问驻三井矿卫队小队长许少林井下的情况，他哭丧着脸走过来对张大山道："张技术员，看来是瓦斯爆炸兼煤尘燃烧，事故可不小啊，怎么办？"

张大山道："还能怎么办，赶快通知矿救护队积极抢救呀！正赶上交接班，上班的工人到了掌子头，下班的工人正在升井的道上，估计下面有百十号人呢！不得了啊！"

川奇有点儿焦躁地说："八嘎，我已通知矿救护队了，怎么还不到？"然后悲叹道，"瓦斯爆炸兼煤尘燃烧，火势太大了，三井怕要毁了！"

张大山心里骂道，"狗×的，你怕三井被烧毁，就不想想井下一百多工人该怎么救吗？"心里这么想，便顺口说道："井口被烧毁还能恢复，一百多工人的命可就不能再生了，川奇先生，还是想想怎么救人吧！"

川奇瞪一眼张大山道："人死的不怕，中国人大大的有。圣战在即，煤炭比人金贵！"

张大山正想反驳，木村随救护队赶到，他走过来，不问青红皂白，左右开弓搧了川奇几个嘴巴骂道："八嘎，还不赶快组织人救火！"

川奇和张大山不敢怠慢，即刻指挥救护队员下井救人。救护队员刚走到井口门，见巷道全是烟火，连呛带烧，不敢再往下走。张大山用湿毛巾捂着口鼻坚持往前走，没有走几步，即被浓烟呛倒，救护队员急忙把他抬出井口。

救护队长夸张地说："太君，巷道里全是烟火，人下不去啊！火势很快就要烧到井口门了，怎么办啊？"

一个救护队员自作聪明地说："我看应当加大风量，把烟火吹散！"

另一个队员道："我看应当往井下灌水，把火浇灭！"

木村绷着脸骂道："八嘎，统统是笨蛋，加大风量，风助火势，煤尘燃烧得不是更旺了吗？火势太大，水就会分解成氢气和氧气，这两种气体都是助燃剂，那不等于是火上浇油吗？"

两个队员吓得战战兢兢退到一边，再没敢吱声。川奇脸拉得老长，无可奈何地望着木村道："木村君，不赶快把大火扑灭，大火引起煤壁燃烧，三井可就毁了！你，你赶快拿个主意吧！"

木村阴沉着脸，咬咬牙，发狠道："只有一个办法，把井口封死，阻断氧气，大火缺氧，自然也就熄灭了！"

众人惊愕地喊道："井下一百多工人怎么办，那不全没命了！"

木村狞笑着道："就让他们为天皇尽忠吧！"

众人惊讶地："啊……"

木村见救护队员和矿警站着不动，即高声命令川奇道："川奇君，愣着干啥还不赶快动手！"

"哈依！"川奇答应着，对救护队长道："你的，指挥队员封堵井口，快快地！"又对矿卫队小队长："你的，维持好秩序，任何人都不准靠近井口！"

救护队员们如梦方醒，立即动手封堵井口。围观的工人和家属见状，绝望地大声呼喊："日本鬼子，丧尽天良呀！""他爸呀，你死了，撇下俺孤儿寡母可怎么活呀！""儿呀！指望你挣钱养家糊口，谁承想是这么个下场啊！""哥呀，你死得好惨啊！没有天理啊！呜！呜！"

有几个年轻人和家属骂着、喊着往前冲，被矿卫队连打带骂，甚至鸣枪示警，硬是把工人和家属堵在了警戒线外。

微风拂面，张大山醒过来，看见救护队员们在封堵井口，发疯似的跑过去阻拦，被矿卫队小队长拉住，推到了一边。

与此同时，有不少下班升井的工人，用蘸湿的毛巾捂着口鼻，紧贴巷道水沟爬着往前走，眼看到了井口门，有了生的希望，却发现井口门被堵死了，于是绝望地大喊："救救我！让我出去！""行行好，救命啊！""丧尽天良啊！"

张大山隐隐约约听到巷道里有求救的喊声，即不顾死活地扑到井口门前，边用双手扒封堵的砂石喊:"里面有人呼救,打开门,救救他们!"

川奇一脚把张大山踢开,愤怒地骂道:"八嘎,滚一边去!"边骂,边拳打脚踢,张大山又一次昏死过去。

半个月之后,川奇让矿卫队驱赶着劳工扒封闭的井口门,刚扒开一个口子,便飘出了一股难闻的腐尸味。井口门全扒开后,看到有四十多具尸体堆积在井口门里,腐烂的尸体上爬着密密麻麻的蛆虫,发着令人作呕的臭味。

看到这些尸体,张大山脑海里想起了这些惨死劳工绝望的呼救声,那是已经拼着性命爬到井口的求救声,假如能够及时打开封堵,哪怕只是一道口子,让他们爬出来,这几十位劳工就有了活命。可是,生命之口被鬼子堵死了,断送了他们生的希望。张大山和拆封堵的劳工呆呆地望着堆积的腐尸,有的泪流满面,有的眼睛通红,咬着牙根,没有一个人动手。

川奇戴着口罩,一脚把张大山踢开,喝令矿卫队员逼着劳工搬尸体。由于尸体满身满脸都是蛆虫,面目全非,无法辨认,便不管老少,统统装上了马车,拉到后山掩埋。处理完井口门附近的尸体以后,又往下寻找,从大巷到掌子头,到处是烧焦的尸体,全都面目全非,巷道里充满了腐尸和焦煳味。矿卫队驱赶着劳工把尸体抬到井上,全部装到马车上运到后山掩埋。

矿工和家属听说打开了封堵,纷纷到三井围观,由于只能在警戒线外面远望,装在马车上的尸体又都盖着白布,矿井现场的情况,又严令参加搬运的劳工不得外传,加之在三井上班的劳工大都是从关里骗招来的新工人,光棍儿比较多,家属亲人远在千里之外,完全不知道矿难的情况,少数有家属的劳工,矿上连哄带骗、软硬兼施,发了点儿抚恤金,且当作封口费,以此掩盖日本人的灭绝人性的暴行。

张大山拖着极度疲乏的身体回到家里,一头躺在炕上便昏睡过去。妻子姜天竹见他疲惫的样子,没敢招呼他吃早饭。晚间,对女儿张彤道:"小彤,叫醒你爸吃饭!"

张彤刚到父亲的卧室,就听张大山大喊:"救命,救命啊!"

张彤连忙过去一边拉开父亲放在胸口的手,一边焦急地说:"爸,爸!醒醒,醒醒!你做噩梦了!"

张大山睁开眼睛,见女儿站在自己的床边,便自言自语地说:"一百多条人命啊,日本人太没人性了!"

张彤柔声道:"爸,别说了,妈叫你吃饭呢!"

张大山没有吱声,张彤扶着父亲走出卧室,在餐桌旁坐下,天竹端上菜汤和玉米面大饼子,关照丈夫道:"她爸,日本人做事,你管得了吗,吃饭吧!"

张大山端过菜汤喝了一口,就哇的一声吐在地上。天竹关切地说:"大山,你这是怎么了?"

张大山喘口气，满脸忧伤地说："没，没什么，只是一百多条腐尸老在俺眼前晃，菜汤里好像全是蛆虫，所以，所以一恶心就吐了！"他放下筷子，对母女俩道，"你们俩先吃吧，别管我！"边说边慢慢地离开餐桌走进卧室。

望着丈夫的身影，天竹恨恨地说："日本鬼子，早晚有一天会得到报应的！"

一连几天，张大山端起饭碗就恶心、呕吐，躺下睡觉就做噩梦，醒过来就呆呆地坐着，口里嘟囔着："人命关天啊，太丧良心了！"

张大闯和朱奇山得知张大山的情况以后，便结伴到张家看望，见到张大山以后，齐声安慰道："大山，别多想了，自己的身子骨要紧！"

张大山只是痴痴呆呆地重复着两句话："一百多条人命啊，惨啊！""人命关天啊，丧良心呀！"

兄弟俩见状，安慰天竹道："弟妹，大山是被工友的惨死迷住心窍了，你也别急，过几天，调理一段，慢慢会好起来的！"

天竹眼泪汪汪地答应道："谢谢两位大哥，俺慢慢给他调理吧！"

俗话说，纸里包不住火，尽管日本人千方百计地封锁三井惨案的真相，但消息还是不胫而走，冠山矿的职工家属还是知道了。劳工们恨、怕、忧交织在一起，人心惶惶，许多人不顾矿上的禁令，三五成群，秘密逃走，冠山矿劳动力紧缺的状况日益严重，产量急剧下降。

## 四

木村对苟步力道："苟先生，你们中国人不是信奉太上老君吗，他可是管火的老祖宗啊，你得向劳工们多多宣传太上老君的神威，让劳工们相信，只有真心诚意地信奉太上老君，对老君爷诚心三叩首，早晚一炉香，才能够消灾免难，一生平安。"

苟步力暗自寻思道，这个小日本还真是个中国通啊，连太上老君的事他也知道。于是装得十分信服的样子对木村道："太君，你们日本帝国也信奉太上老君吗？"

木村摇摇头道："太上老君是你们中国人心目中的火神，我们大日本帝国不信奉，我们信奉的是天照大神，他能保佑我们大日本帝国武运长久，国运昌盛，东亚共和共荣，所以，我们为天照大神修了神庙，诚心祭拜！"

苟步力恭维道："有天照大神保佑，所以日本帝国国力强盛，皇军所向披靡！"

木村道："其实，人的力量是非常渺小的，只有神的力量才是无敌的，你一定要让劳工们相信这一点！"

苟步力道："我们已修建了老君庙，为太上老君塑了金神。我们一定要广泛宣扬太上老君的神威，让煤黑子相信，要想下煤洞子平安无事，就得敬奉太上老君，求老君爷保佑。今年四月初八，老君庙庙会之日，我们日满大柜一定要举行盛大的敬神仪式，也让劳工们出点儿血，祭拜老君爷保平安！"

木村太郎满意地说："苟先生聪明大大的，希望神能够保佑你！"

苟步力按照木村太郎的意图，召集把头监工开会，非常神秘地说："昨天，老君庙的住持对我说，他晚上做了个奇怪的梦，梦中，一个身穿金光闪闪道袍的白胡老者，从天上飘然而下，严肃地告诉他：'我是太上老君，你们为我修了庙宇，却不诚心供奉，我已火烧三井，以示惩戒，如不痛改前非，必有更大灾难降临！'说罢，拂袖而去，突然不见！他猛然惊醒，却是南柯一梦。但眼前的老者，他说的话，住持说他记得清清楚楚，心头突突狂跳。他说，日本人到冠山矿以来，民生凋敝，庙宇冷落，香火不旺。这可能是老君爷的警示，我们不可不注意！他让我把他梦中所见跟大伙儿说说，看大伙儿觉得怎么办好？"

黄二显道："依我看，也许真是老君爷的警示，那样的话，咱们还真不能当耳旁风，得当回事！"

三井小把头潘大安点点头附和道："我看黄把头说得有道理，不光咱们要当回事，还得在劳工中宣扬宣扬，出点儿钱，敬奉老君爷，保佑自己下井平安。"

朱奇山摇摇头道："三井出事故前，张大山跟俺叨咕，说井下巷道不修，通风不好，煤尘飞扬，闷热难忍，作业条件很差，也不测量瓦斯，非常危险。他多次建议川奇井长维修巷道，洒水消尘，测量瓦斯。川奇一直当耳旁风，没有采取任何措施，结果发生了恶性事故。依俺看，三井的事故，不是天灾，而是人祸！"

苟步力不满地说："我不同意老朱的说法，俗话说人的命，天注定，天是什么，天就是神，我们各行各业，人间之事，都有天上的各路神仙管着，得罪了神仙是要遭殃的。三井的事故，就是神的惩罚，是天灾，不是人祸！"

苟步力这么一说，众把头监工便纷纷附和，七嘴八舌道："苟经理说得对，头上三尺有神灵，世上不管什么行当，都由神主宰，不敬神不行！""三井的事故，或许真是神的惩罚！""住持做的梦，是老君爷的警告，真得像黄把头说的那样，不能当耳旁风！"

张大闯见众人一边倒附和苟步力的意见，怕对朱奇山不利，便出面解释道："俺觉得，奇山大哥只是针对三井事故就事论事，也不是不信神。常言说神鬼莫测，神仙的事谁也说不清楚！"

苟步力见众人一边倒附和自己的说法，便清了清嗓子大声说："是啊！神鬼莫测，我看老君庙住持的梦大有来头。前几年咱们是建了老君庙，但香火的情况咱们也没有怎么过问，也许真是因为冷落了老君爷，得罪了他老人家，才受到三井那样严重的报应。所以，住持的话，真得引起各位的重视！"

众人纷纷附和道："是啊，是啊！老君爷的警示不能不在意呀！"

苟步力接着说："前几天，木村太君也跟我谈了敬不敬神的事，他说，他们日本人信奉天照大神，到什么地方都要修建神舍，把天照大神请进去，虔诚祭拜，所以受到天照大神的保佑，武运长久。大家看，日本是个岛国，人口物产都不如咱中国，但人家比咱们中国强盛，还不是因为有天照大神的保佑！我看咱们也得仿效日本人那样，诚心敬奉老君爷，让他老人家保佑咱们！"

众人又回应道："苟经理，道理我们都懂，你就说咱们怎么办吧？"

苟步力高兴地说："那好，我就跟各位说说我的想法。常言说信则灵，要让劳工们真心信奉太上老君，就得做好宣传工作，在劳工中广泛传播太上老君的神话和神威，让劳工们入心入脑，坚信不疑。今年，我想把老君庙会办得特别隆重一些，柜上出点儿钱，劳工们也得出点儿血，这也是一种宣扬嘛！再就是让庙里的住持定一些神规，就说咱们这些把头监工就是神的化身，是神派我们到人间管他们的，劳工们必须老老实实听咱们的话，遵守矿上的规矩舍得出力流汗，真心诚意地干活儿，大家看这样行不行？"

众人齐声说："嗯哪，行！"苟步力满意地大声说："大家说行，那咱们就这么办！四月初八的庙会就快到了，大家都回去做准备吧！"

按照苟步力的安排，把头监工们在劳工中到处宣扬太上老君的神威，把老君庙住持的梦说得活灵活现，神乎其神。还说三井的恶性事故是太上老君的惩罚，死去的人都是罪人。警告劳工说，太上老君就是火神爷，下煤洞子，就得敬奉火神爷，求火神爷保佑平安！要求劳工家家户户都要设太上老君的神位，逢年过节要烧香摆供，诚心叩首，求神保佑！井口门附近还修建了简易的老君小庙，供劳工入井前祭拜。为了赎罪，今年的四月初八老君庙会，矿上要举办隆重的敬神仪式，请高僧做佛事，念经，还要请戏班子来助兴，等等。为此，柜上要出钱，每个劳工也要扣除三天的工资敬火神爷，表示自己的诚心。

用神鬼愚弄民众，是中国历代王朝的统治者惯用的手法。普通百姓受传统神鬼统治术的蛊惑，大都有迷信鬼神的心理，把头监工的大肆宣扬，不少劳工都相信老君爷是保护自己平安的天神，把自己的命运寄托给了神仙，模糊了对三井恶性事故真相的认识。

朱奇山和张大闯把三井事故后矿上掀起的这股神鬼妖风向梨平镇党组织作了汇报。接替赵连荣兼任梨平镇区委书记的杜勇愤怒地说："三井事故发生前，川奇对井下恶劣的作业条件置之不理，是发生事故的主要原因；事故发生后，为保矿井采取封堵措施，将井下一百多名矿工活活闷死在井下，罪恶滔天，是不折不扣的人祸。现在用神鬼迷信转移矿工的视线，掩盖自己的罪恶，必须狠狠地揭露！"

朱奇山道："劳工们不少都有迷信心理，现在讲无神论，恐怕作用不大，弄不好还适得其反！"

张大闯道："苟步力召开把头监工会的时候，奇山同志曾一针见血地指出三井的恶性事故不是天灾，而是人祸，立刻遭到苟步力和把头监工的反驳，俺也觉得现在讲破除迷信，不敬鬼神，还缺乏群众基础！"

杜勇觉得张大闯说得有道理，便点头同意道："大闯同志说得有理，俺觉得目前咱们应当把重点放在两个方面，一是讲三井发生事故的原因，让工友们都知道，井下作业环境恶劣是三井事故的主因，要保安全，必须改善井下作业条件；二是封堵矿井，把一百多名矿工闷死在井下的罪行。让工友们明确，如果积极抢救，在井下作业的矿工，多数能有生还的希望，但鬼子封堵井口，让一百多名矿工惨死井下，伤天害理，没有人性。日本鬼子是罪魁祸首，保安全，要活命，必须跟日本鬼子斗争，必须打倒日本帝国主义！"

牛合久调离后担任冠山矿党支部书记的朱奇山道："杜勇同志讲得清楚、明白，俺同意！咱们不讲神，也不讲鬼，就讲事故的原因和鬼子伤天害理的罪行，这样，工友们明白了真相，就不会相信鬼子汉奸编的神鬼故事了！"

张大闯道："俺也同意。问题是怎么组织宣传，时间和场合如何选择，由哪些人去实施？"

朱奇山道："苟步力说今年的老君庙会要搞得隆重和热闹一些，还说要扣工友们三天的工资敬神，表示对火神爷的敬畏和诚心。两千多工人三天的工资，不是个小数目，他们不仅想借庙会宣传封建迷信，蛊惑人心，还想借办庙会捞一把。俺觉得咱们不能让他们如意，得给他们浇盆凉水，点把明火！"

张大闯道："奇山哥这个主意好。老君庙庙会那天，人一定很多，是我们揭露鬼子汉奸的好机会，咱们就选在那一天干他一把，既给鬼子汉奸泼了凉水，让工友们明白了真相，也让老百姓知道梨平镇和冠山矿还有共产党在坚持抗日。"

杜勇道："俺也觉得这个主意好。关于如何组织实施的问题，俺准备让龙彪、铁柱、继忠、铁林这些年轻人去干，由他们去干，不会引起敌人的注意，也不容易暴露身份。你俩如果没意见，俺就抓紧安排！"

朱奇山和张大闯齐声道："行，这帮小伙子跟敬岳练了好长时间武术，也该让他们锻炼锻炼了！"

冠山煤矿建矿十多年来，随着铁路的开通，人口的增加，经济的繁荣，梨平镇已逐步成为边城地区商贸和货物的集散中心。每逢集市，四面八方的农户、猎户、赶车的、挑担的、肩背的，都带着自产的粮食、蔬菜、肉、蛋、皮货和各种特产到集市上交易。一些种粮大户和商贸巨贾拉货的胶轮马车、平板小车有时可多达几十辆甚至上百辆，有的还带着荷枪实弹的保镖。镇上的旅店、饭馆、酒馆等饮食业和鞋店、布店、裁缝擦鞋等服务行业也比比皆是。戏园子、说书场、杂耍卖艺和烟馆、妓院也不少。大街小巷，人头攒动，叫卖的、喊爹叫娘、寻妻找子的，熙熙攘攘，成千上万人云集，非常热闹。

四月初八庙会那天，老君庙的住持身穿崭新的紫红色道袍，头戴黑亮的神帽，手持拂尘，端坐老君神坛之上，左右僧人，双手合十，跪在蒲团上，随着住持闭目诵经。专事敲锣打鼓摇铃吹奏的僧人按着节拍弹奏起神乐，美妙的旋律伴随着僧人咿咿呀呀的念经声，仿佛进入了仙境。赶集进香的善男信女，个个驻足伸颈，虔诚围观。

老君神坛前点着两只胳膊粗的红蜡烛，香炉里插着手指般粗的檀香，神坛上摆着猪头、整鸡、馒头、水果等贡品。神坛前放着一个捐献钱柜，住持布施的僧人招呼捐献的信众按顺序列队献款。由于事前有安排，到老君庙献钱的人很多，从庙里到庙外排着长长的队列。苟步力身穿黑布长衫，头戴蓝色的礼帽，足蹬棕色皮鞋，庄重地站在队列的最前面，后面是大小把头监工和柜上的职员，再后面是士农工商各色人等，静静地等着捐款仪式的开始。

老君庙大门外，排满了做小买卖的摊床，有各种小吃、大煎饼、大楂粥、酸汤子、馒头、包子、馅饼、馄饨、鸡、鸭、鱼还有边城特有的冻豆腐和猪肉炖粉条……各种生产用品，像斧头、铁锹、镰刀、锄头、锄杠、土篮子……还有各种儿童玩具和生活用品，如布娃娃、卷子、陀螺、镜子、梳子、毛巾、手绢……大人孩子、红女白婆，熙熙攘攘，在各种摊床前看热闹、买东西，也有坐在小吃的桌凳旁边吃边说笑的。

杜龙彪、赵铁柱、苏小柱和张彤、杜菊、赵晨几位少女也挤在人群中，几个人还不时互相递着眼神。杜龙彪和赵铁柱乘人不注意时，偷偷从衣兜里掏出一沓各色油印传单往空中一抛，又装作没事人一样，躲在一旁观看。赶会的民众见有红红绿绿的传单飘下，争先恐后地去抢，抢到手里的人，有的偷偷地装进了自己的口袋，有的高声念道："工友们！矿三井的恶性事故，不是天灾，而是人祸。日本鬼子只管掠夺咱们的煤炭，竟不顾矿工的死活，封堵井口，将一百多位矿工活活闷死在井下……打倒日本帝国主义！大东亚共荣是鬼子骗人的鬼话！"

杜菊、赵晨、张彤也乘机抛出了自己身上的传单，一时，老君庙门前天女散花般到处是红红绿绿的传单，赶庙会的民众抢传单、念传单，闹闹嚷嚷，乱作一团。

苟步力等人正在愕然之际，庙顶上又出现了两条红布黑字的标语，有人高声念道，"日本鬼子占我土地抢我资源，草菅人命，丧尽天良！""中国百姓爱我山河护我财富为我同胞报仇雪恨！"维护秩序的警察和矿卫队不知所措，便胡乱鸣枪警示，赶会的民众更加惊慌失措，纷纷四散逃窜，门前更加混乱。

苟步力对警察和矿卫队员高喊："他妈的，别放枪，快抓人啊！"

毕士仁无奈地道："苟经理，这乱糟糟的，也不知是谁干的，抓谁啊？"

看到庙门前的混乱局面，老君庙住持双手合十，口称阿弥陀佛，站起来走出庙门观看，念经和奏乐的僧人也都面面相觑，停止了活动。庙门前到处是飘落的传单，从庙顶上垂下的标语，在微风中飘荡，赶庙会的群众大部分已经逃散，不少摊床和小吃的桌凳也都翻倒在地上，摊主们只好无可奈何地把翻倒的桌凳重新扶起，排队捐献的信众也走了一大半。看到自己精心策划组织的庙会被弄得七零八落，苟步力哭丧着脸，气得干瞪眼。

## 五

三井事故发生之后，矿上借口资金周转困难，连续几个月没有给工人开工资。靠微薄的工资维持生活的劳工，连续几个月不给开工资，独身劳工还能勉强维持，带家属的劳工不少都揭不开锅。劳工中的互济会在正常情况下还能勉强运作，矿上几个月不开工资，互济会也没钱救济。对此，劳工们怨声载道，冠山矿的党组织决定以互济会的名义发动全矿工人进行罢工。

杜勇、朱奇山和张大闯同新任互济会会长刘光明等负责人商量道："光明，这次罢工，由你和孟吉庆、姜再生为首组成罢工指挥部，负责组织串联，决定罢工相关事宜，并作为工人代表负责同大柜谈判！"刘光明点头道："嗯哪。谈判内容，俺看要捞干的，就是两点：一是补发所欠劳工的工资，并答应以后不再拖欠；二是改善矿井劳动环境，保证矿工安全。三位大哥看行不行？"

杜勇道："我看行，不过，为了安全，还应当组织保卫组。"

朱奇山道："这很有必要，俺的意见这个保卫组可由杜龙彪、赵铁柱挑头，再挑选二十多位年轻工人组成。"

张大闯道："俺看还得明确保卫组的主要任务，就是保护罢工领导人的安全，提防矿上安排奸细进行瓦解破坏，防止少数胆小怕事劳工在威胁利诱下偷着复工。还要组织救护组，任务是对伤病人进行救护，并对特殊困难户进行救济！"

杜勇道："光明，你看这样行不？"

刘光明道："嗯哪，俺看行！"

杜勇道:"那好,就这么定了,罢工时间定在"五一"劳动节八点,以鸣汽笛为罢工信号。现在大家就按照各自的任务分头开展工作!"

五一那天,风和日丽,八点钟,"呜!呜!呜!"冠山煤矿的天空传来三声高亢的汽笛声,汽笛声过后,罢工开始,全矿工人立刻停止了劳作。井架上的天轮不再飞转,井下没有了矿车转动的吱咯声,机械厂车床和机器停止了工作,铁工厂的炉火熄灭,铁锤不再叮当作响,全矿一片寂静。

各路把头监工慌慌张张跑到日满大柜向苟步力报告了工人罢工的信息。电话中传来了木村愤怒的声音:"苟经理,怎么回事?"

苟步力擦擦头上的汗,结结巴巴地说:"太君,煤黑子罢、罢工了!"

"你的,快快处理,罢工的不行,这是命令!"木村厉声喊道。

"是,是,我这就去了解情况,尽快向太君汇报!"苟步力战战兢兢向日本主子答应道。

"我不听汇报,我要的是结果!""啪"的一声,木村放下了电话。

苟步力对一旁的把头监工道:"诸位,大家都听到了吗?太君要结果,你们说怎么办?"停了一会儿,他埋怨众人道,"煤黑子为什么罢工,谁是领头人,事前怎么一点儿信息也没有!"

朱奇山道:"也不是一点儿信息没有,俺早就听劳工们嚷嚷说,再不开支,人就都饿死了,还怎么干活儿,他妈的,不干了!"

一井把头附和道:"是啊,劳工们罢工,恐怕是为几个月不开支的事!"

苟步力双手一摊,无可奈何地说:"他妈的,日本人不给我钱,我拿什么给劳工开支!"然后以商量的口吻对众人道,"木村太君命令我让煤黑子复工,你们说怎么办?"

毕士仁道:"我看先把领头的那几个人抓起来,看谁还敢不上班!"

张大闯摇摇头道:"这个时候动硬的恐怕不行,再说,你知道谁是头儿,抓谁去!"

黄二显附和道:"以我看,先不要动粗,还是让工人派代表来谈谈,听听他们的要求吧!"

苟步力点头道:"黄把头这个主意好,我看你先到劳工中摸摸底,代表大柜同他们对对话,看他们什么意思?"

黄二显为难地说:"苟经理,俺人微言轻,还是您老人家出面好,说话有分量!"

苟步力不满地说:"什么人微言轻,你也是百十多人的把头嘛,别人管的劳工你不好说,你自己管的劳工还不能跟你说真话,就这么定了,你也替柜上分担分担困难,先去摸摸底!"

黄二显无可奈何地说:"那好吧,既然经理信得过俺,俺就先去碰碰运气！"一个多时辰，黄二显回到大柜对苟步力道："俺摸清楚了，这次罢工是互济会发动的，工人代表是互济会的会长刘光明，还有孟吉庆和姜再生！"

未等苟步力答话，毕士仁即抢着说："知道谁是领头的就好办了，我这就带矿卫队把他们三个抓起来，让他们叫煤黑子复工！"

苟步力白一眼毕士仁道："毕队长，事情恐怕没有你想得那么简单，动硬的，抓人，惹起众怒，更不好收拾！我看还是先和他们的代表对对话，看他们提什么条件吧！"

众人七嘴八舌嚷嚷道："苟经理高明，想得周到，还是先和工人代表对对话好！"

苟步力道："既然大家都同意，那就这么办！二显，你就出面请工人代表到大柜来谈谈好吗？"

黄二显道："那好吧，我去试试看！"

黄二显颠颠地到工人村，明知故问喊道："你们哪位是工人代表？苟经理想请工人代表到大柜谈谈。"

刘光明回应道："俺是工人代表，苟步力找俺们谈什么？"

黄二显道："经理想听听你们复工的条件。"

刘光明道："还用谈吗，几个月不开工资，他们不知道吗？"

黄二显道："知道，知道！跟苟经理当面谈谈不是更好吗？"

刘光明和孟吉庆、姜再生商议道："怎么样，咱们三个就代表全体工友跟他们谈谈行不行？"

姜再生道："行倒是行，不会有什么圈套吧？"

刘光明道："管他是不是圈套呢，大不了他们把咱们抓起来，那又能怎么样？"他略一思忖，又对孟吉庆道："吉庆，这一手咱们也不得不防，俺的意思，俺和再生两个去谈判，你留下来，万一他们不讲信用，把俺俩抓起来，逼俺叫工友复工，你就组织工友继续罢工，他们就是把俺俩打死，不答应条件，坚决不复工！"

孟吉庆道："刘哥，俺看还是俺去跟苟步力谈判，你留下来，有你在，工友们就有主心骨！"

刘光明道："俺是互济会的会长，罢工是以互济会的名义发动的，俺又是大家推荐的代表，俺去谈判名正言顺。万一俺回不了，你可暗中去找奇山和大闯哥商量对策！"

孟吉庆只好答应道："那好吧，不过，你俩千万要注意安全，要么俺让龙彪、铁柱跟着你，保护你俩！"

刘光明道："不用，俺不怕，他们如果要抓，龙彪、铁柱去也没用！"

黄二显见刘光明三人嘀嘀咕咕，便有点儿不耐烦地说："刘光明，别嘀咕了，没事，跟我走吧！"

刘光明高声答道："好，这就走！"边说边跟黄二显一起往日满大柜大院走去，随后，孟吉庆组织上千号工人浩浩荡荡围在了日满大柜大院外的广场上。

在二楼会议室等黄二显和工人代表的苟步力和众把头监工，听到外面有动静，即一起到二楼过道的窗户前往外观看，见下面人头攒动，个个脸上现出了惊慌之色。黄二显、刘光明和姜再生三个人到二楼之后，苟步力笑脸相迎，让刘光明和姜再生落座后，他装作客气的样子说："光明、再生，乡里乡亲的，有事好商量，怎么搞起罢工来了！"

刘光明平静地回答道："苟经理，你也知道，矿上这些工友都是靠工资过日子的，几个月不开工资，工友们揭不开锅，饿得只打晃，上不了班，干不了活儿呀！大家的要求很简单，只要大柜把拖欠的工资补上，今后保证不再拖欠，再注意改善井下作业环境，保证安全生产，工友们就都能上班干活儿！"

苟步力装作同情的样子道："工友们的情况我也清楚，可是，三井事故之后，矿上损失很严重，没钱开工资啊！你回去动员大伙先复工干活儿，然后我再想办法给工友开工资！"

刘光明为难地说："复不复工，俺说了不算，俺只是把工友的意见传达给柜上，要复工，你得问问大伙儿！"

刘光明不软不硬的几句话，苟步力如鲠在喉，没有说话。毕士仁在一旁对刘光明训斥道："刘光明，你别敬酒不吃吃罚酒，你是工人代表，复不复工，大家还不听你的！"

刘光明冷笑道："毕队长高看刘某了，要不你和经理跟着俺，俺让工友复工，看大家听不听？"

毕士仁跟苟步力道："苟经理，要不咱们试试？"

苟步力摆摆手苦笑道："毕队长，你别瞎掺和了，那样不行！"然后装作无可奈何的样子对刘光明道："刘兄弟，我也知道工友们不容易，也想给工人开工资，可是日本人不给钱，柜上没钱给大家开啊，我看你还是跟大伙儿商量商量，让大家先开工吧！"

刘光明摇摇头道："不是俺不给苟经理面子，可俺知道大伙儿的心思，商量也没用，实在是无能为力呀！"

谈判就此僵持下来。刘光明和姜再生商量道："再生，这样吧，既然谈不拢，咱俩在这里也没用，还是回去吧！"

姜再生道："那好，咱们走！"于是，两个人离开了大柜的会议室。连续两天，工人在广场上静坐绝食。苟步力看见工人静坐绝食的场面，心里十分慌乱，随即又召集把头监工开会商量对策。众人七嘴八舌没有主意。

朱奇山着急道："苟经理，这样下去不行呀，千把号人绝食，要不赶快拿主意，恐怕要出大乱子啊！"

苟步力道："我不是也着急吗，可没有什么办法呀！"

朱奇山装作很同情的样子道："俺知道柜上也有柜上的难处，你也不容易！"然后转换话题道，"不过，日本人确实也不够意思，不能又叫马儿不吃草，还要马儿跑得好。俺想，千把号人罢工绝食的场面，应当让木村太君来看一看，也该给他们点儿压力！"

众把头附和道："朱把头说得有理，咱们给日本人出力，他们也得体谅咱们的难处，不能光发号施令，不给咱们解决具体困难！这个场面是得让木村太君来看看！"

苟步力心里暗自思忖，认为朱奇山说得有理，应当借此机会给木村点儿压力。但表面上还没有表现出来，他装作十分谨慎的样子对众人呵斥道："别瞎嚷嚷了，让日本人听到没有咱们的好果子吃！我现在就给木村太君和阔列也夫矿长打电话，让他们来看看这里的情况！"边说边离开会议室到自己的办公室给木村和俄方矿长分别打了电话。

不一会儿，木村和劳务系的龟田系长带着一小队日本兵，阔列也夫带着白俄矿警分别乘车赶到日满大柜。在广场上静坐的劳工们看到以后，孟吉庆指挥矿工高喊："干活儿挣钱，天经地义！""不给开工资坚决不复工！"上千人高喊，声震寰宇。木村和阔列也夫略显慌乱地由卫兵和矿警护着上了二楼，苟步力和众把头连忙出迎，苟步力点头哈腰十分谦卑地说："太君和矿长请，给太君和矿长添麻烦了，鄙人罪该万死！"

木村和阔列也夫没有理会苟步力的恭维，板着脸进入会议室，落座后，厉声问道："怎么回事？"

苟步力战战兢兢答道："太君，煤黑子罢工了，前天我和大家跟他们的代表谈了谈，苦口婆心，也没有谈拢！"

木村道："这样吧，你让他们的代表来，我跟他们谈谈！"

苟步力连忙对黄二显道："黄把头，还是你再去一趟，让工人代表来见木村太君！"

黄二显答应着离开会议室，不一会儿，刘光明和姜再生随黄二显进入会议室。木村用不太流利的中国话道："你们俩是工人代表？"

刘光明镇定地回应道："是！"

木村喝道："你鼓动苦力罢工，罪过大大的，死了死了的不怕？"

刘光明理直气壮道："工人罢工不是俺鼓动的，连续几个月不开工资，工人没活路，罢工用不着谁来鼓动！都是自觉自愿参加的！"

木村用稍微缓和的语气劝道:"你,回去劝工人复工,不然死了死了的!"

刘光明仍然十分镇定地说:"俺作为工人代表,只是传达工人的要求,没有资格劝工人复工。矿上不给开工资,工人没活路,肯定不会复工!"

木村威胁道:"我看你俩不像冠山矿的工人,好像是共产党、反满通苏分子,来人,给我捆起来!"

日本士兵刚要动手,刘光明哈哈大笑道:"太君,你们口口声声说东亚共荣、王道乐土,可是,却只要我们干活儿,不给开工资,工人饿得直打晃,派俺俩来诉说工人的要求,你却不问青红皂白,就逼着俺动员工人复工,俺不答应,就给俺扣上共产党、反满通苏分子的帽子,还要捆起来,这就是你们说的东亚共荣、王道乐土吗?"

姜再生插话道:"俺俩实话告诉你,俺不知道什么共产党,更没有通苏,俺是老实巴交的挖煤工人,是靠出苦力养家糊口的,你要硬说俺是什么共产党、反满同苏分子,俺也没办法,大权在你手上。"

张大闯见状,对木村平静地说:"太君,这两个人是俺招来的苦力,俺打包票,他俩绝不是共产党和反满通苏分子,是把干活儿的好手,为人也比较仗义,在苦力中也很有人缘,所以苦力们推他俩当代表,给太君和矿长传话,其实,他俩也就是个传话人!"

苟步力见木村要抓人,怕把事情闹大不好收场,也站出来打圆场:"太君别生气,张把头说的是实话,几个月不开工资,工人也确实没办法!"

众把头也不愿意把事情闹大,还想借工人罢工给日本人点儿压力,便七嘴八舌叹息道:"几个月不开工资,工人也确实没法儿活!""大日本帝国富裕强盛,财源滚滚,不如出点儿钱,买冠山矿太平吧!"

听了苟步力的话和众把头的议论,看眼前工人代表理直气壮的样子,上千名工人罢工喊口号的气势,也觉得应当先平息眼前的事态,再从长计议。于是换了一副嘴脸,挥挥手,让日本兵退下,哈哈大笑道:"诸位不要误解,我也不过是跟两位代表开个玩笑,试试他俩的胆量罢了。其实,工友的困难我也清楚,东亚共荣、王道乐土不是空喊的,只是三井事故损失太大,矿上资金一时周转困难,所以未及时开工资。"转身对刘光明和姜再生道:"希望两位代表也向工人们说说矿上的难处,咱们都做点儿让步好不好?"

刘光明见木村转变了态度,也客气地说:"怎么让步,太君可否说得具体点儿。"

木村道:"我的意思,矿上先给补两个月的工资,让工友复工,等矿上资金好转,再补发剩余的工资。"

听木村答应补发工资,众把头即劝刘光明道:"刘会长,太君已答应补发两个月的工资,你也劝劝工友复工吧!僵持下去,对谁都不好!"

刘光明觉得木村答应补发工资，说明他惧怕工人的力量，不愿把事情闹大，工人先拿到两个月的工资，也解决了眼前的困难，基本达到了罢工的目的。于是和姜再生商量，基本答应木村的承诺。

刘光明道："矿上的难处俺也体谅，不过，单跟俺俩说不行，希望太君能当着全体工友的面宣布矿上的决定，说明先补发，后补上，今后不再拖欠工人的工资！并努力改善井下作业环境，保证安全生产，这对矿上也好！"

木村答应道："可以！可以！那你俩就答应劝工人复工了？"

刘光明和姜再生道："是的！"

苟步力带头鼓掌道："好，好，谢谢太君！"于是，苟步力和把头监工簇拥着木村和阔列也夫走出大楼，面对上千名工人宣布了答应的条件，一场风波暂时得到了平息。

# 第八章

## 一

按照木村答应的条件，矿上补发了两个月的工资，工人开始上班干活儿。秩序恢复之后，木村和苟步力一起研究冠山矿的治安形势。

木村道："苟经理，在老君庙会散发传单标语肯定是共产党组织策划的，这次苦力罢工我怀疑也有共产党在背后活动，你同意我的看法吗？"

苟步力点头道："太君英明，这两次事件，说明梨平镇和冠山矿有共产党的组织，那两位工人代表也许就是共产党！"

木村道："你说得没有错，刘光明和姜再生即使不是共产党，但肯定也和共产党有联系，把这两个人抓起来，也许能从他们口中找到共产党的线索！"

苟步力道："太君可否让上官队长把这两个人抓起来拷问？"

木村摇摇头道："不，此事不宜宪兵队直接出面，你让矿卫队找个理由把人抓起来送到宪兵队就可以了！"

苟步力道："好，太君想得周到，我这就去安排！"

一天，朱奇山到日满大柜办事，正好碰见毕士仁匆匆忙忙地从经理室走出来，高声喊矿卫队小队长许麻子："老许，你来，我找你有事！"

许麻子边答应边同毕士仁一起进入队长室。关上门之后，听到许麻子问道："队长，找我有什么事？"

朱奇山瞅瞅左右无人，便停在队长室门外，听毕士仁对许麻子道："麻子，刘光明和姜再生上什么班？"

许麻子道："上白班，晚上十二点下班！"

毕士仁小声道："交给你一个任务！"下面的话因隔着门听不太清楚。

朱奇山怕有人看见，便加快脚步离开，边走边暗自琢磨："毕士仁问刘光明和姜再生上什么班干啥？莫非要干什么见不得人的勾当！不好，老刘和小姜有危险。"

于是急忙找到张大闯把自己看到和听到的情况跟他商量道："兄弟，你觉得毕士仁是不是冲光明和再生两个人去的？"

张大闯道："大哥，俺看是，这次罢工，日本人和大柜不得已才答应了工人提出的部分条件，但肯定心有不甘，俺认为他们可能是通过抓光明和再生两个人，想从他们两个人身上找幕后策划人！"

朱奇山道："前几天老君庙的事，他们虽然知道是共产党干的，但没有线索。现在抓光明和再生两个人就是冲着共产党地下组织来的，事关重大，得赶快通知光明和再生！"

张大闯着急道："他们两个人现在还在井下，半夜升井，怎么通知？"

朱奇山寻思一会儿，小声对张大闯道："大闯，找龙彪，他是电工，上下班比较自由，你通知他提前入井，悄悄告诉光明和再生两个人，让他俩找个借口，提前升井后，不要回宿舍，偷偷离开冠山矿，去找连荣的部队！"

张大闯道："好！俺这就去安排！"

这样，刘光明和姜再生提前升井逃之夭夭，撤离了冠山煤矿，许麻子扑了空。

第二天，许麻子哭丧着脸向毕士仁报告："毕队长，昨天晚上，我亲自带着几个弟兄悄悄藏在井口门附近，想等刘光明和姜再生升井后找个理由抓他们，可是，等到所有人都上来了，也没有看见这两个人，我找人打听，工人说他们两个肚子疼，提前升井了。我急忙带人到宿舍，也没有看见这两个人的影子！估计是跑了！"

毕士仁骂道："废物，这么点儿事都办不好！你是不是提前跟谁说过，走漏了消息！"

许麻子赌咒发誓道："毕队长，事前，我连执行任务的弟兄都没有说，等到半夜11点多，我带弟兄们到井口附近，才告诉他们说是抓刘光明和姜再生，我拿脑袋担保，消息肯定不是我们泄露的！"

毕士仁不耐烦地挥挥手："别说了，滚，滚！"许麻子走后，毕士仁板着脸向苟步力报告说，刘光明和姜再生跑了，抓捕没有成功。苟步力问毕士仁事情的经过，毕士仁说出了向许麻子安排任务和许麻子执行抓捕的细节。

苟步力皱着眉头道："这么说来，消息也没有泄露啊，那他们是怎么知道的，难道隔墙有耳？"

毕士仁道："在队长室就我和许麻子两个人啊，莫非谁在我的办公室安装了窃听器！"

苟步力苦笑道："笑话，哪来的窃听器！"然后几乎是无奈地叹口气道，"共产党神通广大啊，你看不见他，摸不着影儿，可他又像无处不在！"

毕士仁道："我看共产党也不见得那么神，我就不信抓不住他们的把柄！"

苟步力鼓励道："毕队长，你有这个信心就好，这事也不可性急，得从长计议，还要动点儿脑子。我的意见，你过去当土匪的时候在镇上有眼珠子，咱们也可在劳工中安插眼线，这样也许能发现点儿蛛丝马迹！"

毕士仁道："行，我这就寻找机会，在劳工中安插我们的人！"

东北是日本侵略者南进中原、北攻苏联的战略要地，边城地处东北边陲，同苏联仅一江之隔，而且陆地多处同苏联接壤，是日寇进攻苏联的桥头堡。日本关东军十分重视对边城地区的战略经营。霸占了北满第一大矿冠山煤矿之后，又派出多支勘探队在边城地区勘查煤炭、铁矿、石墨等战略物资的储量和分布。同时，还加快了向边城移民的步伐，以所谓"开拓团"的名义抢占边城地区的耕地，控制粮食、棉花等战略物资的产购销，作为其粮棉的后勤基地。日本关东军司令部不断向边城地区增兵，在中苏边界修筑军事要塞，组建了国境守备队，在边城腹地东安县城居然派一个名叫下川的中将级别的将领作为防卫区的头目，可见其对边城地区的重视。

为防止共产党和抗日武装联合冠山煤矿的矿工进行抗日活动，东北沦陷时期傀儡政府还派一名姓郭的旅长率兵进驻了冠山煤矿，以加强对冠山矿的统治。郭旅长到任后，苟步力亲自前去拜会。

见面之后，苟步力即恭维道："久闻郭旅长大名，今日相见，苟某荣幸之至！只是煤矿条件有限，委屈郭旅长了！"

郭旅长也客气道："苟经理是几千名劳工的主管，富甲一方，郭某新到贵地，还望多多关照！"

苟步力谦虚道："不敢当，不敢当，苟某也不过是替王乃平大老板当差混事而已，怎敢说富甲一方！"

郭旅长笑道："苟经理放心，郭某虽不如你们当老板的财源滚滚，但承蒙皇恩浩荡，也还有些俸禄，当尽护矿护商之责，苟经理不必多虑！"

苟步力赔笑道："有郭旅长和官兵护佑，是冠山矿上下之福。旅长远道而来，苟某关照不周，还望谅解。需要苟某办什么事，尽管开口，不必客气！"

郭旅长拱拱手道："不客气，不客气！"

苟步力道："旅长千里迢迢到这山沟小镇，苟某当设宴摆酒，为旅长接风洗尘，还望旅长赏光！"

郭旅长又一次拱手道："谢谢，谢谢！不过，郭某还想请两位朋友一起来，不知方便不方便！"

苟步力道："旅长的朋友就是苟某的朋友，有什么不方便的，方便，方便。但不知这两位朋友的大名，现在何处，苟某也好安排车辆接送。"

郭旅长道："说起来苟经理可能也知道，就是驻守阳平镇和东安县的王五新、车之鉴两位旅长！他们自己有车，我打电话相邀即可，不用去接。"

苟步力惊喜道："王旅长和车旅长两位的大名如雷贯耳，我知道，有两位旅长大驾光临，那可是锦上添花、蓬荜生辉呀！"

郭旅长邀请的王五新和车之鉴原是护路军司令丁士超部下的两位团长。丁士超诱杀苏怀志等抗日志士，送给日本人一份丰厚的见面礼后，由此受到日本人的赏识，东北沦陷时期傀儡政府即将其由旅长升为师长，承担边城一带护路之责，号称护路军司令。王五新和车之鉴既是丁世超的心腹，又是阳平镇惨案的执行者，自然水涨船高，由团长晋升为旅长，王五新驻守阳平镇，车之鉴驻守东安县，此事自然也躲不过苟步力的耳目。郭旅长和王、车两位本来就相识，进驻冠山矿以后，邀请王、车两位自然也在情理之中。

宴会设在杜勇的聚友酒店。杜勇得知苟步力邀请的客人中有王五新和车之鉴两个阳平镇惨案的罪魁祸首，便决定由赵连荣带锄奸队半路截杀，车之鉴和王五新觉得苏怀志曾在梨平镇当过镇保，担心苏怀志部属报复，行前两人做了周密安排，先放风说7月8日上午六点车之鉴要坐汽车到阳平镇和王五新会合，八点后两人一起坐车到冠山矿。实际秘密决定5日晚两人分别骑马到冠山矿会合。锄奸队得到的是车之鉴放出的假信息，埋伏的队员6日在王、车两人经过的路上等至天晚，没有见到两人的踪影，撤回之后，才得知王、车两人已提前到郭旅长营房，行动失败，杜勇和赵连荣两人十分懊恼。王五新和车之鉴来聚友酒店之后，杜勇安排女儿杜菊当服务员，监视他们的谈吐，见机行事。

宴会的东道主是苟步力，赴宴的人有木村、龟田、上官铁木、郭、王、车三位旅长。菜肴自然是山珍海味和地方名贵土特产。酒菜上齐之后，苟步力让杜菊给各位客人斟酒。王五新见杜菊身材苗条，面色红润，眉目清秀，身穿藕荷色旗袍，前挺后凸，曲线优美，浑身散发着少妇特有的幽香，且动作娴熟，庄重大方，暗中咽了口唾沫。

苟步力等杜菊斟完酒，即站起身，端着酒杯道："尊敬的木村矿长、龟田系长、上官队长，今天，苟某略备宴席，为郭旅长接风洗尘，三位太君光临，本人感到十分荣幸，所以，这第一杯酒首先敬日本帝国三位长官，愿日本帝国永远昌盛！"说罢，与众人一饮而尽。

落座后即招呼众人道："各位吃菜！"又目示杜菊斟酒后，端起第二杯酒道："郭旅长千里迢迢到冠山矿驻防，王旅长和车旅长风尘仆仆参加郭旅长的接风宴会，可见情义深厚，让苟某感动，这第二杯酒敬三位旅长，祝三位友谊长存，同心协力为东亚共荣建功立业！"说完同众人一饮而尽。

随后，木村太郎、龟田系长、上官铁木和三位旅长也各自站起来敬酒，日本人不外是吹嘘天皇英明、皇军神威、东亚共荣、王道乐土之类的老调，鼓励在座各位效忠日本帝国。其他各位对两位日本人进行恭维后，也都互相客套一番。然后木村、龟田和上官铁木借口有公务在身离开了酒店。余下众人边吃喝边聊天，还家长里短，说起了自己的私事。

王五新道:"不瞒各位,王某嫡妻早逝,留下一个女儿,出落得一表人才,像一朵鲜花,十分可爱。王某一介武夫,是个粗人。我想为爱女聘一位学识渊博的女先生,叫女儿识文断字,琴棋书画,修身养性,做个大家闺秀,嫁个文武双全的如意郎君,也可作为我后半生的依靠!"

车之鉴附和道:"王兄的想法虽好,可惜这边城本是塞外不毛之地,犯人流放之所,不要说找学识渊博的女先生了,就是男先生也不多见呢!恐怕难如兄愿呀!"

苟步力摇摇头道:"那也不见得,我听说流放到宁古塔一带的囚犯,也有不少达官贵人、饱学之士。边城地区文化人奇缺,当地富豪为自己的后人着想,有的聘用这些人做家教,有的开办私塾,当起了先生。梨平镇双峰村有一位叫杜文秀的流人,曾做过大清国的翰林,学识渊博,在双峰村办私塾很受尊重呢!"

听到苟步力夸自己的祖父,杜菊情不自禁地插话道:"经理说的那个人还是俺爷爷呢!"

王五新惊喜道:"噢!你既是杜先生的孙女,那一定受过杜先生的教导,也是能识文断字的女秀才了!"

杜菊微笑道:"女秀才不敢当,不过,受爷爷的教诲,也能读书看报写点儿文章!"

郭旅长插话道:"像你这样人长得漂亮,又是个文化人,在这里当女招待,那可是大材小用,有点儿屈才啊!"

杜菊摇摇头道:"俺不是女招待,聚友酒店是俺爸的产业,俺主要是帮俺爸管管账目,料理料理事务。今天这么多贵客临门,俺爸临时安排俺来照顾各位的!"

"噢!"众人见杜菊不仅人长得漂亮,说话办事也干脆利落,便小声议论道:"这不就是一位很称职的女先生嘛!"

车之鉴对王五新耳语道:"你看聘这位女士当家教如何?"

王五新点点头小声回应道:"行,行!就是不知道人家乐不乐意!"

车之鉴笑笑道:"既然你同意,我先问问,看他如何回应!"随即对杜菊道:"杜小姐,王旅长有位千金,爱如掌上明珠,诚心聘你去当家教,教他的女儿识文断字,不知你意下如何?"

杜菊迟疑一下道:"谢谢两位旅长,不过,这事得跟俺爸和俺男人商量商量,征求他们的意见!"

车之鉴点头道:"那是,那是!"

此时,正巧杜勇以酒店老板的身份来给客人敬酒,他左手拿杯,右手持壶,对众人客气道:"这么多贵客光临俺这个小酒店,本人感到十分荣幸,俺来给各位敬酒，感谢各位惠顾，不周之处，请各位谅解！菊儿，给客人斟酒！"杜菊给众人斟酒后，杜勇也给自己倒满酒道："俺先喝为敬！"边说边一饮而尽，众人也举杯响应。

杜勇客气完之后，正要转身离开，车之鉴道："杜老板慢走，车某有件事要同你商量！"

杜勇道："车旅长客气了，有什么事尽管吩咐！"

车之鉴笑道："王旅长诚心聘贵千金到王家做家教，教他的女儿识文断字，还请杜老板首肯！"

杜勇略显意外道："这个，菊儿已是出嫁之人了，俺不好做主，此事容俺再同俺亲家和她男人俩商量商量如何？"

王五新道："那好，那我就静候佳音了！"

杜勇离开后，众人又天南海北说笑一番，酒足饭饱席散之后，王五新特意找到杜勇，客气地说："杜老板，小女立等杜小姐教诲，还望杜老板成全！酬金之事，好说，你们怎么说，我就怎么办！"

杜勇也显得很诚恳地说："旅长爱女之心杜勇明白，此事容俺同亲家夫妇商量后，如无异议，俺亲自将小女送至贵府！"

事后，杜勇专程到赵家征求铁柱夫妇和亲家母的意见。

杜菊道："如果单是到王家做家教，没有什么意思，也没有必要！"

杜勇笑笑道："那你觉得做家教还会有什么任务？"

杜菊道："俺公爹在抗联游击队，俺到王五新家以做家教为掩护，了解一些军事方面的信息，对抗联打日本鬼子也许有些用处！"

杜勇高兴地说："这点你和老爸想到一起了，给汉奸做家教当然没什么意思，也没必要去，可是，阳平镇是军事要地，也是东安县的卫星镇，两地在军事上互为掎角，危急情况下可以互相支援，立于不败之地。如能以王五新家教为掩护收集阳平镇和东安县两地的军事情报，对抗联非常重要！"

杜菊道："要是有这样的任务，俺愿意去！"

杜勇沉思道："菊儿啊，王五新和车之鉴是阳平镇惨案的罪魁，两人都是杀人不眨眼的刽子手，在那里收集情报，那可是狼窝里觅食，虎口里拔牙，非常危险啊！何况，煤山这孩子还小，你去爸不忍心，不放心呀！"

一直没有吱声的赵铁柱开口道："爸，俺原以为只是商量让小菊到王家做家教的事，俺觉得没必要，所以一直没有说话，现在你和小菊说是以家教为掩护收集情报，只要小菊同意，俺没意见！"

杜菊道："狼窝也好，虎口也罢，俺都不怕，俺担心的就是咱的孩子，俺走了，你又在矿上干活儿，孩子怎么办？"

一直在厨房忙活的山红走出来插话道："孩子的事，你俩放心，把煤山

223

放在俺这里，保证冻不着，饿不着。你爸一直在部队上，抛家舍业的，有孙子和俺做伴，还能解闷呢！"

杜勇笑道："亲家母有顺风耳啊，俺仨商量的事你都听到了！"

山红也笑道："顺风耳没有，但你们商量的事俺隐隐约约都听到了。孩子放在俺这当奶奶的家里没问题，俺就是担心小菊，那些汉奸王八蛋没有一个好东西，到汉奸窝里做事，俺不放心啊！"

杜菊道："俺爹带着抗联战士跟鬼子汉奸斗，风里来雨里去，爬冰卧雪，枪林弹雨，在刀刃上过日子，那种危险都不怕，俺以家教做掩护，凡事小心谨慎点儿，不会有事的，你放心好了！"

就这样，杜、赵两家老少两辈达成了共识。最后，杜勇特意交代道："按照组织原则，小菊去卧底，只能单线联系。咱们这么商量，严格说来是违犯组织原则的。所以，此事一定要绝对保密，除了咱们四个人，不准向任何人透露一点儿信息！"夫妻俩和婆婆都严肃地点了点头。

此事商量妥之后，杜勇托人捎信告诉了王五新，并单独向杜菊交代道："菊儿，你的主要任务是弄清楚阳平镇和东安县的兵力部署、军事设施的情况，为抗联攻打东安县提供情报！"同时告诉她，"王五新的部队里，有两位地下党员，一位是机枪连的连长胡敏义，一位是事务长齐北风。你可同他们暗中联系！"并小声说出了联络暗号和情报传递方式。

临行，杜菊把儿子煤山叫到跟前，搂在自己怀里深情地说："孩子，妈要出一趟远门，你要听奶奶的话，不要惹奶奶生气！"

孩子懂事地点头答应道："嗯哪！"然后歪着头问道，"妈妈，能告诉俺你要到哪儿去吗？"

杜菊道："煤山，你还小，妈不能告诉你，等你长大了，就知道了！"

山红走过来，双手从杜菊怀里拉过孩子道："孩子，跟奶奶进里屋，让妈妈和爸爸走吧！"

杜菊恋恋不舍地看着孩子离开后，偷偷地抹了一下眼泪，转身对铁柱道："他爸，咱们走吧！"

"嗯哪！"一直在旁边收拾行装的铁柱边答应，边提着一只皮箱同杜菊离开房间，走出大院，见武有田赶着马车在院外等候，即热情地说："有田，让你久等了！"

武有田道："自家兄弟，别客气！"

赵铁柱把皮箱放在马车上，扶杜菊在车上坐好，深情地拉着杜菊的手交代道："菊，一个人在外面，诸事要小心点儿，注意身体！"

杜菊点头道："嗯哪！俺知道，你放心吧！你在矿上干活儿，千万注意安全，有空常回来看看妈和孩子！"

武有田笑道:"瞧你们两口子!天不早了,该走了!"

赵铁柱不好意思地对有田开玩笑道:"你小子,等你娶了媳妇就知道了!"

武有田鞭子一挥,"驾!"马车即开始移动,杜菊在车上回身对赵铁柱招招手,大声喊道:"俺走了,你回去吧!"

铁柱答应道:"嗯哪,你坐好!"马车走出老远,铁柱仍一动不动地望着远去的马车,杜菊也不时回身望望铁柱站立的方向。

## 二

杜菊走后,杜勇又找到朱奇山和张大闯,告诉两位说:"连荣领导的抗联游击队需要雷管、火药,煤矿掘进采煤都离不开这两样东西,两位得设法从冠山矿秘密地搞一些,弄到以后告诉俺,俺再找机会跟连荣联系,把雷管火药送给游击队使用!"

朱奇山回应道:"嗯哪!"

杜菊坐着马车到阳平镇王五新旅部门口,他的勤务兵已奉命等在门口迎接,杜菊下车后,勤务兵急忙帮杜菊把皮箱从马车上提下来。杜菊同有田热情地告别,目送马车离开后,即跟随提着皮箱的勤务兵进了王家。王五新引荐杜菊同妻子丁兰香和女儿王翠翠相见。丁兰香见杜菊青春年少,庄重大方,便拉着杜菊的手装作十分亲热的样子道:"杜小姐,你的情况,老王早已跟我说过,今日一见,果然一表人才,品貌出众!"随即招呼女儿道,"翠翠,还不过来拜见老师!"

王翠翠即走过来边向杜菊施礼,边娇滴滴道:"杜老师好!"

杜菊见王翠翠眉目清秀、伶俐乖巧,便有几分喜爱道:"翠翠好!"边说边对王五新夫妇恭维道:"有这么漂亮懂事的女儿,旅长和夫人好福气啊!"

王五新夫妻也高兴地说:"杜小姐客气了!"随即高声喊道:"老齐,饭菜准备好了吗?"

"嗯哪,好了!"随着应答声,一位身穿军服的年轻汉子出现在门口,杜菊想起杜勇的交代,目光即转向答应的方向,见老齐也瞟了自己一眼。丁兰香即微笑着邀杜菊道:"杜小姐请!"王翠翠拉着杜菊的手,随父母一起步入餐厅。

王五新邀杜菊落座后,即客气地说:"杜小姐!"话音刚落,王翠翠即插话道:"爸,得改口称杜先生了!"

王五新听女儿这一说,也笑着说:"嗯哪!改口,改口,杜老师,你能到我们王家当先生,我们全家都十分欢迎,今日备家宴为先生接风,薄酒淡菜,也不知是否合先生的胃口!"边说边招呼女儿,"翠翠,给先生斟酒!"

王翠翠正要倒酒，杜菊阻止道："旅长客气了，俺不会饮酒，这酒就免了吧！"

丁兰香笑道："俗话说，无酒不成礼仪，杜先生不喝白酒，那咱们仨喝红酒，让你爸喝白酒好了！"随即拿起红酒瓶将酒倒入杜菊的杯中。杜菊不好推辞，只得点头道："谢谢！"初次相见，杜菊言语谨慎，虚与委蛇一番，即各自回房休息。

第二天，杜菊即开始教王翠翠学习。她先问王翠翠是否进过学堂，曾读过那些书，现在想学什么，然后根据王翠翠的基础和兴趣安排教授内容，有时也教她学习书法、绘画，讲些古今中外奇闻异事、英雄故事，师生关系非常融洽。

王五新虽是好色之徒，对杜菊也有些非分之想，偶尔也有些挑逗性言语和动作，杜菊佯装不知，巧妙躲避。丁兰香看在眼里，对王五新处处设防，还认杜菊为干女儿，借辈分之差，以断绝丈夫的非分之想。丁兰香是丁士超的妹妹，丁士超是王五新的顶头上司和大舅哥，所以，他虽有贼心，却没有贼胆，对杜菊也只是望洋兴叹而已。有丁兰香和王翠翠一老一少的护佑，杜菊在阳平镇旅部出入自由，行动方便。

光阴荏苒，不知不觉，杜菊到阳平镇已有月余。稳固了自己的地位之后，她即开始谋划如何完成任务。一天，杜菊对王翠翠道："翠翠，天天在家真没意思，咱俩到镇里逛逛好不好？"王翠翠道："嗯哪，好！"于是，王翠翠即陪杜菊到镇里逛街。有王翠翠作护身符，不管走到什么地方，所见都是笑脸相迎。杜菊说自己不知道兵营是什么样子，想去看看，王翠翠即陪她到胡敏义的机枪连参观。胡敏义见是旅长的千金和老师到来，自然盛情款待。

杜菊见到胡敏义，想到临行时父亲的嘱咐，便巧妙地同他对联络暗号道："胡连长，这可是枪炮壮英雄虎胆呀！"胡敏义先是一愣，然后从容地抬头看看太阳道："日月照军人忠魂！"

王翠翠笑道："军人忠魂对英雄虎胆，好，好！"

胡敏义知道杜菊是自己的同志，心领神会，便借给两人介绍情况的机会把连里的轻重机枪型号、性能、枪械数量和连队人数都告诉了杜菊。介绍了机枪连的情况以后，又亲自领着师生两人在阳平镇四处转悠，还到各处军事设施参观。边参观，边对镇内外的战壕、碉堡、兵力部署等情况毫无保留地作了介绍。杜菊一一暗记在心，回到宿舍之后，便将看到的情况绘制成图并加文字说明，秘密地隐藏起来。然后，又到街上买了几包糕点，将情报藏在糕点中。准备妥当之后，即同齐北风对上接头暗号，并借齐北风到梨平镇拉运煤炭和采购物资的机会，委托他将糕点转给父亲，神不知鬼不觉地把情报送给了组织。齐北风回到阳平镇之后，又把杜菊父亲和丈夫捎给她的衣物交给杜菊，杜菊打开衣物，拿到了藏在衣物中的组织的指示。知道抗联缺乏弹药，希望通过胡连长给部队搞一批子弹，杜菊立刻将组织上的指示转给了胡敏义。

胡敏义寻思，伪护路军团部对弹药控制非常严格，平时对部队发放的枪支弹药的数量都有详细记录，何时因何事消耗了多少弹药也都记录在案，如无合适的理由，无缘无故把弹药弄出去不仅困难，而且危险。要合理把子弹弄出去，必须制造战机，部队作战，弹药消耗自然难于准确计量，借机留出大量弹药也不易被发现。于是，让杜菊给组织递送信息，要求制造战机。杜勇收到杜菊的情报之后，即与赵连荣的游击队合计了行动方案。赵连荣按照预定方案，在日本人开的长山煤矿附近虚张声势，宣称要袭击煤矿。

长山煤矿原是奉天一个姓袁的商人在边城地区开办的第一座有一定规模的私营煤矿，老袁病故后由哈尔滨一个徐姓商人接管，后被日本人霸占，变成了日本人经营的煤矿。

日本矿主听到枪声，一边组织矿卫队抵抗，一边给阳平镇王五新旅打电话求援："王旅长，抗联部队包围了长山煤矿，你的，火速派护路军解围！"王五新觉得为煤矿解围本不是护路军的任务，但考虑到长山煤矿矿主是日本人，便不敢拒绝。胡敏义知道后，即借机主动请战道："王旅长，机枪连组建以来，还没有打过硬仗，为长山煤矿解围的任务就交给我们机枪连吧，我保证完成任务！"

王五新见胡敏义主动请战，心里高兴，即爽快答应道："好，你先率机枪连出战，战况进展，随时报告！"

胡敏义答应一声，敬个军礼，即回到连部，率机枪连驰援。赵连荣率抗联战士隐蔽在黄泥岗丛山中，真枪实弹外加放鞭炮虚张声势与胡敏义的队伍对阵，激战多时，伪军不敌，胡率部慌忙撤退，借机将部分弹药留在阵地上，赵连荣率战士作为战利品收取，清点之后，有子弹两千余发，还有百十个日制手雷。胡敏义又整顿队伍反扑，赵连荣即率游击队撤退，胡敏义得胜回营，解了长山煤矿之危，还受到了王五新的奖赏。

为完成给抗联游击队收集和储藏雷管火药的任务，朱奇山和张大闯秘密召集孟吉庆、高兴旺、杜龙彪、赵铁柱几个党员开会，经过反复研究，决定在采掘过程中偷着节省雷管火药，并秘密运往井上。方案确定之后，又进行了严密的分工：朱奇山和张大闯以把头的身份轮流在井下巡视，通报鬼子监工的行动；孟吉庆和高兴旺分别以打眼装药和放炮工的身份在采掘操作中浅打眼、少装药，将节省下来的雷管火药藏在身上，乘机偷着放到运矸石的车里；杜龙彪以电工的自由之身负责保护藏着雷管火药的矸石车安全到达井上；赵铁柱以翻车工的身份偷着把雷管火药从矸石车里取出，扔到矸石堆上，由伪装捡煤块的朱继忠和张铁林两个孩子装在篮子里运走，藏在隐蔽的废煤洞里。

为防止鬼子监工发现破绽，不仅操作的人要严格保密，每次偷运的数量也不准太多，这样可以积少成多，储藏的数量也很可观。

杜菊完成了对阳平镇日伪军的兵力部署等情报之后，便把精力用在了收集东安县城的军事情报上。一天，她装作十分随意地对王翠翠说："翠翠，你去过东安县城吗？"

王翠翠天真地回答道："去过，可是，每次都是跟着爸爸妈妈到处应酬，有时跟妈妈到街上看看，老觉得有人在背后指指戳戳，还听到有人'汉奸汉奸'地小声骂，我觉得很没意思，所以也很少去逛街！怎么，杜老师想到东安县城看看！"

杜菊道："到阳平镇一个多月了，也没有去看看车叔叔，不知道他会不会怪俺！"

王翠翠道："杜老师和车叔叔很熟吗？"

杜菊道："也不算很熟，不过，这次到你家来做家教，车叔叔说了不少好话，这次到阳平镇这么长时间，从礼节上讲，应当去看看他，免得人家说俺不懂礼数。"

王翠翠道："老师说的是，我也好长时间没看见车叔叔了，要不我跟我爸爸说说，咱俩一起去看看车叔叔，顺便好好逛逛东安县城。"

杜菊点头道："也好，你先跟你爸妈说说，如果同意，俺再到镇上买点儿礼品，咱俩一起去！"

王翠翠摇摇头道："不用，不用你破费，从我家拿点儿就行了。"

杜菊道："先不说这个，你先跟你爸妈说说，看他们什么意思。"

王翠翠信心十足道："没问题，爸妈肯定会同意的！"晚间，王翠翠高兴地对杜菊道："杜老师，我爸和我妈都同意，我妈还夸你懂礼数呢！"

杜菊也高兴地回应说："那好，明天早上咱们去买点儿礼品，然后一起去东安。"

王翠翠道："我妈说了，礼品都准备好了，不用你操心。爸还答应让齐哥开车送咱们呢！我再把我爸的望远镜带上，看风景方便。"

杜菊夸奖道："翠翠岁数不大，想得还很周到呢！"

第二天，两人坐着齐北风开的王五新的吉普车到了东安县城。车之鉴早已接到王五新的电话，听说两位美女来看自己，心里十分愉悦。吉普车到车府门前之后，夫妇俩降阶相迎，十分热情。到客厅落座之后，王翠翠让齐北风献上礼品，客气地说："叔叔、婶婶，这是杜老师和翠翠的一点儿心意，望叔婶笑纳！"

车妻客气道："你俩能来看望叔婶，叔婶就很高兴了，带礼品干啥，不显得外道了吗？"

车之鉴看着丰满活泼的王翠翠，笑着恭维道："多日不见，翠翠出落得更漂亮了，人变了，也更会说话了！"又盯着杜菊道："名师出高徒啊，你这个美女老师不简单呀！"

未等杜菊答话，车妻带点儿酸溜溜的语气道："别只顾说什么美女、高徒了，她俩远道而来，还是先吃饭吧！"

车之鉴连忙回应道："好，好，先吃饭！"

邀客人进入餐厅后，厨师端上了丰盛的菜肴，宾主落座，彼此客套一番后，即一边进食一边聊天。

杜菊装作好奇的样子问道："车叔，听说东安是军事要地，俺和小翠坐车经过时，也没有看见几个当兵的呀！"

车之鉴微微笑道："杜小姐，这你可就是外行了，兵法云'虚虚实实，实实虚虚'，别看街上没几个当兵的，实际上东安县的兵力可不少，不仅有满洲国兵，还有日本兵呢！"

杜菊故意装作吃惊的样子道："听叔叔这么说，这东安县还真是藏龙卧虎呢！"

车之鉴想在两位美女面前卖弄一下自己的军事天才，便有些得意地说："那是当然了！"他看看左右，显得很神秘的样子道，"这里没有外人，也不必怕泄密，我就简单地跟你们说说东安县的实际情况，也让你们长长见识！"

王翠翠拍手道："好，好！我最愿意听叔叔讲排兵布阵的故事了！"

杜菊也高兴地恭维道："行军打仗的事，俺可是一窍不通，车叔能给俺讲讲，还真能让俺长长见识呢！"

车之鉴看两位美女都表示愿意听自己讲，更是来了精神，完全失去了警惕性，便滔滔不绝地讲解了东安县城的军事布防："东安县东部同苏联仅一江之隔，东南是中苏的界湖，还有铁路和公路，交通方便，地理位置非常重要。皇军对东安县的防务非常重视，所以不断调兵遣将，加强对东安的防卫力量。还委任中将下川任东安防区的总司令。他在东安县核心位置和周围设置了三道军事防线。"他生怕两位美女听不懂，便让卫兵拿来军事布防图，然后指着地图讲解道，"这里是K镇，是国兵守备队的防区！"又指着一个山头道，"这里是嘉禾山，由野战部队驻守；还有这里，是北大营，由皇军175部队设防。你俩看，三个军事防区之间，都有国防一级公路相连，还架设了四通八达的电话线，彼此之间，可以随时联系，互相增援。"他又指着东安县城区道，"东安城内有两支部队，一支是皇军守备大队，有三百多人，指挥部就设在这里，下川中将在这里坐镇指挥。另一支是本旅属下的警备队，也有三百多人，负责站岗、放哨、守卫机关、电厂、仓库等军事要地。城内和各军驻地都修筑了碉堡，挖有战壕。"他指着地图告诉两位道，"这里是战壕，这里、这里是碉堡……"介绍了东安县的军事布防情况以后，他又补充道，"东安县和阳平镇还是互为掎角的两个军事要地，两地有一方受到攻击时，另一方可随时支援，立于不败之地。"最后，他十分得意地说，"部队营房也很隐蔽，表面看，城内城外见不到多少士兵，实际上守在营房里的士兵多得很！"

听了车之鉴的介绍，杜菊装作很受启发的样子道："车叔叔，你可真是军事专家啊，讲得头头是道，有声有色，俺都听得入迷了！"

王翠翠似乎还有点儿不满足地说："好是好，不过还是纸上谈兵，如果能到这些地方看看就更好了！"

车妻看看车之鉴道："这些都是军事禁区，进去参观可不容易！"

杜菊以退为进道："是啊，军事禁区可不是俺们这样的小老百姓能随便进去的，如果不行，就免了吧！"

车之鉴哈哈笑道："军事禁区别人不能随便进去，你们两个女孩子要想进去，还不是车某我一句话！"

王翠翠央求道："车叔叔，那你就说句话，让我和杜老师进去看看吧！"

车之鉴略一迟疑，随即大气地挥挥手道："这样吧，让我的卫兵领你们到嘉禾山野战部队和城里警备队看看好了。皇军的驻地就不要去了，反正都差不多！"

王翠翠高兴地说："谢谢车叔，你可真是翠翠的好叔叔！边说边扑上去在车之鉴的脸上亲了一口。"

车之鉴皱了皱眉头，显得无可奈何的样子道："唉！真是个孩子！别只顾说话和高兴了，饭菜都快凉了，快吃饭！"

杜菊和王翠翠同时道："不吃了，再吃就撑破肚皮了！"

王翠翠离开餐桌，催促车之鉴道："叔叔，过午了，你快让卫兵领着我和杜老师到兵营看看，完后我们还回阳平镇呢！"

车之鉴道："别急，我这就去安排！"

齐北风开车，卫兵坐在左边司机助手的位子上，两位女生坐在后面，一阵风似的直接往嘉禾山方向奔驰。到达山下，吉普车被站岗的卫兵拦下，卫兵说明了情况，站岗的士兵听说是旅长的千金，便一路放行，到达野战部队的指挥部门前。卫兵领着两位美女见过指挥官，说明了来意。指挥官不敢怠慢，亲自领着三位登上山顶，将营房、岗哨、碉堡的位置一一指给两位女士观看。杜菊从王翠翠手中接过望远镜，仔细观看了野战部队布防的情况。然后同指挥官说声谢谢，便离开嘉禾山直奔警备队。姓范的警备队长听说是车旅长的亲属，同样很热情地介绍了警备队防区的情况。到达警备队负责看守的物资仓库，看见士兵押着苦力扛着大包往仓库里送，杜菊装作好奇的样子问范队长："队长，苦力扛的大包装的是什么呀，看上去好沉呢！"

范队长毫无戒备地说："是军用布料，先入库，以后再送给部队被服厂，给士兵做过冬穿的棉衣！"

王翠翠插话道："这么多布料，够做多少棉衣啊？"

范队长道："能做两千多套吧，还不够一个旅穿呢！"

看过警备队守卫的仓库、电厂和县公署等重要部门后，杜菊看太阳快要落山，即催促王翠翠道："翠翠，看够了吧，天不早了，咱们还要回阳平镇呢！"

王翠翠依依不舍道："那好吧，不过，只顾看当兵的了，还没有到街上看看呢！"

杜菊劝道："这次没看够，咱们下次再来，机会有的是！"这样，两人向警备队队长道了谢，仍坐着齐北风开的吉普车返回了阳平镇。晚间，杜菊凭着记忆，把车之鉴介绍的情况和自己现场所见，绘制成图，还特别标注了装着两千套冬装布料仓库的位置。第二天，依然把图纸和文字说明包在糕点里，由到梨平镇采购的齐北风转交给父亲杜勇。

杜勇把女儿传递的阳平镇和东安县驻军和兵力部署图交给了赵连荣，赵连荣将情报送到了抗联四军军部。四军军部早有攻打东安县的打算，特别因为边城是高寒地区，十月份已比较寒冷，但部队战士的冬装还没有着落，军部首长为此也很着急。收到东安县有两千多套军用布料的情报之后，喜出望外，立即着手研究制定攻打东安县城的方案。同时，又派出部队侦察人员，抵近侦察阳平镇和东安县的布防情况，把收到的情报进一步核实后，制定了一套攻打东安县的方案：首先，抽调小部分兵力仰攻阳平镇，吸引东安县的日伪军出动增援，减轻主力部队攻击东安县的压力，这叫声东击西；其次，利用县、镇两地隐藏在日伪军中的地下党组织策动伪军起义，这叫里应外合，乱敌阵脚；再次，调动边城地区的游击队配合主力部队一起行动，统一指挥，形成合力，这叫集中火力攻敌要害。如此三管齐下，夺取胜利！

为了配合抗联四军攻打东安县的军事行动，杜勇安排杜龙彪带着朱继忠、张林、苏小柱几个青少年装扮成赶集的客商，带着《告伪军书》等传单混进了阳平镇。又将雷管火药装在武家送炭的马车里，由武有田赶车，赵铁柱、孟吉庆装作装卸工，护着马车送给了赵连荣率领的游击队。

按照约定日期，杜龙彪领着的一伙人在阳平镇街上散发了《告伪军书》和抗联即将攻打阳平镇的传单，劝告伪军要做有骨气的中国人，不给日本人当走狗，不能给祖宗和后代子孙留骂名，号召伪军乘抗联攻打阳平镇的机会弃暗投明，阵前起义，配合抗联消灭日本鬼子和顽固不化的伪军。守卫阳平镇的伪军看到《告伪军书》和传单，人心惶惶。傍晚，佯攻阳平镇的抗联战士对着伪军的阵地乒乒乓乓地放枪打炮。

阳平镇的守军立刻炸了窝，乱作一团，守卫阵地的伪军官即给旅指挥部打告急电话："旅座，旅座！抗联炮火猛烈，我快顶不住了，请火速增援！"

王五新也慌了手脚，急忙电告东安县日军司令部："太君，太君，我是王五新，抗联重兵攻打阳平镇，情况紧急，请求立即派兵增援！"

日军驻东安司令官下川中了圈套，误判战机，认为抗联主力在攻打阳平镇，故立即派北大营的驻军175部队连夜出动驰援阳平镇。抗联四军攻打东安的前线指挥部抓住有利战机，猛冲猛打，最先攻入城内的部队与被地下党组织策反的一百多名伪军合在一起，迅速包围日军守备队，日寇司令官知道中了抗联的圈套，留守的日军垂死反抗，被抗联战士消灭。日酋中将下川见大势已去，举起军刀准备自杀，被抗联战士举枪打中手腕，军刀落地，下川被俘，这是七七事变之前，抗联在边城俘获的最高级别的日军指挥官。

赵连荣率领的游击队配合抗联主力和参加抗日的山林大队迅速包围伪警备队，顽抗的被消灭，剩余的放下武器当了俘虏。战斗进行至拂晓，全线告捷，胜利结束。支援阳平镇的日军知道中计后，即回师东安驰援，被埋伏的抗联四军消灭。

此役全歼守备东安的日伪军，缴获了大批枪支弹药和军用物资。战役结束后，抗联前线指挥官杨师长组织战地宣传队和部队政工人员在东安城内广贴标语，散发传单，公开演讲，号召青壮年积极报名参加抗联，打日本鬼子，不少爱国青年踊跃报名参加抗联，当场即有数百人，军部决定新组建了四军一师四团。为保存实力，防止敌人重兵反扑，抗联部队没有在东安久留，完成战役各项任务后，即安全撤离。

值得庆幸的是，缴获的两千多套军用棉衣布料，由攻城部队迅速转移至城外，隐藏到了秘密地方。事后日伪军千方百计搜寻，也没有找到这批军用物资。抗联和地下党组织几经周折，将这批布料安全送到了四军被服厂，解决了抗联部队战士的部分冬装。

## 三

梨平镇有个叫侯老二的二流子，整天游手好闲，骗吃骗喝，不务正业。一天，他在北来顺小吃部吃完喝完，抹抹嘴转身就走，伙计拦住道："客官，你还没有买单呢！"

侯老二眼睛一瞪道："先挂上账，改天再给你！"

伙计央求道："客官，掌柜的不让赊账，你还是先把钱交上吧！"

侯老二不耐烦道："他妈的，我说挂账就挂账，怎么，这点儿小钱，怕我还不起！"

掌柜的见状，走过来插话道："既然客官不在乎这点儿小钱，还是先把钱交上吧！"

侯老二道："今天不是没有带钱嘛，改天一定补上！"

掌柜的冷笑道："哪有到饭店吃饭不带钱的，客官是不是想骗吃骗喝？"

侯老二发脾气道："你把话说清楚，谁骗吃骗喝了！你这不是败坏我老侯的名声嘛！"

掌柜的也不示弱道："吃喝不交钱，还讲什么名声嘛！"然后告诉伙计道，"拦住他，不交钱就是不让他走！"

侯老二耍上了无赖，一屁股坐在凳子上冷笑道："好呀，你不是不让走吗，那我就不走了，你能怎么样？"

吵嚷间，饭店门口聚了不少看热闹的群众，掌柜的见侯老二耍上了无赖，即气愤地对众人道："大家看，这不是耍无赖吗？"

正吵闹间，毕士仁看见饭店门前聚了不少人，便走过来问饭店何掌柜道："怎么回事？"

何掌柜指着侯老二道："他吃喝完不给钱还耍无赖！"

侯老二跳起来道："你他妈的说什么，谁耍无赖了？"

毕士仁知道侯老二是二流子，早就是他注意的对象，他知道掌柜的说得没错，便有意给侯老二解围道："何掌柜，不就是一顿饭钱嘛，犯不上这么吵吵闹闹的，惹人笑话，这顿饭钱我交了！"他边说边掏钱。

何掌柜知道毕士仁的身份，自然不敢收他的钱，便推辞道："毕队长，我哪能收你的钱！"然后对侯老二道："看在毕队长的面子上，这顿饭钱我不要了，你走吧！"

侯老二站起来，装作对何掌柜不满的样子对毕士仁道："毕队长，这，这人也太、太小气了，不就是一顿饭钱嘛！"

毕士仁瞅一眼侯老二道："走吧，走吧，别说了！"说完，两人一起离开饭店，到僻静处，毕士仁大声对侯老二道，"老二，你是不是又到饭店骗吃喝了？"

侯老二结结巴巴道："毕队长，我、我没有！"

毕士仁冷笑道："老二，你他妈的不能老这样混日子，男子汉大丈夫得有点儿志气！"

侯老二道："毕队长，不瞒你说，我也不想这么混日子，可是，可是，也没有别的出路呀！"

毕士仁道："出路有的是，就看你走不走了！"

侯老二道："只要有好出路，我一定走！"

毕士仁道："那好，你跟着我干如何？"

第八章

233

侯老二扑通跪倒道:"毕队长看得起我,侯某赴汤蹈火,在所不辞!但不知我能干什么!"

毕士仁伸手拽起侯老二道:"老二,起来说话!其实,我要你干的事很简单,就是跑跑腿,打听点儿事就行了!"接着就把让他多接触煤矿工人,搜集矿工的言行,暗查罢工的领头人和共产党的活动,将搜集到的情况随时告诉即可,重要情报奖金少不了,立了大功,受到重用,不仅能发财,还能升官。然后鼓励侯老二道:"老二,好好干,今后不但吃喝不愁,荣华富贵也没有问题!"就这样,侯老二成了苟步力和毕士仁在矿工中的眼线。

侯老二按照毕士仁的吩咐,千方百计想在矿工中打探共产党活动的信息,但因为大家都知道他是个赌鬼,好逸恶劳,不是正派人,所以很少理睬他。劳动和休息期间,要好的矿工之间也经常在一起唠闲嗑或议论点儿是非,但看见他过来,大家就瞅瞅他,停止了说笑。因此,好长时间他也没有搜集到什么有用的情报。为此,没有少挨毕士仁的责骂和耳光,气得他背后没有少骂娘,"他妈的,你个逼死人,老子真要被你逼死呀!"

齐北风有个嗜好,就是赌博。部队发了军饷或者采购赚了点儿小钱,便喜欢偷偷地到赌场玩两把。每次到梨平镇办事,都要抽空到赌场逛逛。东安战役结束后,他因传递情报受到了组织的表扬,乘着兴致,到梨平镇采购时,就到苟步力开的赌场小赌,无奈手气不佳,把自己拿到的军饷输了个精光。气得自己在一家小酒馆喝酒解闷。齐北风身穿军装经常往来于阳平镇和梨平镇之间,和杜勇、赵铁柱的接触,在赌场里耍钱,侯老二都看见过,他觉得此人不寻常,疑点不少,应当注意,便暗地里跟踪。

见齐北风输钱后在小酒馆喝闷酒,便也进入酒馆,装作很大气的样子招呼酒保道:"掌柜的,来一壶酒,一盘炒牛肉,一碟花生米,再来个宫保鸡丁和炒生熟!"

酒保道:"客官,就你一个人!"

侯老二瞪一眼酒保道:"是啊,怎么了?"

酒保赔笑道:"客官,我是说,你一个人点这么多菜,吃不了!"

侯老二冷笑道:"老子点多少菜用你管吗?"

酒保碰了一鼻子灰,仍然赔笑道:"我,我这不是为你好,想让你省点儿钱嘛!"

侯老二不耐烦地摆摆手道:"少啰唆,按我说的办好了!"

酒保收起赔笑的脸道:"好,好!"转过身边小声嘟囔:"他妈的,狗咬吕洞宾,不识好人心!"边进入厨房让厨师照单备菜。

侯老二走到齐北风桌前客气地说:"老总,就你一个人,我也坐这里可以吗?"

齐北风瞅一眼没好气地说："随便！"

侯老二即在齐北风对面坐下，又招呼道："掌柜的，来一壶西湖龙井、一包恒大烟！"

酒保答应着提着茶壶和一个茶杯外加一包恒大香烟放在了餐桌上。

侯老二道："给这位老总拿个杯子！"等酒保拿来茶杯后，侯老二抽出一支香烟递给齐北风，主动搭讪道："老总，抽烟！"

齐北风闷声闷气道："你抽！"

侯老二道："烟酒不分家，老总别客气！"

齐北风接过香烟，侯老二划火柴替齐北风点烟，然后提起茶壶倒茶，将茶杯推到对方跟前道："老总喝茶！"

齐北风有点儿不好意思地客气道："谢谢！"两人边抽烟喝茶，边闲聊。

侯老二问道："请问老总贵姓，在哪个部队高就？"

齐北风回应道："免贵姓齐，在阳平镇王五新旅长部下当事务长，为部队吃喝跑跑腿，谈不上什么高就！"

侯老二恭维道："齐兄客气了，在部队里干事务长，那可是个美差啊，手指缝漏点儿就够用了！"

齐北风谦虚道："老兄抬举了，部队上管得严，俺也就是靠点儿军饷过日子呢！"

侯老二看到齐北风仅一碟花生米下酒，便装作有些惋惜的样子道："看来，齐兄是个本分人，难怪外出公干还这么节省！"

齐北风转换话题道："敢问先生贵姓，在何处高就？"

侯老二撒谎道："免贵姓宋，在天成茶庄管点儿事，比不上齐兄在部队上吃香！"

齐北风正要答话，酒保将酒菜端上桌，客气地对侯老二道："客官慢用！"

侯老二把盘子往齐北风面前推了推，并拿过齐北风的酒杯要为他斟酒，齐北风装作告辞的样子推托道："宋先生慢用，俺还有事，先告辞了！"

侯老二热情地将齐北风按在座位上道："今天能与齐兄相逢乃是缘分，若不跟齐兄喝两杯岂不可惜，齐兄不必推辞，兄弟我是不会让你走的！"边说边往杯子里倒酒。

齐北风见对方如此，便半推半就地说："宋先生如此盛情，北风也就不客气了！"边说边从侯老二手中抢过酒壶，也给侯老二满上酒。

侯老二端起酒杯，装得十分诚恳的样子道："今日能与齐兄相识，兄弟我三生有幸，来，我先敬齐兄一杯，祝齐兄事事顺利，步步高升！兄弟我先喝为敬，干！"说罢一饮而尽。

齐北风也随着干杯后，便先给侯老二倒满酒，然后也给自己倒上酒，客气地说："宋先生，你我初次相识，不知先生贵庚？"

侯老二道："免贵，我今年三十八岁！"

齐北风道："我今年二十八岁，小先生十岁，你一口一个齐兄招呼，我很不好意思，今后咱俩兄弟相称，你为兄我为弟如何？"

侯老二爽快道："好，好，刚才那是台面上的称呼，既然兄弟不习惯，我就叫你齐老弟好了！"

齐北风道："这样最好。"然后即转换话题说，"今天兄弟我手气虽然不怎么好，但运气却不错，没想到能巧遇为人真诚豪爽的宋老兄，确实是缘分。俺也敬宋兄一杯，祝宋兄生意兴隆，财源滚滚，来，干杯！"说罢两人都一饮而尽。

侯老二听齐北风说手气不佳，知道是赌场上输了钱，便有意诱导说："老弟说今日手气不佳，什么意思？"

齐北风先前就一个人喝了不少闷酒，现在又连干两大杯，已有醉意。俗话说酒后吐真言，所以就把自己输光了自己的军饷，一个人喝闷酒的事全告诉了侯老二。

侯老二装作十分豪爽的样子道："他妈的，是哪个赌场，敢赢老总的钱，哪天我领着你跟他们算账！"

齐北风道："宋兄别生气，常言说愿赌服输，今天俺手气不好，说不准哪天时来运转，来个大赢呢！"

侯老二顺水推舟道："老弟说的是，哪天高兴，我跟你一起去，保证满堂红！"这样，二人推杯换盏，称兄道弟，一个心怀叵测，一个敞开心扉，天南海北，男男女女谈得十分投机。临别，依依不舍，相约再会。

东安战役结束后，日伪高层检讨战役失败之因，认为王五新没有识破抗联攻打阳平镇是佯攻，盲目请求增援，使抗联成功实施了声东击西之计，给皇军造成惨重损失，应负重要责任。因他是丁士超的心腹，又是诱杀苏怀志的功臣，丁士超极力为其开脱，王五新只是挨了一顿臭骂，受了个记过处分。王五新为此对抗联耿耿于怀，一心想找机会打个胜仗，挽回自己的颜面。于是频繁召集几位心腹开会商量对策。一天，他在会议室同旅部及几位团职军官议论对付抗联的办法，杜菊见左右无人，便躲在暗处偷听。只听在阳平惨案中立过大功被晋升团长的路忽悠敞着大嗓门道："旅座，古人云'以其人之道还治其人之身'，我觉得很有道理，共产党惯用的办法是把军队化装成老百姓活动，让你分不出谁是抗联、谁是百姓。咱们是不是也可以用用这个招数？"

旅部参谋附和道："路团长说得没错，我看可以试试！"

王五新点点头，高兴地问道："小路，你说得具体点儿，咱们怎么用共产党的招数？"

路忽悠道："旅座，我认为可以从侦察连中抽调一些精干的士兵，化装成抗联，四处打探情况，神不知鬼不觉弄清抗联游击队活动的地点和规律，然后乘他们不备，进行偷袭，打他个措手不及，一定能打胜仗！"

众军官七嘴八舌道："路团长这个主意高，老百姓分不清真假抗联，不愁他们不上当！""抗联佯攻阳平镇是抗联化装成老百姓混进镇里发传单，贴标语，弄得人心惶惶，军心动摇，咱们吃老亏了！""咱们部队中有不少都是本地人，化装成老百姓和抗联没问题！"

王五新见众人都赞同路忽悠的主意，便摆摆手制止众人的议论，以严肃的口吻对众军官道："既然大家都觉得路团长出的主意好，那咱就这么办！小路，我看这件事还得你具体操办，你马上抽人，秘密训练，然后开始行动！"又厉声强调道，"各位，这件事要严格保密，谁如果要把这件事泄露出去，造成损失，别怪王某不给面子！"

众人齐声回应道："是！"听到这里，杜菊连忙移步，悄悄离开。

杜菊觉得路忽悠这招很损，伪军化装成抗联四处活动，老百姓和地下党分不清真伪会吃亏，抗联游击队如果上当，损失会更大。于是连夜把听到的信息写在纸上，藏在糕点里，第二天仍按老规矩交给齐北风，由他转交给赵铁柱。齐北风赶着马车到了梨平镇，正好碰见了侯老二，侯老二热情地邀齐北风道："齐老弟，多日不见，怪想念你的，走，跟老兄喝两杯！"

齐北风道："宋兄，我也想念你啊，不过，赵铁柱他媳妇给他捎来一包糕点，等我转给人家，咱俩也好放放心心地喝酒！"

侯老二道："也好，铁柱和他媳妇两口子倒是挺恋的呀，这个捎糕点，那个送衣服，来往很亲热啊！"

说者有心，听者却无意，齐北风大大咧咧地回应道："小两口儿嘛，哪像你我，无牵无挂，自己吃饱不怕饿死小板凳！"

侯老二道："可也是，没有女人牵挂，有老弟你惦念着也就够了。你快去快回，我还在老地方等你！"

齐北风道："好，好！"齐北风把糕点转给赵铁柱，又购买了粮、油、酒、菜，装了满满一车，即赶着车到小酒馆同侯老二相见，两人点了酒菜，坐下来吃喝，称兄道弟，推杯换盏，显得很亲热。

赵铁柱收到杜菊的情报之后，立刻转交给杜勇。杜勇找朱奇山和张大闯商量，决定由朱继忠和张铁林两个孩子将情报送给赵连荣游击队的联络站。

朱继忠比张铁林大两岁，杜勇让他们分别化名为耿忠、耿义，以兄弟相称。夜里如果碰到鬼子或伪军盘问，就说是上老爷家串门迷了路……时近寒冬，两人都穿着破旧的棉袄棉裤和棉鞋，戴着狗皮帽子，把毛边纸写的情报缝在了朱继忠的棉袄里子里。这种毛边纸又薄又软，缝在棉袄里，用手摸也很难摸出来。张铁林提着一个竹篮子，里面装了两瓶酒，两包糕点，算是给老爷的礼物。每人拄着一根棍子，作为防身用的武器。临行，杜勇假扮伪军，对两个孩子进行了一番演习，认为没有什么破绽以后，当晚即离开了梨平镇。

两人顺着穆棱河边的小路一直往前走，走出三里多路时，看见林子里密密麻麻一闪一闪的蓝色鬼火，远处传来的狼嚎狗吠声，在夜晚空旷的密林里显得格外瘆人。

朱继忠小声对张铁林道："铁林，听说日本鬼子占领梨平镇和冠山矿时，抓捕了不少抗日志士和老百姓，都杀害在穆棱河边的树林里了，那一闪一闪的鬼火，就是那些被杀害同胞的尸骨发出的磷光啊！"

张铁林道："俺妈给俺讲《三国演义》时，给俺念过王粲的一首诗，俺记得有两句说'出门无所见，白骨蔽平原'，日本鬼子带给咱们的就是这累累白骨和瘆人的鬼火磷光啊！"

朱继忠骂道："狗×的小鬼子，不仅占咱们的边城，抢咱们的煤炭，还杀害无辜百姓，此仇此恨，怎么说来着……"

张铁林接口道："此恨绵绵无绝期！"

朱继忠道："对，对，此恨绵绵无绝期，只有把日本鬼子赶出边城，赶出东北和全中国，才能解俺无尽的仇恨啊！"二人不仅跟武敬岳练武，也跟杜梅读书写字，可以说是能文能武，两人对话时，便自觉不自觉地引用了几句诗词典故，以表达自己的情感。朱继忠边说边狠狠地用手中的木棍敲打树枝，以发泄自己的愤懑。两人不再说话，快步向前赶路。

走了不远，看到密林中隐隐约约有一座马架子矮房，里面还透着微弱的灯光。走到跟前，见房门前挂着一串纸钱，地上点着一盏油灯，油灯后面有两具死尸，一位老妇人穿着孝服，呜咽哭泣，口中断断续续地诉说道："天杀的日本鬼子呀……你父子死得好惨啊……"看着老妇人痴呆的神情，听着老妇人悲戚的诉说，知道这又是鬼子欠下的一笔血债。两人未敢多问，便悄悄地离开。风吹纸钱发出哗啦啦的响声，老妇人凄惨的哭声，伴随着远处一闪一闪的鬼火磷光和凄厉的狼嚎声，令人毛骨悚然。两人虽然练过武术，但在深夜的密林中，看到凄惨的情景，听到狗吠狼嚎，也难免有些胆怯。两人加快了脚步，迅速向目的地飞奔。

后半夜，两人走进了一个名叫小岗的村子，找到了游击队联络站的农户，轻轻地敲门，对暗号道："叔叔婶婶快开门，兄弟两人外面冷！"

对方知道是自己人，开门后，一位中年人摸黑将两人拽进屋里，点上油灯后，女主人从里屋走出来，看到朱继忠和张铁林冻得发硬的棉衣棉裤上挂满了霜花，脸蛋冻得通红，便爱抚地让两人上炕。夜间也未敢生火做饭，只递过两碗白开水，一碟咸萝卜条和几个玉米面窝头，先让两个孩子填饱肚子。饭后，朱继忠脱下棉袄，拆开缝在里面的情报交给了中年男子。夫妻俩见两个孩子在寒冷的冬夜步行三十多里路递送情报，受冻挨饿，担惊受怕，也未多问，安排两人躺下休息。

日上三竿，两人睡醒，便立即起床，有些歉意地说："叔叔、婶婶，对不起，俺俩起来晚了！"

中年男子微笑道："没关系，困了就再睡一会儿！"

朱继忠道："不了，天亮了，俺俩得回去了！"

中年男子即招呼女主人做饭，两人吃过饭以后，中年男子让女主人把一张写在毛边纸上的情报缝在朱继忠的棉袄里，然后嘱咐道："孩子，你俩来的时候走的是林间小路，又是在夜里，幸好没有遇到什么麻烦。白天你俩回家，再走原来的路，万一遇到鬼子和警察盘查，不好解释，容易引起怀疑，不如走大路，即使遇到卡子的岗哨盘问，你们就说是到小岗村看望李双荣姑父，这样不会引起怀疑，容易过关。"

女主人千叮咛万嘱咐地安排两个孩子离开了小岗村。

时近年关，路上有不少各村屯老百姓到梨平镇赶集，两人说说笑笑不知不觉快到了穆棱河小桥边。只见桥头边搭着一根横杆，横杆一左一右站着七八个端枪的伪军，见两个十几岁的孩子一个提篮，一个拿棍，说说笑笑走过来，看上去有些可疑。为首的伪军小声吩咐道："这两个小家伙很可疑，给我搜仔细点儿！"

朱继忠见前面有卡子，瞅一眼张铁林小声道："铁林，小心点儿，前面有狗！"

张铁林小声回应道："知道了，没事！"

两人走到离桥边不远的地方，一个伪军端着枪气势汹汹地走过来喝问道："站住，干什么的？"

朱继忠、张铁林齐声回答道："串亲戚的！"

"叫什么名字？"伪军问道。

朱继忠答道："俺叫耿忠，"又指着张铁林道，"他叫耿义，俺弟弟！"

"他妈的，名字倒很好听，就是不知道是不是撒谎！"一个伪军讽刺道。两人没有吱声。旁边一个伪军又问道："哪个村的，到谁家串门？"

朱继忠道："俺家在冠山矿里，俺到小岗村李双荣家串门！"

为首的伪军冷笑道："你瞎编啥，我就是冠山矿的，怎么没听说有姓耿的！"

张铁林略一迟疑，朱继忠立即十分肯定地说："俺说的是实话，不信你现在就可以去打听！"然后又给对方下台阶道，"老总是当兵的，成年累月在部队上效力，回家的机会不多，也许真的没听说过！"

伪军见自己使诈没成功，又见对方给自己台阶下，就瞅着张铁林篮子里的礼品转换话题道："这个篮子里又是酒又是糕点的，孝敬谁呀？"

张铁林小声嘀咕道："狗×的，当然不是孝敬你了！"

没想到这小子耳朵挺好使，听到张铁林的话，不由分说，走过去左右开弓打了张铁林两个耳光，又一脚踢得张铁林一个趔趄，边踢打边骂道："小兔崽子，我看你不是走亲戚的，你是给抗联送信的！"然后命令伪军："给我搜！"几个伪军一起围过来，要搜朱继忠的棉袄，张铁林见状，提着篮子假装要跑的样子，伪军即离开朱继忠，一起围住张铁林。为首的伪军不由分说，夺过篮子，拿出酒瓶，拆开糕点，把竹篮里里外外搜个遍，却什么也没有搜出来。

张铁林见拆了糕点的包装，便坐在地上撒泼打滚哭喊道："你们把姑父给俺妈的糕点弄坏了，回去俺爸得打俺，你得给赔，不给赔俺不走……"

此时，不少路人过来围观，见伪军欺负两个孩子，便七嘴八舌嚷嚷道："当兵的，七尺汉子，欺负两个孩子算什么本事！""寒冬腊月的，让两个孩子又摘帽又脱衣的，冻病了怎么办？""将心比心，你家的孩子舍得这么折腾吗？"

为首的伪军见没搜出什么东西，围观的路人越来越多，怕惹众怒，便走过去踢踢张铁林道："小兔崽子，别号了，还不快滚！"

朱继忠随即走过来，帮张铁林收拾好东西，连哄带劝拖着张铁林过了桥。走出老远，朱继忠笑着对张铁林道："你还很会装呢，撒泼哭闹挺像！"

张铁林道："俺不那么装，他们能过来搜俺，反正俺不像你，身上有情报，俺什么也没有，不怕他们搜，俺那是故意把他们引过来的！"

朱继忠道："俺知道你是为了掩护俺，不过，俺看伪军盯着你竹篮子里的吃喝，还问孝敬谁，原本是想让你送给他的，谁知你不但不给，还骂狗×的，那还不是找打！"

张铁林倔强地说："他想得美，俺挨打受骂也不孝敬汉奸走狗！"

李双荣装扮成猎户到黄泥岗游击队活动区，把情报交给了赵连荣，并嘱咐他提防假抗联。赵连荣道："俺知道了，您老兄得想办法告诉梨平镇、冠山矿和各村屯的人，让他们不要上假抗联的当，有情况随时联系！"

李双荣道："你放心，俺回去就办，游击队急需过冬物资的情报俺也让两个孩子送给了组织，相信组织上会想办法的。"

王五新安排的假抗联四处活动，诡称是赵连荣的部队，在东安战役中失散了，不知赵连荣部队的去向，急切需要赵连荣游击队的所在地，以便迅速归队……连哄带骗，也得到了一些支离破碎的信息，知道赵连荣部近期在黄泥岗一带活动，但游击队驻地、人数等准确信息根本弄不到。王五新很生气，训斥假扮抗联的侦察连连长道："你他妈的得到的都是大路消息，用处不大，我需要的是准确情报！"

伪侦察连连长为难道："旅座，这可实在是难办呀，还请旅座体谅！"

王五新怒道："体谅个屁，我体谅你，谁体谅我！"

路忽悠打圆场道："旅座别生气，卑职倒有个主意，不知可行不可行！"

王五新道："什么主意，你先说说看！"

路忽悠道："我看就是两条，一是靠近侦察，弄清游击队的准确位置和大体人数，二是化装成送冬用物资的抗日会会员进行偷袭，保证马到成功！"

王五新转怒为喜道："好，你这个主意不错，具体怎么操作，咱们再商量商量。"仨人商量的细节被杜菊听到，杜菊仍用老办法把情报传给了杜勇。杜勇仍通过李双荣把伪军要化装偷袭的情报转给了赵连荣。

赵连荣收到组织上传递的情报之后，立即研究了对策。他把外号叫大嗓门的游击队员关大虎叫过来，耳语一番后，关大虎笑道："中，中，不就是让俺当一回奸细嘛！"

赵连荣道："不是当奸细，是当报信人！"

伪侦察连连长按照路忽悠的主意同一个伪军化装成猎户到黄泥岗一带抵近侦察。冬天的边城，到处白雪皑皑，漫山遍野的树挂像盛开的梨花，极寒极美。关大虎和游击队员吴小白站在一棵老松树下，装作游击队的岗哨，警惕地四处瞭望，听到附近好像有动静，仔细观察，见两个猎户模样的人正在悄悄地向哨位移动。关大虎拍拍满身霜雪的棉袄，跺跺双足大声骂道："他妈的，这么冷的天，还用得着站岗吗？"

吴小白大声回应道："你说的是，荒山野岭冰天雪地，野兽都不出洞，人就更不用说了，都在家猫冬，谁还到这鬼地方来！"

关大虎道："是啊，这冻死人的鬼天气，还用站岗吗？"

吴小白发牢骚道："叫我说真用不着，咱队长也太小心了！再说了，就咱们这三四十个人，整天钻山洞，能有什么用！俺真不想遭这个罪了！"

关大虎道："兄弟，忍着点儿吧，就是挨饿受冻，也比给日本人当狗好啊！"

吴小白道："哥说的是，不过就咱这三四十个人，"他特意把"三四十个人"的声音放大了点儿，"也起不了什么作用啊！"

关大虎道："咱们可不是三四十个人啊，全东北有几十万抗联呢，全中国有几百万军队，四万万老百姓呢，每人一口唾沫也能把小鬼子淹死！"

吴小白道："那倒也是！"他突然转换话题道，"关哥，咱游击队里还有人没有棉袄、棉裤和棉鞋呢，整天裹着个棉被，行动实在困难啊！"

关大虎道："听说抗日会正千方百计给咱们筹备过冬的衣物呢，也许很快就能送来了！"

吴小白道："那感情好，关哥，你先在这里，我去宿舍找人，该换岗了……"

关大虎道："好，你去吧，俺先在这里盯着！"

关大虎和吴小白的对话，伪侦察连连长都听到了，特别听说山上只有三四十人，还急等抗日会送冬季衣物的信息后，兴奋得心怦怦直跳。

伪侦察连连长把听到的消息对王五新和路忽悠报告道："旅座、团座，这次侦察，我可是亲耳听到了游击队准确的信息！"

路忽悠急不可耐地道："还不快说！"

伪侦察连连长扬扬得意添油加醋道："赵连荣的游击队在黄泥岗北边一个山窝里，营地附近有一棵高大的松树，总共只有三四十个人！"

王五新问道："你怎么知道是三四十个人？"

伪侦察连连长道："我看见那棵老松树附近的石砬子下有两个哨兵，冻得边跺脚边发牢骚，说寒冬腊月，荒山野岭，连个人影都没有，用不着站岗放哨。还说游击队只有三四十个人，起不了什么作用，有一个人好像还说不想遭这个罪！"

路忽悠插话道："听你这么说，好像是要开小差呀！"

伪侦察连连长接着说："不过，跟他一起的那个高嗓门队员又安慰他说，别看游击队只有三四十个人，东北的抗联有几十万呢，后来……"

王五新追问道："后来又说什么了？"

伪侦察连连长道："后来那个发牢骚的队员又说，游击队队员中，有的连棉衣棉裤都没有，整天裹着被子取暖，急等抗日会给游击队送过冬的衣物！"

路忽悠严厉地说："这些话真是那两个游击队员说的，你没有撒谎？"

伪侦察连连长赌咒发誓道："旅座、团座，这是跟我去侦察的弟兄一起听到的，不信可问问那个弟兄！"

路忽悠听伪侦察连连长这么说，拍拍他的肩膀，用比较缓和的语气道："兄弟，不是我信不过你，实在是此事关系重大。你这么说，我信，等打了胜仗，消灭了赵连荣的游击队，我给你记头功！"

王五新插话道："不只是记功，还晋升你当营长！"伪侦察连连长感激地脚后跟一碰敬礼道："谢谢旅座、团座栽培！"

伪侦察连连长退下后，路忽悠对王五新道："旅座，我看这小子没有撒谎，咱们该走下一步了！"

王五新沉思一会儿道："小路，黄泥岗一带，山高林密，地形复杂，现在又是冬季，冰天雪地的，虽然知道了游击队的营地，但他们熟悉那里的地形，又都是亡命之徒，真要是打起来，咱们的损失也不会小啊！"

路忽悠道："从那两个岗哨的对话来看，赵连荣的游击队士气也不怎么高，凭咱们的武器装备，收拾他们三四十个人应该不是问题！"

王五新摇摇头道："小路啊，你把问题看得太简单了，依我看，咱们还是谨慎点儿好！"

路忽悠道："依旅座之见，咱们该怎么办？"

王五新道："我的意思，咱们通报信息，积极配合，硬仗还是让日本人来干，这样能够减少我们的损失！"

路忽悠道："旅座高见，我听旅座的！"于是，王五新把得到的情报报告给了东安县日军新任司令。日军新任司令正想报东安战役失败之耻，听到王五新的情报十分高兴。于是决定由伪侦察连连长带十几个伪军化装成给游击队送冬季衣物的抗日会会员做内应，另由一个伪连长带两个排的伪军和日军小队长带一个排的日军隐蔽在游击队营地附近，里应外合，一举消灭赵连荣的游击队。

腊月初五，乌云密布，雪花飘飘，化装成给游击队送冬衣和慰问品的伪军，悄悄向黄泥岗前进，到黄泥岗山下时，即打着红旗，大摇大摆地向游击队营地进发。在老松树下站岗的关大虎和吴小白看到有十几个老百姓打着红旗，背着包裹朝两人走来，距离老松树十几米远时，关大虎举枪喝问道："站住，什么人？"

为首的伪侦察连连长高声喊道："同志，我们是梨平镇抗日会的人，是来给你们送棉衣和慰问品的，请不要误会！"

关大虎高声笑道："是抗日会的同志啊，大冷的天，辛苦了，我们队长正等着你们呢！"同时大声吩咐吴小白道："小吴，你继续站岗，俺带乡亲们去见队长！"边说边迎上去，热情地带着十几个人向营地走去。到营地门口，又大声报告道："报告，赵队长，抗日会的乡亲们到了！"

赵连荣听到关大虎的声音，立即开门，满脸笑容道："欢迎，欢迎！乡亲们辛苦了，快进屋暖和暖和！"

十几个人贼眉鼠眼地进入低矮的营房后，刚放下包裹，赵连荣和十几个游击队员端着枪对进来的人高声喝道："举起手来！"

为首的伪侦察连连长假装镇静道："同、同志，我们是梨平镇抗日会的，别、别误会！"

赵连荣冷笑道："没有误会，你们是什么人俺知道！"边说边使眼神，示意队员们搜身，关大虎一个箭步跨过去，跟队员们一起从十几个人身上搜出了短枪。

赵连荣喝道："别装了，快说实话，不然就不客气了！"

伪侦察连连长继续狡辩道："赵队长，我们抗日会的乡亲们冒着生命危险给你们送东西，你们就这么对待啊！"

赵连荣道："那俺问你，你知道梨平镇抗日会会长是谁，叫什么名字？"

伪侦察连连长答道："对不起，他的名字是保密的，我一个普通队员不知道！"

赵连荣又问道："抗日会给游击队送东西，有何暗号？"

伪侦察连连长支支吾吾道："这、这……"

赵连荣道："别这这的了，这枪已经把你们出卖了，还是老实交代吧！"

伪侦察连连长仍然贼心不死，还是继续狡辩道："我们带枪不就是为了防身吗，这有什么好奇怪的？"

关大虎挥挥手中的短枪高声道："抗日会有这么好的手枪吗？你骗谁呀！队长，别跟他废话了，这种死心塌地的汉奸，拉出去枪毙算了！"

赵连荣道："那好吧，既然不说实话，统统拉出去！"

伪侦察连连长见露了馅，即跪下来叩头如捣蒜求饶道："长官饶命，我、我说实话！"

赵连荣对关大虎和众队员摆摆手，关大虎和队员们停止了动作，伪侦察连连长接着道："我们是阳平镇王五新旅长的部下。"

赵连荣喝问道："什么任务？"伪侦察连连长战战兢兢道："任务是里应外合搞偷袭，山下有我们两个排的满洲兵和一个小队的日本兵，带着机枪和迫击炮，我们十几个人是做内应的，山下听到我们的枪声，即开始行动，跟我们里应外合攻打游击队。"

赵连荣冷笑道："白日做梦，押下去！"

关大虎和吴小白在老松树下的对话是专门说给伪军侦察人员听的，所以，敌人化装成抗日会会员送衣物也是在预料之中。不过，为不出差错，还是进行了详细的审问，见对方漏洞百出，确信是化装的伪军之后，即以枪毙相威胁，逼敌人说出了具体打算。

面对山下一百多名装备精良的日伪军，赵连荣觉得不可小视。不过，他也分析了游击队的情况。从兵力和武器装备方面看，说山上只有三四十名战士，那是糊弄伪军侦察人员的，实际兵力有一百多。在东安战役中，游击队缴获了大批枪支弹药，武器装备已有较大的改善。从地理方面看，游击队对黄泥岗山区的地形非常熟悉，日伪军则人生地不熟，无法同游击队相比。况且，敌人里应外合诡计已被识破，游击队可以将计就计引敌人进入埋伏圈，使其处于被动挨打的境地。经过仔细分析之后，赵连荣对打垮来犯之敌充满了信心。午饭之后，赵连荣命令关大虎对空鸣枪，接着让游击队员边大喊："皇军优待俘虏，缴枪不杀！"边对空鸣枪，给山下的日伪军造成内应已经得手的假象。

日军小队长和伪连长果然上当，带着士兵迅速向山上进攻。等敌人进入埋伏圈之后，游击队机枪步枪手榴弹一齐开火，打得敌人晕头转向。日军小队长急忙命令士兵架设迫击炮，炮弹刚装入炮膛，就被埋伏在岩石后面的狙击手将敌炮手击毙。日军小队长驱使伪军向前冲锋，山上游击队员边打边喊："伪军弟兄们，别当汉奸走狗，中国人不打中国人！"伪军即你瞅我，我瞅你，畏缩不前。游击队的机枪、步枪、手榴弹居高临下专门对准日本士兵开火，日军小队长眼见自己部下死伤过半，便慌忙命令撤退，士兵们拖着几十具尸体和伤兵狼狈逃窜。

一场精心策划的阴谋又以失败告终，王五新气急败坏，将路忽悠一顿臭骂，赶出了旅部。

## 四

侯老二向毕士仁汇报了认识和交往齐北风的经过，并分析道："毕队长，我看齐北风这小子有问题，他有可能是为共产党地下组织秘密传递情报之人！"

毕士仁道："你有什么根据？"

侯老二道："杜菊是兄弟酒馆杜老板的女儿，原本是替杜老板料理账目管理酒店的，为什么干得好好的要去王旅长那里当家教？杜菊长得那么水灵，放着酒店管事不干，却要到兵窝里混，难道没有目的？这正常吗？"

毕士仁故意反驳道："怎么不正常，听说是王旅长诚心邀请，郭、车两位旅长一旁帮腔，杜勇不愿得罪三位军中要员，所以才同意的，我看这也顺理成章，没什么不正常！"

侯老二迟疑道："毕队长说得有道理，不过，郭旅长刚到冠山矿不久，王、车两位在阳平镇和东安县，也不可能有什么深交，杜勇在梨平镇也有些名气，用得着溜须那三位丘八吗？"

毕士仁点点头道："你这么说也有几分道理，你继续说，让我想想！"

侯老二道："我注意到，杜菊到阳平镇才个把月，时间不长，却多次捎糕点和衣物，来往频繁，而且每次都通过齐北风传递，不能说没问题！"

毕士仁装作很随意地说："一个是父亲，一个是丈夫，来往频繁也在情理之中，有什么可怀疑的！齐北风是事务长，搞采购，经常来梨平镇，顺路捎点儿东西，能有什么问题？"

侯老二摇摇头道："毕队长，我看事情没有那么简单，你想啊，从杜菊到王旅长那里当家教起，抗联声东击西打东安，皇军和满洲兵都吃了大亏；最近皇军和满洲兵联合攻打赵连荣的游击队，又遭到惨败，抗联和游击队连续打胜仗，每次肯定都得到了准确的情报，如果把这些事和杜菊父女、铁柱夫妻、齐北风、赵连荣联系起来，不能不让人起疑心！"

毕士仁拍拍侯老二的肩膀，显得很亲切的样子道："老二，你的猜想有几分道理，我没有看错你。不过，此事还只是猜想，缺乏证据。下一步你有什么打算，需要什么帮助？"

侯老二道："谢谢队长的信任。我看齐北风是个突破口，我建议秘密抓捕他，严刑拷打，一定能从他口中得到一些重要线索！"

毕士仁沉思良久，摆摆手道："不妥，刚才你说的那些事都是猜想和推理，缺乏有力的证据。共产党人都是硬骨头，没有铁证他们是不会承认的。我想利用你和齐北风的关系设个局，既可抓住齐北风的把柄，又可以让共产党吃个大亏，一举两得。所以，现在还不能抓齐北风。"

侯老二佩服道："毕队长高见，不像老二肤浅。"

毕士仁显得神秘莫测的样子笑着对侯老二道："老二，你过来，我告诉你怎么办！"等侯老二靠近后，毕士仁对他耳语了好一会儿，然后扬扬得意地说，"这办法怎么样？"侯老二竖起大拇指道："高，高，实在是高！"

除了四月初八的庙会，梨平镇逢双日还有集市，每逢双日集市，远近村屯的农户和商人都要到梨平镇赶集，街上非常热闹。集市这一天，齐北风赶着马车到集市上采购，正好碰到侯老二也在集市上闲逛，两人见面后，侯老二热情地约齐北风到酒馆小酌，齐北风也不推辞，两人即一起到过去曾去过的小酒馆。进去之后，侯老二主动点了菜肴烧酒，两人即对坐饮酒。

天南海北闲聊之间，侯老二发现齐北风神情有点儿郁闷，装作十分关心的样子问道："老弟，我看你情绪郁闷的样子，是不是碰到什么不开心的事了，给老兄说说，看能不能帮上忙？"

齐北风叹口气道："也没什么不开心，在当官的手下干事，挨打受骂是家常便饭！"

侯老二追问道："怎么，长官又给你气受了？"

齐北风有点儿生气的样子道："可不是嘛，最近王五新派部下到黄泥岗'围剿'赵连荣的游击队，原本想占点儿便宜，给自己长长脸，不想被人家打得稀里哗啦，吃了大亏，还挨了皇军司令一顿臭骂。"

侯老二道："部队打了败仗，与你这当事务长的有啥关系？"

齐北风道："谁说不是呢，可是，咱是个伺候人的兵，长官气不顺，下人自然倒霉。这不是，平日喜欢吃的饭菜，一会儿说咸了，一会儿又说烫了，鸡蛋里挑骨头，拿我撒气，我稍微解释了两句，不料摸了老虎屁股，不问青红皂白，抬手就是一巴掌，还用手枪指着骂，要不是杜菊和他姑娘拦着，说不准小命不保呢！"

侯老二装作同情的样子道:"俗话说,伴君如伴虎,这当兵伺候人的日子何时是个头啊!"

齐北风长叹一声道:"人的命天注定,咱就是挨打受气的命,有什么办法!"

侯老二愤愤道:"我就不相信他妈的什么命运,事在人为,命运是人注定的。历史上,刘邦、朱元璋原本都是小混混,后来靠自己当上了皇帝。威震东北的张大帅原来不就是个土匪吗,这些人不都是靠自己闯出了好命运吗?"

齐北风笑道:"那都是些什么人物,咱怎么能跟人家比!"

侯老二大气地说:"都是人,怎么不能比,就看你有没有胆识,敢不敢干!"然后有点儿神秘地小声对齐北风道,"有个绝密的信息不知老弟愿不愿意听!"

齐北风道:"什么信息,还神神秘秘的,说来听听!"

侯老二环顾左右,压低声音道:"我有个在镇警察局干事的好朋友,他跟我说最近上面给警察局送来一百支长枪、两挺机枪,还有一批子弹!"

齐北风对这个信息十分关心,但表面上却装作很不在意的样子道:"枪再多,也是警察局的,与咱们有啥关系?"

侯老二摇摇头道:"老弟,我跟你说这个信息,自然有我的想法。刚才你也说当小兵受气,难道真的就不考虑另外的门路,过几天舒心的日子?"

齐北风装糊涂道:"怎么,老兄还有别的出路?"

侯老二道:"老弟,咱俩虽然交往时间不长,但我看你是个诚实君子,又是在部队当差,所以才跟你说这个信息!"

齐北风仍装作不明白的样子道:"侯兄,这个信息跟在部队上当差有什么关系,你能不能说得明白点儿!"

侯老二道:"老弟,我跟你实话实说吧,哥我姓侯,不姓宋,也不是茶庄的人,但哥不甘受穷,所以有不少朋友。我这个兄弟在梨平镇警察局是管仓库的,军火库的钥匙就在他身上。警察局人不多,管理也很松懈,他想让你联络几个当兵的好哥们儿,让我再联络几个黑道上的朋友,咱们联合起来,里应外合,把这批枪弹弄过来,到深山老林占山为王,比当兵受气可舒心多了!"

齐北风装作有点儿吃惊的样子道:"老兄,这可是个掉脑袋的买卖啊!"

侯老二有些激动地说:"老弟,俗话说,乱世出英雄,有枪就是王,又道富贵险中求,这可是难得的机会,干吧!"

齐北风有点儿疑惑地问侯老二道:"侯兄,你到底是什么人,怎么会有这么大胆的想法?"

侯老二吹嘘道："老弟，我是什么人，现在还不能告诉你，但老兄我绝不是平庸之辈，是想干大事的人！"然后又装着不在意齐北风态度的样子道，"老弟如果不想干，就当我没说，我再找别人！"

齐北风沉思良久，像是犹豫，又像是下决心的样子道："老兄，这事关系生死，不可莽撞，容我回去跟几个要好的兄弟合计合计再给你回信！"

侯老二点头道："好，不过，此事千万要保密呀！"

齐北风道："老兄放心，兄弟明白！"

齐北风把从侯老二口中得到的信息向杜勇做了汇报，并建议道："我提议咱们可由自己的同志化装成伪军，跟老侯的人一起行动，把这批武器弄过来，再劝说老侯的人一起参加抗联！"

杜勇兴奋道："好倒是好，不过，侯老二这个人的人品很差，我担心他这个信息不一定可靠，等我再核实一下信息的可靠性以后再行动吧！"

齐北风不太高兴，勉强同意道："那好吧，我听组织安排！"

梨平镇警察局确实新到一批军火，但侯老二说警察局管军火库的人是他的朋友等却都是谎言。他把跟齐北风会面、商量夺军火的情况告诉了毕士仁以后，毕士仁高兴得连声夸奖道："侯老弟，干得不错，不过，对方只是答应回去商量，还没有下决心，下一步要千方百计拖住他，煽动他赶快行动！"

侯老二也得意地说："请队长放心，我看十有八九他会上圈套！"

毕士仁拍拍侯老二的肩膀鼓励道："老二，这就看你的本事了，这件事如果办成，我给你记功，让你到矿卫队当小队长！"

经过核实，杜勇知道梨平镇警察局确实新进了一批军火，看管也不怎么严。于是决定采纳齐北风的建议，从酒坊和朱奇山所属矿工中抽调了二十多名同志，准备同侯老二的人联合行动夺军火。为有把握起见，他通知赵连荣，让他带游击队埋伏在梨平镇警察局军火库附近的树林里，接应夺军火的同志。方案定妥之后，他指示齐北风同侯老二会面，谎称有二十多名伪军朋友愿意参加行动，并定下了行动的时间和暗号。

齐北风约侯老二在小酒馆见面后，兴奋地小声对侯老二道："侯兄，我回去把夺军火的事同几个要好的兄弟商量后，大家都同意干。答应参加行动的有二十位弟兄，不知你那里如何。"

侯老二道："我这里没问题，能够参加行动的有九位，连带我是十位！"

齐北风道："这样看来，能够参加行动的有三十多人了，不少。我看咱俩先把时间约定好，再商定接头的暗号，你先带你的人在军火库附近隐蔽好，我带我这二十多位弟兄也按约定时间到军火库会合，对上暗号后，咱们就一起行动！"

侯老二道："我这里方便，你们路程远，军队也管得严，这么多人一下子离开部队容易暴露，所以行动时间还是由你来定好！"

齐北风沉思良久道："今天是二月初五，咱就定在本月初八后半夜三点如何？"

侯老二点点头道："后半夜正是警察熟睡的时候，岗哨也提不起精神来，这个时间行动好，就这么办！暗号嘛，我看这样，咱们在军火库东门外会合，两点整，我学三声狗吠，你回三声猫叫，会合后，一起行动！"

齐北风爽快答应道："好！"然后又补充道，"你同管军火库的兄弟约好了吗？"

侯老二道："这没问题，他等咱们把看军火库的岗哨收拾了以后，就先去开门，让咱们到库里拿军火！"

齐北风道："有这位兄弟开门，说不准咱们可以不费一枪一弹，神不知鬼不觉地就把活儿干了呢！"

侯老二得意道："我看没问题！"然后又奸笑一声，一语双关道，"那时，他们就他妈的等着傻眼吧！"

离开酒馆，齐北风兴高采烈地把同侯老二会面的情况如实向杜勇做了汇报，杜勇也很高兴，随即秘密抽调人员做好了各种准备，同时与赵连荣约好，要求二月初八后半夜带游击队到军火库附近树林中埋伏，接应夺军火的同志。

侯老二一路哼着小曲找到了毕士仁，汇报了同齐北风约会的情况，毕士仁连声叫好。他将情况报告了梨平镇警察局和宪兵队，警察局和宪兵队联合行动，做好了伏击准备，张开了猎杀大网。

二月初八的夜晚，天上乌云密布，遮盖了月亮和星星，地面能见度极低。赵连荣带着一个排的游击队员，冒着寒风踏着积雪在夜幕中急行军赶到了指定地点，占据了有利地形，做好了接应准备。

深夜，梨平镇警察局局长带着五十多个伪警察，宪兵队队长上官铁木带着一个班的宪兵埋伏到了军火库附近，毕士仁和侯老二带着五位矿卫队员隐藏在军火库东门外等候。

半夜两点多钟，杜勇和齐北风带着二十多名勇士秘密向军火库行进，快到三点钟赶到了军火库东门。毕士仁侧耳细听，发现对面好像有动静，即捅捅侯老二小声道："老二，对面好像有人，你快发暗号！"

侯老二即"汪、汪、汪"发出了三声狗叫。

听到狗叫声，杜勇即小声道："小齐，你快回信号！"齐北风"喵、喵、喵"发出了三声猫叫。

听到回声，侯老二压着嗓子喊道："是齐老弟吗，你赶快向我靠近！"

齐北风回应道："明白！"然后和杜勇带着队伍向侯老二发声的方向移动，等双方都能看到对方的时候，毕士仁即大喊一声："给我打！"接着枪声大作，齐北风这面已有两三人中枪伏地。杜勇借着枪弹发出的火光，发现四面八方有不少日伪军，知道中了敌人的诡计，即刻指挥战友边射击边向树林方向撤退。赵连荣听到军火库方向传来密集的枪声，知道情况有变，即刻指挥游击队员冲出树林接应。上官铁木和毕士仁即指挥日伪军封锁通向树林的道口。杜勇带着身边的十几个人拼命向前冲，突然胸部中弹，倒在道口。杜龙彪、赵铁柱冒着枪林弹雨冲到杜勇身边，杜龙彪背起父亲向树林奔跑，赵铁柱和剩余的战士不顾一切地开枪射击，掩护杜龙彪父子撤退，刚到路口，赵连荣带着游击队赶到，一阵猛烈射击，压住对方火力，救出了杜勇父子和赵铁柱几个剩余的战士，趁着夜色，向密林深处撤退。齐北风知道中计，胆战心惊，边开枪，边撤退，到达路口，腿部中弹，滚到了路边的壕沟里。

上官铁木和伪警察局长见有游击队接应，不知密林中虚实，又是夜间作战，视力很差，怕中埋伏，未敢追击。于是命令士兵打扫战场，暂时休息，准备天亮再行动。毕士仁和侯老二发现齐北风受伤躺在路边壕沟里昏迷不醒，摸摸脉搏，知道还有生命迹象，即叫来两名矿卫队员用担架抬着齐北风到梨平镇医院救治，并严密封锁了齐北风被抓获的消息。

赵连荣命令排长连夜率领战士撤回黄泥岗游击队营地，自己随杜龙彪、赵铁柱和两名战士连夜撤到了双峰村武敬岳家。杜勇伤势严重，再加上一路颠簸，一直昏迷不醒。赵连荣觉得，泄露军火信息，引诱杜勇和齐北风抢夺军火，是敌人精心策划的一个圈套。如果不是有游击队接应，后果将不堪设想。抢夺军火失败，不仅牺牲了十几名同志，他们两位的身份也暴露了，敌人可能已布控张网，如果到梨平镇医院治疗，等于羊入虎口。

正无计可施之时，杜勇苏醒过来，张静连忙喂他喝水，杜勇摇摇头，用十分微弱的声音对赵连荣道："连荣弟，这次失败，是我中了敌人的圈套，我要负主要责任，我对不起组织，对不起牺牲的同志！"他喘了口气，勉强支撑着继续道，"我想，我和北风的身份已经暴露，杜菊和铁柱要赶快撤离，龙彪和赵晨也会受牵连，奇山名下有二十名矿工参加，敌人也会顺藤摸瓜，告诉他，要有思想准备……还有，侯、侯……"未等说完，又昏了过去。醒来后，拉着赵连荣的手，用十分微弱的声音道："连荣啊，我、我恐怕不能跟你和同志们一起战斗了，希、希望你们继续努力，把小鬼子赶出去！"说完又昏厥过去。如此反复两次，当夜与世长辞。

按照当地的习俗，人死后要停尸三天才可出殡，由于情况紧急，赵连荣和杜龙彪商量，决定殡葬事宜从简，就是杜梅、杜菊、赵晨和张大闯等直系亲属也未通知，趁着天还未亮即举行了葬礼，墓前立的是无字碑。杜龙彪跪在墓前，哭得死去活来，众人含泪相劝，赵连荣扶起杜龙彪安慰道："龙彪，现在这么草率安葬，是为了遮挡敌人的耳目，等抗战胜利，我们一定为你爸举行隆重葬礼,彰显杜勇同志的功绩!"杜龙彪和众人强忍悲痛,含泪告别。

## 五

毕士仁和侯老二安排人把齐北风送到梨平镇医院后,经大夫检查,发现齐北风并非腹部受伤,而是子弹从大腿根穿过,无生命危险。于是即刻动手术,起出了子弹,安排单人病房观察。侯老二则以朋友身份在病房看护。齐北风苏醒之后,见侯老二在病床前坐着,回忆同侯老二交往的过程,想起这次抢军火失败的事,知道自己中了侯老二的圈套,给组织带来了严重损失,心中既惭愧又愤怒。

他恨恨地问侯老二道:"姓侯的,你是什么人,现在可以说了吧?"

侯老二道:"兄弟,你醒了,伤口疼吗?"同时假装关心地端着一碗水对齐北风道,"兄弟,先别说话,哥喂你喝口水!"

齐北风一挥手,水碗掉在地上摔得粉碎。

侯老二板着脸道:"兄弟,你这是干啥?"齐北风没有理会他的话,仍然质问道:"你、你到底是什么人?"

侯老二从容回答道:"我是你朋友啊,怎么,这么快就不认识了?"

齐北风道:"你算什么朋友,你是出卖朋友的小人!"

侯老二撒谎道:"兄弟,你冤枉大哥了,我、我也是不得已而为之啊!"

齐北风道:"什么是不得已而为之,抢军火不是你出的主意吗?"

侯老二道:"兄弟,你只知其一,不知其二!"

齐北风发急道:"什么其一其二的,你快说,这到底是怎么回事?"

侯老二道:"兄弟,你别着急,听哥慢慢给你解释。本来,咱哥儿俩商量好是要合伙抢军火的,可是,在组织人的过程中,被矿卫队毕队长发现了,他抓我老婆孩子当人质,逼着我来唱这出戏,哥也是没办法啊!"

齐北风没有再吱声。侯老二装出一副可怜相道:"兄弟,你知道吗,大家背后管毕士仁叫什么吗?"

齐北风道:"不知道!"

侯老二道:"叫逼死人,什么损招都有,我要是不听他的,我们全家都要遭殃啊!"

齐北风不知侯老二是在编瞎话,一时不知如何回答。病房里沉默了好长时间,齐北风显得十分无奈的样子问道:"侯哥,事到如今,你看咱们该怎么办?"

侯老二见自己编的瞎话有效果,齐北风不再像开始那样敌视自己,便试探性地说:"你问哥是什么人,哥以后会告诉你。不过,我倒是怀疑你的身份,觉得兄弟你不像是个普通士兵，这次抢军火的人好像也不是你们部队上的人，树林里接应你们的是不是抗联游击队？"

齐北风叹口气道："事情既然到了这步田地，兄弟我也不瞒大哥了。跟我一起行动的是梨平镇和冠山矿的地下党员，接应我们的是抗联游击队？"

侯老二心里说："谢天谢地，你小子终于说实话了！"但嘴上却装得很关心的样子道："兄弟，日本人和警察局对你们这些人可是恨之入骨哇，你打算怎么办？"

齐北风道："还能怎么办！大不了舍出这条命！"

侯老二摇摇头道："哥觉得你也不要这么死心眼儿，也许还能有别的出路！"

齐北风愤愤道："还能有什么出路，难道你让我当叛徒？"

侯老二道："兄弟，话不要讲得那么难听，什么叛徒不叛徒的，留得青山在不怕没柴烧，留着这条命，什么事都好说，命没了，就什么都没有了！何况，你正当盛年，死了太可惜了！"

齐北风道："那哥说怎么办？落到这个地步，日本人和警察局还能放过我？"

侯老二道："事在人为，你把眼光放开点儿，也许还有别的出路。"

齐北风道："哥说说，还有别的什么出路？"

侯老二道："毕队长跟我许过愿，说只要不跟共产党游击队来往，做个安分守己的顺民，可以既往不咎，给条活路。"

未等齐北风答话，躲在隔壁监听的上官铁木和毕士仁推门进来，毕士仁对着齐北风冷笑道："别想得那么美，说不跟共产党游击队来往，那指的是普通百姓，像你这样的共产党，除非彻底交代，否则没有什么好果子吃！"随即高喊："来人！"几个凶神恶煞的日本宪兵冲过来，根本不管病人的疼痛，从床上拉起齐北风，戴上手铐就往外拖。

侯老二装作替齐北风求情的样子，跪下来求毕士仁道："毕队长，北风身上还有枪伤，可不能动刑啊！"

毕士仁道："那就看他识不识相了！"说完，不由分说即高声喝道："带走！"

梨平镇宪兵队刑讯室里，两个日本宪兵光着膀子，手拿皮鞭轮流抽打绑在十字架上的一个中年人，边抽打边喊："八嘎，说不说？"

此时，毕士仁和两个警察押着戴手铐的齐北风走进刑讯室，两个警察一左一右拉着齐北风的左右大臂站在一边。主持刑讯的上官铁木打个手势，两名宪兵即停止鞭打。

毕士仁点头哈腰对上官铁木耳语一阵后，上官铁木冷笑道："好，毕队长说情,那就暂不用刑,让他站在一边欣赏欣赏受刑人的滋味吧!"

然后又打个手势,宪兵继续抽打,皮鞭劈头盖脸雨点儿般落在中年人的身上,中年人皮开肉绽,浑身是血,不一会儿即昏死过去。上官铁木命令宪兵将半桶水泼在受刑人身上,中年人刚醒过来,宪兵喝问道:"八嘎,说不说?"

中年人用微弱的声音道:"太、太君,我冤枉啊!"

上官铁木见受刑人不招,即命令宪兵牵过一条大黄狼狗,上官铁木狞笑着对中年人道:"你的,说不说?"

中年人挣扎着哭喊道:"俺什么也不知道,你让俺说什么啊?"

上官铁木优雅地打个手势,宪兵一声呼哨,狼狗扑到中年人身上,两个前爪放在其胸前,血盆大口对着受刑人的脸,宪兵又喝问道:"你的,招不招?"

受刑人吓得说不出话,宪兵打个手势,狼狗即用前爪撕开中年人早已破碎的上衣,又张开大口一下子将其右奶头撕咬下来,中年人一声惨叫,昏死过去。齐北风面无人色,浑身发抖。上官铁木瞅一眼齐北风,若无其事地命令宪兵将中年人放下来,拖死狗一样拖出了刑讯室。

然后又高声喊道:"带王小余!"随着喊声,宪兵和两个警察押着一个骨瘦如柴的年轻人进入刑讯室,麻利地将其绑在老虎凳上。

毕士仁问王小余:"王小余,看见了吗,再不招认,可就要受皮肉之苦了啊!"

王小余倔强道:"姓毕的,俺一个挖煤人,你让俺招什么呀?"

毕士仁看着齐北风一语双关道:"王小余,机会可是给你了,就看你识不识抬举了!"

王小余十分无辜地道:"姓毕的,俺想招,可俺没什么好招的呀,俺不能信口开河胡说八道啊!"

毕士仁骂道:"不识抬举的东西,我看你是想尝尝老虎凳的滋味了!"然后吩咐宪兵和警察道:"这小子不老实,动手吧!"

宪兵抬着王小余的腿,两个警察往王小余腿下垫砖。王小余本就骨瘦如柴,腿瘦得像胳膊一样细,未等垫几块砖,小腿骨折,王小余大叫一声,疼得昏死过去。苏醒之后,毕士仁又拿着烧红的烙铁往王小余的胸部烫,难闻的焦煳味伴着王小余的惨叫,令人毛骨悚然,仿佛进入了地狱。

上官铁木和毕士仁冷眼察看齐北风,见他面色苍白,浑身颤抖,两人即面露喜色,有点儿得意。这两个受刑人都是冠山矿的采煤工,因为背后发了几句牢骚,被毕士仁的狗腿子听到,即被抓到宪兵队拷打,让他俩承认自己是抗日分子,还要交代同伙。两位都是正直的煤矿工人,既不是抗日分子,更没有同伙,秉性使然,又不愿意冤枉好人,所以一直喊冤枉。抓到齐北风以后,毕士仁听到他和侯老二的对话,知道他确实是共产党抗日分子,一定

253

知道梨平镇和冠山矿地下党组织的不少事情。但让共产党人跟他们同流合污不容易。所以，他要在齐北风身上下足功夫，千方百计撬开他的口。

毕世仁先让侯老二以朋友的身份关心照顾，套出齐北风的身份和真心话。为了试探齐北风是不是硬骨头，他向上官铁木献计，决定把王小余这两个人作为靶子，严刑拷打给齐北风看，试探齐北风的反应，然后根据情况再决定下一步的计划。如今看到齐北风的表情，发现他是个软骨头，即同上官铁木耳语，决定再演一场戏。

上官铁木命令宪兵和警察把王小余拖出刑讯室以后，高声喊道："带齐北风！"

两个警察即扯着齐北风往十字架旁走，齐北风脸上滚下豆大的汗珠，双腿发软，裤裆洇湿了一大片，两个警察正要将齐北风往十字架上捆绑，侯老二冲进刑讯室，扑通跪在上官铁木和毕士仁面前，为齐北风求饶道："毕队长，北风刚做完手术，经不起大刑，你跟上官太君求求情，让我把他领回去，再开导开导他，也许能回心转意！"

毕士仁跟上官耳语一番后，对侯老二道："老二，上官太君说了，看在你们是朋友的面子上，暂时可以让你把他领回去养伤，劝他和太君合作。"停了一会儿，他又交代道，"老二，这件事我是担着很大风险的，你陪齐北风养伤期间，一定要绝对保密，如果不小心走漏了风声，让共产党地下组织救走了他，你我的脑袋可就难保了！"

侯老二装作十分感激的样子说道："谢谢太君和毕队长，小的明白，一定不让任何人知道！"说完，站起来扶着昏昏沉沉的齐北风走出了刑讯室。

上官铁木对毕士仁夸赞道："毕队长，你这个安排不错，我看齐北风这小子是个软骨头，早晚会跟我们合作的！"

毕士仁谦卑道："谢谢上官太君的信任和栽培，其实，这都是太君你的计谋，鄙人不过是依太君之计行事而已！"

原来，安排齐北风观看刑讯逼供和侯老二求情都是上官和毕士仁事先安排的。两人还有一个更阴险的打算：毕士仁认为，像侯老二这样的人，只能在外围打探点儿信息，很难得到共产党内部的核心机密。如果让齐北风重新混入共产党的地下组织，可能会得到更有价值的情报。所以就商定了欲擒故纵的策略，先下功夫把齐北风这条狗喂熟，然后再放回去咬人。上官铁木知道，毕士仁是日本人的忠实走狗，他不仅要让毕士仁在齐北风身上做好文章，还希望他在另一条线上打开缺口。

所以，夸赞毕士仁之后，又问道："毕队长，在清理被打死的那些人的尸体方面有没有什么新发现？"

毕士仁道："太君，从那些尸体上看，参加抢夺军火的人主要是两部分，一部分是聚友酒馆的工人，另一部分是冠山煤矿的工人！"

上官道："聚友酒馆的工人肯定是杜勇的同党，听说杜勇受了重伤，被游击队救走了，目前生死不明，酒坊工人的尸体也无人来认领，这条线索暂时先放一放；但冠山煤矿工人这条线索还是有追查价值的，你准备怎么办？"

毕士仁道："太君高见，我已经命令矿卫队的人在暗中查访，看看死的这几个煤黑子到底归哪个把头所管，然后再查这个把头的背景！"

上官铁木道："单是这样还不行，即使知道死者归谁所管，对方如果推脱说不知道这些人去抢军火，又死无对证，你该怎么办？"

毕士仁道："那就大刑伺候，不怕他不承认！"

上官铁木摇摇头道："这当然是个办法，但如果再有旁证，事情就好办多了！"

毕士仁回应道："太君英明，只要齐北风能开口，就是最好的旁证！"

上官铁木道："齐北风这个人，不仅是重要旁证，如果能让他重新混入共产党的地下组织，对我们获得共产党地下组织的情报，将他们一网打尽就更容易了。所以，你告诉侯老二，一定要做好齐北风的工作！"

毕士仁道："是，请太君放心！"

抢夺军火行动失败，梨平镇和冠山矿包括杜勇在内的二十多名共产党员和积极分子壮烈牺牲，潜伏在阳平镇王五新旅部的地下党党员齐北风失踪，上级党组织立即派李子君以皮货商为掩护，负责中共梨平镇区委的工作。李子君到任后，立即秘密召集冠山矿党支部的朱奇山、张大闯、孟吉庆、高兴旺、杜梅、杜龙彪、赵铁柱几位地下党员在兴源号皮货店开会，了解情况，分析失败的原因，安排下一步的工作。

朱奇山首先发言，他说："俺觉得，抢夺梨平镇军火的失败，主要原因是轻信了齐北风的情报，中了敌人的圈套。我认为杜勇同志和齐北风的身份已经暴露，杜勇同志已经牺牲，但敌人以为他是被游击队救走的，暂时不会深追。现在最危险的是齐北风，俺觉得他可能已经落入梨平镇宪兵队手中，情况如何不好判断，同他有工作关系的同志应当尽快撤离。"

孟吉庆道："俺同意朱奇山同志的分析，现在应该通过多种渠道弄清齐北风的情况，以便采取果断行动！"

高兴旺道："杜勇同志身份已经暴露，龙彪和赵晨同志有可能成为敌人抓捕的对象，我认为组织上应当安排这两位同志撤离。"

杜龙彪道："我父亲的身份虽然暴露了，但我们党内的规矩敌人是清楚的，就是上不传父母，下不传妻儿，这次参加抢夺军火的行动，俺没有暴露，赵晨没有参加，过去俺一直在矿上当电工，赵晨在酒店帮忙料理杂务，没有任何把柄落在敌人手中，他们虽然怀疑，但没有证据，他们要抓俺俩，俺一口咬定说老人的事，俺根本不知道，他们也没办法！"

张大闯道："俺认为龙彪同志的分析也有道理，现在就撤离，等于说是此地无银三百两，反而不好。为了迷惑敌人，俺建议龙彪夫妇和铁柱两口子应当以亲人的名誉发一个寻父启事。这样有两个好处：一是合情合理。父亲失踪了，作为子女如果无任何举动，不合情理，容易引起敌人的怀疑。二是可以解除对杜家子女的怀疑。一纸寻父启事，说明杜勇的所作所为子女确实不知道，这样比撤离更主动！"

赵铁柱道："大闯叔的主意好。不过，俺还有个担心，参加抢军火行动的，有奇山叔和闯叔名下的几位矿工，敌人会沿着这条线索查到两位的头上，那时该如何应对？"

朱奇山道："这个俺也想到了，俺只能说不知道，大不了论俺个失职罪，也不能把俺俩怎么样！"

杜梅摇摇头道："俺觉得，事情恐怕不会那么简单！"

众人畅所欲言，李子君简短总结道："我刚到任，知道的情况不多，从大家的发言中，我觉得当前最重要的是做好这么几件事：第一件事，由我请示上级组织通过内线弄清齐北风的情况，做好应对措施；第二件事，我同意大闯同志的意见，龙彪同志要以家人的名誉写个寻父启事，广为张贴，还要登在《东安报》上，这期间，酒店照常营业，并派人打探父亲的下落，迷惑敌人；第三件事，安排与齐北风有工作联系的同志做好撤离准备，鉴于地下工作是单线联系，这件事由我同有关同志个别商定；第四件事，没有弄清齐北风的情况之前，暂时停止一切活动，提高警惕，静观其变。"

散会之后，赵铁柱、朱奇山和张大闯留下来，赵铁柱首先向李子君汇报了杜菊的情况。赵铁柱道："岳父杜勇同志生前，曾安排杜菊到王五新家以家庭教师的名义卧底，为党组织搜集军事情报。东安战役的胜利，黄泥岗战斗日伪军的惨败，都有杜菊同志的功劳。因为是单线联系，此事只有岳父和俺知道，但传递情报是由齐北风负责。这次抢夺军火行动失败，齐北风身份暴露，为稳妥起见，是否应尽快通知杜菊同志做好撤离准备！"

李子君道："这件事很重要，我建议你通知杜菊同志以身体不适为由，辞去家教回婆家暂避！"

赵铁柱点头同意，对朱奇山和张大闯道："叔叔，俺这就到阳平镇通知杜菊，再见！"

赵铁柱走后，朱奇山对李子君道："李书记，有一件事，俺和大闯私下已商量过，现在向你汇报，征求你的意见！"

李子君道："什么事，说来听听！"

张大闯道："俺想和奇山大哥演一场苦肉计！"

李子君道："什么苦肉计？你俩得细细讲讲！"

朱奇山道："会上，铁柱同志曾说，宪兵队和警察局可能顺着牺牲矿工的尸体这条线索查到俺和大闯身上，俺认为他说得有道理。为了让大闯做卧底为党工作。俺想让大闯告发俺与抢军火案有关，这样大闯可以继续取得敌人的信任，仍然以把头的身份暗中为党工作。"

李子君沉思良久，摇摇头道："那样的话，你呢，不仅要受皮肉之苦，还可能有生命危险！大闯呢，那可要背上叛徒的恶名，挨众人唾骂，受不白之冤！这样的代价太大了，我不同意！"

朱奇山道："这个结果俺俩都想到了。但是，要革命，就会有牺牲，为了把日本鬼子赶出东北，赶出中国，为了革命的胜利，吃苦受罪，坐牢杀头，俺不怕！"

张大闯道："俺想让奇山大哥告发俺，把他保护下来，他不同意。他说，让自己人误解，挨骂甚至挨打，并不比杀头坐牢好受，不让俺同他争！"

李子君心情沉重，一言不发，良久，他下决心道："你俩的心意我明白，但我的意见，不到万不得已，我们还不能走这步棋！"

朱奇山和张大闯一起问道："那，你说该怎么办？"

李子君道："我认为，大闯给龙彪出的那个主意，奇山同志也可以试试！"

张大闯附和道："俺也同意李书记的意见！自己属下十几个工人失踪了，作为主管把头一点儿举动都没有，很不正常，更容易引起敌人的怀疑。莫不如也写个寻人启事，说明自己属下的十几名矿工失踪了，有知其下落者，可告知咱俩，必有重谢。这样，不仅可以把咱俩择出来，如果宪兵队和警察局让去认尸，咱们可以大摇大摆地去认，还可以把这些牺牲同志的尸体领回家安葬！"

朱奇山插话道："这倒是个好主意。俺还建议，杜龙彪除了以家属的名义发寻父启事外，还可以以聚友酒店的名义发寻找酒坊失踪工人的启事，表明父亲和酒坊工人的事，龙彪和家人一概不知，敌人没有证据，也不能把龙彪他们怎么样。"

李子君道："这个办法好，可以试试，看看敌人的反应。正如奇山所说，虽然不能解除敌人的怀疑，但如果他们没有证据，也不敢轻易抓人！"

侯老二把齐北风安排在梨平镇外一个偏僻小村租用的房间里，对外说是自己的一个远房亲戚，因被野兽所伤，暂时在这里养伤。清醒后的齐北风眼前仍然晃动着中年人和王小余受刑的情景，血肉模糊的身体，绝望的惨叫，让他心有余悸，脑子里乱哄哄的，一言不发。侯老二关心地问道："北风，伤还疼吗？"

齐北风仍不吱声。侯老二小声道："北风，想什么呢，怎么不吱声？"

齐北风睁开双眼，泪流满面，哽咽着说："侯哥，今天多亏你求情，不然北风就惨了！"

　　侯老二道："是啊，你看受刑的那两个人，多可怜，我能让你遭那个罪吗？"

　　齐北风悲哀地说："不过，躲过了初一，躲不过十五，说不准哪天就轮到我了！"

　　侯老二安慰道："别想那么多，先安心养伤吧！"边说边扶齐北风坐起来，然后又倒杯水递给他道，"喝口水，压压惊！"

　　齐北风接过水杯，叹口气，边慢慢饮水，边想心事。

　　"咚！咚！咚！"屋里传来轻轻的敲门声，侯老二问道："谁呀？"

　　"是我，秀姑！"门外传来清脆的女人的声音。

　　"来了！"侯老二边答应边开门。进来的是一位二十二三岁的少女，齐北风瞟一眼少女，见她身材苗条，穿粉红色旗袍，白色高跟鞋，脸上薄施宫粉，白里透红，一股淡淡的幽香沁人心脾。未等秀姑说话，侯老二介绍道："北风，这位是我表妹安秀姑！"又指着齐北风对安秀姑道："这是我的好兄弟齐北风！"

　　齐北风连忙放下水杯，脸色微红，动了动身子道："不、不好意思，我、我失礼了！"

　　安秀姑轻声笑道："齐哥别客气，你不是有伤在身嘛！"

　　侯老二也微笑道："自家人，没那么多说道，秀姑，你也坐！"

　　安秀姑坐在旁边的椅子上后，侯老二对齐北风道："北风，哥跟你说实话，俺本想跟你一起逃走，但你嫂子和孩子还在毕士仁手上，没有办法，暂时只能这样，等你伤好以后再想办法，我先上班，顺便打探点儿消息。今后几天，就由秀姑照顾你，我隔三岔五来看看你！吃的、喝的、洗漱用品和枪伤药我都准备好了，你只管好好养伤就行了！"又对安秀姑道："妹子，北风就交给你了！"

　　齐北风十分激动地说："谢谢哥，想得这么周到！"

　　其实，安秀姑是梨平镇一家妓院的妓女，侯老二是她的嫖客。两人来往次数多了，自然关系也不一般。经多方调查，知道齐北风家在关里，父母双亡，为生活所迫当了兵。虽然已到了结婚的年纪，但一个穷当兵的，无权无势，娶妻生子之事也只能望洋兴叹而已。毕士仁和侯老二觉得这是一个突破口，于是威逼利诱让安秀姑以侯老二表妹的身份照顾齐北风，如能用女人的手段说服齐北风同毕士仁合作，事成之后，可以让其从良。这样，安秀姑就带着任务到了齐北风身边。

　　安秀姑对齐北风的关心照顾，可以说无微不至。除了喂水喂饭吃药擦身甚至端屎端尿外，还经常嘘寒问暖、交流情感。光棍儿齐北风第一次如此近距离感受到女性的温柔,他有种说不出的舒心感。

特别让他感动的是,晚间,齐北风让她回家休息,她娇羞地说:"俺走了,晚上拉屎撒尿谁管你?"由于只有一张床,齐北风要睡地上,她坚决不答应,还生气地说:"你一个伤病人,怎么能让你在地上睡,别争了,俺在椅子上或床边睡就可以了!"果然,第一天夜里,她在椅子上趴着对付了一宿。

孤男寡女独处一室,一个有意勾引,一个春心萌动,时间一长,很快打破了男女之间的腼腆,两人变得亲热起来,话匣子自然也就打开了。开始,你一言我一语问起了对方的籍贯、家庭等情况,当齐北风说到自己是独身时,事前已知情的安秀姑装得很随意的样子明知故问道:"齐哥,你现在还没有媳妇啊?"

齐北风叹口气道:"像我这种人,别说媳妇了,连个相好的女人都没有哇!"

安秀姑道:"齐哥怎么说泄气话呢,你怎么了,七尺高的汉子,有模有样的壮小伙儿,怎么会娶不到媳妇呢?"

齐北风一副怨天尤人的样子道:"当然了,从外表看,俺哪样也不差,可是,俺一个当兵的,不仅无权无势,还东奔西跑,提着脑袋过日子,谁家的姑娘敢嫁给俺这样一个丘八!现在,俺又摊上官司,别说娶媳妇了,恐怕连命都难保呢!"

安秀姑装作很同情的样子道:"齐哥说的也是。妹子问一句不该问的话,你摊上什么官司了,能跟妹子说说吗?"

齐北风沉思了一会儿,装出一副豁出去的样子道:"我和妹子虽然初次相识,你对我又这么好,还和侯哥是亲戚,我也就不瞒你了!实话跟你说吧,我是共产党,还参加了抢夺梨平镇警察局军火的行动,大腿上这一枪就是在抢夺军火的战斗中负的伤。你说,像我这样的人,还有活命吗,还有人敢嫁给我吗?"

安秀姑装作十分惊讶的样子道:"啊,这可真是摊上大事了!"停了一会儿,安秀姑转换话题道,"齐哥,你说,人活一辈子,到底是图个啥?"

齐北风道:"妹子,这可是个大题目,你怎么问起这个来?我是个快要死的人了,没资格想这个问题,还是妹子先说说,我饱饱耳福!"

安秀姑道:"俺一个妇道人家,说得不对,哥别笑话。要俺说,人分九等,各有各的活法,像你我这样的平头百姓,男的呢,娶个好媳妇,女人呢,嫁个好丈夫,有房子,有土地,衣食无忧,夫妻欢乐,上敬父母,下养子孙,中和邻里,平平安安,欢度一生也就知足了!国家大事,那是大人物考虑的事,像咱们这样的小人物,用不着操那份心!"

齐北风摇摇头道:"妹子说得我不敢苟同,天下兴亡匹夫有责,我们虽然是小人物，但也有责任为国家的富强，为把日本鬼子赶出中国尽一份责任。如果都只顾自家的平安幸福，不管国家大事，不奋起抗日，让日本鬼子在咱们的国土上横行霸道，国将不国，个人想平平安安欢度一生也不可能！"

安秀姑道："哥说得也有道理。不过，中国有句古话说'识时务者为俊杰'，对咱们个人来说，还要审时度势，选择好自己该走的路。就当前情况看，俺看共产党也是瞎折腾，张少帅几十万大军都不敢跟日本人干，退关里了。就凭共产党抗联那点儿实力，跟日本人作对，还不是鸡蛋碰石头，自己作死！如果跟着共产党抗联干，像你现在这样的处境，小命都难保，这一辈子不是白来世上走一回嘛！常言说，'人活一世，草木一秋'，人这一辈子青春年少就二三十年，抓住了，就快活二三十年，抓不住，就白活了！齐哥，你得好好想想。"

听了安秀姑的一席话，齐北风没有吱声。安秀姑见齐北风不说话，知道自己的话起了作用，于是接着道："齐哥，你糊涂呀，你怎么能跟共产党抗联瞎闹腾呢，像你这样的人，如果不是共产党，说不准姑娘都抢着嫁给你呢！说句不害臊的话，如果你不跟共产党抗联干，俺都会相中你呢！"

齐北风无可奈何地说："现在讲这话还有什么用，我不是已经是共产党了吗，还能怎么办？"

安秀姑摇摇头道："那也不见得没办法，就看你怎么选了！"

齐北风道："还能怎么选，难道让我当叛徒？"

安秀姑道："要俺说，齐哥你也别那么死心眼儿，人活着得为自己多想一想，什么叛徒不叛徒的，那是共产党的说法。历史上，因重新选择自己的路而获得荣华富贵的大有人在，比如大清王朝的洪承畴，原本是明朝的大官，后来投降了清朝，照样高官厚禄，不仅没有谁说他是叛徒，还青史留名呢！"

齐北风惊奇道："秀姑啊，你不简单呀，知道得还真不少呢！你让哥好好想想！"

安秀姑道："俺知道得不多，不过都是大实话。其实，你也不用多想，譬如走路，第一次不知情，走错了，后来一打听，知道错了，然后按知情人的指点，折回来，走上了正道，不就行了嘛！"

齐北风苦笑道："秀姑啊，你说得太轻松了，这可不像走路，错了，折回来，重新走就行了。这是政治斗争，非常残酷，不是说你不想跟共产党干就行了，你得交代你的同伙、上下级，那可是出卖同志，要出人命呢！我不能干那种丧良心的事！"

安秀姑道："俺是一个妇道人家，不懂什么政治不政治的，俺就知道人活一世，草木一秋，像咱们这样的年纪，正是青枝绿叶、花朵盛开的时期，不抓住这样的青春期，好好享受享受，过几天舒心日子，那可是白活了！"

齐北风道:"我知道你是为我好,也想趁青春年少过几天舒心日子,可是,难啊,不好办哪!"

安秀姑道:"齐哥,俺知道你是一个有良心的人,不愿出卖同事。要不俺跟表哥说说,再让他跟那个上官和毕队长求求情,看看能不能有别的办法?"

齐北风愁眉苦脸道:"妹子,你是一个好姑娘,这几天你对哥的关心照顾我都记在心里了。我实在不想让你再为哥去低三下四求情说小话儿了,我觉得,哥这事难哪!"

安秀姑装得十分同情的样子走过去安慰道:"齐哥,你也不要把事情想得那么复杂,只要你能跟共产党脱离关系,俺想出路还是有的!"边说边温柔地帮齐北风擦脸梳头,并装得有些羞答答的样子道,"齐哥,这几天,俺跟你在一起,觉得你是个好男人,俺打心眼儿里喜欢你,俺真舍不得你有个三长两短!再说了,这么长时间,咱俩孤男寡女独处一室,屯子里的人会怎么看啊,说不准还以为咱俩是夫妻呢!"

齐北风见安秀姑这么说,一时忘掉了自己的身份和处境,便大着胆子喘着粗气道:"秀姑,我也喜欢你啊,我恨不能现在就跟你做夫妻呢!"

两人靠在一起,亲热了好长时间,齐北风突然如梦方醒,轻轻推开安秀姑,叹了口气,又沉默起来。安秀姑皱着眉头问道:"齐哥,你又怎么了?"

好一会儿,齐北风才慢吞吞道:"妹子你说要让你表哥为我的事向上官和毕队长求情,你表哥真的有那么大的面子吗?"

安秀姑舒展眉头,爽快地说:"齐哥,事到如今,俺也不瞒你了。其实,俺表哥不是一般人,他是替日本人做事的,他跟毕士仁的关系也不一般!"

齐北风恍然大悟道:"啊!你这么说,我明白了,你让我好好想想。"

军火抢劫案发生的第三天,梨平镇的大街小巷贴出了不少寻人启事,一则是寻父,上写:"家父杜勇,私自外出,三日未归,有知其下落者,请告知其家属子女,必有重谢!落款是:子杜龙彪、女杜菊,康德九年十月五日。"

另一则是寻工人启事,上写:"兹有本店工人张有仁、杜春山、赵志礼、王学武、刘根民、秦建国等六人失踪多日,有知其下落者,速告聚友酒店账房,十分感谢。落款是梨平镇聚友酒馆。康德九年十月六日。"

与此同时,冠山煤矿工人村、家属区也贴出了一则寻人启事,上写:"现有冠山炭矿株式会社二井姜正林等十六名工人请假外出,至今未归,如不按时归队,即按规定除名。有知其下落者,请告知矿二井把头朱奇山、张大闯,谢谢好心人配合。落款是朱奇山、张大闯。康德九年十月六日。"

这些启事的出现,引起了上官铁木和毕士仁的关注。上官铁木对毕士仁道:"毕队长,你对这些启事怎么看?"

毕士仁冷笑道："依我看，这有可能是主使者在推卸责任，撇清自己和抢军火案的关系，说不准这是在贼喊捉贼！"

上官铁木道："用你们中国话讲，叫'此地无银三百两'，我看启事的发布者很可能就是军火抢劫案的主使人和参与者，干脆把他们抓起来算了！"

毕士仁道："太君高见，我同意这个判断。不过，恕我直言，现在把他们抓起来，为时尚早！"

上官铁木有点儿不高兴，道："你的，什么意思？"

毕士仁赔笑道："太君，如果他们真是幕后指使人和参与者，那肯定是共产党死硬派，只靠推理，没有证据，你就是打死他们，他们也不会承认！"

上官铁木没有吱声，毕士仁进一步解释道："太君，按照共产党地下组织的规定，对于党的机密，那是上不传父母，下不传妻儿，所以，对杜龙彪和杜菊来说，杜勇的行动，也许他俩真的不知道，就是知道，他们也不能承认，没有证据，你拿他们也没办法！因为工人失踪的事抓把头，让他承认是军火案的指使人，那更不可能，因为，边城地区的工人流动性很大，说请假或干脆不辞而别是常有的事，所以，没有证据，他们绝对不会承认。如果他们一口咬定说不知情，那咱们就被动了！"

上官铁木生气道："那、那就统统死了死了的！"

毕士仁仍然赔笑道："太君，依鄙人之见，咱们先不忙抓人。说老实话，他们这些人的命不值几个钱，想让他们死很容易，咱们随时可以动手。但是，要想破获梨平镇和冠山矿共产党的地下组织，还真得费一番周折，得耐着性子！"

听了毕士仁的解释，上官铁木点点头道："你说得有些道理，依你之见，我们该怎么办？"

毕士仁道："中国有句格言叫'以其人之道，还治其人之身'，他们不是寻人吗，那咱们也可将计就计，写个认尸广告，告诉他们，有数十名共产党和抗日分子，在抢夺梨平镇警察局军火中被皇军打死了，皇军本着人道主义精神，请死者家属前来认领，皇军保证不牵连家属，并保证家属安全！看看他们敢不敢来认领，都是哪些人来认领。然后再做打算！"

上官铁木竖起大拇指用日语夸奖道："吆西！吆西！不过，咱们不要说是共产党和抗日分子的尸体，只说是无名尸体即可！"

毕士仁恭维道："太君高见！"

紧接着，一则以梨平镇警察局名义发布的布告贴在了梨平镇和冠山矿的大街小巷，内容是警察局大院有二十多具无名尸体，希望家属和相关人见到布告后当日即前来认领，逾期尸体将全部火化。

看到布告之后，李子君立刻召集朱奇山、张大闯、杜龙彪、孟吉庆、赵铁柱等几位党员开会，商量对策。李子君道："同志们，这显然是敌人看到我们发出的寻人启事后采取的对策，这招儿很损，是放线钓鱼，引我们上钩，大家看咱们该怎么办？"

朱奇山道："即使是敌人的圈套，我们也要去认领，不然人家会反过来抓我们的把柄，认为我们的寻人启事是虚的，是为了撇清跟军火案的关系！"

杜龙彪道："但是，如果我们去认领，敌人有可能公开抓捕我们，说我们是军火案的同伙，这不等于钻进了人家的圈套吗？"

李子君道："不去认领和去认领都会有风险，但两者权衡取其轻，我们还得从这两种办法中选择一种风险较小的办法，大家说对不对？"

众人都沉默不语，心里各自琢磨着破解的办法。良久，张大闯慢条斯理地说："俺的意见，还是要去认领，自己同志的尸体不能眼睁睁看着不管。敌人这招儿虽然很损，但也给我们创造了合理合法认领亲人尸体的机会，这个机会不能轻易错过！"

孟吉庆道："是啊，这的确是认领和安葬同志们遗体的好机会，但是，敌人是不是真的保存着同志们的尸体，会不会已经毁尸灭迹了，看到咱们的寻人启事后，来个将计就计，引我们上钩，那样的话，去认领尸体可就太危险了！"

朱奇山道："主要人物没有抓到，敌人毁尸的可能性不大，他们还要利用尸体做文章呢！俺同意大闯的意见，这个机会不能错过。问题的关键是如何破解敌人的损招儿，既能把同志们的尸体领回来安葬，又能避免危险！"

张大闯接过朱奇山的话头道："俺倒是有个主意，不知道行不行？"

众人插话道："不管行不行，你先说出来，让大家参谋参谋，说不准还真是个好主意呢！"

张大闯道："那好，简单地说，俺的主意叫'乱中取胜'，具体点儿说，就是咱们要利用各种关系把家属和职工动员起来，约定在黄昏期间一起拥到警察局大院，男女老少，哭着喊着，有认尸的，有围观的，闹哄哄地乱起来，又是在晚上，警察和宪兵也认不清人，不大好抓捕，我们趁乱把尸体抢走不就行了嘛！"

听了张大闯的话，大家齐声兴奋地说："乱中取胜，好，好主意！"

李子君高兴地说："好，咱们就这么办！不过，我还要补充两句，一是人员要分散、隐蔽，动手抢尸体之前，不能让警察局发现。二是集合时间定在下午五点，这期间，警察宪兵可能正在用晚餐，天快黑下来，敌人也不易辨认。另外，党员中，朱奇山和杜龙彪可以去，其他人可以做发动工作，认领和抢尸体不要露面！"众人点头道："好！"

散会之后，朱奇山、杜龙彪和几位党员分头秘密串联和动员牺牲同志的家属和亲友前去认尸，不长时间，即有近百人愿意参加。集中时间定在下午五点半，地点在警察局大院附近两处较隐蔽的地方。同时，又暗中组织了一百多名职工家属前去围观。等到约定的时间，认尸的和围观的男女老少二百多人一起拥向警察局院内的停尸场，哭爹喊儿、寻夫叫弟，闹闹哄哄地扑向尸体，看守尸体的警察不知所措，阻挡不住，慌了手脚。躲在办公楼暗中监视的上官铁木和毕士仁没有想到有如此混乱的场面，一时不知如何是好，眼见众人哭喊着将尸体抢走，急忙召集警察宪兵抓人，面对闹哄哄的场面和一片黑暗，只好漫无目的胡乱抓了包括朱奇山和杜龙彪等十几个人关进了监狱。

　　当天晚上，上官铁木和毕士仁组织审讯，但任凭你软硬兼施，抓到的家属都说是看到认尸布告以后，互相串联，约定到警察局大院认尸，没有想到警察还抓人。再问其他，便是一问三不知。看看没什么价值，只得无可奈何地放人。剩下朱奇山和杜龙彪，上官铁木厉声问朱奇山："朱把头，你知道为什么抓你吗？"

　　朱奇山苦笑道："太君，俺不知道为什么！"

　　上官冷笑道："朱把头，你的，不要装糊涂，那十几名煤黑子是不是在你的管辖之下？"

　　朱奇山道："是啊！"

　　上官铁木道："他们抢劫军火是不是你安排的？"

　　朱奇山装作十分惊讶的样子回应道："太君，你这是什么话，俺朱奇山从到冠山矿以来，就兢兢业业为矿上办事，还到齐鲁为矿上招了二三百名工人，皇军到冠山矿以后，俺领着工人白天黑夜忙活，为多出炭支援圣战出力，怎么可能派工人去抢夺军火！"

　　毕士仁插话道："那你为什么也来认尸？"

　　朱奇山坦然道："毕队长，俺名下的十几个工人，跟俺说有事请一天假，可是到现在也没有回来，家属闹着找俺要人，没办法俺才发了寻人启事，看到警察局的认尸布告以后，俺怀着一线希望想看看尸体中有没有俺名下的工人，没想到有那么多人都来认尸，天那么黑，没等辨认，就被抓起来了！"

　　毕士仁道："他妈的，你说得好听，为什么不早点儿来，单等天黑了才来！"

　　朱奇山显得无可奈何的样子道："毕队长，俺不是跟你叫苦，俺名下二三百号人，生产、安全和琐碎事一大堆，好不容易忙活完，没想到天就黑了，俺这才赶过来认尸。"

　　朱奇山说得滴水不漏，上官铁木和毕士仁便没再吱声。又走过来问杜龙彪，杜龙彪哭咧咧道："俺爸失踪好几天了，俺贴出了寻父启事，也没有一点儿信息，看到警察局的认尸布告，俺抱着撞大运的心理来警察局试一试，不承想，没看到俺爸的尸体就被抓起来了，俺可是倒霉透了！"

上官铁木和毕士仁觉得眼前发生的事很蹊跷，明摆着有幕后人组织，但却找不到任何证据，眼前这两个人嫌疑最大，可人家说得振振有词，合情合理，暂时也找不到漏洞。鉴于朱奇山和杜龙彪一个是把头，一个是酒店老板的儿子，身份比较特殊，也不可无端扣留。二人耳语一番后，便决定先放人，然后再暗中监视，有了证据，再进行抓捕。

地下党组织怕夜长梦多，当天后半夜，李子君即带领地下党员和积极分子秘密安葬了十几位牺牲同志的遗体。

## 六

侯老二在军火案中立了功，受到了主子的奖赏。上官铁木把梨平镇一个逃跑官员丢弃的宅子赏给他居住，毕士仁让他当了矿卫队的小队长。一天，侯老二约安秀姑到自己的新宅院，亲热一番之后，他问安秀姑道："秀姑，这一段你和齐北风在一起，他的情况怎么样啊？"

安秀姑道："北风的枪伤基本好了，要不要跟皇军合作的事，好像还在犹豫！"

侯老二有点儿酸溜溜地说："北风，北风，叫得怪亲热的嘛，这一段你们孤男寡女独处一室，没做什么出格的事？你不会真的喜欢上他了吧？"

安秀姑有些不高兴道："哟，不是你让俺和他亲近吗，怎么还吃醋了？俺是你什么人，喜欢不喜欢，你管得着吗？再说了，不是你让俺用女人的手段感动他吗，俺要是冷冰冰的，能套出人家的真话吗？"

侯老二轻轻拧一把安秀姑的脸蛋笑道："开个玩笑嘛，还真生气了？你说齐北风还有些犹豫，他犹豫什么，有何顾虑？"

安秀姑道："他说，真要是合作，就得把他知道的共产党地下组织的情况供出来，那自己的同志就要人头落地啊，他良心上过不去！"

侯老二讥讽道："这年头，良心值几个钱，我看他不是良心上过不去，他是怕共产党锄奸队要他的命！这边怕不合作日本人要他的命，那边又怕跟日本人合作共产党不放过他，想两头装好人，哪有这种好事？"

安秀姑道："俺看他也怪可怜的，要是你，你该怎么办？"

侯老二又有点儿吃醋的样子道："还能怎么办？要么为共产党保守机密，做个铁杆共产党去死；要么跟日本人合作，效忠皇军，升官发财。必须二者选一，没有别的出路！你要是可怜他，就把我说的话告诉他，劝他同日本人合作！"

安秀姑道："侯哥，俺就把你说的话告诉他，俺觉得他还是能够跟你们合作的！"停了一会儿，安秀姑又试探地问侯老二，"侯哥，你说俺要是把这件事办成了,你就让俺从良,这话还算不算数?"

侯老二笑道:"算数,你要是能劝说齐北风同意跟皇军合作,我就答应你从良,从良后嫁给我怎么样?"

安秀姑没有吱声,心中暗想:你一个快四十岁的半老头子,又是个大烟鬼,俺才不嫁给你呢!心里虽然这么想,但嘴上却不敢直接说不同意,所以没有吱声。沉默了一会儿,婉转地说道:"侯哥,不,应该叫侯叔了,你是毕队长的红人,有钱有势,前途光明,俺一个窑姐,配不上你!"

侯老二觉得安秀姑是嫌自己岁数大,不愿意嫁给自己。暗想,在妓院那种地方,她不得不伺候自己,如果从良,有了选择的余地,当然就不愿意嫁给一个比自己大二十多岁的人了,齐北风是个不到三十岁的人,长得又比较帅,说不准是假戏真做,安秀姑真的有点儿喜欢上他了。想到这里有点儿醋意地对安秀姑道:"你也别说什么配得上配不上的话,恐怕还是嫌弃我岁数大了吧?"

安秀姑连忙赔笑道:"侯叔想哪去了,俺说的是实话!"

侯老二知道此事不能操之过急,于是也换了副笑脸道:"咱们先不说这个私事了,还是说说怎么样让齐北风跟皇军合作的事吧!上官太君和毕队长还急等回信呢!"

安秀姑道:"侯叔也别太着急,齐北风说让他再考虑考虑,依俺看,他思想已活动了,俺再给他加把火,这事能成!"

侯老二笑道:"英雄难过美人关,成不成就看小美人你了!"

不长时间,安秀姑兴高采烈地告诉侯老二,说齐北风答应合作了,也愿意交代他所知道的情况,但就是担心如果共产党知道他是叛徒,会给自己带来生命危险,希望能保证他的生命安全。

侯老二把这个消息报告了毕士仁,毕士仁当即单独会见齐北风。他微笑着对齐北风道:"北风,恭喜你选择了正确的道路!"

齐北风哭丧着脸道:"也没什么可恭喜的,我这也是无奈的选择!"

毕士仁道:"别死心眼儿,从现在的局势看,不仅东北,恐怕整个中国都要是日本人的天下了,你选择跟皇军合作,不是无可奈何,而是前途光明!"

齐北风道:"但愿吧!不管怎么说,我还是要谢谢毕队长的关照,今后一定跟毕队长好好干!"

毕士仁道:"那就别客气了,先把你知道的情况都说说吧!"

齐北风道:"不过,我只是个联络员,跟我经常接触的几个人中,有在王五新旅长家做家教的杜菊,她丈夫赵铁柱,聚友酒店的老板杜勇,他们三个肯定是共产党,东安县的情报、王旅长偷袭游击队的情报,我看都是杜菊弄到的,这次抢夺军火的事,是杜勇一手组织的,我觉得他可能是梨平镇共产党地下组织的负责人。还有，朱奇山这个人身份很可疑，但我不知道他是不是共产党员，我知道的也就这些了，梨平镇和冠山矿地下共产党组织的核心机密我还不知道。"

毕士仁道："好，好，你再仔细想想，看还有什么需要交代的！"

齐北风道："毕队长，我知道的都已经全说了，请你相信我，我既然选择了这条路，就没必要藏着掖着了。毕队长，共产党的边儿我肯定不会沾，不过，我还有个请求，能不能放我远走高飞，让我跟安秀姑过几天老百姓的日子！"

毕士仁冷笑道："齐北风，你想得太天真了，只要你说的这几个人一落网，梨平镇的地下党组织就知道是叛徒出卖的，这个叛徒就是失踪的你。不管你走到什么地方，共产党都不会放过你！"

齐北风吓得脸色发白，扑通跪在地上求告道："毕队长，求求你千万不要让梨平镇的地下党知道人是我出卖的，不然的话，我的命可就难保了！"

毕士仁满脸不屑地说："齐北风，你这是干啥，怎么没有一点儿男子汉大丈夫的骨气！其实，你的身份能不能暴露，单求我不行，关键还要靠自己！"

齐北风站起来吃惊地说："毕队长，你这话是什么意思？"

毕士仁道："要想不暴露你的叛徒身份，只有一条路可走，就是你必须继续当你的共产党！"

齐北风更加吃惊道："毕队长，你、你、你这是什么意思？我已经说过以后不再沾共产党的边儿了，怎么可能还当共产党？再说，我出卖了共产党的人，成了共产党的叛徒，怎么可能再去当共产党？"

毕士仁笑道："北风，这个事我和上官太君已经合计好了，为了让你回到共产党身边，你交代的那几个共产党员，我们暂时还不惊动他们，你可以为自己编个故事，隐瞒你被捕的情况，取得地下共产党组织的信任，继续做你该做的事！"

齐北风犹豫道："那、那可能吗？一旦让他们识破，我可就完了！"

毕士仁鼓励道："北风，你别担心，这件事我和上官太君也费了不少脑筋，我们之所以暂时不动你交代的那几个共产党员，目的就是为了不暴露你的身份！只要你把受伤获救的故事编得合情合理，天衣无缝，共产党就不会怀疑你的身份，总而言之，我们已经为你铺垫好基础了，能不能暴露全在你自己！"

齐北风仍然有点儿为难道："毕队长，这件事难呀，我知道，共产党的眼睛亮着呢，他们可不是吃素的！"

毕士仁继续给他打气道："人常说，不会说谎就办不了大事。男子汉大丈夫要办大事，出人头地，就不能前怕狼后怕虎，还得会随机应变。我告诉你，安秀姑可是个美人，自古美人爱英雄，你要是个英雄，她才看得起你，你要胆小怕事，是提不起来的狗熊，恐怕她也瞧不起你，能不能嫁给你，那可就难说了。俗话说，富贵险中求，你要想升官发财，出人头地，不冒点儿风险怎么行！"

一席话说得齐北风活了心，于是表态道："那行，我也豁出去了，就按毕队长你说的干！那么，如果我取得了梨平镇地下党组织的信任，获得了一些机密，该怎么告诉你？"

毕士仁道："这好办，你还和侯老二做朋友，有什么事告诉他就行了！"

齐北风道："那好吧！不过，我受伤获救和养伤的过程可以和安秀姑合计好，让她积极配合，她的安全还要拜托队长操点儿心！"

毕士仁笑道："放心吧，没问题！"

杜菊以父亲失踪、兄嫂要她辞去家教帮着料理酒店为由回到了聚友酒馆。齐北风到聚友酒馆找到了杜菊。杜菊有些惊异地问齐北风："北风，你这一段都到哪儿去了，王旅长以为你开小差了，很恼火呢！"

齐北风用事前编好的故事糊弄杜菊道："我跟你爸一起参加了抢夺梨平镇警察局军火的行动，在战斗中负了伤，好不容易爬到树林里，躲在壕沟里挨到天亮，一位上山砍柴的姑娘看俺受了伤，就悄悄地把我背回家，她表哥帮我取出了子弹，上了红伤药，在她家养了一个多月，伤好得差不多了，又不敢回部队，听说你在聚友酒馆，我才来找你。噢，你现在不当家教了？"

杜菊道："嗯哪！俺爸……"她有点儿戒备地说，"俺爸失踪后，俺哥和嫂子要俺回酒店帮忙，再说了，俺也放心不下孩子，所以就回来了！"

齐北风装作吃惊的样子道："杜叔那么机敏，怎么会失踪呢？"

杜菊道："到底怎么回事，俺也不知道！北风，俺爸在酒店干得好好的，怎么会去抢军火呢，俺有点儿不相信，你知道是怎么回事吗？"

齐北风道："你也是在党的人了，我也不瞒你，你爸确实是跟我一起参加了抢军火的行动。不过，我觉得那次行动可能有内奸，刚接上头，宪兵和警察就开了火，四面八方到处是枪声，显然是事先埋伏好的。我跟大伙儿边打边撤，一颗子弹打中我的大腿，我就栽倒了，我咬着牙爬到树林里，看旁边有个壕沟，急忙滚进去，就昏过去了，以后的事就不知道了。你问我到底是怎么回事，老实说，我也不清楚！"停了一会儿，齐北风又装作不解的样子道，"这件事我也觉得奇怪，你爸是抢军火的负责人，他怎么会失踪呢？"

杜菊摇摇头道："你们党内的事，俺也不知道。你说俺是在党的人，其实，俺不是，俺爸的事，俺也不打听，再说了，你们在党的人有纪律，打听他也不会告诉俺！"

杜菊这样说是因为还不知道齐北风现在的情况，觉得应当把自己择出来。齐北风觉得杜菊没有跟自己说实话，仍不死心，便装作关心的样子问道："你爸失踪了，那可怎么办？"

杜菊伤心道："俺也不知道怎么办好，俺哥跟俺一起写了个寻父启事，贴到了镇里的大街小巷，可到现在也没有一点儿信息，仍是生不见人死不见尸，真是急死人！"

齐北风安慰道："你爸这个人，有勇有谋，应该不会有什么事。"

杜菊道："但愿吧，北风，你今后准备怎么办呢？还回去找王旅长吗？"

齐北风装作无可奈何的样子道："找王旅长不等于送死嘛！万一他知道我跟着抢军火的事，还不要我的命吗？"

杜菊道："那可怎么办？"

齐北风道："我找嫂子就是想让嫂子跟组织汇报一下我的情况，再听从组织的安排！"

杜菊暗想，齐北风失踪这么长时间，他说的到底是不是真话，是人是鬼还不清楚，怎么敢答应他去找组织，于是装作为难的样子道："俺倒是想帮你这个忙，可是，俺不是组织里的人，俺也不知道你说的组织是谁，在哪里，你让俺去找谁，不是嫂子不帮这个忙，实在是帮不上啊！"

齐北风见杜菊封了门，便装作失望的样子道："既然嫂子没有办法，也只好以后再说吧！"然后装作很随意的样子问道，"嫂子，你整天在酒店里忙活，孩子由谁管呀？"

杜菊也随口答道："还能有谁，一直是俺婆婆照管！"

齐北风约侯老二到小酒馆会面，两人坐下之后，侯老二见齐北风无精打采的样子，装作十分关心的样子问道："北风，怎么无精打采的，是不是没有接上头？"

齐北风道："头倒是接上了，可是什么有用的信息也没有，人家好像对我有戒备似的！"

侯老二安慰道："老弟，这事不能着急，得有耐性。你失踪这么长时间，人家怀疑你，不敢跟你说实话，这很正常，越是这样，越要沉住气，小心应对，干咱们这一行，稍不注意，露出了破绽，那麻烦可就大了！"

齐北风也换上一副笑脸道："谢谢老兄的指点。哥说的是，我今后注意点儿就是了！"然后转换话题道，"哥，你看我和秀姑两个人，孤男寡女在一起这么长时间，现在是不是该有个说法了？"

侯老二板着脸道："你想要什么说法？"

齐北风红着脸道："我想跟秀姑成为名正言顺的夫妻！"

侯老二暗自生气，这两个狗男女果然处出感情了。他娘的，癞蛤蟆想吃天鹅肉，也不看看自己是什么身份，还想夺我的小美人！但这时，还得靠这小子弄情报，还不能跟他翻脸。于是冷着脸道："我说北风兄弟，你跟秀姑的事也不能性急，你想啊，你现在虽然被放出来了，可是寸功没有，就想着个人的私事，毕队长那里该怎么看你。再说了，你现在房无一间，地无一垄，连个正当职业都没有，秀姑能嫁给你吗？依我看，你俩现在先这么处着，等你立了功，翅膀硬了，再明媒正娶也不迟呀！如果怕两人在一起旁人说闲话，我让秀姑先回家住一段，避避嫌也好！"

齐北风想想自己的处境，觉得侯老二说得也有几分道理，于是闷声闷气地答道："那好吧！"

杜菊把见到齐北风的情况向李子君做了汇报，请示下一步的行动。李子君觉得齐北风失踪一个多月，现在突然出现，并要求跟组织见面，有不少疑点，在抢夺军火行动失败的原因没有弄清楚之前，还不能轻易相信齐北风的话，但又不能置之不理。于是跟杜菊商定，暂时让齐北风去找朱奇山，安排他到二井当工人，一边秘密监视他的行踪，一边调查他在抢夺军火中扮演的角色，弄清他是人是鬼的情况之前，不仅不让他参加党组织的任何活动，还要提醒党员和积极分子保持警惕，注意其言行。

按照李书记的指示，杜菊约见齐北风，并对他说："北风，俺跟你说过，俺也不是你们组织里的人，实在帮不上你的忙。这样吧，好在俺家铁柱在二井上班，他和朱把头比较熟，俺让他跟朱把头说说，你暂时到二井当工人怎么样？"

齐北风寻思，他妈的，我在王旅长那里当事务长，吃香的、喝辣的，还不出什么力，现在让我去当煤黑子，亏你想得出。心里这么想，嘴上却以商量的口吻对杜菊道："嫂子，你知道，我在部队上当事务长，也没干过什么重活儿，而且大腿上的伤还没有好，井下的活儿我怕干不了。嫂子能不能跟老板说说，让我到聚友酒馆管点儿事！"

杜菊暗想：聚友酒馆是地下党组织的联络站，在齐北风的身份没有弄清楚之前，绝对不能往聚友酒馆安排。于是推托道："北风，原本俺也想让你到聚友酒馆干点儿活儿的，可是，前几天俺大哥把空缺的岗位都安排满了，实在安排不了啦，俺一个嫁出去的人，也不好说什么。所以才想到让你到二井当工人这条路。再说，井下特别缺劳动力，你一个壮小伙子去，他们肯定欢迎！"

听杜菊这么说，齐北风满脸不高兴，但也不好再说什么，于是勉强答应道："那好吧，我先去试试！"

朱奇山安排他当了掘进工，同时暗中交代高兴旺以教他掘进技术为名，注意监视他的言行。20 世纪三四十年代，煤矿设备简陋，工艺落后，打眼儿用的是钢钎铁锤，表面看，操作很简单，不过是一个人手把钢钎，一个人抡大锤往里砸，没有什么技术含量，实际操作起来还真不容易。把钢钎的手如果把得太紧，铁锤砸钢钎会震得手发麻，甚至出血；手如果把得太松，钢钎把不稳，铁锤滑下来，容易把握钢钎的手砸伤。抡大锤，看是力气活儿，实际上要做到稳、准、有力道，没有点儿功夫也不行。何况，井下不同地面，黑灯瞎火的，想让大锤稳准狠实在不容易。齐北风刚上班那几天，把钢钎不是手被震得发麻，就是让大锤砸得青一块紫一块的。自己想抡大锤，谁也不敢给他把钢钎，怕把手砸伤。为此，他挨了不少骂受了不少奚落。打眼儿放炮之后，还要用大铁锹往矿车里装崩下来的岩石，这不仅是力气活儿，也得有点儿窍门。这些对齐北风来说是"白帽子"。更让齐北风尴尬的是，在井下，大家都有各自的岗位和定额，谁都忙着干自己的活儿，偶尔开几句玩笑，也都是穷开心，正经嗑很少，对齐北风来说，一点儿有用的信息都没有。升井后，到工人村大铺上吃饭休息，劳工们干十二个小时的活儿，累得精疲力竭，吃过饭，脸不洗，衣不脱，爬上床就睡。偶尔有几个熟悉的人一起唠几句嗑，看见他凑过来，就都不吱声了。对齐北风来说，根本就是个局外人，入不了群。

　　日子一天天过去，他一点儿有用的信息都没有得到，为此，没有少挨毕士仁的训斥和警告。齐北风不仅累得够呛，心里更是烦躁，于是，便想去找安秀姑说说心里话，亲热亲热。他找到原来养伤租住的小屋子，问邻居看见安秀姑没有，邻居都摇摇头说，从他离开以后，再也没有看见安秀姑来过，房子也退租了。他忽然想到侯老二的新住宅，便想去问问侯老二知不知道安秀姑在哪里。刚进入侯老二的宅院，齐北风听到屋子里有男女的声音，他蹑手蹑脚悄悄走到窗户下，用手蘸了点儿唾沫，在窗户纸上捅了个小洞，偷眼往里一瞧，见侯老二和安秀姑在一起亲热，嘴里小声喊道："小宝贝，你可想死我了！"

　　安秀姑嬉笑着，浪声浪气地说："侯叔，俺也想你……"

　　齐北风十分恼火，心想，安秀姑不是侯老二的表妹吗，怎么像个婊子？想迈步走开，又有点儿不甘心。于是离开窗户，走到门前，重重地敲门，侯老二听见敲门声，急忙推开秀姑问道："谁呀？"

　　齐北风不耐烦地答道："我，齐北风！"

　　侯老二和安秀姑对视一下眼，同时整整衣冠，安秀姑端坐椅子上，侯老二给齐北风开门。进门后，齐北风没有理会侯老二，直奔安秀姑身边说："秀姑，走，我找你有事！"边说，边拽起安秀姑就往外走。

　　侯老二有点儿尴尬道："北风，有话好说，你这是干什么？"

　　齐北风也不搭话，拽着安秀姑头也不回地直往院外走。安秀姑半推半就地随齐北风到院外一个僻静的地方停下来，她对齐北风道："你松开手，有话慢慢说！"

　　齐北风有些恼怒地问道："秀姑，我问你，你同侯老二到底是什么关系？"

安秀姑道:"你不是知道吗?"

齐北风讽刺道:"有你们这样的表兄妹关系吗?"

安秀姑生气道:"你说说看,俺们怎么了?"

齐北风道:"还用我说吗,你自己不知道?"

安秀姑知道刚才和侯老二的举动可能让齐北风看见了,于是脸色微红,一声不吭。

齐北风催促道:"秀姑,你忘了你跟我说的话了,我可是真心实意喜欢你啊!你说老实话,你到底是怎么个想法?"

听了齐北风的话,安秀姑小声哭起来,仍然一言不发。

齐北风的情绪也缓和下来,伸手帮她擦了擦眼泪道:"你先别哭,到底是怎么回事给我说说好吗?"

安秀姑止住哭,叹口气道:"齐哥,俺跟你说实话……"接着,就把自己的身份、侯老二如何让自己扮演他的表妹、让自己做什么、许了什么愿等一五一十地都告诉了齐北风,然后真诚地说,"齐哥,俺跟你相处的那段日子,开始俺也不是真心对你好的,可是,后来俺看你和侯老二他们不太一样,是个好人,就真心喜欢上你了。俺跟你说的那些话也是真心话。侯老二发现俺和你处出了真感情,就让俺离你远点儿,还警告俺说,要是不听他的话,不好好伺候他,就要把俺赶回妓院……"

安秀姑的话引起了齐北风对侯老二的愤怒,他觉得自己落到现在这步田地,完全是中了侯老二的圈套,如今又要夺自己心爱的女人,不由得怒火中烧,他恨恨地说:"侯老二,你他妈的不是人,我跟你势不两立!"边说边转身要返回院子去跟侯老二算账。

安秀姑拦住他劝道:"齐哥,你现在还不能和姓侯的翻脸,他现在是日本人和毕士仁的红人,连你的命都捏在他的手中,常言说,君子报仇十年不晚,这事得从长计议!"

安秀姑的话让齐北风想起了自己的处境,她觉得秀姑说得有道理,如果现在和侯老二翻脸,不仅夺不回自己喜欢的女人,恐怕连自己的小命都可能搭进去,于是叹口气道:"秀姑,你说得对,可是我这口气实在咽不下去啊!"

安秀姑安慰道:"古话说男子汉大丈夫要能屈能伸,你现在寄人篱下,得委屈点儿,不能得罪侯老二,要扳倒侯老二,自己得干出点儿名堂来,让那个上官太君和毕队长看得起你,重用你。俺跟你说实话,侯老二那个半大老头子,大烟鬼,俺不会真心喜欢他,可俺的命在他手中攥着,又不得不对他笑脸相迎。不过,话又说回来了,俺是个烟花女子,身份卑贱,你要是不嫌弃俺,把俺娶回家,俺会真心实意跟你过日子,白头到老!"

安秀姑的一席话让齐北风有些感慨,觉得眼前的这个女人虽然年纪轻轻,身份卑微，倒是很有见识。想想自己的处境，觉得也没有什么资格瞧不起人家。于是真诚地回应道："我现在是房无一间，地无一垄，命都难保，哪有资格嫌弃你？说实话，我跟你相处的时间虽然不长，但我真心喜欢你。刚才你的一席话，让我感到你不仅年轻貌美，也很有头脑，很有见识。我既然已走到了这一步，实在也没有回头路了，为了你，为了咱们的将来，我一定干出点儿名堂来，让日本人和毕士仁不敢小瞧我，侯老二不敢欺负咱！"

从此，齐北风把当初的信仰抛到了脑后，死心塌地当了汉奸走狗。同侯老二虽然当面称兄道弟，内心则各怀鬼胎。

## 七

七七事变之后，日本侵略者加强了对边城地区的统治。关东军抓劳工秘密修建了军用飞机场、半截河要塞、东宁要塞和虎头要塞。同时调动5万多日伪军进行所谓的冬季大讨伐，漫山遍野拉大网"追剿"抗联。

先后在县、旗、街、区、村、屯建立了伪政权机构和宪、警、特镇压组织。冠山煤矿增设了警察署，日本特高课和警察机构在行政、劳务系、日满大柜、矿卫队安插了许多特务，大小把头不少都是双面人，表面是进行劳务管理，实际上还承担着为特高课和警察所监视矿工的举动，秘密通报抗日反满通苏的情报。规定十四岁以上的居民外出必须携带证明信，名曰"国民手账"，上面记载着本人和家庭的自然状况。主要交通道口，都设卡子，由守卫卡子的警察检查过往行人。没有或忘记携带"国民手账"的人，就被当作反满通苏分子或抗联抓起来，送到宪兵队进行拷打审讯，投入监狱或关押到特殊工人训练所给鬼子当无偿劳动力。还不时进行大搜查、大举报等行动，搞得鸡犬不宁。

日军加强了对资源的掠夺。根据伪满洲国政府颁发的所谓"满洲帝国矿业法"，满洲炭矿株式会社派出多支勘探队，在边城地区遍地开花寻找煤炭、铁矿、石墨等能源和战略资源，在冠山矿以外，又新建了四座大型煤矿。同时，还公布了"米谷管理制度纲要"和"主要特产物专管法"，对稻米、小麦、大豆、棉花实行"统制"，企图把东北地区变成"大东亚粮谷兵站基地"。对居民和工人开始实行粮食配给，规定百姓和工人不准吃细粮，发现谁吃大米白面就被当作经济犯抓起来。

日军在各矿天天喊"大出炭支援圣战"，驱赶工人一天干十二三个小时的活儿，有时甚至不让升井，连着干二十个小时的活儿。鬼子根据东北沦陷时期傀儡政府制定的所谓"勤劳奉仕法"向各地派劳工，组成所谓的"勤劳奉仕队""报国队"，进行无偿劳动。单是冠山矿就先后有牡丹江、依兰、蛟河等多支所谓"勤劳奉仕队""报国队"一千多人。还把原来的"技术工人训练所"更名为"特殊工人训练所",专门关押战俘和各种所谓犯人,作为无偿劳动力。更损的是把失业者、手工业者、农民等当作所谓"浮浪"或者扣上"思想犯""经济犯""战时有害分子"等罪名,关押在"特殊工人训练所""司法矫正院""康生院",逼迫他们下井干活儿,以人换煤,为鬼子卖命。边城地区成了一座人间地狱。

七七事变激起国人的愤怒,中国全面抗战开始。为了让梨平镇和冠山矿的共产党员和积极分子了解全国抗战形势,提高战斗意识,杜勇牺牲后,接替他担任梨平镇区委书记的李子君召集冠山矿党员秘密开会,介绍了全国的抗战形势和八路军、新四军等抗日武装的战绩。听到这些好消息,参加会议的同志抑制不住兴奋,激动地拍起了巴掌。李子君说:"咱们东北和边城地区的抗日形势也不错,在党中央和满洲省委的领导下,东北地区的抗日武装进行了整合,成立了抗日联军第一、二、三路军,第二路军在边城东部开会,正积极准备西征,部队还有可能经过咱梨平镇呢,大家要做好迎战准备!"

听到这些喜人的信息,大家异常兴奋,你一言我一语,议论不停。李子君制止道:"同志们,形势虽然喜人,但也有不少坏消息。由于蒋介石顽固派消极抗日,国民党军队节节败退,日军很快占领了南京,进行了疯狂的大屠杀,还进行杀人比赛,活埋战俘,烧房子、抢东西、奸污妇女,为所欲为,无恶不作,死在鬼子屠刀下的南京老百姓有好几十万呢!"

日本鬼子的罪恶,引起了大家的极度愤恨,朱奇山咬牙切齿道:"血债血还,这血海深仇咱们一定要报!"

孟吉庆骂道:"他奶奶的,日本鬼子是豺狼野兽,没有人性,对日本野兽,咱们绝对不能客气!"

李子君道:"同志们,满洲省委和吉东特委指示说,要正确认识当前的形势,既要看到有利的一面,也要看到困难的一面。当前,对抗战的前途有两种认识:一种是'亡国论',对抗战前途悲观失望;另一种是'速胜论',盲目乐观,看不到抗日的艰巨性。毛主席在《论持久战》里批驳了这两种论调,要求我们要有跟日本鬼子打持久战的准备。"

朱奇山道:"毛主席真英明啊,在延安就把全国的抗战形势看得一清二楚,毛主席说的不仅符合全国的实际,也符合咱边城的抗战形势!"

张大闯道:"是啊,从咱们边城地区的具体情况看确实是这样。凭抗联现在的实力,还不能跟鬼子硬碰硬,所以,有部分抗联有计划地退入苏联境内,伺机出击,这是正确的。听说连荣大哥领导的游击队也从桦木林子退入了苏联,这也是明智的选择!"

李子君道:"两位说得很对。目前,梨平镇和冠山矿的敌特组织,配合日伪军的大讨伐，在地方上也搞什么大举报、大搜捕，出入必须带什么'国民手账'，这些对我们的抗日斗争都带来了一定困难。所以，上级党组织指示我们既要积极应对，但不能轻率行动，像过去那种搞演讲、游行等公开的抗日宣传现在就不能搞。咱们的抗日活动暂时要转入地下，对叛徒和作恶多端的汉奸走狗，对我们党组织造成严重威胁的宪、警、特分子要组织锄奸队有计划地铲除，以震慑敌人的反动气焰！"说到这里，他转身问朱奇山道，"奇山同志，在二井当工人的齐北风最近可有什么动作？"

朱奇山回应道："动作倒是没有，不过就是经常不上班，有人看见他和一个叫侯老二的人经常在一起吃吃喝喝，好像不大正常。"

高兴旺道："侯老二这个人值得怀疑，这个人不务正业，过去在一井当工人，经常上花班，还赌博、抽大烟、逛窑子。最近一段，班也不上了，但好像还有钱，听说还有一套新房子。俺觉得齐北风跟这样的人来往，应当引起警惕！"

杜菊道："从齐北风跟俺会面以后，俺隐隐约约老觉得后面好像有人跟踪似的！"

杜龙彪和朱奇山、张大闯、赵铁柱也附和道："杜菊同志说的这种情况，俺们几个也有这种感觉，有可能俺们几个被敌人监视了！"

李子君道："这个现象值得我们注意，也有可能齐北风已经当了叛徒，敌人没有进行抓捕，用的是欲擒故纵、放长线钓大鱼的策略！"

张大闯道："俺同意李书记的分析，齐北风现在可能已经叛变了，敌人没有对他提供的人进行逮捕，既是要放线钓鱼，也是为了保护齐北风，让他能够取得组织的信任，为敌人搜集情报！"

杜龙彪道："那怎么办呢，要不咱们把他秘密控制起来，进行严格审查。"

朱奇山摇摇头道："这恐怕有些不妥，现在我们只是怀疑，没有证据，控制起来他也不会说实话！"

赵铁柱道："依俺看，咱们可以设个局，对他进行考验。"

李子君道："我赞同铁柱同志的意见，我看这样……"他招招手，把几个人拢过来，放低声音说出了自己的设想，然后征求大家的意见道，"大家看这样行不行？"

众人会心地微笑道："行，这个办法好！"

"不过，"李子君看看杜菊道，"这个局，杜菊同志是主角，风险很大，如果杜菊同志觉得有困难，咱们再另想办法！"

杜菊坚决地说："李书记，俺知道风险很大，但俺不怕，俺认为这个主角由俺承担最合适。因为俺和齐北风打交道多，假如齐北风已经叛变了，第一个交代的肯定是俺，也可能俺的身份已经暴露了，由俺出面给齐北风安排任务，齐北风能相信，他的主子更相信。如果通过这个局，能证实他是叛徒，俺肯定会被牵连进去，但其他同志的身份可以不被暴露，因为齐北风手里主要就是俺夫妇俩这张牌，其他同志没有跟他打过交道，不怕他乱咬！"

一席话，让李子君和在座的同志十分感动，认为她说得有道理，有担当。李子君带头鼓掌道："杜菊同志勇气可嘉，确实是巾帼不让须眉，值得大家敬佩！"

齐北风一心一意想从杜菊身上打开缺口，以便得到共产党地下组织的情报，好向主子邀功请赏，所以，隔三岔五经常光顾聚友酒店。一天，他见杜菊从会计室出来，便装作无意碰到的样子把杜菊拉到一边问道："嫂子，好几天没有见到你了，你跟组织联系上了吗？"

杜菊小声道："俺跟你说过，俺不知道什么组织不组织的，不过，倒是有一个意外的消息！"

齐北风急忙追问道："什么消息？"

杜菊道："那天来了一个人，说是俺爸的好朋友，他告诉俺和俺哥说，虽然俺俩不是组织里的人，但看到俺俩贴的寻父启事以后，觉得作为儿子和女儿，应当知道自己亲人的情况，所以就借路过梨平镇到苏联执行任务的机会把俺爸的情况告诉俺俩了！"

齐北风装作很高兴的样子道："这么说，杜叔没事了！"

杜菊板着脸很痛心地说："俺爸牺牲了！"

齐北风又装作吃惊的样子道："啊，太可惜了，他没有说杜叔是怎么牺牲的吗？"

杜菊道："他说，抢夺军火那天晚上，俺爸为掩护同志撤退时受了重伤，被游击队救上了山，因伤势太重，山上又没有医疗条件，第二天就牺牲了！"

齐北风略显担心地问道："杜叔牺牲前没有交代什么后事吗？"

杜菊知道齐北风是担心父亲临终前说出对他不利的事，所以装作无可奈何的样子道："那位领导没有说，只说俺爸是位好同志，是坚强的革命战士！"

齐北风追问道："那位领导走了吗？"

杜菊非常严肃地说："那位领导再三嘱咐俺和俺哥，不能泄露他的行踪，所以俺不能说，你也不该问！"

齐北风连忙表示歉意道："那是，那是！不过，你不是党内的人，体会不到一个共产党员同组织失去联系的滋味，我着急啊！"

杜菊表示同情的样子道："北风兄弟，你的心情俺理解，怎么办好呢？要不这样，俺和俺哥从晚辈的角度再见见这位领导，把你的情况跟这位领导说说，看能不能让你跟他见见面，听他的安排。"

齐北风高兴得直搓手："那可太好了，这事能办成，我一定重重谢谢你！"

停了一会儿，齐北风又焦急地问道，"嫂子，你准备什么时候去见这位领导？"

杜菊板着脸道："兄弟，怎么又来了，用你们在党人的话说，这叫组织秘密，你不该问的！"

齐北风自己轻轻打了一下脸道："瞧我，不长记性，一着急就把组织纪律忘了！"

杜菊道："别自责了，等有了消息俺再告诉你！"

杜菊把见到齐北风的情况向李子君书记作了汇报，李子君让杜菊按照事前研究的方案进行。第二天，杜菊在聚友酒馆约见了齐北风，一见面，齐北风就焦急地问道："嫂子，那位领导怎么说？"

杜菊道："领导很同情你的遭遇，也很理解你寻找组织的心情，但因时间紧迫，他要先会见梨平镇区委和冠山矿党支部的同志，传达满洲省委的指示，然后再单独跟你见面。"

齐北风追问道："好，太好了，领导没说什么时候开会吗，不会等很长时间吧？"

杜菊板着脸道："具体开会时间不能告诉你，别忘了，这是组织纪律，不过，领导说了，时间急迫，不会让你等很长时间！"

齐北风约侯老二到小酒馆小酌，坐下来之后，主动点菜点酒，同时要了一壶茶，一盒大前门香烟。侯老二觉得齐北风跟往常有些不一样，便好奇地问道："齐老弟，我看你满面春风，是不是有什么喜讯了？"

齐北风抽出一支香烟，递给侯老二，笑眯眯道："侯哥，不瞒你说，今天我可是走运了，不出意外的话，咱们不仅可以抓到一条大鱼，还能把梨平镇共产党地下组织一网打尽！"

侯老二高兴道："兄弟，你说具体点儿，让哥给你参谋参谋！"

于是，齐北风就把同杜菊会面，得知中共满洲省委一位领导要会见梨平镇区委和冠山矿地下党领导的消息一五一十地告诉了侯老二。侯老二听了齐北风的话，使劲拍了一下大腿道："这可真是喜讯，不过，你知道他们开会的时间和地点吗？"

齐北风略显沮丧地说："杜菊那个女人的嘴太严，不管我怎么问，她总是左一个组织纪律，右一个必须保密的，一点儿口风都不漏！"

侯老二道："嗯哪，不漏口风好，说明这个消息确实可靠！"

齐北风道："他妈的，要不咱们先把那个女人抓起来，撬开她的嘴怎么样？"

侯老二摇摇头道："不可，不可！那样就打草惊蛇，鸡飞蛋打了！"

齐北风道："可也是，我一时高兴，就想了这么一个臭主意，差点儿误了大事！"

277

侯老二道:"我看咱们这样……"于是跟齐北风耳语了一番,问道,"你看这样行不行?"

齐北风点头道:"行,咱们就这么办!"

杜菊又把同齐北风见面的情况向李书记作了汇报,经过商量,制定了行动方案。

第二天夜晚,杜菊穿一身比较鲜艳的服装,拿着手电筒,同假扮成省委领导的赵铁柱出现在梨平镇街上。侯老二和齐北风身穿黑色衣裤,悄悄跟在杜菊和赵铁柱的后面,杜菊偷眼瞄一下身后,见有两个人影躲躲闪闪地跟着,她知道有人跟踪,却装作一无所知的样子快步往镇外走,走到镇外五里左右的一个废弃的平洞前,即用手电筒向平洞里发出了一明一暗三次信号,平洞里有人用矿灯连续晃了三圈,接着,杜菊和赵铁柱即一前一后进入了平洞。侯老二和齐北风以为是杜菊带着满洲省委领导在平洞里同区委和矿党支部的地下党员见面,两人悄悄地靠近平洞往里面看,见里面灯光闪烁,人影晃动,还有说话声。

二人不敢往里面走,站在平洞外面商量办法,侯老二小声吩咐齐北风道:"兄弟,毕队长带着人在后面跟着等咱们去报信,你先在这里盯着,我到前面给毕队长发信号,让他们来抓人!"

齐北风点点头,侯老二转身消失在黑暗中。

齐北风一个人躲在平洞口,目不转睛死死地在平洞口蹲守。忽然,有两个黑影向他扑过来,没等他有所反应,双臂即被扭在身后,一把匕首冰凉地横在他的脖子上。

一个人威严地喝道:"不准喊,喊就要你的命!"

另一个人喝问道:"齐北风,大晚上的,你一个人在这里干啥?"

齐北风惊慌失措,结结巴巴答应道:"别、别误会,我找组织心切,就悄悄跟过来了,我、我违反了组织纪律,请看在我诚心找组织的分儿上,原谅我吧!我、我甘愿受组织处罚!"

见齐北风这么说,来人把匕首往齐北风脖子上按按怒骂道:"他奶奶的,别撒谎了,你到这里的目的俺们都知道了,还不老实交代!"

齐北风还想狡辩,路边传来说话声和手电的光线,齐北风刚要叫喊,立即被来人用脏布将嘴堵上怒骂道:"狗叛徒!"边怒骂,边拽着他消失在夜幕中。

侯老二带着毕士仁一伙儿快步赶到平洞旁边,不见齐北风的踪影,侯老二即压低声音喊道:"北风,齐北风!"没有听到回声,他有点儿着急,暗想,这小子怎么搞的,莫非自己进去了,于是对毕士仁道:"毕队长,这小子贪功心切,有可能悄悄跟进去了,要不咱们进去看看!"

毕士仁点点头，随即带着几个队员摸黑往平洞里搜索，进去二十多米，里面静悄悄的什么动静也没有，毕士仁让部下打开手电，照着亮边往里面走边喊："里面的人听着，你们已经被包围了，赶快出来投降吧！""再不出来我们就要开枪了！"任凭这伙人喊破嗓子，里面仍然没有任何动静。

侯老二觉得奇怪，大声喊道："齐北风，你他妈的死哪里去了，怎么不答话！"连喊几声，还是没有动静。几个人壮着胆子一直往里闯，到达平洞尽头，没有看见一个人影。

毕士仁看着侯老二问道："老二，人呢？"

侯老二满脸流汗，像是回答又像是自语道："他妈的，明明看见他们进来了，怎么就没影了呢！"

正踌躇间，一个队员晃着手电对毕士仁道："报告队长，旁边有个洞口！"

毕士仁道："在哪里，走，过去看看！"

毕士仁、侯老二和众人跟着那个队员往平洞旁边走去，发现洞旁有个出口。气得毕士仁一巴掌打在侯老二脸上骂道："他妈的，一对蠢货！"侯老二没有想到平洞里另有出口，虽然挨了一巴掌也没敢申辩，捂着脸跟着毕士仁几个人从平洞旁边的出口走到外面，只见满天繁星，没有一个人影。

毕士仁懊恼地问侯老二道："老二，齐北风呢？"

侯老二结结巴巴道："我让他死盯着平洞里的人，没想到怎么就不见了呢？"

毕士仁没有理睬他，命令队员晃着手电四处寻找，一直折腾到天亮，在平洞不远的树林里发现了齐北风的尸体。毕士仁顿足道："他妈的，咱们上当了！"随即没好气地大喊，"撤！"

这是李子君和赵铁柱几个党员设的一个局。齐北风出现后，从杜菊等人被跟踪、齐北风同侯老二经常接触等现象中，怀疑他可能已经叛变，敌人可能利用这个叛徒采取欲擒故纵、放线钓鱼的阴谋企图把梨平镇的地下组织一网打尽。但这些都是猜测，没有证据，为了弄清真相，不冤枉同志，于是让杜菊散布假信息，以此来考验齐北风是不是叛徒。结果发现齐北风把这个信息报告了他的主子，并亲自跟踪企图抓捕地下党的负责人。齐北风的叛徒嘴脸暴露后，组织采取果断措施，将其处决。

李子君估计齐北风已经将杜菊等人的身份告诉了毕士仁和宪兵队，便立即命令赵铁柱夫妇和有关人员撤退，但为时已晚。毕士仁发现齐北风的尸体以后，知道自己和上官铁木欲擒故纵的阴谋已败露，立即命令矿卫队配合宪兵队按照齐北风提供的名单秘密抓捕，赵铁柱夫妇、杜龙彪夫妇和朱奇山、张大闯都被抓进了魔窟。

# 第九章

## 一

在被捕的几个人中，赵铁柱和杜菊最年轻，共产党的嫌疑也最大。上官铁木和毕士仁便决定先审讯赵氏夫妇，企图从他俩身上打开缺口。宪兵把赵铁柱带进了审讯室，将他绑在十字架上。

毕士仁首先开口问过姓名、职业等基本情况之后，冷笑着说："赵铁柱，知道为什么把你抓到这里来吗？"

赵铁柱答道："不知道！"

毕士仁道："你装什么糊涂，你做了哪些事自己还不清楚，怎么能说不知道呢？"

赵铁柱道："毕队长，俺一个挖煤的，整天在井下干活儿，还能干什么？你问俺做了哪些事俺真不知道！"

毕士仁生气道："赵铁柱，你他妈的别给我装傻，谁问你挖煤的事，我要你说的是你是不是共产党，是不是给抗联递送过情报！"

赵铁柱假装惊讶道："毕队长，你可不能冤枉人啊，俺一个挖煤工人，怎么能跟共产党和抗联扯上关系？"

毕士仁又问道："那我问你，你媳妇是什么人？"

赵铁柱笑道："她能是什么人！要说呢，她比俺喝的墨水多点儿，在梨平镇小学教过几天书，还在王五新旅长家当过家教，这你不都知道吗？你问这干啥？"

毕士仁气得一拍桌子骂道："赵铁柱，你他妈的不要跟我捉迷藏，我问你，你媳妇经常让齐北风给你送糕点，那糕点里装着什么情报？"

赵铁柱更有些惊讶道："毕队长，你问得可真是越来越有些离谱了，俺媳妇托齐北风顺路往家里捎些糕点孝敬老人有错吗？你问糕点里装着什么情报，这可够离奇的了，她一个家庭教师，整天和王旅长家翠翠在一起，怎么会跟情报搭上边？"

毕士仁耐着性子道："赵铁柱，你他妈的别敬酒不吃吃罚酒，我这么客气，是看在咱们都是冠山矿里的人，乡里乡亲的，不想跟你撕破脸。你要是老老实实交代了，算你自首，我也想看在乡亲的面子上，跟太君求求情，从轻发落。你这样装聋作哑，我也没办法保你！"

赵铁柱道："谢谢毕队长的好意，俺不是装聋作哑，俺是实话实说，可你不相信，俺也没办法！"

毕士仁拍桌子瞪眼道："赵铁柱，你也别废话了，你和你媳妇给共产党抗联传递情报的事，人证物证都有，今天就是给你个坦白交代的机会，你要不识好歹，别怪我翻脸不认人！"

赵铁柱十分肯定地说："毕队长，没有的事，你让俺怎么坦白，怎么交代？你不是说有人证物证吗，那好，你让他站出来，俺跟他当面对质！"

毕士仁无言以对，恼羞成怒道："你，你，我看你是不见棺材不掉泪啊！来人，大刑伺候！"

一旁的宪兵警察刚要动手，上官铁木摆摆手，假惺惺地对赵铁柱道："你的，良民的大大的，不过是受了共产党的蛊惑，干错了事，只要说出来，不仅不处罚你，还要大大的奖赏，你的，明白？"

赵铁柱显得无可奈何的样子道："太君，俺不是不想说出来，可俺不能无中生有、胡说八道、冤枉好人啊！"

上官铁木生气道："你的，不听劝告，那可要吃苦头了！"说完用日语对宪兵道："给我好好伺候！"

三四个宪兵如狼似虎地扑上去，用皮鞭轮流抽打，不一会儿，赵铁柱被打得皮开肉绽，宪兵边抽打边骂道："八嘎，说不说？"

赵铁柱不住嘴地连声大喊："俺冤枉啊，你们要屈打成招啊！"

皮鞭雨点儿般落下，赵铁柱渐渐停止了喊声，昏死过去。上官铁木命令宪兵用冷水将赵铁柱泼醒，狞笑着问道："赵铁柱，你说不说？"

赵铁柱用微弱的声音道："俺、俺冤枉啊！"

上官铁木拿起烧红的烙铁，在赵铁柱眼前晃了晃道："你的，说不说，想尝尝烤人肉的滋味吗？"

赵铁柱一声不吭。上官铁木随即将烤红的烙铁烙在赵铁柱的胸膛上，赵铁柱大叫一声昏死过去。审讯室飘起一股青烟和肉体的焦糊味。上官铁木见没有结果，气哼哼地挥挥手，宪兵拖着昏死过去的赵铁柱，将其扔进了监狱。

没有撬开赵铁柱的嘴，上官铁木和毕士仁很失望。上官铁木问毕士仁："毕队长，你看赵铁柱是不是共产党？"

毕士仁道："从齐北风交代的情况看，赵铁柱夫妇应该是共产党，但齐北风已经死了，我们手里既无人证也无物证，他如果死不承认，还真拿他没有办法！"

上官铁木冷笑道："你们国民党不是说过嘛，'宁可错杀一千，不可漏网一个',我们这么软硬兼施,不过是想让他交代出他的上级和同伙,把梨平镇的地下共产党一网打尽。他这样喊冤叫屈,死不承认,我们又没有证据,是有点儿棘手。但按照国民党的做法,对赵铁柱这样的人还是不能留情的!"

毕士仁点头道:"太君英明。不过,我们还有希望!"

上官铁木道:"你的,什么意思?"毕士仁道:"我的意思,赵铁柱他媳妇,一个妇道人家,也许不像赵铁柱那样难对付,我认为可以在她身上下点儿功夫,也许能有收获!"

上官铁木点点头道:"吆西!你准备怎么对付她呢?"

毕士仁道:"我看先把他俩关在一起,看他们都说些什么,也许可以从他们两口子的谈话中抓到一些蛛丝马迹!"

上官铁木笑道:"吆西,吆西,就这么办!"

两个伪警察押着杜菊走到关押赵铁柱的监房门口,开开监门,一把将杜菊推进去,锁上监门,扬长而去。杜菊见赵铁柱血葫芦般躺在铺着稻草的水泥地上,眼泪汪汪地扑到丈夫身边哽咽着喊道:"铁柱,铁柱!"

赵铁柱睁开双眼,见妻子眼泪汪汪地跪在自己身边,便用微弱的声音答道:"菊,别哭,俺这不是好好的嘛!"

杜菊恨恨地说:"好什么呀,都成血葫芦了,这小鬼子,真狠呀!"

赵铁柱递个眼神,同时故意放高声音道:"他们硬要俺承认是共产党,还说你托齐北风给老人捎的糕点里有抗联的情报,俺不承认,就往死里打,明摆着是要屈打成招呀!"然后小声道,"当心有监听!"

杜菊点点头表示知道了,于是装作很委屈的样子高声回应道:"这不是冤枉人嘛!咱爸也不知干什么去了,他们这是看咱爸不在,要栽赃陷害呀!"

赵铁柱用埋怨的口吻道:"依俺看,这事也怨俺爸,你在酒馆里帮忙有什么不好,偏要让你去干什么家教,要不,哪会有这样的祸事!"

杜菊摇摇头道:"你也不能怨咱爸,爸不就是看王旅长和车旅长两位的面子,不好推辞,要知道会惹上祸事,打死俺也不会去!"

赵铁柱又埋怨道:"这事也怨你,好好教你的书好了,捎什么糕点呢,结果让人家抓住了把柄,硬说糕点里有给共产党和抗联的情报,没有的事俺能承认吗?俺不承认他们就往死里打,看来俺是没活路了!"

杜菊委屈道:"俺不是想到孩子在咱妈那里,老人怪累的,俺当媳妇的给老人捎几包糕点,也算是尽点儿孝道,表示点儿心意,难道这也有罪吗?要知道这点儿事能惹祸,俺说啥也不能干哪!"

赵铁柱半安慰半埋怨道:"也不知齐北风现在在哪里,他要是能站出来给你做个证也许就没事了!"

杜菊道:"要不,让王旅长和她女儿翠翠来做证,看看俺在他家有没有做什么出格的事？"

赵铁柱摇摇头道："事到如今，说这些还有啥用，你能把王旅长请来证明咱两口子的清白吗？"

杜菊装作生气的样子道："你说啥呢，俺被关在这里怎么去找王旅长？"

赵铁柱没有吱声，停了一会儿，他长长叹口气道："古人说，'女子无才便是德'，俺娶你这么个会识文断字的媳妇，还不如娶一个大字不识的媳妇好呢，不然也不会惹这么多麻烦！"

这句话惹得杜菊大哭起来，她边哭边委屈地说："赵铁柱，你这不是昧着良心说话吗？你真要是觉得俺给你惹了麻烦，后悔了，那，那，你休了俺吧！"

赵铁柱赔笑道："小菊，俺不是碰到这个倒霉事心情不好，说点儿气话吗？俺说错了，向你道歉还不行嘛！"

杜菊不再吱声。停了一会儿，又关心地问铁柱疼不疼。从始至终，两人一会儿埋怨说世道不好，没地方说理，一会儿又互相安慰，说不做亏心事，不怕鬼叫门，宁可受委屈，也不能胡说八道冤枉人。

上官铁木和毕士仁在隔壁安装了监听设备，两人听了半天也没有听到什么有用的信息。上官铁木摘下耳机生气地骂道："八嘎，都是废话！"

毕士仁道："太君，也不全是废话。杜菊不是说到孩子的事吗，咱们可不可以在她孩子身上做做文章？"

上官铁木道："怎么在孩子身上做文章，你的快说！"

毕士仁道："孩子是母亲身上掉下来的肉，母子连心，如果咱们把杜菊的孩子抓来，用孩子的命威胁杜菊，不怕她不说实话！"

上官铁木道："吆西，你知道杜菊孩子在什么地方吗？"

毕士仁道："这好办，齐北风说过，杜菊的孩子在黄泥河子她婆婆家，很容易找！"

上官铁木道："你让侯老二带路，我让小野带宪兵去抓！"

毕士仁道："好，不过，小野太君和宪兵最好都穿便衣，秘密行动，事先不能走漏风声。"

上官铁木道："吆西！"

赵铁柱夫妇、杜龙彪夫妇和朱奇山、张大闯被捕后，李子君十分着急，立即召集孟吉庆、高兴旺和杜梅几个党员开会，商量营救的办法！李子君开门见山道："大家都知道，叛徒齐北风被处决后，敌人欲擒故纵放线钓鱼的诡计落了空，所以立即收网抓捕了我们六位同志，他们都是冠山煤矿党内的重要骨干，咱们必须想办法营救，大家想想看，咱们该怎么营救？"

孟吉庆道："咱们首先得弄清楚被捕同志在里面的情况，然后才能考虑营救的办法！"

杜梅道："俺同意吉庆同志的意见，依俺看，铁柱夫妻俩曾直接同齐北风发生过工作关系，齐北风肯定已经交代了他俩的身份，他被处决后，敌人虽然认定他俩可能是共产党，但缺乏证据，铁柱和杜菊肯定不会承认自己是共产党。但不管他俩承认不承认，敌人都不会放过，俺觉得铁柱夫妻俩处境最危险！咱们首先要做好营救这两位同志的准备！"

高兴旺道："齐北风同杜龙彪夫妻俩没有工作联系，提供不了什么证据。他俩被捕，主要还是受杜勇同志的牵连，暂时不会有生命危险！至于奇山和大闯两位同志，敌人手中更没有什么证据，怀疑、推测的成分大。"

杜梅插话道："敌人诡计多端，手段卑鄙，俺建议组织上要安排这些同志的家属暂时躲避一下，当心敌人拿家属做文章！特别要安排专人迅速转移走铁柱和龙彪的孩子！"

李子君道："大家的分析很有道理。眼下我们先做好三件事：一是我通过组织关系了解被捕同志在里面的情况；二是转移被捕同志的家属，奇山和大闯同志的家属暂时别动，由吉庆和兴旺同志负责暗中保护，龙彪和铁柱的孩子由杜梅同志负责转移；三是大家一定要提高警惕，目前形势严峻，不要轻易行动，等候组织的指示，再进行营救！"

散会之后，杜梅立即到朱奇山家找连喜。连喜正同继忠和继红两个孩子商量要去探监，看看朱奇山的情况，杜梅刚进屋，连喜就着急地问道："梅子，你有奇山和大闯兄弟的消息吗？"

杜梅安慰道："嫂子，现在还没有。不过，敌人虽然把大哥和大闯抓走了，但他们没有什么证据，暂时还不会有什么危险！组织上也在设法营救呢，你和孩子先不要着急！"

朱继忠道："婶子，现在，东北和全国的老百姓都恨透了小鬼子，军队和老百姓都在跟日本鬼子作斗争。为了镇压民众的反抗，鬼子像疯狗一样，嗅着点儿味就扑上去撕咬，哪还管什么证据不证据的。俺看俺爸和闯叔恐怕是凶多吉少！"

连喜眼泪汪汪道："梅子，俺和孩子没什么，就是奇山和大闯，你说这可怎么办呢？"

杜梅继续安慰道："嫂子，刀把子在人家手里攥着，眼下还没有什么好办法。不过，俺和几位同志也合计过，大哥和俺那口子目前还不会有生命危险，倒是你和两个孩子要提高警惕，防止他们在你和孩子身上做文章！"

连喜点头道："你说得对，俺和孩子会注意的！"然后转换话题道，"梅子，你今天来，是不是还有别的事？"

杜梅道："嫂子，你猜对了，俺是有件大事要和你商量！"

连喜道："有什么事，你快说吧！"

杜梅道："嫂子，这次被抓的人，除了大哥和大闯，还有铁柱两口子和俺家龙彪两口子！"

连喜道："这事俺听说了，也不知道他们怎么样了！"

杜梅道："铁柱两口子是让叛徒齐北风出卖的，认为他俩肯定是共产党。如果敌人在铁柱和杜菊身上打不开缺口，很可能在他俩的孩子身上做文章。所以，组织上决定让俺和你到你哥家，把连荣嫂子和煤山、天赐两个孩子转移出来，送到安全地方。俺今天来，就是想和你一起去，彼此也好有个照应！"

连喜道："俺就知道你有事，组织上想得周到，这可真是件大事！"转身对朱继忠道，"忠儿，你和妹妹老实在家待着，妈和梅婶现在就去你舅舅和舅母家！"

朱继忠道："妈，俺看还是俺和梅婶去，你和妹妹在家吧！"

连喜道："你年纪还小，老实在家照顾妹妹，妈跟梅婶去！"

朱继忠争辩道："妈，俺现在也是成年人了，你别老把俺当孩子看！俺跟敬岳叔学武术这么长时间，武功大有长进呢，俺和梅婶去，万一遇到什么情况，俺还能保护梅婶和两个弟弟呢，你还是让俺去吧！"

杜梅道："你们母子俩也别争了，俺看继忠说得也有道理，保护倒不一定用得着，但俺跟一个半大孩子在一起，不会引起敌人的注意，也许更安全些。要不，嫂子就让俺和继忠去吧！"

连喜犹豫了一会儿道："也好，就让继忠跟你去！"回头对朱继忠嘱咐道："继忠，你跟梅婶去可以，但要听你婶子的话，不准自作主张！"

朱继忠高兴地说："记住了，妈，你放心，儿子一定听婶子的话！"

杜梅跟朱继忠两人顺利到了黄泥岗村赵连荣家，正巧，山红领着赵煤山和杜天赐弟兄俩在院子里玩。看见杜梅和继忠两人急匆匆地闯进院子，略显惊讶地说："梅子、继忠，好长时间没来了，今天是哪阵风把你娘儿俩给吹来了！"

杜梅半正经半开玩笑道："是一阵狂风把俺俩吹来的！"边说边递个眼神小声道，"嫂子，快进屋，有急事！"回头吩咐朱继忠道，"忠儿，你在院子里看孩子，看见有生人往这里来，赶快告诉婶子！"

朱继忠点头道："嗯哪，知道了！"一边答应，一边哄赵煤山和杜天赐兄弟俩在院子里玩，并警惕地不时眺望通向赵家的山路。

杜梅随山红进屋后，山红着急地问道："梅子，什么急事？"

杜梅简单地说出了赵铁柱和杜龙彪夫妇被捕的情况，然后开门见山道："组织上分析，怕敌人在你和两个孩子身上做文章，所以让俺负责把你和孩子安排到安全的地方，你这就赶快收拾东西，咱们现在就走！"

山红道："大老远来了，吃上饭再走吧！"
　　杜梅道："嫂子，自己人，别客气，夜长梦多，快收拾东西吧！"
　　山红不敢怠慢，立刻急急忙忙收拾大人和孩子的衣物，正忙活间，朱继忠闯进屋，急匆匆地说："梅婶、舅母，俺看见山路上有五六个人往咱们这里来了，走在前面的那个人好像是侯老二！"
　　杜梅焦急道："嫂子，别收拾了，把孩子叫来，咱们现在就走！"
　　山红对着院子喊道："煤山、天赐，快进屋，奶奶给好吃的！"
　　两个孩子听奶奶说有好吃的，蹦蹦跳跳进了屋，嚷嚷着跟奶奶要好吃的，山红顾不上回话，急忙给孩子换好衣服，同杜梅一起一人拽着一个往外走，刚出屋，走在前面的杜梅眼尖，看到侯老二一行六个人正在向村民询问赵连荣家的住处，杜梅转身示意山红进屋，急忙道："嫂子，前门出不去了，咱家有后门吗？"
　　山红道："没有！"
　　朱继忠道："走窗户吧！"
　　杜梅道："行！"
　　朱继忠推开后窗门，跳下去，杜梅将两个孩子递给继忠，随后也跳下去，回身来接山红，山红双手把着窗户门，隔着窗户道："你和三个孩子先走，离咱家不远的小树林里有你赵哥挖的地窖，两个孩子跟俺去玩过，知道路，你们先到那里躲躲，俺留下来应付他们！"
　　杜梅发急道："你不能留下，快下来一起走！"
　　山红也发急道："一起走谁也走不了，听话，快走！"边说，边把两扇窗户门关上，从里面把窗户门插销插上。杜梅无奈，只好同继忠带着两个孩子快速钻进树林，藏在了地窖中。
　　山红装作什么事也没有发生过的样子，平静地坐在炕沿上做针线活儿。不一会儿，侯老二带着穿便衣的小野和四个宪兵闯进院子，侯老二高声喊道："屋里有人吗？"
　　山红在屋里答道："谁呀？来了来了！"边答应边掀起门帘，从屋里走出来，看见侯老二几个人站在院子里，便十分惊讶地问道，"你们是什么人，到俺这里干啥？"
　　未等侯老二答话，小野即挥手用日本话命令宪兵进屋搜查。
　　山红冷笑道："噢，俺当是什么人，原来是野狗闯进门了！"
　　侯老二生气道："你、你怎么骂人呢？"
　　山红仍然板着面孔道："俺骂的是狗，没有骂人哪！"
　　说话间，进屋搜查的宪兵走出来，用日语对小野道："队长，屋里什么都没有！"

小野用生硬的中国话对山红道："你的，孩子的哪里去了？"

山红装作不理解的样子回应道："怎么，你们不知道，俺的孩子在冠山煤矿上班吗？"

侯老二道："老嫂子，你听错了，太君问的是你的两个孙子哪去了！"

山红道："俺孙子跟他爹妈在一起，俺也不知道，你们去问他爹妈呀！"

侯老二骂道："不识抬举的东西，你装什么糊涂，你的两个孙子早就在你这里了，我们问他爹妈管用吗？"

山红道："前一阵子，铁柱和龙彪是把孩子送俺这里了，可是，大前天，他又打发人把孩子接走了，孩子现在在哪里，俺真不知道！"

侯老二发怒道："老东西，你别跟我撒谎，说实话，孩子到底在哪里？"

山红毫不犹豫地说："不知道，俺是真的不知道！"

侯老二指着山红骂道："老东西，看来不给你点儿厉害你是不会说实话的！"侯老二给小野递个眼神，小野命令宪兵把山红绑在院子的一棵白杨树上。

侯老二又问道："老东西，说不说实话？"

山红镇定地说："俺不是说了嘛，不知道！"

侯老二骂道："看来你是要尝尝皮鞭的味道了！"于是，他对宪兵边示意动手打，边高声喊道："给我抽！"一个宪兵挥起皮鞭狠命地抽打山红，边抽打，边用生硬的中国话骂道："八嘎，说不说，说不说？"皮鞭雨点儿般落在山红身上，霎时，衣服被抽开几道口子，鲜血从脸上和颈部流下来，山红强忍剧痛，咬牙切齿骂道："日本鬼子，狗汉奸，你们不得好死！"

侯老二走过去，伸手端起山红的下巴狞笑着问道："皮鞭的滋味不好受吧！你说不说实话？"

"呸！"山红一口带血的唾沫吐在侯老二脸上骂道："你这个断了脊梁骨的野狗，老娘不说，看你能怎么样！"

侯老二恼羞成怒，边擦掉脸上的唾沫，边恼怒地喊道："打！给我狠狠地打！"

宪兵挥动皮鞭继续抽打，此时，围观的村民越来越多，众人七嘴八舌对侯老二喊道："这么毒打一个手无寸铁的女人，你们还是人吗？""他哪是人，不过是日本人的一条狗！"

小野见围观的百姓越来越多，还七嘴八舌地喊话，虽然听不懂喊骂的内容，估计也不是什么好话，于是用日语命令站着的三位宪兵道："堆柴草，烧，看她说不说！"宪兵即把院子里的烧火柴和秸秆搬到山红的脚下，划火柴准备点火，围观的村民猛推板条围栏，准备往院子里冲。小野和侯老二拔出手枪朝天空放了几枪，侯老二高声喊道："不要命的就往前冲，谁再往前冲，我和太君可就不客气了！"

此时，柴草已熊熊燃起，山红不停地喊骂，不一会儿就昏死过去。围观的百姓不顾小野和侯老二的威胁，有的推倒围栏，有的从院门往里冲。杜梅和朱继忠在树林中看到赵家院子里有烟火，心急如焚，朱继忠要去救舅母，杜梅死命拉着不放手。小野看势头不好，即指挥侯老二和宪兵一边开枪，一边冲开人群，狼狈地逃窜。

众人用水浇灭了火，解开捆绑的绳索，将山红抬到炕上，看到她的腿部和腹部已有大面积烧伤，有的叹息，有的叫骂，一个老年妇女一边掐山红的人中穴，一边叹息道："丧良心的小鬼子，怎么这么狠心！"

躲在树林中的杜梅和朱继忠，听到没有了枪声，看见浓烟消失，估计敌人已经离开，便带着两个孩子匆匆赶到赵家，看见山红的惨状，杜梅眼含热泪不停地喊道："嫂子，你醒醒！"

朱继忠和赵煤山、杜天赐也跟着喊道："舅母！奶奶（姥姥）！你快醒醒啊！"

山红渐渐苏醒，睁开双眼，看见众乡亲和杜梅等人，用微弱的声音道："杜梅，孩子呢？"

杜梅把赵煤山和杜天赐拽到山红跟前，流着眼泪道："嫂子，孩子好好的，没事！"

赵煤山和杜天赐也哭喊道："奶奶（姥姥）！你疼吗？"

山红面露微笑道："奶奶不疼，不疼！"说着又昏死过去。

赵煤山和杜天赐使劲摇着山红的身体哭喊道："奶奶（姥姥）！你怎么了，你醒醒啊！"

朱继忠双手攥拳，恨恨骂道："侯老二、小鬼子，俺饶不了你们！"

此时，山红又醒过来，她睁开双眼，用手拽着两个孩子道："煤山、天赐，记住，给奶奶和爸妈报仇！"说完，闭上眼睛再也没有醒过来。

屋子里一片哭声、叹息声和怒骂声。老妇人颤巍巍地站起来，对众人道："多好的一个女人啊，街坊邻居谁不夸啊，就这么让鬼子汉奸给折磨死了，天理不容啊！天理不容啊！"又拉着杜梅的手道："你是山红的弟妹吧，眼下她也只有你这一个亲人在跟前了，你来主事，村里大伙儿帮着把她安葬了吧！"

杜梅含泪答应道："大娘，俺听你的，累了大半天，您老先回去歇着吧！"

老人点点头，然后对众人道："乡亲们，赵家媳妇走了，大家伸把手，出把力，让她入土为安吧！"

众人七嘴八舌答应道，"大娘，你放心，老赵这一家子都是铁骨铮铮的中国人，打鬼子的英雄好汉，侠肝义胆，我们心里有数！""山红嫂子有骨气，是英雄的妻子和坚强的母亲,我们一定把她安葬好!"

就这样,在杜梅的主持下,村民们帮着做棺材,挖墓坑,刻墓碑,张罗各种事务,一切齐备之后,吹吹打打,风风光光地把山红安葬在赵家屋后的树林之中。丧事料理完之后,杜梅谢过众乡亲,同朱继忠带着煤山和天赐离开了赵家,送到双峰村武敬岳家,由敬岳夫妇秘密地养护起来。

## 二

侯老二和小野空手而归,上官铁木和毕士仁很不满意,上官铁木赏了两人每人两巴掌骂道:"八嘎,废物!"

侯老二捂着通红的脸道:"太君,那个女人太顽固了,用皮鞭抽不说,后来架火烧她还是不说,实在拿她没办法呀!"

上官铁木问毕士仁:"毕队长,你看怎么办?"

毕士仁道:"太君,咱们可否随便抓个孩子,假装是杜菊的,弄在杜菊的隔壁,引逗孩子演一出戏,让杜菊以为是自己的孩子,母子连心,杜菊也许能说实话!"

上官铁木道:"吆西,这个主意不错,可以试一试!"

毕士仁骂侯老二道:"老二,听见了吗,还不赶快去办!"

侯老二在梨平镇街上抓了一个七八岁的小乞丐,手持皮鞭对小孩儿道:"小东西,想不想要好吃的!"

孩子道:"想啊,叔叔给我吗?"

侯老二道:"想要好吃的,就得听叔叔的话!"然后如此这般地教唆了孩子一番,然后问道,"都记住了没有?"

孩子道:"记住了!"

侯老二道:"记住就好,演好了这场戏,叔叔给你糖,请你下馆子,吃大餐!"

孩子问道:"叔叔,为什么让俺撒谎啊?"

侯老二一鞭子抽过去骂道:"他妈的,小兔崽子,让你怎么说你就怎么说,什么撒谎不撒谎的!"孩子吓得不敢再吱声,侯老二又吓唬道,"听见了没有,能不能照我教你的话去做?"

孩子连忙点头道:"嗯哪!"

侯老二笑道:"这就好,不要问为什么,听话就行!来,咱们先演示一下,看行不行!"边说边举起皮鞭假意抽打,让孩子按照调教的内容演示了一番。然后把孩子带到审讯室隔壁,对上官铁木和毕士仁汇报道:"太君,毕队长,都准备好了。这个小家伙很聪明,演得还很像呢!"

第九章

289

上官铁木道："吆西！"

侯老二退到隔壁后，上官命令宪兵道："带杜菊！"不一会儿，戴着镣铐的杜菊被带到审讯室，毕士仁对站着的杜菊狞笑道："杜菊，你听听，隔壁是谁的声音！"

杜菊侧耳细听，是侯老二在讯问一个孩子的声音。侯老二问："小家伙，你姓什么，叫什么名字？"

孩子道："俺姓赵，俺叫赵煤山！"

侯老二又问道："你爸和你妈叫什么名字？"

孩子答道："俺爸叫赵铁柱，俺妈叫杜菊！"

听到侯老二和孩子的问答，杜菊心里一阵慌乱，平静地对毕士仁道："大人的事，与孩子无关，不要连累孩子，孩子是无辜的！"

毕士仁道："是啊，我们也不想连累孩子，可是，因为你这个当母亲的不说实话，所以我们才不得不出此下策啊！"

杜菊道："俺说的没有一句谎话，可你们不相信啊，俺有什么办法？"

毕士仁冷笑道："你这个娘儿们是不见棺材不掉泪呀，看来，非得让孩子逼着你说实话了！"随即对侯老二高喊："老二，动手吧！让她听听孩子的声音，看她动不动心、说不说实话！"

侯老二高声回应道："知道了！"隔壁随即传来皮鞭的抽打声和孩子的哭喊声："妈呀，疼死俺了，你快说实话吧！"

听到侯老二的骂声、皮鞭声和孩子的哭喊，杜菊心在颤抖，脑子乱哄哄的，不知如何是好。随着孩子的阵阵哭喊，杜菊觉得那哭喊声好像不像自己亲骨肉，再仔细听听，还是不太像自己孩子的声音，脑子顿时有点儿清醒过来，她暗自思忖，觉得自己和丈夫被捕后，组织上是不是可能已把婆婆和孩子转移了呢？这个孩子是自己的亲骨肉吗？敌人为什么不当着自己的面动手，却在隔壁抽打呢？莫非是个圈套？她脑子飞快地转动着，越想越觉得不对劲，心里便有了对策。于是，显得十分痛苦和着急的样子对毕士仁道："毕队长，俺好长时间没有看见俺的孩子了，你把孩子带过来，让俺母子见见面好吗？"

毕士仁心里一惊，一时不知如何是好，拒绝吧，对方提得不过分，不答应不合情理，同意吧，那不露馅了吗？于是装作十分同情和理解的样子回应道："杜菊，我知道你心疼孩子，想见见面，可是，孩子被打得遍体鳞伤，你看见会更伤心的，我先安排给孩子治伤，等过两天孩子好点儿了，再让你们母子见面不是更好吗？"

杜菊坚持道："毕队长，母子连心，俺这点儿小小的心愿你也不能满足吗？"

毕士仁无言以对，尴尬地说："这……不是……"

在一旁观察的上官铁木知道毕士仁设计的方案快要露馅了，杜菊可能已猜想到隔壁不是自己的孩子，于是凶相毕露，高声喝叫道："见面的不行，你的快快地说实话，说了实话再让你母子见面！"

杜菊十分镇定地说："太君，俺说的都是实话，请你相信俺！"

上官铁木恶狠狠道："你的，撒谎，不说实话，死了死了的！"

然后命令宪兵将杜菊绑到十字架上，愤怒地喊道："给我狠狠地打！"两个宪兵即轮番抽打，皮鞭雨点儿般落下，杜菊被打得皮开肉绽，昏死过去。宪兵用冷水泼醒后，继续抽打，杜菊咬着牙，一言不发。上官铁木只好让宪兵把杜菊送回监狱。

连续几天，铁柱和杜菊被轮流审讯，上夹棍、钉竹签……毒刑用遍，两位始终不吐露真情。上官铁木和毕士仁认定铁柱和杜菊是共产党，不承认也不能释放。上官铁木见两位年纪轻轻，身体强壮，便在判决书上批注了"输送"二字。那是连毕士仁也不知道的机密，就是送细菌部队的活体解剖。

对杜龙彪和赵晨的审讯进行得很快，由于齐北风早已说出了杜勇的身份，知道他是梨平镇地下共产党的负责人，还是抢夺警察局军火的组织者，所以对杜勇的儿子和儿媳不可能轻易放过。可是，虽然对杜龙彪用了各种毒刑，但他一口咬定说自己不知道父亲是共产党。口口声声说，共产党的规矩是"上不传父母，下不传子女"，父亲做的事，他夫妻俩根本不知道，现在父亲在哪里都不晓得。上官铁木和毕士仁撬不开杜龙彪的口，拿不到任何定罪的证据，但还是把他定了个"战时有害分子"的罪名。决定送"特殊工人训练所"进行强迫劳动。对赵晨，鉴于她父亲是梨平镇地下党前任负责人，现在又是游击队的队长，公开的共产党，兄、嫂也是被认定的共产党，母亲山红死得又那么壮烈，觉得审讯、用刑也不会有什么结果。所以，上官铁木直接对毕士仁道："像赵晨这样的家庭环境，不是共产党，也是共产党的同路人，审讯、用刑，恐怕打死也不会招供。这个女人年轻漂亮，倒不如留着她送去当'慰安妇'，让皇军将士享用吧！"

毕士仁笑道："这是个好主意。不过，这么漂亮的女人，直接送去当'慰安妇'太可惜了，太君何不先享用享用，尝尝中国年轻女人的美味呢！"

上官淫笑道："吆西，吆西。"于是，毕士仁安排警察把赵晨送到了上官铁木的住处，锁进了卧室。赵晨知道等待她的是什么，做了充分的思想准备，并决定伺机刺杀企图奸污她的鬼子军官。她镇定地巡视了卧室的设施，发现床头挂着一把防身的短剑，于是摘下来，偷偷藏在自己的衣袖里，平静地坐在床沿上。

夜晚，上官铁木喝得醉醺醺地打开了房门，进入卧室，脱下外衣，色眯眯地盯着赵晨，然后招招手，用生硬的中国话淫邪地笑道："小美人，快过来，为我更衣，帮我洗澡！"

赵晨慢慢地站起来，装作顺从地走过去，乘其不备，突然用短剑向上官铁木的胸膛刺去，上官铁木猛然惊醒，伸手抓住赵晨的手腕，用劲一拧，赵晨手中的短剑落地，上官铁木顺势一带，将赵晨拉在胸前，张口要亲吻赵晨，赵晨顺势咬住了上官铁木的鼻子，上官铁木痛急，怒急，猛然将赵晨推倒，她头部碰到卧室中间的桌角上，由于用力过猛，赵晨鬓角被撞开一个大口子，顿时鲜血如泉涌，未等送到医院即壮烈牺牲。

朱奇山和张大闯被关在一个监室里。朱奇山认为上官铁木和毕士仁发现抢夺军火人员中有自己名下的矿工，早已锁定了他们两人，对自己和张大闯绝不会轻易放过，与其两人都栽进去，不如舍一个救一个，于是和张大闯商定实施李书记同意的苦肉计。首先被提审的是朱奇山，因为他俩的把头身份，上官铁木和毕士仁倒也礼让了两分，没有给他俩戴镣铐，带到审讯室还让朱奇山在凳子上坐着。毕士仁较为客气地开口问道："朱把头，你我都是大柜上的人，我说话也就不绕弯子了。我问你，那几个参加抢夺军火的工人是不是你安排的？"

朱奇山也显得很诚恳的样子道："毕队长，俺说实话，那几个工人确实跟俺请过假，有的说身体不适，有的说家里有事，还有的说去会朋友，各有各的理由，所以俺也没有多问，要知道他们去抢军火，说什么俺也不能同意啊，再说，那种杀头的事，他们也不会跟俺说呀！"

毕士仁道："那天家属到警察局大院里抢尸体，是不是你组织安排的？"

朱奇山道："家属去认尸，是俺让人通知的。家属找俺要人，俺也没办法，所以看到警察局认尸的布告以后，俺就想让家属去碰碰运气。没想到有那么多人成帮结伙去认尸，这是俺想得不周到，给毕队长惹麻烦了！俺认错，认罚！"

毕士仁暗笑道："您老朱说得轻巧，推得一干二净的，你糊弄谁呀，我傻啊！"心里这么想，但脸上还是挂着笑道，"我说老朱，你也别推得一干二净的，我看你还是回监室好好想想吧，想清楚了再说。我告诉你，没有真凭实据，我也不会把你请到这里来。你别把我和上官太君当傻子，我现在先给你留点儿面子，给你点儿时间。不过，我可以等，上官太君的耐心可是有限的，你再这样糊弄下去，逼得太君和我撕破脸皮，那可就没你的好果子吃了！"

说完，同上官铁木耳语一会儿，上官铁木点点头，喝令宪兵："带下去！"然后用生硬的中国话对朱奇山道："朱把头，你的，好好想想！"

押走朱奇山后，毕士仁吩咐带张大闯。两个宪兵押着张大闯进入审讯室，张大闯看到屋子里各种各样的刑具，装得战战兢兢的样子，坐在了朱奇山刚才坐过的凳子上。毕士仁见状,冷笑着对张大闯道:"张把头,没见过这个阵势吧,不过,这是对那些顽固的共产党和抗日分子的,也是为那些不说实话、不识时务的人准备的,你不会是那样的人吧?"

张大闯故意结结巴巴道:"俺、俺当然不是那种人!"

毕士仁道:"我看张把头也不像是那种人。不过,你是冠山煤矿的老人,谁怎么样,你心里都有数,总不会像朱把头那样不说实话吧?"

张大闯道:"俺和朱大哥共事这么多年,知道他是个很讲义气的人!"

毕士仁道:"那好哇,你就讲讲你那个朱大哥都做过哪些讲义气的事吧!"

张大闯装作为难的样子道:"这、这……队长,这该从何说起呀?俺在冠山矿干了这么多年,苟经理让俺干啥俺就干啥,俺可从来没干过对矿上不利的事,现在你把俺抓来,又摆出这个阵势,还让俺讲朱大哥的事,这到底是为什么呀,俺犯了什么法呀?"

毕士仁板着脸道:"姓张的,你别装委屈,我问你,朱奇山是不是共产党?参加抢夺军火的工人是不是他安排的?到警察局抢尸体是不是他组织安排的?"

张大闯装作吃惊的样子道:"俺只是他的一个副手,这么大的事俺哪儿知道,这些事你得问他呀!"

毕士仁立刻变了脸,高声发怒道:"他妈的,你装什么傻,谁不知道你和他是拜把子弟兄,他做的事,你会不知道?看来,不给你点儿苦头你是不会说实话的!"他跟上官铁木耳语一阵后,上官铁木立即命令宪兵:"给我捆起来,往死里打!"两个宪兵立刻把张大闯绑在十字架上,挥起皮鞭猛抽,张大闯假装号叫道:"别打了,别打了,俺说,俺说!"

上官铁木命令宪兵停止抽打,对张大闯道:"你的,快说!"

张大闯对毕士仁道:"毕队长,跟太君求求情,让其他人退下去,俺只对你和太君说!"

毕士仁跟上官铁木耳语后,上官铁木挥挥手,在审讯室的宪兵和警察都退了出去。毕士仁对张大闯道:"好了,你现在可以说了吧?"

张大闯道:"俺看几个工人请假时,跟朱奇山嘀嘀咕咕的,俺觉得,朱奇山好像知道他们的去向似的,抢工人的尸体,确实是他组织策划的,他跟俺说,那几个人是他从山东招工招来的,如果连尸体都弄不回来,对跟他一起从山东来的弟兄和乡亲不好交代!至于他是不是共产党,俺说不准。俺觉得他不一定是共产党,他的身份是把头,共产党不一定信得过他!"

毕士仁道:"就这些吗?你他妈的别挤牙膏。"张大闯赌咒发誓道:"毕队长,俺知道的就这些,至于平时他帮扶几个穷兄弟,也不过是收买人心,换个好名声罢了。俺知道他的性格,是个重名誉好虚荣的人。"

毕士仁道:"你这个人呀,早这么说不就行了嘛,何必让自己吃苦头!"

张大闯道:"毕队长,俺再求你点儿事,朱奇山毕竟是俺拜把子的大哥,平时也没少关照俺,俺实在不好出卖他,俺招的供,也希望队长给俺保密,留点儿面子,不然俺今后没脸做人了!"

毕士仁道:"姓张的,你他妈的别得寸进尺。今天看在你说了些实话的分儿上,不再给你用刑了,别的事,你就不用多想了!"然后,他谦卑地问上官铁木是否先到此为止,上官铁木点点头,他便高声喊道:"带下去!"

不长时间,关押朱奇山和张大闯的监室里传来了争吵和打骂声,开始,朱奇山用比较怜惜的口吻道:"兄弟,狗×的给你用刑了,你吃苦了!"

张大闯一直不吱声,朱奇山发急道:"兄弟,你倒是说话呀,他们都问你啥了?"

张大闯闷声闷气地说:"大哥,你别问了!"

朱奇山道:"兄弟,看你说的,哥不是关心你嘛!"

张大闯哇的一声哭着道:"大哥,兄弟对不住你了,他们不顾死活地抽打俺,俺实在受不了啦,所以,就、就把你做的那些事都告诉他们了!"

朱奇山怒不可遏地骂道:"你这个软骨头,俺瞎了眼了,认了你这个败类做兄弟!"

张大闯道:"大哥,常言道'识时务者为俊杰',事到如今,你也别硬顶着了,好汉不吃眼前亏,你就认了吧!"

朱奇山愤怒地高声喊道:"我打死你这个忘恩负义的软骨头、白眼狼!"边说边用巴掌噼里啪啦打过去,张大闯边躲闪边拼命叫喊:"救命啊,打死人了!"狱警听到喊声,打开监门,将朱奇山带到了审讯室。

上官铁木怒吼道:"不知死活的东西,给我吊起来,狠狠地打!"

宪兵将朱奇山吊在横梁上,不问青红皂白,使劲用棍棒抽打,不一会儿,朱奇山皮开肉绽,口吐鲜血,昏死过去。上官铁木让宪兵用冷水将朱奇山泼醒,用生硬的中国话问道:"朱把头,你的,为什么打骂张把头!"

朱奇山恶狠狠道:"因为他不是人,他出卖兄弟!"

上官铁木道:"你的,既然知道了,那就老实交代吧!"

朱奇山道:"交代什么,姓张的不是都告诉你们了嘛!是的,那事是俺安排的,要杀要剐,随你们的便!"

毕士仁冷笑道:"这么说,你承认自己是共产党了?"

朱奇山道:"对不起,共产党不要俺这样的把头加入,说俺是共产党,俺还不够资格!"

毕士仁道:"你别狡辩,你就是共产党员。说,共产党在梨平镇的领导人是谁?你的同伙还有谁?"

朱奇山道："俺跟你说了，俺不是共产党员，共产党的事俺不知道！"

上官铁木道："八嘎，不动大刑你是不会交代的！"于是，让宪兵把朱奇山从横梁上放下来，按倒在地，捏着鼻子往口中灌辣椒水，然后用脚踩着朱奇山的肚子，鲜血和辣椒水从口里喷出来。

毕士仁问道："朱奇山，何必吃这种苦头呢，老实交代出来不就行了吗？"

朱奇山喘着粗气道："俺不是共产党，你让俺交代什么？"

毕士仁道："你安排人抢夺军火，还说自己不是共产党？"

朱奇山道："毕队长，你冤枉俺了，俺安排几个兄弟跟齐北风抢夺军火不假，可是，这跟共产党没关系！齐北风让俺安排几个兄弟去抢军火，说有了枪支弹药就和俺上山当土匪，比干又苦又累又危险的煤矿好，俺信了他，所以就跟着干了！是俺一时糊涂，上了贼船！"

毕士仁道："齐北风是这样跟你说的吗？"

朱奇山十分肯定地说："齐北风就是这样跟俺说的，你要是不相信，俺可以跟齐北风对质！"

上官铁木不信，继续给朱奇山用刑，把朱奇山折磨得奄奄一息，但始终还是那些话，不承认自己是共产党，说共产党的事与己无关。上官铁木和毕士仁将信将疑，只好把朱奇山关进了监狱。

孟吉庆和高兴旺几个党员和积极分子要发动山东籍的矿工联名保朱奇山，李子君坚决制止，认为那样反而会引起敌人的怀疑，对朱奇山更为不利，孟吉庆即听从组织的安排没有行动。

上官铁木和毕士仁多次审讯，朱奇山始终没有新的口供，最后，决定将朱奇山定为"战时有害分子"关进特殊工人训练所，进行长期关押。张大闯无罪释放，继续做山东籍工人的把头。

三

中共梨平镇区委和冠山煤矿党支部密切关注着六位被捕同志的情况。山红壮烈牺牲后，赵铁柱和杜龙彪夫妇的孩子被顺利转移。李子君第二次秘密通知孟吉庆、高兴旺、杜梅几个党员开会，介绍了被捕同志在监狱中的表现。他说："六位同志被捕后，坚贞不屈，赵晨伺机刺杀上官未遂，壮烈牺牲了。"

众人听说赵晨牺牲了，心里十分悲痛，杜梅更是满脸泪花，沉默了好一会儿，孟吉庆真诚地说："赵晨同志有骨气，是咱们煤矿工人的好媳妇，贞节烈女！我们要记住这笔血债，为赵晨报仇！"

众人齐声道："对，不能让赵晨同志白白牺牲，我们要为她报仇！"

李子君继续介绍道："朱奇山和杜龙彪两位同志，敌人也没有放，他俩被定了'战时有害分子'的罪名被送到特殊工人训练所长期关押，强迫劳动。张大闯同志被无罪释放。"

高兴旺道："听说朱奇山同志的事是张大闯举报的，所以被无罪释放了。平时他俩那么好，怎么会发生这种事呢？"

杜梅道："大闯的为人俺知道，俺不是为他辩护，俺觉得他那样做也许有不得已的理由，说不准还是两人做的扣子呢！"

李子君道："我同意杜梅同志的意见，虽然她和大闯是夫妻，但我不相信她会毫无原则地袒护大闯，个中原因，我们以后会弄清楚的！"

孟吉庆道："俺同意李书记的分析，反正真的假不了，假的真不了！"然后他转换话题道，"李书记，铁柱两口子怎么样了？"

李子君道："敌人对铁柱和杜菊夫妇软硬兼施，下了不少功夫，两位同志始终不吐露真情，被鬼子判了'特别输送'！"

高兴旺道："'特别输送'是什么意思，是不是要把他俩送到别的监狱？"

李子君解释道："上级党组织的负责同志说，日本鬼子在哈尔滨可能有个生化武器实验基地，为实验各种生物化学武器的效果，他们把战俘、国共党员和平民百姓送去做活体实验。因为惨无人道，违犯国际公法，所以保密性特别强，对外，开始叫什么'东乡部队'，后又改称'日本关东军驻满洲第731防疫给水部队'，实际都是搞生化武器研究的，只不过外人根本不知道罢了。据说，牡丹江和林口还有这个部队的研究分所。上官铁木批'特别输送'，我看是要把赵铁柱和杜菊两位同志送给'731部队'进行活体实验！"

杜梅着急道："那可不行，咱们得想办法救他俩！"

李子君道："那是当然，今天召集大家来，除了通报被捕同志的信息外，主要就是研究营救铁柱和杜菊两位同志的办法！"

高兴旺道："这件事可不容易啊，抢军火时，咱们搭进了那么多同志，老赵的游击队又都在边境一带活动，借不上力，咱们缺人手呀！"

孟吉庆道："依俺看，关键还不是人手问题，而是要考虑可行的办法，根据咱们现在的状况，还不能跟小鬼子硬拼，得动点儿脑筋，力争智取！"

杜梅道："俺同意吉庆同志的意见，要说人手吗，俺看得用武敬岳兄弟那帮小伙子了！"

孟吉庆笑道："是啊，杜梅同志不说，俺都把那帮小伙子忘了，那几个小伙子和小丫头，跟老武练功夫也很长时间了，听说武把抄还可以，现在是让他们显身手了！"

李子君道："这人手的问题有了谱儿，但怎么智取法大家还得动动脑筋！"

杜梅道："俺看单是咱们几个人想办法还不行，要不咱们找武敬岳和那帮小伙子一起商量商量！"

李子君道:"杜梅同志想得周到,今天咱们先议到这里,改天我和杜梅同志到双峰村同武敬岳他们合计合计!"

众人异口同声道:"这样最好!"

第二天,李子君和杜梅到双峰村武敬岳家商量营救赵铁柱夫妇的事。见面之后,李子君开门见山道:"敬岳老弟,铁柱夫妇俩的事你知道吗?"

武敬岳道:"知道,这么大的事俺能不知道吗?"

李子君道:"那好,那我也就不绕弯子了,今天来找你,就是想跟你商量一下营救铁柱夫妇的事!"未等武敬岳回话,杜梅即插话道:"老李,你和敬岳先商量着,俺得先去看看两个孩子!"

武敬岳开玩笑道:"怎么,有你弟妹看着你还不放心?"

杜梅笑着回应道:"不是不放心,是想他们了!"

武敬岳道:"俺知道,张静和孩子在东厢房呢,你去吧!"

杜梅朝李子君打个招呼离开了。李子君道:"敬岳兄弟,鬼子认定铁柱和杜菊是共产党,要把他俩送到鬼子的细菌部队做活体实验,咱们得想办法把他俩救出来啊!"

武敬岳道:"是啊,不然的话,他俩可就没命了!子君兄,你有营救他俩的办法吗?"

李子君道:"还没有,今天来找你就是要跟你商量具体的营救办法!不知你心里有没有谱儿!"

武敬岳沉思一会儿道:"不瞒你说,这几天俺也在琢磨这件事,但到底怎么办,俺心里也没谱儿。不过,俺觉得要救出铁柱和杜菊这两个孩子,不外乎劫囚车和劫狱两条路,不知子君兄觉得如何?"

李子君道:"这两种办法我也考虑过,各有利弊。劫囚车呢,需要知道囚车出发的时间、路线、押车警察的人数、武器等情况。我们自己方面也需要有一定的人手和武器。可是,抢夺军火失败后,我们牺牲了不少同志,人手紧缺,也没有武器,连荣同志领导的游击队在边境活动,也借不上力。困难较大。劫狱呢,只要把梨平镇监狱的戒备情况和铁柱夫妇关押的监号弄清楚,夜间悄悄进入,神不知鬼不觉地把人救出来,也不失为一个好办法!不知老弟觉得哪两种办法更好一些?"

武敬岳道:"俺觉得劫狱这个办法可能更好一些,不过,这里的关键是要摸清监狱里面的情况,最好能有一张监狱布局图,再就是要有几个精干的人手。"

李子君道:"我也倾向劫狱这个办法,关于监狱的布局图和布防情况,我再和上级党组织联系,争取把监狱布防图弄到手;关于人手问题,那得靠老弟你了,你这里不是有一帮练武的小伙子吗,是不是该让他们显显身手了？"

　　武敬岳道："好，俺再和继忠、铁林这帮小伙子合计合计，不管多么困难，一定要把铁柱两口子救出来，不然俺没脸见连荣和杜勇两位大哥！"

　　李子君道："那好，咱们分头行动！"

　　武敬岳道："人手的问题你不用担心，监狱的情况可就靠你了！抽空俺和继忠、铁林也到梨平镇监狱附近转悠转悠，看看周围的地势！"两人商量完之后，杜梅也看过赵煤山和杜天赐两个孩子，跟李子君一起回到了恒穆矿。路上，李子君把朱奇山和张大闯商定的苦肉计，告诉了杜梅。

　　杜梅叹口气道："俺知道大闯不是出卖同志的人，更何况是朱大哥那样的生死兄弟！只是，这样一来，朱大哥要遭大罪，大闯也要遭人误解留下骂名了！"

　　李子君安慰道："不过，清者自清，浊者自浊。等把小鬼子赶走了，大家知道了真相，对大闯会更敬重呢！"

　　杜梅道："他们哥儿俩搞这个苦肉计的目的到底是为了什么呢？"

　　李子君道："目的很清楚，就是想让大闯能跟苟步力、毕士仁那帮人混在一起，给组织提供一些有用的信息。我今天把他俩的秘密告诉你，还有一个重要任务要交给你！"

　　杜梅道："什么任务？"

　　李子君道："大闯得到的信息，需要有人传递，这个传递信息的任务就交给你了！"

　　杜梅道："大闯的情况只有你、我和奇山大哥咱们三个人知道。把大闯提供的信息传给党组织也只有俺最合适，俺保证完成任务！"

　　李子君道："巾帼不让须眉，你杜梅就是一个赛过男子汉的须眉，我相信你！"

　　朱奇山被关进特殊工人训练所以后，从齐鲁招来的工人群龙无首，有点儿散摊。苟步力即陪同劳务系系长龟田带着张大闯到工人村齐鲁工人住的工棚当众宣布道："工友们，朱奇山是抢劫梨平镇军火库的组织者，是战时有害分子，现已被关进特殊工人训练所强制劳动。今后，张大闯先生就是你们的大把头，大家要听张把头的调遣，老老实实干活儿！"

　　话还没有说完，劳工们就在下面小声议论起来："听说朱把头的事就是这个小子举报的！他是日本人的狗，不然也不会让他当大把头！""这小子是白眼狼，平时跟朱把头称兄道弟的，多亲热，没想到他能出卖自己的好兄弟！""俺看大闯不像出卖兄弟的人，这事有点儿蹊跷！""他妈的，找机会得收拾收拾这小子，替朱大哥出口恶气！"

　　看到工人议论纷纷，苟步力大声喊道："大家别瞎嚷嚷了，听龟田系长训话，大家鼓掌！"

张大闯拍起了巴掌，见众人没有动手，又尴尬地停下来。龟田用生硬的中国话讲道："现在，大东亚圣战节节胜利，皇军威名远扬，我们冠山矿的劳工要拼命干活儿，多出炭，支援圣战，谁要是消极怠工，死了死了的！"龟田训完话，苟步力假意让张大闯讲话，张大闯推辞道："经理和系长都讲了，俺就不说了，俺一定听经理和太君的话，多出炭，支援圣战！"

苟步力和龟田离开工棚后，张大闯有意要拉近和工友的关系，便主动跟孟吉庆、高兴旺等熟识的工人打招呼："孟老弟、高老弟，朱大哥让日本人关起来了，让俺当这个大把头，还望兄弟们多多帮忙！"

孟吉庆冷淡地回应道："祝贺张大把头踩着朱大哥的肩膀高升了，张大把头有日本人做靠山，还用俺们帮忙？"

高兴旺吐了一口唾沫，一声不吭地走开了。

张大闯有些尴尬地高声道："工友们，俺张大闯不是忘恩负义出卖兄弟的人，俺当这个大把头，也是替朱大哥着想，希望大家跟着俺好好干！"

听张大闯这么说，也有不少工友表示理解道："张把头，别说了，你平时的为人俺们知道，俺们听你的！"

离开工棚之后，张大闯一个人无精打采地往家走，行至没有人的地方，突然冲出几个蒙面工人，不问青红皂白，摁倒张大闯一顿拳打脚踢，边打边小声怒骂道："出卖兄弟的小人，今天让你尝尝投靠小鬼子的滋味！""×你八辈祖宗，打死你这个狗叛徒！"连骂带打之后，一声呼哨，四散离开。

张大闯吃力地站起来，顾不得身上的伤痛，略一思忖，便向日满大柜方向走去，到大楼大院门口，站岗的矿卫队员见张大闯口鼻出血、满身灰土的狼狈样，即奚落道："张大把头，您老人家这是怎么了？"

张大闯没有答话，一直往大楼里闯，正好碰到从队长室出来的毕士仁，张大闯装作怒气冲冲的样子道："毕队长，俺让人暗算了，你看俺被打得多惨，你要替俺做主，捉拿打俺的凶手！"

毕士仁敷衍道："啊！啊！谁他妈的这么大胆呀，我他妈的一定替你出这口气！"然后装作同情的样子道，"张把头，你现在这个狼狈样，就不要再往上闯了，苟经理和各位把头都在上面，让他们看见笑话你！"

张大闯也是有意让苟步力和毕士仁知道自己挨打的事，听毕士仁这么劝说，感到自己的目的已达到，便装作顺从的样子道："毕队长，俺听你的，不过，你可要替俺做主哇！"

毕士仁道："那是，那是！"张大闯装作感谢的样子离开了大楼。张大闯走后，毕士仁跑到二楼，对苟步力夸张地描述了张大闯挨打的狼狈样。

苟步力道："张大闯和朱奇山的关系谁都知道，他揭发朱奇山的事，我还觉得有些奇怪，担心另有企图。现在从张大闯挨打的情况看，说明工人已相信了这件事，大家已把他当作了叛徒、小人。我看这样也好，这样他就无路可走，只能老老实实投靠咱们，替咱们出力了！"

毕士仁道："经理说的是，这小子是老煤矿了，井上井下都熟悉，脑瓜儿也好使，今后我得跟他近乎近乎，让他好好跟着经理干！"

张大闯一瘸一拐地走回家，杜梅见他满身灰土，嘴角和鼻子都有血迹，便惊讶地问道："大闯，你这是怎么了？"

张大闯板着脸苦笑道："没怎么着，让人家给打了！"

杜梅道："你的人缘不是很好吗，怎么还会挨打？你知道是谁干的吗？"

张大闯小声道："俺猜想，可能是自己人干的！"

杜梅疑惑道："自己人怎么会打你！"

张大闯道："他们可能听说是俺出卖了朱大哥，这是要为朱大哥出口气！"

杜梅故意没好气道："该！谁让你出卖自己的好兄弟呢！那可是叛徒和小人所为呀，俺都不想搭理你！"

张大闯叹口气道："唉，咱俩做夫妻这么多年了，你真相信俺会害大哥吗？"

杜梅仍装作不理解的样子道："俺也不相信你会做那样不仁不义的事，可是，明摆着，你被放出来了，大哥却被关押起来了，能不让人怀疑？"

张大闯生气道："这么说，你也认为俺是出卖大哥的叛徒小人了？"

杜梅继续装糊涂："怎么，难道不是吗？"

张大闯急得脸红脖子粗辩解道："你是俺媳妇，俺和大哥的关系你不清楚吗？俺的为人你不知道吗？你怎么也不相信俺？！"

杜梅想逼大闯说出真相，便继续激他道："俺倒是想相信你，可是，你办的事不叫俺相信啊！"

张大闯渐渐冷静下来，觉得妻子可能是要逼自己说出真相，但事关重大，是只有刘书记、奇山大哥和自己三个人知道的秘密，对杜梅也不能明说。于是装作破罐子破摔的样子恼怒地说："反正俺心里有数，你爱信不信！"

杜梅想起李书记对自己的交代，觉得为工作方便，这时应当把组织的意图告诉大闯，以便更好地配合丈夫的工作。看到自己那么步步紧逼，大闯都没有说出真相，丈夫的党性原则更加令她敬佩。于是十分深情地对丈夫道："大闯，你我夫妻这么多年，你的为人，你的品性俺怎么能不知道？你和朱大哥是生死与共的兄弟，你怎么会出卖他？俺刚才那么说，就是想让你说出真相。但你严守党的纪律，保守党的秘密，不能跟俺明说，俺理解，俺敬佩！不过，为了更好地配合你的工作，做你信息的传递人，李书记已经把真相透露给俺了，你和朱大哥商定的苦肉计俺知道了，可其他同志并不知道，今天你挨了打，以后可能还会遭误解，被羞辱。但俺知道你是俺的好丈夫，党的好同志！"

听了杜梅发自肺腑的真心话，张大闯激动地流下了热泪，情不自禁地同杜梅拥抱在一起，一句话也说不出来。杜梅心疼地抚摸着丈夫的脸，掏出手绢轻轻地擦掉了大闯鼻孔和嘴角干涸的血迹。然后从炕上拿起笤帚，帮大闯扫去了身上的灰土。边拍打，边心疼地嘀咕："这帮小子，手也下得太重了！"张大闯苦笑道："同志们打得好，谁让俺出卖了大哥呢，这叫罪有应得！"

张大闯问杜梅："梅子，营救铁柱两口子的事组织上有安排吗？"

杜梅道："子君同志召集俺们几个党员商量过了，决定动用敬岳兄弟训练的那帮小伙子劫狱。但需要了解监狱的情况和铁柱两口子关押的监号。子君同志说要同上级党组织联系，准备通过内线了解。"

张大闯道："就怕时间来不及啊，俺听上官铁木说要把铁柱两口子进行'特别输送'，他俩在梨平镇监狱的时间不会太久，得抓紧时间！"

杜梅道："是啊，这事必须抓紧！"然后试探地问道，"大闯，你同梨平镇监狱有没有关系，如果你能通过关系了解到监狱的情况，也许比上级组织通过内线了解会更快一些！"

张大闯沉思一会儿道："梨平镇监狱烧的煤炭都是由冠山矿提供的，俺过去安排人给他们送过煤，认识监狱管后勤的警察，俺通过他试试看！"

杜梅道："行，你和李书记分头行动，咱们双管齐下！"

东北沦陷时期，冠山矿的煤炭大部分都由满洲商事株式会社销往日本本土、朝鲜、海外，其次是伪满洲国军工、各会社（公司）、学校和合资集体经营单位。矿内煤场主要供给冠山炭矿株式会社及梨平镇机关、学校和居民日常生活使用，梨平镇监狱用煤也由冠山矿矿内煤场供给。张大闯在负责矿内土木建筑期间，即通过关系承揽了对梨平镇部分机关和居民的煤炭销售，其中也包括梨平镇监狱，因此，同梨平镇监狱管后勤的警察刁万达有点儿交情。时近深秋，正好是梨平镇各机关和居民储备冬季用煤的季节。张大闯主动安排人装了一汽车煤炭，并随车给梨平镇监狱送煤。临行之前，张大闯先给刁万达打电话："刁事务长，我是张大闯，到储煤的季节了，今年煤炭紧俏，俺先挑了点儿好煤给你送去！"

刁万达答道："谢谢张兄，今天我哪儿也不去了，就等着你，晚间我陪你喝两盅！"

不长时间，张大闯即随送煤车到了梨平镇监狱。见刁万达已站在监狱门口，即跳下车，快步迎上去，十分亲热地对刁万达道："万达老弟，外面很凉，你还站在门口迎候，太客气了！"

刁万达也高兴地回应道："老兄亲自押车送煤，我理当如此呀！"张大闯对司机和装卸工道："你们先去卸煤，俺和事务长唠唠嗑！"目送汽车开进监狱大院，张大闯即随刁万达进入事务长室，落座、喝茶、闲聊了一会儿。

张大闯道："刁老弟，俺到梨平镇二十多年了，机关、店铺也见了不少，就是不知道监狱是什么样子，老弟可否领俺参观参观，也让俺长长见识！"

刁万达犹豫片刻，小声说道："按照监狱的规矩，外人是不可以随便参观监狱的，既然老兄要参观，我就破例领着你四处看看吧！"

张大闯装作十分理解的样子道："老弟要是觉得不方便，俺就不看了！免得坏了监狱的规矩，打了你的饭碗！"

刁万达很仗义的样子道："老兄，瞧你说的，凭我老刁在监狱里的职位，领着你四处看看，还不至于丢了饭碗，老兄多虑了！"边说边站起来道，"今天监狱长不在，咱也不用请示谁，走，我现在就领着你四处看看！"

张大闯道："既然老弟这么仗义，俺也就不客气了！"边说边随刁万达走出事务长室。两人没事人似的边走边看，刁万达指指点点，把监狱长室、警卫室、岗哨、监房、看守、监狱围墙四角的炮楼、监狱大院守卫警察的宿舍、布防情况等里里外外看了个遍。

看完，对张大闯道："张兄，梨平镇监狱是个地方小监狱，面积不大，设施也简单，不像大监狱那样戒备森严，也就是一个临时关押犯人的场所，大案要犯在这里停不长时间就转到大监狱了。"

张大闯装作什么也不懂的样子问道："听说犯人中，有的判刑，有的枪毙，还有的判'特别输送'，这'特别输送'是什么刑罚？"

刁万达神秘地小声说："老兄，我告诉你，这'特别输送'可是比枪毙还重的刑罚呢！我听说，是要把犯人送到什么研究所做活体实验，不知要遭多少罪才能死掉呢！"

张大闯装作有些紧张的样子问道："咱梨平镇监狱关押的有'特别输送'的犯人吗，能让俺看看监狱是怎么关押这些犯人的吗？"

刁万达道："有，在5号监狱！"边说，边指给张大闯道，"你看，最后那排监房，从西头数标着'5'的那个监室，关押着姓赵的一对年轻夫妇，就是被判'特别输送'的犯人！"

张大闯显得有些好奇的样子道："怎么，监狱里还允许把夫妇俩关在一起吗？"

刁万达道："一般来说，那是不允许的，不过，这对被判'特别输送'的年轻人，都受过重刑，刚关进来的时候，都快要被折磨死了，为了让他俩养好伤，尽快恢复体力，才特别优待，吃住都格外关照，以便执行'特别输送'！估计这一对年轻夫妇在梨平镇监狱也不会待多长时间了！"

说着话，已到了监狱煤堆跟前，恰巧装卸工已把煤炭卸完。张大闯即与刁万达告别，准备随车回矿。

刁万达挽留道:"张兄,你别走,留下来咱俩喝两杯!"

张大闯推辞道:"谢谢老弟,你的盛情俺心领了,改天俺请你,咱俩不醉不归!"边说边对刁万达拱拱手,跳上车一溜风似的回了矿。回到家里,他凭着记忆,绘制了一张梨平镇监狱平面图,标明了监狱长、警卫、岗哨、看守等所在位置,还特别标出了关押铁柱夫妇俩5号监室的位置。杜梅将张大闯绘制的平面图交给了李子君。

## 四

张大闯了解梨平镇监狱内部情况的同时,武敬岳领着朱继忠、张铁林、武有田秘密对梨平镇监狱的外围进行了详细的观察。监狱的围墙上设有电网,围墙四角还有炮楼,炮楼里有警察持枪站岗。门前有岗楼。岗楼外有两名警察站岗,行人刚靠近监狱大门,岗哨即大声吆喝让行人走开。平时监狱的大铁门始终关着,只留铁门上的小门供监狱内部人员出入。

武敬岳正为如何进入监狱发愁,朱继忠从一旁走过来兴冲冲地说:"武叔,你跟俺去那边看看,兴许有门!"

武敬岳道:"继忠,你发现什么了这么高兴?"

朱继忠道:"武叔,你先别问,跟俺过去看看就知道了!"

武敬岳招呼张铁林和武有田道:"你俩先别动,俺和继忠过去看看!"

朱继忠领着武敬岳顺着监狱围墙根往西走了约二十米,发现围墙根下有个出水口,离出水口不远有条壕沟,从出水口流出来的水顺着壕沟流走了。朱继忠指着出水口小声对武敬岳道:"武叔,你看,俺觉得咱们可以从这个出水口进入监狱大院!"

武敬岳点点头道:"嗯哪,这倒是个办法,只是出水口太小,怕钻不进去!"

朱继忠道:"俺偷着过去看了,出水口底部的泥土常年被水冲泡,很松软,咱们用铁锹扩一扩就可以钻进去了!"

武敬岳小声道:"别说了,让炮楼里的岗哨看见就麻烦了!"于是两人又悄悄地顺着围墙根和张铁林、武有田会合在一起,钻进了附近的树林里。

武敬岳道:"俺和继忠看到监狱西墙根有个出水口,稍微扩一扩,人就可以钻过去,这是进入监狱大院的最好的办法。走,咱们快回去,看李书记弄到监狱内部的情况了没有。"

说完,领着三个小伙子回到了双峰村。刚进门,正好碰见李书记和杜梅。李子君着急地问武敬岳:"敬岳,监狱外围的情况如何,有没有找到进入监狱的办法?"

武敬岳微笑着说:"李书记,俺几个这一趟没有白跑,解决了进入监狱大院的办法。"接着就把监狱外围的情况和发现出水口的意外收获告诉了李子君和杜梅。

李子君兴奋地说:"好,好,太好了!能顺利进入监狱大院,事情就好办了!"接着就拿出了监狱平面图,对照平面图研究了行动方案!

杜梅道:"听说被判'特别输送'的犯人在梨平镇监狱不会待太长时间,咱们得赶快动手,等他俩被执行'特别输送',麻烦就大了!"

李子君看着武敬岳道:"杜梅同志说得有道理,咱们真得抢时间!敬岳,你看什么时候动手好?"

武敬岳道:"事不宜迟,明天晚上行不行?"

李子君道:"我看行!你和继忠、铁林、有田去劫狱,我和杜梅、小柱在监狱北面的树林里接应!"

第二天,武敬岳父子和继忠、铁林对照监狱平面图和行动方案反复演练,研究了可能出现的各种问题和应对措施。晚饭后,四人穿起了夜行衣裤,身藏匕首,带上了手电筒和短把尖锹,便向梨平镇监狱急奔。半夜时分,赶到了监狱北面的树林里,李子君、杜梅和苏小柱已在约会地点等候。

李子君对武敬岳道:"这次行动的关键是隐蔽、迅速,绝对不能让敌人发现!"

武敬岳点头道:"李书记放心,俺们四个人已反复演练过,不会出事的!"

武敬岳同三个小伙子走出树林向监狱围墙西侧靠近。武敬岳行动的时间是阴历九月十八,农谚说'十七、十八,黄昏漆黑',这天夜晚,乌云密布,遮盖了天上的星星和月亮,四周漆黑一片,伸手不见五指。时至深秋,夜风呼啸,气温已接近零摄氏度。后半夜,炮楼里站岗的警察冻得发抖,一个个都抱着枪靠着墙打盹,根本不注意外面的动静。监狱里的探照灯在院内晃来晃去,围墙外仍是一片漆黑。武敬岳老少四人手拉着手,身体紧贴着围墙朝出水口方向小心地前进。十多分钟,估计快到出水口了,武敬岳紧贴围墙慢慢向前移动,借助微弱的光线,看到了出水口。他接过短把尖锹,示意其他三人紧贴围墙卧倒,自己用尖锹试探着挖出水口下面的土质。在炮楼里站岗的警察突然用手电筒四处乱照,嘴里还吆喝道:"什么人?快回话,不然就开枪了!"同时哗啦一声,将子弹上了膛。武敬岳连忙停止动作,示意三个小伙子千万别出声。过了两三分钟,炮楼上的警察不再晃动手电筒,也没有喊话,只有夜风在使劲呼啸。

武敬岳松了口气,小声对众人道:"这是警察在使诈,等一会儿,他们就该踏踏实实睡觉了!"边说边用尖锹使劲挖土,出水口下面的土质比较松软,武敬岳又是大力士,不一会儿,就挖开个口子,他趴下身试着往里钻,发现围墙出水口的底部正好和院墙平齐，完全可以让一个人钻进去。

于是，他退回来，小声道："继忠，咱俩先进去救人，有田你和铁林守在这里准备接应！"有田和铁林点点头。

武敬岳放下尖锹，带着手电筒和朱继忠先后从出水口钻进了监狱院内。二人躲在暗处观察院内的情况，见监狱院内静悄悄的没有声音，只有探照灯在四处晃动。两人静静地观察探照灯晃动的规律，发现探照灯左右晃动一次用二十多秒。巡逻警察五个人，先东西后南北来回走动，一次大约二十分钟。了解了大院内的情况之后，两人乘探照灯照不到的间隙靠近了后一排监舍。又顺着监舍的后墙绕到了山墙边，从山墙边仔细观察监舍前面的情况，根据监狱平面图的描述，找到了后排监舍看守的位置。后排监舍东头有一个供人进出的小门，门旁有一间值班室，里面亮着灯。

武敬岳小声告诉朱继忠："亮灯的那个房间就是看守待的地方！"朱继忠点点头，表示自己看见了。

武敬岳又对朱继忠耳语道："咱俩先戴上头套，别让看守认出来，等贴着墙摸到看守室门口后，俺先进去！"

他拔出匕首比画了一下，朱继忠会意地点了点头。两人贴着墙根迅速摸到看守室门口，武敬岳推开门，一个箭步蹿进去，将匕首对着趴在桌子上睡觉的看守的咽喉，小声威严地喝道："不许吱声，吱声就要你的命！"

睡眼惺忪的看守惊慌失措地小声回应道："好汉饶命，俺不吱声！"

武敬岳小声喝问道："跟我到5号监舍！"

"是，是！"看守顺从地答道。武敬岳左手扯着看守的衣领，右手用匕首指着看守的咽喉走出看守室。朱继忠向前麻利地摘下了挂在看守腰上的一串钥匙。两人逼着看守走到5号监室门口，朱继忠让看守找出5号监室的钥匙，迅速开了门。打开手电筒，武敬岳押着看守进了监室。铁柱夫妇见亲人来救，正要答话，武敬岳摇摇头。朱继忠立刻掏出绳索将看守双手背在背后捆了个结实，然后又掏出看守身上的毛巾堵上他的口，将其捆在了铁床的腿上。

武敬岳兴奋地说："此地不可久留，快，跟俺走！"铁柱和杜菊点点头，即刻跟武敬岳走出监室。走在后面的朱继忠对看守警告道："老实在这里待着，不要吱声，不然小心狗命！"看守听话地点了点头。朱继忠转身出门，将看守锁在了5号监室。

由于监狱的"特殊优待"，铁柱夫妇的身体已有所恢复。虽然仍较虚弱，但自己还能够行走。朱继忠在前，铁柱和杜菊相随，武敬岳断后，四人刚走到看守室门口，朱继忠听到外面有脚步声，他立刻摆手示意众人停下。

等脚步声走远后，武敬岳小声道："可能是监狱的巡逻队！你们先别动，俺出去看看！"他第一个走出监舍，见没什么动静，即隔着门小声对朱继忠道：

"继忠,四个人一起走目标太大,容易被发现。这样,你跟杜菊先走,俺和铁柱断后!"

朱继忠点点头,转身拉着杜菊的手一起跨出监舍,贴着墙躲着探照灯朝围墙出水口方向移动。走出不远,即看到巡逻警察用手电四处乱晃,朱继忠和杜菊连忙趴在墙根一动不动,等巡逻队不再照射,即趁机离开墙根,跑步到监狱围墙根前,两人紧贴着监狱围墙走到出水口,朱继忠让杜菊先从出水口爬出,在外面接应的铁林和有田扶起杜菊后,朱继忠也爬出来,他站起来后,示意铁林同杜菊先向树林方向移动,同李书记会合。他和武有田等候武敬岳和铁柱两个人。铁林和杜菊刚走,铁柱和武敬岳也先后从出水口爬出来,四个人仍紧贴围墙根向树林方向行进。离开监狱围墙,刚接近树林,见李子君、苏小柱、铁林和杜菊已在树林边等候。众人见面之后,来不及说话,即扶着铁柱和杜菊迅速向双峰村急奔。半道上,碰到张静赶着马车来接应,众人上了马车,天还未亮,即神不知鬼不觉地进了武家前院。焦急地在家等候的武有婧见众人平安归来,急忙招呼大家进屋。

有婧拉着杜菊的手,眼含热泪道:"嫂子,你受苦了,俺可实在想念你啊!"

杜菊流着眼泪,激动得说不出话来,好一会儿,才哽咽道:"没想到还能见到你们啊!"

张静拉着铁柱的手深情地说:"孩子,你可是瘦多了!"未等铁柱回话,武敬岳即大声道:"吃小鬼子的牢饭还能不瘦?别婆婆妈妈的了,快预备饭,吃完饭还有好多事要办呢!"

外面的动静,惊醒了在里屋睡觉的煤山和天赐两个孩子,两人听到亲人的声音,连衣服也没穿就从里屋跑出来,煤山扑到铁柱的怀里,杜菊搂着天赐,兄弟俩一起哭喊道:"爸,妈,姑姑……"然后什么话也说不出就呜呜地哭起来。

铁柱和杜菊搂着兄弟俩,激动地说:"孩子啊,你可想死我们了!"停了一会儿,铁柱问道:"你俩怎么在武爷爷家?奶奶呢?"

兄弟俩吞吞吐吐道:"奶奶(姥姥),让鬼子烧死了!"说完,哇的一声大哭起来。铁柱脸色铁青,杜菊满脸泪花紧紧地抱着孩子,直挺挺地站着没有吱声。屋里除了孩子的哭声,谁也没有说话,不是没有话说,而是千言万语,一时无法表达。好一会儿,李子君示意有婧和继忠分头扶杜菊和铁柱抱着孩子坐在炕上,简要地介绍了山红牺牲的经过。

然后深情地安慰道:"你母亲是好样的,你们俩要记住这个仇,将来让鬼子汉奸血债血偿!"

夫妻俩同时点点头,赵铁柱咬牙切齿道:"李书记,俺妈不能白死,这个仇俺一定要报,一定要让鬼子汉奸血债血还!"

李子君和武敬岳商量道："敬岳，你先让铁柱两口子吃点儿饭好了，其他人你就别管了！现在最要紧的事是先把赵家三口人安顿好。天快亮了，监狱那边发现犯人跑了，肯定要四处搜查的，咱们得做好应对措施！"

武敬岳道："也好。对铁柱夫妇藏身的地方俺早有打算，当初俺哥儿仨开荒的时候，曾在地边不远的树林里挖了地窖，俺想先让他们夫妇俩在地窖里藏身。"

李子君道："两个孩子呢？"武敬岳道："侯老二和鬼子都没有见过这两个孩子，这一段，俺告诉孩子说姓武，是俺的亲孙子，现在还这样，不会有问题！"

李子君点头道："行，那就这么办！"于是对众人说出了武敬岳的安排，并嘱咐道："同志们，天快亮了，大家分头往家走，做好应对准备，生死攸关，不要出什么差错！"众人答应一声，迅速离开了武家。众人走后，武敬岳夫妇安排铁柱夫妇吃过饭，拿出了准备好的衣服被褥，防潮的狍子皮和吃喝用具，由敬业、有田和有婧相送，躲进了树林中的地窖里。

天亮后，监狱值班警察吹口哨，各监房的看守立即开了各监舍的铁锁，让犯人出来放风。前两排监舍的犯人都走到院子里活动，唯独最后一排监房没有任何动静。值班警察急忙到后排监房了解情况，发现看守室的门开着，却没有看见看守。他觉得奇怪，跑步近前查看，仍没有看守的影子，各监室的犯人有的使劲摇监室的门，有的高声大喊："看守，快开门！"值班警察顺着走廊往前走，到5号监室，发现看守被绑在监室内的床上，口里塞着一块毛巾，正在拼命挣扎。值班警察连忙将看到的情况报告给监狱长。监狱长随值班警察到5号监室，立刻命令值班警察砸锁撬门，进入监室，掏出看守口中的毛巾，解开绑绳。

监狱长问看守道："怎么回事？你怎么被绑在监室里？"

看守把晚间发生的事从头到尾说了一遍。监狱长问看守："你知道他们是怎么进来的吗？"

看守摇摇头道："不知道！"监狱长骂道："废物！"边骂边吩咐值班警察："停止放风，命令所有犯人返回监室！"等犯人进入各自监室后，监狱长带着值班警察和警察队长在院子里四处查看，在围墙出水口的地方，发现被挖了个口子，还有人爬过的痕迹。他拍着大腿懊恼地说："他妈的，咱们只顾防上边了，没有想到围墙下有这么个漏洞，让人家钻空子了！"

警察队长问道："狱长，下一步该怎么办？"

监狱长没好气道："还能怎么办，向上级汇报，准备挨罚吧！"

警察队长道："狱长，昨晚黑灯瞎火的，风还很大，犯人虽然被劫走了，但也许不会走多远，让上级动员镇警察局和宪兵全体出动，四处搜查，兴许能抓回来！"

监狱长骂道："你以为我不知道这么办嘛，人家敢到监狱里来救人，事先肯定有周密的安排，人被劫走后，肯定已准备了躲藏的地方，那叫什么呢，叫'鳌鱼脱却金钩去，摆尾摇头再不来'呀，搜查，那是大海捞针，没有用的！"寻思一会儿又补充道，"不过，这样的姿态还是要做的，你去安排，除了离不开岗位的人以外，所有警察都到大院集合待命，我去向宪兵队和警察局报告！"

说完，急忙到监狱长室用电话向上官铁木和警察局长报告了"特别输送"犯人被劫走的情况。不一会儿，上官铁木和镇警察局局长都赶到了监狱，先没有理睬院子里整队待命的警察，而是由监狱长带路查看了后排监房、看守室、5号监舍和围墙出水口等现场。

上官铁木用疑惑的口吻问监狱长："狱长先生，劫狱的人从出水口进出，那是毫无疑问的。但是，他们进来后，能够直奔后排监房和5号监室，显然是事先已经知道了'特别输送'犯人关押的地点，这应该是一起里应外合的案件，你们监狱里有内奸！"

监狱长紧张地应对道："啊，不会吧？"

警察局局长道："你也不必马上回答，还是查看查看以后再说吧！"

上官铁木道："这样吧，我让小野队长带人沿着围墙出水口的痕迹到附近树林和村屯进行搜查，咱们三位对监狱内部的人员过过筛子，看能不能查到内鬼。"

小野带着梨平镇的宪兵、警察在监狱附近的树林里和附近村屯一顿折腾，弄得鸡飞狗跳，却一无所获。上官铁木和警察局局长、监狱长对监狱内部人员也过了一遍筛子，同样没有找到任何线索。在监狱干了多年的刁万达，始终没有敢提张大闯参观监狱的事，侥幸地躲过了审查。

赵铁柱和杜菊在地窖里躲了大约一周的时间，等风声过后，由李子君跟上级党组织联系，通过地下交通的安排，到达了革命圣地延安。

赵铁柱夫妇走后，一个坏消息传到了梨平镇和冠山矿。中共吉东特委一位主要负责人经不起艰苦和危险环境的考验，叛变革命，当了日本鬼子的走狗。他熟悉边城地区地下党组织的情况，供出了边城一带地下党负责人的名单，许多地下党的负责人被捕杀，边城地区党组织遭到严重破坏。中共梨平镇区委和冠山矿党组织的负责人李子君失踪，至日寇投降，梨平镇和冠山矿的党员失去了跟上级党组织的联系。但冠山矿的共产党员和煤矿工人仍然同鬼子汉奸进行着各种形式的斗争。

# 第 十 章

## 一

"嘭，嘭，嘭"，一阵榔头棍敲击床铺的声音划破了黎明的安静，"起床了，起床了！"汉奸催班使劲吆喝道，"快，快，一群懒猪！都到院子里集合！"

特殊工人训练所的劳工拖着疲惫的身子从床上爬起来，懒洋洋地走出宿舍，成群结队到院子里站成排。朱奇山的邻铺，六十多岁的老陈头捂着肚子，头上冒着虚汗，有气无力地对朱奇山道："兄弟，俺肚子疼得要命，实在不能参加朝拜了，你替俺向催班请个假！"所谓朝拜，就是让劳工们对着日本东京的方向和伪满新京长春的方向三鞠躬，并山呼天皇万岁，皇帝万岁！

朱奇山摸摸他的头，烧得有点儿烫手，便随口问道："你拉稀不？"

老陈头点点头，朱奇山惊讶地说："陈哥，你怕是毒性痢疾吧！好，俺替你跟催班请个假！"说完大步往门外走去。正好碰到返回宿舍找人的催班江占明，他对朱奇山厉声吆喝道："301，你他妈的磨蹭什么，还不快去集合！"

朱奇山道："302肚子疼得厉害，让俺帮他请个假！"

江占明一脚踹开朱奇山骂道："滚出去，多管闲事！"边说边走到老陈头床铺前，拎小鸡般拽起老陈头就往宿舍外面走，边走边骂道："我叫你装病！"老陈头跟头把式地随着江催班走到门外，江占明松开手，照老陈头屁股上就是一脚："他妈的，装什么病！"话音刚落，老陈头站立不稳，一头栽倒在地，想爬起来，但实在无力爬起，江占明走过来，不问青红皂白，照老陈头肚子上就是一脚，口中骂道："起来！"

老陈头疼得身子缩成一团，口中无力地喊道："啊，啊！"江催班见状，毫不留情地对着老陈头身子乱踢，边踢边骂："老登，我叫你装！"

此时，日本票头（监工）太野走过来，没头没脑地乱踢，边踢边喊："起来，起来！"老陈头疼得满地滚，开始还疼得"啊，啊"地喊叫，后来便没了声。

太野见状，不问死活，即命令押送劳工的警察道："他的，狗圈的干活！"

两个警察即拖着老陈头往狗圈方向走。众劳工恨得咬牙切齿，朱奇山攥着拳头要出面制止，被关在一起的八路军战俘徐涌泉死命拉住，小声劝道："别冲动，想找死啊！"

朱奇山冷静下来，眼含仇恨的泪水，看着老陈头被鬼子监工和汉奸走狗活活踢死喂了狗。

特殊工人训练所里的劳工，每天两餐，每餐给一碗高粱米糊糊或谷糠糊糊。下井时，每人发给鸡蛋大小的两个橡子面窝头，每天要干十二个小时的活儿，大出炭时期，要干十四到二十个小时的活儿。繁重的体力劳动，劳工们经常饿得前心贴后腔。

一次，劳工刘秉忠在上班的路上，看见路边有一把萝卜缨子，刚弯腰捡起来，被押送的警备班长看见，他便报告给鬼子监工太野，太野即抽出战刀，狠劲向刘秉忠头上砍去，手起刀落，砍掉了刘秉忠的半个脑袋，刘秉忠大叫一声扑通倒地，痛苦得在地上挣扎了不一会儿即断了气。伪警备班长便让上班的劳工停下来围观。朱奇山眼睛通红，和众劳工亲眼看着刘秉忠痛苦地死去。

伪警备班长无耻地说："诸位，看到了吗，511因为一把萝卜缨子丢了自己的小命，大家可千万别跟他学！"

随着战局的紧张，日本鬼子提出了"大出炭，支援圣战"的口号。大出炭期间，日寇用劳工的生命换煤炭产量，井下的作业环境非常恶劣，通风不畅，煤尘飞扬，空气稀薄，闷热难受。鬼子监工不管劳工的死活，整天驱赶劳工到井下挖煤。体力较好的也都喘着粗气，勉强支撑着干活儿，体力差的有不少经常昏倒在掌子头。鬼子监工看谁昏倒了，便把昏倒的劳工拖到坑上，用凉水浇醒，再赶下坑去干活儿。

跟朱奇山在一起干活儿的劳工周振田，因为年纪大，体力差，在井下干活儿时，累得浑身出虚汗，脸色青紫，实在支撑不住，昏倒在掌子头。朱奇山看到他有生命危险，就不顾一切地把周振田背到了坑上。

经冷风一吹，周振田苏醒过来，鬼子监工太野看见，走过来猛劲踢了周振田几脚骂道："八嘎，装死地不行，赶快下井干活儿！不然死了死了的！"

周振田无奈，爬起来，一瘸一拐地下了坑。在井下，他站立不住，即跪在底板上，咬紧牙关，举着沉重的镐头刨煤，刨了不几下，连累带闷，支撑不住，又昏倒在地上。朱奇山又冒险把他背到了坑上。刚刚苏醒，鬼子监工太野又骂他装死耍赖，连踢带骂，逼他下井干活儿。连续几天，天天如此，最后，周振田累倒在掌子面，再也没有醒过来。一个忠厚老实的矿工，就这样被鬼子活活折磨死了。

一天晚上，累得精疲力竭的劳工们都在呼呼睡觉，朱奇山听到田强生（编号615）在小声地抽泣，他是最近从牡丹江抓来的浮浪劳工。朱奇山以为他是因为受不了井下工作的劳累和催班监工的欺辱而哭泣，就小声地劝说道："小田，你刚来，可能还不适应，千万可别再哭泣了，当心被鬼子监工看见惹来杀身大祸！"

田强生哭着小声说："朱叔，我不是受不了这个罪，我是担心我家里的媳妇！"

朱奇山小声安慰道："先顾自己吧，你媳妇在家里，总比你在这里好过些！"

田强生小声哭诉道："朱叔，你不知道，我媳妇怀孕了，眼看要临产了，我到街上找大夫给她检查胎位，忽然看到街上的人惊慌地喊道：'快跑，抓浮浪的来了！'我也跟着往外跑，没跑多远，又听有人喊：'街两头被警察堵上了，跑不出去了！'不一会儿，几个警察和日本兵走过来，查'国民手账'，没有带'国民手账'的都被抓起来了。我出来得急，忘了带'国民手账'，警察就把我也抓起来了，我再三跟他们解释，说我家就在对面那条街上，现在就可以跟我到家拿，警察根本不听，我苦苦哀求，说我媳妇要临产，请行行好，放我回去。日本兵踹我一脚骂道：'八嘎，你的，死了死了的！'就这样，我就被抓到这里来了。我媳妇就要生孩子了，家里又没有人，怎么办，那可是两条命呀！"

朱奇山强压怒火，小声安慰道："小田，别着急，总会有办法的！"

田强生止住哭，小声道谢："谢谢朱叔！"

夜里，两个人翻来覆去，难以入睡。田强生牵挂着家里临产的妻子，偷偷地下定了逃跑的决心。一天，催班安排他到矸石堆当翻车工，他乘翻矸车的时候，随着矸石从矸石堆上滚下，爬起来想跑走，没想到被看守矸石堆的矿卫队队员魏歪嘴发现，田强生刚爬起来，就被魏歪嘴抓住。

他跪在地上苦苦哀求道："老哥哥，我媳妇就要生孩子了，家里没人照看，你行行好，放我走吧，我们全家永世记着你的大恩！"

魏歪嘴冷笑道："小子，你说得好听，我把你放走，让上面知道了，还不得要我的命？别啰唆了，跟我走吧！"不管田强生如何哀求，魏歪嘴还是把田强生交给了鬼子监工太野。

秋季，天高云淡，风清气爽，但也是蚊虫肆虐的季节。特殊工人训练所的劳工成年累月不能洗澡，身上发着难闻的臭味。宿舍也没人打扫，到处是垃圾。劳工晚间都在马桶上大小便，屋子里总是又臭又臊。特殊工人训练所的院子里，蒿草丛生，到处是脏水，是蚊虫滋生的理想环境。

一天傍晚，催班江占明扯着喉咙高喊："他妈的，先别睡觉，统统到院子里集合，看西洋景！"

朱奇山和下班的劳工拖着疲惫的身子从宿舍里走出来，看见田强生全身一丝不挂地被绑在院子旁边的一根电柱上，头顶上是一盏明亮的电灯。光着身子的田强生全身爬满了蚊虫，疼得田强生龇牙咧嘴，脸都变了样。鬼子太野手中举着一把扫帚,见田强生满身爬满了蚊虫,即用扫帚在田强生光着的身体上乱扫一通,扫帚一挥,蚊虫即在灯光下乱飞,扫帚一停,蚊虫即飞到强生身上叮咬。

鬼子太野狞笑着对围观的劳工道:"看见了嘛,这就是逃跑的下场,谁如果还想逃,我就让他尝尝被蚊子叮咬的滋味!"

听到鬼子的声音,田强生含含糊糊骂道:"太野,你狗×的不是人,你害死了我家三口人,我到阴曹地府也不放过你!"他疼得嘴歪眼斜,挣扎了一会儿就昏死过去。

朱奇山和众劳工看着这惨不忍睹的场面,气得不顾一切地喊道:"这不是让人活受罪嘛,太丧良心了,天理不容啊!""他妈的,日本人也太不把我们当人看了,总有一天会遭报应的!""再要这么对待劳工,我们就不干,爱咋的咋的,我们豁出去了!"

江占明见劳工发生了骚动,担心引起众怒不好收场,就心虚地挥动榔头棍喊道:"喊什么,喊什么,别看了,都回去睡觉!"连打带骂把围观的劳工赶回了宿舍。

可怜田强生整整一夜被捆在电柱上,任凭蚊虫叮咬,惨死在电柱上。

## 二

看到鬼子太野对劳工的种种暴行,朱奇山按捺不住心中的愤恨,暗暗发誓,一定要让这个日本鬼子血债血还。在井下劳动的间隙,他悄悄对徐涌泉道:"兄弟,咱们得给太野这个日本恶魔点儿颜色看看,这小子太可恶了!"

徐涌泉小声回应道:"我同意,咱们得想办法除掉这个坏蛋,你心里有谱儿吗?"

朱奇山对徐涌泉耳语一番后,徐涌泉点点头道:"这个办法好,既要了太野的狗命,还让劳务系的鬼子抓不到把柄!"

一天,正赶上太野在井下溜掌子,下班的时候,朱奇山和徐涌泉故意磨磨蹭蹭走到了劳工的最后面。太野见少了两个人,便返回来寻找,看见朱奇山蹲着未动,太野即挥舞着军刀走过来骂道:"八嘎,你的什么的干活!"

朱奇山答道:"太君,俺的拉屎的干活!"

没等太野答话,躲在暗处的徐涌泉对准太野的脑袋一镐把打过去,太野扑通倒地,朱奇山站起来和徐涌泉一起对着太野的心脏用镐把猛击,眼见太野已死,即将其尸体横放在绞车轨道上,然后两人即跑步跟上了下班的劳工。不一会儿,一列矿车从上放下来,将太野的尸体压得面目全非。劳工全部升井后,催班不见太野,正追问,忽然听到井下劳工传上话来说:"不好了,出事了，轧死人了！"

江占明招呼两名警察急忙到现场查看，见死者头部已经被轧碎，白花花带血的脑浆堆在死者的耳旁，从军刀和服装上认出死者正是太野。江占明不敢怠慢，自己守着现场，让警察立即报告了劳务系的系长龟田。龟田看到太野的尸体，捂着鼻子让几个警察把太野的尸体装进矿车，拉到了井上。他围着太野的尸体左查右看，认定是矿车轧碎了太野的脑袋致死，所以，太野的死，登勾工应当负责，于是让警察把登勾工常志远抓到了劳务系。

警察撸起常志远的裤腿，让他跪在麻花钎子上，不大一会儿，常志远的膝盖处就流出了血，疼得头上冒汗，龇牙咧嘴。龟田喝问道："你的，看见轨道上有人为什么不停车？"

常志远道："太君，矿车跑得太快了，俺发现轨道上有东西，就立刻发了停车的信号，可是矿车靠惯性往下滑，只听嗵一声，俺急忙跳下车查看，见好几个车皮已从太君身上碾过去了，俺吓得腿发软，急忙让升井的劳工去报了信。"

龟田道："八嘎，你不说实话，给我打！"

一旁的鬼子和警察劈头盖脸一顿猛抽，常志远疼得在地上翻滚着叫喊："太君，俺说的是实话，撒谎的死了死了的！"

龟田又喝问道："你的说，是什么人指使你干的？"

常志远喊道："没有人指使，天地良心，俺不能诬赖好人！"

龟田让打手给常志远灌辣椒水，然后他亲自用脚猛踩常志远的肚子，辣椒水和血水从常志远的口中冒出，龟田狞笑道："你的，实话的说不说？"

常志远含混不清道："太君，俺说的全是实话，俺冤枉啊！"

龟田让先把常志远关起来，又把绞车司机抓起来审问，绞车司机说自己是正常放车，听到停车的信号以后，便立刻停车，根本不知道绞车道上发生的事。又让俩人当面对质，口供和原来完全一样。龟田无奈，觉得凶手不一定是司机和登勾工，于是决定释放了事。

龟田并没有放弃追查凶手的念头，他在自己的办公室来回踱步，反复思考着太野的死因。他百思不得其解的是，太野既然是同下班的劳工一起升井，为什么他的尸体会出现在绞车道上？他是自己到绞车道去的呢，还是被劳工打死后拖到绞车道去的？假如他是被打死后拖到了绞车道，现场是伪造的，那谁是打死他的凶手呢？可是，人证、物证都没有，那该怎么办？使用暴力，通过枪杀劳工逼凶手站出来吗？他摇摇头，觉得在大出炭期间，随便打死许多劳工不合算。想来想去，认为不能着急，应当从长计议，慢慢寻找蛛丝马迹。于是，他决定派外号叫"笑面虎"的日本人川下到特殊工人训练所当监工，并交给一项秘密任务，就是千方百计查找太野的死因，抓到凶手。

笑面虎川下确实和太野不同，表面上，他不像太野那样野蛮、残暴，动不动就张口骂，抬手打，举刀砍。他是软刀子割肉，笑里藏刀。班前组织劳工朝拜的时候，他装得十分虔诚的样子对着日本国的方向鞠躬，大声喊"天皇万岁"，振振有词地读"皇民训"，给劳工讲什么"东亚共荣""大出炭，支援圣战"的意义，在劳作的过程中，他看到有的劳工干活儿卖力，还会装得很亲切地拍拍对方的肩膀或竖起大拇指夸奖几句。不少劳工看到他的举动，觉得他比太野好多了。其实，他对劳工的狠毒一点儿都不亚于太野，不同的是，他是外表面带笑，背后下毒手。他如果发现哪个劳工有问题，从不当面惩罚，而是暗中行事，或者令人秘密送劳务系拷打，或者干脆让你失踪。从笑面虎到特训所以来，朱奇山始终保持着警惕，细心观察着笑面虎的举动，过了一段时间，他发现有的劳工被抓到了劳务系，有的则突然失踪。

他悄悄地问徐涌泉："徐老弟，你看川下这小鬼子怎么样？"

徐涌泉微笑道："我看好像比太野那家伙好一点儿！"

朱奇山摇摇头道："俺看不见得！"

徐涌泉道："怎么说？"

朱奇山道："这家伙是笑里藏刀，咱们得防着点儿，别上当！"

徐涌泉笑道："其实，我跟你的看法一样，刚才那样说，也是想探探你的想法。川下这家伙是笑面虎，表面和气，骨子里跟太野一样。我觉得龟田这家伙对太野的死不会就那么轻易放过，说不准笑面虎在暗中正盯着咱们呢！"

朱奇山叹口气道："涌泉老弟，你被关在这里有多长时间了？"

徐涌泉道："快四年了！怎么，你怎么突然问起这来了？"

朱奇山道："你说，咱们就这么眼睁睁看着鬼子大出炭，拿着咱们用血汗换来的煤炭去炼钢铁、造枪炮，打八路军和抗联，屠杀我们的同胞吗？"

徐涌泉回应道："老兄说得没错，咱们在地狱里遭罪，帮小鬼子出煤打自己人，这日子我早就不想过了！"

朱奇山道："老弟有什么打算吗？"

徐涌泉道："奇山兄，你仔细观察过吗，咱们这里每班下井干活儿的大约有一百人，押送的警察是六个，外加一个鬼子监工和一个催班，人数是三十比一，如果咱们心齐，很容易对付他们的！"

朱奇山沉思道："从人数看，咱们当然占优势，可是，他们有武器，咱们可是赤手空拳呀！"

徐涌泉道："这没关系，只要咱们组织好，有准备，就不会有大问题！"

朱奇山道："老弟，你是行伍出身，怎么组织你心里是不是早有谱儿了？"

徐涌泉道："我倒是有个想法，但危险性也不小，如果顺利，咱这一百多人能够跑出去，如果有一个环节出了差错，那麻烦可就大了，像咱们这样领头儿的人那可是要掉脑袋的！"

朱奇山道："咱们这是虎口逃生，哪能没危险？不过，只要有一线希望，咱也得试一试！你先把你的想法说说，咱们一起合计合计！"

徐涌泉正要说自己的想法，朱奇山发现笑面虎的眼睛好像正瞅着他俩，便急忙向徐涌泉递个眼神制止，两人装作使劲干活儿的样子，避开了笑面虎的贼眼。在下班升井的路上，徐涌泉悄悄对朱奇山道："你仔细看看咱们上下班的队形，也许能发现点儿什么。"

朱奇山点点头。升井后，朱奇山留心观察，看到警备班长带着五个警察端着枪站在井口门附近扯着嗓子喊道："他妈的，别磨蹭，站队点名！"劳工们按要求站成四排，点名后改成两排往特训所走。催班江占明在劳工队伍前带路，队伍左右各有两个警察端着枪押送，警备班长和一个警察随笑面虎走在劳工队伍的最后面。

第二天，徐涌泉见笑面虎去监督掘进工的操作，就小声对朱奇山道："奇山兄，你也看到了，押送咱们上下班的警察和监工，总共有八个人，他们站的位置是不是每天都是老样子？"

朱奇山道："嗯哪，不错！"

徐涌泉道："如果咱们有十几个人能有计划地分散在劳工队伍中，每两三个人盯住一个押送的警察，走在半道上，发个信号，一起动手，把各自盯着的警察打倒，夺枪，发声喊，让劳工各自分散逃跑，等矿上的鬼子、警察和矿卫队员得到了信息，出动追击，劳工和咱们已钻进了山林，他们要抓就很困难了。"

朱奇山道："这个主意不错，但只咱们两个人不行，得再串联十几个人，这些人要体力好，有胆量，跟咱们一样想逃跑！"

徐涌泉道："老兄说得对，不过，这串联人的工作可不好做啊，一是要识人，二是要绝对保密。如果在串联人的过程中出了差错，泄了密，那你我的脑袋可就要搬家了！"

朱奇山道："是啊，在鬼子监工眼皮底下搞串联，难呀，咱们真得好好考虑个稳妥的办法！"

徐涌泉点点头没有吱声。两人怕笑面虎溜掌子回来看见，便分开各自干活儿，脑子里反复考虑着串联的办法。

两人经常在一起嘀嘀咕咕，引起了跟他俩一起干活儿的齐本能和潘大虎的注意。齐本能小声对潘大虎道："大虎，你看到了吗，小徐和老朱两个人经常在一起嘀咕，是不是在商量什么事？"

潘大虎道："在这个鬼地方还能商量什么事，别理他！"

齐本能道:"大虎,你甘心一辈子待在这个鬼地方吗?"

潘大虎道:"他妈的,这是个人间地狱,我恨不得现在就能离开这个鬼地方呢!可是,没办法离开啊!"

齐本能道:"你知道吗,我听说小徐以前好像在八路军干过,老朱曾当过把头,是个很讲义气的人,你想想看,像他们这样的人会甘心在这里过地狱般的生活吗?"

潘大虎道:"他们当然不甘心了,连我们都不甘心,他们能甘心吗?可是,不甘心又有什么办法?"

齐本能道:"我觉得他俩有可能是在商量逃跑的事,咱俩去探探他俩的口风。"

潘大虎道:"怎么探,那可是掉脑袋的事,人家会轻易告诉你吗?"

齐本能道:"那也不见得,你给我看着点儿笑面虎和监工,我凑过去跟朱奇山聊聊!"

潘大虎点点头,齐本能装作没事的样子凑到朱奇山跟前干活儿。朱奇山也注意到了齐本能和潘大虎的举动。见齐本能主动靠近自己,便小声问道:"齐老弟,你是哪里人?怎么也被抓到这个鬼地方来了?"

齐本能道:"我家在牡丹江,二月初十是我的生日,几个要好的朋友就凑到一起,在街上的一家饭馆聚了聚,没等吃完饭,抓浮浪的鬼子和警察就闯进饭店跟我们几个要'国民手账',家就在不远,到饭店吃饭谁还能想到带那玩意儿,小潘,"他指了指在一边干活儿的潘大虎小声说,"就是他,对警察顶撞说:'那玩意儿有,但没有带,家就在附近,要么跟我们到家去拿!'"

朱奇山插话道:"那恐怕要麻烦了!"

齐本能道:"可不是嘛,领头的警察啪地给了潘大虎一巴掌骂道:'你他妈的让谁跟你去拿,有,就赶快掏出来,没有,痛快跟老子走!'潘大虎年轻气盛,气得骂道:'你他妈的凭什么打人,还有没有王法了?'警察冷笑道:'他妈的,什么王法不王法的,老子就是王法!我看你小子不像良民,倒像是抗联!'他一挥手,对跟来的警察道:'统统带走!'一群警察一拥而上,不由分说,就把我们八个人抓到这鬼地方了!"

朱奇山叹口气道:"这么说,你们几个够冤枉了!"

齐本能道:"我自己冤枉倒也罢了,关键是连累了几个好兄弟。如果能放了我这几个兄弟,就是死我也没什么好说的!"

朱奇山称赞道:"兄弟,看来你也是个仗义之人,这年头儿,有你这么仗义,不容易啊!"

齐本能长叹一口气道:"仗义有啥用,还不是一样连累兄弟!"

朱奇山试探道："也不能说没啥用,你就没想过怎么让你这些兄弟脱离苦海？"

齐本能接口道："怎么不想,我做梦都想着怎么让这帮兄弟离开这鬼地方呢！可是,想有什么用,能离开吗？"

朱奇山诱导说："只要齐心,有胆量,不怕死,也不见得不行！"

齐本能急迫地说："奇山兄,你既然这么说,我也就不隐瞒了,我看你和那个八路军老在一起嘀咕,是不是商量逃跑的办法？"

朱奇山先是一愣,脑子里迅速地转悠着,觉得齐本能很可能跟自己有同样的想法,于是爽快地回答道："你说得不错,想不想跟俺们一起干？"

齐本能兴奋地说："刚才不是跟你说过嘛,我做梦都想着怎么跟弟兄们离开这鬼地方呢,如果你信得过我,我就动员我这帮兄弟跟你们一起干！"

朱奇山严肃地说："本能兄弟,这可是虎口逃生,十分危险哪！你是不是再冷静地想一想？"

齐本能坚决地说："我知道干这种事很危险,可是,与其在这里让鬼子汉奸折磨死,还不如拼命一搏！"

朱奇山道："那好！不过,干这种事,单凭咱们两三个人不行,至少也得有十几个有胆量不怕死的人一起干！"

齐本能道："这我知道,跟我一起被抓进来的八个人都是过命的兄弟,我保证他们也愿意跟着一起干！"

朱奇山道："既然你那帮兄弟愿意跟咱们一起干,那再好不过了！"他用力握着齐本能的手动情地说,"本能老弟,咱们说的可是掉脑袋的事,千万不能大意,你先悄悄跟弟兄们透透气,如果没问题,最好能再串联几个人,假如能有十几个不怕死的弟兄一起干,兴许能成功！"

未等齐本能答话,潘大虎向两人打手势,齐本能给朱奇山递个眼神,两人即各自埋头干起活儿来！

经过几天的秘密活动,朱奇山和徐涌泉已串联到十八个人,加上他们俩,总共二十个骨干。两人担心夜长梦多,决定尽快动手。

8月12日,朱奇山、徐涌泉、齐本能、潘大虎四个人安排好监视票头（鬼子监工）的岗哨,围在一起商量行动方案。徐涌泉用煤矸石在掌子面的地板上画出了警察押送劳工上下班的具体位置,然后提出了要求,他说："咱们二十个人分成前、中、后三个组,前头这个组四个人,由奇山兄负责,中间这个组,左右两边各四个人,分别由本能和大虎两位兄弟负责,后边这个组,八个人,由我负责。动手前要盯住各自的目标,等走到路边的坟墓时就开始动手,具体时间定在农历八月十五上班的路上。"研究好以后,大家即没事人一样分头干活儿,不动声色地等着动手的日子。

农历八月十五是中国传统的庆丰收的中秋节。边城广袤的田野上，小麦和水稻都已躺倒在地，玉米棒子大都进了农家的场院，只有玉米秸秆仍然树林般直立在田间，茂密的森林叶子已经发黄，但仍然顽强地挺立在山丘上，秸秆和树叶在秋风中沙沙作响，好像战士的厮杀声。边城的深秋，晚间的温度已接近零摄氏度，广阔的原野上铺上了一层厚厚的白霜，加上秋虫凄厉的叫声，给人以秋风萧瑟和神秘之感。秋收冬藏，秋天应该是喜庆丰收的季节。但是，在日伪统治下，劳动者却是丰收不丰年，辛辛苦苦获得的丰收之果却被大大小小的权贵剥夺了，普通劳动者享受不到丰收的喜悦。只有权贵、富人才能美酒佳肴、欢歌笑语，享受中国传统的丰收之节。

这一天，冠山矿"特殊工人训练所"的把头兼催班江占明邀请特训所的所长和鬼子监工笑面虎，还有警备班长、值班警察一起设宴过节，吃喝玩乐，并借过节之机和所长及笑面虎套近乎。席间，所长和笑面虎自然要宣扬什么"中日亲善""东亚共荣"之类的老调，江占明也极尽吹捧、恭维之能事。划拳、行酒令、敬酒，说说笑笑，很是热闹。酒后上班的时候，一个个酒足饭饱，警备班长勉强支撑着让上夜班的劳工集合、排队、点名、朝拜后，已是下午五点多钟，深秋的边城天已逐渐黑下来，笑面虎和警察、催班即像往常一样押送劳工上班。

朱奇山和配合自己行动的四个劳工站在队伍的前面，紧盯着在劳工队伍最前面领路的催班江占明；齐本能和潘大虎分别领着随自己行动的八个人分别站在左右两排的劳工队伍中，紧盯着端枪走在队伍两边的四个警察；徐涌泉跟四个体力较好的劳工在队伍的后边，盯着走在劳工队伍最后面的笑面虎和警备班长。

队伍静悄悄地走在上班的路上，到达路边的坟墓时，队伍中间的劳工突然互相辱骂和厮打起来，押送的警察端着枪吆喝着到厮打的劳工跟前镇压，互相厮打的劳工突然扑到警察面前，用镐把猛击警察的头部，将其打翻在地，麻利地夺下了四个警察的长枪，在前面领路的江占明刚一回身，朱奇山手疾眼快，一脚将其踹倒，跟自己一伙儿的劳工一拥而上，拳脚相加，要了他的狗命；跟在队伍最后面的警备班长见有人打架，吆喝着前去制止，笑面虎刚要拔战刀，徐涌泉等五人立刻扑上去，铁锹、镐把一齐动手，笑面虎、警备班长和跟随的警察立刻见了阎王。徐涌泉左手拿着笑面虎的手枪，右手举起战刀高声喊道："工友们，快跑啊！"被眼前突然发生的事吓得有点儿发蒙的众劳工听到喊声，如梦初醒，立刻迈开双腿拼命向四面八方逃跑。

劳务系的龟田得到劳工集体逃跑的信息以后，气得暴跳如雷，哇哇乱喊。苟步力和毕士仁立即命令警察和矿卫队员配合劳务系的鬼子一起出动追击。虽然月光如昼，但百多名劳工分散钻进漫山遍野的树林和玉米地里，如大海捞针，根本看不到逃跑劳工的踪影。只有几个劳工因长期营养不良，加上繁重的体力劳动，身体非常虚弱，跑出几里路之后，实在无力逃跑，即躲在玉米地里休息，被追击的警察和矿卫队员抓获。折腾了大半夜，看看天已大亮，追击和搜查的鬼子和警察一个个累得精疲力竭，龟田只好命令押着抓到的几个劳工回到劳务系，暂时休息，再做安排。

回到日满大柜以后，龟田和毕士仁分头向梨平镇宪兵队和警察署作了汇报，宪兵队和警察署也派出了宪兵警察在镇内外和附近山林大张旗鼓搜查，还安排特务到"特训所"调查，也没有找到蛛丝马迹。苟步力和毕士仁怀疑朱奇山可能是组织策划人，曾安排人监视朱家住宅，因没有查到任何有用信息，只好不了了之。

## 三

杜龙彪也被关押在特殊工人训练所，但和朱奇山不在一个区域，劳动、休息都不在一起，所以也没有机会同朱奇山一起逃跑。不过，除了所在区域不一样以外，衣食住行各种遭遇同朱奇山完全一样。黑乱脏臭的生活环境，难以忍受的饥饿折磨，每天十四个多小时繁重的体力劳动，加上鬼子监工残暴的打骂和羞辱，病、饿、累导致劳工大批死亡。死人仓库里堆满了劳工的尸体，夏天，腐烂的尸体发着难闻的气味，冬天，码垛般摞着的尸体冻在一起，运尸工没法搬，就用撬棍撬，不少尸体被撬得支离破碎，面目全非。鬼子的炼人炉天天冒烟，但仍然炼不完，于是便把尸体扔在山坡上浇上汽油焚烧，或者干脆把尸体扔在山沟里，任凭狼吃狗咬，日积月累，形成了白骨累累的万人坑。目睹鬼子的罪行，杜龙彪满腔愤怒，产生了强烈的复仇的怒火。

鬼子提出"大出炭，支援圣战"的口号以后，他暗自寻思："他奶奶的，什么大出炭支援圣战，不就是要我们劳工用血汗换煤炭支援日本鬼子打我们的同胞吗？小鬼子，你们他妈的想得美，俺得想办法让你大出炭变成大掉蛋！"他知道，现在自己被关押着，失去了自由，也得不到党组织的指示，力量有限，如果让鬼子监工发现，还会丢掉性命。但是，自己是共产党员，心里有信仰，有奋斗目标，不能因为失去了自由就无所作为，任由鬼子摆布，得想办法干点儿什么！于是，他一边在井下干活儿，一边细心观察，暗暗琢磨着破坏鬼子大出炭的计划。

他是一个很有心计的人，早在冠山煤矿开发建设时期，他就干过电工，深知电在煤矿采掘工作中的重要性。电是煤矿井上井下的动力源，没有了电，井下一片黑暗，劳工们没法干活儿，可以停工休息；绞车开不起来，煤和矸石升不了井，材料运不下来，可以造成大停产；水泵停止了转动，井下水排不出去，就有淹井的危险。因此，只要破坏井下电源，就能影响鬼子的大出炭计划。所以，他便凭着自己仅有的一些机电知识，偷偷地开始实施破坏井下电源的计划。

一次是乘桥本到别处监督的时候，他把偷着捡到的小铁钉钉在电缆线里，造成电缆短路，巷道和掌子头又成了漆黑一片。20世纪40年代，还没有检测电缆短路的仪器，鬼子机电技工井上井下顺着电缆检查，因为小铁钉钉在电缆包皮里面，外面不容易看出，所以鬼子机电技工也没有检查到短路的原因，只好将电缆废弃，换上新电缆，连检查带铺设新电缆，忙活了一个整班。这次破坏，不仅造成了当日欠产，换新电缆也带来经济损失。劳务系的龟田把桥本叫去好一顿臭骂。看到桥本狼狈的样子，杜龙彪觉得很过瘾，他心里暗自笑道："狗×的小鬼子，俺叫你大出炭变成大掉蛋！"他是一个聪明而且头脑很冷静的人，虽然觉得这样做对鬼子大出炭有影响，但又不能过于频繁，所以，每隔半月二十天就不声不响地搞一次，弄得鬼子很头疼。

朱奇山和徐涌泉组织百多名劳工成功逃跑后，梨平镇、冠山矿的宪兵、警察和矿卫队到处搜查，闹得满城风雨，也引起了桥本和鬼子监工的警惕。有时候，他们也会小声议论，互相告诫。

一天，桥本和机电技工在一起小声议论，桥本道："一百多劳工能够在押送警察的眼皮底下逃跑，不是一件很容易的事，事前肯定有人组织串联，川下他们事先一点儿都没有觉察到，太大意了！"

机电技工点头道："是啊，听说领头的人一个叫朱奇山，曾经是矿上的把头，还有一个人叫徐涌泉，曾在八路军当连长，这两个人能够神不知鬼不觉地组织一百多名劳工跟他们一起干掉脑袋的事，也真不简单啊！劳工中也是藏龙卧虎，不可小视啊！"

桥本道："那也是猜测，这两人到底是不是组织策划者也未可知！不过，说劳工中藏龙卧虎，也不为过，我们也得格外小心呀！"他突然转换话题道，"大出炭期间，咱们这里隔三岔五地断电，你不觉得奇怪吗？是不是劳工搞的鬼！"

机电技工道："我也觉得奇怪，可是一点儿蛛丝马迹都没有，实在叫人头疼！"两人的对话，断断续续传到了杜龙彪的耳朵里，他为朱奇山成功逃出魔窟感到高兴，也萌生了逃跑的念头。

未等他做好逃跑的准备，一个意外的情况让他感到失望。一天早晨，催班突然招呼他："505！你出来，跟我走！"

杜龙彪急忙穿好衣裤，走出宿舍。催班指着杜龙彪对两个警察道："他就是杜龙彪，编号505！"

为首的警察走过来，给杜龙彪戴上手铐道："505，跟我们走！"

杜龙彪问道:"上哪里呀?"

警察道:"别问,给你换个地方!"

杜龙彪跟着两个警察走出特训所,又走了一段路,被押上了一辆带篷的汽车。

到了车上,看到有十几个人都戴着手铐,其中,有两个人,杜龙彪认识,一个叫牛喜来,一个叫张广全,两人都是冠山煤矿的矿工。杜龙彪小声问牛喜来:"喜来,你犯了什么法,怎么也被他们抓了?"

牛喜来道:"彪哥,俺什么法也没有犯。俺老老实实在井下干活儿,不小心被冒落的顶板砸伤了后背,伙计们扶着俺升了井,把俺送回了家。多亏杜梅大婶给俺从大夫那里求了个偏方,治了半个多月,慢慢好点儿了。没想到姓史的把头拎着个榔头棍气势汹汹地闯进俺家,用榔头棍敲敲俺的脑袋道:'姓牛的,你脑袋挺硬啊,休了半个多月,该上班了!'俺妈求告道:'史先生,喜来的伤还没好,让他休两天再上班吧!'史把头眼睛一瞪,不客气地说:'皇军号召大出炭支援圣战,矿上劳动力奇缺,喜来不上班不行!'说完,不由分说,硬逼着俺下井干活儿。干了两天,累得俺犯了病,支撑不住,昏倒在掌子头上,伙计们背着俺升了井,送到了俺家。这次俺病得不轻,口吐鲜血,发高烧,吃不下饭。"

杜龙彪关心道:"那可怎么办?"

牛喜来接着道:"杜婶知道后,就偷着给俺弄了点儿大米,俺妈抓了一小把杜婶送来的大米,煮了一小碗大米粥,端到炕上让俺喝,还没等俺喝,史把头拎着榔头棍气势汹汹地闯进来……"说到这里,牛喜来喘着粗气说不下去。

杜龙彪小声安慰道:"喜来兄,你先喘口气,慢慢说!"

停了一会儿,牛喜来接着说:"这狗×的一进门就高声骂道:'牛喜来,你他妈的病早就好了,还在家泡什么蘑菇!'俺妈急忙迎上去说:'史先生,快请坐,喜来的病又犯了,发高烧,还吐血呢!'姓史的推开俺妈,直接往炕头闯过来,看见炕上的大米粥,眼珠子一瞪,冷笑道:'好生活嘛,还有大米粥,你不知道吃大米是经济犯吗?'俺妈急忙跪到地上苦苦哀求道:'史先生,你行行好,高抬贵手,放过俺吧!'姓史的装作很为难的样子道:'老太太,你和你儿子犯了国法,我也没办法!'俺看姓史的不饶俺,就不服气地说:'就许你们吃大米,俺们有病吃点儿都不行,这叫什么国法!'这句话惹恼了姓史的,他举起榔头棍就朝俺打过来,俺妈急忙拦住道:'史先生,你先消消气,喜来顶撞你,都是俺没管教好,看在他有病的分儿上,你就打俺几下出出气吧!'姓史的这畜生冷笑道:'好呀,那我就不客气了!'说着竟然举起榔头棍就要打俺妈。俺实在压不住火气,就大喊一声:'住手!'

咬着牙从炕上爬下来护着俺妈道：'姓史的，大米是俺吃的，犯法由俺挺着，你欺负一个老人算什么本事！'姓史的恼羞成怒道：'好啊，你妈说没有管教好你，今天我就替她管教管教你！'边说边举起榔头棍劈头盖脸朝俺打过来，打得俺昏倒在地，他也没有放过俺，回到劳务系后，他向矿警察署报告，说俺在家吃大米，警察署就把俺当经济犯抓起来，判了俺两年。然后就把俺押上汽车，说是要送俺到什么矫正院强制进行劳动改造！像俺这样满身是病的人，恐怕再也经不起折腾了，可怜俺那六十多岁的老娘孤苦一人可怎么活呀！"

说完，泪流满面，泣不成声。众人都沉默无语，为牛喜来母子的遭遇无声地叹息。

良久，杜龙彪问身边的张广全道："广全兄，你犯的是他们的什么法？"

张广全愤愤不平道："俺他妈的什么法也没犯！"

杜龙彪知道他有气，便安慰道："俺知道你没犯法，俺就想知道你是因为什么被他们当犯人给抓起来了！"

张广全小声骂道："这年头，不管你干什么，人家说你犯法你就犯法，没什么道理好讲！"

杜龙彪道："听口音你好像是山东人，你是怎么到冠山矿的？"

张广全接着道："嗯哪，俺是山东平度人。民国二十五年的秋后，冠山矿的黄把头到俺那里招工，说到矿上干活儿，每月挣四十块大洋，吃的是大米白面，住的是楼房，点的是电灯，把冠山矿说得像天堂一样！俺信以为真，就报了名。等到了冠山矿，一看傻了眼，知道上了骗子的当想走，可没那么容易，鬼子、警察、矿卫队像对待犯人一样看着你。没奈何，对付干吧，干了一年多，工资让把头七折八扣，钱是没剩下，倒是落下了一身病！"

身边的劳工叹口气道："招工的把头是骗子，俺也是被他们骗来的！"

张广全继续道："七七事变后，和家里的通信也断了。俺惦记着家里的父母和老婆孩子，就到劳务系让鬼子给俺开个证明，放俺回家。俺求爷爷告奶奶，好话说尽，让他们放俺回家探亲，他们不仅不给开，还拳打脚踢，逼俺去上班。俺一心想回家，也没去上班。过了两天，警察找上门，说俺想越境投苏，是什么反满通苏思想犯，绳索捆绑，就把俺押到这辆汽车上了。唉！有家难归不说，俺一个老实巴交的工人不明不白成了犯人，老天不睁眼哪，没地方说理呀！"

听到张广全的遭遇，杜龙彪十分同情，便进一步安慰道："广全兄，先忍忍吧，等到了矫正院咱们再慢慢想办法！"

张广全道："兄弟，你也不要给俺吃宽心丸了，咱们都一样，还能有什么办法！"

然后，他转换话题道："龙彪兄弟，俺听说你父亲是聚友酒馆的老板，你怎么也被他们抓起来了？"

杜龙彪简要说出了自己被捕的经过和在"特训所"的遭遇，然后小声鼓励道："广全兄、喜来哥，别悲观，依俺看，咱们中国人也不是好欺负的，共产党领导的八路军、新四军正在关里跟小鬼子干，打了不少胜仗，东北的抗联也在同鬼子作战。七七事变之后，小鬼子狂妄地说三个月要占领中国。现在不是三个月，而是七年多了，小鬼子不仅没有占领中国，自己反倒被打得屁滚尿流了，小鬼子被赶出中国的日子不会太远了！"

听了杜龙彪的话，张广全也来了精神，他兴奋地小声对杜龙彪道："龙彪老弟，你说得没错，俺在矿里听说，日本偷袭珍珠港以后，苏联、美国、英国等结成了同盟，一起跟小日本作战，日本鬼子快招架不住了，俺也相信，小鬼子离完蛋的日子也不会太远了！"

牛喜来愁眉苦脸道："唉！俺怕是熬不到那一天了！"

杜龙彪和张广全一起鼓励道："喜来，别灰心，只要有信心，你会等到那一天的！"

押车的警察见三人小声嘀嘀咕咕，就没好气地喝道："不准说话，再说话就不客气了！"

三人不再吱声，汽车颠簸着走了一段路停下来，警察让十几个人下车站排，杜龙彪看到眼前是一座有围墙和电网的大院，铁门上悬挂着一块牌匾，上面白底黑字，写着"司法矫正辅导院"几个字。

## 四

朱奇山和徐涌泉一路狂奔，到达一片树林边，借助皎洁的月光，没有发现有人追击和跟踪的影子，就坐下来休息。

徐涌泉问朱奇山："奇山兄，在特训所那个鬼地方，我也没有来得及问询一下你的身世，听说你是冠山矿的把头，怎么也被关押起来了？"

朱奇山即把自己从山东到边城垦荒种地、开小煤窑、随孙先生开发冠山矿、到齐鲁招工当把头的经历做了简要介绍，然后苦笑道："两年前，俺根据梨平镇地下党的安排，组织矿工抢夺梨平镇警察局的军火，中了敌人的圈套，暴露了身份，被抓起来严刑拷打，俺什么也没交代，就被关进了特训所！"

徐涌泉道："老兄可是共产党员和抗日的硬汉呀，可敬，可敬啊！"

朱奇山谦逊道："老弟抬举了，兄弟你是东北人吗？听说你在八路军当连长，那可是真正的抗日部队，你才是真正的抗日英雄呢！"

徐涌泉摆摆手道："不敢当，不敢当！兄弟我确实是东北人，原籍在吉林珲春，九一八事变后，参加了杨靖宇将军领导的抗日联军，不久被派到苏联学习，回国后，先在新疆和延安工作，后来被调往鲁西南游击队当连长，在同日寇作战中头部受重伤被俘，关在兖州集中营，后来被送到冠山矿特训所当劳工，才有幸认识了朱兄你呀！"

朱奇山由衷佩服道："老弟走南闯北，曾留学苏联，还到过革命圣地延安，见多识广，革命经验丰富，称得上是真正的抗日英雄，俺得好好向你学习！"

徐涌泉谦虚道："老兄过奖了，苦难的经历、共同的目标把咱俩连在了一起，今后咱俩要多亲多近，互相学习，共同向前！"说完，两只大手紧紧地握在了一起。

眼见明月偏西，已至后半夜，远处传来稀疏的枪声，朱奇山道："老弟，你听，远处有枪声，可能是鬼子和警察出动了，咱俩得赶快离开了！"

徐涌泉点点头，两人即向树林深处奔去。走了一会儿，朱奇山问道："徐老弟，咱们虽然逃出了魔窟，但鬼子汉奸是不会轻易放过咱们的，你对今后有什么打算？"

徐涌泉道："我还没有考虑好，不过，咱们首先得有个落脚的地方，然后才能再作打算！你在边城几十年，人熟地熟，有没有可以藏身的地方？"

朱奇山沉思一会儿以商量的口吻道："俺的恩人赵连荣是抗联游击队的队长，现在中苏边境一带活动。他家在黄泥岗的房子被鬼子烧成了废墟，俺估计敌人不会再去骚扰，距离他家不远的后山树林里有个地窖，除自己人外没有人知道，咱俩可否先到那里躲躲？！"

徐涌泉道："敌人会不会到那里搜索？"

朱奇山道："那里离冠山矿几十里，房舍已被烧毁，俺估计敌人一般不会到那里搜索！俺曾在那一片山林里挖过人参，捡过山货，地形熟，即使敌人到那里搜索，俺也不怕！还有一个好处，咱们逃跑的消息俺的好兄弟大闯很快就会知道，俺估计他能猜到咱们在那里落脚，说不准他会主动联系咱们呢！"

徐涌泉道："那感情好了，现在咱俩就动身，争取早点儿赶到！"

深秋季节，地处高寒地带的边城已经落雪，林中也有不少积雪。两人逃跑前在特训所受折磨，身体严重受损，同押送的鬼子和警察打斗后又狂奔了半宿，早已饥肠辘辘，精疲力竭。在密林中穿行了一阵后，饥饿、劳累缠身，实在走不动了，只得坐下来休息。为了充饥，两人从雪地上捧起积雪大把大把地往嘴里喂。单薄的衣裤，本就扛不住寒冷，早已冻得透心凉，加上吃进肚子里的积雪，更是凉上加凉，手脚麻木，嘴唇青紫，浑身僵硬。

徐涌泉苦笑着艰难地说："奇山兄，这样下去，恐怕走不到目的地了。如果遇到野兽，咱俩就成它们的口中肉了！"

朱奇山艰难地回应道："兄弟，你我逃出了狼窝，不能再落入虎口了，俺扶着你，咱们慢慢走吧！"说完，吃力地扶起徐涌泉，又从地上捡起两根树棍，递给徐涌泉一根，拄着树棍，在密林中一步步往前走。

走不多远，徐涌泉发现前面不远处好像有个窝棚，他激动地手指窝棚的方向对朱奇山道："奇山兄，你看那是什么，我看好像是个窝棚，要么咱们过去看看，如果是窝棚咱俩进去歇一会儿如何？"

朱奇山顺着徐涌泉手指的方向看去，突然眼睛发亮，兴奋地说："是，是窝棚，兄弟，咱们有救了！"说完，两人互相搀扶着，一瘸一拐地向窝棚冲去。

两人钻进窝棚，发现窝棚横梁上挂着一个袋子，朱奇山伸手将袋子摘下，打开看，里面有几个布包和一盒火柴，布包里有的装着米面，有的装着腊肉和玉米面窝头，还有一个布里装着一小瓶豆油、咸菜和调料。徐涌泉十分惊讶地问朱奇山："奇山兄，这是怎么回事？莫非是老天爷知道咱们落难了，专门给咱们预备好的！"

朱奇山微笑道："兄弟，不是老天爷给咱预备的，是猎人给咱们留下的！"

徐涌泉不解地问道："是哪个猎人留下的，难道他知道咱俩要到这里吗？"

朱奇山道："究竟是哪个猎人留下的俺也不知道，不过，不管是谁留下的，咱俩尽管放心地吃用好了！"

徐涌泉疑惑地说："不好吧，万一人家留下的是救急的食物，咱俩不声不响地吃了，人家急用时没有了，咱这不是把人家坑害了吗？虽然咱们现在不是在部队上，但八路军的三大纪律、八项注意咱们还是要遵守的！"

朱奇山微笑着解释道："涌泉兄弟，你可能还不知道，边城一带打猎的人有个不成文的规矩。每个到深山老林打猎的人，都要在隐蔽的地方搭个窝棚，里面放一些米面肉蛋窝头咸菜和油盐调料，还要留一盒火柴，为的是让迷路或困在深山里的同行无偿食用。咱俩虽不是猎人，但也可说是困在深山的落难人，咱俩用这些食物充饥不犯毛病！"

徐涌泉喃喃自语道："苍天有眼，谢谢边城的打猎人了！"

朱奇山捅捅徐涌泉十分高兴地说："涌泉，别叨咕了，咱俩先找找看有没有饭盒之类的东西，趁着天黑生火做饭，不怕被敌人发现，吃饱之后，好好休息一会儿，再往前赶路！"

徐涌泉满口答应道："好，好，我听老兄的！"

于是，两人又四处搜寻，在窝棚顶上发现一个铁皮饭盒，接着便点火、烤窝头、用铁皮饭盒化了一些雪水，熬了点儿米粥。两人就着玉米面窝头和咸菜，热乎乎的米粥，饱餐了一顿。窝棚空间很小，点火熬粥之间，热气很快使里面暖和起来，两人和衣在窝棚里睡了半宿，天蒙蒙亮醒来之后，又把昨晚吃剩的东西当早餐填饱了肚子。然后把剩余的米面熟食等装进布袋里，挂在横梁上，走出窝棚，警惕地查看了四周，即向黄泥岗方向前进。

镇里的宪兵、警察和冠山煤矿矿卫队折腾了大半宿，只抓到几个跑不动的劳工。天亮，劳务系系长龟田和矿警察署署长兼矿卫队队长毕士仁一起审讯抓回来的劳工。被抓的劳工中，有两个被扒光衣裤吊在梁柁上，还有两个光着膝盖跪在麻花钎子上，另外三个劳工被五花大绑贴墙站着。

毕士仁问吊在梁柁上的劳工："小子，你说，谁是逃跑的领头人？"

被问的劳工有气无力道："不知道，俺正走着，听到有人大声喊'快跑啊'，俺看大伙儿都跑了，俺也就跟着跑了！"

龟田狞笑道："八嘎，你的，不说实话，给我打！"

两个鬼子即拿起皮鞭狠劲抽打，不一会儿，劳工即被打得皮开肉绽、血肉模糊，本就因体力不支，跑不动才被抓住，又在梁柁上吊了大半宿，已是奄奄一息，经一顿暴打，无力叫喊，很快断了气。

毕士仁接着问另一个被吊在梁柁上的劳工和跪在麻花钎子上的劳工，回答和被打死的劳工一样。龟田和毕士仁即命令鬼子和矿卫队员分头对三人用刑，皮鞭、棍棒雨点儿般打在劳工身上，不一会儿，三人也被活活打死。

龟田又拉出站在墙根的一个劳工问道："你的，看见了吗？快快地交代，不然死了死了的！"

被问的劳工昂着头道："俺正走着，听见有人喊'快跑啊'，俺就跟着跑了！事情就是这样，你让俺交代什么？"

龟田骂道："八嘎，这小子脑袋进水了！"边骂边命令鬼子打手，"你的，给他脑袋放放水，不然他不会说实话！"

一个鬼子打手即一手拿榔头，一手拿铁钉，并让旁边的鬼子打手双手掐着劳工的脖子，准备往脑袋上钉。

龟田狞笑着问道："你的，说不说？"

劳工瞪着眼道："俺不是已经说了吗，你还让俺说什么？"

龟田对两个鬼子打手挥挥手，用日本话命令道："给他脑袋放放水，让他清醒清醒！"

拿榔头的鬼子将铁钉钉入劳工的百会穴中，劳工疼得嘴歪眼斜，浑身发抖，不一会儿就断了气。

龟田又问站在墙根的另一个劳工："你的，看见了吗，说不说？"

劳工平静地答道："太君，俺不是不说，俺确实不知道领头的是谁啊！"

其实，劳工说的都是实话，因为是秘密组织串联，大多数劳工并不知道逃跑的事，更不知道领头人是谁。被抓回来的劳工说的确实是实话，可是，龟田根本不相信，于是冷笑着道："看来，不摔打摔打，你是不会说实话的！"

边说边命令鬼子打手道:"把他装到麻袋里,摔打摔打,看他说不说!"

两个鬼子打手即拿来一条麻袋,从头顶套到脚跟,然后一脚将劳工踢倒,用绳子将麻袋口扎紧,两个人一个扯头,一个拽脚,像抛球似的往上一抛,双手一松,麻袋中的劳工被重重地摔在水泥地上。

龟田狞笑着问道:"你的,说不说?"

麻袋中的劳工含混不清地骂道:"小鬼子,俺×你八辈祖宗,爷们儿到阴曹地府也不会放过你!"

龟田问毕士仁:"毕署长,他说的什么的干活?"

毕士仁吞吞吐吐道:"太君,我也没有听清楚,好像是在喊疼!"

龟田笑道:"我看摔得还不够疼,再摔,看他说不说!"

两个鬼子打手走过去仍按照原来的办法将麻袋抛上去摔下来,如此反复几次,见麻袋里没有了声音,龟田即让停下来,解开绳索,见劳工口鼻出血,脸部青紫,摸摸脉,已不跳动。龟田轻蔑地说:"八嘎,这么不禁摔打!"边说边命令鬼子打手将尸体拖在一边。

然后走到最后一个被抓劳工的面前问道:"你的,说不说,不说,跟他们的一样!"

劳工有气无力道:"俺什么也不知道,你让俺说什么?"

龟田恼怒地骂道:"八嘎,都是死硬分子!"又见眼前的劳工骨瘦如柴,路上折腾,审讯室捆绑,早已奄奄一息,经不起拷打。于是命令鬼子打手和警察道:"你们把他押到特训所,当着众劳工的面,把他扔到狗圈里,告诉他们,这就是逃跑的下场!"

杜梅看到梨平镇的警察、宪兵和冠山矿矿卫队发疯似的到附近山林和村屯搜索从特训所逃跑的劳工,心里惦记着在特训所的侄儿杜龙彪和亲兄长般的朱奇山,不知他俩是不是逃出了魔窟。又听说警察和宪兵抓回了几个逃跑的劳工,不知杜龙彪和朱奇山是否也在其中,心里着急,人就坐不住,她不时到街面上打探消息,但得到的都是一些道听途说的传闻。于是,只得耐着性子等候张大闯,希望丈夫能给她一个准确的信息。好不容易等到天黑,张大闯迈着沉重的步子回了家。杜梅急忙帮丈夫脱掉外衣,等大闯坐下后,才焦急地问道:"当家的,听说特训所的劳工在上班的路上打死押送的监工和警察逃跑了,里面有龙彪和奇山哥吗?"

张大闯道:"听说逃跑的劳工中有奇山大哥,龙彪因为跟奇山哥不在一起,所以没有逃跑!"停了一会儿,张大闯又道,"梅子,有件事俺没跟你商量就办了,不知你同意不同意?"

杜梅道:"你也没说什么事,俺怎么表态?"

张大闯不好意思地笑道:"你看俺,急糊涂了,俺说的是龙彪的事。俺觉得关在特训所的劳工，不是战俘，就是共产党、抗联和抓来的浮浪，也没个期限，有的可能一辈子都出不来，除非累死、饿死或者被折磨死！"

杜梅着急道："那龙彪就没有出来的希望了！"

张大闯道："如果一直关在特训所里，出来的希望恐怕不大。所以，俺就私自做主，把被警察局关闭的大哥那个聚友酒馆让给了苟步力，通过他做通了上官铁木的工作，把龙彪转到了'司法矫正辅导院'！"

杜梅有点儿生气道："出让大哥的酒馆俺不心疼，恐怕早晚也是那帮孙子的，只是把龙彪从特训所转到矫正院，那不是从虎窝挪到狼窝，还不是一回事？"

张大闯摇摇头道："听说不太一样。特训所里关押的大概都是无期，到矫正院可能关一两年就能放出来。所以，俺就自作主张，把龙彪转到矫正院了。"

杜梅道："也好，不管是一年还是两年，好歹还有个盼头！龙彪的事就这么办了，只是奇山大哥跑出来以后，没吃没喝，天寒地冻的，又没有御寒的衣物，就是不被抓住，也会被冻死饿死啊！这可怎么办哪？"

张大闯安慰道："梅子，你也别着急，俺想，凭奇山大哥那个头脑，还不至于走到你说的那一步！"

杜梅道："你说得轻巧，大哥也是快五十的人了，听说特训所里的劳工，每天都过着非人的日子，还不知大哥在那里被折磨成什么样子呢！虽然逃出来了，能不能支撑住还不知道呢！"

张大闯知道杜梅担心朱奇山的处境，很怕他有个三长两短，便转换话题道："梅子，你说大哥逃出来后，能先到什么地方落脚？"

杜梅道："俺也不知道，能不能到双峰村敬岳兄弟家躲躲？"

张大闯摇摇头道："俺觉得可能性不大，因为俺们兄弟仨的关系毕士仁他们都知道，如今他们都知道大哥和俺已反目成仇，不可能到咱家来，到自己家也不可能，他家和敬岳那里，说不准早安排人暗中监视了，凭大哥的头脑，绝不会到敬岳家！"

杜梅有些困惑道："那，他能到什么地方落脚呢？"

张大闯道："俺猜想，大哥可能到黄泥岗老赵家落脚！"

杜梅摇摇头道："不可能吧？连荣大哥家不是让小鬼子放火烧了吗？那儿可只剩下一堆石头和土坯了！"

张大闯道："正是因为赵家的房舍被烧毁了，不会引起上官和毕士仁他们的注意，所以才最安全！"

杜梅笑道："你说得有道理，俺也想起来了，俺和连喜去山红嫂子家领铁柱和龙彪两个孩子时，知道离赵大哥家不远的树林里有个很大的地窖，俺和两个孩子就躲在那个地窖里。你们哥儿仨在赵家一年多，也知道那个地窖的位置，奇山大哥有可能到那里落脚！"

张大闯道："不过，这只是咱俩的猜想，赵家离冠山矿几十里，奇山大哥的体力是不是能支撑着走几十里都不好说！俺看咱俩先不要和任何人说，明天你悄悄约连喜嫂子到赵家那个地窖附近看看，如果能见到大哥，你再回来报信，俺再秘密地去跟大哥会面，商量下一步的打算！"

杜梅爽快地答应道："行，就这么办！"

## 五

朱奇山和徐涌泉因为在猎人窝棚中得到饮食和休息，体力得到了恢复，所以很顺利地找到了赵家树林中的地窖。由于很长时间没有人进去过，地窖里很潮湿，窖盖的木头横梁上长满了苔藓。好在下面还有一些稻草可供人躺、坐休息。徐涌泉多少有些失望道："奇山兄，这里什么也没有，那咱们该怎么办？"他晃了晃从笑面虎身上缴获的手枪道："要不，我到林子里走走，看能不能打到点儿猎物！"

朱奇山制止道："兄弟，别着急，俺想，咱俩需要的东西也许有人会给送过来！"

徐涌泉有些怀疑道："老兄说笑话吧，这荒山野岭的，谁会给咱们送东西？"

朱奇山笑道："俺凭感觉猜到的，你先在地窖里休息一会儿，俺到外面望望！"

杜梅和连喜妯娌俩，一个挎着个竹篮子，里面装了些糕点和水果，一个背个包袱，里面装着一套新棉衣和棉裤，装作到黄泥岗赵家村走亲戚的样子，躲过了路上的卡子，走到了赵家村。两人警惕地四处观望，见四周无人，便钻进了村后的树林。躲在暗处观察的朱奇山发现有两个女人向树林走来，从外貌上看像妻子连喜和杜梅，心中一阵狂喜，但仍然没有走出来。等两个女人走到地窖附近后，认准是自己日夜想念的亲人，才从暗处走出来，兴奋地小声招呼道："连喜、梅子，俺在这里！"

连喜听到朱奇山的声音，不顾一切地扑到朱奇山的怀里，悲喜交集流着热泪道："奇山，你想死俺了！"

朱奇山老泪横流，双手抚着连喜的肩膀轻轻摇晃，十分激动地说："喜子，俺的喜子，俺还以为见不到你呢！"

在地窖里的徐涌泉听到外面有动静，提着枪从地窖里走出来，看到地面的情景，招呼朱奇山道："大哥，是嫂子到了吗？"

朱奇山连忙松开手答道："是啊！你猜得没错！"边说边招呼杜梅道："梅子，这位是俺的好兄弟，等你和喜子进地窖后俺再给你俩介绍！"说完，拉着连喜，招呼徐涌泉和杜梅一起进入地窖。

杜梅和连喜放下篮子和包袱后，朱奇山指着徐涌泉介绍道："他叫徐涌泉，原来在八路军当连长，受伤后被俘，和俺关在一起，是抗日英雄，也是俺敬重的好兄弟！"又指着杜梅对徐涌泉道："她叫杜梅，是俺大闯兄弟的媳妇，也是在党的人！"最后指着连喜道："这位是俺屋里的，叫连喜！"

听完介绍，徐涌泉对连喜和杜梅恭敬地说："很荣幸认识两位嫂子，大冷的天，嫂子辛苦了！"

连喜和杜梅回应道："自己人，别客气！"

徐涌泉瞅瞅朱奇山，半正经半开玩笑道："大哥，你是能掐会算的诸葛亮转世吗？你说有人会给送东西来，这不是真的来了嘛！"

朱奇山笑道："兄弟过奖了，俺哪是能掐会算哪，只不过是跟俺大闯兄弟相处多年，彼此的心早已连在一起了，遇到什么事，他会怎么想，俺能怎么办，彼此都能猜个八九不离十。俗话说，'心有灵犀一点通'，也许，这就是心有灵犀吧！"

杜梅插话道："大哥说得没错。听说大哥从特训所逃出来以后，俺问大闯大哥能在什么地方落脚，大闯跟俺说，大哥可能到赵家后山树林子里那个地窖躲避，开始俺还不相信。大闯说，你和连喜嫂子先去看看，没想到还真让他说对了！"

连喜道："奇山和大闯两个人被抓起来不久，大闯被释放了，奇山被关进了特训所，不少人怀疑是大闯出卖了奇山，俺也将信将疑，今天当着梅子的面，你跟俺说实话，这到底是怎么回事？"

朱奇山严肃地说："喜子，俺和大闯的关系，你应该心里有数。今天俺只能跟你说，俺和大闯是生死弟兄，至于俺俩之间到底是怎么回事，这是秘密，俺现在还真不能跟你说，外人怎么说，嘴在人家身上，愿怎么说就怎么说，咱管不着，也不用管！"

连喜点点头道："嗯哪，俺听你的！"

在一旁的徐涌泉感叹道："这可真是心有灵犀啊，异姓兄弟能处到这个份儿上，让人敬佩呀！"

连喜道："别只顾说话了，先吃点儿东西吧！"边说边从竹篮子里拿出了糕点和水果，朱奇山和徐涌泉道："好，好，俺俩肚子还真有点儿饿了！"边说边狼吞虎咽地吃起来。

填饱肚子之后，朱奇山急不可耐地问起了龙彪夫妇和铁柱两口子的情况。杜梅和连喜说出了搭救铁柱夫妇和两个孩子的经过，并欣慰地说："铁柱两口子通过党的地下交通捎信来说，他俩已顺利到了延安，铁柱在抗大学习军事，杜菊学马克思主义理论，因为铁柱是矿工，从抗大毕业后，就领着一些同志开煤矿，听说现在还是一个煤矿的矿长呢！菊子在部队当宣传科长和文化教员！"朱奇山道："好啊，都出息了！龙彪两口子呢？"

杜梅愤怒地说："龙彪始终没有承认自己是共产党，还说他父亲的事他不知道。但上官铁木和毕士仁也不放过他，把他关进了特训所！大闯把酒馆让给了苟步力，通过苟步力把龙彪转到了司法矫正院了！"

朱奇山道："噢，那他媳妇晨儿呢？"

杜梅掩面失声痛哭，悲痛得一时说不出话来，连喜哽咽着说："晨儿牺牲了！"

朱奇山追问道："晨儿是怎么牺牲的啊？"

连喜道："鬼子要把晨儿送去当'慰安妇'，上官铁木还企图强奸她，晨儿誓死不从，当场牺牲了！"

朱奇山恨恨地说："晨儿有骨气，是好样的，不愧是连荣大哥的女儿，咱们一定要为晨儿报仇！"停了好一会儿，朱奇山又问起了几个孩子的事，连喜道："继忠、铁林、小柱在矿上当工人，煤山和天赐两个孩子隐姓埋名在矿上当小童工呢！"

朱奇山有些不高兴地说："怎么都到矿上了，那不是帮日本鬼子的忙吗？"

从悲痛中缓过神的杜梅插话道："你以为这些孩子真的是帮鬼子挖煤吗？他们的情况等大闯告诉你吧！"

朱奇山还要问矿上的情况，徐涌泉插话道："大哥，天不早了，两位嫂子还得往家赶呢，太晚了路上不安全！"

朱奇山不好意思道："只顾问这问那了，忘了她俩还得走几十里路才能到家呢！好，好，俺不问了，你俩赶快走吧！"

连喜打开包袱，拿出一套新棉衣棉裤和一条薄被子，有点儿歉意地对徐涌泉道："涌泉兄弟，对不起了，俺以为只奇山一个人呢，所以只拿了一套衣被，那就委屈你俩先凑合着用，等大闯兄弟来的时候再给你捎过来！"

徐涌泉笑道："别说对不起了，这可比在特训所好多了！"

杜梅道："哪能跟特训所比呢，这不是回家了嘛！"

朱奇山道："好啊，回到家了，你告诉大闯和敬岳，俺俩等他俩过来商量事呢！"

杜梅和连喜齐声道："知道了，你们仨是刘、关、张，一时也离不开！"

杜梅和连喜回到家以后，把见到朱奇山和徐涌泉的情况告诉了张大闯。张大闯喜出望外，当天夜里即赶到双峰村，把朱奇山的情况告诉了武敬岳，两人商定第二天就去看朱奇山。

第二天早晨，两人在胶轮马车车厢下面装着被褥和棉衣棉裤棉鞋，还有米面油盐调料和锅碗，上面铺了一张凉席，凉席上装了满满一车煤炭。张大闯以老板的身份坐在马车上，武敬岳以伙计的身份赶着马车。路上虽然也有卡子上的警察盘查，但看张大闯是把头身份，也没有严格检查，过午即顺利到了赵家村。两人先把煤炭卸给了同连荣一家要好的邻居，傍晚，把马车寄放在邻居家，并嘱咐邻居不要告诉任何人两人的去向，便分头拿着衣物粮油和生活用品趁着天黑找到了地窖。两人见到久别重逢的朱奇山，含着热泪紧紧拥抱在一起。看到朱奇山又黑又瘦的身体之后，两人含泪心疼地感叹道："大哥受苦了！"

朱奇山也热泪盈眶道："受苦俺不怕，就是想你们哪！"

三人松开手之后，张大闯不好意思地对徐涌泉道："你就是涌泉老弟吧，看俺哥儿仨像孩子一样，让你见笑了！"

徐涌泉道："岂敢，看到你们哥儿仨感情这么深厚，好羡慕呢！"

武敬岳插话道："涌泉兄弟，初次见面，俺看兄弟好像不是本地人吧！"

徐涌泉道："是的，我老家在吉林珲春！"

武敬岳道："珲春到这里有上千里路吧，你也是被那些把头骗来的吗？"

未等徐涌泉答话，朱奇山即介绍道："涌泉兄弟可不是把头忽悠来的，他可是走南闯北，当过兵，打过仗，去过苏联，到过延安，是年轻的老革命呢！"接着就把徐涌泉的经历和打仗受伤被俘、从鬼子集中营押送到特训所当劳工、两人怎么认识、怎么策划逃跑等情况向两兄弟做了扼要的介绍。

两人对徐涌泉十分敬佩，武敬岳道："涌泉兄弟岁数不大，经历可不平凡，今后俺得好好跟你学呢！"

徐涌泉谦虚道："武哥过奖了，今后咱们还是多亲多近，互相学习，互相帮助吧！"

张大闯道："是啊，抗日大业让咱们这些异地异姓的人能够相聚相识，相知相敬，这是一种伟大的革命缘分哪，今后，咱们得像涌泉兄弟说的那样，多亲多近，互帮互学，团结起来，共同跟日本鬼子斗争到底！"

朱奇山道："兄弟说得对，打鬼子就得这么干！"然后转换话题道，"大闯、敬岳，天黑了，你俩还得回矿呢，要不你俩赶快走吧！"

武敬岳道："大哥说什么呢，刚见面就让走呀，今天俺不听话了，俺和二哥要跟你在地窖里住一宿，不走了！"

朱奇山道："那感情好了，哥求之不得呢，只是那马车安顿好了吗？跟弟妹说好了吗？"

张大闯插话道："马车寄放在赵大哥邻居家了，你放心吧！"

徐涌泉道:"邻居可靠吗,你俩到地窖来他知道吗?"

张大闯道:"可靠,这个邻居跟赵大哥处得不一般,赵家的情况他早就知道,人家敬佩赵大哥的为人和抗日的骨气,对赵大哥做的事和俺们之间的关系一向守口如瓶!"

朱奇山道:"好,太好了,那咱们就可以彻夜长谈了!"他看了看徐涌泉说:"兄弟,要说的话题可太多了,只是从何说起呢?"

徐涌泉道:"咱俩在特训所关着,外面的情况什么都不知道,就让两位哥哥给咱说说目前的抗日形势吧!"

朱奇山道:"好,好,你俩谁先说呀!"

武敬岳道:"哥知道,俺拙嘴笨舌的,还是二哥先说吧!"

张大闯道:"也好,那俺就先说,抛砖引玉,你来补充!"沉思了一会儿,他十分肯定地说,"要俺看,目前的抗日形势可说是一片大好,小日本离完蛋的日子不会太远了。"

徐涌泉道:"你说这话的根据是什么?"

张大闯道:"从战争性质方面看,小日本打的是非正义的侵略战争,天怒人怨,失败是必然的。从目前战争的实际状况看,日本偷袭珍珠港以后,美国正式同日本宣战,苏、美、英、中等几十个国家结成同盟,共同对德、意、日作战,听说苏联对德国已展开反攻,美、英在西欧开辟了第二战场,两面夹攻,德、意不会支撑多久了!"

朱奇山和徐涌泉兴奋地说道:"好啊,德国和意大利一完蛋,日本鬼子离失败也就不远了!"

张大闯道:"是啊!目前鬼子的日子确实不好过!怎么说呢,日本是个资源匮乏的小国,想占领有四万万人口的中国原本就是贪心不足蛇吞象,现在又面对美、英和东南亚各国,实力对比悬殊,失败是肯定的。在华北和华南也被八路军和新四军打得焦头烂额。最近,俺仔细观察,发现鬼子军队中有不少十五六岁的娃娃兵,这说明,鬼子的兵源已经枯竭了。在物资方面,鬼子本土资源匮乏,供应困难,所谓'以战养战'战略,也因战局不利,成了泡影。试想,物资匮乏、兵源枯竭,鬼子还能支撑多久?"

武敬岳插话道:"俺在农村,也接触了一些鬼子开拓团的人,他们背地里竖起大拇指说'你们中国是大大的',又伸出小拇指说'我们日本是小小的',对前途很悲观!"

张大闯道:"现在看,日本人士气低落,远不像七七事变那么自信了!"

朱奇山兴奋地说:"听你俩这么一说,俺觉得抗日形势确实和以前不一样了,小鬼子是秋后的蚂蚱,蹦跶不了几天了!"停了一会儿,朱奇山又道,"大闯,你再给俺说说咱那帮劳工兄弟和孩子们的情况好吗?"

沉思了一会儿，张大闯叹口气道："唉！有日本鬼子和汉奸走狗横行霸道，劳工兄弟的日子还能好过嘛！狗×的天天叫喊'大出炭，支援圣战'，整天逼着劳工弟兄下井挖煤，给他们卖命。鬼子是只要煤，根本不管劳工的死活。"

　　武敬岳道："俺虽然不在矿上，可是矿工兄弟的情况俺也知道一些，和鬼子汉奸相比，那可是一个在天堂一个在地狱呀！"

　　张大闯道："敬岳说得没错，俺因为有把头的身份，常同他们打交道，所以对他们的情况看得很清楚。这些人，整天吃的是大米白面鸡鸭鱼肉，穿的是冬有棉夏有单，不是呢料就是绸缎，住的是楼房别墅，点的是电灯。开赌场，逛妓院，欺男霸女，祸害百姓！这方面的事例太多了，俺都不想说。他们挥霍的是劳工的血汗钱，是一群吸血鬼呀！劳工的生活可就惨了，这方面，你俩在特训所已经体会到了。其实，劳工弟兄除了头上没有共产党、思想犯、'经济犯'等帽子外，衣、食、住和特训所都差不多！"

　　徐涌泉插话道："不管怎么说，招收的劳工还有些工资，比关在特训所的劳工还是好多了！"

　　张大闯道："依俺看，他们比特训所里的劳工也好不到哪里去！为什么这么说，你听俺给你算算账：第一笔是把头提成，这要占劳工月工资的百分之十二到百分之二十；第二笔是伙食费，劳工月扣伙食费十二元；第三笔是各种名目繁多的杂费，如铺底费、炕长费、作业工具费、石炭费、印章费、印刷费、理发费……多到数不清；第四笔是各种罚款，如车牌罚、矿灯罚等；第五笔是送礼费，把头自己或家人过生日、红白事、认干亲、小孩儿过满月和周岁，属下劳工都得送礼，不然的话就给你小鞋穿。每年劳工的工资本就少得可怜，七折八扣后，有的劳工的工资被全部扣掉还不够，还倒欠把头的。不少劳工累死累活辛辛苦苦一年，到头来一无所获，有的还欠日满大柜的债。"

　　武敬岳道："俺听孩子们回去说，汉奸把头剥削劳工有不少损招儿，比如，把劳工的工资改成发购物券，这种购物券只能到把头开的杂货店购日用品和劳动保护用品，价格一般要高两到三倍。还逼劳工捐钱支援所谓圣战，一次捐助要占劳工月工资的百分之四十五，数额很大，捐的钱实际大都被把头占有。其他如设赌抽头、'写财'等，损招儿很多。冠山矿劳工有一套嗑儿：'把头王八蛋，尽把坏事干，吃穿他克扣，住得他不管；砸死没人埋，病倒没人看，棍棒加皮鞭，逼着大出炭；鬼子狗奴才，国人大汉奸，善恶终有报，就等把账算！'"

　　徐涌泉道："这套嗑儿说得好，鬼子垮台之日，就是国人同汉奸把头算账之时。"他看看张大闯，以开玩笑的口吻道："大闯哥，你也是把头呀，你也是这么对劳工的吗？"

　　张大闯笑着回应道："当然了，在把头堆里混，当然也得入乡随俗了。

日满大柜明文规定的把头提成和伙食费俺也依规按最低标准扣除，不然就会引起人家的怀疑，混不下去。不过，俺和大哥私下有个决定，叫'取之于民，用之于民'，至于怎么操作，保密，暂时还不能告诉你，实在想知道，你可问俺大哥！"

徐涌泉也打哈哈道："不问了，不问了，你哥儿俩的秘密，我就不掺和了！"

朱奇山道："大闯是白皮红心，他的为人俺清楚，现在也可能会遭人误解，但清者自清，浊者自浊，只要问心无愧就行了！"

武敬岳道："俺虽然不在冠山矿干活儿，但劳工所受的压迫和剥削俺也知道不少，不只是冠山矿，现在整个边城矿区都是人间地狱呀，边城地区流传着许多反映矿工现状的歌谣，俺觉得最真实最形象的一首要算《头字谣》了！"

徐涌泉道："武兄，具体内容你记得吗？"

武敬岳道："记得，俺现在就给你背一下：鬼子汉奸大把头，个个都是坏头头。手拿棍棒和榔头，打骂劳工太狠头。劳工的苦难没有头，说来叫人痛心头。吃的橡面窝窝头，穿的麻袋片片头。住的工棚露日头，铺着半拉破席头。干活累得昏了头，歇会儿就要挨榔头。终日刨煤没有头，冻饿累病没盼头。死了拖在山后头，扔在万人坑里头。群狼野狗啃骨头，仇恨绵绵无尽头。"

徐涌泉道："这歌谣说得真好，很形象地反映了劳工的苦难生活！"

张大闯道："还有一首是反应鬼子对劳工残酷镇压的歌谣，说得也很形象，俺偷偷抄写下来了。"

边说边掏出了一张纸，徐涌泉抢过来道："给我看看！"边看边小声念道："煤矿地狱十八层，大鬼小鬼来追命，大巴掌，榔头棍，要不扣个大罪名。反满抗日通八路，屈打成招用大刑。辣椒水，老虎凳，蚊子咬，冻冰棍儿，剃掉眉毛打火印。各种刑罚都用尽，阎王殿里难逃命。"念完，他感叹道，"狗×的日本鬼子，对咱们劳工实在是太残忍了！"

朱奇山道："这些歌谣真实地反映了鬼子的残暴和劳工的苦难，要广泛传播，让全中国全世界都知道日本鬼子的罪行。但是，咱们中国的煤矿工人是有骨气的，是不甘心受鬼子汉奸压迫剥削的，如果把劳工和鬼子汉奸反抗斗争的情况写进去，那就更好了！"

张大闯道："哥说得没错，咱边城和冠山矿的劳工都是有骨气的，大家恨透了鬼子和汉奸，明里暗里同鬼子汉奸作斗争的事多得很！"

徐涌泉道："那你就挑过瘾的事说两件，让我和奇山大哥也开开心！"

张大闯道："这方面的情况，在冠山矿干活儿的弟兄比俺知道得多，等他们跟你俩说吧！"

朱奇山道："那你回去就把俺的情况告诉孟吉庆、高兴旺和孩子们，俺实在想他们哪！"

张大闯犹豫道："大哥，你忘了，这恐怕不太方便吧！"

朱奇山哈哈笑道："是啊，是啊！你不说，哥差点儿忘了，这两年多你没有少挨骂吧？"

张大闯有点儿委屈地说："何止挨骂呀，还让这帮小子好一顿打呢！"

朱奇山歉意地说："兄弟，你受委屈了，等赶走小日本那一天，哥一定亲自做证，还你的清白本色，让打骂你的兄弟向你道歉、认错！"

张大闯道："戴着汉奸、叛徒的帽子太难受了，俺早就盼望着把这顶臭帽子甩掉呢！"

徐涌泉有点儿惊奇道："什么汉奸哪，叛徒哇，还有什么做证啊，清白呀什么的，我听着怎么有点儿糊涂呢！"

朱奇山道："对不起呀，兄弟，俺现在还不能跟你说，你就先糊涂着吧，以后你就知道了！"

武敬岳也有些疑惑地问道："你俩是不是有事瞒着俺，不过，你不说，俺也能猜个八九不离十。从大哥被关进特训所以后，俺觉得原来的弟兄和孩子们对大闯好像有些疏远，你俩搞什么鬼，是不是有事瞒着俺？"

朱奇山道："敬岳，这事你也不要问，不要掺和了，将来你会明白的！"

武敬岳有点儿生气道："行，行！俺不问，也不掺和。今后有什么事哥也不要找俺！"

朱奇山也装作不高兴的样子道："你想得美，哥凭什么不找你！哥告诉你，眼下就有件事非找你不可！"

武敬岳装作无可奈何的样子道："行，行！你是哥，俺哪敢不听，哥说吧，什么事？"

朱奇山笑道："不是不敢不听，是兄弟和哥亲，向来都把哥的事当自己的事！"

武敬岳道："哥别说了，到底什么事，快告诉俺吧！"

朱奇山道："你回去告诉孟吉庆和高兴旺，还有继忠、有田、铁林三个孩子，说俺逃出来了，现在很安全，很想他们！"

武敬岳道："行，行，俺当是什么大事呢，你不说，俺也会告诉他们的！"

## 六

光阴似箭，朱奇山哥儿仨刚到边城当垦民还不到二十岁，一个个都还是光棍儿，而今都已到了知天命之年，不仅有了妻子儿女，连孙子都有了。朱奇山的儿子朱继忠娶了张大闯弟弟张大山的女儿张彤为妻，婚后生了儿子朱百威。女儿朱继红嫁给了武敬岳的儿子武有田，生了儿子武超。张大闯跟杜梅结婚后生了儿子张铁林，张铁林娶了武敬岳的女儿武有婧，生了儿子张扬。日子虽然过得辛苦，但骨肉情深，身在特训所的朱奇山逃出来后想念后辈儿女和孙子自然在情理之中。

俗话说，老子英雄儿好汉，老一辈哥儿仨的友谊和品行自然对继忠、铁林和有田都有深刻的影响。哥儿仨在冠山矿跟鬼子汉奸斗智斗勇的过程中，后辈三兄弟也没有少参加。中共吉东特委主要负责人投敌叛变，李子君书记失踪，冠山矿的党员失去了同上级党组织的联系。面对严峻的斗争形势，朱继忠、张铁林、苏小柱几个人得不到党组织的指示，心里很着急。三个人在一起合计同鬼子汉奸作斗争的办法，说来说去，也没有拿定主意。

苏小柱提议道："俺看吉庆叔和兴旺叔比咱们有经验，要不咱们跟他俩商量商量！"

朱继忠点点头道："嗯哪！"

张铁林推辞道："忠哥，要不你和小柱去吧，俺爸的事，同事和朋友背后骂俺爸是叛徒、汉奸，还有人背后下手好一顿打。有时候，俺觉得有这样一个爸有点儿丢人！"

朱继忠安慰道："铁林，你爸的事你也不要想得太多，大家现在也只是有些怀疑，俺也觉得闯叔不会是出卖朋友的人。不过，话说回来了，即使有一天真的证明你爸有问题，俺仍然认为，你是你，你爸是你爸，咱们仍然是好哥们儿，俺照样相信你。不然救铁柱哥和嫂子俺也不会招呼你！"

苏小柱插话道："铁林哥，闯叔的事，你可不可以问问梅阿姨，也许梅阿姨能跟你说实话！"

张铁林道："俺问过，可俺妈说：'大人的事，你们别问，再说了，你爸的为人你还不清楚！'"

朱继忠道："闯叔和梅婶现在的关系怎么样？"

张铁林道："也看不出和过去有什么不同！"

朱继忠道："俺知道，梅婶眼里是不揉沙子的，闯叔如果真的做出了对不起兄弟的事，当了叛徒走狗，梅婶肯定不会饶他，现在两人的关系还和过去一样，真说不准到底是怎么回事呢！算了算了，闯叔的事咱就别瞎猜了。铁林，你也不要有什么包袱，走吧，咱们还是一起去找孟叔和高叔，商量跟小鬼子作斗争的办法吧！"

孟吉庆和高兴旺两人是邻居，下班回家后，看见朱继忠三个小伙子来串门，心里很高兴。孟妻对吉庆和兴旺道："你俩可回来了，三个孩子等好长时间了！"

孟吉庆道："好长时间没见面了，还真牵挂呢，兴旺，你也过来吧！"

高兴旺回应道："好，好，俺洗把脸就过去！"

这一说朱继忠三个人才注意到孟吉庆和高兴旺两人的样子，见两人脸上除了转动的双眼和两排白牙外全是煤灰，头上的柳条帽子有好几个洞，灰白的头发露在帽外，身上穿的更生布衣裤有好几道口子，膀子、肚皮裸露着，腰间缠着一块麻布片，裤子仅能遮羞，膝盖和大小腿全露着，脚指头露在鞋外，穿戴完全像要饭花子。现在住的两间土坯草房，那是冠山矿开发建设时期，夫妻俩自己脱坯盖起来的，如今也已破烂不堪。屋子里除了锅碗和补丁摞补丁的铺盖及一张破饭桌，几个用板条钉的凳子外，什么家具也没有。十几岁的女儿孟福花因衣不遮体，见有外人来即躲在里屋不敢出来。生活虽然清苦，但精神还很乐观。

孟妻用脸盆装了半盆水放在凳子上，对孟吉庆道："你先洗脸！"又对朱继忠等打招呼道："孩子们，等你孟叔洗把脸，你们就谈正事，俺就不陪了！"边说边走进里屋。

孟吉庆洗完脸，见高兴旺也进了屋，便招呼道："老高，咱俩坐炕头，让继忠他们仨坐凳子上吧！"

高兴旺笑道："嗯哪，行！咱俩家差不多，就这屁大点儿地方，有个地方坐就行了！"

高兴旺落座后，孟吉庆打哈哈道："孩子们，看孟叔这个破家，恐怕连耗子都不想待吧，为什么呢？没吃没喝，饿死在这里那不亏大了！"

高兴旺苦笑道："咱冠山矿，除了日本人、警察、把头和少数有钱的主儿，哪家不是这个烂样子，能对付活着，没有饿死就烧高香了！"

苏小柱道："两位叔叔，你俩到冠山矿多少年了，矿工的日子一直都这样吗？"

孟吉庆摇摇头道："孙亦奇先生管事那几年，对工人还可以，一年下来，还能剩一些钱，家属不在矿上的，还能给家寄点儿钱。自从王乃平承包了冠山矿的采掘工程，苟步力当了经理以后，就千方百计克扣工人的钱，矿工的日子就一年不如一年。日本人占了冠山矿，世道更是变了样，矿工的生活就都成了俺和高叔这个样。在日本鬼子统治下的冠山矿劳工过的是地狱般的生活呀！"

高兴旺插话道："咱们劳工进了地狱，王乃平、苟步力、毕士仁那帮把头汉奸可过上了天堂般的生活。这几年，苟步力靠小日本千方百计压榨剥削劳工，用劳工四十多万的血汗钱给他的主子王乃平在哈尔滨盖了一座洋楼，自己也肥得流油。俗话说'温饱思淫欲'，这老家伙欺男霸女，干了不少风流坏事！孟哥，这方面的事你知道的比俺多，你给孩子们说说，让他们知道他们一个个都是怎样的人面兽心！"

于是，孟吉庆便说出了苟步力、龟田和毕士仁的丑事：前年，从山东被骗招来的一位姓林的年轻劳工，媳妇长得很漂亮，不知怎么被苟步力看上了，就假借关心经常到林家串门。一天，他得知小林下了井，便到了林家，将林家媳妇按在炕上，强奸了她，此后，隔三岔五就去糟蹋小林媳妇，还让毕士仁的矿卫队借故经常敲打小林，不久，小林就失踪了，有人在三井的山后发现了一具尸体，林家媳妇认出了死者是自己的丈夫，伏在尸体上痛哭流涕，苟步力假装关心帮着埋葬了小林，后来就把小媳妇娶到家当了小老婆。听人说，是苟步力为长期霸占林家媳妇，让毕士仁暗害了小林。

高兴旺接过孟吉庆的话头道："你们知道侯老二那个姘头安秀姑吧？毕士仁见她有几分姿色，就想插一腿，侯老二不敢惹毕士仁，就明白地对毕士仁说，梨平镇悦来旅社沈老板的独生女儿，一表人才，如今还没有出嫁，你如果能把她弄到手，还能继承沈老板的家产，那可是人财两得啊！"

孟吉庆骂道："侯老二这个流氓，花花点子多了！"

高兴旺接着道："听了侯老二的话，毕士仁便以警察署长的身份软硬兼施，把沈姑娘弄到手，沈老板气得生了重病，一命呜呼，毕士仁成了旅社的老板，过上了官僚兼富商的生活！"

听了苟步力、毕士仁巧取豪夺的各种缺德事，三人十分生气，朱继忠咬牙骂道："这帮禽兽不如的东西，早晚得跟他们算账！"

听了朱继忠气愤的话，高兴旺道："孟哥，这些事继忠他们可能也听到一些，咱们就别给他们叨叨了，还是问问三个小伙子有什么事没有吧！"

孟吉庆有点儿歉意地说："可也是，俺只顾说鬼子汉奸那些缺德事了，也没有问你们找俺俩有什么事没有。你恁说说，找俺俩有什么事？"

朱继忠道："从俺爸和龙彪哥被关进特训所，又救出了铁柱哥和嫂子以后，好长时间没有得到组织上的指示了，俺们几个也不知道该做些什么，今天来找两位叔叔，就是想问问今后咱们该怎么办！"

孟吉庆看看高兴旺，叹口气道："孩子们，俺实话告诉你们吧，有很长时间俺也没有听到李子君书记的消息了。听说吉东特委有一个姓宋的大领导叛变了，他供出了边城地区地下党组织的情况，出卖了同志，边城地区地下党组织遭到了严重破坏，不少领导和同志被逮捕杀害，也没有李子君书记的信息，梨平镇和冠山矿的党组织瘫痪了！"

沉默了一会儿，朱继忠道："这么说，咱们就没办法跟鬼子汉奸斗了？"

孟吉庆坚决地说："也不能说咱们没办法跟鬼子汉奸斗了。梨平镇和冠山矿地下党组织瘫痪了，但东北和全国的共产党仍然领导着八路军、新四军和抗联继续跟日伪军作战，游击队和敌后武工队也很活跃。咱们虽然失去了同党组织的联系，但咱们也要按照共产党的一贯主张和教导，用咱们的办法同鬼子、汉奸作斗争！"

苏小柱道："孟叔，你说用咱们的办法跟鬼子汉奸斗，可咱们一无刀枪，二无弹药，用什么跟鬼子、汉奸斗？"

孟吉庆道："别看咱们没有武器弹药，但咱们也有咱们的优势。冠山矿的两三千劳工是进道挖煤的主要劳动力，鬼子大出炭得靠咱们这些劳工，咱们不给他好好干，他们就得干瞪眼，这就是咱们的优势！"

高兴旺道："煤炭生产过程中，采、掘、机、运、通一环套着一环，有一个环节出了问题，生产就会受影响，咱们在消极怠工和搞破坏上动动脑筋、想想办法，让鬼子的大出炭计划不能顺利进行，这就是咱们跟鬼子汉奸斗争的办法！"

朱继忠兴奋地说："这的确是个好办法。俺们几个也是十多岁的人了，过去不想到矿上干活儿，觉得是帮鬼子出煤炭打咱们中国人，现在听两位叔叔这么说，俺们几个也要到矿上'挂号'，明着当劳工，暗中发动矿工破坏鬼子的大出炭计划，比在家闲着好多了。"

一直没有说话的张铁林也表示说："俺也要到矿上'挂号'当矿工，跟大伙儿一起干！"

高兴旺道："你到矿上'挂号'，你爸能同意吗？"

张铁林道："俺的事他管不着！"

孟吉庆见铁林这样说，就用试探的口吻问道："铁林，那不是你爸嘛，你怎么那样说！"

张铁林道："俺现在十多岁，快是成年人了，不能事事都听爸妈的了，不过俺刚才说的话有点儿不太好听罢了！"

孟吉庆点点头道："你说得也有道理！"然后转换话题道，"铁林，叔有句不该问的话想跟你说，在奇山兄的事情上，俺对你爸是有点儿看法，觉得他不够朋友，不知你妈对这件事有什么看法？你妈和你爸现在关系好吗？"

张铁林道："这件事，俺妈曾责问过俺爸，但没有问出什么结果，开始有一段时间，俺妈对俺爸很冷淡。从这一段看，两人的关系和过去好像没什么两样！俺爸还经常把日本人和日满大柜的信息跟俺妈说。"

高兴旺道："你知道那些信息的内容吗？"

张铁林道："好像什么都有，比如龟田和苟步力的关系了、梨平镇宪兵队的情况了，等等，有时候，还把他知道的共产党和国民党以及抗日形势方面的信息告诉俺妈，比如中共在解放区的土地政策，八路军、新四军的战绩，美国、苏联、英国、中国等几十个国家结成同盟共同对德、意、日作战了，还有日本共产党在中国成立了反战同盟、用各种方式进行反战宣传、瓦解日军士气了等，老鼻子了！"

高兴旺道："这些信息你妈还经常跟俺说呢，有时俺还觉得奇怪呢，觉得你妈怎么知道那么多事呢，现在看，许多信息都是你爸告诉她的呢！"

孟吉庆沉思道："一个共产党员和一个叛徒汉奸不仅能和平相处，还能沟通抗战信息，真让人有些费解。依俺看只有一种解释，要么两人都是共产党，要么都是汉奸！"

朱继忠十分肯定地说："梅婶的为人俺知道，她绝对不是汉奸！不过，她这个人眼里可是不揉沙子的，如果闯叔有问题，他俩是不会和平相处的！"

高兴旺道："那就只有一种解释，张大闯不是叛徒，也可能是一个'外白里红'的人！"

孟吉庆道："张大闯是人是鬼咱们也别过早地下结论，今后咱们要注意观察他的行动，让事实做结论好了！"

苏小柱道："俺同意孟叔的意见，大闯叔的事咱就不再议论了，还是言归正传，商量跟鬼子汉奸作斗争的具体办法吧！"

孟吉庆道："刚才你们说到矿上'挂号'当矿工，俺同意，这样，咱们就可以秘密发动矿工弟兄消极怠工，用各种办法破坏鬼子的大出炭计划！"

朱继忠道："那好，明天俺就串联一些伙伴去矿上'挂号'，当煤矿工人。铁林也不要有什么顾虑，俺说过，你是你，你爸是你爸，俺们大家都相信你！"

高兴旺嘱咐道："孩子们，俺可要提醒你们，咱们干的可是极其危险的事，弄不好是要掉脑袋的，所以，大家一定要小心谨慎，不能蛮干，要多动脑筋，多想办法，不能让鬼子汉奸抓住把柄！"三个小伙子齐声道："嗯哪，知道了，叔叔放心吧！"

## 七

离开孟家后，三个小伙子分头串联，动员了八位要好的伙伴一起到冠山矿挂号，鬼子大出炭期间，劳动力奇缺，看到十多位年轻人来挂号，大小把头抢着要，朱继忠等十几位年轻人很顺利地当了煤矿工人。开始几天，几个人埋头干活儿，并留心观察井下的情况，熟悉各道工序，有意识地同劳工交朋友。看到工人穿得破破烂烂，饿得面黄肌瘦，干活儿也是有气无力，而鬼子和汉奸监工，在工人面前耀武扬威，张口就骂，动手就打，不把矿工当人看，心里特别气愤。朱继忠在二井干活儿，井长菊平是日本人，这家伙腿很勤，经常到井下溜掌子。看到谁不顺眼，张口就骂："八嘎，你的，不好好干活儿，死了死了的！"边骂边用鞭子抽，工人恨他又怕他。朱继忠看在眼里，心里就暗暗琢磨着整治的办法。

等和一起干活儿的劳工熟悉之后，朱继忠就试探着问老工人林树生："林师傅，咱们天天这么累死累活地干活儿，为日本人大出炭卖命，这不是帮着日本人打咱们自己的同胞吗？"

林树生道："小伙子，瞧你说的，谁甘心情愿哪，这不是让把头监工逼的嘛！"

朱继忠道："林师傅，俺看咱们不能这么着傻干，咱们得想办法少出力，少进道，不给他们卖命！"

林树生摇摇头道："这怕不行吧，俺们这么干，把头监工还嫌干得慢，特别是那个井长，看见谁不顺眼，张口就骂，抬手就打，要发现咱们耍滑，还不让他打死？"

朱继忠道："咱们这么多人，他们就一两个人，咱们这么多人看不住他一两个人，怎么还能让他发现？"

林树生道："你说得也有道理，咱们人多，他们人少，看他们也许没问题，你有什么好办法吗？"

朱继忠对林树生耳语一番后道："林师傅，你看这样行不？"

林树生笑道："你这小伙子脑袋灵光，俺看行，那咱们就试试！"

于是，打完炮眼儿后，林树生就按照同朱继忠商量的办法，往炮眼儿里少装火药，多装炮泥，放炮的时候，只听炮声很响，但崩下来的"货"（即崩下来的矸石、煤炭）却不多，放完炮后，大家就往矿车里装"货"，等装了一半左右，朱继忠对林树生道："林师傅，你跟大伙儿先休息休息，俺给大家站岗放哨！"

林树生道："好，好！"然后招呼大伙儿道："工友们，大家先休息，看见小朱给咱们晃灯的时候，咱们再起来干活儿！"

几个工友高兴地答应道："明白，明白！"于是都坐下来休息闲聊。休息了半个多小时，看见朱继忠往这面晃灯，林树生即大声招呼道："工友们，起来干活儿，装得勤快点儿！"

不一会儿，朱继忠也跑过来跟大家一起，装得很卖力的样子干起活儿来。井长菊平走过来，看见大伙儿卖力的样子，还高兴地夸奖道："苦力的干活儿大大的，吆西，吆西！"看了一会儿，便放心地离开了。

林树生这个掘进组天天用放空炮、少进道的办法糊弄鬼子，一个月下来，才进了不到三米道。菊平开始产生怀疑，便想出了一个监督的办法，在掘进组上班，开始干活儿的时候，他便在这个组最前面一架棚子的棚腿上钉一个小木牌做记号，以此来查看掘进的进度。那时候，煤矿还没有先进的测量技术，计算掘进进尺都是笨办法。按照作业规程，掘进组的工人，打眼儿放炮装货后，巷道进度就要向前推进一步，空顶面就要增加，为防止顶板冒落，就必须先架一个棚子，然后再打眼儿放炮向前推进。如果巷道没有增加棚子，就说明没有进度。监督人员就可以通过新增棚子的个数计算出掘进的进度。菊平在棚腿上做了记号,如果在做了记号的棚子前没有增加棚子,就说明没有进度,如果棚子数量很少,就说明进度很慢,这样,放空炮、少进道的办法就露了馅。看到菊平在棚腿上钉小木牌做记号,林树生有点儿慌神,他对朱继忠道:"小朱,咱们还是像过去那样老老实实地干吧,让菊平看出咱们糊弄他,那可要吃大亏呀!"

朱继忠心里也有点儿紧张,他盯着有小木牌的棚腿子好一会儿,眼睛一亮,脑子里闪过了一个破解的办法,随即招呼林树生道:"林师傅,来,咱俩给它换个位置!"于是,两人把钉着小木牌的那个棚子和它后面的两个棚子换了个位置,即把后面第三个棚子和钉有小木牌记号的棚子互换,这样,有记号的木棚前就有了两个棚子,说明这个掘进组向前推进了两个棚子的进度。

朱继忠小声道:"林师傅,你看这样行不行?咱们还没有干活儿,就有了两个棚子的进度!"

林树生对朱继忠竖竖大拇指笑道:"小朱,真有你的!"其他几位工友也发出了会心的微笑。紧接着,林树生又严肃地补充道:"不过,移动棚子要注意时机,刚上班时不能移动,等干一阵子以后才能动,还不能让监工和菊平看见!"

朱继忠点点头道:"你说的这两点很重要,大伙儿都得注意,千万不可大意!"

因为做了记号,菊平好像很放心,所以班中也没有过来查看,快要下班的时候,他走过来,看到林师傅和朱继忠几个劳工,老的少的都在忙活,又看到有记号的棚子前新增加了三个棚子,便很满意地说:"吆西,吆西!"这样,林树生这个掘进组仍然继续用放空炮、少进道的办法糊弄鬼子。这个办法不胫而走,不仅秘密传到了井下各个掘进队组,采煤、机电、维修等队组的劳工也普遍秘密地变着法子糊弄鬼子。

在维修组干活儿的张铁林糊弄鬼子的办法更多。井下维修工干活儿地点不固定,哪个地方的道轨、木棚、管路等出了毛病,维修工就得到哪里干活儿,因此,行动比较自由,对鬼子和汉奸监工在井下进行监督的活动看得也比较清楚。张铁林开始常用的办法是,下井后,先找个地方休息睡觉,估计鬼子、监工快过来了,即到有水的地方把自己的衣服弄湿,再往脸上抹些煤灰,然后到维修点装作很卖力地干活儿,鬼子监工看张铁林干活儿卖力,走过来拍拍他的肩膀夸赞道:"张的,干活儿的卖力,吆西,吆西!"等鬼子监工离开后,他便在背后呸一声吐口唾沫,又找个地方睡大觉。

一次,他和几个工人处理运输巷道冒落的顶板,鬼子监工没有到达之前,他便和大家一起坐着休息，发现鬼子菊平过来了，几个人立刻忙活起来，张铁林拿起一根长木杆往顶板冒落处的流沙口使劲捅了几下，流沙哗啦、哗啦往下掉，菊平听到哗啦声，看见流沙处随时可能冒落的样子，吓得急忙往后躲。

张铁林叫苦道："太君，俺们几个干了大半天了，流沙还是往下掉，这活儿太危险了，俺们干不了了，明天换人来干吧？"

菊平见张铁林要求换人，即拍拍张铁林的肩膀，用生硬的中国话道："张的，你爸是把头，对帝国忠心，你的辛苦大大的，困难大大的，我的明白，你们慢慢地干吧！"

说完即无可奈何地离开了。张铁林又招呼大家休息起来。就这样，鬼子来了，大家就装模作样地干活儿，鬼子走了，大家就休息，干了将近一个月，才勉强完工。

张铁林是个肯动脑子的人，他觉得，除了用消极怠工、假积极、出工不出力等办法糊弄鬼子外，还应当应用能够引起轰动的一些办法震慑鬼子汉奸。于是，他同要好的伙计挂车工陈太全商量道："太全兄，鬼子天天喊大出炭，咱们得想个办法，弄一起严重事故，让鬼子的大出炭变成大出丑，给工友们解解气！"

陈太全道："老弟，俺同意，你有具体办法吗？"

张铁林即凑过去同陈太全耳语一番后问道："老兄，你看这样行不？"

陈太全点点头道："俺看行，不过，得小心点儿，不能让鬼子看出破绽！"

铁林胸有成竹地说："你放心，咱这么干，保证没问题！"

陈太全道："嗯哪，咱就这么干！"

一天，陈太全悄悄告诉张铁林说有一排材料车要往井下放，张铁林即乘鬼子监工不注意的时候，偷偷在绞车道上放了两块石头，然后晃了晃矿灯通知了陈太全，陈太全会意，即打快点儿信号，通知绞车司机加速，一排拉着水泥、沙子、料石等材料的矿车开始快速往下放，飞驰的矿车碰到放在轨道上的石头，出轨掉道，由于惯性的作用，前车掉道，后车猛撞前车冲出轨道，撞倒了几个棚子，造成巷道顶板冒落，后面的车纷纷翻倒，从矿车里甩出的水泥、沙子、料石、倒塌的棚子、冒落的顶板几乎把一段巷道塞满，恢复巷道、整修矿车和清理绞车道，导致井口停了三天工。由于事故现场太凌乱，事前放在轨道上的石头和料石等混在一起，找不到事故的原因，只好将绞车司机撤职，挂车工陈太全挨了一顿修理了事。

事后，鬼子菊平把二井的劳工集中到一起，问谁会开150马力大绞车，张铁林知道，因为他和陈太全合作造成的那起严重事故，绞车司机被撤职后，菊平不得已要找绞车司机。他想，150马力的绞车道，是全井的运输动脉，如果这条绞车道出了问题，整个井区便会瘫痪。假如自己能当上150马力的绞车司机，就可以掌握全井的运输命脉，是破坏鬼子大出炭的好机会。由于父母都有文化，从小即督促自己学习矿山知识，也粗通机电技术，开绞车不难。于是便毫不犹豫地站出来说："太君，俺会开，让俺去吧！"

林树生知道张铁林和朱继忠是好朋友，脑子都很灵光，便当众夸奖道："太君，铁林这小伙子聪明，能干，对帝国又忠心，俺看行！"

朱继忠和众人也七嘴八舌表示赞同，鬼子菊平表示道："铁林，张把头的儿子，大大的好，我的同意，就这么定了！"

这样，张铁林便由维修工变成了绞车司机。开始，他小心翼翼地操作，没有发生任何事故，不长时间，他便熟练掌握了开绞车的技术。他和挂车工陈太全是好朋友，两人即开始商量既能破坏井口运输造成停产，又不能露出破绽的办法。陈太全道："铁林，绞车道三十多米的地方，有好几处轨道枕木都腐烂了，如果在那个地方让矿车出轨、倾覆，出事故，鬼子查起来，咱也有借口，不会让他们抓住把柄！"

张铁林道："陈哥，俺看行，不过，你在车上要站稳，保证自己的安全！"

陈太全道："嗯哪！"

一天，正好有一排装满水泥、沙子和坑木的材料车要往井下放，张铁林就同陈太全商量好，决定在这列材料车上做文章。等材料车挂妥之后，陈太全就打了放车的信号，张铁林立刻快速启动，让矿车飞速下滑，到三十米处，放停放停地一阵颠簸车皮使前后撞击，几个来回，正好到枕木腐烂处，矿车即出轨、倾覆，陈太全立刻跳下车，拉断了信号线。看见矿车扭麻花般东倒西歪，撞翻了几个棚子，造成大冒顶，大半截绞车道堆满了水泥、沙子、顶板石、棚腿子和坑木，陈太全心里一阵狂喜。

事故发生后，鬼子菊平领着几个人到事故现场追查，他打了陈太全两记耳光，咆哮道："你的，说说事故是怎么发生的？"

陈太全捂着脸道："太君，这段绞车道，枕木都腐烂了，道钉松动，轨道不牢，这排材料车又很重，所以矿车在这里出了轨，俺正要发停车信号，信号线断了，司机不知道，没有减速，矿车顺着惯性往前冲，撞倒了几个棚子，造成了大冒顶！"

菊平让随行人员仔细检查，他们发现有几处枕木确实已经腐烂，道钉大都脱落。随即汇报道："井长，这几处枕木确实已经腐烂，道钉脱落，轨道松动，应该是矿车出轨的主要原因！"

菊平见状，无可奈何地离开了现场，随即安排检修矿车，换枕木，清理绞车道，处理冒顶，忙活了一周，造成当月大减产。

张铁林和陈太全还和劳工配合，采取拉空车少出煤的办法糊弄鬼子。他们把装满煤炭的矿车停在井底车场子上。鬼子监工过来了，陈太全和检煤员王荣平就吆喝着往井上拉，等鬼子监工离开了，他们又把装满煤炭的矿车放回原处，然后再挂上空车皮拉上拉下，这样，绞车房和绞车道虽然响声不断，但煤车却在井下停着。时间一长，鬼子井长好像嗅出了点儿味道，于是便想了个新办法。他把一定数量的木牌子交给检煤员王荣平，规定往井上拉一车煤，就在煤车上插一块木牌，煤车拉到井上后，挂车工即将插在煤车上的木牌拿下来保存好，下班后，再把木牌交给王荣平，王荣平把木牌交给菊平，菊平按木牌数量计算产量。陈太全觉得这样一来就不好糊弄了。

张铁林道："别着急，让俺想想看怎么对付这老鬼子的招数！"沉思了一会儿，他跟检煤员王荣平耳语了一阵子，然后问道，"荣平兄，你看这么办行不行？"

王荣平点点头微笑道："嗯哪，还是你脑瓜儿活，我看这办法能行！"

张铁林道："那好，那你再和太全兄说说，看他同意不？"

王荣平把张铁林的办法小声告诉了陈太全，问他觉得怎么样，陈太全看看张铁林，面带笑容点头道："嗯哪，咱们就这么办！"

上班后，王荣平把一部分木牌交给了陈太全，监工来了，他就吆喝着和陈太全挂装满煤炭的矿车往井上拉，并当着监工的面把木牌插到煤车上，同时装作很认真的样子交代陈太全道："老陈，煤车拉到井上后，你记着把木牌拔下来，等下班后你再把木牌交给俺，俺好凭木牌跟井长计算产量！"

陈太全高声答应道："嗯哪，忘不了！"

等监工走了，他们就把装满煤炭的矿车放下来，再继续放空车，这样，装满煤炭的矿车还在井下，作为记产凭证的木牌已到了挂车工老陈的手里。收工以后，老陈把木牌交给了王荣平，王荣平把木牌交给鬼子井长菊平时有些表功似的说："太君，一上班，俺就死死地盯着煤车，见一个煤车，俺就在上面插一块木牌，并交代挂车工老陈把拔下的木牌保存好，这是下班后陈太全交给俺的木牌，你看看，今天这个班的煤炭产量可不低呀！"菊平数了数木牌，十分高兴地说："煤炭大大的，吆西，吆西！"

张铁林他们真真假假，用放空车少出煤的办法糊弄鬼子，时间一长，菊平发现收到的木牌不少，但煤堆却不见涨，他便找张大闯问道："张把头，我的木牌收了不少，为什么煤堆却不见涨？"

张大闯围着煤堆查看后对菊平道："太君，俺看煤堆还是涨了一些呀，再说了，这么大的煤堆，一车一车地往上翻，那得翻多少车才能看出有所增加啊，如果一打眼就能看出来涨了没有，那可真神了！"

菊平迟疑道："要不找测量员给量一量？"

张大闯劝道："俺看没有必要！"

菊平暗想："矿上要求大出炭，万一查出什么破绽，不是自找麻烦吗？"

又一想，"美、苏、英、中等几十个国家结成同盟，共同对付轴心国以来，战局一天不如一天，帝国能支撑多久，能不能支撑下去也未可知，自己何必那么死心眼儿！"于是，拍拍张大闯的肩膀下台阶道："吆西，吆西，我的，听朋友的干活！"

## 八

一段时间以来，劳工们经常乘鬼子监工不备，破坏巷道的支护，起掉运输道轨上的道钉，在水泵、电机上搞点儿小动作，在高压线和电缆线上动动手脚，导致矿车掉道、水淹平巷、电机烧坏、井上下停电等事故频发，弄得鬼子井长和技工手忙脚乱，使得鬼子大出炭计划受到严重影响。

上司对劳务系的龟田系长和日满大柜经理苟步力很不满意，责令他们要采取措施完成大出炭任务。龟田和苟步力即召集把头监工开会商量对策。苟步力道："诸位，最近一段时间，矿上欠产严重，上级很不满意，各位说说欠产的原因是什么，咱们该怎么办？"

一井把头黄二显道："太君、经理，最近一段时间，井下三天两头停电，事故也很多，要完成大出炭任务，必须把停电和事故看住，保证不停电，不出事故。"

二井井长菊平道："黄把头说得有道理，我检查劳工干活儿的情况，发现他们还是很卖力的，如果不停电，没有事故，任务还是能够完成的！"

外号"丧门神"的鬼子监工野藤冷笑道："菊平君说劳工干活儿卖力，那是当着你的面做给你看的，等你离开，恐怕就不卖力了！"

系长龟田道："野藤君的眼光敏锐，看到了本质，实际上，大部分劳工对大日本帝国是仇视的，他们不会老老实实地为帝国效力，最近的停电和各种事故，我看也有可能是劳工搞破坏，所以，各位要把劳工看紧，如果发现谁有破坏行为，一定要严惩不贷，统统死了死了的！"

一井鬼子监工平田道："龟田君英明，问题看得清楚。对中国劳工不能手软，要让他们老老实实干活儿，就得像对待牲畜那样，鞭子抽，棍棒打，反正中国人大大的有，死了死了的不怕！"

张大闯道："不过，劳工人多，咱们人少，如果犯了众怒，劳工集体起来反抗，对大出炭也没有什么好处！"

苟步力接着张大闯的话道："龟田系长和平田太君说得有道理，张把头说得也值得注意。中国有句古话叫'恩威并用、软硬兼施'，这是经验之谈。我认为对劳工要用软硬两种手段，对那些不遵守规矩、不好好干活儿的劳工要严惩，对卖力干活儿的劳工也要鼓励！"

听苟步力这么说，龟田若有所悟道："苟经理说的'恩威并用、软硬兼施'很好，我们也要大力宣传帝国'中日亲善''东亚共荣'的主张，让中国劳工同帝国友善，卖力干活儿的劳工要鼓励，像刘因乐队长带的吉林报国队那样的团队就要表扬。当然了，对不听话和捣乱破坏的劳工也不能手软，打、关、杀都是必要的。这就是苟经理说的'恩威并用、软硬兼施'的道理，在座的各位要明白。"

鬼子平田又一次溜须道："龟田君说得好，大家鼓掌！"边说，边带头鼓起掌来。

龟田摆摆手继续道："为了强化对劳工的管理，我决定采取两种措施：一是强化监工巡视制度，加大巡视频率，让劳工眼中时时有监工的影子，不敢偷奸耍滑；二是对重点工作面要安排专人跟班监督，一步都不离开，紧盯严管。苟经理，请你按照我的决定把监工重新调配一下！"

苟步力唯唯诺诺道："是，是！"

此后，鬼子和汉奸监工下井的次数多了，溜掌子的频率加大了，十几分钟最多半个小时就能看到监工的身影。更麻烦的是，一些重点工作面，劳务系派专人跟班监督，看见谁不顺眼，张口就骂，抬手就打，逼着劳工一刻不停地干活儿。在二井掘进工作面跟班监督的鬼子监工叫野藤，此人心狠手辣，对劳工经常打骂侮辱，被他打伤的不下数十人，死在他皮鞭下的劳工有好几个，劳工们恨透了他，背后都叫他"丧门神"。

丧门神跟班监督，朱继忠和林树生无法搞小动作，大家也只好忍气吞声干活儿。一天，劳工们在井下连续干了十四个小时，个个累得精疲力竭，丧门神不让劳工升井休息，逼着大家继续干活儿。工人周方强渴得实在受不了，就放下手中的铁锹到旁边的水沟里捧水喝，丧门神看见，一脚把周方强踢倒，举起皮鞭劈头盖脸猛抽，边抽边骂："支那猪，我叫你偷懒，你的死了死了的！"

周方强的衣服被抽成碎片，身上布满了道道血痕，鼻口全是血，开始还疼得爹一声妈一声喊叫，后来声音越来越低，不一会儿就没有了声。

朱继忠见状，对众劳工一招手，十几个人一下全围了过去，怒视着丧门神大喊："住手，再这么抽，人就给打死了！"

丧门神道："死了死了的不怕，中国人大大的有！"

朱继忠和众人气得说不出话来，纷纷举起工具要和丧门神拼命，丧门神见巷道里灯光昏暗，也看不清谁是领头人，觉得众怒难犯，怕自己吃眼前亏，便心虚地吩咐道："你们的，不要命吗，快快下班！"边说边后退几步离开了。

众人将周方强抬到井上，他因长期营养不良，骨瘦如柴，疾病缠身，再加上十几个小时的重体力活儿和丧门神一顿毒打,早已奄奄一息,抬到井上后已失去知觉,再也没有醒过来,一个年轻的生命就这样被鬼子活活折磨死了!

下班后,朱继忠、张铁林和苏小柱几个要好的伙伴跟孟吉庆、高兴旺一起商量对付鬼子的办法。

朱继忠道:"别看鬼子汉奸一个个表面上凶神恶煞的样子,实际他们心虚得很,都是一些欺软怕硬的家伙,咱们要是团结起来,明里暗里跟他们斗,让他们吃点儿苦头,知道劳工的厉害,就不敢放肆地欺负咱们了!"

张铁林道:"继忠哥说得对,咱们得想办法整治整治那些嚣张的鬼子汉奸,像丧门神野藤和姜史贵那样的坏蛋,就得想办法收拾他们,给他们点儿颜色看看!"

孟吉庆道:"俺同意继忠和铁林的意见。俺觉得,鬼子统治下的冠山矿就是一座人间地狱,咱们劳工就是地狱中受苦受难的冤魂,也是一堆干柴烈火,只要有一点儿火星点燃,这堆干柴就会熊熊燃烧起来,把这座人间地狱烧毁!"

高兴旺兴奋地说:"孟哥这个说法太形象了,咱们就是要做星星之火,把这堆干柴点起来,烧死这帮阎王小鬼!"

于是,大家你一言我一语,说出了许多对付鬼子和汉奸监工的办法。

一天,丧门神要单独乘矿车下井,陈太全就按照事前跟张铁林商定的办法对付丧门神野藤。他装作很谦卑的样子让丧门神坐在头车上,并告诉丧门神说:"太君,坐头车敞亮,方便观察!"

丧门神道:"吆西,吆西!"

陈太全等他上了第一辆矿车,自己即站在第一辆与第二辆矿车的连接处,然后按约定给张铁林打点儿发了信号。矿车即徐徐下放,坐在头车上的丧门神得意地哼着日本歌谣。不一会儿,矿车猛然加快了速度,耳边虎虎生风,陈太全趁矿车颠簸的瞬间顺势拔起了连接矿车的插销,头车像离弦的箭似的风驰电掣般向下飞奔,霎时,矿车即翻滚而下,等矿车停下时,坐在头车里的丧门神已血肉模糊,丧了性命。

事后,龟田让矿卫队把张铁林和陈太全抓到劳务系的地下室进行审问,任你如何打骂,两人异口同声说是连接头车的插销在矿车颠簸时滑出了插眼儿,头车失去了控制,飞奔而下出了事,是个意外。龟田找不出别的原因,只得无可奈何地放人。

紧接着,一井鬼子监工岗本在井下不明不白地挨了一顿揍。原来,岗本的恶行引起了劳工的极度愤恨,苏小柱悄悄跟几个要好的伙伴商量了一个教训岗本的办法。一天,苏小柱和四五个劳工一起下井后,把矿灯藏在怀里,悄悄躲在了暗处。不一会儿，岗本吹着口哨走过来，苏小柱乘其不备，抓起一把煤灰直接撒在了岗本的脸上，岗本眼睛里进了煤灰，什么也看不见，旁边埋伏的几个劳工立刻跳出来，夺下岗本的矿灯，将他摁倒在地，对准他的小腹和私处一顿胖揍，然后四散撤离。岗本疼得龇牙咧嘴，顾不上叫喊，试着慢慢擦去眼里的煤灰，摸索着找到矿灯，使劲站起来，弯着腰，夹着腿，捧着小腹和私处，仍然要命似的疼。他只得忍着剧烈的疼痛，慢步挪到巷道边上，靠着煤壁休息，脑子里急剧地思索着下一步的对策。

他明知道这是劳工对自己的报复，但因为被他打骂的人太多，无法判断报复自己的是哪些人，不知道应当抓谁。想到野藤的死，他有点儿后怕。觉得过去只知道一门心思为天皇效忠，对劳工毫不留情，把自己推到了死亡的边缘还不自知。思来想去，觉得自己不能像过去那样犯傻效忠了，得给自己留条后路。于是自我安慰道："算了，吃这个哑巴亏吧，就算用挨这顿打买来个教训吧！"想到这里，自己索性坐着休息起来，等疼痛缓解了，才站起来到掌子头监督，但态度和原来有了不小的变化，对劳工也不像原来那样凶神恶煞了。

一井的汉奸监工叫姜史贵，依仗日本鬼子的势力，横行霸道。他的榔头棍上刻有"打死勿论"四个字，打骂劳工是家常便饭，劳工们对他很愤恨。朱继忠和几个伙计商量要整治整治他。夜间，乘他外出不在家的时候，就领着几个人推倒了他家的院墙，砸了他家的门窗，还在房门上贴了个纸条，上写："姜监工，你要是中国人就不要打骂劳工！"

姜史贵回到家问老婆这是怎么回事，老婆战战兢兢地说："是几个穿着破烂的人干的，黑灯瞎火的，我吓得不敢看，也不知道是谁干的！"

姜史贵很生气，天亮后，他示威似的在劳工面前破口大骂道："他妈的，有种明着干，老子不怕……"下井后，他还对着干活儿的劳工指桑骂槐，气焰嚣张。

下班后，朱继忠跟几个伙计商量道："昨天咱们那么干，是想给姓姜的一点儿警告，没想到，这家伙狗改不了吃屎，咱们得好好教训教训他！"于是，几个人一起商量了一套教训姜史贵的办法。

第三天下井后，姜史贵正扬扬得意地往掌子头走，乘其不备，朱继忠把事先准备好的一个水泥袋子一下套在了姜史贵的头上，另一个劳工麻利地夺下他的榔头棍，几个人七手八脚把他拖往暗处，绑在了棚腿上，姜史贵刚要喊叫，朱继忠换成哑嗓子严厉警告道："不准喊，要喊就打死你！"伙计假装在姜史贵脚下埋好火药雷管后，朱继忠仍用装出来的哑嗓子厉声问道，"姓姜的，你是中国人还是日本人？"

姜史贵吓得裤裆湿了一大片，急忙回答道："我、我是中国人！"

朱继忠道:"你还知道自己是中国人啊,你的良心让狗吃了,为什么替日本鬼子当狗,撕咬自己的同胞?"

姜史贵吓得说不出话来。朱继忠继续喝问道:"姓姜的,你想死,还是想活?"

姜史贵哭咧咧结结巴巴道:"我、我想活!"

朱继忠道:"你要想活,就要记住自己是中国人,不能帮鬼子欺压自己的同胞!俺问你,今后还敢不敢随便打骂劳工了?"

姜史贵苦苦哀求道:"不敢了,不敢了,再见我打骂劳工,任凭你们处置!"

朱继忠道:"今天的事,你要不要告诉日本主子?"

姜史贵发誓道:"我对天发誓,今天的事一定不告诉日本人,如果失言,天打雷劈!"

朱继忠最后警告道:"姜史贵,记住你今天说的话,别忘了自己的祖宗!"然后解开捆绑姜史贵的绳子,示意大家走人。

朱继忠等人离开后,姜史贵摘下了套在自己头上的水泥袋子,擦掉眼里和脸上的泥灰,用矿灯四处照照,见跟前黑乎乎的不见人影,便捡起自己的榔头棍,无精打采地靠棚腿坐下来休息。可能是受了惊吓,也可能是良心发现,从此,对劳工比过去客气了不少。

井下干活儿离不开矿灯,有一台明亮的矿灯,不仅方便劳作,也有利于自身的安全。所以,劳工下井都希望能领到一台亮度好的矿灯。可是,矿灯房都由日本人管理,他们经常无故刁难。劳工领到的灯,不是发生故障不亮,就是充电不足,劳工不得不要求更换,管灯的日本人不仅不给更换,还污蔑说是劳工故意弄坏的,不是谩骂,就是罚款,甚至打人,劳工和管灯的日本人经常发生矛盾,曾为此发生过劳工砸矿灯房的事件。

一井矿灯房管灯的日本人外号"白帽子",不仅不懂业务,还仗势欺人,态度十分恶劣。有一天,苏小柱领到矿灯后,发现灯不亮,就返回矿灯房找"白帽子"道:"太君,俺这盏灯不亮,劳驾给换一换!"

"白帽子"瞪一眼苏小柱道:"灯的,没有问题,是你弄坏了吧,你先缴罚款,再给你换灯!"

苏小柱生气道:"太君,明摆着是灯不亮,怎么赖俺,还要罚款,这不是不讲理吗?"

"白帽子"骂道:"八嘎,我就不讲理了,你能怎么样?"

苏小柱强压火气道:"太君,你还是给俺换一盏吧,俺还急着下井干活儿呢!"

"白帽子"瞅一眼苏小柱冷笑道:"那、那你先等着!"边说边往后面电话室偷着给劳务系打电话,说有个劳工在矿灯房无理取闹,要劳务系派人来管管。劳务系的鬼子接到电话有四五个打手一起赶到矿灯房,看见苏小柱,不由分说,皮鞭棍棒一起来打苏小柱。苏小柱怒从心起,便和几个打手打斗起来,因为苏小柱和武敬岳练过武功,同几个打手过招儿也没有吃大亏。正打斗间,下班的劳工来交矿灯,见四五个人围着苏小柱一个人打,其中一个劳工喊道:"他妈的,几个人打一个人,太欺负人了!"另一个劳工鼓动道:"大伙儿别看热闹呀,得帮帮小柱啊!"众人便一拥而上,将四五个打手一顿胖揍,还乘机将矿灯房砸了个稀巴烂。在矿灯房干活儿的一个姓杨的劳工乘机将矿灯房充电用的主要设备水银镇流器弄坏,等矿卫队得到消息赶到矿灯房时,劳工们早已逃散。

不几天,又发生了在三井干活儿的牡丹江报国队砸矿灯房的事件。原因是三井绞车失控,发生了跑车事故,撞死撞伤几个劳工,报国队王队长带着几个人到灯房子借灯,准备下井救人。管灯的日本人不但别别扭扭不痛快借,还满不在乎地说:"满洲人大大的有,死了死了的不要紧,越多越好!"借灯的报国队队员看到鬼子不把中国人当人看,怒火中烧,一拥而上砸了矿灯房,破坏了矿灯房的主要设备。

在三井干活儿的孟吉庆和高兴旺看到自己干活儿的采煤掌子有一段流沙层,顶板很不好管理,经常发生冒顶事故,两人和工友便借处理冒顶的机会,将顶板炸塌,导致流沙层的沙子大量涌入巷道,堵塞了交通,几个掌子全部停产,三井的大出炭,变成了大欠产。

# 第 十 一 章

## 一

　　孟吉庆和朱继忠等老少两代矿工在冠山矿采取各种形式破坏鬼子的大出炭计划，惩罚鬼子和汉奸监工，搞得鬼子汉奸又气又怕。随着世界反法西斯战争的节节胜利，日本侵略军在中国和东南亚战局的不断失利，日本籍员工对自己的前途也非常忧虑。劳务系的头目龟田表面上虽然继续唱着"东亚共荣，皇军不可战胜"的高调，但内心却惶恐和悲观，各井区的鬼子监工和汉奸把头对形势的发展心知肚明，也都想给自己留条后路，对劳工也不敢像过去那么嚣张了。因为怕劳工暗算，很少单独下井，在监督上也是睁一只眼闭一只眼敷衍了事。

　　一天，几个人下班后，看到镇里的宪兵、警察和冠山矿矿卫队全体出动到山林中搜索，还在镇里和矿家属区及附近村屯查户口，猜想可能是出了什么事。后来听说是特训所里有一百多劳工打死押送的警察和监工集体逃跑了，心里既高兴，又担心。高兴的是有那么多受苦受难的劳工兄弟逃出了苦海，担心的是他们逃出后的命运，特别牵挂的是朱奇山和杜龙彪是否也在其中，逃出后他俩是否又被抓回来了。所以，一进家门，朱继忠就问母亲道："妈，听说特训所有一百多人逃跑了，这个消息你知道吗？"

　　连喜故意不置可否地答道："嗯哪！妈也听说了！"

　　朱继忠又焦急地问道："妈，也不知道俺爸和龙彪姐夫逃出来了没有？"

　　连喜不紧不慢地说："你猜呢？"

　　朱继忠知道母亲对父亲的深厚感情，自从父亲和杜龙彪被抓进宪兵队以后，母亲茶饭不思，坐卧不宁，后来知道两人被长期关押在特训所强迫劳动的情况以后，更是日夜思念，消瘦了许多，不到五十岁的年纪，已是满头白发。现在听到与父亲和杜龙彪生死攸关的信息怎么会是这种态度呢？他有点儿疑惑，便接着问道："妈，听说逃跑的人里有几个被警察和宪兵抓回去了，也不知道有没有父亲和姐夫！"

　　连喜正要回答，在一旁的朱继红偷偷向母亲眨了眨眼，摇了摇头，暗示先不要说实话。于是，连喜仍不紧不慢地说："妈也不知道！"

朱继忠着急道："妈，俺整天在井下劳作，很难听到镇里和矿上的消息，你和妹妹跟俺不一样，怎么连这么重要的事情都不认真打听打听？"

连喜见儿子急了，不忍再继续糊弄下去，正要说出实情，忽听门外张铁林兴奋地压着嗓子喊道："继忠，继忠！告诉你个好消息，朱大爷跑出来了！俺妈和大娘都去看过了！"

听到张铁林的喊声，朱继忠知道母亲和妹妹在故意糊弄自己，便假装十分生气的样子道："妈，这么大的事你都不告诉俺实情，准是小继红搞的鬼！"

赵连喜笑呵呵道："对不起，妈太高兴了，所以就和继红逗逗你，你就别怪妈和你妹妹了！"

张铁林刚跨进门，听到连喜母子的对话，有些不解道："怎么，这事你还不知道，大娘没告诉你？"

朱继红在一旁假装生气道："就你嘴快，把俺妈和俺都装进去了！"

张铁林有点儿莫名其妙地说："这是哪儿跟哪儿呀，俺怎么就把你们娘儿俩装进去了？"

连喜笑着解释道："铁林，继红也是跟你开玩笑呢，刚才继忠问俺你朱大爷和龙彪的事，继红让俺逗逗她哥，先不叫俺说实话，结果没等俺说你就先说出来了，所以继红说你把俺娘儿俩装进去了！"

张铁林恍然大悟道："嗯哪，是这样啊，俺以为是什么大不了的事呢！既然知道朱大爷逃出来了，俺寻思咱们得去看看哪！"

朱继忠道："妈，你快告诉俺，俺爸到底在哪里，俺和铁林也好去看看啊！"

连喜道："孩子，妈知道你着急，可是，见你爸的事，还得好好合计合计！"

听了母亲的话，朱继忠突然冷静下来，他想，这几天，宪兵和警察没抓到父亲，暗地里肯定会盯着父亲的亲属和好友，以便从中发现蛛丝马迹。想到自己刚才的举动，惊出了一身冷汗。他急忙问道："妈，你和张婶去看俺爸，没有人跟踪吧？"

连喜道："没有，幸好因为事情刚刚发生，鬼子和汉奸还没有考虑到呢，不过现在可就难说了！你俩先等等，俺让你张婶打探打探再说。"

朱继忠道："妈想得周到，不过，俺爸现在安全吗，他的吃穿住怎么办？"

连喜道："这你放心，妈和张婶找到你爸的落脚点以后，你大闯叔和敬岳叔两人已经去看过了，吃穿用的东西都送过去了，你不用牵挂！"

朱继忠和张铁林都觉得有些奇怪，朱继忠问道："怎么，俺大闯叔也去看俺爸了，不会出什么事吧？"

连喜反问道："怎么，你闯叔就不能去看你爸吗，能出什么事？"

朱继忠支支吾吾道："不是，俺是说……"

连喜有些生气地说:"你别说了,妈知道你对你大闯叔有些看法。但是,妈告诉你,你闯叔、敬岳叔和你爸是生死弟兄,凭妈对你闯叔为人做事的了解,打死妈也不相信闯叔会真心出卖你爸,事情到底怎么回事,以后会弄清楚的!"

张铁林听连喜这么说,心情十分激动地说:"谢谢大娘对俺爸这么信任,不管别人怎么看俺爸、骂俺爸,有大娘这几句话,俺就轻松多了!"

朱继忠道:"这么说,兄弟你也要跟俺一起去看俺爸了!"

张铁林坚决地说:"当然了,怎么,你不欢迎?"

朱继忠真诚地说:"那哪能呢?俺不是早就说过吗,你是你,你爸是你爸,俺信任你,欢迎你跟俺一起去看俺爸!"

朱继红插话道:"俺也要跟两位哥哥一起去!"

朱继忠半正经半开玩笑道:"俺才不跟你一起去呢,谁让你撺掇妈糊弄哥呢!"

朱继红做个鬼脸道:"哥呀,还记仇哇,不能这么小肚鸡肠吧,你不跟俺一起去,俺跟铁林哥去!"

连喜道:"先别争着去,等把情况弄清再说吧!"

连喜和朱继忠猜得很准,宪兵队和警察折腾了好几天也没有搜查到逃跑的劳工,当天抓回来的几个逃跑的劳工,严刑拷打至死也没有问出什么结果来。上官铁木很生气,也很失望。他找到冠山矿警察分署署长兼矿卫队队长毕士仁道:"毕队长,我们忙活了这么多天,也没有抓到人,你看下一步该怎么办?"

毕士仁道:"太君,现在离劳工逃跑已经四天了,他们已经跑远了,再抓回来很困难!"

上官铁木有些不满道:"听你这么说,这事就这么不了了之了吗?"

毕士仁赔笑道:"不,不,太君,这事当然不能就这么不管了!"

上官铁木道:"那,你说该怎么办?"

毕士仁深思一会儿道:"从特训所递上来的逃跑劳工的名单上看,我觉得有两个人值得我们下功夫!"

上官铁木道:"你是说朱奇山和徐涌泉吗?"

毕士仁恭维道:"太君英明,你说的这两个人值得我们的注意。朱奇山这个人,从冠山矿开始勘探到凿井建矿,就一直跟着孙亦奇做过不少事,山东籍劳工大部分都是他招来的,此人头脑灵敏,很会笼络人,在劳工中很有威信,他绝不会甘心在特训所被关一辈子,这次劳工暴动集体逃跑,我觉得就是他策划的!徐涌泉这个人原是八路军的一个连长,他很可能也是重要的策划者。不过,他不是本地人,在冠山矿没有根基,他跑出来以后,一定跟朱奇山在一起，只要找到朱奇山，就能找到徐涌泉！"

上官铁木点点头道："吆西，吆西！但是，我们怎么能抓到朱奇山呢？"

毕士仁道："太君，我想这也不难！"

上官铁木道："你有办法了吗？"

毕士仁道："太君，我这么想，既然朱奇山的根基在冠山矿，他跑出来以后，必然要想办法和冠山矿的亲戚朋友联系，他的亲属朋友也一定会寻找他的下落，我们只要盯着他的亲属和朋友，就不愁发现他的蛛丝马迹！"

上官铁木高兴地说："吆西，你的想法很好。这件事就交给你来安排，你是帝国的忠实朋友，我相信你！"

毕士仁受宠若惊道："谢谢上官太君的信任！"

毕士仁找到侯老二，对他指示道："老二，你暗中安排人盯着朱奇山的老婆孩子，再安排人观察双峰村武敬岳一家的动静，发现情况后先不要行动，直接报告我，听我的命令。这件事办好了重重有赏！"

侯老二道："是，是，我这就去安排！"

侯老二走后，毕士仁又找到张大闯，以试探的口吻对张大闯道："张把头，从特训所逃跑的劳工你知道都有谁吗？"

张大闯故意装糊涂道："俺只知道跑了不少人，到底有谁俺不知道，不关俺的事，俺也不敢问！"

毕士仁故作惊奇道："怎么能说不关你的事？听说跑出去的劳工中有朱奇山，你不怕他找你报复吗？"

张大闯装作有些紧张的样子道："啊！真的有朱奇山吗？这老家伙要跑出来俺可就麻烦了，毕署长，求求你，你可不能不管，你得想办法保护俺哪！"

毕士仁道："老兄别紧张，对你，我自然要保护了！不过，你也要积极配合，并做好自我保护。"

张大闯装作为难的样子道："他在暗处，俺在明处，俺怎么自我保护哇？"

毕士仁道："你想啊，朱奇山在冠山矿人缘不错，有不少铁哥们儿，他要报复你，肯定要找这些人帮忙，过去他和哪些人要好，谁是他的铁哥们儿，你心里该有数的，你只要把这些人盯住了，就能发现朱奇山的行踪，知道了他的行踪，就不愁抓不住他！"

张大闯装作很感激的样子道："谢谢毕队长提醒，俺一定安排人把他的铁哥们儿盯紧，有什么情况，俺一定向你报告！"

毕士仁高兴道："这就对啦，朱奇山的老婆孩子我已安排人监视了，你再盯住他的哥们儿，咱们双管齐下，张开大网，准能把他抓住！"

张大闯暗想：哼，还想抓住俺哥，做你的春秋大梦吧！但表面上却装得很赞同的样子道："那是，那是！"

回到家里，张大闯把毕士仁的安排原原本本地告诉了杜梅，并对杜梅吩咐道："梅子，你让小林告诉连喜嫂子和敬岳家里人，就说门前门后有狗，这几天千万别有任何举动，更不能去看大哥。什么时候可以去看，听俺的消息！"

杜梅点头同意，并立即找到铁林，让他通知了朱家和武家。这样，朱家和武家老老少少，没事人似的，跟平时没有两样。连续三四天过去了，侯老二安排的暗探没有发现任何可疑的情况，张大闯那里自然也是一样。毕士仁对侯老二和张大闯道："沉住气，别着急，我不相信朱奇山的亲属和朋友会待得那么老实！"

又过了两天，朱家和武家门前和门后的暗探仍然没有撤，朱继忠心急如焚，张大闯也觉得不能这样耗下去，必须想办法让毕士仁把暗探撤走。怎么办呢？他左思右想，心里有了主意，他兴奋地对杜梅道："梅子，俺有办法让毕士仁把看门狗招呼回去了！"

杜梅道："你有什么办法，跟俺说说！"

张大闯对杜梅耳语一番后问道："你看这么办行不行？"

杜梅点头微笑道："俺看行，你鬼点子可真多！"

张大闯笑道："夫人既然同意了，那就依计安排吧！"

杜梅装得一本正经道："遵命！俺这就去安排！"

## 二

过了一天，张大闯刚从日满大柜大院走出不远，一个十多岁的小叫花子跑到他跟前，也不说话，扔给他一个信封，转身就跑走了。张大闯惊讶地弯腰捡起信封，拆开来看，上面写道："张把头，三年了，朱奇山遭的罪拜你所赐，这个仇、这个恨奇山永世不忘。目前俺惹不起你，暂且远走高飞躲避着你，但总有一天，俺会报这个仇的！你曾经的大哥朱奇山。"

张大闯装得惊慌失措的样子把信纸装回信封，急忙返回大院，进到楼里，敲了敲毕士仁办公室的门，惊慌地小声喊道："毕署长，俺是大闯，开门，俺有急事报告！"

毕士仁开开门，不太高兴地说："慌什么，什么事？"

张大闯把手中的信交给他道："你看看这封信！"

毕士仁接过信封，抽出信纸，认真地看过后道："这信是谁给你的？"

张大闯道："俺也不知道，刚才俺走出大院不远，一个十岁左右的小叫花子，也没有说话，把信扔在地下就跑了！俺捡起信，抽出信纸，一看是朱奇山这老家伙写信威胁俺，急忙找小叫花子，他早跑得没影了！"

毕士仁冷笑道："老张，这件事你怎么看？"

张大闯装糊涂道："从这封信看，也许他觉得现在惹不起俺，不如先远走高飞，等待时机！也许……"他故意支支吾吾道，"俺也说不清！不知毕署长你怎么看？"

毕士仁道："我认为朱奇山没有远走高飞，也许他就在附近！"

张大闯吃惊道："不会吧？他不是已经说他要远走高飞躲着俺吗，你怎么说他没有走，还说他就在附近？"

毕士仁一副老谋深算的样子道："张把头，你好好想想，假如你是朱奇山，你会告诉自己的仇人说自己先躲起来，然后再来寻仇吗？"

张大闯仍然装作不太明白的样子道："如果俺是，也许……"

毕士仁解释道："我觉得朱奇山没有走，他这是用远走高飞的假象来迷惑你，让你放松警惕，他好趁机下手报复你！"

张大闯暗暗吃惊，觉得毕士仁说得不无道理，事前自己还是把事情看得太简单了，下一步应当想得更周到些，心里这么想，但表面上还是装作不相信的样子道："你分析得也有道理。不过，俺跟朱奇山交往多年，对他的做派还是了解的，他这个人不会说假话，用远走高飞的假象迷惑俺，不像他的做派！"

毕士仁有些不耐烦地摇摇头道："依我看，你还是不要轻信他的话为好，我认为，他不仅没有走，而且很可能就在镇里或者矿里！"

张大闯也摇摇头道："俺看不可能，俺觉得他还没有这个胆量！"

毕士仁发急道："我说老张呀，你怎么这么不开窍！你想啊，那个小叫花子的信是谁给的，我看除了朱奇山不会是别人。这说明什么？这不正好说明朱奇山很可能就在镇里或矿里，不然的话，那个小叫花子的信是怎么来的，难道是天上掉下来的？"

张大闯装作信服地点点头道："毕署长高明，你分析得太对了，如果是这样，得赶快采取措施呀！"

毕士仁道："那是当然，我这就去请示上官太君和警察局，封锁道路，在镇里和矿上挨家挨户搜查，找那个小叫花子和朱奇山！"

于是，宪兵队、警察局、矿卫队全体出动在梨平镇和冠山矿展开了搜查，折腾了一天一宿，什么也没有搜到。

毕士仁有些失望，张大闯劝说道："毕署长，依俺看，朱奇山可能真的远走高飞了，咱就不要再费那个劲了，把监视的人撤回来算了！"

毕士仁摇摇头道："我看还不能轻易撤，不过，咱们可以摆个迷魂阵，再看看虚实！"

张大闯道："什么迷魂阵，你说具体点儿好吗？"

毕士仁道:"具体点儿说,就是把原来安排去监视的人大摇大摆地撤回来,让朱奇山的亲属和朋友以为监视撤销了,可以去探望了,实际呢,再换一拨人去暗中监视,抓他个现行,这叫明撤暗不撤,摆个迷魂阵让他上当!"

张大闯听了身上直冒汗,暗想,这家伙太阴险了,幸亏他没有提防自己,不然的话,那可就有大麻烦了,心里这么想,表面上却恭维道:"高,实在是高!"

那封警告信实际是张大闯和杜梅商量的计策,大闯让杜梅以朱奇山的口吻写了信,又让杜龙彪的儿子杜天赐装扮成小叫花子把信扔给张大闯,再让张大闯交给毕士仁,原以为这样一来,让毕士仁既抓不到送信的人,又相信朱奇山真的远走高飞了,因而会把监视的人撤走。没想到毕士仁十分狡猾,不仅没有上套,还摆了个迷魂阵想引自己人上钩,觉得眼前这个对手是个不太好对付的人,应当加倍小心。到家之后,张大闯心情沉重,闷闷不乐。

杜梅看出丈夫好像有心事,便关心地问道:"大闯,怎么了?昨天宪兵警察在镇里和矿上挨家挨户搜查,说是要抓一个小叫花子和朱大哥,是不是咱那个计谋出了问题?"

张大闯道:"毕士仁这个家伙很狡猾,不仅不相信大哥远走高飞,还认为大哥就在镇里或矿上,因而出动宪兵警察搜查,还把十多岁的小叫花子集中起来让俺去认!"

杜梅道:"那不也是白折腾吗,你发什么愁?"

张大闯道:"毕士仁还给咱们摆了个迷魂阵,就是明着把监视大哥亲属朋友的特务撤走,让他们放松警惕,暗地里却又安排一批监视人,继续在暗中监视,引他们上钩!"

杜梅有些吃惊道:"这可真危险,幸亏你知道了,不然麻烦可就大了!"

张大闯道:"是啊,你赶快让小林把这个情况告诉他们,让他们千万不要轻举妄动!"

杜梅道:"嗯哪,俺这就找小林去办!"

杜梅离开后,张大闯仍然心神不宁,琢磨着让朱奇山父子、朋友见面的办法。杜梅给铁林交代完要办的事情以后,又回到丈夫身边,叹口气道:"大哥和徐老弟在地窖里已经七天了,再这样等下去,时间长了,断了吃喝可就麻烦了!"

张大闯道:"俺发愁的也是这个问题,再等一两天看吧,总会有办法的!"

朱继忠和武有田得到张铁林传来的消息后,按照大闯的嘱咐仍然按兵不动。毕士仁派去的第二批暗探自然也一无所获。毕士仁有点儿烦躁,觉得自己下了大功夫,等了七八天却没有收到一点儿有用的线索,因而对自己的判断也产生了怀疑,暗想:莫非那封信真的是朱奇山对张大闯的警告?如果张大闯的判断正确，再安排人监视下去其岂不成了笑柄？他心神不安地从一楼走上二楼，听到会议室里几个把头正在你一言我一语地议论时局，便站下来偷听。

把头黄二显道："各位，我听说皇军在前方的战局很不利，咱们边城地区的关东军有不少都调到南边前线了！"

随风扬接着黄二显的话茬儿道："不知你们注意到没有，最近，咱们梨平镇的皇军老兵少了许多，新来了不少十五六岁的娃娃兵。看来，日本人已有衰败的迹象了！"

潘把头道："近一段时间，我看到上官铁木和龟田等几个人经常在一起喝闷酒，叽里咕噜的，也不知道说些什么，看样子好像有些伤感，不像过去那么嚣张了！"

郝把头小声道："诸位，如果日本战败了，将来咱们中国是国民党坐天下呢，还是共产党坐天下？"

姜把头显得胸有成竹似的道："那还用说，自然是国民党了！"

高把头不以为然道："那可不一定，听说共产党很得民心，自占道'得民心者得天下'，说不准将来的天下还是共产党的呢！"

张大闯有意岔开话题道："各位，将来谁坐天下，不是咱们这样的小人物管得了的，议论也没有用。眼下俺有个难题想让各位帮着分析分析，望大家不要推辞！"

鲁把头接话道："你说说，什么难题？"

张大闯道："大家都知道，几天前逃跑的劳工中有俺原来结拜的大哥朱奇山，前天俺刚走出大院不远，有个小叫花子把一封信扔到了俺脚下，俺捡起来打开一看，信是朱奇山写的。"

众人好奇地问道："都说些什么呀？"

张大闯道："说是他已远走高飞了，但没有忘记跟俺结下的仇，总有一天要跟俺算账的！"

众人松了口气道："噢，原来是这样啊！"

张大闯接着道："各位帮俺分析分析，他是真的远走高飞了呢，还是想让俺放松警惕，以便他乘机下手？"

鲁把头挠挠头道："这，这可真是个难题，你不如找毕士仁署长帮着分析分析，他可是这方面的内行！"

张大闯道："俺找他了，他说，朱奇山说的是假话，实际上，他没有远走高飞，很有可能不是在镇里就是在矿上！"

众人："噢，难怪昨天，警察宪兵都出动搜查，还说要找一个十多岁的小叫花子，原来是这样啊！"

张大闯道："可是，折腾了一天，什么也没有搜着。各位分析分析，朱奇山真的还敢到矿上找俺寻仇吗？他到底是逃出去了，还是没有逃出去？"

黄二显道："朱奇山这个人我知道，他很讲义气，在劳工中也很有人缘，不是那种有仇必报的人。再说了，你俩是结拜兄弟，凭他的为人，就是没有远走高飞，也不大可能真的来矿上找你报仇！"

张大闯道："既是这样，那他为什么要写那封信？"

黄二显无言以对，有些尴尬地支吾道："这，也许，我也说不好！"

围绕着这封信和逃没逃跑的问题，众人议论纷纷，说来说去，也没有说出个子午卯酉来。郝把头有些不耐烦地说："诸位，朱奇山的事，咱们大可不必那么费脑筋，现在也不是讨论这个问题的时候。要我说，咱们还是多考虑考虑今后该怎么办吧！毕署长这个人也有点儿一根筋，只想着讨好日本人，一门心思要抓朱奇山。就不想想如果日本人垮了，自己该怎么办，难不成还能跟着去日本国？"

鲁把头道："大闯兄，你也是个聪明人，就眼前这个时局，你也别想那么多，我看二显兄说得也有道理，你俩毕竟是结拜弟兄，朱奇山的事你就不要多想了！"

众人正议论间，苟步力从经理室走出来，见毕士仁在偷听众把头的议论，就招招手，小声把他叫到了经理室。

他装作很热情的样子道："毕署长，请坐！"

毕士仁落座后，他亲自提起水壶给毕士仁倒茶，并客气地说："新进的西湖龙井，请品尝！"

见苟步力今天这么热情，毕士仁反倒有些不好意思，于是很恭敬地说："苟经理，您老对士仁还这么客气！"

苟步力道："不是客气，理当如此嘛！请，请喝茶！"

毕士仁端起茶杯，喝了口茶道："嗯，好茶！"

苟步力也端起茶杯，陪着喝了口茶，然后客气地问道："士仁，你听各位把头都说些什么？"

毕士仁道："从他们议论的话题看，好像对当前的时局很忧虑，担心日本人支撑不住！"

苟步力道："那你怎么看，你认为日本人能支撑住吗？"

毕士仁道："这个问题士仁还真没有多想，还请苟经理赐教！"

苟步力道："赐教不敢当，不过，关起门来，咱们俩可以就这个问题交流交流看法，这可是关系咱们前途命运的大事情！"

毕士仁道："啊，士仁还真没有这么想，今天听经理这么说，我仔细琢磨，这确实是关系咱们前途命运的大事，请经理不必客气，有话直说！"

苟步力道："你既然这么说，我也就开门见山了，有不妥的地方，你也说说你的想法，咱们交流探讨嘛！"

毕士仁点头道："好，好！"

苟步力小声道："依我看，各位把头的担心是有道理的，从现在的时局看，日本人恐怕支撑不了多久了，垮台是早晚的事，咱们不能完全靠日本人，得想想自己今后的出路了！"

毕士仁有些吃惊，没想到过去那么巴结日本人、对日本人唯命是从的苟经理会说出这样的话。于是有些提醒似的说："苟经理，你怎么会说出这样的话？如果让上官和龟田太君知道你有这样的想法，那可是要掉脑袋的！"

苟步力装作对毕士仁十分信任的样子道："士仁，我是把你当作知己才敢跟你说这番话的，你可千万别告诉上官和龟田太君啊，那样，我可真就没命了！"

毕士仁对苟步力表忠诚道："苟经理，你把士仁当知己，士仁明白，这话打死我我也不会让上官和龟田太君知道。不过，我觉得经理对当前的时局是不是有些太悲观了！"

苟步力摇摇头道："不是我对当前日本人的战局悲观，是目前局势的发展不能让我乐观！"

毕士仁道："为什么这么说呢！你能说得更具体点儿吗？"

苟步力道："好，那咱就从七七事变说起好了。七七事变那阵儿，日本人曾对外宣传说三个月要占领中国，而今不是三个月，而是三年，不，到今年是快八年了，日本人不仅没有占领中国，反倒是被中国人打得焦头烂额。老蒋以重庆为中心，仍守卫着大西南半壁河山，共产党以延安为指挥中心，八路军、新四军，还有数不清的武工队、游击队在日占区开辟了大片根据地，东北抗联退入苏联，以苏联远东地区为依托，随时可以进入东北跟日本作战。值得注意的是，美、苏、英、中和欧亚几十个国家结成同盟共同对德、意、日宣战以来，战争进展很快，听说德国希特勒集中几十万机械化部队进攻莫斯科和斯大林格勒都以失败告终。苏联红军已开始反击，收复了大片国土，战火已进入德国本土，意大利已经向同盟国投降。你想想，德国如果完蛋，一个小小的日本国还能支撑下去吗？"

听了苟步力对当前战局的分析，毕士仁以十分佩服的口吻道："苟经理，你身在偏远的边城，对世界和中国的战局了解得这么清楚，实在让士仁佩服。不像我，一直以为皇军所向无敌，东北和中国肯定是日本人的天下了，所以一门心思跟着日本人干，整天就知道打打杀杀，对大局也从不关心，更没有想想万一有一天日本人垮台了，自己该怎么办！"

苟步力道："不过，这只是我个人的看法，也不见得正确，不知士仁你怎么看？"

　　毕士仁道："苟经理，我是个粗人，干点儿打打杀杀的具体事还可以，对天下大事可说是一窍不通，但听了你刚才的分析，也觉得很有见地，我十分赞同！"

　　苟步力道："那我再问你，如果日本人垮台了，你觉得中国的天下该是谁的？"

　　毕士仁道："这，这个，士仁还真没有想过，不过，日本人进攻中国前，执政的是国民党，日本垮台以后可能还是国民党的天下！"

　　苟步力道："我认为，不是可能，而且肯定是国民党和老蒋的天下！那，我问你，如果国民党上了台，你我该怎么办？"

　　毕士仁挠挠头道："这、这个，我刚才说了，我是个粗人，这个事过去我真没有想过。不过，真要是有那么一天，你我这样的人可就要倒大霉了！"

　　苟步力以教训的口吻对毕士仁道："那也不见得！俗话说'人无远虑，必有近忧'，古今成大事者，必须高瞻远瞩，认清大局大势，站准队，跟对人，不然就成不了气候！眼下咱们正站在十字路口，选不对路，那可真是要倒大霉，如果选对了路，不仅不能倒大霉，还有可能飞黄腾达呢！"

　　毕士仁道："经理说的是，可像我这样的小人物，很难有大人物的眼光，也成不了什么大气候。"

　　苟步力摇摇头，很严肃地说："士仁，你不能这样想，我记得有人曾说过这样一句话，'王侯将相宁有种乎'，意思是说，王侯将相大都不是天生的，而是靠自己奋斗拼搏得到的。历史上这样的事例不少，汉朝的开国皇帝刘邦，原来也不过是个亭长之类的小人物，明朝的开国皇帝朱元璋穷得房无一间，地无一垄，还当过穷和尚，远不如咱们现在的地位，后来不都成了一代帝王那样的大人物了吗？远的咱不比，就说咱们都知道的大帅张作霖吧，原来不就是个土匪吗？你现在年富力强，不要小瞧自己，只要认清时局，站不错队，跟对了人，何愁没有荣华富贵？"

　　一席话说得毕士仁脑袋开窍，野心膨胀，真诚地对苟步力讨教道："苟经理，苟叔，您老给我指点指点，看士仁现在和今后应当怎么办。如果有一天士仁出息了，绝不会忘记您老的大恩大德！"

　　苟步力谦虚道："士仁，你言重了，现在你我是坐在一条船上，只要顺风顺水不翻船，咱们就烧高香了！"

　　毕士仁点头道："那是，那是！您老还是说说你的高见吧！"

　　苟步力道："也谈不到什么高见。不过，我觉得你现在要多个心眼儿，不能还像过去那样死心塌地一门心思为日本人效劳。不然日本人垮台国民党坐了天下后，你可就没有活路了。常言说狡兔三窟，现在，表面上还得听日本人的，不能让上官和龟田看出你有二心，不然，他们会要你的命！"

毕士仁道："嗯哪，我明白！不过，眼下追捕朱奇山的事很让人挠头，上官和龟田追得很紧，可到现在还没有个头绪！"

苟步力道："听你这么一说，我看你还是不太明白！"

毕士仁道："怎么，依你看，难道日本人交办的事咱就不办了，那样行吗？"

苟步力道："当然不能不办，但要有轻重缓急，知道什么是关系到自己前途命运的大事，什么是与自己无关甚至对自己不利的事。对日本人交办的事，要看是什么事。像抓朱奇山等一类的事，就不能像过去那样实心实意地去干。朱奇山这样的人，在劳工中很有人缘，你如果真的把他抓住交给日本人把他弄死，现在在日本人面前算是立了功，但将来日本人垮台了，那可是你的一大罪证，对你非常不利。依我看，这样的事，现在最好不干或少干，在上官和龟田面前找个理由，能应付过去就行了！"

毕士仁道："噢，我明白了！那你说眼下关系我们前途命运的大事是什么？"

苟步力道："依我看，现在对我们来说最重要的事是如何尽快同国民党那方面挂上钩，你现在要利用你的身份秘密地查访国民党在边城、长春和哈尔滨的地下组织，争取跟他们建立联系，一旦日本人垮台，你便摇身一变成为国民党的地下工作者，凭你的能力，如果一心一意跟着国民党干，不怕没有前途，混他个旅长、师长干干也不在话下。"

毕士仁恍然大悟道："经理高明，一席话点醒了梦中人哪，士仁知道该怎么办了！"

离开苟步力以后，他把张大闯给他的朱奇山的信递给龟田道："太君，这是朱奇山送来的信息，好几天了，一点儿踪迹都没有，我估计他可能已经逃脱了！"

龟田盯着那封信看了好一会儿，阴险地笑笑道："毕署长，你上当了，这是朱奇山的障眼法，其实他并没有逃跑，他是想让你放弃对他的搜捕，你不要上当！"

毕士仁道："太君，开始我也是这么看的，所以先后安排了两批人监视他的亲属和朋友，结果没有发现一点儿动静，我觉得他确实已经逃脱了。"

龟田听了毕士仁的话，便没有再进一步追问，只是轻描淡写地说："吆西，那你就看着办吧！"

于是，毕士仁对朱奇山等逃跑劳工的追捕，表面虚张声势，实际已将监视人员撤回，把主要精力放在了暗中查访国民党地下组织的事情上。

## 三

张大闯见毕士仁撤回了监视朱奇山亲属和朋友的特务,便让杜梅告诉朱继忠和孟吉庆等人,让他们秘密去探望朱奇山和徐涌泉。朱继忠便约好孟吉庆和高兴旺带着米、面、蔬菜和调料等生活日用品到黄泥岗探望。

朱继忠看到朱奇山之后,热泪滚滚,一头扑到朱奇山怀里,激动地喊一声"爸",便哽咽着什么话也说不出来。朱奇山一手搂着儿子的身体,一手抚摸着儿子的头发,喃喃地说:"孩子,你可想死老爸了!"好长时间,父子俩的情绪才稳定下来。

等朱奇山放开儿子以后,孟吉庆和高兴旺一起扑过去拥抱朱奇山,同时激情地说:"大哥,你受苦了!"拥抱过后,朱奇山指着徐涌泉对孟吉庆等三人介绍道:"这是徐涌泉同志,俺的难友、战友!他的情况你们知道吗?"三人一起过去同徐涌泉热情地握手,高兴旺爽快地说:"知道,知道,梅嫂子已经给俺们说过了,很高兴能认识八路军同志,谢谢你对俺奇山大哥的照顾!"

徐涌泉热情回应道:"客气了,谢谢你们三位来探望!"又指着三人带来的米面和生活用品风趣地说,"难得三位带来这么多好吃的,不然,我和奇山兄可就要饿肚皮了!"

听到徐涌泉风趣的话,看到他虽然又黑又瘦,但仍然目光闪闪,炯炯有神,身在困境中,却没有一点儿萎靡不振之气,依然乐观开朗。再看已到知天命之年的朱奇山,虽然瘦骨嶙峋,脸色黝黑,须发花白,但仍然精神矍铄,像棵不老松。

孟吉庆感慨道:"涌泉老弟,不瞒你说,小鬼子从民国三十一年实行粮食和生活用品配给制以来,镇里和矿上加工粮食的石磨、碾子都给贴了封条,不准老百姓去加工粮食,抓住就当经济犯论处。配给制分特和甲乙丙四等,工人是最末一等,每个月供给发霉的高粱米或玉米面十二斤,家属一口人五斤,根本不够吃,不得不捡菜叶、树叶或谷糠掺和着吃,糠菜半年粮,日子真难过啊!俺今天拿的这点儿米和面还是敬岳老兄给准备的呢!"

朱继忠插话道:"孟叔说得没错,现在镇里和矿上家家如此,粮食太金贵了!好在武叔在双峰村还有个村长的名分,应付鬼子汉奸比较方便,自己又有些土地,还能藏匿点儿粮食,不然这点儿粮食孟叔和高叔也拿不出来!"

徐涌泉真诚感谢道:"这个情况我知道,实在是太感谢了!"

高兴旺道:"自家人,客气话就不说了。其实,听到梅嫂子说出了大哥和徐老弟你俩的情况以后,俺和老孟哥几个高兴得不知道说什么好,恨不得马上来见面,可是,劳务系和矿卫队的狗腿子暗中监视着,俺们谁也不敢动啊。

这几天，俺们焦急得坐卧不宁，好不容易知道监视的狗腿子撤走了，俺们才敢来看你们，真是对不起，让你俩挨饿了！"

朱奇山道："俺和涌泉老弟跟你们的心情一样，既焦急地想见到你们，又怕你们被汉奸狗腿子跟踪出事，也是心神不宁，度日如年哪！今天看到你们不顾危险来看望大哥，心里可是热乎乎的呀！"

孟吉庆道："大哥和徐老弟在特训所虽然遭了不少罪，身体也消瘦了不少，但精神头儿仍然很足，看到你俩这个样子，俺和弟兄们也就放心多了，今后还指望着你俩继续领着大家伙儿跟小鬼子干呢！"

徐涌泉道："领头儿不敢说，但一定会跟大家伙儿一起跟鬼子汉奸斗争到底！"

朱奇山道："那是当然，俺听说这两三年，你们用自己的办法跟鬼子汉奸作斗争，给鬼子大出炭计划出了不少难题，这方面的情况给俺俩说说，也让俺俩高兴高兴！"

高兴旺道："继忠，这方面的情况你知道得不少，还是你给你爸和你徐叔说说吧！"

朱继忠道："那好，那俺就给俺爸和徐叔说说这方面的情况，有不妥的地方，请两位叔叔纠正、补充。"

于是，朱继忠便简单扼要地介绍了近两三年来，冠山矿劳工如何用消极怠工糊弄鬼子、破坏设备、制造事故、炸毁掌子、弄死作恶多端的鬼子监工、惩罚仗势欺压劳工的汉奸等方面的情况。

两人听到老少两代矿工，在梨平镇和冠山矿地下党组织遭到严重破坏、得不到党组织指示的情况下，仍然自发地秘密发动劳工用各种巧妙的方式同鬼子汉奸斗争、破坏鬼子的大出炭计划，心情非常愉快。

朱奇山称赞道："好，好，干得好！"

朱继忠道："爸，听说在特训所的劳工虽然很遭罪，但在鬼子汉奸严密监视的情况下，仍然跟鬼子汉奸作斗争，爸和徐叔给俺们说说特训所的情况好吗？"

朱奇山叹口气道："是啊，俺们在特训所里遭的那种罪，一般人是很难忍受的，不说也罢！"

徐涌泉道："不过，特训所里的劳工也是很有骨气的，是不甘心受鬼子汉奸欺负的，我和奇山兄跟劳工们在一起，也是千方百计地同鬼子汉奸斗智斗勇，争取做人的权利，不然我们也逃不出地狱！"

接着便介绍了特训所的情况和组织劳工打死监工警察逃出地狱的经过。

高兴旺叹道："俗话说'官逼民反''逼上梁山'，在日本鬼子的统治下，没有别的办法，就得同狗×的斗，只有把狗×的赶出中国，老百姓才能有活路！"

朱奇山道："是啊，那咱们就商量商量今后怎么同鬼子汉奸作斗争的事吧！"

朱继忠道："爸呀，你已是五十多岁的人，身体还没有调理好，眼下你和徐叔又被鬼子通缉，不能公开露面，俺看还是在这里养一段时间，等身体恢复得差不多再说吧！"

朱奇山站起来拍拍胸脯道："继忠啊，这几天爸和你徐叔在这里有吃有喝，身体已恢复得差不多了，干什么都不碍事了，别看老爸岁数大了点儿，俺不亲眼看着把日本鬼子赶出中国，俺是不会停止同鬼子汉奸斗争的！"

徐涌泉插话道："是啊，俺和奇山兄九死一生从特训所逃出来，就是要参加抗日斗争，不能让你们供吃供喝什么事也不干。从目前俺俩所处的环境看，是有不少困难，但绝不能因此无所事事！"

孟吉庆道："你俩的心情俺理解，要让你俩就这么闲着啥事也不干，恐怕像坐监狱一样难受呢！俺建议你俩改名换姓到边城别的矿'挂号'，重新回到劳工队伍中，秘密发动劳工破坏鬼子的大出炭计划如何？"

高兴旺摇摇头道："不行，不行！大哥和徐老弟是鬼子在全边城通缉的人，各矿都有他俩的照片，很容易认出来，那不等于自投罗网嘛！再说了，就是一时半晌没有被认出来，新到一个地方，人员环境都不熟悉，发动劳工也有困难！"

朱继忠道："俺同意高叔的意见！俺还听说，退入苏联境内的抗联，组建了特遣队，经常在边境一带活动。依俺看，俺可以陪着老爸和徐叔到边境一带找连荣叔的抗联游击队，跟游击队一起真刀真枪地跟鬼子干！"

朱奇山摇摇头道："俺和你徐叔倒是想像抗联游击队那样跟鬼子真刀真枪地干，但是，你的想法太天真，行不通。一是鬼子在中苏边境明着有重兵把守，日夜巡逻，暗中特务如毛，严密监视，如果没有党组织的地下交通指引，很容易中敌人的圈套；二是咱们跟连荣领导的抗联游击队已失去联系，他们的情况一无所知，就这样贸然去找，很危险！"

孟吉庆为难道："看来，眼下还真没有什么好办法，要不这样吧，你俩在这里先躲着，养养身体，然后咱们再想办法！"

徐涌泉道："不行，不行！俺俩不能老在这一个地方躲着，咱们的来往虽然比较隐蔽，但时间一长，来往次数多了，难免会走漏风声，如果让鬼子的特务狗腿子发现，麻烦可就大了！"

朱奇山道："徐老弟想得周到，俺俩确实不能老在这里躲着。吉庆和兴旺两位老弟知道，黄泥岗是连荣大哥领导的抗联游击队的营地，他们往苏联边境撤退后，营地并没有全烧毁，如果能找到那个营地，俺俩在那里修整，回旋余地比这里大，不知各位意下如何？"

高兴旺道："那里虽然是个好去处，只是，荒山野岭，运送吃喝和生活用品可就太困难了！"

众人一时都沉默起来，停了一会儿，朱继忠试探道："老爸，俺听说你们老哥儿仨在双峰村垦荒种地猫冬那阵儿，曾在地边山林里开过小煤窑，旁边还搭建有窝棚。俺建议你俩先搬到那里，可能比在这里和黄泥岗营地好。一是鬼子战局不利，汉奸狗腿子担心自己的后路，毕士仁那帮人抓共产党和监督劳工的劲头好像不像过去那么足了，他们不见得会再来搜查。再就是武叔还有个双峰村村长的名分，表面上是替鬼子干，实际上是咱们的人，让他帮着弄两张改名换姓的'国民手账'，即使鬼子汉奸再来搜查，有武叔周旋，安全上不会有什么大问题。还有就是有武叔照看，吃喝和生活有保障，双峰村离矿上又不太远，咱们碰头商量事也比较方便，俺觉得这样更好一些！"

听了朱继忠的话，众人脸上露出了笑容，孟吉庆第一个表态道："继忠说得有道理，俺同意！"

徐涌泉道："我看可以，只是这里到双峰村有几十里，路上还有皇协军设的卡子，怎么过去呢？"

高兴旺道："俺看这样，先让敬岳兄弄两张'国民手账'，然后让大哥和徐老弟装扮成叫花子闯过卡子行不行？"

朱继忠微微摇头道："俺看不行！现在矿上劳动力十分短缺，鬼子汉奸到处抓人，装扮成两个叫花子过卡子，很有可能让黑狗子把他俩人当浮浪抓起来，这太危险！"

徐涌泉道："继忠这种担心有道理，咱们再想想别的办法！"

朱奇山道："依俺看咱们还是在夜间走山林小路更好一些，俺和徐老弟从特训所逃出来的时候，就是走林间小路找到这里的，虽然路不好走，但危险性较小！"

徐涌泉首先表态道："我看也只能这样了，走山路！"

见朱奇山和徐涌泉两人都同意走山林小路，众人也表示赞同。搬迁的事定下来之后，孟吉庆三人便准备告别，商定由朱继忠回去告诉武敬岳做好接待准备。临行，朱奇山突然问朱继忠："继忠，铁林和你不是在一起吗，他怎么没有来？"

朱继忠道："他原本表示要来看你，俺怕人多不方便，就没有约他！"

朱奇山道："是不是因为他爸的事，你有顾虑，怕他泄密？"

朱继忠刚要解释，朱奇山摆摆手制止道："你也不要解释，老爸告诉你，俺们老一辈的事，你们当小辈的不要掺和，爸相信铁林是好孩子，你千万不要因为你闯叔的事疏远他！"

朱继忠道:"儿子知道,爸就放心吧!"

朱继忠把在赵家地窖中商量的事告诉了武敬岳,武敬岳十分高兴,认为这样一来,老哥儿俩就能够经常见面、说心里话、商量大事了。他让张静和有婧母女俩先把废煤窑旁边的窝棚收拾干净,然后和有田赶着马车仍以送煤为掩护拉回了地窖里的铺盖和日用品。朱奇山和徐涌泉两人在夜间从林间山道顺利到达落脚点。同早已在窝棚等候的武家父子见面之后,自然是泪水滚滚,热烈拥抱,问长问短,畅叙衷肠。安顿好之后,两人即同武敬岳一起商量今后如何开展对敌斗争之事。朱奇山十分牵挂仍被关矫正辅导院里的杜龙彪,他觉得,杜龙彪子继父业,在同鬼子汉奸斗争中,立场坚定,不屈不挠,有勇有谋,不能长期被关押,一定得想方设法把他救出来。

一天,三人正在商量解救的办法,武有田满面笑容地跑进窝棚,报告了一个令人欣喜的消息。

## 四

武敬岳看见儿子满面笑容的样子,也笑着问道:"有田,看把你高兴的,遇到什么喜庆事了,还不快告诉大爷和徐叔!"

武有田道:"龙彪哥从矫正辅导院跑出来了!"

朱奇山兴奋地问道:"这可真是喜庆事,俺们几个正考虑怎么搭救他呢,这样,就用不着俺们管了,你快说说,他是怎样逃出来的,就他一个人吗?"

武有田道:"俺是到镇里办事听街上人说的,具体情况还不清楚。俺再到镇里打听打听,然后再告诉你们!"

武敬岳有点儿生气道:"你这孩子,老大不小了,怎么还这样毛手毛脚的,没有弄清楚就来报信,还不快去打听!"

武有田道:"嗯哪,俺这就去!"然后对朱奇山和徐涌泉道:"大爷、徐叔,俺走了!"

武有田走后不长时间,连喜和杜梅妯娌俩也到窝棚探望,见面以后,未等两位女眷开口,朱奇山便急着问道:"梅子,听说龙彪逃出来了,是真的吗?"

杜梅笑道:"大哥在这山沟里,消息还怪灵通呢,你怎么知道龙彪逃出来了?"

朱奇山道:"是有田告诉俺的,你快说,这消息是真的吗?"

连喜插话道:"是真的,龙彪现在就藏在弟妹家!"

朱奇山道:"这可太好了,梅子,能告诉俺他是怎么逃出来的,受没受伤,身体还好吗?"

杜梅道:"看把大哥急的,俺告诉你,龙彪逃出来还算顺利,没有受伤,身体虽然很虚弱，但还没什么大问题！俺今天和嫂子一起来，一是看看大哥和徐老弟的情况，二是来报龙彪逃出来的喜讯。还有一件更重要的事想跟你们三位商量，就是龙彪不想在俺家藏匿，也想到双峰村来。可是，现在是配给制，家家缺吃少穿的，凭空增加四口人的吃喝不是小事，不知敬岳兄弟能不能承受得了，所以先来商量商量。"

武敬岳道："三个也好，四个也罢，都是咱们的穷哥们儿，没得商量，再困难也得办。好赖等过了今年冬天，春暖花开了，咱们在庄稼地里下点儿功夫，偷着储备点儿粮食也就没问题了！"

朱奇山道："俺觉得，龙彪长期在弟妹家藏匿，矿上人多眼杂，也不安全，搬到这里，俺们几个在一起，商量点儿事情也方便。刚才敬岳兄弟也爽快答应了，俺看这事就这么定了。你们妯娌俩回去跟老孟、继忠和铁林商量商量，尽快把龙彪转移到这里来。要注意安全，特别要防止特务跟踪！"

连喜道："嗯哪！现在汉奸狗腿子不像过去那样卖力了，对劳工的防范好像也有些放松了！"

杜梅道："最近这两年，劳工集体暴动逃跑的事太多了，俺听说在边城各矿的劳工，不仅关在特训所和矫正辅导院发生了多起劳工逃跑的事，就是报国队的劳工也发生了多起砸矿灯房、打死押送警察集体逃跑的事件，搞得鬼子很头疼！"

武敬岳道："有些汉奸走狗想给自己留后路，不像过去那么对鬼子死心塌地了，可是日本鬼子对劳工仍然心狠手辣，对于逃跑后被抓回的劳工，有的刀劈，有的活埋，有的扔进狗圈活活喂了狼狗，还有二十多人一起被鬼子活活烧死的，骇人听闻的事太多了，虽然说这可能是鬼子最后的疯狂，但也不可大意，要小心谨慎防备。"

"嗯哪，"杜梅一边答应一边抬头看看太阳道，"时候不早了，俺和嫂子得回去了！大哥问龙彪逃跑的具体情况，俺就不说了，等你们见了面，让他自己告诉你们好了。"

第二天，太阳还未出山，大地还处在朦胧的夜色中，大部分人也都在熟睡，张铁林悄悄地推开房门，仔细地观察了外面的情况，见没有人影，便进屋招呼杜龙彪和张广全出门，静悄悄地走出冠山矿，一路急行，绕过双峰村，直接找到朱奇山藏身的窝棚时，天刚刚亮。

早已等候在窝棚外的朱奇山和徐涌泉，全身披着白霜，眉毛和胡子上挂着霜花，看到杜龙彪以后，朱奇山疾步上前，两人紧紧地搂在一起，彼此互相拍打着对方的后背，眼含热泪，一句话也说不出来。好一会儿，彼此才松开双臂，但仍然互相对视着，默默地端详着对方的身体，良久，朱奇山深情地开口道："龙彪，你瘦多了。"

杜龙彪也激动地回应道："叔叔，你可见老了！"看到叔侄俩动情的样子，旁边的人静静地看着，谁也没有敢打搅。

见两人开了口，徐涌泉才提醒朱奇山道："大哥，数九寒天的，别在外面挨冻，请大家到窝棚里说话吧。"

朱奇山如梦方醒，满含歉意地对众人道："你看俺，见到龙彪就把什么都忘了，快，快，听徐老弟的大家窝棚里坐。"

等众人进入窝棚，挤着坐下，朱奇山看着张广全问杜龙彪道："这位就是张广全兄弟吧？"

张广全连忙站起来答应道："嗯哪，俺就是张广全，你的大名俺早就听说过，现在认识你很高兴！"

朱奇山谦虚道："兄弟抬举了，俺和你一样，都是煤黑子。要说大名，"他指着徐涌泉介绍道，"这位才算得上，他叫徐涌泉，是真真正正的八路军连长！"

徐涌泉急忙站起来有些不好意思道："奇山兄，你过奖了，我不过是八路军的普通一兵，说不上什么大名，你们这样的煤矿工人像乌金一样可贵，才真正是大名鼎鼎呢！我能认识你们这样的人，是我的荣幸！"边说，边主动和张广全、杜龙彪等人一一握手。

朱奇山挥挥手示意大家坐下道："俺看咱们也不要客气了，天下穷人是一家，过去，咱们都是破产的农民，现在咱们都是挖煤的工人，一个'穷'字把咱们连在了一起。为了把这个'穷'帽子甩掉，过上富裕的好日子，咱们得紧紧地团结在一起，跟日本鬼子斗争到底，把狗×的赶出中国！"

张广全道："大哥，你说的这个理俺懂，可是，就咱们这个处境，怎么跟鬼子斗，难啊！俺原本想逃出来再想办法回关里老家过日子，现在看，鬼子又通缉又搜查，怕是有家也回不去了。"

边说边难过地掉下泪来！杜龙彪安慰道："张大哥，俺知道你的心思，你一心牵挂着家里的父母和老婆孩子，如果你实在不愿意留下来，等有机会俺们想办法让你回关里。"

张广全含泪表示感谢道："老弟情义老哥我记着呢，可是，四五年没有联系了，也不知家里人都怎么样了，是不是活着也很难说呀，俺虽然想回去，可又怕回去见不着人，那俺不是白费心思了吗？"

徐涌泉插话道："不瞒张老兄说，我在八路军跟鬼子打仗期间，亲眼看到了鬼子的残暴和恶行，他们对共产党开辟的解放区实行杀光、抢光、烧光的'三光'政策，所到之处，尸骨遍野，制造了不少无人村和无人区，现在你的家乡如何，亲人是不是活着，真的很难说。"

朱奇山插话道："常言说国家，国和家是连在一起的，有国才有家，要保自己的家，首先必须保住自己的国，不然的话，也是有家难归呀。如今咱们中国被日本鬼子祸害得不成样子了，咱们的家也难免家破人亡。依我看，你不如留下来咱们一起跟鬼子斗，等赶走了小鬼子，光复了国，再风风光光地回家见亲人更光彩！"

张广全道："奇山兄说得在理，可是，赶走日本鬼子，那得猴年马月呀，俺怕等不及呀！"

张铁林道："广全叔，你关在矫正辅导院很长时间，天天听鬼子鼓吹什么'东亚共荣''皇军不可战胜'等反动宣传，不知道外面的情况，实际上，现在的形势和过去大不一样了，现在不仅咱们中国一家在抗日，苏、美、英等几十个国家已结成同盟，都在同德、日、意作战，听说意大利已投降，他们的头子叫什么墨索里尼的已被打死，战火已进入德国本土，德国也快完蛋了，日本离失败的日子也不远了，咱们眼看就能见到胜利的曙光了！"

一席话说得张广全动了心，但信心还是不很大，他问张铁林道："小伙子，你说的这些俺相信，可是，就咱们这些人，要啥没啥，怎么跟鬼子斗，能起什么作用？"

朱奇山道："广全老弟，咱可不能瞧不起自己，咱们煤矿工人也不熊气！铁林，你把你们跟鬼子斗智斗勇的情况说给广全听听，让他开开眼。"

张铁林爽快答应道："好，既然大爷让俺说，俺也就不客气了！"于是，他便把他们和鬼子汉奸作斗争的情况和对鬼子大出炭计划的影响等进行了简要的介绍。

张广全一边听，一边频频点头。张铁林说完以后，张广全赞叹道："小伙子，你们可真不简单！"

张铁林谦虚道："广全叔，这也说不上不简单。咱们矿工人多智慧多，又熟悉煤炭生产的各个环节，只要团结一致，对付鬼子汉奸也不是很困难的。"

张广全点头道："你这么一说，俺的脑子也开了窍，这样吧，俺也不用着急回家了，俺也留下来，跟大伙儿一起跟鬼子、汉奸斗！"

朱奇山带头和大家鼓起了巴掌，他真诚地对张广全道："欢迎广全兄弟思想的转变，今后，咱们团结起来，齐心协力跟鬼子、汉奸作斗争，为光复中华出把力。"

张铁林道："各位叔叔大爷，天亮了，俺该回去上班了，这里就靠你们自己照顾自己了！"

众人回应道："你放心走吧，有什么事，俺再找你！"

张铁林走后，四个人一起动手，捡柴，烧火，做饭，做好了早餐，虽然是水煮白菜，高粱米稀粥，但吃起来比特训所和矫正辅导院香甜了许多。

饭后，朱奇山问杜龙彪："龙彪，你说说，矫正辅导院关押的都是什么人，你和广全是怎么逃出的啊？"

杜龙彪道："其实矫正辅导院和特训所没有多大区别。从关押的人员看，有所谓经济犯、思想犯还有一些从外市、县被判刑的人员，和关在特训所的人差不多。"

张广全插话道："更缺德的是，还有从旅店里抓来的旅客！"

徐涌泉有点儿惊奇地问道："怎么还会有旅客，他们是怎么被抓进去的呢？"

张广全接着说："同俺关在一起的一个姓郑的年轻人告诉俺说，他家在林口，今年夏天到梨平镇做点儿小买卖，住在悦来旅店，睡到半夜，突然有几个警察闯进店里，挨个儿房间查身份证明，他掏出了证明，警察连看都不看，就说他是经济犯，也不听他申辩，戴上手铐就把他推上了带篷的汽车，他在车上一看，里面有七八个人，全是和他一样住在这个店里的青年人，不一会儿，汽车开动就把他们送到了矫正辅导院！后来，他发现有好几十个年轻人，都是像他一样住在悦来旅店不明不白被关进来的，这才知道那他妈的是个专门为鬼子骗抓劳工的黑店！"

朱奇山道："你们知道那个悦来旅店是谁开的吗？"

众人摇摇头，朱奇山接着道，"店主姓沈，她是冠山矿警察署署长兼矿卫队长毕士仁的小媳妇，后台老板是毕士仁！听说每输送一个劳工，矿上给五块大洋！"

张广全骂道："这小子可太不是东西了，难怪劳工背后都叫他'逼死人'呢！"

杜龙彪继续道："从衣食住行和监督管理方面看，和特训所基本一样，这方面的情况俺就不用说了，咱们都有亲身体会。如果说有什么不太一样的地方的话，就是鬼子的辅导佐官、辅导士训话比特训所多，什么'中日亲善''东亚共荣圈''武运长久''皇军不可战胜'了，他妈的，天天念经似的说鬼话！谁信哪！"

徐涌泉讽刺道："矫正辅导院嘛，总得装装样子嘛！"

杜龙彪道："不管鬼子怎么软硬兼施，关在里面的所谓队员，没有一个人相信鬼子的屁话，没有一个不想着借机逃跑的，那是一堆干柴烈火，只要有一点儿火星，就会燃烧起来！"

张广全道："关在矫正辅导院里的人，说是两年就能释放，实际那也是糊弄人的，俺问过矫正辅导院里的老队员，他说他被关在院里已经三年了也没有被释放！"

杜龙彪道："所以，俺就打定主意，只要有机会，就一定逃出去！有一天，辅导士安排俺和广全，还有从旅店抓来的小郑和小马四个人去给辅导佐官家挖防空洞，在挖防空洞的时候，俺们偷偷商量，觉得在佐官住房旁边干活儿，只有辅导士一个人监管，是个逃跑的好机会，便悄悄商定了逃跑办法。等防空洞快挖好准备下班的时候，俺装作很诚恳的样子喊背着枪站在一边监视俺们的辅导士来验收。这家伙晃晃悠悠走到防空洞旁边，趁他低头往下看的时候，俺突然拽住他的双腿拽到了防空洞里，小郑一镐把将他打晕，广全解下这家伙的裤带把他反绑，小马麻利地从自己衣服上撕下一块破布把他的嘴堵上，我抽出他的短刀，广全捡起他的长枪，趁着傍晚的夜色，钻入树林，小郑和小马是本地人，要回自己的家，广全独身一个，就跟俺一起跑到了俺姐家。"

从此，四个人便在窝棚里藏身，并商量着同鬼子汉奸进行斗争的办法。

## 五

朱奇山提议道："虽然咱们暂时还找不到党的组织，但咱们三个以外还有老孟、老高和杜梅三个党员，加在一起是六个党员，按照党章规定，可以成立党支部，组织发动群众跟鬼子汉奸斗争！"

徐涌泉赞同道："我觉得奇山兄的提议很好，这样便于咱们的工作！"

杜龙彪道："俺也同意，不过，这事还得和吉庆叔、兴旺叔、俺妈三位沟通一下，听听他们的意见。"

朱奇山道："俺同意龙彪的意见，改天俺让敬岳告诉老孟他们三位到窝棚来商量商量，如果他们同意，咱们就按组织原则选举书记和委员。"

张广全道："俺虽然不是党员，但俺和你们的心是连在一起的，俺支持你们的一切行动，需要俺做什么，俺一定听指挥！如果你们认为俺合格，俺也想入党！"

徐涌泉道："广全兄态度很诚恳，你虽然还不是党员，但你同我们志同道合，我们信任你，不然的话，我们也不会当着你的面商量建立党支部的事。你愿意加入共产党，我们真诚地欢迎。但是加入共产党是有程序的，要经过组织的考核，还要有介绍人和组织审批，履行入党宣誓等手续。我相信这些你能够理解。"

张广全点点头道："俺理解，俺愿意接受党组织的考验！"

杜龙彪道："按照共产党章程的规定，俺们这六个人失去同党组织的联系已经有三年了，应该算是脱党了，能否得到党组织的承认，也是需要组织审查批准的。俺们成立党支部是斗争的需要，是为了方便组织协调。你现在虽然不是党员，但在我们的心目中同我们这些人是一样的，你在斗争中的表现，我们会真实地向党组织反映，请组织审核批准的！"

张广全道："你说的是肺腑之言，俺完全相信。俗话说'鸟无头不飞，人无头不走'，咱们跟鬼子汉奸斗，必须有组织领导，令行禁止，不能随心所欲，各行其是。成立党支部，有了组织领导，咱们同鬼子汉奸斗争就有了主心骨，俺举双手赞同。"

四个人思想统一以后，朱奇山道："等敬岳兄弟来了，让他通知杜梅，让杜梅告诉孟吉庆、高兴旺借个合适的理由一起到窝棚商量事。"

武敬岳按照朱奇山的吩咐通知了杜梅，杜梅约孟吉庆和高兴旺，三人一起到了窝棚。朱奇山说出了成立党支部的提议后，杜梅道："这是好事，但按照党章规定，咱们这些人算是脱党了，咱们这个党支部上级不一定能承认，那该怎么办？"

孟吉庆道："俺看不管上级承认不承认，咱们都应该成立，因为这样对咱们组织发动群众跟鬼子汉奸作斗争有利，将来怎么样，俺觉得组织上是会根据实际情况做出正确处理的！"

高兴旺道："俺同意成立党支部，然后根据情况再想办法和上级党组织联系！"

徐涌泉道："关于成立党支部的问题，我和奇山、龙彪商量过，都同意，既然你们三位也没有意见，那就算通过了。关于支部书记的人选，我提议由奇山同志担任。他是冠山矿的老人，在劳工中有威信，也有斗争经验，由他担任支部书记最合适！"

朱奇山摆摆手道："俺不同意，俺认为涌泉同志是支部书记的最佳人选。"接着，他讲了徐涌泉的经历，诚恳地说，"他立场坚定，见多识广，眼界开阔，有勇有谋，大家一定要推选涌泉同志担任支部书记！"一席话说得众人心服口服。

高兴旺道："你俩也不要推让了，咱们按党的规矩举手表决吧！同意徐涌泉同志担任支部书记的请举手！"话音刚落，在座的七个人除徐涌泉没有举手外，六个人全举手表示同意。

张广全有些不好意思道："俺不是党员，但俺也同意！"

朱奇山道："没错，你有权表示你的意见嘛！既然大家都同意，那涌泉同志就是咱们冠山矿地下党支部的书记了！咱们鼓掌，请涌泉同志讲话！"

在热烈的掌声中，徐涌泉站起来道："谢谢同志们对我的信任，那我也不推辞了，这个担子我就挑了。"然后，他风趣地说，"不过，我不能当光杆司令，得有左膀右臂，既然咱们这个党支部是个特殊党支部，咱们也来个特事特办，为工作方便，在座的五位党员都应该是支部委员。大事咱们一起商量，集体决定。日常工作，咱们也得有个分工，做到各司其职，各负其责。不知大家同意不同意？"

众人表示道:"行,行,什么委员不委员的,你觉得怎么好就怎么安排好了!"

徐涌泉道:"那好,既然大家没有意见,我就安排,不合适咱们再调整。我想让奇山同志当副书记,一般的事我俩就可以商量决定;孟吉庆和高兴旺同志为组织委员,负责在劳工中做工作,继续秘密组织发动劳工采取各种形式破坏鬼子的大出炭计划;杜梅同志为宣传委员,负责利用多种形式在矿区地面职工和妇女中秘密宣传抗日形势,瓦解鬼子下层人员的士气;龙彪同志为青工委员,负责和继忠、铁林做年轻人的工作,我听说抗战初期,李子君书记曾在梨平镇筹建过青年团组织,有二十多名团员,参加抗日宣传和通信联络等工作,你也要负责做好这方面的工作;广全同志要留心咱们窝棚前后左右的情况,看有没有陌生人,做好咱们自身的安全和后勤工作,这样安排大家看行不行?"众人异口同声道:"行,行,没意见!"

党支部成立以后,大家便按照分工开展了各项工作。

杜梅首先向徐涌泉和朱奇山报告了一个重要信息:1944年3月2日是伪满洲国成立十一周年纪念日,为了鼓舞鬼子和汉奸日益低落的士气,伪梨平镇公署决定动员梨平镇各机关公务人员、警察、宪兵、各社会团体、工商贸服员工、学校教职员工和学生,还有冠山矿各部门职工举行所谓国庆游行,伪街长和鬼子宪特机关头头都要讲话,蛊惑民众。俺建议利用这个机会秘密张贴标语、散发传单,讲抗日的大好形势,揭露鬼子假话连篇、欺骗部属、蛊惑百姓的阴谋。

徐涌泉和朱奇山认为这个信息和想法非常好,便秘密召集党支部的同志商量行动方案。大家认为,在目前敌强我弱力量悬殊的情况下,不能像抗战初期那样搞公开的集会游行和演讲,最可行的办法就是按照杜梅的建议,在鬼子汉奸搞国庆游行的当天张贴标语、散发传单。

朱奇山道:"杜梅同志的建议很好,可是,咱们没有印刷设备,制作传单和标语,首先必须解决这个问题,大家有什么好办法?"

孟吉庆道:"标语的问题好办,杜梅同志是秀才,书写标语没问题,她写好了,由俺组织人张贴!这印传单的设备还真有点儿难办!"

杜龙彪道:"要不,咱们集资买一台油印机!"

高兴旺道:"买油印机也有不稳妥的地方,梨平镇好像没有货,即使有,敌人也可通过查找买主,找到咱们,容易暴露!如果到外地购买,恐怕时间来不及,即使买上,过卡子也比较困难!"

杜龙彪道:"阳平镇有一家石印厂,俺有个要好的朋友在那家石印厂当工人,听说老板是个基督徒,对石印厂的买卖也不太上心,咱们到那家石印厂印传单行不行?"

徐涌泉道："这恐怕不行，听说边城这一带搞石印的只有这一家，传单散发出去后，鬼子发现传单是石印的，很容易就能找到这家石印厂，那样，不仅要连累你的朋友，咱们也有暴露的危险！"

沉默了一会儿，杜梅道："梨平街小学油印室有油印机，主要是给学生印考题考卷，有时也印点儿教材什么的，期中和期末比较忙，平时一般都闲着，管油印室的是教音乐的孙老师，她是个女的，和俺关系很好，咱们求她帮忙印刷如何？"

朱奇山道："公开求恐怕不行，俺认为可以用个'明修栈道，暗度陈仓'的办法解决这个问题！"接着，他就对大家说出了具体办法。听了朱奇山的建议，众人异口同声道："好，好，这个办法比较稳妥！"

徐涌泉道："既然大家都同意，那咱们就这么办。我来分配一下各自的任务！"任务分配完之后，他又补充道，"同志们，中国有句话叫'师出有名'，咱们这次行动，也得有个名号，大家看咱们传单上的名号应当叫什么？"

众人七嘴八舌说了不少，有的主张叫"中共冠山煤矿支部"，有的主张叫"鬼见怕行动队"，还有的主张叫"抗日义勇队"……朱奇山道："俺觉得边城的老百姓对抗联比较熟悉，现在中苏边境也有抗联在活动，咱们还是打抗联的旗号比较好，叫'抗联旋风队'如何？"

徐涌泉道："大家都知道，《水浒传》里有个黑旋风李逵，此人疾恶如仇，武艺高超，手使两把板斧，运如旋风，用旋风这个名号有像李逵那样疾恶如仇、勇猛无比的含义，又是'先锋'的谐音，合起来有抗联先锋队的意思，我看用这个名号比较好，不知大家同意不同意！"众人道："嗯哪，行，就用这个名号！"

徐涌泉道："好，就这么定了！不过，我还要强调一点，就是千万要注意安全，鬼子的末日快到了，但越是在这个时候，他们越疯狂，大家一定要保护好自己，不让鬼子汉奸抓住把柄！"

会后，按照分工，杜梅拟订了标语口号和传单的内容，交徐涌泉和朱奇山两人进行了审定。自己每天陪孙老师跟学生一起练鼓号，准备参加"国庆"游行。朱继忠和张铁林到各文件用品商店以零星购买的方式买了传单用纸，夜间又潜入梨平镇小学油印室偷走了油印机和油墨，在杜梅家快速印好了传单后，又把油印机进行清洗，消除了油印痕迹，放回了原处。杜梅用毛笔书写了几条标语，交给了孟吉庆和高兴旺，孟、高两人秘密地做了几个大号孔明灯，准备把标语挂在孔明灯上，以便在游行当天放到集会人群的上空。朱继忠和张铁林把传单分给了几个伙伴，嘱咐择机散发，不要让狗腿子发现，一切准备就绪，等待着伪国庆纪念日的到来。

伪国庆纪念日那天，伪梨平镇政府旁边的广场上搭建了主席台，政府机关、各行各业，警察、宪兵、官吏、职员、教师学生，男女老少，一千多人，手持各色三角小彩旗从四面八方前来参加集会。上午九时左右，伪镇长、警、宪、特和冠山矿头面人物登上了主席台，落座后，伪副镇长站在台前，扯着嗓子高声喊道："先生们、女士们，我宣布满洲国十一周年国庆纪念典礼现在开始！"接着，孙老师指挥小学鼓号队敲打起来，鞭炮也噼里啪啦响起来，鼓号队和鞭炮停止后，伪副镇长又高喊道："现在，请镇长先生讲话，大家鼓掌！"在稀稀拉拉的掌声中，伪镇长站起来，刚讲了几句"东亚共荣""效忠天皇"之类的套话，集会的人群中突然飘起了五颜六色的传单，众人发疯般开始抢传单，会场秩序大乱，闹哄哄的嘈杂声淹没了镇长的讲话声。未等维持会场的警察挤进混乱的人群，会场上空突然出现了几盏红色孔明灯，孔明灯的下方坠着长条标语，白纸黑字，下面的人看得清清楚楚，有人指着孔明灯高声念道："打倒日本帝国主义！""日本鬼子快完蛋了！""日本鬼子从中国滚出去！""给鬼子当走狗没有好下场！"众人议论纷纷："这些传单标语是谁搞的啊？""你仔细看看，上面不是写着'抗联旋风队'嘛！""噢，这么说抗联又回来了？""那还用说，肯定是抗联快打过来了，小鬼子快完蛋了！"

伪镇长气急败坏地喊道："把散发传单的人抓住！"

人群闹哄哄的，捡传单的，念标语的，分不清谁是散发者，谁是普通集会人，再往远处看，日本神社的柱子上还有一幅标语，上联是"抗战胜利已不远"，下联是"日本鬼子要完蛋"。不少人看见警察抓人，纷纷离开队伍，四散逃跑，最后，会场只剩下稀稀拉拉百十人，庆典活动只好草草收场。

鬼子镇长对警察局长和上官发脾气道："八嘎，大日本帝国的颜面让你们给丢尽了！你们必须尽快破案，抓住抗联！"

"是，是！"警察局长和上官铁青着脸低头退了出去。

这次行动，虽然只是散发了一些传单标语，但因为发生在鬼子伪国庆集会上，其影响面就比较大，传单上透露的反法西斯战场的形势，使鬼子普通士兵和员工知道了战局的真相，打击了鬼子汉奸的士气，鼓舞了爱国群众的斗志。当局对如何尽快破获这起事件、挽回颜面非常重视，要求警察、宪兵和有关部门紧密配合，限期破案。

梨平镇警察局长、宪兵分队长上官铁木和毕士仁首先聚在一起对这起事件进行仔细分析，上官铁木道："皇军和国境守卫队在中苏边界有重兵严密防守，抗联直接深入到梨平镇和冠山矿进行宣传活动的可能性不大，应该是共产党的地下组织所为，应当把主要精力放在追查共产党的地下组织上！"

毕士仁道："上官太君英明，传单的落款虽然是'抗联旋风队'，但这可能是共产党地下组织打的旗号，并不是正规抗联！"

警察局长道:"共产党吉东特委那个叛徒供出了梨平镇和冠山矿地下党的负责人和党员骨干以后,那个姓李的书记已失踪,几个骨干党员有的被抓,有的死亡,地下党基本不存在了,依我看也不见得是共产党地下组织所为!"

上官铁木道:"我看咱们现在先不要管他是什么组织所为,咱们先就事论事,从查传单标语的来源入手,如果找到了传单的来源,也就知道了是什么组织所为了!"

警察局长道:"我已经命令属下对抓到的几个人进了突击审讯,软的硬的,什么招儿都用了,都说是看到有传单就捡起来看了看,其他什么都不知道。我看从现在被抓的那些人身上也问不出个什么有用的线索来,应当另做打算!"

上官铁木道:"从传单的字迹来看,应该是油印机印制的,街里和矿上有油印机的单位不多,咱们应当从油印机的单位和人员查起!"

毕士仁恭维道:"高,我看咱们就从油印机查起!"

警察局长道:"那好,就按上官太君所说,查油印机!"

于是,警察、宪兵、矿卫队一起出动,对梨平镇和冠山矿所有油印机的单位和人员进行排查。很快,警察查到了梨平镇小学的油印室和孙老师头上。伪警察小队长汪东平带着四个警察首先严厉地问孙老师道:"你是油印室的负责人吗?"

"是!"孙老师平静地答道。

问:"这一段你们都印制了哪些材料!"

答:"因为还不到期中学生中考的时候,所以什么材料也没有印!"

问:"那么,这一段你都干什么了?"

答:"除了给学生上音乐课,每天都组织学生练习鼓号,参加国庆游行!"

问:"有证明人吗?"

答:"有,校长,还有帮我一起组织训练的好朋友杜梅,她是张大闯把头的媳妇!"

汪东平又让打开油印室的门,检查了油印机,确实没有印制的痕迹。又找校长和杜梅进行核实,一切都无懈可击,汪东平带着警察走出了校门。

这也是朱奇山所说的"明修栈道,暗度陈仓"之法,事前,有意让杜梅和孙老师在一起活动,不让她知道油印室发生的事,一旦警察或宪兵查问,便可不慌不忙,坦然面对,还有校长和杜梅做证担保,不让孙老师受到牵连。当然,"暗度陈仓"就是秘密拿出油印机完成印刷任务。这样,从传单标语的印制到散发和放孔明灯,严谨有序,既让群众知道抗战形势和抗联的存在,达到打击敌人士气的目的,又不会暴露自己,让敌人无机可乘。虽然敌人大动干戈，折腾了好一阵子，但也没有什么结果，只得草草收兵，不了了之。

## 六

　　1944年，可以说是世界反法西斯战争的转折之年，这一年，苏联红军不仅完全收复了被德国法西斯占领的国土，而且继续追击德军，进展神速。美英联军6月在法国诺曼底登陆，开辟了第二战场，东西两面推进，形成了夹击之势，德国法西斯节节败退。在东南亚地区，各国配合同盟国联军向日本法西斯军队展开进攻，日本关东军在印巴战场败退。10月，美军从雷伊泰岛登陆，日本联合舰队崩溃，11月美国出动B-29轰炸机开始空袭日本国首都东京。

　　在中国战场，美国增加了对蒋介石国民党军队的援助，先后委任美国将军史迪威、魏德迈担任中国战区参谋长，选派国民党军官进行各种训练。中国共产党领导的八路军发动了秋季攻势，向解放区的日伪军展开进攻，解放了不少城镇，扩大了解放区，为以后大反攻做好了充分准备。同时，帮助日本共产党人成立了"日本人民解放联盟"，进行反战宣传，号召日军认清侵华战争的反动本质，不为日本军国主义卖命，以此瓦解日军的士气。

　　边城地区的鬼子军、警、宪、特和政界头目，虽然意识到日本侵华战争前景不妙，但仍然变本加厉疯狂为日本军国主义卖命。他们加紧了对边城矿区煤炭资源的掠夺，继续采取骗招、摊派、抓捕等各种手段扩充劳动力，到1944年末，边城地区的煤矿已由日军占领前仅有的两座煤矿扩展为五座大型煤矿，劳工人数也由不足两千人增至四万多人。军、警、宪、特还疯狂抓捕和杀害共产党员和爱国志士，仅1943年、1944年两年内即有共产党员关汉东、苏联地下工作者罗友萱同志被逮捕，并将其"特别移送"至鬼子"731细菌部队"；还逮捕了中共东满特派员地下工作者郭景福，党的抗日地下工作者李东升、张玉环等十六人，并全部残忍杀害。

　　有骨气的边城煤矿工人也没有屈服，他们利用消极怠工、罢工、暴动、砸矿灯房、集体逃跑等各种形式同鬼子汉奸进行了顽强的斗争，仅1944年一年边城各煤矿就发生八起特训所、矫正辅导院暴动逃跑的事件，有五百多劳工逃出了地狱。抗日斗争形势的发展，边城煤矿工人的斗争，更激发和鼓舞了"抗联旋风队"的斗志，成功破坏鬼子伪国庆纪念日活动以后，他们又思考着下一个斗争目标。

　　时间在静静地飞逝，不知不觉已进入深秋。站在山冈上举目四望，田野里到处是忙碌秋收的农民，武敬岳家是老婆孩子齐上阵也忙不过来，朱奇山、徐涌泉、张广全过去都是庄稼院里的内行，看到武家男女老少都在忙碌，便主动到地里帮忙。杜龙彪对庄稼活儿虽然不怎么内行，但舍得出力，掰苞米，拔萝卜，忙得不亦乐乎。休息期间，几个人向冠山矿方向眺望，看见装满煤炭的火车，冒着黑烟，吐着白雾，鸣着汽笛，在铁路上飞驰。能照出人影的炭块，在阳光照射下，不时发出闪闪的亮光。

徐涌泉感叹道："诸位，火车上那闪闪发光的乌金，是日本鬼子用来发电、炼钢、造枪炮子弹，屠杀我们的同胞的资源呀！咱们得想办法阻止鬼子把它运走啊！"

朱奇山道："是啊！看来，咱们不仅要破坏鬼子的采掘，少出煤炭，还得想办法破坏他的运输哇！"

武敬岳道："俺听说林密线上最近发生了一起因运煤车摩擦起火、造成火车脱轨的事故。鬼子查找发生事故的原因，发现火车轴油包里的毛线球被人掏走了，所以等火车开出二十多里以后，发生了摩擦起火脱轨的事故。鬼子气急败坏地查找肇事人，最后也没有找到掏毛线球的人，只好不了了之。"

武有田插话道："俺听朋友跟俺说，掏毛线球的人是几个小童工，他们趁鬼子不注意的时候，偷偷掏了火车轴油包里的毛线球，制造了火车摩擦起火脱轨的事故。劳工们全都抱团，鬼子汉奸来调查，都是一问三不知，什么也不说。鬼子明知是人为破坏，却没有找到一点儿线索，气得干瞪眼！俺还听说，后来他们还把雷管火药放在铁轨上，炸毁了一列运煤车！"

徐涌泉道："我看咱们也可以用雷管火药炸鬼子的运煤车！"

张广全道："用雷管火药炸火车倒是个好办法，可是，矿上的鬼子对雷管火药管得非常严，劳工入井升井都要搜身，谁也不敢夹带这个东西，咱们怎么才能弄到雷管火药呢！再说，铁路沿线还有鬼子和汉奸护路巡逻，想炸火车可不容易呀！"

武有田道："广全叔说得没错，想弄到雷管火药确实不容易！俺听说，鬼子运煤车被炸后，发现爆炸物是雷管火药，就在雷管火药上设了一个局，让炸火车的劳工吃了个大亏！"

杜龙彪道："有田，你说详细点儿，鬼子设的什么局，劳工兄弟是怎么吃亏的，这对俺们今后用雷管火药炸火车也许很有用呢！"

武有田道："原本，鬼子对雷管火药的管理是非常严格的，像广全叔说的那样，入井升井要搜身，对井下管雷管火药的鬼子要求也很严。可是，发生了火车被炸事件以后，鬼子便来个欲擒故纵的花招儿，表面上对入升井劳工的搜身也不那么严格了，井下管雷管火药的鬼子也不那么认真了，有时还忘记锁保存雷管火药的箱子。实际上，鬼子在暗中安排了监视人，让偷拿雷管火药的劳工上了当。不过，这个劳工很有骨气，鬼子软硬兼施，花招儿和酷刑都用尽了，他始终也不暴露伙伴的姓名，结果被鬼子杀害了！"

杜龙彪道："鬼子，鬼子！日本人确实鬼得很，咱们千万要多多提防，不能上狗×的当！"

武有田道："你说得对，听说现在鬼子对雷管火药的管理比过去更严了，要弄到雷管火约太难了！"

朱奇山道："鬼子对雷管火药管控确实很严，但是，再难咱们也得想办法解决，不管怎么说，鬼子的运煤车，咱们非炸不可！"

徐涌泉道："我同意奇山兄的意见。帮敬岳兄收完秋，咱们好好研究研究，再想个稳妥的办法！"

张大闯听杜梅说朱奇山几个人正在商量炸鬼子运煤火车的事，但因弄不到雷管火药着急上火，不知如何是好。他便提醒杜梅道："俺倒是有个信息，不知行不行？"

杜梅着急道："什么信息，管他行不行呢，你先告诉俺，说不准还有用呢！"

张大闯道："抗战初期，李杜将军领导的抗日自卫军曾在这一带的山沟里秘密筹建过兵工厂，开始是生产土地雷，后来研究出了用电线引爆的方法，叫电雷，很受部队欢迎，所以就开始批量生产。部队撤退时，兵工厂也随部队转移了。听说因情况紧急，行动很仓促。俺觉得也许能留下不少东西，说不准还能有一些电雷，如果咱们找到这个废弃了的兵工厂，能弄到几颗电雷，不就可以用来炸鬼子运煤车了吗？"

杜梅兴奋地说道："这确实是个好消息，你知道这个废弃兵工厂的位置吗？"

张大闯道："听说这个兵工厂是在后石沟一个姓张的人家的场院里筹建的，部队转移时，张家的儿子和儿媳都随部队走了，只留下老人和一个三岁左右的孙子，这事大哥也许有印象，你提醒他就可以了。"

听到杜梅提供的信息，朱奇山惊喜地说道："你这么说，俺想起来了，能找到这个兵工厂，也许对我们有帮助。只是，这个后石沟可不好找啊！"

徐涌泉道："只要有一线希望，再难找咱们也得找！事不宜迟，咱们明天就去试试。"

后石沟位置十分偏僻，沟外是南北走向的山岭，岭南有一条从西往东流的无名河，无名河北岸有一条人行道，顺着无名河北岸的人行道从西往东走五里多路，有个岔道口，岔道口两边是陡峭的山岭，两山岭之间有一条小溪，顺着溪旁的小道往北走六七里路，即看见有一座陡峭的石头岭耸立在道路前面，一般人会认为石岭当道，无路可走了，但如果走到石岭跟前，就会发现石岭旁边还有一条小道，这条小道直接通向后石沟，那里有一块大约五平方公里的平地，平地四周全是崇山峻岭，无路可走，平地上有几间草房，是隐居在这里的张姓人家的落脚地，兵工厂就建在草房前的场院里。

初冬期间，边城一带已是寒风瑟瑟，雪花飘飘，树枝在寒风中摇摆，花草在雪被下取暖，河水在冰层下歌唱，鸟兽绝迹，人烟稀少，漫山遍野，一片灰白，呈现着典型的塞外奇景。

一个阴云密布的日子，朱奇山一行四人天刚蒙蒙亮就从窝棚出发，向后石沟方向前进，当四个人顺着无名河人行道向东行走约五里路拐进岔道口以后，天上突然飘起了雪花，四人顶风冒雪顺着溪间小道快速向前，走了六里多路，眼前有一陡峭的石岭挡住了去路。

张广全惊呼："啊，前面没有路了，咱们是不是走错了？"

众人看到眼前高耸的石岭，也以为走错了路。朱奇山前后看看，后面留下的是四个人的脚印，前面却没有行人的痕迹，暗想："莫非真的走错了路？"

正寻思间，徐涌泉道："大家别着急，我到前面看看！"边说边往前走，到了石岭跟前，兴奋地一边向众人招手，一边高喊，"弟兄们，大家快过来，前面有路！"

众人高兴地向石岭前跑去，果然看到旁边有一条羊肠小道，于是四人即手拉手爬上小道继续向前，走了约三里路，小道向右急拐，到了石岭的后面，又向前走了二里多路，看到很大一块平地。

徐涌泉道："这块平地在石岭的后面，所以叫后石沟，兵工厂有可能就在这里，咱们快走吧！"众人兴高采烈地往前走了二里多路，发现靠山的平地上有几间草房，草房前是树枝夹的院墙。

四个人刚走近院墙门，在院子里玩雪的一个十岁左右的男孩儿用惊奇的眼光瞅了瞅，随即边小跑，边大喊："爷爷，外面来人了！"

随着喊声，草房里走出一位古稀老者，老者须发皆白，但腰杆挺直，精神矍铄，手拄拐杖，随着孙子走到院墙边，隔着院墙问道："诸位，你们是什么人，到俺这荒野之地干什么？"

朱奇山温和地答道："老大爷，俺们是冠山煤矿的工人，有事找您老请教！"

老者随即打开院门："大雪的天，各位别在外面站着，请屋里坐！"

朱奇山道："谢谢老大爷！"边说边跟着老者进入草房。落座之后，老者询问了四人的姓名，唠了唠家常，随即转入正题，老者问道："刚才各位说有事请教，请教谈不上，不过，只要是我老汉知道的，一定告诉各位！"

朱奇山道："大爷，听说李杜将军的抗日自卫军在这里建过兵工厂，这事是真的吗？"

老者道："这不假，这里确实建过兵工厂，不过后来全搬走了！不知你们几位打听这事干啥？"

徐涌泉道："大爷，不瞒你说，我们几个想炸鬼子的运煤车！听说兵工厂曾造过电雷，不知搬迁时是否全运走了，如果有遗留下的，我们想用它炸鬼子的火车！"

听了徐涌泉的话，老者心里嘀咕道："这几个人到底是干什么的，要电雷到底想干什么，真的是炸鬼子的运煤车吗？不行，不能轻易相信他们，得用心考察考察！"于是装得真诚的样子道："敢炸鬼子的运煤车，老汉佩服你们，可是，兵工厂搬迁时，把电雷都运走了，这里什么都没有留下，让各位失望了！"

朱奇山道："大爷，你看到过造电雷的过程吗？你要是知道怎么造电雷，教教俺们怎么造电雷好吗？"

老者笑笑道："兵工厂只是占用了我家这个地方，并没有让我参与，老实说，造电雷的技术我是一窍不通！"

听了老者的话，几个人有点儿失望，但还不死心，杜龙彪央求道："大爷，俺们几个是抱着很大的希望来拜访您老人家的，如果您老能帮帮俺们，俺们会十分感激的！"

老者道："大冷的天，各位能到老汉这荒野地方来，一定是很诚心的，可惜老朽我帮不上忙，还望各位谅解！"

一直没有吱声的张广全以为老人说的是实话，便催促众人道："既然老人家这么说，那咱们就回去再想办法吧！"

朱奇山站起来对老者道："老人家，你和孙子两个人住在这深山老林里不容易，有什么困难，请不要客气，俺们会尽力的！"

老人道："谢谢，谢谢！"然后对孙子道："张雷！替爷爷送送客人！"

孙子张雷边答应，边打开房门，很有礼貌地对众人道："各位叔叔，请！"

朱奇山一行走出草房，张雷一直送到院门外，临别，他对众人挤挤眼，好像有点儿暗示似的大声道："欢迎各位叔叔再来！"

在返回的路上，四个人闷闷不乐，谁也没有说话。回到窝棚，张广全失望地说："唉！今天这趟算是白跑了！"

杜龙彪回应道："俺看也不见得！"

张广全道："怎么，你还想再去？"

杜龙彪道："俺还真有这个意思！咱们几个离开的时候，老人的孙子对咱们几个挤眉弄眼，还大声说欢迎再来！不像是一般的客套话，说不准是在暗示什么！"

朱奇山道："你这么一说，还真有几分道理！电雷是烈性爆炸物，老人跟咱们素不相识，不可能第一次见面就痛快答应，也许，他还得了解了解，弄清咱们的底细，看一看咱们是不是诚心，俺觉得对眼下这条线索咱们还真不能轻易放弃！不知各位意下如何？"

徐涌泉道："我同意大哥和龙彪老弟的意见，这事不能性急，咱们再等几天，给老人考察咱们的时间，然后咱们备点儿礼品，以看望老人的名义再去一次！"

张广全道："你们三位细心，想得周全，俺也同意！可是，咱们两手空空，拿什么备礼品？"

朱奇山道："这好办，俺找杜梅就行！"

过了几天，杜梅到窝棚看望大家，朱奇山笑着道："梅子，你来得正好，俺有件事得麻烦你！"

杜梅道："大哥，有事尽管说，什么麻烦不麻烦的！"

朱奇山便把到深山寻找张家老人的经过和再去拜访的打算告诉了杜梅，然后道："俺们再去拜访老人时，想带点儿礼品，想让你帮着办办！"

杜梅道："大哥想得周到，你说吧，让俺备什么礼品？"

朱奇山道："老人久住深山，打猎、种地，肉和粮菜应该都有，缺的可能是油盐调料和烧酒，俺托你到镇里买些油盐调料和两盒糕点，再打几斤小烧送给老人，你看行不行？"

杜梅道："这有啥不行的，俺照大哥说的办就是了！"

朱奇山对众人笑道："怎么样？梅子痛快吧？"

众人道："嗯哪！"

杜梅办事雷厉风行，离开窝棚的第二天即按照朱奇山的要求备齐了礼品。朱奇山四人即带着礼品再到后石沟拜访张姓老人。

## 七

大雪纷飞，寒风呼啸，四人顶风冒雪，艰难行进。穿过石岭之后，张雷看见远处有四个人正在向自家住的草房走来，仔细观察，发现还是来过的四个人，随即高兴地向草房里喊道："爷爷，爷爷，你快来看，那几个人又来啦！"

老者半喜半嗔道："你对人家挤眉弄眼，人家能不来吗？"

张雷装作不太高兴的样子嘟囔道："爷爷，那不是你让我那样做吗，怎么又嗔怪我呢？"

老者道："你做得对，爷爷没有嗔怪你，今天，你还听爷爷的，爷爷让你怎么做，你就怎么做，行不？"

张雷道："嗯哪，我听爷爷的！"

老者吩咐道："爷爷到后山去看看咱爷俩挖的陷兽坑陷住了什么没有，他们来了以后，你也不要太热情，就让他们等着，他们要走，你也不要挽留，听清楚没有？"

张雷心想，这老爷子，又搞什么名堂？但嘴里还是痛快地答道："嗯哪，知道啦！"

　　见孙子答应了，老者手提猎枪从后门一直向后山走去。

　　不一会儿，四人来到院门口，朱奇山敲敲门道："屋里有人吗？"

　　连喊数声，张雷才推开屋门，懒洋洋地回应道："来了，谁呀？"慢悠悠地走到院门口道："啊，怎么还是你们几个，前几天不是来过了吗？"

　　朱奇山笑道："你不是说欢迎再来吗，怎么，不欢迎啊？"

　　张雷拉长声道："欢——迎！各位请屋里坐！"众人随着张雷进屋，落座后，把带着的礼品放到了桌子上。

　　朱奇山问道："小雷，你爷爷呢？"

　　张雷道："爷爷到后山了！"

　　徐涌泉道："你估计爷爷什么时候能回来？"

　　张雷摇摇头道："这，我可不知道！你们等着吧！"

　　停了一会儿，他对众人道："各位叔叔，你们坐着，我给你们烧点儿水！"说完推开屋门到作为厨房的草房里烧水。

　　四个人尴尬地坐着，张广全道："老爷子是不是躲出去了，看来，这一趟又没戏了！"

　　徐涌泉安慰道："不急，咱们耐心等等看！"

　　大约等了一个小时，张雷提着茶壶，拿着茶碗推门进屋，略带歉意地边倒水边说："各位叔叔，对不起，烧柴太湿，水开得太慢了！也没有茶叶，各位叔叔喝碗白开水吧！"

　　杜龙彪道："谢谢，老爷子是不是快回来了？"

　　张雷道："不好说，我也不知道爷爷什么时候能回来！"

　　四个人互相瞅瞅，没有说话。朱奇山觉得这样坐着大眼瞪小眼等着没意思，便对众人道："你们坐着，俺出去转悠转悠，吸点儿新鲜空气！"

　　徐涌泉道："我也跟你出去看看！你们俩出去不？"

　　张广全道："大冷的天，俺可不出去，俺估计老爷子也该回来了！"

　　徐涌泉道："大哥，他俩不出去，咱俩出去走走！"于是，两人推开屋门，到院外溜达。走至后院，抬头向后山眺望，发现山岭的老松树下有个看山人的窝棚，好像还有个人影在晃动。朱奇山笑笑，手指后山坡对徐涌泉道："涌泉，你看那棵老松树，下面是不是像有个窝棚？"

　　徐涌泉顺着他手指的方向仔细察看，点头道："嗯哪，是，好像还有人影，走，咱们上去看看！"

　　朱奇山制止道："咱不能去，俺觉得老爷子没有走远，有可能就在那棵松树附近！"

　　徐涌泉犹豫道："冰天雪地的，老人家待在山上干啥？"

朱奇山道:"俺觉得老爷子是有意躲着咱们,他在考验咱们的耐心和诚心呢!"

于是,两人又沿路返回进入草房。张广全见两人回屋,便急切地问道:"看见老爷子了吗?怎么还不回来?"

朱奇山道:"心急吃不了热豆腐,咱们耐心地等着吧,也许老人家有什么事没有办完!"

四个人又跟张雷闲唠了一阵子,张雷见老爷爷还没有回来,心里也有点儿着急。他有些不耐烦地说:"各位叔叔,你们坐着,我到外面看看,爷爷该回来了!"边说边推开房门急步走出院外,到后山根,看见爷爷手里提着只兔子慢悠悠地往山下走,爷孙俩碰面后,张雷有点儿不高兴地说:"爷爷呀,怎么走这么长时间?"

老人没有理会孙子的话,有点儿神秘地小声问道:"他们走了吗?"

张雷道:"没有,人家还带着礼品呢,你这样是不是有点儿不近情理了?"

老者道:"他们的情绪怎么样,是不是显得不耐烦,有没有到院里院外找东西?"

张雷道:"没有,人家一直和我闲唠嗑,可和气了,除了那个姓朱的和姓徐的两人到外面透了口气,四个人一直待在屋里没有动!"

老人显得很高兴的样子道:"噢,那咱们快回屋!"边说,边把兔子递给孙子道,"你拿到厨房把它洗剥洗剥,晌午留他们吃饭,大老远来了,咱们别慢待人家。"

"嗯哪!"张雷接过兔子,跟着爷爷进入大院,到厨房洗剥兔子,老人急步进入草房。四个人见老人一身霜雪,脸冻得通红,胡子上挂着冰碴儿,便急忙站起来道:"大爷回来了!"

老人温和地道:"对不起,让各位久等了!大家坐着别动!"边说边脱掉外衣,坐在四个人的对面问道:"各位怎么又来了,还有什么事吗?"

朱奇山指着桌子上的礼品道:"也没有什么大事,就是看大爷一老一少住在这深山里,到镇里买东西不方便,俺们几个就给大爷买了些油、盐、调料和烧酒,还望大爷笑纳!"

老者笑道:"谢谢,谢谢,我和孙子住在这荒山野岭,自己种点儿地,再到后山打点儿狍子、野兔、野鸡什么的,粮肉蔬菜倒也不缺,缺的还就是油盐调料和烧酒这些东西,你们想得周到,缺啥就送来啥,那老汉我也就不客气,全收下了!哈哈!"

"好,好,大爷喜欢就好!"朱奇山道。

停了一会儿,老人很含蓄地问道:"寒冬腊月,外面又下着雪,各位大

387

老远到老汉家，不会只是看看吧？"

徐涌泉见老人话里有话，便直爽地说："不瞒大爷说，我们还是想问问电雷的事！"

老人微笑道："你既然这么说了，老汉我也就不隐瞒了，兵工厂搬迁时，确实给老汉留了几颗防身用的电雷，上次你们来问，初次见面，老汉我不托底，怕是特务和坏人，所以没有答应，还望各位理解！"

众人听到电雷有了着落，高兴得不知如何是好，恨不得立刻就能拿到手。张广全道："大爷，那你现在就带着俺们去拿吧！"

老人不慌不忙地说道："别着急，等吃完饭再拿不迟！"

朱奇山道："大爷，饭就不吃了，能拿到电雷比吃饭都香呢！"

老人道："大老远地来了，不吃饭可不行，那不让人笑话老汉我了？坐，坐，咱们先唠唠嗑，张雷在厨房做饭呢！"

见有了电雷的消息，老人又那么爽快，四个人的心放松了不少，话也就多起来。杜龙彪以玩笑的口吻道："老大爷，这次你就不怕俺们几个是特务？"

老人诙谐地笑道："别看老汉我年过古稀了，好人坏人我还是能分清楚的！你们几个从石岭旁边的小路上走过来的时候，我和孙子就看见了，其实我在后山也没有走多远，一直在窝棚里猫着看你们的动静。如果你们是鬼子汉奸狗腿子或者什么坏人，那么长时间不见主人，说不准早翻箱倒柜，掘地三尺，甚至把我孙子当人质来威胁老汉了。到屋里后，见你们都平静地等着，礼品虽然不很贵重，但很实用，你们那种耐心和诚意，让老汉我感动，认定你们是好人，所以才敢跟你们说真话！"

张广全道："大爷，鬼子合村并点，搞什么'集体部落'，你这孤零零一户人家，鬼子没赶你走？"

老人道："你觉得他们会那么好心？让老汉我在这里住是他们没有找到这里，所以我就侥幸留下来了！"

徐涌泉道："难怪鬼子找不到这里，挡在道路正中间的那个石岭，不是连咱们也给蒙住了吗？"

老人道："那个挡道石岭可是老汉家的护身符啊，我听说，鬼子汉奸也曾想到这个山沟里来，远远看见有石岭挡道，以为山里没有人家就退回去了，不然我家就遭殃了！"

闲谈之间，张雷推门进来对老人道："爷爷，饭菜做好了，请各位叔叔吃饭吧！是在这里还是在厨房？"

老人爽快道："就请各位到厨房吧，省得倒腾！"

"好！到厨房吃！"众人边答应边随老人到厨房用餐。看见餐桌上有新鲜的兔肉，还有狍子肉和木耳蘑菇等山野菜，金黄的玉米面大饼子透着清香，虽然是家常便饭，但在那个年月能吃上这样的饭菜已经很不容易了。看到一桌饭菜出自一个十多岁孩童之手，朱奇山夸奖道："啊，这么快就做了这么多好菜，小雷这孩子不简单哪！"

张雷谦虚道："叔叔过奖了，我也不会做什么，大家不笑话就好！"

老人插话道："小雷，你把各位叔叔带的烧酒拿来，爷爷和各位叔叔喝几杯！"

"嗯哪！"张雷答应着到草房拿来烧酒，给大家倒上道，"各位叔叔慢用！"

餐间，四人热情地给老人敬酒，老人亦开怀畅饮，其乐融融，酒饭过后，老人把珍藏的电雷交给四人道："这几颗电雷到各位手里，也就有用武之地了，预祝你们旗开得胜！"

四人接过电雷，再三谢过爷孙二人，欢天喜地回到了住处。

第二天，徐涌泉一行便秘密到冠山矿至下城子一段运煤专用线两侧察看地形。徐涌泉在鲁西南八路军游击队当排长时，打伏击、炸火车的事没有少干，现在有了电雷，对炸鬼子的运煤火车充满了信心。在火车道东侧靠山坡的隐蔽处，他小声对伙伴道："今天我们到这里察看，特别要注意两点：一是选好埋设电雷的最佳点，我觉得最好埋在路轨的弯道处，火车拐弯的时候一般要减速，避免电雷爆炸时因火车速度太快炸不着；二是掌握鬼子护路军巡逻的频率，看他们多长时间通过一次，咱们埋设电雷必须在多长时间内完成。当然，也要考虑起爆人隐藏的位置，不能让巡逻的护路军发现！"

朱奇山道："这方面，你是内行，俺们三个听你的！"

话音刚落，道边传来了巡逻护路军的脚步声。徐涌泉摆摆手，小声吩咐道："护路军过来了，注意观察！"

不一会儿，八个护路军背着枪，说笑着从右侧走了过去，过了半个多小时，又有一队护路军从火车道左侧走了过去。四个人在原地观察了一个多小时，确定了巡逻护路军巡查的频率，一般半个小时，最长四十多分钟经过一次。四人又往前移动，发现了路轨弯道，距离弯道三十多米处，还一个土塄，正好可以藏身。徐涌泉笑道："弯道，土塄，埋设电雷的最佳点！各位觉得如何？"

朱奇山道："嗯哪，不错，俺同意，咱就在这里设伏！"

徐涌泉道："那就这么定了！不过，还有一个很重要的问题需要搞清楚。"

张广全问道："还有什么问题？"

徐涌泉道："就是运煤车经过弯道的时间，白天经过，咱们容易暴露，晚上经过，又不方便咱们操作，最好是早晨四五点钟，天刚蒙蒙亮的时候，那时是一天最冷的时候，鬼子的护路军既怕冷，又十分疲倦，防备松懈，对我们有利。天似亮似不亮的,也便于咱们操作!"

朱奇山道:"这个问题太重要了,不愧是行伍出身,考虑得真周到!只是,这个问题单靠咱们四个人恐怕有困难,咱们回去再商量商量如何?"

杜龙彪道:"咱们如果有铁路上的朋友,那事情就好办多了!"

徐涌泉道:"这确实是个难题,我看咱们也别在这荒郊野外挨冻了,按朱大哥的意见,先回窝棚再说吧!"

"嗯哪!"众人表示同意,一行人便返回了住地。

也许是天意,朱奇山把了解运煤车运行时刻表的任务交给了杜梅,杜梅让张大闯通过梨平镇火车站的朋友很快弄清了梨平镇至下城子运煤车运行的准确时间。腊月二十二日凌晨三点有一列运煤车从梨平镇火车站出发开往哈尔滨,按车速计算,这列运煤车经过那个弯道的时间是凌晨四点三十分。听到这个消息,四个人很高兴,那正是他们预想的设伏和起爆的理想时间。

二十二日下午五点钟,四人吃过晚饭,即带着电雷、导线、埋设用具和手电筒离开了窝棚,冒着数九寒天,在夜间急行,于凌晨三点多钟到达了设伏地点。休息了一会儿即开始操作,谚语曰"腊七腊八冻掉下巴",滴水成冰的腊月天,尖镐刨在地上,也只能留下铜钱般大小的一个坑,在道路上埋电雷非常不容易。好在铁路道轨下全是铺路碎石,上面还有积雪,不像路面那么坚硬。四个人中,朱奇山站在山坡上瞭望,负责监视巡道护路军的动静,徐涌泉跟龙彪和广全负责埋雷布线。三人轮流用锹镐刨开道轨下的积雪和碎石,挖出了一个坑,然后将电雷放进去,上面盖上碎石和白雪,导线从埋雷处顺着路面一直到土塄后面,上面覆盖了一层薄薄的雪,除去土塄后面的积雪,形成一个雪坑,徐涌泉怀里抱着起爆器蹲在土塄后面,静静地等待着运煤火车的到来。朱奇山等三人趴在山坡的雪地上,焦急地希望听到那一声巨响。时钟像往常一样一分一秒有条不紊地走着,四点二十分,远处传来火车汽笛的一声长鸣,接着便听到了车轮哐当哐当的响声,响声越来越近,又一声长鸣,喘着粗气,喷着白雾,进入弯道。徐涌泉双目圆睁,略显紧张地盯着疾驰而来的火车,车头刚过电雷埋设点,徐涌泉立即按下起爆器,一声巨响,车厢即扭麻花般七倒八歪翻在轨道上,煤炭全抛撒在道路上。朱奇山和杜龙彪、张广全从山坡上跑下来,拉起徐涌泉,顺着山道撤离。走了十几分钟后,估计已经离开了巡道护路军的视线,四人控制不住喜悦的心情,乐呵呵地停下来,转身看看翻倒的煤车,隐约听到护路军的叫骂声。朱奇山、杜龙彪和张广全三人孩童般笑着抬起徐涌泉高声喊道:"我们成功了,成功了!"徐涌泉挣扎着站起来,兴奋地说:"是啊,我们成功了,让小鬼子瞎忙活去吧!"停了一会儿,他提醒众人道,"雪地上有咱们的脚印,咱们不能原路往回返了,得绕着道走,不能让鬼子找到咱们!"三人点点头,一起绕道回到了窝棚!

# 第 十 二 章

## 一

　　运煤火车被炸引起伪边城县公署的高度重视，伪县长召集伪警、宪、特各部门负责人开会，研究分析案情，要求尽快破案。梨平镇的伪镇长也召集所属警、宪、特和冠山矿矿卫队、劳务系的头头开会，传达了伪边城县公署的指令，他强调："腊月天，是东北和边城地区最寒冷的季节，煤炭的需求量比平时更多，这个时候火车被炸，煤炭运不出去，那不是要命吗？"

　　伪警察局局长附和道："是啊，真他妈的要命。从现场的情况看，爆炸物好像是电雷，我看可能是抗联所为！"

　　上官铁木摇摇头道："我还是坚持我过去的看法，我认为中苏边境有关东军和国境守备队重兵把守，抗联不可能深入梨平镇和冠山矿，我认为，这次炸火车事件，和破坏帝国国庆活动是同一伙儿人所为，不是抗联！"

　　龟田持怀疑态度道："可是，爆炸物是电雷，煤黑子会造电雷吗？我看十有八九是抗联干的！"

　　众人七嘴八舌，有的坚持是抗联所为，有的认为是冠山矿共产党地下组织干的，各执一词，莫衷一是。

　　伪镇长制止道："各位，我们不要在这里争吵了，到底炸运煤车是谁干的，现在也没办法下结论，还得等破案以后才知道。当务之急是行动，我决定，由警察局和宪兵队负责案件的侦破，矿卫队毕队长要积极配合。龟田君负责和铁路部门联系，尽快清理轨道上的煤炭，抓紧抢修铁路，早日恢复运输，苟经理要配合龟田君继续'大出炭，支援圣战'，散会！"

　　春节就要到了，要煤的电话接连不断，冠山矿的煤炭却运不出去，只得落地待运，龟田的压力很大。他亲自出面和铁路部门交涉，费了九牛二虎之力，好不容易在春节之前恢复了铁路运输，他才松了口气。

　　在案件的侦破方面，警察局局长和上官铁木虽然很卖力，但因春节临近，警察和矿卫队都忙着张罗过年，接礼送礼，购置年货，加之鬼子前方战局失利，各怀鬼胎，表面态度恭敬，满口答应，实际无心过问，应付了事。日本人离开汉奸走狗的支持，两眼一抹黑，如同瞎子，也只能干着急。

不过，也不是没有一点儿进展，春节过后，侯老二根据眼线报告对毕士仁表功道："毕队长，双峰村武敬岳家废弃的小煤井附近好像有人居住，还发现有人往窝棚送东西，我觉得窝棚里可能有逃出去的劳工，怕打草惊蛇，也没有敢轻举妄动，专等队长示下！"

毕士仁道："干得好，我这就安排人去拘捕！"

苟步力知道后，把毕士仁叫到经理室问道："士仁，大正月天，你兴师动众地要干什么？"

毕士仁道："侯老二报告说，双峰村发现逃跑的劳工，我准备带人去拘捕！"

苟步力道："你知道是谁吗？"

毕士仁道："现在还不清楚，不过，我猜想很有可能是朱奇山！"

苟步力道："你有根据吗？"

毕士仁道："根据倒还没有，但我认为十有八九是朱奇山。姓朱的刚逃出不长时间，考虑到他和武敬岳的关系，我曾安排人监视武家的动静，但没有发现什么蛛丝马迹，就放弃了。过去这么长时间了，他们可能觉得安全了，就找到了武家。凭他俩的关系，武敬岳肯定得收留他，所以，我猜想躲在双峰村的逃犯很有可能是朱奇山、徐涌泉一伙儿。说不准炸运煤车也是他们干的呢！"

苟步力道："你分析得没错，不过，现在就带人去拘捕，我觉得有些不妥！"

毕士仁惊讶道："苟经理，你怎么这样说！如果能抓住这两个人，那可是大功一件啊，怎么能说不妥？"

苟步力冷笑道："那是，在日本人眼里，你是立了大功一件，但在共产党甚至国民党眼里你我可是增加了大罪一条啊！"

毕士仁道："现在还是日本人的天下，共产党也好，国民党也罢，他们能奈我何！"

苟步力摇摇头道："士仁，你忘了我前一段跟你说的话了吗，做事要瞻前顾后，有长远打算！"

毕士仁无可奈何道："您老让我找国民党的地下组织，我私下也做了安排，可是到现在也没有找到任何线索，你说怎么办？"

苟步力道："士仁，这事不能性急，咱们冠山矿地处塞北，目前国民党的势力可能还没有伸展到这里。但是，边城是重要的煤炭生产基地，冠山矿是北满第一大矿，将来一定是国民党和共产党必争之地，别看现在咱们找不到他们，也许有一天，他们会主动来找咱们呢！"

毕士仁道："在共产党和国民党眼里，咱们是汉奸走狗，人家会找咱们吗？"

苟步力道："世事难料，就看你会不会顺势而行了。"

毕士仁道："您老说，咱们该怎么顺势而为？"

苟步力道："从目前的形势看，日本人离失败不会太远了，将来的天下是国民党的还是共产党的还很难说，所以，咱们得狡兔三窟，脚踩三只船！"

毕士仁挠挠头道："人家说脚踩两只船，你要脚踩三只船，这两条腿，怎么踩三只船？"

苟步力道："我过去跟你说过，眼下还是日本人的天下，还要看日本人的眼色行事，不能让他们看出咱们有二心。对共产党和国民党咱们也不能得罪太深，得让他们认为咱们是身在曹营心在汉，是被逼无奈才给日本人办事的，这样，不管谁坐天下，都得有咱们的一席之地！"

毕士仁佩服道："经理高明，士仁佩服。眼下这件事该怎么办，还请您老指点！"

苟步力道："依我看，藏在双峰村的逃犯一定是朱奇山他们，他是抗联游击队赵连荣的妹夫，还派劳工参加过抢夺梨平镇警察局军火库的事情，我看他肯定同共产党和抗联有关系，他本人有可能就是共产党员，对他们不仅不能拘捕，还要通风报信，让他们躲过这一场灾难！你想啊，这可是救命之恩啊，将来共产党得势，他能不为咱们说句话！"

毕士仁惊讶道："啊，这要让上官和龟田知道那可是通共的大罪，是要掉脑袋的呀！"

苟步力道："所以，双峰村藏逃犯的事也要报告上官太君，还要派人去抓捕！"

毕士仁有些不解地问道："这，又不能抓，还要向太君报告，这能行得通吗？"

苟步力胸有成竹地说道："怎么能行不通呢，你打个时间差不就可以了吗？"

毕士仁恍然大悟道："噢，您老的意思是先让人给武敬岳通风报信，让他们把朱奇山转移，然后再报告上官，并派人去抓捕，虽然扑了空，日本人也不会怀疑咱们，您老是不是这个意思？"

苟步力微笑着点点头道："你说得没错，就是这个意思。这件事办完之后，你继续安排人秘密寻找国民党在东北的地下组织。这样，日本人、共产党、国民党，不就是脚踩三只船吗？"

毕士仁恭维道："您老考虑得周全，士仁按你说的办就是！"说完，转身要走，苟步力道："你先别走，你准备让谁去通风报信？"

毕士仁道："我想让侯老二去办！"

苟步力道:"不妥,侯老二这个人虽然是你一手提拔的,但他也经常巴结上官太君,你安排他去给武敬岳报信,武敬岳知道他的身份和为人,怕他使诈,未必相信他。最重要的是,万一他把让他通风报信的事告诉上官太君,那你可就危险了!"

毕士仁大吃一惊道:"啊,多亏您老提醒,这一层我还真没有想到。依您老看,派谁去合适?"

苟步力道:"我看派张大闯去比较稳妥。他和朱奇山、武敬岳是拜把子兄弟,上次抢夺军火库的事他出卖了朱奇山,难免心里内疚,这次让他去通风报信,不仅让他有机会还了人情,改善了兄弟关系,这也是将来咱们跟共产党来往的联系人。平时他和你关系还可以,和上官没什么交往,不怕他报告日本人。这是合适的人选,你觉得怎么样?"

一席话说得毕士仁心服口服,频频点头道:"您老想得周全,士仁这就去办!"

离开经理室,毕士仁把张大闯叫到矿卫队队长室,装得十分亲切和神秘的样子道:"兄弟,你知道朱奇山现在藏在哪里吗?"

张大闯有些警惕,暗想:他怎么问俺这个事,莫非他知道了大哥藏身的地方?内心吃惊,表面上却十分镇静地摇摇头道:"不知道!"

毕士仁道:"实话告诉你吧,你不知道,我可知道,他就藏在双峰村武敬岳那里!"

张大闯大吃一惊,心想,他怎么知道大哥在敬岳兄弟那里,莫非他在使诈,不行,得摸摸他的底细,于是装作十分不相信的样子坚决否认道:"不可能,武兄弟胆小,他绝对不敢干这种掉脑袋的事,姓朱的真要是藏在老武那里,俺不会不知道?"

毕士仁道:"兄弟,你出卖朱奇山的事,武敬岳对你有意见,藏匿朱奇山的事,他肯定得瞒着你,你说你不知道,我信。但我告诉你,朱奇山藏匿在武敬岳那里,不是空穴来风,是有根据的!"接着,他便把侯老二报告的情况一五一十地告诉了张大闯,然后装作很诚恳的样子道,"大闯兄弟,我今天把这个消息告诉你,没有别的意思,我是想让你赶快把这个消息告诉武敬岳,让他赶快把朱奇山转移走,不然,那是要吃大亏的!上次你把朱奇山派劳工抢夺军火库的事说出来,是被逼无奈之举,这次你主动把这个消息告诉他,等于救了他一条命,也许他能谅解你,对你们三兄弟重归于好有利,我这是在诚心帮你,希望你不要有别的想法!"

张大闯见毕士仁态度诚恳,不像有诈,便表示感谢道:"毕队长的好意俺心领了,如果通过这件事能让俺兄弟三人冰释前嫌,重归于好,俺一定重重谢你!"

离开毕士仁以后，张大闯立刻把这个消息直接告诉了武敬岳，武敬岳当天夜里即把朱奇山四人转到了黄泥岗赵家原来藏身的地方。临别之时，朱奇山对武敬岳耳语一番后道："这样，你就不至于受到牵连！"

武敬岳点头笑道："这个主意好，大哥想得周到！"

离开黄泥岗后，武敬岳到梨平镇警察局，装作很神秘的样子对警察局局长道："郑局长，有个情况俺不敢隐瞒，得向你报告！"

警察局局长道："什么情况，你说吧！"

武敬岳道："最近一段时间，俺发现俺村后山的树林里经常冒烟，过去俺在那里开荒时，在那里搭了两三个窝棚，俺怀疑可能有逃犯在那里藏身！请局长大人派人去看看！"

运煤车被炸已经过去十几天了，上上下下都忙着过年，没有人下功夫查办，也没有发现什么线索，听了武敬岳的报告，郑局长立刻喜出望外，对武敬岳夸奖道："好，很好，这个情况很重要，你马上回去盯着，注意不要轻举妄动，免得打草惊蛇，我这里马上安排人去查办！"

武敬岳离开后，警察局局长打电话问毕士仁道："毕队长，我这里得到一个重要信息，说可能有逃犯藏匿在双峰村后山的树林里，你知道吗？"

毕士仁道："我这里也得到了同样的信息，正准备向你报告，听你的指示呢！"

警察局局长道："这事得尽快行动，不然走漏消息他们就逃跑了，我派汪队长带几个人马上出发，你那里也派几个人一起去如何？"

毕士仁道："好，我这里派侯老二带几个人配合你们一起行动！"

警察局的行动队长汪东平和矿卫队的侯老二分别带着十多个警察和矿卫队员一起奔向双峰村，武敬岳以伪村长的身份热情接待，还亲自做向导，带着警察和矿卫队员向后山树林中搜查，到窝棚附近时，汪东平和侯老二指挥警察和矿卫队员从四面向窝棚围过去，怕窝棚里有人，即趴在地上，边噼里啪啦拉枪栓边乱喊："里面的人听着，要活命的赶快出来，不然就开枪了！"乱喊了一阵子，见里面没有一点儿动静，便大着胆子走过去，踢开窝棚的门，看见里面有一堆烧过火的灰烬，其他什么也没有。

汪东平质问武敬岳："你不是说有逃犯吗，人都哪里去了？"

武敬岳装得很委屈的样子道："俺也不知道，俺看到后山树林里冒烟，以为是逃犯……"

侯老二觉得可能有猫腻，但又没有什么证据，便阴阳怪气地说道："你不会是上演'捉放曹'的把戏吧？"

武敬岳装作十分不满的样子道："侯队长，你这是什么话，怎么着，俺向警察局报信还报出毛病了？"

侯老二没有吱声，气哼哼地带着队伍离开了。

朱奇山怕他们转移后，警察局和矿卫队找武敬岳的麻烦，怀疑他是有意窝藏或知情不报，他跟武敬岳耳语，是让他主动向警察局报信，演出"捉放曹"的把戏，这样可以变被动为主动，解除敌人对他的怀疑。这一招儿果然见效，侯老二虽然觉得事情有些蹊跷，但没有什么证据，也没有再追究。

## 二

春节过后不长时间，形势急转直下，2月，苏、美、英三国首脑在苏联雅尔塔签署了《雅尔塔协定》，苏联答应欧战结束后即向日本宣战，很快，苏军和英美联军分路攻入德国本土，5月2日攻克柏林，德国无条件投降，欧战结束。8月8日苏联对日宣战，朱德总司令命令八路军转入大反攻。

朱奇山、徐涌泉、杜龙彪和张广全在黄泥岗赵家地窖里正商量第二次炸鬼子运煤火车的事，忽然听到天空传来了飞机的轰鸣声，四个人急忙走出地窖仰望天空，见一架飞机从头顶上掠过，向边城县俯冲过去，接着便传来了炸弹的爆炸声。不一会儿，又有一架飞机从同一方向飞过来，徐涌泉惊叫道："看，红五星，苏联的飞机！"

杜龙彪道："看来，苏联已经同小日本干上了，离抗战胜利的日子不会太远了！"

朱奇山道："涌泉老弟，俺担心冠山矿的鬼子溃逃的时候一定会对矿井进行疯狂破坏，咱们得找吉庆和兴旺他们几个开会，提前安排护矿的事！"

徐涌泉道："奇山兄，你想得周到，等敬岳过来送东西的时候，让他通知吉庆他们过来！"

"不用俺通知了，他们来了。"窝棚口传来武敬岳的大嗓门，话音刚落，武敬岳提着装吃喝的竹篮走进窝棚，边放竹篮边兴奋地说道，"知道鬼子运煤车被炸，又看到苏联的飞机，大家觉得小鬼子就要完蛋了，都聚到双峰村说要把这个消息告诉你们！俺打前站，他们一会儿就到了！"

说话间，孟吉庆、高兴旺、杜梅、朱继忠、张铁林、苏小柱陆续来到，兴奋地说起了当前的战局。

孟吉庆道："苏军出动多架飞机轰炸鬼子在边城的军事设施，听说边城县伪县长焚烧文件，打开金柜，携款逃跑了。"

朱继忠道："听说梨平镇镇长、警察局局长和鬼子汉奸也都滚蛋了！边城地区的日本开拓团的男女老少也没人管，像没头苍蝇一样，乱糟糟地都往家跑！"

朱奇山问道："木村、上官铁木和龟田跑了吗？"

高兴旺回应道："木村早就跑了，上官和龟田还没有，听说两人经常在劳务系喝闷酒，情绪悲观。"

朱奇山道："咱们要盯住冠山矿的鬼子，特别是像上官和龟田这样的顽固头目，他们在逃跑前一定要对冠山矿进行疯狂破坏，咱们得做好防破坏准备！"

徐涌泉道："正好今天大家都在，咱们一起研究一下防止鬼子败退前破坏矿井的办法。"

众人你一言我一语出了一些主意，徐涌泉综合大家的意见，决定分别由孟吉庆、高兴旺、朱继忠、张铁林、苏小柱以"抗联旋风队"的名义领头组成防破坏小组，发动和组织矿工守住井口和发电厂、机械厂、水源等要害地方，阻止鬼子的破坏行动。

上官铁木和龟田作为日本军人，因没有接到军事主官的命令还没有逃跑，两人垂头丧气地龟缩在冠山矿劳务系系长室，谈论着当前的局势，探讨着自己的归宿。

上官铁木叹口气道："龟田君，我的好友左竹君在关东军本部做机要工作，他私下透露，关东军司令部考虑到欧战结束后，苏联一定会进攻东北，年初即秘密制订了最终作战计划并准备撤退。"

龟田问道："你知道计划的内容吗？"

上官铁木道："左竹君说，军部决定组织一支敢死队对苏军作战，拖延苏军前进的速度。主力即向连（大连）京（长春）线以东，京图（图们）线以南集中，引诱敌军进行围歼，然后在那一带山区进行长期的持久战，等待形势变化，逐步扭转战局。"

龟田看着墙上的地图，有些气恼地说："这么说，连京线以西、京图线以北，包括我们这里也都放弃不管了？"

上官铁木悲伤地说道："龟田君，你知道吗，粗略计算，除了我等地方军人，仅开拓团就有一百三十多万人，这些人都是响应帝国的召唤，抱着梦想和希望背井离乡到东北来的，如今出路在哪里，何去何从，当局根本不考虑，命运一定很悲惨哪！"

龟田愤愤不平道："他妈的，苏军飞机刚开始轰炸，县长和机关的人就都滚蛋了，根本不管帝国民众的死活。我听说边城东部一带的开拓团居民们，男女老少，拖儿带女，想到牡丹江集结逃命，行至麻山西大坡，因前后有苏军堵截，进退无路，领头的即命令集体自杀，四百多人，包括妇女儿童和老弱病残全部丧命，惨不忍睹啊！不少妇女儿童无家可归，无路可逃，有的在桥洞下栖身，有的绝望地自杀，可悲呀！"

上官铁木哀叹道："龟田君，别怨天尤人了，打开收音机，听听有什么信息，看看咱们该怎么办吧。"

龟田打开收音机,不一会儿,收音机里传来日本天皇宣布无条件投降的诏令,两人满脸泪痕,绝望地喊道:"完了,完了,大日本帝国完了!"

一阵沉默过后,龟田恨恨道:"从昭和九年帝国军队进驻冠山煤矿,至今已经十二年了,十二年来,我们苦心经营,不断扩大矿井规模,生产了四百多万吨煤炭,为帝国圣战立下了汗马功劳。可是,这功劳将要付之东流,成为罪证。这富得流油的冠山矿也不再为我所有,我不舍得呀!不甘心哪!"

上官铁木道:"上峰已有命令,让我们在败退之前,对冠山矿进行大破坏,把煤矿留给中国人做菜窖,让中国人永远也无法恢复煤炭生产!"

龟田狂笑道:"好哇!冠山矿不能留给中国人,我要为天皇尽忠,和冠山矿共存亡!"于是,上官铁木和龟田召集部属,组成七个破坏小组,准备了炸药包,要求将各井口、地面机电设施、物资仓库、办公室、日本人居住的高级住宅统统炸毁。

命令下达以后,上官铁木即同自己的部属、劳务系日本管事和各井区日本监工如丧家之犬仓皇逃走。负责破坏的士兵,遇到"抗联旋风队"组织的护矿工人的阻拦,有的胡乱将炸药包扔出,有的冲破护矿工人的阻拦,炸毁了井口和不少地面设施,冠山矿遭到严重破坏。

苏小柱和朱继忠、张铁林在寻找木村的下落。在混乱的逃跑人群中,苏小柱发现化装成乞丐逃跑的木村,哥儿仨即奋不顾身地截住了木村的去路,木村举枪射击,苏小柱不顾一切地冲上去,举起缴获的日本军刀将其劈死。

龟田是日本军国主义顽固分子,他看到日军侵占的冠山煤矿将不再归日本帝国所有,自己也不再是这里的太上皇,心有不甘,又毫无出路,绝望之中,他独自进入系长室,脱掉上衣,用白布缠腰,满脸鼻涕眼泪,颤抖着举起军刀,却没有立即朝自己的肚皮刺,面临死亡,他犹豫徘徊,下不了手,脑子里浮现出被他杀害劳工的种种惨象,这些亡灵好像在愤怒地呼喊:"龟田,小鬼子,杀人狂,还我命来!"浑浑噩噩之中,他像给自己壮胆似的号叫道:"天皇万岁!"同时将军刀刺向自己的肚皮,痛苦地在地上呻吟着翻滚着,在绝望中结束了罪恶的生命。

苏联红军远东军第35军进驻边城县,在县城和梨平镇两地设司令部,对边城地区实行军事管制。日本侵略者的统治结束了,被关押在特殊工人训练所、司法矫正辅导院、康生院的劳工和关在伪监狱里的各种所谓犯人都挣脱了枷锁,逃出了地狱,获得了自由。来自各地的所谓勤劳奉侍队、报国队也都作了鸟兽散。一些被汉奸把头骗招来的劳工也有不少人奔向了回家的路。

日本鬼子的完蛋虽然在意料之中,但当听到孟吉庆、朱继忠告诉鬼子已经投降的喜讯以后,在窝棚里的四个人还是没有想到这一天来得这么快,他们高兴得像孩子般冲出地窖,眼含热泪,对着天空忘情地高喊:"胜利了!解放了!我们自由了!"

张广全向着南方哭喊道:"爸、妈,日本鬼子完蛋了,儿子能回家看望您老人家了!"

朱奇山兴奋地说道:"现在咱们获得了自由,用不着再躲躲藏藏,可以名正言顺地公开身份了!"

张广全道:"无论如何,俺得先回一趟关里,看看俺老爸老妈和家里人都怎么样了!"武敬岳理解他的心情,为他资助了路费,他便急急忙忙辞别众人回了老家。

朱奇山、杜龙彪则各自回家,同家人团聚。徐涌泉即到梨平镇苏军司令部,同苏军取得联系。

边城各行各业的职工和普通居民、村屯的老百姓盼来了抗战的胜利,脸上露出了笑脸。各矿、厂和村镇的街头巷尾到处流传着许多八路军、抗联同日本鬼子英勇作战的传奇故事:有的说八路军如何神勇,一个八路军战士怎么缴获了一小队日军的武器;有的说抗联战士手使双枪,从深山老林冲出来,消灭了多少鬼子;还有的说苏联红军的大炮如何厉害,一炮就打掉了鬼子的一个钢筋水泥碉堡;等等。冠山矿的工人听说徐涌泉当过八路军,就让他给大家讲八路军抗战的故事。徐涌泉不仅给大家讲了八路军打鬼子的事,还教大家唱革命歌曲。"八月十五桂花香,红军八路打东洋,飞机大炮一声响,日本鬼子投了降。"这首抗战民歌在矿区广为流传。工农商学各阶层群众自动走上街头,手持小旗,呼喊口号,举行抗战胜利游行,表达胜利解放的喜悦心情。

不过,这胜利的喜悦和笑脸十分短暂,日寇投降和伪满洲国垮台造成短时间的无政府乱象,又给边城的百姓带来了不少苦难。

东北沦陷时期,边城地区的资本家、把头、汉奸、地主老财投靠日本鬼子,镇压和盘剥百姓。日伪垮台后,他们又摇身一变,打着国民党的旗号,抢夺胜利果实。在苏军军事管制期间,边城的伪满官吏、警察宪兵利用他们占有鬼子溃逃时遗弃的大部分武器弹药和物资,采取瞒骗苏军等手段成立了边城临时县政府,把持了地方的财政大权,又与土匪勾结,组建了反动的维持会和公安局、保安队,企图占有胜利果实,继续骑在边城百姓的头上作威作福。

抗战时期,国民党军节节败退,边城地区已没有国民党的组织建制。抗战胜利后,国民党东北党务专员办事处即派周罗龙等人潜入边城,住在临时政府公安局局长家里,以国民党边城地区特别代表身份网罗当地伪满官吏、警宪特、土匪和伪满残余反共分子,组织反动武装,企图以武力防止共产党八路军接管边城。他兜里揣着国民党空白委任状,到处封官许愿,委任状满天飞。土匪武装胡作非为，公开抢劫，欺男霸女，祸国殃民，百姓怨声载道。

日寇侵占边城期间，当地抗日联军同日伪军进行了顽强的战斗，在敌强我弱力量对比过于悬殊的不利形势下，大部分抗联转移至苏联远东地区。苏联对日宣战后，抗联各部配合苏军对日作战，并积极谋划在八路军主力和解放区干部没有到达东北之时，尽一切可能控制刚刚解放的东北各战略要地和城镇，同国民党及其反动势力开展争夺战。

东北抗联领导人周保中、李兆麟委派共产党员陶宜民组建的东进委员会，领导边城地区抗日军民同国民党反动势力进行斗争。但是，因开展工作时间短、人手少，群众还没有充分发动起来，暂时还不能同反动派硬碰硬直接冲突，便从公开转入地下，深入煤矿、农村，宣传共产党的宗旨，发动工农群众。同时利用各种身份打入伪县政府、维持会、国民党反动武装团体内部，收集情报，分化瓦解。并遵循毛主席关于"枪杆子里面出政权"的教导，积极开始筹建人民武装。

三

狡猾的老狐狸苟步力早在鬼子败退之前，便已同毕士仁商定了所谓脚踩三只船的诡计，鬼子溃逃了，这只船不用踩了，剩下的是如何踩稳国民党和共产党这两只船的问题了。在他看来，国民党是为富人做主的，值得信任和依靠。现在边城临时政府的掌权人过去跟自己一样，如今都摇身一变，成了国民党的官，自己也不能落后，也得仿效这些人变成国民党的人。当然，作为权宜之计，共产党方面，他暂时也不想得罪。

上官铁木逃跑、龟田自杀后，他装作很高兴的样子，见人就笑脸相迎，拱手作揖道："抗战胜利了！解放了！骑在咱们头上的日本鬼子完蛋了！"同时，让伙房制备了丰盛的宴席，盛情邀请大小把头和相关人员前来赴宴。

开宴之前，他满脸笑容地对众人道："各位，抗战胜利了，日本鬼子投降了，骑在咱们头上的太上皇龟田自杀了，我们自由了！"他装作十分动情地挤出几滴泪水接着道，"这一天的到来，我们整整等了十二年呀，现在，冠山煤矿回到了咱们手中，我们成了冠山煤矿的主人，不用再看日本人的脸色行事了，这的的确确可喜可贺呀！今天，鄙人略备薄酒淡菜，请各位开怀畅饮，不醉不归！我提议，为抗战胜利，为我们成为冠山矿的主人干杯！"

众人也兴奋地端起酒杯，七嘴八舌喊道："为抗战胜利干杯！""为日本人滚蛋干杯！""谢谢苟经理！"

酒过三巡，菜过五味，兴奋的劲头渐渐过去，真实的心情便显露出来。黄二显愁眉苦脸道："日本鬼子把矿井炸毁了，大多数劳工逃跑了，没有跑的也上不了班,只好靠捡点儿'洋捞'过日子,咱们是人财两空,不好办哪!"

唯一留下来的号称"挺进队"的"报国队"队长刘因乐冷笑道:"我说老黄啊,你发什么愁,这活人还能让尿憋死?日本人走了,冠山矿就是咱们的了,我准备以我领导的挺进队为骨干,成立'工人会',把留下来的劳工拢过来,抱成团,咱们以工人会的名义发号施令,边卖落地的煤炭,边修复矿井,日子不会比过去差!"

姜把头称赞道:"刘兄这个主意不错,咱们就这么干!"众把头有赞成的,也有没有吱声的。

苟步力道:"刘队长主张成立工人会的主意很高明,我也赞同。不过,单有工人会还不行,还得有军政组织。边城县已成立了临时政府,还有维持会、公安局、保安队等机构,其他各矿和村镇也仿效县里成立了相应的组织,咱们冠山煤矿是北满第一大矿,不能落后,我建议咱们也要成立维持会,代行煤矿的行政和管理事务,工人会负责生产和工人福利等工作,原来的矿卫队改称护矿队,负责煤矿治安和保护矿山设施等任务,大家看行不行?"

侯老二高声道:"苟经理这个建议太好了,我举双手赞成!"

史把头也称赞道:"这是个好主意,我也同意!"其他大小把头多数也表示赞同。黄二显也来了精神,他第一个提议道:"依我看,趁着大伙儿都在这里,咱们就推举会长,亮出维持会的牌子如何?"

毕士仁道:"我同意黄把头的意见,要说维持会的会长,我觉得让苟经理担任最合适,从冠山矿实行采掘工程承包以来,他就是咱们的头儿,有经验,有威信,有能力,让他担任会长,保险没问题!"

听毕士仁这么说,众人也附和表示同意。苟步力装作十分谦虚的样子道:"各位的信任和好意鄙人领情了,但我才识浅薄,年过花甲,过去又和日本人共事,不宜当这个会长,大家还是另选高明吧!"

江把头道:"毕队长说得不错,苟经理的才气、见识在座的无人可比,要说和日本人共过事,在座的不都是吗,那时有那时的情况嘛,依我看,维持会会长非你莫属,苟经理就不要推辞了!"

众人也你一言我一语表示赞同,苟步力当场表态道:"各位,既然大家这么信任我,苟某若再推辞,就叫不识抬举了,那好,这个会长我就当了。助手人选和机构设置,容我考虑后再做安排。工人会的组建,我看就由刘队长负责考虑了。诸事齐备后,咱们也搞个挂牌仪式,也算是对冠山矿职工家属的安民告示!"说完,他举起酒杯道,"这事就这么定了!来来,咱们继续喝酒,为冠山矿维持会和工人会干杯!"他带头干杯,众人也端起酒杯,附和着一饮而尽。

一直没有吱声的张大闯以试探的口吻道:"各位,过去咱们曾议论过日本垮台后谁坐天下的问题，有说是国民党的，也有说是共产党的。不知我们的维持会和工人会是听国民党的呢，还是听共产党的？或者哪个党也不听呢？"

毕士仁抢先道："那还用说，当然是听国民党的了！抗战前，国民党就在全国执政，连咱们东北的张少帅都改旗易帜，归附国民党了。现在，国民党有美国的支持，兵强马壮，中国的天下肯定是国民党蒋总统的了！所以，我们必须听国民党的！"

刘因乐接着毕士仁的话题道："我听说，国民党东北专员办事处派来的一位大官已经到边城了，他不仅承认临时政府和各级组织官吏的合法性，还收编各路军警、土匪，封官许愿，委任军衔。大家知道谢文东这个人吧，他是土匪出身，公开身份是城河矿大把头，秘密身份是边城特务机关密探，隶属日本关东军情报部，像他这样的人，应该是大恶人、大罪人吧，你们猜猜，他现在当了国民党的什么官？"

他故意卖关子让众人猜，众把头有些不耐烦地嚷嚷道："你消息灵通，你不说，我们怎么知道？"

毕士仁好像很羡慕的样子道："这事我知道，老谢现在是国民党先遣军上将总司令！护路军丁司令带着残兵败将退到长春，摇身一变，成了国民党的师长！"

众人惊愕地："噢！"

徐把头道："姓丁的可是阳平惨案的主谋呀，他这样的人也能当国民党的高级将领，咱们还怕什么？"

也有人小声嘟哝道："苏团长和被杀害的那三十多位抗日志士该死不瞑目了！"

张大闯叹口气道："这年头，没地方讲理呀！"停了一会儿，他改换话题道："刚才两位说的是国民党方面的消息，共产党方面的呢？"

毕士仁不屑道："知道国民党就行了，共产党方面的消息知不知道都无所谓！"

张大闯讥讽道："兵法上说，知己知彼百战不殆，现在咱们处在十字路口，了解国民党和共产党双方面的情况非常重要，不然就容易站错队，吃大亏！"

王把头点头道："老张说得有道理，咱们确实应该把国共双方的情况都弄清楚，才能做出正确的选择。张把头既然这么说，估计对共产党方面的信息也有所了解，是不是也给大伙儿说说！"

众人附和道："是啊，老张你就给大伙儿说说嘛！"

张大闯假装推辞道："共产党方面的情况俺也不清楚，只知道一些道听途说的消息，不一定准确！"

众人催促道："管他大道小道的，你说说看嘛！"

张大闯道："那俺就把俺听到的给大家说说，供大家参考。俺听说苏联对日宣战后，朱德总司令就对八路军下了大反攻的命令，要求就地收缴鬼子和伪军的枪支弹药和物资，还派一支精锐部队向东北进发，现在已经到了沈阳。共产党成立了东北局，有几十位中央一级领导，两三万干部和十几万部队已经到了东北，还在各地建立了民主政权。我还听说原来的抗联部队和许多高级领导人也随苏军到了东北各大城市，有一个姓陶的抗联干部已奉命到了边城，成立了东进委员会，这个东进委员会成立那天，边城苏军司令部的参谋长还到会表示祝贺，好像咱梨平镇还有东进委员会的分会！俺知道的也就这些！"

听张大闯这么一说，在座的众人你看看我，我看看你，没有吱声。

毕士仁看看张大闯，阴阳怪气道："依我看，共产党没什么了不起，听说那个什么东进委员会的牌子已经让临时政府给砸了。我说老张，你把共产党说得那么厉害，不会是替共产党搞宣传吧？"

张大闯生气道："老毕啊，你这是什么话！这么说，你对国民党大加赞赏，不也是为国民党唱喜歌吗？"

毕士仁正要说话，苟步力制止道："你们俩也别掐了，依我看，将来国民党和共产党非来一场较量不可，咱们一个小小的冠山矿谁也惹不起，咱们也只能顺其自然，谁占了上风，咱们就依靠谁！现在呢，咱们先这么维持着，静观其变！"

刘因乐道："苟会长说得对。不过，咱们也不能消极等待，我准备尽快把'工人会'的牌子挂出去，再搞个家礼教，讲讲家礼教的好处，定一些教规，把煤黑子拢住，大家也要帮咱老刘鼓动鼓动，把工人会和家礼教轰轰烈烈地搞起来，形成一股势力，将来不管是国民党还是共产党都不敢小瞧咱们，那咱们就主动了。"

刘因乐的话，有赞同的，也有没有表态的，喧闹了一阵，便散了会。

第二天，苟步力让吴秘书安排几个人把大门上插的伪满洲国的五色旗和日本国的太阳旗摘下来，换上了原来的中华民国国旗，把"冠山炭矿株式会社"和"日满大柜"的牌子分别换成了原来的"冠山路矿事务所"和"天满账房"的牌子，又增加了一块写着"冠山煤矿维持会"的新牌子。还放了一阵鞭炮，搞了剪彩仪式，苟步力还以维持会会长的身份发表了简短的演说。

在工人村，刘因乐也闹哄哄搞了工人会的挂牌仪式。他把"挺进队"的队员都集中在工人村旁边的广场上，让几个人竖起了一块高七尺、宽一尺半白底黑字的木牌，上书"冠山煤矿工人会"七个大字，木牌顶部还用绸布挽了一朵大红花。又雇了几个吹鼓手边敲锣打鼓吹喇叭，边噼里啪啦放了一阵鞭炮，引来不少围观的人。侯老二站在广场前面用木板搭建的主席台上，扯着嗓子喊道："工友们，我宣布，冠山煤矿工人会现在成立了，请刘因乐会长讲话，大家鼓掌！"

稀稀拉拉的掌声过后，一个穿着黄色日本军大衣，戴着狐狸皮棉帽子，小眼睛、高鼻梁，大黄牙，嘴唇上有一撮小黑胡子的瘦高个中年人走上主席台。在旁边围观的工人小声议论道："这不是给鬼子卖力的那个挺进队队长吗？""他算什么工人，他有什么资格当工人会长？""刚才扯着嗓子喊的那个人是矿卫队的小队长，也是跟着日本鬼子摇尾巴的，他们在一起还有好？"孟吉庆小声制止道："小张，你们先别说，看看这个姓刘的都讲些什么！"

刘因乐沙哑着嗓子道："工友们，抗战胜利了，日本鬼子逃跑了，冠山煤矿回到了我们手中，以后，冠山煤矿的事就由我们说了算。要把冠山煤矿的事办好，大家必须抱团，所以，我们成立了冠山煤矿工人会，大家推举我当会长。"

高兴旺嘀咕道："不要脸，谁选你当会长了？"

刘因乐继续道："鄙人本不想当，为什么呢，现在市面上乱糟糟的，煤矿也没有开工，弟兄们还上不了班，没有钱，吃不上饭，难题太多，这个烂摊子不好收拾，这个会长不好当，担子太重呀。可是，弟兄们信任我，推举我当这个会长，为大家办点儿事，我也就勉为其难了。"

许风春小声道："说得好听，就怕说人话不办人事！"

刘因乐接着道："鄙人丑话说在前，既然让我当这个会长，大家就得听我的：第一，凡是冠山矿的劳工，都必须加入工人会，还要交会费。第二，会员必须遵工人会的规矩，谁要是犯了规，就要受惩罚。第三，不要轻信党派的蛊惑，要信就信家礼教，家礼教信奉'天下一家'，家礼教的门徒若出门，到哪里都是一家人，冻不着，饿不着，好处大大的。至于怎么入教，怎么认师，我的大弟子郑文宗会告诉大家，大家按他说的办就行了。我再告诉各位，工人会的会员如果再加入家礼教，那就是更上一层楼了。总之，咱们冠山矿有了维持会、工人会，还有家礼教的护佑，护矿队守卫，日子一定会好起来的，大家跟着我刘因乐干吧！"

## 四

朱奇山回到家里，夫妻父子团聚，畅叙离情别绪，难免热泪盈眶。四岁的孙子朱百威见状，一点儿也不畏惧，指着朱奇山仰着小脸问母亲张彤道："妈，他是谁，大人怎么还哭呢？"

张彤道："那是你爷爷，快叫爷爷！"朱百威随即对着朱奇山叫道："爷爷，爷爷，不哭，大人不能哭！"

朱奇山擦擦泪眼，抱起孙子，亲了亲百威的小脸蛋，爱怜地说："小大人儿，爷爷不哭，爷爷这是高兴！"

朱百威歪着小脑袋问道："高兴怎么还哭呢？"

孙子天真的疑问，弄得朱奇山不知如何回答，于是笑着回应道："这个，等你长大就知道了，你看，爷爷不是笑了吗？"眼前天真烂漫的孙子，让朱奇山喜不自禁。

朱继忠对百威道："百威，爷爷累了，你自己玩耍去吧，让爷爷好好休息！"

"嗯哪！爷爷再见！"百威边答应边蹦蹦跳跳离开了房间。

朱继忠想给两位老人多留一些交流的空间，便告辞道："爸，你和俺妈先唠着，俺去帮张彤做饭！"

儿子出去后，朱奇山问连喜："家里的事，俺在特训所什么也不知道，继忠和张彤什么时候结的婚！"

连喜道："民国三十一年八月初十，你关进特训所的第二年！"接着，就叙述了朱继忠和张彤两人婚前婚后的情况。

冠山矿三井发生瓦斯爆炸恶性事故后，张大山在家养了一个多月的病就离开了家，留下姜天竹和儿子张子威、女儿张彤相依为命，日子比较清苦。张彤在几个姊妹中年龄最小，朱继忠便对张彤格外关照，大山家挑水劈柴等粗活儿几乎全由他包了。张彤从小心灵手巧，缝新补旧，剪花刺绣，女工细活儿，是一把好手。山红牺牲，照顾赵煤山和杜天赐的事自然就落到了连喜和杜梅的身上。开始，朱继忠是以大哥哥的身份帮张彤家干活儿，张彤也帮朱家做一些针线活儿，给朱继忠缝补衣服、做鞋。日久天长，两人的关系便越来越亲近，张彤还在毛巾上精心绣了一幅鸳鸯戏水的图案送给了朱继忠，表达了自己的爱慕之心。武有婧和朱继忠虽然一个在农村，一个在煤矿，但武有婧对朱继忠很有好感，朱继忠也心知肚明。在婚姻的选择上，难免有些犹豫，加上时局动乱，婚事一直没有订下来。后来，武有婧见朱继忠和张彤出双入对的，关系非同一般，无意中发现张彤给朱继忠的鸳鸯戏水的毛巾后，认为朱继忠心有所属，即故意同朱继忠疏远。连喜看见儿子老大不小，和张彤又十分亲近，即让杜梅做媒，给两人办了喜事。

朱奇山问道："继红是不是嫁给有田了？"

赵连喜道："嗯哪！继忠和小彤结婚后，铁林和有田两人都想追求朱继红，但咱家继红听说你是让大闯出卖的，对铁林便不像过去那么亲近。武有田老实厚道，性格也比较内向，朱继红比较喜欢这种类型的人，所以就同武有田好上了，吉庆做媒，成全了他俩的婚事。"

朱奇山叹口气道:"继红不应该这么对铁林哪!"

赵连喜道:"谁知道你和大闯到底是怎么回事,这能怪孩子?"

朱奇山道:"嗯哪,这事确实也不能怪继红,不过对铁林就有点儿亏欠了。"

赵连喜道:"铁林这孩子和咱继忠一样,胸怀坦荡,性格开朗,有容人之量,他理解继红的心情,也没有责怪继红。后来有婧和铁林的关系越来越亲近,来往逐渐密切,双方的老人也都看在了眼里。天竹做媒,成就了两人的婚事。不过,时局动荡,生活艰难,孩子们结婚时,没有骑马坐轿,只举行了简单的跪拜仪式,请至亲好友喝了杯喜酒即算完婚了。"

朱奇山道:"孩子们婚后的生活好吗?"

赵连喜道:"有咱老辈人的榜样,孩子们恩爱有加,十分和睦。现在也都有了孩子!有田夫妇的儿子叫武超,现已五周岁了。铁林夫妇的儿子叫张扬,小武超两岁,从小即同武超形影不离,大家戏称他是武超的跟屁虫!"

听了连喜的诉说,知道了子孙辈的情况,朱奇山放了心。

此时,继忠夫妇端上一锅玉米面糊糊,一碟萝卜咸菜。

看到继忠夫妇衣不遮体、骨瘦如柴的样子,又看看锅里的面糊糊,朱奇山问道:"咱家天天都喝面糊糊、吃咸菜吗?"

赵连喜道:"今天你回家了,特意给你做了玉米面糊糊,平时俺们喝的可是谷糠糊糊,要不是敬岳接济,俺们早就饿死了!"

朱继忠道:"爸,不光是咱家,矿上的工人家家都在饿肚子。鬼子逃跑的时候,炸毁了矿井,现在工人没有活儿干,没有工资,都没有活路了!"

朱奇山着急道:"这怎么行?咱们得想想办法!"

此时,朱百威进了屋,看到玉米面糊糊,高兴地喊道:"爷爷回来了,不用喝谷糠糊糊了!"

五口人围着吃完饭。朱奇山擦擦嘴道:"你们先歇着,俺到吉庆和兴旺家看看!"说着,不顾连喜和继忠的劝阻,风风火火地出了门。

到孟吉庆家门口,轻轻地敲了敲门问道:"吉庆在家吗?"

里面有气无力地问道:"谁呀?"

朱奇山道:"是吉庆家吗?俺是朱奇山!"

"啊,是大哥呀!俺这就开门!"好一会儿,一个穿着乞丐般衣裤、瘦骨嶙峋的中年妇人,有气无力地边开门边歉意道,"饿糊涂了,没有听出是大哥,对不起,对不起!"

朱奇山进了门,关心地问道:"弟妹,吉庆不在家?"

吉庆妻道:"家里揭不开锅了!吉庆和兴旺两人结伴到外面去,想弄点儿吃的回来,不然要饿死了!"

朱奇山见状，对吉庆妻道："弟妹，那你先歇着，俺出去找找他俩！"

转身出了门，远远看见孟吉庆和高兴旺每人背着个麻袋，兴冲冲地朝自家门口走来。朱奇山高兴地喊道："吉庆、兴旺，你俩干啥去了？"

孟、高两位快步走过来，边放下麻袋，边回应道："家里断顿了，俺俩去弄点儿粮食！"

朱奇山看着麻袋道："看来，收获不小哇！"

孟吉庆道："都是过了火的粮食，还有不少灰土！"

高兴旺道："狗×的小鬼子，把宿舍里剩的粮食都烧了，这点儿粮食是俺俩从火堆里捡回来的！"

"管它好不好呢，别不知足，这可是救命的东西！"孟妻见有了粮食，从屋里走出来道，"你俩先进屋和大哥唠正事，俺和兴旺家的把粮食捡捡。"边说边喊兴旺妻分别把麻袋拽进了屋。

三人也一起进了孟家，落座后，朱奇山又问起了矿上工友的情况，孟吉庆道："矿井被毁坏了，工人失业，没钱买粮，不少家都揭不开锅！"

朱奇山听说工人都在饿肚子，心里很着急，便试探着问道："咱们还把过去那个互济会恢复起来如何？"

高兴旺愁眉苦脸道："依俺看，恢复起来也没有什么大用处，因为家家都如此，谁也救济不了谁！"

朱奇山想打破沉闷的气氛，便开玩笑道："你们两个，一个兴旺，一个吉庆，现在看来，既不兴旺也没什么吉庆，哈哈！"

孟吉庆也风趣道："谁说不兴旺，无吉庆，眼前一座奇山不是既兴旺，也值得吉庆吗？"

朱奇山笑道："俺这个奇山，眼下可是既不奇，也不旺，没什么好吉庆的。咱们还是赶快想点儿办法，让工友们渡过难关啊！"

高兴旺发愁道："实权还掌握在苟步力那帮人手里，咱们还能有什么办法？"

孟吉庆道："日本鬼子投降了，按常理，像苟步力、毕士仁那样的汉奸走狗该抓起来受国法惩处了，可是，边城那些汉奸走狗都摇身一变，成了国民党的官，继续祸国殃民干坏事。苟步力当上冠山矿维持会的会长，替鬼子卖命的那个挺进队姓刘的队长也当上了什么工人会的会长，还搞了一个什么家礼教，挂牌子那天，敲锣打鼓放鞭炮，毫无顾忌！"

高兴旺道："毕士仁带着矿卫队那帮人，包围了鬼子的仓库，把粮食、材料都弄到了苟步力开的商店，高价出卖，发国难财，坑咱们矿工！"

孟吉庆道："听说那个白俄矿主，欺骗苏军，打着苏军的旗号倒卖储煤，发了横财！"

高兴旺骂道:"工人会那个姓刘的太霸道了,装落地煤只要工人会的人,想用这个手段把冠山矿的工人都拢到他的名下,为他卖命!"

朱奇山沉思道:"看来冠山矿的形势很严重啊,俺看咱们得找徐涌泉,召开党支部会议,做好跟这帮汉奸走狗做斗争的准备!"

孟、高齐声表示赞同。

正议论间,朱继忠气喘吁吁进了屋,兴奋地对朱奇山道:"爸,告诉你个好消息,大山叔回来了!"

朱奇山道:"没规矩,怎么还叫大山叔?"然后对孟、高两位道:"两位老弟,俺和大山虽然是亲家,可有好几年没有见面了,俺先去看看他,然后俺跟你俩一起找涌泉开会。"

离开吉庆和兴旺后,朱奇山父子俩快步向张大山家走去。快到张家门口的时候,看见了武敬岳和武有田父子俩,朱奇山笑着问道:"敬岳,你父子俩也是去看大山吧!"

武敬岳回应道:"嗯哪,听说大山回来了,俺和有田也想看看他!"

朱奇山道:"好,那咱们一起去吧!"

进了大山家院子,朱继忠大声喊道:"爸、妈,俺爸和敬岳叔来看你了!"

"嗯哪!"姜天竹边答应边开了门,同时朝屋里喊道,"他爸,朱哥和武哥父子俩来看你了!"

张大山从屋里走出来,未及答话,即张开双臂同朱、武两人紧紧抱在一起。朱奇山大手拍着大山的后背激动地说:"亲家,你可回来了,俺想你呀!"

张大山眼含热泪道:"俺也想亲家你啊!离家时也没有告诉你一声,没脸见你呀!"

随后出来的张大闯提醒道:"大冷的天,都进屋吧!"

张大山松开双臂,亲热地拍拍武有田的后背。几个人同时进屋落座后,朱继忠帮着姜天竹给众人倒上茶,姜天竹道:"好几年没有见面了,你们弟兄几个好好唠唠,俺就不陪了!"边说边进了里屋。

朱奇山略显生气道:"大山,你小子也真不像话,离家出走也不告诉俺们,俺们也不知道你干什么去了,你眼里还有俺和这个家呀,还知道回来呀!"

张大山赔笑道:"俺不声不响地离开家,让大家牵挂,是俺做事欠考虑,俺真心诚意向你和武哥认错,赔不是!"说着,站起身深深地向两位鞠了一躬。

张大闯插话道:"大哥、三弟,这小子是让人生气,俺刚才也好一顿损他了,你俩就别生他的气了!"

武敬岳道:"嗯哪,不生气了,还是让大山兄弟说说这几年在外面的情况吧!"

张大山叹口气道:"三井发生瓦斯爆炸,日本鬼子封堵井口,把几十个工友活活闷死在井下，俺气得生了一场大病。矿上不想用俺，俺也不想跟这些禽兽共事。所以就想离开家，想到县里找点儿活儿干。在边城县，俺看到有张招聘广告，说是勘探队招技工，俺就去报名，还真被录用了。"

朱奇山道："这是好事嘛，那你在勘探队干什么？"

张大山道："这支勘探队隶属满炭株式会社，负责边城地区煤炭储量、分布、地质情况的勘探，是为鬼子建新矿扩大煤炭生产服务的。俺在勘探队当绘图员，负责根据勘探测量得到的数据绘制成图纸。"

武敬岳道："这个差事倒是不错，可惜是为鬼子作嫁衣的！"

张大山道："这俺知道，所以，俺也藏了个心眼儿！"

武敬岳道："你藏了个什么心眼儿，没有被鬼子发现吗？"张大山道："俺想，鬼子在咱们的国土上横行霸道，不得人心，早晚得被咱们中国人把他们赶回老家去。掌握鬼子勘探得到的资料，将来肯定有大用途，所以，俺在给勘探队绘制图纸的时候，私下也给自己偷偷留了一份。鬼子逃跑前，把大部分图纸资料都烧毁了，俺就带着暗中藏起来的那份图纸资料回来了，准备等时局稳定之后，把这些东西交给政府。"

弟兄三人听了大山的话，觉得这个弟弟不仅爱国，还很有心计，朱奇山觉得刚才自己的态度有点儿过分，便有些歉意地对大山道："亲家，你做得对，刚才俺一时性急，错怪你了，你别往心里去！"

张大山道："哥说什么呢，兄弟俺离家出走不告诉你们，好几年不给你们信息，错在俺身上，哥说俺几句，是对兄弟的爱护，怎么能说是错怪呢？"

武敬岳打圆场道："自家兄弟，又是亲家，客气什么？大山，你今后有什么打算？"

张大山道："从这份图纸资料看，咱们边城地区的煤炭储量很丰富，煤种很齐全，煤质也不错。不过，因为俺在偷着绘制留存这些图纸资料的时候，怕被鬼子发现，图做得比较潦草，有些地方还是用暗号替代的，只有俺自己能看懂。俺想趁现在有时间，把它系统整理整理，将来交给政府的应该是一份比较正规和准确的图纸和资料。"

朱奇山赞成道："好啊，你有这份心思，也不愧为'煤痴'的雅号了，俺支持你！"

武敬岳道："从大哥和龙彪被鬼子抓走后，咱们几家就没有在一起聚聚了，咱们孙子辈的孩子们都快不认识你俩了。现在日本鬼子完蛋了，你俩也自由了，大山也回来了，俺和二哥商量要找个时间把咱几家老老少少聚在一起，热闹热闹，叙叙家常。"

张大闯接着道："这个主意好，俺同意！还有，大哥和俺那个'苦肉计'的事，俺背了好几年的黑锅，俺也想借这个机会，让哥跟大人和孩子们讲清楚，这个黑锅俺不能再背下去了！"

朱奇山没有立刻回答张大闯的话，武敬岳插话道："大哥，俺猜想你和二哥之间有秘密，俺也不方便问询，什么苦肉计了，背黑锅了，俺看借家里老老少少团聚的机会大哥也该把它讲清楚了。"

朱奇山深情地说："两位兄弟的心意俺知道，俺也想跟家里老少欢聚一堂，唠唠家常，说说心里话。不过，俺觉得现在聚会还有些不合时宜，最好再往后推推！"

张大闯觉得有些意外，便追问道："怎么不合时宜？日本鬼子投降了，大哥自由了，可喜可贺，正应当聚会庆祝，怎么说不合时宜？"

朱奇山道："你说得对，不过，俺说的不合时宜和你说的不是一个意思！"

武敬岳略显不满道："那你是什么意思？"

朱奇山叹息道："俺回到自己家以后，见你嫂子和孩子们都面黄肌瘦，为吃喝发愁。俺又到吉庆和兴旺几个工友家看了看，知道大部分人家都揭不开锅，俺想，在这种情况下，咱们聚会、欢乐，有点儿不合时宜！"

张大闯道："大哥说的是实话，想等解决了工友们挨饿的难题以后再说，俺认为大哥想得周到，俺同意。不过，咱哥儿俩那场苦肉计的事，俺希望大哥找个机会给大伙儿和孩子们说清楚，这个黑锅俺早就不想背了！"

朱奇山道："背这么个黑锅，招自己的亲朋好友唾骂，心里确实不好受，这种委屈，俺理解。不过，俺的意思，这个黑锅你还得再背一段，眼下俺还不想跟大家解释。俺还要告诉梅子，不能把这个秘密说破！"

张大闯有些不解地问道："大哥，抗战胜利了，把咱俩这个秘密说破有什么不好！为什么还要让俺把这个黑锅背下去？"

朱奇山道："俺觉得，抗战虽然胜利了，但边城的时局并不平静。你也看到了，现在边城县临时政府的那些头头脑脑，都是些什么人。咱们冠山矿维持会和工人会的会长又都是些什么人？他们想要干什么？"

听朱奇山这么说，张大闯没有吱声，朱奇山继续道："抗战时期，边城地区的共产党和抗联同日本鬼子浴血奋战，牺牲了多少优秀儿女？那时候，国民党在哪里，那些汉奸把头都在干什么？现在抗战胜利了，过去跟着日本鬼子杀害共产党员、抗联战士和劳工的汉奸走狗却摇身一变，成了国民党眼里的抗日功臣，得到了封赏，像谢文东那样的大土匪、大把头、大特务都成了国民党先遣军的上将总司令，丁士超那个阳平镇惨案的主谋成了国民党的座上宾，苟步力那样的人还当上了维持会长，让这些人继续骑在老百姓头上作威作福，你能甘心吗？边城和冠山矿的工友们能答应吗？"

张大闯道："大哥说得对。过去，大家就议论过抗战胜利后谁坐天下的问题，在这方面，共产党和国民党谁也不会让步，肯定要有一场激烈的生死斗争，现在看来，这场斗争已经开始了。"

朱奇山道："所以，哥现在还想让你把这个'黑锅'继续背下去，暂时继续和苟步力那帮人混在一起，把他们的情况仍通过梅子告诉俺，以便揭露他们的阴谋，进行针锋相对的斗争！"

在一旁听两人说话的武敬岳道："这件事开始俺也不太理解，对二哥有点儿看法。大哥逃出来以后，二哥约俺去看大哥，俺还有点儿纳闷，又不好细问，等见面之后，看你俩亲热的样子，俺就猜到这可能是你俩做的扣子。刚才听你俩这么说，俺明白了，这叫周瑜打黄盖，愿打愿挨。从目前的局势看，俺也同意大哥的意见！"

张大闯也表态道："既然大哥和武弟都同意，俺也不说了，俺就再忍耐忍耐，继续跟他们周旋。那，咱几家聚会的事就先不搞了。"

朱奇山坚定地说："对，聚会的事先放一放，以后再说。俺想去看看龙彪，再同吉庆、兴旺去找涌泉，商量如何帮助工友们渡过难关的问题。"

张大闯和武敬岳同时点点头道："嗯哪。"

## 五

离开张大闯和武敬岳，朱奇山又去看杜龙彪。

赵晨牺牲后，留下了独生子杜天赐，那时，天赐才十岁，杜龙彪被关押后，孩子孤苦伶仃，无法生活，多亏姑姑奶奶杜梅收养，照顾吃穿，并把他和煤山拢在一起读书，有时也给两个孩子讲一些古今英雄和爱国志士的故事，受杜梅的教诲，加上父辈的影响，两个孩子从小即崇尚英雄，有为国尽忠的思想。十三岁左右，两人夜间跟着杜梅念书，白天在鬼子所谓少年队里干活儿，装煤、推车，吃了不少苦，挨了鬼子监工不少打骂，小小年纪即体会到了国破家亡做亡国奴的滋味，充满了对鬼子汉奸的仇恨和对父母亲人的思念。好不容易熬到抗战胜利，两个孩子早就盼望着同亲人团聚。

那天，杜龙彪刚进门，杜天赐见到父亲，激动地喊了一声"爸"，便一头扑到杜龙彪的怀里，失声痛哭起来。杜龙彪搂着天赐抚摸着天赐的头，眼泪哗哗地往下流，父子俩紧紧地搂抱着，好长时间，杜龙彪像是对孩子又像是自语道："孩子，爸爸天天都想你呀！"

杜天赐也哽咽着回应道："爸爸，天赐天天都梦着跟爸爸见面呢，今天才算梦想成真了！"

看着父子俩团聚的场面，杜梅眼泪汪汪劝解道："龙彪，爷儿俩团聚了，是喜庆事，别哭了，都擦擦眼泪，坐下来唠唠家常吧！"同时递给龙彪一块手绢，杜龙彪从姑姑手里接过手绢，边给天赐擦眼泪，边爱怜地说："孩子，爸不在身边，你受苦了！"

杜天赐道："爸，这两年多，俺跟姑奶奶在一起，姑奶奶对俺可好了。吃穿姑奶奶都照顾俺，还教俺和煤山哥哥读书写字，讲英雄故事，俺不苦。倒是爸爸被鬼子关押，那才真正是吃苦了！"

听天赐这么说，杜龙彪动情地对杜梅道："姑姑，天赐有你这个姑奶奶，是他的福分，俺和小晨在天之灵一起谢谢姑姑了！"

杜梅道："一家人，谢什么！再说了，天赐是革命的后代，照顾他是姑姑的责任！"

于是，三代人坐在一起，杜龙彪诉说了自己在特训所和矫正辅导院的情况和思念之情，天赐说出了姑奶奶对自己的教诲，感念之情溢于言表。正交谈间，听到门外有人喊："梅子，龙彪在你这里吗？"

杜梅听出是朱奇山的声音，便高声答道："是大哥吗，龙彪在俺这里呢！"边答应边站起来要去开门。

天赐让杜梅坐下道："姑奶奶，你坐着，俺去给爷爷开门！"说着边去开门边招呼道："爷爷，请进！"

朱奇山看见天赐，爱抚地摸着他的头道："是小天赐啊，几年不见，都长这么高了！"

天赐也动情地说："爷爷见老了，瘦了！"

杜梅和龙彪走出屋把朱奇山迎进去，落座后，朱奇山道："梅子，这几年，你既照顾天赐的吃穿，又教孩子读书，功劳不小啊，大哥谢谢你了！"

杜梅道："大哥客气了，这都是俺应当做的，谢什么！大哥今天来，找龙彪有事吗？"

朱奇山道："嗯哪，俺想跟龙彪一起找涌泉兄弟商量点儿事！"

杜龙彪道："俺也好几天没有看见他了，走，咱现在就去找他！"

杜梅笑道："急什么，大哥屁股还没有坐热呢！"

朱奇山也玩笑道："屁股坐热乎就不想走了，还是赶早走吧！"说着，站起来道，"梅子，你忙着，俺和龙彪走了！"

徐涌泉曾在苏联学习过两年，初通俄语，离开双峰村以后，便直接到苏军驻梨平镇司令部，同苏军司令部军官用俄语介绍了自己的身份时，一个苏军大尉突然走过来喊道："徐同志！"徐涌泉见是自己在苏联留学时的朋友，两人紧紧地拥抱在一起，惊喜、想念之情，溢于言表。由此，徐涌泉取得了苏军司令部的信任，司令部便委派他为国际交通员兼东进委员会梨平镇分会的负责人。

他脑子里装着不少事，想要和朱奇山等人商量，在往冠山煤矿行走的路上，遇见了也在寻找他的朱奇山和杜龙彪。他问道："大哥、龙彪，你们俩这是干什么去？"

朱奇山道："找你呀！"

徐涌泉道："巧了，我也正想找你们俩，商量一些事。你俩是矿上的老人，了解冠山矿的情况，咱们一起沟通沟通！"

杜龙彪道："好哇，俺和奇山大哥找你也是这个意思。不过，这半路上说话不方便，先到俺家去如何？"

朱奇山道："龙彪媳妇牺牲以后，孩子一直住在他姑奶奶家，房子一直空着，咱们暂时把它当作咱们的办公室，你就住在那里，有什么事也方便商量。"

徐涌泉道："这可太好了，走，咱们现在就去！"

于是，三人高高兴兴到了杜龙彪原来的住处，房子虽然没有人居住，但因杜梅隔三岔五来打扫，室内很整洁。三人坐下后即开始研究工作。朱奇山和杜龙彪首先介绍了冠山矿当前的形势和工人生活方面的困难。

介绍完之后，朱奇山道："抗战期间，由于叛徒的出卖，咱们冠山煤矿党支部失去了同上级党组织的联系，矿工对鬼子的反抗行动大都是自发的。咱们冠山煤矿地下党支部虽然还没有跟上级党组织取得联系，但俺觉得咱们一定要按照共产党为穷苦老百姓服务的宗旨，尽可能为矿工渡过难关做点儿事！"

徐涌泉道："咱们这个地下党支部虽然暂时还得不到上级党组织的承认，但咱们还是要按党的宗旨，想矿工所想，急矿工所急，为矿工渡过难关办事，奇山同志这个想法好，我赞同。不过，我觉得眼下还有一件事需要咱们想办法完成！"

杜龙彪道："涌泉兄，你说吧，什么事？"

徐涌泉道："毛主席说，'枪杆子里面出政权'，这是至理名言，眼下，边城地区的伪官吏、汉奸把头和土匪都打着国民党的区号在建立和扩大反动武装，咱们也应当想办法为党抓枪杆子，东委会让人家砸了牌子，就是因为手里还没有枪杆子，目前东委会的领导也在秘密地筹建党的武装。冠山矿的矿卫队，现在叫什么护矿队还掌握在苟步力和毕士仁这些坏人手里，咱们得想办法把护矿队这五十多支枪夺过来，作为咱们冠山矿工人自己的武装。你俩有没有什么好办法？"

杜龙彪挠挠头道："咱手里就一支短枪和一把长枪，要夺护矿队的枪可不容易，风险也太大！"

朱奇山沉思了一会儿道："俺觉得，要办成这件事，必须智取，不能硬拼！"

徐涌泉道："你说得没错，凭咱们两支破枪，硬拼肯定不行，能智取当然最好，但怎么智取，你心里有谱儿吗？"

朱奇山道:"矿卫队的队长毕士仁,人送外号叫'逼死人',这个家伙是日本鬼子的忠实走狗,跟着上官铁木和龟田干了不少坏事,手上沾满了劳工的鲜血,民愤很大,是名副其实的汉奸走狗。他现在还是护矿队的队长,如果咱们以惩办汉奸走狗的名义让他从护矿队队长的位置上滚下来,再推荐咱们的人当护矿队队长,就可以把这支队伍掌握在咱们手里了。"

杜龙彪道:"这倒是个办法,不过,毕士仁是苟步力的亲信、打手,二人穿的是一条裤子,苟步力能同意不让他当队长吗?"

朱奇山道:"毕士仁是苟步力的心腹,他当然不会答应,不过,只要咱们发动群众,大造舆论,施加压力,苟步力见众怒难犯,也许不敢不答应!"

徐涌泉道:"奇山同志的意见很好,咱们现在就让咱们的同志分头发动群众,我还要通过苏军司令部要求抓捕这个人,给苟步力施压,逼他罢免毕士仁的队长职务,重新任命队长!"

朱奇山和杜龙彪齐声道:"嗯哪,咱们就这么办!"

朱奇山和杜龙彪按照徐涌泉的安排,分头找到孟吉庆、高兴旺、张铁林、朱继忠、苏小柱等人到工友中秘密串联,要求严惩汉奸走狗毕士仁,由于毕士仁民愤很大,群众很快就被发动起来。在约定的时间,朱奇山和徐涌泉领头,几百名矿工和群众高呼"严惩汉奸走狗毕士仁""要毕士仁血债血还"等口号,从四面八方拥到了冠山煤矿维持会大院。

苟步力走出经理室,看到工人集会的场面,听到工人公开点名要严惩毕士仁,心里十分慌张。反身走进经理室,对毕士仁说出了工人要求严惩他的情景。毕士仁扑通跪倒在地,结结巴巴恳求苟步力道:"苟会长,看在士仁鞍前马后为你效力的分儿上,今天你得救救我!"

苟步力扶起毕士仁安慰道:"士仁,起来说话,眼下众怒难犯,来者不善,你先不要露面。我看这样,我给你把楼后的小门打开,你先出去躲躲,我去看看情况再说!"

毕士仁感激地说:"谢谢苟会长,俺听你的!"

苟步力打开楼后的小门,放走了毕士仁。临行,苟步力拉着他的手嘱咐道:"士仁,看这个架势,煤黑子怕是不能饶你,你不如去投奔谢司令,然后见机行事!"毕士仁点点头道:"苟会长,大恩不言谢,此恩此德毕某定当后报!"

放走毕士仁以后,苟步力整整衣冠,从容地站在二楼平台上对集会的群众高声喊道:"工友们、乡亲们,大家静一静,听我说几句话。"

徐涌泉对集会的群众挥挥手,众人便安静下来。

苟步力道:"我知道,毕士仁过去是做了一些对不起工友和乡亲们的事。但是,那都是在日本鬼子的威逼下,不得已而为之的。常言说,人在屋檐下不得不低头哇,他当时身为矿卫队的队长,日本人让他怎么做,他就得怎么做,不然日本人就不饶他，希望工友们、乡亲们能体谅毕士仁当时的处境，抬抬手，给他个改正的机会。他干了对不起大家的事，我替他向工友们、乡亲们道歉！"

台下一片哗然，不少人骂骂咧咧道："老苟，你他妈的是他的什么人，你他妈的替他道什么歉？""狗不改吃屎，他坏事做绝，改不了的！""苟步力，你他妈的和他穿的是一条裤子，他干的坏事，你也有份儿！你不要为他辩护！""苟步力，你让他出来，不然我们就上去抓他！"说着，不少人就要往楼上冲。

苟步力见状，一边命令守卫大楼的护矿队员将楼门关上，一边对集会群众喊道："工友们、乡亲们，大家不要冲动，大楼是咱冠山煤矿维持会和天满账房办公的地方，无端冲击，妨碍办公是犯法的。你们要抓毕士仁，鄙人也做不了主，得请示苏军司令部！"

朱奇山高声喊道："苟会长，你不要推脱，"他指着徐涌泉道，"他叫徐涌泉，是苏军司令部委任的国际交通员，你把毕士仁交出来，让徐涌泉把他交给苏军司令部处理怎么样？"

苟步力道："那也可以，不过，毕士仁不在这里，如果你们知道他在哪里，你们去抓他好了！"

朱奇山道："苟会长，你别糊弄俺们，你让俺到大楼里看看，如果毕士仁不在，大家也不会怪你！"

苟步力冷笑道："那好吧，既然你不相信，那你带几个人到大楼搜查好了！"

朱奇山、杜龙彪和孟吉庆带着几个工友到楼内查看，除了几个职员和守卫大楼的两个护矿队员外，并没有毕士仁的身影。

苟步力不冷不热讥讽道："怎么样，我没有糊弄你们吧？"

没有抓到毕士仁，杜龙彪按照同徐涌泉事先商定方案道："苟会长，毕士仁现在还是护矿队的队长，俺们怕他带着护矿队搞报复，这个队长不能再让他干了，得换人！"

众人附和道："对，不能再让毕士仁当队长了，得换人！"

苟步力迟疑道："护矿队是重要部门，得安排个大家信得过的人，侯老二是护矿队的小队长，让他当队长如何？"

朱奇山道："侯老二这个人俺知道，他和毕士仁一样，坏事也没有少干，俺们信不过他，不能让他当队长！"

苟步力装作为难的样子道："眼下这个队长的人选还真不好找，要不先不忙决定，让我考虑考虑！"

杜龙彪道："不用考虑，眼前就有个合适的人选！"

苟步力道："你说说，这个人是谁？"

杜龙彪道:"徐涌泉!他是苏军委任的国际交通员,在抗日部队里当过连长,让鬼子关押在特训所好几年,吃了不少苦,让他当护矿队长最合适!"

众人齐声赞同道:"对,对,这个队长就应当让老徐干!"

朱奇山问苟步力:"苟会长,你同意大家的意见吗?"

苟步力支支吾吾道:"不过,他是外地人,听说还是什么东委会的!"

孟吉庆道:"外地人怎么了,咱们原来不都是从外地来的吗?再说了,东委会又怎么样,苏军司令部不是也支持吗,怎么,你不相信苏军司令部!"

苟步力连忙分辩道:"不,不,我,我……"见众人都瞅着他,便勉强答应道,"既然大家都同意,我也没有意见!"

朱奇山道:"既然大家都推荐徐涌泉当护矿队队长,那就请苟会长当着大家的面宣布一下吧!"

众人齐声道:"对,对,应当宣布宣布,这样才名正言顺嘛!"

苟步力见众人如此,便哭丧着脸宣布道:"我代表维持会宣布撤去毕士仁护矿队队长的职务,暂让徐涌泉担任护矿队队长!"

徐涌泉决定按照八路军的规矩对护矿队进行整顿,首先,他把所有护矿队队员集合在一起,进行思想教育。他说:"同志们,抗战胜利了,日本鬼子滚蛋了,冠山矿回到咱们矿工手中了!"

有队员小声嘟囔道:"不是矿工手中,是苟老板手中!"

徐涌泉接着说:"护矿队,护矿队,顾名思义,咱们的主要任务就是保护矿山,维护我们煤矿工人的权利!"

又有队员小声窃窃私语道:"除了干活儿,工人有啥权利,还用保护?"

徐涌泉没有注意下面的议论,只顾按着自己的思路讲了共产党的主张、煤矿工人在冠山矿的地位和作用,要翻身解放、当家做主等。这些道理,大部分队员都没有听进去,因为这些人大都不是矿工,平时所思所做,就是拿煤矿老板的钱,看家护院,抓捕矿工,觉得徐队长讲的话好像有些离谱儿,根本没有当回事。

为了扩大共产党的影响,徐涌泉还组织张铁林、朱继忠、苏小柱等年轻矿工散发宣传共产党政策等方面的传单,张贴"中国共产党万岁!""苏联红军万岁!""工人阶级大团结万岁!""严惩汉奸走狗!"等标语。还同朱奇山、杜龙彪、孟吉庆、高兴旺等发动群众,筹备成立"冠山煤矿工人维持会",积极开展革命活动。

徐涌泉对护矿队的整顿和革命活动,侯老二秘密报告给了苟步力和刘因乐,引起了两人的警觉。苟步力立即跟刘因乐秘密商量对策,苟步力道:"我看徐涌泉肯定是共产党,继续让他当护矿队队长,护矿队非被赤化不可。他这样为共产党办事,哪天国民党来了,咱们都得跟着吃挂落儿!不行,得想办法把这小子弄下来！"

刘因乐埋怨道："老苟哇，当初你就不该答应让他去当护矿队的队长，现在是请神容易送神难哪，现在想把这小子弄下来还真不容易呢！"

苟步力辩解道："因乐啊，你当时不在场，没有看到那个阵势，严惩汉奸毕士仁的口号喊得震天响，让人心惊肉跳的，不答应不行啊！"

刘因乐道："事情已经过去了，说也没用，还是想想怎么把这小子弄下来吧！"

苟步力道："要说呢，把这小子弄下来也不难，护矿队里大多数都是咱们的人。听说这小子刚接手，还没有根基，就替共产党做宣传，还按八路军那一套搞整顿，护矿队的人很反感，只要想办法把护矿队的人鼓动起来，就能够让这小子滚蛋！"

刘因乐道："怎么鼓动啊，你有办法？"

苟步力道："我说过，护矿队里大部分都是咱们的人，苟某我略施小计，就能够让护矿队的人起来造他的反，合理合法把这小子赶下台！"

刘因乐道："你说这话我相信，你用什么计策我也不问了，我就等着听好消息了！"

送走刘因乐以后，苟步力把侯老二叫到经理室，又让座又倒茶，态度非常和蔼，侯老二受宠若惊，连声谢道："苟会长，你太客气了，有什么事，您老尽管吩咐，我保证不秃噜扣！"

苟步力道："毕队长跟我说过，你是可信之人，什么事交给你都能尽力办成！"接着进一步夸奖道，"你报告的姓徐的所作所为和护矿队的情况很重要，如果让姓徐的继续当护矿队的队长，对我们很不利，得想办法把他弄下来！"

侯老二道："苟会长说得太好了，不能再让姓徐的当队长了，只是怎么才能把这小子弄下来呢？"

苟步力道："这好办，你过来，我告诉你！"隔着茶桌，侯老二把头凑过去，苟步力耳语一番后问道，"老二，这样做你看行不行？"

侯老二频频点头道："会长高明，行，行，咱就这么干！"

苟步力装作很可惜的样子安慰侯老二道："本来呢，我是想让你当这个队长的，只是因为你过去跟毕队长走得太近，煤黑子们没有通过，这次让姓杨的出面，你别有什么想法，冠山矿只要还由我当家，亏待不了你！"

侯老二感激地说："谢谢会长的关照。我这就按照会长的指教去落实！"

离开苟步力，侯老二首先找到在护矿队混事的国民党兵痞杨之化，说出了苟步力的意图，然后鼓励道："之化，护矿队队长那可是个肥差，你想不想干？"

杨之化咽口唾沫道："他妈的，傻子才不想干呢，还用说吗？"

侯老二道："那你就按照苟会长说的，偷偷在队里做些煽动工作，我再给你烧把火，你就等着上任吧！"

杨之化美滋滋地道："老二，你告诉苟会长，如果我当上了队长，一定为他老人家效力，也一定会报答你！"

按照苟步力和侯老二的主意，杨之化在护矿队中偷偷散布了不少破坏徐涌泉威信的谣言，加之徐涌泉对护矿队的军训和纪律抓得又比较严，过去散漫惯了的护矿队员很不适应，不满和牢骚情绪比较大。侯老二见时机成熟，便开始行动。一天，他趁徐涌泉外出的机会直接进护矿队的驻地煽动，见队员们横躺竖卧地在宿舍休息，便有意挑逗道："弟兄们，大白天的，怎么都上了床？"

杨之化首先发牢骚道："他妈的，姓徐的新官上任三把火，天天搞什么军训，练什么刺杀、摔跤，累得个个腰酸腿疼的，不上床躺躺还不累死！"

侯老二道："护矿队又不是正规军，也就是干点儿看门护院，提防煤黑子捣乱的事，搞什么军事训练，这不是瞎折腾人吗？"

魏歪嘴道："谁说不是呢？不过，人家姓徐的可不是这个意思，他跟大家说，护矿队的主要任务是保护煤矿工人的权利，得有点儿真本事，必要的时候，还要上战场，打土匪，跟国民党反动派作斗争。平时流血流汗搞训练，战时才能减少牺牲。这不是把咱们护矿队当正规军用吗？"

张老三担心地说："我看姓徐的这个人是共产党，他还张罗贴标语、发传单，宣传'共产党万岁''无产阶级大团结万岁'，全是共产党那一套。如果哪天国民党打过来，咱们不是要跟着吃挂落儿吗？"

对着侯老二，众人你一言我一语，说了不少牢骚话。侯老二见挑起了护矿队员对徐涌泉的不满情绪，便进一步诱导说："依我看，国民党主力打到咱这儿是早晚的事，跟着姓徐的这样的人往前走怕是要吃大亏的。他自己倒霉不要紧，那是他自找的，咱们跟着他吃挂落儿可犯不上！"

魏歪嘴道："姓徐的是队长，眼下护矿队还得人家说了算，咱们也不过是发发牢骚，出出气罢了，还能有什么办法？"

侯老二严肃地说："老魏，你这么说可不对了，常言说'世上无难事只怕有心人'，只要咱们齐心，还是有办法让姓徐的当不成队长的！"

张老三道："这么说，老侯你是不是已经有办法了？"

侯老二道："不瞒大伙儿，我倒是有个办法，就看大家伙儿齐不齐心，敢不敢干了！"

杨之化眼睛发亮道："只要能把姓徐的拱下去，有什么不敢干的，你说吧，什么办法？"

侯老二道："我觉得，咱们可以以护矿队全体队员的名义给维持会写联名信，说徐涌泉是共产党，他整天替共产党做宣传，把护矿队带到邪路上去了。大家不愿意跟着姓徐的走，要求罢免他的队长职务，由全体护矿队员从护矿队中选举队长。不然护矿队就要罢工，不干了！"

杨之化兴奋道："这是个好办法。如果大家同意，这个联名信我来写，大家签个名就行！"

由于护矿队的队员大部分都是游手好闲的地痞无赖纨绔子弟，过去跟着毕士仁为虎作伥，欺压百姓的事没有少干，自然对徐涌泉不满意。所以，经侯老二一挑拨，杨之化一带头，便一哄而起地在联名信上签了名。侯老二和杨之化带着护矿队员，拿着联名信一起拥到了维持会大院，嚷嚷着要改选队长。这本是苟步力和侯老二事前商定的套路，所以，苟步力便以此为借口，很痛快地答应了护矿队的要求，并亲自主持选举，让兵痞杨之化当上了护矿队的队长，夺回了护矿队的领导权。

## 六

徐涌泉和朱奇山明知事情有些蹊跷，认为可能是苟步力在背后捣鬼，但因没有证据，也只好默认。在东委会梨平镇分会上，徐涌泉对失去护矿队领导权的问题做了检讨，大家帮助分析了原因。

朱奇山道："俺觉得，丢失了护矿队的领导权主要有两个原因：一是护矿队是苟步力的打手，他根本不想让咱们的人当护矿队的头儿，那天答应让涌泉同志当队长，是形势所迫，不得不答应。俺觉得他早晚是要把护矿队的领导权夺回去的，这次改选队长，可能就是他在背后捣的鬼，我们提防得不够。二是护矿队的队员大部分都是苟步力和毕士仁安插进去的，本分人不多，本来应当把我们的骨干力量充实进去，但目前条件还不成熟，还不容许我们进行大刀阔斧的调整，护矿队里没有我们的人，涌泉同志处在反动势力的包围之中，没有还手之力！"

杜龙彪道："我觉得还有一个原因，就是过早地喊出了'共产党万岁'的口号，引起了敌人的警觉和惊慌，便不择手段地把涌泉同志从队长的位置拱下去了！"

高兴旺反驳道："俺不太同意小杜的说法，共产党是穷苦老百姓的救星，我们就是要大张旗鼓地宣传共产党，让老百姓知道共产党的主张，跟着共产党闹革命，喊'共产党万岁'怎么能说不对呢？"

杜龙彪道："俺不是说喊'共产党万岁'不对，俺是说现在喊时机不成熟，过早地暴露了我们的身份和意图！"

高兴旺还想说什么，徐涌泉制止道："兴旺，我觉得龙彪同志说得有道理，现在，国共两党虽然还没有公开决裂，但国民党以正统自居，和土匪汉奸走狗勾结在一起，气势汹汹，好像天下已经是国民党的了。目前还不宜公开打出共产党的旗号跟他们斗，那样我们会吃大亏。东委会不是让那帮土匪砸了牌子，被迫转入了地下了吗？我这个队长，也是让他们借口说我是共产党，怕吃挂落儿，把我拱下来了。如果我暂时不表明立场，他们就没有把我拱下去的借口，然后根据情况，逐步把我们的人安排进去，护矿队就可以为我们所用了！"

朱奇山插话道："目前，在工友们对共产党能不能坐天下还持怀疑态度的时候，简单地喊'共产党万岁'之类的口号也起不了什么作用。现在需要的是扎扎实实深入工友中，像唠家常一样讲共产党的宗旨，讲工友们受剥削压迫的根源，讲如何翻身当家做主的道理。让工友们真正明白共产党是穷苦老百姓的党，要过好日子，必须跟共产党走。如果成千上万的工友们从内心深处喊出'共产党万岁'的口号，那就说明我们真正得到了大多数工友的拥护，才能公开带领群众跟国民党黑恶势力进行斗争！"

孟吉庆道："俺赞同涌泉和奇山两位同志的见解。俺认为现在在咱们就要像东委会的同志们一样，深入到工友中去，不显山不露水地跟工友们谈心，宣传共产党的主张，让工友们了解共产党，真心实意地跟共产党走，等跟上级党组织取得联系后，咱们再根据上级党组织的部署，把苟步力那帮坏家伙赶下台，让工友们真正成为冠山矿的主人！"

徐涌泉肯定了孟吉庆的意见，要求地下党支部成员深入到工友中秘密宣传党的政策，奠定群众基础。散会之后，他又单独交代朱奇山，要他继续通过杜梅跟张大闯联系，了解苟步力和刘因乐的动向，以便采取对策。

由于徐涌泉对矿区不太熟悉，朱奇山便同他一起深入矿工家庭走访。在走访中，听到了不少矿工和居民对护矿队非常不满的牢骚话，有的竟然把护矿队称作"祸矿队"。

一天，他俩去看矿工刘老满，一进门，看到刘老满躺在炕上，妻子一边流泪，一边怜惜地埋怨道："他爸，你也是，干一天活儿，已经够累的了，还费劲巴拉地捡那点儿炭块干啥，不然也不会惹这么大麻烦！"

朱奇问道："大嫂，满哥这是怎么了，惹什么麻烦了？"

老满妻擦了擦眼泪，接起盖在刘老满腿上的热毛巾叹息道："奇山兄弟，你看看俺家上班的这个膝盖！"

朱奇山和徐涌泉看见老满红肿的膝盖上血迹斑斑，徐涌泉惊讶地问道："满哥，怎么把膝盖弄成这样了，谁干的？"

刘老满气哼哼骂道："还能是谁！不就是护矿队那帮王八犊子嘛！"

朱奇山道："满哥，你别生气，慢慢说，到底是怎么回事？"

刘老满仍然气哼哼道："昨天，俺装完车，看天还不算晚，就顺路在矸石堆旁边捡了些炭块，路上碰见魏歪嘴，他见俺背筐里有炭块，硬说俺偷煤，连踢带打把俺拽到了护矿队。杨之化那个兵油子，不问青红皂白，就让歪嘴子按着俺跪麻花钎子，逼着俺承认背筐里的炭块是俺偷的。俺不承认，他就让歪嘴按着俺不让起来，跪了有半个时辰，俺的膝盖全硌破了，血滴答了一大片，俺实在挺不住了，只好承认炭块是俺偷的。俺寻思承认了，他就能放过俺了，没想到这王八犊子还要罚款，说不缴罚款，就要关禁闭！"

老满妻插话道："魏歪嘴押着俺当家的一瘸一拐走到俺家，硬逼俺把这十几天装落地煤挣的钱交了罚金！日本鬼子跑了，这帮护矿队跟原来的矿卫队一样，难怪大家都把这帮瘪犊子叫'祸矿队'呢！"

朱奇山见护矿队这么对待矿工，非常生气，安慰了刘老满两口子，即离开刘家往许春明家走去。路过家属区时，在刚开不几天的杨家小吃部门口，听见杨风春两口子在店里吵嘴，两人便走进去解劝。朱奇山温和地劝道："风春，常言道和气生财，你这小店才开不几天，有什么事，两口子商量着办，吵什么呢？"

杨风春道："奇山哥，你不知道，俺也是没办法才瞎吵吵呢！"

徐涌泉道："你倒是说说看，是什么事让你两口子没办法了，吵吵也解决不了问题呀！"

杨风春无奈道："老弟，你知道，前一段，大伙儿靠装落地煤挣了点儿钱，姜再生和王旦旦两人跟俺商量，说俺有做饭炒菜的手艺，想拿出点儿工资跟俺合伙开个小吃店，让俺当掌柜兼主厨，好好经营经营，兴许还能赚点儿钱！"

朱奇山插话道："这是好事嘛，俺听工友们说，你手艺不错，小店还很受欢迎呢！"

风春妻接口道："谁说不是呢，可是护矿队那帮瘪犊子不让俺好好干哪！"

徐涌泉道："开小吃店与护矿队有什么关系，他们凭什么不让干？"

风春妻接着说："人家倒没有明着说不让干，可是经常来白吃白喝，俺这小店赔不起呀，早晚还不得关门？"

徐涌泉追问道："你说说，他们怎么白吃白喝了？"

杨风春摆摆手，示意不让妻子说，妻子不理会道："怕什么，大不了关门！俺给两位大哥说说，也让他俩知道知道。俺这小吃店刚开张，护矿队那个姓杨的队长就带着几个人来了，进了门，大咧咧往餐桌边一座，吆喝道：'掌柜的，上茶。'俺连忙给上了一壶好茶，他一边喝茶，一边翻着菜单，鸡鸭鱼肉点了八九个，还要了两瓶梨树白，胡吃海喝一顿造，然后擦擦嘴就要走人！俺说："杨队长，你们谁结账呀！"姓杨的眼睛一瞪说：'他妈的，结什么账，你先记账，以后再说！'俺家掌柜的说：'杨队长，俺这小本经营，赊不起呀，你就把钱给了吧！'姓杨的又是一瞪眼说：'妈了个巴子，怎么，怕老子不给钱！'俺家掌柜小心翼翼地说：'杨队长，不是……'没等说完，那个魏歪嘴就嚷嚷道：'啰唆什么，杨队长带弟兄们到你这破店吃饭是瞧得起你，什么钱不钱的，再啰唆，当心砸了你这个破店！'边说边扶着姓杨的晃晃悠悠走了。后来又来了两次，还是白吃白喝！"

杨风春道："大哥，再这样下去，别说挣钱了，怕是俺们哥儿仨那点儿辛苦钱也得赔进去呀！"

徐涌泉气得咬牙切齿道："这帮害人虫，早晚得收拾他们！"

朱奇山规劝道："护矿队那帮家伙的所作所为，大家都看到了，人常说善有善报恶有恶报，不是不报时候未到，这笔账咱们先给他们记着，以后会跟他们算的！"

离开小吃店，两人又到许春明和几位矿工家里走访，看到的是煤矿工人生活的艰难，听到的是群众对乱世执政者的诅咒和对清平世界的期盼。

没过几天，冠山矿的职工家属又遭到了一场劫难。腊月初八清晨，天空乌云密布，雪花在狂风中飞舞。冠山矿大街小巷一片雪白，矿工低矮的草房横七竖八分布在雪原上，像蹲伏的睡狮。汽笛不再鸣响，天轮也不飞转，没有了矿车哐当哐当的撞击声，人们都在熟睡中，矿区死一般寂静。突然，北山传来鞭炮般噼噼啪啪的枪声，夹杂着狼嚎般的喊声："冲啊！抓汉奸哪！"三十多个匪徒从山上冲进矿区，闯进工人村和矿工低矮的草房，到处是恐怖的辱骂声和打斗声，还有凄厉的哭喊声和哀求声。

朱奇山和徐涌泉立即穿好衣服，一人提短枪一人持长枪警惕地冲出房间，听到有人叫骂道："他妈的，我们帮你们打走了小日本，又帮你们抓汉奸，让你们拿点儿军饷还不行吗？"

有人求告道："老总！"叫骂者纠正道："他妈的，什么老总，叫同志！"

哀告者改口道："同志，现在都不上班，锅都揭不开了，哪有钱交军饷啊！"

叫骂者道："他妈的，你骗谁呀，你们装落地煤不是挣了不少钱吗，还是赶快交出来吧，不然老子不客气了！"

哀告者道："同志啊，那可是俺的救命钱呀，不能交哇！"随即是双方的厮打声和声嘶力竭的哀号声："老天爷呀，你睁睁眼吧，俺的救命钱没了，一家人得饿死呀！"

远处还传来几个人淫荡的笑声："他妈的，老子替你们卖命，让你慰劳慰劳还不行吗？"女人的哭骂声："你不要脸，俺死也不……俺跟你拼了！"接着是乱糟糟的男女的叫骂哭喊和打斗声。

朱奇山和徐涌泉刚想冲过去，突然有几个持枪的匪徒走过来喝问道："你们俩是什么人，干什么的？"

徐涌泉灵机一动，晃了晃手中的短枪道："我们是先遣军的细作，有秘密任务，你们是哪部分的，来矿上干啥？"

一个匪徒道："我们是抗、抗……"没等他说完，另一个匪徒制止道："都是自己人，别、别他妈地装了，实话跟你俩说吧，我们也是先遣军的，上峰让我们冒充抗联到矿上筹军饷，误会，误会！"

朱奇山道："不客气！不过，你们别祸害老百姓，当心老子向上峰报告！"

几个匪徒点头哈腰答应着离开了。两人正要到苏军司令部报告，没想到这帮土匪害怕苏军识破真相后赶过来收拾他们，在矿上折腾了一阵子以后便慌乱地撤离了。匪徒糟害矿区那阵，护矿队一直龟缩在宿舍里，任凭匪徒胡作非为，匪徒撤离后，杨之化才带着护矿队朝匪徒撤离的方向胡乱放了几枪。维持会的苟步力和工人会的刘因乐也走出来，装作对受害矿工和家属关心的样子，假惺惺安慰了一番。苟步力还高声骂道："这是他妈的哪部分的抗联，怎么祸害起老百姓来了？丧良心哪！"

刘因乐也骂道："日本鬼子在矿上的时候，抗联都哪去了，他奶奶的，打鬼子没本事，祸害自己人来能耐了，什么东西！"

事后才知道，其实这帮冒充抗联抢劫冠山矿的土匪是苟步力和刘因乐两人暗中策划的。

毕士仁投靠谢文东以后，得到了一个营长的封赏，他想招兵买马，扩大自己的势力，就要求苟步力资助他一些军饷。苟步力和刘因乐商量，觉得毕士仁是自己人，应当资助，但又不想出血。刘因乐给他出馊主意说："苟会长，煤黑子装落地煤挣了一些钱，如果让毕士仁冒充抗联到冠山矿抢劫，既能得到军饷，又可败坏抗联的名声，岂不是两全其美！"

苟步力赞同道："一石二鸟，既还了老毕的人情，又败坏了共产党抗联的名声，还可以离间煤黑子和共产党的关系，是个好主意。"

于是暗中安排人给毕士仁报了信。这次抢劫，对冠山矿的矿工可谓雪上加霜，装落地煤得到的那点儿微薄的活命钱被匪徒抢走了，不少矿工被匪徒打伤，还有的妇女被匪徒糟蹋，含冤负屈。眼看年关将至，本想在抗战胜利后的第一个春节能够过得比往年欢乐点儿，但这点儿并不奢望的想法也成了泡影。

# 第 十 三 章

## 一

　　在一片哀叹声中，也传来一个惊喜的消息，当年在边城黄泥岗一带进行抗日活动的抗联游击队队长赵连荣带着四名抗联战士到了冠山矿。他在冠山煤矿有群众基础，所以受东安地区中共负责人派遣到冠山矿组织发动群众，为共产党接管冠山矿打基础。

　　首先跟他接头的是朱奇山。农历腊月十一，朱奇山正在院子里打太极拳，忽然听见有人高喊："奇山！"朱奇山急忙向喊声方向观看，见五位身穿军装的人正向自家门前走来，为首的正是自己昼思夜想的恩人大舅哥赵连荣，他不顾一切地推开院门，赵连荣也快步走过来，两人便紧紧地拥抱在一起，好长时间不忍放开。朱奇山仔细端详着眼前的恩人，见他身穿苏式军装，腰间别着手枪，插着短剑，略显消瘦的脸上有一股英武和威严之气。赵连荣也端详着朱奇山，见他虽然比原来消瘦和苍老了不少，穿戴也十分破旧，但仍然精神矍铄，有一股倔强和傲然之气。妹妹连喜看见哥哥，喜出望外，见两人先是拥抱后又互相端详，好像看不够似的，便柔声提醒丈夫道："奇山，别让哥这么站着了，还有哥的战友呢！"

　　朱奇山如梦初醒似的，有些歉意道："哥，你看俺，见到你什么都忘了，快请进屋！"又对抗联战士道："同志，辛苦了，请进屋休息！"

　　赵连荣和战士进屋落座后，连喜急忙给哥哥和战士递上茶水，还没有来得及相互交谈，即听到朱继忠在院子里喊道："妈，俺看见几位军人往咱家走，是不是舅舅回来了？"

　　连喜掀起门帘笑容可掬道："你瞧这是谁？"

　　朱继忠眼睛一亮，便激动地高声叫道："舅舅，你回来了，俺可想死你了！"

　　跟在后面的妻子张彤一边略显腼腆地叫："舅舅。"一边推了推儿子朱百威道："百威，叫舅姥爷！"

　　朱百威毫不认生地叫道："舅姥爷好！"边说边凑到赵连荣跟前，摸摸短枪，又摸摸短剑，很羡慕地说："舅姥爷好威风啊！"

　　赵连荣见朱百威小小年纪，天真爽朗，便爱抚地抱起百威，亲了亲孩子的小脸蛋，笑着夸奖道："百威，百威，一百个威风，你将来可要比舅姥爷更威风呢！哈哈哈！"

正亲热间，院子里传来杜龙彪的声音："大娘，俺爸回来了？"连喜在屋里答道："是龙彪呀，你爸回来了，你进屋就看见了！"

杜龙彪领着儿子天赐几步跨进屋里，颤声喊道："爸，爸爸！"眼里闪着泪花，激动得一时竟说不出话来。

"哎！"赵连荣答应着，放下百威，满含热泪，正要回话，天赐扑到连荣怀里，眼泪汪汪地叫道："姥爷，俺爸和俺想你啊，你怎么不早点儿回来呀？"

赵连荣有点儿歉意地回应道："孩子，姥爷也想你们哪，可是不把日本鬼子赶走，姥爷能回来吗？"他环视四周，突然问道，"龙彪，晨儿呢？"

屋里静悄悄的，谁也没有说话，沉默了好一会儿，杜龙彪眼泪哗哗地轻声回应道："爸，小晨，她，她牺牲了！"

赵连荣眼泪夺眶而出，喃喃地说："怎么，晨儿她，她牺牲了？你、你说，晨儿她是怎么牺牲的？"

朱奇山道："晨儿是让上官铁木那个狗东西害死的，晨儿很刚烈，是好样的，不愧是赵家的好女儿！"接着，便把赵晨牺牲的经过作了详细介绍，然后安慰道，"哥，晨儿走了，你要节哀顺变，保重自己的身体，晨儿的仇还等着咱们给报呢。"

"嗯哪，"赵连荣擦了擦眼泪，平静地说，"奇山，小晨是俺的好女儿，俺不会让她白白牺牲，俺一定要为她报仇！"停了一会儿，他又问道："龙彪，今天怎么不见铁柱两口子，俺想跟他两口子和孙子一起去看看你妈。"

杜龙彪刚要答话，连喜抢先道："哥，你先不要急着回家了，在俺家住几天再说吧！"

赵连荣道："俺和你嫂子五年多没见面了，也不知她现在怎么样了，俺还是先回家看看吧！"

杜龙彪见隐瞒不住了，只好含泪实话实说道："爸，铁柱和小菊到延安去了，俺妈她老人家牺牲了！"

赵连荣着急地追问道："你说说，你妈是怎么牺牲的？"

连喜眼泪汪汪插话道："哥，嫂子是为了掩护两个孙子被日本鬼子烧死的！"接着便叙述了山红牺牲的经过。

赵连荣叹口气道："你嫂子是好样的！可惜呀，这么多年，俺为革命东奔西跑，她一个人操持家务，养育孩子，还得为俺操心，没有过上一天安稳的日子！俺对不住她呀！"说着止不住地哽咽起来。

朱奇山安慰道："哥，嫂子牺牲了，俺知道你心疼，但你也要节哀。等过些日子，局势稳定了，俺陪哥去祭拜嫂子！这一段时间你就住在俺家，好好休息休息，养护好自己的身体！"

赵连荣摇摇头道："不行啊，奇山！眼下需要做的事太多了，没时间休息呀！"他扫视一下室内，突然问道，"俺孙子煤山呢，他也到延安了？"

连喜道："没有，他和小伙伴们在街上玩呢！"正说着，在外面玩耍的赵煤山进了屋，见室内有几个穿军装的人，即问连喜道："姑奶奶，他们是抗联吗？"

连喜道："嗯哪！你知道他们是谁吗？"

赵煤山摇摇头道："不知道！"

连喜指着赵连荣对煤山道："你不是天天念叨在抗联的爷爷吗，他就是你爷爷！"

未等赵连荣答话，赵煤山即扑到赵连荣怀里，动情地喊道："爷爷，爷爷……俺，俺天天盼你回来啊！"

赵连荣搂着赵煤山道："爷爷也天天盼着能见到你呀！"

爷孙俩正亲热着，武敬岳夫妇带着儿子武有田和儿媳朱继红、孙子武超，还有杜梅和儿子张铁林夫妇、孙子张扬几个人走到院子里，武敬岳即大着嗓门道："荣哥，你让俺好想啊，现在可算把你盼回来了！"

赵连荣听到武敬岳的声音，连忙从屋里走出来道："是敬岳兄弟呀，俺也好想你啊！"边说边和武敬岳互相拥抱在一起，彼此含泪端详着。

赵连荣道："敬岳，你可比过去胖了，发福了。"

武敬岳道："荣哥，你可比以前瘦了，不过更结实更威武了。"

站在一边的杜梅开玩笑道："亲家，别只顾跟兄弟亲热了，也得看看俺这亲家母和孩子们呀！"

赵连荣略带歉意地笑道："对不起，慢待两位女眷和孩子们了！"边说边和杜梅、张静一一握手问好。然后指着武超问武有田夫妇道："这是你俩的孩子？叫什么名字？"

武有田刚要答话，武超抢先道："爷爷，俺叫武超。"又指着武有田和朱继红分别介绍道："他是俺爸，那是俺妈！"

赵连荣笑道："他俩不用你介绍，俺早就知道！可就是不认识你呀！"

武超天真地说："爷爷不认识俺，俺可知道爷爷，俺爸和俺妈经常提起爷爷，说了好多爷爷和抗联打鬼子的故事，爷爷是抗日的大英雄，俺得向爷爷学习，长大以后也当大英雄！"

赵连荣见武超小小年纪，伶牙俐齿，十分可爱，随即跨前一步，抱起武超夸奖道："好，好，有志气，长大也当大英雄！"

武超还要说话，朱继红装作生气的样子道："武超，别缠着爷爷了，让爷爷跟你煤山哥说话。"

赵连荣放下武超，煤山对赵连荣道："爷爷，爷爷，俺爸和俺妈没有和爷爷在一起吗？爸妈什么时候回来啊？"

赵连荣先是愕然，后想到这可能是大人不想让孩子知道铁柱和杜菊在延安而说的善意的谎言，便也撒个谎道："你爸和你妈有任务。估计完成任务以后就回来了！"然后转换话题道，"孩子，听说你和天赐一起跟着梅奶奶读书写字，现在学习得怎么样啊？"

杜梅插话道："煤山和天赐这两个孩子很懂事，读书很用功，学得很不错呢！"

赵连荣热情地说："常言说名师出高徒嘛，有你杜梅这样的'明师'，孩子能学不好吗？俺先替铁柱两口子谢谢你了！"

杜梅道："荣哥客气了，这是俺分内的事，谢什么！"

赵连荣见张铁林和武有婧两口子还没有来得及说话，便主动走过去，抱起两口子身边一个五岁左右的孩子，亲热地问道："告诉爷爷，你叫什么名字，那是你爸爸和妈妈吗？"

张扬腼腆地答道："爷爷，俺叫张扬，"又指着铁林夫妇道，"他俩是俺爸和俺妈！"

赵连荣亲亲张扬的小脸蛋，欣慰地说："咱们家的孩子个个聪明伶俐，将来一定比俺这一辈更有出息！"

然后突然问道："张扬，你爷爷呢？今天怎么没有看见你爷爷？"

张扬摇摇头表示不知道，后来又对赵连荣道："爷爷，你问俺爸和俺妈不就知道了吗？"

赵连荣笑笑道："乖孩子，爷爷不是问你吗，怎么让爷爷问别人？"他放下张扬，用疑问的口吻对铁林道，"铁林，你爸在家吗？"

张铁林有些迟疑地回答道："俺也不知道，要不大爷问问俺妈吧！"

武敬岳见状，连忙插话道："大闯是个忙人，也许是有什么急事给绊住了，不然他早跑来了！"

朱奇山给赵连荣递个眼神，那意思是不让他问了，赵连荣会意，就没有再追问。连喜招呼众人道："大冷的天，别在院子里站着，都进屋暖和暖和吧！"

朱奇山也招呼众人道："是啊，都进屋说话，别在院子里挨冻了！"

众人说说笑笑进了屋。赵连荣环视挤在屋里的老少三代人，无限感慨地说："奇山、敬岳，岁月不饶人哪！当年你们哥儿仨来到边城的时候，还是不足二十的毛头小伙子呢，不知不觉，咱们都老了，孙子辈都快长成小伙子了！"

朱奇山也感慨道："是啊！当年闯关东，一心想着让老人和子孙能过上好日子，可是，风风雨雨，坎坎坷坷，累死累活几十年，除了敬岳兄弟多少富裕点儿外，大家还是那么穷，俺心有不甘哪！"

武敬岳道："其实，俺那点儿产业应当是咱们哥儿仨的，早晚俺要还给两位哥哥！"

赵连荣道："俺跟你先打个招呼，共产党颁布了《土地法大纲》，将来可能要进行土地改革，要把地主多余的土地分给无地少地的贫苦农民。你得有个思想准备，你家多余的土地可能不是还给奇山和大闯，而是要分给贫苦农民。到那个时候，你可不能有抵触情绪啊！"

武敬岳诚恳地说道："荣哥，俺是贫苦农民出身，知道土地是农民的命根子，没有土地，农民就活不下去！俺也亲身体验过无地少地的滋味。共产党的土改政策好，得民心，俺拥护，哥放心，到土改的时候，俺一定按照共产党的政策办，不会抵触！"

赵连荣道："俺也不过是提个醒，兄弟这么说俺就放心了！"

朱奇山道："俺知道敬岳兄弟是明事理的人，不管什么时候，他心里都装着穷朋友。他跟俺一样，总想着能让穷哥们儿过上好日子。共产党得民心，就是因为心里装着穷苦老百姓，一心想让穷人翻身过上好日子。俺也要在有生之年，还能干点儿事，跟着共产党把国民党反动派和汉奸土匪打倒，让矿工翻身当家做主，让咱们的子孙不再受压迫剥削，不再过穷日子！"

赵连荣道："老弟说得好，俺这次奉命到冠山矿，就是要宣传共产党的政策，深入发动群众，在共产党领导下，揭露汉奸走狗和把头压迫剥削劳工的罪恶，把他们打翻在地，让煤矿工人翻身做主人，过好日子！"

朱继忠、张铁林、杜天赐、赵煤山一般年轻人也表示道："俺们也要同老辈人一起，在共产党领导下，打倒汉奸把头，做矿山主人！"

为了工作方便，朱奇山安排赵连荣和徐涌泉住到了一起。边城是高寒地区，居民屋子里都有火炕，稍大一点儿的房子一铺炕能住五六个人。杜龙彪的草房分左右两间，右边大间的火炕可住六个人，连荣、涌泉和龙彪三个人住着，左边火炕略小点儿，住着四个抗联战士。天赐仍住在姑奶杜梅家，煤山住在连喜家。

赵连荣和徐涌泉虽然初次相识，但因都是军人，思想观念又相同，很快就亲如一家，涌泉一口一个"叔叔"地叫着，连荣感到很亲切，工作起来很融洽。两人把朱家、张家和孟吉庆、高兴旺等积极分子每两人分成一组到矿工家走访，每三天碰一次头，告诉大家有特殊情况及时沟通。

朱奇山趁和连荣一起走访的机会，把和张大闯用苦肉计的情况作了详细交代，同时解释道："大闯听说你回来了，兴奋得睡不着，非要来看你，俺怕让维持会的眼线看到，识破他的身份，硬挡着没有让他来！"

赵连荣笑道："俺说嘛，那天都到场了，唯独不见大闯，铁林回话也吞吞吐吐的，俺就觉得奇怪，你给俺递眼神，俺就知道有文章！今天你这么说，俺就知道了！"

朱奇山道："这事开始只有当时的李子君书记和杜梅知道，鬼子投降后俺才透给了涌泉和敬岳，其他人都不知道，这几年，大闯不仅挨唾骂，还挨过工友打呢，他也真不容易呀！"

赵连荣道："大闯是好兄弟，现在还真得再委屈他一段，让他继续卧底传递信息，咱们才能知道维持会、工人会那帮人的动向，有针对性地开展斗争！"

朱奇山道："是啊，俺也是这么想的，所以大闯想让俺对大家说明情况，还他的清白，俺没有答应！"

赵连荣道："你做得对，等解放了，胜利了，还原了他的身份，那他就是大功臣了！"

朱奇山把张大闯的情况告诉赵连荣以后。两人又一起走访了两家矿工，然后分了手。

经过一段走访摸底，赵连荣和徐涌泉基本摸清了冠山矿的情况。在碰头会上，赵连荣很明确地说："目前，冠山矿工人和家属中，需要解决的主要是两个问题：一是由于受维持会和工人会的蛊惑，工人对共产党的政策还不太了解，对共产党持怀疑和观望态度。土匪冒充抗联到矿上抢劫，更让工人分不清真假，不敢表态。还有的工人虽然觉得共产党好，但对国民党和共产党谁胜谁负的问题拿不准，不想选边站。二是大部分矿工生活艰难，在死亡线上挣扎。本来，通过装落地煤，相当一部分工人还能勉强维持生活，但土匪把工人装煤挣的那点儿工资抢走后，生活即陷入绝境。特别是那些带家属从关里到冠山矿的工人，在当地没有亲属，可说是叫天天不应叫地地不灵，没有活路。对这部分矿工，咱们要特别关照，帮助他们渡过难关。"

徐涌泉道："连荣同志看问题很准确，我同意他的分析。依我看，要让工人不受蛊惑、相信我们，愿意靠近我们，关键还是要看我们的行动。如果我们能帮助工人解决生计问题，特别是能帮助那些生活处于绝境的工人们渡过难关，不仅受过帮助的矿工会相信共产党，感恩共产党，那些持怀疑和观望的工人也会对共产党刮目相看！"

朱奇山道："涌泉同志说得好。俺认为，帮助工人渡过生活难关，不仅是经济问题，也是政治问题，把经济问题解决好了，政治问题，也就是对共产党的态度问题，也就会发生改变。所以，俺觉得当务之急是千方百计解决工人的生计问题，快过年了，得让穷哥们儿一家老少填饱肚子！"

众人七嘴八舌道："对呀，必须尽快想办法解决工友的生计问题，不然什么都不好说！""是啊，不能让大人孩子吃上干饭，能喝上稀粥也行呀！""不过,这事说起来容易,做起来难哪!现在连咱们自己都在挨饿呢!"

赵连荣道:"同志们,这确实是个难题,大家想想,看能不能有什么好办法!"

杜龙彪不紧不慢道:"要俺说,解决穷哥们儿的生计问题,办法也就是两个字,一个是'借',一个是'购',除此之外也没有什么好办法!"

高兴旺摇摇头道:"这年头儿,向谁借,谁又能借给你?"

朱奇山接口道:"你别说,俺倒觉得这是个好招儿。咱们可以以东委会和互济会的名义向天满账房借。也借此试试苟步力的态度,让工友们看看他的真面貌。不管是钱还是粮,只要他借,解咱们燃眉之急,当然好。不过,俺估计十有八九他会拒绝,这也好,能够让工友看清他的嘴脸,通过经济问题看到他的政治态度!"

高兴旺道:"你说什么政治啊、经济呀,俺也弄不大清楚。俺觉得眼下的关键是真金白银、米面油盐,能借到这两样东西才能解决实际问题!"

朱奇山道:"当然,俺也没有把借钱和粮的问题寄托在苟步力那个老狐狸身上。俺刚才说向苟步力伸手,只是个策略问题,真正能伸出援手的还是咱们的农民兄弟。咱们要动员本地工友,向自己在农村的亲戚朋友借粮,先打借条,俺相信,只要做好动员工作,这条路是行得通的!"

徐涌泉道:"俺准备向东委会的领导请示,通过组织解决一些资金,然后派人到附近农村购粮。边城这地方,地多人少,多数农户可能都有些储备粮,只要有钱,就能够买到粮食。"

赵连荣道:"同志们,俺认为问题的关键是要相信共产党,对胜利有信心。东安地区的中共高级领导告诉俺,目前中央在哈尔滨成立了东北局,中共从延安和各解放区已派出大批干部到东北来工作。八路军和东北抗日武装已组成民主联军接管各重要城镇。二十多年前,全国才有几十名共产党员,如今已有几十万党员和一百多万军队,还有一亿多人口的解放区。这说明什么,说明共产党的路线方针政策正确,深得民心,前途光明。只要咱们不怕困难,不怕牺牲,跟着共产党走,一定能够迎来胜利的曙光!"

徐涌泉道:"同志们,连荣同志把话说得很明白了,大家分头去努力工作吧,进展情况、有什么问题,随时跟连荣、奇山和我沟通!散会!"

## 二

碰头会以后,徐涌泉和赵连荣以东委会梨平镇分会负责人的身份到天满账房经理室拜会苟步力,见面之后,苟步力很客气,让座倒茶后,装得十分敬仰似的言不由衷道:"两位都是抗日英雄,久仰久仰!今日能到老朽这个生意人这里做客，让老朽感到十分荣幸！"

赵连荣道："苟经理客气了，其实，你既是天满账房的经理，又是冠山矿维持会的会长，既懂经济，又懂政治，不简单哪！"

苟步力装得有些惶恐的样子道："赵同志抬举了，到老朽这把年纪，什么经济政治的，都不想过问了。不过，既然众人瞧得起苟某，推举苟某当这个会长，我也不好推辞，也就是担个虚名吧！"

徐涌泉道："苟会长谦虚了，冠山矿的大事小情不都是你说了算嘛！是地道的实权派，怎么能说是担虚名呢？"

苟步力摇摇头道："徐同志，你不是本地人，不了解冠山矿的情况，表面看我是会长，好像我说了算，实际真不是这样。比如护矿队的人选问题，我可是实心实意让你当的，可是，最后不还是让那帮人拱下去了吗？你能说冠山矿的大事小情是我说了算吗？"然后又有点儿心虚地补充道，"这件事你不会怪我吧？"

徐涌泉轻蔑地笑笑道："苟会长多虑了，徐某可不是那种小肚鸡肠之人，你别多心！"

苟步力也笑笑道："徐同志大人大量，这我知道！"然后转换话题道，"今天两位大驾光临，请问有何指教？"

赵连荣道："指教不敢。眼下冠山矿的工人上不了班，没有收入，装落地煤挣的那点儿辛苦钱也叫土匪给抢劫了，不少家都揭不开锅，要饿死人哪！"

苟步力装作很同情的样子道："这我知道。不过，我听说抢劫的不是抗联吗，你们怎么说是土匪？"

赵连荣愤然道："俺是抗联的人，抗联的纪律俺知道。日本鬼子统治时期，抗联干部和战士就算冻死饿死也不会拿群众的一针一线，现在怎么还能抢劫矿工？那一定是土匪冒充抗联，企图给抗联栽赃抹黑，败坏抗联的名声！这种别有用心的事，难道苟会长看不透？"

苟步力道："他们大喊大叫，说是为抗联筹军饷，不要说老百姓了，连我也弄不清真假了！今天咱先不说这个，两位找苟某，到底是什么事？"

徐涌泉道："刚才连荣同志说了，矿工家里都揭不开锅了，苟经理财大气粗，请出手相救，借给矿工点儿粮食或钱，帮助工人渡过难关！这也是做好事、善事，大功一件哪！"

苟步力装作十分为难的样子道："帮矿工渡难关确实是好事善事，可苟某我心有余力不足哇！两位也知道，日本人败退时，对冠山矿上上下下进行了严重破坏，到现在也开不了工，账房是只出不进，都快维持不下去了，实在是既无钱也无粮，爱莫能助哇！"

赵连荣道："俗话说，瘦死的骆驼比马大，苟经理在冠山矿经营这么多年，恐怕下辈子的吃穿都不用愁了，这才几个月，怎么能说无钱无粮呢？人命关天，你可不能装穷哭穷，见死不救哇！"

苟步力苦笑道："要说苟某装穷哭穷，那可真冤枉人哪！实话跟两位说吧，我这个经理也是个过路财神，实权都在哈尔滨王大老板手里，三头二百这样的小钱我还能说了算，数目稍微大一些都得他老人家批准。不要说现在账面上没有钱，就是有钱，我也做不了主哇！"

徐涌泉知道他在推托，于是也紧追不舍道："那你就跟王大老板请示请示，这救命的事，也许他能同意！"

苟步力装作实在无可奈何的样子道："两位，王大老板的脾气你们不知道，我可清楚。他爱财如命，是个守财奴，不要说在这乱世之秋，就是太平盛世，让他往外掏钱都不容易，这个时候让他同意往外借钱，他是绝对不会同意的。我如果向他请示，除了挨一顿训斥，不会有什么好结果，弄不好还会说我不识时务，撤我的职都有可能，两位行行好，就不要再逼我了！"

话说到这个份儿上，赵连荣和徐涌泉知道苟步力不可能出手相救，再谈下去也是白费力气。于是告辞道："苟会长，你既然帮不了忙，那就再见了！"

两个人刚离开经理室，听到苟步力像是自语，实际是说给他俩道："想得美，跟我借钱，让我出手，做梦吧！也不撒泡尿照照，什么东西！"

徐涌泉很生气，想返回去跟他理论，赵连荣小声制止道："犯不上跟这种人生气，知道他是什么东西不就行了嘛！"

赵连荣和徐涌泉把同苟步力借钱借粮的经过向众人做了介绍，当说到苟步力在背后说的那两句难听话以后，大家听了非常气愤。

朱奇山道："同志们，大家不要生气，这也是意料之中的事。不过，这样也好，他那几句表白，已经让咱们看到了他的真实嘴脸。苟步力是一只老狐狸，人前背后是两个面孔，狐狸尾巴还没有完全暴露出来，对付这只老狐狸，咱们要加倍小心！"

赵连荣道："钱和粮的事，不要指望苟步力了，咱们还是投亲访友，自己想办法解决吧。"

于是，附近农村有亲属和朋友的工人都被发动起来，纷纷下乡去借粮。朱奇山直奔双峰村找到武敬岳父子，开门见山说出了来意。武敬岳道："行，没问题，你说吧，要借多少？"

朱奇山迟疑道："这个，你看着办吧，当然是越多越好了！"

武敬岳看看儿子有田，那意思是说，你看呢！武有田道："爸，你别看俺，这事你做主，俺不说二话！"

武敬岳道："好！"然后对朱奇山道，"大哥，这么办吧，扣除俺家和你家的口粮，还有开春种地的种子，余下的俺全送给工友当救济粮！"

朱奇山十分感动，眼含热泪道："敬岳，好兄弟，你没有忘本，俺先替工友们谢谢你！"

武敬岳道："你今天是怎么了，什么谢不谢的，怎么对自家兄弟还客气上了！"

朱奇山道："兄弟，俺不是客气，是感动。觉得你还有当年赵哥那种帮扶穷人的豪侠之气，说谢谢是哥的肺腑之言！"

武敬岳道："大哥，你能这样看兄弟，兄弟就知足了！"转身吩咐有田道："有田，你去仓房看看，按刚才说的，看能拿出多少救济粮！俺再跟你大爷唠唠嗑！"

"嗯哪！"有田转身离开，朱奇山和武敬岳唠起了当年哥儿仨闯关东的往事。不一会儿，有田走进屋道："爸、大爷，俺查看完了，扣除口粮和种子，还能有八百多斤玉米、二百多斤黄豆！"

武敬岳道："好，这一千多斤粮食送给工友当救济粮！"

朱奇山道："俺给你打个借条！"

武敬岳道："俺说是送，不是借，不用打借条，打个收条就行了！"

第二天，武有田用胶轮车拉着玉米和黄豆送到了矿上！其他工友，多的借到了一百多斤，少的也借到了几十斤，合起来也有两千多斤。徐涌泉通过组织资助了一千元现金，安排人到集市和乡下购来两千多斤粮食，还有少量油盐，总计有五千多斤救济粮。全矿二百多户困难矿工，其中，特别困难的有八十多家。赵连荣、徐涌泉和朱奇山以东委会梨平镇分会和互济会的名义，按特困户每人十斤、困难户每人五斤的标准发给了亟待救济的矿工，解了燃眉之急。春节前几天，赵连荣和朱奇山又动员矿工家属把留作机动的一千多斤玉米、黄豆加工成面粉，杜梅、连喜、张静带着各家的儿媳将面粉摊成山东大煎饼，在除夕前分给了全体矿工，虽然吃不上饺子，但初一全家能吃上煎饼，大家也很高兴。

这些举动，赢得了矿工的普遍赞扬，把组织救济的赵连荣等当作了救命恩人，从内心深处表示感谢。有的说："要不是东委会和互济会这些救济粮，俺们全家早饿死了，他们是救命的活菩萨呀！"也有的说："还是共产党关心咱穷哥们儿呀，今后咱们得听共产党的话，跟着共产党干！"还有的公开骂苟步力："他妈的，苟步力从咱们工人身上赚了那么多钱，肥得流油，却不肯拿一分钱救咱矿工的命，良心让狗吃了！""那是个老狐狸，说人话不干人事！"

东委会和互济会的举动，也引起了苟步力和刘因乐一帮人的注意，苟步力对刘因乐道："刘会长，你知道东委会和互济会给煤黑子发救济粮的事吗？"

刘因乐不知苟步力的态度，故意试探道："知道，怎么着，有什么问题吗？"

苟步力道："这件事，你怎么看？"

刘因乐装作很不在意的样子道："不过是用小恩小惠邀买人心而已，没什么了不起！"

苟步力瞅瞅刘因乐，用不太高兴的口吻道："因乐，你真的这么认为吗？"

刘因乐仍然满不在乎道："怎么，你觉得他们还能掀起什么风浪吗？"

苟步力板着面孔严肃地道："因乐，依我看，眼下虽然掀不起什么风浪，不等于以后不会，这件事不可小视，不然后果严重！"

刘因乐见苟步力这么说，觉得他和自己的看法不谋而合，于是也一本正经地严肃起来道："苟会长，我刚才也是随便说说，没有想那么多。听你这么说，我也觉得问题严重，不可小视。不过，该怎么办呢，你有主意吗？"

苟步力见刘因乐转变了态度，意识到他前面说的那些话可能有试探自己的意思，心里暗暗骂道："他妈的，黄口小儿，跟老子耍心眼儿，不自量力！"但考虑到他现在和自己坐在一条船上，好多事情还需要他，便没有往心里去。于是装作很认真的样子道："这是共产党笼络人心的惯用手法，很值得注意。如果咱们不认真对待，煤黑子就会跟共产党站在一起对付咱们，那咱们可就要吃大亏了。至于采取什么对策，有什么主意，我还没有想好，你有什么好办法吗？"

刘因乐道："要我说，事情也很简单，咱们可以造舆论说赵连荣、徐涌泉、朱奇山那几个领头的是共产党，然后以维持会的名义把他们抓起来，杀鸡给猴看，警告警告那些煤黑子，也就没有人敢跟着共产党跑了！"

苟步力沉思良久，摇摇头道："你说的那个办法，眼下还不能用，得另想高招儿！"

刘因乐撇撇嘴道："现在护矿队在咱们手里，抓他们几个人还不容易，你说眼下不能这么办，为什么，你有什么高招儿？"

苟步力冷笑道："眼下的时局和过去不一样了，共产党在边城的势力不可小视，明着抓共产党的人会引火烧身，你说的那个办法虽然痛快，但不能那么办！"

刘因乐道："那你说怎么办？"

苟步力笑笑道："用借刀杀人之计，你看如何？"

刘因乐愕然道："借刀杀人！你说详细点儿好吗？"

苟步力招招手小声道："你过来，我告诉你！"

刘因乐凑过去，苟步力对他耳语一番后，问道："怎么样，这样行不？"

刘因乐心想，这老家伙真不愧是老狐狸，有阴招儿，但表面上还是装作很钦佩的样子道："这个办法好，高！咱们就这么办！"

春节刚过，一个风雪交加的日子，维持会的吴秘书气喘吁吁地跑到赵连荣和抗联战士的住处，急急忙忙上气不接下气地向赵连荣报告道："赵队长，有一小股溃逃的土匪到了咱矿北山的沟口，杨之化队长已带护矿队去围剿，苟会长怕他们没有打仗的经验，希望你带人去帮助剿灭这股土匪！"

赵连荣听说护矿队去剿匪，让他去协助，立刻精神振奋，没有注意识别消息的真伪，便命令四位抗联战士道："同志们，带上自己的武器，出发！"

于是，五个人顶风冒雪向北山沟口急奔。冲到北山沟口，并没有看到杨之化和护矿队，正疑惑间，埋伏在山坡上的几十个土匪即向赵连荣和抗联战士开枪，赵连荣来不及思考，立刻命令抗联战士分散隐蔽还击。他手使驳壳枪沉着还击，抗联战士也一起开枪射击，一连击毙六七个土匪，吓得众匪趴在地上，不敢抬头，只是盲目地胡乱开枪。此时，仍然没有看到一个护矿队员，赵连荣觉得奇怪，知道可能中了敌人的圈套，于是嘱咐战士注意隐蔽，节省子弹。忽然，听到一个匪首模样的人好像是对土匪又像是暗指什么似的高声喊道："他妈的，快开枪，给我打！"

赵连荣正要向匪首开枪，躲在暗处的侯老二突然在背后朝赵连荣射击，赵连荣猝不及防，头部中弹，双目圆睁，倒在血泊中。抗联警卫战士惊愕地高喊："赵队长！"同时前来救助，此时枪声四起，四位抗联战士全部壮烈牺牲。杨之化带着护矿队员从暗处走出来，朝土匪胡乱开了一阵枪，土匪也不恋战，象征性地开了几枪即主动撤退。

侯老二装作很恼火的样子训斥道："杨队长，你们他妈的怎么搞的，行动太慢了，早来一步，赵队长和他的警卫战士也不会牺牲呀！这、这可怎么向会长交代呀！"

杨之化装作很委屈的样子辩解道："他奶奶的，我接到报告就带着弟兄们往这地方赶，哪承想他奶奶的走错了路，所以来晚了。你训我，我还觉得窝囊呢！"

侯老二道："事情已经这样了，说也没用，让弟兄们抬着赵队长和几位战士的尸体回矿吧！"

杨之化对护矿队员骂道："他奶奶的，都站着干啥？还不动手抬人！"众队员七手八脚抬着赵连荣和四位战士的尸体回了矿，放到了杜龙彪家的院子里。

从县里开会回来的徐涌泉听说赵连荣和四位抗联战士壮烈牺牲，急忙赶到停尸的地方，见朱奇山和杜龙彪眼睛红肿，满脸泪花，显然已悲痛地哭过。不少矿工也围着尸体叹息。

徐涌泉推开众人，扑通跪在赵连荣的遗体前哭诉道："老哥哥，一天不见，你怎么就撒下兄弟走了呢！我舍不得你啊！跟你没有处够哇！"然后自言自语道，"老哥哥，凭你的本事，怎么能让土匪给打中呢？"边说边直起身，揭开覆盖着连荣遗体头部的白布，仔细观察中弹的位置，发现子弹是从连荣脑后进入的，他觉得奇怪，招呼朱奇山和杜龙彪过来，指着连荣头部中弹的位置道："你俩看荣哥中弹的位置，子弹是不是从脑后进入的？"两人点点头，徐涌泉分析道，"土匪在荣哥的正前方，子弹怎么会从脑后进入呢？难道是有人在荣哥背后开的枪？"

朱奇山和杜龙彪道："是啊，这事太蹊跷了，莫非有内奸？走，咱们去问问杨之化，看这犊子怎么说！"

于是，三人到护矿队，把杨之化招呼到赵连荣的遗体前，徐涌泉指着死者中弹的位置道："杨队长，你是当兵出身，你说说，这该怎么解释？"

杨之化惊慌失措道："这事他奶奶的有点儿奇怪，不过，我们护矿队因为走错了路，去晚了，等我们赶到的时候，赵队长和他的警卫战士已经都牺牲了，到底怎么回事，我也说不清！"

徐涌泉追问道："那我问你，赵队长牺牲前谁在现场？"

杨之化随口道："侯……"自知失言，急忙改口道，"就赵队长他们五个人。"

朱奇山道："你刚才说侯，侯什么，是不是侯老二？"

杨之化连忙否认道："不，不，我说了，就赵队长他们五个人。"

徐涌泉猜想杨之化一定知道什么，但他不想说，也不敢说，再问也是白搭，于是便不再追问。杨之化走后，他对朱奇山和杜龙彪道："我认为荣哥的牺牲很有可能是背后有人策划的，杨之化可能知道，但他不敢说，这事还得另想办法，一定得查个水落石出！"

朱奇山道："俺同意你的分析，这事十有八九是内奸干的。不过，眼下除了中弹位置这个疑点外，还很难找到更有力的证据。俺看咱们不如先安排荣哥和战士的丧事，让荣哥和抗联战士入土为安，然后再深入调查，找到证据，为荣哥和牺牲的同志报仇！"

杜龙彪道："俺同意奇山叔的意见，不然对不起俺爸和牺牲的同志！"

三个人正商量如何料理连荣和四位战士的丧事，院子里突然传来撕心裂肺的哭喊声。

## 三

徐涌泉、朱奇山和杜龙彪急忙从屋里走出来，看见一对身穿灰色军装的中年夫妻跪在赵连荣遗体前悲痛地哭喊着："爸啊，爸爸啊，你怎么就这么走了呢！儿子和小菊舍不得你呀！"同时双手拍打着连荣的遗体双目盯着连荣的脸庞哭诉道,"爸呀,儿子和小菊回来看了,你怎么不等等俺就走了呢?爸爸,你告诉儿子和小菊,是谁害死了你,儿子和小菊一定为你报仇!"

朱奇山惊愕地看着夫妻俩道:"铁柱、小菊,你爸已经牺牲了,你俩要节哀顺变,不要哭坏身子!"边说边伸手扶起铁柱,杜龙彪也急忙扶起妹妹杜菊,眼泪汪汪地解劝道:"小菊,别哭,别哭!"没等杜菊止住哭,自己也眼泪汪汪地哽咽起来。

杜梅红着两眼推开龙彪道:"瞧你,劝妹妹不哭,你倒先哭起来了!"

杜龙彪擦擦眼泪,对杜菊道:"妹子,别哭了,姑姑都说哥了!"

朱奇山和徐涌泉扶着铁柱,杜梅和龙彪搀着杜菊一起进到屋里,刚坐下,赵铁柱就焦急地问朱奇山道:"姑父,你告诉俺,俺爸是怎么牺牲的?"

朱奇山叹了口气,扼要地介绍了赵连荣和四位抗联战士牺牲的经过。徐涌泉说出了连荣头部中弹的情况和自己的判断。

赵铁柱咬牙切齿道:"这么说,俺爸是中了敌人的圈套,十有八九是有人在背后打了黑枪?"

徐涌泉点点头道:"没错,从连荣同志头部中弹的部位看,很有可能是有人在背后偷偷地打了黑枪。不过,除了中弹的位置这个疑点外,更有力的证据还需要进一步调查。不管怎么说,我们一定要弄清事实的真相,为荣哥和抗联战士报仇!"

赵铁柱道:"谢谢,这样,俺爸和牺牲的同志泉下有知,也就欣慰了!"然后转身问朱奇山道,"姑父,俺性子急,刚才只顾问俺爸的事了,还不知道这位同志是谁呢,你快告诉俺吧!"

朱奇山道:"可不是吗?你一进屋就问你爸的事,俺想给你介绍也插不上话呀!现在俺告诉你,这位叔叔叫徐涌泉,他可是智勇双全的老八路了!"接着就简要地介绍了徐涌泉的经历和两人结识的情况,并告诉铁柱夫妻俩道,"徐叔叔现在是苏军委派的国际交通员,还是东进委员会梨平镇分会的会长,你们两口子可要好好跟徐叔叔学习呀!"

赵铁柱真诚地对徐涌泉道:"能够认识徐叔叔这样的老八路是俺两口子的荣幸,俺和小菊一定好好向徐叔叔学习!"

徐涌泉谦虚道:"你们夫妻俩的情况奇山同志跟我说过,既是不怕牺牲的革命战士,又受过革命圣地的教育,我很钦佩。今后咱们互相学习就行了。"然后转换话题道,"铁柱同志,你是什么时候回到边城的,组织上给你夫妻俩的任务是什么?"

赵铁柱道:"俺俩是受组织派遣先到东安后又到边城的。俺们俩到边城的任务就是听从县委的安排,完成交办的工作!"

朱奇山道:"老徐,俺看你们先别谈这些了,咱们还是合计合计荣哥和抗联战士的安葬问题吧！"

徐涌泉道："对，对，让连荣同志和抗联战士入土为安是大事，其他的以后再说。"

朱奇山道："那好！"转身对铁柱和杜菊道，"你们夫妻俩回来了，荣哥安葬的事首先得听你俩的意见，俺们大家也好按照你俩的主意安排！"

赵铁柱道："姑父，有你和姑姑在，还用俺和小菊拿主意？你和姑姑说怎么办，咱就怎么办，俺俩听你和姑姑的！"

朱奇山道："那好！俺和你姑姑商量过，她说现在时局不稳，不必那么复杂，做一副好棺木，把老两口子安葬在一起，让他们生死相依吧！"

杜菊道："俺看这样很好。姑父，现在俺和铁柱还没有看见煤山呢，也不知这孩子怎么样，生前俺爸对他的孙子很牵挂，俺爸的葬礼，得让煤山和孩子们参加！"

朱奇山道："那是当然。不过，到现在，你爸的事俺还没有告诉孩子呢，不知他知道不知道！"正说着，院子里传来了孩子的哭喊声："爷爷，爷爷呀！你怎么不等俺爸和俺妈回来就走了呢，要是俺爸和俺妈回来，俺可怎么交代呀！"

听到孩子的哭喊声，铁柱两口子即不顾一切地从屋里冲出来，看到跪在父亲遗体旁边的孩子，两人同时颤声喊道："煤山，孩子，爸（妈）想死你了！"

煤山听到喊声，先是一愣，然后惊喜地站起来，一头扑到杜菊的怀里，泪流满面道："妈！"然后便呜呜地哭起来，哽咽着什么话也说不出来。杜菊把煤山搂在怀里，轻轻地抚摸着孩子的头，擦擦孩子脸上的泪水，感慨地对煤山道："孩子，妈和爸一走好几年，你可受苦了！"

煤山摇摇头道："妈，你走后，喜姑奶奶、梅姑奶奶，还有静姑奶奶都关心和照顾俺，俺不苦。你和爸爸远离家乡，你们才苦呢！"

杜菊上上下下端详着煤山，小声喃喃道："几年不见，你都长这么高了，也结实了！"又瞅着连喜和杜梅道，"是几位姑姑照顾得好哇，俺两口子诚心谢谢了！"

铁柱接口道："是啊，要不是姑父姑姑精心照料，这孩子还不知道怎么样呢，真的得谢谢姑父姑母和各位乡亲了！"然后和杜菊领着孩子站起来，恭恭敬敬向朱奇山等人来了个三鞠躬。

朱奇山道："你们老赵家为革命流血牺牲，照顾孩子是俺们的本分，应尽的义务，用不着客气！"说完后，他把丧葬的各项事务做了具体安排，并对众人道，"荣哥和抗联战士的葬礼在后天早晨六点进行，希望大家准时参加！"

出殡那天，天空阴云密布，飘着细雨，上天仿佛也在为牺牲的烈士流泪。

武有田赶着胶轮马车，拉着装殓赵连荣的红松木棺材，后面四辆木轮车上装着四位抗联战士棺木。再后面是穿着孝服的赵铁柱夫妇、孙子赵煤山和朱奇山哥儿仨及其亲属晚辈，矿工和其他亲友抬着花圈，举着挽联，挽联上有的写着"沉痛悼念抗日英雄赵连荣同志和抗联战士！""抗日烈士赵连荣和抗联战士永垂不朽！""为抗日英烈报仇！""惩办凶手，血债血还！"还有专人向天空撒着纸钱。几百人的殡葬队伍穿过冠山矿街道，浩浩荡荡向墓地走去。

苟步力、刘因乐站在天满账房二楼的阳台上，目睹殡葬队伍的声势，特别看到"惩办凶手，血债血还！"等内容，脸上现出了惊恐和仇视的复杂表情，目送殡葬队伍消失后，迈着沉重的步子离开了阳台。

送葬队伍到达墓地之后，朱奇山主持，按照当地风俗完成了各项仪式，参加送葬的亲属和工友陆续离开墓地。铁柱夫妇没有走，奇山、敬岳哥儿俩也没有走。铁柱夫妇跪在父亲和母亲的墓前，泪珠滚滚，一边往火盆里丢冥纸，一边哭诉道："爸、妈，孩儿不孝，生前没有好好侍奉二老，临终俺俩也不在跟前，没有跟二老说上一句话，俺夫妻俩惭愧呀，对不起二老哇！"

朱奇山和武敬岳正要解劝铁柱夫妇，忽然看见远处有个人迈着蹒跚的脚步向墓地走来，两人仔细观望，看到来人是张大闯。于是急忙迎上去，扶着大闯道："兄弟你来了！"

张大闯也不答话，紧走几步，扑通跪在墓前，泪流满面哭诉道："大哥，恩公，你怎么就这么走了呢！大闯舍不得你，忘不了你呀！"边说边搥胸顿足地哭起来，边哭边从包里掏出冥纸、香火和酒瓶酒杯，点着冥纸，往酒杯里倒上酒，边烧纸，边把杯中酒洒在墓前，口中喃喃道："大哥，恩公，看到你回到冠山矿以后，俺兴奋得睡不着觉，要不是不方便，俺早跑到你身边跟你喝酒唠嗑，说说心里话了！没想到大哥这么快就走了，俺好痛心好后悔呀！"说着，便搥着胸脯号啕大哭起。

朱奇山和武敬岳知道他内心苦闷，只能用号啕大哭来释放自己的感情。因此，两人只能眼含热泪守在他的身边，让他尽情地号哭，没有劝阻。铁柱和杜菊听到哭声，扭头一看，见是二叔大闯，不觉有些纳闷儿。从他夫妻俩看到父亲遗体那天起，不少亲友都来吊唁，唯独没有看见大闯二叔，心里只犯嘀咕，却没有来得及询问。今天见他一个人跪在父亲墓前号啕大哭，悲痛欲绝，夫妻俩忍不住，正要上前劝阻，朱奇山拦阻道："铁柱、小菊，让你二叔哭吧，也许这样他会好受点儿！"

鉴于铁柱夫妻俩现在的身份，朱奇山觉得没有必要对他俩隐瞒大闯的事，于是便小声把他和大闯暗施苦肉计的来龙去脉扼要告诉了他和杜菊，然后叹口气道："你二叔到现在还背着黑锅呢，遭亲朋好友唾骂，他却不能有半句解释，实在太不容易了！"

铁柱夫妇听后更是对大闯肃然起敬，两人不忍再让二叔哭下去，便急步向前，边搀扶边深情地劝慰道："二叔，别哭了！俺爸和俺妈要知道二叔这么痛心，九泉之下也会心有不安的！"

奇山和敬岳也过来劝慰："兄弟（二哥），俺知道你心里难受，但身体要紧，好多事还等着你去做呢！"

大闯仍忍不住哽咽道："大哥、兄弟，听到荣哥牺牲的噩耗，俺如五雷轰顶，恨不能马上过来，可是，可是……"

朱奇山表示十分理解地劝慰道："兄弟，大哥知道，大哥知道。你别说了！哥告诉你，眼下最重要的任务是千方百计找到在背后开黑枪的凶手，这是对荣哥最好的纪念！"

张大闯斩钉截铁道："大哥、铁柱，你们放心，俺一定想办法找到凶手，为俺的恩公和同志报仇雪恨！"

此时，杜龙彪急匆匆跑过来，看见大闯，不冷不热道："二叔来了！"然后扭头对铁柱夫妇道，"铁柱、小菊你俩不是要去俺爸和小晨的墓地烧纸祭拜吗，有田兄弟的马车在下边等着呢，快跟俺走吧！"

"哎，这就走！"铁柱和杜菊边答应边深情地对大闯道，"二叔，俺俩到杜叔和小晨的坟地看看，回来再去看你和婶婶，你要保重身体，注意安全！"

杜龙彪在一旁催促道："快走吧，跟他啰唆什么！"说完，也没有跟大闯打招呼，只是对奇山和敬岳招呼道："大爷、三叔，俺们走了！"说完，便跟铁柱夫妇离开了墓地。

张大闯有些委屈地对奇山和敬岳道："大哥、三弟，你看龙彪那个样子，都快不理睬俺这个二叔了！"

武敬岳安慰道："二哥，常言道'不知者不怪罪'，等以后他知道了实情，还不得给你赔不是！"

## 四

铁柱夫妇和杜龙彪从杜勇和赵晨墓地回来后，徐涌泉和铁柱即召集东委会梨平镇分会和互济会骨干秘密开会。

徐涌泉首先介绍了铁柱夫妇的身份，他说："赵铁柱和杜菊两位同志都是咱们冠山煤矿的人，大家都认识。他俩的情况我就不说了。现在组织上派他们夫妻俩到边城工作，铁柱同志现在是县工矿局驻冠山矿工作团团长兼矿长，负责领导冠山矿的反奸除霸斗争和恢复生产。杜菊同志公开身份是工会特派员，秘密身份是梨平镇区委书记！"他的话音刚落，众人报以热烈的掌声，徐涌泉继续道，"现在，请铁柱同志讲话！"众人又是一阵热烈地鼓掌。

赵铁柱站起来，对众人敬了一个军礼道："各位同志、各位工友，铁柱过去是冠山矿的工人，跟在座的工友一样，也是煤黑子。"众人会心地笑了起来，赵铁柱继续道，"现在，俺受组织的派遣到老家工作，俺既感到荣幸，又有些担心。荣幸的是，俺回到老家跟工友们一起进行革命工作，能够随时随地得到长辈和工友们的帮助和指教，完成组织上交给的任务。担心的是，俺能力有限，冠山矿情况复杂，反奸除霸，装运储煤，恢复生产，支援前线，任务艰巨，怕工作做不好，有负组织的重托和工友们的期望。不过，俺有决心、有信心在上级的领导和工友们的帮助支持下，把冠山矿的汉奸恶霸打倒，把生产尽快恢复起来，让工友们有活儿干，有钱挣，过上好日子！"

众人又是热烈鼓掌。边鼓掌，边议论道："铁柱说得好哇，谦虚，实在，一听就知道是咱们自己人！""打倒汉奸恶霸，恢复生产，让咱们有活儿干，有钱挣，过好日子，说到咱们心坎里了！""现在的铁柱和过去可不一样了，到底是在延安受过共产党教育的人哪！"

徐涌泉摆摆手，一边示意大家不要议论，一边大声宣布道："请杜菊同志讲话，大家欢迎！"掌声过后，杜菊站起来，大大方方地对众人道："各位长辈、兄弟姐妹，该说的，铁柱都说了，俺就不啰唆了。冠山矿是俺的老家，老的、少的，男的、女的，有不少熟人和同志，俺有信心把工作做好！"众人又热烈鼓掌。

杜梅夸奖道："杜菊这话通俗、简洁、明确，没有一丁点儿官腔，俺这侄女也和过去不一样了！"

朱奇山道："梅子，孔老夫子的三纲五常、重男轻女思想流传了几千年，流毒甚深，让女人出来参加革命可不容易，小菊的工作难度很大，还得你大力支持呢！"

杜梅笑道："大哥，小菊是俺的亲侄女，俺不支持谁支持，那还用大哥你说嘛！"

朱奇山也笑道："好，好，算俺瞎操心！"转身对徐涌泉道："涌泉，你到县里开会，上级有什么指示你给大家说说吧！"

徐涌泉道："好，我给大家传达一下县委会议的主要精神。县委领导说，今年一月，国共虽然达成了停战协定，但蒋介石却说东北除外，于是他便密令国民党军大举进攻东北，抢占东北战略要地。妄图先占东北，再解决关里。党中央毛主席根据东北的实际情况，提出了'让开大路，占领两厢'的对策，要求我党在东北的干部和军队要在距离中心城市较远的城镇和农村发动群众，反奸除霸，进行土地改革，把地主的土地分给贫苦农民，在城镇和工矿企业开展民主改革，恢复生产，支援前线，以农村包围城市，最终消灭国民党反动派。"

众人议论道："是啊，眼下国民党军气势汹汹，咱们得绕着走，积存力量，等攒足了劲，再消灭狗×的！""如果咱们把农村和周边城镇都占领了，把国民党困在几个大城市，让他孤立无援，他就非垮台不可！"

朱奇山对众人摆摆手，徐涌泉继续道："大家说得对，党中央决策英明啊。中央在东北的主要领导，认为咱们边城背靠苏联，资源丰富，决定要在边城建立党政军组织完整的地方政权，成为巩固的后勤基地。"众人兴奋得情不自禁地拍起了巴掌。徐涌泉接着道："最近，上级领导已改组边城临时伪政府为人民政府，组建了自己的武装边城独立团，牡丹江军区三支队已进入边城，开始对土匪进行清剿。县委组织了土改工作团，派大批干部深入农村，发动群众镇压汉奸和恶霸地主，把土地分给贫苦农民，土地改革进展顺利，农村地方政权已陆续建立。"

赵铁柱补充道："东北局已在哈尔滨成立了东北工矿处，负责管理全东北的工矿企业，听说工矿处的主要领导很快就要到边城开展工作了！"

朱奇山道："眼下冠山矿的实权还掌握在苟步力和刘因乐这帮人和白俄矿主手里，他们过去都是日本鬼子的走狗、汉奸恶霸，咱们应当把穷哥们儿发动起来，把这帮家伙打倒，把冠山矿的大权掌握在咱们矿工手里！"

高兴旺道："能把苟步力、刘因乐那帮坏蛋打倒当然是好事，但是，苟步力在冠山矿经营十几年，根基不浅，现在又和刘因乐以维持会和工人会的名义发号施令，还有护矿队一帮打手，打倒他们可不容易呀！"

赵铁柱道："依俺看，冠山矿真正的根基是煤矿工人，苟步力和那些汉奸把头是坐在咱们矿工这个根基上作威作福的剥削者压迫者，只要工人兄弟联合起来，揭穿他们剥削压迫矿工的真相，他们就会从矿工这个根基上掉下来，咱们矿工就成了冠山矿的主人。表面看，他们张牙舞爪，其实很虚弱，真正有力量的不是他们，而是咱们矿工，我们必须看到这一点。"

孟吉庆道："铁柱同志说得好，但现在的问题是不少矿工还没有看到这一点，不知道真正的力量是在咱们煤矿工人这里。还有不少工友看见苟步力这些人在台上，又有祸矿队这帮打手，恨他们，又怕他们，知道共产党好，却不敢靠近共产党，这个问题不解决，要矿工联合起来跟着咱们跟那帮人斗还很困难！"

赵铁柱道："吉庆叔说的这个问题，咱们必须下功夫解决。党中央和上级首长反复强调说，群众工作是当前工作的重心，群众中蕴藏着无穷的力量，只要把群众发动起来，让群众认识共产党、相信共产党，真心实意跟着共产党干，才能把汉奸恶霸打倒，把煤炭生产恢复发展起来！"

徐涌泉道："前段时间，咱们深入到工人群众中，跟矿工谈心，交朋友，帮助解决困难，效果不错。从冠山矿眼下的情况看，主要还是因为矿井遭到破坏，工人没活儿干，生活极度困难。因此，咱们得继续千方百计帮助矿工解决生活方面的困难！让矿工进一步认清共产党才真正是劳苦大众的党，要翻身做主人必须跟共产党走！"

杜龙彪道："俺也同意涌泉同志的意见。不过，苟步力和刘因乐这帮家伙十分狡猾狠毒，先是暗中策划夺了矿卫队的领导权；后又勾结土匪以抗联名义抢劫矿山，败坏共产党的名声；再后来就是背后打黑枪，杀害了赵连荣同志和抗联战士。所有这些，目前虽然还没有拿到确凿的证据，但事实肯定存在。这帮人很注意用武力解决问题，所以，俺觉得咱们也应当针锋相对，在宣传发动、帮扶困难矿工的同时，也要建立我们的武装，保护咱们自己和矿工的利益。比如，咱们可以想办法把祸矿队这帮打手除掉，让他们不能继续祸害群众，为虎作伥！"

徐涌泉插话道："龙彪同志说得很好，有先见之明，跟县委的指示相吻合。县委指示我们要千方百计把有几十支枪的冠山矿护矿队掌握在我们手里，为我所用！"

高兴旺道："涌泉同志，你是苏军司令部委任的国际交通员，又是东委会梨平镇分会的头儿，如果你求苏军把祸矿队这帮犊子解决掉该不会有问题吧？"

徐涌泉摇摇头道："兴旺同志，事情可不像你想的那么简单。这件事东委会的领导曾跟苏军司令部交涉过，希望苏军直接出兵解除护矿队的武装，苏军司令部没有答应。后来又提出同苏军借兵的问题，苏军司令部只同意借两名士兵，并且提出不准动武，不准杀人……"

未等徐涌泉把话说完，高兴旺即插话道："这、这不是开玩笑吗？苏军士兵有三头六臂？两个人，还不准动武，不让杀人，怎么能解除护矿队五十多人的武装？"

徐涌泉道："这个问题，咱们今天就不讨论了。根据县委的指示和刚才同志们的意见，我认为目前咱们的主要任务还是深入到穷哥们儿中，谈心、交朋友，宣传党的政策，了解矿工疾苦，做好发动群众工作，为开展反奸除霸、恢复生产打好基础！"他又征求铁柱夫妇和朱奇山的意见，两人摇摇头，表示没意见，徐涌泉即宣布散会。

散会后，他单独把赵铁柱和朱奇山留下商量道："关于解除护矿队武装的事，你俩有什么好办法吗？"

沉思了一会儿，赵铁柱道："这确实是个难题。两三个人对付手中有武器的五十多个人，硬拼肯定不行，得智取！"

朱奇山道："对，俺也是这个意思。不过，最好是趁杨之化那狗东西外出的时候动手，那样护矿队群龙无首就比较好对付了！"

徐涌泉沉思良久，像是自语，又像是同二人商量道："嗯哪，智取，群龙无首，好！听你俩这么一说，我倒是有了个主意。"

随即对铁柱和奇山耳语一番后问道："两位看这样行不行？"

朱奇山道："行倒是行，不过这也是一步险棋呀！"

徐涌泉道："我也知道这是步险棋，可是，不入虎穴焉得虎子！不这么干还有别的什么好办法吗？"

赵铁柱和朱奇山齐声道："嗯哪，就这么干，争取成功！"说完，六只大手紧紧攥在了一起。

一个天气晴朗的日子，徐涌泉身穿苏军服装，腰间别着手枪和短剑，带着两个全副武装的苏军士兵直奔护矿队驻地，到护矿队宿舍大院门口，徐涌泉看到门口没有岗哨，于是用俄语对两个士兵道："同志，进到院里后，你们两位就端着枪在院里来回走动，装作巡逻的样子就行了！"

苏军士兵严肃地回应道："哈拉少！"

三人走进院里，徐涌泉发现，院里竟空无一人，宿舍门口连个站岗的也没有，觉得护矿队警惕性很差，心里暗暗高兴。两位苏军士兵按照事前的吩咐，端着枪在院里来回走动。徐涌泉一个人装作没什么事的样子走进了护矿队员的宿舍。因为徐涌泉原先当过护矿队的队长，和护矿队员彼此认识，所以护矿队员对他的到来毫不在意，有的推牌九，有的闲聊，有的在炕上躺着睡觉，看见徐涌泉，有的还开玩笑道："徐头儿，今天穿得好威风啊！"徐涌泉也笑着回应道："威风啥呀，取笑了！"还有的有意无意问道："徐头儿，今天怎么有空到弟兄们这里来呀！"徐涌泉客气地答道："好长时间没有过来了，今天来看看弟兄们！"他一边和队员们打招呼，一边观察着宿舍里的情况。

这是一座大筒子房，宽敞，明亮，顺筒子房的南北方向是木板搭成的对面大通铺，北面的通铺约能睡三十人，南面的通铺短点儿，约能睡二十人。离南面通铺五米多远是枪架，枪架上放着五十多支长枪，北边通铺的墙上挂着一把军刀和两颗手榴弹。徐涌泉突然一个箭步跳上床铺，麻利地摘下挂在北墙上的两颗手榴弹，用左手高高举起，同时高声喝道："弟兄们都别动，谁敢动，我就扔手榴弹，咱们谁也别想活！"

宿舍的护矿队员没想到徐涌泉会来这么一手，个个惊慌失措，直溜溜站着、谁也不敢动。有跟徐涌泉熟识的队员，仗着胆子结结巴巴对徐涌泉道："徐、徐队长，有、有话好说，你、你这是干啥？"

徐涌泉道："弟兄们，大家别慌，我今天这么做与弟兄们无关。我是奉梨平镇苏军司令部的命令来逮捕杨之化的！"

有跟杨之化比较近乎的队员大着胆子问道："徐队长，杨队长怎么了，为什么要抓他？"

徐涌泉冷笑道："杨之化这个瘪犊子，仗着自己是队长，欺压百姓，尽干坏事，败坏了护矿队的名声，老百姓都说护矿队是祸矿队。苏军司令部知道以后很恼火，所以责成我带队来逮捕他！"然后，透过窗户指着在院子里来回走动的苏军士兵道，"你们看，外面已经戒严了，杨之化跑不了了！"边说，边装作找人的样子道："怎么不见杨之化，你们说，这个瘪犊子跑哪儿去了？"

有几个平时和杨之化比较好的队员，见宿舍里只有徐涌泉一个人，心里七上八下的，想动手，看见徐涌泉举着手榴弹，一副不怕死的样子，担心弄不好丢了自己的小命。又偷偷地从窗户往外观察，果然看见有苏军士兵在院子里来回走动，不知外面的情况，于是只好放弃了反抗的念头。

徐涌泉见护矿队员没有人说话，又高声道："我再说一遍，今天主要是找杨之化一个人算账，与弟兄们无关。我想，对姓杨的这种人，各位也犯不上为他卖命，只要说出他的下落，我就不为难弟兄们了，不然，别怪我不讲情面！"边说、边抬起右手，装作要拉手榴弹弦儿的样子。

队员见状，吓得七嘴八舌道："徐队长，别、别玩儿命！""杨队长，不，姓杨的早饭后就出去了，也不知道什么时候才回来！""听说，好像是有人请他喝酒，现在在哪儿，真、真的不知道！"

其实，杨之化的去向，徐涌泉不问也知道，他是被赵铁柱按照事前的约定有意约出去的，他这样明知故问，是为了让护矿队员相信，今天的举动，目标就是杨之化一个人，和各位队员无关，犯不上为杨之化冒险反抗。这样，就可以解除护矿队员的顾虑，放弃反抗的念头。

听队员们都说不知道杨之化的下落，徐涌泉装作十分生气的样子道："既然你们都说不知道，那就跟我一起去苏军司令部交代好了。现在，大家听我的口令，起立，双手抱头，一个跟一个到院子里列队！"

众队员即乖乖地按照徐涌泉的口令，双手抱头，按顺序一个跟着一个走出了宿舍，到院子里站队。在院外接应的朱奇山、杜龙彪、朱继忠、张铁林、苏小柱等十几个人跑步进入院内，直奔护矿队宿舍，迅速收缴了枪架上的枪支和弹药箱里的千余发子弹及二百多颗手榴弹。

徐涌泉正要对站在院子里的护矿队员训话，杨之化歪戴军帽，腰别手枪，身挎日本军刀，醉醺醺，摇摇晃晃从院外走进来。徐涌泉跑步过去，麻利地缴了杨之化的手枪和军刀。

杨之化酒尚未醒，红着醉眼，结结巴巴道："姓徐的，你、你奶奶的……"未等他说完，徐涌泉喝道："杨之化，你被捕了！"说完，用俄语命令两个苏军士兵道："押走！"

杨之化被押送到苏军司令部后又转至边城县监狱等候审讯判决，对五十多名护矿队员则进行了审查整顿，同杨之化关系密切、干过坏事、民愤较大的，即开除队籍，老实本分，没有民愤的继续留用。同时在东委会和互济会的积极分子中挑选了部分同志作为骨干进入了护矿队，名称也改称"冠山煤矿自卫队"，由杜龙彪担任了自卫队的队长。

徐涌泉独闯护矿队，不费一枪一弹解除其武装的事受到领导和群众的普遍赞扬。此后，根据工作需要，他被调离冠山矿，到县里担任了重要职务。临行，朱奇山、赵铁柱、杜龙彪等在杨风春小吃部为他饯行。虽是粗茶淡饭，但情义甚浓。

朱奇山先给徐涌泉的杯子里倒满酒，又给自己的杯子倒满酒，然后深情地说："涌泉兄弟，咱俩在特训所一起两年多，后来又一起逃出了魔窟，熬到了抗战胜利。既是难友，又是战友，情深谊长，非同一般哪！今生能同你相识、共事，那是俺的福分。别的话俺也不说了，衷心祝愿老弟在新的岗位上，顺心顺意，百尺竿头更进一步！来俺敬你一杯！"说完两人一饮而尽。

徐涌泉也给朱奇山和自己倒满酒，真诚地说："奇山兄，我虽然不是矿工出身，但和你这样的老矿工在一起，感受很深。日伪统治下的煤矿工人苦难深重，但心地善良，意志坚强，爱恨分明，与鬼子、汉奸走狗斗智斗勇毫不留情，对矿工兄弟亲如骨肉关怀备至，人格品行，令我佩服。能结识你这样的矿工兄弟，我荣幸，我自豪，我敬佩，我留恋！"说完，两人豪爽地碰了一杯酒。

赵铁柱端起酒杯，真诚地对徐涌泉道："徐哥，俺铁柱跟你是相见恨晚、相处恨短、相别恨急呀！实在舍不得你走哇！但领导调你走，俺挡不住哇。希望徐哥不要忘了咱一起战斗的日子，不要忘了咱们的友情，常回来看看俺这个小兄弟！来，俺敬你一杯！"说完两人一饮而尽。

徐涌泉道："铁柱老弟，我也舍不得离开你和各位兄弟呀，这一段时间同你和各位兄弟一起工作，志同道合，言语相投，亲如同胞，难得呀！咱们是身离心不离，会永远在一起的！"

杜龙彪给徐涌泉倒满酒，含着热泪激动地说："徐哥，该说的奇山叔和铁柱都说了，俺就不再啰唆了，来咱们喝酒，心和情都在酒里了！"

徐涌泉也动情地说："好，心和情都在酒里，咱一起干！"四人互相碰杯，一饮而尽。饯行之后，又回到宿舍，长谈至深夜。第二天，孟吉庆、高兴旺和朱继忠、张铁林、杜梅、杜菊等男女老少几十人一起来给徐涌泉送行，一直从冠山矿到梨平镇火车站，送徐涌泉上了车，才互道保重依依惜别！

# 第 十 四 章

## 一

徐涌泉活捉杨之化解除护矿队武装的事引起了苟步力和刘因乐的警觉。

苟步力把刘因乐招呼到经理室明知故问道:"刘会长,徐涌泉他们解除护矿队武装的事你知道吗?"

刘因乐满脸不高兴地说:"知道了,轰动全冠山矿的事我能不知道吗?不过,杨之化那小子和护矿队也太草包了,五十多个人竟然让人家两三个人给收拾了,真他妈的丢人。"

苟步力道:"依我看,杨之化他们固然草包,但徐涌泉那帮人也不能小瞧!"

刘因乐不屑地说:"几个煤黑子,也就是有点儿胆量,不怕死、敢冒险罢了,没什么了不起!"

苟步力摇摇头道:"那帮人虽然没什么了不起,但咱们也不敢轻视,那帮人不仅有胆量、不怕死,也是有勇有谋、智勇双全之人,还真不太好对付呢!"

刘因乐道:"苟会长,你是不是太高估这帮人了?"

苟步力道:"不是我高估,我是有事实根据的。从这次解除护矿队武装这件事来看,就很能说明问题。两三个人就能轻易解除五十多人的护矿队,那不是一时冲动,而是经过周密计划才取得成功的!"

刘因乐冷笑道:"你说说看,他们有什么计划?"

苟步力道:"首先,他们用了调虎离山之计,决定动手那天,先设法把杨之化调出护矿队,让护矿队群龙无首,失去反抗能力!"

刘因乐点头道:"嗯哪,这招儿不错!"

苟步力接着道:"再就是以苏军名义巧布疑阵,让护矿队员以为此事是苏军司令部所为,不敢轻举妄动!"

刘因乐赞同道:"这是拉大旗当虎皮,也很管用!"

苟步力继续道:"还有就是巧用离间之术,徐涌泉反复强调,这次行动,主要是抓捕杨之化,与队员弟兄们无关,这样,护矿队员们就觉得既然事不关己，就犯不上冒险，所以明哲保身，无一人反抗。最后是'里应外合'，内有徐涌泉和苏军士兵动手，外有朱奇山一帮人接应。解除护矿队的武装，表面看来好像很冒险，实际有周密计划，险中取胜，没有胆识和智慧是万万做不到的！"

听了苟步力的分析，刘因乐内心觉得有道理，但嘴上还是不太服气道："叫你这么一说，他们简直神了，我看也不过是巧合，未必像你说的那样有板有眼、天衣无缝！"

苟步力知道刘因乐不过是心服口不服，没有必要再争论下去，便转换话题道："事情已经过去了，再怎么说也没有什么意思了，咱们还是考虑考虑今后该怎么办吧！"

刘因乐道："现在矿里虽然有一帮煤黑子在暗中活动，但实权还在咱们手里，他们闹腾也是白费，翻不了天！"

苟步力不以为然道："老弟，你把问题看得太简单了。目前看，边城的形势和以前大不一样了。我听说，共产党改组了边城临时政府，主要头目都换成了共产党的人，原来跟国民党亲近的那些人都靠边站了。公安局的武装也被解除了，阎局长逃跑了，新的公安局局长换成了共产党的人。县里还组建了县大队，配合东北民主联军和牡丹江军区的部队搞什么剿匪，听说25军的孟军长、中央先遣军的张副司令都完蛋了，鸡冠山一战，中央先遣军的谢司令也被打垮了，边城一带的国军已溃不成军，现在的边城已经是共产党的天下了。"

刘因乐道："苟会长，我看咱们也不必太悲观，听说国军主力已占领了锦州、沈阳、长春等大城市，现在快逼近哈尔滨了，共军和国军相比，实力差远了，等国军主力一到，边城还得是国民党的天下。"

苟步力道："但愿如此吧！不过，世事难料哇！想当年，共产党只有几十个人，后来发展到同国民党势均力敌，蒋介石发动四一二反革命政变，杀了那么多共产党，好多人以为共产党完蛋了。没想到不长时间，共产党居然发动了武装起义，还在瑞金建立了红色政权。蒋介石几十万大军围追堵截，把共产党逼进了荒无人烟的雪山草地，以为共产党必败无疑，没想到共产党又在陕北建立了根据地。蒋介石派张少帅几十万大军'剿共'，张不但没有把共产党'剿灭'，反而受共产党影响，发动了西安事变，逼得老蒋同意和共产党联合抗日。老蒋想借日本人的手削弱或消灭共产党，没想到共产党越战越勇，军队从几万人发展到现在的百万之众。你想想看，共产党能那么容易被消灭吗？依我看，老弟也不要太乐观，国共两党谁胜谁负，还真不好说呢！"

一席话说得刘因乐也有些心动，他怀疑地说："老兄阅历广，看得远。"

让我想不明白的是，共产党为什么那么禁得住折腾，秘诀在哪里？"

苟步力道："其实，共产党也没有什么秘诀，就是打着为无产阶级和劳苦大众谋福利的旗号，把全国的穷人都鼓动起来了，全天下的穷苦人都死心塌地地跟着共产党干。你想啊，中国有四亿多人口，百分之八九十都是穷人，都站在共产党一边跟国民党斗，以多斗少，能轻易被打垮吗？如果说有秘诀，这就是共产党制胜的秘诀。"

刘因乐也表示赞同道："嗯哪，你说得没错，现在中国的穷苦百姓就是一堆干柴，经共产党那么一点，这堆干柴就会燃烧起来，这么一烧起来，那可真是势不可当啊！"

苟步力继续道："嗯哪。听说边城的共产党政府，已组织了工作团到农村搞什么反奸除霸，土地改革，过去跟着日本人干的有钱人，他们称作地主恶霸，抓的抓，杀的杀，地主的土地财产也都分给了穷棒子。县里的工矿局也组织工作团到城镇接受工矿企业，赵铁柱就是县工矿局驻冠山矿工作团的团长，任务就是代表边城县政府接收冠山矿。这些工作团实际上就是共产党的点火团哪，这把火点起来，可没有咱们的活路哇！"

刘因乐一副豁出去的样子道："他妈的，那咱也不能坐着等死呀，以你我在冠山矿的地位，他赵铁柱能把咱们怎么样？"

苟步力为刘因乐打气道："老弟说得对，咱们不能坐以待毙。虽然说共产党不简单，可国民党也不是吃素的。眼下国民党有几百万大军，还有世界上头号强国的支持，共产党未必能招架得住。东北的几十万国军占据着东北的大城市和战略要地，锐不可当，只要咱们能支撑到国军主力打过来，冠山矿就还是咱们的！"

刘因乐也来了劲头道："苟会长，你有远见，有谋略，我老刘听你的，你说怎么办，咱就怎么办！"

苟步力谦虚道："老弟过奖了，你年富力强，有勇有谋，手下又有那么多弟兄，是冠山矿的实力派，只要咱哥儿俩联手，对付赵铁柱夫妇没问题！不过，现在他们有共产党的县政府在后面撑腰，咱们还不能硬碰，得软硬兼施！"

刘因乐道："老兄，怎么软硬兼施，你可不可说得具体点儿！"

苟步力胸有成竹道："这软的一手呢，就是表面上装作拥护共产党，领着跟咱们站在一起的那些把头和技术人员跟工作团打太极拳，消极怠工出难题，让他们什么也干不成，这个角色由我来干。硬的一手呢，就是暗中和国民党取得联系，打着国民党的旗号威胁工人，以工人会的名义跟赵铁柱的工作团唱对台戏，拖时间，等待时机，如果国军真打过来，边城变了天，冠山矿不还是咱们说了算！这个角色你来当最合适，你想想，看这么做行不行？"

刘因乐拍手道:"嗯哪,行,咱就这么办!"

送走徐涌泉以后,赵铁柱召集朱奇山、杜龙彪等人开会,研究下一步的工作。赵铁柱首先发言,他说:"涌泉同志调离后,冠山矿反奸除霸、装运储煤、恢复生产、支援前线的担子就落到咱们这些人肩上了。大家看下一步咱们该怎么办?"

朱奇山道:"依俺看,咱们先把白俄矿主、苟步力、刘因乐和把头们召集起来,由铁柱同志以工作团的身份宣布县工矿局的决定,看这些人持什么态度,然后再采取针对性的措施。"

杜龙彪道:"俺同意奇山叔的意见。孙子兵法上说,知己知彼百战不殆,这样,咱们就可以做到知己知彼,打有把握之仗!"

孟吉庆半开玩笑道:"看来,龙彪同志这个队长很称职呀,现在都研究上孙子兵法了。俺也觉得他俩说得有道理。铁柱同志说,冠山矿的根基是煤矿工人,现在刘因乐搞了个工人会,企图把冠山矿的根基抓到自己手里,巩固自己的地位。他手下有所谓八大弟子等打手,受他们的威胁和蛊惑,有不少工人对共产党能不能站住脚还持怀疑和观望态度,不敢公开跟着咱们干。这说明咱们的根基还不牢靠,俺看除了试探那帮人的态度,弄清他们的底细外,咱们还得继续组织咱们的工人骨干深入到矿工中做宣传发动工作,让冠山矿的大多数工人了解共产党,相信共产党,自觉自愿地跟着共产党干,这样,咱们的根基才牢靠,跟那帮人斗才有后盾,才有胜利把握!"

杜菊道:"上级领导说,群众工作是当前的重心,吉庆同志说得符合上级的要求,但俺觉得仅靠咱们个别串联、跟工人谈心交朋友还不够,还需要有个组织,通过组织宣传共产党的主张,用组织手段把工人联合起来,效果会更好!"

高兴旺道:"咱们不是有个互济会嘛,可不可以用互济会这个组织把工人联合起来!"

朱奇山道:"互济会只是工人互相救济的群众性经济组织,对解决工人的生活困难有一定作用。但还不太好发挥政治组织的作用。依俺看,刘因乐那个工人会,名义上是工人的组织,实际上不可能真正为工人办事。俺建议咱们跟他对着干,也成立工会,以工会的名义把工人组织在一起,发挥政治组织的作用!"

赵铁柱道:"刘因乐那个工人会是帮派组织的别称,名不副实。抗战期间,中共冠山煤矿产业支部,由于吉东特委那个败类领导叛变,跟上级组织失去联系停止了活动。俺听说涌泉同志和奇山叔从特训所逃出来后,为方便工作,也成立了党支部,只是因为跟上级组织联系不上,未被上级组织承认。俺想向上级党组织请示,以这个支部为基础,重新组建党支部,发挥党的组织领导作用。同时成立工会，在党支部领导下公开出面领导冠山矿反奸除霸和恢复生产工作。这样，党支部在暗处，工会在明处，一明一暗，把冠山矿的工人群众发动起来，把反奸除霸的烈火烧起来！"

朱奇山补充道："抗战前，牛书记曾以夜校的名义把工人组织起来，由杜梅和杜菊以上文化课为名讲解党的基本知识，效果很好。俺看咱们也可以把工人夜校恢复起来，给工人特别是青年工人讲讲党的知识，让年轻人了解共产党，在这个基础上，由杜菊同志以特派员的身份负责把工会组建起来，不知这样行不行？"

"嗯哪，这个办法好！"众人表示赞同。赵铁柱道："既然大家都赞同，那咱们就这么办！俺看工人夜校的组织工作就由杜菊和奇山叔牵头，具体事务就交给继忠、铁林、小柱那帮后生去办，教员还由梅姨和杜菊同志担任，俺也抽时间给学员讲讲。关于召集那帮人开会的事，俺让维持会的吴秘书通知，龙彪带两名自卫队队员负责会场保卫。"

散会以后，赵铁柱又和朱奇山、杜菊、杜龙彪研究了一些细节，并让朱奇山以互济会会长的身份跟自己一起参加。

接到吴秘书的通知，刘因乐很不高兴，他黑着脸对苟步力道："他妈的，姓赵的算什么东西，他有什么资格召集我们开会？"

苟步力调侃道："古话说虎落平阳被犬欺，边城现在是共产党的天下，赵铁柱是县工矿局驻冠山矿工作团的团长，是代表县政府来接收冠山矿的，人家当然有资格召集咱们议事。老弟，忍着点儿吧，咱们还是参加会议，听听人家怎么说，然后按照咱俩事先商量的，你唱黑脸儿，我唱红脸儿，看他们怎么应对。"

刘因乐无可奈何地说："那好吧，我听你的！"

会场设在天满账房二楼会议室。到会的有苟步力、刘因乐、白俄矿长阔列也夫和大小把头。朱奇山以互济会会长身份参加，赵铁柱以驻矿工作团团长的身份主持会议。

铁柱开门见山道："各位先生，抗战胜利了，边城县成立了人民政府，县政府所属工矿局是全县工矿企业的主管，负责接收、管理和恢复生产等事宜。目前，边城地区所有工矿企业已由工矿局接管。我根据县工矿局局长的指示负责冠山煤矿的接管工作。也就是说，从现在起，在座的各位要服从工作团的领导，完成县工矿局交办的各项任务！"

未等赵铁柱说完，白俄矿长阔列也夫站起来，十分傲慢地说："no，no，我反对。按照我们谢老板同国民政府签订的合同，我们应当服从国民政府的领导，与你说的县工矿局无关，我们不接受你们工矿局的领导，工矿局的决定对我们俄方无效！"

众人脸色各异，目光一下子都集中在赵铁柱身上，赵铁柱从容不迫，一字一板回应道："矿长先生，你说的那是哪年的皇历，那张皇历在今天还有效吗？"

阔列也夫先是一愣，脸一红一白道："你、你这是什么意思？"

赵铁柱道："先生，俺什么意思你心里清楚的，你的身份是不是变得太快了点儿？日本人占领冠山矿那年，你按照你们谢老板的指派不是已经把同国民政府签订的合同撕毁了吗？连名称都改为'日俄冠山炭矿株式会社'了，这事你不会忘吧？"

阔列也夫尴尬地："这、这……"

赵铁柱严厉地说："从那时起，你们俄方已同日本侵略者同流合污，矿也就属于汉奸财产了。严格地说，你们的股权应当按汉奸财产被没收，归人民政府所有。我们没有那么做，已经是手下留情了，如果你不服从县政府的决定，那我们就不讲情面了！"

话不多，但掷地有声，阔列也夫耷拉着脑袋嘟囔道："那、那服从！"说完一屁股坐下，不再吱声。

场内一时沉默起来，苟步力瞅瞅刘因乐，意思是说，该你了！刘因乐会意，清了清嗓子，以不屑的口吻道："赵先生，南京的国民政府是中国的合法政府，蒋委员长是公认的领袖，你说的边城县政府得到了国民政府和蒋委员长的承认吗？"

赵铁柱讥讽道："刘先生，那俺问你，你凭什么说南京政府和蒋介石是中国的合法政府和领袖，你说这话的根据是什么？"

刘因乐冷笑道："这还用说吗，南京政府和蒋委员长有几百万国军，还有世界头号强国的支持，东北的大中城市和战略要地也都在国军手里，不要说小小的边城了，就是哈尔滨也将要成为国军的天下，怎么，你敢说这不是事实吗？"

赵铁柱哈哈大笑道："刘先生，依俺看，你的认识也太片面了。照你这样说，似乎是谁的军队多、拳头大、胳膊粗，谁就是合法政府和领袖了？"

刘因乐也讥讽道："难道不是吗？"

赵铁柱理直气壮道："当然不是了！是不是合法政府，不能单看他的军队和武器，而是要看民心。日本发动九一八和七七事变的时候，军队和武器确实厉害，而且很快占领了东北，建立了伪满洲政府，接着又占领南京，成立了汪伪政府，按照你的逻辑，这样的政府就算是合法政府了，咱们都得顶礼膜拜了！"

刘因乐脸红脖子粗地分辩道："你、你这是什么话？你怎么能把国民政府同伪满洲政府和汪伪政府相提并论，这是两码事嘛！"

赵铁柱道："刘先生，这是两码事，也不是两码事！俺刚才说了，判断一个政府是否合法，有没有生命力，不能单看军力，关键还是要看民心。日本侵略者和傀儡政府之所以不合法，最终倒了台，根本问题是因为他们违背民心民意。现在的国民政府，表面看来，有几百万军队，还有美国支持，似乎很强大，但他违背民心，要打内战，消灭坚持抗日、浴血奋战、全心全意为老百姓谋幸福的共产党，每一个有良心的中国人都为共产党喊冤，都反对这样的国民政府。难道你刘先生不是中国人，你拥护这样的国民政府吗？"

刘因乐气急败坏道："我是当兵出身，大老粗，说不过你，不听你这一套。反正我听国民政府的，不执行你的决定，你也不要找我！"说完，站起来，走出了会议室。有几个和刘因乐近乎的把头还有张大闯也跟着刘因乐离开了会场。

杜龙彪和自卫队员要阻拦，赵铁柱制止道："人各有志，不必勉强，让人家走！"

## 二

刘因乐离开后，赵铁柱看着苟步力道："苟会长，苟经理，你对县里的决定怎么看？"

苟步力装作无可奈何的样子道："赵先生，苟某是生意人，不懂政治，就知道和各位把头组织工人挖煤进道，谁领导我也是这么干。只要让我承包矿上的采掘工程，有活儿干、有钱赚就行！对县里的决定，我没有意见！"

朱奇山暗想，这老狐狸，嘴不对心哪。但在这种场合，他不便发言，所以没有吱声。赵铁柱又问各位把头的意见，众人七嘴八舌道："苟经理说了，我们都是生意人，不懂政治，上面怎么说我们就怎么干！""既然县里这么决定了，我们服从，听工作团的安排！"

众人停止议论后，赵铁柱宣布道："好，既然各位都服从县里的决定，那大家回去以后，就抓紧组织自己管理的工人暂时按部就班恢复生产，装运储煤。有什么问题和困难，咱们协商解决。散会！"

刘因乐气哼哼地离开了会场，他偷眼瞅瞅身后，见几个跟自己近乎的把头跟了出来，气便稍微消了点儿。让他略感意外的是，平时跟自己并不多来往的张大闯也跟在后面，心里多少有点儿犯嘀咕。于是装作很关心的样子问道："老张啊，我现在可能已经是赵团长那帮人的眼中钉了，你跟着我，不怕受连累？"

张大闯叹口气道："都到这步田地了，俺不跟你刘会长走还能跟谁走！俺就是想跟人家走，恐怕人家也不一定要俺哪！"

刘因乐装作不理解的样子道:"你这是什么意思,他们巴不得大家都过去,怎么会不要你呢?"

张大闯好像有些无可奈何的样子道:"刘会长,你是真不知道呢,还是信不过俺?"

刘因乐惊奇道:"老兄,瞧你说的,我怎么会信不过你呢?我只是觉得您老婆孩子和小舅子都相信共产党,赵团长还是你的妻侄女婿,按常理你应该跟他们走,怎么反倒会跟我混到一起呢?"

张大闯苦笑道:"按常理说,俺是应当跟他们走,可是,在人家眼里,俺是个当年出卖朱奇山的叛徒,老婆和妻侄儿看不上俺,连儿子都不搭理俺,铁柱怕俺坏了他夫妻俩的名声,更不愿沾俺的边,你说说,连俺的家里人都这么对俺,朱奇山和他那帮兄弟还能接纳俺?俺也是走投无路哇,不跟你走跟谁走?"

张大闯说得可怜,刘因乐信以为真,觉得像张大闯这样被共产党视为叛徒的人,不跟自己走也确实没有出路。不管怎么说,他是冠山矿的老人,把他留在身边,也不会有什么坏处。于是装作十分亲热的样子,拍拍张大闯的肩膀道:"老兄,你这么说我信,你选择跟我刘因乐一起干,我欢迎。我老刘是个性情中人,只要老兄真心跟我干,我不会亏待朋友,这你放心!"

张大闯装作很受感动的样子道:"刘会长放心,今后俺张大闯一定听你的,唯你马首是瞻,你要俺干什么,俺就干什么,绝不含糊!"

晚间,刘因乐把他的八大弟子、侯老二、张大闯和几个把头召集到一起,秘密商量对付工作团的办法。他开门见山道:"各位,老刘我离开会场,和工作团闹掰了,今后咱们怎么办,我想请各位帮咱出出主意,请各位畅所欲言!"

侯老二道:"刘会长,共产党最善于搞宣传鼓动,咱们得想办法让工人会的弟兄不听他们的蛊惑才行!"

姜把头道:"那可不容易,共产党不仅用和工人谈心交朋友的办法搞串联,还成立了什么工人夜校,说是学文化,教识字,实际是讲共产党的好处,给工人洗脑子,得想办法制止才行!"

刘因乐道:"姜把头说的这个情况很重要,我看咱工人会得立个规矩,订他个几不准,禁止工人会的人和工作团的人来往,免得受蛊惑!"

姜把头道:"常言说,没有规矩不成方圆,现在各位就可以议论议论,弄它几条!"于是,众人七嘴八舌说了好多条。刘因乐对大弟子刘奇恒道:"奇恒,我看大家说得不错,我把大家说的梳理了一下,就叫六不准吧!我说,你记一下。"

"嗯哪!"刘奇恒边答应边将纸铺在桌子上。

刘因乐道：一是不准到工作团的办公室；二是不准私下跟工作团的人来往；三是不准到工人夜校听课；四是不准参加工作团召开的会议；五是不准随便接待生人住宿；六是不准不听工人会的召唤。违反六不准的任何一条，要进行罚款处理，严重的，要关禁闭，受鞭刑。大家看行不行？"

众人表示同意后，外号"二诸葛"的二弟子郑文宗道："师父，你在工人会成立典礼上说要我主持家礼教，我觉得煤黑子识字的不多，信神信鬼的不少，用家礼教蛊惑煤黑子，准保让他们服服帖帖听咱们的话！"

三弟子随志清接口道："二师兄说的家礼教的事，我也听说了，规矩大了，要入教，先得交二百元入教费，还要摆香堂，认师父、师母，端阳、八月十五、过年三大节和师父、师母过寿要送礼，还要帮师父干活儿，对师父不得说不，如果不听话，就是犯家规，要挨板子、罚跪，说这些都是上天和神的意志，用这一套准能把工人拢住。"

刘因乐笑道："你们俩鬼点子多，我看这样行。用神鬼这一套把工人团弄住为我所用，比讲什么共产党、国民党管用。这件事就交给你俩去办，先弄个计划给我看看，然后就按计划去办！"

张大闯暗想，刘因乐这小子表面看像粗人，实际内心很阴毒，以工人会的名义定规矩，隔断工人和工作团的联系，又用家礼教装神弄鬼，搞封建迷信腐蚀工人的灵魂，软硬兼施，有计划地同工作团作对，这个情况一定要让铁柱两口子和奇山大哥知道，采取相应的对策。

晚间回家，张大闯把刘因乐开会的情况告诉了杜梅，杜梅转告了铁柱和朱奇山。

秋末冬初，边城地区已是冰雪覆盖，天寒地冻。哈尔滨、牡丹江等大中城镇居民生活和生产用煤紧缺，急需供应煤炭。军工企业和军事物资的运输因没有煤炭，火车开动不得不烧大豆、豆饼和劈柴样子，不仅成本高，且因动力不足，机器运转和火车速度都受影响。为解决煤炭供应问题，东北局号召边城地区各煤矿企业首先要装运储煤，解决燃眉之急。为此，东北局主要领导曾亲自到边城各矿视察装运储煤的情况，要求各矿要克服困难，装运储煤，保证军用民用和工业生产用煤。赵铁柱和朱奇山组织冠山矿的工人三班轮换，昼夜不停，顶风冒雪装运储煤，火车拉着煤炭源源不断从冠山矿开出。

刘因乐一伙儿看在眼里，急在心头，竟采用过去工人对付日本鬼子的办法破坏工作团装运储煤的努力。第一招儿是蛊惑工人会的工人罢工。他安排自己的弟子和亲信暗中威胁工人，有的煽动说："跟着工作团装运储煤，就是帮共产党，背叛国民党，等国军打过来，一定没有好果子吃！"有的蛊惑说："共产党不信神鬼，老天不容，谁跟着共产党干，谁就违背了神的意志，将来一定会遭到神佛的惩罚……"郑文宗对参加家礼教的信徒威胁说："谁参加装运储煤，谁就是犯了教规，得受处罚！"他们一边散布谣言，蛊惑工人，一边组织罢工，阻挠工人参加装运储煤的劳动。不过，民以食为天，眼见装运储煤能够拿到工资，养活老婆孩子，不去参加劳动，全家都得饿肚皮，所以，不少工人还是不听蛊惑，偷偷地去参加。

刘因乐见这招儿效果不大，便换个招式，装作关心工人的样子，拿出一副为民请命的嘴脸道："寒冬腊月，在野外干活儿多辛苦啊，给这点儿工资太少了！"于是暗中让他的弟子和亲信煽动不明真相的工人围攻工作团，闹着要求增加工资。赵铁柱知道这是刘因乐一伙儿的损招，明确拒绝道："工资是县工矿局和各矿协商确定的，我无权更改！"闹事的人碰了个软钉子，也只好灰溜溜地散开。

刘因乐见这招儿又失败了，就偷着招呼大弟子刘奇恒道："晚上，你和老三、老四悄悄组织几个人，找个合适的地方放几枪，装作国军打过来的样子，喊喊话，吓唬吓唬煤黑子，把他们赶回家！"

刘奇恒点头道："师父放心，我这就去办！"晚间，刘奇恒即招呼老三、老四偷偷领着七八个人，带着几支枪和几挂鞭炮，在储煤场附近的一个山坡后面隐蔽下来，并对着储煤场开枪放鞭炮，同时扯着嗓子乱喊："我们是国军先遣队，长官让警告你们，煤炭是国民政府的，不准随便装运！""谁他妈的不听话，参加装运储煤，等国军主力打过来，统统枪毙！""国军已占领沈阳、长春，很快就打到哈尔滨了，不要听共产党的蛊惑，老实回家等国军打过来！"

正在干活儿的工人听到枪声和喊话，有的吓得放下手中的工具准备离开，有的吓得蹲在地上不敢吱声。杜龙彪一边指挥在储煤场周边巡视的自卫队开枪还击，一边高喊："工友们，大家不要慌，先在车厢后面躲躲！"然后冷静地辨认着传来的枪声，发现枪声中好像还有鞭炮声，于是大声对自卫队员道："同志们，大家仔细听听，对面的枪声中好像还有鞭炮声，是虚张声势，吓唬人的！"

朱继忠也有同感，便回应道："彪哥，好像是，你带着大伙儿冲吧，咱们收拾这伙王八蛋！"

杜龙彪命令道："同志们，冲啊！抓坏蛋哪！"

自卫队员个个精神抖擞，边开枪，边冲锋，边高声呐喊："冲啊，抓坏蛋哪！"

刘奇恒一伙儿人看到这阵势，不敢停留，屁滚尿流，逃之夭夭，这一招儿又落了空。刘因乐还是不服输，他私下招呼侯老二商量道："老侯，现在工作团在冠山矿的影响越来越大，这样下去，咱们可要吃大亏了！"

侯老二无可奈何地说道："共产党在边城已站住了脚，工作团有共产党做靠山，不好办哪！"

正说着，苟步力推门进来问道："两位商量什么呢？"

刘因乐沮丧道："还能商量什么，还不是考虑怎么对付工作团的事！"

苟步力道："合计好了吗？说来听听！"

侯老二道："还没有合计好，刘会长正为这事发愁呢！经理有什么高见？"

此时，张大闯正巧从门口经过，看到三人鬼鬼祟祟在里面议论，瞅瞅左右无人，便站住脚，侧耳细听。

只听苟步力道："如今，我也没什么'高见'。依我看，单靠咱们自己恐怕斗不过工作团！"

刘因乐道："是啊，工作团有共产党做后盾，还真是不好对付呢，可国军远在长春，眼下也指不上啊！"

苟步力摇摇头道："眼下指不上，不等于今后指不上啊！"

刘因乐道："那倒也是，可远水不解近渴，等国军打过来，咱们恐怕已被共产党收拾了，还不是指不上？"

苟步力道："当初我跟你说我唱红脸，你唱黑脸，这个办法没有错，只是你这黑脸唱得太急太猛了点儿，引起了工作团的警惕，我建议你来个明修栈道，暗度陈仓！"

刘因乐道："请老兄说明白点儿，到底咱们该怎么明修，怎么暗度？"

苟步力道："所谓'明修'，就是暂时缓和同工作团的关系，让工作团以为你态度转变了，不再怎么提防你；所谓'暗度'，就是秘密派人到长春同国民党联系，取得他们的支助，偷偷组织一支武装，瞅准时机，找个借口，消灭自卫队，抓捕工作团的骨干，等国军主力到来！"

刘因乐道："老兄高见！老二，我看到长春的事就得由你辛苦一趟了。过去跟我在同一个部队的一个弟兄，听说他现在在长春国民党党部任职，我备份儿厚礼，再写一封信，你去找他，准能把事办成！"

侯老二道："我听两位会长安排，让我去长春，我保证把事办好！"

听到这里，张大闯倒吸了一口凉气，便悄悄离开。

## 三

过了大概一个月，东北局工矿处的领导和警卫及相关部门的负责人到了边城，并根据工矿处的职责同县工矿局协商，将边城地区工矿企业交给工矿处接管。随后即成立了边城办事处，开始派干部陆续接管了边城地区各煤矿和电厂等工矿企业。根据工矿处边城办事处的指示，赵铁柱改任军代表兼冠山煤矿矿长，杜菊仍是原来的身份。

关于冠山矿党组织的情况，因为赵铁柱曾向边城县委汇报过徐涌泉和朱奇山组织临时党支部的经过并提出了自己的建议，县委领导认为，日伪统治时期，在无法和上级党组织取得联系的情况下，徐涌泉和朱奇山同志能够那么做，难能可贵，同意在临时党支部的基础上成立中共冠山煤矿党支部，书记由杜菊同志担任，副书记赵铁柱、朱奇山，委员孟吉庆、杜龙彪。

侯老二从长春回到了冠山矿以后，首先向刘因乐报告了长春之行的情况。他十分夸张地诉说了自己沿途如何躲过了共产党的盘查，如何爬冰卧雪昼夜赶路，辛辛苦苦才到了长春，然后向刘因乐报告了见到长春国民党党部长官的情况，还特意说刘因乐的朋友如何热情，如何重视，有一搭没一搭地夸奖了一番。最后眉飞色舞道："刘会长，恭喜你，长春国民党党部已委任你为东北先遣军边城独立团上校团长兼冠山煤矿矿长，委任苟经理为国民党边城工作站站长。要求你俩一文一武精诚团结，为党国效力。"边说边从棉袄兜里掏出了两张皱巴巴的委任状交给了刘因乐，"会长，不，该叫矿长了，这是委任状！"

刘因乐接过委任状，翻来覆去看了一会儿，小心地放在桌子上后，皱着眉头道："官虽然有了，但没有武器装备也只是一张空头支票，没什么大用处哇！"

侯老二急忙回应道："矿长，有件大喜事还没有告诉你呢！"

刘因乐道："什么喜事，还不快说！"

侯老二道："这次到长春，我还见到了上官铁木！"

刘因乐撇撇嘴道："见到他算什么喜事？"

侯老二道："他现在是国民党的座上宾了，他说他在冠山矿7号煤洞里藏了一批武器，愿作为贺礼送给团座！"

刘因乐喜出望外道："这可真是件大喜事，有了这批武器，咱们就好办了。老二，长春之行，一路辛苦，先休息两天，然后我让奇恒跟你一起去找7号煤洞，把这批武器弄到手！"

侯老二道："好，我听矿长安排！"

侯老二转身要走，刘因乐道："老二，你先别走，这次到长春，事情办得不错，功劳不小，我也不亏待你。我现在委任你为独立团一营营长兼矿材料科科长，你要好好跟着我干，咱们一起升官发财！"

侯老二感激得扑通跪下道："谢谢团座栽培，老二愿忠心追随矿长，生是矿长的人，死是矿长的鬼！"

刘因乐微笑道："老二，你起来吧，我知道了！"边说边摆摆手，让侯老二走了。

张大闯见侯老二不再像前一段那么沮丧了，见人也有点儿趾高气扬的样子，觉得他长春之行可能受到了国民党的蛊惑，得到了封赏，接受了什么指令。于是便有意接近他，跟他套近乎。

他假装不知道他的行踪问道："侯老弟，多日不见，你到哪里发财了？"

侯老二道："这年头儿，发什么财呀，我奉刘会长差遣出了趟远门！"

张大闯道："噢，原来是有美差啊！你都到什么地方了，外面的情况如何？"

侯老二脱口道："去了趟长春！"自知失言，便支支吾吾道，"到处都在打仗，吓死人了！"

张大闯引逗道："长春可是个大城市啊，你这次可是开眼界了！来来，老弟，俺今天请客，给你接风！走，咱俩去喝两杯，你给俺说说长春的情况，也让俺长长见识！"边说边拉着侯老二往杨风春的小吃部走去。

侯老二本就是酒色之徒，见大闯请自己喝酒，便半推半就地高高兴兴同张大闯进了小吃部。

张大闯高声道："杨掌柜，有单间吗？"杨风春道："有，两位请！"进了单间，落座后，张大闯豪爽道："杨掌柜，来半斤熟牛肉，一盘炒鸡蛋，一个炒生熟，再来一碟花生米！一壶茶，一瓶梨树白，一盒恒大香烟。"

杨风春笑道："张把头，就你们两个人，菜可点得不少哇！"

张大闯装作十分大方的样子道："杨掌柜，侯老弟刚从长春回来，一路辛苦，今天俺给他接风，四个菜，不多，怎么，怕俺不给你钱？"

杨风春点头哈腰道："哪里，哪里，俺也是随便说说！"随即对厨房报了菜名，然后提着一壶茶，拿着茶杯和香烟放在餐桌上。张大闯陪侯老二喝茶抽烟闲聊。不一会儿，杨掌柜端上酒菜，二人即吃喝起来。

张大闯有备而来，侯老二毫不设防，张大闯边奉承边劝酒，二人推杯换盏，不长时间，侯老二就有了醉意，舌头发硬，话却多起来。

张大闯引诱道："兄弟，长春那地方好玩吗？"

侯老二随口答道："好，好是好玩儿，歌厅、妓院有的是，只要有钱，怎么玩儿都行。"

张大闯道："那，你没有好好玩玩儿！"

边说，边给侯老二倒了一大杯酒。侯老二端起酒杯一口喝下去道："他妈的，到处都是国军，盘查得太严，玩儿个屁！"

张大闯装作可惜的样子逗引道："可也是，兵荒马乱的，这时候到长春能干啥？"

侯老二瞪一眼道："能干啥？当然是干大事了！"

张大闯故意撇撇嘴激他道："吹吧，你能干什么大事？"

侯老二听张大闯这么说，以为是瞧不起自己，加上酒精的刺激，便忘乎所以气哼哼道："张把头，你别瞧不起咱老侯，我这次长春之行，干的可是惊天大事！"

张大闯继续刺激道："什么惊天大事？怎么，信不着俺，对俺还保密！"

侯老二见左右无人，即神神秘秘道："不瞒你说，我这次到长春，见到了国民党长春党部的大头儿了，还拿回了对刘会长和苟经理的委任状。"

张大闯道："都封什么官了？"

侯老二道："刘会长是东北先遣军边城独立团的上校团长，苟经理是国民党边城工作站的站长！我都当上营长了！"

张大闯装作高兴的样子道："恭喜，恭喜！来老兄敬你一杯！"说着又给侯老二倒酒，侯老二又一口干了。

张大闯进一步逗引道："好事倒是好事，可没人没枪，也是个空架子！"

侯老二白一眼张大闯道："大闯兄，你错了，我告诉你一个天大的秘密！"

他瞅瞅左右小声道："你知道上官铁木吧？这小子没有跑掉，现在在长春国民党党部那里，他逃跑前把一批日本军火藏在了7号煤洞里，现在作为贺礼要转交给刘会长了。有了这批武器，你还敢说独立团是空架子吗？"

张大闯装作信服的样子道："那是，那是！这么说，你已经拿到这批军火了？"

侯老二摇摇头道："还没有，我还不知道7号煤洞的位置呢，会长，不，不，现在该叫矿长了，他让我和刘奇恒一定要找到7号煤洞，把武器拿到手！"

事情已经弄清楚了，看到侯老二满脸通红、站立不稳的样子，张大闯让杨风春安排人把他送走了。

听了侯老二的报告，看到盖着国民政府国防部大印的委任状，刘因乐很兴奋。他找到苟步力，告诉了侯老二长春之行的收获，并把委任他为国民党边城工作站站长的委任状交给了苟步力。苟步力接过委任状看了一眼，心里高兴，但表面上不像刘因乐那样喜形于色。

他苦笑着对刘因乐道："老弟，这只是一纸空文，凭这空头支票要和共产党干还太冒险，必须得到长春方面人力、物力和实质性的支持才行！"

看到苟步力有顾虑，刘因乐便把废煤洞中有军火的事告诉了他。苟步力面露喜色道："这确实是个好消息，不过，目前边城共产党的势力越来越大，咱们需先暗做准备，等待时机，不可轻举妄动！"

刘因乐道："依老兄之见，咱们下一步该怎么办？"

苟步力道："得到长春国民党的委任状和军火的事千万要保密。同共产党方面的矿长和特派员也先不远不近地处着，看他们对你我和工人会的态度，然后再商量对策。"

刘因乐点点头道:"不过,咱也不能消极等待,我已让刘奇恒以防范土匪为名抽调了部分工人搞军训,练习格斗、刺杀和射击,还让侯老二偷偷去找7号煤洞,查看军火的情况,一旦时机成熟,即把军火发下去,做到人枪齐备,万无一失。"

苟步力点头道:"你这样安排很好,咱们暗中准备,等待时机,爆它个惊雷!"

张大闯把从侯老二口中了解到的情况通过杜梅告诉了赵铁柱、杜菊和朱奇山。三人觉得刘因乐勾结国民党反动派同共产党作对,是冠山矿进行民主改革和恢复煤炭生产的最大障碍,必须采取果断措施。但是,鉴于他在冠山矿有一定的势力,并在组建反动武装,内外勾结,不可小视,是不是在冠山矿公开抓捕、何时动手、如何行动,需请示工矿处领导,谋定而后动。同时召开党支部会议,进一步沟通了情况,统一了思想,初步议定了行动方案,并由特派员和矿长向工矿处领导作了汇报。

刘因乐认为上官铁木藏在废煤洞的军火,是他搞暴动的本钱,所以责成侯老二一定要找到藏军火的7号煤洞,秘密把藏在里面的枪支弹药运到早已准备好的地下仓库中,以便在暴动前发给矿卫队。

冠山矿党支部对这批军火也非常重视,并安排杜龙彪和朱继忠秘密监视侯老二,找到藏军火的地方。

侯老二按照刘因乐的交代,跟刘奇恒一起开始找7号煤洞。冠山煤矿的废煤洞有几十个,因没有图纸,要找到7号煤洞也很不容易。时至寒冬,冰天雪地,侯老二和刘奇恒虽然穿着冬装,但还是雪人似的在冠山矿周围四处转悠,逐个排查。好不容易找到了7号煤洞,两人打着手电筒到里面寻找,在里面一个废巷道里发现了三个木箱,打开木箱,看到两个长木箱里分别装着五十支步枪、两支手枪,旁边一个方木箱里有百十颗日本造地瓜手雷和三千发子弹。两人各伸手拿一支手枪别在腰间皮带上,又拿十几发手枪子弹装在身上,欢天喜地走出了煤洞。

侯老二从腰间拔出手枪晃了晃对刘奇恒道:"兄弟,认识吗,这种手枪是皇军长官用的王八盒子,好家伙!"

刘奇恒高兴地回应道:"他妈的,老子今天也过过瘾,当一次长官!"边说边拿着短枪手舞足蹈比画起来。比画完以后又有点儿担心地对侯老二道:"侯兄,咱私自拿枪拿子弹的,让会长知道可就麻烦了!"

侯老二大咧咧道:"常言说近水楼台先得月,武器是咱俩千辛万苦找到的,拿他妈两支手枪算啥,别担心!"

刘奇恒道:"侯兄说的是,不过,这么多枪和手榴弹,咱们怎么运回去哇!"

侯老二道："不急，不急！这荒山野岭的，谁能知道这废煤洞里藏着军火！别瞎操心，丢不了！咱先回去把这个消息告诉会长，他说什么时候搬，咱再安排人来搬！"

刘奇恒道："那好吧！不过，夜长梦多，还是小心点儿好！"边说边警惕地向四面张望。跟踪两人的杜龙彪和朱继忠一动不动地趴在雪地上，没有被刘奇恒发现。

侯老二笑道："奇恒老弟，你也太小心了，怎么，还怕有人跟踪？"

刘奇恒道："这批军火可是会长的命根子啊，小心没大错，不怕一万就怕万一呀！"

侯老二道："老弟说得也对，咱俩快回去报告吧，等把这批武器安安全全地搬走咱也就不用操心了！"两人说说笑笑一前一后离开了煤洞。

## 四

杜龙彪和朱继忠看到侯老二和刘奇恒两人高兴的样子，知道他俩可能有所发现，等两人走远，便从地上站起来，拍了拍满身白雪，也钻进了7号煤洞，找到了藏军火的木箱。走出煤洞后，杜龙彪抬头看看太阳，对朱继忠道："兄弟，天不早了，你腿脚快，先回去报告铁柱，让他把人安排好，你领他们过来，咱们今天晚上就把这些武器运走，不然，让侯老二他们抢先一步就糟了！"

朱继忠不敢怠慢，迈开大步，迅速返回矿里，把跟踪侯老二发现煤洞和军火的情况报告了赵铁柱，赵铁柱立刻安排人跟着朱继忠连夜赶到7号煤洞，同杜龙彪会合，几个人一起动手，从木箱中取出枪支和子弹手榴弹，分别装进几条麻袋里，神不知鬼不觉地把军火运到了公安局的武器库。

侯老二和刘奇恒把找到军火的消息告诉了刘因乐，他高兴得合不拢嘴，连声夸两人道："这件事办得不错，等把这批枪弹拿回来，我重重有赏。"

侯老二正要报告木箱中枪支弹药的数量，刘因乐没有等他开口，突然警惕地问道："老二，你和奇恒在野外转悠，碰到过什么人没有，发没发现有人跟踪？"

侯老二和刘奇恒同时回应道："没有，数九寒天的，人都在家猫冬，又是在荒郊野外，谁还到外面挨冻，会长放心，没有人跟踪！"

刘因乐还是有点儿不放心，吩咐两人道："你俩辛苦了，今天先回去休息，好好睡一觉，明天晚上我安排人跟你俩去搬军火！"

第二天傍晚，侯老二和刘奇恒兴高采烈地领着工人会几个亲信会员去搬运军火，到达7号煤洞口，发现雪地上有不少脚印，两人倒吸了一口凉气，互相瞅了一眼，顾不上说话，急急忙忙往里走，到藏军火的废巷道处，看到三个木箱仍然完好无损，才勉强松了口气，随即命令会员道："把箱子打开，让你们开开眼！"会员们七手八脚打开木箱，惊恐地喊道："侯、侯科长，你来看！"侯老二低头一看，见箱子里全是石头，立刻傻了眼。

他脑子里飞快地转过一个念头，便假装十分生气的样子道："他妈的，小日本，不是说有武器吗，怎么全是石头！这不是糊弄老子吗？"

刘奇恒正要说话，侯老二递个眼神没让他开口。同时跟一起来的会员道："你们都看见了吧？小鬼子他妈的糊弄人，真正气死我了，你们先出去，让我喘口气！"

等几个会员离开后，刘奇恒疑惑地问道："侯哥，你怎么这么说，昨天咱们不是……"

未等刘奇恒说下去，侯老二即抬手堵住他的嘴道："我知道，你别说了！"

刘奇恒拨开他的手，不解地问道："侯哥，你什么意思？"

侯老二小声道："兄弟，我知道你想说什么，可是，如果说军火被掉了包，让人抢先运走了，会长要知道还不剥了咱俩的皮？"

刘奇恒道："那你说该怎么办？这种事能瞒过会长吗？"

侯老二道："不管怎么说，咱也不能跟会长说实话！"

刘奇恒道："那、那该怎么说？"

侯老二沉思一会儿道："昨天会长可能是太高兴了，问得也不细，咱也没有来得及说开箱的情况和军火的数量，这可是不幸中的万幸啊！"

刘奇恒好像有点儿明白了侯老二的用意，但还是追问道："这跟问得细不细、开不开箱有啥关系？"

侯老二道："兄弟呀，你怎么还不明白，你想啊，假如会长昨天问得细，咱们把开箱和武器的数量都告诉了会长，那今天木箱中的武器突然变成了石头，那咱们可就死定了，连一点儿回旋的余地都没有了！可是，老天有眼，咱没有把开箱的事告诉会长，到底开没开箱会长也不知道，那咱不就好办了吗？"

刘奇恒恍然大悟道："哦，我明白了，你是说，今天咱们回去，会长问起军火的情况，咱就说昨天挪了挪木箱，觉得很沉，以为是军火，没有敢开箱就回去了，没想到今天一开箱，发现木箱里全是石头，咱们让上官那个小鬼子给骗了！"

侯老二道："老弟呀，你总算明白了。这样一来，会长顶多怪咱不细心，办事不力而已，还能把咱们怎么样！"

刘奇恒犹豫道："你说这样行吗？如果会长不相信是上官铁木糊弄咱，说咱们撒谎，那咱们可就没活路了！"

侯老二道："你说得也有道理，不过，眼下上官铁木在长春，会长也没办法核实，不信又能怎么办，怀疑他也没有证据。我也是急中生智，没有办法才走这步险棋的，死马当活马医吧，走一步看一步好了，先过了眼前这一关再说！"

刘奇恒无可奈何地说："嗯哪，那好吧，反正咱俩是一根藤上的蚂蚱，生死同命，你说怎么办咱就怎么办！"

两人装作没事人似的领着众会员回了矿。刘因乐没有看到军火，即用疑问的口吻问道："老二，军火呢？"侯老二懊恼地说："会长，俺俩让上官这小鬼子给骗了，箱子里全是石头，根本没有军火！"

刘因乐摇摇头道："不可能啊，是不是你俩让人跟踪，被人调了包！"

侯老二狡辩道："绝对没有人跟踪，请会长放心！"

刘因乐怀疑俩人在说谎，翻来覆去问了好一会儿，两人赌咒发誓狡辩，刘因乐没有证据，也只好骂了一顿出口恶气了事。

刘因乐把军火变石头的事告诉了苟步力，苟步力摇摇头道："上官铁木这个人我还是比较了解的，他应该不会拿石头冒充军火。再说了，他既然投奔了国军，也犯不上这么做，这么做对他来说也没有什么好处。我猜想，十有八九是老侯他俩撒了谎。"

刘因乐着急道："这么说，莫非那批军火让姓赵的那伙人弄走了？"

苟步力道："依我看完全有这种可能！"

刘因乐沮丧道："那、那咱们的意图不就暴露了吗？他们会不会对咱们动手？"

苟步力沉思了一会儿道："这，我也说不准！"

刘因乐恼怒道："他妈的，他们真敢动手，惹急了，老子领着工人会和家礼教的人公开跟他们干，大不了失败后我带着弟兄们上山当土匪，或者上长春投靠国军！"

苟步力摇摇头道："我觉得现在还没有到鱼死网破的地步，犯不上冒险拼命！依我看现在应当做好两件事，让对方找不到动手的口实。"

刘因乐道："你说，哪两件事？"

苟步力道："第一，暂时不要追究侯老二他们两人的责任，让他俩立刻去长春核实军火的真假，并请求国军派一支精干的队伍来接应。为方便联络，最好给咱们弄部电台。第二，缓和同共产党工作团的关系，对军火问题只字不提，解除他们对咱们的怀疑。"

刘因乐道："如果这批军火真的落到了工作团的手里，他们肯定认为军火是咱们的，即使咱只字不提，人家也心中有数，很难解除怀疑的。"

苟步力道："你说得不无道理。不过，工作团真要问起军火的事，咱也可倒打一耙，让他们无法应对！"

刘因乐疑问道："怎么倒打一耙？"

苟步力道："咱们可以承认发现军火的事，不过不能告诉他们实情，只能说是侯老二发现了这批军火，好像是日本人逃跑时藏起来的，咱们准备用这批军火武装矿卫队防土匪，不知怎么让谁先下手抢走了，你这样说，他们还能怎么应对，这是不是倒打一耙？"

刘因乐道："好，好，老兄高见。不过，去长春的事，还派侯老二他俩去有点儿欠妥，你想啊，军火的事咱们既然怀疑他俩在撒谎，再让他俩去核实那不是笑话吗？我看还是让郑文宗去比较稳妥，这小子机敏，有办事能力。"

苟步力道："你考虑得没错。但我还是坚持派他俩去，最大的好处是可以躲避工作团的追查。军火出错，八成是老侯他俩被跟踪了，工作团很可能会秘密抓捕他俩，了解咱们跟长春联络的情况和军火的来源。如果让他俩留在矿上，一旦落到工作团手里，那可是人证物证俱全，咱可就被动了。再说了，老侯到过长春，这次再派他去，一是他同长春党部的长官认识，办事比生人方便；二是军火到底为什么出事，他俩实际心知肚明，这次仍让他俩到长春去，表示对他俩的信任，他俩一定会尽心竭力去办，这不是很好吗？"

刘因乐犹豫道："那核实军火的事不就泡汤了吗？"

苟步力笑道："我说刘老弟，你对军火的事真的还那么执着吗？这事明摆着是他俩出了错，撒了谎，你再派别人去，就算是水落石出了，那又能怎么样？大不了把两人收拾掉，那又有什么好处，军火还能回来吗？总的看，这两个人对咱们还是忠心的，脑袋也还好使，现在用人之际，留着比除掉好。"

刘因乐有点儿恼怒道："便宜这俩小子了！"

苟步力补充道："不过，你安排他俩去长春办事时，一定要暗示一下，让他俩知道，军火的事，实际你心中有数，不过看待他俩忠心的分儿上，假装糊涂，不愿深究罢了，别让他俩以为你真的好糊弄。同时要严厉警告他俩，这次到长春，事关重大，一定不能把事办砸，否则可就不留情面了。这叫恩威并用，是用人之道！如此不怕他俩不用心办事。如果他俩真的能从长春请来接应部队，弄来电台，助咱们成功，不就什么事都好说了吗？"

一席话，让刘因乐觉得苟步力不愧是老狐狸，在用人上确实很有见地。于是佩服道："老兄说得有理，因乐茅塞顿开，好，我就这么办！"

送走苟步力之后，刘因乐叫人把侯老二和刘奇恒叫到办公室，两人以为东窗事发，心里忐忑不安，格外小心恭敬地对刘因乐道："会长，我俩来了，请会长赐教！"

刘因乐故意板着脸，眼睛盯着两人一言不发，办公室里静得让两人心里发毛。好长时间，刘因乐才开口道："你俩知道我为什么不说话吗？"

刘奇恒结结巴巴道："师、师父，不，不知道！"

刘因乐板着脸道："俗话说要想人不知除非己莫为，你俩的所作所为别以为我不知道。只是看到你俩还算忠心，办事还算尽力，有些事也就不再深究了。但是，不深究不等于我不知道，明白吗？"

两人惊得一身冷汗。侯老二老奸巨猾，听出了刘因乐话里的弦外之音，便战战兢兢道："矿长教训的是，老二明白！"

刘因乐用稍微缓和的语气道："明白就好。这次有桩美差，我还是想着你俩，想安排你俩去完成！"

侯老二连忙回应道："谢谢矿长，有什么任务交给我和奇恒，我俩一定万死不辞，不成功便成仁！"

刘因乐有意缓和气氛，改用较为亲切的口吻道："这次任务很重要，但不会有生命危险，用不着成功成仁什么的，只要用心去做就行了！"

刘奇恒见刘因乐这么说，紧张的心情放下来道："师父，什么任务，您老尽管吩咐，徒弟一定努力完成，不辜负您老的教诲！"

刘因乐道："这次还要派你俩到长春走一趟，任务有两项：一是核实一下军火的虚实，如果真是上官铁木糊弄人，咱就让党部长官做主，找他算账！二是请求党部长官派一支精干的队伍带武器和电台到边城接应我们。这两项任务能顺利完成，你俩就是首功一件，重重有赏！"

两人听说，顿时来了精神，赌咒发誓，表示坚决效忠，保证完成任务。离开办公室，刘奇恒愁眉苦脸道："侯哥，听师父的口气，军火的事，八成他已知道底细了，现在又让咱俩去核实，到底什么意思，咱该怎么办哪？"

侯老二笑笑道："奇恒，你也太实在了。你猜得没错，看会长开始的态度，说的那些话，分明是暗示咱他已知道咱俩在撒谎，不再深究了。让咱俩去核实，也不过是给个台阶下，表示对咱俩的信任罢了！"

刘奇恒道："那回去以后，师父问起这事，咱们该怎么交代呀？"

侯老二道："这事好办，就说上官铁木已离开长春，联系不上了，是真是假不好确定。其实会长心知肚明，咱们这么说，他是不会再深究的！"

刘奇恒松口气道："嗯哪，真要这样那就好办了！"

侯老二道："军火的事就算过去了，你放心吧！现在的关键是要尽力办好第二件事，有了国军的接应和武器电台，暴动能成功，咱就等着领赏吧！"

刘奇恒佩服道："侯哥脑瓜儿灵光，我听侯哥的！"

## 五

拿到煤洞中藏匿的军火之后，赵铁柱和杜菊再次召开党支部会议，研究是否立即逮捕刘因乐的问题。

杜龙彪道:"刘因乐暗藏武器,进行军训,公开抵制县里的决定,应当立即逮捕,解散工人会!"

朱奇山道:"刘因乐搞军训打的是防范土匪、保护矿山的旗号,煤洞中的武器来源他肯定不会轻易认账,如果我们公开承认拿到了这批武器,他们会说武器是日伪遗留下来的,他们发现了,还没有来得及搬走,甚至还会倒打一耙,说我们跟踪他们的人,偷拿了他们发现的军火,不仗义,使阴招儿,这样我们反而被动了。我觉得现在逮捕刘因乐时机还不太成熟!"

孟吉庆道:"侯老二从长春回来不长时间,听说现在又和刘奇恒一起去了长春,他俩到长春干什么?不如等他俩从长春回来,秘密把二人抓起来,弄清情况以后再动刘因乐,这样比较稳妥!"

赵铁柱道:"有个新情况要告诉大家,前两天,刘因乐主动找到我,态度有很大转变。唱的和苟步力是一个调,说自己是生意人,不管是共产党还是国民党,只要有活儿干、有钱挣就行。还说那次开会自己态度不好,并主动要求答应他安排工人会的人跟咱们一起装运储煤。"

朱奇山道:"还有一个情况,听说侯老二和刘奇恒上长春以后,军训也停下来了,只有郑文宗的家礼教目前还很活跃!"

杜菊道:"铁柱和奇山同志说的这个情况很重要。刘因乐突然转变态度,显然是军火出事以后,担心露出马脚,想缓和关系,以退为进稳住咱们。派侯老二再到长春,既是躲避咱们,怕咱们抓捕,更重要的是抓紧同长春的国民党勾结,争取外援,伺机而动,不可不防。"

朱奇山道:"俺认为,刘因乐的反动本质没有变,只是策略变了。我们也应该以变应变,表面上跟他缓和,暗地里要抓他勾结国民党干坏事的证据,让他的反动嘴脸暴露在光天化日之下,然后咱们再动手!"

赵铁柱接口道:"我同意奇山同志的意见,现在,在维持会和工人会那里,还有我们的一个同志在暗中了解情况,有了进一步的人证物证,事情就好办了!"

朱奇山道:"既然铁柱矿长这么说,在座的也都是支部成员,有件事俺就不再隐瞒了。"接着,就把经梨平镇区委书记李子君同意,他同张大闯如何定苦肉计、如何让张大闯假装出卖自己、取得敌人信任、通风报信等前前后后的情况做了扼要介绍,并欣慰地说,"大闯同志没有辜负组织的信任,虽然遭到不知道底细的工友和亲人的唾骂甚至还挨过打,但他至今仍然忍辱负重,通过杜梅同志传递得到的情报,发挥了无可替代的作用。这次侯老二长春之行和军火等情报就是大闯同志传达出来的!"

听了朱奇山的介绍,赵铁柱道:"这件事,原本只有李子君书记和负责传递情报的杜梅同志知道,抗战胜利后,为不引起误解,方便工作,奇山同志告诉了徐涌泉、俺和杜菊！并希望他继续以把头的身份跟他们混，了解他们的动向。奇山同志这一手留得好，有大闯同志卧底，咱们可就好办了！"

孟吉庆和高兴旺同时不好意思道："唾骂和暗中打大闯同志是俺俩干的，以后俺得当面向他道歉！"

朱奇山笑道："这也不能怪你俩，那时你俩不知情嘛！不过，你俩那样反倒帮了他，不然老苟那帮人还不相信他呢！"

杜菊总结道："同志们，冠山矿目前的情况，俺和铁柱同志已向边城工矿处的领导作了汇报。关于是否立即逮捕刘因乐的问题，根据刚才大家交流的情况，我的意见：一是既然刘因乐的策略变了，我们也要以变应变，将计就计，表示欢迎，让他们失去警惕；二是龙彪同志要安排人暗中监视刘因乐和苟步力那帮人的举动，有情况随时汇报；三是奇山同志要秘密接触张大闯同志，告诉他，组织上已知道了他的情况，希望他继续做好卧底工作，把侯老二长春之行和刘因乐的阴谋搞清楚，及时沟通，供领导决策，同时千万注意自身的安全，欢迎胜利归队！"

十多天后，侯老二和刘奇恒偷偷回到了冠山矿。刘因乐见到他俩后，首先问道："老二，你俩在长春看到上官铁木了吗？军火的事搞清楚了吗？"

侯老二撒谎道："我和奇恒到长春后，想找上官铁木核实军火的事，党部长官听说木箱中装的是石头，十分恼火，立刻就找上官那小鬼子算账，可是没有找到人，听说那小子已到沈阳了，联系不上，也只好不了了之。"

在一旁的刘奇恒暗想，这小子真敢忽悠，军火的事在长春根本就没敢说，没影的事，他能说得有枝有叶，像真的似的。但事关自己的生死，他也不敢说真话，也只好硬着头皮附和道："是啊，鬼子鬼子，这小子真鬼道！"

刘因乐将信将疑道："他妈的，这小子都走投无路了，怎么还敢骗人，这么做，对他也没什么好处哇！"

侯老二道："怎么没好处，这不是可以取得党部长官的信任，再给自己找活路吗？"

刘因乐反问道："那他为什么又跑得没影了呢？"

侯老二觉得刘因乐对军火的事还是疑窦重重，想打消他的疑虑，便装作十分恼恨的样子道："难怪奇恒说鬼子鬼子的，他妈的日本鬼子和咱们中国人就是不一样，太鬼道了。可是，这么一来，可坑了我和奇恒了，弄得我俩不清不白的，让矿长觉得我和奇恒好像不诚实似的！"

刘因乐见侯老二这样说，觉得再谈论军火的事没什么意思，便转换话题道："我只是觉得军火的事有些蹊跷，绝对没有怪你俩的意思。算了，算了，事情已经过去了，咱就不提它了，还是说说接应和电台的事吧！"

刘奇恒抢先道："这件事长官答应得很痛快，说接应和电台是小事一桩，没问题。他准备派一支特务队，化装成皮货和山货商队，带着武器和电台五天后赶到。"

侯老二见刘奇恒抢了自己的话头，便不客气地打断他的话道："党部长官还命令毕士仁队长安排三四十人化装成煤黑子，暴动前秘密在冠山矿潜伏作内应，第五天里应外合，消灭矿自卫队，抓捕工作团的头头当人质同边城县和工矿处的共产党周旋，等国军主力打过来！"

刘因乐听了他俩的话，顿时来了精神，他对郑文宗道："文宗，你通知工人会大组组长以上人员和弟子们到我这里开会，听我的安排！"

不长时间，人员到齐，他兴奋地高声宣布道："弟兄们，现在，我以东北先遣军边城独立团团长和冠山煤矿矿长的身份告诉大家，长春国民党党部长官决定派部队来接应，命令咱们五天后组织武装暴动。不过，这是绝密的信息，现在还得保密，不准向任何人透露，谁要是私下通风报信，坏了咱们的好事，别怪刘某我不讲情面！"

众人有的兴奋，拍手叫好，有的担心，默不作声。张大闯装作高兴的样子道："会长，不，团长，有什么任务，你尽管安排，俺保证不含糊！"

刘因乐微笑道："好，好，什么任务，等一会儿我单独告诉你！各位，今天召集大家开会，就是先吹吹风，让大家有个思想准备，把自己的人管好，具体任务，今天不讲，等暴动前一天晚上再安排！"

众人怀着不同的心情各自散去。

会后，刘因乐找到苟步力，说出了长春国民党党部的指示，和自己准备武装暴动的想法。苟步力觉得不等国民党占领哈尔滨并进军边城就在冠山矿公开跟共产党摊牌，时机不成熟，太冒险。他面带难色道："因乐，在国军还没有打过来之前就这么干，我觉得太冒险了，你是不是再慎重考虑考虑！"

刘因乐踌躇满志道："苟会长，你说得也许有道理。但是，这是长春国民党党部的命令，咱不能不执行。再说了，几十万国军进军东北，势如破竹，占领了沈阳和长春，依我看，哈尔滨很快就能拿下来，到牡丹江和边城也不会太远。我想，长春国民党党部让咱们这样做，也是经过慎重考虑的，咱们不必担心，再说了，富贵险中求，咱们这么干可能有点儿冒险，但是，不冒点儿险，等国军打过来，咱们吃现成饭，没味道，刘某我不想那么干！"

苟步力无奈道："既然长春党部这么安排了，你也同意了，我也不反对。但是，咱们还是稳妥点儿好，如果国军还没有打过来，即使咱们暴动成功，暂时也不要打出反共的旗号，只能说是同工作团意见不合，不得已才这么做，并非反对共产党。同时，以工作团领导为人质，跟共产党谈判，要求他们答应你提出的条件，拖时间，以拖待变！"

刘因乐勉强同意道："那好吧，我听你的！现在我先把该办的事提前安排安排！"

离开苟步力后，刘因乐找到张大闯吩咐道："大闯兄，有件事跟你商量商量！"

张大闯装作很诚恳的样子道："矿长有什么事尽管吩咐，大闯一定照办，用不着商量！"

刘因乐高兴地说道："既然大闯兄这么说，那我也就不绕弯子了。是这样，矿上劳动力紧缺，我新招用了三十多个工人帮着装运储煤。这些人先安排在你那个工棚里住宿，请你费心安排安排！"

张大闯道："这样啊，小事一桩，没问题！"

安排完住宿的事，他又秘密吩咐五弟子刘小五道："小五，你到刁岭沟找毕士仁队长，让他按长春党部的命令，把准备参加暴动的那三十多位弟兄化装成工人，由你带这些人到矿上交给张大闯，让他安排住宿。"

刘小五答应着走了。刘因乐又悄悄对侯老二和刘奇恒道："这两天你俩先不要露面，在镇里找个地方躲躲，动手前我再通知你俩参加！"安排完之后，他装作没事人似的四处转悠，有时还到储煤场看看，吆喝工人会的工人好好干活儿。

按照刘因乐的吩咐，刘小五带着三十多个化装成工人的土匪回到了冠山矿，交给了张大闯，并特别交代道："张把头，这三十多个新工人，姓名、籍贯等基本情况我都登记过了，你就按刘矿长说的，安排好他们的住宿就行了！"

张大闯道："这事刘矿长已跟俺说过了，你放心，没问题！"嘴上这么说，心里却犯嘀咕。按照冠山矿的规矩，新工人一般都由把头自己招收，自己登记管理，这三十多个新工人却是由刘小五一手操办，登记簿也没有交给自己，觉得有些蹊跷。联系到刘因乐所说暴动的事，安排住宿时便多了一分小心。他装作关心的样子询问一个新工人的姓名、住址等自然情况，对方却很不耐烦地说："你们刘老板不是都登记了吗，你还问啥？"扭身便走，和新来的工人根本不一样。第二天吹口哨催班，大都懒洋洋的，不想起床。有的还小声骂骂咧咧，嘟嘟囔囔。到储煤场干活儿，有的笨手笨脚，不会干活儿，有的贼眉鼠眼，东张西望，心不在焉。这些都引起了张大闯的极大怀疑。

他顾不上让杜梅转达，直接找到赵铁柱和杜菊。因为情况紧急，也顾不上寒暄，便开门见山道："刘小五送来的这三十多人，俺看不像工人，俺怀疑是化装的土匪，别有企图。"

杜菊道："侯老二从长春回来了吗？"

张大闯道："回来了，长春国民党派部队接应和暴动的指示也是由他俩带回来的，只是怕咱们抓他俩，所以暴动前刘因乐不让他俩露面！"

杜龙彪道："我安排监视侯老二的同志说，他在镇里看见有个人好像是侯老二，但因距离较远，不太确定，现在还在继续监视。"

杜菊道："铁柱，大闯叔提供的情况很重要，侯老二和刘奇恒从长春回来后，刘因乐可能已得到了长春国民党方面的指示，不让侯老二他俩现身，是怕我们抓捕，暴露他们的阴谋！这三十多个土匪很可能是刘因乐的借用力量！"

赵铁柱道："这么说，刘因乐一伙儿是在搞明修栈道，暗度陈仓的把戏了，明着和我们缓和关系，暗中在紧锣密鼓准备搞暴动。这样的话，我们可就不能再犹豫了！"

杜菊道："我看是执行诱捕计划的时候了，再等下去我们可就被动了！"

赵铁柱道："嗯哪，我建议立刻召开党支部会议，研究执行诱捕计划的办法。听听大家的意见，然后向工矿处领导汇报。"于是派人通知朱奇山、孟吉庆、杜龙彪，并要求张大闯秘密列席参加。

会前，孟吉庆和高兴旺一起向张大闯道歉。高兴旺愧疚地说："闯哥，俺错怪你了，兄弟诚心给你道歉！"边说边恭恭敬敬向大闯鞠了一躬。孟吉庆也不好意思道："闯哥，俺向你道歉，你现在就打俺一顿吧！"张大闯笑道："算了，算了，道什么歉呀，俺还得感谢你俩帮了俺的忙呢！"

赵铁柱道："好了，好了，一家人，不用道歉哪、感谢呀。现在开始开会，请大闯和龙彪两位同志介绍一下刘因乐那帮人的情况！"张大闯和杜龙彪分别介绍了刘因乐的举动及侯老二、刘奇恒的踪迹后，杜菊说出了自己的判断和建议，她重申："俺认为，目前诱捕刘因乐一伙儿的时机已经成熟，不能再犹豫了！"

赵铁柱道："俺同意杜菊的判断和建议，俺要特别提醒的是，那三十多个化装土匪的武器在什么地方，他们什么时候用什么方法拿到武器，我们必须在土匪还没有拿到这些武器之前就把他们控制起来，不然的话，等土匪拿到武器我们再动手就太被动了。"

朱奇山道："刘因乐暗中勾结国民党和土匪图谋不轨，是到该收拾他们的时候了，不过，除了这三十多个化装土匪外，长春国民党党部派部队接应的问题，也应当考虑到。"

杜菊小声同赵铁柱合计后道："看来，大家都同意收拾刘因乐一伙儿了。刚才俺和铁柱同志简单商量了一下，俺俩的意见是，首先，由我和铁柱同志向工矿处领导汇报刘因乐一伙儿的情况和我们的意见，征得上级领导的同意后，咱们立刻采取行动！散会！"

赵铁柱和杜菊从工矿处回到冠山矿，立即召开党支部会议，传达了诱捕刘因乐的计划，并安排相关同志的任务，她说："龙彪同志带领矿自卫队负责找到化装土匪的武器，并及时把三十多个化装土匪控制起来，同时密切监视苟步力的动向；孟吉庆同志负责和镇公安局联合，一起抓捕刘因乐的弟子和侯老二等坏蛋；张大闯同志现在还不能暴露自己的身份，要继续做好卧底工作，注意自身安全，组织上也会安排人暗中保护你；朱奇山同志和俺一起坐镇指挥。"

赵铁柱补充道："工矿处领导已同县委领导沟通，县委已安排县大队对长春可能派出的接应部队张网以待，苏小柱同志和县大队一起行动。"

## 六

刘因乐准备暴动的前两天，赵铁柱以矿长的身份邀请刘因乐到梨平镇煤城酒楼做客。刘因乐感到意外，害怕鸿门宴，不想应邀，但想到和长春方面及毕士仁约定后天暴动的事，如不去赴宴，引起工作团的警觉，导致对方提前动手，不仅会使精心安排的暴动计划落空，自己也会小命不保。左思右想，拿不到主意。想去征求苟步力的意见，又觉得连吃饭这点儿小事自己都没有主意，怕人家小瞧自己落下笑柄。思来想去，觉得这一段和赵矿长的关系已缓和了不少，对方还不至于把自己怎么样。如果对方想借此探自己的底，自己也可以摸对方的意图。权衡来权衡去，决定依约赴宴。

到达煤城酒楼后，见赵铁柱笑容满面地在雅间中等候，看见刘因乐后即起身迎接，让座、倒茶，十分客气。瞅瞅四周，见并没有什么异常，便放下心来。

不一会儿，酒店伙计端上酒菜，赵铁柱客气道："俺很少到饭馆酒店吃饭，所点菜肴如不合会长的口味还请见谅。"边说边给刘因乐倒上酒。

刘因乐也客气道："赵矿长，自家人，别客气。怎么，今天就咱们两位？"

赵铁柱道："是啊，就你我两位。人多了，不方便，就咱两个人，有话好说。来，俺敬你一杯！"边说边端起酒杯一饮而尽，刘因乐也跟着干杯。

赵铁柱又拿起酒壶要给刘因乐倒酒，刘因乐夺过酒壶道："赵矿长太客气了，这杯酒得我给矿长倒，"边说边给赵铁柱倒上酒道，"谢谢矿长盛情，刘某回敬矿长一杯！"说完，碰杯，干杯。

两人客客气气，推来让去，边吃喝，边闲聊，气氛很融洽，刘因乐渐渐放松了警惕，漫不经心道："赵矿长，今天邀刘某喝酒，没有别的什么事吗？"

赵铁柱哈哈笑道："瞧老兄说的，喝杯酒不就是为了和老兄聊聊天，沟通沟通思想吗，还能有什么事？"

刘因乐也笑道："那是，那是！不过，你既然说要沟通沟通思想，刘某倒想问问矿长，工人会的事工作团准备怎么办？"

赵铁柱暗想，看来，他是想探探工作团的底呀。于是，装作满不在乎似的反问道："刘兄觉得应当怎么办？"

刘因乐暗想，我问他，他倒反问起我来了，心里这么想，脸上却显得无所谓的样子道："这事好商量，你还是说说工作团的意见吧！"

赵铁柱暗想，既然你想知道工作团的意见，那俺就直说，看你怎么办？于是回应道："现在冠山矿有两个工人组织，多头领导，对工作不利，工作组的意见是解散工人会，不知老兄是否同意？"

刘因乐立刻有些变脸道："赵矿长，那可不行。什么事总得有个先来后到，工人会是刘某我最先组织成立的，要解散，也应当解散矿工会，不能解散工人会！"

赵铁柱装作为难的样子道："刘会长，你也别不高兴，这不是俺个人的意见，如果是你和俺个人的事，好商量。可是，这是工作团的意见，俺个人也做不了主！"

刘因乐不满道："你不也是工作团的领导吗，怎么就说了不算？"

赵铁柱道："我们是集体领导，不能个人说了算，还有一条是下级服从上级，最终决定权在上级，既然你和工作团有意见分歧，咱们可以一起向工矿处领导汇报，听听工矿处领导的意见！如果工矿处领导同意你的意见，俺和工作团服从！"

刘因乐暗想，这莫非是调虎离山之计，别上当！于是回应道："赵矿长，我的想法已跟你说清楚了，你告诉工矿处领导就行了，有你代劳，我就不去了！"

赵铁柱知道刘因乐有顾虑，必须设法打消他的疑虑，才能诱他到工矿处。于是便想用激将法激他上套，他装作很诚恳的样子道："刘兄，由俺转达和你去直接陈述分量可大不一样，俺是真心想让你跟俺一起去一趟，解决咱们的意见分歧！"然后又用刺激的口吻道，"怎么，你信不过老弟，不敢跟老弟一起去？"

刘因乐见赵铁柱这么说，以为是真心想让他去见工矿处的领导，如果硬是不去，反而会引起他的怀疑，暴动迫在眉睫，千万不能露了马脚。再说了，到边城走一趟，见见他们工矿处的领导，看看共产党的实力，也没有什么坏处。算了算时间，如果晚上乘车，后半夜即可到边城车站，白天到工矿处应付一下，当天就赶回来，安排暴动也来得及。赵铁柱见刘因乐低着头没有吱声，便又补问一句："刘兄想什么呢，是不是顾虑太多了？"

刘因乐咬咬牙、狠狠心给自己壮胆道："刘某我光明磊落，行得正，坐得直，能有什么顾虑！行，我跟你一起去！"

赵铁柱暗暗高兴，随口说道："嗯哪，事不宜迟，咱坐晚上的火车行不？"

473

刘因乐怕错过暴动的时间，正想快去快回，便爽快地答应道："行，我听你安排！"

两人离开酒楼，约好时间，晚间即坐到边城的火车离开了冠山矿。负责跟踪的公安干警看到赵铁柱和刘因乐两人坐上了火车，报告给孟吉庆，孟吉庆报告给杜菊。杜菊即吩咐孟吉庆和杜龙彪按照计划做好了抓捕的准备。

刘因乐和赵铁柱一起坐火车离开冠山矿的当天，毕士仁带着一名马弁化装成皮货商偷偷溜进了苟步力的住所。苟步力正摆酒宴为毕士仁接风，吴秘书即匆匆忙忙向他报告了刘因乐的行踪。苟步力听说刘因乐跟赵铁柱一起去了边城，心里七上八下打起了小鼓。毕士仁见他心神不安的样子，立即问道："经理，想什么呢？"

苟步力苦笑道："我在想，这个时候姓赵的和刘因乐到边城干什么？"

毕士仁道："是啊，后天就是暴动的日子，刘因乐不会误事吧？"

苟步力道："我也正为这事犯嘀咕呢！暴动已迫在眉睫，这老刘要是中了人家的调虎离山之计，那事情可就糟透了！"

毕士仁道："那、那可怎么办？要不通知我那帮弟兄，提前动手吧？"

苟步力摇摇头道："不，不，这干太冒险，容易把原定的计划打乱，还是等弄清老刘的情况再说吧！"

于是命令吴秘书道："小吴，你悄悄通知侯老二和刘奇恒，让他俩现在就偷偷地回矿里，召集刘会长的弟子和相关人员开会，让大家做好暴动准备。同时派人打探刘会长的行踪和长春接应部队的情况，及时向我报告。办完这些事以后，你再盯着工人村那三十多个弟兄的动向，悄悄嘱咐他们不要轻举妄动！"

毕士仁插话道："苟经理，那些弟兄不会轻举妄动的。藏武器的地方只有我知道，没有我的命令，他们拿不到武器，赤手空拳也不敢行动。"

苟步力道："眼看就要行动了，得让弟兄们提前把武器拿到手，不然耽误事！"

毕士仁道："那好吧，吴秘书，我告诉你藏武器的地点，一会儿你找个借口约两个弟兄出来，告诉他们藏武器的地方，让他们去拿武器，趁着晚上把武器拿回来，偷偷发下去，各自藏在自己的被窝里，做好行动准备！办完后回来报告！"

吴秘书离开后，先找到侯老二和刘奇恒，传达了苟步力的指令，又到工人村找借口约出两名土匪告诉了藏武器的地方。

天蒙蒙亮，车到边城火车站，赵铁柱和刘因乐两人下了车，一起到出站口检票，旁边闪出四名公安战士，麻利地给刘因乐戴上了手铐。刘因乐挣扎道："同志，我是冠山矿工人会的会长，你们是不是认错了人？"

公安战士道："没有认错，抓的就是你！"

刘因乐又对赵铁柱喊道："赵矿长，他们是不是弄错了，你快说句话呀！"

赵铁柱笑笑道："刘因乐，他们没有弄错，你就跟他们走吧！"

公安战士押走刘因乐以后，赵铁柱立刻打电话告诉杜菊道："菊子，刘因乐已被逮捕，你立刻按计划行动！"杜菊立即对等候命令的孟吉庆和杜龙彪道："开始抓捕行动！"

按照吴秘书告诉的埋藏武器的位置，刘因乐坐火车离开冠山矿的当天，化装土匪的两个头目即带着三个土匪偷偷走出宿舍去取藏匿的武器，刚把武器从土里挖出来，即被杜龙彪和秘密监视的矿自卫队员抓获，然后带矿自卫队将宿舍里的土匪全部逮捕，押送到梨平镇公安局监狱。由于不清楚苟步力住所两个皮货商的身份，不便采取行动，杜龙彪即安排两名自卫队员继续监视，然后打电话向杜菊报告道："杜菊，俺们已截获了土匪的武器，逮捕了三十多名化装土匪！苟步力那里也已安排人严密监视！俺现在正配合吉庆叔进行下步行动！""好！"杜菊道。

同杜菊通话后，他又带矿自卫队配合孟吉庆和公安战士对侯老二和刘因乐的八大弟子等人采取行动。

当天夜里，侯老二和刘奇恒正在召集刘因乐的弟子和亲信开黑会，等待刘因乐的命令，被公安战士和矿自卫队一窝端，全部行动，不费一枪一弹，干净利落。

天亮后，赵铁柱第二次打来电话道："菊子，从长春出动，化装成皮货和山货商的特务队，领头儿的是'阳平镇惨案'主谋丁士超。丁士超带着残兵败将投奔长春国民党后，名义是师长，实际是光杆司令。长春国民党党部，认为日伪时期他曾在边城一带驻扎，方便今后收罗日伪残渣余孽，所以就安排他带自己的部属化装到冠山矿领导刘因乐进行暴动。路遇边城县大队检查时，因王五新和车之鉴曾在梨平镇聚友酒馆参加宴请，被苏小柱认出，露出了马脚，民主联军即将其全部歼灭！"

杜菊把听到的消息告诉了大家，朱奇山欣慰地说："丁士超一伙儿落网，连荣兄和苏怀志等三十六位烈士的英灵可以安息了，苏小柱也实现了为叔叔报仇雪恨的愿望！大快人心啊！"

杜菊询问苟步力的情况，负责监视的自卫队员报告说，昨天晚上，有两个皮货商进了苟步力的住所，第二天天还未亮，两个皮货商就走了。苟步力也没有离开住所。

杜菊觉得那两个皮货商有问题，没有查清身份就将其放走是个漏洞，正考虑如何弥补，孟吉庆报告说："特派员，为弄清皮货商的情况，俺安排人秘密抓捕了吴秘书。他供认说苟步力家的两个皮货商是毕士仁和他的马弁，俺带人去抓，苟步力分辩说，昨天到他家的皮货商是送货的，天亮就离开了，根本不承认是毕士仁，你看要不要抓苟步力？"

杜菊道："俺觉得苟步力和毕士仁肯定有勾结，今后也还会有秘密来往，放长线钓大鱼要比现在抓更好，况且，一个年近古稀的老头子，也跑不了。你先不要抓他，就说弄错了，假装道歉，稳住对方！"

原来，毕士仁安排吴秘书告诉土匪去取暗藏的武器后，一直等到后半夜也没有见他回来报告，两人就有所警觉，苟步力道："士仁，刘因乐在暴动的节骨眼儿上跟赵铁柱到了县城，吴秘书到现在也没有回来报告，是不是出事了？"

毕士仁道："经理，我现在心神不安，眼皮直跳，老刘恐怕已中了人家的调虎离山之计，吴秘书可能也被公安抓了，事情怕是暴露了。依我看，你跟我走吧，不然咱俩可就成瓮中之鳖了！"

苟步力道："士仁，你分析得没错，三十六计走为上计，你俩走吧！"

毕士仁道："经理，要走咱们一起走，我不能扔下你！"

苟步力道："士仁，你的心意我领了，但是，我不能跟你走。我已年近古稀，走不动了，跟你俩走会连累你们。我在冠山矿二十多年，积攒有万贯家产，不能一走了事！再说了，我是冠山矿的总承包人，他们恢复生产也许离不开我，眼下还不能把我怎么样！"

毕士仁道："那好，我先回去整顿队伍，看看动静。你放心，毕某我和共产党决不善罢甘休！"

苟步力道："那好，你好自为之，等国军打过来再回冠山矿，老朽我为你摆酒庆贺！"

毕士仁带着马弁匆匆逃跑了。

杜菊和赵铁柱立即召开党支部成员开会，责成孟吉庆和杜龙彪抓紧对被捕人员进行审讯，朱奇山以工人代表身份参与。

审讯结果，侯老二和刘奇恒交代了军火的来源和刘因乐勾结国民党长春党部组织暴动的情况，但关于苟步力是国民党边城工作站站长及受其指派暗杀赵连荣之事矢口否认。

公安局审讯刘因乐，开始他喊冤叫屈，说自己只是同工作团意见不合，没有反对共产党，不承认有罪。等拿出了侯老二和他弟子的供词、群众举报的种种罪行，他自知罪责难逃，不得不低头认罪。不过，他仍幻想国民党和苟步力、毕士仁一伙儿能解救自己，所以并未供认苟步力的罪行，也不承认他是幕后黑手，直至被判处死刑执行枪决。

郑文宗也交代了受刘因乐指派组织家礼教蛊惑人心的事实。被抓的几个家礼教教主，也都威风扫地，低头认罪。一些入教的工人经工作团干部反复宣传家礼教的反动性和欺骗性，耐心细致地做思想工作，大都幡然醒悟。不少入教人员主动站出来诉苦，刘老满哭着说："为了入他娘的家礼教，俺把辛辛苦苦积攒下来的二百元家当交了入教费，家里大人孩子都快饿死了！"

王旦旦骂道："入家礼教认师父的时候，俺连着叩了三千六百个响头，耽误了两天工不说，脑门碰得流血，膝盖跪得皮破血流。"

潘得顺指着郑文宗骂道："你他妈的高高在上当教主，让我们这些徒弟白白地给你干活儿，你说怎么干，就得怎么干，不能说半个不字，有一次俺回了一句嘴，你他妈的用戒尺劈头盖脸一顿打，打得俺头破血流，你他妈的算人吗？"

老工人马奉来痛苦地摇着头苦笑道："家礼教教主的心都叫狗吃了，一点儿同情和怜悯心都没有。俺们都活不下去了，逢年过节还得给他们送礼，过生日要送寿礼，认干亲要送贺礼，敲骨吸髓呀！"

一个"在礼"的小职员也诉说道："说入了家礼教怎么怎么好，什么出门在外走到哪都是一家人，冻不着，饿不着。扯淡，没有钱，吃住照样没人管！"

听到这些控诉，多数群众都认识到家礼教是封建迷信，骗人的玩意儿，纷纷要求退教，家礼教被政府取缔。

# 第 十 五 章

一

铲除刘因乐和家礼教这些毒瘤以后，工作组开始把精力集中到恢复生产、支援前线的工作上。杜菊跟赵铁柱商量道："铁柱，俺看苟步力和刘因乐的关系非同一般，但从现在掌握的证据看，还不是太充分，对这个人你觉得应该怎么处置？"

赵铁柱道："苟步力是冠山矿采掘工程的总承包人，工程技术人员和大小把头都掌握在他手中，在新的行政和劳动体制还没有建立起来之前，还得按原有的建制组织生产，我看现在暂时还不宜触动他。"

杜菊道："俺同意，俺建议咱们开个有各方面人员参加的座谈会，听听大家对如何尽快恢复生产的办法。"

赵铁柱道："你这个建议很好，俺也有这个想法。"于是招呼通信员小周道，"小周，俺这里有个名单，你按照这个名单通知他们明天八点钟到会议室开会！"

第二天，各有关人员都按时到会，参加会议的有苟步力、把头和工程技术人员，工人代表有朱奇山、孟吉庆、高兴旺等人，还有两个日本留用人员。

杜菊道："各位，今天召集大家开会，主要是研究如何尽快恢复生产的问题，现在请赵矿长讲话！"

一阵掌声过后，赵铁柱道："各位先生，大家好。前几个月，咱们冠山煤矿和矿区各煤矿一样全力以赴装运储煤，解决了军民和工业用煤的燃眉之急，受到了上级的表扬。大家都知道，煤炭是工业的粮食，人没有粮食会饿死，工厂没有煤炭就无法正常生产。目前，共产党领导的民主联军正在同国民党反动派进行争夺东北的战斗，军工生产、军用运输急需煤炭，我们是干煤矿的，东北局领导要求我们尽快修复矿井，恢复生产，支援前线。在座各位都是煤炭生产的内行、专家，请大家说说，对咱们冠山矿尽快恢复生产有什么好办法、有什么困难、恢复到设计能力需要多长时间！"

苟步力暗想，这个时候我得显示显示自己的分量，于是抢先发言道："矿长、特派员，从冠山矿建成投产，老朽就是王大老板承包冠山矿采掘工程的负责人、天满账房的经理。王大老板是哈尔滨最有钱的主儿，自然不会亲自到这山沟里来管理。所以，矿里的各项管理工作都是由我负责的，冠山矿的情况我了如指掌。"

众把头附和道："那是，那是，苟经理可是干煤矿的行家里手，冠山矿恢复生产离不开苟经理！"

苟步力心里扬扬得意，嘴上却谦虚道："各位抬举了，不过，说到底我也就是个生意人，说冠山矿生产离不开我，不敢当，不敢当！"

朱奇山见苟步力又要借生意人的身份招摇撞骗，便开口讥讽道："苟经理，俺知道你是生意人，不过，生意人也是中国人，也得有立场，有良心，咱不能日本人来了给日本人干，国民党打过来也给国民党干吧！"

几句话说得苟步力脸红一阵白一阵的，但他毕竟是老狐狸，心里恨朱奇山揭他的老底，脸上却很快恢复了平静，并厚着脸皮接口道："奇山兄弟说得对，生意人也得有立场和良心，原先跟日本人干，那是刀架在脖子上，没有办法。现在共产党来了，不打不骂，一心为老百姓办事，我拥护，我保证听共产党的，按工作团领导的指示办，恢复生产，我保证带头响应。我这里先表个态，具体怎么办，我想先听听大伙儿的意见！"

然后偷眼瞅一瞅姜把头，姜把头会意，便开口道："苟经理说得对，俺拥护共产党，愿意为恢复生产出力。不过，小鬼子把矿井破坏得太厉害了，机器炸了，巷道塌了，井下全是积水和淤泥，人都进不去，有的恐怕永远也恢复不起来了，得凿新井才行。依我看，没有个三年五载，想恢复生产恐怕没门儿！"

姜把头刚说完，一个日本留用人员道："诸位，我虽然是日本人，但我对日本政府的所作所为也十分不满。我愿尽我所能为恢复生产出力。不过，修复矿井也要讲科学，我同意姜把头的看法，从目前的时局和被毁矿井的现状看，物资紧缺，劳工缺吃少穿，干活儿没有积极性，加上打仗等不利因素，人心、财力、物力都不具备，恢复生产至少也得五六年！"

参加座谈会的把头和工程技术人员多数附和姜把头和日本留用人员的意见，七嘴八舌摆了一大堆困难，少数人沉默不语。

朱奇山很生气，站起来高声道："各位，冠山矿恢复生产困难确实不少，但说要三年五载甚至六年，俺不同意。俺从冠山矿勘探到现在，在矿上干了二十多年，对冠山矿的情况，不敢像苟经理那样了如指掌吧，可也不是一无所知。俺觉得只要把工人缺吃少穿的生活问题解决好，工人的积极性调动起来，号召大家把捡到的机器零件和物资器材捐献出来，白天黑夜轮班干，修理绞车、水泵，抽积水，清淤泥，搭棚子，恢复倒塌的巷道，集中力量一个一个修复，干他三五个月，保证能恢复生产。"

苟步力摇摇头道:"奇山兄弟,你的心情我理解,但要说三五个月就能恢复生产,那是想当然,吹牛皮!"

孟吉庆反驳道:"奇山大哥说得实在,绝没有瞎吹嘘的意思。问题是要看谁来主导,相信谁,依靠谁了!"

工人代表你一言我一语都赞同朱奇山和孟吉庆的想法。座谈会明显形成两种不同的意见。

赵铁柱最后总结道:"各位,大家不用争论了,到底那种意见可行,还得再深入调查研究,在实践中验证。现在暂时还按原来的建制修复矿井,组织生产。不过,要说三年、五年甚至六年才能修复矿井,那无论如何是不可以的,那样,不是咱们支援前线,倒是咱们拖了解放战争的后腿,我们绝对不能那么干!"

会后,杜菊和朱奇山到工人党员和积极分子家中访问,想听听工人群众的意见。走访的第一户是孟吉庆,在孟家门口,杜菊看到的是一栋低矮的破旧草房,朱奇山指着草房道:"小菊,孟吉庆是俺从齐鲁老家招来的第一批工人,这栋草房是俺组织大家帮着盖起来的,都是挖个地基打几根木支柱涂上些泥巴的简易房,左右是卧室,中间是厨房,到现在已有二十多年,四面透风破得快不能居住了。"

孟妻听到屋外有说话声,在屋里喊道:"谁呀,是朱大哥吗,请进来吧!"

朱奇山答道:"是我,还有一位贵客呢!"边说边推门进屋,一位四十岁左右的中年妇女,上身披着麻袋片,下身穿一条千补百衲的裤子,哆哆嗦嗦从左屋出来,喃喃道:"瞧俺这个家,见不得人哪!"

她看着杜菊问朱奇山道:"大哥,这位是……"

朱奇山道:"你不认识了,她叫杜菊,本是咱们冠山矿的孩子,后来到了革命圣地延安,现在是上级派到咱冠山矿的特派员,今天到咱家看看!"

孟妻道:"就这么个破家,有什么好看的?"同时热情地邀请道,"特派员,快进屋!"

两人进屋,分别坐在用板条钉的木凳上。杜菊扫视一下屋里,见四壁空空,炕上铺一张破炕席,没有褥子,薄被露着棉花,已破旧得不像样子。

孟妻道:"特派员、大哥,你俩先坐着,俺去给倒杯水!"

杜菊劝止道:"大婶,不了,你也坐,咱们唠唠嗑!"

孟妻坐下后,杜菊见孟吉庆不在家,便随意问道:"大婶,家里就你两口子吗?孩子呢?"

孟妻指指西屋道:"福花,有客人,是特派员大姐,你出来看看,说说话!"

福花在屋里答道:"妈,俺这个样子,叫人笑话,俺不出去了!"

孟妻不好意思道:"特派员,女孩子没有衣服穿,也跟俺一样披个麻袋片,不好意思见生人!"

杜菊道:"噢,孩子不想出来,那我进去看看!"边说边走进西屋,见一个十八九岁的大姑娘,眉目清秀,瘦骨嶙峋,上身披个麻袋片,下身穿一条仅能遮羞的破裤,坐在破炕席上,一言不发。

杜菊见状,悲从中来,一时感情失控,眼泪夺眶而出。她知道矿工家穷苦,但没有想到会穷到如此地步。十八九的女孩儿,正是活泼可爱、爱穿着打扮、充满幻想的年纪,可孟家的姑娘竟是如此处境,她连忙脱下自己的棉大衣披在福花身上安慰道:"福花,别自卑,有共产党在,日子会好起来的!"

福花把棉大衣脱下来道:"大姐,俺在家不外出,没事。大冷的天,你还得外出办事,会冻坏的,俺不能要你的大衣!"说着硬要把大衣还给杜菊,杜菊坚决不肯,硬把大衣给福花披上道:"妹子,别跟俺争,俺冻不着!"

从西屋出来后,杜菊揭开厨房的米面缸看看,见缸里一个装着几升谷糠,一个装着二斤多玉米面,靠墙根儿有几棵冻白菜和一些干菜叶。杜菊问道:"大婶,家里就这些粮菜吗?"

孟妻道:"是啊,这些粮食还是俺当家的装落地煤开了点儿工资才买回来的,前一段,家里都揭不开锅了,现在能熬点儿糊糊,吃点儿冻白菜就不错了!"

杜菊道:"装一吨储煤不是有七块五毛钱的工资吗,孟师傅是大工匠,不至于连家里吃穿都不够吧?"

朱奇山道:"一吨煤七块五是给把头的承包费,七折八扣落到工人手里也就块儿八毛。快过年了,估计老孟还得攒点儿钱给老婆孩子买点儿穿的,老让老婆孩子披麻袋片也不行啊!"

杜菊没有吱声。离开孟家,两人又到姜再生家、刘老满家和林树森家走访,看到的都和孟家差不多。问起修复矿井,恢复生产需要多长时间,所说都和朱奇山的意见大同小异。

杜菊问道:"奇山叔,依你看,像咱俩走访的这几家的情况,冠山矿能有多少户?"

朱奇山道:"俺没有统计,准确的数字说不好,俺估计少说也有百分之七八十!"

杜菊怀着沉重的心情往前走,路过三井,看到姜把头举着鞭子在抽打一个工人,杜菊几步跨过去,伸手夺下姜把头的皮鞭,怒吼道:"住手,为什么打人?"

姜把头见是特派员,连忙赔笑道:"是特派员哪!这帮煤黑子,都是懒虫,要让他好好干活儿,非抽打他不可!"

杜菊道:"抗战胜利了,不能像日本鬼子那样随便打骂工人了!"

姜把头点头哈腰道:"是,是!这、这不也是为了尽快恢复生产嘛!"

杜菊道:"尽快恢复生产也不能随便打骂工人,这是规矩!"她又问挨打的工人,"师傅,他为什么打你?"工人刚要开口,姜把头连忙递个眼色,工人低头嘟囔道:"特、特派员,你、你别问了!就是因为俺偷懒!"

朱奇山劝杜菊道:"特派员,别问了,咱们走吧!"

杜菊也觉得当着把头的面,挨打的工人也不敢说实话,便同朱奇山一起离开了三井。两人边走边谈,杜菊半正经半开玩笑问朱奇山道:"奇山叔,过去你也当过把头,当把头都打骂工人吗?"

朱奇山道:"严格来说,俺和你大闯叔表面上是把头,实际跟冠山矿的工人一样,都是在家活不下去为养家糊口才出来的。俺到老家招工的时候,向乡亲们讲了孙先生实业救国的理想,不少后生受感动,表示愿意跟着孙先生这样的人干,才跟着俺到冠山矿来的,他们跟把头招骗来的工人不一样。矿上是有规定,俺俩也有提成,但俺俩的提成一部分交了党费,一部分是互济会的基金,和把头揣自己的腰包不一样。所以,俺视齐鲁来的工人为兄弟,从不曾打骂过!"

杜菊点点头道:"奇山叔,冠山矿像你和大闯叔这样的把头还有吗?"

朱奇山道:"不能说绝对没有,但可以说少之又少!"接着,便把东北沦陷时期,冠山矿大小把头招骗和欺压矿工的情况,自己在特殊工人训练所的遭遇作了扼要介绍。

杜菊感叹道:"叔说得不错,把头制是官僚资本家压迫剥削工人的制度,工人要翻身,必须把它推翻,建立工人当家做主的新制度。靠你和大闯叔那样让把头发善心是不可能的。共产党就是要竭尽全力废除旧制度,建立新制度,让工人当家做主,翻身解放。"

朱奇山道:"共产党是工人的救星,俺们煤矿工人一定听共产党的话,跟共产党走!"

杜菊和赵铁柱召开工作团全体成员会议,汇报这一段深入群众、访贫问苦、实行"三同"的情况。大家深刻地体会到,在日伪的统治下,煤矿工人苦难深重,在死亡线上挣扎,共产党接管冠山矿后,由于矿井遭到严重破坏,工人失业,生活十分困难。装运储煤挣的那点儿钱,又大都被土匪抢劫,更是雪上加霜,活不下去,全矿像孟吉庆、姜再生、刘老满那样的困难户不是少数。目前很重要的问题是帮助矿工解决吃穿困难,让工人有个最基本的生活条件,不然,恢复生产、支援前线的工作也很难开展。

杜菊和赵铁柱把冠山矿的情况向工矿处领导作了汇报,工矿处领导表示,这是整个边城矿区存在的普遍问题,上级正千方百计往矿区调运生产和生活物资，解决工人的生活急需。

不长时间，即传来振奋人心的好消息，说上级通过各种渠道从哈尔滨和各地调运来大批生产和生活物资，粮油、布匹、衣物有好几火车皮。分配给冠山矿的有上万斤粮食、一千多斤豆油，还有食盐、布匹和旧衣服。入库后，赵铁柱即责成杜龙彪安排自卫队站岗放哨，严密防守。工作团又根据调查摸底的情况制定了分配方案。

在工作团仓库外面的空地上，摆放着桌凳、杆秤、装运器具。人们脸上挂着笑，排队等着领取救济物资。

身材高大结实的赵铁柱矿长正和孟吉庆、高兴旺、朱继忠、张铁林、苏小柱等矿工一起从仓库里往外搬运物资，旁边的矿工和家属有的指指点点道："那个和年轻人一起扛麻袋的大个子是谁呀？""那是赵矿长，过去也是咱冠山矿的工人，现在是矿上最大的头儿！""共产党的干部就是不一样啊，看来天真要变了！"

穿一身灰军装的杜菊站在一张条桌后面，一边查点数目，一边在账册上做记录，潇洒干练的身姿，吸引了不少妇女羡慕的眼神。张彤推一下武有婧开玩笑道："你看人家杜菊，跟咱一样也是女人，你也跟着学学，给咱女人争口气！"武有婧小声笑道："俺可不行，你回去跟你家继忠说说，让他向杜菊推荐推荐你，说不准你也能跟特派员一样呢！"张彤叹口气道："咱怕没有那个命啊！"

朱奇山站在高凳上，手拿名册，高声喊着工友的名字、人口和领取物资的数量："孟吉庆，三口人，三十斤玉米面，五斤白面，豆油半斤，蓝布一丈……"正在帮着搬运粮食的孟吉庆放下麻袋，和妻子两口子笑着答应道："来了，来了！"等孟吉庆领着粮油和布匹离开，朱奇山又高喊："刘老满，四口人……"院里院外，熙熙攘攘，背布袋的、挎竹篮的、提油瓶的……进进出出，笑着走着，互相打着招呼，"老孟，托共产党的福，今年过年有饺子吃了！""是啊，没有共产党，别说吃饺子了，喝西北风吧！""老高，你家几口人哪，领这么多，俺帮你拿着！""不用，不用，谢谢！"笑语欢声，洋溢着喜庆。

刘因乐被捕审判枪决以后，苟步力心神不安，既恨又怕。听说工作团调来了救济物资，正在给工人和家属分配，便走出经理室，站在二楼平台上向工作团仓库方向张望。天空万里无云，东方升起的红日毫不吝啬地把阳光挥洒在大地上，给寒冬带来了温暖。等待领取救济物资的男女老少，虽然衣衫褴褛，面黄肌瘦，脸上却挂着笑容。

看到这个场面，苟步力心中升起了莫名的恐惧，他阴沉着脸，默默地叨念着："世道要变了，煤黑子都站到共产党一边了！"他不想再看下去，转身回到经理室,一边来来回回踱着步,一边想心事,"共产党可真厉害呀,一枪不发,就废了刘因乐和他的工人会和家礼教!侯老二会不会把我干的那些事供出来呢,也许他不敢吧,不然工作团为什么不抓我呀?是不是欲擒故纵放线钓鱼呢?不行,我不能坐以待毙,可是,有什么办法呢?"

脑子里忽然闪过一个念头:"让毕士仁写恐吓信,警告煤黑子不准要工作团的救济物资,离间煤黑子和工作团的关系,伺机到矿里把救济物资抢走或烧毁,让工作团做不成这件好事!可是,让谁去给毕士仁送信呢?这可是一件非常危险的事,让工作团知道可是要掉脑袋的!"

想来想去,他想到了张大闯。刘因乐出事之后,他觉得他和刘因乐身边可能有工作团的卧底,不然,侯老二长春之行,军火的藏匿地,暴动的秘密,工作团好像事前都了如指掌似的,所以能在刘因乐准备暴动的关键时刻把他弄到边城车站逮捕,导致暴动流产。

那么,这个报信人会是谁呢?他觉得,能够担当这个角色的人应当符合两个条件:一是有接近他和刘因乐及其亲信的机会,不然得不到情报;二是同工作团的骨干人物有联系,不然有情报也没有用处。他把自己属下的把头和亲信逐一排查,觉得符合这两个条件的只有张大闯。张大闯是把头,能参加他和刘因乐召开的各种会议,也能够接近他和刘因乐,同自己和刘因乐的弟子、亲信也多有来往,不愁得不到信息;再就是他和朱奇山是拜把子的兄弟,关系不一般,杜龙彪是他的妻侄,赵铁柱是他的妻侄女婿,有亲属关系,传递情报有条件。但是,想到张大闯和朱奇山已经反目成仇,背着叛徒的名声,直至抗战胜利也没有被对方原谅,更没有什么来往,说他是卧底也没有什么证据。

给毕士仁传递这样非常机密的信息能不能让张大闯这样的人去完成呢?他反复琢磨,终于想出了一条既可以把信息送到,又可以对张大闯进行考验的一举两得的办法。他认为,把这件事交给张大闯去办,可能出现三种情况:最好的情况是,张大闯毫不犹豫地接受任务,并顺利地把信件交给毕士仁,其间没有发生任何意外;其次是找借口,不接受任务;最危险的情况是一边接受任务,把情报送给毕士仁,一边秘密把情报送给工作组,让工作组张开大网将毕士仁一网打尽。

如果是第一种情况,即可解除对张大闯的怀疑,继续得到信任;如果是第二种或者是第三种情况,则证明张大闯确实是卧底,那就必须坚决除掉,为避免出现第三种情况造成严重后果,他决定采用螳螂捕蝉黄雀在后的诡计,于是便把跟自己多年、唯命是从的管家蒋宗文叫过来商量道:"宗文,我想让张大闯给毕士仁送一封绝密信件,由你负责监视,以免出什么差错!"

蒋宗文为难道:"让我监视没问题,但有个情况我得跟你说,不然出了问题我得背黑锅。"

苟步力道:"你说,什么情况?"

蒋宗文道:"我听说大闯的老婆是个不安分的人,她和工作团的人走得很近,万一张大闯在自己家把情报的内容告诉他老婆那可怎么办?人家夫妻俩在家里说什么私密话,我总不能到人家家里去监视吧?"

苟步力笑道:"亏你想得周到,这还真是个问题!我看这样,你过来,我告诉你!"蒋宗文凑过去,苟步力跟他耳语一番,蒋宗文频频点头道:"嗯哪,嗯哪,行!"

## 二

蒋宗文即把张大闯叫到经理室,苟步力装作对他很信任的样子道:"大闯兄弟,有封信件,本不该让你去送,可事关重大,又必须绝对保密,让别人去送,我信不着,所以没办法,麻烦你去跑一趟,还望不要推辞!"

张大闯暗想,送封信为什么非要折腾俺去,老狐狸又要耍什么阴招儿?心里这么想,嘴上却慷慨地说道:"既然经理信得过大闯,俺大闯万死不辞,保证送到!"

苟步力道:"兄弟,你这么说我就更放心了!不过,因为事关重大,我想让宗文跟你一起去,路上也好有个照应!"

大闯暗想,什么照应,还不是让他监视俺!但他不能表示反对,于是装作很欢迎的样子道:"经理想得周到,宗文跟俺一起去,互相有个照应,比俺一个人保险!"他看看墙上的挂钟,见时针已指向四点半,天已渐渐黑下来,便问道:"经理,天不早了,什么时候让俺俩动身,俺也好跟家里说一声!"

苟步力道:"我刚才说了,事关重大,时间紧迫,还得绝对保密,所以,你就不用跟家里人打招呼了,吃喝我已让宗文安排好了,你俩最好现在就出发,家里我叫人给打个招呼就行了!"

张大闯暗想,这么紧急,还不让跟家里打招呼,一定有什么重大行动,俺必须告诉工作团。但身边有监视人,又不让回家,消息无法传递,心里着急,但表面却十分平静,道:"好,俺听经理安排!"

直到此时,苟步力才拿出了信件,交代了收信人姓名、地址和接头暗号等相关事宜,并当着蒋宗文的面把信交给张大闯,等他把信封装进贴身内衣兜里以后,苟步力对蒋宗文一语双关道:"宗文,你的任务就是保护好张把头,一定不能出现任何纰漏,明白吗?"蒋宗文点头答应道:"明白,明白,经理放心好了!"

负责暗中保护父亲的张铁林见天色已晚,父亲和蒋宗文从天满账房院里走出来，也不回家，急匆匆往矿外走去。想到可能有情况，便顾不上回家，随手找到一根木棒，提着它悄悄尾随在两人后面，在夜色中不声不响地赶路。

一路上，张大闯边走边琢磨，半夜三更，派俺俩到毕士仁的土匪窝送信是什么意思，他们要采取什么行动？联想到最近上级调给冠山矿生活和生产物资的事，莫非苟步力要勾结土匪打这批物资的主意？这可是个大问题，得让工作团知道并做好防护准备。可是，自己不能回家，身边又有蒋宗文监视，怎么才能看到信件的内容并把情报传递给工作组呢？左思右想，无计可施。边走边想，不知不觉，天已蒙蒙亮，夜色渐渐退去，他下意识地摸摸身上的信件，见蒋宗文眼睛一直盯着自己，便放弃了偷看信件的念头。闷着头继续赶路，忽然，蒋宗文弯着腰，捂着肚子停下来，龇牙咧嘴对张大闯道："大闯兄，我肚子好疼，内急，得去方便方便！"

张大闯巴不得他快点儿离开，便很爽快地答应道："好，好！你去吧，快去快回，俺在这里等你！"

其实，他没有想到，这正是苟步力对吴宗文耳语时的交代，让他等天快亮时，借口肚子疼拉屎离开张大闯，悄悄躲在一旁观察他的动静，如见他偷看信件，就证明他肯定有问题，如没有偷看，便可解除对他的怀疑。听张大闯这么说，蒋宗文即弯腰快步往前走了几步，躲在草丛中装作拉屎，掏出袖珍望远镜聚精会神偷看张大闯的举动。

正观察间，突然脑后挨了一棍，扑通倒地，失去了知觉。

原来，在后面跟踪的张铁林见蒋宗文躲在草丛中偷看，即悄悄走过去给了他一闷棍，随即跑到父亲身边。张大闯立刻掏出信件，小心地拆开信封，一目十行看信里的内容，看后，故意把信封弄湿、揉皱，然后照原样把信纸装进信封，塞入内衣口袋，并催促铁林道："孩子，你快走，把信里的内容告诉你铁柱哥！"

张铁林点头道："爸，你保重，注意安全！"说完，大步流星离开了张大闯。

张大闯则没事人似的靠在一棵大树旁闭目养神。大约过了半个小时，蒋宗文清醒过来。原来，他穿着棉大衣，戴着棉帽，张铁林那一棍也不太重，加之黎明寒风刺骨，所以时间不长便醒过来。见自己手握望远镜躺在地上，便爬起来，举着望远镜看张大闯，见张大闯靠着大树，闭着眼睛，一动不动，像睡着了似的。又看看四周，寒风呼啸，静悄悄空无一人。自己觉得奇怪，怎么会躺在地上呢，摸摸后脑勺，虽然有点儿麻，却也没有伤痕，是挨了打吗，四周空无一人，如果是张大闯，自己一直盯着他，他要是动手，自己肯定能看到。那到底是怎么回事呢，莫非是自己血压不稳，一时撑不住虚脱了？思来想去，也不甚明白。于是站起来，走出草丛，到了大树下，见张大闯仍闭着眼像睡了似的，便生气地说："大闯兄，你倒自在，我刚才……"刚想说出自己失去知觉的事，又觉得还是不说为好。看见张大闯没有任何意外举动，便转变了念头，把后半截儿话咽了回去。张大闯见吴宗文话只说了半截儿，便反问道："你说刚才怎么了？"

蒋宗文支支吾吾道："刚才好一阵肚子疼，却又拉不下来，难受死了！"

"噢——"张大闯装作关心的样子道，"俺说怎么这么长时间呢，现在怎么样，好点儿了吗？"蒋宗文装作轻松的样子道："嗯哪，好多了，咱们走吧！"

张大闯道："要不找个地方避避风，休息休息再走？"蒋宗文道："不用，不用，咱们走吧！"

两人一声不吭，继续赶路，天大亮时，赶到了刁岭沟。同站岗的土匪对上了暗号，见到了毕士仁，把信件交给了他。毕士仁见信件湿乎乎皱巴巴的，便喝问道："你俩他妈的怎么搞的，怎么把情报弄成这样了？"

张大闯叫苦道："毕队长，你看看俺身上，外面一层冰，里面可是一身汗哪，能不潮湿？不信，俺脱给你看看！"边说，边装作生气要脱衣服的样子。

毕士仁连忙制止道："别脱，别脱！我也是随便说说，两位别生气！"又对蒋宗文道："宗文，回去代我向苟经理问好，让他等我的好消息！天亮了，路上不安全，就不写回信了，也谢谢两位！"

客套一番后，两人离开了刁岭沟，回到了矿里，向苟步力汇报了见到毕士仁的情况。

张大闯离开后，苟步力单独问蒋宗文道："宗文，张大闯这一路如何，有什么问题没有？"

吴宗文暗想，这一路上只有自己和大闯两人，也没有看见大闯背着自己干了什么，信件也安全送到，自己失去知觉的事又说不清楚，实话实说不是给自己找麻烦嘛，于是便隐瞒了自己昏倒的事，装作很认真地对苟步力道："经理，这一路上，我和大闯寸步不离，按你的吩咐，我装作肚子疼去拉屎，躲在草丛中盯着看他的动静，看了好长时间，见他一动不动靠着大树养神，我见他没有什么异常举动，也没有偷看信件，就装作拉完屎走出来，跟他一路到了刁岭沟，把信件交给了毕队长。苟经理，我看大闯这人没问题，是咱们的人！"

苟步力将信将疑道："嗯哪，没事就好，不过，你还得再辛苦辛苦，赶快去盯住张大闯，看他和什么人接触！"

张铁林向赵铁柱和杜菊报告了跟踪蒋宗文和张大闯的经过，然后说出了信件的内容："苟步力告诉毕士仁，让他先给工作团送恐吓信，等工作团为防土匪袭击搞得筋疲力尽的时候，再带土匪偷袭冠山矿，抢粮，烧粮！"

赵铁柱道:"小菊,苟步力的狐狸尾巴露出来了!现在是不是可以抓捕他了?"

杜菊道:"苟步力这个老狐狸确实应该抓起来了,不过,现在就把他抓起来,万一走漏了消息,让毕士仁知道,他可就不敢来抢夺救济物资,咱们就失去了收拾他的机会。俺的意见,暂时不动他,咱们将计就计,按照他和土匪的约定,明着虚张声势做防土匪的准备,暗中布置口袋,等毕士仁带土匪来钻。等把土匪收拾了以后再抓他怎么样?"

赵铁柱道:"俺看行,这样更稳妥。"

过了两天,毕士仁让一个土匪化装成矿工混入领粮人群中,假装在分粮广场上捡到一张字条交给了赵铁柱道:"赵矿长,俺捡到一张字条,好像说不让工人要工作团的东西,还说要血洗冠山矿,俺把它交给你看看。"赵铁柱接过字条,展开一看,上写:"警告煤黑子,谁也不能要工作团分给的物资,否则,格杀勿论!请工作团把物资给我们留下,我们将全员出动,前来搬运。否则,将血洗冠山矿。"落款是"东北国军先遣军边城独立团"。看完,他把纸条递给杜菊道:"土匪的恐吓信,你看看。"

杜菊看完字条,小声对铁柱道:"看来,毕士仁已按老狐狸画的道道开始行动了,咱们也该合计合计应对办法了。"

赵铁柱道:"这件事必须集思广益、认真商量,保证万无一失。俺看咱们先召开支部会议,大家一起研究个具体方案如何?"

"嗯哪!"杜菊表示同意赵铁柱的意见,立即让张铁林通知朱奇山、杜龙彪等支委和相关人员参加,制订了粉碎土匪抢夺救济物资的完整计划。

按照商定的计划,以接到土匪恐吓信为名,开始大张旗鼓进行防匪准备。朱奇山组织工人积极分子成立了工人护粮队,手持刀枪棍棒,昼夜在冠山矿街道上巡逻。物资仓库也由矿自卫队安排双岗,加强了戒备。工作团办公室夜间也亮着灯,人影晃动,似乎昼夜都有人坐镇指挥。表面看来,声势很大,戒备森严。暗中则由赵铁柱和杜龙彪抽调公安干警和矿自卫队精干人员,携带武器,集中住宿,养精蓄锐,以逸待劳,随时准备出击,粉碎土匪的偷袭。同时,赵铁柱还以军代表和总指挥的身份请示驻军首长,抽调一个连的部队暗中埋伏,做好战斗准备。又同火车站联系,要求接到匪警的电话以后,便紧急鸣笛,作为部队战士、公安干警、自卫队员三方联合作战的信号。为迷惑敌人,三方还派出部分人员,跟工人护粮队巡逻,做做样子。外表看来,冠山矿战斗气氛很浓,矿工和家属大都躲在家里,防备土匪骚扰。苟步力站在账房大楼二楼平台上仔细观望,看到矿上紧张的气氛,以为工作团中了自己的奸计,心里暗暗得意。传递恐吓信的化装土匪也把冠山矿的情况告诉了毕士仁。

过了三天，没有看到土匪的影子，朱奇山就故意让工人护粮队的人发牢骚："都三天了，连个土匪的影子都没有，俺看是瞎折腾，自己吓唬自己！""累死人了，该让回家休息休息了！"有的人干脆不听召唤，离开护粮队回了家，躲在家里的大人孩子，有的在院子里干活儿，有的陪孩子堆雪人玩。工作团办公室夜间也没了灯光。到第四天，护粮队也停止了巡逻，物资仓库的岗哨也恢复了原来的样子。

苟步力问张大闯："张把头，矿上怎么不折腾了？"

张大闯道："经理，俺听工人说，工作团认为土匪那封信是吓唬人，见矿上有准备，怕是不敢来了，这几天折腾得筋疲力尽的，巡逻队都解散回家休息了，仓库的双岗也撤了！"

苟步力心里高兴，嘴上却故意警告道："还是大意不得呀，万一土匪来了，那可是要吃亏的呀！"

张大闯也装作与己无关的样子道："咱也不是工作团的人，吃不吃亏，犯不上操那份心！"

苟步力也顺水推舟道："可也是，来不来跟咱也没什么关系，用不着咱瞎操心！"边说边迈着轻松的步子进了楼，张大闯吐口唾沫小声骂道："老狐狸，别得意！"

工人护粮队停止巡逻的当天，赵铁柱即命令杜龙彪领公安干警、自卫队员秘密埋伏在仓库附近，做好迎战准备，又命令部队战士秘密集结，埋伏在指定地点。他和杜菊即进入指挥位置，朱奇山、孟吉庆、高兴旺、张铁林、朱继忠、苏小柱也在工作组办公室等候，随时准备接受指令。整整一天，没有土匪的影子，赵铁柱再次命令指挥员和战士不可松懈，以防土匪偷袭。第五天后半夜，埋伏的暗哨报告，大队土匪已到冠山矿外围。不过，毕士仁很狡猾，匪众到冠山矿外围后，他命令大队土匪原地休息待命，然后招呼小匪首邱彪道："邱队长，你带几个弟兄到矿里看看动静，有什么情况立刻向我报告！"

邱彪答应着，带着几个化了装的土匪到矿里侦察。街面上黑灯瞎火的，不见人影，几个人提心吊胆小心翼翼地往前走着，距工人村不远处，碰到两个下班的工人，邱彪装作很和气的样子问道："师傅，半夜三更的，你们在街上干什么？"

工人不慌不忙回应道："俺不是刚下班嘛！你们几个黑灯瞎火的在街上干啥？"

邱彪支支吾吾道："没、没事，出来找找乐子！"

工人有些生气道："这年头儿，还有心思找乐子，不怕碰到土匪？"

邱彪道："我听说土匪要到冠山矿抢救济粮，这是真的吗？"

489

工人道:"前几天土匪给工作团一封信,要工作组把粮食留着,他们要来抢。工作团调动人马,折腾了三四天,见没什么动静,以为是土匪吓唬人,就都解散了!你瞧,这街上静悄悄的,不是什么也没有吗?"

邱彪说声"谢谢",就同工人告别,带着几个土匪去向毕士仁报告。见到毕士仁,邱彪十分夸张地说道:"报告毕队长,我带着几个弟兄在矿里到处查看,没有埋伏。碰见两个下班的煤黑子,他俩说,前几天矿上有防备,从昨天开始,都撤了。"

毕士仁放了心,立刻扯着嗓子喊道:"弟兄们,今天我们的任务是抓共产党,抢救济物资,谁杀得多,抓得多,抢得多,本队长重重有赏。弟兄们,机会难得,冲啊!"

土匪边开枪边喊:"冲啊,抓共产党呀,抢好东西呀!""为党国立功的时候到了,冲啊,杀呀!"

赵铁柱听到枪声和喊声,立即打电话通知火车站,霎时,火车汽笛长鸣,部队战士、公安干警和自卫队员从天而降,边冲边喊:"冲啊,抓土匪呀!""缴枪不杀,优待俘虏!"

毕士仁见这个阵势,心知上当,气急败坏骂道:"他妈的,上当了,快撤!快撤!"众土匪听到撤退的命令,撒腿就跑。这次偷袭,除了留下二十几具尸体外,什么也没有得到。

顺利粉碎土匪偷袭后,杜菊召开党支部会议,总结经验,研究下步工作。赵铁柱道:"这次能够顺利粉碎毕士仁一伙儿土匪的偷袭,保住了救济物资,与我们事先得到了土匪偷袭的情报、做了充分的准备有关。大闯叔传递的信息,不仅保证了我们的胜利,也坐实了苟步力勾结土匪的罪行。俺建议立即逮捕苟步力!"

朱奇山道:"苟步力让大闯去给土匪送信,还有一个意图,就是要借此验证大闯的真实身份。如果偷袭顺利,说明情报没有泄露,那大闯就和他们是一路人;相反,则怀疑大闯有问题,是我们的卧底。如今偷袭失败,他肯定怀疑大闯,大闯的身份已经暴露,俺建议把他撤回来,公开他的身份!"

杜龙彪道:"俺同意奇山叔的意见。大闯叔背了好几年黑锅,受了不少委屈,现在是还他清白的时候了!"

张铁林道:"现在就公开俺父亲的身份,俺当然求之不得了!不过,要说苟步力认为是俺父亲泄露了信息,恐怕他也没有根据,仅是猜测而已。俺父子俩配合得天衣无缝,苟步力可能找不到破绽!"

杜菊道:"我看事情没有你想得那么简单,完成送信件的任务以后,蒋宗文向苟步力汇报的时候,可能隐瞒了自己失去知觉的情况。偷袭失败,苟步力肯定要严厉追查,蒋宗文如果说了实话,苟步力会猜到有人跟踪,在暗中将蒋宗文打昏后，趁机配合大闯获得了信件的内容。"

赵铁柱道："我同意杜菊同志的分析。如奇山同志所说，实际上，苟步力事前对大闯同志已经产生了怀疑，让他去送信件，就是想验证一下自己的判断。如果蒋宗文说了实话，苟步力肯定认为是大闯所为，目前他的身份可能已经暴露，至于下一步他会采取什么行动，现在还不好说。"

杜菊道："把大闯同志撤回来，还他的清白，我也同意。不过，我建议暂时还不要动，再仔细观察观察，看看老狐狸的举动！"

赵铁柱道："俺同意，但是，这期间一定要注意大闯同志的安全，派专人进行重点保护，俺看这个任务还是由铁林同志承担比较好！"

杜菊道："那好，就按铁柱同志说的办！另外，目前我们还有两项重要任务：一是继续按分配方案把救济物资分给困难职工和家属，还应当把鬼子败退时毁坏不太严重的房屋修复修复，分给无房和住房太破旧的矿工，解决工人的实际困难。二是做好建立工会的筹备工作。前一段咱们所说的工会，是为了迷惑刘因乐，现在我们应当按程序正式组建工会了。我和铁柱同志有个分工，他侧重负责修复矿井，恢复生产的工作，我和奇山同志负责组建工会和解决群众实际困难的工作，同时做好斗争苟步力和民愤较大的汉奸把头的各项准备。龙彪同志要做好保卫工作，防止土匪和敌人捣乱破坏，确保冠山矿的平安稳定。但是，不管做什么工作，都要按照东北局领导的指示，走出办公室，深入群众，把发动群众当作天字第一号任务。群众的积极性调动起来了，什么事就都好办了。"

苟步力在经理室烦躁地走来走去，反反复复地思考着土匪偷袭失败的原因。从工作团反击的情况看，好像事前已经知道了毕士仁的行动计划，做了精心布置。为什么会这样呢？从蒋宗文汇报的情况看，张大闯不可能有泄露情报的机会呀，莫非是蒋宗文撒了谎，让张大闯有了可乘之机。于是大声喊道："来人，叫蒋宗文到经理室来！"

听说经理招呼自己，蒋宗文心里咯噔一下，接着便胡思乱想起来："经理找我会是什么事呢？是不是关于毕士仁偷袭失败的事呢，莫非他怀疑信息外泄了？这不可能啊，我一直盯着大闯，他根本没有机会往外传递信息呀！难道，难道有人跟踪，我是被人打昏的！这，这可怎么办？实话实说，还是……他妈的，事已至此，管他呢，也许有别的事，见了经理再说吧！"怀着惴惴不安的心情，蒋宗文进了经理室。见苟步力板着脸，便小心翼翼地问道："经理，叫宗文有事？"苟步力没有答话，铁青着脸一直盯着他，吓得他心里只发毛，低着头不敢吱声。突然，苟步力高声断喝道："蒋宗文，你知罪吗？"

蒋宗文扑通跪下道："我、我不知道经理指的是什么？"

苟步力怒喝道："你、你胆大包天，敢对我撒谎！"蒋宗文结结巴巴道：

"经理，我对你忠心耿耿，从不撒谎！"

苟步力继续怒喝道："你、你到现在还不说实话，我、我打死你！"说着，举起手杖劈头盖脸打下去，边打边骂，"狗奴才，我叫你撒谎！看来，你是不见棺材不掉泪啊，到现在还不说实话！"蒋宗文求饶道："经理，你倒是告诉我，是什么事，我怎么撒了谎！"

苟步力骂道："你还有脸问，你和大闯去送信，中间出了什么事，你是不是没说实话！"

蒋宗文辩解道："经理，天地良心，我一直盯着他，没有出什么差错哇！"

苟步力稍微缓和地问道："我问你，你假装拉屎撒尿离开大闯多长时间，怎么盯的？"

蒋宗文心里发慌，嘴上却申辩道："经理，没多长时间，我一直盯着！"

苟步力怒骂道："狗奴才，到现在你还不说实话，看我不打死你！实话告诉你，信件的内容泄露了，到底发生了什么事，您老实告诉我，饶你狗命，有半句谎言，你就是找死！"

蒋宗文见苟步力如此说，只得以实相告道："经理，我说实话。我装肚子疼拉屎离开张大闯时，不知怎么的就昏过去了，醒过来看张大闯靠着大树休息，四周无人，我以为是我血压低自己昏过去的，现在看来，可能有人跟踪，我是被人暗中打昏的！"

苟步力骂道："他妈的，你现在才说实话，晚了，我让你给害苦了。×你妈，滚，滚！"说着，抬腿猛踹。蒋宗文跌跌撞撞离开了经理室。

蒋宗文的话证实了他的猜想，信件的内容应该是蒋宗文被跟踪人打昏以后，大闯和跟踪人偷看了信件的内容并告诉了工作团，然后精心策划，做好了准备，让毕士仁偷袭遭到了惨败，张大闯无疑是工作团的卧底，必须想办法除掉。他绞尽脑汁，反复琢磨，想出了一条除掉张大闯的毒计。

## 三

按照分工，赵铁柱整天忙着组织工人修复矿井，恢复生产，杜菊和朱奇山忙着筹划召开诉苦会和成立工会的事。

朱奇山问杜菊道："小菊，矿上有党组织，为什么还要成立工会，工会到底是什么性质的组织？他和党组织是什么关系？这些对俺来说都是新课题，还得你给讲讲！"

杜菊道："工会是共产党领导下的工人群众组织，任务是维护工人群众的合法权利。在目前共产党组织和共产党员还不宜公开的情况下，工会还应当发动群众起来同汉奸把头进行斗争，废除把头制，组建工人当家做主的新制度，以主人翁的姿态做好冠山矿的各项工作！"

朱奇山兴奋道："废除把头制，让欺压工人的把头靠边站，由工人当家做主，这可是工人眼巴巴盼望的好事。可是，这个工会怎么组建，谁来当头儿，生产、生活、安全都怎么管，千头万绪，可不好办哪！"

杜菊道："奇山叔，别发愁，工人群众中可是藏龙卧虎有的是能人，只要把群众发动起来，把人才发现出来，多大的困难都能克服，什么奇迹都能创造出来！"

朱奇山道："可是，咱们从何处入手呢，这头三脚怎么踢呀？"

杜菊道："现在看，单从理论上讲共产党怎么好，国民党反动派和汉奸把头怎么坏还不够，咱们要通过召开诉苦会，让工人自己说出在日伪统治下，自己亲身遭遇的苦难，再引导大家认识过去为什么穷、为什么苦，然后再讲共产党的主张、工会的性质和作用，在提高工人思想觉悟的基础上，召开斗争汉奸把头大会，成立工会，这样，把斗争汉奸把头和成立工会两者结合起来，工作就比较好做了！"

朱奇山道："小菊，你这么说俺就明白了。在日伪统治下，冠山矿是人间地狱，工人受的压迫和剥削太厉害了，如果把那些受苦受难特别深重的哥们儿招呼到一起，让大家吐吐苦水，你再给讲讲道理，把工人仇恨汉奸把头的火儿点起来，以后的工作就好办了！"

杜菊微笑道："这也就是你说的头三脚，咱们先在小范围内召开诉苦会，培养骨干，然后再召开诉苦和斗争大会，这样，冠山矿反奸除霸和成立工会的工作就能比较顺利地推开了！"

朱奇山把几个苦大仇深的矿工召集到工作团的办公室，平静地对众人道："各位兄弟，日本鬼子占领冠山矿以后，苟步力和汉奸把头就当了汉奸，依靠日本鬼子撑腰，压迫剥削咱们，干尽了坏事。今天特派员让俺请大家来，就是要让大家吐吐苦水，说说自己和矿工兄弟受的苦、遭的罪。"

众人你看看我，我看看你，没有说话，好一会儿，林树生道："奇山兄，要说咱冠山矿工人受的苦和罪，那可是三天三夜也说不完哪，可是，那都是过去的事，说出来更让人伤心，有啥用？"

邢志斌附和道："日本鬼子完蛋了，苟步力和那些汉奸把头不是还在台上吗，诉苦有什么用，还能把他们诉下来！要是让那帮人知道咱们说他们那些见不得人的事，还不得给咱们小鞋穿，变着法子整咱们？"

杜菊见大家对为什么要诉苦还不理解，更怕现在还在台上的那帮汉奸把头给穿小鞋，就耐心解释道："工友们，你们的苦水就是汉奸把头的罪证，有了罪证，才能把他们从台上拉下来，把咱们自己的人扶上去，当家做主，管理冠山矿，让矿工不再受汉奸把头的压迫和剥削，过上好日子！"

刘明仁怀疑道："特派员，你说这话当真，工作团真的能把苟步力那帮人拉下马，让咱们煤黑子当家做主？"

杜菊道："能，当然能。冠山矿是国家的，也是冠山矿全体矿工和家属的，让矿工当家做主，天经地义，合理合法。工矿处派工作团来，就是要让大家明白这个道理，把汉奸把头打倒，让矿工当家做主，把本来属于我们的矿山管理权夺回来。不过，那些汉奸把头是不会轻易让权的，要把矿山管理权夺回来，必须靠冠山矿的全体工友跟工作团齐心协力，团结一致把他们斗倒斗臭才行。今天让大家诉苦，就是摆汉奸把头的罪证，让大家知道，汉奸把头作恶多端，是矿工受苦受难的根源，必须打倒！"

刘明仁立刻振奋起来，他激动地说："特派员，你这么说，俺就明白了。俺们这些人都是从地狱和死人堆里爬出来的，有一肚子苦水，今天俺就把它吐出来，作为罪证，找苟步力那帮人算账！"

于是，他就诉说了苟步力开粮店和杂货店、克扣配给粮和劳动保护用品敛财、用发霉和掺沙子的粮食做饭给工人吃、开大烟馆和妓院腐蚀工人等情况。紧接着大家一个接一个诉苦，说出了苟步力残害童工、逼死老工人；不让工人回家奔丧、截留工人养家糊口和结婚的钱，导致工人气死和自杀；欺男霸女，谋财害命；污蔑和栽赃，把工人关进特殊工人训练所、康生院、矫正辅导院；打人杀人、草菅人命；等等。工友们流着眼泪，吐着苦水，一件件，止不住满腔怒火，有的站起来要去跟苟步力算账。

朱奇山制止道："工友们，苟步力罪行累累，天理难容，这笔账咱们肯定要同他算的，这个仇也一定要报。但是，苟步力这帮人是一股恶势力，跟他们斗要讲究策略，有理有据，掌握火候。下一步怎么办，请特派员给咱们说说！"

众人赞同道："奇山说得对，跟苟步力老狐狸斗，不能盲目行动，得听工作团领导的！欢迎特派员给我们讲讲！"边说边起劲鼓起掌来。

杜菊摆摆手，等掌声停下后开口道："工友们，听了大家诉说的苦难，我很受震动，对斗争汉奸把头、废除把头制、建立工人当家做主的新制度信心更足了。下一步，我们要把苟步力和民愤大的汉奸把头抓起来，召开斗争大会，让工友们面对面揭发他们的罪行，依法依规进行惩办，杀人的偿命欠债的还钱。然后，我们要成立工会，吸收工人入会，让会员推选自己信得过的、有威信、有能力的人当工会的领导，参加冠山矿的管理，恢复生产，支援前线，深入了解工人的疾苦，帮助解决工人和家属的实际困难。"

参加诉苦会的矿工听了杜菊的讲话，精神异常振奋，纷纷表示赞同。刘明仁激动地说："只要把苟步力抓起来，大家就敢讲话了。实际上，他的罪恶大了，远不止俺们说的这些！"

林树生道:"真要让工人当家做主,管理冠山矿,恢复生产肯定比现在快多了。俺听姜把头他们说恢复生产要三年五载,那不是唬人吗?"

正议论间,杜龙彪匆匆忙忙走进办公室,对杜菊耳语道:"特派员,苟步力又安排俺姑父和蒋宗文送信去了!"

杜菊有些惊讶,对朱奇山道:"奇山叔,今天的诉苦会就先开到这里,大家回去后,把工作队的意图跟大伙儿说说,做好斗争汉奸把头的准备!"

众人回应道:"特派员放心,俺们早就盼望着这一天呢,只要说斗争苟步力一伙儿汉奸把头,大家保证乐得蹦高儿!"

诉苦工人离开后,朱奇山问道:"特派员,发生了什么事?"

杜菊道:"俺哥说苟步力又派蒋宗文和大闯叔去送信了!"

朱奇山觉得奇怪道:"毕士仁领土匪偷袭失败,苟步力可能怀疑是大闯泄露了消息,怎么还会派他去送信呢?这一定是个圈套!"

杜菊道:"我同意你的看法。不行,大闯叔有危险,得想办法把他拦住!"又转身问杜龙彪:"哥,大闯叔他俩走多长时间了,铁林还跟踪吗?"

杜龙彪道:"走了大概有半个小时了,铁林在后面跟踪,消息就是他出发前告诉俺的!"

杜菊道:"哥,你骑匹快马去追,一定把大闯叔他俩拦住,把情况弄清楚!"

"好!"杜龙彪答应后,立即找匹快马骑着去追赶大闯。一个小时后,追上了张大闯,他在马上高声喊道:"姑父,停下,快停下!"

蒋宗文有些惊慌地站着没有吱声,张大闯略显意外地回应道:"龙彪,俺这就停下等你,你慢着点儿!"

说话间杜龙彪已到跟前,他从马背上跳下来问道:"姑父,你们俩这是去干啥?"

张大闯回应道:"苟经理让俺和宗文去给毕士仁送信!"

杜龙彪道:"怎么给土匪送信,能给俺看看吗?"蒋宗文有些慌神,但还是结结巴巴道:"不、不行!苟经理要知道还不要我俩的命!"

此时,跟踪的张铁林也从暗处走过来对张大闯道:"爸,这里面可能有鬼,你还是把信拿出来让龙彪哥看看吧!"

张大闯对蒋宗文道:"宗文,也许这里面真可能有鬼,你就把信拿出来让他俩看看吧!"

蒋宗文见杜龙彪和张铁林一副不容拒绝的样子,便无可奈何地从怀里掏出信件交给杜龙彪道:"这是苟经理让我俩送的信,你看看吧!"

杜龙彪接过信,打开信封,取出信纸看后冷笑道:"俺看完了,你再看看信上写的是啥!"

蒋宗文迟疑地接过信纸，看到一张白纸上写着简短的一句话："士仁，见信后立即将两人除掉！"他大吃一惊，怒火中烧，恶狠狠地骂道："苟步力，老狐狸，你他妈的真丧良心！"

张大闯见状，十分惊讶地问道："宗文，你、你怎么了？"

蒋宗文把信递给张大闯道："你看看就知道了！"

张大闯接过信纸，看到内容，感到非常意外，苟步力安排他俩送信，他内心确实有所警惕，但因信件一直在蒋宗文身上，他无法看到，也只好一边跟着走一边做一些猜测。如今看到信件的内容，他也感到意外，看到苟步力如此歹毒，压不住心中的怒火，破口大骂道："狗×的，太阴毒，太可恨了！"

张铁林猜得没错，信里确实有鬼，这是苟步力想出的一条借刀杀人保护自己的毒计。土匪偷袭失败后，他觉得有可能是信件的内容被泄露，让工作团有了准备。通过盘问蒋宗文证实了自己的判断，也识破了张大闯的身份，自己勾结土匪的事可能已被工作团识破，处境十分危险，刘因乐的下场正等着他。但他不甘心失败，反复琢磨着如何脱身的办法，他觉得，如果借毕士仁的手把蒋宗文和张大闯除掉，即使工作团认定他是勾结土匪的主谋，但送信的两个人死后，没有了人证，他来个死不认账，工作团也不能把他怎么样。于是便设计了让蒋宗文和张大闯自找死路的毒计。没想到这个诡计引起了杜菊的怀疑，安排杜龙彪把送信人拦下，从信件中坐实了苟步力借刀杀人的证据。

张大闯骂后对杜龙彪道："龙彪，这老家伙又让俺俩去送信，俺就怀疑有文章，所以就暗中给铁林捎信儿，让他转告你，幸亏你及时赶到，不然俺俩就没命了，还真得好好谢谢你了！"

杜龙彪道："姑父，你别谢俺，要谢就谢菊妹和奇山大爷吧，是他俩让俺骑快马把你俩拦下的！"

张铁林见蒋宗文耷拉着脑袋生闷气，便走过去解劝道："宗文兄，怎么，还生气呀？"

蒋宗文道："走到今天这个地步能不生气？"停了一会儿，他又问张铁林道，"铁林，我脑后那一闷棍是不是你干的？"

张铁林表示歉意道："不好意思，那一棍是俺干的，现在没事吧？"

蒋宗文道："这么说，信件的内容也是你父子俩告诉工作团的了？"

张铁林道："没错，俺是在你失去知觉后，打开信封看到信件内容后报告工作团的！"

蒋宗文有些生气道："你父子俩可把我给坑苦了！"

张大闯插话道："你可不能这么说，如果不是俺把苟步力勾结土匪的事报告给工作团，冠山矿的工人和家属可就要遭殃了。咱两个人保住了冠山矿的救济物资和几千人的命,这账好算,值!"

蒋宗文没有吱声,好一会儿,他无可奈何道:"可是,我该怎么办?土匪杀不了我,苟经理也饶不了我啊!"

杜龙彪冷笑道:"蒋宗文,别人是不撞南墙不回头,你是撞了南墙也不回头哇!如今苟步力要让土匪杀掉你,你还幻想让苟步力饶你吗?"

蒋宗文犹豫不决道:"过去,我一直跟着苟经理,在众人眼里,我是苟经理的人。如今他不容我,我该怎么办?"

张大闯劝慰道:"佛说,苦海无边回头是岸,你在苟步力身边多年,他的所作所为你应该清楚,只要你揭发他干的坏事,跟他划清界限,站到工作团和冠山矿工人一边,大家还是会原谅你接纳你的!"

蒋宗文沉默不语,过了一会儿,他咬牙切齿道:"苟步力,你老狐狸不仁,也别怪宗文我不义了,从今以后,我跟你势不两立了!"

杜龙彪道:"宗文叔,你这样做就对了!俺看天不早了,咱们赶快回去向工作团汇报吧,别让苟步力那老狐狸跑了!"

安排蒋宗文和张大闯送信离开后,苟步力关起门,回顾起日本垮台后自己的所作所为,往事一幕幕展现在眼前:开始是担心鬼子投降后自己的位置不保,便暗中将家人和积攒的钱财转移至北京老家;然后又策划成立维持会,自己当了会长;策划暗杀赵连荣;和刘因乐勾结国民党企图武力暴动;暗中指示毕士仁的土匪抢劫冠山矿的救济物资,破坏工作队恢复生产的计划;跟工作团周旋,以拖待变,等国军来解救自己;借刀杀人保自己……想到两年来的经历,虽然步步惊心,但也有惊无险。思来想去,竟为自己的老谋深算得意起来。晚间,他让小妾给自己炒了两个菜,拿来一壶酒,自斟自酌,直至夜半才搂着小妾上床,入睡。

梦中,他盼望的国军进入了冠山矿,他以国民党边城工作站站长的身份指挥国军把工作团和朱奇山一些被赤化的工人抓起来,枪杀刀砍,血流成河,他站在血流中哈哈大笑。正做着春秋美梦,忽然听到外面人声嘈杂,卧室传来急剧的敲门声:"苟步力,开门!"

他有些惊讶地问道:"谁呀?"边答应着,边穿好衣服,打开了卧室的门。蒋宗文和张大闯站在面前喝问道:"苟步力,老狐狸,还认得俺俩吗?"

苟步力大吃一惊,结结巴巴道:"你、你俩是人,是鬼?"

张大闯哈哈笑道:"苟步力,俺俩是勾魂鬼,现在来向你索命来了!"

苟步力扑通跪地哀求道:"兄弟饶命,我、我给你俩烧高香,让你俩托生到富贵人家,一生享尽荣华!"

蒋宗文对着苟步力的脸左右开弓扇了两个巴掌道:"苟步力,你他妈的醒醒吧,站在你面前的不是鬼,是差点儿被你冤杀的活人!你他妈的太狠毒了，我跟你当牛做马大半辈子，你却用这么卑鄙的手段害我，你的良心让狗吃了！"

蒋宗文连打带骂，苟步力清醒过来，知道自己借刀杀人的毒计已被识破，浑身发抖，扑通倒在地上。

原来，杜菊听了杜龙彪的报告以后，认为逮捕苟步力的时机已经成熟，便让杜龙彪带自卫队员在当天夜里去抓捕苟步力，蒋宗文请求道："特派员，苟步力的住处我清楚，我和大闯愿意跟杜队长一起去！"

杜菊道："好，我同意！"

于是两人随杜龙彪一起到苟步力住处抓人。因为苟步力做贼心虚，又是在夜间酒后上床，误以为是两人的勾魂鬼来索命。杜龙彪见苟步力已经清醒，便命令自卫队员把他拽起来，押送到公安局看守所。

## 四

杜菊同赵铁柱商量道："老赵，诉苦会上，工友们已揭露了苟步力不少罪行，他被扣押后，多数工友已打消顾虑，主动表示要揭发他干的坏事。我看咱们趁热打铁，立即召开诉苦和斗争苟步力的大会如何？"

赵铁柱道："嗯哪，行，我同意！"

朱奇山道："杜菊，斗争苟步力可是冠山矿的一件大事，你写个布告告诉大家吧！"

杜菊道："好！"朱奇山预备好笔墨纸张后，杜菊即挥笔书写，先写了"布告"两个字，然后继续写道："兹订于本月10日在矿小学操场召开诉苦和斗争汉奸大把头苟步力大会，望全矿工人和家属踊跃参加，揭发其压迫剥削的罪行，诉说自己遭受的苦难，申冤报仇，由工人法庭审判，交政府将其绳之以法。特此布告。"落款是"冠山矿工作团"。同样内容的布告写了八张，朱奇山安排人将布告贴到了工人村、井口和主要街道的墙上。

苟步力被关押的消息不翼而飞，传遍了全矿，现在又看到召开诉苦和斗争苟步力大会的布告，听说工作团还广泛征求工人的意见，推举朱奇山、杜龙彪、孟吉庆、高兴旺、林树生等五人组成工人法庭，审判苟步力，工人和家属心情格外振奋。纷纷议论道："过去，咱们工人都由汉奸把头压着，现在反过来让咱们工人审判汉奸把头，这天不是翻过来了嘛！""共产党好啊，共产党实心实意为咱们工人办事，咱们工人必须真心诚意跟共产党走哇！"

听到工人的议论，朱奇山和工人法庭的几个人也格外有精神，布告贴出去以后，他又和几个人组织工人积极分子开始布置会场。先借助操场中间的平台用木板搭起了长十米、宽五米的主席台，台中间摆放着长条桌凳，台顶红布横幅写着"冠山煤矿工人斗争汉奸大把头苟步力诉苦大会",两边是红布竖联,上联是"斗争汉奸把头有苦诉苦有冤申冤",下联是"跟着共产党走工人当家管理矿山"。

10日早晨,天空阴云密布,淅淅沥沥下着小雨,工人和家属有的戴着破草帽,有的披着麻袋片,有的干脆光着膀子,不少人都是光脚站在泥地里,一个个喜笑颜开,有千人之多。站在主席台上的杜菊和赵铁柱见天阴下雨,工人们在泥水里站着,即同朱奇山商量道:"奇山叔,雨天气温低,参加大会的同志天上有雨淋,地下全是水,长时间站着会生病的,要么把斗争会往后推一下,等雨过天晴再开如何?"

未等朱奇山开口,台下工人听说斗争会要往后推,便大声嚷嚷着表示反对,有的高声喊道:"特派员,斗争苟步力是天大的事,不要说下雨,就是天塌下来也没关系!"有的扯着嗓子喊:"特派员,俺们工人什么苦没有吃过,下这点儿雨怕什么,我们挺得住!"还有的工人近乎哀求道:"特派员,俺们好不容易盼到这一天,可不能往后推呀,不能扫大家的兴啊!"

杜菊见工人热情这么高,便又同赵铁柱商量决定尊重工人的意见,斗争会按原定时间召开。她对朱奇山道:"奇山叔,既然工友们这么坚持,我们就按原定时间开吧!"

朱奇山道:"好!"转身对台下喊道:"工友们,特派员和矿长接受同志们的意见,斗争大会照常进行!"

台下传来阵阵欢呼声。朱奇山挥挥手,对杜龙彪、公安干警及自卫队员高声道:"请维持好会场秩序,把汉奸大把头苟步力押上来!"

台下工人自动喊起了口号:"打倒汉奸大把头苟步力!""有仇报仇,有冤申冤,血债血还!""共产党万岁!"在震天的口号声中,两名公安干警押着五花大绑的苟步力走上台,解开绳索,将一块写着"汉奸大把头苟步力"的木牌挂在他的脖子上。苟步力脸色蜡黄,双腿颤抖着站在台前。

朱奇山高声喊道:"我宣布,斗争汉奸大把头苟步力诉苦大会正式开始,请有苦有冤的工友上台诉苦!"

话声刚落,前几天参加诉苦会的工人争先恐后走上主席台。

第一个诉苦的是年轻的残疾人侯玉祥,他十八岁左右,左手拄着拐杖,右手指着苟步力,脸憋得通红骂道:"苟把头,你个王八犊子,你知道俺这条腿是怎么折的吗?是你逼着俺光着脚整天干十几个小时的活儿,累得头昏眼花,被炭车轧断了左腿,还不给工伤费治疗,害得俺好好的一个人成了残疾。跟俺一起干活儿的几个小伙伴有的跟俺一样成了残疾,有的活活累死在井下。今天俺要为伤残和死去的伙伴报仇,我打死你个害人的老狐狸!"边说边举起拐杖要打,被公安干警劝阻。

林树生接着诉苦，他指着苟步力骂道："侯玉祥是为伤残和死去的小伙伴报仇，俺要为被你逼死和害死的老伙计申冤！"接着他诉说了苟步力逼得六十岁的老工友上吊自杀；不给三井工人于文理工伤费，他因无钱治疗，导致伤势恶化，气绝身亡；不让一井工人胡放生回家埋葬祖父，使其因惦记祖父的丧事精力不集中被冒落的顶板砸死；还扣留工人刘志求辛辛苦苦积攒的六百元结婚钱，小伙子被活活气死……林树生越说越来气，他指着苟步力的鼻子骂道："狗不理，俺说的这几件事都是俺亲眼所见，你逼死打死的工人可是数都数不清呀，你伤天害理啊！"

邢志斌轻轻推开气得浑身发抖的林树生，指着苟步力骂道："苟步力，你是日本鬼子养的吃人肉喝人血的恶狗哇，你仗着鬼子撑腰，把多少跟俺一样的普通工人加上'抗日分子''思想犯''经济犯'各种罪名，关进了'特殊工人训练所'，在电网里过地狱般的苦日子，饿死的、病死的、累死的、在井下被砸死的、让鬼子监工活活打死和折磨死的、以身触电网自杀的、还没有断气就被扔进万人坑的，到底死了多少人数也数不清啊，和俺一起被关进特殊工人训练所的工人有六百多人，鬼子完蛋后活着出来的才四十人，惨啊，苟步力，你不是人，是披着人皮的豺狼啊！"

从矫正院活着出来的张明亮骂道："苟步力不仅是吃人不吐骨头的恶狗，还是个大色狼。"接着就诉说了苟步力害死林姓矿工、霸占其媳妇的情况，然后骂道，"苟步力，你这个老色狼，害死多少良家妇女，丧良心哪！"

孟吉庆诉说道："苟步力是个爱财如命的吸血鬼。"他指着苟步力责问道，"苟步力，俺问你，你通过开粮店，往配给粮里掺沙子，以次充好，短斤少两，克扣了多少粮油？你通过开杂货店，把工人的劳动保护用品加价出卖，随意扣留，赚了多少昧心钱？你开烟馆，引诱工人吸大烟，害了多少人，把多少人送进了康生院，挣了多少要命钱？你开妓院，坑害了多少良家妇女？苟步力，你说说，在冠山矿十几年，你吸了多少工人的血？"

工人们一个接着一个上台诉苦，不仅控诉苟步力压迫剥削残害工人的罪行，蒋宗文还揭露了苟步力同刘因乐勾结国民党和土匪跟工作团作对、让土匪冒充抗联到冠山矿抢劫、设圈套妄图抢救济物资等罪恶。眼看天已过午，不少工人仍然争着要上台诉苦，朱奇山见工人和家属饿着肚子顶着小雨在泥水地里站了大半天，担心身体支撑不住，便决定休会。突然，人群中一个妇女高声喊道："等等，俺也要诉苦！"杜菊见有妇女上台诉苦，便对朱奇山道："奇山叔，到现在为止，只有一个女同志上台诉苦，很难得，先别休会！"

朱奇山点头道："好！"转身一看，见是杜梅，立刻喊道，"请杜梅同志上台诉苦！"众人以好奇的眼光目送杜梅上台，杜梅不慌不忙开口道："各位工友诉说的是苟步力的罪行，俺要诉说的是他的亲信把头姜史贵干的坏事！"台下众人齐声呼喊："把姜把头揪上台！""姜把头在哪儿，把他揪上台！"

朱奇山见状，对杜龙彪道："龙彪，按大家的要求，把姜把头押上来！"

杜龙彪即命令自卫队员将姜把头押上台。姜把头脸色发黄，双腿打战，弯腰低头和苟步力并排站着。杜梅扫一眼姜把头问道："姜把头，你还记得牛喜来母子吗？"

姜把头擦擦汗小声道："记得，记得。"

杜梅厉声道："记得就好，你知道他母子俩是怎么死的吗？"

姜把头结结巴巴道："这、这……"杜梅冷笑道："这什么，可能是坏事干得太多，记不得了吧，那俺来告诉你！"接着就诉说了姜把头残害牛喜来母子的经过。

她恨恨骂道："姜把头，因一碗大米粥你害死了母子两条命，你丧良心啊！"

姜把头平时经常打骂工人，民愤很大，现在大家又听说他害死了两条人命，更是义愤填膺，一起呼喊道："打倒姜把头！""以命顶命，血债血还！"不少工人一边高喊"枪毙苟步力！""打死姜把头！"，一边往台上冲，杜龙彪和自卫队员拼命劝阻。

朱奇山也高喊："工友们，苟步力和姜把头还得经咱们工人法庭审判，然后交政府法办，咱们得依法办事，不能乱来！"愤怒的工人渐渐冷静下来。

朱奇山接着高声道："工友们，大家今天吐的苦水，主要还是个人的遭遇和个人遭受的苦难。还有更大的惊人的剥削账没有算。一笔是掘进工程账，再一笔是采煤工程账。二十年中，冠山矿进了多少道，产了多少煤，苟步力他们从采掘工程上赚了多少钱，这是天文数字啊！苟步力这帮人过的是天堂般的生活，咱们工人过的可是地狱般的日子，为什么？就是因为我们的血汗钱都被这帮吸血鬼吸走了！他们的衣食住行都是咱们工人的血汗钱哪！我们今天开诉苦会，不但要算工人个人的苦难的账，还要算他们剥削全体工友的剥削大账！"

台下工友喊道："对，对，他们剥削全体工人的大账一定要算清！""一定要让这帮狗×的把我们的血汗钱吐出来！"

朱奇山接着道："工友们，今天大家揭发了汉奸把头的罪行，吐了不少苦水，现在欢迎特派员讲话！"

台下响起热烈的掌声，掌声过后，杜菊高声道："工友们，大家对苟步力这帮汉奸把头的控诉，可真是声声泪句句血呀，他们不仅和日本鬼子一起对工人进行野蛮的政治压迫，草菅人命，还进行残酷的经济剥削，吸食工友的血汗钱。大家说要大账小账一起算，工作团完全同意。我和赵矿长、朱奇山同志商量，准备成立冠山矿清算委员会，由大家推选信得过的同志作为清算委员会成员，跟苟步力这帮汉奸把头算细账，把属于工友们的血汗钱拿回来！"

台下工友又一次报以热烈的掌声。

杜菊接着说："工友们，把头制是压迫剥削工人的阎王殿，大小把头就是阎王和小鬼儿，工人就是受苦受难的冤魂。工友们要想不受这帮阎王小鬼儿的欺压，就必须把这个阎王殿砸烂，把阎王小鬼儿打倒，让工人翻身做主人。今天我们开诉苦会，斗争汉奸把头，就是要大家认清把头制的反动本质，明确工人受苦受难的根源！"

台下工人嚷嚷道："特派员说得对，把头制是我们工人受苦受难的根源，必须打倒、砸烂！""特派员，我们怎么把这个阎王殿砸烂哪，怎么当家做主哇？"

杜菊道："下一步，我们要成立工会，这是我们工友们自己的组织，不愿受剥削压迫的工友要加入工会，选举工人信得过、德才兼备的人当工会的领导，代表工人参加冠山矿的管理，让工人当家做主。"

台下又一次报以热烈的掌声。

朱奇山挥挥手，等掌声停下后，高声道："现在，欢迎赵铁柱矿长讲话！"

台下掌声过后，赵铁柱道："工友们，刚才特派员把斗争汉奸把头，废除把头制，成立工会，让工人当家做主的意义都讲了。我就不重复了。不过，成立工会是一件大事、新事，为了把这件大事、新事办好。我和特派员商量，准备先组建工会筹备委员会，经过调查研究和征求工友们的意见，决定由朱奇山、杜龙彪、孟吉庆、高兴旺和张大闯等五位同志为筹备委员会成员。现在，我们举手表决！"

第一个是朱奇山，台下齐刷刷举手通过，杜龙彪、高兴旺、孟吉庆也顺利当选。

表决张大闯时，台下有工友表示反对道："张大闯是把头，和苟步力、刘因乐都有来往，俺不同意他当筹委会委员！"

一些工友附和道："对，俺们也不同意张大闯当委员！"

赵铁柱道："工友们，张大闯的情况，大家可能还不太了解，现在请朱奇山同志给大家做扼要的解释！"

朱奇山应声站起来道："工友们，张大闯表面上虽然也是把头，但他'外白内红'，是跟工友们心连心的自己人！"接着，就把他和张大闯当把头时，将提成费作为党费和互济会基金，两人定苦肉计让张大闯做卧底，秘密传递情报、背黑锅、挨打骂、受委屈等情况做了介绍。

朱奇山刚说完，原来表示反对的一个工友即高声喊道："朱师傅，俺不了解情况，冤枉了大闯。俺收回反对意见，同意大闯师傅进筹委会！"原来表示反对的工友也纷纷表态，同意张大闯当选。台下工人一边举手，一边高声喊道："张师傅是有功之人，应当进筹委会！"

张大闯站起来，含着热泪道："谢谢工友们，俺一定好好干，不给咱矿工丢脸！"

赵铁柱见五位筹委会成员顺利通过，即带头鼓掌，并宣布道："我宣布，工作团提名的五位同志正式当选，请朱奇山同志代表筹委会做表态发言！"

在热烈的掌声中，朱奇山站起来，向台下工友深深鞠了一躬道："谢谢工友们的信任，今后，俺们五个人一定在工作团领导下，做好咱们矿成立工会的筹备工作，争取尽快召开冠山矿工会成立大会，让咱们工人当家做主，发扬工人阶级的优良传统，恢复生产，支援前线，为东北和全国解放做贡献！"

天渐渐黑下来，杜菊和赵铁柱商量后，杜菊对台下工友道："工友们，在今天的诉苦和斗争大会上，几十位工友进行了血泪控诉，揭露了苟步力和汉奸把头的罪行，现在天已经很晚了，还有许多工友要上台诉苦，但没有排上号，这不要紧，会后，大家可以直接向工人法庭和清算委员会反映情况。像苟步力和姜史贵这样民愤大的汉奸把头，要交给民主政府法办！我宣布，冠山煤矿诉苦斗争大会结束！请自卫队把苟步力和姜史贵押下去！"

第十五章

# 第 十 六 章

一

诉苦大会后不几天，工人法庭对苟步力、侯老二、姜史贵等进行了审讯，将他们的罪行材料加以整理，交给了县政府，政府依法对策划杀害赵连荣烈士的主谋苟步力、直接凶手侯老二数罪并罚，判处死刑，对姜史贵等罪行严重者也分别判刑。消息传来，冠山矿男女老少欢欣鼓舞，内心深处更加热爱共产党。

在工作团的指导下，朱奇山和工会筹委会的同志研究完成立冠山煤矿工会的相关事宜，先进行宣传发动，然后按程序和条件吸收工人入会，由会员选出工人代表，通过会员代表会选举了矿工会会长和委员。各项筹备工作完成以后，决定召开矿工会成立大会。

会场仍在矿小学的操场上。用木板搭建的大会主席台中间挂着毛主席和朱总司令的画像，画像两边悬挂着两面鲜艳的红旗。台顶横幅为红底黑字，上写"冠山煤矿工会成立大会"，两边是红底黑字竖联，上联是"打倒汉奸把头工人翻身当家做主建设新矿山"下联是"跟着共产党恢复生产支援前线解放全中国"。周边彩旗飘扬，矿自卫队队员戴着红袖标，背着长枪，来往巡视，威武雄壮。矿小学鼓号队的孩子们，脸上挂着笑容，兴高采烈地排列在主席台下，做着吹奏的准备。朱继忠、张铁林、苏小柱一帮年轻人用竹竿挑着一千头长鞭，说笑着等候燃放。《东安报》新闻部主任挎着照相机笑容可掬地站在队伍中，吸引了不少人好奇的目光。参加会议的一千五百多名工人和各界代表像办喜事一样，穿着新衣，喜笑颜开，聚集在广场上。

在热烈的掌声中，边城工矿处的领导、特派员杜菊、矿长赵铁柱、新当选的矿工会会长朱奇山和工会委员走上主席台。

主持成立大会的杜菊高声宣布道："各位领导，工友们，我宣布冠山煤矿工会成立大会现在开始！"台下鼓号齐鸣，鞭炮响声震天，掌声雷动。《东安报》新闻部主任举起相机，拍下了激动人心的一幕。鼓号和鞭炮停止后，杜菊道："让我们以热烈的掌声欢迎工会筹委会会长朱奇山同志报告冠山煤矿工会筹建的经过！"

台下的工友起劲鼓掌，看到过去被汉奸把头踩在脚下的"煤黑子"如今当上了会长，能登上主席台，当着千把人的面讲话，激动得不知说什么好，只能用掌声表达自己的喜悦之情。

掌声停息后，朱奇山高声道："各位领导，工友们，俺代表工会筹委会向大家报告筹备成立冠山煤矿工会的过程。"接着，他便扼要地介绍了筹委会拟订的工会章程和加入工会的条件，然后深入群众宣传发动，吸收一千三百多名工人加入工会，并在各井区和地面科厂建立了工会分会和小组，各分会和工会小组选出四百五十名代表，召开会员代表大会，从二十位候选人中选出矿工会委员十一人，最后由十一名委员选出会长、副会长及委员分工等情况。

报告了矿工会筹建的过程以后，他代表新当选的十一名工会委员表态道："工友们，没有毛主席共产党，就没有我们冠山煤矿工人的翻身解放，毛主席是我们的大恩人，共产党是我们的大救星。但是，国民党反动派和汉奸把头是不甘心让我们工人翻身解放、当家做主过好日子的，要保住我们的主人地位和好日子，就必须打倒国民党反动派和汉奸把头。我们新当选的十一位工会委员，绝对不辜负全矿工友的重托，一定坚定不移地跟着共产党，在边城工矿处和驻矿工作团的领导下，带领全矿工人克服一切困难，恢复生产，多出煤炭，支援前线，为彻底消灭国民党反动派，解放东北和全中国，革命加拼命，争做大贡献！"朱奇山的讲话，赢得台下工人的热烈的掌声。

接着，杜菊宣布道："请清算委员会主任张大闯同志公布对大把头苟步力的清算结果！"

在热烈的掌声中，张大闯手持账簿，朝台下工人晃了晃道："各位领导，工友们，俺们清算委员会的同志通过对冠山矿大账房、物资仓库、粮店、杂货店的核查，对苟步力财产的清点，基本上搞清了苟步力这个老狐狸在经济上剥削工友们的情况。账目明细已张贴在工人村的板报上，供大家查看。他剥削工友的名目繁多，数目巨大，难于计算，无法精确统计。这里仅公布他在采掘工程中克扣工人工资的情况，数目之大，出人意料。总公司给冠山矿掘进工程的承包费是每沙绳二十二点五元，他们发给工人的却只有每沙绳六元，苟步力二十年来，冠山矿进道约一百三十万沙绳，仅掘进工程就克扣工资八百七十五万元；吨煤成本为十四元，按吨煤销售均价三十三元算，吨煤利润是十九元，二十年中，冠山矿产煤四百五十万吨，总计有九千五百五十万元进了日本鬼子和总承包人腰包。加上关押在特殊工人训练所、矫正院、康生院和报国队劳工的无偿所得，更是无数，无法计算。工友们，苟步力这帮汉奸把头住高楼大厦，穿绫罗绸缎，吃喝嫖赌，花天酒地，都是咱们工人的血汗钱哪！"

张大闯的话音刚落，台下工人义愤填膺，纷纷喊起了口号："打倒喝工人血的汉奸把头！""杀人偿命欠债还钱！""有仇报仇，有冤申冤！"口号声过后，杜菊又请工人代表讲话。

第一个上台发言的刘明仁，他有生以来第一次当着上千人的面讲话，内心有千言万语，却紧张得一句话也说不出来，他先向毛主席和朱总司令的像深深地鞠了一个躬，然后转身对着台下众人热泪盈眶地说："没有毛主席和共产党，就没有咱们煤矿工人的今天，我们要拼命干，多出煤，支援我们东北联军的亲兄弟，消灭蒋介石反动派，解放东北，解放全中国，让老百姓过好日子！俺讲完了！"台下响起了热烈的掌声。

工人和各界代表发言后，工矿处领导报告了东北战场的形势，他说："工友们，5月份，咱们东北民主联军发起了夏季攻势，消灭了国民党匪军八万多人，敌人被迫退守长春、沈阳等几个孤立的大城市，东北的农村和中小城镇都回到了我们手中，东北的解放区已经连在一起了！"工人听到如此振奋人心的消息，激动地报以经久不息的热烈掌声。接着，工矿处领导又传达了东北局关于民主改革的有关指示，并希望冠山矿在进行民主改革方面发挥带头作用。

最后，赵铁柱矿长做总结讲话，他说："各位领导，工友们，冠山煤矿工会成立了，咱们成了冠山矿的主人。今后，咱们就要以主人翁的姿态关心冠山矿，修复矿井，恢复生产，多出煤炭，支援前线！把咱们当家做主的精神头儿拿出来，用实际行动报答共产党毛主席恩情！"两位领导的讲话，不时被掌声打断。工会成立大会在"共产党万岁""毛主席万岁""工人大团结万岁""民主政府万岁"的口号声中结束。

工会成立大会以后，工人的劳动积极性显著提高，但管理体制没有改变，生产管理大部分仍由原来的职员和技术人员负责，劳动组织仍然实行把头制，受诉苦和批斗会影响，不少把头阳奉阴违，工人也不再像过去那样受把头管束，劳动效率提高不大。

赵铁柱和杜菊同朱奇山商量，要加快修复矿井、恢复生产的速度，一是要边组织生产，边研究工会如何管理冠山矿，怎么搞民主改革，实行新的管理体制。二是要发现和培养能够实心实意跟共产党走的技术和管理人才。

赵铁柱问张大闯道："大闯叔，听说大山叔外号叫'煤痴'，是煤矿生产技术的行家，现在他在家干啥？"

张大闯道："现在在家待着，听说他正闷头整理他保存的地质资料呢！"

赵铁柱道："什么地质资料？"

张大闯道："是他偷着保存下来的关于边城地区煤炭储量和分布情况的资料！"

赵铁柱道："那可是十分宝贵的资料哇，我想去看看他，动员他为修复矿井、恢复生产出把力！"

张大闯兴奋道："这是好事，俺这就跟你到他家看看。"

这几天，张大山心里很不平静。人虽在家里，心却一直惦记着冠山矿，几乎每天都要到各个井口转悠，查看各井口被破坏的情况。看到冠山矿发生的种种变化，他很动心，觉得工作团的所作所为，顺民心，合民意，自己也不能一直这样待下去了。正想着心事，门外突然传来哥哥的喊声："大山在家吗，赵矿长来看你了！"

听说矿长来看自己，心里有说不出的高兴，但表面上却装作十分平静的样子回应道："在家呢，来了，来了！"边说边开了门道，"哥呀，你可好长时间没来了！"同时和赵铁柱热情地握手道，"铁柱，听说你从延安回来了，还担任了咱冠山矿的矿长，好哇，好哇！快请进屋！"

两人进屋落座后，张大山喊道："孩儿他妈，大哥和铁柱矿长来了，快给沏茶！"

"嗯哪！"姜天竹答应着，拿着茶壶茶碗从屋里走出来，边倒茶边客气道，"铁柱，你可是稀客呀，茶不好，你别嫌弃！"

赵铁柱笑道："姊子，瞧你说的，有茶喝就不错了，还敢嫌弃！"

姜天竹倒完茶，客气地招呼道："铁柱、大哥，你们坐着聊！"边说边进了里屋。

张大山见赵铁柱虽然当了矿长，但仍然和过去一样憨厚、热情，心里很高兴道："铁柱，现在你是一矿之长，公务繁忙，还能来看俺，叔从心眼里欢迎啊！"

赵铁柱道："大山叔，你是咱冠山矿生产技术方面的行家，铁柱来看望你拜访你是分内的事，不必客气。"

张大山见赵铁柱如此说，便十分诚恳地回应道："大侄子抬举了，俺不过是长期在煤矿干活儿，对煤矿生产方面的事多少懂点儿，谈不上是什么行家！你有什么吩咐尽管直说，只要叔能办到，俺绝不推辞！"

赵铁柱道："张叔这么说，俺也就不客气了。日本鬼子败退时，对矿井进行了疯狂的破坏，不能开工生产。寒冬腊月，百姓取暖和军工生产急需煤炭。现在咱冠山矿修复矿井，恢复生产，正需要你这样的行家来进行生产技术指导。我和闯叔到你家来，就是要请你出山，不知你意下如何？"

张大山道："让俺参加修复矿井，恢复生产工作没问题。不过，过去日本鬼子在冠山矿时，俺当过技术员，后来又在密炭勘探队干过，俺这样的人，共产党信得过？"

张大闯听弟弟这么说，有点儿生气道："大山，你这是什么话！共产党如果信不过你，铁柱能亲自登门请你吗？"

赵铁柱制止道："闯叔，你别这么说，大山叔能把他的顾虑直接说出来，说明他胸怀坦荡，性格直爽，有什么想法，不藏着掖着，俺喜欢这种性格。有句话叫'疑人不用，用人不疑'，俺今天请你出山，就是想真心诚意地用你，让你为人民矿山建设出力。你的过去，俺们十分了解，你的性格和为人，俺也都知道，不然也不会来请你！希望你不要有什么顾虑。"

听了赵铁柱的话，张大山十分感动，他真心实意地说道："铁柱，你既然这么说，俺大山没二话，决心跟着你这个矿长干，把矿井尽快修复好，把生产尽快恢复起来！"

赵铁柱笑道："好，好！不过，你不是跟着俺赵铁柱干，是跟着共产党干，听共产党的话，跟共产党走！"

张大山道："铁柱，俺听明白了！老实说，这一年多，俺所以一直在家待着，就是想仔细看看，谁是为民谋福的，谁是祸国殃民的。现在俺看清楚了，共产党才是真心实意为老百姓着想，为矿工谋福的，俺愿意跟着共产党干！为了表达俺的心意，有件礼物俺要献给工矿处！"

赵铁柱道："好哇，什么礼物，也让俺先饱饱眼福！"

张大山道："在密炭的时候，俺看日本鬼子对边城地区的煤炭资源垂涎三尺，为弄清楚边城地区煤炭资源的分布情况，勘探队走遍了边城的山山水水，绘制成图纸，还附带文字说明。俺觉得这些图纸资料很宝贵，就利用绘制图纸整理资料的机会，偷偷复制了一份保存起来，准备抗战胜利以后，把这些图纸资料献给政府。日寇投降后，有人劝俺带着这些东西到长春投奔国民党，俺没有同意。"

赵铁柱故意反问道："那你为什么不同意呢？"

张大山道："抗战以来，国民党的所作所为俺看得清楚，俺不信它。共产党坚决抗日，一心为民，俺也看得清楚，但就是不知道共产党能不能相信俺这个曾经跟日本鬼子混在一起的人。今天你和共产党这么相信俺，没说的，俺不仅要为恢复冠山矿的生产出把力，俺还要把俺手中的地质资料献给工矿处，将来开发边城地区的煤炭资源，这些资料十分有用！"

赵铁柱听了张大山的一席话，动情地回应道："张叔，你是个爱国爱民、正直无私、对煤矿有深厚感情的好同志啊，俺一定把你的心愿向工矿处领导汇报，一定陪同你把地质资料献给工矿处。俺想聘你为冠山矿的总工程师，你如果同意，俺即征求特派员和工会会长的意见，请你出山，正式担任总工程师的职务！"

张大山爽快答应道："俺听你和工作团的安排，不管担任什么职务，俺都愿为冠山矿恢复生产、支援前线尽绵薄之力！"

离开大山家以后，赵铁柱把张大山的态度和自己的想法告诉了杜菊和朱奇山。朱奇山高兴地说道："大山的情况俺知道，他是个煤矿通，为人正直，对冠山矿有感情，由他担任总工程师，负责生产技术方面的工作，俺同意！"

杜菊道："干煤矿，需要多方面的人才，不仅要动员像大山叔这样的人出山，还需要懂煤矿机械、通风、运输、提升等多方面的技术内行，我们还要注意发现和推荐这方面的人才！"

朱奇山道："过去在矿机械厂干活儿的程首宽，在摆弄机械方面是把好手，可惜让长山村农会给抓去了，现在情况如何还不清楚！"

杜菊问道："这个人品行如何，有民愤吗？"

张大闯道："这个人俺也认识，口碑还可以，一个技术工人，能有什么民愤？"

杜菊道："既是这样，咱们到长山村看看，如果没什么问题，就把他请回来！"

于是，杜菊和朱奇山、张大闯、孟吉庆等人赶赴长山村要人。

## 二

长山村农会大院正开批斗会，梨平镇副镇长韩之平和农会会长坐在长条桌后面，桌前并排摆着四个木笼，木笼里分别站着四个被打得皮开肉绽的批斗对象。程首宽被关在靠西边的木笼里，看到朱奇山等人，哭着喊道："朱会长，俺冤枉啊，救救俺哪！"

韩之平看到杜菊等人，懒洋洋地站起来道："特派员大驾光临，是来参加批斗会吗？"

杜菊开门见山道："我不是来参加你们的批斗会的，是想跟你要一个人！"

韩之平好奇道："你要什么人，我这里有吗？"

杜菊指着木笼里的程首宽道："那个程首宽有什么问题？"

韩之平看看农会会长道："吴会长，你告诉特派员！"

吴会长问副会长道："老钱，你说说看！"

老钱结结巴巴道："这、这小子看不起农民，我让他给村里打三十把镰刀，他先要钱，说不给钱不打！"

杜菊笑笑道："还有其他什么问题吗？"老钱道："这还不是问题吗？解放了，工人农民是一家人，可他程首宽还和自家人要钱？"

杜菊解释道："同志，俗话说亲兄弟明算账，他这么做没有错！"

老钱一时无话可说，杜菊即对韩之平道："韩副镇长，看来，程首宽没有大问题。我看这样吧，他是冠山矿的人，我们把他带回去，有什么问题，由矿工会和工人法庭处理！"

韩之平觉得村里随便批斗煤矿的人也不太合适，便勉强答应道："那好吧！"

杜菊看看木笼里被打得皮开肉绽的人，即严肃地对韩之平道："韩副镇长，你们这样随便抓人，私刑拷打，搞逼供讯，不符合党的政策，还望注意！"

韩之平不满道："党的政策我知道，不过，对待阶级敌人，可不能心慈手软，不仅要打，还要杀呢！"

杜菊道："这几个人都是阶级敌人吗？"

韩之平道："不给他们点儿颜色，他们能承认自己是阶级敌人吗？"

杜菊见当着众人的面不便和他继续争辩下去，便以和缓的口吻道："我只是顺便提醒一下，没有别的意思！"

韩之平不阴不阳道："谢谢杜特派员指教！"

从长山村把程首宽带回冠山矿以后，经过认真考察，证明程首宽确实是一个对机械技术十分入迷、一心钻研机械技术不太过问政治的普通技术工人，根本没有民愤。机械厂确实需要程首宽这样懂技术的人，于是按程序提拔程首宽为矿机械厂厂长。

杜菊在发现和使用煤矿技术和管理人才的同时，还在动妇女工作方面的脑筋。三八妇女节到来的时候，她找杜梅商量道："姑姑，妇女节就要到了，俺想在3月8日这一天找几个妇女开个座谈会，讲讲妇女工作方面的事，请你帮俺组织组织！"

杜梅笑道："嗯哪！俺听你的！"于是她帮着买了一些水果、糖块、葵花子、茶叶等待客用品，又帮着邀请了赵连喜、武有婧、姜天竹、张彤、孟福花、刘桂花、李寒梅等妇女。

3月8日，杜梅提前到杜菊家，帮着把果品瓜子摆放在茶桌上。不一会儿，老老少少有十几个妇女陆续进屋，杜梅和杜菊热情接待，众人有的坐在炕上，有的坐在凳子上。边说笑，边嗑瓜子。

等众人静下后，杜菊对大家说："在座的，有的是俺的长辈，有的是俺的同辈姐妹，今天请大家来，一是跟大家一起过咱们妇女自己的节日，三八妇女节；二是跟大家唠唠嗑，说说心里话，交流交流感情！"

赵连喜问道："菊子，俺第一次听说还有妇女节，也不知道为什么要在3月8日这一天，你给大家讲讲好吗？"

杜菊说："嗯哪！"于是就简单介绍了三八妇女节的来历。她说："在西方资本主义国家，工厂里的女工每天工作十多个小时，还经常受监工的打骂和侮辱，工资却比男性工人少得多。为了反对资本家的压迫和剥削，争取八小时工作制，增加工资，获得公平待遇，在1909年3月8日这一天，美国芝加哥的女工就举行了声势浩大的罢工和示威游行，迫使资本家做出了一些让步。为纪念这个有意义的日子，在第二届国际社会主义妇女代表大会上，就把这一天定为世界妇女的斗争日，也就是妇女的节日。大革命时期，广州的妇女也曾召开过三八妇女节纪念大会。"

听了杜菊的介绍，张彤又问道："菊嫂，俺们妇女都是'家里蹲'，过这个节有啥用啊？"

杜菊笑道："那我问你，你愿意一辈子当'家里蹲'吗？"

张彤道："俺当然不愿意了，可有什么办法呀，矿上不招女工，俺不当'家里蹲'还能干啥？"

姜再生的媳妇李寒梅接着道："是啊，咱女人可真命苦哇！从一生下来就不招人待见，长大嫁了人，上伺候老，下伺候小，中间还有男人管着。遇上个刁婆婆和不着调的男人，一辈子都得受窝囊气！"

杜梅道："其实，咱们妇女一点儿也不比男人差，关键看有没有志气和能力。像花木兰、穆桂英、梁红玉这些女英雄，一点儿都不比男人差，武则天还当过皇帝呢！"

李寒梅分辩道："你说的那些女人都不是凡人，那都是天上的星宿和神仙托生的，世上能有几个？像咱们这样的肉眼凡胎的小女人，怎么能跟那些人比？"

武有婧笑道："大嫂，你这么说也不见得有道理。你看咱杜菊，不也是女人嘛！难道她也是天上的神仙下凡吗？"

听武有婧这么说，李寒梅不知怎么回答，她看了一眼杜菊道："也许，特派员真的不是凡人！"一句话，逗得大家哈哈大笑起来。

杜菊笑道："大嫂，你还不知道俺嘛，过去，俺不是跟你一样，也是肉眼凡胎的普通女人，俺也是受了共产党的培养教育和许多女革命家的影响才走上革命道路的！"接着，她就介绍了自己参加革命的经历和成长过程，她严肃地对大家说，"俺觉得，杜梅姑姑说得对，咱们女人比男人一点儿都不差。是封建统治者歧视妇女，把妇女压倒社会最底层的。妇女要翻身，就得跟封建思想进行斗争。今天开三八妇女节座谈会，就是要让大家知道，妇女要翻身解放，就得像芝加哥的女工那样，像许多女共产党员和爱国妇女那样，破除封建迷信落后思想，跟着共产党同国民党反动派斗争，推倒压在我们头上的三座大山，建立新中国！"她又看着杜梅对大家说，"姐妹们，咱们冠山矿已经有了妇女榜样，像杜梅姑姑，现在不也跟男人一样参加了革命工作吗？她能做到的，我相信大家也都能做到！"

听了杜菊的话，参加座谈会的妇女们激动得热烈鼓掌，都表示也要像男人一样，为恢复生产、支援前线出把力。

杜菊高兴地说:"只要大家有参加革命工作的愿望,能做的事情很多。鬼子败退后,有人捡了不少洋落儿,比如机器零件、电缆、工具、材料等,现在修复矿井,咱们可以动员各家把这些东西交给矿上使用。俺还准备同赵矿长、朱会长商量一下,现在有些岗位可以让咱们女工来干,把男工替换下来充实到生产一线,这样,既可以解决一线劳动力紧缺的问题,又可以让女同志有活儿干,一举两得!"

杜梅道:"菊子想得太周到了,咱们回去以后要多做宣传,争取让更多的姐妹们出来工作。不过,受封建思想的影响,让妇女不做'家里蹲',出来参加工作,阻力也不小,大家要有思想准备!"

为了进行民主改革,建立新的管理体制。赵铁柱、杜菊和工会干部边组织生产,边倾听工人的意见。发现把头和工人的矛盾无法调和,多数工人要求废除把头制和十二小时工作制。为此,杜菊决定召开党支部会议,专题研究是否废除把头制等问题。在支部会议上,她说:"工矿处领导提出要进行民主改革,建立新的管理体制,请大家谈谈工人在这方面的反映。"

孟吉庆道:"现在,工人和把头的关系很麻烦,不少工人说,开会说要工人当家做主,实际还由把头管,工人怎么当家做主?要让工人当家做主,就不能让把头管,应当废除把头制!"

朱奇山道:"工人要求废除把头制和十二小时工作制的呼声很高,工会在研究这个问题的时候,大家提出不仅要废除把头制,还要废除现行的行政管理体制,实行矿长负责制!"

赵铁柱道:"诉苦和斗争汉奸把头以后,工人的积极性很高,我看咱们应当趁热打铁,干脆废除把头制和原来的所、股制,实行矿井两级管理。矿成立生产、技术、劳资生活福利等管理部门,负责全矿的生产、生活等管理工作!工会负责从工人中选举矿和井区地面主要负责人,同时成立相应机构,对各级干部和管理人员进行监督。"

杜菊道:"我同意铁柱的意见。不仅要废除把头制和十二小时工作制,还要改所、股制为矿井两级管理,实行矿长负责制,矿级干部由上级任命和工会选举两种渠道产生。铁柱是工矿处任命的矿长,工会再从有威信有能力熟悉矿井工艺的工人中选举几名副矿长和总工程师,协助矿长工作。井长和副井长、机关科室和地面场点的正副科长,也同样由工会选举,经矿长审批后任职。"

朱奇山兴奋地说道:"从工人中选拔干部,这可是冠山矿破天荒的大喜事啊,这样才能真正让工人翻身解放当家做主,充分发挥积极性和创造性!"

孟吉庆道:"过去工人要求实行八小时工作制,鬼子和汉奸把头不答应。现在工人当家做主,应当答应工人提出的要求,实行八小时工作制。"

众人附和道："这个提议好,应当实行八小时工作制!"

杜菊道："大家的提议俺也赞同。不过,这些改革措施还只是咱们的设想,到底行不行,还得请示工矿处领导批准和职工代表大会通过才能实施!今天俺和铁柱就把大家提出的意见加以整理,明天俺俩就向工矿处领导汇报,如果得到批准,咱们再召开职工代表会通过,组织实施!"

冠山矿党支部会议讨论的意见迅速得到了工矿处领导的批准,认为这是冠山矿管理体制方面的创举,是实现工人当家做主的组织保证,应当大胆试行。根据工矿处的批示精神,矿立即召开职工代表大会,并以工会委员会的名义把党支部的意见和工矿处的批示向代表们作了说明。代表们纷纷表示赞同。

会上,林树生代表激动地说："把头制是缠在工人身上的封建枷锁,工友们早就想把它砸烂了,工会委员会的提议,说出了工友们的心声,俺举双手赞成!"

邢志斌代表眼含热泪道："说是十二小时工作,加上入井、升井和上下班走路,实际十六个小时也多。长时间繁重的劳动,工人太累了,实行八小时工作制工友们百分之百赞成!"

关于矿井两级管理、矿长负责制和工会选举干部等提议,代表们也争先恐后发言。

徐小虎代表说："说矿和井比所和股更直白,煤矿嘛,就应当由矿长负责,实行矿长负责制名正言顺!"

朱继忠代表说,"让工人选举干部,把干部的任免大权交到工人手里,这才是真正让工人当家做主!"

综合代表们的意见,形成了职工代表会的决定,冠山矿率先废除了把头制和十二小时工作制,并开始试行矿井两级管理和矿长负责制。

根据职工代表会的决定,朱奇山在组织工会委员广泛征求意见的基础上,推选张大闯、孟吉庆为副矿长,张大山为总工程师,朱继忠、张铁林和高兴旺、林树生、程首宽分别为井长和地面科厂的科厂长。这些在日伪统治下饱受欺压的矿工如今当了冠山矿的各级领导,既有从未有过的光荣感和自豪感,也有高度的压力感和责任感。

朱奇山和张大闯虽然年过半百,但仍然像小伙儿一样有使不完的劲,整天陪同张大山在井口和地面厂点转悠,了解矿井和机械设施被破坏的情况,向矿长提出建议。

为了解决器材和机械零部件短缺的问题,根据他俩的提议,工会开展了"公物还家"活动,号召工人和家属把鬼子败退时捡回的各种工具、器材、零部件献给矿上,供修复矿井和机械使用。赵矿长又安排人到附近城镇的集市上收购器材。干部带头，工人和家属积极响应，没过多久，机电厂和材料科即收到电动机、绞车、风机、水泵等各种零部件上万件，收到废旧电缆、电线、铁板、木材、铁钉、钢筋、水泥等各种器材和物资五万多件，加上铁锹、镐头、板子、钻头、车刀等工具，总计十万多件。

在修复矿井、恢复生产中，干部和工人积极性空前高涨。

赵矿长接受张大山总工程师的建议，决定按照先易后难的顺序，首先集中力量修复二井。

由于长时间停工，二井井下淤泥积水严重，工人看见巷道里黑乎乎全是淤泥积水，不知如何是好，朱奇山毫不犹豫地跳进齐腰深的泥水中，弯腰清理腐烂的坑木，扶正歪斜的棚柱。工人见状，也都不顾一切地跳进泥水中，和朱奇山一起劳动。井下阴气重，又长时间泡在泥水中干活儿，阴冷劳累，实在难于支撑。朱奇山即自掏腰包买来白酒，让大家喝几口酒再干活儿，一直坚持不停歇。

机电工出身的杜龙彪虽然担任着矿卫队队长，但仍然积极参加修复矿井的劳动。他带着儿子天赐和几个年轻人昼夜不停地检修机械，供修复矿井使用。朱继忠见杜龙彪修好两台水泵，即抢先安排工人抬到井下抽水。可是几天过去了，积水始终没有下去。张大闯问朱继忠："继忠，怎么回事？水怎么还没有下去，走，咱俩去看看！"

朱继忠随张大闯顺着绞车道往下走，看到工人忙忙碌碌，干劲很足。两人一边走，一边同工人打招呼，等到了泵站，看到水泵在正常运转，但不长时间，进水口即被淤泥堵塞，工人不得不停下水泵清理堵在进水口里的淤泥，这样抽一会儿就停下来清理淤泥，抽抽停停，进度很慢。

张大闯同朱继忠商量道："继忠，干这活儿得细心，有耐心，这样，咱俩试试，看能不能让水泵不停地正常运转！"

朱继忠道："行，俺听二叔的！"于是，两人撤换了原来负责看水泵的工人，张大闯先干第一班，他自带干粮，一直坐在水泵跟前，一边看着水泵运转，一边用手捞出入水口附近的淤泥和杂物，这样，入水口就不会被淤泥和杂物堵塞，水泵就能不停地正常运转。这样一直坐着，手不停地扒拉着，冻得浑身发抖，累得下半身麻木。

朱继忠见张大闯年岁已高，仍不顾自身劳累坚持在岗位上，第二天，张大闯来接班，朱继忠坐着不动。

张大闯道："大侄子，该俺接班了，你走吧！"

朱继忠道："二叔，俺今天连勤，你回去吧！"

张大闯使劲拽着他的胳膊道："说好的，一人一天，你别耍赖！"

朱继忠仍然不动，张大闯劝道："继忠，你是井长，不能老待在这里看水泵！"

　　朱继忠道："这是卡脖子活儿，水不抽干，其他活儿就没法干，俺这是抓关键！二叔，你是主管生产的副矿长，你不能跟俺一样在这里看水泵！"

　　张大闯没法，只好离开。朱继忠三天三夜一直盯着水泵正常运转，直到把水抽干，才带着工人清理淤泥，搭棚子，修复巷道。

　　孟吉庆感冒发烧仍坚持上班。苏小柱劝道："孟叔，你年纪也不小了，又感冒发烧，休息两天，等病好了再上班吧！"

　　孟吉庆道："嘿，这点儿小病算啥，日本鬼子那阵儿，不要说头疼脑热了，就是病得再重，只要有口气，汉奸把头就逼着你下井干活儿。现在给咱们自家干活儿，这点儿小毛病就休班，还算什么主人哪！"

　　高兴旺在一旁附和道："嗯哪，老孟说得对，现在咱们是冠山矿的主人，修复矿井，恢复生产是咱们分内的事，干不好对不起共产党毛主席！"

　　苏小柱道："两位叔叔说得对，可是，身体是革命的本钱，你俩让鬼子汉奸折磨了半辈子，好不容易熬到今天，得保重身体，等打倒国民党反动派，建立新中国再过好日子呢！"

　　孟吉庆道："小伙子，你放心，俺这把老骨头抗折腾呢，俺就是想早点儿过上好日子才这么拼命干呢！"三人边说边和众人一起吃力地从绞车道往井上搬运大石头。

　　张大山看到，热情地打招呼道："孟哥、高哥，现在大家干活儿真和过去不一样啊，个个都生龙活虎比着干，照这样下去，咱二井很快就能出煤了！"

　　孟吉庆道："过去是监工逼着给鬼子汉奸把头卖命，现在是给咱自家干活儿，当然不一样了！"

　　高兴旺插话道："大山，你说二井很快就能出煤了，真这么快吗，才一个多月呀！俺听那些把头和日本留用的技术人员说，冠山矿要恢复生产，少说也得三年五载，有的还说原来的井口可能得报废，得打新井才行呢！"

　　张大山道："那些人是戴着有色眼镜看问题，根本看不到咱煤矿工人的智慧和力量。照这样干下去，不是三年五载，而是三五个月就可以恢复生产，用煤炭支援前线了。"

　　众人回应道："借张工吉言，咱们一定干出个样子来，多出煤炭，支援联军兄弟打蒋该死，也让那些瞧不起咱们的人长长见识！"

　　张大山见众人往井上运石头，便用疑问的口吻道："孟哥，哪来的这么多大石头，你们这是往井上运吗？"

　　孟吉庆道："这些石头大都是冒落的顶板石，巷道和掌子面有的是。现在绞车还没有修好，只好人拉肩扛往井上运，不把这些石头运走，没法干活儿呀！"

张大山建议道:"俺看没必要这么费劲地往井上运了,把这些石头留下来,码石墙,加固顶板不好吗?"

苏小柱拍手道:"张工这个主意好,这可是既省工又省料一举两得的好事啊!"

众人齐声附和,即按照张大山的指点,搬着、扛着,把石头往掌子面运,准备用于码石墙加固顶板。正忙碌间,张大山看见赵铁柱肩上扛着木头,同十几个工人一起往井下运坑木,他便走过去打招呼道:"铁柱,累了吧,放下来喘口气!"

"嗯哪!"赵铁柱把肩上的木头放下,直了直腰,擦了把汗水。跟着歇下来的林树生道:"赵矿长虽然是一矿之长,可一点儿官架子都没有,不仅跟俺们一起干活儿,还跟大伙儿唠家常,说知心话。小日本那阵儿,不要说像矿长这样的大官了,就是苟步力那个经理室的门都难进啊。"

张大山感叹道:"共产党的干部就是不一样啊!像赵矿长这样能跟咱们煤黑子同甘共苦的干部过去恐怕一个都见不着哇!"

赵铁柱道:"张工,你也别这样夸,和工友们同甘共苦是共产党人的本分,也是党的干部应有的作风。再说了,俺过去也是矿工,现在当了矿长也就是为大家服务罢了,跟大家一起干活儿,才能听到矿工的声音,才能发现问题,更好地服务!"

孟吉庆道:"铁柱说得实在,这才是咱们工人的矿长呢!"

赵铁柱道:"过去,俺只是普通矿工,对煤矿的生产技术知识知道得不多,大山叔虽然把矿图资料都告诉俺了,但那毕竟是纸上谈兵,不如跟工友们在一起干活儿,多走走,多看看,把理论和实践结合起来学得更扎实。"

张大山道:"俗话说,世上无难事只怕有心人,俺看铁柱就是真正的有心人哪,照这么干,用不了多长时间,不仅和工友们打成了一片,也能了解冠山矿的全面情况,成为文武双全的指挥官!"

赵铁柱谦虚道:"张工过誉了,俺尽力朝你说的那个方向努力吧!"然后转身同一起休息的工人道,"工友们,休息好了吗,该起来干活儿了!"边说边扛起木头,迈着稳健的步子同工人一起顺着绞车道朝掌子面走去。

张大山继续指导工人往掌子面运石头。突然,干活儿的工人中传来惊讶的议论声:"啊!那不是特派员吗,她怎么到井下来了?""按矿上的规矩,女人是不能下井的,女人下井不吉利呀!""邢师傅,你是矿上的老人儿,你去劝劝,让特派员上去吧!"

邢志斌大着胆子走过去,客气地对杜菊道:"特派员,你、你怎么到井下来了?"

未等杜菊答话,跟她一起下井的张铁林插话道:"邢师傅,俺原本不让特派员下井的，可是她非要下来不可，俺只好陪着她下来了！"

杜菊接口道："怎么，大家都在井下干活儿，我能在井上待着吗？"

邢志斌小声嘟囔道："特派员，按矿上的规矩，女人是不能下井的！"

杜菊反问道："为什么？"

邢志斌仍小声道："说是女人下井不吉利！"

杜菊笑道："那都是封建迷信的规矩，是对女人的歧视！邢师傅，咱不听封建迷信那一套，今天俺就在井下跟工友们一起干活儿，看能怎么样！"

邢志斌不好再坚持，嘟囔道："那、那好吧，特派员吉人天相，也许……"

杜菊耐心对邢志斌解释道："邢师傅，不是也许，是肯定没问题，你告诉工友们，让大家放心干活儿！"边说边同张铁林一起跟工人搬石头、推车，开始，工人躲躲闪闪，见杜菊边干活儿边谈笑风生，井下也和往常一样，什么事也没有，渐渐地，不少工人好像忘记了她是女人似的，靠过来，跟她一起忙碌。

听说杜菊和张铁林一起下了井，一些工人开始紧张起来，不知如何是好。老实巴交的刘老满不仅怕特派员下井有什么闪失，也怕女人下井给矿井带来灾难。于是跟老伴儿和姑娘商量，要到井口去烧纸，保佑特派员和矿井平安。老伴儿同意，姑娘刘桂花3月8日那天在杜菊家过妇女节的时候，杜菊讲了不少革命道理，知道爸妈有封建迷信思想，不同意老爸的做法，刘老满不听，买了烧纸香火，一个人到二井栈桥头去烧纸。

刘桂花便去找孟福花，要同她一起去阻止。两人边说边往栈桥方向走去，到了栈桥边，看见刘老满面向井口方向跪着，边烧纸，边叨咕："火神爷，特派员虽然是女人，可她是个有良心的好人哪，她下井是为俺们工人好哇！你、你可千万别怪罪她，保佑她平安无事啊！"

孟福花走过去劝道："刘大伯，你别烧纸了，让特派员知道就不好了！"

刘老满不高兴地说道："女孩子家，懂什么！俺这是为特派员和矿井好，她怎么会不高兴呢？"

刘桂花劝道："爸，你这是搞封建迷信，特派员不信这一套！"

刘老满生气道："什么迷信不迷信的，闪开！"

两人仍然反复劝说，刘老满也不听，还是继续烧纸。孟福花抬头看见杜菊和升井的工人边走边说笑着朝栈桥这边走过来，于是连忙对刘老满道："大伯，你看，特派员过来了，人家不是好好的吗？"

刘老满抬头看见杜菊安全升井了，高兴地说："你们看，俺求火神爷保佑没错吧，不然还不定会出什么事呢！"

杜菊见刘老满和两个姑娘在栈桥边，跟前还有烧纸的灰烬，有点儿好奇，就同工人一起走过来问道："福花，你们在这里干啥？"

孟福花回应道："刘大伯听说你下井了，怕不吉利，在这里烧纸，保佑你和矿井平安呢！俺和桂花不让他这样，大伯不听，还说你能安全升井是他烧纸让火神爷保佑的结果！"

　　杜菊对刘老满道："刘师傅，谢谢你的好意。不过，说女人下井不吉利，那是封建迷信，是对女人的歧视，你可不能信这一套！"

　　刘老满道："特派员，你也别不信，也许是火神爷看俺诚心敬他才保佑你平安无事呢！"

　　众人见刘老满不听，便一起劝道："老满，特派员跟俺们一起干活儿，讲了不少矿井的安全知识。其实，井下发生事故，同女人下井没有一点儿关系，说女人下井不吉利，纯粹是胡说八道，今后你就明白了！"

　　刘老满没有吱声。

　　杜菊道："咱们这么说，刘师傅可能不一定相信，别急，我今后还会下井跟大家一起干活儿的，让刘师傅亲眼看看会不会有什么事，这样，慢慢他就想通了！"说完，众人一起离开了栈桥。

　　民选的工人干部和工人同甘共苦，处处起带头作用，受到工人的好评。生产和分配中的重要问题，主动征求工人的意见和建议，让工人实实在在感受到了当家做主的地位，生产积极性和主动性明显提高，不到两个月，完成了二井的修复工作，并正式开始出煤。这完全超出了矿上旧职员和日本留用人员的意料，不少人不得不发出钦佩的感慨："奇迹啊，做梦都想不到哇！"

　　二井出煤那一天，井塔上高悬着一条巨幅标语，上写"热烈庆祝二井恢复生产，开始出煤，支援前线"，栈桥边上插着彩旗，第一列矿车上装饰着用绸布挽成的大红花，杜天赐和赵煤山用木杆挑着长鞭，井区周边站满了看热闹的男女老少。一阵清脆的铃声响过之后，天轮飞转，装饰着大红花的煤车刚露头，鞭炮即噼噼啪啪响起，工作团和工会干部面带笑容和观众报以热烈的掌声。这是抗战胜利后，共产党接管冠山煤矿以来产出的第一车煤炭，它带着冠山煤矿工人当家做主的自豪感，寄托着煤矿工人消灭反动派、建立新中国的美好愿望，随着飞奔的火车，驶向硝烟弥漫的东北战场！

## 三

　　一个多月的时间，二井即恢复生产出了煤炭，显示了冠山煤矿工人的爱国情怀和巨大能量。为了鼓舞士气，杜菊、赵铁柱和朱奇山商量，准备在五一国际劳动节来临之际，以矿工会的名义组织矿工过劳动节，并表彰奖励在恢复生产中表现突出的工人。

　　朱奇山觉得新鲜，便好奇地问道："俺头一次听说还有这个节日，你给俺讲讲好吗？"

杜菊道："好哇！"接着就把五一国际劳动节的来历做了简要的介绍，然后感叹道，"五一国际劳动节到现在已有五十八年的历史了，可我们的煤矿工人连有这么个节日都不知道，过劳动节就更无从谈起了。可悲，可叹，可气啊！"

朱奇山也激动地说："这么看来，五一国际劳动节来得还真不容易呢！让咱们冠山矿的工人过五一国际劳动节很有必要，通过过劳动节，不仅可以让大家知道五一国际劳动节的来历，更重要的是能够让大家知道，好日子不会从天上掉下来，工人要想真正当家做主，过上好日子，就得努力干活儿，克服困难，多出煤炭，支援前线，打倒国民党反动派，解放东北，解放全中国！"

赵铁柱道："你的想法同我和菊子的想法完全一样。冠山矿第一次举行五一国际劳动节庆祝活动，要搞得隆重一些、热闹一些！"

杜菊道："五一那天，要把劳模请上主席台，披红戴花，发奖状、奖杯，还要请劳模代表和各界代表讲话，会后要进行游行，壮大声势！"

朱奇山补充道："俺建议要想办法把冠山煤矿工人的心意告诉毛主席，告诉联军兄弟！"

赵铁柱道："这个想法很好，咱们可以以冠山煤矿工会的名义给毛主席和东北民主联军发致敬电！"

杜菊道："俺同意。第一次搞这么隆重的活动，得把工会委员和相关人员召集到一起，好好合计合计！"

朱奇山道："好，俺这就去召集人，有你们两位帮俺们出谋划策，保证没问题！"

昔日苟步力和汉奸把头占据的两层楼房，现在成了工作团、工会及矿行政各部门的办公室，楼外的广场成了工人集会的地点。"五一"劳动节这一天，广场北侧搭建的主席台，台口朝着革命圣地延安的方向，台顶是红底黄字的横幅，上写"冠山煤矿庆祝五一国际劳动节暨表彰劳模大会"，四周彩旗飘扬，参加大会的三千多名工人和家属，穿着节日盛装，手持庆祝五一国际劳动节的纸制小旗，喜笑颜开，等着开会。

看到"五一国际劳动节"几个字，不少工人小声嘀咕道："劳动节是什么节，俺可是第一次听说哇！""劳动节就是劳作人的节日，像咱们工人这样的人也有节日了，世道真的变了！""听说这个节是工人罢工游行，同资本家作斗争才争取到的，来得特别不容易！""评劳模，开大会，这可是咱冠山矿破天荒的事啊！""今后咱也好好干，争取当个劳模，光荣光荣！""这都是托共产党毛主席的福哇！要不，咱煤黑子哪有今天哪！"

议论中，忽听鼓乐齐鸣，鞭炮震天响。工矿处领导和矿领导登上主席台以后，朱奇山领着二十位劳动模范也在主席台就座，劳模身披红色十字花绶带，胸前斗大一朵大红花，个个喜气洋洋，让人羡慕。

大会由矿工会会长朱奇山主持，特派员杜菊首先讲话，她介绍了五一国际劳动节的来历以后，激动地说："工友们，五一国际劳动节来之不易，它是无产阶级和劳动群众通过流血斗争得来的，我们只有发扬无产阶级的斗争精神，打倒国民党反动派，建立由无产阶级和劳动人民当家做主的新中国，才能彻底翻身，过上幸福美满的好日子。当前，就是要不怕苦和累，革命加拼命，多出煤炭，支援前线，保证前线战士打到哪里，火车就开到哪里，让战士们吃得饱，穿得好，枪炮足，早日把蒋匪军消灭光！"

台下工人齐声喊起了口号："多出煤炭，支援前线！""打倒国民党反动派，解放全中国！"

接着，工矿处领导给荣立集体功的代表发了锦旗，给劳模发了奖状和奖杯，白色的奖杯上写着"劳动光荣"四个红色大字，看上去十分显眼。

劳模苏小柱代表劳模发表感言，他激动地说："过去，日本鬼子和汉奸把头不把俺们矿工当人看，现在，俺们成了煤矿的主人，给自己干活儿还受表扬，得奖品，新旧社会两重天啊！今后，俺们一定加倍努力干活儿，为冠山矿的老少爷们儿争光争气。"

孟福花代表妇女表态发言，她说："各位领导，父老乡亲姐妹们！3月8日，杜大姐领着俺们十几个姐妹们过妇女节，今天又过五一国际劳动节，这是俺们这些妇女过去连做梦都梦不到的事。过去，俺们妇女是人间最受压迫最低贱的人，俺一个大姑娘连件衣服都没有，整天披个麻袋片当衣服，门都不敢出。共产党到了冠山矿，俺们妇女才翻了身，有了做人的权利。今后，俺们一定听共产党毛主席的话，听杜大姐的话，也要像男人一样参加革命工作，为恢复生产，支援前线，尽一份力量……"

最让人感到新奇的是少年儿童代表的发言，本来是准备让朱百威代表儿童发言的，但开会前一天，他出麻疹，没办法，只好由武超代替。那年武超才七周岁，开始，朱奇山还有些担心，怕他怯场，砸了锅。出人意料的是，武超出色地完成了任务。当朱奇山喊到他的名字时，他不慌不忙，很自然地走上主席台，先向领导和劳模鞠一躬，又向台下观众鞠一躬，然后站在扩音喇叭前，以清脆的童声道："各位领导，叔叔阿姨和小朋友们大家好！俺代表少年儿童发言。俺听说，过去冠山矿比俺大不了几岁的孩子，不少都被鬼子和汉奸把头骗到井下推车、清水沟、捡石头，每天干十二个小时的活儿，还经常挨监工的打骂。共产党来了，才禁止用童工。托毛主席的福，像俺一样的孩子才有机会上学。今后，俺们这些少年儿童，一定听毛主席的话，听老师的话，好好读书，学好本领，长大好接大人的班，把我们的煤矿建设好，让咱们冠山矿父老乡亲过上更好的日子。俺的话说完了！"然后，向台上和台下鞠躬，大大方方走到了台下。从容的神态，清晰的口齿，赢得了台上台下热烈的掌声。

代表发言后，工矿处领导报告了东北的战局，讲述了边城矿区各矿反奸除霸、剿灭土匪、进行民主改革及恢复生产的大好形势，对冠山矿干部和工人提出了要求。赵铁柱矿长对冠山矿的工作进行了总结，肯定了成绩，指出了问题，要求大家按照工矿处领导的指示，开展劳动竞赛，掀起生产支前高潮。

最后，由杜菊宣读了给毛主席的致敬电。电文摘要如下："延安，毛主席钧鉴：我们是东北边城矿区冠山煤矿翻身解放的工人，日伪统治下，冠山矿是一座人间地狱，我们是地狱中饱受煎熬的奴隶。吃的是猪狗食，干的是牛马活儿，饿死、累死、冻死、病死和被鬼子汉奸把头打死扔进万人坑炼人炉的工人成千上万。在以您为首的共产党领导下，工作团带领我们斗倒了汉奸把头，剿灭了土匪；还调运救济物资，解决矿工衣食住等实际困难；进行民主改革，建立了工会，选出了大家信得过的德才兼备的工人当干部，实现了工人当家做主。您是我们的大恩人，共产党是我们的大救星，我们一定听您的话，跟共产党走，排除万难，多出煤炭，支援前线，为打倒国民党反动派，解放东北和全中国做贡献！"杜菊读完电文以后，台上台下响起长时间的热烈的掌声。

朱奇山宣布游行开始，劳模抬着毛主席和朱总司令的巨幅画像走在队伍的最前面，荣立集体功的工人代表举着锦旗、捧着奖牌紧随其后，劳模队伍后面是军乐队、鼓号队、学生队和工人队伍，三千多人浩浩荡荡从广场出发，路过家属区，经过梨平镇街道，边走边喊口号："排除万难，多出煤炭，支援前线！""打倒蒋匪军，解放东北和全中国！""共产党万岁！""工人阶级大团结万岁！""民主联军万岁！"口号声此起彼伏，震天动地。所到之处，观众云集，鼓掌欢庆，十分壮观。

庆祝五一国际劳动节和表彰劳模大会对提高工人的劳动热情产生了积极影响，劳动光荣形成了风气。为了把恢复生产和支援前线紧密结合起来，赵铁柱参照《东北日报》关于东北民主联军在部队开展立功竞赛的报道，深入领会《解放日报》关于"再论立功运动"的社论精神，起草了《冠山煤矿开展立功竞赛考评办法》，经矿工会委员会讨论通过，在全矿开展了轰轰烈烈的多出煤炭、支援前线立功竞赛活动。为了考察立功竞赛活动的情况，杜菊、赵铁柱和朱奇山等领导都深入生产一线，和工人一边劳动，一边倾听工人对开展立功竞赛活动的反映。

赵铁柱一边和杜天赐挂电缆，一边问道："天赐，这几天你立功了吗？"

杜天赐答道："快了，记功员告诉俺，俺名下已有八个小红点了，再有两个小红点，俺就可以立一小功了！"

赵铁柱又问道："你觉得这个办法好吗？"

杜天赐道："好啊，咱们开展立功竞赛，虽然不像前方战士那样以攻碉堡、炸坦克、打死多少匪军论功，但把出煤进道跟前方打仗联系起来，仗打到哪里，火车开到哪里，咱们就把煤炭送到哪里，这就跟战士在前方流血打老蒋一样，看得见，摸得着，干得有劲头！"

赵铁柱夸奖道："天赐，你年纪不大，觉悟还蛮高嘛！你说得对，煤矿工人和前方战士立功竞赛活动的形式和内容虽然不同，但实质上是完全一致的，都是为了打败国民党反动派，为解放东北和全中国做贡献。"

杜天赐道："嗯哪，俺一定好好干，先立小功，再立大功、特功，当劳动英雄！"

赵铁柱竖起大拇指道："好小伙子，有志气！你继续挂电缆，姑父到采煤掌子看看！"

他刚到二井 105 掌子下大巷，忽然听到一声闷响，好像顶板冒落的声音，他一溜儿小跑，赶到掌子头，看见几个工人围着张大山的儿子张子威议论道："张师傅，刚才可太危险了，要不是你先让大伙儿撤下来，那可要出大事故了！凭这个，俺们得报告评委会给你记大功！"

张子威道："咱们先不要管什么大功小功了，还是看看怎么处理顶板事故吧！"

看到顶板冒苍处，岩石龇牙咧嘴的样子，众人面有难色，没有吱声。

张子威对年轻矿工林永春道："永春，你把钢钎给俺，俺先上去看看！"边说边从掌子头爬到掌子面上，顺手从林永春手中接过钢钎，先用矿灯朝冒苍晃来晃去，查看冒落的情况，然后用钢钎试着捅悬着的浮石，碎石哗啦哗啦地掉在掌子面底板上，大一点儿的碎石又顺着倾斜的底板滚落在下大巷。响声停下后，张子威高喊："永春，招呼大家往上传坑木，你上来跟俺一起打木垛！"

"嗯哪，"林永春一边答应，一边对下大巷的工友们喊道，"工友们，大家别傻站着了，快往上传坑木哇！"

众人答应着，便开始传坑木。

赵铁柱没有吱声，也跟着众人往掌子面传坑木，边传边问旁边的工人王梦春道："王师傅，跟林永春一起打木垛的是张子威师傅吗？"

王梦春发现问话的是赵矿长，便有些不好意思道："是赵矿长啊，俺刚才没看清，哪想到是大矿长一声不响地跟俺一起干活儿。噢！跟永春一起打木垛的是他的师傅张子威！"

旁边的工友用钦佩的语气插话道："这个张师傅，不愧是张工的儿子，太能干了。别人刨煤一个班只能出两吨货，他一个班能刨三吨。开展立功竞赛以来，他一个班能刨三吨半，谁也赶不上他！"

另一个工友接着话茬儿道："大伙选他当了井长以后，劲头更足了，每天大家还没有上班，他已经在井下溜掌子，下面的情况摸得一清二楚。有一天开班前会，值班的钱班长汇报掌子面的情况，说本班的活儿干得怎么怎么好，要求报功。还没有说完，张井长就打断他的话说：'老钱，你别说了，你这个班货是出了不少，可掌子面大面积空顶，浮货留了那么多，质量都不合格。咱们不能只顾产量不管质量。你以为那个功是好立的吗？'钱班长脸红脖子粗下不来台，以后谁也不敢在他跟前打马虎眼了。"

王梦春道："开展立功竞赛以后，他减杂工，增刨镐手，二井的产量由原来的日产五百三十吨提高到九百五十吨，是二井恢复生产以来的最高水平。"

说话间，听林永春在掌子面喊道："各位师傅，加把劲，传快点儿，木垛就快顶到冒茬了！"

众人一起回应道："嗯哪，耽误不了！"一边加快传递速度，一边继续跟赵矿长唠嗑。王梦春道："赵矿长，张井长带徒弟还是把好手呢！刚才喊话的那个林永春，刚来的时候啥也不是，张师傅手把手教他刨镐、打眼儿、放炮、打顶子、架棚子……不长时间，这小伙子样样能干，成了俺这个班的大拿！"

说话间，听林永春喊道："各位师傅，木垛打好了，顶板没问题了，井长让大伙儿歇歇，喘口气，准备出货！"边说边从掌子头跳下来，然后回身扶张子威。张子威看见赵矿长跟大伙儿在一起，便热情地打招呼道："赵矿长，掌子面顶板没有维护好，冒顶了，幸亏没有伤着人！"

赵铁柱道："没伤着人就好，顶板不是处理好了吗？"

张子威道："嗯哪！没问题了！"

赵铁柱道："顶板处理得这么快，同你这个井长的带头作用有关，刚才大家都在夸你呢！"

张子威道："现在和过去不一样了，现在是给自家干活儿，做的也都是自己的本职工作，没有什么好夸的。不过，自从开展立功竞赛以来，工友们个个争着抢着要立功，值得夸奖的人太多了！像木匠吴瑞全师傅，每天早下井，晚升井，难干的活儿抢着干，危险的活儿冲在前。还动脑筋、提建议，仅用石墙代替木垛一项，一个季度即节省木材五十五立方米，一年四季可节省二百立方米木材，这可不是个小数目啊！"

旁边一个工友插话道："还有干掘进活儿的刘老满，别看老实巴交不吱声，干活儿可是把好手，按常规八十多天的活儿，他五十天就干完了。那天片帮砸伤了腰,他只休了两天就下井干活儿了!一年能上三百四十多个班。他不仅自己能干,还注意培养徒弟,他教的八个徒弟,个儿顶个儿不一般!"

张子威接过他的话茬儿道:"俺们二井像老吴和老刘这样的人有的是,开展立功竞赛三个月,俺们二井立小功的有三百多人,立大功的一百多人,班组立集体功十二个,全井还要争取在全矿站排头呢!"

赵铁柱兴奋地说道:"好啊!不管是大功还是小功,包括得小红点的人,越多越好,说明你们二井工人的觉悟高啊,矿上等着给你们发奖呢!"

离开二井以后,赵铁柱又到一井参加劳动,他看见不少工人围着井区的宣传栏观看,边看还边议论。一个工人说:"嘿,太阳从西方出来了,这个二赖子也上黑板报了!"另一个工人反驳说:"俗话说浪子回头金不换,别看这小子过去是个滚刀肉,现在还真成了金不换呢!"

关于金二赖的情况,赵铁柱知道,看到工人围观,便走过去观看。只见黑板报的表扬栏里写道:"工人金二赖,发现绞车道枕木腐烂,道钉脱落,即向调度汇报,并亲自动手修复,避免了一次事故,评功委员会决定给金二赖记一小功,现登黑板报进行表扬,以资鼓励!"

根据矿制定的《立功考评办法》,对立功的职工都以精神奖励为主,规定对立小功的人可进行大会口头表扬或在黑板报上进行文字表扬,对立大功和集体功的人可发奖状、奖牌、锦旗和奖章,同时适当给以物质奖励,如发免费戏票、优惠购物券等,金二赖立了一小功,所以进行黑板报文字表扬。围观工人见矿长也来看黑板报,便当面议论道:"赵矿长,这金二赖可是咱矿有名的滚刀肉,大家一个礼拜上六个班,他只上两个班,为什么呢,人家计算,两个班的工资刚好够一个礼拜的吃饭钱,所以每周只上两个班,其余时间睡大觉,到处闲逛,谁都劝不了,哪个班都不要他。朱继忠井长见哪个班都不要,就硬把他安排在武有田班,说金二赖空的那四个班,由他或他安排人顶上。这样的人能立功,那可真是太阳从西边出来了!""朱继忠可真有办法,硬是把这个二赖子便成了金不换!""赵矿长,俗话说浪子回头金不换,这二赖子很能干,他要是走上正道,不仅是立小功,恐怕立大功甚至特功也说不准呢!这立功竞赛可真了不起,不单是多进道多出煤,还能改变人呢!"

赵铁柱道:"这二赖子过去的情况我也知道,他能变得这么好可不容易,这是个典型。大家先看着,我找朱继忠好好唠唠!"离开众人,他走进井长办公室,朱继忠正跟技术员商量工作,见赵铁柱进来,连忙站起来道:"铁柱哥,又要跟俺下井啊!"

赵铁柱道:"今天不是跟你下井,是想跟你了解一下金二赖的情况!"

朱继忠笑道:"冠山矿三千多工人,一个新工人你也知道,你可真够细心的了！"边说边对技术员道："老李，咱俩合计的事你再琢磨琢磨，俺跟赵矿长唠唠二赖子的事！"

老李离开后，朱继忠让赵铁柱坐下道："这二赖子也是穷苦人出身，从小父母双亡，没有人管教，靠要饭过日子，养成了懒懒散散的习惯。俺动员他上满班，他跟俺说：'井长，上班挣钱为啥？不就是为肚皮嘛！俺每周上两个班，挣的工资足够一周的吃饭钱了，上满班挣那么多钱有啥用，还不如俺睡大觉逛大街有意思呢！'俺跟他讲立功竞赛多出煤打老蒋的道理，他满不在乎地说：'井长，你讲那些大道理，俺一个煤黑子听不懂。'有时候表面哼哈答应，可上两天班，又说累得腰酸腿疼，得休病假！对这样的人，又不能像把头那样打骂，还真没有好办法！"

赵铁柱笑道："那后来呢？"

朱继忠道："有一天，消费合作社的刘桂花找俺，说金二赖老去纠缠她，还说要跟她搞对象，要俺管管他。俺口头答应了，心里可没有底。这事不知怎么让菊嫂知道了，她跟刘桂花商量，定了个帮助二赖子改邪归正的办法。"

赵铁柱半信半疑道："那是个什么办法呢，你一个井长说的话不灵，刘桂花一个女孩子的话他能听？"

朱继忠笑道："俗话说卤水点豆腐，一物降一物！没想到，这二赖子还真让刘桂花这个女孩子降伏了！"

赵铁柱道："你说说看，她是怎么把这个二赖子降伏的呢？"

朱继忠道："大概过了一个礼拜，俺发现金二赖开始上满班了，武有田告诉俺，说二赖子不仅上满班，干活儿也不偷懒了！俺觉得奇怪，就找菊嫂问道：'嫂子，俺苦口婆心给二赖子讲道理没有用，你是用什么办法让他转变了呢？'"

赵铁柱道："那，你嫂子怎么说？"

朱继忠道："嫂子说：'这功劳应该记在刘桂花的头上。开始，二赖子缠刘桂花，刘桂花骂他、躲他，告他的状。俺告诉刘桂花，骂、躲、告都不是办法，最好的办法是关心他，耐心引导他，让他走正道！刘桂花按俺的指点，对二赖子说，小金，你说要跟俺搞对象，娶俺，那俺问你，你一个礼拜上两个班，只够你的吃饭钱，俺要是跟了你，喝西北风啊？二赖子先是一愣，接着表示说，桂花，你别说了，今后俺一定好好上班，保证不让你受冻挨饿！后来果然天天上班，也不偷懒！'"

接着，朱继忠又叙述了杜菊让刘桂花劝金二赖变化的过程：金二赖上满班后，他把自己挣的钱交给了刘桂花，让刘桂花买衣裙，刘桂花说："小金，你现在上满班了，挣了钱，俺高兴，但这些钱俺不能要，因为俺要的不是钱，俺要的是一个有觉悟有文化的人，希望你继续努力！"果然，二赖子先参加扫盲班学认字，后又参加技术班听政治课，学煤矿知识，思想发生了很大变化，觉悟不断提高，积极参加立功竞赛活动，还立了小功。他高高兴兴买了两张戏票，约刘桂花去看戏，刘桂花笑道："小金，你有这份心思，俺高兴，不过，俺不想让你花钱买票请俺看戏，你要是能立大功，用矿上奖励的戏票请俺看戏，俺一定跟你去！"金二赖保证道："桂花，你等着，俺一定能让你如意！"金二赖是个聪明人，懂得了革命道理，学了文化、技术以后，他见工人放炮每次只能连一个雷管，放一次炮，连接一次，费时费力还危险，就偷偷地潜心研究改进办法，终于发明了用串并联连接雷管法，一次可连接多个雷管，节省了放炮时间，提高了功效，井口评委会决定报矿评委会给记了大功！

赵铁柱听后十分高兴，立刻表态道："我个人意见，同意给记大功，并且要作为后进变先进的典型在全矿宣传！"

朱继忠道："谢谢矿长支持！"

后来，金二赖拿着矿上奖励的戏票，高兴地约刘桂花去看戏，刘桂花跟金二赖一起到俱乐部看戏，不少人投以羡慕的眼光，金二赖也觉得很光彩。在今后的工作中，金二赖更加努力，闲暇时间，还到刘老满家帮着劈柴、挑水、干零活儿。刘老满老两口子只有桂花这么一个独生女，现在看见有个年轻小伙子来帮助干活儿，高兴得合不拢嘴。看到金二赖像变了个人似的，刘桂花也改变了原来的看法，渐渐地同金二赖产生了爱情。看到他独身一人，朱继忠先征求刘桂花的意见，问她是不是愿意让金二赖到她家做上门女婿，刘桂花点头表示同意，又征求金二赖的意见，金二赖因父母双亡，别无牵挂，欣然同意。朱继忠即同刘老满夫妇商量给两人办了喜事，成了一家人。这件事被矿业余剧团的编剧写成剧本，名曰《废铁变成金不换》，又搬上舞台在本矿和边城矿区演出，成为矿区的美谈。

## 四

事后，赵铁柱对杜菊感慨地说："金二赖的转变，刘桂花起了很大的作用。俗话说妇女能顶半边天，妇女工作做好了，可以利用家庭和爱情的魅力，改变人的思想，促进人的转变。金二赖的变化就是一个很生动的例证。"

"看来，这个刘桂花还真不简单呢，她不仅把一个二赖子变成了金不换，还提高了咱们赵矿长对妇女工作的重视！"杜菊开玩笑道。

"嘿，听你这么说，好像俺这个矿长不重视妇女工作似的！"赵铁柱也以玩笑的口吻回道。

杜菊解释道："开个玩笑嘛，矿长是不是重视妇女工作，大家有目共睹，还用俺说！"

赵铁柱笑道："好，好，你这个特派员满意就行！咱们言归正传，还是说正事吧！"

杜菊道："什么正事？"

赵铁柱道："大闯叔跟俺说，现在一线岗位缺人，希望想办法安排人充实一线工作！这是个实际问题，不光咱们矿，全矿区一线劳动力都不足，这还真是个难题呢！"

杜菊道："俺倒是有个想法，不知行不行？"

赵铁柱道："是什么想法你快说，咱们合计合计看！"

杜菊道："你刚才提到妇女的问题，据我所知，咱们冠山矿有不少年轻妇女在家闲着，咱们可不可以招收一部分年轻女工，把看水泵、开小绞车、发放矿灯、给煤车发牌记数、看民用煤等辅助岗位上的男工顶替下来，转到一线生产岗位，这是不是也可解决一线劳动力不足的问题！"

赵铁柱道："这可是个好办法。不过，矿上可是第一次录用女工，阻力不会小，不知道是否行得通！"

杜菊道："通过召开三八妇女节座谈会、夜校讲课，不少妇女思想有了新认识，有参加工作的愿望，我看没有问题。要说有阻力，可能主要还是来自家庭和老人。"

赵铁柱道："让妇女顶替地面辅助工的岗位还可以，要顶替井下辅助工恐怕还有困难。"

杜菊道："咱们可以先井上后井下，一步一步来。"

赵铁柱道："行，就这么办！不过一定要采取自愿的原则，让家庭和本人都同意，不能强迫命令。"

杜菊道："那是当然！但是，除了动员妇女积极分子以外，咱们党员干部可以动员有条件的家属参加工作，发挥带头作用！"

赵铁柱道："行，没有问题！"

杜菊见赵铁柱同意，即找朱奇山和工会女工委员杜梅吩咐道："奇山叔、姑姑，现在一线生产岗位缺人，我和铁柱商量，觉得录用一部分年轻女工，把辅助岗位上的男工顶替下来充实一线。这不仅是解决一线劳动力缺乏的问题，对妇女解放、提高妇女地位、实现男女平等也很有意义，你俩找劳动工资科孙科长商量，一定把这件事办好！"

杜梅道："是啊，过去妇女地位低，一个很重要的原因是没有经济来源，生活全靠家庭和男人供养，如果有了工作，经济独立了，就可以不完全受家庭和男人的控制，地位自然就不一样了！这是好事，俺们一定办好！"

两人找到矿劳动工资科的孙科长，说出了特派员和赵矿长的决定。科长孙喜峰面有难色道："这事赵矿长和特派员也跟我打过招呼，这确实是解决一线缺人的好办法。可是，让女人'挂号'，过去从来没有过，工资待遇、结婚、生孩子、月经期等怎么办，麻烦事可不少哇！"

杜梅道："依俺看，工资待遇应当同男工一样同工同酬。说女人有结婚、生孩子等麻烦事，男人不一样也有婚丧嫁娶、疾病等问题嘛，该怎么办就怎么办，只要不歧视女人就行！"

朱奇山道："特派员说，让妇女参加工作，不仅可以解决一线劳动力不足的问题，对提高妇女地位、实现妇女解放有重要意义。咱们现在做的是一件亘古未有的大事、善事，无论如何要把这个大事、善事做好！俺看咱们先把录用条件、基本待遇等大问题定下来，对于妇女生理方面的一些情况，咱们可以实事求是地提出一些解决办法，然后报上级审批，按上级的指示办，不知孙科长觉得如何？"

孙喜峰道："两位的意见我同意。我看咱们根据现在的情况，参照有关规定，先写个招收女工的告示，再根据报名的情况作具体安排！"于是，三人合计着写好了告示，并安排人贴在矿行政办公楼前和家属区。告示简要说明了妇女参加工作的重要意义、招收名额、录用条件、何种岗位、工资待遇、报名的时间地点、相关手续、审查批准等事宜。

孟福花、刘桂花、国玉琴、鲁秀芳等参加过三八妇女节座谈会的年轻妇女，看到广告之后，奔走相告，三天之内即有二十多个女孩子到矿劳动工资科报名填表，积极应聘。

朱奇山对杜梅道："咱们冠山矿的女娃们觉悟还很不错呢，这么多人来应聘，俺还真没有想到！"

杜梅笑道："这都是菊子的功劳，参加三八妇女节座谈会，听她讲妇女解放的道理，又看到她这个活生生的榜样，女孩子们早就动心了。有了这个千载难逢的机会，肯定要争先恐后地来应聘，这是俺意料之中的事！"

孙喜峰道："让女孩子们上班顶岗，开始我思想还有些顾虑，现在看来我是杞人忧天了！"正谈论着，门外突然传来女人的吵闹声，三人急忙离开办公室，想看看外面到底发生了什么事。原来是刘彩衣母女来了。

刘彩衣今年十八岁，看到小姐妹报名填表参加工作，便同母亲商量，也想到劳资科报名。

母亲道："你爸和你哥爷儿俩都上班，还用你一个姑娘上班挣钱，咱不去！"

刘彩衣见母亲不同意，就瞒着母亲到劳资科报了名填了登记表。刘母知道后就到劳资科要登记表，不让女儿参加工作。

刘彩衣不答应，堵在劳资科门口对母亲道："妈，你这不是打女儿的脸吗？你这么做，让领导和姐妹们怎样看俺？"

母亲道:"谁让你偷着到矿上报名的,你自己做错了,怨谁!"

刘彩衣道:"俺参加工作,为支援前线打老蒋做贡献有什么错,你为什么不让?"

刘母道:"咱家已经有两个人下井劳作支援前线了,你一个小姑娘抛头露面,成什么体统?"

母女俩的争吵,引来不少人围观,老年人大都向着刘母,帮着劝彩衣道:"彩衣,你妈这是为你好,自古以来,都是男主外女主内,操持家务是女人的本分,用不着像男人一样在外面抛头露面!"

年轻人大都向着刘彩衣,劝刘母道:"大娘,说男主外女主内那都是老皇历了,现在是共产党领导的新社会,老规矩行不通了。矿上已经有不少妇女报名参加工作了,刘彩衣年纪轻轻,又有文化,应当让她出来闯荡闯荡。"

正争吵间,见朱奇山、杜梅和孙喜峰出来,众人便不再吱声。

朱奇山问刘母:"大妹子,你们母女俩吵什么呢?"

刘母道:"俺家彩衣偷着到矿上报名,俺不同意,你帮俺劝劝她,让她死了这条心!"

朱奇山笑道:"大妹子,招收女孩子参加工作,既能增加家庭收入,又能让年轻人长见识,这是一举两得的好事,你怎么不同意呢?"

刘母道:"挣钱啦、长见识啦,俺不反对,不过,不让女孩子抛头露面,这是俺刘家的规矩,俺不能破了祖宗的规矩!"

杜梅道:"大姐,现在是共产党领导的新社会,过去那些老规矩该破一破了!"

孙科长也过来解劝道:"大婶,让女孩子挂号,过去咱冠山矿从来没有过,机会难得。再说,彩衣这孩子字写得好,算数也快,是块好料,老在家蹲着白瞎了!"

刘母道:"古话说,女子无才便是德,会写会算有啥用,将来还不是要出嫁,伺候男人?让她念书俺都有些后悔呢,不然她也不会到矿上偷着报名!"

杜梅见刘母油盐不进,一时难于说服,便对刘彩衣道:"彩衣,你妈不同意,硬来也不好,要么你先回去,好好劝劝!"

刘彩衣生气道:"梅姨,俺娘那个封建脑筋,劝也没用,俺主意打定了,不管她同不同意,俺都要参加工作,反正登记表俺都填了!"

刘母听女儿这么说,也生气道:"妈就老封建了,你要还认你妈,就把登记表要回来,跟着妈回家,你要是嫌妈是老封建,妈也当没有你这个女儿了!"说完竟号啕大哭起来。

母女俩各不相让,围观的人也议论纷纷,各执一词。就这么僵持着,事

第十六章

529

情也很难解决。

朱奇山跟杜梅和孙喜峰小声商量道:"按道理说,咱们应该答应彩衣的要求,但她母亲坚决不同意,闹起家庭纠纷来影响也不好。俺看这样,彩衣填写的登记表先留着,咱们劝她跟她母亲回去,跟老人好好谈谈,咱们也慢慢做说服工作,等老人回心转意了,以后再安排工作如何?"

孙喜峰嘟囔道:"那、那就这么办吧!"

于是,杜梅小声跟刘彩衣交代了矿劳资科的意见,并安慰道:"彩衣,我们支持你参加工作,但你妈不同意,还是冷处理比较好。你回去跟母亲好好谈谈,说说社会的变化,也说说你的心里话。俺也让参加工作的小姐妹常到你家串门,说说参加工作的体会,工会女工部也去做一些解劝工作,这样多管齐下,等你母亲想通了,再让劳资科给你安排工作!"

刘彩衣点头同意,即过去帮母亲擦擦眼泪,说了一些软和话。朱奇山等人也好言相劝,送母女俩离开了劳资科。

冠山矿的立功竞赛活动热火朝天,特别是辅助岗位换成女工以后,小伙子们好像更活跃了。俗话说,男女搭配,干活儿不累,新录用的女工,有的在矿灯房负责充电收发矿灯,有的在牌子房负责挂牌记数,年轻矿工领灯交灯时,有事没事多爱跟收发矿灯的女工逗上几句,有时,女工也会有意无意地问几句井下的情况,年轻工人也会借机说说笑笑,逗几句嗑。入井升井的时候,有的会向记数女工问询各班组出煤的车数,有时记数的女工也难免作一些评论,对车数多的班夸奖几句,对车数落后的班也会说一些激励性的言语。表面看去似乎很平常,但却会发生不平常的作用。由于立功竞赛活动和支援前线打老蒋挂钩,有明确的政治导向,谁都不想落后。特别是年轻工人,在女孩子面前大都想显示一下男子汉不服输的阳刚之气,如果听说本班或本井出煤的车数落后了,便会加倍努力,奋起直追,很自然地形成了你追我赶,比着干、摽着干的热潮。这不能说全是女工的作用,但也不能说毫无关系。

举个例子来说,孟福花挂号后,被安排在一井牌子房当记数员,碰巧邻居高兴旺的儿子高满仓在一井采煤班当班长。孟福花是个爱说爱笑的女孩儿,从关心邻居的角度,对高满仓班出煤的车数就比较留意。一天,高满仓白班升井后,问孟福花道:"福花妹子,俺班今天是不是出了八车?"

孟福花笑道:"是八车,可是,你班怎么搞的,人家王大虎班九车,李拴住班是十车,你们班可是'打狼了'!"

在邻居家女孩儿面前,高满仓便有些不好意思,红着脸道:"妹子,你放心,下一个班哥一定追上来!"

孟福花半正经半玩笑道:"哥要是追上来,站了排头,妹子给你献花!"

高满仓对本班小伙子道:"弟兄们,听见了吗,想不想要福花妹子的花?"

众人高声回应道："想，做梦都想！"

后面升井的王大虎听说，也笑着逗孟福花道："妹子，你可不能偏心，满仓班站了排头你给献花，俺班站了排头你给不给献花？"

孟福花笑道："俺不偏心，哪个班站了排头，俺给哪个班献花？"

王大虎对本班小伙子道："弟兄们，听见了吗？"

小伙子们回应道："听见了，咱们一定站排头！"

第二天，高满仓班鼓足劲头刨煤，当班即出了十一车，站了排头，戴上了孟福花献的鲜花。王大虎和李拴住班也不示弱，第四天拼命追赶，三个班当班都出了十一车，合起来日出煤三十三车，站到了全矿的排头，立了集体功。

在灯房子负责收发矿灯的女工知道后，等三井采煤班的班长韩擒虎来领灯时，鲁秀芳边给发灯边开玩笑道："韩擒虎，听说昨天一井当天出煤破纪录，站了排头，你们三井当了排尾。俺看你这个名字倒过来念吧，不叫韩擒虎，叫虎擒韩吧，哈哈！"

韩擒虎笑着回应道："妹子，你别笑话俺，骑驴看唱本，咱们走着瞧！"

回到班里以后，他对本班的工友道："这个月评比，咱们三井输给了一井和二井，矿灯房的姑娘们都笑话咱们，大家说怎么办？"

众人回应道："那还用说，使劲干吧，不能让那几个姑娘小瞧咱们！"

于是，韩擒虎精心组织，鼓励大家拼命干，月末评比，三井虽然没当上排头，但韩擒虎班却站了班组的排头，立了集体功。

赵铁柱开玩笑说："政治鼓动加男女搭配，这应当算一条经验！"

正当全矿立功竞赛活动深入开展、捷报频传的时候，一个不幸的消息让部分工人和家属产生了思想波动。

## 五

阴历九月十八，三井发生了瓦斯爆炸事故，一名矿工牺牲，三人受伤。

为做好善后事宜，矿和工会领导分工，由矿长和总工程师牵头，安全、生产和通风等部门负责追查事故和恢复生产；杜菊和朱奇山牵头，工会女工部、医院和相关部门配合，负责安抚牺牲矿工的家属和受伤矿工的治疗。

在事故追查会上，三井井长张铁林汇报了事故的经过：九月十八零点班工人入井劳作期间，突然发现井下静悄悄的，没有了风声，不一会儿，温度有些升高，干活儿的人觉得闷热。值班井长苏小柱估计是压风机出了故障，于是急忙向调度汇报，调度一边安排通风和机电值班工人去检查风机，一边报告了井长和矿调度。三井是超级瓦斯矿井，井长担心瓦斯积聚引起瓦斯爆炸，一边督促抓紧检修风机，一边通知苏小柱组织工人升井。苏小柱立即照办。

采煤班班长刘老满按照通知组织本班工人撤离，到井底车场子，发现本班新工人郝小秋还没有到。老满担心郝小秋迷路，即吩咐大伙儿先升井，自己返回去找郝小秋。不一会儿，郝小秋气喘吁吁赶到了车场子，留在车场子的工人问他看见刘老满没有，他说自己走的是上大巷，没有看见刘老满。留下的人正准备去找，忽然听到一声闷响，一股强大的气流冲过来，把在车场子的工人扑倒。苏小柱大喊："瓦斯爆炸了，大家赶快用毛巾在水沟蘸湿，把嘴堵上，脸朝地趴下！"

留在车场子的工人按照他的吩咐操作，用湿毛巾堵住口鼻脸朝下趴在地上。此时，矿救护人员已经赶到并立即下井进行抢救，首先救出了留在车场子的工人，然后继续往前搜索，发现在车场子不远处有三名工人在地上趴着，还有气息，即抬着扶着升了井，送到医院救治；再继续往前搜索发现了刘老满的尸体。他是因为没有找到郝小秋，一直顺着下大巷往里走，途中发生瓦斯爆炸遇难的。

赵铁柱问道："因为长时间停风，瓦斯积聚，浓度升高，这只是瓦斯爆炸的一个条件。还有一个条件是火源，那火源在哪里呢？"

张大山道："俺同救护队的同志，还有张井长和通风科长到井下现场察看，发现采煤工作面老巷里的顶板全部冒落。俺认为老巷是瓦斯浓度最高的地方，老巷顶板冒落，石头碰撞产生火花，引起瓦斯爆炸。不过，还要继续寻找爆源，并请工矿处专家确定！"

赵铁柱道："那好，我把情况向工矿处领导汇报，等工矿处专家来了以后，咱们一起跟着下井考察，弄清瓦斯爆炸的准确原因，给工人有个交代！"

赵铁柱责成张铁林组织工人立即修复压风机，尽快通风，并向工矿处领导做了汇报。工矿处立即派专家到冠山矿，赵铁柱、张大山、张铁林陪同专家到井下考察，找到了爆源，肯定了张大山的推断。此后，即组织工人和相关人员清理现场，修棚补柱，恢复生产。

朱奇山和杜菊让医院对刘老满的尸体进行整容后，即到刘家进行安抚。在女婿金不换陪同下，杜菊和朱奇山一起到了刘家。看到老满妻子和女儿刘桂花哭得眼睛通红、痛不欲生的样子后，杜菊深情地安慰道："大婶，老满叔遇难了，你要节哀顺变，保重身体！"又对刘桂花道，"桂花，老爸的牺牲，你一定很悲痛，这我理解。不过，人死不能复生，你还得好好劝慰母亲，不要让她伤心过度，影响身体！"刘桂花哽咽着点了点头。

朱奇山对老满妻安慰道："弟妹，老满兄弟是因牵挂工友的安危不幸遇难的，他是好样的，是舍己为人的模范！他虽然牺牲了，但他的为人和品格让大家敬佩，他永远活在冠山煤矿工友的心里！"

老满妻强忍悲痛，泪流满面回应道："特派员、奇山大哥，你俩说的话俺懂，孩子他爸的为人俺知道，为了让俺母女俩活下去，他吃苦受累，没有过一天好日子。共产党来了，工人翻身了，桂花和小金也结婚了，今后的日子会越来越好了，没想到他、他……"一时情绪失控，泪如雨下，号啕痛哭，说不下去。

杜菊扶着她，满眼泪花，没有说话。她知道，此时无声胜有声，安慰的话再多也是无用的，不如让她用悲痛的哭声，排解失去亲人的痛苦。

老满妻还没有止住哭声，门外突然传来一个年轻矿工的哭喊声："大婶，刘叔是为救俺而死的，俺来向你赔罪，你骂俺、打俺、处罚俺吧！"

众人顺着哭喊声一看，见是刘老满班的新工人郝小秋，只见他哭喊着跌跌撞撞走进屋，扑通跪在老满妻面前道："大婶，俺是个害死刘叔的罪人，你骂俺、打俺吧！"边说边举起手，左右开弓抽打自己的嘴巴。

正痛哭流涕的老满妻惊愕地止住哭声，有些不知所措地说："你、你是谁？你这是干什么？"

朱奇山伸手拽起郝小秋，对老满妻解释道："弟妹，他就是升井时迷了路，老满兄弟返回去寻找的那个郝小秋！"

郝小秋又扑通跪下道："大婶，要不是俺迷了路，刘师傅也不会因返回去找俺遇了难，是俺害死了刘师傅，俺来向你赔罪，你骂俺、打俺，怎么处罚都行！"

老满妻是通情达理之人，见郝小秋这样，反而安慰他道："孩子，你师傅的牺牲也不能全怪你，你不能这样折磨自己，快起来说话！"

郝小秋见老人对自己如此宽宏大量，激动得泪如泉涌，哽咽着说："大婶，这事怪俺，确实是怪俺哪！如果不是为了找俺，刘师傅也不会牺牲，俺真不知道该怎样报答师傅哇！"

金不换半正经半玩笑打圆场道："小秋，俗话说师徒如父子，你要是真心想报答，就认俺娘当你娘，跟俺一起伺候老人家如何？"

郝小秋立刻回应道："如果大婶不嫌弃俺，俺愿认大婶当亲娘。"边说边亲热地叫道，"娘，儿子给你磕头了！"随即在地上叩了三个响头。

老满妻没有立刻答应，伸手拽起小秋道："孩子，你、你不能这样！"

郝小秋哽咽道："娘，你、你嫌弃俺，不认俺这个儿子？"

老满妻摇摇头道："不，不是，俺喜欢还来不及呢，怎么会嫌弃？只是，只是……"

朱奇山见事情来得有些突然，老满妻没有思想准备，心里认可，却不好意思直说。又觉得郝小秋一个人到刘家道歉，反复赔罪，还当着大伙儿的面叩头认亲，其心是真诚的。便以老满兄长的身份道："弟妹，小秋这孩子一心想报答刘家，心意是诚恳的，俺看你心里也喜欢，只是不好意思直说，俺的意思，你看在小秋这孩子一片诚心的分儿上，当着大伙儿的面，痛痛快快答应吧！"

老满妻道："大哥，老满走了，俺能得小秋这么个儿子，老满泉下有知，一定会很高兴的。只是，只是这么突然，就这么答应，俺怕委屈了这孩子！再说，还不知小秋的父母怎么想呢！"

郝小秋接口道："娘，俺是个孤儿，俺的亲生父母让鬼子杀害了！"

老满妻对郝小秋道："既是这样，俺就听奇山大哥的，先应承下，等办了你刘叔的后事，俺再办桌酒席，请你刘叔生前的亲朋好友做个见证，名正言顺地认你做俺的义子！"

听到老满妻答应了自己的请求，郝小秋立刻扑通跪下道："娘，你答应认俺这个儿子了？"

老满妻抚摸着小秋的头，疼爱地说："嗯哪，娘答应了，你是个知恩图报的孩子，娘怎么舍得不答应呢？"

郝小秋热泪盈眶，深情地回应道："娘，很小的时候，俺的亲生父母就被鬼子杀害了，俺从小就尝到了失去父母的滋味。现在俺又有了娘，还有了姐姐、姐夫，心里特高兴。娘说摆酒请客，俺看用不着，现在当着大伙儿的面，俺叫一声'妈'，娘答应一声就行了！"边说，边擦去眼泪，高声叫道，"妈！"

"哎！"老满妻边答应，边拽起小秋，帮着整了整他的衣服。

众人面露喜色，金不换道："小秋，摆酒请客的事，你别管，妈既然说了，必须办。等料理完爸的后事，姐夫负责操办！"

杜菊看到这件事圆满地画上了句号，老满妻也止住了悲痛，即让刘桂花扶着母亲，由女婿和义子护理，自己和朱奇山陪同，离开刘家，到医院与老满的遗体告别，老满妻和家人见到亲人的遗体，不觉悲从中来，伤心不已，杜菊和朱奇山劝慰一番，让刘桂花等先扶老人回家。

自己即同朱奇山到病房看望受伤的三位矿工。因为三位是老工人，采取了自我保护措施，伤势不太严重。杜菊和朱奇山对伤者和家属进行了安慰，又对医生嘱咐一番后，即离开医院，同赵铁柱一起商量刘老满的后事。

杜菊道："1944年9月5日，中央警卫团战士张思德同志在烧炭时，因炭窑崩塌不幸牺牲后，中央警卫团为他举行了追悼会，毛主席不仅参加了追悼会，还讲了话，毛主席说：'今后我们队伍里，不管死了谁，不管是炊事员，还是战士，只要他是做过一些有益工作的，我们都要给他送葬，开追悼会。这要成为一个制度。这个办法要介绍到老百姓那里去，村上的人死了，开个追悼会，用这样的方法寄托我们的哀思，使整个人民团结起来！'我提议，矿上不仅要按规定给老满家发抚恤金，还要按毛主席的教导，为刘老满同志开追悼会！"

朱奇山感动地说："你这个提议好，俺举双手赞成。东北沦陷时期，死了的矿工不如一条狗。现在对牺牲的矿工发抚恤金、开追悼会，让大家感受到世道确实变了，工人当家做主了，矿工受到了前所未有的尊重！"

赵铁柱道："毛主席说，死，或重于泰山，或轻如鸿毛。刘老满同志是为多出煤支援前线而牺牲的，是为救工友而牺牲的，他的死重于泰山，是矿工的榜样，开追悼会不仅是对死者的尊重和怀念，也是对生者的教育和鞭策。煤矿是高危行业，死人的事今后还会发生，我看咱们不仅要给刘老满开追悼会，今后，凡是在劳动岗位上牺牲的矿工，都要开追悼会，这也要向毛主席教导的那样形成一个制度！"

杜菊道："既然大家都同意我的提议，那咱就研究一下召开追悼会的细节，做好各项准备工作。给普通矿工开追悼会，这是冠山煤矿从来没有过的事，一定要准备好！"

按照分工，工会负责和家属沟通，选择安葬地点，准备棺木和有关事宜，赵铁柱主持追悼会，杜特派员致悼词。工人村旁边的广场上搭起了临时丧棚，棚内停放着刘老满的灵柩，棺材头上黑底白字，写了个大大的"奠"字，棚顶白底黑字，横幅是"刘老满同志追悼会"，棚内是各井口和地面单位送的花圈和挽联。追悼会上，杜菊发表了简短的悼词，介绍了刘老满的生平，表彰了他为多出煤支援前线不辞劳苦的事迹和勤劳朴实的优秀品质，号召大家向刘老满学习，热爱共产党，热爱矿山，积极参加立功竞赛，多出煤，支援解放战争，为打倒国民党反动派，建立新中国做贡献！

悼词结束后，赵铁柱宣布道："起灵！"

朱奇山、张大闯、孟吉庆、高兴旺及刘老满生前友好抬起棺材，放在马车上，灵车启动后，各单位代表抬着花圈、挽联和送葬的群众好几百人默默地走过家属区，一起到达墓地。这个场面，在冠山矿还是第一次出现，随行的矿工小声赞叹道："过去，鬼子汉奸把咱们煤矿工人叫煤黑子，白俄矿主叫'老博代'，死了往炼人炉或万人坑一扔了事。共产党来了才把咱们当人看，你看看这场面，多叫人羡慕，死了也值啊！""世道真是变了，共产党让咱们煤黑子当家做主，咱们也得好好干，不然对不起共产党！""共产党好是好，就是不信有鬼，不敬神灵，要是神灵报应可怎么办哪？""共产党为穷苦百姓做主，神灵也得有点儿良心吧。不过，三井这次受灾也确实很奇怪，说是瓦斯爆炸，可既没有人抽烟，也没有人弄火，怎么就会爆炸呢？"

三井瓦斯爆炸的消息不胫而走，而且越传越神，说是共产党不敬神，得罪了火神爷，这次瓦斯爆炸只是一个警告，如再不装修庙宇、敬奉火神爷，今后必然会有更大的灾难……一些在井下工作的家属便偷偷到老君庙烧香、摆供，求火神爷保佑家人平安。于是，老君庙的香火突然兴旺起来。更奇怪的是，过去供品一般都没有人管，也不知道去向。现在香客献上的供品，像馒头、鸡、鸭、鱼、肉什么的，很快就不见踪影。有人说，这是火神爷显灵，告诉信众神佛的真实存在，不可造次。由此，到老君庙烧香献供的越来越多，有人甚至给朱奇山传话，让朱奇山以工会的名义装修老君庙。

  为了用事实粉碎这些传闻，赵铁柱和杜菊同朱奇山商量，决定让张大山在夜校专门讲解了瓦斯爆炸方面的知识，告诉大家，瓦斯是一种有害气体，这种气体达到一定的浓度，遇到火源就会爆炸。日本鬼子曾用瓦斯制造毒气弹，残害中国军民。张大山讲课时，根据专家对三井瓦斯爆炸的结论对工人解释道："这次三井的瓦斯爆炸，是因为风机故障，停止了送风，造成瓦斯聚集，恰遇老巷冒顶，石头碰撞，产生火花，导致瓦斯爆炸。火神爷警告之说，完全是封建迷信，大家不要相信。"

  经过在夜校讲解和宣传，多数工人有所醒悟，但仍有不少家属继续到火神庙烧香摆供。为了弄清楚供品失踪的原因，朱奇山同梨平镇公安局局长杜龙彪商量，决定派朱继忠、张铁林、苏小柱在夜间偷偷潜入老君庙蹲坑，看看供品的去向。夜间，天气晴朗，月光如水，三个人从围墙跳入老君庙院内，蹑手蹑脚行至老君庙正殿门外，隐身观察里面的动静。

  不一会儿，见禅房里出来个小和尚，手提竹篮，推开正殿门，把桌上的供品全都装入篮中，然后关上门，提着竹篮进入禅房。三个人尾随小和尚到禅房门外，听见和尚小声招呼道："师父，吃饭了！"老和尚道："今天的供品多吗？"小和尚一边往外拿供品，一边回应道："师父，不少，有馒头，还有一只烧鸡呢！"老和尚道："好，好！"于是，两人即大口大口吃起来。

  看见平时道貌岸然的和尚的吃相，三人又气愤又觉得好笑，朱继忠小声骂道："他妈的，原来供品都喂了歪嘴和尚！"

  苏小柱道："矿上流传的那些封建迷信，肯定是这两个和尚散布的，咱们现在就抓他个现行，让他们说出真相！"

  张铁林道："好！"边说，边猛然推开了禅房的门喝道："两位活火神爷，吃饱了吗？"

  和尚见状，大吃一惊，双手颤抖，供品落地。两人扑通跪下，老和尚叩头求饶道："弟子偷食供品，冒犯了火神爷，还望饶恕！"

  朱继忠冷笑道："和尚，你不是冒犯了火神爷，是愚弄和欺骗了梨平镇的老百姓和冠山矿的工人，你们应当请求他们的饶恕！"

  和尚点头哈腰道："是，是！"

  张铁林道："和尚，您老实说，天上到底有没有神，冠山矿瓦斯爆炸是不是火神爷的警告？"

  老和尚为难道："这、这……"

苏小柱喝道:"这,这什么,还不老实说!"

老和尚吞吞吐吐道:"天上到底有没有神,我也是肉眼凡胎,说不清楚哇!"

朱继忠道:"说冠山矿瓦斯爆炸是火神爷的警告,是不是你们老君庙编造的?"

老和尚点点头道:"庙里也是没办法呀,过去,鬼子和汉奸把头跟工人说,要下煤洞子,就得敬火神爷,集资修了这个老君庙,年年香火不断,庙里也有吃有喝。其实,从那时起,供品就都是庙里人享用了,只不过那时没有人敢追究罢了。共产党来了,不敬神佛,烧香献供的人越来越少,我们为维持生活,才编造谎言,骗信众烧香献供,不然就活不下去了。这是实情,还请三位体谅!"

张铁林道:"你说的都是真话?"

老和尚道:"是,如有谎言,不得好死!不过……"

苏小柱道:"不过什么?"

老和尚道:"今晚的事,还望三位给保密,不然,让信众知道,断了香火,我们就没有活路了!"

朱继忠道:"和尚,你这么说不行,难道你们还想继续欺骗下去吗?俺看这样,明天俺向矿领导汇报,俺的意见是把镇和矿里的信众都召集到这里,你把刚才跟俺说的话向信众说清楚,至于今后怎么办,共产党有政策,只要不装神弄鬼、搞封建迷信、欺骗老百姓,共产党是会给你出路的!"

老和尚感动地说:"你这么说,我就放心了。只要给活路,我一定实话实说,重新做人!"

朱继忠三人先向杜龙彪和朱奇山汇报了夜探老君庙的收获,然后一起请示特派员和矿长同意,把信众召集到老君庙,由老和尚亲自说出了真相,信众恍然大悟。

有几个年轻矿工愤怒地说:"他妈的,这几尊泥胎像骗了咱们这么多年,吸了咱们那么多血汗钱,不能让它再骗下去了!"然后大声喊道,"工友们,不信神鬼的跟俺们一起去搬神吧!"众人响应道:"好啊!"然后一哄而起,绳拉斧砍,扳倒了老君庙里的泥胎像。

拆穿了和尚的谣言,扳倒了老君庙的泥台像以后,杜菊和赵铁柱觉得应当进一步加强对职工和家属的政治和科学文化教育,提高工人的政治觉悟和科学文化水平。两人即和朱奇山等工会干部讨论冠山矿职工和子弟教育的状况,研究加强教育的计划。

杜菊道:"毛主席说,没有文化的军队是愚蠢的军队。过去,封建统治者实行愚民政策,用封建迷信对老百姓进行精神麻醉,我们必须反其道而行之，加强政治和科学文化教育，用无产阶级革命理论武装头脑，使我们的职工变成有政治觉悟和科学文化的队伍。职工子弟是革命的接班人，应当从小就受到良好的教育！"

赵铁柱道："前一段时间，我们在夜校开办了扫盲和煤矿技术两个班，职工学习积极性很高，效果不错。今后，要把职工学政治文化技术的情况作为立功竞赛的一项内容，对各单位提出具体要求。不过，关于子弟教育的情况我还不太了解，需要摸摸这方面的底数。"

朱奇山道："过去，咱们冠山矿倒是有一所小学，学生主要是矿上有钱人和俄方职员的共八十多个孩子。现在矿上有近三千职工，带家属的也有一千人左右，要让矿工的孩子都能上学，仅靠现在的一所小学肯定不行！"

杜菊道："奇山叔说的这个情况很重要，我的意见，工会要责成专人进一步了解矿上子弟教育的情况，提出具体意见，然后经矿行政研究落实！"

正议论间，公安局局长杜龙彪带着双峰村的武敬岳闯进来，说有紧急匪情汇报。赵铁柱即招呼杜菊和朱奇山到矿长会议室听杜龙彪汇报。

杜龙彪道："现在边城一带大股土匪都被剿灭了，冬季到了，外面天寒地冻，匪徒们缺吃少穿，毕士仁就带着三十多个匪徒冒险下了山，现在正在双峰村烧杀抢掠！"他对冒着危险来报信的武敬岳道："武叔，你跟各位领导说说土匪在双峰村的情况吧！"

武敬岳道："嗯哪！今天午饭后，俺正睡午觉，突然街上有叫骂声，俺连忙下炕到门口偷看，见毕士仁和两个马弁站在村口的斜坡上，挂着手枪，黑着脸看着二三十个衣衫不整的土匪闯进村民家抢粮食、抢东西，不长时间，土匪们背着粮袋，牵着牛、羊，抓着鸡、鸭，驱赶着老百姓向土坡前集中，几个土匪闯进俺家抢东西，凭俺的武功，收拾这两个兔崽子没问题。可是当时的情况不允许俺逞匹夫之勇，两个土匪背着从俺家抢的东西，赶着俺和家里人到土坡前听毕士仁训话。毕士仁趾高气扬地对村民训斥道：'我们是国民党中央先遣军，是帮你们抓共产党和跟国军作对的农会头头的，你们告诉我，谁是工作队队长和农会主任！'老百姓都静悄悄没有说话，毕士仁气急败坏道：'他妈的，你们都被共产党赤化了是不是，都不说吗，我有办法！'说完，他用日本鬼子的办法，先命令土匪从村民中拽出一个老人，然后用枪指着老人的头说：'老家伙，你说，谁是工作队队长和农会主任？'老人从容道：'长官，这两个人昨天跟工作队和农会的人到县里开会了，在场的人没有一个跟国军作对的！'毕士仁狞笑道：'老家伙，你当我是三岁孩子，好糊弄啊，怎么这么巧，难道他们是神仙，知道我们来就开会去了。您老实告诉我，我数三个数，不说，我打碎你的脑袋！'边说边数道'一、二……'此时，站在村民中的工作队邵队长和农会主任老沈站出来大声喊道：'俺就是你要找的人，把老人放了！'毕士仁一脚把老人踢倒骂道：'你个老不死的，我叫你编。'边说边要向老人开枪，邵队长大喊：'不准开枪！'一个箭步蹿过去，挡开了毕士仁举枪的右臂，没有打中老人。

"毕士仁恼羞成怒骂道：'不知死活的东西，我叫你横！'边说边命令匪徒道：'去，拿两根扁担，让他俩尝尝跟国军作对闹翻身的滋味！'几个匪徒找来两根扁担，一拥而上，把扁担分别横在邵队长和老沈的脖子后，将两人的双臂伸开绑在扁担上，毕士仁走过来，从身后猛蹬一脚，邵队长和老沈即脸朝下倒在地上。然后他又命令匪徒手持皮鞭棍棒狠抽两人的后背，边抽打，边皮笑肉不笑地奚落道：'不是要翻身吗，翻呀，有本事翻过来呀！'两人双臂被捆在扁担上，又是脸朝下，自然翻不了身，毕士仁命令匪徒道：'给我狠狠打，让他俩把身子翻过来。'匪徒继续用皮鞭狠抽，用棍棒狠打，边抽打，边叫骂：'穷棒子还想翻身，我叫你翻，翻！'两人被打得皮开肉绽，仍骂不绝口。'狗×的别疯狂，你们是秋后的蚂蚱，蹦不了几天了！''伤天害理，会遭报应的！共产党会给俺们报仇的！'匪徒们不停地抽打，两人奄奄一息，眼看快不行了，村民们个个横眉怒目，但见匪徒们手中有枪，也未敢轻举妄动。毕士仁看两人快不行了，即指着两人对村民们威胁道：'大家听着，国军正在向边城推进，共产党长不了，谁要跟着共产党和国军作对，这两个人就是下场！'说完，即命令匪徒将邵队长和老沈押走，把抢来的粮食、禽畜和日用品集中看管，然后抓来几个村民为匪徒烧火做饭，大吃大喝起来。俺见匪徒们只顾吃喝，放松了警惕，才偷偷跑出来报告。"

赵铁柱道："龙彪，武叔走三十多里路来报告，已经过去三个多小时了，咱们现在就集合队伍，赶到双峰村应该是晚饭后了，得抢时间，别让他们跑了！你赶快带公安战士和护矿队出发，把这帮家伙干掉！"

杜龙彪道："是！"

赵铁柱道："你集合队伍，俺跟你一起去！"

朱奇山抢先道："铁柱，你是一矿之长，担子重，事情多。依俺看，龙彪对双峰村地形也熟悉，又有敬岳带路，二三十个土匪，让他去就可以了！"

杜菊道："我同意奇山叔的意见，万一土匪来矿偷袭，你留在矿上也比较稳妥！"

赵铁柱道："既然你们都这么说，我也就不争了。不过，这股土匪，人数虽然不多，但都是惯匪，既凶残，又狡猾，要小心谨慎，力求全歼！"

杜龙彪道："是，请各位领导放心，保证完成任务！"于是立刻整顿队伍，同武敬岳一起向双峰村奔袭。

## 六

双峰村在冠山煤矿的西南面,距离冠山矿有三十多里,村南有两座凸起的山峰,名曰双峰山,村名也因此叫双峰村。村东有双峰河流过,村西是凹凸不平的丘陵,村北有一条比较平坦的路直通冠山矿。毕士仁·伙儿土匪酒足饭饱之后,见天色已晚,即在村北路口放了两个流动哨,其余土匪即三五一伙儿在民房过夜。为防备偷袭,他命令在民房中休息的土匪都在住房的院门后挂一颗手榴弹,如果有人推开院门,手榴弹爆炸,房间里的人听到爆炸声,即可进行反抗或从后窗逃跑。

杜龙彪率公安战士和自卫队员五十余人到达双峰村村外后,即命令班长郑山林同两个战士到村边侦察。不长时间,郑山林押着一名土匪到杜龙彪跟前报告道:"杜局长,村北道口有两个流动哨,一个被我干掉,一个被活捉!"

边说边将土匪推到杜龙彪面前。土匪扑通跪倒在地,叩头求饶。杜龙彪道:"你别害怕,只要您老实回答俺的问话,俺保证不要你的命。"

土匪告饶道:"长官,你问吧,只要我知道的,一定如实回答。"

杜龙彪问道:"村里有多少土匪,都住在什么地方?"

土匪回答道:"算上我和死的那个总共二十五人,队长和他的老婆孩子,还有两个马弁在村南一户老百姓家里,他们一家三口住里屋,马弁住外屋。他的五名亲信在离他住房不远的一户老乡家,其余都是三五人一伙儿住在村民家!"

杜龙彪道:"你知道他们住房的具体位置吗?"

土匪道:"我只知道跟我住在一起的那三个弟兄的地方,其他几伙儿住的地方,我只知道大体位置,具体住哪栋房我真不知道。"

杜龙彪道:"那好,你先跟我们的人到你那三个人住的地方!"

土匪点头哈腰道:"是,长官!"

郑山林纠正道:"我们叫首长,不叫长官!"土匪连忙改口道:"是,首长!"

杜龙彪道,"山林,你带五个同志跟他去抓同他在一起的那三个土匪,注意,不到万不得已不要开枪,不要动静太大,免得惊动其他土匪!"

郑山林道:"是!"随即招呼五名战士押着土匪离开。杜龙彪把公安战士和自卫队员分成四组,每组七个人,分别去寻找睡觉的土匪,另外安排十几名战士由班长王小虎带队埋伏在村北道口,防止土匪夺路逃跑,他亲自带两个组直奔毕士仁和他的亲信土匪住房。

郑山林带被俘的土匪到达一户村民的住房前,正要推门进入,被俘的土匪拦阻道:"慢着,不能动,院门上有手榴弹!"边说边小心翼翼地把手榴弹的拉线从门环上摘下来，并把拉线塞进手榴弹手柄内，拧紧保险盖。然后对郑山林道："长官，你埋伏在门口，我去把他们叫出来！"

郑山林点点头，随即埋伏在门口两边。被俘土匪即推开院门，在院子里高声喊道："二蛋子、大熊，快起来，该换岗了！"

屋里回应道："知道了，真他妈的晦气，正睡得香甜！"

被俘土匪道："别磨蹭，我他妈的都快冻死了！"

不一会儿，两个土匪懒洋洋地推开门，刚迈出门槛，即被埋伏的战士制伏。郑山林跟另一个战士冲进屋里，抓获了屋里的那个土匪。郑山林问被俘的土匪道："你说，是不是土匪过夜的住房院门上都挂着手榴弹？"

被俘土匪道："有可能，毕士仁这么交代过！"

郑山林跺脚道："坏了，你他妈的怎么不早说！"于是急忙安排四名战士看押俘虏，自己和另外两名战士跑步去通知各组战士当心院门上有手榴弹。但为时已晚，他们刚离开，村中即传来手榴弹的爆炸声，紧接着，枪声大作。原来，有一组战士摸到了一伙儿土匪睡觉的住房，因不知院门上挂着手榴弹，推门时，手榴弹爆炸，熟睡的土匪被惊醒，立即披衣开枪往外冲，公安战士开枪还击，将其击毙。毕士仁听到枪声，大吃一惊，随即命令一个马弁保护他的妻子和孩子，自己即带另一个马弁走出卧室观察动静。此时，另外两伙儿土匪听到枪声，立即惊慌失措地从卧室里冲出来，公安战士和自卫队员发现后立即大喊："你们被包围了，缴枪不杀！"顽匪开枪还击，双方在村子里展开枪战。毕士仁和马弁同其他土匪会合在一起，让妻子背着孩子跟在土匪队伍的后面，他指挥众匪徒边打边向村北道口奔跑，企图夺路逃命。刚冲到路口，被埋伏在道口的战士迎头痛击，跑在前面的几个土匪被击毙，村里的公安战士即向村北道口围拢。毕士仁见大事不妙，一边严令匪徒和公安战士对射，一边带着马弁和几个亲信向村西撤退，企图从村西奔山路逃跑，刚出村，被郑山林等公安战士发现，立即开枪追击。负责保护毕士仁妻儿的马弁被击毙，毕妻吓得瘫倒在地，孩子被甩到一边。毕士仁立刻一手抱孩子一手拽起妻子往西边树林中奔跑，趁着夜色，将老少两人藏在树丛中，自己则带着几个亲信从村西山路逃跑。

夜间漆黑，伸手不见五指，村西是一带丘陵，林木丛生，没有道路。郑山林身边只有两个战士，他一边让一名战士向杜龙彪报告情况。一边带一名战士尾追。等报信的战士见到杜龙彪后，残匪已全被击毙，查点尸体，没有发现毕士仁，正焦急间，听到报信战士所说的情况，立刻带队直奔村西和郑山林会合并一起追击。直到天亮，未见毕士仁匪徒的踪影。

杜龙彪看见郑山林，跺脚发狠道："山林，又让毕士仁这狗×的逃跑了！"

郑山林劝道："杜局长，现在大股土匪已被歼灭，如今又是数九寒天，毕士仁和顽匪也无安身之地，不被咱们抓住，也得冻死饿死。他们躲过了初一，躲不过十五，早晚得完蛋，你也别太在意！"

杜龙彪道："山林，你说得没错，但让瓮中之鳖跑了，他们又会去祸害老百姓，俺心有不甘哪！"

郑山林道："经过民主改革，恶霸地主和汉奸多数已被镇压，各村屯已是咱们的天下了，毕士仁一伙儿跑不了！"

杜龙彪道："山林，天快亮了，俺去看看老沈的家人和工作队的同志，你带着大家清理战场，统计一下村民受损失的情况，做好善后工作！"

杜龙彪和郑山林估计得没错，毕士仁一伙儿确实是走投无路了。现在共产党已在边城地区建立了党政军组织完整的地方政权，站稳了脚跟，他和几个残匪成了惊弓之鸟。因为不敢轻易下山抢劫，匪众吃穿没有着落，人心惶惶。

为笼络人心，他忍痛杀了自己骑的马，自己吃马肠子，却把马肉分给部下充饥以收买人心，但也没有什么作用。副营长初成功和两个连长见大势已去，铁了心要下山投诚，他和两个连长一起去见毕士仁道："大哥，现在的情况，大哥清楚，不是兄弟对大哥不忠，实在是没有活路了，你就放兄弟一条生路吧！"

毕士仁心里骂道："姓初的，你想得美，背叛老子，哼！"但脸上却装作很诚心的样子挽留道："兄弟这么想，大哥理解，只是你我情同骨肉，大哥舍不得呀！"

初成功道："大哥舍不得兄弟，兄弟也舍不得大哥呀，兄弟上有老母，下有妻儿，没有办法呀！"

毕士仁装作理解的样子道："罢了，人各有志，大哥不拦你们，只是……"

初成功会意道："大哥，你放心，刀架在脖子上，兄弟三人也不会暴露大哥和各位兄弟的藏身地点！"

两位连长也附和道："大哥，初营长说的是心里话，到什么时候，我们也不会出卖大哥！"

毕士仁笑道："三位兄弟想哪去了，大哥相信你们。只是，你们知道，山上枪弹缺乏，你们下山带着武器也不方便，不如把随身武器留给山上的弟兄，多一把枪，就多一份防卫力量！"

初成功毫无戒备道："大哥说得是，我们哥儿仨的武器都留下！"边说边解下了身上的手枪和子弹。两位连长有点儿犹豫，但看到初成功已把手枪交给毕士仁，也跟着交出了武器。

毕士仁把三位的武器交给马弁，转身对初成功三位装作十分留恋的样子道："兄弟，今日一别，不知何时才能再见，大哥送你们一程吧！"

初成功感动地说道："谢谢大哥！"

于是，四人不再说话，默默地向山下走去。到偏僻处，毕士仁见没有人，便感叹道："三位兄弟，为兄就送你们到这里了，祝你们一路平安！"

初成功道："送君千里终有一别，兄弟祝大哥万事如意！"

毕士仁目送三人走出十多米，突然掏出手枪，将三人击毙。然后走过去，踢了踢尸体，见无活口，即转身离开。

这一切，被偷偷跟在毕士仁后面的一位初营长的部下发现，惊出了一身冷汗。

初营长和两位连长挨黑枪的事不胫而走，多数土匪都知道了初营长三位的下场，对毕士仁的假慈悲真狠毒的面目看得更清楚了，残匪有的单独，有的两三人一伙儿偷偷下山投诚。留在山上的土匪，听说下山投诚的土匪，有的回乡种地，有的自愿当兵，当过小头目的土匪，民愤不大的，不仅没有被关押，还组织学习教育，让改过自新，给生活出路，于是，偷偷下山投诚的土匪越来越多，毕士仁眼见身边只剩下冻得瑟瑟发抖的五个亲信土匪，自己也像泄了气的皮球一样，四肢无力地靠着一棵大树坐下来。

过了好一阵子，毕士仁似乎清醒了，觉得在部下面前，自己还不能显得失去了信心，于是对身边的土匪吹嘘道："你们几位是我最贴心的弟兄，毕某发达之日，一定给你们加官晋爵，享荣华富贵！"

马弁无可奈何道："队长，将来能不能发达咱不敢想，还是先看看眼下怎么办吧！"

毕士仁道："你他妈的也别目光短浅，俗话说，人无远虑，必有近忧，别看现在咱们挨饿受冻，有些困难，等国军打过来，咱们可就是有功之臣，还愁没有荣华富贵！"随即吩咐靠大树休息的两个土匪道，"老邱、小蛋，你们两个别他妈的只管坐着，趁着天刚亮，去看看附近有没有野鸡、兔子什么的，弄两只回来，咱们几个也好填饱肚子！"

两个土匪懒洋洋回应道："嗯哪！"两人走不多远，老邱对小蛋道："小蛋，我看咱俩不能再跟着毕士仁卖命了！照这样下去，不等国军打过来，咱们不被共军打死，也得冻死饿死！趁着离开了'逼死人'的监视，咱俩也下山吧！"

小蛋道："邱哥，我早有这个意思了，咱俩撂挑子吧！"于是，两人偷偷地下了山。

毕士仁和身边的三个土匪等了好长时间不见两人回来，马弁对毕士仁道："队长，老邱和小蛋这么长时间没有回来，八成是下山了！"

毕士仁心里同意马弁的猜想，但嘴上却故意装作不相信的样子道："不会吧，也许是迷路了！"

马弁道："要不我去迎迎？"

毕士仁心里骂道："你他妈的怕是也想撂挑子吧！"心里这么想，嘴上却赞赏道："你有这份心思很好，只是漫山遍野的，你到哪里去迎，我看还是再等等看吧！"又等了半个多时辰，毕士仁估计两人确实是逃跑了，便装作不耐烦的样子道："这两个废物可能是让共军抓走了，咱们不能再等了！"于是命令三人随自己离开原地，迅速向密林深处转移。

跑了一整天，眼看天色已晚，冻饿交加，只得停下来休息。他让随行的土匪捡了些树枝柴草，在离四人休息地十多米的地方点燃。马弁不解地问道："队长，我寻思笼个火堆暖暖身子，弄那么远为啥？"

毕士仁奸笑道："不为啥，让它给咱们站岗放哨哇！"

马弁仍有些不解地道："啊，让火堆给咱们站岗放哨？"

毕士仁解释道："你刚才不是说要用火堆暖身子吗，如果共军看见火堆，必然以为咱们都在火堆边取暖，便会偷偷地包围过来收拾咱们。我把火堆放在离咱们十几米的地方，假如共军发现火堆并包围过来，咱们在火堆外便可悄悄撤退，让共军扑个空，那火堆不就是咱们的岗哨了吗？"

马弁溜须道："这个点子太妙了，队长真是孔明转世啊！"

另外两个土匪也吹捧道："高，高，这个点子实在是高！"不过，毕士仁这一招儿还真让这伙儿土匪又一次漏了网。

土匪老邱和小蛋下山后，遇见了搜山的公安战士和自卫队员，交代了毕士仁一伙儿的行踪和人数。杜龙彪即命令郑山林带领本班战士继续追剿。郑山林和本班公安战士按照两个投诚土匪交代的路线，追赶了一整天，眼见夜色降临，仍不见毕士仁一伙儿的踪影。突然，一个公安战士报告发现远处有火堆，郑山林举起望远镜观察，见火堆烧得很旺，但火堆旁却并无人影，心中不免有点儿疑惑，于是先派几个战士抵近火堆侦察，结果并没有发现土匪，但此举已被躲在火堆近处的毕士仁发现，立即悄悄地溜走。郑山林和公安战士四处搜索，发现了毕士仁一伙儿休息的地方，但已不见土匪的踪影。于是报告了杜龙彪。

杜龙彪恨恨骂道："狗×的，毕士仁这家伙不仅凶残，也很狡猾，这次又让他溜了！"然后吩咐郑山林道，"山林，毕士仁这伙儿顽匪，人数少，目标也小，单靠咱们大部队搜索追剿，恐怕不容易见效，俺看还是按照毛主席的教导办，打人民战争！"

郑山林道："局长，你就说具体怎么办吧，俺听你的！"

杜龙彪道："寒冬腊月，毕士仁这几个土匪，在野外生存很困难，人单势孤，他们也不敢公开到村屯抢劫，很有可能化装成乞丐或难民到附近村屯讨吃喝。俺去跟梨平镇领导请示，让以镇政府的名义通知各村屯居民，发现可疑人员即向公安部门报告，只要把各村屯的农民兄弟都发动起来，找到这几个顽匪不难！"

郑山林道："这是个好办法，咱们就这么办！"

这招儿很见效，不长时间，比较偏僻的长胜村即有个叫郭富庆的农民报告，说昨天，有两个年轻的要饭花子到村里讨饭，说是从长春逃出来的难民，到边城寻亲不遇，没办法，才到村里讨饭。俺看这两个人贼眉鼠眼，不像好人，便悄悄地跟在后面，发现两人钻进了村外的一个废砖窑里，还看见一个岁数较大的人，比比画画，好像是个头儿。"

听了郭富庆的报告，杜龙彪即亲自带队奔赴长胜村。为瓦解土匪，他还带着老邱和小蛋两个下山投诚的土匪。到达长胜村以后，他和郑山林化装成村民到村外进行侦察，果然发现废砖窑中有人，于是命令公安战士将废砖窑包围。郑山林向里面喊话道："毕士仁，你们已经被包围了，缴枪不杀，还是出来投降吧！"

毕士仁命令化装成乞丐到村里讨饭的土匪秦雪山向外面回应道："公安同志，我俩是从长春逃出来的难民，我叫秦雪山，我弟弟叫秦雪狼，我们不认识毕士仁！"

郑山林道："既是难民，那就赶快出来吧！"

秦雪山看看毕士仁哀求道："队长，您老就让我和雪狼出去吧，他们要问，我俩也不会说实话，兴许还能救你一命！"

毕士仁见两人急不可耐要出去的样子，原想让他俩以难民身份出去，掩护自己逃脱，但又怕两人出去后说出真相，于是改变了主意，对两人冷笑道："雪山，你以为外面那些人是傻子啊，别做梦了，老实守着，死活咱们一起扛吧！"

秦雪狼道："那咱们怎么跟外面的公安说哇，不出去，那不露馅了吗？"

毕士仁道："找借口，跟他们耗着，等天黑以后，咱们一起往外冲！"

郑山林不见两人出来，又高声催促道："秦雪山，你们兄弟俩为什么还不快出来？"

秦雪山结结巴巴道："公安同志，我兄弟带的一件祖传宝物不见了，他正在寻找，等找到就出去！"

杜龙彪觉得有诈，即对投诚的土匪老邱道："老邱，你认识秦雪山兄弟俩吗？"

老邱道："认识，秦雪山是连长，兄弟俩是毕士仁的亲信！"

杜龙彪道："你对他俩喊话，揭穿他们的身份，告诉他们，只要放下武器，出来投降，政府给他们出路！"

老邱即对着砖窑高声喊道："秦连长，雪山兄弟，你俩别冒充难民了，快出来投降吧，共产党给出路！"一起来的土匪小蛋也跟着喊道："两位兄弟，共产党不糊弄人,下山投诚的弟兄,都按自己的想法做了安排,有的弟兄知道自己家分了地,自愿回家种地过日子了,有的自愿当了解放军,我和邱连长也给安排了工作,你们别跟着毕士仁一条道走到黑……"

毕士仁怕小蛋再说下去让跟自己在一起的三个土匪动了心,未等小蛋说完,即凶狠地向喊话人开了枪,边开枪,边一语双关高声威胁道:"姓邱的,小王八蛋,你俩他妈的别得意,老子饶不了你们!"

杜龙彪见毕士仁顽固不化,即命令公安战士开枪还击。毕士仁虽然人少,但躲在砖窑里,依靠地理优势,命令匪徒同公安战士对射,以拖待变,双方的枪战即僵持下来。

杜龙彪同郑山林商量道:"山林,毕士仁在和咱们耗时间,想等天黑再逃命。咱们不能跟他们这样僵持下去,得想法速战速决!"同时对山林耳语了一番。

郑山林道:"是!"于是两人按照刚才耳语的办法,组织公安战士互相掩护着向砖窑靠近后,即向毕士仁四个人藏身的地方扔手榴弹。攻势凶猛,毕士仁的马弁被炸成重伤。秦雪山向雪狼递眼神,趁着烟雾向砖窑外移动,毕士仁发现后即向两人开枪,秦雪山中枪倒地,雪狼与毕士仁拼命,对射中,秦雪狼被打死。此时,天渐渐黑下来,毕士仁孤注一掷,先命令受伤的马弁在原地开枪射击,吸引公安战士的注意力,然后偷偷溜到砖窑的一个后出口,想借助夜幕逃走。杜龙彪觉察他的举动,带几个公安战士埋伏在砖窑后出口。毕士仁先扔出一根木棒,杜龙彪知道是探路棒,便暗示埋伏的战士别开枪。毕士仁见外面没有动静,以为窑外无人,暗自欣喜,一个箭步跳出窑外,躬身急奔。杜龙彪和公安战士开枪齐射,毕士仁死在乱枪之下,马弁也被公安战士击毙。

从双峰村逃出来的那天夜间,在树林中藏身的毕士仁的妻儿母子俩,怕冻死在外面,等枪声停下来后,毕妻背起五岁的孩子挣扎着走出树林。天快亮时,由于冻饿和体力消耗,昏倒在山坡上。

林甸村农民王石柱早晨上山捡树枝,发现了昏倒的母子俩,即将两人救至家中,并熬姜汤给母子俩喝下。过了一个半小时,毕妻苏醒过来,见自己和孩子躺在炕上,又见屋子里有个中年男子,便挣扎着道:"大哥,谢谢你救了我们母子俩,你的大恩,日后一定报答!"

石柱道:"你先不要说感谢报答的话,俺问你,你是哪里人,怎么会昏倒在山坡上?"

毕妻不敢以实相告,即撒谎道:"我是从长春逃出来的难民,路过双峰村时,听到密集的枪声,背着孩子躲进了树林,半夜,没有了枪声,我背着孩子从树林中走出来,又冻又饿,实在支撑不住了,就、就昏倒了,多亏大哥相救，不然我和孩子就没命了！"

王石柱关心地问道："你这里有亲人吗，你和孩子准备去找他们吗？"

毕妻装作十分悲痛的样子道："不瞒大哥，孩子他爸在长春战死了，我和孩子逃出来，想投奔他亲戚家，可兵荒马乱的，他亲戚家的姓名、地址都弄丢了，你让我到哪里找哇！"边说边放声大哭起来。

王石柱是个老实人，父母双亡，孤身一人，一贫如洗，土改工作队到林甸村以后，他主动靠近工作队，斗地主，成立农会，平分土地，被村民选为农会主任。见母子两人可怜，即安慰道："妹子，你也不要悲痛，如果你不嫌弃，可先在俺家住下，然后慢慢打探亲戚的下落，等有了信息，你们母子俩再去投奔行吗？"

毕妻喜出望外，擦了擦眼泪道："老天有眼，遇到了你这样的好心人，算我母子幸运，只是要给你添麻烦了！"

王石柱道："不麻烦，你和孩子只管住着。共产党领导穷人翻了身，俺现在有了房子和土地，饿不着！"

此后，毕妻母子俩就在王家住下。后来，听说毕士仁被击毙，自己已没有了依靠，又见王石柱老实憨厚，真心对待母子俩，便有和王石柱一起过日子的想法。有此打算，对王石柱便殷勤照顾，做饭洗衣操持家务之外，王石柱劳作回来，她帮着脱衣洗漱、端茶递饭，周到伺候。王石柱穷困半生，无依无靠，见眼前的女人如此对待自己，让自己有了家的感觉，对毕妻渐渐产生了感情。好心的邻居张妈给俩人撮合，结成了夫妻。

# 第 十 七 章

一

毕士仁一伙儿土匪被剿灭后，边城地区大、小股土匪基本全被肃清，矿区越来越稳定。春节前夕，杜菊和赵铁柱商量决定召开党支部会议，研究如何让矿区职工和家属过一个喜庆祥和的春节的问题。

杜菊道："同志们，今年是共产党接管冠山矿的第二个春节。去年，由于国民党土匪的骚扰、汉奸把头的破坏，我们接管时间太短，脚跟还没有完全站稳，诸多困难存在我们还没有能力让矿工和家属都吃上饺子，过个舒心的春节。今年不同，我们要千方百计让工人家家都吃上饺子，大人孩子都穿上新衣服，过个太平年、喜庆祥和年！"

朱奇山道："从日寇占领咱冠山矿以后，大多数矿工过年就再没有吃上饺子。共产党接管冠山矿以来，斗汉奸把头，剿国民党土匪，搞民主改革，建立工会，积极解决矿工的实际困难，大家心里都清楚。现在特派员提出让矿工和家属能过个太平喜庆年的想法，俺举双手赞成！"

赵铁柱道："依我看要让工人家属过个好年，必须做好两件事。一是要有专人做好过春节的各项准备工作，保证年货的充足供应，还要把业余剧团、秧歌队等娱乐活动组织好，让大家吃好乐好。二是要把春节期间的安全生产工作搞好。做到立功竞赛活动不停，安全保勤跟上去，保证春节期间产量不减，没有事故。公安保卫部门要安排好水源、电力等要害部门的保卫工作，防止暗藏敌人的破坏。"

杜菊道："我建议，咱们还是分成两条线，我和奇山叔负责春节期间职工家属的生活和娱乐活动；铁柱和大闯、大山叔负责立功竞赛活动和安全生产；工会生产部、女工部、地区主任要做好安全保勤；龙彪和公安局、自卫队的同志负责安全保卫。"她以征询的口吻对赵铁柱和朱奇山道："铁柱，奇山叔，你俩看这样行不行？"

赵铁柱和朱奇山点头道："嗯哪，就这么办！"

会后，按照分工，领导和相关部门都积极开始行动。

杜菊和朱奇山除了开会对工会、青年团、业余剧团、后勤部门做了动员和安排外，还特别把后勤科长聂凤喜和消费合作社主任刘桂花留下，了解春节物资和各种年货的准备情况。

聂凤喜道："特派员、朱会长，领导反复交代过年一定要让工人吃上饺子，俺要是做不到，就是打领导的脸，打共产党的脸。两位领导放心，今年过年，俺不仅要让工人吃上饺子，还要准备酒菜，让大家小酌几杯！"

朱奇山道："老聂，你这样说，俺和特派员就放心了！"转身问刘桂花道，"桂花，消费合作社的情况怎么样？"

刘桂花道："朱大爷，经过一年多的运作，工人的股本基本还回去了，以后就可以按股分红了！土改以后，农民分了地，精耕细作，收成很好。俺已派采购员到乡下和集市采购各种年货，现在有不少已经到货了，请特派员大姐和朱大爷过去检查指导！"

杜菊对朱奇山笑道："奇山叔，那咱们就去看看，别让这丫头给忽悠了！"

刘桂花也笑道："哪敢哪？"边说边陪同三位一起到消费合作社检查。合作社的门面不算大，但货物齐全，粮油、肉蛋、各种布匹、鞭炮和各种儿童玩具，摆放整齐，屋里屋外干净利落。售货员热情地接待着来往顾客，见四位过来，一边照顾来购货的顾客，一边微笑着点头示意表示欢迎。杜菊和朱奇山等人一边参观，一边向购货的职工家属征询对合作社的意见，众人交口称赞。

杜菊问朱奇山和聂凤喜道："两位还有什么要说的吗？"

聂凤喜道："合作社办得好，值得我们后勤部门学习！"

朱奇山道："桂花这丫头能干，俺放心，没有说的！"

杜菊道："那桂花和凤喜就先忙你们的工作，我和奇山叔再到剧团看看。"

现在的老君庙已经变成了矿业余剧团的办公室和排练场地。老君庙的牌匾被摘下来，换上了"冠山煤矿业余剧团"的新牌匾。杜菊和朱奇山进去的时候，演员们正聚精会神地排练歌剧《刘胡兰》，地上摆放着三口铡刀，扮演匪连长徐大胡子的苏小柱大声威胁道："刘胡兰，你小小年纪就不怕死吗？"扮演刘胡兰的演员孟福花义正词严道："怕死就不是共产党员！"徐大胡子刚要说话，扮演刘胡兰妹妹的刘彩衣看到杜菊和朱奇山正不声不响地看排练，即高声喊道："同志们，特派员和朱会长看咱们排练来了！"

众人立刻停止排练，围过来请两位指导。剧团负责人苏小柱道："特派员，俺们第一次演歌剧，没有经验，请你给指导指导！"

杜菊道："演剧唱歌我也是外行，指导不敢当！不过，我看你和孟福花两人的对白就很好嘛。一个拿性命相威胁，一个大义凛然，把敌人的凶残和刘胡兰的坚贞不屈都表现出来了，这就很好嘛！"然后对刘彩衣道，"彩衣，你妈连挂号都不让，怎么会同意你到剧团呢，不会又是偷着来的吧？"

刘彩衣不好意思地笑道："这次俺可是正大光明来的，不信你问问俺福花姐！"

孟福花笑道："特派员，彩衣这次确实不是偷着来的，俺可以做证！"

杜菊笑道："这我知道，你们说说做彩衣妈妈思想工作的情况好吗？"

刘彩衣道："福花姐几个人开支以后，一起商量用自己第一次的工资买了同样的布料，请裁缝店给做了服装，就是现在时兴的双排扣的半截儿上衣，几个人穿着新衣到照相馆照了相。她们有意到俺家串门，说了女人参加工作的好处。俺妈看和俺年纪相仿的姑娘参加工作后，穿着打扮、说话办事都变了样。又听说和俺年纪差不多的姑娘又有一批在矿上挂号。俺哥也用在夜校学到的新思想说服俺妈，老人家知道现在是新社会了，不能再当老顽固了，就同意俺上班了，剧团的小柱团长还吸收俺参加了业余剧团。"

朱奇山感叹道："革命潮流浩浩荡荡，旧思想也同旧社会一样被革命的新潮流冲垮了！孩子们，你们年纪轻轻就赶上了新社会新潮流，比俺这辈人幸福哇！"

苏小柱道："俺们这些年轻人能有今天的幸福，是共产党毛主席给的，也是你们这些老前辈顽强奋斗、流血牺牲换来的，我们要向老前辈学习，为打倒国民党反动派，建立新中国奋斗！"

杜菊道："小柱同志说得好。大家要记住，国民党反动派是不甘心失败的，全国有几百万国民党军在向解放区进攻，东北有几十万国民党军还盘踞在几个大城市困兽犹斗，我们的军队正在跟他们作战，无数像刘胡兰这样的共产党员正在同反动派拼命。咱们业余剧团演节目，不单纯是为了娱乐，咱们要通过舞台，宣传共产党和革命烈士的英雄事迹，宣传我们身边的新人新事，用共产党的新思想鼓舞斗志，万众一心，多出煤，支援前线，让前方战士多打胜仗，让东北和全国的穷苦老百姓早日获得解放，过上幸福生活！"

朱奇山道："咱们的业余剧团，不仅要演像刘胡兰这样的英雄人物，还要演身边的新人新事，听说你们把金不换和刘桂花的事编成了二人转，这就很好嘛！希望大家继续努力，发挥好业余剧团娱乐人和宣传教育人的作用！"

杜菊又询问了其他节目的情况，然后离开剧团到工人食堂查看。

过去，住在工人村的矿工，吃的是猪狗食，干的是牛马活儿。共产党接管冠山矿以后，在恢复生产的过程中，特别关心工人的衣食住情况。为改善工人生活，筹建了职工食堂，组织了专兼结合的管理组，食谱和饭菜价格每天都公布，平时注意粗细搭配，节假日适当加以改善，班中餐由专人送至井下，工人班中也能吃上热饭热菜，后来成立了面包坊，改班中餐为面包，供餐情况大为改观，工人非常高兴。

为了解决工人年三十吃饺子的问题，厨师们正忙着洗菜、剁肉、包饺子。看见两位领导走进食堂，都停下手中的活儿，热情地招呼道："欢迎特派员和会长指导！"

杜菊笑道："各位师傅，指导不敢当，看各位忙着准备过年的饭菜，一定很辛苦，有什么困难，大家说说，看我们两位是不是能帮上忙！"

炊事班长老许道："谢谢领导关心！"然后吞吞吐吐地说，"要说困难嘛，眼下还真有点儿！"

朱奇山道："有什么困难快说，别藏着掖着！"

老许道："那俺就直说了，再有三天就是年三十了，这么多人吃饺子，单靠俺食堂这几个人包饺子确实是个问题，恐怕起早贪黑不睡觉也包不完！再说了，还得给上班的工友做饭，准备年三十的炒菜呢！"

朱奇山皱着眉头道："这确实是个问题。"

杜菊道："这问题好解决，发动群众嘛！矿上那么多家属，选一些干净利落的女同志到各食堂帮忙不就行了嘛！"

朱奇山拍拍大腿道："你看，俺怎么把娘子军给忘了呢！老许，特派员这个主意好，就按特派员说的办！"

老许笑道："行，俺把面和好，饺子馅剁好拌好，请十几个妇女来帮忙，保证耽误不了！"

杜菊对朱奇山道："奇山叔，这事由你交给梅姑和连喜婶去落实行吗？"

朱奇山笑道："行，没问题！"杜菊又询问了春节伙食安排等方面的情况，老许一一做了回应。

杜菊道："许班长，除夕那天，我和赵矿长、朱会长都来给工友们敬酒，你可要准备好，不要让俺们几个丢脸哪！"

老许拍拍胸脯道："请特派员放心，保证没问题！"

离开食堂以后，看天色已晚，朱奇山道："菊子，天快黑了，你也该回去休息休息了，俺这就去告诉梅子和连喜，把动员妇女帮食堂包饺子的事落实好！"

杜菊道："嗯哪，奇山叔，咱们还得继续到工人家走访，特殊困难的，还得适当救济。还是那句话，今年过年，一定要让工人家家都吃上饺子，大人孩子都能穿上新衣服！"

除夕之前，杜菊和朱奇山把工作团和工会干部每三个人分成一个组，分配到家属区进行走访慰问。她和朱奇山重点访问工亡家属和特困户。首先看望的是刘老满家。刘老满的老伴儿见矿上两位领导到家看望自己，高兴得又让座又倒茶。

朱奇山笑道："弟妹，快过年了，俺和特派员代表矿领导和工会来看望你，年货都准备好了吗，有什么困难没有？"

老满妻道："你们当领导的管着全矿的大事，还记得俺这个老太婆，真是太感谢了，太感谢了！"

杜菊道："大娘别客气，老满叔为革命牺牲了，俺来看看你是应该的，有什么困难尽管说，能帮助的，矿上一定帮助解决！"

老满妻道："俺家四口人，三个上班的，还能有什么困难！不是俺跟两位领导显摆，俺这三个孩子孝顺，女婿对俺像亲爹娘一样，小秋也把俺当亲娘一样孝顺，虽然住在单身宿舍，可隔三岔五就来看望俺，每次都给俺买点儿好吃喝，从不空手。俺闺女桂花，怕俺挨冻，给俺做了一身带毛的棉衣棉裤！"边说边拍拍身上的穿戴道，"你们看，这衣裤多厚实，真把俺当老佛爷了！世道真变了，托共产党毛主席的福哇！"

朱奇山也感叹道："是啊，要不是共产党毛主席咱们哪会有今天的好日子啊！"然后转换话题道，"弟妹，小金最近怎么样，两口子和气吗？"

老满妻道："自从和桂花好上以后，金不换这孩子真的变好了，小两口儿好着呢，俺家桂花都怀孕了！"

杜菊道："大娘日子过得舒心我们就高兴了，快过年了，我代表矿和工会给你拜个早年，祝春节快乐，万事如意！"边说边恭恭敬敬给老满妻行礼。

朱奇山拿出工会准备的慰问金递给老满妻道："弟妹，过年了，这是组织上对你们家的一点儿心意，请笑纳！"

老满妻坚决推辞道："特派员、朱会长，组织上的心意俺知道，俺心领了，这慰问金俺不能收，请把它送给比俺困难的家庭吧！"

朱奇山为难道："这……"

老满妻道："奇山老弟，你也不要为难，这慰问金算俺收下了，俺把它交给你，请你把它转送给有困难的工友，这总可以吧？"

两人推来让去，杜菊见状，对朱奇山道："奇山叔，既是大娘的一片真心，咱也就不要太勉强了，咱就按大娘说的办吧！"

离开刘老满家，朱奇山感叹道："世道变了，人的觉悟也提高了，老满媳妇说的话，是煤矿工人发自内心的真心话呀！"

杜菊道："有些人瞧不起煤矿工人，把他们叫煤黑子，这是只看到了外表没有看到本质啊！煤炭这东西，黑不溜秋的，表面看就是块黑石头，实际上它是块乌金，价值不菲呀！煤矿工人和家属都具有乌金般的品格和价值，他们像煤炭一样，燃烧自己，把自己变成了灰烬，给人类带来了光和热！他们是舍己为人的英雄，可佩可敬啊！"

两人边走边唠，不觉到了姜吉生家门口，朱奇山敲敲门道："姜吉生在家吗？"

"谁呀？"屋里传来一位老人的声音。"大叔，俺是朱奇山，快过年了，俺和特派员来看看你！"朱奇山回应道。

"噢！"老人开了门，热情地邀请道，"稀客呀，快请进屋！"

两人落座后，杜菊问道："大叔，吉生不在家吗？"

老人道："嗯哪，这一段，吉生可忙了，说矿上搞立功竞赛，自己这个班不能落后，所以经常联勤！"然后转换话题道，"你们两位都是大忙人，还来看俺这个老废物！"

朱奇山道："大叔，你可不能这么说，孙先生领着咱们凿二号竖井那阵，你可没有少出力，给咱们中国工人露了脸。您老是煤矿通，今后还靠你给年轻人传授技术呢！"

老姜头谦虚地说道："奇山，你抬举俺了，现在冠山矿是咱们的了，有用得着俺的地方，吱一声就行了！"

杜菊关心地问道："大叔，你的病好些了吗？"

"好多了！"老姜头回应道，"谢谢特派员关心，要不是你给俺送药，又安排俺到医院治疗，说不准俺早没命了！你是俺老姜头的救命恩人哪，俺一辈子都忘不了哇！"

杜菊道："共产党毛主席才是你的救命恩人哪，我不过是按照共产党毛主席的教导办事罢了！看到大叔的病好了，我很高兴，快过年了，家里有什么困难吗？"

老人道："要说困难，小鬼子逃跑那阵儿，孩子没活儿干，俺又一身病，可真是活不下去了。多亏矿上发了救济粮，吉生又能上班挣钱，俺的病也好了，现在真没什么困难了！"然后又以玩笑的口吻道，"要说困难嘛，就是俺家吉生都快三十岁了，还没有成家，要是他娶上媳妇，俺就心满意足了，哈哈！不好意思，说玩笑话了！"

朱奇山笑道："不是玩笑话，是您老的心愿。俺和特派员祝你心愿成真！"

杜菊道："大叔，过年了，年货都办齐了吗？"未等老人回话，门外传来一个中年工人的声音："谢谢领导关心，都办齐了，吃的、穿的、鞭炮、对联什么都不缺了！"答话的是姜吉生，他下班回家，刚进院，听到杜菊的问话，即爽快地回应道。

杜菊见姜吉生身体健壮，性格开朗，精神焕发，同过去判若两人。想到刚才老人的心愿，便用玩笑的口吻道："嗯哪，听吉生说话的口气，好像真的什么也不缺了！不过，依我看，还真不见得呢！"

姜吉生不知杜菊话中的含义，便也用玩笑的口吻回应道："怎么，俺说什么也不缺了，特派员还不相信？"

杜菊略显神秘地笑道："怎么，难道你真的觉得什么都不缺了吗？依我看，你还得好好想想！"

姜吉生摸摸头，有点儿迷糊的样子道："是啊，俺真的什么也不缺了呀！"转身看看父亲，忽然灵机一动，猜到了杜菊的用意，没想到连自己的私事特派员都挂在了心上，顿时心生感激，脸色微红地答道："特派员，俺知道你的用意了，不过俺不好意思说！"

朱奇山道："你这后生，有什么不好意思说的？常言说，男大当婚女大当嫁，你都快三十岁了，不就是缺个媳妇嘛！努努力，把这个缺补上！"

老人见矿上两个最大的干部像朋友一样跟自家唠家常，也实话实说道："特派员和你朱叔说得对，咱家是什么也不缺了，就缺你娶个媳妇了！"

朱奇山拿出慰问金，半正经半开玩笑道："这是工会给你家的慰问金，是给你爸治病的补助，可不是娶媳妇的钱。"

离开姜家，两人又到于家走访。秋天，于家一个十多岁的孩子被牛角挑破了肚皮，伤势很重，矿医院治不了，杜菊联系省城铁路医院做手术，救下了孩子的命。出院回矿后，两人到于家看望了孩子伤势恢复的情况，见孩子经过治疗，已经完全康复，才放心地离开。眼看要过年了，两人又到于家看望，送去了慰问金，于家老少千恩万谢，说了不少真诚感谢的话。杜菊和朱奇山及各组的走访，把温暖送到了冠山矿职工家属的心里，这是冠山煤矿建矿以来从未有过的事情，这一举动，让冠山矿职工家属看到了共产党对人民群众的真诚关怀，也让共产党在冠山煤矿工人和家属中扎下了深深的根基。

由于东北战局处于大决战的前夜，前方后方都在积极备战，春节期间，矿区不放假。为了让矿工过个祥和喜庆的新年，除了由后勤部门和消费合作社为职工和家属采购粮油肉蛋等各种年货、矿和工会领导走访慰问外，对住在工人村的单身工人也做了周密的安排。原来专供汉奸把头和高级职员用餐的食堂已改扩建为职工中心食堂，供一井、二井矿工、机关及地面厂点就餐，三井和六井距矿中心较远，也分别修建了伙房，方便单身矿工就餐。从除夕夜晚到大年初一，食堂都精心准备了菜肴、烟酒和饺子。

矿和工会领导还到各食堂给工人敬酒敬烟，并由矿业余剧团演节目助兴。按照分工，杜菊和朱奇山在中心食堂，赵铁柱和张大山、张大闯和孟吉庆分别到三井和六井食堂同工人一起过节。除夕之夜，中心工人食堂灯火通明，亮如白昼。食堂门口贴着对联，上联是"改天换地当家做主翻身不忘共产党恩"，下联是"超产支前迎接解放幸福全靠奋斗而来"，横批是"欢度春节"。工人升井洗澡后，全都换上了过节的新衣服，个个都满脸喜色，说说笑笑坐在餐桌前，有的嗑瓜子，有的吃喜糖，还有的抽着香烟。

杜菊和朱奇山进入食堂后，工人们自动起立，鼓掌欢迎。两人满脸笑容，挥挥手请大家坐下后，朱奇山高声道："工友们，大家过年好！今天是除夕之夜，特派员和俺代表矿和工会对同志们表示节日祝贺，和大家一起过大年！"

　　工友们又一次热烈鼓掌，并七嘴八舌地喊道："好哇，好哇！""欢迎领导和我们一起过年！"等大家安静下来以后，朱奇山补充道："工友们，本来赵矿长和各位矿领导也要来的，但考虑到还有其他井口的工友们，就进行分工，到三井和六井同工友们一起过节了，他们让俺和特派员代表他们向大家问好，给大家拜早年！"话音刚落，大厅里又响起热烈的掌声。

　　工友们小声议论道："共产党教育的干部好哇，想得周到哇！""听说今晚菜肴丰盛，有肉有酒，饺子管够！""这么多人在一起吃大餐，过大年，咱们可是大姑娘上轿——头一回呀！""新旧社会两重天哪，'苟步力'当家那阵，逢年过节，当官的花天酒地，谁管咱工人的死活哇！"正议论间，食堂服务员已为各桌端上了酒菜。

　　朱奇山大声宣布道："工友们，大家安静，欢迎特派员致春节贺词！"

　　掌声过后，杜菊从容道："工友们，大家过年好！去年9月，党组织派我和赵铁柱同志接管冠山矿以来，在工矿处领导和工友们的支持帮助下，斗倒了以苟步力和刘因乐为头子的汉奸把头，粉碎了毕士仁顽匪的多次骚扰，成立了工会，工友们翻身做了主人。大家以矿山主人翁的高度责任感，克服困难，忘我劳动，很快恢复了生产。开展立功竞赛活动以来，咱矿煤炭产量日新月异，有力地支援了前线，为民主联军决胜仗出了力，多次受到上级领导的表彰。在此，我代表冠山矿对工友们表示真诚的感谢！对立功的工友表示祝贺和崇高敬意！"她向大家敬了一个标准的军礼，赢得了工友们经久不息的热烈掌声，她接着道，"除夕之夜，我再给大家报告个好消息，继5月份夏季攻势之后，12月，民主联军又发起了冬季攻势，打破了蒋介石'固点、连线、扩面'的企图，已把国民党军围困在沈阳、长春、锦州三个孤立城市，东北解放区已连成一片，国民党军已陷入孤立无援的境地，距离灭亡的日子也不远了！"振奋人心的消息，让工友们兴奋不已，掌声雷动。杜菊举起酒杯道："我提议，大家举杯，为共产党毛主席、为前方战士、为我们的翻身解放、为祥和喜庆的春节干杯！"众人齐声高喊"干杯"。

　　致辞干杯之后，朱奇山宣布道："工友们，欢迎矿业余剧团表演节目，为节日助兴！"

　　在热烈的掌声和欢笑声之后，报幕员小鲁以甜润的嗓音道："第一个节目，歌曲《解放区的天》，表演者刘彩衣！"在热烈的掌声中，刘彩衣大大方方地给大家鞠了一躬，然后展开歌喉唱道："解放区的天是明朗的天，解放区的人民好喜欢,民主政府真正好呀……"接着,苏小柱表演了山东快书《武松打虎》,孟福花和杜天赐表演了二人转《废铁变成金不换》……

　　节目刚接近尾声,金不换穿着崭新的黑色中山装走进食堂,伸着脖子四处踅摸,张铁林眼尖,看见金不换像是找人的样子,便压低嗓音喊道:"不换,你找谁?"这一喊,众人的注意力一下子集中到金不换身上,有个工友开玩笑道:"说曹操曹操就到,大家看,小金这一身穿戴,可真成了金不换了!"

　　金不换有些不好意思道:"怎么,羡慕哇,回去让你媳妇给做一身哪!"

　　对方也笑着回应道:"俺哪有你那样的好运气呀,捡了那么一个好媳妇,俺还是光棍一条呢!"

　　金不换笑道:"怎么能说是捡的呢,那是俺立功竞赛赢来的,有本事你也赢一个!"

　　旁边一个工友插话道:"瞧,小金子现在说话多有底气!"又对和金不换说话的工友道:"小姜,你也学学人家小金,好好干,立个大功赢个媳妇!"一句话,逗得大家笑起来。

　　张铁林连忙制止道:"各位,都别笑,看演出!"

　　郝小秋知道金不换是来找自己的,便挤过来小声道:"姐夫,你怎么来了?"

　　金不换也小声道:"妈想你,让你回家过年!妈做了一桌子好菜,咱哥儿俩也痛痛快快喝两杯!"边说边拽着郝小秋离开了食堂。

　　最后一个节目是大合唱,业余剧团的演员和工人一起唱《共产党好》。从除夕到初一下午四点,矿和工会领导分别同三个班升井的工人一起度过了欢乐的春节。

## 二

　　春节过后,杜菊和朱奇山商量办工人夜校和职工子弟学校的事。

　　杜菊道:"咱们的工人夜校有扫盲和煤矿知识两个班,分别以工人中的文盲和技术工人为教育对象,通过学习,可以提高工人的文化和科技水平,如果再办个政治理论班,提高工人的革命理论水平,肯定能够提高冠山矿职工的思想觉悟和业务素质,把立功竞赛生产支前活动推向更高的水平。"

　　朱奇山道:"俺看这个任务就交给工会宣教部具体落实,理论班的教员就让从东北工人学校毕业的继忠、铁林和小柱兼任,你和铁柱也上讲堂,你看这样行不行?"

　　杜菊道:"嗯哪,就这么办!"她转换话题道,"奇山叔,工人夜校这样安排就可以了,还有矿工子弟教育,你给俺说说这方面的情况吧!"

朱奇山道："从工会负责宣教工作的同志汇报的情况看，不太乐观。目前冠山矿有三千多工人，大约有两千人家在外地，子女入学都在自己的家乡。带家属的职工有一千人左右，适龄儿童有七百人，现在冠山矿只有一所小学，一百五十名学生，因为教室不够，各年级学生混在一起上课，学校叫什么复式班。教师不仅数量不足，有的思想和文化水平也不太高。就这样，还有四百多孩子上不了学呢！"

杜菊焦急道："这样可不行！现在是共产党领导下的煤矿，不能让矿工的孩子上不了学，等打败国民党反动派，建立了新中国，国家需要大批有觉悟有文化的人才搞建设，现在的适龄儿童将是建设新中国的接班人、主力军，现在不想办法让孩子们上学，将来后悔都来不及呀！"

朱奇山道："嗯哪！可是，现在是战争时期，咱们冠山矿支前的任务很重，顾不上学校的事啊！"

杜菊道："困难是不少，但是，再困难也不能耽误孩子们上学。我看这样，咱们找铁柱商量商量，无论如何也不能让孩子们失学！"

朱奇山道："嗯哪！这几天，俺也一直在琢磨这件事。咱们矿片大，居住分散，如果只有现在这一所小学，一是容不下那么多学生，二是有的孩子距离学校太远，上学也不方便，咱们是不是可以考虑再建一两所学校！"

杜菊道："嗯哪，咱俩想到一起了。依我看，现在的矿小学办学时间长，有一定的办学经验，可以把它升格为中心小学，然后再根据居住情况办两所分校，政治、人事、经费由工会宣教部负责，中心校负责业务指导！"

朱奇山道："这样当然好，只是校舍、教师、课桌、课凳、教学设备怎么办？"

杜菊道："这方面的事，让铁柱想办法！没有教师，咱们可以从社会上招聘！"

朱奇山道："嗯哪，俺看也就得这么办！"

两人把商量的办法跟赵铁柱一说，他大力支持，并自我批评道："这一段，我只顾忙立功竞赛、超掘超产、支援前线的事了，对孩子们上学的事就有些忽视了。这是具有战略意义的大事，多亏你们两个想得周到。"

杜菊道："你先别表扬了，还是说说具体怎么办吧！"

赵铁柱道："我同意你们俩的意见，矿中心校位置不动，按居住地区，在东山区和西山区各建一所分校。校舍可以先把小鬼子烧毁的住房翻修一下，这事我安排后勤科去办，课桌、课凳和教学设备可让材料科和机械厂安排人负责，有些也可以通过职工家属义务劳动和捐赠支持，经费由矿上单独预算。整个筹建工作，就请你们两位代劳吧！"停了一会儿，他又补充道，"招聘教师，要注意质量，不仅要看文化，还要看政治立场和道德修养，两位要把好关！"

杜菊道："有矿长重视，事情就好办多了，我先替家长和孩子们谢谢你！"

赵铁柱道："我看不应当谢我，倒是应当先谢谢你们两位了。如果没有你们两位提醒，想得周到，那可要耽误大事了！"

赵铁柱是个很重视工作效率的人，在他的督促下，后勤科很快把东山和西山两个地区被鬼子烧毁的几栋住房进行了翻修，分别作为东西分校的教室，对教师办公室、宿舍也都做了妥善安排。材料科和机械厂合作做了一部分简易桌凳，又修理了鬼子、汉奸把头毁坏的办公桌椅供教师使用，职工家属还捐赠了部分用品。校舍门口，还用木板条围成大院，院门口分别挂出了"东山小学"和"西山小学"标志牌。靠领导重视和群策群力，两所分校很快建成，两所分校分别可容纳学生三百余人，矿中心校经过扩建，可增加一百多孩子上学，这样，三所小学可供八百多适龄儿童入学读书。

为把住招聘教师关，朱奇山让工会宣教科科长历振山贴出了招聘广告，提出了招聘条件和招聘程序。同时成立了由杜菊和朱奇山为正副组长、历振山、鲁俊文（中心校校长）、欧阳学（中心校老教师）为成员的五人招聘小组。经过审核登记表、履历和资格审查、笔试、面试和试讲等程序，选聘了二十位教师，确定了中心校和分校校长，一切准备就绪之后，在矿中心小学举行了隆重的开学典礼。

典礼那天，家长满面笑容地送自家孩子入学，新入学的儿童，穿着新衣，背着书包，个个面带喜色。开学典礼由中心小学校长鲁俊文主持，他宣布："冠山煤矿中心小学和东山小学、西山小学两所分校开学典礼现在开始！"话音刚落，会场上即鼓号齐鸣，欢声雷动。接着，朱奇山报告了中心小学和两所分校筹建的经过，并对付出辛勤劳动的职工和为学校献工捐助物资的家长表示衷心感谢；工会宣教科长历振山宣布了录用教师的名单和两所分校的校长，并提出了严格的要求。

最后，杜菊代表冠山矿领导讲话，她说："各位老师，同学们！现在前方正在打仗，矿上生产支前任务也很重。但是，我们还是克服困难，修缮了校舍，制作了课桌板凳和教学用具，让适龄儿童有了入学读书的机会。为什么呢？因为孩子是祖国的未来，革命事业的接班人，不能让我们矿工的孩子没有文化。希望老师门要有高度的责任感和光荣感做好本职工作。孩子们要珍惜这个难得的机会，刻苦学习，让自己成为德、智、体、美全面发展的新人，立志为祖国的繁荣富强做贡献！"

杜菊的讲话赢得了教师、学生和家长的热烈掌声。众人七嘴八舌议论道："特派员讲得多实在呀，现在前方在打仗，她还想着孩子们念书的事，不容易呀！""共产党好啊，大人和孩子的事都关心，真是好当家人哪！"

## 三

时间过得很快,不知不觉已进入夏末初秋,矿上传来两个好消息。一是矿区成立了边城矿务局和中共边城矿务局委员会,所属各矿的党组织大都升格为分党委和党总支;二是东北野战军发起了辽沈战役,东北全境解放的日子已为期不远。

为了补充兵源,支援前线,根据边城矿务局党委的指示,边城矿区掀起了年轻矿工参军的热潮,杜龙彪刚满十八岁的儿子杜天赐也报名当了兵,杜龙彪被任命为团长,带领冠山矿和梨平镇各村屯的子弟兵乘火车开赴前线。

途中,杜龙彪和天赐正兴奋地谈论着解放战争飞速发展的形势,突然听到赵煤山气喘吁吁地喊道:"姑父、哥,俺可算找到你们了!"

杜龙彪先是一愣,然后惊愕地问道:"煤山,你怎么跑到火车上来了,你爸和你妈知道吗?"

赵煤山满不在乎地回应道:"不知道,俺是偷着爬上火车的!"

杜龙彪生气地喝道:"胡闹,姑父是到前方打仗,你瞎掺和什么?!"

赵煤山理直气壮地道:"俺知道姑父是带队伍去打反动派,所以才跟着来了,怎么是瞎掺和?"

杜龙彪哭笑不得解释道:"打反动派是大人的事,你还不够参军的年龄,别瞎掺和!"

赵煤山道:"姑父,你不是说八路军里也有红小鬼吗,俺也到部队当个红小鬼不行吗?"

杜天赐以大人的口吻插话道:"煤山,打仗可不是闹着玩儿的,枪炮不长眼,会死人的,你年纪还小,别逞能!"

赵煤山不满道:"俺知道打仗会死人,危险!可是,俺不怕死,俺要参军打仗,为俺爷爷奶奶报仇!再说了,差不到一岁俺就十八了,也跟你一样是大人了!你能参军,俺为什么不能参军,不信咱俩比试比试,看谁厉害!"边说边撸胳膊挽袖子,做出要打的架势。

看到赵煤山倔强的样子,杜龙彪又喜欢又好笑,他装作生气的样子道:"别在这里逞能了,没人跟你比!火车到哈尔滨以后,姑父把你送到办事处,打电话让你爸你妈接你回去。"

赵煤山坚决地说:"俺不回去,俺要参军打仗,为爷爷奶奶报仇!"

杜龙彪不耐烦道:"俺的小祖宗,你就别添乱了!你爸和你妈要是知道你偷着上了火车,还不得急疯了?"

杜龙彪说得没错,此时,赵铁柱和杜菊两口子、张家、朱家、武家大人孩子也忙着寻找赵煤山的下落,忙活了大半天,也没有看到他的踪影,众人着急上火，互相猜测着他的去向，杜菊着急道："这小祖宗，能上哪儿去呢？"

赵铁柱道："煤山跟俺说，他要报名参军，打反动派，为爷爷奶奶报仇。因为年龄不够，没让去，他不听，就偷着去报名，部队不同意，他还跟人家吵闹，说自己够十八了，非参军不可。俺猜想，他是不是偷着上了火车？"

朱继忠道："铁柱哥这么说，俺明白了，煤山八成是偷着上了火车，跟着部队走了！"

杜菊跺脚道："别看他个子不矮，实际年龄还不到十七，真不能让他参军到前方打仗！他这么闹，不是给部队添麻烦吗？这孩子，太不听话了！真叫人着急！"

张铁林道："俺也同意铁柱哥和继忠的分析。再说了，现在咱边城一带社会秩序稳定，他一个十六七的大活人，就是没上火车也不会有什么大问题的。他如果真的上了火车，龙彪哥会知道的，等到了哈尔滨，下了火车，他会打电话告诉咱们。依俺看，还是等等哈尔滨的消息再说吧！"

朱奇山觉得张铁林说得有理，便对众人安慰道："就按铁林说的办吧，大家先回去休息，俺守着电话，等有了消息再告诉大家！"

第二天上午，朱奇山接到杜龙彪的电话，说煤山偷着上了火车，跟部队一起到了哈尔滨。龙彪本想安排人把他送回来，他要死要活的，就是不干。还讲歪理说，天赐能当兵是因为他爸是团长，不让他当兵是不想让他给爷爷奶奶报仇，没良心，偏心眼儿，又哭又闹，部队走哪儿他跟到哪儿，说啥也不回冠山矿！龙彪没办法，请示上级同意，暂时把他留在了部队上。

朱奇山把这个消息告诉了铁柱夫妇和各位亲友。

赵铁柱道："铁林猜得不错，这小崽子太有主意了！"

杜菊不好意思道："这孩子，净给大家惹麻烦！"

快过年的时候，张大闯回到家，杜梅递给他一封信兴奋道："大闯，天赐来信了，你看看！"

张大闯接过信小声念道："姑爷爷、姑奶奶好！俺和父亲离开冠山矿以后，被编入铁路纵队，负责护路和装运军用物资，保证铁路畅通。告诉姑爷爷和姑奶奶一个喜讯，辽沈战役胜利结束了，咱们消灭了五十万国民党军，还抓了范汉杰、廖耀湘等不少大官。伪满洲国'首都'长春的两个大官，一个起义，一个投诚，东北全境解放了。现在俺和父亲正同部队一起休整，听说下一步还有大动作，这是军事秘密，俺不能说，姑爷爷姑奶奶就等着听胜利的喜讯吧！另外，煤山弟弟在部队当通信员，请不要挂念！祝大人身体健康！"

张大闯激动得在屋里走来走去，边走边对杜梅道："好哇！东北打下来了，全国解放也就不远了！天赐说得好哇，以后一定会喜讯不断的！"

夫妻俩正欢喜间，外面响起了锣鼓和唢呐声，并听到有人高喊："闯爷、梅奶，立功喜报，立功喜报！"

张大闯夫妻俩从屋里走出来问道："谁的立功喜报？"

矿党委副书记孟吉庆道："还能有谁，龙彪父子俩的嘛！"

杜梅道："天赐来信了，只说解放军打了大胜仗，别的没说哇！"

孟吉庆道："这孩子，还怪谦虚呢，自己立了功都不告诉家里人！"

张大闯道："立了什么功，你告诉俺嘛！"

孟吉庆道："龙彪带队巡逻，发现国民党特务在铁路隧道口埋炸药，企图炸毁隧道，阻断运输，龙彪组织护路队对敌特射击，一列火车正向隧道口行驶过来，天赐奋不顾身冒着敌特的枪弹抢在火车到来前剪断了炸药引线，保住了隧道和军车，消灭了搞破坏的特务。为此，铁纵司令部决定给龙彪带领的护路队立集体功，给龙彪父子个人分别立了二等功，发了嘉奖令，还通知冠山矿要给家里送喜报！俺这是代表部队和冠山矿给你家送喜报来了！"边说边对工人郝小秋道，"小秋，把那个喜报牌挂在大闯哥家门口吧！"

"好！"郝小秋边答应边招呼工友一起把喜报牌挂在了大闯家的门楣上，掌声和锣鼓声同时响起。

转眼又到年关，这是东北全境解放后的第一个春节，矿党政工领导特别重视，除了对节日安全生产、物资供应、娱乐活动做了精心安排外，还分别走访慰问了军烈属、劳动模范和特困户，把党和政府的温暖送到了千家万户。除夕之夜，密集的鞭炮声、孩子们的欢笑声、男女老少互相祝福声、高亢的唢呐声和咚咚的锣鼓声汇聚在一起，大伙儿扭秧歌、踩高跷、舞狮子，表达全矿职工家属对东北解放、前方打胜仗的欢心和翻身当家做主的喜悦。一线工人更是用夺高产、创纪录、争立功的行动表达对共产党的热爱之情。

春节过后，北平和平解放、淮海战役胜利的喜讯传遍了冠山矿。5月份，朱奇山夫妇收到了铁柱两口子转来的赵煤山的来信，先是报喜，说4月21日，解放军占领了南京国民党总统府，蒋家王朝就要完蛋了。随后是报忧，信中写道："在渡江战役中，龙彪姑父所部乘机帆船率先登陆后，蒋军暗堡吐着火舌，阻挡着部队前进的道路，爆破组先后壮烈牺牲，龙彪姑父急红了眼，为迅速打开通道，便亲自带爆破组战士炸暗堡，爆破组战士又全部牺牲，龙彪姑父也受了伤，但他奋不顾身爬到暗堡跟前，将爆破筒塞进了暗堡，敌人又将爆破筒推出，姑父立刻将爆破筒重新塞进暗堡，为了不让敌人将爆破筒推出，他用自己受伤的身体紧紧顶着爆破筒，一声巨响，暗堡被炸毁，姑父壮烈牺牲！部队高喊着为姑父报仇的口号冲向了敌人的阵地！姑父牺牲的情况，天赐哥可能已写信告诉了闯姑爷爷和梅姑奶奶！"

朱奇山心里一阵剧痛，眼前发黑，差点儿摔倒，连喜急忙扶住道："奇山，你这是怎么了？"

朱奇山悲痛地摇摇头小声道:"龙彪牺牲了!"

连喜惊讶道:"啊!怎么会这样?"

朱奇山叹口气道:"这父子俩,一个牺牲在抗战中,一个又牺牲在解放战争的战场上,俺心痛啊!"停了一会儿,他低声道,"辽沈战役中,他们父子俩立了二等功,没想到才几个月,龙彪就牺牲了!俺估计梅子两口子也该知道了,咱俩去看看他们吧!"

连喜点头答应道:"嗯哪,你不用休息一会儿?"

朱奇山摇摇头道:"不用了!"于是,两个人直奔大闯家,也没有敲门,直接进了屋,见杜梅正在哭泣,大闯眼含泪水,铁林扶着父亲,有婧扶着婆婆,都沉默不语。看见朱奇山夫妇进来,杜梅哇的一声哭起来,连喜急忙掏出手绢为她擦泪,同时安慰道:"梅子,你别哭!"她劝杜梅别哭,自己却止不住眼泪哗哗流下来。

朱奇山强忍悲痛劝道:"龙彪走了,你俩也别太伤心了!龙彪的牺牲是有价值的,他用自己的生命避免了那么多战友的牺牲,咱们应当为他骄傲!"

张铁林也劝说道:"爸、妈,奇山大爷说得对,龙彪哥是好样的,是俺的榜样,是咱冠山矿的光荣!"

"铁林说得好!"闻讯赶到张家的朱继忠道,"现在战局发展很快,中国大片土地都解放了,国民党反动派快完蛋了,咱们要化悲痛为力量,用实际行动完成龙彪哥的遗愿!"

杜梅抽泣道:"这个道理俺懂,俺就是心里难过,直想哭!"

"龙彪牺牲了,俺也难过!不过,现在还不是咱们难过的时候,咱们要像继忠说的那样,用实际行动告慰龙彪的英灵!"得知龙彪牺牲的消息,赵铁柱夫妇也立刻赶到了张家,见杜梅悲痛的样子,便像继忠一样劝慰和鼓励她。杜菊见杜梅哭得伤心,一边帮她擦眼泪,一边安慰,并问询道:"姑,天赐没说龙彪的后事怎么处理吗?"

杜梅止住泪道:"天赐信里说,龙彪的尸体就地安葬了,他准备在战争结束后再把他爸的骨灰运回来安葬!"

杜菊道:"现在战争正在紧张地推进,也只能暂时这样处理了!"

7月,杜天赐带着父亲的骨灰回到了冠山矿。冠山矿给杜龙彪举行了隆重的葬礼。

矿办公楼门前的广场上搭起了白布灵棚,灵棚顶部白底黑字横标是"杜龙彪烈士永垂不朽",两边竖标上、下幅分别是"烈士鲜血挥洒疆场用生命换来新中国挺立世界之林"和"英灵常在鼓舞后人继承遗志建设新矿山贡献工业之粮",灵棚中央悬挂着杜龙彪烈士的遗像,灵棚内放着用红布覆盖的杜龙彪的骨灰盒。旁边站着朱继忠夫妇、张铁林夫妇、武有田夫妇、杜天赐夫妇等亲朋好友。参加安葬仪式的有冠山矿职工和家属代表。

在庄严肃穆的哀乐声中，矿党委书记杜菊宣布："杜龙彪烈士安葬仪式开始！首先向杜龙彪烈士默哀！"台上台下参加葬礼的各界代表包括围观的群众都自动脱帽低头默哀。默哀毕，杜菊道："请矿长赵铁柱同志致悼词！"

赵铁柱恭恭敬敬地向杜龙彪遗像深深一躬，然后对台上台下群众首先介绍了杜龙彪的生平、英雄事迹和壮烈牺牲经过。最后激动地说："新中国是在中国共产党领导下成千上万烈士用鲜血换来的，杜龙彪夫妇只是众多烈士中的一员。我们今天举行杜龙彪烈士的安葬仪式，介绍他们的英雄事迹，就是要牢记烈士的丰功伟绩，继承烈士的遗志，为保卫新中国，建设新中国，让人民过上更加幸福和安宁的日子，前赴后继，英勇奋斗，贡献力量。杜龙彪烈士永垂不朽！"

赵铁柱致悼词后，职工和家属代表发言，一致表示要以烈士为榜样，做好岗位工作，用行动表示对烈士的尊重和悼念。最后是学生代表发言，学生代表说要努力学习，时刻准备着，当好接班人，做新中国的保卫者和建设者！

发言结束后，杜菊宣布进行烈士遗体安葬。杜天赐捧着父亲的骨灰盒，后面跟着杜龙彪的亲属及生前友好。赵铁柱和杜菊夫妇和矿党政领导都亲自到墓地参加安葬。

大家一起动手，在赵晨烈士墓旁边埋下了杜龙彪的骨灰盒，竖立起石碑，然后逐步离开。朱继忠、张铁林、武有田、苏小柱陪着眼泪汪汪的杜天赐跪在墓前，为烈士夫妇献供品、烧纸、祭奠。

铁柱夫妇陪着朱奇山、张大闯、武敬岳，提着酒壶，拿着酒杯、香纸和供品，走到父亲和母亲坟前，摆上供品，点燃香纸，跪在墓前，低声诉说道："爸、妈，儿子和小菊陪三位叔叔来看你了！"

朱奇山含泪道："连荣哥、山红嫂子，大恩人，大功臣，俺哥儿仨想你们哪！新中国快要诞生了，苦难的日子熬过去了，幸福的光景来临了，可你俩却长眠地下，再也不能跟俺们在一起了！"他泣不成声，说不下去了。

张大闯将酒倒入杯中，哭着道："哥、嫂子，大闯给你们敬酒了，这是喜庆的酒，可俺笑不起来，俺只想哭，只想哭哇！因为俺再也看不到恩重如山的好哥哥和好嫂子了！"边说边眼泪汪汪地把杯中酒倒在墓前。

武敬岳则怀着复杂的心情，一直趴在地上痛哭不止。此时，继忠、铁林和有田也走过来，一起跪在墓前。

铁柱夫妇见三位叔叔悲痛的样子，含泪劝慰道："叔叔们对俺爸妈的情意，老人家地下有知也会很欣慰的，叔叔年纪大了，还要节哀，保重身体！"边说边将朱奇山等扶起。

朱奇山道："铁柱、菊子，你俩留下，再陪陪你爸和你妈，说说知心话，俺哥儿仨和天赐他们小弟兄几个再去看看杜勇哥！"边说边招呼天赐和几个子侄辈到杜勇墓前祭拜。

朱奇山哥儿仨跟杜勇的感情同连荣一样，在杜勇墓前，摆供品，点香烧纸，敬酒，怀念之情，自不必说。

朱奇山等人离开之后，铁柱以极其悲痛的心情道："爸、妈，日本鬼子被赶走了，蒋介石反动政府被推翻了，新中国快要成立了，冠山矿也回到了人民手中。革命胜利了，你生前的理想实现了！妈用生命保护的孙子也长大了，现在已是解放军战士了！"

旁边跪着烧纸的杜菊也是眼泪汪汪，铁柱将壶中酒倒入杯中，继续道："爸、妈，你俩虽然长眠地下了，但听到胜利的喜讯一定也会激动和兴奋的，儿子把这喜庆的酒献给你们，你们以酒庆贺吧！"边说边将杯中酒倒在墓前。

1949年9月，边城地区传来了新中国即将成立的喜讯，边城矿务局党委号召全局职工开展向开国大典献礼的生产竞赛活动。冠山矿男女老少笑逐颜开，各井区你追我赶，争先恐后，煤炭产量、掘进进尺都创造了前所未有的纪录；机关、学校、医院、地面生产辅助单位以多种形式向开国大典献礼，全矿一片欢腾。

10月1日，家家门前挂上了自做的五星红旗，晚间，还挂上了红灯笼。矿工会在矿办公楼前的广场上举行了庆祝晚会，职工和家属像过年似的，穿着新衣，带着孩子，笑容满面参加庆祝活动。朱继忠、张铁林、武有田、苏小柱一帮年轻人放着鞭炮，敲着锣鼓，赵铁柱夫妇和朱奇山、张大闯也兴高采烈地跟秧歌队的男女老少一起扭着秧歌，腰鼓队、舞狮队尽情地表演着，表达着欢乐和自豪的心情；露天舞台上，矿业余剧团表演的节目，赢得了观众的阵阵掌声。那是一个狂欢之夜，也是冠山矿建矿以来最扬眉吐气的时候。

## 四

开国大典以后，朱奇山感慨地对张大闯道："大闯，你看铁林和继忠这些后生，再看看咱俩，有什么感想？"

张大闯感叹道："大哥，岁月不饶人哪！继忠、铁林和有田这三个孩子，都过而立之年了，咱哥儿仨能不老？"

朱奇山道："兄弟，俺有个想法，咱俩现在都六十多岁了，按照新规定，煤矿工人五十五岁就到了退休的年纪，俺想现在就退下来，让年轻人挑重担受锻炼！"

张大闯道："大哥的心思俺明白，俺也同意。可是，让不让咱退下来，谁来接替咱们，应该由组织决定，俺看还是征求一下组织上的意见吧！"

朱奇山道："俺也是这个意思，走，咱俩先找杜菊和铁柱说说，看他俩什么意思！"于是，两人便找到铁柱和杜菊，说出了自己的想法。

赵铁柱道："你俩是冠山矿的老人儿，情况熟，斗争经验丰富，在群众中有威信，身体也可以，怎么就想不干了呢？"

朱奇山道："铁柱，你误解了，不是俺俩不想干了，俺是想让年轻人早点儿挑担子，受锻炼，俺们在旁边帮着点儿，这样老少结合，对冠山矿的工作有利！"

张大闯插话道："铁柱，现在的形势发展很快，俺看离全国解放的日子也不会太远了！叔说句不中听的话，像你和菊子这样从延安来的有领导经验的干部，上级也不可能让你俩长期留在冠山矿，俺和你奇山叔觉得趁你和菊子现在还在冠山矿掌舵，把年轻人扶上来，让他们挑重担，受锻炼，万一哪天上级让你和菊子高就，离开冠山矿，你俩走得也就放心了！"

赵铁柱没有吱声，杜菊半开玩笑道："什么高就不高就的，是不是俺和铁柱工作上有什么毛病，让两位长辈不高兴了，想让俺俩早点儿离开冠山矿呢？"

朱奇山知道杜菊在开玩笑，便也用玩笑的口吻回应道："俺俩恨不能让你俩一辈子都留在冠山矿呢！如果你俩能一辈子在冠山矿工作，那是冠山矿男女老少的福分，哪舍得让你们离开呢！可是，官身不由己，是去是留俺俩说了不算，你俩也说了不算，得听组织安排！至于说工作上有让俺俩不高兴什么的，那不是胡扯吗？"

杜菊收起笑容叹口气道："冠山矿是俺和铁柱的家，为冠山矿父老乡亲服务是俺和铁柱的心愿，如果能够一辈子留在冠山矿，俺俩求之不得。可是，正如大叔所说，俺和铁柱都是共产党的干部，不能由着自己的性子，得听党的安排！"她看了一下铁柱继续道，"俺觉得两位叔叔的建议有道理，有远见，俺想先开一次党委会，听听大家的意见，然后再向矿务局领导汇报，按局党委的指示办！"

赵铁柱道："嗯哪，俺同意！"

朱奇山和张大闯道："嗯哪，俺也同意，这样更稳妥！"

杜菊主持党委会，让朱奇山和张大闯向党委汇报了自己的建议，委员们表示了各自的意见。多数委员认为，朱奇山和张大闯的建议，是出于公心，很有远见，对冠山矿工作有利，同意向矿务局党委反映，按上级指示办。

杜菊和赵铁柱把党委会的意见向矿务局党委会汇报后，矿务局党委十分赞同。

杜菊和赵铁柱根据局党委领导的指示，责成党委副书记孟吉庆和组织部进行人员考察，提出候选人名单，再经党委会讨论通过后，召开党员代表大会，选举矿党委新领导班子。然后召开职工代表大会，选举产生矿行政领导班子。

在矿党员代表大会上公布候选人名单进入选举程序前，杜菊代表矿党委对提出候选人的原则和条件作了说明，她说："同志们，这次换届选举新领导班子，目的是要让那些德才兼备、年富力强、有群众基础的优秀年轻党员担任党委领导，让冠山矿的工作更上一层楼。根据矿务局党委的指示，工作团和年龄偏高的老干部就不再列入候选人名单，这些老同志让贤，是高风亮节，出于公心，具有远见，希望大家理解！"

党委副书记孟吉庆公布候选人名单后，在党员代表讨论中，朱奇山道："俺和大闯完全同意杜菊同志代表党委做出的说明，不过，朱继忠和张铁林是俺和大闯的儿子，不适合当候选人，应当更换！"

孟吉庆反对道："把继忠和铁林列入候选人名单，是组织部门反复征求党员和群众意见基础上确定的，不能因为跟你俩有父子关系就否决党员和群众的意见。再说，他们两人很优秀，有能力，有威信，完全符合候选人的条件，不能更换！"

高兴旺道："俺听说古人还有'内举不避亲，外举不避仇'之说呢，咱们共产党更应该这样，所以俺也不同意奇山和大闯两位同志的意见！"与会的党员也纷纷发言，提出了同孟吉庆和高兴旺一样的看法。

杜菊道："奇山和大闯的想法可以理解，但咱们还得按多数同志的意见办！"

于是，按照程序，投票选举产生了新一届党委会成员，新一届全委会选举朱继忠为党委书记，张铁林、孟吉庆为党委副书记。

矿职工代表大会上，杜菊对新一届行政领导班子候选人的产生作了说明，然后按程序选举张铁林为矿长，高兴旺、崔振山、林永春为副矿长，张大山为总工程师，苏小柱为工会会长。杜梅、连喜也分别辞去了矿妇联主任和家属科长的职务，孟福花担任了妇联主任，刘桂花当了家属科长。

杜菊和赵铁柱亲自组织党政新领导班子成员和朱奇山、张大闯两位老领导和老同志召开了新老交替座谈会。杜菊说："同志们，今天把新当选的党政领导和退下来的两位老领导召集到一起开个谈心会，不摆酒席，不搞仪式，也就是清茶一杯，瓜子一把，做个引子，请各位谈谈感想，表表态！老将新兵互相鼓励，团结奋斗，让冠山矿的工作更上一层楼！"

朱奇山端起茶杯，喝一口茶水道："俺先谈点儿感想，说几句心里话。清朝末年，俺从山东老家闯关东到边城，由破产农民到当垦民，再到当煤矿工人，风风雨雨几十年，经历了清政府的腐败和军阀混战，受够了汉奸把头的剥削和压迫，还坐过日本鬼子的牢房，受过非人的折磨，要不是共产党接管了冠山矿，领导矿工斗倒了汉奸把头，搞民主改革，让工人当家做主，哪有今天这样扬眉吐气的日子啊！"

众人点点头道："嗯哪，共产党、毛主席是咱们煤矿工人的救星啊！"

"几十年的坎坷经历，俺悟出了一个道理，"他接着道，"没有共产党就没有新中国，只有共产党才能救中国。政权只有掌握在真正的共产党人手里，穷苦老百姓才能过上好日子。希望冠山矿新党政班子能记住俺今天说的话，牢记党的恩情，永远听党话，跟党走，多出煤，支援前线，为全国完全解放做贡献！"

孟吉庆点点头，很有感触地插话道："奇山同志说的是大实话，俺一定牢记党恩，不忘初心！"

朱奇山继续道："在党的领导下，我们冠山矿回到了国家和人民的怀抱，我们这些煤黑子成了煤矿的主人，你们这届新领导班子不能辜负党和国家的期望、冠山矿老一辈和全体矿工的重托，努力工作，艰苦奋斗，让冠山矿一天比一天好、冠山人的日子一天比一天兴旺。我们将……"他瞅瞅杜菊笑道，"用文化人的一句话说叫什么来着，噢，叫拭目以待！当然，退下来以后，我们也不会闲着，也要尽力而为，做一些工作，回报党恩！"

张大闯道："过去，咱们都是十八层地狱最底层的煤黑子，受党的培养教育，工友们的信任，现在当了冠山矿的领导，地位高了，权力大了，但别忘了这个权力和地位是谁给的，不管在什么时候，都要牢记，我们手中的权力是党给的，冠山矿职工群众给的，是用来为党和国家，为职工群众谋利益的，想问题，干事情，一定要把党和国家的利益，矿工群众的利益放在第一位。当好为冠山矿职工群众的勤务员。"停了一会儿，他接着道，"俺觉得，一个人的心和他走的路是连着的，心正才能走正路。信仰是一个人的主心骨，信仰正确，路就走不偏。作为党的干部，要有坚定的信仰，走党指引的道路，像连荣和杜勇哥那样的烈士英雄那样为人处世，成为德高望重、群众拥护、领导力和号召力很强的领导核心、战斗堡垒！"

杜梅道："刚才奇山哥和大闯讲的话，俺都记在心里了。俺人虽然退下来了，但共产党员的责任心却不能放下，今后，俺要继续用共产党员的标准要求自己，把共产党的信仰当作自己的主心骨，尽一个共产党员的义务！"

苏小柱、崔振山、孟福花、刘桂花等也都表示要学习老领导老同志的高风亮节、优良传统，做好本职工作，不辜负党和老同志的希望。

大家发言后，朱继忠代表党政新领导班子道："老会长、老矿长和各位老同志说的话，都是肺腑之言，有深刻的警示，也有殷切的希望，情真意切，饱含了老领导老同志对我们党政新领导班子的嘱托和鼓励。俺新一届党政班子一定认真体会各位前辈的发言，牢记共产党的宗旨和使命，为矿工掌好权，服好务，让党放心，群众满意！同时，还要以共产党员的标准严格要求自己，坚定信仰，廉洁自律，一颗红心，永不变色！现在全国还没有完全解放，子弟兵还在前方英勇杀敌，俺们在后方一定要努力支前，继续组织好立功竞赛活动，多出煤炭，支援前线，让子弟兵打胜仗，消灭残余国民党军，解放全中国！希望老领导、老前辈，能够一如既往，做好对新班子的指导、帮助、监督，当好参谋、顾问！"

朱继忠的发言赢得了众人的热烈掌声。最后，赵铁柱做了总结讲话，他说："同志们，我今天对新领导班子就讲一句话：煤矿回到了人民手中，我们这些为人民掌权的人，心怎么想，路怎么走，要好好琢磨琢磨，怎样才不辜负党和人民的重托，为人民为矿工交上一份合格的答卷！"

冠山矿新老班子交替后不几天，赵铁柱和杜菊都调到边城矿务局任职，赵铁柱任副局长，负责抓煤炭生产，杜菊任党委副书记兼政治部主任，负责思想政治工作、党的建设和干部工作。两位的离去，冠山矿的干部职工既留恋，又欣慰。留恋的是，两位临危受命接管冠山煤矿以来，全心全意发动和依靠群众，同汉奸把头、国民党特务斗智斗勇，克服重重困难和阻力，夺回了对冠山煤矿的领导权，让煤矿工人当家做主，过上了翻身解放、扬眉吐气的日子，完成了恢复生产、支援前线的重任，是冠山矿难得的好领导，知心人。欣慰的是，两位担任了矿务局的主要领导，更有用武之地，不仅对冠山矿，对全边城矿务局的发展变化都将发挥重要作用。

临行，朱继忠、张铁林要张罗开一个像样的欢送会，两位严词制止道："冠山矿有今天，是共产党和全矿职工的功劳，俺们两个只不过是尽了共产党员应尽的责任，没有什么可感谢的！到矿务局任职是去挑重担，任务比冠山矿更艰巨，也没有必要祝贺！离任赴任是工作需要，组织安排，很正常。咱们都是共产党的干部，不能搞旧官场那套排场！俺俩什么时候走，不要告诉任何人，也不要送行！"

虽然如此，两位的行程安排还是不胫而走，离开冠山矿那天，除新老班子成员外，不少矿工和家属都拥向火车站，站台上下一片问候和祝福声，依依惜别的场面十分感人！

# 第 十 八 章

## 一

　　武超把阶级教育展览馆的材料交给了杜天赐，并要求道："杜部长，材料只记述了中共冠山路矿事务所党支部至新中国成立之间的情况，请部长指正！"杜天赐道："这就很难得了，新中国成立后到现在的情况，我另有安排，俺得让你俩归队了，不然煤山该有意见了！"

　　他看看材料中关于新老班子交替座谈会的记述后，语重心长地说道："你俩是新中国培养的大学生，很快就要到技术岗位工作了，心怎么想，路怎么走，要像赵副局长说的那样好好琢磨琢磨该怎么干了，俺希望看到你俩合格的答卷！"

　　两人同时表示道："杜叔放心，俺俩一定好好干，不让你和各位长辈失望！"

　　杜天赐道："不是不让俺失望，是不让党和冠山矿的前辈和职工失望！"

　　"嗯哪！"两人同时回应道。

　　矿务局干部处将武超和张扬都分配到冠山矿工作。根据赵煤山的意见，武超和张扬分别安排到二井和四井任见习技术员。两人生在煤矿，对矿工有感情，到工作岗位后，天天和工人一起劳作，虚心向主责技术员和老工人求教，很受工人好评，不到半年，两人去掉"见习"二字，正式挑起了井区技术员的担子。赵煤山喜得两位年轻同行，便经常在一起研究加快冠山矿高水平机械化进程的问题。他有些着急道："继忠和铁林接了老一辈的班，不辜负党和职工的期望，忘我工作，新开了三对斜井，年产量由新中国成立初的三十万吨增加到七十万吨，翻了一番。可是，就这样也跟不上煤炭发展的步伐呀！"

　　张扬道："我听说铁柱大爷担任边城矿务局局长后，建成了由我国自行设计、自行施工的第一对竖井，去年又建成了由我们边城矿务局自行设计施工的第一对竖井，到现在，我们边城矿务局已经由接管时的五座煤矿发展到十二座煤矿，产量翻了好几倍，1958年曾突破千万吨。这个发展速度，不简单哪！"

赵煤山道:"新中国成立初,采掘是手刨镐;后来用上了电风钻、炮采、截煤机,算是半机械化;现在用的是康拜因,虽然说是机械化,但还不是现代机械化,同发达国家相比还有不小差距,我们要加倍努力,实现现代高水平机械化,进入世界采掘机械化先进行列!"

张扬道:"目前发达国家采用综机设备,我们应当向矿务局领导建议引进国外综采和综掘设备,实现采掘综机化!"

武超道:"就现在咱们矿巷道布置和工作面的情况,引进综采设备也施展不开。实现采掘的综机化,必须改造现在的巷道和采场布置,为综机设备准备战场。俺觉得,这个问题是当务之急!"

赵煤山道:"武超这个问题提得好。5月,我随矿务局邵总到英国和德国考察,看到综合采煤机组实现了落、装、运、支、控全部机械化,单是一套综采设备就有两千多吨,就咱们现在的巷道和工作面根本无法摆布,必须考虑如何扩大井型,向大型化、层集化发展,才能使用综机,实现高水平机械化!"

张扬道:"是啊,就咱们冠山矿现在的井型和采场布局,根本无法使用综机,咱们可不可以建议矿务局投资建新井,按现代化大井型设计施工,为引进和使用综机设备创造条件!"

赵煤山道:"建设新井当然好,但成本太高,不符合多、快、好、省总路线精神。俺仔细算过,建设新井,不仅要算井筒、巷道的施工费用,还要算供电、通风、提升、运输系统等配套的费用,再加上办公、职工福利设施等,吨煤投资需千元左右,如果走老井改造之路,吨煤投资有二三百元即可,所以,咱们还是应该在老井改造上动脑筋。"

武超道:"俺同意赵哥的意见。不过,具体怎么搞,需要有准确的地质资料,还得有跟咱们有共识的矿井设计内行,这方面俺和张扬都不行,还得靠赵哥。"

赵煤山道:"这方面俺也不行,俺的意见是请大山爷出山,让他帮咱们。"

张扬道:"不过,大山爷年纪不小了,不知道他有没有这个心情和能力。"

赵煤山道:"看来你对大山爷还不太了解,年轻的时候,他有个外号叫'煤痴',对煤炭行业始终一往情深,人虽然退了,可心没有退,现在还天天在设计院帮忙,精神头可足呢!"

武超兴奋道:"好啊,听说大山爷在密炭的时候,曾偷着留有边城矿区的地质资料,他对冠山矿的地质情况肯定熟悉,有他老人家帮忙,那可再好不过了!"

于是,三人便结伴去拜访张大山。在设计院找到张大山以后,赵煤山道:"张老,俺们想对冠山矿的老井进行改造,扩大井型,搞层组大联合,为上综采创造条件,您老看可行吗?"

张大山一拍大腿道:"好哇,这是实现高水平机械化的必由之路,不仅能让冠山矿旧貌换新颜,对矿务局以至全国煤炭行业多快好省发展也有指导意义。年轻人,大胆干吧,俺支持,需要俺这个老头子干啥尽管说!"

赵煤山道:"张老,你是这方面的专家,冠山矿的地质结构、大小井的数量和分布情况都很清楚,你当俺哥儿仨的高参,咱们首先研究一个冠山矿小井群改造的方案如何?"

张大山道:"搞这个方案,涉及面很广,需要各部门配合,还需要矿党政领导的同意和局领导的支持,俺建议咱们先搞个可行性报告,报矿党委和行政研究,再根据矿党政领导的意见具体实施。"

赵煤山道:"张老想得周到,俺们就按你说的办!"

## 二

赵煤山和武超、张扬在张大山的指导下,起早贪黑,翻阅地质资料,实地考察,根据冠山矿竖井、斜井和小井分布情况及改造建议写出了《冠山矿老井改造可行性报告》,交给了矿党委书记朱继忠和矿长张铁林。两位主要领导非常支持,并及时召开党政联席会议研究通过,报矿务局批准后开始实施。

矿成立了老井改造领导小组,矿长张铁林任组长,赵煤山为副组长,成员有武超、张扬和有关技术人员,还特聘张大山为顾问,开始研究制定老井改造设计、施工方案。此后,赵煤山、武超、张扬等人全身心投入了老井改造工作。

在施工过程中,三个人每天都轮流盯在现场,和工人一起研究改造创新工艺,竖井施工,试用金属活动模板,创出了短板掘砌月进百米的全国纪录;和煤炭研究所合作,成功研制出树脂端部锚固锚杆,获全国科技大奖;还同矿工程技术人员和老工人一起对进采掘设备进行多项改进,猛虎掘进队创出半煤岩大巷月进千米的全国纪录,黑龙采煤队在薄煤层中使用土机组采煤,平均月产两万吨,创出了最高月产三点七万吨的全国同类采煤工作面的最高纪录。

由于干部、工程技术人员和工人同心协力,很快完成了冠山矿十多处小井集中进行改造工程,形成了一座竖井两对斜井的生产格局,设计能力由原来的七十万吨提高到一百二十万吨,实现了年产突破百万吨目标,为矿务局突破千万吨做出了贡献。冠山矿进入了省"大庆式企业"先进行列。中央新闻纪录电影制片厂在冠山矿拍摄了《老矿旧貌变新颜》纪录片。

随着改革的不断深入，冠山矿的领导体制由原来的党委领导下的局矿长负责制改为局矿长负责制，领导班子成员也作了调整，朱继忠调边城矿务局任党委副书记，张铁林任副局长，孟吉庆退休，郝小秋任冠山矿党委书记，赵煤山任矿长，武超任副矿长兼总工程师，张扬任机电副矿长。

　　经过一段实践，新领导体制的优越性逐步显现，赵煤山深有感触道："现在，党和国家的政策越来越有利于企业的快速发展了，领导体制改革后，党委从行政事务中解脱出来，可以集中精力抓党的建设和思想政治工作，发挥党的政治引领作用；局矿长可以专心致志抓生产经营，企业方面的事可以大胆独立决策。党政都围绕经济建设这个中心，各司其职，各负其责，对工作更有利了。咱们要把冠山矿的人才利用起来，把职工群众的积极性调动起来，同心协力，苦干实干加巧干，冠山矿一定能实现快速发展！"

　　张扬道："人心齐，泰山移，现冠山矿的干部职工人心思干，积极性很高，就看咱们如何引导了！煤山哥，你是矿长，就看你怎么决策了！"

　　赵煤山道："矿长有决策权，但不能独裁，生产经营中的大事，还得依靠大家集思广益，群策群力。你现在是副矿长了，不能单靠俺说了算，你只管干，你也得动脑筋参与决策！"

　　张大山道："煤山说得对，大事要多调查研究，综合多方面的意见。前一段矿上把十多处小井改造成一竖两斜，煤炭产量大幅度提高。如果在原有的基础上再进行改造，实现矿井的集中化、大型化，上综机，产量还会大幅度提高。"

　　赵煤山道："老井改造和上综采是相辅相成的，我们把这两项工作都抓好，可为全局开展老井改造和普及综采提供借鉴，这是一件值得咱们下功夫花气力的事！"

　　武超道："那咱们就双管齐下，一手抓一竖二斜的延伸工程，实现层组联合，让综采机组有用武之地。一手强化综采机组的技术人员和操作人员的培训，为在全局普及综采培养技术骨干！"

　　赵煤山道："那俺就说说具体分工。武超牵头，大山爷当顾问，负责研究一竖二斜改造延伸方案，报矿务局批准后尽快组织实施！张扬牵头，负责综机投产的各项准备工作。俺负责全矿的生产经营等全面工作和老井改造、综采投产等方面的协调。大家看行不行？"

　　众人道："嗯哪！"

三

　　冠山矿原有十对小井，根据武超原来提出的老井改造方案，经过两年多的努力，已形成一竖二斜的生产格局。目前竖井二水平已投产，两对斜井已进入三段生产的复杂环节。他和张大山实地考察，认为如将竖井二水平延伸，同两对斜井贯通，这样即可将原来的六个生产采区集中为三个，采煤工作面由原来的十一个，集中为六个，改变斜井三段生产的状况，矿井生产能力可翻一番，达到年产二百四十万吨的水平。

赵煤山看到这个设计方案拍手叫好，于是报矿务局批准，进入施工阶段。为加快掘进速度，尽快把设计方案落在实处，赵煤山同掘进副矿长崔振山商量决定抽调精兵强将组成快速掘进队，队长由武有田担任，开展掘进会战。

武有田曾是原来猛虎掘进队的骨干队员，是公认的实干家。虽然已接近退休年纪，但他积极申请，说自己有的是力气，要求参加快速掘进队，等完成竖井延伸工程，看着用上综采机组再退休。崔振山了解武有田的心思和能力，便决定由他担任快速掘进队的队长。

武有田宣誓般对崔振山道："崔矿长，当年韩擒虎的猛虎快速掘进队创造了全国纪录，新组建的快速掘进队的工作对尽快实现竖井延伸，上综采关系重大。大庆王铁人说'拼死也要拿下大油田'，俺武有田也不示弱，就是累死也要完成任务，干出咱黑哥们儿的志气、骨气和底气来，不给领导丢脸！"

武有田把快速掘进队分成了303、304、305三个小队，他带303队负责竖井延伸工程，由张明亮和侯玉祥分别担任304和305队的队长，负责斜井贯通工程，形成了内部竞赛格局。三个队的队员谁也不示弱，比着干，摽着干，争先恐后。

武有田自己上白班，升井后，睡几个小时后又入井到各队了解情况，帮助解决遇到的问题，实际上等于一天上两个班。长期睡眠不足，加上体力消耗大，他的肝部出现了问题，经常疼得满脸冒虚汗。崔振山逼着他到医院检查，发现肝部有两个血管瘤，需休息治疗。他跟崔振山商量道："崔矿长，延伸和贯通工程对发挥综采的优势，在局矿普及综采有样板作用，俺这点儿小毛病，等完成任务以后再去治疗吧！"

崔振山生气道："你不要命了，赶快住院！"

武有田道："嗯哪！"嘴上答应着，实际一天院也没有住，照常天天下井。别看他对自己的病不在意，但对队友的事却十分关心。新调入303队的青工方永春，平时本是个爱说爱笑的人，武有田发现他最近只管埋头干活儿，脸上没有了笑容。

于是关心地问道："永春，这几天你只顾埋头干活儿，话也不多说，是不是有什么心事？"

方永春头也不抬道："队长，没事，你别多心！"

武有田见他不说，就抽时间到他家家访。他问方永春父亲道："方哥，永春最近似乎不像过去那样爱说爱笑了，是不是有什么心事？"

方永春父亲叹口气道："唉，几个对象都没有谈成，他还能高兴？"

武有田道："永春这小伙子，长相没问题，为人也很好，女方为什么不同意？"

方永春父亲刚要搭话，老伴儿抱着个一周岁左右的男孩儿走过来，一边亲一口孩子的小脸蛋，一边插话道："还不是因为这个小东西！"

武有田惊疑道："永春的婚事同这孩子有什么关系？"

方永春娘答道："永春在315掘进队的时候，他的队友王大柱牺牲了，他妻子刚生完孩子，月子里听到这个噩耗，也突发疾病去世了，大柱是孤儿，他媳妇也没有什么近亲，留下这刚满月的孩子没人管，永春就抱回来对俺说：'妈，这孩子是俺队友的后代，不能没人管，俺把他抱回来，就当是俺的儿子一样养活，等他长大了再告诉他实情，让他认祖归宗，也不枉俺和大柱队友一场！'俺寻思，永春这孩子重情义，他这么做俺赞成，所以就把这孩子留在俺家了，没想到会耽误永春的婚事！"

方永春父亲道："这一段，有人给永春介绍对象，女方见有个小孩儿，说还没有结婚就有了孩子，好说不好听。所以连着介绍了两三家，都因有这孩子没有成，永春也有点儿上火！"

武有田道："永春这么做，说明咱煤矿工人有情有义，俺不信这会影响永春找对象，这事俺得向组织上反映，公开表扬永春的举动，让大家知道事情的真相，说不准还会有姑娘主动找上门呢！"

过后，武有田向党委书记郝小秋反映了方永春的情况，郝小秋责成矿共青团调查核实，写成广播稿进行了公开表扬。并讲了计划生育的政策，说明这个孩子不占用方永春的生育指标，婚后可按规定生育子女。

孟吉庆外孙女陈若兰知道这个信息后，即征得父母的同意，主动让母亲孟福花托人介绍和方永春相识，交往中，方永春对陈若兰道："若兰，俺可是已有孩子的人了，婚后先要养育非亲生儿子，你可要想好哇！"

陈若兰道："这事俺知道，咱养育的是矿工的后代，不是亲生胜似亲生，俺乐意！"

方永春觉得陈若兰与传统女性不同，非常喜欢，两人情投意合，不久即成婚，婚后和谐美满。此事在冠山矿被传为佳话，武有田也得到队友的称赞。

随着时间的推移，武有田的肝病越来越重，有一天竟昏倒在掌子头。崔振山知道后，下死命令让他入院治疗，入院不到一周，掌子头因涌水太大，被迫暂时停工。

代理303掘进队队长的吴瑞全和队友们到医院看望有田，吴瑞全关心地问道："武队长，身体好些了吗？大夫没有说怎么治吗，要不要动手术？"

武有田道："大夫让动手术，俺不同意，俺想等延伸和贯通工程完成后再动手术！"

吴瑞全道："大夫同意吗？"武有田道："大夫不同意，但俺自己的身体俺说了算！"

众人道："武队长，你不能逞强，得听大夫的！"

武有田勉强点点头道："嗯哪！"然后转换话题道，"你们这么多人来看俺，不怕耽误班？"

林永春抢先道："没事，这两天停工了！"

武有田着急地说道："工期这么紧，怎么能停工，什么原因呀？"

吴瑞全白一眼林永春道："俺本不想告诉你，既然永春说了，俺也就不瞒你了。掌子头涌水量超限，等水落下去以后就可以干活儿了！"

武有田着急地说道："干等着怎么行，得想办法让水快降下去哇！"

吴瑞全道："你别着急，武矿长和崔副矿长正想办法呢！"

武有田道："走，咱俩到掌子头看看！"

吴瑞全制止道："不行，你是病人！"

武有田道："这点儿小病，不妨事！"边说边拔掉针头，翻身下床，拽着吴瑞全道，"走吧，别磨叽了！"

吴瑞全无奈，只好招呼众人离开医院，自己跟着武有田下了井。到了掌子头，武超、崔振山和张大山正比比画画商量着什么，看见他俩，崔振山生气道："有田，你不是住院吗，怎么又下井了？"

武有田道："听说涌水量超限，俺俩下来看看，得想点儿办法。工期这么紧，不能停工啊！"张大山道："你别着急，俺和崔矿长商量好了，决定在低凹处打钻，用钻孔排水法排水，很快就能继续干活儿了！"

武有田见有了解决办法，眉开眼笑道："俺就说嘛，凭大山叔的本事，还不是小菜一碟？不过，打钻孔这活儿，得让地质队的钻工干，俺们可是有劲使不上啊！"

武超道："老爸，这事不用你管，俺已经通知地质队的孙队长了。你还是回医院，先把病治好再说。"

武有田道："嗯哪！"口中答应着，实际却并没有走，等武超等人离开后，他对吴瑞全道："瑞全，你先回去，俺再到那两个队看看！"

吴瑞全道："队长，你还是跟俺回医院吧，你把针头拔了，说不准大夫正生气呢！"

武有田道："没事，你走吧，大不了俺向大夫赔个不是好了！"边说边顺着大巷向304队走去。吴瑞全看着他高大的背影，无奈地摇了摇头。

到了掌子头，队长张明亮和队员打招呼道："有田叔，你不是住院吗，怎么又下井了？"

武有田道："俺待不住，下来看看大伙儿，你们干你们的，别耽误干活儿！"他转身问张明亮道："明亮，这个月进度如何？"

张明亮道："到月末，估计可进五十米！"

武有田点点头道："嗯，不错！俺就是来看看大伙儿，你别陪俺，快干活儿去吧！"

张明亮笑道："不忙，现在打眼儿，用不着那么多人！"武有田和张明亮边唠嗑边观察，看到大家有的装岩，有的用料石发碹，好几个人轮流抱着电钻打眼儿。

武有田好像是随便唠嗑道："明亮，你看看，新中国成立后这三十多年，煤矿采掘设备和工艺变化多大，还不是那些有心人动脑筋苦钻研想出来的？咱们干具体活儿的，虽然搞不出什么大发明创造，但搞点儿小改小革也不见得不行！"

张明亮道："有田叔，听你这话，是不是又琢磨出什么新道道儿了？"

武有田道："也没什么新道道儿，俺就看咱们这么组织打眼儿放炮有点儿窝工，影响效率。俺觉得如果再增加一台风钻，实行分组分圈打眼儿，是不是比现在更好点儿？明亮，你们先这么照常干着，俺先在303队试试，如果可行，咱们三个队都这么干！"

张明亮点头道："嗯哪！"

采用钻孔排水法很快解决了掌子头涌水太大的问题。武有田即偷偷出院在303队试行分组分圈打眼儿法，原来一个班打二米深七十五个眼需要三个小时，采用新方法打眼儿后，完成同样的眼深和眼数，仅用一个半小时，由此，原来一个班只能放两遍炮走两个循环，现在可以放三遍炮走三个循环，工效显著提高，这个方法介绍给全矿各掘进队，加快了掘进进度。

武有田尝到了改革掘进技术的甜头，便在小改小革上动了脑筋。在斜井施工中，他和工友将料石发碹改为光爆锚喷，用大扒斗出岩，大箕斗装岩，大绞车提升，增大矸石仓的施工方法，月进度由原来最多四十一米增加到九十六米，平均月进度七十米，全年折算进尺一千五百零六米，进入了全国甲级队行列。在竖井施工中，采用金属活动模板、中浮孔爆破、用水胶炸药、短段掘砌混合作业、围圈交替装岩法等先进施工方法，竖井延伸和斜井贯通工程速度突飞猛进。

武有田在井下干了大半辈子，曾多处受伤，右小腿和左脚趾骨折，肝部有血管瘤，但他仍然和队友们日夜奔忙。矿工会安排他到大连煤矿工人疗养院疗养，疗期一个月，他住了十天就回矿上班。

侯玉祥和工友们劝道："武叔，你这么大年纪，又带着病，还这么拼命干，就是铁人也受不了哇！"

武有田道："党的十一届三中全会后，全党的工作重点转到了以经济工作为中心上来，顺民情，合民意。全国都在大干快上，俺得趁有生之年多干点儿活儿，多做点儿贡献。王铁人能拼命拿下大油田，俺老武也要拼命拿下延伸和贯通工程，为综采设备准备好战场！"

队友们对他竖起大拇指道："大庆有个王铁人，咱武队长和他一样，是咱冠山矿的铁人！"

功夫不负有心人，武有田和队友们齐心协力，苦干加巧干，提前完成了竖井延伸和斜井贯通工程，掘出了掌子面长一百四十米，上下巷各千米的工作面，为综采机组备好了采场。

## 四

张扬和张承祖在摸索使用综采机组方面也煞费苦心。张扬是矿大本科机电专业的毕业生，还跟赵煤山一起随矿务局组织的考察组到英国和德国进行过实地考察，亲自参与了冠山矿第一台综机使用和大修，有一定的基础。为了抢在竖井延伸和斜井贯通之前做好上综采的准备，他一边进行组织协调，一边抓培训，忙得废寝忘食。那时候，矿务局和几个主要矿有管内火车，局矿两地工作的职工都靠坐火车通勤。张扬身为机电副矿长，本就很难正点上下班，现在又忙活综采这一大摊子，上下班更没有准点，赶不上坐通勤火车就只好在矿上休息，夫妻俩三五日才见一次面是家常便饭。

张承祖和张扬不同，他高中毕业后，他没有到农村插队，直接当了煤矿工人。爷爷张大山外号"煤痴"，对煤矿情有独钟，父亲张子威是黑龙采煤队的队长，创造过全国采煤新纪录。受祖、父两辈人的影响，他对煤矿有很深的感情。恢复高考以后，他和自己的女朋友同班同学郭松梅一起参加全国统考，他的第一志愿是中国矿业大学，第二志愿是财专。因分数没有达到矿大的标准，被录入省财专，女友考入省卫生学校护士专业。女友很高兴，但张承祖却不愿离开煤矿，没有到财专读书，为此女友跟他断了来往。有人说他傻，因为财专毕业后，由国家统一分配，端公家的饭碗，不再是社会上被看不起的煤黑子了。但他毫不后悔，始终坚持看煤矿专业方面的书籍，学习煤矿机械知识。这次当上综采队长，参加培训，劲头十足。

他知道"打铁必须自身硬"，要做个称职的综采队长，自己必须有过硬的本领。综采设备的安装和操作说明书，虽然已由英文翻译成中文，但有不少专业术语还是英文。张承祖在高中虽然学过英语，但要阅读英文专业资料还很困难。为此，他自费买来英汉对照辞典，一边啃书本，一边向专家请教，经常通宵达旦，刻苦学习。功夫不负有心人，不长时间，他便达到了独立阅读说明书和英文专业资料的水平。讲课、辅导都受学员欢迎。

综采设备运到工作面以后，安装过程中，他和张扬几乎天天盯在掌子面，和安装技术人员一起劳动。开始调试时，两人轮流跟班，仔细观察设备的运转情况，发现问题，及时指导工人排除故障，并记录出现故障的时间节点、运转环境，用数据分析，摸索规律，寻求解决办法。经过一段实践他不仅掌握了保证综机顺利运转的关键技能，还总结出了一套使用管理综机的经验，和张扬一起编写了《综机使用维修技术问答》《综机设备操作要点》，形成了一整套使用管理综机的规章制度。一批能工巧匠和熟练的综采司机被培养出来。随着时间的推移，工人逐渐适应了综机操作技能，产量突飞猛进。工人尝到了使用综采机组的甜头，思想发生了转变。冠山矿形成一矿一井生产格局，年产量由百万吨增至二百四十万吨，最高年产三百万吨，成为边城矿务局第一大矿。

## 五

老井改造和使用综机的成功，令赵煤山、武超、张扬很兴奋。有一天，三个人聚在一起，议论着使用综机的好处。武超道："使用综机，改变落后的采掘工艺，不仅可以减人提效，还可以降低工人的劳动强度，改善作业环境，提高安全系数，应当建议在全局快速普及！"

张扬道："煤矿是高危行业，顶板冒落、瓦斯爆炸，是威胁矿工生命安全的主要灾害，普及综采，可以大幅降低顶板事故，将来如果在治理瓦斯上有重大突破，再加上严格管理，安全就有了保证，煤矿苦、累、险的工作环境也会有很大改善！"

赵煤山很有感触地说："随着经济和科技的飞速发展，教育和生活水平的不断提高，年轻一代的择业眼光会有很大的变化。如果煤矿仍停留在六七十年代那样笨重体力劳动和一般机械化水平状态，煤矿劳动力有可能会后继乏人。现在是普及综采，将来要向自动化、数字化、智能化进军，矿工的文化和技术要求也将大幅提高，大学生采掘工应当成为常态，过去那种傻、大、黑、粗的'煤黑子'形象将成为历史！"

几个人正议论着煤矿的发展前景，看见矿党委书记郝小秋和主管生活福利的副矿长王志清走过来，两人身上溅有污水，鞋上沾满了淤泥。张扬见状，略显意外地问道："郝书记、王矿长，你俩这是干什么去了，怎么弄得满身泥水？"

王志清道："地区科的孟科长说，住在塌陷区附近的家属房有的裂了缝，有的快要倒塌了，俺和郝书记去察看，跟大伙儿一起帮着维修，溅了一身泥水！俺觉得，塌陷区家属的住房问题，咱们得想办法解决！"

赵煤山道："这一段俺只顾忙老井改造和使用综采的事了，职工生活问题有些忽视了，多亏你们俩帮着料理了！"

郝小秋道："俺看单是这样修修补补不行，不仅是住房问题，职工和家属生活方面的问题得提上议事日程，全面考虑了。"

武超道："俺同意郝书记的想法，不单是塌陷区的房屋有问题，职工住宅的问题也不少，俺到几个家属区转悠了一下，看到不少工人还住着东北沦陷时期和新中国成立初期盖的土坯房。新中国成立都三十多年了，煤炭产量都翻番了，工人还住着低矮的土坯房、草盖房，得想办法改善了！"

张扬道："不仅住房有问题，有的浴池离井口太远，工人升井后穿着工作服走老远才能到浴池洗澡，春、夏、秋还勉强可以，寒冬腊月，很容易感冒生病。俺觉得工人浴池要合理布局，如果能在浴池和井口之间建个通道就更好了！"

赵煤山有点儿愧疚道："采掘要机械化，职工生活也必须改善。志清，大家说的这些情况很重要，俺看咱们现在就去塌陷区和棚户区看看！"

说完，几个人一起向塌陷区走去。塌陷区在一井东面二三里的地方，由一井采空区塌陷形成。塌陷区旁边有三栋土坯房，有的山墙裂了缝，有的地基积满了水。朱奇山和张大闯正领着几个退休工人在挖水沟，想把塌陷区的水引开。

赵煤山连忙迎上去道："姥爷，您都是耄耋老人了，这活儿让年轻人干吧！"

朱奇山道："闲着没事，干点儿活儿累不着！"

郝小秋道："两位老领导可不是闲人，奇山爷是矿关心下一代委员会的主任，给中小学生和青年工人讲课很受欢迎。大闯爷是局思想政治工作研究会冠山矿分会的秘书长，事情还不少呢！"

武超道："目前，领导体制有不少新课题需要认真研究讨论呢！"

赵煤山道："这个问题咱先不考虑了，还是想想塌陷区危房和职工住房改造的问题吧！志清，俺建议你安排后勤科的同志全面了解一下职工住宅的情况，看还有多少职工住着东北沦陷时期和新中国成立初期的土坯房、草盖房，塌陷区危房有多少户，根据实际情况做一个改善职工住房的计划。还有食堂、单身宿舍、工人浴池、主要道路等方面的问题，提出个改进意见，供矿上研究决定！"

郝小秋道："煤山这个想法很好，咱们搞老井改造、上综采为的是什么，主要当然是为减轻工人的劳动强度，提高效率，多出煤炭，为国家工业化提供充足的能源！但同时也要改善职工衣食住行的条件，提高生活水平。煤炭部对塌陷区住房改造有资金补助，听说还有棚户区改造规划，咱们要抓住国家政策的机遇，把职工的生活福利搞好！"

王志清道："嗯哪，有两位党政领导的支持，俺一定把这件事办好！"

经过摸底调查，弄清了冠山矿职工住房和生活福利方面的情况，制定了改善方案，工作便紧锣密鼓开始实施。不到两年，冠山矿新盖了六十栋砖瓦结构的新房，每栋十户，塌陷区所有危房、漏房和住在土坯房、草盖房的职工都搬进了新居。矿区主街道修筑了一条沥青路，路两边安上了路灯。竖井井口至工人浴池间修了通道，工人升井后可直接从通道进入浴池洗澡。洗衣房、干燥室也进行了装修，采掘一线工人下井可穿上洗净干燥的作业服。矿后勤科提出了"单身宿舍服务旅馆化、工人浴池商服化、职工食堂饭店化"口号，职工衣食住行有了较大改善。

## 六

冠山矿通过老井改造，上综采，煤炭产量翻了一番，引起了上级领导的重视。20世纪六七十年代，国家急需煤炭，小井投资少，见效快，全国各矿区纷纷建小煤窑，到80年代中期，边城矿务局的小煤井多达四百五十对。小井建设虽然成本低，投资少，见效快，但在安全管理、资源回收、机械化生产等方面留下不少后遗症，给普及综采带来了不少麻烦。为推广冠山矿老井改造、上综采的经验，局领导调赵煤山为矿务局副局长兼总工程师，张扬为局机电处处长（武超接替赵煤山任冠山矿矿长），成立了由赵煤山牵头的老井改造领导小组，负责全局小井数量、分布情况的调查研究和改造方案的制定。

赵煤山即开始边城矿务局各矿小煤井情况的调研。他在煤矿摸爬滚打多年，工作上有两个特点，一是"快"，就是腿快，工作节奏快，接受新事物快。说到煤矿干部的工作节奏，没有干过煤矿的人很难体会到。他当矿长时，每天基本工作程序是：早六点起床，七点开班前会，八点下井，有时十一点升井，洗澡，吃午饭，下午处理事务，晚饭后，下井或到调度室了解各井夜班的情况，晚十一二点睡觉。没有节假日，天天如此，如果发生什么事故，昼夜连轴转是家常便饭。当了副局长，工作节奏比当矿长更快，那时，局矿还没有工业电视，考察工作喜欢坐车和步行，绰号"赵快腿"。工作节奏虽然快，但他从不忘挤时间看书看报了解新事物。毛主席的《实践论》《矛盾论》不知道他看了多少遍，许多重要论述他都能背诵，工作日记上有心得体会。对中央关于改革开放的指示，各行业和局内外改革创新的经验他都十分注意学习借鉴，为我所用。二是"实"，工作实打实，反对浮夸虚报，喜欢用实例和数字说话。当矿长时，他经常提前下井考察现场的情况，然后再听汇报。一次，他到二井考察，二井井长汇报井下安全情况，说自己如何重视，工作抓得怎么到位。赵煤山当场告诉他哪个掌子面有几处空顶、哪段风筒漏风、哪条巷道的电线接头不合格等，井长脸色发红，哑口无言，从此改掉了浮夸的坏毛病。

这次矿务局把全局小井改造的任务交给他，他深知自己肩上担子的分量，和领导小组的同志起早贪黑，夜以继日深入每个矿调查研究，弄清了全局小井的数量、井型、储量、地质、水文、分布等情况，制定了改造方案。局领导召开局务会，请新老专家反复论证，提出了指导意见，经过修改、补充和完善，批准了改造方案。

赵煤山在相关部门的积极配合下，大刀阔斧对全局小井群进行改造，淘汰了一百五十多对没有开采价值的小井，保留了产量、效益较好的一百对小井，将二百对小井改造为二十一对大型矿井，其中有百分之四十上了综采，其余大部分为滚筒机组和高档普采。同建新井比较，节省了大量资金，实现了高产高效。

小井群问题是全国煤炭行业的通病，六七十年代国家急需煤炭，建小煤井，对缓解国家燃"煤"之急发挥了作用。但小井在生产效率、资源回收、安全管理上存在不少弊端，对实现高水平机械化、自动化带来一定障碍，影响国家长远发展战略。对如何解决这个难题，煤炭行业内部存在两种观点：一是主张投资新建大型矿井，二是主张走小井改造之路。为解决这个问题，煤炭部召开讨论会，听取各方意见。赵煤山在会上介绍了边城矿务局小井改造的情况。他说："这个问题，边城矿务局的实践证明，走小井改造的路子比投资建新井好！"首先，他算了边城矿务局老井改造的投资情况，结论是边城矿务局老井改造，吨煤投资是二百到三百元；然后，他扳着指头算了建新井井筒、供电系统、通风系统、运输系统、排水系统、办公室、员工食宿、生活福利等每一笔的费用，结论是投资建新井从建设到投产吨煤投资需八百到一千元。清晰的数字、论述的逻辑、实践事例摆在大家面前，令人信服，取得了一致意见。边城矿务局老井改造的经验，在全煤系统得到了推广。

## 七

20世纪末，国家改革开放进入深水区，经济体制、机制开始由计划经济向社会主义市场经济转变。边城矿务局、冠山煤矿面临着许多新情况、新问题。矿务局党委书记朱继忠和局长张铁林都到了退休年纪，上级党委决定朱继忠和张铁林退休，任命武超任局党委书记、赵煤山任局长。

新老交接工作时，朱继忠激动地说："煤山、武超，边城矿务局成立五十多年了，为解放战争、抗美援朝、国民经济恢复和国家的发展都做出了重大贡献，是国家特大型煤炭企业，职工的工资收入在各行各业中都名列前茅。现在进入改革开放的关键时期，俺和铁林却退休了，这副担子交给你俩，很沉很重啊，但俺相信你俩一定能够干得更好，让咱们边城矿务局能够站在改革潮头，乘风破浪，奋勇前进！需要俺俩干什么，尽管吩咐，保证完成任务！"

张铁林道："煤山、武超，现在是改革开放的阵痛期，组织上把这副担子交给你俩，既是信任，也是考验，任重道远哪！俺和继忠虽然退休了，但人退心未退，随时听候你们的召唤，让俺们干啥，保证不含糊！"

赵煤山激动地说："两位叔叔这么说，煤山和武超书记对干好工作就更有信心了。中央领导说，改革是决定中国命运的关键一招儿，是坚持和发展中国特色社会主义的必由之路。边城矿务局要再创辉煌也必须在深化改革上下功夫！通过改革，让边城矿务局更上一层楼！"

武超道："两位老领导德高望重，是咱们边城矿务局的功臣！也是我和煤山学习的榜样。我们俩一定发扬咱边城矿务局老领导老矿工的优良传统，发扬红军长征精神、大庆铁人精神、煤矿工人特别能战斗精神，紧跟党中央、挽起袖子苦干，展现边城矿务局新面貌！"

朱继续忠道："俺看这样，你俩先抓当务之急，俺和铁林利用刚退下来不再繁忙的机会，搞搞调研，了解一下咱们局深化改革方面存在的问题，提一些意见建议，供你俩参考。同时俺俩还想组织退下来的老同志搞点儿实体，为脱贫解困办点儿实事！"

赵煤山和武超握着两人的手，感激地说："好，好，谢谢！"

履行新职以后，赵煤山全力以赴抓安全生产和普及综采，向高水平机械化进军。武超即集中精力围绕深化改革进行调研，面对改革的新形势，需要考虑的事情太多了，体制机制问题、干部人事改革问题、剥离企业办社会问题、住房改革问题、瘦身减负提效问题等，特别是如何深化改革的思想教育，统一职工的认识，心往一处想、步往一处迈、劲往一处使的问题，他这个新任党委书记必须抓实抓好。两人各负其责，既分工，又合作，整天忙碌。

两人正忙碌之际，赵煤山接到儿子赵之星一封信，给他出了一个难题。

时间过得很快，不知不觉，在上海出生的儿子赵之星也到了而立之年。二十多年来，赵之星幼年和上学期间，一直由在上海的姥爷和姥姥照顾，上完高中，赶上国家恢复高考，他被录取到中国矿业大学机电系读书，大学毕业，公费到德国留学，回国后，在首都煤科院工作，专门研究机器人和智能化课题。女友欧阳兰，大学毕业后在北京新兴煤化工公司工作。眼看要完婚了，可赵之星的父母，一个在边城，一个在新疆，都过着独居的生活，这成了赵之星的一块心病。

和女友在一起的时候，他略带忧伤地说："其实，我爸和我妈两人的感情是不错的，我到新疆看我妈的时候，发现我妈还珍藏着他俩的结婚照片，有时候一个人偷偷地看着照片掉眼泪！"

欧阳兰道："二十多年了，两个人都没有再婚，说明他们是人离开了，但心还没有离开。咱们得想办法让两位老人破镜重圆！"

赵之星道："我爸是个工作狂，太粗心。我妈又特爱面子，怕再回边城丢人。现在已过知天命之年了，也许性格能有所改变！"

欧阳兰道："要不咱俩给两位老人出个难题，促成他们重新生活在一起如何？"

赵之星道："什么难题，你说说看！"

欧阳兰笑道："你给你爸和你妈还有爷爷奶奶写信，就说爸妈如果不复婚，咱俩就不结婚！"

赵之星道："其实，我爸和我妈也不存在复婚的问题。从法律的角度说他俩并没有离婚！"

欧阳兰略显惊讶道："二十多年不在一起，怎么能说没有离婚？"

赵之星道："这也不奇怪，因为除了我妈离开边城时提出离婚的那封信，根本就没有正式办离婚手续，而且后来还有来往，怎么能算离婚呢？"

欧阳兰道："这就更好办了，你给你爸你妈和爷爷奶奶都写信，说两位老人不破镜重圆，咱俩就不结婚，给他们点儿压力。"

赵之星看一眼欧阳兰，以开玩笑的口吻道："那、那要是我爸我妈不听咱们的话呢，咱们真就不结婚！"

欧阳兰推一下赵之星，装作生气的样子道："去你的，瞎说什么呢！"

接到赵之星的信，赵铁柱夫妇猜透了小两口儿的意图，认为这是动员范婷婷回边城的好机会，于是把儿子招呼到家，板着脸道："煤山，你和婷婷的事都影响之星的婚事了，你得把这事处理好，不能因为你俩耽误孙子的婚事！"

赵煤山挠挠头道："爸、妈，之星的信俺也看到了，只是婷婷那个性格，俺也不知道她怎么想！"

杜菊道："这事也不能全怪婷婷，工作的事固然重要，但夫妻家庭也很重要。这么多年，你总是忙啊忙的，也不去看看婷婷、沟通沟通感情，让人家一个人坐冷板凳，要是我，我也不理你！"

赵铁柱道："俺看这样，你到新疆看看婷婷，先检讨检讨自己，说说心里话，为了孩子，也为你俩后半辈子的生活，请婷婷回边城！"

赵煤山痛快答应道:"爸、妈,听说新疆煤炭储量丰富,俺和武超打算到新疆考察考察,为边城矿务局实施走出去战略做准备。顺便去看看婷婷,争取动员她回来!"

杜菊笑道:"不能说是顺便,得说是专程,态度要诚恳,完不成任务,妈可不饶你!俺和你爸急等孙子完婚呢!"

赵煤山提出让武超跟他一起到新疆考察,武超道:"煤山哥,咱俩新上任,一起外出不好。我看还是你一个人和相关同志去,我在局里主持工作,这样比较合适!"

赵煤山道:"还是你想得周到,听你的,就这么办!"

武超笑道:"煤山哥,这次去新疆,你一定要去看看嫂子,劝她再回边城看看,儿子想妈,俺也想看看未曾见面的嫂子呢!"

赵煤山不好意思道:"这次到新疆考察关系矿务局走出去战略的实施,任务不轻,俺得先把公事办好。婷婷的事看时间吧!"

武超道:"考察的事重要,看嫂子的事也很重要,作为党的领导干部,家事也要处理好,不然影响也不好!"

赵煤山笑道:"好你个武大书记,还上纲上线了,好好,俺和婷婷的事,一定处理好,不然的话,爸妈和儿子这关不好过,兄弟这里也不好交代!"

武超也笑着回应道:"嗯哪,俺可等着喝你和嫂子的团圆酒呢!"

赵煤山新疆之行,不仅为边城矿务局实施走出去战略奠定了基础,范婷婷也回到了边城,夫妇重归于好。两人作为主婚人为儿子小两口儿举行了简约的结婚典礼,赵家双喜临门,男女老少其乐融融!

## 八

赵煤山天天下井,吃住在办公室,半个月二十天才回一次家,换洗一次衣服。

范婷婷装作生气的样子埋怨道:"煤山,你把我从新疆骗回来,让我天天守空房,再这样下去,我可又要回新疆了!"

赵煤山用少有的亲昵口吻赔笑道:"婷婷,亲爱的,现在正是边城矿务局改革的阵痛期,像女人生孩子一样,经过阵痛,新生儿诞生,就是另一番景象了。等情况好转了,俺保证多陪陪你!"

范婷婷叹口气道:"我知道你一心牵挂着局里四十万职工家属的大事,肩上的担子重,我理解,也就是跟你发发牢骚罢了。你放心,我再也不会离开你了!"

赵煤山亲切地拍拍妻子的肩头,多少有些内疚地道:"婷婷,俺知道亏欠你，等俺退休了，保证天天陪着你！"

范婷婷笑道："你呀，也就是口头甜甜我吧！你们父子的脾气我知道，就是退了休，也闲不住的！看爸和妈，都是耄耋老人了，还不是天天忙碌？"

听了范婷婷的话，赵煤山道："婷婷，俺也几个月没去看看爸妈了，咱俩现在去看看好不好？"

范婷婷道："嗯哪！"于是夫妻俩一起去看望赵铁柱夫妇。

进门后，赵煤山先对父母道歉道："爸妈，儿子整天瞎忙活，好长时间没有回家看看了，二老身体好吗？"

赵铁柱拍拍胸脯道："身体好着呢，你放心吧！"然后转换话题道，"你成天忙，俺也看不到你的影子。俺和你妈还有继忠、铁林弟兄俩一起到各矿走了走，同老伙计们唠了唠，就深化改革方面的问题写了两篇调查报告，标题是《阵痛与新生》《改革承包之管见》供你和武超参考！"边说边从抽屉里拿出来递给了赵煤山。赵煤山接过来看了看，微笑道："谢谢老爸老妈对儿子工作的支持！儿子一定好好学习学习！"

杜菊笑道："别虚头巴脑了，这谁跟谁呀，谢什么！"

赵煤山也笑道："妈呀，不是虚头巴脑，是儿子的心里话。"然后说，"爸、妈，今天如果有空，俺想去你们边城矿务局余辉公司看看行不？"

"行啊，爸也正想让你去看看，给提提意见呢！"赵铁柱回应道。

边城矿务局余辉公司是赵铁柱和朱继忠、张铁林等退休老干部组建的经济实体，主营小煤窑、煤矿机械维修，成员是待业青年和失业工人，还聘请老科技人员和老技术工人师带徒，传帮带。同时拿出部分资金帮扶困难户，解决双退工作部分活动经费，为矿务局分担困难。杜菊想同儿媳妇多亲近亲近，便对铁柱道："老赵，你和煤山去吧，俺婆媳俩就不去了！"

"嗯哪！"赵铁柱边答应边同儿子一起出了门。

进入余辉公司的办公室，赵煤山仔细地看了墙上的经营图表，日清月结，井然有序。在维修车间，朱继忠和张铁林穿着工装，正在机床前指导青工操作，看到赵煤山父子俩，即微笑着握手答话道："煤山，你可是个大忙人哪，怎么有空到俺们这小车间了？"

赵煤山笑着回应道："小车间可能办大事啊，各矿反映说，余辉公司提供维修零部件，又快又好，很受欢迎啊！"接着就问询了公司的主营项目、职工待遇、经济效益等情况。然后又看了车间的设备、工人的操作……

离开余辉公司，赵煤山钦佩地说道："余辉公司不简单哪，虽然设备简陋，工人老的老小的小，但工作效率高，对用户服务好，每年还能拿出几十万补贴离退休人员生活费，帮扶特困退休职工，贡献大呀，是咱们边城矿务局双退职工的一面旗呀！"

张铁林谦虚道:"局长抬举了,要说是一面旗,不敢当,冠山矿奇山大爷几位老人的冠煤服务公司比俺们干得好多了!"

赵煤山道:"嗯哪,俺也听说了,改天俺一定去看看!"

第二天,他和武超到了冠山矿,询问了冠煤服务公司的情况。

第三天,郝小秋介绍道:"冠煤服务公司是俺奇山爷、大闯爷、吉庆爷、明仁爷几个退休老人办的经济实体,开始只有一个煤场、一个更生厂,后来逐步扩大,现在有门市房、货场、汽车维修等十几个实体,年产值百万元以上!"

赵煤山道:"俺姥爷年近百岁了,还为冠山矿忙碌,是咱们这些晚辈的榜样啊!走,你陪俺去看看这些老爷子!"

进入冠煤服务公司办公室,看到须发皆白的朱奇山老人正在同货场主任商量发货问题,见赵煤山和武超进来,站起来以玩笑的口吻道:"哪阵风把你们这两位大忙人给吹来了?"

赵煤山笑道:"是老前辈们的热风吹过来的呀!您老都是奔百岁的老人了,本该坐享清福了,却天天为改革发展操劳,是俺们后辈人的榜样啊!"

朱奇山道:"榜样不敢说,俺就是想啊,共产党把煤矿交到了咱们手上,咱们不能辜负组织的期望啊!反正俺们这些人都是忙碌的命,让俺们坐享清福,俺们还受不了呢!"

"反正俺们这些人是活到老干到老,干不动了再躺倒!"孟吉庆走进屋插话道,"你们两个大忙人到俺这里来,不会没什么事吧?"

赵煤山道:"铁林叔介绍说,你们冠煤服务公司干得不错,年产值都上百万元了,俺和武超过来看看,学习学习!"

孟吉庆道:"俺就是小打小闹,没什么可学的。不过,俺几个老家伙办的服务公司,两年下来,离退休职工活动经费不用矿上拿,对退休职工中的特困户还能搞点儿救济,还把双退职工活动室维修扩建了一下,减轻了矿上的负担!"

郝小秋道:"孟叔说的是实话,这两年,冠煤服务公司不仅经济上帮了矿上的忙,最主要的还是老前辈们这种精神给全矿职工树立了榜样!"他对赵煤山道,"赵局长,咱们去看看扩建和装修后的活动室好吗?"

"嗯哪!"赵煤山边答应边随武超、朱奇山、孟吉庆到双退职工活动室观看。活动室由娱乐室、学习室、书画练习室和排练厅兼会议室等部分组成,娱乐室分几个小房间,分别设有麻将、象棋、台球等,学习室中有报刊书籍和电视。书画室中,满头银发的杜梅和矿工会宣传委员小薛正在指导几个画师作画,赵煤山走过去问道:"梅奶奶,你们这是准备画展吗?"杜梅道:"是啊,劳动节快到了,俺们和矿工会决定把新中国成立以来省、部级劳模的主要事迹以画展的形式进行宣传，鼓舞士气！"

武超称赞道："好哇，新中国成立以来，咱们边城矿务局能由初期的五座煤矿，发展成有十二座煤矿的特大型企业，劳动模范功不可没，他们爱党爱国爱煤矿、忘我劳动、无私奉献的精神是我们改革发展的不竭动力，我们要大力宣传劳模精神，鼓励年轻矿工传承红色基因，为建设现代化煤矿，实现中华复兴目标做贡献！"他竖起大拇指道，"梅奶奶老当益壮，不减当年哪！"

离开书画室，又到排练厅。精神依然矍铄的张大闯和工会文体委员小郭正在排练节目。乐师和演员虽然都是中老年人，但精神头儿不亚于年轻人。赵煤山看到张大闯正在比比画画纠正演员的动作，虽然是九十多岁的老人，却像年轻人一样朝气蓬勃，便走过去主动打招呼道："爷爷，您老精神头儿好足哇！"

张大闯猛回头，见是赵煤山夸自己，便笑着回应道："老了，精神头儿和当年比差远了！"

文体委员小郭插话道："张爷爷谦虚了，俺们这个冠煤夕阳文艺演出队全靠爷爷张罗了，俺们不仅在冠山矿演出，各矿也经常邀请俺们去演出，服装、道具、人员组织，杂七杂八的事多着呢，里里外外全靠张老忙活，俺真担心把老人累坏呢！"

武超关心地说道："爷爷是九十多岁的人了，得悠着点儿，别累坏了！小郭，演出队大都是大爷大娘，你得多操点儿心！"

张大闯道："累不坏！老了，没有别的能耐了，有机会到各单位演出，助助兴，鼓鼓劲，也是一种乐趣！"

离开活动室，赵煤山感叹道："煤矿的老前辈让人感动啊，咱们这些在岗的人，得好好向老前辈学呀！"

## 九

1996年，是中国共产党接管冠山煤矿五十周年，为了纪念冠山煤矿回到人民的怀抱，煤矿工人获得新生，过上了当家做主的幸福日子，鼓励干部职工不忘初心、牢记使命，努力奋斗，矿党委在工业广场举办了露天矿史展，组织职工参观。还邀请部分老干部、各级劳模、职工代表召开座谈会。

9月20日那天，万里蓝天上飘着棉花团般的云朵，冉冉升起的太阳照得冠山煤矿光洁明亮。天轮在高高的井架上飞转，满载乌金的火车吐着白烟鸣着汽笛像黑色长龙在铁路上奔驰。五颜六色的庄稼像一幅无边的彩色地图覆盖在黑土地上，飞鸟叽叽喳喳在群山松林白桦中追逐嬉戏，为秋天丰收的原野增添了勃勃生机。阳光明媚，秋风送爽，令人心旷神怡。

展厅正面悬挂着中国共产党党旗和中华人民共和国国旗，旗上方挂着毛主席的彩色画像。展厅横幅，红底白字是"庆祝中国共产党接管冠山煤矿五十周年"。广场周边是别具一格的露天矿史展览。

展览由实物展品和图片两部分组成，看到伪满时工人穿的麻袋片、百衲裤、破水袜子、橡子面窝头、马架子房和四面透风的破草房照片，年轻人非常惊讶，纷纷感叹道："这哪是人吃的东西呀，猪狗恐怕都不吃啊！""老矿工那种穿戴和住宿，咱们做梦都梦不到哇！"

在劳动工具和采掘机械展品旁，摆放着当年矿工点的嘎斯灯、手锤、运煤爬犁、木制矿车、罗盘、钻机等实物，还有矿工在低矮的掌子面刨煤和马拉绞盘的珍贵照片。看到顿巴斯截煤机、康拜因采煤机和综采综掘机组模型等一步比一步先进的采掘机械，对比之下，不少年轻矿工由衷感叹道："老辈矿工真苦哇，现在让咱们用那些老式工具操作，还不得累死！""现在的巷道布局和机械设备，那时候没法比呀！"

实物展品中，还有部分鬼子汉奸把头用的榔头棍、皮鞭、带血的脚镣手铐、东洋刀等刑具，旁边还有矿工挨打受刑和万人坑、炼人炉的照片，这些实物展品和图文并茂的解说，把参观的老矿工带入了那苦难屈辱的岁月，有的咬牙切齿道："小鬼子不把咱矿工当人看哪！这个仇和恨不能忘啊！"有的对旁边的年轻人语重心长道："没有经历过那时候的苦，就体会不到今日的甜哪，今天的好日子来得不容易呀，得珍惜呀！"

矿山英烈部分，展出了赵连荣夫妇、杜勇夫妇和杜龙彪夫妇的遗像，介绍了他们同鬼子汉奸斗智斗勇的故事，讲述了他们在硝烟弥漫的战场上冲锋陷阵的英姿。省、部、市、局劳模的大照片还配有事迹介绍。观众边参观边赞叹道："新中国是这些英雄和烈士用鲜血和生命换来的呀！""冠山煤矿的今天是这些劳动模范用汗水和智慧干出来的呀！""他们是中国共产党的先锋战士，是我们的楷模，也是咱们冠山矿的功臣和恩人哪！"

在劳模和成就展部分，朱奇山老少三代的照片很吸引人，照片两旁有一副对联，上联是"百岁老翁身在煤矿心有信仰始终跟共产党走祖国解放道路"，下联是"乌金世家子承父业胸怀大志坚决同黑哥们儿奔中华复兴目标"。这副对联让观众赞不绝口。有的说："老会长这祖孙三代呀，心像乌金般闪亮，路走得光明正大，是咱们煤矿人的楷模呀！"有的说："老会长这异姓三兄弟，一生坎坷，历经沧桑，却始终心心相印，不离不弃，不是亲兄弟，胜似亲兄弟，令人敬佩呀！"一个年轻矿工还引经据典道："鲁迅先生说'横眉冷对千夫指，俯首甘为孺子牛'，老会长就是这样的'孺子牛'啊，值得全社会尊重！"

同职工家属一起观看展览的局矿党政领导，听到大家的议论，也很有感慨，赵煤山道："这个展览办得好哇，图文并茂，还有实物，很直观，从大家的议论看，受益匪浅，效果很好哇！"

座谈会开始，已是百岁老人的朱奇山，须发皆白，饱经风霜的脸上布满了皱纹，腰背也有些弯曲，但眼睛却炯炯有神。他面带微笑，慢慢站起来，清了清嗓子，首先发言道："各位领导、各位老伙计和年轻人！参加今天的座谈会，俺很感慨，千言万语不知从何说起，想来想去，俺想把自己虔诚的心和走过的路跟大家说说。"

他端起茶杯，润了润嗓子接着道："俺朱奇山从懂事那天起，最大的心愿就是希望过上好日子。为实现这个心愿，俺三个异姓兄弟闯关东，当垦民，开小窑，当矿工，遭了不少罪，但一天好日子也没有过上。"他喘了口气继续道，"跟着共产党走上了革命路，斗鬼子汉奸把头，搞民主改革，直到推翻了三座大山，建立了新中国，才翻身做主人，圆了俺过上好日子的梦。几十年风风雨雨让俺认识到，人的心和他走的路是紧密相连的，心正路不偏。只有把党和国家、百姓的福祉装在心里，走中国共产党指引的路，中国才能富强，咱们和咱们的子孙后代才能过上好日子，实现共产主义那样天堂般的梦想，这是俺这个百岁老矿工的肺腑之言！"

众人小声议论道："这确实是老会长的肺腑之言哪！""老会长语重心长，不忘本哪！"

朱奇山提高嗓门大声道："伙计们，咱们煤矿的黑哥们儿，内秀外憨，心地善良，是天底下最可亲可爱可敬之人，也是对国家工业化最有贡献之人。赵连荣夫妇、杜勇父子和牺牲的烈士，各个岗位的劳动模范，他们心正路直，是榜样，是丰碑！是咱们煤矿人的优秀代表！年轻人要向他们学习，挺起腰杆儿，在改革创新实现双百目标和中华复兴的伟业中比贡献！"众人报以热烈的掌声。

应邀参加座谈会的赵之星接着发言，他说："奇山爷对年轻人提出了希望，俺自己，同时也代表奇山爷的孙子朱百威表表态，俺是搞自动化和机器人研究的，百威是搞煤层气利用和瓦斯治理的，俺俩一定刻苦钻研，早出成果，为边城矿务局和冠山矿在采掘自动化、智能化和瓦斯治理、新能源开发上跨入国内和世界先进行列做贡献！"

听了两位矿工出身的专家简洁朴实的发言，大伙儿纷纷赞美道："老子英雄儿好汉，一代更比一代强啊！""咱们矿工后继有人哪！实现自动化、智能化的日子不会太远了！""现在综机掌子的工人，最低也得有初、高中文化，将来恐怕得有大学文化才能胜任呢！"

赵煤山插话道："大家说得没错，现在一些发达国家，大学生矿工是常态，将来咱们边城矿务局和冠山矿也得走这条路呢！傻、大、黑、粗的矿工形象将成为历史！"

　　接着、赵铁柱、张大闯、孟吉庆、朱继忠、张铁林、杜菊和几个劳模都陆续发言，谈了冠山矿解放前后的变化、自己的感受、改革开放的新形势，说出了心与路的关系，表示了不忘初心、听党话跟党走的决心。

　　武超代表局、矿党政领导作了总结发言，他用具体数字和事例肯定了五十年来冠山矿的成就和贡献，讲了冠山矿职工在党领导下的战斗历程，赞扬了革命烈士和劳动模范的事迹和精神。明确指出，冠山矿有今天，是冠山矿职工在党的领导下，发扬长征精神、大庆铁人精神和矿工特别能战斗精神，拼出来干出来的。最后，他激动地说："同志们！老一辈矿工在党的领导下把冠山矿从敌人手中夺回来，完整地交到了人民手中。他们靠锤砸、锹装、人推、肩背出煤炭，为解放战争和新中国成立做出了卓越贡献；第二代矿工跟着党艰苦奋斗，改革采掘工艺，用半机械化生产煤炭，为抗美援朝、国民经济恢复和繁荣发展提供了能源；我们第三代矿工上了综机，实现了机械化，祖国日新月异的发展，也有我们的智慧和血汗。在纪念共产党接管冠山矿五十周年的时候，我们既要为冠山矿的发展变化和成就自豪，更要为我们肩负的任务有紧迫感。大家说的'心'和'路'的关系，我很赞同。我们的党员干部、煤矿工人一定要把党和国家的前途命运牢记心里，把人民的利益和百姓的福祉牢记心里，永远听党的话，走中国特色社会主义之路，这是强国富民之路。我们赶上了改革开放的好时代，肩负着脱贫致富奔小康的重任。我们要紧跟党中央的战略部署，为把边城矿务局和冠山矿建成生产安全、生活富裕、环境良好、文明和谐的新型矿区，为实现中华复兴的伟大目标，不忘初心、牢记使命，艰苦奋斗，扬帆远航！"

# 后　　记

　　退休返聘到龙煤鸡西矿业公司史志办工作，我即产生了用小说的形式反映鸡西矿工生活和工作情况的念头。在编纂《龙煤鸡西分子公司志》和《年鉴》的同时，即利用公休和晚间空余时间开始《心路》的构思和写作，历时两年，完成了初稿和修订稿。

　　在《心路》的写作过程中，得到了原鸡西矿务局党委书记、鸡西市副市长、现鸡西市老科协主任徐振林，原鸡西矿务局党委副书记王明治两位老领导的鼓励和支持。成稿之后，在龙煤鸡西矿业公司党委副书记张广君、工会主席时德全、宣传部部长孔令民的关心和重视下，新闻中心主任陈忠国、书记孙鹏和鸡西矿工报社副总编康齐心的支持下，得以在《鸡西矿工报》连载，编辑宋晞媛细心编校，本人表示真诚的感谢。

　　鸡西市作家协会主席邹本忠和常务副主席高翠萍关注和重视本书的创作，提出了中肯的修改意见，修改稿完成后，高翠萍同志帮助联系出版社，作者校友、中国著名书法家张秉谦先生为本书题写书名；中国、中煤、黑龙江省摄影家协会会员，鸡西市摄影家协会副主席马广祥同志为本书设计封面封底，翻拍照片编辑校对，小说得以顺利同读者见面。对领导友好的真诚帮助，我表示由衷感谢！

　　龙煤鸡西矿业公司史志办的领导刘维久，同事齐建山、张全福，不仅毫无保留地随时提出宝贵意见，还认真对书稿进行审阅、校对，展示出了同志之间的真挚友谊，这种同志亲、朴实爱，令我感动。

　　由于文学修养不足和年龄关系，本书在语言文字、艺术水平等方面难免有欠缺，敬请读者批评指正！

李叔亮

2022 年 11 月